JN122940

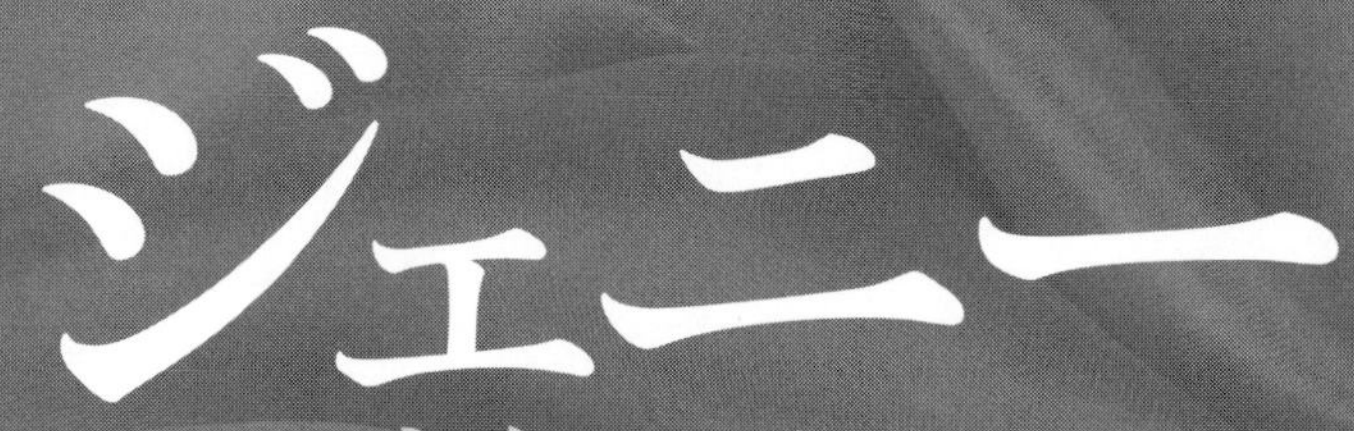

ジェニー

少年のような、
美しい女の長いものがたり

浦田昊明
Urata Koumei

慧文社

ジェニー❖目次

❖主な登場人物

ジェニー・アームストロング……この小説の主人公。カスター家の養女。義理の兄を愛している。幼い時の事件から、出会う人間に影響を及ぼす。

カスター（オーティ）……南北戦争の英雄。ジェニーの義理の兄。リトル・ビックホーンで戦死する。

リビィ（エリザベス）……カスターの妻。子供がまだいない。夫と、義妹の関係を疑っている。

アンソニー（アンジー）……父カスター亡き後に生まれた遺児。

サムの奥さん……元騎兵二メートル近い大男だが、心は女性で、砦でジェニーの初めての友達になる。

ヘンリー……元騎兵。インディアンからジェニーを助け、親しくなって、砦を出てジェニーと同棲をする。

マーサ……ヘンリー家の女中。ヘンリーを好きな中年女。

ミッチ……元騎兵。ジェニーの仲間で、今は銀行家。

スタンリー……元騎兵。ジェニーの仲間で、金山を守っている。

オリバンダー……元騎兵。ジェニーの仲間で、牧場主と牧師になった。

エイミー……ジェニーの小間使い。ヘンリーと別れた後もジェニーに従う。

マギー……ジェニーの女中。エイミーのおばにあたる。

オーランド（オーリィ）……ジェニーの夫となる。リトル・ビックホーンの生き残り。彼の手記でジェニーの物語が現代に伝わる。

マイルズ・ローラ夫妻……リビィの兄夫婦。弁護士をしている。ローラはリビィの話し相手になる。

ベーコン判事……リビィの父親。リビィとカスターの結婚にずっと反対していた。

リリィー……リビィの小間使い。

トム・カスター……カスターの下の弟。商才がきく。共にリトル・ビッグホーンで戦死する。

アン＝マリー……ジェニーの義理の長姉。貧しい教会に暮らしている。一時ジェニーを預かり、ジェニーのことを心配してくれている。

フローレンス……カスター家の末子のはずが、ジェニーがもらわれて来たので寂しい幼年期を過し、ジェニーを家の子として認めない。

シェリバン大将……息子が幼いジェニーと事件を起こす。

ビル（ウィリアム）……幼いジェニーに暴行する。

テリー将軍（閣下）……第六騎兵隊の隊長。ジェニーを思いやる。

ローリー少佐……リビィに思い出をつくってくれた人。

ベス（エリザベス）……ジェニーの生母。若気の過ちでできたジェニーを捨てるが、その後の人生は幸福であった。

ウィリアム（ビリィ）……オーランドとジェニーとの第一子。実家で育つ。

アン……小太りの元気のいいジェニーの親友。

クレージー・ホース……ジェニーを妻にした。金山をくれる。リトル・ビッグホーンの戦いで、敵にその名が知られた。

シスターロビン……ベトニア教会において、幼いジェニーを厳しい戒律の中にあって見守ってくれた人。

ヘンリー編

序章

おれが二十一才になった時、おやじの遺言で、まとまった金と紳士服の店を相続した。その頃すでに、いっぱしの遊び人だったおれは、その金でもっと遊んだ。その店は番頭が切り盛りしていて、おれは好きなことをしていられた。ところが南北戦争に従軍して、帰宅したら、店は左前になっていた。僅かな金で、母親を妹に押しつけて、過去を捨てて、まき返しのために、おれは西部へ来た。ヒモと博打でしか生き方を知らないおれは、すぐに金に困って、また軍隊に戻るしか、道はなかった。

おれは、新設された第七騎兵隊に配属されて、ここカンザスのヘイズ砦へやって来た。ついに、こんなインディアン戦争の最前線の辺境の地まで流れて来ちまったんだ。唯一の救いは、南北戦争従軍時の兵長の位が、そのまま残ってたってことくらいだろう。

辺境の地であるからこそ、砦は思いのほか堅固に出来ていて広い。大きな兵舎に台所に食堂、大事な厩舎、上級士官用の官舎に、民間人の住居もある。調教用の馬が、柵の中に放たれていた。そして、明日をも知れない兵隊の憩いの為に、酒場があって、女もいた。これからおれは、ここを根城にして、命をかけるのかと、思った。第七騎兵隊といっても、ほとんどが新兵の集まりなのだ。騎兵隊といいながら馬にさえ乗れない輩ばかりなんだ。おれ達下士官は、まず兵隊達に馬の扱い方から教えなければならなかった。連中は、暴れる馬の手綱を必死に抑えているだけで、手なずけることもできない。新兵の中には、暴れる馬に恐れをなして、手綱を離してしまう奴も出る始末だ。

こんなんで、どうやってインディアンと戦えというのだ。砦はもともと第六騎兵隊が駐屯していて、日中は僅かの守備の兵隊を残して出動して行く。第七騎はこの砦の全くの、お荷物扱いだ。上官は、おれ達の教え方が悪いと、小言をいう。新兵の中には、母国の徴兵を逃れて、この新大陸に渡って来たというのに、食うに困ってここまで流れて来た奴もいる。気の毒だがおれも同じだ、ここで生きて行くしかもう道はないのだ。

第七騎のこの体たらくの姿を一番苦々しく思っているのは、新任の隊長であろう。名をジョージ・アームストロング・カスターという。

あの南北戦争で名を馳せたカスター将軍だ。しばらく名を聞かないと思ったら、こんな辺境に都落ちしていたんだ。位は中佐になっているが、軍隊の慣例で、前の高位の官名を名乗るから、砦でもカスター将軍で通っている。案外、彼のような根っからの軍人は、ワシントンで書類に囲まれているより、この大平原に暮らす方が合っているのかもしれない。

彼にとっては、馬はすでに体の一部になっている。その馬にすら乗れない新兵に、はっぱをかけさせる。彼等の前で、馬の扱い方を見せてみることも多くあった。とにかく訓練は、凄絶を極めた。逃亡者も数人出たが、一か月も過ぎると皆馬に慣れて来た。それでも、鞍を乗せて、腹帯を締め忘れて、馬に乗った途端に転がり落ちる奴がいる。

その間にはサーベルや銃の扱い方の訓練も、続けて行われた。皆必死だった。なんたって自分の命にかかわることだからだ。

給料日には新兵は列を作って、僅か月十三ドルの給料を手にする。そのまま酒が飲める者は、酒場に直行した。酒が飲めない奴らは、一発五ドルのしわの目立つ年増の女を買いに行くのだった。他に発散できることはないのだから。

カスターは将官用の宿舎で、リビィという愛称で呼ばれる、有名な美人の妻と住んでいた。夜、一人寝の寂しい兵達がリビィの夢を見る中、カスターは彼女をその腕に抱いているのだ。世の中、不公平に出来ている。おれは三十ドルの給料をもらって酒を飲んで女を買う。

三か月も経つと、新兵達はましになってきて、隊列を組んで行進が出来るようになって来た。砦の中を行進している時、おれの目に一瞬、ある横顔が入って、おれは隊列を外れそうになった。ボサボサの金髪を肩に垂らしたもの凄い美少年が、馬の囲いに腰かけているのが見えた。おれの胸はざわついた。おれってホモっ気があるのだろうかと、自問してしまった。

砦に来て三か月近くなるのに、今まで一度も見たことがない美少年だ。それとも、少年は来たばかりなのだろうか。女のいない砦にあって、あんな美少年なら、きっと兵隊達の愛玩を受けて、それなりに噂にもなろうってものが、おれは知らなかった。

行進教練を終えて、馬の鞍を外していると、目の前を、やけに背の高い男と、例の美少年が官舎の方へ歩いて行くのが見えた。

夕食の時、おれは好奇心が抑え切れずに、第六騎のテーブルへ行って、人の良さそうな兵隊を探して、馬の柵に腰かけていた美少年のことを訊いた。

「美少年なんて、いないぞ」相手の返事はおれの期待を裏切った。

「金髪を長く伸ばして、ぶかぶかの大人もんのシャツを着て、馬の柵に座ってたんだ。その後は背の高い男と歩いていたんだ」

「そりゃ間違えるよな、あんななりしてたら。ところが、ありゃ女だ」

近くに一緒にメシを食っていた兵隊達までが、一斉に笑い出した。

「旦那、手出したらだめだぜ、首が飛ぶってもんだ」

兵隊達は、笑いながら、それ以上のことは、教えてはくれなかった。

女だってことがわかって、おれにホモの気はないのにはほっとした。しかし、いったい誰なのだろう。おれはなおさら興味を持った。女だとしたら、凄くいい女だ。おれだって、東部にいた時は、女たらしのヘンリーと呼ばれてたんだ。あの女を落してみせるぜ、とおれは思った。

それからは、時おり彼女を見かけることがあったが、いつも二メートル近くありそうな大男が、まるでボディガードのように一緒にいる。話しかける機会はないといってよかった。

それでも、名はジェニーで、なんとあのカスターの妹だとわかった。彼等の官舎に、一緒に住んでいることまでも、わかった。確かに、迂闊に手を出したら殺されるかもしれないなぁ、と思った。難関である。打つ手はないように思えた。

彼女は、数少ない妻子持ちの集まりである将官クラブにも出ないで、いつも男のなりをしていて、月に一週間程砦を空けることもわかった。

所在なげに、馬の柵に腰かけて、口笛を吹いている姿を見ると、なんでこんな美少女が、西部の地の果てに一人いるんだろうと不思議だったが、おれ好みのいい女だと、おれは思った。とにかく何か手はないものか。

おれは次の給料日に、ボディガード役の大男に声をかけてみることにした。男は堂々と「サムの奥さん」の名で給料をもらっているのだった。

「よう、大将、酒でも飲もうぜ」

「あらいやだ、あたしのこと？」

なんだこいつオカマか。なるほど、カスターがジェニーのお供に使うわけだ。彼女に手を出すわけがないのだから。

「ごめんなさいね、せっかく誘ってくれたのに、あたし今お酒は飲めないのよ。ジェニーちゃんのお守りがあるから」

「その、ジェニーちゃんが、なんでこんな所にいるんだ？　東部の社交界にでもデビューすれば、人気者になれるだろうに」

「そうなのよね、ジェニーちゃんはあんな美人なんだから、社交界でも人気者になれるはずなんだけど、でも、兄様(あにさま)が離さないのよ」

「それにしちゃあ、あのなりはないんじゃないか。ドレスも着ないでさ」

「それも兄様が許さないの。男ばかりの兵隊のたまり場なのはわかるけど、ねぇ、お年頃なんだから、もう少しどうにかしてあげたいのよねぇ」

「ドレス着たって、カスターの妹だってわかっていたら、手を出す奴なんていないと思うけどなぁ」

「あら、あたし達意見が合うじゃないの。あんたも、もしかしてジェニーちゃんのこと、隙あればって、思っているんでしょ」

「ああ、そうだよ、あんな美人をほっとくのは、神に対する冒涜だよ」

「命知らずね。そんなこと閣下の前でいってごらん、あんたは殺されちゃうわよ」

「そうなる前に彼女と仲良くなる方はないのかなぁ。何か手はないかい」

「本当は、ジェニーちゃんの為には、手を出す殿方がいた方がいいんだけど、あんたじゃねえ、無理だわよ」

「なぜさ」

「前に、中尉だか大尉だかが、閣下にジェニーちゃんをお嫁に欲しいって申し込んだそうだけど、断られたそうよ。まして兵長のあんたじゃジェニーちゃんを食べさせて行けないじゃないの。高嶺の花と諦めるのね」

おれは、それを聞いて落ち込んだ。大尉でもだめなんだ。そもそも将軍の妹なんだからなぁ。おれは嫁にするなんて考えてもみなかった。ただ、一発やりたかっただけだけれど、そんなことはとても無理だってわかった。あれだけの美人だ。着飾らせれば、どこに出したって男が集まってくるだろう。そうすれば、いくらだって良縁ってやつがあるだろうに、ぶかぶかの男物のシャツを着せて、カスターって奴も何を考えているんだろうか、もう一つわからない。

おれは、それから時々サムの奥さんとは話をするようになった。彼の本名は誰も知らない。サムの奥さんで平気で通っている、得体の知れない奴だと思った。

しかし運ってやつはどこかで転がっているもんだ。

おれはその日砦を出てカスター将軍の隣にいて軍旗を持っていた。第七騎が見廻りをしていると、向こうに砂埃があがっているのが見えた。カスターダッシュは、南北戦争の時から有名な、カスターの戦い方だ。隊長自ら先頭に立って、敵に向かって先陣をきって行く。将軍に怖れはないのかといつも思う。

馬を駆って先を行くカスターに必死に付いて行って、敵が見えて来ると、あのジェニーと、サムの奥さんが敵に追われているのがわかった。ジェニーは背をかがめて、馬の首を抱くように必死に馬に乗っている。サムの奥さんが時おり後ろを向いて銃を撃つが、敵は三十人を超えているだろう。二人で遠乗りに出て、運悪くインディアンの大軍に遭遇してしまったのだろう。

カスター将軍は敵に一直線に向かって行く。おれの隊旗の下で残りの兵隊も馬を駆ける。インディアンは銃を持たず、弓で応戦してくる。騎兵が銃を撃ち、先頭のインディアンが倒れていく。あと少しでジェニーの乗った馬が、矢を受けて倒れた。おれは夢中で敵前に駆け出て、馬から落ちてもんどりうって、うずくまるジェニーの手を取って、おれの馬の前に引き上げた。その時、おれは尻に激痛を感じた。一瞬気が遠くなって、馬から落ちそうになったが、腕に抱いたジェニーを落とすまいと、最後の気力をふり絞って本隊まで逃げおおせた。インディアンは、十人程の死者を出して消えた。

おれが覚えているのは、腕の中のジェニーが何かいったのと、振り返って、尻に、でかい槍が刺さっているのを見て、なんてこったと思ったことだ。

痛かった。気がついた時、周りに人がいなかったら、大声で叫びたいほどだった。おれは病室にあてられた官舎の一つに、うつ伏せで寝かされていた。あと少し背中よりだったら、一生歩けない体になったであろうといわれた。それで、今はどうなんだ、と呻きながら聞いたら、命は別にどうもないが、後どうなるかはわからないといわれた。これが刺さったんだぜと、手当てをしてくれた衛生兵は、壁に立てかけてある槍を指さした。よく尻ですんだよ、背中狙って尻に当てるなんて、なかなか出来るわざじゃないね、ともいった。

「おい、ジェニーはどうなったんだよ」

「馬から落ちた時、肩ぶつけたけど、あと一週間もすれば、また馬に乗れるよ」

その後カスター将軍とジェニーが一緒にやって来て、おれは初めて大隊長じきじきに礼をいわれた。ジェニーも、ありがとう、といってくれた。初めて口をきくことが出来たんだ。

それから一週間くらいは、うつ伏せに寝ているのが辛くて、たまらなかった。動くと激痛が襲った。一番困ったのは下のことで、衛生兵の差し出すおまるに用をするのがとても辛かった。恥とかはもうなくて、いかに楽に用が足せるか、体を動かさずに出来るのか、衛生兵におまるの位置をあれこれ指示して、わかってくれよお、痛えよおとうめいた。

しかし、とってもいいこともあった。あのジェニーが毎日見舞いに来てくれるのだ。しかも傷が良くなると酒保で買ってくるのだろう、煮たリンゴの缶詰なんかを持って来て、おれに食わせてくれるのだ。

最初の数日は痛みのために、ろくに話をすることもできなかったが、それでも毎日ジェニーは見舞いに来てくれた。

「今日は顔色が良くなったわ。まだ痛むの、かわいそう」

「そういっていただいて嬉しいです」

「だって、あの時あなたが助けに来てくれなかったら、私きっと死んでたもの。兄様も、おれも間に合わなかったっていって、あなたの勇気を称えてくれているのよ」

「いや、あの閣下の有名なカスターダッシュに付いて行ったから、最前線に出られたんですよ。たまたま、私の方が、あなたの近くにいたってだけで、あのダッシュがなかったら、どうなっていたかわかりません」

「兄様を褒めて下さってありがとう。あの戦い方は賛否両論あるのは知っているでしょ。でも決して、兄様は無鉄砲にダッシュしているわけではないのよ。ちゃんと考えられた戦法なの。それに兄様、誰より真っ先に駆けて行かれるでしょ。それでも、ご自分は怪我一つなさらないの。神様のご加護があるってリビィさんはいってるの。リビィさんて、奥さんのこと、エリザベスって綺麗な人よ」

「知ってますよ。だけどおれは、あなたの方が綺麗だと思いますけど」

「私が綺麗？」

ジェニーが、桃の煮たのを手にしたまま不思議そうに、聞いた。「そんなことという人、あなたが初めてだわ」

「そんなことないでしょう。おれ、あなたが馬の柵に腰かけているのを初めて見た時、凄い美少年が砦にはいるんだなぁって思って、心ときめいたから、おれってホモっ気があるのかって心配したくらいなんだ。それが女だって知って安心したんだ」

「わぁ、私を女として見てくれたのはあなたが初めてだわ」

おれは、うつ伏せに寝たままジェニーの方を向いて手を出した。ジェニーがその手を、取ってくれる。夢みたいだ。

尻の傷は思いのほか重くて、三週間くらいして歩行の練習を始めると、おれは右足に違和感を覚えた。衛生兵は、東部の病院でならどうにかなったかもしれないが、傷を縫っただけだから、足がなくならなかっただけでよかったではないかと、慰めにもならないことをいった。歩けるだけましだったらしい。最初必要だった杖も一か月を過ぎると、強引に手放した。いつ馬に乗れるようになるんだと聞いたら、当分無理だといわれた。おれは焦っていたのだ。だって、ジェニーが馬に乗れるようになったら、一緒に遠乗りに行くと約束してくれたからだ。

「ジェニーさんて、なんでこんな砦にいるんですか?」

おれは知りたくてたまらなかった。

「うーん、それは兄様がここにいるから」

それを聞いておれはいてもたってもいられなかった。

「じゃあ、閣下がよそへ行ってしまったら、ジェニーさんもこの砦を出て行っちゃうんですか」

カスター将軍だって軍の命令でここにいるのだ。いつ他所の砦に配置換えになるかもしれないのだから。

「兄様がいなくなったらどうなるのかなぁ、私にはわからないわ。でも兄様は第七騎の隊長だから、当分はここにいるはずよ」

「おれの傷が治るまでいてくれますよね」

「何いってるの、傷なんてすぐ治るわよ。私神様にお祈りしていたのよ。この名も知らぬ兵隊お救い下さいって」

「そうまでしてもらって、嬉しいです」

「だってあなた私の命の恩人なんだもの。早く良くなってね」といって、缶詰の桃を小さく切って口に入れてくれるのだ。

こんなことがあっていいのだろうかと、おれは自問したよ。夢なんじゃないのかって。

しかし次の日から、ジェニーは見舞いに来なくなった。一日目は、何か用があって来れないのだろうと、ただ思った。今まで毎日来ていたことの方が、出来すぎていたのだ。しかし、次の日も、又次の日もジェニーの姿はなかった。そうなると、何が神様にお祈りしていますだ、とおれは不満を持って心が荒れた。やっぱり見かけだけじゃないか、と思った。それが四日、五日と続くと、やはり将軍の妹なんかが、おれなんかに礼に来ること自体があり得ない、おれは高望みをし過ぎていたんだと思うようになった。

それが六日目になって、ジェニーはまた桃缶を片手に、ひょっこりおれの病室にやって来た。

「ごめんね、来られなくて。どうしても行きたい所があって、我慢出来なくて行って来ちゃったの」

おれは拗ねてみせた。

「見捨てられたと思いました」

「じゃあ桃缶いらない?」

「そんな、せっかく持って来て下さったんだから頂きます。でも、どこへ行ってたんですか」

「内緒。早く傷が治ったら、連れて行ってあげる。でも兄様、あなたとじゃ許してくれないかなぁ」

「それって、どこなんです、いったい」

「まだ兄様も行ったことがない所。とっても素敵な所なの。兄様と行きたいけど、リビィさんが許してくれないの。私ね、本当はカスター家の養女なの。だからリビィさん、私に厳しいの」

「そんな、閣下も行ったことのない所へ、おれを連れて行ってくれるんですか?」

おれは、ちょっと感激したんだ。

「だってあなた、私の命の恩人なんだもの。そこはすっごく綺麗な所なの。でも兄様もリビィさんも許してくれるかなぁ」

ジェニーが、カスター家の養女だということは、ちょっとした驚きだった。兄様といっても血が繋がっていないんだ。こんな美少女だもの、カスター将軍の女房だって気にするよなぁと思って、砦でのジェニーの立場の微妙さを思った。

しかし、その兄様も行ったことのないお気に入りの場所へおれを連れて行ってくれるといった。それってジェニーがおれに対して、少しは好意を持ってくれるってことじゃないのかな。思い過ごしか。それでも早く傷を治して馬に乗れるようになりたかった。

その後官舎の病室にいる間、ジェニーはずっと見舞いに来てくれた。おれは、病室の人気のない時を見計らって、そっとジェニーを抱き寄せた。ジェニーが抵抗しないので、そのまま軽くキスをした。ジェニーが何もいわずに目を閉じたので、もっと激しく口を吸った。しばらく抱きしめていた。やったと、おれは思った。

病状が回復しても、まだ傷病兵扱いだったが、馬に乗れるようになると、あのサムの奥さんの目を盗んで、砦の外へ少しずつ出かけるようになった。ジェニーもまだインディアンに追われた恐怖があるのだろう。そんなに遠くには行けなかったが、楽しかった。付き合ってみて、彼女が人にあまりにすれていないのにおれは驚いた。男と付き合ったことがないのだろうか。ジェニーはおれとの遠乗りを楽しんでくれているのだった。そしてその時は来た。その日は偶然にも、おれの誕生日だった。

山の草むらへ入って行って、二人して馬から降りた。毛布を敷いて、ジェニーを横たえると、そっと抱きしめた。彼女は抵抗しない。おれは男を知っているのかと思ったが、ジェニーは、されるままで、おれに抱きつくこともしない。

「ジェニーさん、今日はおれの誕生日なんだ、おれがしたいこととしてもいいかい?」

「何か、怖いことしない?」といって、少し体を硬くした。

砦の奴らは、こんな美人に本当に手を出していないのかよ、とおれは思った。

シャツのボタンを外して、その乳房が、あまりに美しいのに驚いた。おれが、頬を寄せて、乳首を吸うと、くすぐったいと笑った。まじにこの女、男を知らないのかよ、と思った。

おれはもう我慢が出来なくて、ついに一つになった。ただおれに体を開いただけで、男を悦ばせる術は何もできないが、バージンではないようだった。この美しい女を最初に抱いたのは、誰だったのだろう。この女を、おれの手で、本当の女に磨きたいと思った。もったいないじゃないか。こんな辺境の砦で、街にいれば振り返るような美人が、一人でいるなんて。おれのためにいるんじゃないかなんて思ってしまうのだった。

サムの奥さんも怖かったが、こいつの兄様の将軍がもっと怖かった。見つからないようにと、毎日祈りながら砦の外に出られない時は、ほとんどの騎兵が出払った後の馬小屋で、ジェニーを抱いた。好きだ、愛していると沢山いってやると、素直に喜ぶのが愛らしかった。

ジェニーが、おれに好意をもっているとわかってから、ジェニーへの愛が一段と高まっていくのを感じた。今まで付き合った女とは何か違う、おれも本気で、こいつを愛していると思うようになった。こんな女に会ったのは初めてのことだった。これからどうなるとか先のことは、何も考えられなかったが、ともかく、いつも一緒にいたいと思える女だった。


ジェニーが、草に寝ころんで空を見上げている。

「ねえあなた、私のこと好き?」

「大好きに決まっているじゃないか」

「兄様より好きっていえる?」

「どうしたんだい。何があったんだい」

「私の事、ウソでもいいから好きっていってくれる?」

ジェニーは涙をポロポロ流しておれを見た。

おれは起き上がって、ジェニーを抱きしめた。

「ウソなんてないさ。お前がすべてだよ、はなれたくなんてないんだ」

「それ本当、信じてもいい?」

「どうしてウソつく必要があるんだい。こんなに愛しているのに」

「愛してくれてるの」

「ああ神に誓ってさ」

こんな事があってから、ジェニーは砦をあけることが多くなった。そしてついに、ジェニーが、家を買ったから一緒に暮らそうというのだ。それは全く意外な申し出だった。しかもおれの為に。

　金はどうしたんだよとおれが聞いたら、「信じられないだろうけど、私インディアンからもらった金鉱山を持っているの」と笑うのだ。

　おれは、人生の宝といえる女に出会ったのだ。

出会い

　ジェニーは骨まで凍りそうな水を浴び続けて、湖水からあがった。髪の水を切って、毛布の所へ行くと、火が燃えていて、見知らぬインディアンの男が座っていた。

　ジェニーは、タオルを取って体を拭くと、毛布を素肌にまとって、あたり前のように火の傍に座った。

　両手を火にかざしているジェニーに、若い男は、串に刺して焼いた肉を突き出した。ジェニーも無言で受け取ると、かたい肉をかじり出した。半分程かじると、思い出したように鞄を開け、台所からくすねて来たパンを一つ取って半分に分けて、インディアンに差し出した。

「くれるのか?」とインディアンはいった。

「白人の言葉がわかるの?」

「母親が白人だったからな」

　よく見れば、陽に焼けているとはいえ、肌の色は、他のインディアンより白く、髪はうねっている。

「肉美味しいよ。ありがとう」

「これは、白人の食い物か?」

「そうだよ、パンだよ」

「おれの母親も食いたかったんだろうな」

「お母さん、どうしたの」

「死んだよ」

インディアンは、もう一本肉をくれた。

ものを食べて、火にあたってジェニーは体が温まったのを感じた。毛布を脱ぎすて、服を着ようとした。インディアンの手がそれを止めた。

毛布を地面に敷くと、ジェニーをそこへ横たえて、男は服を脱ぎ出した。幼い時の思い出が呼び起されて、立ち上がろうとする間に、男に押し倒された。シェリバン邸でのつらい思い出は薄らいだとはいえ、恐怖と痛みへの思いは強い。

「いやだ、怖い、痛いのは嫌だ」

「お前、初めてか」

その問いに、ジェニーはうなずいた。昔のことは、すでになかったことだと、誰もがいったのだから。

インディアンは、ジェニーを抱きしめると、目の前に裸の女を見つけた若い男がするように、女を喜ばせる術も知らずに、強引にジェニーの体の中に入って来て、自分だけ快感に浸って、また勝手に放出して出て行った。ジェニーは自分の体の上にいる男が汗をかいて、荒い息をしているのを、昨晩の兄様の姿と重ね合わせていた。兄様は、この男と同じように腰を使って、リビィさんを抱いていた。ただ違うのは、その時のリビィさんの姿だ。あの、いつもすまして物静かな人が、大きな声を出して、「ああ、オーティ、素敵よ、もっと来て」といっていたのだ。

自分は何も感じなかった。リビィさんのように、叫びはしなかった。けれど、大人になって、初めて男を受け入れたのだ。これなら兄様とだって出来る。兄様とだったら、あのリビィさんのように、私だって歓喜に浸れるのではないかと、初めて兄様に対する思いが形になって、心を占めた。

男の出したものが、腿をつたわって出て来たので、また湖に浸かって体を洗った。服を着ると、インディアンは火を消して、自分の馬を指差して、さぁ行こうといった。

「どこへ行くの」

「おれ達の村だ」

「どうして、私がそこへ行かなくちゃならないの」

「お前は、おれの妻になったからだ」

「へえ、私あなたの妻になったんだ」

「おれはクレージー・ホースと呼ばれている。村には、妻と男の子がいる」

「私はジェニー。あなたの妻になれて嬉しいわ。だけど私、兄様に黙って出て来ちゃったの。このままインディアンの所へ行っちゃったら、きっと心配するわ。一度兄様の所へ帰って、あなたの妻になったって、伝えたいの、ここで待っててくれる?」

「次の満月の晩に、ここで会おう。白人の所へ帰るのなら、お前におれの土地をやろう。ついて来い」

　馬でも二日はかかった。削られた崖の脇を小川が流れている。

「ここは、おれが見つけたおれの土地だ。お前にやろう。白人は金（きん）が好きなんだろう」

　ジェニーは、馬を降りると、小川を渡った。壁に金の鉱脈が走っている。

「足元を見てみろ」

　インディアンにいわれて小川の中を見てみれば、鶏卵大の金の塊が、あちらこちらに落ちている。ジェニーは歓声を上げて、鞄いっぱい拾った。

　それを見ていたインディアンは、満月の晩に湖で、といって去って行った。

　ジェニーは道に迷って、とにかく山を下りようとした。しかしここは、インディアンの土地なのだ。一人で砦から、こんなに離れた所まで来たことはない。腰の銃をさすって、好戦的なインディアンに会わないように願った。

　最初にジェニーを見つけたのは、見張り台に立っていた、大男のサムの奥さんだった。彼（彼女）は慌てて階段を下りると、一人で砦の門を開けるや、ジェニーに向かって走り出した。ジェニーもそれを認めて、馬を速めたので、すぐに、サムの奥さんは、ジェニーの馬の手綱を取った。ジェニーは二週間以上も行方不明で、砦では、もはや最悪の出来事が、と噂されているなど思いもしなかったのだ。

　厩舎で、馬からジェニーを抱き下ろすと、

「ジェニーちゃん、あんた今までどこにいたの」と涙声で聞いた。鞍を下ろす時、随分と重いわねといった。

「あたし、お腹ペコペコなの、ここ二日なんにも食べてないんだもの。台所に何か残っているといいんだけど」

　そういって、家の台所の女中に、残り物をねだりに駆けて行った。

　家で最初にジェニーが帰っているのに気がついたのはリビィだった。顔面蒼白になって、手をぶるぶる震わせながら冷たい声で、「あなた、ジェニーさん。勝手なことなさって、オーティがどんなに心配したかなんて、わからないのでしょうね」というと、台所を出て行った。

　食事をとると、安心したのか、ジェニーは台所のテーブルに突っ伏して、うたた寝をした。そこへカスターが帰って来た。迎えに出たリビィに、帰宅したことは聞いたのだろう。書斎へ来るようにと命じられた。

　カスターは、ジェニーの埃まみれで、疲れた様子を、しばらく眺めていたが、「どこへ行っていたのだ」と割と穏やかに聞いた。彼自身は、ジェニーが無事に帰ったことを安堵していたのだ。

「いつもの湖」ジェニーは、小さな声で答えた。

「そこに二十日近くもいたというのか」

　ジェニーは、兄が思いがけず優しいのに甘えが出て、喋り出した。

「あのね、そこにインディアンがいたの。一人よ。若い男で、私彼の妻になったの。ねっ凄いことでしょ」

たちまち、カスターの顔が厳しくなった。

「お前、まさか、そのインディアンと、男と女のことをしたのか」

「そうよ、兄様とリビィさんがしていたこと。私も出来たの。最初はちょっと痛かったけれど……」

「ええい、いうな」

カスターはいきなり立ち上がって椅子が後ろに倒れた。ジェニーの襟ぐりをつかむと、両の頬を張った。口の端が切れて血が流れた。ジェニーは兄に向き直って、

「何がいけないの。誰もかまってくれない。こんなあたしを妻にしてくれるっていうのよ」と叫んだ。

「インディアンの妻になって、いったいどうするんだ」カスターは妹をなだめるようにいった。あるいは懇願していると、はたには見えたかもしれなかった。

「そんな先のことなんて考えていなかったわ」

「おれはな、今インディアンと戦っているんだぞ。わかっているのか」

「だって、優しい人だったわ。母親が白人だったからって、白人の言葉もわかるもの」

「名を聞いたか?」

「ええ、クレージー・ホースっていってたわ」

「なんてこった。お前にちゃんと話しておかなかったおれがバカだった。おれ達は、その、クレージー・ホースの一族と戦っているんだぞ。その頭目の妻になってどうするんだ」

「そんなこと知らなかったもの。兄様は駅馬車を襲ったり、農場に火を付けたりする悪いインディアンと戦っているんだと思ってたんだもの。彼ね、今度の満月の晩に、湖で待ってるって約束したの、妻だっていってくれたのよ。あたし、彼と男と女のこととして思ったの。あたしは、やっぱり兄様を愛してる。あたしは、いつかの晩みたいに、兄様とリビィさんがしていたこと、したいと思ってたんだって、兄様に、私もして欲しいって思ってたんだって、その時わかったの」

ジェニーはカスターを見上げて、今まで心の奥底に知らずに渦巻いていたものの口では説明できなかった兄様への思いを込めてそういった。

カスターは心に、今まで蓋をして、隠してあった思いが湧き出したことを感ぜずにはいられなかった。カスターは、涙と血が混じった、埃まみれの顔をハンカチで拭いてやった。そして、その華奢な体を力いっぱい抱きしめると激しいキスをした。

そして、シャツの首ねっこをつかんで、台所へ連れて行って、風呂に入れるぞ、と女中に命じた。女中は夕餉の支度の途中で、まだ湯が沸いていませんがというので、「水でいい」と命じた。

女中が水を汲む間に、ジェニーの埃まみれの服を脱がして裸

にした。女中に、服は洗わずに皆捨ててしまえと、片付けさせて、あとはおれがやるからといって、夕餉の支度に戻させた。

今までつとめて、ジェニーの裸を見ないようにして来たから、こんな大人になった裸身を見るのは、初めてだった。形の良い乳房の美しさは、リビィ以上だと思えた。そしていつもは窺い知れない白い肌と、髪と同じ秘所。風呂桶に座らせて、頭から水をかけて、石鹸を使って、これでもかと擦った。ジェニーが痛いと訴える。こんなもんでインディアンの付けた痕跡は消えるものではないとわかりつつ、指も入れて奥まで洗った。

新しい服を着せると抱き上げて、リビィに出会わないように祈って階段を大股で三階まで駆け上がった。狭い屋根裏部屋のベッドにジェニーを座らせると、そのまま押し倒したい衝動をかろうじて制した。心と体が正常に戻るまで、少し時間がかかった。

「いいか、インディアンの所へ行くのは、許さん。これからお前は当分の間、この部屋を出るのを禁ずる。これは命令だ」そうカスターはいうと、戸を閉め外から鍵をかけた。

リビィは、賢い女だ。それからは何も聞かず、カスターのすることにも文句をいわなかった。食事は朝と晩、カスター自身が運んだ。

満月が近づくと、ジェニーはしきりに、外へ出たがったが、聞かなかった。ただ女中にだけ、ジェニーの月のものが次回来るかだけ教えてくれと頼んだ。

ジェニーの部屋は三階で、窓の下には庇もない。脱出は不可能だった。満月は無情にも過ぎた。

カスターは、例のサムの奥さん以外に、ジェニーの見張り役を増やした。第七騎兵隊の新兵のミッチは、東部の大学を出た秀才だが、銃がからきし下手で、インディアンに出合っても、誰かが守ってやらなけりゃあ、命にかかわるという隊のお荷物だった。同じ新兵のスタンリーは生まれつきの吃音があって、人と交わることの難しい大人しい男だった。上等兵のオリバンダーは、牧師の大学に行っていたが、南北戦争に従軍して、衛生兵として働いていたから、今では砦の医者がわりだ。本人も、砦の外へ出てインディアンと戦うのに抵抗があるらしい。もちろん死者が出たら、彼が出て来て神の御許にと祈るわけだ。

カスターは、満月が過ぎ、ジェニーの月のものがやって来て、やっと部屋から出るのを許した。

「いいか、この間あったことは誰にもいってはならない、わかったか」

「私、湖に行きたい。兄様がだめっていっても行く」もう無理だとわかっていても、ジェニーはそういい張った。

そこで、新しく選ばれたお供を四人全員連れて行くならと、ちゃんと食料も持って行くことになった。湖には、馬を飛ばして行って帰るだけだったら三日。ゆっくり行って泊ると五日はかかる。

出発にあたって、カスターは、サムの奥さんを呼んで、くれぐれも間違いがないようにと命じた。

「あたしがいるんですもの。誰にもジェニーちゃんには指一本触れさせないわ。ご安心を、閣下」

心は女でも、二メートル近い大男なのだ。並の連中はかなわない。

「いつ来ても綺麗な所よねえ」サムの奥さんが背伸びをすると、余計に大きく見える。

「私ここが大好き。初めて見つけた時は、もう嬉しくて、嫌なこと全て忘れちゃったわ」

「その時も閣下とケンカしたんでしょ」

「そうなの、それで砦を飛び出して来ちゃったんだけど、道に迷って馬がね、たぶん水の匂いを嗅ぎつけてここに来たんだと思うわ」

「どうしてそうジェニーちゃんは閣下とケンカしちゃうの、妹なんだから甘えればいいのに」

「だって、あそこ私の家じゃないもの。兄様とリビィさんの愛のおうちなの。私なんて邪魔者なのよ。私が兄様と笑ったりしたら、リビィさんが嫉妬するの。わざと私の前で厳しいこというの。私なんていて欲しくないのよ。そうしたら、いつも二人きりで甘えて暮らしていけるでしょ。この間、兄様とリビィさんが愛し合ってるの見ちゃったの」

「まぁジェニーちゃんたら、そりゃ、夫婦の寝室に入ったら怒られるに決まっているじゃないの」

「そうじゃないの、あの日、夜中に目が覚めたの、お夕食が少し塩がきき過ぎてたのかなぁ。枕元のコップを取ったら、女中がお水入れるの忘れて空だったの。それでコップを持って台所へ降りて行ったの。夜中よ、カーテンの影から星が見えたもの」

「それでどうしたの。早くお話しよ、皆が薪拾いから帰って来ちゃうわよ」

「だから台所へ行こうとしたら、居間に明かりが点いてたの。女中が消し忘れたと思って、何気なく戸を開けたらね……」

「二人が愛し合ってたってわけね」

「初めて見たから、二人が何してるか、わからなかったの。二人とも裸だったからちょっとびっくりしたけど、もっと驚いたのは、あの日頃お淑やかなリビィさんが大きな声で、あのね、〝オーティいいわ〟とか、〝もっと来て〟とか、わけのわからない言葉を叫んでいたことなの」

「そりゃ、ちょっとショックよね」

「そんな長い時間じゃなかったと思うけど、目が離せなかったの。やがて二人は動かなくなって、兄様が、よかったよリビィとか、リビィさんがあたしもよなんていってまた抱き合って、リビィさんが先に私に気づいたの。両手で顔を覆って向こうを向いたけど裸でしょ。兄様が、お前いつからそこにいるんだって怒鳴ったの。私、お水を飲もおと思って、そしたら、居間に明かりが点いてたから、消そうと思って来たのといって、外へ出たわ」

「それはお互いに間の悪いことだったわねぇ」

「朝ごはんにリビィさんは出て来なかったの。兄様には、あれはリビィさんと愛し合っていたんだ、しかも夫婦だけの秘密事(ひめごと)で、神様にも許されていることで、他人は見てはだめなんだって大声で叱られたの。お前がいるからリビィは気が休まる時がないっていっているっていわれて、悲しくなっちゃったの。だって、あたし悪くないのに、リビィさんの肩持つんだもの。こないだは兄様が出かけた後に、台所にあったパンを鞄につめて家出したの」

「家出ってどこへよ」

「この湖しか来る所は思いつかなかったの。でもそこで素敵なことがあったの。兄様は、誰にも喋っちゃだめだっていったけど」

「あたしはジェニーちゃんの味方よ、誰にもいいはしないわ」

「ここでね、一人の若いインディアンと会ってね、妻にしてもらったの」

「ちょっと待って、妻って、アレしたの？」

「アレって何？」

「男と女がすることよ。キャー、ジェニーちゃんついに大人になったのねぇ」

「よくわからなかったけど、私達二人とも裸で兄様達と同じことした」

「ジェニーちゃんの体に、男のアレ入ったの」

「今度のアレって何？」

「兄様にあるものよ、リビィさんとしてた時見たでしょ」

「たぶんそうだと思う。でも私はリビィさんみたいには叫ばなかったわ」

「それは、ジェニーちゃんが、経験がないからよ。これから良い殿方見つけて、教えてもらえばすぐ良くなるわ。でも羨ましい、あたしも妻と呼ばれたいわぁ」

「でも相手はインディアンでしょ。一緒に行こうっていわれたけれど、兄様心配すると思って、また会うことにしたの。そしたら兄様が絶対にだめだって、お部屋に閉じ込められちゃったの」

「それがこないだのことね。それでどうしたの」

「どうって、それきりよ。次に会う方法なんてないじゃない。今では、兄様達が騎兵隊と、彼が出合わなければって祈っているわ」

「でもジェニーちゃんだけ大人になったなんてずるいわ」

夕食を終えて、五人は火の傍で、雑談をしていた。

サムの奥さんは、先程のジェニーの話に刺激されたのか、しきりに、私奥さんになりたいわぁ、といい続けている。

「ミッチはなぜ大学まで出たのに、こんな所にいるの？」

「他に必要とされる所がなかったから」

「やりたいことはなかったの？」

「いっぱいありました。だけど大学出たくらいじゃ、役に立たなくて」

一人で仕事を始めたけれど、うまく行かず、借金から逃れて来たという。

スタンリーは黙っている。吃音があるのだ。

オリバンダーは、「おれ金持ちになりたい。親父はおれを牧師にしたがったけれど、親父の持ってた牧場より大きな所で、牛飼うのが夢なんだ。親父の牧場は、水争いで負けて、つぶされちまったんだ」といった。

「お、おれ、砂金、採ってたんだ」

「へえ、スタンリーって砂金採りだったんだ。それで金採れたの？」

「と、採れなくって、騎兵隊入ったんだ。食えなくてな」

「ジェニーちゃんの夢はないの？」

「兄様のお嫁さん」

「それは無理でしょ。あたし達、報われない愛に泣くのよねえ」

「ねぇ、ミッチ、あなた知ってる、土地を買うのってどうするのかって」

「そりゃあ、売り主にいわれた値段で折り合いがつけば買えばいい」とオリバンダーがいった。

「持ち主がいない所だったら？」

「そりゃ無理だよ」

「ジェニーちゃんは、なんでそんな話するのよ。土地なんて買ってどうするのよ」

「あたし、この湖が欲しいの。元々はインディアンの土地だったんでしょ。だからどうしたらいいのかなぁって思ってるの」

「ここは国の土地っていえるんじゃないかな。国土省に掛け合ってみれば、こんなインディアンが出る土地なんか、今なら二束三文だと思うけど。誰か、ワシントンに力のある役人でも知ってたら、うまく行くんじゃないかなぁ」

「あたし、もう一か所欲しい所があるの」

「まぁジェニーちゃん欲張りねぇ」

「サムの奥さん、私いっちゃうわ。ここにいる人間て、皆砦のあぶれ者でしょ。私この湖で、インディアンに会って妻になったの。その時いわば結納金としてもらった土地があるの。たぶん白人がまだ一人も行ったことのない所よ。ここよりもっと奥の山の中よ。インディアンが、おれの見つけた土地だけど、あたしにくれるって、いったの」

「広いのか」

「広いわ、山全部」

「それだって、一緒に買えるだろうけれど、タダってわけにはいかないだろうよ」

「そうよ、ジェニーちゃんのお小遣いじゃとってもじゃないけど無理よ」

「ねえ、皆お金持ちになりたくはない？」

皆して頷く、しかしオリバンダーが、「兵隊やってたって、金なんか貯まりはしないよ」と、吐き捨てるようにいった。

「それが出来るの。この五人が集まったのも、きっと神様のご配慮だと思うわ。五人だけの秘密、守れるなら、私達お金持ちになれる方法知ってるの」

四人は思わず乗り出した。

「そ、そんな、うまい話、あるのかよお」といつもは、寡黙なスタンリーがいった。

「あたし一人ではどうにもならないことなの。だけど偶然にこの五人が集まって、人を裏切らないって約束してくれたら、皆が金持ちになれるの」

「ジェニーちゃん、どうしたの、何いっているか全然わかんないわ。もったいぶらないで、早くおいいよ」

珍しく、サムの奥さんがきついものいいをした。

「約束守って、仲間裏切らないっていうならね……」

ジェニーはズボンのポケットに手を入れて何かつかみ出すと、皆の前で、手を広げて見せた。

「き、金だァ」スタンリーが大声を上げた。ジェニーの手の平の上には鶏卵大の塊が、焚火の火に輝らされてキラキラと光っていた。スタンリーは、それを手にして、「お、おれは、こんな。金、探していたんだあ」といって、愛おしげに撫でた。

「ジェニーちゃんいったいこれどうしたの？」

「だから、インディアンにもらったの」

「いくら金だからって、これ一個じゃ、この湖だって買えないわよ、わかっている？」

「そんなこと、私だってわかっているわよ。信じてもらえるかわからないけれど、私は本当にインディアンから金が出る土地を結納金代わりにもらったのよ。私は金鉱山をもらったの。そこの沢でたくさん拾ったの、その一つよ」

「そういえば、家出して帰って来た時、鞍がやけに重いと思ったけど、あの時拾って来たのね」

「金鉱山と聞いて、おれ達の誰かが裏切って、ジェニーさん殺して一人占めにするって、思わないんですか」

「あら牧師さん、あなたそんなことする人なの？」

オリバンダーは、火にあたっているのに、急に青い顔をして、「いえ、私はそんなことをするわけはありません」といった。

「では、皆でお金持ちになりましょう。今回は、ちゃんと帰って、兄様の信用を取り戻したいの。次の時は、金鉱探しに行きましょう。ここより馬で二日以上かかるのだもの、しかも一度行ったきりだから、もう一度辿りつけるか、本当はわからないの、だから次の時は、余分に食料持って行かなけりゃならないと思うの」

「ジェニーちゃんて、意外に知能犯ねえ、ネンネだとばかり思ってたのに、いつの間にか体も頭も大人になっちゃったのねえ」

サムの奥さんが、自分の胸に抱き寄せて、その頭を撫でた。

「おれは、その話に乗るぞ、金持ちになって、大牧場主になるんだ」

「おれは、金を掘りたい」

「私も、もう一度東部に帰れるなら、お手伝いをしましょう」

皆の意見は揃った。しかし、皆それぞれに、夢を叶えたいとは思いながらも、ジェニーの突然の儲け話を心から信じたわけではなかった。ただ今置かれている状況から、少しでも脱したいと、思った。ただ一つの金の塊だけが、夢のとっかかりだった。信じたいと思いながらも、本当に叶うとは思いはしていなかったというのが、全員の思いでもあった。

ジェニー達が、約束通り五日で帰って来たのでカスターの機嫌は良かった。ジェニーの皿には乗っていない肉を、自分の皿からジェニーのために切って与えたりした。リビィは黙っていた。

あれから、毎晩寝る前に自分でコップに水を汲んで持っていくことにした。コップを手に階段を上ろうとした時、笑い声がして、カスターとリビィが体を寄せ合いながら寝室に消えるのが見えた。きっと今夜アレするんだ、とジェニーは階段を上りながら思った。あの笑い声だって、わざとかもしれない。

ジェニーは毛布を頭からかぶって、あの時のことを思った。初めて兄様が私を抱きしめてキスをしてくれた。十七年間で初めてのことだった。あれは何だったのだろう。男心のわからないジェニーは、ただただ戸惑うばかりだった。またキスして欲しい。どうしたらまたしてくれるのだろう、ジェニーには、どうしていいかわからなかった。

また半月もしないのに、ジェニーは湖に行きたいと朝食の席で、カスターにねだった。

「よろしいんじゃありませんか。お供もいることだし。好きなようになされればいいんだわ」

リビィが、真っ先にこういったので、カスターも認めざるを得なかった。後でサムの奥さんを呼んで、砦の中の酒保（売店）でコンビーフでも、豆の缶詰でも必要な物は皆カスターのツケで買うように命じて、喜ばせた。

馬に乗りながら、サムの奥さんがそのことを話すと、ジェニーはいった。

「リビィさんはもっと続けていいたいことがあったのよ」

「まぁ何よ、珍しくジェニーちゃんがいうことに、賛成してくれたんでしょうが」

「違うよ、リビィさんは、その最後に、インディアンに出合って、死んでしまえばいいって、いいたかったのよ。それを兄様がいたから、さすがに口にできなかっただけ、それだけよ」

「まぁジェニーちゃん、それは考え過ぎよ。いくら何でも、あのリビィさんがそんなことというわけないじゃないの」

「だって、私が何いったって、普段は答えてもくれないのよ。それを、湖に行きたいっていったら、いつもなら反対するのよ。

ジェニーのしたいことだから。それを、すぐに行けって命じるみたいに、冷たい声でいったのよ。帰って来なければいいと思っているのよ」

「ジェニーちゃんも、苦労が多いのねえ。まっ、兄様一人に二人の女が対しているんだものね。無理もないか」

「あたしだって、本当は湖、一度でいいから兄様と来たいもの」

「それは無理よ。隊長さんなんだから、砦を空けること、できるわけないでしょ」

「だったら、休暇の時、あたしを連れて二人っきりで来たっていいじゃない。そんなこと、リビィさんが許さないってわかっているけどね」

「難しい話ねえ、ジェニーちゃんの苦しみわかる気がするけど……」

後は、サムの奥さんは黙って、馬を走らせた。今回は、湖には行かず、金鉱を目指して行くのだった。

出かける前に、行軍で、騎兵のいなくなった馬小屋で、ジェニーは、鹿皮の袋にいっぱい入った金を皆に見せた。

口笛吹いたり、手を振り上げたり、金鉱が確かにある証しを見せられて、四人の覇気は上がった。しかし、いざ山に入ってみると、なかなか金鉱は見つからなかった。

次の月も二度探しに出たが、見つけることはかなわなかった。

さすがに四度目になると皆の士気も下がって来て、

「何かもっとわかる目印はないのか」

「あそこの山が左に見えて、大木があって、とにかく小川が流れていたのよ」

「どこに川があるっていうんだ」

「金鉱なんて、そんなにすぐには見つからないよ」

五度目に行くことになった。何やかやいっても、皆夢にかけるしか方法はなかったからだ。

出かける度に、つるはしや、シャベルを持って行く姿に、カスターまでが、「お前達、どこへ何しに行っているんだ」と聞いたほどだ。

カスターは「私がいないほうが、リビィさん喜ぶでしょ」とジェニーが拗ねていったのを、愛らしいと思って、抱きしめてやりたかった。結婚は出来ない不具だとばかり思っていたのが、思いもかけず、インディアンなんぞに、女であることを教えられて、なぜその最初の男に自分がならなかったか後悔せずにはいられなかった。リビィは愛している。これ以上の妻はいないと、その聡明な所も、自分を思って、辛い従軍にも同行してくれている姿に愛情を感じないわけはない。ただ、ジェニーのひたむきな自分だけに向けられた愛をどうしようもできない自分がいるのも確かなのだ。しかもあの美しい裸体を見て、男として、ジェニーに女を感じたのは確かだった。あの時、小さな屋根裏部屋で、押し倒してしまえばよかったと、一人書斎にいる時など、今でも体が熱くなる時がある。ジェニーを抱くことなど許されないのは百も承知だ。けれど、ああして思いをぶつけられると、その心が揺らぐ。美しい女に成長したジェニーを、このまま砦のこの家に置いておくわけにもいかないだろう。だからといって、嫁に出すなど考えたくもなかった。他の男になど渡せるものではなかったのだ。

「ねえ、小川があったわ、今度こそ間違いないわ、さぁ行ってみましょうよ」

ジェニーがはしゃいだ声を出した。

「ま、待ってくれ。今、おれ、調べてやる」

スタンリーは、パンニング皿（金があるか調べる皿）を取り出すと、小川の砂をすくって、手際よく皿を回しながら、中の砂を流していく。

皆が、その手元に注目した。

「おっおっ、見ろ、金だぞ」皿の底に砂より重い金が流れずに溜まっていた。

「こんなに、採れるのは、初めてだあ」

「じゃあ、この上流には、もっと金があるのね」

「ジェニーさんの話、うそじゃなかったって証明されましたね」

それから川を馬で二日以上さかのぼって行くと、金鉱は見つかった。スタンリーは、つるはしをもって、壁を掘って、金脈の深さを調べている。サムの奥さんは、その力で、スコップを使って地面を掘っている。ジェニーは、川に落ちている金を拾うと、パンニング皿の使い方を、スタンリーに教わって、キラキラ光っている川辺の砂から砂金を拾い分け始めた。

「ジェニーさん、これはすごいことですよ。一日も早く、土地を手に入れた方がいいですね」

「ねぇミッチ、どれくらいの金があったら、ここの土地買えるの？」

「ジェニーさんの持ってる分と、今回皆で掘った分を合わせたら、こんな山の中、すぐ買えると思いますよ。ただ金が出たなんていったら、すぐ人が来ちゃいますけどね。金をドルに替えなくてはならないですね」

「あたし、兄様にいって、奥の手を使うわ」

「ワシントンに閣下のお知り合いがいるんですね」

「名前をいったり会いたくもない人だけれど、きっと私のいうこと聞いてくれると思うわ」

山から帰ると、すでに夕餉の時間は過ぎて、台所のテーブルに、ジェニーの分だけ、皿が乗っていた。ジェニーはそれにも手をつけず、居間でリビィと談笑していたカスターに、書斎へ来てと頼んだ。

さっそくにリビィが、「旦那様は、お帰りになられて疲れていらっしゃるんですよ」といったが、カスターはその言葉を、片手で押しとどめて立ち上がった。カスターが書斎の椅子に座ると、ジェニーは話し出した。

「ねぇ兄様、お願いがあるの。土地を買いたいの」

「買ってどうする」

「皆の夢をかなえるのよ」

「金はどうするんだ」

ジェニーは机の上に、金の塊を置いた。

「インディアンの妻になったたって、いったでしょ」

「聞きたくもない、そんな話」

「でも聞いてもらわなくちゃならないの。その時に結納金もらったっていったでしょ。そこの場所やっと見つけたの」

「お前達、そんなことをやっていたのか」

「そうよ、でも見つけたの、すごい金鉱よ、ブラック・ヒルズには金が出るの。インディアンは、確かに、おれの土地だけどあたしにくれるっていったのよ。湖の土地と一緒に買いたいの、金はいっぱい取って来た。だから兄様にお願いしたいの。ワシントンにいるシェリバン将軍に頼んでもらいたいの」

兄様は、しばし沈黙した。ジェニーの口から、その名が出るとは思いもしなかったのだろう。ジェニーにとっては、つらいだけの名前だから。本気なのだと思ったはずだ。きっと彼なら、ジェニーの願いをかなえてくれるだろうから。

「金鉱買ってお前はどうするんだ」

「お金が出来たら、砦から出て行くわ。リビィさん喜ぶでしょ」

カスターは口がきけなかった。ジェニーがそんなことを考えていたなんて、これっぽっちも考えがなかった。おれのいる所から出て行くなんて考えもしなかったのだ。ジェニーがいなくなる。リビィの手前、ジェニーにとっては冷たい兄であったであろうが、本心は、掌中の玉のごとく、いつくしんで来たと思っていた。そのジェニーが出て行くという。ついにそんなときが来たのか。

「わかった。シェリバンには電信を打っておく。手紙も書いてやろう。それでいいな」

その晩、リビィが求めて来たが、疲れているからと退けた。リビィはカスターが、ジェニーと秘密の話をしていたことが気になるのだ。だがそれを口にはしないで、体で求めて彼の気を引いたのだ。いつもそんな時は、求めに応じるはずが、断ったのが気に入らなかったのだろう、彼女にしては珍しく背中を向けて寝た。

カスターは、あのシェリバン邸で血まみれで泣いていた幼いジェニーの姿が瞼に浮かんで眠れなかった。シェリバン、その名を出してでも手に入れたいもの、そしてここから出て行くと、ついにいったジェニーの顔が忘れられないのだった。

一八四一年に、国有地の先買権法が施行され、土地は一エーカー、一ドル二十五セントで、民間人が国から買い取ることのできる法ができた。

それが、イギリスとフランスがそれぞれアメリカから退いて、州の区分がはっきりすると、一八六二年に、移民の増加とともに、ホームステッド法が、新たに施行された。これは、画期的な法律で、一人に対し一六〇エーカーまで無償で、国の土地を与えるものであった。しかし、誰もがもらえるわけではなく、アメリカ合衆国内の省の公有地管理局ジェネラルランド・オフィス（通称ＧＬＯ）に申請して、そこから役人が来て、審査が必要であった。

ワシントンで、シェリバンはうまく働いたのだろう。手紙を数度やり取りすると、本来なら、ワシントンから役人が来て、現地の視察が必要だが、場所が場所だけに、カスターが行って書類にサインをすれば良いことになった。まだ開拓されていない土地で、ワシントンの地図にも載っていない所なのだ。例外中の例外であろう。ジェニーは思いもかけず、希望の土地を欲しいだけ、タダで手に入れることが可能になったのだ。

夫がジェニーと、十日も砦を空けるといったら、思った通りリビィが猛烈に反対した。食事にも出て来ない。しかたなく、鏡台の椅子に座って返事もしないリビィの肩を抱くと、耳元で、これはワシントンからの命令で、これが終わったら、ジェニーはこの家を出て行くと囁くと、ぱっとこちらを向き直って、それは本当なのと、彼に嬉しそうにキスをした。

ジェニー達と出かける日、リビィは見送りにも出て来なかったが、反面カスターは心のおもりが半分になった気がした。なぜなら、この旅の途中であわよくばジェニーを、との気持ちが彼になかったとはいえなかったからだ。

湖はジェニーがいつもいっているように、美しい所だった。

「あたし、死んだらこの湖に沈めて欲しいの」

「あらやだ、今からそんなこといっちゃだめよ」とサムの奥さんがたしなめた。

この二人の縁（えにし）はずっと続くのだった。

「この湖はどれくらい土地がいるのだ」とカスターが聞いた。

「少なくとも人がいないくらい」

「何マイルになるんだ」

「そんなの私、わかんないわ。ここにいて人の声が全然聞こえないくらいよ」

カスターは、ミッチと素人ながら測量機を持ち込んで地図を描いている。湖はあるのだ。それを中心に考えればいい。

そして、もう一つの場所、金鉱は、小川が流れる丘の端から、金鉱へと、それがどこまで続くのか、今度はスタンリーが説明した。

「ここは、金が出る、土地だから、この山、全部、買った方がいい」

今まで行ったことのない川の源流まで馬に乗ってさかのぼって行った。

「地図自体がないのだから、わかりやすく、この源流からと決めた方が、後々いいだろう」

夜は、獣除けに焚いた、焚火の傍に、全員で丸くなって寝るので、チャンスはないように思えた。ただ、サムの奥さんが、

「ジェニーちゃん、兄様に甘えちゃいなさいよ」としきりにいって、カスターはジェニーと一枚の毛布にくるまって寝た。しっかり抱きしめて、ジェニーの甘い汗の香りを胸いっぱいに吸い込んだ。だがそれ以上は出来なかった。四人もの目があるのだ、抱かれて、すっかり安心しきって眠るジェニーの胸を、服のボタンを外してそっと、愛撫することが精一杯だった。ジェニーは、兄様が何かズボンの前をごそごそしているのに目が覚めた。兄様は、ジェニーの胸に顔を埋めていたが、突然「うっうっ」と呻いて、体を硬直させた。そしてしばらくすると、出て行って湖で手を洗って、また戻って、私を抱きしめた。何してたんだろう。

帰宅すると、すでにリビィが玄関で待っていた。

埃まみれの夫が、大股でやってきて、強い抱擁をすると、リビィはこの十日間の焦燥が消えるのを感じた。夜、カスターは、ジェニーを抱けなかったフラストレーションを、一気にリビィに向けたので、万に一つの間違いがないかと心配していたリビィは、いつにも増して乱れて、嬌声を上げた。

旅はうまくいった。土地はジェニーのものになったし、金はいくらも出た。あれからスタンリーは、近くに小屋を建てて、鉄道引きの労働者から、日本人達を連れて来て、金を掘らせる手伝いをさせた。中国人もたくさんいたが、奴らは、嘘つきだが、日本人は誠実でよく働くとおやじがいっていたからと、すっかり鉱山の監督になった。

ミッチは、手にした金で、学校へ行き直して、金融の勉強をして、金鉱から出る金を管理する銀行家になって皆を守ってやるといって砦を去った。

オリバンダーは、さっそく牧場を手に入れて、牛を飼う用意を始めた。

サムの奥さんとジェニーが残った。

リビィはあれから何もいわないが、ジェニーとは、ほとんど口を聞かなくなった。

「困ったわねぇ、ジェニーちゃん、あたしと牧場で暮らすのも可哀そうに思うわ、どうしたらいいのかしら」

「一人で生きてくわ」

サムの奥さんはジェニーを見つめると、「あたしがあんたを一人にはさせないわ。砦の生活はリビィさんに気を使って、大変だろうけれど、一人ってもっとつらいのよ。どこかにジェニーちゃんを愛してくれる、いい殿方がいたらいいのに」と、溜め息をつくのだった。

「わぁ、ジェニーちゃん、あの男だけはだめよ。いいこと、あいつって、女たらしのヘンリーって、有名だったっていうのよ。それに引っかかっちゃったなんて、ジェニーちゃんも男を見る目が、あたしと同じでないのよ」

「でもアレしちゃったの。二人で遠乗りして、インディアン怖いけど、岩陰にも毛布敷いて、あんなにやさしくしてもらったの初めてだったもの」

「これからどうするの？　結婚してくれっていわれたんじゃないでしょうね」

「いわれたわ」

「キャー、それは本当？　女たらしの手口なのよ、それって」

「だけど私はいったの。結婚は出来ないって。私の最愛の人は兄様だからっていったの。驚いていたけど、それでもいいっていってくれたの。私のこと愛してるって。兄様愛していても、その十分の一でも愛してくれればそれでいいって」

「女たらしのいいそうなことじゃないの。いい、だまされちゃだめよ。この女のいない砦で、しかもジェニーちゃんは超美人よ。しかもネンネだし。もうおよしなさいよ。いいこと、お金あるっていっちゃだめよ。何するかわかんないんだから。今度、あたしが焼き入れてやるわ」

それでもヘンリーとジェニーは人目を忍んで愛し合った。ジェニーにとって、初めて愛しているといってもらいながらのセックスだったのだ。

「私達、同棲することに決めたの」

「ないわよそれ、絶対だめだから」

「私この砦出たいの、嘘でもいいの、遊びでもいいの。兄様いたって私のものじゃないもの。ねえサムの奥さん、新しい鉄道の駅に街が出来てるでしょ。そこにあたしおうちを買いたいの、お願い、一緒に見に来てくれない？」

「ジェニーちゃん、あんたそんなにここにいるのがつらいのね。わかったわ、あそこなら、いざとなったらまた砦に帰ってこれるものね。兄様に会いたくなったら、すぐ会えるものね。いいわ、行ったげる。おうち買いましょ。ジェニーちゃんにふさわしい可愛いおうち。いまひとつ相手があのヘンリーってことが気に食わないけれど、ジェニーちゃんのためですもの、なんでもしてあげるわ」

「ああ、ありがとう、あなたとお友達でよかったわ」

それからジェニーとサムの奥さんは、カスターに断って三日、長いこと一週間、また砦を空けるようになった。

そうしてある日、ジェニーは書斎のカスターにいった。

「私、このおうちから出ることにしたの。もう新しいおうちも買ったから。これからは、ヘンリーと暮らすことにしたの。報告これで終わりよ」

この頃、何かこそこそやっているなとは思っていたが、まさか家を買ったとはと、顔には出さずに、心で驚いた。

「なんで、相手があのヘンリーなんだ」

「だって優しいんだもの。あたしを愛してるっていってくれるもん。今まで誰も、あたしのこと好きだっていってくれた人いないもん。あたし、ヘンリーに結婚してっていわれたの」

「あんな下士官の妻になってどうする。食ってもいけないではないか」

「だからあたしいったの。結婚は出来ないって。あたしの最愛の人は他にいて、だけど結婚してるから、私はその人と結婚はできない。だけど愛しているから、その人以外とは結婚しない。それでもいいって、他の男にとられたくないから婚約だけはしてくれって、一緒にいてくれたら、他に何もいらないからって、そういってくれたの。サムの奥さんは、それは私とセックスしたいから口から出まかせの嘘だっていったの。それでもいい、兄様、私を愛してくれる？　できないでしょう。私は本当に兄様愛しているけど、決して報われることはないのは、わかりきっているわ。だったら嘘でもいい、愛してるっていって優しく私を抱きしめてくれるヘンリーと暮らす」

ジェニーは涙を拭いた。

カスターに何がいえるだろうか。こんなことなら、もっと早くに嫁にやればよかったのだ。だがそれができない自分がいた。食事の時間に針のむしろに座って耐えていたのは、むしろジェニーの方だったのだ。ジェニーが出て行けば、リビィも昔のようにやさしくなるだろう。これですべて決着がつくのではないか。しかし、カスターには、次の言葉が見つからなかった。愛するジェニー。それだけではない。ジェニーに負わせてしまっている荷を、下ろしてやることもできない。

先ほどからノックの音がしている。

「お入り」

リビィが入って来て、「あなた、お夕食が冷めますわよ」といって、険しい顔をした夫と、泣いているジェニーを見つめた。

「あなたジェニーさん、旦那様の前で、いつまでも泣いているものではありませんわ。あなたも早くお台所へいらっしゃい」

そういって出て行った。

リビィが、ジェニーに話しかけた。ついぞないことである。あるいは戸の外で、ジェニーが家を出る話を聞いていたのかもしれないとカスターは思った。


わずかな私物を鞄一つにつめて、ジェニーが階段から下りて来た。玄関にいるリビィとカスターに、「長い間、お世話になりました」と、挨拶をした。

カスターは、リビィの目の前でもあるのに一歩あゆんで、ジェニーを力いっぱい抱きしめると、「体に気をつけるのだぞ、幸せにな」といって、ひたいにキスを一つした。

「ヘンリー、ジェニーを泣かせるようなことは絶対許さんぞ」

「大切な妹さんを、お預かりします」

二人は馬に乗って砦を出て行った。互いにとって二度と帰らないはずの砦であった。

「ヘンリー、私のこと愛してる？」

「愛してるに決まっているじゃないか。見たろカスター閣下の怖い顔。おれお前を死ぬまで愛し続けるって約束するぜ」

「あたしも愛してる。兄様の次に」

「あんなやつのどこがいいのさ」

「サムの奥さんは、ずっと、あなたのこと、この男だけはやめなさいって、いいっぱなしだったのよ」

サムの奥さんも、ジェニーの家が決まると、騎兵隊をやめて、自分の牧場に向かったのだった。

「おれ達、今どこの誰よりも幸せだぜ」

「誰かさんが、浮気しなけりゃね」

「なんてことというんだよ。おれは、絶対に浮気はしない、今ここで誓うよ」

「そういってくれるだけでうれしいわ、でも、朝ごはん食べてから来ればよかったわね」

「そりゃいえてる、腹ペコだぜ」

「だって、砦のおうちで、朝ごはんなんて、兄様は出かける前だもの、とってもいえなかったわ。新しいおうちに着いたら、おいしいものたくさん食べれるわ。いいコック見つけたから」

「そりゃ、楽しみだなぁ。それより早く夜になんないかなぁ、初めてジェニーを、ベッドの上で愛せるんだぜ、我慢できないよ」

「まぁいやな旦那様」

若い二人は、馬を進めながら大声で、未来の夢を語るのだった。

愛する二人

鉄道の駅の周りに新しい街が出来かけていた。ジェニーはその中の一軒の家におれをいざなった。

庭があって、近隣よりも大きな家であった。

馬を降りると、門番と馬丁を兼ねた青年がとんで来て、二人の馬の轡（くつわ）を取った。

「さあ、これが私達の新しいおうちよ」

ジェニーが手を広げて、クルリと回ってみせた。

羽目板はピンク色に塗られていて、まるでおとぎ話のケーキの家のようだ。こんな家に住むのかよと思ってケツがかゆくなった。

「さっ、中に入ってお昼食べよ」

ジェニーに手を取られて、玄関を入ると、三人の黒人の女中達が待っていた。

「皆、この方がうちの大切な旦那様ですよ、ご挨拶なさいな」

女達は一人ずつ前に出て、膝を折って挨拶をした。しつけはよく出来ている。

「お昼をまだ頂いてないの、旦那様に先に差し上げて、手を洗う湯もね。私は着替えたいから手伝ってちょうだい。ヘンリーちょっとごめんなさいね」

「消えちゃうんじゃないだろうな」

「まさか、これから私達の新しい日々が始まるっていうのに、なんでそんな不吉なことをいうの、いやな旦那様。先にお昼を食べててね」

そういうと、若い小間使いを一人連れて、ジェニーが二階に上がっていった。

中年女の女中は、確かマーサと名乗っていたはずだが、湯の入ったポットとタオルを持ってすでに立っていた。

台所のテーブルに着くと、コックがスープをよそってくれた。なんだい、スープだけかいと文句をいうと、

「奥様が、簡単でいいとおっしゃったので」

「こちとら、朝食抜きで馬に乗って来たんだ、もう少し腹にたまるものはないのかい?」

「骨付きのソーセージがございます。焼きますか、茹でますか? 旦那様のお好みでいたします」

「いいねぇ、焼いてくれよ、マスタードたっぷり添えてさ」

はい、とコックは返事をして、大きなフライパンを出して来た。

もうすでにこれだけで、この家の主人になった気がするぜ。

おれが両方に突き出た骨を持って、肘をついて熱々のソーセージをかじっていると、衣ずれの音がしてジェニーが入って来た。おれは驚いて、ソーセージを皿に落とした。

たぶんジェニーは顔を洗って道中の埃を落として、髪をくしけずって一つにまとめているんだ。水色でひだを沢山取った木綿のハウスドレスを着ていた。

「お待ちどう、ヘンリー、どうしたのそんな顔して、変なの」

クスクス笑っている。お前、口紅付けているんだな。たったそれだけで、まるで別人に見える。綺麗な娘だとは思っていたけれど、今のジェニーは女神のごとくだ。

「お前、すごく綺麗だよ。ドレス着てるのも初めて見た」今夜が楽しみだって言葉を慌てて飲み込んだ。

「褒めていただいてありがとう。このドレス似合ってる? あなたに初めて見せるドレスだからどれにするか迷っちゃったの」

なんていう可愛らしさだ。ここに女達がいなかったら、そのまま抱き上げて寝室に直行したであろう。

「まぁ、あなた何食べてるの? このスープだって、こんなに具沢山なのに」

「元気つけた方がいいだろ」

「騎兵が、たった半日馬に乗って疲れたなんていうの」

おれがニヤニヤしているのを見て、気づいたのだろう。ジェニーが急に顔を赤らめて、下を向いてスープをつついた。

これは現実なのだろうか、目を閉じたら、またあの砦の男臭い汚いベッドの並ぶ、宿舎が浮かんだ。そうして、ゆっくり目

を開ければ、美しい女が、優しい微笑みをたたえているのだ。

おれが、ソーセージの残りを食べている間に、ジェニーも簡素な食事を終えた。

「メアリー、オットーさんの所へは連絡してくれた？」ジェニーが若い小間使いに声をかけた。

「はい、三時にお約束をしておきました」

「旦那様、これからも忙しいですよ」

「また出かけるのかい？」

「はい、お買い物に行かなくては。マーサ、旦那様のブーツを磨いて、これをお召し替えして差し上げてね」と女中に砦から持ってきた鞄を渡した。

「ジェニーはどうするんだよ」

「私も外出するのよ、おめかしするの、あなたは居間で待っててね」

「なんだよ、それで十分綺麗だぜ」

「砦じゃないのよ、街へ行くの。これは部屋着だもの。こんなの着て外へは出られないわ」

居間は、おれには夢の世界に見えた。厚手の織りのカーテンと同柄の長椅子や、安楽椅子に色とりどりのクッション。大きな花瓶には生花が活けてある。この家でおれは、ジェニーと暮らしていくのだ。

マーサが、ブーツを脱げという。荷物を開けると、新品の大尉の軍服と、新しい靴下が入っていた。おれは着替えて、椅子に座って待った。マーサは、おれの埃まみれのブーツをどこかに持って行った。そうしてまた顔を出すと、これでしばらくお凌ぎ下さいと、ブランディのデキャンタとグラスの乗ったお盆を置いて行った。

「へえ、結構気が利くじゃないか」

おれは、グラスについだブランディの、香を楽しむように、少しずつ舐めるように口にした。この後、買い物に行くとジェニーはいっていたよな。酔っちまうわけにはいかないだろう。なにしろ旦那として一日目だ。大人しくしていようとおれに自制がかかったのは確かだ。

このところ、ジェニーが月に三日とか長いと一週間とか砦を空けていたのは、この家を買って、家を、大好きなピンクに塗って、ここにある家具や調度品を集め、あの三人の女を、どこからか探して来て、しつけをして、今日、おれと一緒に暮らせるようにしていたんだ。

泣かせる話じゃないか、このお姫様の居間だって、そのうちおれも慣れるだろう。ジェニーは着いた時いったではないか、

〝私達のおうち〟と。

ジェニーと、二人だけで暮らせるんだ。その思いは、おれを奮い立たせるぜ。そんな、うまい話がありはしないと、半ば冗談に思っていたことが、今日こうして現実になったのさ。さっきのジェニーの美しさを見ただろう。あの女が、おれのものになるんだ。しかも、軍隊やめてさ。もうインディアンと命のや

り取りは必要なくなったんだ。おれは、酒でなくて自分の手にした幸運に酔いしれることができた。

そうして、小間使いが「奥様のご用意が出来ました」と呼びに来た。

おれはいそいで居間を出た。ジェニーは階段を下りかけていたが、おれの姿を見つけると、手摺りにつかまって、急ぎ足で下りて来た。

「お待ちどうさま」

「お前、化粧してるじゃないか。別人かと思ったよ」

「まぁ大袈裟な。ここら辺の女性は皆陽焼けなんてしないのよ。私みたいに、真っ黒な女はいないの。少しでも綺麗に見られたいでしょ」

「そんなこたぁないよ。化粧したお前なんて、恐れ多くて、一緒に歩けやしないよ」

「お気に召さないの？」

「そうじゃないよ。おれには過ぎたる美人だっていっているんだ」

「ドレスは褒めて下さらないの」

化粧したジェニーは、昼食の時と同じに、淡いブルーのドレスに、衿と袖口にレースをあしらった、共布の小さな上着を着ている。

「とっても上品なドレスだよ。お前って服選びに、凄くセンスがあるよ」

「だって、あなたとの初めてのデートでしょ。あんまり華美なのも、悪く目立っていけないかなぁって思ったの」

初めてのデートか。おれの心に熱いものが込み上げて来た。ジェニーは本心から、それほど、このしょうもないおれを愛してくれているってことか。

「さぁ時間がないから出かけましょ」

おれはマーサが磨いてくれたブーツを履いて外へ出た。

門番が馬車を出してくれた。

「最初は、写真を撮るの」

「なぁジェニー、この軍服大尉のだぜ。おれってまだ兵長なのに」

「誰にもわからないわよ、そんなこと。あなたはヘンリー大尉って、これから呼ばれるわ」

ジェニーが、おれに腕を回して来て、耳元で、そう囁いた。

ジェニーにも見栄というものがあるということか。軍人はやめちゃったから、給料もらうわけもないし、大尉、いいねえ、おれはおれのいい加減な生き方で、苦もなくそれを受け入れた。

ジェニーが望むんだから、それでいいじゃないかと。

写真館で三ポーズも撮った。だって記念すべき一日でしょう、とジェニーは子供のようにはしゃいだ。おれの心の中は、早くこのドレスを剥いでしまいたい思いでいっぱいだった。

次に用品店へ行って、おれの肌着を、それぞれ一ダースずつ買った。靴下も買った。寝間着にナイトガウンに、室内履き。

凄い量だ。店主は、店員に手伝わせて、それらの包みを馬車に積んだ。店主がペコペコとジェニーに礼をいっている。おれには、お美しい奥様でお羨ましいといった。きっと今夜のベッドの中のことを店主も考えているのだろうとゲスな思いがした。

「さぁ時間だから、オットーさんの店へ行くわよ」

ジェニーは、左手の上着のレースをめくり上げて、中にしていた小さな金の腕時計を見てそういった。

「お前、そんな高価なものまで持っているのかよ」おれが驚いて聞くと、「そうよ、今じゃ必需品だもの。ここは砦じゃないのよ。ラッパ一つで、用が済む所ではないわ。さぁ、遅刻しちゃうわ、急いで、行かなくちゃ」

オットー洋装店は、街の目抜き通りにあって、一番有名な店なのだそうだ。

店に入って行くと、すでに中年の店主は待っていて、ジェニーに挨拶をすると、おれと握手をした。

「いやぁマダム。噂は本当だったんですねえ。あなたがお一人ではなくて、すでに旦那様がいらしたこと。明日には、街中の男達が嘆き悲しみますよ」

店主は、おれの体をメジャーで測りながらそんなおしゃべりを、ジェニーとしている。

「軍隊はやめましたから、仲良くして下さる方が見つかると嬉しいわ。きっと旦那様は退屈なさるだろうから」

「本当に旦那様は幸運な方だ。こんな美人を手になさったんだから。なんでも市長が、息子の嫁にっていってたってことですよ。あっ、動かないで、針が当りますよ」

店主は、手と口を動かしながら、おれの体を測った。

「旦那様ったら、今まで軍服しかお持ちでなかったから、普段着でしょ。ディナージャケットに、外出着、パーティ用のドレスコートもいるわね」

「フロックコートをお召しの方も多いですが、今最新のテールコートはいかがでしょう」店主がもみ手をして勧める。

「そうね、それで旦那様が素敵に見えるならテールコートにしましょうよ」

ネクタイ、リボン、ポケットチーフ。皆ジェニーが見立てて手早く決める。服は七着も作ることになった。

「お前って、決断が早いんだな」

「だって、早くにおうちに帰りたいでしょ」ジェニーが耳元で囁いた。なんだ、わかっているんじゃないか。

最後に靴屋に寄って、靴を三足注文して、慌ただしい買い物は終わった。

「お前こんなこと一人でやってたのかい？」

「オットーの店も、旦那様の服を作るって、下見に行ったのよ。その時は、あの店主、顔には出さなかったけど、疑っていたのよ。それが今日あなたが行って、本当だったって驚いたんじゃないの。これもみんな、あなたと一緒に暮らしたいって思って、頑張ったのよ」

おれは感極まって、馬車の上で、ジェニーを抱きしめるとキスをした。これからは、人目をはばからず、ジェニーとキスが出来るんだと思うと、心が弾んだ。おれの女だ。おれだけの女なんだ。

家に帰ると、女中と小間使いが待っていて、今日買った物を家に運び入れた。

台所にはすでに夕食の用意がしてあり、コックがステーキを焼いてくれた。

「コックの名前何ていうんだっけ？」

「スコット夫人よ。もう忘れちゃったの。とても美味しいものを作ってくれるわ。私達きっと、すぐ太ってしまいそうよ」

「おれはかまわないぞ。ジェニーがもっと太って、おっぱいも大きくなれば大歓迎だ」

「まぁいやな旦那様、そんなことというんだったら、今夜は、別のお部屋で眠ってもらいます」

「それだけは勘弁してくれよ。今だってたまらないんだ。悪かったよ、お前はそのままが一番綺麗だ。おっぱいが少しぐらい小さくたって、我慢をするよ」

「まだ、そんなことおっしゃるの。マーサ、旦那様は今夜はご自分のお部屋でお休みですから」

「おい、こらジェニー、冗談だってば、おれが照れているのがわからないのかい」

若い恋人達の愛の物語の始まりだった。

ジェニーは湯を使うという。その間、おれはマーサに、自分の部屋という所へ連れて行かれた。二階には、どうやら寝室が三部屋あるらしくて、階段を上がった最初の部屋がジェニーの寝室で、廊下を挟んだ隣りがおれの部屋、一番奥は、単なる客間であるとマーサがいった。泊まるやつなんているんだろうかと思った。

おれの部屋のベッドの上には、新しい寝間着と、ナイトガウンと室内履きが、置いてあった。こちらには、下着が入ってございますと、マーサが、引き出しを開けて見せた。

「ねぇ、マーサ、できれば今おれ下(しも)を洗いたいんだよ、わかるだろ？　できるかい」

「はい旦那様」マーサは新しい下着を持って出て行く。

マーサは、おれを台所の隅に連れて行って金だらいに、ジェニーのために沸かしてあったろう大きなやかんから湯を入れて、水を足して金だらい半分程の湯にすると、手で湯加減を見ると、「これでよろしゅうございますか」と聞いた。

「ありがとうマーサ」

女が出て行くと、おれは大急ぎで裸になると、まず顔を洗った。傍に置かれていたタオルを湯で絞って、石鹸を使って首筋から上半身を擦ってから、湯に入って、大切な所を良く洗った。おれは気負っている自分を思った。ひょっとしたら、今夜立たないかもしれないなどと、気弱にもなった。

おれは、髭を剃ってテーブルに用意されていたタオルで体を拭くと、新しい下着を付けた。湯をどうするか迷ったけれど、台所の戸を開けて、暗い外へ流した。戸に鍵をかけると、金だらいを斜めにかけて、大急ぎで階段を駆け上がって、寝間着を着た。本当はこんなもん、すぐいらなくなるはずだ。ジェニーは何をしているのだろうか。

今までおれ達は、まともな所で愛し合ったことがない。人目を忍んで、馬小屋の藁の中だとか、地面に毛布一枚敷いて、インディアンの襲来を恐れながらの、ほんの一瞬、愛を交わすだけだったのだ。こんな、ケーキみたいな大きな家で、ジェニーは、おれとの愛を望んでくれていたんだ。きっと、これはジェニーの夢でもあるんだ。本当は大好きな兄様と、こういう生活をしたいのだろう。そんなことがなんだというのだ。おれに最初に見せるドレスに迷ったジェニー。上品な外出着を身にまとって、店主に、私の旦那様といってくれるジェニー。こうして、おれとの生活を選んでくれたんだ、おれの女になったんだ。これから先、何が起ころうと、おれはこの女を愛して行くんだ。

「奥様のご用意ができました」小間使いの声で、我に返った。ベッドに座って、少しぼうっとしていたのだ。普段しない買い物なんかして、疲れていたのかもしれない。

ナイトガウンを着て、ジェニーの部屋をノックした。

「どうぞ」と小さな声がする。

おれは戸を開けるとその場に立っていった。

「ジェニーここへおいで」

「なぜ?」

寝間着を着て、ベッドの端に座っていた女は尋ねた。

「いいから、お願いだよジェニー、ここまで来ておくれよ」

ジェニーは不審気にゆっくりと立ち上がると戸の所まで歩いて来た。

「なあに」

「いいから、もう一歩、部屋の外まで出てくれよ」

「これでいいの」

ジェニーが、廊下に出て来ると、おれは両手でジェニーを抱き上げると、大股で一歩部屋に入って、足で戸を閉めると、ゆっくり歩んで、そっとベッドに寝かせた。

「結婚式だと、花婿が花嫁を抱いて、家の玄関入るだろ、そのつもりさ。愛してるよジェニー」

「ありがとうヘンリー、私も愛してるわ。あなたの気持ち、とっても嬉しかったわ、忘れないわ」

ジェニーは、寝間着の下は素裸だった。おれは、下着と寝間着を脱ぐのに手間取って、せっかくの雰囲気を少し壊した。

「ヘンリー、石鹸の香りがする」

「さっき思い立って、マーサに金だらいに湯を汲んでもらって、浴びて来た。綺麗に洗って来たから大丈夫だぞ」

「さすが、女たらしのヘンリーね」

「そんなことというとこうしちゃうぞ」

おれは、ジェニーのほとんど他の男の手に触れられたことのない、まだかたく形よくつき出た両の乳房を握りしめて、ジェニーが呻くまで、片方の乳首を吸い続けた。手を這わせれば、すでに濡れている。おれも用意はできている。けれど、おれはその周りをわざと迷い続けてジェニーを焦らす。

「早くう」

一つになると、ジェニーはのけ反って、両手を空に伸ばしておれを探した。


一か月は、あっという間に過ぎて行った。朝二人の、どちらか先に目覚めても、もう一方が目覚めるまで、その寝顔を見つめて目を覚ますのを待っているのだった。

二人揃って朝食をとると、居間に行って、ソファに寝転んで、昼食まで、キスをしたり、くすぐったり、じゃれ合って、新聞を読んだりして過ごした。昼食をとると、天気が良ければ街に散歩に出た。

この家に来てすぐの頃、銀行に連れて行かれた。窓口係に何かいうと、応接間に通された。紅茶が出て来る。髭を生やした支店長が現れると、「ヘンリー・アームストロング様のご用は全て済んでいます」と、通帳をくれた。三か月前から結構な額の入金がある。あなたのお小遣いよ。好きに使っていいのよ、とジェニーがいった。もしかして、おれはヒモなのかとふと思った。

腕を組んで歩く二人は、人々の口に乗るようになって、さっそく、ご近所からパーティの招待状が届くようになった。

「今まで、まだ引っ越しの片付けができませんでしたからからって、お断りして来たけれど、これからはそうもいってられないわねえ。やっぱり最初は、お隣さんか、市長か、悩む所だわねえ」

「そんなに悩むんだったら、断っちまえよ。おれはジェニーと、夜は少しでも長くいたいよ」

「そんなのあなた、すぐ飽きるわよ。きっと、お友達が必要になってくるはずだわ」

「男友達なんていらないよ。お前に色目使うのを見るのは嫌だ」

「すぐそういうけれど、この家で、二人だけで生きて行くの？　私のこと、そんなに信用できないの、私が浮気でもすると思っているの。そういうことって、本来、女性が心配することじゃなくって？」

「美人の女房持った男の気持ちは、お前にはわからないのさ。おれにだって、すぐ体開いたじゃないか」

「もういやな旦那様、あなたの時は特別よ。私、本当に何もしらなかったんだから。あんなこと、もう二度と起こらないわ」

「そんなこと、わかるもんか。おれは必死の思いで、お前を女にしたんだぞ。他人に奪われてたまるかよ」

書き物机に座ったジェニーを背後から羽交い絞めにして、おれは彼女の首筋にキスをした。

「ヘンリーたら」ジェニーは、手を伸ばして、男の腕をさすった。

「これからずっとこの家で暮らしたいなら、ご近所付き合いも必要だわ。やっぱり、市長さんの所から行くことに決めるわ。上から攻めて行った方がいいはずよ」

パーティ当日、ジェニーは新しいドレスをおろした。ピンクのタフタ地のひだ飾りの付いた、可愛いドレスだ。

「あっお前香水も付けただろう。そんなにめかしこんで、どうするんだよ」

「なによ、あなたのテールコートも新品よ。田舎者だって思われたくないわ」

「お前って、結構見栄っ張りなんだな。知らなかったよ」

「そんなんじゃないわ。この街で、いかに楽に生きて行くか考えているんだもの。あなたと考える次元が異なるのよ。私だって、あなたに間違いがあって、浮気に泣くなんてまっぴらよ。そんなの承知で、パーティに行くの。私達二人が、この街で暮らして行くには、どうしても通らなくちゃならない道なのよ」

「お前どうして、そんなに強くなったんだよ」

「だって私達、他に頼る人なんてないのよ。少しでも、この街に溶け込んで、守ってくれる人を作らなくちゃならないでしょ」

「そういわれれば、そうだけど、おれはお前に色目を使うやつは許せないからな」

「またそんなことという。喧嘩でもしたら、この街にいられなくなるのよ。せっかく作った私達のおうちよ。守るって約束してちょうだい。ね、ヘンリー。無事に良い子で帰って来たら、今夜ね、あなたの好きなことしていいから、ね」

ジェニーは、花束を持った。おれはワインと新しく出来た菓子屋の、チョコレートとボンボンが入ったかごを持たされた。

市長の家の玄関には、執事が構えていて、招待状をあらためて、「アームストロングご夫妻」と大きな声で読み上げた。おれ達はジェニーの希望で、カスターのミドルネームのアームストロングを姓にすることに話し合って決めた。やはりジェニーは兄様からの束縛から離れられないのだと、おれは諦めた。

市長夫人と思われる、初老の婦人がやって来て、我々の贈り物を受け取って、女中に渡すと、

「お待ち申しておりましたわ。お気遣いありがとう。今夜はよくいらして下さいました。噂ばかりで、お顔を拝見できてうれしいわ。パーティ楽しんでいらしてね」ということだけいうと、パーティ客の中に紛れて行った。

「おい、置いてけぼりかよ」

「そんなこともないと思うわ」

銀行の支店長が、まず二人を見かけて声をかけて来た。

「これは、アームストロングご夫妻、ごきげんうるわしゅう。今夜の奥様はことのほかお美しい」

あっちへ行ってくれよと、おれは思った。そこへボーイが飲

み物を持って来たので、おれはワインをもらった。

「ジンジャエールありません？」

「今お持ちいたしますよ、奥様」

飲み物を待っている間に、教会の牧師がやって来て、礼を述べている。先日ジェニーは教会に、多額の寄付をしたからだ。

「落ち着きましたら、当家でも慈善パーティを開かせて頂きますわ」

「それはご奇特なお考えで。是非お願いいたしますよ」

牧師を手なずけるってのは、良い手だと思った。

「私、ご近所に住んでいる、ビルフォードと申します。次は是非うちのパーティにいらして下さいませね」中年の婦人が声をかけて来た。

その後も、名も知らない人間が、色々と声をかけて来た。いつの間にか、おれ達は有名人になってたんだ。

気は遣ったが、奥方と是非ダンスを、などという心得違いの者は、いなかったので安心した。ジェニーが女達に囲まれて、ドレスの話なんかをしている間に、おれは料理を食った。ローストビーフは三枚も切ってもらった。カナッペを端から味見をした。ウィスキーも飲んだ。話しかけて来るやつもいたが、名前なんて覚えられない。

ジェニーを見ていると、最初のグラスを手に、勧められるままに、菓子なんかつまんでいる。あれで腹にたまるのだろうか。

当家は夜が早いので、などとジェニーが市長夫人に挨拶して

おれ達は帰った。

「おれ、人の中でくたびれたよ。パーティなんかより、お前と家にいる方がいいよ」

「じゃ、すぐおやすみになるのね」

「何いってんだよ、今夜は特別のお楽しみあるだろ。おれ、パーティ中それだけ考えてたんだ。今夜は、許さないからな」

「いやだわ、ヘンリー。私そんな約束したかしら」

「した、何でも好きなことしていいっていったのは、お前の方だぞ」そういって、おれはジェニーを抱きしめた。

家に帰ると、ジェニーが、「あたし、お腹すいちゃったわ」といい出して、あり合わせのピーナッツバターサンドイッチを食べた。

「見てたら、菓子食べただけだったろう。もっと腹にたまるもの、食えば良かったんだよ」

「そんなはしたないこと、知らない家ではできないわ」

「おれも見てたら食べたくなった」

おれはチーズを挟んで食った。

二人して湯を浴びて、寝室に上がると、おれは鍵をかけた。

「ねぇ、ヘンリー、お願いよ、怖いことはしないでね」

「約束は約束だ。おれは良い子にしてたろ。だからジェニーはおれのいうことを聞かなくちゃならないんだ。今夜だけは何しても文句はいわせないからな」

ベッドの上で、おれが抱きしめると、ジェニーは体を硬くし

た。今夜こそ、今まで一度も許してくれない、彼女の秘所へのキスを、してやろうとおれは思った。

朝食の席でジェニーは口を聞かない。夕べのベッドの中でのことを怒っているのだ。

おれが何をしようとするかわかった時、彼女は猛烈に抵抗した。おれに体を押し付けられて、キスをされると、急に体の力を抜いて泣き出した。こんなこと神様は、お許しにならないと。

「神様は、夫婦はセックスしていいっていってるんだぞ。愛し方は沢山あるんだ」

「だからって、あんな下卑たらしいこと、私いやだ」

「大丈夫だよ、そのうち良くなるよ。あそこは女の快感のもとなんだよ」

「女たらしのヘンリー。酒場の女にでも教わったの？」

「酒場の女ったって、ばかにしちゃあいけないんだ。あいつらだって体張って懸命に生きているんだ。お前が知らないだけで、客を喜ばせようって色々考えているあいつらのこと、ジェニーだって悪くいう権利はないはずだぜ」

そうおれがいったら、ジェニーはそれから何もいわなくなった。

その後しばらくは、パーティの招待状が届いても、ジェニーは断り続けた。余程、〝キス〟がこたえたのだ。

それからしばらくして、ジェニーが、封筒を手におれの所へやって来た。

「今度の水曜日に、教会のお茶会のご招待があるの、行ってもいいかしら」

「お茶会なら、おれも行くよ」

「まぁ嬉しい。そうお返事しておくわね」

「ジェニーは教会へ通ったのかい？」

「小さな時は行かなかったの。でも七才から十二才まで、修道院にいたから」

「そうなんだ、知らなかったよ。ジェニーのお行儀がいいのはそのせいか。おれは子供の頃、おふくろと通った口だぜ」

「本当に？　教会なんて通ってたって思いもしなかったわ」

「嘘だよ。だから下品で悪かったな」

お茶会の前日、コックに手伝ってもらって、ジェニーは、クッキーやパイを沢山焼いた。

当日ジェニーは、小花模様の木綿のアフタヌーンドレスを着ていた。少し地味じゃないかいというと、初めてのお茶会だからこれくらいでいいのよと答えた。おれには軍服を着てという。

「ヘンリー大尉よ。いいわね。お行儀よくしてね」

と念を押されて、沢山のパイを持たされた。

教会のお茶会は気楽だった。市長に招かれたような客人は少ない。しかし、皆、興味津々と、我々を見る。

牧師が、「先日は、こちらのアームストロングご夫妻から多額のご寄付を頂きましてね。皆さま念願のオルガンを新しく入れまして、銀の蝋燭立てを一対と、銀の聖水入れを購入できました。教区の信者一同、感謝しているんですよ」

などと、くどくど礼を述べている。ジェニーのやつ、いったいいくら寄付したんだか知らないが、ここでは下にも置かないもてなし方だ。

「今日のために、沢山のお菓子をお持ち下さいました。さあ皆さん、アームストロングご夫妻に、拍手をいたしましょう」

これには、おれも照れた。ジェニーはと見れば、スカートの端を持って優雅にお辞儀をしたんだ。こんなことも修道院では教えてくれるんだろうか。

「大尉さんは、今何していらっしゃるの」

「南北戦争に参戦して、戦後は騎兵隊に入って退役したんです」

「まだお若いのに、位だって上がったでしょうが」

「怪我をして、それを機にやめたんです」

インディアンの槍を尻に受けたなんて、口が裂けてもいえやしない。

「それは大変なご苦労をされたんですね。それで、奥様との馴れ初めは？」

そら来たとおれは思った。ジェニーと二人で口裏を合わせてある。

「ジェニーの兄の紹介でして」

「まぁ、それは素敵なこと、そのお兄様は？」

「戦死しました。今は二人だけです」

こういえば、相手はそれ以上のことは、聞けなくなる。

おれが、そうしようといったら、やはりジェニーは、大切な兄様を殺しちゃうなんて、と反対したが、話はそれが一番通るとおれが押し切った。

今でも、ジェニーの心の中では、兄様がい続けているのだと思うと、どうしようもなく、暗い雲がおれの胸の中いっぱいに、湧いて来る。

近々、教会の慈善バザーを、うちで開くということになって、お茶会はお開きになった。

夜、ベッドの中で、「なぁお前、どこであんなお辞儀を習ったんだい」と何気なく聞いたら、ジェニーの瞳が一瞬遠くなったと思ったら、急におれの胸に顔をうずめて、「リビィさんがしてたの見て、素敵だなぁって思って、スカート持ってなかったけど、一人でいっぱい練習したの……」と、おれの寝間着を強く握って、ジェニーは嗚咽した。おれの胸を黒い雲が満たした。

「悪かったよジェニー。昔のこと思い出させちゃったんだよな。良い子だ、凄く優雅だったよ。お前が一番綺麗だよ」

おれは、ジェニーを強く抱きしめると、頭を撫でてやった。

おれはどうしても、兄様ってやつには勝てないのか。泣くジェニーを慰めてやれるのは、おれしかいないのに、やっぱり勝てないのだろうかと自問した。

教会のバザーをすることになった。

おれは初めて、家の奥にある応接間に入った。三か月もこの家に暮らしていながら、一度も入ったことがなかったというのも変な話だが、結局のところ、ジェニーは案内してくれなかったし、今まで用がなかったということか。しかし入ってみて驚いた。立派なシャンデリア、大きな対になった鏡、居間とは比べようもない豪華な家具。いったい、どんなお客が来るというのだ。

その答えは、鏡の反対側に飾られた絵にあるのだろうと、おれは思うのだ。

立派な大礼服を着た、将官（将軍位にある軍人）が、帽子を小脇に抱えて、遠くを見つめて立っている。顔は若いが、それが誰なのかおれは知らない。しかし、金髪の巻き毛を肩まで垂らして、髭をたくわえているその姿は、きっとジェニーにとっては、この絵は兄様に見えるのだろう。

もし兄様が、この家を訪れることがあったなら、真っ先にこの部屋に通すつもりなんだ。

おれには、もとより関係のない部屋なんだ。

わかっているんだ。そんなこと全部承知でこの家に来たはずなのに、おれの心はどこか狂っている。おれしかジェニーを、幸せにする男は、いないはずなんだ。いくらジェニーが望もうと、妻のいる兄様が、ジェニーを抱くなんてことはないのだから。

おれは、そっと戸を閉めて外へ出た。ちょうどマーサが廊下にいて、何かご用ですかと聞いた。

「いや牧師さん見えたら、応接間に案内するのかと思ってさ」

「奥様が、居間でいいとおっしゃいましたから」

「そうかい、ジェニーがそういうなら、それでいいよ」

おれは階段を上がって自分の部屋に入って、ベッドに寝転んだ。

「ヘンリー、起きて、お昼よ」

おれは、ジェニーに揺り起こされて目を覚ました。いつの間にかうたた寝をしていたんだ。なんだか、いやな夢を見ていた気がする。あなたと呼びかけるジェニーを、おれは抱き寄せた。

「あら、だめよそんなこと、ドレスに皺が寄っちゃうわ」

ジェニーの、くったくのない笑顔が、そこにある。おれは、またジェニーを強く抱きしめると、この幸せが、ずっと続くように願った。

おれの心を知っているのか、否か、ジェニーは、お昼冷めちゃうわ、とおれの腕から逃れようとして、いうのだった。

遠乗り

丸二年目の朝が来た。おれは隣に眠るジェニーを、片肘付いて見つめていた。ベッドの枕元の壁には、大きな鏡がある。おれが付けさせたものだ。ジェニーは、愛し合っている時、目をつぶって必死におれの愛撫を受けている。だから知らないんだ。おれは時々、鏡を見上げて、愛に悶えるジェニーの姿を見ることができる。おれだけの女だ、と今も思っている。その時の姿を、おれだけが知っているのだ。

晩春の麗らかな日は、二人で馬に乗って、街を散策する。ジェニーのかぶった帽子を、シフォンのスカーフで押さえているのがよく似合っている。もう、噂にもならない。時にはまっすぐ西に伸びる線路に沿って、馬を駆けることもある。このずっと先まで行って馬首を北に向けたら、愛しい兄様がいるんだ。

おれ達は二人とも働いていない。たとえ大尉で退役しても、その恩給だけではこの暮らしは出来ない。一応知人には、おれのおばがイギリスで金持ちと結婚して、亡くなったが子がなかったので、おれに遺産を残してくれたってことになっている。だから、ジェニーはおれのおかげで、贅沢が出来ているのだと、周りの人間は見ているのだ。

「私、そんなこと、全然気にしないわ」という。おれはそんな暮らしにも慣れた。毎日のように、男達と酒を飲んで、ジェニーは、バザーとお茶会の日々だ。それに新たに、応接間での夜会が、月に一度ほど増えた。

ジェニーの誕生日に、何が欲しいと、ベッドの中で聞いた。毛布の中に隠れて、目だけ出すと、その目が笑っている。

「だから何が欲しいんだ」おれが、焦れてまた聞くと、

「私行きたい所があるの」と答えた。

今度は、おれも待った。

ジェニーは、両手を枕にして天井を見つめた。

「あのねえ、湖に行きたいの」

「どこの湖なんだ」

「あなたはまだ行ったことないと思うわ。今すぐは無理な所なの。いつか行ければばって思っているの。砦からでも馬で二日はかかるのよ。今のインディアンとの争いがなくなったら、是非あなたと行きたいの。凄く綺麗な所なの」

「それってさぁ、昔、おれが、尻に槍受けて動けないでいた時、一緒に行こうっていってなかったか。命の恩人だから連れて行ってやりたいが、兄様やリビィさんが反対するんじゃないかっていってなかったか」

「そんなこと私いったかしら、ごめんなさいあなた、私忘れ

ちゃったわ。でもそれならなおのこと、あなたと行きたいわ。私だけの湖なんだもの」

　そこを、初めて見つけた時の驚きと感激。そして、そこで一人のインディアンに会って妻になったこと。

「お前を女にしたのは、インディアンなのかよ」おれは半身を起こして大声を出したと思う。

「詳しくいえば、それも違うんだけど、昔の話は私したくないの。いつか、きっといつか、あなたにも話せる日が来ると思うの、それまで待ってて」

　ジェニーの瞳に、うっすらと涙が光っている。

「いうな、おれそんなこと気にしないから。辛いことがあったんだろう。これから、おれが嫌っていう程幸せにしてやるから」

　おれはジェニーを抱きしめた。

「今でなくていいの。湖だって今だったらきっといけないわ。インディアンと兄様が戦争しないといいなっていつも思っているの。だけど平和になったら、ヘンリーが私と一緒に行くって、約束してくれればいいの。だって私死んだら、そこにお墓つくって欲しいから」

　おれは固く目を瞑って、ジェニーが苦しいというまで抱きしめた。

「死ぬなんていうな。おっおれ、お前がいなくなったらなんて考えたくないよ。もう二度というなよな。湖に行くのは約束するよ。だけどそれはずっと先のことだ。死ぬ時は一緒だ」

　恥ずかしいことだけど、おれの固く瞑った目尻から、涙が滲んできやがった。ジェニーが、その涙をそっと口で吸ってくれた。

「ヘンリー、あなたの気持ち嬉しいわ。変なこといってごめんなさい。もういわないわ、私達ってずっと一緒よね」

「ジェニー、おれってさぁ……」

　ジェニーは、その時のインディアンに、金鉱を結納品としてもらったことなど、おれの頭にキスをしながら、ポツリポツリと話した。

　おれはジェニーがカスターの妹で養女で、砦に住んでいたこと以外、何も知らない。知ろうとも思わなかった。ただあの時は、一発やりたかっただけだったから。一緒に暮らすようになるなんて思いもしなかったんだ。おれのものになった女の過去なんて、なんで必要なんだ。おれにとって大切なことは、このやっと手にした女を手放さないことだけだ。たとえ貧しく食えなくたって、一つのパンを二人で分けて食う生活だって、ジェニーといれば十分に思えた。おれは今恵まれ過ぎていると思う。

　ジェニー、湖には一緒に行こう。そして二人して、そこで永遠の眠りにつこう。約束は守るよ。おれはふかふかの布団に包まれて、ジェニーの寝顔を見つめる。そして抱きしめて、眠りにつく。きっと明るい明日が来ると信じて目を閉じるのだ。

月一度の夜会が増えただけで、おれ達は忙しくなった。まず二人の衣装を、あつらえなくてはならない。ジェニーは、仕方ないわよね、といって、ダイヤの付いたネックレスを何本も買った。ホスト・ホステスとして、それくらいは、しなければならないことだったからだ。

毎日のように街に行って、用を足す。

人数分の大型のピッチャーが要る。大皿も何枚も揃えた。グラスも、飲み物に合わせて何ダースも買った。楽しい買い物だった。酒や料理を乗せるテーブルに、女性用のソファ、花台、花瓶も必要だとジェニーはいった。

夜会の当日早くから、花屋が来て、応接間の豪華な花だけでなく、玄関や廊下まで、たった一夜のために、生花を飾った。応接間のテーブルは、馬丁のポールが庭に面した、フランス窓から、庭へ引き出しているんだと知った。

バイオリン弾きが仲間を連れて来て、夜会はますます華やかになっていった。第一回の夜会は大盛況であった。

新しい夜会用のドレスは、今までのドレスより、胸のくりが深くて、少しだけ胸の谷間がわかるようにパットを入れたからと、おれに報告に来たジェニーの女心を、とてつもなく可愛いと感じたおれだった。

夜会を一度開いてみて、応接間が狭いと二人とも感じた。

「でもねぇ、一度お呼びした方を次にお呼びしないわけにもいかないわよねぇ」と、ジェニーは頭をかかえた。

しかし二度目から、そんなことはどうでもいいと思うようになった。要は良い酒と仲間がいればいいのだ。形式ばらないおれ達の夜会は人気があり、かえって難しい人間は来なくなった。そして、ジェニーのファンの男性が残った。

おれはホストとして、ジェニーにダンスを申し込む男達を、引き攣った笑顔で見守るしかなかった。男友達が、ニヤニヤしながらおれの、脇腹をつつくのだった。

そんな時は酒を飲むしかなかった。

その晩は、ジェニーはおれの気持ちを汲んで、ダンスを踊り続けて疲れているだろうに、おれのいつもより激しい求めにも、応じてくれるんだ。おれはこの時とばかり、例の〝キス〟をする。

あれからジェニーには〝キス〟が、愛撫の一種なのだと時間はかかったが納得させることに成功した。だから、毛布を剥ぎ取って、寝間着をめくり上げて、〝キス〟から愛を始めるのも、嫌がらなくなった。ジェニーの本心はわからない。だが、ジェニーはおれがしたいのだと、わかってくれているのだ。

だから夜会の次の日は、朝食になかなか起きては来られない。おれは、その寝顔を飽きる程見つめてから、額にキスをすると、そっとベッドを出るのだった。

髪を一つにまとめて、一人で着られるホームドレスを着ている。居間で新聞を読んでいるおれの所へやって来て、恥ずかしそうに、「旦那様、おはよう」という。

「ああ、おはよう。夕べは大変だったな」

「またちょっとお寝坊しちゃった」

「朝飯食ったか」

「うん」

ジェニーは、おれの膝を枕にして、体を縮めて、横になった。おれの顔を見上げて、「何か面白い記事は載ってますか」と聞いた。

おれは、しばし考えたが、思い切って、「お前の兄様の記事が載ってるぞ。今ワシントンに呼ばれているらしい」といった。

「今、ワシントンにいるんだ、何かご用なのかなぁ」と、懐かし気にいった。

「会いたいか」

「私ね、ここに落ち着いてから砦の兄様に手紙を書いたの。元気でやっていますって住所を書いて送ったの。それからお誕生日にも、クリスマスにも送ったの。だけど一度もお返事がないの。私のこともう忘れちゃったのかなぁ」

それは少し変だ。カスターは筆まめで有名だ。前線にいても、妻に手紙を毎日のように書いていたと、聞いたことがある。それが、ジェニーに一度も返事がないのは、おかしいじゃないか。

ジェニーはやはり、いまだに兄様のことを忘れてはいないんだ、だったらカスターのやつ、手紙の一本も何故くれないんだ。思いたくはないが、あの美人妻が、ジェニーの手紙をカスターの目につく所に置かないのではないかと、なんとなく、そんな気がした。

もしおれの所に、ジェニーの血の繋がらない弟がいて、そいつがジェニーのことを、死ぬ程慕っているってわかっていたら、おれだって嫉妬するかもしれないな、と思った。

ますます、おれはジェニーを大切にしてやらなくてはならないと、思わずにはいられなかった。兄様がなんだ、今にきっと、本当におれだけの女にしてやると、おれは、膝の上のジェニーに微笑みかけた。

六月になって、初夏の清々しい季節が来た。

目を開けたら、そこにジェニーの顔があって、おはようといって軽くキスをした。望みようのない、良い朝の目覚めだ。

おれはジェニーを抱きしめて、ベッドの上を転がった。

「ねぇ旦那様、今日はとってもいい陽気なの、久方振りに遠乗りに行きましょうよ」

「ああ、いいねえ、お前が行きたいなら、どこへも行くよ」

「わぁ嬉しい。じゃあ早く朝ご飯を食べに行こう」

朝食の席でも、お昼を持って、一日馬に乗っているんだと、とても機嫌が良い。良い子だジェニー、そうしているお前が一番可愛いよと思う。

簡単なサンドイッチを作らせて、キルトの敷物を持った。馬はもう用意が出来ていて、おれは、ジェニーが着替えをするというので待っていた。

「お待たせえ」とジェニーが駆けて来た姿を見て、おれは驚いた。

「お前、何て格好をしてるんだよ」

ジェニーは、砦にいた頃のような、ズボンにワークシャツを着て、衿元のボタンを二つ三つ外して、赤いスカーフを巻いている。手にしたテンガロンハットをかぶると、「さぁ、出発しましょうよ」と笑った。

「お前さぁ、いつそんな服買ったんだよ、また街の噂になっちまうぞ」

この街に来たばかりの頃、ジェニーとおれが、共に馬に乗って街を散策したことさえ、噂になったのだ。その時、ジェニーは裾の長い乗馬用のスカートを穿いて、鞍に跨らずに、両足を揃えて腰かける女乗りをしていたのだ。その時でさえ、女が一人で馬に乗って、あまつさえおれと一緒に出掛けると、口さがない人間の間で話題になったのだ。それがなんだ、あの砦にいた時の少年のような姿をしなくたっていいじゃないかと、おれはいいたかった。

「だっていいじゃない、この方が乗りやすいし、馬だって早く駆けさせられるもの」

どうしてもこの格好で行くと駄々をこねるので、おれの方が折れるしかなかった。

赤いスカーフは、カスターのことを思い出させる。ワークシャツは、ちゃんと女物になっていて、胸元もサイズが合っているが、遠目には少年のように見えるだろう。

噂になったっていいさ、ジェニーにも何か考えがあってのことだろう。好きにさせてやればいい。それであいつの機嫌が良ければ、おれは何もいうことはない。

「どこへ行くんだ」

「線路をずっと西へ行くの。お昼になったら、そこでサンドイッチ食べて、また帰って来るの」

「それだけか」

「そうだよ、西へ行くの」

兄様は今、ワシントンにいるんじゃなかったのか、といいかけたが止めた。ジェニーがしたいというのだから、それでいいじゃないかと、おれ達は街を出て線路に沿って馬を走らせた。

ジェニーは、キャーとか楽しいとか叫んでいる。天気は良いし、おれも久方振りに風をきって馬を飛ばすのは気持ちがいい。目の前に線路しかない路肩を、ひたすら馬を走らせる。ジェニーは時々、左手を気にする。

「旦那様、一時だからそろそろお昼にしましょうよお」

とジェニーが叫んだ。

「よーし、昼にするか」

馬を降りて、キルトを敷く。ジェニーが弁当を鞄から出して、水筒と一緒に持って来た。

「中はお酒じゃなくて、レモネードだよ、残念でした」

「何が残念だ、おれが酔っ払って馬から転がり落ちるのを見たかったのかよ」

「それも面白そうね」

おれは、げんこつを作って頭に一発くらわす振りをした。

キャーといって、ジェニーがのけ反って逃げようとする。そうはさせじと、両手で抱きしめる。なんて平安な時間なんだと、心の底から思う。

肩寄せ合って、サンドイッチを食べる。

「なんで一時だってわかったんだ」

「これして来たもの」

左手には、金の腕時計がある。

「よく馬に乗っててわかるよな」

「あら、あたし目だけはいいのよ。多分私の方が、旦那様より長く馬に乗っていると思うわ」

レモネードを飲む。喉が渇いていたから、とてもうまく感じる。ジェニーも、水筒を抱えて、飲む。喉が動くのがわかるんだ。それだけで可愛い。首筋にキスをする。二人して抱き合う。砦にいた頃、人目を気にして、平原の岩陰なんかで愛し合ったものだ。

ジェニーが、おれの腕の中から抜け出てキョロキョロし始めた。

「どうした」

「旦那様のバカ、お下(しも)」

線路を覗いて、見渡す限りの平原で人っ子一人いない。

「誰もいないじゃないか、そこらへんで済ませてしまえ」

「そこに一人いるでしょ、向こう向いていてくれるって約束してよね」

「ああ、こっちを向いてるよ」

ジェニーは、おれから離れて、しばらくおれの方を見つめているのだと気配でわかる。おれが振り向かないとわかったのか、用を足し始めた。おれは、さり気なく振り向いて、すぐ前を向いた。可愛い尻がチラリと見えた。ここで押し倒すことも思ったけれど、家に帰れば柔らかいベッドが待っているのだと思った。

それでも、ジェニーが戻ると、暫くは二人で抱き合っていた。

「このスカーフ閣下と同じじゃないか、どうしたんだ」

「砦を出るって決めてから、兄様の戸棚からくすねて来たの」

「兄様の思い出か？」

「わざとだよ。リビィさん、きっと枚数を知ってるはずだから、一枚減ってたらビックリすると思って。最後のいたずらだよ」

「お前は悪い子だなぁ」

「だって、私の兄様取ったリビィさんの方が、もっと悪い子だよ」

「まだそんなこと思ってるのかよ。お前って兄様と、本当に何もなかったのか」

「男と女として兄様愛してはくれなかった。だけどね、一度だけぎゅって抱きしめて、キスをしてくれたことは、ある」

「キスしたのかよ、いつだよ、お前何した時だよ」おれは興味を持たずにはいられない。

「湖で、インディアンの妻になったっていった時のこと」

「そりゃあ、閣下は驚いたろうなぁ。よりによって、自分も手出したことのない女が、インディアンの妻になったっていわれてもなぁ。閣下は、本当はお前のことを憎からずと思ってたんだと思うぞ。インディアンに抱かれちまったお前を前にして、きっとたまらない思いがしたんじゃないかな。多分お前にその時、女を感じたんだよ」

「だって、その時一度きりなんだよ。私のこと愛してたら、もっと優しくしてくれたっていいじゃないか。キスだってリビィさんのいない時だってあるんだよ。いくらだってできたのに」

ジェニーの口調が、砦の時にいた時のようにぶっきらぼうになっている。ジェニーが今、この格好をしてきた意味が、なんとなくわかる気がした。砦の生活が懐かしいというより、街の生活に少し飽きて来たんじゃないかなぁと。

ジェニーが時計を見て、

「大変だ、早く帰らないと、お夕飯に間に合わなくなっちゃう」

おれ達は、馬を速めて駆った。その途中で、おれは尻の傷が痛み出して来たのを感じた。やばいと思った。街に来て、こんな遠出をしたことはない。遅れがちになるおれに気づいて、ジェニーが声を掛けて来た。

「あなた、どうしたの、どこか痛いの?」おれの尻のことを思い出したのだろう。

「お尻痛いの?」

「尻っていうな」

「やっぱり痛いんだ、ゴメンネ、気がつかなくって、ゆっくりでいいから、おうちまで持ちそう?」

「野宿はごめんだ、これくらい大丈夫だから、心配するな」

しかし、尻は痛んで、なかなか馬は進められない。ジェニーは、おれに寄り添って、手を伸ばしておれの足を撫でてくれる。

「ねぇ旦那様、ここで休もうよ。無理しないで、野宿しようよ。サンドイッチは食べちゃったけど、レモネードはまだあるもの。キルトもあるし、ねっここで泊まろうよ」

おれも意地を張っても仕方ないなと思った。馬を降りる時、ジェニーの肩を借りなければならなかった。

馬の毛布を線路の土手に敷いて、キルトをジェニーが良く叩いて、二人してくるまった。キルトはジェニーの服の端切れで出来ている。人形作ったりポケットチーフ作ったりした後の、本当の残り物の端切れだ。だから生地は上等でも人に見せられるものではない。ミシンですいすい出来ちゃうのといって自分用に作ったのだ。

「マーサ、心配してるよね。お夕飯食べずに待ってるかもしれない」

「明日、帰宅したら謝ればいいさ」

おれは、うつ伏せに寝てゆっくり足を伸ばした。ジェニーが腰のあたりを揉んでくれる。

「気持ちいいよ、もういいからお前も休めよ」

「あたし覚えているよ。私が馬から降ろされた時、あなた気を失って前のめりになったの。お尻にこーんな大きな槍が刺さって、隊員の一人が、槍を抜こうとしたら、兄様が急に抜いたら出血するから、血止めしてから抜かなくちゃっていって、止めたの」

「そんなことがあったのか、知らなかった」

「私だって、あの時旦那様に助けてもらわなかったら死んでたんですもの」声が優しくなる。

ジェニーが暖かな体を預けて来た。

「星が綺麗、この世の中で、あたし達二人きりみたい」暗闇の中でジェニーの顔もよくは見えない。

地面が揺れた。西から光がやって来て、目の前を通り抜けて行く。ジェニーが慌ててキルトを押さえた。東部へ行く夜行列車が来たのだ。

「兄様、私がこの街にいるって知らずに、汽車に乗って通り過ぎたのね」

「窓の外を見てたかもしれないぞ」

「兄様は、眠っていなかったら、本を読んでるか、手紙でも書いてるわ。時間を無駄にしない人だもの、のんびり窓なんて見る人じゃないのよ」

「さすがだな、お前の兄様は」

「レモネード飲む？　まだあるわよ」

「じゃあ一口、お前も飲め」

おれ達は、レモネードを飲むと、抱き合って眠った。尻が痛くて、ジェニーを愛せないのは残念だったのだが、本当に二人きりで、ジェニーは誰のものでもないおれだけの女だと心から思える一夜であった。神様ってやつがいるとしたら、おれのジェニーへの思いを憐れんで、与えてくれた一夜だったんだと、後になってからも思うのだった。

翌朝、日の出を前に目が覚めた。暗闇の大地を朱に染めて、陽が昇って行く。早朝の地面から這い上がってくる冷気を、二人してキルトにくるまって、凌ぎながら、闇が消え太陽によってやがて大地が明るく照らされていく様を見つめていた。

「綺麗だね、あの先に何があるかって行ってみたいって思うのよくわかるよ」

「ああ綺麗だ。お前の髪がキラキラ輝いているよ」

ここで今ジェニーを抱いても、きっと何もいわずに、おれのしたいように体を開いたであろう。しかし、おれは尻が痛かった。家に無事帰りつけるだろうか、その方が心配だった。

「いい、絶対見ちゃいやだからね、絶対だよ」

ジェニーは、おれに何度も念を押して、用を足した。その後、おれの手を取って土手の向こうまで連れて行くと、

「私、絶対見ないから安心していいよ」というのだった。「見たっていいぞお」とおれは叫ぶと、ジェニーは「やだ」と素気

無く答えたのだった。

ジェニーの手を借りて馬に乗る。やはり痛む。しかし、我慢するしか方はない。今日中に家に着かなければ、ジェニーに丸一日、食事をさせてやれないではないか。尻を動かさないようにするには、ゆっくり歩くようにしか進めない。

「ごめんよ、こんな体たらくでさ」

「何いってるのよ。傷のこと考えないでこんな遠くまで来ちゃった私が悪いのよ」

ジェニーは、おれの気を引くように、色々としゃべった。

「私ねぇ、旦那様のお尻の傷見て驚いちゃったの。凄く奥まで刺さってたって。もっと奥だったら足が悪くなってたか、もっと上だったら歩けなくなってたって、その時砦の衛生兵だったオリバンダーの話だったよ。旦那様、唸って三日も目を覚まさなかったのよ。私死んじゃったらどうしようって思って、神様に祈ったの。私の命助けてくれた、この名も知らない兵隊、助けてあげて下さいって」

「名も知らない兵隊だったんだな、その頃のおれってさ」

「そうよ、兄様、私が兵隊達と仲良くするの望まなかったから、上級士官の人達としか口きいちゃいけなかったの」

「お前それで、何が楽しくて砦にいたんだ」

「だって、他に行く所がなかったんだもの。それに、リビィさんがどんなに嫌な顔しても、兄様と一緒にいたかったんだもの。週に一遍、兄様の書斎に入って良い日があったの。その時本を一冊持ちだしてもいい約束だったのよ。皆出かけちゃった後に、馬で近くの丘へ出かけて、山の中で本読むのが楽しみだったわ」

「小説とかロマンス物なんて、あの閣下が持っていたわけないよな」

「そうよ、読んだって意味わかんない戦い方の本とか、昔の軍記とかばっかりだけどね。本のページに線が引いてあったり、自分の考えを書き込んであったりしていて、兄様が手に取ってこの本読んだんだなぁって、愛しく思えたの」

「お前そこまで兄様のこと好きだったんだなぁ」

この頃、ジェニーは、兄様の話をしても泣いたりはしない。懐かしそうにはするが、過去のことになりつつあるのだろうと、おれは願っている。

「今でも好きだよ。だけどもう砦に戻るのは嫌だって思うようになったのは本当よ。旦那様が官舎でね、目を覚まして口を開けるようになったらね、酒保へ行って何か口に合いそうな滋養のつくもの食べさせてやれって、ジェニーにお金くれたのは兄様なんだよ。あんな勇気のあるやつを久方振りに見たって、褒めてたんだからね」

「閣下がおれのこと、そんな風にいってたんだ」

そのおかげでおれはジェニーと、口をきける関係になったんだ。もっと、カスターに感謝しなければ本当は、いけないんじゃないかと思えた。

「だから私が、旦那様と暮らすってこと、反対してたけれど、最後は認めてくれたの、そのことがあったからだよ」

「そうなんだ、閣下って意外に温情があるんだなぁ」

「もうちょっと、ジェニーのこと大事にしてくれたら、本当に良かったのになぁ」

いくら行っても線路の先に何も見なかった。日が暮れ始めて、おれは焦った。

ジェニーが水筒をおれに差し出した。

「あと一口残っているから、旦那様どうぞ」

「ジェニー、お前飲めよ」

「あたしは、さっき飲んだから大丈夫だよ」

おれは最後の一滴まで口にした。ジェニーを抱き寄せて、キスをすると、その口の中に注いだ。ジェニーは、少し戸惑ったようだけれど、飲みこんだ。

「旦那様、ありがとう。おいしかったわ」

また夜が来てしまった。ジェニーが明るくいった。

「インディアンのいる平原で迷子になるより、この線路を辿って行けば、いつかはうちに着くってわかっているだけ楽だって思わない?」

「お前って強いな」

「だって旦那様と一緒だもの」

「お前、とっても可愛いぞ」

おれ達はそれからどれくらい、おしゃべりをしていたのだろう。いきなりジェニーが、大声を出した。

「あっ、光が見える。ほらあそこ旦那様わからない?」

「どこだよ」

「おーい、ここだよお。旦那様も声出してよ。ここよお」

おれも、つられておーいと声を上げたんだ。

「旦那様、ゆっくりいらして。あたし先に行くから」

といって、あっという間に、ジェニーは馬に乗って闇にのまれて行った。そしてしばらくすると、おれの目にも、光が振れているのが見えて来た。

ジェニーは息せき切って戻って来ると、

「保安官が探しに来てくれたの、すぐ来るわ。暗いから、私みたいに慣れてないから少し遅れてしまうのよ」

保安官は携帯用のカンテラを持って駆けて来た。

「アームストロングご夫妻、ご無事でしたか、よかった」

マーサが、遠出に出たまま昨晩も帰らず、今日も昼にもどらないから、強盗にでも襲われたのではないかと、心配して捜索を頼んで来たのだという。

「マーサに無事だって、先に家に伝えてくれませんか」とジェニーが同行して来た、助手に頼んだので、助手は駆け去った。

「旦那様の古傷が痛み出して、動けなくなってしまったんです」

ジェニーは大袈裟にいった。

「遠くに来すぎて、馬をゆっくりとしか歩ませられないから遅くなってしまったんです。光が見えた時は嬉しかったわ」

保安官は、まるで二人を護衛するように、ヘンリーに付き添って、ゆっくりと馬を進ませる。

街の明かりが見えて来た時には、ジェニーが、歓声を上げた。

「お宅の女中の申し出だったんですが、夕方まで待とうと、こちらで判断してしまったので、お迎えが遅くなって申し訳ないですよ。明るいうちなら、馬車を呼ぶなりできたわけですから」

おれとしては、是非そうしてもらいたかった。尻の痛みは限界を越えそうだった。ジェニーがいなかったら、もう一泊野宿をしなければならなかったかもしれなかった。しかし今、目の前に街の明かりが見えて来ると、おれの体に、僅かながらも力が湧いて来るのがわかった。少しでも早く帰り着きたかった。おれだけのためじゃない。こうして、つかず離れずおれのことを心配してくれているジェニーのために。

おれは腹に力を入れて、馬の歩みを速めた。尻の傷には響いたが、あと一息だと思えば、それも我慢が出来た。保安官の手前もあった。

「そんなに急いで、旦那様大丈夫?」

ジェニーが心配して聞く。

「あと少しで、我が家だ。一瞬でも早く帰って、温かいスープが飲みたいよ」

保安官をお供に、おれ達は無事家に帰り着いた。知らせがすでにあったのだろう。門に明かりが灯っていて、馬丁のポールが駆け出して来て、おれ達の馬の手綱を取ってくれた。

「ポール、旦那様が馬から降りるのを手伝って頂戴」

先に馬から降りた、ジェニーが命じた。

おれは、みっともないことに、馬から、ポールに抱き起こされるように降りると、そのまま地面に座り込んでしまった。保安官が肩を貸してくれて玄関まで行く。マーサが、玄関から飛び出して来て、「まぁ、旦那様、ご無事でようございましただ。心配で、心配で、どこまで行ってなすったんですよ」

そうまくしたてると、保安官に、もっと早く、探してくれればよかったのにと文句をいった。

「マーサ、そんなことをいうんじゃない。助けに来て下さったんだ。お礼をいわなくちゃならないのは、おれの方さ」

ジェニーが礼をいって、保安官は帰って行った。もう十一時に近いというのに、湯は沸いて、台所には熱いスープと、チキンの丸焼きも並んでいた。

おれは、もう風呂に入る気力はなくて、手と顔を洗うと、台所のテーブルについた。パンをスープに浸して食った。コックが、鶏を切り分けてくれる。おれはガツガツ食ったが、ジェニーはスープを半分と、チキンを一切れ食べただけだった。

ジェニーより背丈のあるマーサに肩を借りて、二階の寝室に行った。戸の前で、着ていた物を脱がされて、下着姿になった。

「奥様が、こんなものお召しになるから、いけないんですだ」

「マーサ、何をいうんだ」

「そうよね、私が悪いの、マーサ、心配かけてごめんなさい。明日は皆で、お寝坊しましょ。朝ご飯は十一時ね。じゃ、おやすみ、マーサ」

部屋に入ると、ジェニーが、新しい下着を着せてくれた。おれはようやく、我家のフカフカのベッドにうつ伏せ寝で、横になることが出来た。ものすごく長い旅のように感じた。ジェニーが、金だらいに冷たい水を汲んできて、絞ったタオルを、おれの尻の傷の上に当ててくれる。冷たくて気持ちがいい。

「ジェニー、お前も寝ろよ」

「大丈夫、だって明日はお寝坊できるもの」

「なんで朝食が十一時なんだ」

「だって十二時だったら、お昼ご飯になっちゃうじゃないの」とケラケラ笑う。こいつも、無事家に着いて安心したのだろう。

「さあおいで、眠るんだ」

おれが、毛布を持ち上げると、ジェニーはベッドに入って来て、「痛い思いさせちゃってごめんなさい」と謝った。

「今こうして家に帰れたんだ。さあゆっくり寝るとしようや」

おれ達はすぐ眠りについた。

翌日、遅い朝食の後、マーサは、おれがいらないといったのに、医者を呼んだ。父の後を継いで医者になったという、若い男は、おれの尻の傷を見て臆した。

「何で出来た傷ですか？」

「インディアンの、でっかい槍が刺さったんだ」

おれが、素直にそういったのに、男はかつがれたのだと思ったのだろう。なかなか信じなかった。

「傷は表面から見たところ、何ともありませんね。傷はふさがっていて出血も見えません。しかし、この傷を縫った医者は下手でしたね」

「そりゃ、そうさ。西部の砦でやってもらったんだ。まっとうな医者なんていなかったんだから、酷いもんさ」

「本当にインディアンと戦ってたんですか」

「だからそういっているじゃないか、もう二年以上も前の傷なんだ」

医者は、おれの尻から太腿にかけてと、最後に腰を押してみて、「張りがあるから、膏薬を出しておきましょう」と、いった。古傷は、どうにも手に負えないから、これからは無理をしないようにといって、帰って行った。

あの時、あのまま砦にいたらどうなっていたのだろうか。やっぱり傷病兵扱いで、退役しなければならなかったかもしれなかった。そうしたら、僅かな恩給で、暮らしていけるわけはない。ジェニーに会ったっていうのは、とにかくおれの人生にとって、とても意味のあることだったんだなぁと、あらためて思う。

「なあマーサ、ジェニーはどこにいるんだ」と聞いた。医者が来たというのに姿も見せないのだ。

「お一人で、お出かけになりましただ」

「まさか、昨日の格好じゃないだろうな」

「あの服は洗濯しましただ。ドレスを着なさって、また馬に乗ってお出かけになりましただ」

マーサの言葉の端々に棘がある。こんな騒ぎを起こしたのに、また一人でしかも馬に乗っておれを置いて出かけたのが、気に入らないのだ。

お茶の時間までには、ジェニーは帰って来た。

「保安官の所へ、挨拶に行って来たの。ついでに街に行って、これを探して来たのよ。合うと良いんだけど」

ジェニーの手には銀の握り手の付いた杖が、あった。おれの心に、熱いものが湧いて来た。なんて気がつくやつなんだよ。

都合五日間、おれは動けなかった。下の世話は全てジェニーがしてくれた。妻として当り前のことでしょ、といって。

友人達が、毎日のように見舞いに来てくれた。花束、チョコレート、酒。酒は飲みたいとは思わなかったが、ジェニーを抱きたかった。愛しいジェニー。おれは街に暮らして、こんなに軟弱になっちまったんだと、悔しくさえ思った。

夜、ジェニーはおれの体を揉んでくれる。湯で絞った布で体を拭いてくれる。傷がなるべく痛まないように、体をゆっくり動かしてくれる。おれのジェニー、早く愛し合いたいよ。しかしおれは、うつ伏せ寝のまま何も出来ない。

友人達は勝手にやって来ては、

「凄い武勇伝作りやがったな」

「奥方が、まるで美少年のごとく、大活躍したそうじゃないか」

「騎兵隊にいて、インディアンと戦ったのって本当のことだったんだな」

などと、好き放題いっている。

ジェニーは、そんな男共が来ると、「ね、お願い。旦那様の体位変えるの、手伝って下さいませんか」と、心を鬼にして、やらなければなりませんといって、痛がるおれを、仰向けにしたりさせるんだ。

それでも、それから一週間程すると、起き出してマーサの肩を借りて、杖ついてベッドの周りを、そろそろと歩けるようになって来た。

「旦那様、もっとわしの肩に掴まって、もう一周するだ」とマーサは女中とは思えない熱意を持って、おれの世話をしてくれる。それを、ジェニーは、黙って椅子に座って見ているのだった。

十日以上経って、おれはもう我慢ができなくなってきた。

ベッドの上で、ゆっくり時間をかければ、一人でも、仰向けになることができるようになった。

「なぁジェニー、来てくれよお」

「まだ無理でしょ。もう少し大人しくしてましょうよ、ね」

「だめだよお、我慢できないんだよう」

おれは下着のボタンを外して、すでにジェニーを受け入れる体勢ができているのを示した。

「だってやり方がわからないわ。それに傷もまだ痛むでしょう?」

「いいんだ、これ一回だけだから、お願いだよ、おれを愛してくれよ」

ジェニーは、首をかしげて、ベッドの脇で悩んでいたが、服を脱いで静かに毛布の中に入って来て、おれの脇に横になった。

「なあ、おれの上に跨ってくれないか」ジェニーは何もいわず、おれのいう通りにした。

「跨ったら少し腰を上げて、お前の手で入れてくれないか」

ジェニーは、おずおずと手を伸ばして入れると、腰に両手をあてて、のけ反りながら、ゆっくり腰を落して行った。久方振りとはいえ、おれはその快感に、思わず声を出した。

しかしその後は上手くいかない。ジェニーの稚拙な腰の動きでは、快感が来ない。ジェニーは、体勢を崩して、おれの肩の上に両手をついた。おれは驚いたと思う。目の前に、いつも小さいと揶揄していた、ジェニーの乳房が、たわわな果物のように、揺れていたからだ。おれは両手で、乳房を揉みしだいた。傷は痛んだが、たまらずおれも腰を使った。絶頂はすぐに来た。

おれはジェニーを抱きしめて、髪を撫でてやりながら、

「ああ、尻痛てぇ。だけど凄くいいことがわかったぞ」と、これからが楽しみだと、浅ましくも思った。おれはこれからは、愛し合ってる途中でも、ジェニーを腹の上に乗せて、たわわな乳房を楽しむようになるんだ。

おれが杖をついて、ジェニーと街を散策できるようになった時には七月に入っていた。

夜会も始めたし、おれはまた友人達と酒を飲み始め、ジェニーは、おれにつきっきりだったのが、お茶会やバザーの生活を始めた。

また、以前の生活が戻って来た。ただそれだけで、新しい事は何も起らなかった。

ある晩、ジェニーは珍しくベッドにうつ伏せになって、お茶会仲間の婦人から借りたという、ロマンスものの本を読んでいた。よほど面白いのか、夢中でページをめくっている。両足をふらふらさせていて、背中ががら空きだ。

おれは、いたずらっ気を出して、そっと膝までめくれている寝間着の裾を持ち上げて尻まで上げて、ジェニーの、後ろに指を当てた。

ジェニーは、声にならない悲鳴を上げて、手にした本を投げ捨てて飛びすさると、ベッドボードを背にして、枕を盾に、しゃがみ、「ヘンリー、あなた何したの」と叫んだ。

おれはやばいと思った。ジェニーが、おれの名を呼ぶ時は、凄く怒っている時なんだ。

「ごめんよ、つい、いたずらのつもりなんだよ」

「今夜こそ、ご自分のお部屋で寝て頂きますから」

「ジェニー、それだけは、勘弁してくれよ。もう二度としないって約束するからさ」

「ヘンリーのバカ」といって枕を投げて来た。おれは、それをよけ損ねて、尻が痛い振りをした。たちまち、ジェニーの顔つきが緩んで、傷痛むの、と心配してくれた。

おれは、ゆるゆるとジェニーを抱きしめてキスをした。こうなったらもうおれの勝ちだ。だてに女たらしのヘンリーを名乗っていたわけじゃない。

「あたし、あなたと暮らすようになってから、すっごくふしだらな女になった気がするわ」

「何故さ、楽しく愛し合った方がいいじゃないか。砦にいた時、いつも一緒にいた大男がいただろう?」

「サムの奥さんのこと?」

「ああ、そんな名だったよな。女言葉で尻振って歩いてたっけ」

「悪口いっちゃだめよ、砦で私のたった一人の、女の子の友達だったんだから」

「女の子なぁ、お前苦労してたんだなぁ、同居していたリビィさんは恋敵だったしなぁ、あいつが女の子か」

「いつもお嫁さんになりたいっていってたから、今いい旦那さんが見つかってたらいいけれど」

「そのサムの奥さん、旦那が出来たら、どういう愛し方をしてるかわかるか」

「どういうこと?」

「サムの奥さんは心は女の子でも、体は男だろ、男同士で、どう愛し合うんだよ」

「えー、考えたこともなかった、どうするんだろう」

「お前の持ってる愛すべき所はないんだから、使う所は一つしかないだろ」

ジェニーは絶句した。

「おれお前を初めて見かけた時、凄い美少年だって思って、本当に心ときめいたんだぜ。おれは、男と寝たことないから、どうするのかよくは知らないけどさ。サムの奥さんにとっては大切な所だってことさ」

「うーん、彼女も苦労してたんだわねえ。二人していつも私、なぜ兄様と結婚できないかって話ばかりしていたの。サムの奥さんのことは、よく知らないの。サムっていう人と付き合っていたのかなぁ、そんなこと考えてもあげなかったのよ。悪いことしたわ、きっと何か話したいことあったかもしれないのに」

「男だけじゃなくて、女同志って恋もあるんだぞ。知らなかっただろう」

「そういう人、どうやって、相手の人見つけるんだろう」

「人にいえるものでもないからな」

「旦那様はどうして、そんなこと知ってるの?」

「そういうショーがあったんだよ。ご婦人が見るもんじゃない。秘密のショーがあるのさ」

「旦那様、そんなの見て面白かったの？」

「面白くはなかったけど、興味はあった」

「嫌な旦那様、サムの奥さん、どうしているかしら、会いたいな」

「行ってみるか」

「行ってもいいの？　私行きたい。まだ牧場見に行ったことないのよ。旦那様は、馬車の荷台に乗せてあげるわ」

　ジェニーはやはり街の暮らしに飽きて来ていたのだろう。すぐにサムの奥さんの所へ、手紙を書いた。

　マーサは猛反対で、おれが汽車に乗るなど、まだ無理だといい張った。ジェニーが、マーサ、あなたも一緒に来て、旦那様のお世話をすればいいじゃないのと、とりなしたが、

「わしは、街で生まれたんだ。そんな西の牧場なんて行きたくねぇ」といって、断ったんだ。

「マーサは、あなたのことが好きなのよ」

「そんなことあるわけがないよ、おれ何とも思ってないぞ」

「意地張らないで、一緒に行けばいいのにね」

「どうだっていいよ、だけど、汽車大丈夫か、少し心配だよ」

「特等の個室を頼んであるから、横になって行かれるわ。着いたら馬車が待ってるから荷台にお布団敷いていてくれてるわ」

　ジェニーの手回しはいつもいい。おれ達は足慣らしと称して、街へ馬車で買い物によく行った。牧場への土産を買うという。

「何を買うんだよ」

「一番持って行きたいのは、チョコレートなんだけど、この暑さで溶けちゃわないか心配なのよね」

「チョコレートなんか食うのかよ」

「皆好きよ。高級品だからなかなか口に入らないのよ。西部の真ん中で、チョコレート屋なんてないでしょう。あとキャンディーに、上等のクリーム挟んだクッキーでしょ、はちみつに上等のチーズでしょ」

「なんだ食い物ばかりじゃないか」

「他にもあるわよ。トランプにボードゲームでしょ、それから靴下」

「靴下なんか、西でも手に入るだろうが」

「だから必需品でしょ、履き心地が良い方が気持ちがいいじゃないの。毎日使う物だもの」

「うーん、もっともだ、ジェニーはどうしてそう気が利くんだよ」

「砦で、兄様が兵隊の世話してたでしょ。それ見てたのよ。兵隊のこと考えたら、食事だって、単調でしょ。それじゃ、士気にかかわるって、いつもワシントンとやり合ってたのよ」

「なるほどなぁ、上に立つ者の立場ってことか。よくわかったよ、お前の兄様ってやっぱり違うなぁ」

「だからね、牧童も兵隊ほど命にかかわる仕事をしているわけじゃないけど、それだけに毎日同じことの繰り返しでしょ。たまのお客なんだから、お土産いっぱい持って行ってあげたいの

よ」

「おれ、お前のこと、あらためて凄い女だって感心しちまったぜ」

「やあねえ、そんなことおっしゃって。恥ずかしいわ。さ、次のお店に行きましょう」

牧童にスカーフを買うといって、婦人用の洋品店に行った。あるだけスカーフを出してもらって、柄を選んで五十枚以上買った。マネキンに、ごく薄いピンクシフォンで、小花が一面に縫い付けてあるショールを見つけて、これはサムの奥さんへのプレゼントと、ジェニーがそれだけ別に包ませた。

本屋へ行って、小説も沢山買った。その折り、子供向けの文字の練習帳を買ったので、

「そんなものいるのかよ」

「あら、子供の頃から、親の手伝いさせられて、学校行ってない子も多いのよ。文字が読み書きできなくちゃ、独立できないじゃないの」といって石板に石墨も買い足した。

お前、そこまで考えているんだなと、感心したんだ。

後は、香りの良い石鹸、白いハンカチ、歯磨き粉に歯ブラシ、どれも上等のものを選んだ。

「あんまり、贅沢に慣れると、後々困らないか」

「あら、評判が良かったものは、これから送ったげるからいいのよ。ジェニーのために働いてくれてもいるんだもの、それくらい、今までして来なかったのが申し訳ないくらいよ」

「だけど牧童にシルクのスカーフは上等過ぎないか」

「ああそれなら、サムの奥さんに渡して誕生日のプレゼントにするからいいの」

なるほど、良く考えている。その後、布屋へ行って白い金巾の布を沢山買った。

「そんなもの、どうするんだよ」

「うふふ、サムの奥さんへ、エプロン作って持ってってあげようと思うの。エプロンって、奥さんのしるしみたいじゃない？」

そういって、おれをモデルにして、でっかくても、フリルがこれでもかとついたエプロンを、マーサに手伝ってもらいながら三枚作った。そうだ、このミシンもお土産に持って行こうとジェニーはいった。

最後に菓子屋に寄って、キャンディやチューイングガムなどを店頭にある瓶ごと買って、溶けないといいのだけれどと、板チョコを箱で買った。

荷物は土産だけで金のトランクに三個分にもなったのでマーサが、「旦那様は、奥様の無駄遣いを注意せにゃあ、なりませんですだ」と文句をいった。

「ねえ、マーサ、もしまた旦那様の傷が痛み出したら、私じゃ肩かしてさし上げられないわ。あなたがいなくちゃだめなのよ、そうじゃなくて」

ジェニーのその一声で、マーサもついて行くことになった。

それからが大変だった。マーサが、あれもこれも持って行くといい出したからだ。

「お鍋くらいは向こうにもあるし、自分の着替えだけ持てばいいのよ」そうジェニーがいうと、今度は着物を山程持って行こうとする。

「八月で暑いのよ、そんな冬物はいらないわ。綿のドレスが一番よ。気になるならショールを一枚持って行けば、それで足りるわ。丸太小屋だけど、お部屋もあるのよ、汽車に乗ったりするんだから、楽なドレスがいいの。そんなよそ行きのドレスなんていらないわ」

旅行の日が来た。

「エイミー、お留守番よろしくね」

「はい、奥様」

エイミーとスコット夫人は、玄関で見送ってくれた。

馬車の中でマーサが、エイミー一人残して大丈夫かと心配した。

「何故、私達いないから逆に楽でしょ」

「奥様何いうだ、あの娘っ子が奥様の宝石持って逃げるなんて、わけないですだ」

「まぁ、そんなこと心配してるの、私はねマーサと同じにエイミーも信用しているのよ」

マーサは、まだ少し不満のようだった。

汽車に乗ると、マーサは落ち着きがなくなった。

「わし、汽車に乗るのは初めてなんだで、ちゃんと、動くんだろうか」

「まぁ、そんなに心配だったら、旦那様の隣に座るといいわ」

おれ達は、自分達で持ち込んだクッションを抱いて、特別室の個室にいる。マーサがおずおずとおれの横に座って、手すりにつかまった。おれが、手を握ってやると汗をかいている。汽笛が鳴って汽車が動き出すと、マーサはおれにしがみついた。ジェニーが笑っている。我に返ったマーサは、慌てておれから離れて、座り直した。

棒つきキャンディとお人形

バザーの日が来た。ここ一週間程、用意で忙しかったが、今日は六月の快晴、実に良い日だ。

植木屋が入っていて、バラが満開に咲いている。家の入口には、教区の可愛い娘が立っていて、来る人々は、娘の持つ大きな缶の中に、銅貨や小額紙幣を入れて、それが寄付で、入場料がわりだ。

庭に入れば、教区の婦人達が作って、持ち寄った手芸品のテーブル、寄付された道具類や古着が、芝生の上に敷かれたシートの上に並べられたコーナーがある。

そして、昨日教区の男達が来て建てたテントが、二張りある。小さい方は飲み物のテントで、紅茶にレモネード、ソーダ水、大人用に赤ワインに果物を入れたパンチまである。

大きなテントには食い物が並んでいる。乾かないように、ガラスの覆いのかかったサンドイッチ、メインはチキンで、台所でスコット夫人がずっと焼いているから、熱いものが食べられる。ミートパイやアップルパイ、ムースにメレンゲ、クッキーも銀盤に山盛りになっている。


これからもきっと必要になるからと、ジェニーがいうので買い入れた簡易椅子が庭中に、置かれている。

牧師は、入口の近くの椅子に座って、パンチ片手に、来客に挨拶をしている。

ジェニーはと見れば、明るいライトグリーンのアフタヌーンドレスに、フリルの付いた白いエプロンを付けて、飲み物のテントや、食事のテントをまわっては、足りないものがないか、見て回っている。

そうして、来客に呼び止められて、挨拶なんかをしている。見ていて楽しそうだ。

おれも飲み物のテントで、自分用の白ワインを飲んでいて、男客が来ると、内緒で勧めたりするんだ。

満開のバラが良い香りを漂わせていた。迷子になった子供が泣いている。そんなことだって、おれは許せた。楽しい、いい日だった。

バザーは、大盛況だった。ほとんどの客が、新入りのおれ達を見に来たんだろう。だからジェニーは飲み物や料理を奢ったのだ。皆満足したんじゃなかったのかな。

「こんな派手になさったら、次の方がお気の毒」というわざとらしくおれに聞こえるようにいった客も、いるにはいたが、別にそんなこと気にはしない。だってジェニーが、やりたいように頑張ったんだから。

会が終わって片付けに入ると、ジェニーは、エプロンのポケットから、高額紙幣を数枚、募金箱の缶に、そっと入れた。

男達がテントを片付けた。馬丁が簡易椅子を物置にしまった。ジェニーは残った料理を、お夕飯の足しにしてねと、バザーの係だった女性達に、惜し気もなく与えた。

牧師は、寄付の缶を抱えて、満足気に挨拶をして、迎えの馬車で帰って行った。

バザーは無事終わった。ジェニーは、家の三人の女達に礼を述べた。夕飯はバザーの残り物で、チキンはすでに冷めていたが、誰も文句をいう者はいなかった。

そっと応接間に行ってみたら、部屋には鍵がかかっていた。寝間着に着替えたジェニーは、「すっごく楽しかった。私達のこと、来た人はよく思ってくれたかな」と心配した。

「金持ちの道楽と思ったさ」

「それでもいいの、こんな人がいっぱい来てくれて楽しかったこと今までなかったもの」

そういってベッドに入った。

おれが、横に添い寝した時には、ジェニーはすでに、小さく口を開けて、静かな寝息を立てていた。こいつなりに、気を遣っていたんだなぁと、可愛く思った。寝間着の中に手を入れて、乳房をゆっくり揉んでも、目を覚まさないので、今夜は許してやることにした。きっとおれも、慣れない笑顔を作って人と会って疲れているんだ。手を伸ばしてジェニーを胸に抱いた。ジェニーの髪からほのかにバラの香りがした気がした。


それからの後、パーティへの招待状が、山のように来るようになって、「もう断りきれないよな」とおれがいうと、ジェニーは身構えて、「もう、怖いことはしない?」といった。

「怖いことなんかしないさ。ただおれはもっと楽しいセックスがしたいだけさ」

パーティは、なるべくまんべんなく行くようにした。けれど、おれにも飲み友達が出来るようになった。ジェニーも、女だけのお茶会に呼ばれるようになった。少しずつだが、生活が変わっていった。今まで肩肘張って生きて来たのが、少し余裕が出て来たというべきか。

ジェニーは、新しいドレスを何着もあつらえた。

「だって、他の人、皆いつも違うドレス着て来るのよ」今まで用意してあった数枚のドレスでは、用が足りなくなって来たのだ。

「仕方がないよ。お前は、ついこの間まで砦で、男の格好をしてたんだぜ。ドレスなんて持ってなかったんじゃないか。新しいの買えよ。着飾ったジェニーを見るのは、おれ好きだぜ」

そういって、おれもついて行って、ジェニーが、色とりどりの布を肩に当てて、これどうかしら、というのを聞くのが、たまらなく幸せに感じた。

ジェニーは、たちまち洗練されていって、化粧なんかもうまくなった。もっと美人になったとおれは思った。街でも腕を組んで歩いていても、男どもが、振り返るようになったんだ。

おれの女だぜ、凄く良い気分だ。

　ここに落ち着いて、半年を過ぎた頃から、おれは一人で酒場に行くようになった。ジェニーが、お友達も出来たのだし、男の時間を持つべきだといい出した。おれはすぐ、おれがいない間、ジェニーは何をするんだと思ったのだ。まず、一人になって、兄様との思い出にふけりたいのではないかと疑う思いが出て、「家で、ジェニーは何をするんだよ」と強くいった。

「私はすることがあるから」

「だから、おれのいない所で、お前は何をしたいのさ」

　ジェニーは部屋を出ると、大きなかごを手に戻って来た。

「これ、私のドレス作った時の余り布よ。これで、小物作って教会のバザーに出すの」

　おれは少し、拍子抜けした。そんな他人のために時間を使うのかよ。

「お前が作ったものなんか売れるのか？」

「うーん、そこが問題よね。でも安くすれば売れるかもしれないわ。婦人会のワトソン夫人に、型紙を貰ったの、それで袋物を作るの」

「人と同じものを作ったってだめなんじゃないか。ジェニーがバザーに行って一番欲しかったのはなんだったんだよ」

「棒つきキャンディと、お人形よ」

「じゃあ人形作れよ。女の子なら人形欲しがるんだろ。それとも お前、人形作れないのかよ」

「修道院にいた頃寂しくて、シスターに教わって、一体作ったことがあるわ」

　昔のことを訊いて、おれはしまったと思った。また泣かれるのではないかと。しかし、ジェニーは笑いながら、布を選んでいる。過去のことも、少しずつ彼女にとって遠いことになっているんだと、おれは思って安心した。いいことだ。いつまでも、悲しみに引きずられていては、たまらないと思ったから、おれはジェニーのいうことを聞いて、彼女に人形を作る時間をつくってやるべく酒場へ、行くのだった。

　丸テーブルに向かい合って、三人の女が針仕事をしている。黒人女のマーサは、以外にもお針が得意で、三人の中ではリーダー役である。同じく黒人のメイドのエイミーは、今十六才でもう少しで十七才になるという。

「私末っ子だったから、妹ができたみたいで嬉しいの」といって、とても可愛がっている。

「年頃になって、良い人が出来たら、この家からお嫁に出してあげたいわ」と夢を語った。そうしたら、おれもジェニーと一緒に、親代わりとして式に列席するのだろうか。きっとジェニーならそうして、並の娘以上に、嫁入り道具をそろえてやるんだろうなぁと、何となく思った。

　今朝、ジェニーが銀行に行こうといった。また銀行の応接室に通されて、おれの通帳にはすでに、結構な額の金がたまっているのを知った。

店長は、投資を是非と勧めてきたが、おれは考えておくと答えた。おれって金持ちなんだと思った。少なくとも軍人やってたら、稼げない額だ。しかし服もジェニーが買ってくれる。酒代だって、つけで、月末に家で支払う。おれは金を使う所がない。

ジェニーは、インディアンに教わって、金鉱を持っているって話は、本当なんだなぁと思う。金は今でも出ているのだろう。その金をドルに替えて、信託にして、何人かの仲間と分けていると聞いている。何にもしないおれにこんな金をくれるんだ、いったいいくら金があるんだろう。

「なぁジェニー、おれって、こんな贅沢していいのかなぁ」

「あたしの旦那様だもの、遠慮はいらないわ」

「お前の仲間って、皆、何してるんだよ」

「ミッチは、東部の大学を出て、仕事を始めて失敗しちゃったの。借金を作ったから、誰かさんみたいに、西部まで流れて来て、私達の仲間になったの。今、金庫番よ。スタンリーは、もともと砂金採りだったから、今、金鉱を守ってるわ。例のサムの奥さんとオリバンダーは、牧場をやっているの。皆、それぞれの夢叶えているの」

「集まったり会ったりしないのかい」

「全員が揃うとしたら、たぶん私のお葬式の時よ」

「そんな悲しいこと口に出すなよ」

おれは力一杯ジェニーを抱きしめた。

「やめてヘンリー、苦しいわ」

「二人を分かつのは死しかないはずだけど、それは、もっとずっと先のことだ。葬式だなんて、もう二度と口にするんじゃないぞ」

「ごめんなさい、あなた」ジェニーは消え入りそうな声で謝った。

この街に暮らして、一日とて、心安らかに過ごした日はない。ジェニーが死を口にしてから、ますますおれのジェニーに対する、執着が深くなった。ジェニーが行くという所へは、どこへでも一緒に行った。婦人会など、男のおれの入れない所へは、行きも帰りも必ず馬車で迎えに行った。

たちまち、噂になった。その多くは、

「美人の奥方を持つと苦労が多いのでしょう」というものだったが、それは正しくはない。おれはジェニーに一瞬でも、兄様のことを、思い出して欲しくなかったからだ。おれがどんなに努力しても、兄様はジェニーの心から離れはしないのだ。おれの心の暗闇を知る者は誰もいない。

「ねぇねぇ見て」と、ジェニーがご機嫌でやって来た。こんな日は嬉しい。おれは読んでいた新聞をテーブルに置いた。

「お人形出来たの、どうかしら」

毛糸を丸く編んで顔にして、黄色の毛糸をおさげに結んで、目は青いボタンで、赤い糸で笑った口が刺繍してある。体は、見覚えのあるジェニーのドレスと共布で出来ている。

「可愛いじゃないか。きっと売れるよ」

「だといいんだけど。次のバザーは私が売り子のお手伝いをするんだもの。私、人に物売ったりしたことないのよ」

「その人形と同じ布のドレスを着て行くといいよ。きっと、お前が作ったってわかって売れるさ」

「それいいアイデアだわ。まだ布が余っているから、頑張って、もう少し作ってみる」ジェニーが浮れた声でいった。

「ジェニー、手、出して見せろよ」

ジェニーが手をおれの前に差し出した。おれはその手を取って片手ずつよく見た。

「ほら指先の針跡が赤くなってる。無理するんじゃないぞ」

「わぁ、ヘンリーって優しいのね」

「良い家の奥様が、手を荒していたら、旦那のおれが恥ずかしいだろ」

「あら、働き者の妻を持ったって思ってよ」

「お前、本当におれの妻か?」

ジェニーはうつ向いて顔を赤らめた。

このところ急激に街は大きくなって、目抜き通りにも新しい店が沢山出来て来た。

おれは、ジェニーを連れて、その中の新しく出来たばかりの宝石店を訪ねた。

ジェニーは、あまり乗り気ではなかったけれど、色々見て、金台に赤い小さな石の付いた指輪を買って、その夜、ジェニーの左手の薬指にはめてやったのだ。

「こんなもの、私恥ずかしいわ」

ジェニーはそういったけれど、一人で外へ出ることが増えて来て、おれは心配したのだ。

「他の夫人も皆しているじゃないか。今まで指輪をしていなかった方が変だったんだ。これで、お前に色目を使うやつも減るってもんだ」

ジェニーは、ベッドの中で左手を出して指輪を見つめた。

「妻……」と小さな声で呟いて、毛布の中に潜った。

毛布の中から、「こんなもの急にしたら、また噂になるわ」といった。

「噂なんて、すぐ消えるよ」

ジェニーは、おれの寝間着を掴んで、「ねえ、ヘンリー、この私でいいの? 神様の前で約束も出来ないかりそめの妻でいいの?」

「今のままのジェニーで十分だよ。これまで変だって思ってたやつはきっといたさ。でも、これで表向きは、誰が見たって、おれの妻さ。ジェニーがおれと一緒にいてくれれば、名前なんてどうだっていいと今は思っているんだ。このままでいておくれ」

バザーの日が来た。あいにくと曇天で、雨じゃなかっただけ良かったと、係の婦人達がいい合っている。

ジェニーは、ドレスが夜会用で、衿が大きく開いていたから、下に立ち衿のレースのブラウスを着込んで、白いエプロンを付けている。髪を結い上げて軽い化粧をした姿は、いつもより大人びていて、美しい。

おれは、また飲み物のテントの近くに陣取って、ジェニーの姿を見ていた。

ジェニーはいった通り、教区婦人達の作った物を並べたテーブルの脇に立っている。

ジェニーは、あれから頑張って三体の人形を拵えた。女中達は、茶色の毛糸玉の顔に、本綿の衣装にエプロンを付けた、メイド人形を作った。今日はメアリーも手伝いとしてついて来た。

バザーが始まってすぐに、三十才には間がありそうな青年がテーブルの前に立ち止まった。ジェニーに何かいっている。ジェニーはエプロンをめくって見せたから、同じドレスの共布だといっているのだろう。後ろにいたメアリーも前に出して、また何かいった。

青年は、ジェニーの人形と、小間使いの人形を抱き上げて、ジェニーに差し出した。買ってくれるんだ、ジェニーが嬉しそうに微笑んでいる。けれど、おれの目には、その若い男が、さり気なく、ジェニーの手に触ったのを見逃さなかった。おれの心に、嫉妬心が渦巻く。

こうなることをわかっていながら、おれはジェニーに、ドレスを着て行くように勧めたんだから。おれのジェニーへの愛は片寄っているんだ。わかっているけれど、どうしようもないんだ。これが砦だったら、おれは飛んで行って、あの男を殴りつけている。おれの女に手を出すなと。それをおれは今、じっと耐えている。望んで耐えているんだ。おれはきっと病んでいるんだ。

「私のお人形が、どれも売れてホッとしているの。メアリーも顔出させてメイド人形も一緒にいかがですかって買ってもらったの。それもね、買ってくれたのが皆、殿方なのよ」

「おれ見たぜ。最初に買った若い男、お前の手に触ったろ」

「そんなことも見てたの。いやな旦那様。いいじゃないの買ってくれたんだから」

「おれはそれ見て、嫉妬にかられていたんだぞ」

「それじゃあ、これからもう売り子はやめるわ。旦那様心配させたら悪いもの。でもねぇ、ヘンリー、私って綺麗?」

「何変なこというんだよ。綺麗だよ」

「ヘンリーの意見じゃなくて、世間は私のこと、どう見てるのかってこと」

「おれ、砦で初めてお前を見て、凄い美少年がいるなって思って、心が震えたんだ。それが女ってわかって、いつかきっとおれのものにしてやろうって決めてたんだ。その時から、綺麗な女だって思ってたんだぜ。陽に焼けて、髪ボサボサで、馬に乗ったジェニーなんて、ここの連中は、想像もしないだろうな。今は美人だ、誰もがそう思ってるよ。それも凄い美人になったよ。街に行けば、男が振り返るのわかってるだろ」

「あのね、お人形売れたから、もっと前に持ち出して来たら、殿方も、もちろんご婦人もいたけど、品物結構沢山売れたの。そうしたら、奥に居た女の一人が、女に媚びて売ってるっていったの、私そんなつもりじゃなかったのに」ジェニーが悲痛な面持ちでいった。

「いわせたいやつには、いわせとけばいいんだ。誰だって男だったら美人と付き合いたいと思うもんなんだ。普段は口きけないやつなんてバザーっていいチャンスなんだぜ。バザーで、ジェニーから、女持ちの巾着買って、夫婦喧嘩したうちも、あるんだろうよ。要は、売れればいいんだ。その点では売り子としてジェニーは最高だってことさ」

「ねぇ、私思ったんだけど、あなたわざと、私のドレスと同じお人形作れっていったでしょう」

「ああいったよ」

「やっぱり。それで殿方が、お店に来るとも思ったんでしょう」

「ああ思ったさ」

「それって変じゃない？　私のこと嫌いになって来たの？」

「その逆さ。うちの奥方がどんなに男にもてるか見てみたかったんだ」

「そんなこと、普通の旦那様考えるかしら」

「おれは思ったんだ。この愛して止まない奥方がさ。バザーでおれがいなくて一人になった時、どんなにもてるか見てやろうと思ったさ。おれって自虐的な所があるのかもしれない」

「そんなこと口にして、嫌ならいって、もうバザーにも行かないから」ジェニーが真剣な顔をしていった。

「悪かったよ、ジェニー。人形が売れてよかったな。美人の奥方もらって、おれは幸せだよ」

ジェニーの好む新しい店が出来た。それは可愛い置き物を売る店で、さっそくジェニーは対になった陶器の花かごを買って、寝室の暖炉の天板の両側に飾った。

「すっごく可愛い、私こういうの欲しかったの」といって、買って暫くは毎晩見惚れていて、なかなかベッドに入って来なくて、おれをいらつかせた。

街に行く度に、小物の人形なんかを、一つ二つと買って来るので、家中が、明るくなった。

「そんなに買って、もう置く所がないぞ」と、おれが文句をいうと、「飽きちゃったものは、バザーに出すから大丈夫」と笑った。

砦で男のような格好をしていたって、リビィさんの優雅なお辞儀を、隠れて習ったりしてたんだ。それが今、こんな可愛い物を集めてみたり、ジェニーはやはり、女の子として生きて来たかったんだろう。今誰にも憚らず、大手を振って好きなことがやっと出来るようになったんだ。

チョコレート屋の隣に、おもちゃ屋が出来た。ジェニーはすぐにも行きたがった。

　大きなクマのぬいぐるみを抱いて笑っている。そこでジェニーは一つの発見をした。それは、ヨーロッパから来た本物の人形だった。値段も高い。かつらを付けたビスク人形（ドール）だ。手足が胴体に付いていて、動かすことが出来る。ジェニーはそのうちのカールした金髪で青い瞳が愛らしい、瞳の色と同じ色のウェストで切り替えになって、シュシュを巻いた服を着た人形を買った。

「ねっ、私が作る人形って、胴体に手も足もくっついたままでしょ。だけどこの人形って胴体に手足が別々についているから、着せ替えも出来るんだわ」

　ジェニーは人形を裸にして、マーサとしきりに調べて、胴体に、ボタンで手足をくっつけることによって動かせる、着せ替え人形を考え出した。

「このお人形があれば、手の器用な人なら、自分で服が作れるわ」

　ジェニーは、この発明に興奮して、また人形を作るようになった。女中達は、生成りの木綿地に詰め物をした人形の着替えのドレスをああだこうだといいながら作り出した。

「なぁジェニー、もうすぐ一年になるんだぜ」

「本当に、そうね、あっという間だったわ」

　この街に来て、もうすぐ一年になる。つまりおれの誕生日も近くなったのだ。

　おれは、酒は飲んでも、夜ごとジェニーに少しずつおれのしたいことを教えて来た。おれの誕生日に、何が欲しいと、ジェニーが聞いたので、おれは躊躇わずに、ベッドの中で新しいことをしたいといった。

「それって怖いこと？」

「とってもいいことさ、女でよかったって思うことさ」

　ジェニーは浮かない顔をした。

「大丈夫さ、怖くないよ。きっといいことだってお前も思うさ」おれはそう願った。

　その日が来た。スコット夫人が、ご馳走と、バースデイケーキを焼いてくれた。おれは飲み友達とその妻達を呼んで、簡素な誕生生パーティを開いた。

　女達は揃って花束をくれた。男達の手には酒瓶が、握られていた。

　おれは、生まれて初めてケーキに飾られた、ローソクを吹き消した。

　マーサが、ケーキを切り分けてくれる。ジェニーは、マーサにいって女中の分と馬丁の分も切り分けて、皿に乗せて下げさせた。ジェニーってこういう所良く気がつくよと、思う。馬丁に、主人のバースデイケーキやる女主人なんていないんじゃないか。

「あれ（馬丁）は、南北戦争に従軍して、足を悪くしましたの。

でもとても働き者で、重宝していますわ。暇な時は草むしりもしてくれますし」

珍しく、ジェニーが自慢をしている。女達はたわいのない話をしている。おれ達男は、すぐ酒盛りだ。

「あなたの所のコックって、お料理が上手ね、羨ましいわ」

「でも太っちゃうの」

「あなたのどこが、太っているっていうの」

「このお部屋素敵ね。あなたの好みでしょ」

「旦那様が、ゴチャゴチャしてるって、文句をおっしゃるの」

「まぁ、あんなにお優しそうなのに？」

「どこでお知り合いになったの？」

「カンザスの砦で、旦那様は騎兵でしたけど、怪我なさって退役されたの」おれは、その時受けた尻の傷のせいで、今でも軽く足を引く。だから話は合っているのだ。

「私、他のお部屋も見せて頂きたいわ」

「一階は、もう一部屋応接間があるけれど、使っていないから、今日は風も通していないし、次の時でいいかしら。寝室はお二階よ」

「おい、おれ達の愛の巣を、襲撃するつもりかよ」おれが口を挟んだ。

「こんな美人とだろ。おれも見たいよ」

そんなこんなで、ゾロゾロと全員で階段を上がって行く。寝室の戸を開けたら、まず女達が声を上げた。ジェニーの好みで、カーテンも布団もクッションも白のレースとフリルで統一された、おれにいわせればフワフワの部屋だ。

「まぁ素敵」

「可愛いお部屋、良い趣味なさってるわ」

「夢みたい」

女達はそういって部屋の中に入って行って、置き物を見たりしている。

男の一人が、おれの尻をつねって、「よくこんな部屋でできるな」とウィンクをした。

「もう慣れたさ。ランプ消せばどこでやったって同じだよ」

「おれの女房も、こんな部屋にしたいってしきりにいってたんだ。今夜はねだられるかもしれないなぁ」

「奥方のいうことは聞いた方がいいぞ」

「おれだって、お前の奥方みたいだったら何でも聞くさ。うまいことやったよなぁ」

女達は部屋を回って、洋服ダンスの扉を開けたりしていたが、探索は終わったらしい。

「私もこんなお部屋で、夢を見てみたいわ」

「一人なら、いくらでもどうぞ」

友人の一人が夫婦で、掛け合いをしている。

「こちらが旦那様のお部屋よ」

ジェニーが、おれの部屋の戸を開けた。

「あら、シンプル」

「これが男の部屋だよ」

「これでこそ、落ち着いて寝られるってもんだ」

「ヘンリー、お前も、何かとゆっくりしたい時があるんだろうが」

おれの必要最低限のものしかない部屋を、皆は、口々にいいたいことをいった。おれが、一人で寝ることがあると、皆思っているんだ。おれが、ここに来て、まだ一晩も一人で、この部屋を使ったことがないと知ったら、皆、どんな顔をするのだろうか。ジェニーが、月のさわりであっても、彼女一人にすることは、ないのだから。

「この奥は、お客様の寝室になっているの」ジェニーが明るくいって、皆を案内する。おれは、あの一階の閣下のためであろう秘密の応接間に、怖れをなして、二階の自分の部屋の隣の客間が、どんなになっているのか見たことはない。それを、ジェニーは、他人に見せるという。見せていいんだろうか。

「ここがお客様の寝室よ」ジェニーが戸を開けた。

「すっきりしたいいお部屋」女の一人がそういった。

飾り彫りの施されたベッドボードと、上等の羽根布団の掛かったツインのベッドルームだ。揃いの洗面台と鏡、ジェニー好みの、可愛い応接セットと本棚。壁には風景画がかかっている。

暖炉の、少女と少年の、瀬戸物の飾り物は、この頃入れたにしても、きっとこの部屋は、ジェニーが、ここに越して来てから変わっていないんだろう、とおれは思った。

兄様が来たら、客用に二階の客間に通すわけがないんだ。ジェニーの寝室に、行くんだ。

そんなことがわからなかったなんて、とおれは自問自答した。今もし、あり得ないことだけれど、もし兄様がこの家を訪れたら、おれは自分の部屋に、追い払われるんだ。くそっ、なんという誕生日だ。おれはくさった。

「あとは、お納戸と、お台所と、使用人の個室、これで全部よ」とジェニーが、戸を閉めながらいった。

「お食事は」

「この家には、食堂なんてないの。台所のテーブルで頂くの。熱々のスープなんて、鍋から直接に頂けるから、二人きりだし、それでいいの」

おれ達は、また居間に戻って来た。

料理は既に冷めている。マーサが気を利かせて、全員に熱い紅茶を出してくれた。

「これでケーキ頂きましょうよ」

「おっ、このケーキ美味いよ」

「シンプルなシフォンケーキに、アイシングが良く合っていること」

「料理の上手いコックがいるって羨ましいわ」

また賑やかにお喋りが始まった。

「素敵なおうちだわ」

「この居間も、とても落ち着くし」

「でもね、小さくても、婦人用の応接間作っておけば良かったなぁって思っているの」

とジェニーがいっている。

「だってバザーの打ち合わせとか、小物作ったりして、物散らかしたりしたら、旦那様落ち着いて居間にいていただくことができないんですもの」と、とても優しい。

「ご自分のお部屋あるじゃないの」

「だって、ご自分のおうちの居間に寛いでいただけないなんて申し訳ないわ」

「あなた旦那様思いねえ、あなたみたいな美人に想われて、こんな幸せな旦那様ってないわよ」

「喧嘩なんかなさらないでしょ」

「そうでもないわ、私だっていいたいことがあったらいうもの」

まぁとかそうなのと、女達が驚嘆する。

こいつら、ジェニーが馬に乗ってインディアンが跋扈する平原に暮らす、荒くれ者の騎兵隊と過ごしていたなんて知らないんだからなぁ。あの頃の、男のなりをしていたジェニーをみたら、同じ人間だとは思いはすまい。ジェニーは、この一年で、街の人間になろうと努力し続けて来たに違いないのだ。

「ねぇジェニーさん、あなたの宝石が見たいわ、沢山持ってらっしゃるんでしょ」

「そんなことないわ、指輪が二、三個と、夜会用のネックレスとイヤリングのセットを二組持っているだけよ」

「それだけなの？　旦那様にねだればいいのに」

「私、宝石って、あんまり興味ないのよ」

「あの素敵な腕時計持ってらっしゃるじゃない」

「ああこれ、必需品でしょ。ないと約束守れないもの」

ジェニーが、左腕をめくって、小さな金の時計を見せた。

「あらやだ、もうこんな時間なんだわ、おじゃましなくちゃ、お夕飯に間に合わないわ」

「これ、良かったら持って帰って」

料理はマーサの手で、すでに下げられていて、蓋付きのポットに入れて、手かごにまとめられていた。

「わぁ嬉しいわ、これで今夜は楽が出来る」

「おれはまだ飲み足りないよ」

「おい、気を利かせろよ。今夜は、奥方が裸にリボンだけ付けて、プレゼントよって、お持ちかねだろ」

「ジェニーはそんなことしないよ。あいつ恥ずかしがり屋で、ベッドの外では、寝間着脱がないんだ」

「そりゃあ、夫の教育が足りない。いくら美人でも、夫のいうことには、従うべきだろうが」

「まぁ色々あるんだよ」

「こいつ奥方の尻にしかれてやがる」

「おれだったら、あんな美人の尻にしかれたっていいぞ」

男達はそれぞれ皆勝手なことをいいながら、妻君に急かされて帰って行った。

ジェニーと二人になると、何となく照れくさくなった。

「良いお友達じゃないの。こんな気楽なパーティだったら、またしてもいいな」

「おれって、お前の尻にしかれているんだとよ」

「他人からだと、そう見えるのかしら」

「お前はそう思っていないのか？」

「まあ旦那様ったら、そんなことおっしゃって。ジェニーはそんなに強い妻ですか」

「いや弱虫で泣き虫で恥ずかしがり屋さ、今夜楽しみだなぁ」

「今夜、怖いわ」


夕食は、コックが気をきかせて、大きなTボーンステーキを焼いてくれた。ジェニーは赤身の所を一切れ切っただけだったが、おれは脂身を少し残してほとんど食った。料理の上手いコックがいるってことは本当に良いことだ。おれは、最後のワインを飲み干すと、コックに礼をいってくれとマーサにいった。昼の料理も美味かった。客が喜んでいたではないか。楽しい日だった。後はジェニーがどんな反応を見せるかだ。それも楽しみだ。

二人が湯を浴びると、小間使いが、「奥様のご用意ができました」といってきた。

おれが部屋に入って行くと、ジェニーはベッドの脇に立っていた。おれが後手でドアを閉めて鍵をかけると、ジェニーは駆けて来て、おれの首に飛びつくと、耳元で、「ヘンリー、誕生日おめでとう」といってくれたんだ。

おれはジェニーを抱き上げて、ベッドへと運んだ。毛布の中で、背中から抱いて、ジェニーの温かさを感じた。首筋にキスをすると、髪の中に顔を埋めて、ずっとそのままでいた。

十分か二十分か、とにかく平和な時をゆっくり味わっていたかったのだ。

「ねぇあなた、お寝間脱いだ方がいいかしら」と、先にジェニーが口を聞いた。

「このままでいいんだ。お前って、凄く良い匂いがするんだ。こうしていて、飽きることがないんだよ。この女は全て、おれのもんだって自慢したいよ」

おれは、さり気なく足を絡めた。ジェニーの肩を抱いて、寝間着の上からゆっくり、乳房を揉んだ。キスをしながらそっと寝間着の裾をまくり上げた。ジェニーは、気が付かないで、おれと激しいキスを、し続けている。おれの指が、おれが欲して止まないジェニーの愛すべき所へもぐり込んだ。ジェニーの体がビクンと痙攣する。おれは片手で、ジェニーの頭を押さえて、キスを続けた。愛する所への〝キス〟は、あれから二度と許してくれないが、おれは指を使って、愛技の一つとして、ゆっくり時間をかけて、慣らして来た。今では、ほんの少しなら、指を逞わしても許してはくれる。しかし今夜こそ、ジェニーに女としての快感を味わわせてやりたかったんだ。

キスから逃れたジェニーは、おれの手を離そうとした。おれは、そうはさせるかと片手で、ジェニーの手を押さえて、指を動かすことはやめなかった。

「旦那様、やめてぇ」とジェニーがいやいやをしながらいった。いつもはこれくらいでやめているのだが、今夜のおれは許さなかった。

「恥ずかしがらずに、体の力を抜いて、快感を感じるんだよ」

おれは、ジェニーの耳元で囁いた。

やがて、ジェニーは荒い息をするようになって、いやとかやめてとか、わけのわからない言葉を呟き出した。

「もう少しだよ、素晴らしいことが待っているんだから」おれはずっと囁き続けた。

ジェニーは、可愛いことに、おれの腕を掴んで、目をかたくつぶり、眉間に皺を寄せ、口を一文字にかたく閉じて、誰に教わったわけでもないのに、懸命に、その時が来ることを待っていた。おれは指の動きを速めた。

おれは早く、その時が来いと願った。ジェニーが、おれの腕を強く握って、「ああ、変よ、私変になっちゃう」と叫んで、体中を震わせた。おれの腕の中でのけぞると、両手を何かをつかもうとするように、空をつかんだ。

ついに気をやったんだ。

おれはそれでも、指を止めなかった。ジェニーは、いつものしとやかさを投げ捨てて、あられもない言葉を口にした。一瞬気を失ったのだろう。おれの胸の中に顔を埋めた。やがて、せつな気に、「ヘンリー、やめて、私、本当に死んじゃう」と呻いた。

おれは、指を離した。ダメ、体に触らないでと、ジェニーは叫んだ。体をひくつかせて、体中をめぐっている快感に耐えている。そのジェニーの姿を、おれは見ていた。

〝キス〟はあの後許してくれなかった、これはどうなるんだろう、おれとしては、ジェニー自ら求めて来てくれるようになったら、そりゃあ嬉しいけど。おれはその後、ジェニーと一つになると、軽く時間をかけずにいった。その後、おれはジェニーに、どうだったかとか、よかったかとか何も聞かなかった。ジェニーも何もいわなかった。ただ大きな息をついた。

ジェニーは、おれの胸の中で眠っている。どんな夢を見ているのだろうか。そういうおれだって、ジェニーの夢をまだ一度も見たことはないのだ。


毎日がゆっくり過ぎているが、確実に時間は進んでいる。気がつけば季節は移ろい、この街に来てまた一年が経とうとしていた。

この一年何をしたのだろう。思い出されるのは、ジェニーの誕生日に行った、慈善バザーだろう。ジェニーの着せ替え人形は、十体以上あったのではないだろうか。ドレスを着ているが、着替えのドレスが、形を替え、かごの中に沢山おさめられていた。

　ジェニーは、手回しのミシンを手に入れて、紳士物の、ポケットチーフやリボンを沢山作ったんだ。

「ミシンて、本当に楽よ。直線ならすいすい縫えちゃって、こんなチーフなんて、すぐ出来ちゃうの」と、ご機嫌だった。

　主だった招待客には、自分の誕生日を兼ねているから、プレゼント代わりに、募金か、寄付品を出品して欲しいと書いて招待状を送ったから、寄付品も、目をみはる程に集まった。

　当日、入口に娘が立って缶を持つのはいつもの通りだが、ジェニーのお茶会仲間の婦人達が、寄付品の売り子を買って出てくれて、ジェニーは感激したらしい。娘を連れた夫婦連れが人形と替えのドレスを選んで二枚買ってくれた。ジェニーは、メイド人形をおまけにつけてやった。

「私、このお茶のセット欲しいの」手伝いの婦人の一人がいった。

「じゃ、今日のお手伝いのお礼にお持ちになったら」

「わぁ嬉しい。でもちゃんとお代金は払うわよ」

「私は、この花瓶が欲しいの」

「いいんじゃない。お持ちなさいよ」

　など、少々のいんちきはあったが、品物は良く売れた。いつものバザーより品物が良くて安いのだから、売れないはずはない。

　ジェニーがおれにそっといった。

「だって売り子って大変なのよ。残ったら自分で買ったり、気を使うものだもの。せっかくなら、楽な方が、売り手も買い手も良いでしょ」

　飲み物は、紅茶にレモネード、ジンジャエールにソーダ水、パンチもある。

　おれも、テントに来たご婦人に、慣れない手つきで、レモネードを注いでやったりしたのだった。料理も、いつものサンドイッチやパイの他に、大きなローストビーフが出ていて、スコット夫人が客の求めに応じて、切り分けてやっていた。馬丁のポールは、コンロで、棒に刺したソーセージを焼いていて、これは人気があって、いつも列が出来ていた。

　ジェニーは、ピンクのアフタヌーンドレスに白いエプロンかけて、サラサラの髪を、今日は結わずに、頭には庭で摘んだ花で作った花輪を付けているので、とても幼く見える。

　エプロンのポケットには、棒つきキャンディを沢山入れてあって、子供が来ると与えていたので、いつの間にか、ジェニーのエプロンの紐を掴んで、子供達が、後ろから列を作って、ついて来るのだった。

　ジェニーは嬉しそうだった。ずっと笑っていたんじゃないかな。

　頃合いをみて、おれはジェニーを、庭の真ん中に立たせて「整列」と大声を上げた。何事かと、人が集まって来る。スコット夫人が大きなケーキを持ってやって来た。昨日のうちに焼いておいて、ピンクのバタークリームを塗って、すみれの砂糖菓子で飾ってある。この家に似た可愛いケーキだ。

おれは、大声で「ジェニー、誕生日おめでとう」といった。集まった人々も、口ぐちに、おめでとうといってくれた。

ジェニーは一瞬何が起こったのかと、戸惑ったけれど、大きな声で嬉しそうに、「ありがとう」といって、蝋燭を吹き消した。拍手がおこった。ジェニーは、スカートを持って優雅にお辞儀をした。

ケーキは、スコット夫人が小さく切り分けた。ジェニーは、その中のすみれの乗った所を二つ取って、一つをおれにくれた。おれ達は、ケーキを同時にほうばった。まるで結婚式のようじゃないかと思った。

スコット夫人は盆に乗ったケーキを、周りの人々に配って歩いた。左右から手が伸びて、たちまちケーキはなくなった。バイオリン弾きが雇われていて、バイオリンの曲に合わせて皆踊った。おれもジェニーとワルツを踊った。曲がのって来ると、誰かれかまわず踊り出した。おれだけは、ジェニーを離さなかった。そして抱き合って互いの体温を感じながら、この平安がいつまでも続くようにと祈った。

その平安を乱すことが起こった。若い男がジェニーの肩に手をかけて、自分の方へ引き寄せようとしたのだ。

ジェニーが、ひしとおれに抱きついた。おれは、男の手をひねって、ジェニーの肩から外した。

「奥様、私と一緒に一曲踊って頂けませんか」

市長の息子だ。こいつ、おれがパンチの後ろに隠しておいたウイスキー持ち出して、ラッパ飲みしている。酔っているんだ。

「何するんだよう。お高くとまってんじゃねえよお。踊って下さいませ奥様よお」

ジェニーが、おれの背に隠れた。バイオリンの音が止んで、踊りの輪が崩れた。皆後ずさりした。

そこへ市長の奥方がやって来て、息子に向かって、

「恥ずかしいことをするもんではありません」と叱ったが、酔っているので、相変わらず、おれに絡んで来る。

そのうちに市長の関係者の男達に肩を押さえつけられて、外に連れ出されて行った。

「さぁ皆さん、また踊りましょう」おれは大声でいった。バイオリン弾きは、わざと陽気な曲を弾き出した。皆、男も女も手をたたいて、飛び跳ねている。

ジェニーはおれの背中に張り付いて、口をあてて、熱い息を背中に吹きかけて来る。

「怖かったか」

「ええ、ちょっとびっくりした」

「あいつの親父が、今度市長選に出たら、おれは一票入れないぞ。せっかくのジェニーの誕生日、壊しやがって」

「いいのよ、あなた。皆楽しんでくれているわ。私達も踊りま

しょうよ」

　おれ達も、踊りの輪に入って、ジェニーと両手を繋いで、笑い合って飛び跳ねた。

　それがジェニーの誕生日だった。

　おれの誕生日も来た。またジェニーが、「今年のプレゼントは何がいいの」と、聞いた。

　おれはきっと難しい顔をしていたのだと思う。すぐには答えなかった。ジェニーも心配そうにおれの顔を見た。おれは、自分の誕生日に何を求めるか、ずっと悩んでいたのだ。このおれの申し出を、ジェニーが受け入れてくれるか不安だったのだ。場合によっては、おれ達の仲にも関係してくるのではないか、望んでも口に出していいものか、なかなか答えは出なかったのだ。

「ねぇあなた、どうしたの。そんなに怖いこと？　ジェニーはこの頃凄く強くなって来たでしょ。あの〝キス〟だったら、一回くらいなら出来ると思うわ」

　可愛いことをいう。だけどおれの望みは、そんなことではなかったんだ。悩んだ末に、ジェニーの目を見すえていった。

「おれさ、うちの応接間で、お前とダンスがしたいんだ」

　まぁ、とジェニーが口を開けて驚いた。

「旦那様、あの応接間ご存じなの」

「ずっと前のことだよ。戸を開けたら入れたんだ。そこで中を見た。カーテンが一部引いてあったから、ランプは点いていなかったけれど、様子はわかった。ドアを閉めたら、マーサがいたよ。そうだ、うちで初めて教会のバザーを開く時だったよ。牧師を応接間に通したらいいかって思ったんだ」

「あのお部屋は、月に一遍、マーサが掃除をする決まりなの。きっとその日だったんだわ」

「兄様のための特別な応接間なんだろ」

「ちゃんと、ご存知だったのね。でもいいの、旦那様が望まれるんですもの。ダンス一緒に踊りましょう。楽しい一日にしましょうね。私新しいドレスを買わなくっちゃ。旦那様一緒にお買い物に行って下さいね」

　ジェニーはいつの間にか、明るい顔つきになって、今日にも買い物に行こうといった。

　おれの考え過ぎだったのだろうか。さすがに兄様への思いが薄れて来たと、いうのだろうか。おれ達はもう丸二年近く一緒に暮らしているんだ。ものはいってみるもんだ。ジェニーが、ああああっさりと承知するとは思わなかった。しかし、その後のはしゃぎようも、少し不自然ではないかと。あくまでもおれは、気を遣い過ぎか。

　ジェニーは、いつも何かに気を遣っている。ドレスにしても、最高級の店には行かない。その下か、もう少し下の店で買う。おれには、一番の店で仕立てているのにだ。

　しかしデザインのアイディアは、ヨーロッパからモードの本を取り寄せて、たとえ人気のドレスがあっても、自分の道を行く。だから、店では、ジェニーのことを、とても大切にしてくれて、変わった凝ったアイディアを出しても、出来るだけ、従ってくれる。今回もピンクの生地を見つけて、裾にひだや、花飾りを付けたいという。

「共布で、バラのお花を付けたいの。それからシフォンの布で、肩から垂らしたいの」

おれは一人、ウイスキーのグラスを前にして、女達がさざめきながら、ジェニーの周りを囲んで、ああだ、こうだといっているのを、ゆっくり微笑んで見ていて、飽きることがない。おれの女が、もっと美しくなるのを見るのだ。こんな楽しいことはない。

ジェニーは、机に置かれたスケッチブックに、何か書き込んでいる。それに女達が、何か加えたりしている。

「これは、旦那様のお誕生のお祝いだから、出来るまでは秘密なの。楽しみにしていらっしゃいね」と、ジェニーにいわれて、おれは机から遠ざけられたのだ。ドレスに、そんな色々型があるのだろうか。それを今、決めているのかと思うと、当日が楽しみだ。

ジェニーの体形は、もう店で把握しているはずなのに、それからジェニーは何度か、店に通った。本当は一人で行きたそうだったが、おれはついて行った。だからジェニーは店に着くと、すぐに試着室にこもって、女達と、キャアキャアいっているのが聞こえるだけだ。試着した姿すらおれに見せてはくれない。

試着室から出て来る時は、朝着て来た服をすでに着込んでいて、「お待ちどうさま旦那様、さぁ済みました、帰りましょう」というのだ。

いったいどんな服を作っているというのだ。

「おれには見せてくれないのかい」と帰りの馬車でいうと、すまして、

「だって、旦那様、今見たら、お誕生日に驚かれないもの。お楽しみ。私だって本番はどうなるか、今からドキドキなんだもの」と楽しそうにいうので、それ以上は何も聞けないじゃないか。色々な意味で、当日が楽しみだった。夜だって、ジェニーがぽつんと口にしたではないか、あの〝キス〟を一度くらいはしてもいいと。ちゃんと耳にしたんだから。その夜何としてもしてやろうと、おれは思っているんだ。やっぱりおれには、女たらしのヘンリーが、体に染みついているんだろう。それだって、ジェニーの口から出た時は驚いた。今こうしているのにやったぜと思う。ただその時は、その先への告白に気が全部向いていたから、聞き流した感はあったが、ジェニー、お前凄い前進じゃないか、と思う。自分から〝キス〟のことというなんてさ。おれはにやけてしまう。まいっちまうぜ。

「ねえ、あなた、お願いがあるの」

ジェニーが朝食時、おれの手を取っていった。

「なんだい、改まってさ」

「あなたのお誕生日に、またお友達を呼ぶでしょ。それを、お

昼にしていただけないかしら」

「おれ、午後っていっちまったぜ」

「ごめんなさい、ドレスが間に合わないの」

「昼間のドレスなんて、なんだっていいじゃないか。この前と同じドレス着たって構わないぜ」

「夜のドレスが間に合わないの。お店から人が来るから、お夕飯も早くにしたいの。ねっお願い」

そういわれれば仕方がない。おれは友人達に昼食会になったといってまわった。いったい夜のドレスってどんなものになるんだろう。やけにもったいぶって、何聞いても、秘密っていうんだ。これで、たいしたことがなかったら、夜、ベッドの中で怖いぞ、とおれは少し焦れて思った。

その日が来た。スコット夫人が、昼食とは思えないようなご馳走を作ってくれる。ケーキの蝋燭を吹き消して、楽しいパーティの始まりだ。

プレゼントの中に、銀台にクリスタルのショットグラスがあったから、おれはさっそく使って、男達と酒を飲んで、食うもんを食った。

おれが、何だか秘密のドレスがあるらしいんだけど、その時までおあずけなんだ、というと、友人の一人が、ついに奥方も裸にリボンって気になったんだよと、おれの肩をたたいた。そんなことなら、あんなに服屋にしげしげと通いはしないだろうというと、女の考えていることは、わからないからなあと全員が頷いた。

ジェニーは、いったい何を考えているのだろう。大切な兄様の応接間を使いたいといったことが早過ぎたのだろうかと、後悔の念がどうしても浮かんでしまうのだ。

男の一人が、もう騎兵隊には戻らないのかと聞いた。

「足がね、それに今更命をさらしてまで戦うのもどうかって思うようになってさ」

「そりゃ、あんな美人の奥方、若後家にしちまったら、行く所へも行けないだろうが」とまた皆笑った。

「インディアンとは、どうなるんだろう」

「戦いしかないだろう、元はあいつらの土地だったんだから」

南北戦争の時、この連中は幸いにも後方にいて、実戦経験のあるのはおれだけだ。

「人を殺すって、どんな気がするんだい?」

「どんなって、殺さなくちゃ、おれがやられるってことだけさ」

まずい酒になって来た。

一人がそれを察して、「奥方のドレス楽しみだな。なんで誕生日のプレゼントが、奥方とのダンスなんだよ」と聞いて来た。

「おれの、つまりおれだけの女だって確かめたかったんだよ」

「ダンスでか?」

「ああ、ダンスでだ。色々あるんだよ、あいつ、もともと好きな男がいたんだ。だけど事情があって結婚できなかったんだ。おれはその時、あいつの心の隙間にうまいこと割り込んで、おれ達は一緒になった。だけどおれはまだ心配なんだ。前の男のこと、忘れてくれたんだろうかってさ。おれだけの女に、なったんだろうかってさ。女々しいと思われるだろうけれど、おれにとって、あいつの居ない世の中なんて、考えられないんだ」

おれは、グラスの酒を煽った。

「何いってんだよ、もう新婚でもあるまいし、美人の女房持つってのも苦労があるんだなぁ」

「だから早くに裸にリボンって、仕込めっていってるんだよ」

「いやぁお前の所、奥方が、裸にリボンで来たらどうするんだよ」

「決まっているだろ、おれはすっとんで寝室から逃げ出すさ」

爆笑が起こって、皆のグラスの酒が空になった。

おれは笑いながら、酒瓶を手にした。

ジェニーは、女達に囲まれて、誕生日に買った、腕時計を見せている。前の時計は小さく、時を知るだけの用であったが、今回はおれが選んだ。盤面がもう一回り大きくて、まわりをダイヤが囲んでいる、店でも高級な金時計であった。

「素敵ねぇ、ダイヤモンドがこんなにあったら、指輪になるかもしれないわ」

「旦那様が選んでくださったんでしょ。お金持ちのご主人持つと羨ましいわ」

「ホントよねえ、私もこんな時計欲しいわ。ジェニーさんて、本当に地味に作ってらっしゃるわよね。ドレスだって、私達と同じお店で作ってらっしゃるし、宝石だって目立たないものばかりだし」

「でもご主人立てて偉いわ」

「だってあんなにもご主人に愛されていらっしゃるのだもの、見せつけられちゃうわ」

「ホント、今だにお熱くていらっしゃるのだもの、とってもかなわないわ」

「私はそんな、ただ二人だけだから、旦那様しかいらっしゃらないんですもの」

「お兄様、亡くなられたんですものね、お寂しいでしょう」

「それはね……。そんな話止めましょ。私は、皆さんと仲良くさせて頂いてとっても嬉しいのよ」

「皆あなたのこと、好きよ。何かという人もいないわけじゃないけれど、バザーもよくなさるし、高ぶらないし、お付き合いしやすいんですもの」

「まぁ、そういって下さるの、とっても嬉しいわ。今度は、どこのお宅でバザーあるんでしょう。私、お手伝いさせて頂きたいわ」

「また皆で楽しくしましょうよね」

三時にお開きの予定が、四時近くなってようやく客達は腰を上げた。

「今日は楽しかった。お招きありがとう」

「来てくれて、嬉しいよ。誕生日でなくてもまた来てくれたまえ」

「また来るよ。今夜頑張れよ」

「ジェニーさん、お料理美味しかったわ。今度は、うちのお茶会でお会いしましょうね」

「嬉しいわ、来て下さってありがとう。皆さんお気をつけて」

客は皆帰った。女中と小間使いは後片付けに走り回った。

ジェニーは、珍しく「あたし、ちょっとはしゃぎ過ぎちゃったみたい。少し疲れたわ」といって、客間のソファに横になった。

「寝室に行かなくていいのかい?」

おれはそういうと、ジェニーが少し身構えたので、おれは慌てて手を振って、

「何かするっていうんじゃないんだよ。その方が休まるかって思っただけさ」

「ここでいいわ、ちょっと休ませて」

そういって三十分ほど眠った。気を遣っていたんだなと、少し可哀そうに思えた。

おれは、手近にあった膝掛けをかけてやった。

夕食は六時だという。

「少し早過ぎないか、おれまだそんなに腹空いてないぜ」

「旦那様ごめんなさい。私ドレス着なくちゃならないから、お店から人が来るのよ」

「いったいどんなドレスを着るっていうんだ?」おれは少し言葉荒く聞いた。

「ごめん、私の好きにさせて、ね、大人しくお夕飯食べて、ね、旦那様」

そういわれて渋々、おれはテーブルに着いた。そこへ、以前に来たことのあるバイオリン弾きがやって来た。ジェニーが、一緒に食事をと誘うと、こちらの旦那様と一緒には、と遠慮する。それをジェニーは、これから働いてもらわなくちゃならないからと、強引にテーブルに着かせて、昼の残り物を中心に皿を並べた。やつは、最初の遠慮がとれると、ガツガツ食い出した。痩せた若い男だ。こんなご馳走、初めて食べたという。一家で移民して来て、バイオリンを弾いて、結婚式やダンスパーティに呼ばれて糊口(ここう)を凌いでいるという。おれは珍しく、気の毒にと思った。おれの誕生日だ、好きなだけ食ってくれと、おれの皿も勧めた。

ジェニーはスープだけとると、湯を浴びるといって台所から姿を消した。玄関に人が来た。話が通っているのだろう、マーサが出て、客人を二階に案内した。

「奥様が、ご用意がお出来になるまで、旦那様は、お召し替えなさった後、居間でお待ち下さいとおっしゃいました」

マーサに手伝ってもらって、テールコートに着替えた後、仕方がないので居間に行く。今夜の主役はおれなんだぞと思ってしまう。マーサが、酒の用意をしている所へ、バイオリン弾きが入って来た。

「おれも、ここで待つようにいわれて……」と椅子の端に腰かけた。

どこに住んでいるのだとか、家族の話を少しすると、もうこいつとの会話が成り立たない。なんとなく気まずいような、雰囲気になったなぁと思ったら、やつは立ち上がって、おれに一礼してバイオリンを弾き始めた。

曲名なんて知らないが、優しい音色で、ついうとうとしかけてしまう。

メアリーに揺り起こされて、おれは目覚めた。

「奥様が、応接間でお待ちでございます」

見ればバイオリン弾きもいない。おれは立ち上がって、メアリーに衿を直してもらって、応接間の戸の前に立った。

ドアノブに手がかけられない。俺が立ったままなのを心配したメアリーが「戸をお開けしますか?」といったのを、押しとどめて、おれは一つ息を吐くと、両手で応接間の戸を力いっぱい開けた。

応接間は、全ての蝋燭立てに火が灯り、四方にはランプが部屋を照らしている。おれは一瞬目をうたがった。そうだ、部屋を占めていた大きなテーブルがない。そのせいで本当のダンスホールのようだ。その光の中にジェニーが立っていた。プラチナの髪が本当に美しい。

ジェニーは、きちんと髪を結って、淡いピンクのローブを羽織っている。なんだよ、ここに来てまで、ドレスはおあずけなのかよと、おれは思った。焦らされるのも限界がある。

ジェニーは少し緊張した顔をしていた。バイオリン弾きが、緩やかなメヌエットを弾いている。

「ヘンリー、あなた、お誕生日おめでとう」といって、ローブをほどいた。ローブは緩やかに滑りながら、背後に流れるがごとく落ちていった。

確かにおれは驚いた。声が出なかった。ジェニーが望んだ通りに、バラの花がドレスに沢山縫い付けられている。けれど……。

「ジェニーお前、いったいどうしたんだい」おれは駆けて行って、ジェニーを抱きしめた。ピンクの夜会服は、いつもジェニーが着ている袖の付いたものではなかった。細い肩紐でむき出しの肩からつられている。そこには、シフォンの布が縫い付けられていて背に回って裾まで垂れている。

そして、ドレスは今まで見たことのない程、胸が深くえぐれていて、そこから、白い豊かな胸が盛り上がって、見事な谷間を作っていたのだ。

おれは、もう我慢出来ずに、その谷間に顔を埋めた。

「旦那様、恥ずかしいわ」

バラの香水が香る。おれは人差し指で、その胸のふくらみを押してみた。柔らかく揺れるではないか。

「ジェニー、素晴らしいよ。どんな魔法をかけたか知らないけど、凄いプレゼントだ。さあ踊ろう」肩を出しているので、ジェニーは肘上までの絹の手袋をしている。

おれは一歩下がってお辞儀をすると、ジェニーに向かって手を差し出した。

「奥様、踊って下さい」

ジェニーは、おれの手を取って、ワルツを踊った。おれにぴったりとつけられた、柔らかな、白い胸が、踊る度に揺れるのを、おれは夢の中にいるように思いながら見つめ続けた。手を上げて、ジェニーが回転すると、肩のシフォンが揺らめいて羽のように舞った。

ジェニーの息が上がってくると、部屋の四方に、壁に沿って並べられた椅子に座って休んだ。色んな酒とレモネード、軽食や果物なんかが、ちゃんと本式のダンスパーティのように用意がしてあったんだ。

バイオリン弾きもワインを飲んだりカナッペを食べたりしている間、おれは、ジェニーの胸に頬を寄せたり、キスをしたり、誕生日のサプライズを心から楽しんだ。

「あなた、人目があるわ」

「構うもんか、こんな素敵な贈り物を目の前にして、我慢が出来るかよ」

「うふふ、でもやっぱり、あなたのおっしゃる通りに魔法よ。夜が明けたら解けてしまうのよ」

「それまで楽しんでやるさ」

おれ達はダンスをしては、休みを繰り返して、応接間じゅうを踊り明かした。静かになったと思ったら、バイオリン弾きが、バイオリンを手に、椅子の上ですでに眠っていた。

「いいだろ、ジェニー」

「だって恥ずかしいわ、だめよ」おれが許すわけがなかった。

おれ達も、椅子を並べただけの固いベッドの上で、静かに愛し合った。おれの動きに合わせて、ジェニーが声を立てまいと、目を瞑って、必死に我慢をしているのが可愛い。キスをして、ジェニーを愛しながら、おれは、ジェニーの豊かな胸を、ドレスの上から、これでもかと愛撫し続けた。

その時が来ると、二人とも、我慢しきれずに、互いに、小さな声を上げた。

「素晴らしい一夜だったよ、ありがとうジェニー。もう言葉になんて出来ないよ。この夜をおれは一生忘れないよ」

そういって、甘酸っぱい汗の香りを嗅ぐために、また胸の谷間に、おれは顔を埋めた。


気がついたら、おれは一人でソファに寝かされていて、毛布がかけてあった。蝋燭は皆、燃え尽きていて、カーテンの隙間から朝日が覗いていた。魔法は解けてしまったのだ。

顔を洗うのに湯をもらいに台所へ行くと、例のバイオリン弾きが、マーサの給仕で朝飯を食っていた。よく食う男だ。

「昨日はすみません、寝ちゃいました。気がついたら朝で、旦那はまだ寝てたから」

「ああいいんだよ、楽しかったよ」

おれは、マーサに、パンでも肉でもあるものを、持たせて帰らすように命じた。きっと、ジェニーから、彼にとっては大金の、法外な手間賃がすでに支払われているのだろうから。

おれは顔を洗うと、カラーを外しながら寝室に行った。ジェニーは髪をといて、寝間着を着てベッドの端に座っていた。

「まぁ旦那様酷い格好」と笑って、おれの服を脱がしてくれた。

「ジェニー、昨日のジェニーはもういないのかい」

「消えてしまったわ。あんなに踊ったから、新しいダンスシューズが合わなくて、靴擦れができちゃったの」と微かに血のにじむ足首を見せた。

そりゃあ悪いことしたな、痛まないか、薬はつけたか。おれはジェニーを抱きしめて、ベッドに入って、もう一眠りした。

ジェニーは美しい、腰なんてコルセットがいるのかよ、と思うほど細い。乳房も、形良く今でも形が崩れず、ツンとした先に可愛いピンクの乳首がある。しかしだ、残念なことに少し小振りだ。パーティで、これ見よがしに、胸を強調している婦人も下品に見えるが、本音をいえば、もう少しボリュームが欲しいんだ。それを、時おり、おれが冗談交じりで、口にするのを、ジェニーなりに気にしていたのだろう。昨夜のサプライズには驚いた。服屋に通っていたのも、おれのためだったんだ。おれは、元のように小さくなってしまったジェニーの胸に顔を埋めて眠った。

遅めの、朝食兼昼食を食べながら、「あのドレス着て、バカ息子のいる市長のパーティに行ってみようぜ。きっと驚くよ」

「何かあると嫌だわ」

「その時は、おれが一発見舞わしてくれる」

「またそんなことおっしゃって。たちまち捕まるわ。あれは、一夜だけのものなの」

「そんなこといわないでさ、他のパーティに、着て行こうよ。おれの奥方は、本当はこんなに豊満な胸してるって」

「それもだめ」

「なぜだよ、昨日出来て、次が出来ないって法はないだろうが」

「あのね、皆、多かれ少なかれ、努力をしているのよ。それを急にあんな胸して出かけたら、私のこと嫌いな人から、あら旦那様はどうなさったの、新しい殿方にでも色目をお使いになるのっていわれちゃうわ」

「なんだよそれ、そんなことおれがさせるかよ」

「だから、一夜だけ、わかった?」

「おれの前だけだったらまた、あのドレス着てくれるのか?」

「いつかね、だって一人では着られないのよ。あの夜、店長と店員二人がかりで、背中や、脇から腕までお肉引っぱって来て、胸に集めたのよ、凄く痛いの。それをドレスのパットに押し込んで、大きな胸の出来上がり。殿方には、その苦労がわからないのだもの、気楽なことおっしゃって、人前では見せられない格好してたのよ、あたし」

「ふーん、そんな努力があったのか、悪かったな、勝手なことばっかりいって。素晴らしい一夜だったよ。だけどさ、もっと揉んだら大きくなるってことはないのかなぁ」

ジェニーは悲鳴を上げて、おれの腕の中から逃げ出した。

「さぁ着替えをして街に行かなくちゃ」

「どこ行くのさ」

「昨日していたネックレスと、イヤリングのセットを返しに行かなくちゃならないの」

「お前、ネックレスなんてしてたか?」

「あらやだ、酷いわ。あれご覧にならなかったの?」

「お前の胸の谷間しか目に入らなかった」

ジェニーは少し機嫌を悪くしたみたいだ。

ジェニーは、ベルベットの平たい箱を手にした。中を開けると、ダイアが沢山ちりばめられた豪華なネックレスが入っていた。おれは恥ずかしいことに思い出せない。

「気に入ったら買えばいいじゃないか」

「これ高いのよ。それに私の持っている他のドレスには似合わないわ」

おれ達は街に出て、宝石店へ入った。

店主が揉み手をして出て来て、「お気に召されましたか」

「やはり私には、少し派手過ぎますので」と、残念そうな顔をする店主に、それでも借り賃として、結構な額を支払った。

「せっかくいらして頂けたのですから、ヨーロッパから新着の御品をご覧になっては」としきりに勧めるので、奥の部屋に通されて、そのヨーロッパからという品を二人で見た。店主が金庫から、うやうやしく持ち出して来たベルベットの盆に乗った宝石は、ジェニーが手にとって値段を聞くと、それなりの値をいうのだった。

「精一杯のお値引は、させて頂きますです」

おれは盆の端に乗っていた、大きなダイヤの指輪を指差して値段を聞くと、いやこれは、と店主は口を濁して値段をいわなかった。買い手がすでに決まっているのかと思って、おれはそれ以上聞かなかった。ジェニーは、気に入ったものがないのでと断って、店を出た。

「何か買えばよかったのに」とおれがいうと、ジェニーは笑って、「私、アクセサリーつけないと、人前に出られない女?」といった。

西部へ

　マーサは、ジェニーの隣に移って、二人で何か話している。おれは、ジェニーが駅で買ってくれた新聞を手に、長椅子に寝転んでいる。

「兄様、また西部へ戻ったらしいぞ」

「そう、それでは砦に挨拶にでも行く？」

「冗談だろ、おれはごめんだ。二度と会いたくはないよ。お前との結婚式の時は別だけど」

「あら、意外に冷たいのね。じゃあ、あたしだけ会いに行ってこようかな」

「だめだ、おれの女、とられてたまるかよ」

「旦那様が動けなくなった所って、もう過ぎちゃったかしら」

「おれはもう思い出したくないよ、あんなこと」

「本当に大変だったものね」

　ジェニーが、汽車の窓を少し開けた。風が吹きこんでくる。またマーサが、「奥様、それ以上開けてはだめだ。吹き飛ばされてしまうだ」と両手を振って止めるので笑いが起きる。

「大丈夫よ。マーサの大きなお尻なら全部開けたって吹き飛ばされはしないから」

　夜になって、おれはマーサを連れて来たことを後悔した。せっかくの個室である。マーサがいるから、ジェニーが抱けないじゃないか。案外ジェニーのやつ、それを承知で、彼女を連れて来たのかもしれない。小説を読んでいると思ったら、本を片手に、もう眠っている。マーサは、何を思っているのか、漆黒の窓の外を見つめているのだ。

　おれは、日に何度か運動を兼ねて、個室から、三等車のデッキまで、ずっと歩いて行ってまた戻って来る。一度マーサが付いて来たが、揺れて気持ちが悪くなったといって、すぐ戻って行った。駅に着く度に、ジェニーが外へ出て、新聞と、食い物を買って来るのだった。本来は、マーサの仕事であろうが、わしは嫌だと、席を動かなかった。奥様には申し訳ないだといいながら、ジェニーの買って来るパンなどは食った。ジェニーは、そんなことはまったく気にせず、「あたし、今の駅端から端まで歩いて来ちゃったわ」と笑うのだった。

　のんきな旅であった。

　おれ達の知らない間にも、鉄道は西へ延びて行きつつあった。

　降りた駅は、出来たばかりで、駅舎しかなかったが、確かにおれ達の降りるべき駅であると思えた。大きな「アームストロング夫妻ようこそ」の垂れ幕を持った牧童が十人程、おれ達の来るのを待っていたのだ。マーサまでが、「旦那様は、こんな田舎でも有名なのかね」と驚いていた。中には幌馬車もある。

駅員の手で降ろされた荷物は、たちまち牧童達によって、馬車に積み込まれた。ジェニーが駅員にチップを渡している。あいつらしい。

牧童達は、全員帽子を取って、おれ達に挨拶した。

「お待ちしていました。親方が首を長くして牧場で待ってます。お疲れでしょう。旦那と奥方は、荷台の方に、布団敷いてありますから、横になってどうぞ。ただ道が良くないので、転がらないよう気をつけてくださいよ」といって、マーサは御者台に座らせた。

おれはやっとジェニーを抱きしめた。

「若い牧童も沢山いるのですから、この後は、いちゃついちゃだめですよ」

「夜は一緒だろ、まさかマーサまでとか」

「それはないわ、サムの奥さんも、そこまで不粋ではないはずよ」

「ならよかったよ。若い牧童ってそんなにいるのかよ」

「いっぱいいるわよ、喧嘩しないでね」

おれは力一杯ジェニーを抱きしめて、ガタガタいう馬車の中で、荷物に囲まれていた。ジェニーは途中で立ち上がると、小型のトランクを出して来て、あの少年のようなズボンとワークシャツに着替えた。そして、くすねて来たという赤いスカーフを巻くと、ドレスを、揺れる中で小さくたたんで、トランクにしまった。

テンガロンハットの紐を首にかけて、またおれの横に膝をついた。

「お前って、本当に凄いな。そんなことも考えたのかよ」

「だからいったでしょ、若い牧童がいっぱいいるって。ドレスなんて着てらんないわ」

それは確かにいい案だ。

「旦那様、起きて下さい。牧場に着きましたよ」

おれはジェニーに、揺り起こされた。頭がぼうっとして、ここがどこか一瞬わからなかった。

「ああ、そうか、やっと着いたのか」

おれは、馬車から飛び降りた。足腰はなんともない。

ジェニーはすでに、サムの奥さんにつかまって、

「ジェニーちゃん、ジェニーちゃん、会いたかったわぁ。すっごく綺麗になったじゃないの」と、足をぶらぶらさせて抱き上げられている。

「サムの奥さんも相変わらず可愛いよ。旦那様にも会ってちょうだい」

「あら、あなたヘンリー、ジェニーちゃんのこと、大切にしているみたいね」

握手をした。

「さっ、長旅で疲れたでしょ。お部屋はこちらよ」と、ジェニーの手を離さずに案内してくれる。まさしく女友達だ。

おれは、中央にある母屋を見て、ほうっと声を出した。丸太小屋ではあるが、思いのほか大きくて、丸太の皮を皆剥いで組んであるので、とても綺麗だ。しかも、こんな西部にあって、窓にはブドウ模様のステンドグラスが使ってあるのだ。

玄関を入れば、ホールから居心地の良さそうな居間が見える。そして連れて行かれたおれ達の客間は、まさしく女の子の部屋だ。ジェニーとはまた違った、女の子らしさがあった。

赤く細かいギンガムチェックのカーテンとベッドカバーで統一された部屋は、大人の洗練された美があった。暖炉の傍に置かれた揺り椅子にも、壁にかけてあるキルトにも、それは見てとれた。部屋に一歩はいったジェニーまでが、「わぁ、お姉さんのお部屋みたい」といったのだった。

悪い趣味ではない、おれは当分この部屋に泊まってジェニーを抱くのだ。いいじゃないか、楽しそうだ。

マーサは、お客さんには違いないのだからと、水色のギンガムチェックで統一された子供部屋を与えられたのだ。わし、こんな上等な部屋使っていいんだか、と恐縮していたが、

「ここの親方は、男女みたいだけれど、良い人だ」といったので、ジェニーは安心したみたいだった。

「ねェ、サムの奥さんのお部屋を見せてよ」ジェニーが甘えていうと、サムの奥さんは少しためらったように見えたけれど、

「こっちよ」とジェニーを連れて行って、扉を半分開けた。

ジェニーが頭だけ入れて中を見ると、薄い花柄が中心の、大人びた色調だ。

「わぁ、素敵ねえ、シックなお部屋だわ」

「恥ずかしいからこれでおしまい。お茶にしましょう。話したいことがいっぱいあるんだから」

「うん、私もいっぱいあるの」

居間に集まると、話がはずんだ。

「ジェニーちゃんが今幸せなの、見てるだけでわかるわ。砦にいた時は、何故ヘンリーなのって心配したけど、良い縁だったのねえ、人は見た目じゃわからないものなのね」

「私も本当にそう思ってる。旦那様のこといっぱい愛しているの。でも時々変なことするから困っているの」

「何よ、変なことって?」

「私の口からは、とってもいえないわ。旦那様に聞いてちょうだい」

「おれ? おれ別に何もしてないぞ。ただジェニーを一生愛していくってことだな。ベッドの中のことなら、誰にも負けないぞ」

「まぁ、そんなこといって、妬けるじゃないの。ジェニーちゃんよかったわね。あの時のリビィさんみたいに叫べるようになったんでしょ」

「まぁ、まだそんなこと覚えていたんだ」

「でもまだ閣下のこと愛してるのね」

「うん、旦那様には申し訳ないと思っているの。このスカーフ

兄様の所からくすねて来たの」

「まぁジェニーちゃんたら、そんなことしたの。兄様に一枚くださいっていえばよかったのに」

「悪のりよ。知らない間に一枚減ってたら、リビィさんどんな顔するかって思ったのよ」

「たぶんリビィさんは、兄様に何もいわなかったと思うわ」

「何故よ」ジェニーが身を乗り出して、大きな声で聞いた。

「たぶんよ、兄様がリビィさんに内緒で、あんたにあげたんだと考えたと思うわ」

「えー、兄様悪者になっちゃったの、そんなこと思いもしなかった」

「まだジェニーちゃんも、子供だったってことよ。そんな悪戯考えてさ」

「そうかなぁ」ジェニーは、スカーフを外して、手に取って愛おしそうに撫でた。

「さぁ、お夕食よ。台所に行きましょう」

昼間に用意をしてあったといって、牧童が二人いて、肉を切ったり、シチューを取り分けたりしてくれる。

マーサは、しきりに遠慮したが、勧められて、同じテーブルについた。

「この家で、何も遠慮はいらないのよ」と、サムの奥さんはいった。

「わぁ、このパン、凄く美味しい」とジェニーが華やかな声を上げた。

「でしょ、この子が焼いたのよ」と、サムの奥さんが嬉しそうにいった。

「ホントに美味しいわ。こんなパン毎日食べられたら、仕事に励みが出るわ」

若い男が、ペコリと頭を下げた。

「砦の家のコックは、パンが今一つだったのよね、よく兄様が我慢してるって思ってたのよ」

「ジェニーちゃんは、生まれつき口が奢っているのよ。だけど、そのパンくすねて家出ばかりしてたのは誰よ？」

「だってお金なかったし、いつも酒保で、兄様のつけで缶詰買うのも、気が引けたしね。昔のことだわ」

「ほんとよね、二年半も前のことだわ。あっという間よね」

「おれは、まだ二年半しか経ってないって思うぞ。後どれだけジェニーと、一緒にいられるかって考えると、たまらなくなるよ」

おれは、すぐジェニーとキスをしたかったのだが、ジェニーはサムの奥さんに抱かれていて、おれの手元にはいない。

女の子同士の話は長い。

「おれ、もう寝たいんだけど」

「あら、ほんとね、ジェニーちゃんヘンリーに返してあげなくちゃね、明日になったら皆に紹介するからね」

「あたしも、おみやげ配ったげるから。じゃあ、おやすみなさい」

　おれ達は、やっと二人きりになった。

　他人の家の知らないベッドで、ジェニーを抱くのは新鮮だった。おれの体の下で、喘ぎながらジェニーが、「旦那様そっと静かにして下さい」と、いうのが、たまらなく可愛く感じた。

　翌朝、牧童達が揃って、挨拶に来てくれた。ジェニーが、彼等はマーサと作った袋に入ったみやげを配った。ジェニーが、彼等は箪笥なんて持っていないのだから、個別に配った方がいいといったのだ。中には靴下半ダース、剃刀にハンカチタオル、石鹸、かみ煙草に菓子類が入っている。ジェニーが心配していたチョコも、無事届いた。

　サムの奥さんにも、巨大なエプロンを贈った。

「キャー、ジェニーちゃんの手作りなの。嬉しいわ、今日から使わせてもらうわ。心がこもっているって、こういうことをいうのよね」と大喜びをしている。

　似合っているとも思えないが、本人が気に入ったのならいいのだろう。ジェニーも作り甲斐があったというものだ。

　マーサが、また傷が痛むといけないといって止めたが、おれは、マーサを馬の鞍の前に乗せて、ゆるゆるとジェニーと牧場を見に行った。手入れがよくされていて、牛も沢山いた。川まで行って休んで昼飯を食った。そしてお茶の時間には帰って来る。傷はなんともなかった。夕食は、当番で牧童が手伝ってくれる。あのパン焼きが上手いという、若い男はずっといる。毎日がこの繰り返しだが、ジェニーが楽しそうにしているので、その姿を見るだけで、おれは良かった。

　ある晩、ベッドの枕を叩きながら、ジェニーがいったんだ。

「何か変なのよね、サムの奥さん、何か隠してる気がする」

「金か」

「まさか、もっとデリケートなことよ。旦那様は変だって思わない？」

「変なのは、いつものことだろうが」

「やあね、サムの奥さん恋人がいるのよ」

「そんな、誰だよ」

「あのパン焼きの男の子よ」

「年下だぞ」

「だってね、ここに来た日にお部屋を見せてってていったら、ほんの一瞬しか見せてくれなかったのよ。何でもなかったら、お部屋あちこち見せてくれたはずよ。それにね、枕が二つ並んでたの」

「冗談だろ、そうならお前にいうだろうが」

「きっと恥ずかしいのよ」

「恥ずかしいって柄かよ」

「だって女の子だもの。明日になったら何となく聞いてみてもいいかしら」

「いいんじゃないか、友達なんだろう」

「うん、そうなら良いな。嬉しいな」

「ああそうだな、明日な。今夜は早くここにおいで」

「あら、ヤダあ、わかっちゃったの。うわぁ恥ずかしい。ダーリン、いらっしゃいよ」

若い男が、顔を赤らめてやって来て、よろしくと挨拶をした。

「ね、すっごく嬉しい。名前は何ていうの」

「サムです」

「えっ、えっ、サムの奥さんは、本当にサムの奥さんになったのねェ」

ジェニーは、サムの奥さんの手を握った。本当に、本名がサムだったかどうかわからないが、ジェニーはよく気がついたと思った。やっぱり女の勘か。おれには真似できない。

ジェニーと、サムの奥さんは、馴れ初めとか、どんなに愛し合ってるとか、まあよく話が途切れないと思う程、二人で喋り合っていた。

「そうよ、結婚式しましょうよ。お嫁さんになるの夢だったじゃないの、妻になりたいっていってたじゃない」

「あらやだ、そんなこと、夢だけど恥ずかしいわ」

「だって、ダーリンいるじゃないの。夢叶えてあげるわ」

ジェニーは、ブリキのトランクから、ミシンを出して来た。

「これ持って来たのって、きっと神様が、サムの奥さんのためにって、あたしにお命じになったのよ、きっと」

白の絹の布など手に入らなかったが、ジェニー達が来るというので、新しいシーツは何枚も用意がある。ジェニーが簡単な絵を描いて、ウェディング・ドレスを作ることになった。

それでも、サムの奥さんは恥ずかしいと、言い続けていたけれど、ジェニーの行動は早い。マーサは、「わし、胸毛のある花嫁さんは初めてだ」といいながら、ここではきちんとお客扱いを受けている、そのせいもあって、ジェニーに手伝って巨大なドレス作りを始めた。

「本当に神様っていると思うわ」といって、サムの奥さんへのみやげだった、ピンクの透けるように薄いシフォンのショールから、ジェニーは、付いていた花全部を取った。シフォンに、鋏が入れられ、襟元と、袖口に縫い付けられ、小さなヘッドドレスに、顔半分を覆うヴェールと、残りはベルトにして腰の後ろに大きなリボンに結ばれた。ハイウエストのワンピースで、ショールからとった花を胸元と、スカートに散らした。ウェストにも、ギャザーを寄せて、ひだが沢山出るように、元がシーツとは思えない豪華なドレスが出来て来た。ジェニーは自分のドレスのボタンを皆取り外すと、白い布のくるみボタンに直して、ドレスの背中に付けた。

最初は、大きさを見るためにと、シーツをまとっていたのが可笑しくて、おれはとても正視できなかったが、仮縫いをして、ついにドレスになったのを見た時は、やりゃあ出来ないことってないのだなあと、おれまでが感心したくらいだった。

だからサムの奥さんの喜びようはなかった。

「うわぁ、あたしのドレス、こんな素敵なドレス、ジェニーちゃんが作ってくれたの。あぁ嬉しい、羽が生えてどこかに飛んで行ってしまいそうよ」と、ドレスを眺めて、うっとりと、そういうのだった。

式の日、隣の牧場主だという男が、牧童を沢山連れてやって来た。

「オリバンダーと申します。ジェニーさんには、とても感謝しています」といって、おれに挨拶をした。ジェニーは、懐かしそうに、お久しぶりなどといっている。知り合いらしい。

オリバンダーは中退だけれど、牧師の学校へ通っていたというので、結婚式を執り行うことになった。

サムの奥さんは、早めの朝食が終わるとすぐに、ドレスを着たいと騒いだ。そりゃそうだろう、今日一日だけのお楽しみだ。それに今までずっと夢に見て来たことだろうから、一分でも長く来ていたいという、女心はおれにもわかった。

しかし、背中からは、どうしたことか入らないので、かぶって着るしかなかった。

「ヤダ、どうしよう、ウェストが入らないわ」

「しょうがないわ、ここ少しほどいて、着れたら、また縫ってあげるから」

結局早めに着てみてよかったのだ。ジェニーとマーサは、鋏と針を持って、巨大なドレスと格闘していたが、

「サムの奥さん、出来上がったわ、もう苦しい所ない？」

「ええ大丈夫よ」

「鏡見てもいいかしら」

「すっごく綺麗よ」

そこには、サムの奥さんを、歓喜させる仕掛けがあった。

「キャー、あたしおっぱいがある、本当のお嫁さんだわ」

ジェニーとマーサは、知恵を絞って、上着にダーツを入れて、胸があるように、詰め物をしていたのだ。そして、ジェニーが髪を結って、ヘッドドレスをかぶせた。

おれは死ぬほど嫌だといったのに、ジェニーに花嫁の付き添い役を命じられた。断ったら、今夜は野宿させられそうだったから、渋々おれは従うことにした。

広場に牧師役と新郎が待っていた。ジェニーは駆けて行って、新郎の胸に、シフォンの花を一輪、ピンに刺して止めてやった。母屋から、おれに手を引かれて、サムの奥さんが出てくると、歓声が上がった。おれは、足を引きながらも、頭一つ背の高い花嫁に負けじと、胸を張って歩いた。そしておれより若いであろう新郎に、花嫁を手渡して、役目を終えた。

牧師が、聖書に、二人の手をあてさせて、死が二人を分かつともなんて、結婚式の決まり文句をいって、大声で、「この結婚に異議のある者は、前に」といった。一人の異を唱える者もいなかったので、牧師は、

「この結婚は、成立した」と厳かに宣誓した。サムの奥さんは腰を折って、新郎の背に合わせると、新郎は顔のヴェールを

取って、軽いキスをした。

ジェニーは、おれの隣で泣きっぱなしだった。「サムの奥さんよかったね」とか、「おめでとう」とか、息継ぎしながら、つぶやいていた。おれはその姿を見つめながら、おれ達には、こんな日は来ないのかなぁと、少々羨望の目で新郎新婦を見つめていたのだった。

三日もかけた、結婚式の料理が並べられていた。サムの奥さんが、数えきれないくらいパイを焼いた。牧場らしく、羊の丸焼きと牛の丸焼きも出ていた。飲み物は酒だけでなく、隣の駅まで行って、雑貨屋で、あるだけ買って来たという瓶入りのソフトドリンクもあった。

そして、巨大なウェディングケーキが運ばれて来て、新郎と新婦は、互いにケーキを食べさせ合った。ジェニーも飛んで行って、サムの奥さんに食べさせてもらっていた。

後は歌と踊りになって、ハーモニカを吹くやつがいて、その音に合わせて皆、歌い踊った。ジェニーは菓子屋よろしく、ディスプレイ用の瓶に入った棒つきキャンディーや、チューインガムなどの瓶を机に並べて、配っていた。確かに牧童が、棒つきキャンディをしゃぶっているのをおれは見た。

とてつもなく、楽しい一日だった。おれも誰かれかまわず、一緒に歌い踊った。

宴も終わりが来るもんだ。オリバンダーの一行が帰って行った。汚れた皿は当番が数人の手伝いとともに片付けていた。

見物(みもの)は、ドレス姿の新婦が、新郎を抱えて、母屋へ入って行った姿だろう。

サムの奥さんは、しばらく姿見の前に立って、その姿を永遠に覚えていようとしているように見えた。

新郎のサムは、ジェニーとマーサに礼をいった。おれの所へも来て、握手を求めた。若いのにしっかりしているじゃないか、とおれも頼もしく思ったのだ。

「ああ、脱ぎたくない。このままでずっといたいわぁ」と、サムの奥さんは騒いだ。

「だって、このままじゃしょうがないでしょ。旦那様と、いいことだって出来ないじゃないの」と、ジェニーがいって、また腰の所をほどいて脱がせた後、マーサがそこを縫った。

「一生大切にするからね。ジェニーちゃんの気持ち、忘れないわ」

サムの奥さんは、ナイトガウン姿で、泣きながら、ジェニーを抱きしめた。おれは、きりがないので、抱く相手が違うだろうと、止めに入って、ジェニーを取り戻した。いくら心は女であっても、やっぱり男に抱かれているのを見るのは、少し抵抗があったといえば、その通りなのだから。

ベッドに入ると、ジェニーは、両手を組んで頭の下に敷きながら、「今日は楽しかったわねえ、サムの奥さん綺麗だったわ」と感慨深くいった。おれは、おれ達も式を挙げようぜ、といいたいのを思いとどまった。ジェニーには愛する兄様がいるのだ。

結婚はできない、それを承知で暮らしているのだ。だけど、おれだってジェニーの花嫁姿を見たかった。きっと、美しいのだろうなぁと思うのだった。思うことしか出来ないのだった。

　サムの奥さんが、金はあるのだろうにこんな田舎の牧場に逼（ひつ）塞（そく）するように暮らしているのが、よくわかる。あのあぶれ者の集まりのような感のある、砦に暮らしているのならまだしも、とても都会では暮らせまい。ある意味気の毒なやつだ。おれ達の家の隣にいたら、それなりに面白い毎日を、一緒に過ごせるのにと思う。しかし他人は違うだろう。偏見の目で見ることだろう。ジェニーと、サムの奥さんとの付き合いの深さを思うと、あの砦で、二人してどんな息苦しい中で暮らして来たのかと、哀れさを感じてしまう。だからこそ、二人の友情は強いのだ。

　朝食の席で、今日から、オリバンダーの牧場へ行くとジェニーがいった。昨日のうちに話がついていたらしい。サムの奥さんが、

「あそこは、女っ気がないからヘンリー、気を付けないとジェニーちゃん、食べられちゃうかもしれないわよ」と、脅した。

「そんな酷い所なら行くのはよすよ」

「あら冗談よ。結婚式でもあったでしょ。皆、お行儀はいいから」

　サムの奥さんは、とにかく機嫌が良い。

「わし、行きたくないだ。また知らない家に行って、気を遣うのは嫌だ。旦那様、ここに残っちゃだめだか」と、珍しくマーサがいった。

「ああいいよ。サムの奥さんに、何か作ってやればいいよ、サムにパンの作り方教わってくれるといいけど」

「わしは、コックでねぇ」と言い張る。

　おれは、気楽になって、かえっていい。ジェニーといつも二人でいられる。

　幌馬車が用意してあって、みやげの入った大きな鉄のトランクと、身の回りの品を入れたカバンを持って、おれ達は出かけた。

「オリバンダーに、結婚式ありがとうっていっておいてね」とサムの奥さんが、見送りがてらいっていた。

　おれはすぐに、荷台に敷かれた布団の上で、嫌がるジェニーを押し付けて、シャツのボタンを外すと、乳房を吸った。首に巻かれたカスターのスカーフに、おれの女だぜと、心の中でいってやったんだ。しかし、オリバンダーの家は十マイルは離れていなかったから、「旦那、着きましたぜ」と声をかけられて慌てた。

　日中で、牧童達は仕事に出ている。御者を兼ねた一人が、オリバンダーを紹介してくれた。

「先日はどうも」

「サムの奥さんが礼をいっていました」

　おれ達は、花柄のカーテンのかかった、まあ牧場らしい客間に通された。

「なぁジェニー、おれさ、オリバンダーって、どこかで会ってるよな」

「何いってんの。お尻縫ってくれた人じゃないの」

「あのやぶか。あいつのせいでおれひでぇ目にあったんだ」

「そんなこといっちゃだめよ。南北戦争で衛生兵をやっていただけだったんだから。それに、彼がいたから足がなくならずに済んだのよ」

「お前達の仲間か」

「そうよ、お父さんの夢は牧師にしたかったらしかったそうだけど、つぶれちゃった牧場立て直して大きくしたのよ。それが彼の夢だったのよ。急な話だったから仕方がなかったけど、スタンリーや、ミッチも結婚式に呼んであげたかったわ。皆仲間よ、砦ではあぶれ者だったけど、今は夢叶えて立派に仕事しているのよ」

「おれ、何もしてないで、そこに加わってていいのかよ。いつも何もしないで、ジェニーに食わせてもらっててさ」

「あらあなたは、えっと、何ていったらいいのかしら、私に女の幸せくれたじゃない。愛してるっていってくれた最初の人よ、遠慮なんていらないわ」とおれに抱きついて来た。

　夕食時に、牧童が集まって来て、あらためて、おれ達は紹介された。ジェニーが、皆にみやげを渡した。夕食時オリバンダーが、うちはコックがいるわけじゃないから、御馳走がないけどと、申し訳なさそうにいった。オリバンダーには好物だという、パイプときざみタバコを沢山みやげに贈ってある。

「本当に、これこそ牧場の生活だわ。私も朝日と共に起きて牛を追いたいわ」

　周りの牧童は、それは無理だろうと思っているのだとわかる。女だてらに、そんなこと出来るのかと思っているのだ。おれ達は街からのただの物好きなお客だと思われているのだから。

　ここの牧童達は皆、寡黙で、おれ達とオリバンダーの話す街の話を、静かに聞いているのだった。静かに夜は更けてゆく。

　朝、これがうちで一番大人しい馬だからと手綱を渡された馬に、ジェニーはひらりと跨った。おれも堂々と馬に乗って牛を追う牧童に続いた。

　昼飯を食いながら牧童頭がジェニーに、「どこで、馬を習いなさったんで」と聞いた。おれは、「オムツをしてた時から馬に乗ってたんだ」と答えて煙に巻いた。彼等にとっては、不思議な客人と映ったのだろう。

　昼食後は牧童達とは離れて、ゆっくり牧場内を回った。平和な時が流れる。もうこの辺りにはインディアンは出ないのだろうか。ジェニーはおれの傷を心配して早く帰ろうという。おれは内心、せっかくこんな遠くまで来たのだ、こういう平原で、ジェニーと一発やりたいなぁと思うのだった。

　オリバンダーの所へは五日間世話になった。おれは朝出て昼には帰ってくる。そして、居間で昼寝をするか、本棚の本を読んでいる。ジェニーは一日、思う存分馬に乗って牧場中を回って夕方早くに帰って来る。そして牧童の目のない所で、水を浴びて汗を流してくるのだった。

おれは、ここを訪ねて、やはりジェニーは野生児なのだと思うようになった。この牧場に一番近くの鉄道の駅が発展して来て、街にバーの一、二軒も出来たら、ここへ越して来て、ジェニーに思う存分馬に乗らせてやって、たまに誰もいない、牧草の中で愛し合えたら最高だろうと思った。街に帰って落ち着いたら、そんな先のことを考えてもいいなと、楽しみが一つ増えたと思えた。

オリバンダーに名乗ると、「あなたが、あの時尻に槍を受けた兵隊だったんですか」

おれは正直に、遠乗りに出て動けなくなった話をした。

「あの時は往生したぜ」

「私の治療が下手で迷惑をかけましたね」

「いや、あのおかげで、ジェニーと親しくなって、今こうしていられるんだから」

「いつも、あなただけ昼に帰って来ますね」

「古傷が、いつ痛みだすか心配なもので」

「それは今でも大変ですね。お大事に」

オリバンダーは良いやつだ。だが今一つ、おれには合わない。

牧場を後にする時に、オリバンダーに挨拶をした。おれと握手をして、傷お大事にといってから、ジェニーに、牧童一人ひとりにまでみやげをありがとうと礼をいった。

「上等な品で、皆喜んでいました。こんな所にお客人は珍しいですから。私は、もう少し牧場を広げてから、牛を増やして、牧童に任せられるようになったら、親父の望んだように、もう一度牧師の学校へ行って、教会を建てるのが、今の夢になりました」と、穏やかにいった。

サムの奥さんの所へ戻ると、すぐにジェニーを取り上げられて、彼は人形を抱くように、ジェニーを膝の上に乗せる。

「オリバンダーの所どうだった?」

「男ばっかりの、牧場らしい所だったよ。あたし、馬飛ばして牧場の端から端まで行ってみたの。凄く広いね。彼、ちょっと人が変わったっていうか、大人になったっていうか、砦の時より落ち着いたね」

「ジェニーちゃんでもそう思うのね。砦にいた時は、金持ちになることばっかり、いっていたものね。教会のある牧場って素敵じゃない」

「うん、そう思う」

後はまた、二人が女の子の話を飽きもせずしている。

「あたしねぇ、サムの奥さんに相談があるの」

「あのヘンリーのこと?」

「それなら何でも言い合える仲になってるの、たぶん」

「それって、凄く羨ましいことだわ。あたしはまだ、ダーリンに気を遣うもの」

「新婚なんだから、甘えてればそれですんじゃうでしょ。旦那様のことじゃないの。たぶんサムの奥さんにしか話せないことなの」

「なによ、難しそうね、いっちゃいなさいよ、いくらでも聞くわよ」

「あのねぇ……」

「それって、何でもっと早く私にいわなかったのよ。バカねぇ、一人で悩んでたなんて、可哀そうなジェニーちゃんだわ」

「だって、まさかって思うし」

「だっても、あさってもないわ。あたしがすぐに奥の手使ってげるから、安心しなさいよ。だめなら、あたしが出て行ってあげるから」

「そんな大げさにも、したくないし」

「大丈夫よ、任せておきなさい」

そういって、ギュッと抱きしめた。

別れは大騒ぎだった。

サムの奥さんは、ジェニーちゃん、ジェニーちゃんと叫んでいる。そのジェニーも涙を流して、手を離さないので、まるで子供同士だ。

「いい加減にしないと、汽車に間に合わなくなるよ、ジェニー、マーサも待ってるんだ。いい加減にしろよ」

馬車に乗っても、まだジェニーは泣いていた。それだけ深い情が、二人にはつながっているんだなぁ。おれは、まだおれの胸で泣きじゃくるジェニーを抱きしめながら、いい友人がいるというのは良いことだと、ジェニーのためにも思った。

みやげには、手作りのビーフジャーキーを山ほど貰った。

「若い牛のね、赤身の所で作ったから、柔らかいし、ジェニーちゃんのお口に合うといいんだけど」といって、サムの奥さんがくれたのだ。

家に無事着いて、ジェニーのことだから、留守の使用人に、惜しげもなくジャーキーを与えた。

マーサが、「あの男女は、最初気持ち悪かったけど、わしをお客扱いしてくれたんだ、良い人だっただ」と、スコット夫人にいっていたのを聞いた。

ジャーキーは、友人達にもくれてやって、酒のつまみにちょうど良いと、好評だった。歯ごたえがあって、やがて肉が口の中でほどけてきて、とにかく旨い。サムの奥さんの料理の腕は上等だと認めてやらなくちゃならない。

帰って来てから、なんとなくジェニーの様子がおかしい。旅の疲れかと思ったが、そうでもなさそうだ。時々、手を止めてぼうっとしているのだ。

そのわけがわかる日が来た。

おれとジェニーが居間にいると、マーサが手紙の束を持って来て、おれに渡した。ただ一枚だけ手にしているので、「それは?」と聞くと、

「これは奥様にですだ、あの男女からの」

ジェニーが立ち上がって、手を出した。おれは、オープナー

ならこれ使えよと、手元のナイフを手渡そうとした。

　ジェニーは立ったまま、指で封筒の厚さを計っていたが、

「自分のお部屋で見ますから」と階段を、駆け上がって自室に消えた。そうしてなかなか出てこなかったのだ。それがあまり長いので、心配になったおれは、部屋の戸を叩いて声をかけたが、返事はなかった。どうやら中で泣いているらしい。少しためらわれたが、入るぞ、と声をかけて、部屋に入った。ジェニーは服のままベッドで、子供のように体を丸めて泣いていたのだった。おれは、声をかけていいのか迷った。サムの奥さんに、何かあったのか。

　おれはそっとベッドの脇に腰を下ろすと、優しく背中をさすった。

「どうしたジェニー、大丈夫か、ランプもつけずに一人で泣いていたって、わからないじゃないか」

「旦那様、あのねえ、あのねえ、兄様からお手紙が来たの」

　ジェニーは、起き上がると、胸に抱えていた紙切れをおれに差し出した。

「おれが読んでもいいのかい」

　ジェニーは頷いて、涙を拭いた。

「短いお手紙で、もう何度も読んで、覚えちゃったから。旦那様のことも出てるの」

〝親愛なるジェニー。お前が無事で、あのヘンリーと仲良く暮らしていると知って、とても安堵している。金銭的にも困っていないと聞いて、驚くと共に、褒めてやりたい。長い間、いつも心の底に、お前のことを思っていたのが、心が晴れた。話したいことは、山のようにあるが、今書けるのは、これくらいしかない。愛していると、いってやれなかったことが心残りだが、今度会ったら、心からそういってやれると今は思っている。愛してるよジェニー。サムの奥さんには感謝している。また手紙を書こう。元気で。ヘンリーによろしくいってくれたまえ。ジョージ・A・カスター〟

　おれは、もう一度読んだ。

「なぜ、サムの奥さんから来たんだよ」

　ジェニーは、まだ涙を拭きながら、「あのね、サムの奥さんが兄様に手紙を書いてくれたの。この間、サムの奥さんの所で、兄様に手紙書いても、返事が来ないって相談したの。それでね、サムの奥さんの手紙に、ジェニーの手紙同封して送ってもらったの」

「サムの奥さんの名で、手紙が閣下の手に届いたのかよ」

「だから、奥の手使うって。サムの奥さん自分の本名で、兄様に手紙出してくれたの。女の子だから二度と使わない名前だって、いつもいっていて、私も何ていうか知らないの。そこまでして私のために、兄様に手紙書いてくれたの」

　男名だったから、リビィさんの目もごまかせたということか。

ジェニーは、兄様の手紙と共に、そこまでしてくれた、サムの奥さんの友情に感激していたのだろう。

「よかったな、兄様おれ達のこと認めてくれているみたいじゃないか。ワシントンに行く途中にでも会えたらいいな」

「うん」

しかし、おれはカスターの妻のリビィが、ジェニーからの手紙を皆夫に見せなかったという行為に驚いた。砦を出て行ったジェニーに対しても、そんなに、憎しみを持っていたとしたら、家で暮らしていたジェニーの毎日を思うと、こんなおれでも、ジェニーが愛してくれた意味がわかった気がしたのだ。さぞつらい日々だったのだろう。

夜ベッドの中で、「あたし、心にあった澱みたいなものが、皆なくなった気がするの。旦那様愛してるわ」と、おれの少々悋気を込めた激しい求めにも、正面から女としての悦びを得るために応じてくれた。

ジェニーは、その後サムの奥さんに、二度手紙を書いて、サムの奥さんを通してカスターから二度手紙が来た。その手紙はきっとラブレターだったのだろう。おれには見せてくれなかったが、涙はなかった。どんな嬉しい手紙だったのだろう。おれに、嫉妬心がなかったといえば嘘になる。しかし、ジェニーはそんなおれの気持ちを汲んでくれていたのだろう。その後は、手紙のやり取りはなくなった。

平穏な日々が戻った。おれは友人達と酒を飲み、ジェニーはお茶会とバザーの日々に戻った。夜会も開くようにと、新しいドレスも作りに行った。おれは店主に、また豊かな胸が欲しいといって、ジェニーにたしなめられる。

「少しでしたら、不自然に見えないように、してさしあげられますよ」と、店主がいって、少しだけ谷間が見えるドレスをデザインしてくれた。当日が楽しみだ。楽しみにしているのは、おれだけではない。ジェニーとのダンスをしたい男達だ。

当日出来て来たドレスは、いつもより胸のくりが深く、小さいがちゃんと谷間が出来ている。とても大人っぽいデザインだ。この頃ジェニーは、おれが見ても色っぽくなった気がする。男達の受けも良い。ジェニーは、踊りも上手くなって来た。ここら辺で行われている夜会の主役といってよかった。ラストダンスを踊るおれは、男達の羨望の的となった。望んでなったわけではない。ジェニーは、兄様とまた心がつながったおかげで、かえって甘さが抜けて、大人になったのだ。

牧場での日焼けも薄れ、また白いぬけるような肌に、肩をむき出しにしたドレスは、おれさえ見惚れたものだった。綺麗だよ、ジェニー、おれの自慢だ。夜になったら、本当におれだけのものになるのだ。ジェニーにダンスをねだる男達に大声でいいたかった。

皆が、羨ましがっている。おれは、これ以上の日々はないと思える、毎日だった。

これ以上のことは、望みようはないはずだった。これで、良いはずだった。十二分以上の日々の何をこれ以上望むというのだ。しかし、おれは望んでしまったのだ。

また、おれの誕生日が近くなって来て、いつものように、ジェニーが、「旦那様、お誕生日何が欲しいの」と聞いた。

おれは、数日待ってくれといった。

ジェニーは笑って、何かしらといったのだ。この時、これでやめておけばよかったのだ。おれは、その日が来ると、今もって悔いてやまない。

おれ達は体を離したばかりだった。おれの体の中心が、まだジンジンしている。ジェニーは、おれの腕枕の中で、体中から湧いてくる甘美の快感にじっと体を委ねていた。半眼のトロンとした何も見えてはいないであろう瞳に向かって、おれは声をかけた。

「なぁ、ジェニー」

「なぁに、旦那様」まるで子供のような、あどけない返事であった。おれは、自分の胸に抱き寄せると、

「なぁ、ジェニー。明日医者に行ってみないか」と聞いたのだ。

一瞬で、ジェニーの瞳に光が戻って、おれの腕を抜けて、半身を起こした。

「旦那様、どこか病気？　おかげんが悪いの」と、抑えた声で聞いた。

おれは、ジェニーの目を見て、「驚かせてごめんよ。おれは、どこも悪くない、病気なんかじゃないんだ。ただおれ達、一緒に暮らし始めて、もうすぐ三年になるだろう」

「そうね、そんな時間が流れたんだわ」

「だからさ、そろそろできたって、いいと思うんだ」

「何がです？」

「何がって、おれ達の子供だよ」

「子供って」

「赤ん坊だよ」

「赤ちゃん、私達の赤ちゃん。今まで思いもしなかったわ」

「だからさ、医者に行ってみないか、子供が出来るかどうか見てもらいにさ」

ジェニーは、おれの申し出を断らなかった。かえって夢見るような顔をしたのだ。

翌日、おれ達は、行きつけの医者に行って子供のことを話した。医者は、おれのことを最初に調べてから、ジェニーを呼んだ。ジェニーは、コルセットのいらないホームドレスを着て、マントを羽織って来た。馬車に乗りながら、二人一緒で医者に行くのを、知人達に見られないように祈ってやって来たのだ。

おれ達二人並ばせて、医者のやつ、おれに向かって、「今までに尿道が痛くなったことはありますか」と聞きやがった。おれはしかたなく、ありました、けれど薬を飲んでんだから今は何ともないし、それは昔のことだからと答えた。そして、医者はジェニーにまで、「今まで尿道が痛くなったことはありますか」と聞いたのだ。ジェニーは動ぜず、「ございません」ときっ

ぱり答えた。

「では、ここに横になって下さい」といって看護婦に手伝わせて、ジェニーを、診察台に横にした。おれは、医者のやろうが、ジェニーの、ドロワーズに手でもかけたら、殴ってやろうと思った。医者は、ジェニーの下腹部を、ドレスの上からゆっくり押した。そしてまた看護婦の手を借りてジェニーを起こしながら厳かに、おれ達の体は、とりあえずどこも悪い所は見当たらない。お子さんを希望とのことですが、夫婦の営みは、なさっていらっしゃるんですよね。と変なことを聞いた。先日、何もなさらないで、子供が出来ないとおっしゃる方があったもので、などと馬鹿らしい話をしている。

おれは焦れて、三年近く愛し合っているが、一向に子が出来ない、どうしたらいいか聞きに来たのだといった。

「ご夫婦のいとなみは、夜になさっているのでしょう」

「普通そうじゃないですか」

「気分を変えて朝なさるのはどうでしょうか。うちの患者さんで、時間を変えてみてお子さんが出来た方がいらっしゃるのですよ。試されてみたら、いかがでしょうか」

朝方にする。今までやったことがなかったから、ちょっと新鮮なことだ。楽しみが一つ増えたと思った。

しかし朝するというのは、口でいうほど簡単ではなかった。まず夜我慢しなければならない。朝目覚めてからでは、まず朝食に間に合わない。目覚ましを、明け方にかけて、寝ぼけ眼でしても楽しくない。最初の数日は、新しいおもちゃを手にした子供のごとく、夜寝ないで、ワクワクして朝を待ってしたこともあったが、ジェニーまでが、生活が乱れてしまう、昼寝をしないと体がもたないといい出して、結局、子供も出来ぬまま三か月ほどで止めてしまった。しかし、おれには夢のようないいことがあった。

おれの誕生日に、ジェニーがあらたまって、「旦那様が、そんなに子供のこと、考えていらっしゃるなんて、思いもしなかったの。もし、私達に赤ちゃんが出来たら、結婚しましょう」といってくれたのだ。おれは耳を疑った。

「お前、兄様はいいのかよ」

「だって兄様は、やっぱりリビィさんのものなの。兄様と手紙のやり取りしたでしょ。それでそう思ったの。だって、もし私だったら、やっぱり旦那様の妻になりたいって、いつも思っている妹がいたら、嫌だもの。兄様が、私のこと、本当は愛してくれていたってわかっただけでもう十分なの。後は、あなたと生きていくわ。私のこと一番愛してくれる人なんだもの」

おれは、そのジェニーの言葉を聞いて、体がどうにかなってしまうのではないかと思える程の、口に出してもいえない感慨を受けた。ジェニーが、おれとの結婚を口にした。

「ありがとうジェニー。子供はいつ出来るかわからないけれど、君がおれとの結婚を望んでくれるなんて、最高のプレゼントだよ。おれ、幸せ過ぎて、夢の中にいるみたいだよ。どうしよう、嬉しすぎて言葉もないよ」

おれはジェニーを抱きしめた。本当に、幸せの一日だったのだ。


おれはすぐ街に用があるからと一人で出かけた。例の宝石店へ行って、いつか見た大きなダイヤの指輪がまだあるか聞いたのだった。指輪はあった。おれは店主に、金庫のこやしになっているより、おれに売ってくれと値切った。家が一軒買えるくらいだったが、おれの使われない通帳には、それくらいの金はあった。銀行では店長が出て来て、何にお使いにと聞くので、でっかいダイヤ買うのさといってやったら、青い顔をしていた。ジェニーがこんなもの気に入るかわからなかったが、おれとしては、時を見て、子供が出来なくてもプロポーズするつもりでいたのだった。

しばらくして、ジェニーの所へ、厚い中身の大型の封筒が届いた。ピンカートン探偵社とあった。おれがジェニーに手渡して、こんな所から、なんでお前に手紙が来るんだよと聞いたら、私が頼んだからと答えた。何調べることがあるんだろうかと、おれは思った。

ジェニーは、居間の椅子に座って、中身に目を通しながら、ため息をついたり、涙を浮かべたり、全く自分の世界に浸りきっていたから、おれは声もかけられなかった。全部見終わって、書類をまとめると、遠い目をした。全部を封筒に入れ終わると、ふぅっと一つ息をついた。


「なんだったんだよ、その書類」

「あたしのお母さんのこと」

「小さい時死んじまったって人のことか?」

「ううん、私を産んだ、本当のお母さんのことよ。母親よ」

「ふーん」と、おれはいって、その時は、それ以上何も聞かなかった。というか、ジェニーの雰囲気で聞けなかったというのが正しかった。


ジェニーが妻になるといってくれたから、おれの、ジェニーへの思いも変わって来た。夜の営みの時だって、今までがむしゃらに、おれの快感のことばかりが前に出ていたのが、ジェニーのことを思いやって、優しくなったのは、自分でも不思議に思うことだった。ジェニーが涙を流してやめてというまで、愛し続けていたのが、彼女が満足するのを見て、おれも、ゆったりといくようになった。ジェニーのことが、これほど愛しいと思うことはないように思えた。


おれの腕の中で、おれが今ジェニーに与えてやれる全てを受けとめて、目を閉じながら、おれの胸に唇を這わせて、体に残る余韻を味わっているジェニーを、何よりも大切なもののように抱きしめた。時が止まって、ずっとこうしていたいと、祈った。ジェニーが、目を開けて、おれを見た。可愛いジェニー、おれは抱きしめてベッドの中を転げまわった。

「やだ、だめ、出て来ちゃう」

今ので子供出来ないかな、と思った。三年近くたって出来ないのだから、もう子供は生まれないのかもしれない思いはあった。でもそれでもいいじゃないか。ジェニーの中の、兄様におれは勝ったといえるのではないだろうか。この日々が続けばいいじゃないか。何の不足があるのだ。ジェニーは本当に誰のものでもない、おれのものになったのだと思えたのだった。

ジェニーは、寝間着を着ておれの横に入って来た。その冷たい体をおれは抱きしめた。

「ああ、旦那様あったかい」ジェニーの弾んだ声がする。機嫌が良いんだ。ジェニーにとっても、楽しい時だったのだ。おれは、その日々が、これから毎日続くと信じて疑わなかった。おれ達は毛布の中で、まさぐり合った。ジェニーが望むなら、もう一度、愛し合ってもいいかなと思った程だった。

「もうダメ、息が切れちゃう」ジェニーが毛布の中から顔を出して笑った。額に、汗で前髪が張り付いているのが可愛い。

「もう一回するか?」

「え、やだぁ、もうネンネの時間よ」

「じゃあ、明日二回な」

「そんなこと約束できないわ」

「じゃあ今するぞお」

「キャー、助けてわ」

ジェニーを可愛がるのはとても楽しい。寝間着の上から、胸を揉む。ジェニーがのけぞって、喘ぐ。おれはそれを両手で胸に抱く。甘い汗の香がする。おれ達はしばらく頬を寄せ合って無言で抱き合っていた。

おれに最後に残された、まるで黄金のしずくのような、貴重な時間だった。

「なぁジェニー、なんで母親のことなんか調べる気になったんだよ」

「うーん、あのね、赤ちゃんのこと思ったら私の本当のお母さんって、どんな人なのかって、たまらなく知りたくなったの」

「それで調べてわかったのかよ」

「私、カスター家の養女だって知ってたでしょ」

「だから血がつながってないから、兄様と結婚できるんだって、喚いていたよな」

「カスターの養父からたどっていったら、すぐ乳母にたどり着いて、そこで古いことだけどって話を聞いたらしいの。ありきたりの話よ、世間知らずのお嬢様で、男に騙されて、私を産んだらしいの。その時十七才だったって。すでに、婚約者がいて、育てられないって、私を捨てたのよ。私にとって、お祖母さんにあたる人が、あたしのこと不憫に思って、自分で育てたいっていってくれたらしいの。その話を聞いてとっても嬉しかったわ。だけど祖父という人が、スキャンダルを恐れて養女に出したんですって。赤ちゃんのためにおっぱいが沢山出るようにって、お祖母さんが、乳母の所へ滋養のある物、いつも沢山持って来てくれたんですって。それで、私がもらわれていくって日にも見えて、私を抱いて泣いてくれたそうよ。私を愛してくれた人がいたってことで、もうそれで十分だわ」

　ジェニーは、ポロポロと涙をこぼした。

「良いお祖母さんでよかったな。それでお祖母さんはどうしたんだ」

「亡くなったそうよ。今お祖父さんだけが、家に住んでいるんですって」

「じゃあ母親はどうしたんだよ」

「婚約者と結婚して、今三人の息子がいるそうよ」

「会いたいか？」

「何で今さら」

「会わなくてもいいのか」

「夫って人は、議員で今一家でワシントンで暮らしているんですって。今さら会ってスキャンダルの元になったってしょうがないでしょ。私を捨てた人だもの、私が行ったら迷惑に思っても、喜びはきっとしないわ」ジェニーの瞳にもはや涙はない。

「なぁジェニー、おれって親父は死んだことになっているけれど、その親父って本当の父親じゃないんだ」

「どういうことなの」

「おれの母親は、おれを連れて再婚したっていうか、再婚じゃないな。ある男の愛人だったんだ、その男の子供であるおれを連れて結婚したけど、初婚っていうのかな、そういうのでも」

「知らなかったわ、旦那様がそんな大変な生き方してらしたなんて」

　ジェニーは、真面目な顔をしておれを見た。

「おれは、おれの本当の親父のことを子供の時だったけれど、よく覚えているのさ。男と女のことだからその所はよくわからないけれど、おれのおふくろが愛人だったってことは確かだ。どうしてあんな男がよかったのか知らないけれど、幼い頃はよく家に来て数週間泊まることもあったから、〝お父さま〟って呼ばされていた。おれも本当の父親だと思ってたさ」

「いつも一緒でなくってても？」

「軍人で、仕事が忙しいって母親はいってた。おれはそれを素直に信じていたんだ」

「いつまでその生活が続いたの」

「十歳になる少し前だ。急にその時通っていた寄宿学校から呼び戻されたんだ。家に帰ったらお袋と、身なりの良い位高な婦人がいて、おれの姿を見て、この子がヘンリーなのねって、いったんだ」

　ジェニーは心配して、おれの手を取った。

「身なりの良い婦人って、きっと奥さんだったのね」

「そうさ、愛人囲ってたのがばれたんだ。それで乗り込んで来たってわけさ。おれが学校から戻された日に、またやって来やがって、家って所へ連れて行こうとしたんだ」

「お母様と離そうとされたの？」

「だから、男の子だから、こんな愛人の所へなんて置いていけないって、いいやがった」

「お母様は何もいわなかったの？」

「いったさ、おれは渡さないってね。親父と別れるから、子供は渡さないって、はっきりいってくれたんだ」

「素晴らしいお母様だわ。自分の産んだ子供だもの、守るのはあたり前よね」

ジェニーは、おれを抱きしめて、背中を撫でてくれたんだ。

「おれは、本当は立場が良くわからなかった。まだ子供だったからな。だけど、あの女がいったんだ。こんな愛人の家になんて、シェリバン家の血筋の者は置いておけないってさ」

ジェニーが、半身を起こして、おれの顔を、哀れみとも悲しみとも異なる瞳で見つめた。顔色も蒼白になっている。

「シェリバン家っていった？」

「ああ、その時どんな話があったか知らないけれど、おれはシェリバン家と縁を切ったんだ」

「シェリバンって、あの将軍の、まさかよね。もし知り合いだったら、騎兵隊になんていないわよねえ」

「いいや、兄様も知ってるあいつさ。おれは縁を切った。どんなに困ってもだ。あいつの施しは受けないって、決めたんだ」

ジェニーは、おれの体から離れて、ベッドに座っている。顔色は、紙のように真っ白だった。おれが手を伸ばして、触ろうとすると体をひねって、触らせまいとする。

「どうしたんだよ、ジェニー、お前おかしいぞ」

「あなたの口から、その名を聞くとは思わなかった。南北戦争に従軍して、騎兵隊にいたのだから、万に一つ、関係があるのは仕方ないと思ってた。だけど、あなたがシェリバンの息子だったなんて、そんなこと、あたし耐えられない。神様はそのご配慮で、子供を授けて下さらなかったのかもしれない。どんなことがあっても、もうあなたと暮らしていけない。ヘンリー、あなた悪いけれど、今夜は、自分のお部屋で寝てくれない」

ジェニーが、涙も見せずに、変に乾いた声でそういった。おれは何だか状況がわからず、驚嘆した。

「何いってんだよ、おれが何したっていうんだい。なんで、おれが一人で寝なくちゃならないんだよ」

抱きしめようとすると、するりと腕の中からすり抜けて、ベッドの外へ立った。

「やっぱり、どうしてもだめなの、明日説明するわ。今夜は黙って、一人で寝て下さい」

どうしても、おれの話は、それ以上聞いてくれそうもなかった。

「わかったよ、何だか知らないが、おれは虎の尾をふんじまったらしいな。明日になったら、本当に説明してくれるんだな」

ジェニーは無言で、頷いた。おれは仕方なく、ジェニーに、おやすみのキスを望んだが、それも拒否された。

部屋を出る時、振り返って、「おれ、こんなにお前のこと愛しているのに」といったが、ジェニーは何もいわなかった。そして、それが、おれがジェニーを見た最後になった。

おれはただ一人、この家にあって初めて、おれの部屋の冷たいベッドに横になった。何がなんだかわからない。明日になったら、ジェニーが何かいうのだろうと思ったが、寝つかれず、寝返りばかりうつ夜だった。

「出て行ったあ」おれは台所で叫んだ。

「小間使いのエイミーだけ連れて、お出になりましただ。きっと一番汽車にお乗りなんでございましょうが」とマーサが冷たくいった。

「なぜ止めるなり、おれを起こしてくれなかったんだよ」

「旦那様は、お一人で寝てらっしゃるから起こすなとのご命令でしただ」

ジェニーが、この家を出てしまったという、その理由が、おれにはわからなかった。すぐに、ジェニーの寝室に行くと、ベッドは綺麗に整っていて、鏡台の上に、おれ宛の手紙があった。それを手に取ると、乾いた音を立てて何かが落ちた。足元を見ると、ジェニーが人妻のしるしにと買った、金に赤い石がはまった小さな指輪だった。おれはそれを拾い上げて、片手で、ぎゅっと握りしめた。これまではずして行って、本当にジェニーはこの家を出てしまったのだと思った。

おれは、ベッドに寝転がって手紙の封を切った。

〝突然出て行く私をお許し下さい。この三年近くあなたと暮らしていながら、たった一つの理由で、私は、未来を捨てて出て行くのです。あなたがシェリバンの息子だったから。あなたにとっては、あまりの理不尽の私の申しようでしょう。でも知ってしまったら、もうどうしようもありません。あなたには、全くなんの関係もないのです。でもシェリバンの血が流れているとわかった今は、もう一緒には暮らしていけません。あれは私が七歳の時のことです。私は、シェリバン邸の客間で、息子のウィリアムに乱暴されました。傷は酷く、数か月の間の私の苦しみは、受けた者でなければ、わかりはしないでしょう。南北戦争での兄様の異例の出世、ジェイムズ・ロングストリート将軍の抗議を黙認したのも、シェリバンのおかげです。私が兄様に手紙を出したのは、何故私が、養家にも帰れずに、兄と西部で暮らして行かなければならないかを、計らずも、あなたと暮らすようになって、男女の交わりの深さを知るようになって、不思議に思ったことを、直接兄様に問うたのです。

決して兄様からのラブレターではありませんでした。私のことが、兄様の出世に使われていることを、兄様は認めました。そして、その契約には、私を東部のシェリバンや息子の目につく所に置かないことが入っていたのです。息子のしでかしたスキャンダルを、そこでもみ消したのでした。そこに兄様が関わっていて、私を西部に行かせたと、兄様が認めたのは、私にとってつらい話でした。だから私は、あなたと生きて行くと決めたのです。それがこんなことになってしまいました。私の受けた傷は治りましたが、心の傷は、兄様を慕うことでかろうじて保ってこれたのです。あなたがシェリバンの息子でなかったら。

いってもせんないことです。まさかこんなことで、あなたにお別れをいわなければならないとは思いもしませんでした。家はあなたのものです。月々の生活費も、あなたが毎日お酒を飲んで夜会を開いても十分な額を、銀行で受け取れるようにしておきます。何も変わりません。ただ私だけが消えるのです。若い娘さんを見つけて結婚して下さい。彼女に、たまに新しい宝石を買ってあげられる生活は十分にできますから。エイミーだけは連れて行きます。家の中にあるは全てあなたのものです。マーサによろしく、彼女はあなたが好きなのです。三年間ありがとう、そしてさようなら、ジェニー〟

おれは、その手紙を胸に抱いて一か月、ジェニーの帰りを待った。サムの奥さんにも、すぐ手紙を書いたが、牧場には来ていない。心配だ、来たらすぐ返事を書くとあった。ジェニーはどこへ行っちまったんだよ。そしてそれが三か月過ぎると、さすがに胸にたまるものがつまって息苦しくなり、酒を飲みに行くようになった。

おれが何もいわないのに、すでにジェニーが姿を消してしまったことは知れ渡っていて、友人達が慰めてくれる。いずれきっと戻って来るという者もあれば、早く忘れて若いのを作れという者もある。ジェニーに代わる女なんているわけがないんだ。おれは浴びるように酒を飲んだ。そんなおれを、友人達は、持て余して遠巻きに見ているのだった。寂しくてたまらなかった。また夜会を開けよ、気がまぎれるよ、というやつがいて夜会を開いた。

思いがけないことだった。ジェニーがホステス役を務めていた時には、ダンスの相手に若い男が集まって来ていた。

しかし、おれがホスト役をすると、おれとのダンスを望む女達が集まって来て、おれは驚いた。女たらしのヘンリーといわれていたけれど、おれは自分がハンサムだと、思われていたことに気づいていなかったのだ。

おれに、秋波を送る女が、こんなにいたなんて思いもしなかった。夜会は、そんな女客でいつもいっぱいだった。ダンスも、沢山申し込まれた。

ある朝、おれは、隣に知らない女が寝ているのに驚いた。女は、ダーリン、素晴らしい一夜だったわ、といって出て行った。それからは、女は選りどり見どりだった。おれは寂しかったのだ。

ある朝、玄関で声がすると思ったら、階段を音も荒く駆け上がってくる音がして、寝室の扉が、乱暴に開けられた。初老の男が立っていて、「よくも、うちの娘を傷ものにしてくれたな」と叫んだ。「パパ」といって、若い女は毛布に隠れた。おれは全裸でベッドから飛び起きると、毛布を跳ねのけた。女が、転がり落ちるように、ベッドの脇に、脱ぎ捨てられたドレスで体を隠した。

「さぁごらんなさいよ、どこに処女のしるしがあるんですかい。お宅の娘さんは昨夜はおれに二度もねだったんですぜ」

父親は娘が服を着ている間、後ろを向いていたが、頬をひとつ張ると、手を取って無言で出て行った。その他には、女房を寝取ったと、二度殴られた。

女をいくら抱いても、この胸の寂寥感は消えなかった。

おれは夜会もやめて、また酒を飲むようになった。夜会の件もあって、友人が一人、また一人といなくなって、おれは気づけば、バーの隅のカードのテーブルにいた。賭けカードの常連になっていたのだ。誰も助けてくれはしない。ただひたすら、暗闇へ、おれは自分から落ちて行ったのだ。

おれの生活は荒れた。明け方帰って来て、昼まで寝て、夕食後また出かけていく。女を連れて帰ることもあったが、ほとんどの日々を賭けのカードに暮れた。勝つこともあったが、自暴自棄のおれは負けることが多かった。金なんていくらでもあると思っていた。

ある日、銀行の店長に呼ばれて、応接室に通されて、サウスJSOHM銀行は、ヘンリー・アームストロング氏への支払いの一切を止めるといって来たと、いわれた。どういうことかと聞いたら、当行は今後あなたに金は貸せないということだ、と別人のように冷たくいい渡された。おれは家の中の家具やら、寝室以外の物を売った。家も抵当に入っている。ジェニーの肌についていたものだからと最後までのこしていた宝石も、一つ二つと売り払った。そして銀のくさりを一本買って、例のジェニーへのダイヤの指輪を首にかけた。家に借金取りが来るようになって、おれは最後の宝石を売った金の一部をマーサにやって、この家を手放すことになったといった。マーサはあんなに贅沢をさせてもらっていながら逃げたとジェニーを非難した。わし給金なんていらないから、旦那様と一緒に連れて行ってくだせいましといって泣いた。おれは、「マーサ、金を持っていたのはジェニーの方なんだ。イギリスの伯母さんなんて嘘さ。おれはいわば体のいい、ヒモだったんだ。それでも家も、毎月の生活費も食うに困らないだけは残して行ってくれたのに、全ておれが、すっちまったんだ。わかってくれよ、お前の気持ちは嬉しいが、おれは今もう一文無しなんだ。お前を食わせてやる方法がないんだよ」

「旦那様、これからどうなさるだ」

「西部へ行って、また騎兵にでもなるさ」

「傷が痛まねえか」

「ありがとうマーサ。おれを心配してくれるのはお前だけだ。この家を買う人間に、使用人付きでっていってあるから、お前達は、他所へ行く心配はないんだ。それだけが今お前達にしてやれるせめてものことだ」

そういって、泣くマーサを抱きしめて、ジェニーの金に赤い石のはまった指輪を、小指にしてやった。安物だったが、これだけは手放せないでいたのだ。ジェニーはいっていた、マーサはあなたが好きなのよと。だが、おれは何もしてやれない。自分の身の周りのものを詰めたトランク一つ持って、おれは夜逃げした。行くところはもはや西部しかなかった。

おれは第六騎を希望したが、古参兵だということで、また新兵の多い第七騎へまわされた。新兵の訓練をしている時は尻はなんともなかった。おれも、伊達に騎兵隊にいたわけではなかった。実戦経験もあった。おれはやがて、小隊を任せられるようになった。新兵を連れて、偵察に出て、少しずつ実戦に慣らすのだ。

ある時、運悪くインディアンに、遭遇してしまった。逃げるしかなかった。その途中で傷が痛んで来た。遅れがちになるおれを気遣って、傍にいた兵隊がやられた。先を行く一人が気づいて馬に引き上げて、おれ達はほうほうの体で、砦まで逃げ帰った。兵隊は死にはしなかったが大怪我をした。小隊長であるおれの責任は重かった。おれはカスターの前へ引き出された。カスターはおれのことを覚えていないのか、わざとなのか、尋問され、尻の傷のことがばれた。たちまち降格されて新兵扱いの後方の、つまり砦の馬小屋掃除がおれの仕事になった。砦の中は、近々インディアンとの大きな戦いがあるのではないかとピリピリしていた。またカード賭博におれが手を出すのには間がなかった。たちまち負けが込んで、ジェニーの宝石を売った金もなくなった。軍服の上着を借金のかたに取られた。月十三ドルの新兵の給料ではどうにもならなくなって、おれは砦の民間人の庭に干してあった生渇きのワークシャツを盗んでジェニーよろしく夕食のパンを懐にいっぱい詰めて、馬小屋から馬を引き出して、昼間開いている砦の門から、民間人のふりをして逃げた。とにかく馬を駆けて、尻の傷が痛くなるまで、逃げた。そして休むと、また馬を飛ばした。こうしておれは脱走兵になっちまった。小さな焚火の前で、固くなったパンをかじる。おれの中にいうにいわれぬ寂寥感が走った。ジェニー、今お前はどこにいるんだい。会いたい、あの華奢な、温かい体を、もう一度抱きたかった。

しかし、おれにはさらに西に行くしかもう道はなかった。脱走兵として捕まって、砦で銃殺刑になることだけはごめんだった。おれの人生、こんなんで終わるのかよ。答えはなかった。とにかくおれはひたすら西へ逃げた。もう意味もなかった。行く当てすらないのだ。おれは、最後のパンのかけらを食って寝た。朝目が覚めたら、馬がいなかった。とうとうおれは、こんなだだっ広い人っ子一人いない平原で死ぬのかと思った。しかし、人間はなかなか死なないんだ。おれはくるまっていた馬の毛布を肩に、西を目指して、その朝の一歩を進めた。

カスター編

ミシガンの小さな家の居間において

リビィは、立ち上がって居間の自分の椅子を、ぐるりと回ると、また腰かけた。自分でも何をしているかわかっていない様子だった。私を見つめて、「わたくしが、これだけいっても、お認めにはならないってことですのね」

「何をいつまで、同じことを繰り返しているんだ」

「そうよね、いつもあなたは正しいのだから」

「リビィ、私は君を愛している。それは、君に初めて会った時から今でも変わることはないのだ。それだけは、理解してくれているんだろうね」

「ええ、わたくしも、あなたを誰よりも愛してましてよ。そうじゃないのは、誰かさんなのじゃないですか?」

リビィは、手にしたハンカチを力いっぱい握りしめた。

「またそんなことをいう。私が君以外に、誰を愛しているというのだ」

「あなたがこれまで、口に出してこられなかったのだから、今わたくしが申しますわ。それはジェニーさんのことでしょうが」

私達はこの二ヵ月近く、不毛の堂々巡りの話し合いを続けて来て、ついにリビィは、ジェニーの名を出したのだった。

「君が何と思うとも、私とジェニーの間には何もなかったのだ」

「わたくしに、それを信じろと、まだおっしゃるの?」

「何もなかったというより、私はジェニーに欲情すら持つことが、できなかったのだ」

「それではなぜ、ジェニーさんはあなたに対して、愛慕の情をあんなにも表に出していたのです。おかしな話ではありませんか」

「それには深い訳があるのだ。ジェニーが私を慕うのは、他に慕う相手がいなかったからだ。そのことに関しては、君に理解してもらおうとは、最初から思わなかった。私は、ジェニーに対して、何らやましいことはなかったのだから、君もそう思っていてくれていたのだと、私自身の自分勝手な思い違いが、今まで君を苦しめて来たのだということは、全て、私の不徳の致すことであるのは認める。けれども君が何といおうと、私とジェニーの間には何もなかった。私は、あれを十二才で砦に連れて来てから、一度も裸すら見たことがなかったのだから」

「どうしてそれを、わたくしに信じろとおっしゃるの。あなたは、ジェニーさんに一見冷たく接しているように見せていながら、心の中では、誰よりも大切に思っていらしたのではありませんか。この妻のわたくしより、何倍も深い愛をお持ちだったのではありませんか」

「君がそう感じたのなら、それは仕方のないことだ。私が全て悪い。ジェニーのことで、君をないがしろにして来たとは、私は思っていない。君がどう思うかだ。確かに砦でのジェニーを交えた暮らしが、君にとって、思い通りの暮らしではなかったことは認めるよ。私は、ジェニーの育て方を、誤って来たと今では思えてならない。それが、君とジェニーが、姉妹のように一つ家に暮らしてくれたらという、私の願いが叶わなかった原因だと思うけれど、私は仲良く暮らしてくれたらと思わない日はなかった。私だって、ジェニーとのことに関して、苦慮していたのだから」

「だったらなぜ、ジェニーさんを他におやりにならなかったのです。少なくともわたくし達が結婚した時に、ジェニーさんが砦にいなかったら、わたくしこんなに苦しみはしなかったわ。なぜ十二才なら、ご実家で暮らすことができなかったのです」

「できない理由があったからだ」私は心を決めて話し出した。

「私はその日のことを、よく覚えている。場所は私の実家だった。家族が全員揃っていた。アン＝マリー姉の夫の牧師様に、ジェニーがいる修道院から、もはやジェニーを置いてはおけないから、引き取ってくれと突然手紙が来たのが始まりだった。ある事件があって、あれが修道院に入って五年近くが経っていて、私達は皆、ジェニーの名を忘れかけていたのだよ。その手紙は私達家族に悪夢を再び呼び起こしたのだった。アン＝マリー姉と私は、すぐにカスターの実家に集まった」

ジェニーは七才の時に酷い目に遭った、そして体が治った後、その償いのために、シェリバン家は、修道院経営の、良家の女子が通う寄宿学校へ通わせてて、後々は修道女になるという話を信じて、ジェニーを見知らぬ修道尼に預けたのだった。医者に将来結婚は難しいと聞かされていた私達にとっては、彼女だけでなく、私達家族にとっても、それが一番ふさわしく思えたのだった。

それがその時の申し出だった。

フローレンスは、「私絶対嫌だからね。この家に引き取るの。今度こそ孤児院へやるべきだわ」と、真っ先に叫んだ。

「フローや、少しは考えてやるべきではないのかね。我々がどうにかまともに、暮らせるようになったのは、何度もいうけれど、ジェニーの養育費のおかげだったのだよ」

フローレンスは、父の言葉を遮って、「そんなの、もう皆知っているわ。ジェニーはそのおかげで、うちの子になれて、捨て児じゃなくなったんじゃないのよ」

「そんなことといって、フローレンス。あのままだったら、あなたは学校にも行けないで、十才にもならないうちに、子守にでも出されていたのよ。ジェニーの持って来たお金を、うちで皆使ってしまって、私達の今があるのよ」と、その養育費の一部で、結婚ができたアン＝マリーはいった。フローレンスも黙った。父親の鍛冶屋を大きくして、毎日肉が食べられる生活になったのは、確かだったのだから。しかし、フローレンスはまだ甘えたい盛りの五才の時に、ジェニーがもらわれて来たおかげで、母親をとられてしまったと、かたくなに思っていることも、全員が知っていることであった。

アン＝マリーが、「うちで養女に出来たらよかったのに」というのを、夫の牧師が怒って、「その話は、散々しただろうに。うちではジェニーを預かる余裕がないのだと、いったではないか」と大きな声を出した。

弟のトムやボストンは、まだ一人前になってはおらず、しかも男だから何の役にも立ちはしなかった。皆多かれ少なかれ、ジェニーの養育費の恩恵に与かっていながら、それなのに誰一人として、彼女を引き取るという者はいないのだ。このままでは、フローレンスのいうように、ジェニーは孤児院へ行く道しかないのだろうか。一時でも家庭に育ったジェニーを、今さら孤児院などにはやりたくなかった。この家にもらわれて来て、さして大切に育てられたわけではなかったが、あまりにも可哀そうではないか。

牧師が、ベトニア修道院から手紙が来たが、そこは戒律を守る厳しい修行を行う所であって、そもそも幼いジェニーが、本来送られるべき所ではなかったはずだといった。

あの時シェリバン家が提示した、良家の女子の通う学校といったのは、そもそも嘘だったのだろうか。ジェニーは厳しいが、豊かに勉学が出来て、修行の後は修道尼になるはずだと聞かされていたのに、修道院からの退去しろという理由が、ジェニーに月のものが来るようになって、いかなる申し出であっても、すでに純血でない者を置くことはできないというあまりにも承服できないものだった。

シェリバン家はもとより我々を裏切っていたのか。寄宿舎などといいながら、見知らぬ修道院へ、ジェニーを押し付けたらしかった。今回の申し出は、ジェニーにとっても、我々にとっても大事件であった。

私は、あの朱に染まったベッドで、泣いていた幼いジェニーの姿を、ありありと思い出していた。私のせいで、あんな目に遭った、可哀そうなジェニー。責任は皆私にあるのだ。

「私が、ジェニーと結婚するよ」というと、父が反対した。

「ジェニーは、夫婦の交わりができないのだぞ。しかもまだ十二才だ」

「交わりができないなら十二才でも、構いはないでしょう、父さん」

「お前もすでに大人だ。商売女の一人や二人、買ったことがあるだろう。それが交わりできないとわかっている妻をもらってどうする。お前も男なら欲情があるはずだろうが」

「しかし、私のせいでジェニーはそうなったんだ。他に嫁に出せないのなら、私が一緒になるしか、ないのではないですか」

「オーティや、それはジェニーに対する、一時的な同情と責任感のなせるわざだ。もしジェニーと結婚しても、彼女はいつまでも十二才のお人形ではないのだよ。今あの子がまだ男女の機微を知らなくても、いずれ大人になって、自分は子供もできない体だと、知った時どうするのだ」そこで父は、小さく咳をしてみせた。アン＝マリーの所にも、まだ子供がないからだ。

「抱くこともかなわない妻をもって、どうするのだ。ジェニーが、自分が夫婦としての務めのできない体だと知った時、お前はどうするのだい。それまでのように人形を抱いているわけにはいかないだろうよ。男であるお前は、ジェニーと結婚して、我慢できるのかい。一生、兄と妹として暮らしていけるのかい。妻の代わりに、女を買うなり愛人を持たないとここで誓約ができるかい。ジェニーにとって、お前が外でジェニーに対して出来ないことをしていると知ることの方が、ジェニーには辛いことなのではないのかね」

「医者の発言は、間違っていることもあります」

「それを誰が調べるというのだね。オーティ、そんなに責任を感じなくてもいいと、私は思うよ。上官の命令には従わなくてはならなかったのだから。ジェニーは、受け入れてくれる修道院を探して、一生男女の交わりなどというものの、ない世界に暮らすのが、一番幸せだと思うがね。皆どう思う」

皆、もう何もいわなかった。アン＝マリーの夫に、修道院を探してもらうしか、手はなかった。

しかし、そこに天命が下りた。シェリバン大将には、きっと修道院から報告があったのだろうと思えた。私はそれまでの内地勤務から、いきなり少佐の位で第六騎兵隊への外地勤務が命ぜられたのだ。ただし、ジェニーを西に連れて行く条件でだ。これがシェリバンの命でなくて何であろう。私は西部で暮らす用意をして、五年振りに、ジェニーを迎えに行ったのだった。

ジェニーは、驚く程美しい少女に成長していた。私は、一度はジェニーと結婚を願ったはずではあったが、こうして、兄と実の妹ともつかない、生活が始まったのだった。

私は砦で、ジェニーを男のなりをさせていた。そんなジェニーにも、嫁にという話はあった。しかしその当時、私はどうやってその結婚話に応じられたことだろう。断るしか道はなかった。

それが砦にジェニーがいる理由だった。

私は、もうここら辺で、リビィとの話を止めてしまいたかった。話は堂々巡りだ。これ以上続けて何になるというのだ。ジェニーはとっくに出て行った。私達は念願の二人きりになれたわけだ。ここにはジェニーは、もはやいないのに、どうして昔の話を、穿り出して傷を深める必要が、どこにあるというのだ。発端は、一通の手紙だった。サムの奥さんからで、リビィは、すでに、サムの奥さんを通じて、私がジェニーと文のやり取りをしていることを知っていたらしいのだ。

数日来、リビィは珍しく風邪を引いて熱を出して寝込んでいた。したがって、手紙類は全て、直接私の手元に届いた。その中に見慣れた男文字の手紙があったのだ。しかも見るのは久方振りだ。

最後の手紙は、サムの奥さんの、惚気話と、ジェニーが、子供が出来たらヘンリーと結婚したいとあって、大いに慌てたが、まだ子供は出来ていないそうで、少し安心したものだった。ジェニーもそうやって、私の手から離れて行くのかと、切ない思いがしたのは確かだった。しかし、それがジェニーの幸せならば、応援してやるべきなのだろう、そんな時が来たのだと思ったものだった。

しかし、今回の手紙には、差し迫った状態が示してあった。

何度手紙を書いても返事が来ない、この手紙で返信がなければ、サムの奥さんが、このミシガンの我が家に乗り込んで来るというのであった。内容は、ジェニーがヘンリーと別れて、今サムの奥さんの牧場にいること。その理由が、浮気や喧嘩などの復縁が望める場合ではとてもないこと。なんと、あのヘンリーがシェリバンの息子であったことがわかって、ジェニーは何も考えられずに、あちこち彷徨って、やっとサムの奥さんの所へ来たこと。ジェニーも、ヘンリーへの愛があってのことで、今ジェニーは自分が犯してしまった罪と不運さにさいなまれて、食事はおろか、夜も眠れない有様であること。とても見ていられないから、ミシガンの家の近くに、一緒に連れて行くので、せめて顔だけは見せて、ジェニーを慰めてやって欲しいと、切々としたためてあった。

ヘンリーと別れたとの話は、私にも少なからず、衝撃的な出来事だった。ジェニーが今、混乱している様子は、手に取るようにわかる気がした。サムの奥さんの今までの言動から、最初は何故、よりによってヘンリーかと心配しているとありながら、共に暮らすようになって、思いもかけずヘンリーはジェニーにぞっこんで、愛されているらしい。サムの奥さんによれば、肌も合うようで、ジェニーは、サムの奥さんも羨むような、女の幸せを感じているのだと、手紙にあって、安堵していたというのにだ。どこからそんな話が出たのかしれないが、まさかヘンリーがシェリバンの息子だったとは、まさしくジェニーとヘンリーにとっては悲劇としかいえない。仲良く暮らしていればこそ、ジェニーの衝撃は例えようのないものであったことだろう。出来うることなら、今すぐにでも会って、慰めてやりたかった。

手紙はいったい、何時から来ていたのであろうか。リビィは、ジェニーがヘンリーと暮らし始めてから、砦の私宛のジェニーの手紙を一通も私に渡さなかった。砦を出て行ったジェニーに対してまでのリビィ抱く嫉妬心がわかった時、私達の仲は上手くいかなくなった。リビィは、手紙のことを認めなかった。私は表には出ないが、リビィの昔の病がぶり返しているのだと思うことで、それを許した。ジェニーがいなくなったというのに、ますます私達の会話は少なくなり、夜の交わりも数える程になっていった。

私はジェニーのことが心配だった。リビィはこのことを知っているのだろうかと、まず疑った。手紙は、サムの奥さんからとわかっていて、中味も見ずに、台所の暖炉の火で焼いてしまっていたならまだいい。しかし内容を知っていて、なお私を騙し通そうとしているのであったら、いくら嫉妬であっても、夫婦として許されない私への裏切りであった。

私はすぐに、サムの奥さんの所へ手紙を書いた。ジェニーにも、私が出来うるだけの、慰めの言葉を書いて、ミシガンの家に近いホテルを指定して、会いに行くから待っているようにとも伝えた。

次の日、リビィが起きて台所にいるのを見て驚いた。

「まだ熱があるのに、休んでいなくていいのかい。無理をすると、治るものも治らなくなるじゃないか」

私は、リビィの手に、手紙の束があるのを見つけて、少し気分を害した。そして思わず、いってしまったのだ。

「サムの奥さんの手紙なら、昨日来たよ」

リビィは、手紙を台所のテーブルの上に置くと、黙って出て行った。

その日から不毛の堂々巡りの話し合いが、始まったのだ。最初はこうだった。

「あなたには、わたくしより大切な方が、おありなのですよね」

もちろん私は反論した。その日、リビィはそれ以上、何もいわなかった。私はそれで済んだものと思った。

翌晩も、リビィは新聞を読んでいる私に向かって、「どなたかのことを、考えていらっしゃるの?」と聞いた。

「新聞を読んでいるだけだが」

「心の中で想われている方がおありでしょ」

「何のことをいっているのだ」

「また、その方を愛したいと思っていらっしゃるでしょ」

「リビィ、君は何をいっているんだい。私は、君以外に愛する者はいないのだ」

「嘘ばっかり」そういって、居間を出て行った。それが翌晩から、ずっと続いた。夜の居間は、苦痛以外の何ものでもなくなった。

「最愛の方に、お会いになりたいでしょ」

「誰に会えというんだ」

「決まっているではありませんか。今あなたの心を占めている人よ」ジェニーのことをいっているのだろうが、名前はいわない。もちろん私もいいはしない。

始めは、ぽつりぽつりと、言葉の端々を口にしているだけなのが、段々と興奮して来て、「お抱きになりたいのでしょ」などと、普段のリビィでは口にしないようなことをいいたてる。私がいかに、「君以外の誰を抱きたいと、思っているというのだ」と、少し言葉を荒げると、

「それは嘘、ご自分の御心に問われたらいかがです」といって、珍しいことに、涙を見せた。

私は、いい加減に、たまらなくなって、女中の前でありながら、リビィの口をキスで塞いだ。抱き上げて寝室に向かうと、リビィをそのままベッドの上へ放り投げた。普段そんな乱暴なことはしたことがない。リビィが戸惑っている間に、私はベルトを外してズボンを下ろすと、抵抗するリビィに覆いかぶさって、スカートをめくった。リビィはさせまいと、両手でスカートを押さえたが、私は片手でリビィを押さえつけて、下着を半分下ろした。そして二人ともほとんど服を着たまま前戯もなく、私達は一つになった。さすがにリビィは悲鳴をあげたが、すぐ私の動きに陥落して、女としての快感を私に見せまいとしていたが、長くは無理であった。私はコルセットをしたままのリビィが興奮のあまり失神するのではないかと、ふと思ったがもはやどうでも良くなった。私は、男として欲望のまま動いた。リビィに対する思いやりも持たず、いくところまでいって、果てた。思えば、久方振りの夫婦の交わりであった。

「リビィ、よかったよ」と、私はいうと急いでベッドを下りて、ズボンを上げた。その後の二人の無様な姿を目にしないために、私は書斎のソファで、その夜を過ごした。

翌朝リビィは、普段通りに起きて来たので、昨夜の薬は効いたのだと思った。

しかし、夜になると、また繰り返して来たので、「もう一回、今夜もするかい。今夜こそ、いつものようにゆっくり愛し合おうじゃないか」

そう私にいわれると、リビィはもう何もいわなくなって、私が寝室に入った時には、珍しいことに、もう向こうを向いて寝ていた。リビィと声をかけて、肩に触ったが、目をしっかり瞑って、体を硬くしている様子に、私は、それ以上何もしないで寝た。

そして今夜、ついにリビィは、ジェニーの名を口にしたのだ。抱いたことのないジェニーのことを、邪推されても、返事に困る。

サムの奥さんから電信が届いて、ジェニー達がホテルに着いたのがわかった。私はポストに鍵を付けたのだ。私達夫婦はもう、こんなところまで来てしまっていたのだった。

私は一目ジェニーに会って、慰めをいいたいだけけたったのだ。しかし、こんな様子では外出もままならないだろう。私は不器用な男だ。二人の女を、一度にどうこうできはしない。

「リビィ、何度もいうようだが、私とジェニーの間には、本当に何もなかったんだよ。信じろという方が無理なのかもしれないが、私が目を瞑るといつも見えるジェニーの姿がある。全裸で、赤子のように体を丸めて、叫び過ぎて、もはや声も出ないであろうに、口をわななかせて、肩がピクピクしていたよ。ベッドは血まみれで、その中にいたんだ。まだ七才になったばかりだった。そこに立っていた半裸の男を、おれは殴り倒した。これはごく少数の人間しか知らない、ジェニーの秘密だ。私はこの秘密を君に知られまいと、日々過ごして来たのかもしれない」

リビィは、青い顔をしていたけれど、冷たい声で、「ジェニーさんにとっては、それは悲しい出来事だったでしょうけれど、世間ではない話ではありませんでしょ。あなたが、なんでそんなに悔やむことがあるのです」といった。

「君だって、七つの時にそんな目に遭ったら、人生が変わったかもしれないとは思わないのかい。七つになったばかりだったんだ。おれが悪いんだ」

「七才といえば、もう分別もつく年頃ですわ。それを知らない男に、キャンディででもつられて、付いて行ったんじゃありませんか。ジェニーさんにも、隙があったんじゃなかったんですか」

「君も覚えているかい。ウェストポイントでの、初めての家族の日のバザーの時だ。君は本当に綺麗だったよ。級友に鼻が高かったものだ。皆から冷やかされたよ。私は、早く君と二人きりになりたかった。そこで、付いてまわるジェニーに二十セント渡して、バザーのテントから動くなと命じて、たった一人そこに置き去りにして、リビィ、君のもとへ行ったんだ。ジェニーは、バザーといっても自分の住んでいる教会の貧しいバザーと違って色とりどりの美しい上等の品が、いっぱい並んだテントで、目を輝かせて待っていると約束したんだ。私は久方振りに君に会って、抱きしめてキスが出来るのが嬉しかったよ。大昔のことだ、その後南北戦争があったのに、その日だけは忘れられないんだ。帰る時間が来た。テントに行くと、ジェニーの姿がなかった。迷子になったと私は慌てたよ。ジェニーは、校舎の裏で林の中で眠っていると、近くの婦人が連れて行ってくれた。一人の学生の膝枕で、幸せそうに眠っていたよ。私が抱き上げて、寝ぼけ眼のジェニーに、うちに帰るぞといったら、その上級生は、「へえ君の妹かい、羨ましいな」っていったんだ。

「そんな昔の話が何だっていうのです」

「ジェニーのエプロンドレスのポケットには、二十セントでは買えない程、君がいうようにキャンディやクッキーでいっぱいだったよ。それから一か月くらいして、私と級友の三人は、突然パーティに呼ばれた。必ずジェニーを連れて来るようにといわれたのと、私達が三人選ばれた理由がいまひとつわからなかったが、上流階級のパーティに呼ばれたのだ。私達三人は、ある種の高揚感と緊張感を持って、パーティに行ったさ」

私は、その時のことを思い起こして、両の拳を、強く握りしめた。

「姉は、パーティだからと、貧しい中でも新しい木綿のドレスを作って、ジェニーに着せてくれた。たったそれだけのことでも、ジェニーは飛び跳ねて喜んでいたよ」

その時の姿を思い起こすと、その後に彼女の身に起こる、おぞましいことに胸が痛んだ。

パーティ会場へ行くと、先の婦人がホステス役を務めていて、ちょっといいかしら、といってジェニーを屋敷の中へ連れて行った。慣れない他人の家で、私達がまごついていると、例の婦人がジェニーの手を引いてやって来た。ベールに花飾りの付いた、小さなヘッドドレスに、白絹のレースの段々飾りのワンピースは、まるで花嫁のようだった。下着まで替えてあって、裾から見えるドロワーズには、これでもかとフリルが付いていた。

バザーの時、膝枕をしていた一級上のウィリアムはこの家の息子だったんだ。彼は手を広げてジェニーを抱くと、「わぁ、可愛いねえ、お嫁ちゃん。五つまでだったら、生きている人形で観賞用だけれどさ。五才の時の君に会えなくって残念だったよ」とわけのわからないことをいったのが、不安だった。

ウィリアムは、ジェニーを人形を抱くように連れ歩いては、庭のあちこちのベンチにいる婦人達に見せていた。私達はホステス役の婦人の紹介で、普段なら口を聞くことも出来ない将官達に、酒を勧められたり、今後の南部の動きについて論じたりと、時間はあっという間に過ぎた。

私はジェニーの姿が見えないのに、気がついた。先程までは、お茶のテーブルにいて、ケーキを食べていたはずだ。私は女中に聞いた。ご不浄にいらしています、という。問い詰めると、ウィリアムが連れて行ったというのだ。悪い予感がする。私は全く知らない屋敷の中へ入って行った。

この家の婦人が、客間らしき扉を叩きながら、「ビル、ビル、出て来てちょうだい。何をしているの」といっていた。

私が近づくと、両手を広げて扉を守るように背にして立った。私は片手で婦人の肩を払うと、扉を蹴破った。はっとして、ベッドから飛び降りた若い男は、下半身を丸出しにして、まだ性器が立っていて、血まみれだった。私は、たまらず男に一発見舞ってやった。婦人が何か叫びながら、間に割って入って来て、止めてといってすがりついた。婦人付きの女中らしいのが入って来ると、婦人は、あたり前のように、このままでは着替えも出来ないから、風呂の用意をしてと命ずるのを聞いて、私は上官であろうが、全てのものを捨てて、「医者の方が、先だろうが」と、どなった。

スキャンダルを恐れてのことだろう。医者は呼ばれたが、裏口から台所を通ってやって来た。一目見て驚愕したのであろう、この屋敷の主人を呼ぶようにといった。

「あんな可愛い子に、マミィが、ぼくにお嫁さんくれたと思ったのだもの」

「だって、マミィが、ぼくにお嫁さんくれたと思ったのだもの」

「この前もいったでしょ。こんなことしちゃ駄目だって、いったでしょ」

「あれは五才までじゃなかったの？　この子七才っていっていたよ」

「ああビル、あなたって子は、どうしたらいいの」

ビルは腰にシーツを巻いて、母親とこんな狂っているとしか思えない会話をしていたのだ。前歴があるのだろう。こんな男だと知っていたら、ジェニーを連れては来なかったのに。きっと、バザーの時に、この母親は息子の性癖を知りながら、ジェニーに目を付けたのだ。私達がパーティに呼ばれたのは、あくまでも、ジェニーを連れて来る口実でしかなかったのだ。

　医者は、湯を持って来させて傷を洗いながら、

「思った以上に傷は重い。出来るだけのことはしたが、傷は肛門までも裂けている。将来、まっとうな夫婦生活が出来るようになるかは、保証できない」と宣言した。

　ジェニーは、結婚も出来ない不具になっちまうのか。医者の言葉は、私の胸の奥に深くまで突き刺さった。

　父親の将軍がやって来て、

「君は確か、カスター君というんだね。これからは、気にかけておこう。君の妹さんには、申し訳ないことをした。出来うるだけのことはするつもりだ。だから、わかってくれるね」

　ウェストポイント陸軍士官学校のただの一年生の私に、その時、何が出来たというのだ。

　私の長い話を聞いていたリビィが、「まぁ、あなたらしくもない。なぜその時訴えてやらなかったのです。あなたの大事なジェニーさんを傷つけたのでしょう。罪に問われたはずでしょうに、今悩むならなぜ行動を起こさなかったのです」

「出来るならしたさ。あのジェニーの姿を見て許せるものではなかった。だけど私も結局長い物にまかれてしまったんだよ。陸軍最高司令官というシェリバンという名の前に、戦わずして、ひれ伏してしまったのさ。私は、愚かな男なのさ。この話を今までしなかった理由が少しでもわかってもらえるんなら、ありがたいと思うよ」

　リビィもこの名には驚いたようで、「シェリバン大将……」と呟いた。

「思えば、私がボーイ・ジェネラル（青年将軍）――南北戦争で、軍功を立てた私は、二十代前半で将軍になるというあり得ない出世をしたので、世間で揶揄されたあだ名だ――になったのも、色々と問題を起こしながらも、それが表沙汰にならなかったのも、そうさ野に下っていた私が第七騎兵隊の隊長になれたのも、皆どこかに、シェリバンの力が及んでいたといえなくはないのさ」

「では、わたくしが……」

　リビィは、椅子から立ち上がって、テーブルに両手の指先だけを付けながら、黙った。

「なんだい、リビィ」

「わたくしが、ワシントンに、あなたの軍隊復帰のために、手づるのない中、各将軍をまわって、あなたのためと思ってして来たことは、いったい何だったんでしょう」

「君は、賢夫人として有名だ。なかなか出来ることではないと、皆いっているよ」

　私は出来うるだけ、優しく聞こえるように、努めていった。

「それも嘘。あなたは心の中でジェニーさんを愛していて、反面わたくしをバカにしていたんだわ」

「そんなことが、あるわけがないだろうが。ジェニーが西部に暮らしていたのは、シェリバンが、自分と息子の目に触れる東部で暮らしてくれるなと、いったからだ。リビィ忘れてくれては困る。私は君に一目あった時から、恋をしたんだ。でもその時は、叶わぬ恋だった。貧乏学生とお嬢様だったからね。だから、君と結婚出来た時は、天にも昇る気持ちだったよ。君は、東部の豊かな男と結婚すれば、しないで済む苦労を、私と共に選んでくれた。君は西部の生活に慣れなくて、苦しんで、自殺未遂を起こしたこともあった。そんな君を、感謝こそすれ、他に何がある。バカなことは考えるのはお止め」

「でも、どうしても、あなたとジェニーさんのことは許せないわ」

「私とジェニーの間には、何もなかったと、何度いったらわかってくれるんだ。この際だから白状してしまおう。君がいない時、女を買って病気をもらったことがある」

　リビィは怒りでいっぱいの顔で両手を振りまわして叫んだ。

「何を今さら、そんなことをおっしゃるの」

　確かに、間の抜けた会話ではあった。

「私は、思いもせずに、ジェニーに背負わせてしまった重たい荷のことを思って、いつも心苦しく思っていながら、何も出来ないでいたことは確かだったが、思いもかけぬ出来事から、その一方が消えた。しかし、問題はかえってややこしくなったともいえるのだ」

　私は、立ってブランディをグラスに注ぐと、椅子に浅く腰かけてから話し出した。リビィは立ったままだった。

「何をおっしゃっているのか、全くわかりませんわ」

「君にはいっていなかったことだからね。まぁ座りたまえ。ジェニーが砦を出て行く少し前に、二週間程砦を抜け出していたことがあったのを、君は覚えているかい」

「忘れもしませんわ。砦中で大騒ぎをしたではありませんか、あの娘、人の気も知らないで」

「そうさ、台所のパンだけ持って、酒保の缶詰さえ持たずに二週間もどうしていたのか、最悪のことさえ考えていたのに、ひょっこり帰って来た。私は安堵したよ。埃まみれで、くたびれた様子は痛々しかったが、本人は、いたく元気で、なんと、インディアンの妻になったと、なんの衒いもなく、うれしそうにいったんだ。私は椅子から転げそうな程、驚いたんだ。男と女のこと、ちゃんと出来たと、あっけらかんといったのだ。私は思わずジェニーの頬を叩いた。私が一生をかけて守ってやるはずだったジェニーの秘密が、よりによって、インディアンなどに、ジェニーは不具ではなかったと認めさせられたんだからね」

「あなたが、その役だったらよかったのに、残念でしたわね」

リビィは、嫌味を込めてそういった。

「ああそうだよ、私もその時そう思ったんだ」

「まぁ何てことを」リビィは叫んだ。

「思ったんだから仕方ないじゃないか。君も今そういったじゃないか。そうすべきだったんだ。ジェニーは、いつまでも七才の泣いている女の子ではなかったんだ。私はその時初めて正面からジェニーを女として見たのだと思う。私はたまらずに、ジェニーを抱きしめて、初めてキスをした。そうだ、それが初めてのキスだったよ。それから風呂に入れて、大人になったジェニーの裸を見た。惚れ惚れする程美しかったよ。そのまま押し倒したいのを、私は必死に耐えた。なぜなら、私には君がいたからだ」

　私はグラスの酒を飲み干した。リビィは、テーブルの周りを、私を睨み続けながら、歩き回った。

「そんなこと、わたくしに信じろとおっしゃるの？　あなたがどうしても、体の関係をお認めにならなくても、心が通じ合っていたら、それだけで十分な裏切りですわ、違いまして」

「リビィ、君とこうして話をしていると、すればする程、ジェニーに対する思いが募って来るよ。なぜかなぁ、私は君を愛している、これは事実のはずなのに、君がどんどん遠くに行ってしまう気がする。ジェニーは本当に私の妹なんだよ。君には妹がいないから、転んで泣いている妹を、飛んで行って起こしてやろうとする兄の気持ちはわからないのだろうね」

　私は両手で顔を覆った。

「わたくしが悪いの？」

「君は悪くないよ。なぁリビィ、私達少し離れて暮らさないか。このまま堂々巡りの話し合いを続けて、良い結果が出るとは、とても思えないんだ」

「あなたが、お認めになればいいのよ、オーティ」

「思い出すよ。シェリバンはスキャンダルを恐れて、ジェニーを病院には入れなかった。医者は看護婦を一人連れて来て、ジェニーの面倒を見させた。一番大変だったのは下（しも）のことさ。小用はそれでもどうにか出来た。しかし大便はそうはいかなかった。自然現象だから仕方がないといったって、ジェニーも辛いのがわかって、我慢をしてしまう。それが五日も続くと、看護婦は、ジェニーに浣腸をする。泣いて嫌がるジェニーを私は押さえつけた。やがて薬が効いて来て、悲痛なジェニーの悲鳴が響くんだ。泣き叫ぶジェニーを、おまるの上に抱いて、どうしたら少しでも痛みを感じないように、用を足せるか工夫したよ。でも、どうしたってジェニーの苦しみはなくなりはしないんだ。そうして看護婦は、腰湯をさせて傷を消毒するのだよ。可哀そうでならなかったよ。ジェニーも子供心に、逃れる術を探したんだろうよ。物を食わなくなったんだ。七つの子が、苦痛を逃れるために食事をとらなくなったんだ。いかに辛かったかわかるだろう。私は、ジェニーと一緒に食事をして、スープ一さじでも、口移しに食わせたんだ。肉も噛んでやって、ジェニーの口に入れてやった。ジェニーが哀れで、こんな目に遭わせてしまったと、後悔の念でいっぱいだったよ」

「あなたが、そんな風に甘やかしたから、ジェニーさんはつけあがったんですわ。看護婦がいたのなら、全て任せておしまいになればいいのに、あなたがジェニーさんに対して、そこまでの責任を負わなければならないのか、わたくしにはわかりませんわ」

「君はあの血まみれのジェニーの姿を見ていないから、そんなことがいえるのだよ。ジェニーは、なぜこんな苦しみを受けなければならないのか、わからなかったからだ。私は学校を長期休学して、夜、私は、眠るだけが苦痛から逃れる唯一の術だったジェニーを、胸に抱きしめて寝た。私はただ自分の愚かしさを思わぬ日はなかった。今思えば、たぶんその時、ジェニーの幼い心に、私を慕う気持ちがすり込まれたんだと思うよ」

「わたくし、そんな話聞きたくはありませんわ。わたくしはオーティ、あなたと結婚したんですのよ。そんな過去の亡霊なんて、わたくしには関係はないはずよ」

「確かにその通りなんだよ。だから君がどう思おうと勝手だよ。本当に君には関係のない話なのだからね。傷が癒えたジェニーをどうするか、話し合いがもたれた。アン＝マリーの夫が同宗で良家の女子が通うという修道院を紹介してくれて、シェリバン家からもそれなりの寄付なりがあったのだろうと、私達は安心した。私は学校へ帰らなければならなかった。ジェニーは涙をいっぱいためて、尼様に手を引かれて、馬車に乗って出て行った。結婚できないのなら、修道女になるしかないと、皆その時思ったさ。私も、少し肩の荷が下りた気がした。いい気なもんだ、それで皆救われたと思ったんだ。ジェニーのことを忘れた頃、修道院からジェニーを引き取れといって来た。私は西部へジェニーと送られ、眩しい程美少女になったジェニーに男の服を着せて暮らすようになったのだ」

「それこそ、その時養女に出せばよかったのではないですか」

「君は、そんなにジェニーが嫌いだったんだね。ジェニーの西部行きはシェリバンが東部でジェニーの顔を見たくないといったからだ。私は位も上がり、ジェニーはそれからずっと砦で暮らすことになったのだ。私のせいでね」

「そのことを黙ってわたくしと結婚したのですね。わたくしの人生、ジェニーさんのせいで、めちゃくちゃでしたわ」

「ジェニーのことをいわなかった私は悪い。しかし、私は再び君に恋をしたのだよ。君を失いたくなかったのだよ。その当時、私はジェニーに対して、結婚も出来ない体にしてしまったという負い目を感じていたのは確かだ。しかし、ジェニーが、私に兄以上の感情を持っていたとは、思っていなかったのだ。あれはただ昔のように私の胸に抱かれて子供のように眠りたいだけなんだよ。きっと今でも」

「そんなこと、まだおっしゃるのですか」とリビィがまた立ち上がっていった。

「ジェニーは出て行った。私達は望み通り、二人きりになれた。そうだ二人きりになれたんじゃないか。それが何で、毎日こんな話し合いをしなければならないんだ。君の方が私より、よく知っているんだろう。毎回手紙を読んでいたんだから。ジェニーは今苦しんでいる。私に助けを求めているんだよ。兄として妹を慰めに行くことすら、私は許されていないと、君はいうのかい」

私は命令を受けて、ヘイズ砦に赴任した。なぜか条件にジェニーを伴うとあったから、五年振りに会った美しい少女に育ったジェニーと汽車に乗った。砦で暮らすと思ったから、男の格好をさせて来た。

ジェニーがこの五年間、思いもしない厳しい生活をして来たとは、考えもしなかったから、チョコ一枚で喜ぶ姿に、可哀そうでならなかった。

砦で与えられた官舎は、一人用だから、ベッドは一つしかない。私は寂しかったと訴えるジェニーを、毎晩胸に抱えて寝た。その時はまだ十二才のほんの子供で、しかもあの血にまみれた姿が忘れられなかったから、官舎にいる時には、一つ床にあって、ジェニーを女と思うことはなかった。

しかも、毎朝私はジェニーより早く目を覚まして、すでに着替えを済ませていて、「寝坊すけ、起きろ」と、ジェニーを起こすと、すぐ部屋を出て、彼女の着替えを見ることはしなかった。

修道院の生活は、余程辛いものだったのだろう。夫に付き添って砦に来た婦人達が、何も楽しいことがないと嘆く、西部の暮らしの中にあって、まだ子供だったせいもあろうが、たちまち砦の生活に慣れて、コックに聞くと、毎日楽しそうにしているらしい。

とにかく私が砦にいる時は、傍にいて私のすることを、例えば銃の手入れとか、何もかも珍しそうに見ているのだ。それでいて、邪魔をすることもないので、いつしか砦の一員と認められたといえよう。

私はジェニーに、早く馬に乗れるようにしてやりたかった。だから暇があれば、鞍の前にジェニーを乗せて、砦の中を巡った。心配したけれど、ジェニーは馬を恐れなかった。これでいずれ共に遠乗りになど行けたら、楽しいだろうと思うのだった。

ジェニーは修道院で料理だけは教わらなかったというので、仕方なく黒人のコックを雇った。日中話し相手は、彼女しかいなかったが、それに文句をいうものでもなかった。

数少ない妻帯者のご婦人達にも、挨拶はさせたが、その会合などの付き合いは禁じていた。ジェニーは嫁にはいかれないのだ、少しでもそんな話が、ジェニーの耳に入るのを恐れたからだ。婦人会へは出るな、といってもジェニーは別に不満もいわなかった。毎日時間通りに行動を決められた修道院での生活に比べて、好きに洗濯でも掃除でも出来る、今の生活に満足しきっているのだ。

そして、夕刻になると、ジェニーは見張り台に上って、私が帰って来るのを待っている。遅くなって、松明が焚かれる時刻になると、遠くからでも、ジェニーの髪の毛がキラキラと輝いて見えたものだった。

私が馬を預けると、私に向かって駆けて来て「お帰り」という。そうして、おでこを私の胸に擦りつけるのは、もうその時からの習慣なのだ。しつこくはしない、すぐそれだけで納得して家に向かう。だから、私が夕食の卓に着くまでに、ジェニーは水を浴びて、はや寝間着に着替えている。お行儀は悪いが、寝室が一つしかないのだ。私は努めてジェニーの肌を見まいとしていたから、ジェニーは、私が家に帰る前には、着替えを済ませておくのも習慣の一つなのだ。

夕食の間中、ジェニーはその日砦であったことを、こと細かく私に話す。私は、パトロール中にあったことを、ジェニーにわかるように話す。この夕食の時間が、二人だけの時間だ。ジェニーはどんなことでも興味を持って、目をキラキラさせて私の話を聞いた。同じことを毎日話しているようなものだけれど、ジェニーは私の話に、飽きるということを知らなかったのだ。兄様と一緒だもの、とよくジェニーは口にした。人を疑うということを知らず、私をひたすら慕っている、こんな可愛いものがあるかと、毎日思った。

夕食後は、居間で、私は書き物机に向かって、仕事の続きをしたり、手紙を書いたりした。ジェニーは、本を読んだり大人しく一人の時間を過すのだが、時には静かだなと思うと、すでに眠っていたりするのだ。

そして、私はジェニーを胸に抱いて眠る。私はその時、ジェニーのために、私自身の結婚は諦めようと思っていた。こうして一生、どちらかが先に逝くまで、二人一緒に、互いの肌の温かさを感じて過ごして行くものだと思った。もし女が欲しくなったら、ジェニーに知られずに買えばいいと思った。しかし、ジェニーをこうして抱いていて、女が欲しいと思ったことはなかった。私はきっとその時が幸せであったのであろう。

ある日、手紙が届いた。懐かしい名前があった。

私は、今後ずっと西部で暮らすのであろうから、結婚は無理だとリビィに返事を書いた。私はその時、ジェニーと暮らすのだから、結婚は無理だと書くべきであった。それを書かなかった私の心のどこかに、リビィへの思いがまだ燃えていたのであろう。文通は続いて、私はジェニーを一人砦に残して、長い休暇をとったのだ。国中に祝福されていると思えるような結婚式を挙げたのだ。

私はリビィにいった。「ジェニーを裏切ってまで、君をとったのだ。それがなぜ、こんなことになってしまったのだろう」

「本当のところ、わたくしと、ジェニーさんのどちらが大切なの？」リビィが暖炉のへりに片手をかけて、震える声で聞いた。

「リビィ、君を愛しているよ。けれど今はジェニーを抱きしめてやりたい。愛とか恋とか、男女の情なんてものじゃないんだ。君には理解ができないだろうけれど、幼いジェニーが泣いている。ただ私は兄として、慰めてやりたいんだ」

「わたくしが反対しても、出ていらっしゃるのね。わたくしなんて、あなたの何の役にも立たなかったってことなんだわ」

「そんなことはない、君ほど素晴らしい妻はなかったさ。今でもそう思っているよ。家は君のものだ。日々の生活に困らないことはするつもりだよ。弁護士から後々のことは、書類が来るだろう。君が離婚を望むのなら、それも自由だ。書類にサインをして送ってくれたまえ。君が私にし続けた、本来夫婦間であっても、してはならないことに関しては、あえてここでは口に出さないでおこう。それさえなければ今も本当に君を愛していたんだ。それだけは、嘘偽りのない事実だ。あぁそうだ、これはポストの鍵だ。さようなら」

　リビィは暖炉の前から動かず、何もいわなかった。ただ足元に、白いハンカチが落ちていたのが印象的だった。

　私は書斎に行くと、当座必要な書類と日記帳を、ブリーフケースに入れて、よそ行きのコートに着替えて、ミシガンの家を出た。こんな簡単に家を出られるのだと、意外にさえ思えた。

　ボーイがホテルのスイートの戸を開けると、小間使いが出て来た。来意を告げると、奥様は今どなたとも、お会いしませんという。

　いきなり長身のサムの奥さんが駆けて来て、「この方が、ジェニーちゃんの待ち人よ」といって、私の背中を押しながら、寝室の戸を開けて、私を押し込むと戸を閉めた。

　ベッドに横になっていたジェニーが、私に気がついて、「兄様……」といって、両の手を広げて私を見上げた。私は、ブリーフケースを放り投げて、ジェニーを抱きしめた。

「やぁジェニー、久方振りだ。顔を見せておくれ」

　私は両手で、ジェニーの顔を挟んで、こちらに向けた。心労からだろうか、目の下にくまができていて痛々しい。それでも嬉しそうに笑っている。

「兄様今日はいつまでいられるの？　お夕食一緒に食べられるの？」

「食べられるさ、一緒にも寝よう」

「えっ、お泊りもして下さるの」

「ああ、これからずっと一緒だ」

「明日も一緒なんて、夢みたい」

　なんて可愛いことをいうのだろうと、心が温かくなる。今までいたミシガンの家の氷のような冷たい空気がここにはない。

「ベッドに昼間から寝ていて、どこか具合が悪いのかい」

　添い寝をして、髪をかき上げてやった。

「牧場で毎日泣いていて、それから汽車に長く乗ったから、目が回っちゃったの」

「食事をちゃんとしていないからじゃないのか」

「だっておなか空かないのだもの」

「今夜は、私も一緒に食事をしよう。スープみたいな軽い物から食べるといい。起きられないなら、食べさせてあげるよ」

「あたし、もう治った。起きるわ、せっかく兄様が来て下さったんだもの。おめかししなくちゃ、恥ずかしいわ。兄様のお荷物はどこ？」

私は、ベッドの向こう側に、放ったままの、ブリーフケースを指差して、「急いで来たから、あれだけだ」といった。

「まぁ大変、すぐにご用意しなくちゃならないわね」

私が寝室の戸を開けて、「ジェニーが、小間使いを呼んでいるんだ」と、サムの奥さんにいうと、「あら、もう済んじゃったの、早いわねぇ。ジェニーちゃんが、具合が悪かったせいかしら」といって、首をかしげた。

「ジェニーは着替えて、買い物に行きたいそうなんだ」

「エイミー、ジェニーちゃんがお出掛けをするんですって、手伝ってあげてちょうだい」

サムの奥さんは、ベッドに腰掛けているジェニーに向かって、

「出掛けて大丈夫なの？」

「だって兄様ったら慌てんぼうで、歯ブラシ一本持たずに、来てしまったんですって。お買い物に行かなくちゃ」

「それじゃあエイミー、ジェニーちゃんになるべく楽な服を着せてあげてちょうだいね」というと、私と寝室を出た。

二人になると、声を潜めて、「閣下、来て下さって、ありがとう。もうジェニーちゃんのこと、どうしていいかわからないくらい、最初は大変だったの。あたしの結婚式の時は、ヘンリーとジェニーは見るからに仲むつまじ気で、夜の方もジェニーちゃん、それは満足していたのよ。だって、赤ちゃん出来たら、結婚しようって話し合ったんですって、それってもう本気よね。あの兄様のお嫁さんになるのが夢だったジェニーちゃんがよ、そんなことというなんて信じられないくらいの変わり様でしょう。ついに閣下を越える男が出たんだって思って、私もジェニーちゃんのこと応援していたのよ。そんな愛するヘンリー捨てちゃったって、自分が許せなくって、だけど、どうしてもヘンリーとはもう暮らせないって泣いて、一時はもう死んじゃうかもしれないって思ったくらいなの」

「知らなかったよ、例の手紙のやり取りが、どうもリビィにばれたようで、この手紙で返事がなければ、君が家に乗り込んでくるっていう手紙を見るまで、知らなかったんだ。別れたのはいったいいつ頃なんだい」

「それが、四、五か月も前のことらしいの。手紙がばれていたなら仕方ないわね。でもね、閣下からの手紙が来て、ジェニーちゃんどれ程喜んだか知れないわ。返事がないって、閣下にも見捨てられたって思っちゃったのよ」

「世話をかけたな、ジェニーが君の所へ行って本当によかったよ。誰にもいわずに、姿を消してしまったかもしれないと思うと、ぞっとするよ」

「それなら、エイミーにお礼をいって。ジェニーちゃん家を出てね、しばらくホテルを泊まり歩いて荒れた生活をしてたらしいの。こんな大きなダイヤ買ったりして、それをね、あの子が

見かねて、名前だけは聞いていた、あたしの所へ行こうっていってくれたんですって。そうでなけりゃあ、今どうしているか、考えると恐ろしいわ。あの子だからジェニーちゃんのこと、本当に大切にしているいい子なのよ」

「それは知らなかった。小間使いに助けられたのか」

「ジェニーちゃん、自分が苦労しているから、使用人をとても大切にするのよ。それでエイミーも見かねたんでしょうね。あの時のジェニーちゃんの姿見たらばね」

「そんなに酷かったのか」

苦しむジェニーに、たかだかメイドであっても、救ってくれた、その真心に私は心打たれた。

「リビィさん、よく家を出してくれたわね」

「家を出て来たんだ。手紙の件でうまくいかなくなってね。別れを告げて来た」

手紙の件がなくても、もう形ばかりの夫婦であったといえただろうが。

「まぁそれじゃ、ジェニーちゃんと、これから一緒に暮らすの?」

「ああ、そのつもりだ」

「素敵、やっとジェニーちゃんの夢が叶うのね」

サムの奥さんが抱きついてこようとしたので、私は慌てて一歩下がった。

街に出ると、ジェニーは見かけは、元気そうだったが、やはり足元がおぼつかないので、サムの奥さんが抱いて行った。少し形は古いが、きちんとフロックコートを着て、外見はまともな大男に、ジェニーが抱かれている姿は目立ったが、気にする我々ではない。当座の日用品と下着類を買って、ワイシャツを二枚と服を一着大急ぎで作ってくれるように注文して、買い物は終わった。

ジェニーが、甘い物が欲しいとねだった。

「まぁジェニーちゃん、食べたいものがあるのはいいことだわ。いっぱい食べて元気にならなくっちゃ」

サムの奥さんは、店主に菓子屋の場所を聞いている。彼等にとっては、ここは知らない街だ。私は教えられた菓子屋に、リビィの好む菓子のあることを知っていて、少し心が痛んだ。リビィの、嫉妬心にたまらなくなって、出て来てしまったが、リビィは今どうしているのだろう。きっと泣きはしない。あれは根は強い女だと思いたい。新しい人生を、一人でも歩んで行けるだろうと、願った。忘れてしまおう、あの生活をもう続けて行くのは無理だった。今はジェニーがいる。私は全く勝手な男だ。

「もうおなかいっぱい、ご馳走様」

スープを半分も残して、ジェニーは匙を置いた。午後にケーキを少しつまんだにしても、あまりの食欲のなさだ。

「ジェニーちゃん、兄様の前でしょ。お行儀が悪いわよ。もう一口食べなさいよ」

サムの奥さんは、まるで姉か母親のようだ。

「もう、ご馳走様しちゃったもの」

それでも、サムの奥さんの恐い顔を前にして、あと二口スープをすすった。

夕食後は、三人居間で寛いだ。私とサムの奥さんは、ブランディのグラスを片手に、ジェニーは、昼間菓子屋で買ったボンボンをつまんでいる。

ジェニーがいるのだ、男二人は努めてヘンリーの話と、リビィの話は避けて、ジェニーの好まない政治の話をしていた。ちっとも面白くない、とジェニーがいったので、サムの奥さんは、手にしたグラスに残った酒をぐっと煽ると、「そろそろおいとまするわ、ジェニーちゃん、兄様来てくれてよかったわね。閣下もジェニーちゃんのこと宜しくお願いしますね。それじゃ、おやすみなさい」といって、自室へ引き上げて行った。

「ジェニー、お前も今日は出掛けて疲れただろう。そろそろ休もうか」

「うん、兄様も一緒?」

「ああ一緒だよ。お前のために来たのだから」

ジェニーは、小間使いに手を借りて、寝間着に着替えた。小間使いは、私の服は脱がしてくれたが、後をどうするか迷っている。いつもはリビィが、私の寝間着を着せてくれたものだ。

「後は私がするから、ありがとう。おやすみ」そういって、下がらせた。

私はサムの奥さんにこの小間使いが、ジェニーを救ったのだと聞いていたから、ジェニーのいない所で、心から礼を述べた。エイミーは顔を赤くして、あの時の奥様には、どなたか、お力になって下さる方がなければならないと思って、よくお名前の出ていた、サムの奥さんの所へと思ったと語った。若いがしっかりした娘だ。この子がいなかったら、いったいジェニーはどうなっていたのかと思うと、ドレスの一枚も買ってやりたいと思うのだった。

ベッドの端に座っているジェニーは、クスクス笑っている。私も寝間着に着替えて、いつもはリビィがしてくれていたのだと、あらためて思った。私はリビィへの思いを、心の奥底に押し込んで、ジェニーを抱きしめると、毛布の中に入った。こうしてジェニーと、二人きりでベッドに入るのは、何年振りなのだろう。あれはまだリビィと結婚する前の、砦の日々だ。十年以上も前のことになるのだ。

私は毛布の中で、ジェニーをギュッと力いっぱい抱きしめた。体臭なのか香水なのか、ほのかな甘い花の香りがした。

「兄様苦しいよお。お寝間のボタンが当って痛いよお」といったので、慌てて力を抜いた。

しげしげと顔を見る。やつれているとはいえ、美しい女になったと思う。何故、ヘンリーが、あのシェリバンの息子だと、わかったのかは知るすべもないが、もうジェニーは、ヘンリーの話はしないであろう。話せば話す程、また過去の苦しみが、浸み出て来てしまうのだろうから、砦にいた時の私は、いつもジェニーの泣き顔ばかりを思っていた。そしてリビィにはいわなかったが、ジェニーが私を慕うその気持ちの中に、本人が気づいていなくとも、私に対して兄以上の感情を持っているのも、痛い程感じていた。そして、その気持ちをどうにもしてやれない自分に苛立ってもいたのだ。だから、インディアンの妻になったとあっけらかんとして語ったジェニーに驚いて、さらにヘンリーと暮らすといったジェニーに、リビィとの生活においてある意味救われたと思わなくはなかった。

　しかし、ジェニーは再び、私の手の中に戻って来た。やっとジェニーは、私の所へ戻って来たのだ。リビィには申し訳なかったが、長い時間はかかったが、これが、私とジェニーの運命だったのだと思った。

　ジェニーは、私のために、このカスターの家にもらわれて来たのではないだろうか。私はもう一度しっかりと、ジェニーを胸に抱きしめた。

　ジェニーは、毛布の中に頭を隠して、その隙間から、キラキラした瞳で、私の顔を見上げているのだ。愛しいジェニーがまた戻って来た。この顔を見ない日々がどんなに長く感じたかを思った。これからはずっと一緒だと、今度は私が思った。

　毛布の中で、私の胸におでこをこすりつけながら、「楽しいな、嬉しいな。寝ちゃうのもったいないくらい」と、ジェニーが、歌うようにいった。「そんなに私に会えて嬉しいのかい」私もこんなに、心が温かいのは久し振りだ。

「明日になったらどこ行こうかな」と聞く。

「どこへでも、お前の行きたい所へ行こう」私は、ジェニーの夢を壊さないように答えた。ジェニーがまた、嬉しそうに抱きついて来る。

　私が腕に抱いていたら、もう寝息をたてていた。とてつもなく可愛い。明日にはこのホテルを引き払って、隣の街のホテルに移ろう。ここは、あまりにも家に近すぎる。

　ホテルを移って、一週間もすると、ジェニーは心身共に元気になって来た。食欲も戻って来て、心なしか頬がふっくらして来た気がする。

　私達は毎日散歩に出て、お茶を飲んで休んだ。ジェニーが新しいドレスが欲しいというので、婦人服店に寄った。ジェニーが、店主が勧める布を肩にかける度に、サムの奥さんの地が出て、女言葉であぁだの、こうだのいうのを、店主が笑顔を作りながらも、顔がひくついているのを見るのは楽しかった。ジェニーは、すみれ色のドレスを二着作るといって、サムの奥さんといい合いをしていたが、店主が、スタイルブックを見せて、二つのデザインを示したので、やはり二着あつらえることになった。

「なるべく早く作って下さいませね。楽しみに待っていますわ」と、ジェニーは別人のように、大人っぽい口調になって、店主にいった。砦を出たジェニーの、知らない一面を見て、ちょっとした驚きだった。

「奥様のお望みのように努力いたしますわ。こちらの、えー奥様のご意見もちゃんと承りますから」と、店主はサムの奥さんにも気を使ったので、サムの奥さんまでが、「あたしも、ドレス作ろうかしら」といい出したので、ジェニー共々大笑いをした。

「ジェニーちゃん、閣下とうまくいってるの？」とサムの奥さんが、ジェニーの肩を小突いて囁いた。

「見ての通りよ。喧嘩しているように見えるの」

「だからあ、アレよ」

「アレって何よ」

「しらばっくれちゃって、兄様としたかったことでしょ」

「何もないわ、兄様私をあの大きな胸に抱きしめてくれるの、それだけで夢みたいに幸せよ。そして一緒に眠るだけよ」

「何よそれ、せっかく兄様と一緒になれたのに、何もしないの、信じられないわ。兄と妹に戻っちゃったなんて、いうんじゃないでしょうね。そうよ、兄様なんていつまでも呼ぶからいけないのよ。今から旦那様っておっしゃい、いいこと、今夜だからね。閣下にも焼き入れとかなきゃならないわ。あんたはエイミーと、後からゆっくり来るのよ、いいこと、わかったわね」

そういうと、サムの奥さんは前を行く、私に歩み寄った。

「閣下、ジェニーちゃんのことが嫌いなの？」

「そう見えるかい」

「まったく二人して、しらじらしい。なんでジェニーちゃん愛してあげないのよ」

平日とはいえ、人通りのある目抜き通りである。

「そういう話は、ここではどうかと思うが」

「ここだからいいのよ。お部屋で面と向かってはいえない話でしょ。あのことするのってタイミングがあるのよ。しそんじたら、これから先ずっとしなくなっちゃうのよ」

「ジェニーの体調も悪かったし、私だってリビィと別れて、すぐジェニーと、どうこうなるというのも抵抗があった。ジェニーだって、ヘンリーと別れて苦悩していると思っていたんだが」

「ヘンリーのことは、もういっちゃだめ。きっとジェニーちゃんはいまだに苦しんでいるだろうけれど、終わったことだって納得しなくちゃならないのよ。やっと、ジェニーちゃん閣下と二人になるようになったって、ことでしょう。ジェニーちゃん愛してたら、何の遠慮があるっていうのよ。まだるっこしいわねえ、閣下今夜よ、いいこと。見物人が必要なら、あたしがなったげるから」

私は、苦笑して、「それは結構だ。私一人でできると思うよ。だけど、本当にジェニーは望んでいるのだろうか」

「兄様のお嫁さんになるのが夢って、あれだけいってたじゃないの」

「確かにそうだが、砦の息苦しい生活の中で、半分はリビィへの対抗心かとも思ったが」

「ごちゃごちゃいわないで、今夜愛してあげて。ジェニーちゃんきっと待ってるのよ」

「そうはっきりといわれると、さすがに少し照れるよ」

「そおっと抱きしめて、キスしてあげて、ちょっと小さいけど、おっぱい優しく揉んであげて、ええまったく、なんで私がそんな話しなくちゃならないのよ。ヘンリーは女たらしで有名だったのよ。閣下頑張らないと、ジェニーちゃんに下手っていわれちゃうわよ」

「それは困ったな」


男二人が腕も振り回しながら話をしているのを、ジェニーは、これは現実なんだと、兄様が今目の前を歩いているのだと、自分も一歩一歩足元を確かめながら、見つめていた。


小間使いは出て行った。私は素肌に、ナイトガウンを羽織っただけだ。ジェニーはベッドの端に座っている。やはり私から声をかけた方がいいのだろう。

「ここにおいで、ジェニー」

ジェニーは私に飛びついて来た。

瞳を見つめて、ゆっくりとキスをする。私は、ジェニーの寝間着の上から、片方の乳房を、そっと揉んだ。キスをしながらも、ジェニーが反応する。うっとりと目を閉じた。私は、ジェニーの寝間着のボタンを外しかけた。突然ジェニーが目を開けて、私から飛びすさって、寝間着の胸元をかき合わせて、「ここでは嫌」といったのだ。

ベッドの中でなければ、お寝間は脱げないと。恥ずかしいのだという。リビィでさえ、ベッドに入る前に寝間着を脱ぐのを、厭わなかったのに、と思った。確かに、私達は今夜初めて愛し合うのだ、ジェニーの気持ちもわからなくはなかった。かえって、すれてはないので、可愛いとさえ思った。サムの奥さんは、ジェニーはヘンリーに、相当に女としてしこまれていると、いったけれど、それだって話だけじゃないか。私は、ジェニーの気持ちを汲んでやって、そっとベッドに寝かせると、毛布をかけてやり、その隣に潜り込んだ。

サムの奥さんのいったことは本当だった。毛布の中で寝間着を脱ぐと、ジェニーは目をつぶった。私はそっとキスをした。

「兄様……」と、ジェニーが呟いた。

首すじから下りて行って、両の乳房を揉むと、砦で初めてジェニーの裸を見て以来、やってみたくてたまらなかった、乳首をねぶって、その小さな先端に歯を軽くあてた。ジェニーは、うーんといってのけ反った。そして私の手を探し当てると、自ら自分の秘所に当てて、愛してといったのだ。リビィは一度も許してくれなかったことだ。私達夫婦は、乳房への愛撫と挿入だけの、マンネリのセックスをしていたのだった。

秘所の中で、ジェニーの快感の元へ指を這わすと、ゆっくり指を動かした。

「あぁ、兄様、もっと」ジェニーは体を震わせて、ねだったが、私はわざとゆっくりと動かした。ジェニーがどう変わって行くのか、わくわくしたのだ。指を動かしながら、体中にキスをする。ジェニーが手を伸ばして、私の体に触れると、強くそして優しく、しごき出した。私はたまらず声を出した。乳首を吸いながら、指を速めてやると、ジェニーは「兄様、兄様」といいながらやがて、目をつぶって口で息をしながら、絶頂が来るのを待っているのがわかった。

なんと愛おしいんだと思って、一瞬でも早く絶頂が来るようにと、快感で濡れている秘所の中心に指を這わせた。そして、その時がやって来る時、ジェニーは恥ずかしそうに体を丸めて、やって来る快感に耐えた。私はしばらく、絶頂を迎えたジェニーを見つめていた。いって良かったなと、大人になったなぁと、思った。そうして、まだ体をひくつかせているジェニーを抱き寄せて、一気に挿入すると、ジェニーの体の締め付けの強さに、思わずすぐにいきそうになって、慌てた。下腹に力を入れていないと、ジェニーに負けてしまいそうだった。しかし、時が来て、私はジェニーの体に放出した。今まで感じたことのない快感だったというべきか。こんなセックスが、ジェニーと出来るなどとは思いもしなかった。果たしてジェニーは、私の努力に満足してくれたのだろうか。聞くだけやぼというものだ。

確かに、ヘンリーは、その名の通りに凄い男だったんだなぁと思うのだった。

息を弾ませているジェニーに、軽くキスをしてやりながら、私はまだ乳房を手放しはしなかった。私は心の底に、いつかジェニーとこうなりたいという、叶わぬ夢を持っていたんだと、あらためて思うのだった。そして、夢はこんな形で叶った。ヘンリーには礼をしなくてはならないなと、本心から思った。私だったら、ジェニーをこんな女として最高の抱き心地には、出来なかったであろうから。後は、私が、このジェニーについて行けるか心配になるのだった。

朝食の時に、サムの奥さんが私に、ニヤニヤしながら、「夕べどうだった」と聞くので、「少し驚いたよ」と、肩をすくめて答えておいた。サムの奥さんは、その大きな手で、私の背中を叩いた。

ドレスが出来て来たというので、皆で写真を撮りに行くことになった。サムの奥さんとジェニーとで、何かいい合っている。何やっているんだと聞いたら、ジェニーが口を尖らせながら、「サムの奥さんったら、私がドレスを二枚持って行くっていったら、一枚でいいっていうのよ。自分がドレス作らなかったから、私に意地悪いうのよ。一緒に作ればよかったのよ。あのすみれ色のドレス、お揃いでね」

私は、揃いのドレスを着たジェニーとサムの奥さんと、一緒に写真に写るのはとてもできないと思った。ジェニーは、どうにかサムの奥さんを言い負かせて、ドレスを二枚持って行くことに成功した。

　私はご自慢のドレスを着た、ジェニーの手を取って一枚目の写真におさまった。その後サムの奥さんと三人で写したり、ドレスを替えて写したり、何枚も撮った。

「こんなに写してどうするんだよ」と聞いたら、「新しいおうちの全てのお部屋に飾るのよ。いつまでもホテル暮らしってわけにはいかないでしょ」確かに一理あると思えた。家というと、ミシガンの家が思い浮かぶのだ。

「どこに家を買うというのだ」

「どこって、兄様のお仕事のこと考えたら、西部と、東部の真ん中辺りがいいのかなって思うの。つまり中部で探そうと思うけれど、兄様はどこかに、ご希望があって？」

「私は、はっきりいうが金はないぞ」

「それは大丈夫。兄様にはお金の面倒はかけないわ。私本当に結納金もらったのよ、インディアンからね」

「それも本当の話だったんだなぁ。お前はその年で、色々な人生送って来たんだなぁ」と私は、万感を込めてそういった。

「でもこれからは、兄様といつも一緒でしょ。もう何の心配もないわ。新しいおうちのこと、一緒に考えて下さいね。サムの奥さんの意見も聞いてあげたいし。本当は私、兄様が軍隊辞めて、牧場で一緒に牛を追って、暮らせたらって思うの。今回のことでも、彼女にすごく迷惑かけたから、もうちょっと、一緒にいたいなって、思ったりするのよ」

「本当に、サムの奥さんには、世話になったよなぁ。お前本当によく、サムの奥さんの所へ行けたよなぁ、それは褒めてやるぞ」

「それはエイミーにいって。目的もなく、彷徨っていたのを、名前を聞いていただけのサムの奥さん頼ろうっていってくれたの、彼女だったんだから。あのままでいたら私、きっと自殺していたから。あのね、最初ね、ちょっと兄様の所へ行こうかなって思ったの、ちょっとだけだよ。行っても歓迎されないって、わかっていたけれど、兄様に会いたかったの。でもやっぱり行けなかったの」

「そうだったのか、知らなかったとはいえ、お前の一番苦しかった時、傍にいてやらないで悪かったな」

　私はジェニーを抱きしめた。サラサラの髪が良い香りがした。軍隊辞めて、牧場生活も良いかもしれないと、思った。しかし、私が軍隊を辞められるだろうか。

　サムの奥さんが、朝食の席で、そろそろうちに帰らなくちゃならないといった。ジェニーと暮らし出して、一か月近くが経っていた。

「ジェニーちゃんはどうするの。兄様と本当に二人きりになって、このままこのホテルで新婚生活楽しむのもいいんじゃないの」

「でも寂しいな。兄様どうしよう」

「一緒に牧場に行くというのもいいんじゃないかな」

私は牧場の生活をしてみるのも、良いかもしれないと思ったのだ。ホテルの暮らしにも、少し飽きて来た。馬が恋しかったのだ。いずれ近いうちに、私の休暇も終わり、ワシントンから呼び出しが来るだろう。私が、軍人を辞めて、ジェニーと生活を出来るかと見極めるためにも、地に足をつけた生活を始められるかを決める時が、私にも来たのかもしれないと、思ったのだ。私が再びそんなことを考えるなどとは、思いもしなかったことだ。それだけ今、私はジェニーが愛おしい。ジェニーがいかにヘンリーに、愛されていたのかは、確かだとわかる。

「でもおうちだけは欲しいわ。兄様と私だけのおうち。お庭にブランコ置きたいの」

「子供みたいだな」

「あら閣下、ジェニーちゃんとの間に、赤ちゃん作ればいいのよ。そして、ウェストポイント入学させるには、やっぱり街におうちがあった方がいいわよねえ、学校へやらなくちゃならないものねえ」

子供。私とリビィの夢だった。結婚して十二年経つが、ついに出来なかった。子供がいたらリビィの今の生活は変わっていただろう。ジェニーよ、お前は私の子供を産んでくれるのかい。ヘンリーと三年近く暮らしていて、ジェニーにも子供がなかった。やはり見果てぬ夢なのだろうか。

私達は、ホテルを引き払って、汽車に乗っている。ジェニーは汽車に乗ると、すぐに目が回るといい出した。私を膝枕にして、サムの奥さんの客間が、とても可愛いのだとか、パートナーのサムのパンが美味しいのだとか、チョコをかじりながら楽しそうに話すのだった。ただ途中で一度、あたしこの街で住んでいたのといって、本を読んでいた私の膝に突っ伏した。愛し合っていたであろう、ヘンリーを想って、ジェニーは泣いているのだ。私と結婚するのだから、ヘンリーとは結婚しないといって、きかなかったジェニーが、今私の膝で泣いているのだ。私は何もいわず、そっと背中をさすっていた。私がジェニーを愛してやるしかないのだ。愛しいジェニー。だが今までの日々を想うと、ジェニーとこれからずっと一緒の、生活が続くというのは、何か口には出来ない不思議な気持ちがするのも確かだったのだ。

駅に着くと、沢山の牧童の迎えを受けた。その中の、小柄な若い男が飛び出して来て、サムの奥さんに抱きついて、二人は人目もはばからず、熱いキスをした。皆、慣れているのだろう、黙って見ている。小間使いのエイミーまでが、恥ずかしがらずに見ている。

サムの奥さんが、私に対して、「この方が、あの有名なカスター将軍よ」と紹介すると、一同から歓声が上がった。久方振りの歓迎に、少し照れる。ジェニーまでが、拍手をするので、それが皆に伝わって、大変な騒ぎになった。ジェニーが自慢気に、頬を染めて嬉しそうにしている。私もジェニーを抱きしめて、キスをしてやりたかったが、なぜかこの場で体が動かなかったのだ。口ではいえない、迷いがあったのだ。まだ私は、ジェニーに対して、素直になりきれない何かがあるのを、あらためて思い知るのだ。ヘンリーなら、何の躊躇いもなく、ジェニーとキスをしただろうにと思うのだ。

馬車の荷台には、なぜか布団がひいてあって、私とジェニーはそこに乗せられた。やっと人目がなくなって、ジェニーを抱き寄せて、キスをしてやる。

「変わった歓迎の仕方だな」と、私が布団に肘をついて、頭を支えながらいうと、ジェニーはあっさりとそうねといって、黙って私に抱きついた。

前を行くサムの奥さんは、若いパートナーと手を繋いで、時折キスをする。ジェニーのために、一か月以上も離れていたのだ。きっと今夜は、激しく愛し合うのだろうと、二人を見ていて思った。

通された客間も、ジェニーがいう通りの、サムの奥さんらしい部屋だった。これからしばらくは、私もこの部屋でジェニーを愛するのだと、サムの奥さんとサムとのことを、思った後で、想像するとなぜか、現実のような気がしなかった。

ジェニーが、無邪気な、何の疑いのない目で、私を見上げている。そんな目で見るなよ、恥ずかしいではないか。

夕食は皆でとる。ジェニーは肉を食べたくないと、じゃが芋をクリームで煮た物を作ってもらって食べている。肉が主体の豪快な夕食は、牧場ならではで、とても美味い。食い物に関しては、牧場の飯はホテルの料理よりも男くさくて私に合った。単純な料理が続くのは軍隊で慣れているが、ここの料理だったら毎日でも食えると思った。しかも、サムの奥さんが焼くパイが、これがまた美味い。そしてジェニーがいう通り、サムのパンは、砦のコックが作っていたものは、何だったのだと思う程美味いのだ。

そんな中で、ジェニーがあれこれ好き嫌いをいうのだった。まず肉を食べない。毎日じゃが芋のクリーム煮か、コーンスープ、それにマーマレードを塗ったパンしか食わない。あんなに美味しいといっていたサムのパンですら、マーマレードを塗らないと食べないので、わざわざ牧童を、隣の駅まで買いにやらせなければならなかった。

そんな世話を焼かせるジェニーは、マーマレードを沢山入れた、紅茶を居間で飲んでいる。ヘンリーとここへ来て、サムの奥さんの結婚式を挙げたはずだ。私と暮らす、わだかまりはないのかと思う。ジェニーにとっては、忘れてしまいたい過去なのだろう。私がもはや、どうこういう次元ではないのだろう。

そんなことより、現実に大切なことがあった。

「お前少し変だぞ、どこか具合が悪いんじゃないのか。医者に診てもらった方がいいんじゃないのか」と、私は心配していった。

ジェニーは、口を尖がらせて、「どこも悪くはないよ、お肉あんまり食べないのはいつものことだもの。ホテル暮らしで贅沢になっちゃったんだよ」といった。

なるほど、そうかもしれない。その代わり、甘い物は欲しがって、皆のみやげだといって、買って来た板チョコは、しょっちゅう食べている。こんな偏った食生活でいいのかと思う。それなのに、銀紙を剥きながら、

「このチョコ、ちょっと味が変わった気がする」というのだ。

「そうかなぁ、別にいつものチョコと変わらないと思うけどなぁ」と、私は一口かじってそういった。

サムの奥さんも心配して、どうせ紹介するつもりだったからと、隣の牧場主であるオリバンダーを呼んだ。砦で衛生兵としていて、ヘンリーの尻に刺さった槍を抜いてやった、医者代わりだった。オリバンダーはついに父親の希望していた牧師になって、しかも怪我の多い牧童の医者代わりを今も務めているという。砦にいた頃の、痩せたすぐ人に突き当たる青年ではなかった。体格の良い温和な牧師らしくなっていた。

寝室のベッドに腰かけたジェニーの、脈を診て、口を開けさせて舌を見て、どこか具合の悪い辛い所はないかと、聞いた。

ジェニーは、「別にどこも痛い所はないよ、ただ昼間眠くなっちゃうの」と答えた。

オリバンダーは、首をかしげて、一応軽くみただけだが、悪い所はなさそうだ。ジェニーのいない所で、ヘンリーのことも知らせると、環境が急に変わった精神的なものなのかもしれないと答えた。

確かにそうなのだろうと、私達は合点して、オリバンダーが、挨拶をして帰って行った。

サムの奥さんが、居間で小声で聞いた。ジェニーは眠くなったといって、昼寝をしている。

「まだリビィさん、離婚に応じてくれないのかしら」

私は、ホテルを引き払う時に、弁護士に手紙を書いて、リビィとの離婚証明書を送って、やってくれと頼んだ。その返信先に、この牧場の住所を記しておいたのだ。

「書類は、とっくにリビィの所へ、届いていると思うのだが」

「このままなら、ジェニーちゃんいつまでも、兄様のお嫁さんになれないじゃないのよ」

ジェニーの花嫁姿か。ここに来てすぐに、シーツで作ったという、巨大なウェディングドレスを見せられた。確かに自慢するだけあって、シーツとは思えない、出来だった。さぞジェニーは、頑張って作ったのだろう。

「ジェニーちゃんを、いつまでも愛人の立場にしておくわけにはいかないでしょ。閣下どうにかしてよ」

どういわれても、リビィのことだ、簡単に応じるとは思えなかった。あの時、感情にまかせて家を出して来てしまったが、ちゃんと離婚を成立させておくべきだったと、今さらのように悔やんでならない。そうであれば、今この胸の奥底に、澱になって、私を苦しめる、リビィに対する諸々の思い出を取り除いて、堂々とジェニーを抱けるのに、今の私には今一つそれが

出来ないでいる。

　初めて、ジェニーを抱いた時、サムの奥さんに、冗談半分に驚かされていた。リビィでさえ、ベッドの外で寝間着を脱ぐのをいとわないのに、毛布の中でないとお寝間は、脱ぐのが恥ずかしいのと、生娘みたいなことをいうので、軽いつもりで抱いて驚いた。

　ジェニーは、立派な女になっていた。

妊娠

　ジェニーは立派な女になっていた。リビィならとても許してはくれないことが、あたり前に出来た。私が望む愛撫を嬉々として従うジェニーに、私は夢中になった。ホテルにいる間中、楽しい毎日だった。

　牧場に行って、サムの奥さんの客間に泊るようになって、ジェニーは枕元に、湯で絞ったタオルを三本置く。愛し合って体を離しても、しばらくは二人で抱き合っている。ジェニーはしばらくすると、兄様ごめんなさいといって、私の腕の中を出て寝間着を羽織って、タオルを持ってカーテンの陰に消える。最初は何をしているのかわからなかったが、どうやら私があれの腹の中へ出した物を拭きとっているらしい。そうして戻って来ると、私の体を拭いてくれて、最後の一本で手をよく拭くと、盆ごと見えない所へ隠して、毛布の中へ戻ってくる。どうも、シーツを汚すのが恥ずかしいらしいのだ。だって、洗濯は牧童の当番がするのよ、サムの奥さんのうちにいて、まだ結婚してない兄様と愛し合っているっていうの、なんとなく恥ずかしいもの、と毛布に顔を隠していう。

あんなに大胆なことが出来て、寝間着が脱げないとか、シーツの汚れを気にするなんて、ヘンリーは毎日どうジェニーを扱っていたのだろうと不思議に思うのだ。

思わず、「お前の前の旦那は、何もいわなかったのか」と聞いてしまった。

ジェニーはますます毛布の奥へ潜り込んで、「だって、あの人、一度ジェニーのお腹の中へ出しても続けてするから、拭く間がないの。そのうちジェニーは落ちちゃうんだって。落ちちゃうって寝ちゃうってことだと思うけれど、気がつくと朝になってるの」と小さな声でいった。

落ちちゃうのは、寝ちゃうんじゃないんだ、お前が女として最高の幸福を味わったってことなんだよ、といってやりたかった。私はすでに三十五才だ。今夜だって、先に負けたのは私の方なのだ。

ジェニーは、毛布から顔を出して私を見る。嬉しそうな顔だ、そんな純な瞳で見ないでおくれ、恥ずかしいのは私の方だ。

次の日、私はたまらず、ジェニーが昼寝をしている間にその話をサムの奥さんにした。

「ヘンリーみたいなことは、もう私はできない。ジェニーはこんな私で満足してくれているんだろうか」

「何いってんのよ、閣下。ジェニーちゃんにとっては閣下が全てなのよ。やっぱり女たらしのヘンリーにジェニーちゃん、任せたのは失敗だったのね。あいつ、いつも楽しいセックスがしたいっていってたのよ。ヘンリーはヘンリーよ。ジェニーちゃんだって、忘れちゃっているわよ。閣下、ヘンリーなんかに負けてどうするのよ。ジェニーちゃんはね、いつもあたしにいうのよ。夜兄様が抱っこして寝かせてくれるの、そして目が覚めたら、隣に兄様がいるの、夢みたいだって。夢なら覚めないといいなって、閣下のいない所でいつもいっているのよ。ねェ閣下、お願いだからジェニーちゃん捨てないでね。閣下に捨てられちゃったら、ジェニーちゃん死んじゃうわ。夜のことなんて、ジェニーちゃん気にしていないんだから。リビィさんとしていたことが出来ればいいのよ。ジェニーちゃんにとっては、閣下といられることが一番なのよ」

サムの奥さんは、私の手を取って涙を流していうのだった。

「君がそういってくれるのは、とても嬉しい。ジェニーは良い友人を持ったものだ。これからも、ジェニーを見守ってやってくれたまえ」

「あら、見守るのは閣下の役目でしょ。私はあくまでもオブザーバーよ。ジェニーちゃんは閣下が全てなのよ。あの嬉しそうな姿、裏切っては駄目よ、いいこと、閣下でもあたしが許さないんだから」

「ああわかったよ、君に話を聞いてもらって、すっきりしたよ」

言葉とは裏腹に、私の心は重く沈んだ。

私は本当はジェニーを愛しているのだろうかと。

ジェニーを人形のように扱うのは、あのウィリアムと同じではないか。私はあまりに純なジェニーからの一方的な愛に、ひるんでいるのかもしれない。

ジェニーはとにかく可愛い。牧場に着いてすぐ、サムの奥さんの案内で、馬に乗って、牧場を見て回った。ジェニーを膝の前に乗せて、放牧されている牛や羊の数を数えたり、遠く川まで行ったりした。どこまでも続く大きな牧場だった。

昼にサンドイッチを持って出て夕方まで馬に乗っていて、飽きることを知らなかった。牧場生活は、ある意味、都会暮らしよりやはり、私に合っているのだと思えるのだった。しかもここには、軍の規約がない。疲れれば、いつでも馬を降りて休むことができた。空はどこまでも高く、牧場は、思った以上に広かった。夏になれば、川遊びができるであろう。

次の日、サムの奥さんは、別の所へ、私達を連れて行ってくれた。

「さぁ閣下、ここがジェニーちゃんと閣下の牧場よ。牛はまだいないけど、閣下が望まれればすぐ用意ができるわ。見渡す限り、皆閣下のものよ。端まで行くのは、明日にでもね。次はこっちよ」と、着いた先には、小さな可愛い丸太小屋があった。

サムの奥さんが、「うちの子達が当番で一週間に一度掃除をしているから、たぶん綺麗だと思うけど」と小屋の鍵を開けた。

台所に居間、寝室が一つだけの、本当に小さな小屋だ。ピンクのカーテン、椅子には、色とりどりのキルトが掛けてある、一日でジェニーの好みだとわかる、可愛い小屋だ。

「着替えや食事は、うちの子に運ばせるから、今夜から本当に二人きりで暮らすといいわ、エイミーはいる所がないから、うちで預かるから、心配いらないわ。本当の二人っきりよ」

サムの奥さんは、ウィンクをした。小屋に入る時、サムの奥さんは、ジェニーを抱いて入口を跨げと、私に命じた。私達は照れたが、結婚式のように、花嫁を抱いたつもりで、一歩踏み出した。そして居間に行って、椅子に座らせて、軽くキスをしてやった。ジェニーの瞳に涙があったように思えたのは、気のせいか。

二人きりの生活が始まった。朝起きると、ジェニーは、朝食が届く前に、水が冷たかろうに、夕べ汚したシーツを洗うのだった。そして私を呼んで、シーツを洗濯物干しの紐に掛けるのを手伝ってくれというのだ。牧童達で作ったのであろう干し場は、小柄なジェニーには、手が届かないのだ。私は何かしていても、手を止めて喜んで手伝った。

「旦那様、もっとそっちを引っぱって下さらないと、皺が伸びません」

ジェニーが、懸命に手を伸ばしながら私にいう。

サムの奥さんが、ここにいる間だけでも、兄様じゃなくて、旦那様と呼びなさいと、怖い男声で帰り際に命じたのだ。それをジェニーは忠実に守っているわけだ。私はなかなか慣れないで照れてしまうのだが、ジェニーは嬉々と従った。妻になったつもりなのだろう。ジェニーを早く妻にしてやりたかった。私は牧場に着いてから一本、リビィ宛てに離婚に応じてくれるよう、用件だけを書いた簡素な手紙を書いて送った。今の私には、それくらいしか出来ることはない。あのリビィのことだから、永遠に、つまり死が二人を別つまで、応じてくれないのかもしれない。ミシガンの家の自室で、貝のように口を閉ざして、編み物などしている姿が思い浮かぶのだった。不貞をはたらいているのは、この私の方なのだ。リビィに非はない。手紙を隠し続けたのが非といえば、ことの発端では、あるにはあるが、あれにはあれの言い訳があるのだろう。

ジェニーが、洗濯、掃除にアイロンがけ、私の食事の世話などをかいがいしく楽しげにしているのを見ればこそ、私の胸はまるで針を飲んだように重く痛む。

そのかわり夜は無理にも頑張った。私の腕の中で、ジェニーは旦那様、兄様と叫びながらわけがわからなくなってしまう。

朝腰が重いのは毎日で、ジェニーに隠れて腰を叩きながら、おれも年だなぁと思うのだ。それでも朝腕の中で、輝くような笑顔で目覚めるジェニーを見るのは、何にも代えられないものだった。私は軍人として朝が早いのだ。ジェニーは目覚めると、「ああ、今日も旦那様が隣にいらっしゃる。嬉しいなぁ、楽しいな、夢みたい」といつもいうのだ。

その姿を見ると抱きしめずにはいられない。私のせいで運命を変えられてしまった、この小さな魂のために、私は愛してやらなければならないのだ。

朝食の後は少し休むと、馬に乗って牧場へ遊びに出るのだ。寒い時節で、外で他に何をもするべきこともないが、目の前に広がる丘に向かって、全力で馬を飛ばすのは、ただそれだけなのに楽しかった。ジェニーも息せき切って、遅れじとついて来るのだった。

人目のない牧場の真ん中で、馬に乗ったまま、キスをするのだった。

「良い牧場だな、ここで一生暮らすのも、良いかもしれない」

「サムの奥さんの所の子が、見守りをしてくれているの。ここの住人になったら、オリバンダーは、お隣さんになるんだよ。教会も建て始めたから、駅の周りが発展すれば、凄く過ごしやすい所になると思うわ」

ジェニーが夢見るようにいう。

教会が出来たら、そこで結婚式が出来たらいいなと思った。私が、ジェニーにしてやらなければならない義務だと思った。

午後も遅くなると寒さが激しくなるので、早めのお茶の時間に帰って来る。居間には暖炉に火が入っているので暖かい。湯が沸いているので、すぐお茶が飲める。添えてあるクッキーやケーキは、サムの奥さんの手作りだ。

私達はカップを手に、わざわざ頼んで送ってもらっている中部からの一週間遅れの新聞の不動産広告を見るのが日課だ。もともと一週間遅れの新聞なのだ、好ましいと思える物件はすでに売れてしまうのだろうと思えたが、大手の不動産屋の名前はいくつか覚えた。

「私達の寝室でしょ、居間にお客間に、旦那様の書斎、あとベッドルームはいくつ要るのかしら」

「子供部屋はいらないのかい」

私は、無理を承知でそういった。

「旦那様の子供、私産めるかなぁ。そうなったらどんなにいいだろう。マミィって呼んでくれたら、キャー、旦那様は、ダディって呼ばれるのよ。早く赤ちゃん出来ないかな。私一度お医者に診てもらったことがあるの。その時凄く簡単に診てもらっただけだけれど、どこも悪い所はありませんて、いわれたの」

ヘンリーと、子供が出来ないのを診てもらった時のことなのだろう。あの時、確かにジェニーも子供を望んでいたんだ。もし子供ができていたら、あの二人はどうなっていたのだろうか。ヘンリーを許せないなら、その血を引いた我が子を、ジェニーは愛せたであろうか。子供が出来なかったのは、ある意味よかったといえるのではないか。「子はかすがい」というが、ジェニーにはそれは当てはまらなかったで、あろうから。子まで捨てるということになれば、ジェニーは生きて行けなかったかもしれないのだと思わざるを得なかった。

「ジェニー、お前私の子供を産んでくれるかい」

「旦那様がお許しになられるのなら十人でも」

「それは少し多すぎるよ」

「でも出来るなら男の子が欲しいな。一生懸命勉強教えて、ウェストポイント入学させるの。入学式には、旦那様と揃って、親族席から入学式見るの。ああ早くその日が来ないかなぁ」

「なんて気の早いことをいうんだよ」

「少なくとも、旦那様みたく最下位で卒業なんて恥ずかしいもの」

「おいおい、私の前でそれをいうのかい」

「あら事実じゃないの」というと、ジェニーは椅子から立ち上がって遠くに逃げた。

私は追いかけて行って、めちゃくちゃ抱きしめてやった。ジェニーは私の腕から逃れようとして、笑いながらキャーキャー喚くのだった。なんという平穏な日々だ。

夕食後は、私はサムの奥さんの差し入れの本を読む。私の悪い癖で、本の文中にアンダーラインを入れたり、書き込みを、どうしてもしてしまう。

ジェニーはその間、スケッチブックを手に、新しいドレスのデザインとか、家の間取りを書いたりしている。

風の音と共に、遠雷が鳴ったりする以外に外では何の物音もしない。私のペンが立てるわずかなカサカサいう音と、たまにジェニーがうーんとか、わーとかいうだけで、静寂そのものだ。だが、暖炉の火のせいだけでなく、温かい空気が、小さな小屋中に満ちている気がする。ジェニーが立って、私のためにブランディのグラスを持って来てくれる。ジェニーは酒を飲まない。

その代わり、ガラスの蓋物に入った砂糖漬けの果物やキャンディを口にするのだ。

私が本の区切りの良い所に来ると、栞を挟んで本を閉じる。そろそろ寝るよというと、ジェニーは、「はーい」と返事をして鉛筆を置いて、寝室に消える。頃合いを見て私が入って行くと、ジェニーはすでにベッドに入っている。

リビィなら、私の着替えを手伝ってから、自分の着替えをする。そんな順番などはどうでもいいことだ。自ら先に冷たいベッドに入るより、すでに暖かなジェニーがいるのは、こんな寒い時は嬉しく思うから、私はなんていい加減な男だと思う。

こうして、私達の二人きりだけの仮そめの生活は、楽しくも安らかな日々が過ぎて行った。

ジェニーは、不動産屋に手紙を書いて、新しいおうちを、一緒に探しに行って欲しいといった。私は同意して、年が明けたら見に行こうと約束をした。ジェニーは、一緒だよと念を押した。あぁ、お前の願う家を見に行こうと思った。

十二月五日になって、私の誕生日が来た。サムの奥さんの所から迎えが来て、パーティをやってくれるという。

私は、ジェニーを鞍の前に抱えるように座らせて、連れて行った。ジェニーはどこか悪いのか、ここ数日、目が回るといって、一人で馬にも乗れなくなっていた。

平穏な牧場生活にあって、イベントは、牧童達の数少ない息抜きであり楽しみである。皆が、口々に祝いの言葉を述べてくれる。平素より豪華な料理が出て、サムの奥さん特製のパイも沢山並んでいる。そこへサムお手製の巨大なケーキが出て来た。

確かに、三十六本の蝋燭が飾ってあって、それはあまり軍人として、年をとることに抵抗して、認めない様にして来た私にとっては、現実を思い知らされるようで、本心ではあまり嬉しいことではない。私は皆の手拍子を受けて、蝋燭を吹き消した。

サムの奥さんが、いの一番に、私とジェニーの分を切り分けて持って来てくれる。私は平素、甘い物はあまり食べないが、サムの奥さんが見つめているので、その小さ目の一切れを食べたが、ジェニーは手を出さない。

「ジェニーちゃん、閣下と一緒にケーキ食べるの抵抗があるのはわかるけれど、これはお祝いのケーキよ、お願いだから一口は食べてちょうだい」ジェニーは渋々、フォークを手に取って、表面の砂糖のかかったほんの少し、すくうと口にした。そしてケーキは長い間、口の中にあって、飲み込むのに苦労しているように見えた。歌に踊りにと、牧童達は楽しんで、宴はお開きとなった。

遅くなったので泊めてもらうことになってジェニーはすでに客間に、久方振りにエイミーに手伝われて、先に休んでいる。

「閣下、ちょっとジェニーちゃんどうしたのよ」サムの奥さんが、声を潜めて聞いた。

「そのことなんだが、ここ数日酷くなって、ものを食わなくなったんだ」今、口に出来るのは、具のないコンソメスープに、

砂糖菓子、マーマレード入りの紅茶だけだというと、

「何でももっと早く、いって来なかったの、それって絶対おかしいじゃない」

「私も、こちらに移って来ようとは、いっているのだが、二人して暮らしたいらしいんだ、あいつにとっては一日でも長く」

「その気持ちもわかるけど、ケーキも食べられなくなっちゃったなんて、きっと病気よ。隣の駅に、やぶだけど一応医者の看板出しているのがいるから、早めに行った方がいいわ、明日にも行きましょうよ」とサムの奥さんは、私の肩をさすった。

翌日、医者に行くというと、ジェニーが嫌だといった。たとえ医者でも肌身を見せるのは恥ずかしいといいはるのだ。

「ジェニーちゃん、あんたこのまま食べないでいたら死んじゃうわよ」とサムの奥さんは、エイミーに手伝わせて、なるべく綺麗な下着を探しに寝室に行った。牧童の一人が、朝一番の汽車で届いた新聞と郵便物を私に手渡した。これは本来、サムの奥さんの仕事で、手紙類は、彼女の手によって仕分けされるのが、今日だけ、それがなかった。

私は渡された大型の封筒に目をやって、息を飲んだ。懐かしい、リビィの手で、牧場気付になっている。私は人目を避けて、その文字をずっと見続けていた。ついに来るものが来たのか、私はなかなか、封を切ることができないでいた。指で触れば、厚い中身が入っている。

私はサムの奥さんの書斎に入って、目をつぶって落ち着くと、封を開けた。中には、ワシントンから私宛の手紙が入っていた。私としたことが、ワシントンに住所の変更をしていなかったので、ミシガンの家に届いてしまったのだ。

案の定、ワシントンへの招聘の手紙だった。なぜリビィは、わざわざ、この公文書を、自分の手で二重にして送って来たのだろうか。外袋には何も書きつけなど入っていないように思えて、私は破棄しようとして、光の加減で中に小さなものが入っているのに気づいた。覗いて見ると、汽車の切符を一回り大きくしたようなカードらしきものがあった。気がつかなければ、捨ててしまうような大きさであった。私は袋を開けたまま、なかなかカードに手が伸びなかった。

カードには、細いペンで小さく、「最愛のオーティ、妊娠しました。エリザベス」とあった。

私は目を閉じて、息を整えて、もう一度その文字を読んで、胸のポケットにしまった。上封筒は四つにたたんで上着のポケットに入れた。客間に行くと、ジェニーがドレス用の下着を着せられていた。

「聞いてくれ、ついにワシントンから、招聘の手紙が来た」

ジェニーが下着のまま私に抱きついて来て、

「こんなに早く？　年明けだと思ってたのに」と泣き出した。

「閣下、クリスマスまではいられるの」

「それも無理だ、あと数日で、ここを出ないと間に合わない」

「たったそれだけ、インディアンとの戦い、切羽詰って来たっ

てことかしら」

「旦那様、軍隊辞めて。ね、ジェニーと牧場やろう。街におうちも買って、退屈はしないわ」といって離れない。

「そうよ、いくら閣下が不死身だったとしても、戦いよ、何が起こるかわからないわ」サムの奥さんもそういう。

しかし、私はワシントンに行かねばならない。途中に行かねばならない用ができたのだ。

医者に行くのは急遽中止になった。

ジェニーは、私にくっついて離れない。トランクを出して来て、私が衣類を詰めているのを見つめながらも、止めてといい続ける。

「リビィさん、やっぱり離婚に応じてくれなかったのね、ここで結婚式できると思ってたのに」とサムの奥さんが嘆いた。

残りの日々、毎晩私はジェニーを抱いた。私がやってやれる最後のことだと思ったから。

明日は出発だという晩に、ジェニーは、今夜はいいから代わりにお話をして、といった。しかし私は、強引に抱いた、そして明け方まで、ジェニーの私との今後の夢を、針のむしろに寝ているような思いを顔には出さず、気が済むまで聞いてやった。やはり、おうち見に行きたかったなと、私との新しい生活を夢見ていることが、ありありと窺える。私にとっては、相槌一つうつのも辛い話だった。

ジェニー、私はお前を捨てて行くのだよ。決して許してはくれないであろう。しかし今、この私に何が出来るというのだ。何もジェニーにしてはやれなかった。私のお嫁さんになるのも夢だったんだよな。それもわずか三月にも満たない。

ジェニーも、私がおかしいのを何となく感じているのだろう。ひたすら私に抱き付いて来る。この、温かいベッドを出たら、もうお別れなのだ。ジェニー、許しておくれ、この愚かな私を。

現実を知った時のジェニーを考えることはとても今の私にはできなかった。ヘンリーの時には、まだ私がいた。この私が裏切ったと知った時、誰がジェニーを慰めてやれるのだろうか。私は、ジェニーに未来への夢を与えてしまった。それが砂上の楼閣とわかったら、ジェニーはどうなってしまうのだろう。とても考えられるものではなかった。私はジェニーを裏切り続けて来てしまっているのだ。私だけが、幸せになれるのだろうか。だが今の私には、ジェニーを捨てても、手に入れたいものがある。そんな純な瞳で私を見ないでおくれ、すでにお前を心のうちで裏切っている男のことを。ジェニーを愛人として、人生の半分を共に生きることも考えはした。しかし、それはリビィもジェニーにしても許される生活ではないだろう。私は、二人の女を共に愛すなどという、器用なことは、そもそもできはしないのだ。リビィと結婚した時から、彼女と添い遂げることは、神の思し召しであったのだろう。一人残ってしまうジェニーに良い縁があったらと、念ずるだけだ。ジェニーが幸せになれるのなら、私は何でもするつもりだ。温かい毛布の中で、私はもう一度、しっかりジェニーを抱きしめて、ベッドから出た。

駅には、沢山の牧童達が見送りに来てくれていた。ジェニーは、家を出てから、ずっと私の手を握って離さない。

ジェニーが突然「私もワシントンに行く」といい出したので慌てた。サムの奥さんまでがそんなことをいい出して、私は少し生きた心地がしなかった。

出発の時が来て、サムの奥さんが真顔で、「閣下、必ず帰って来て下さいね。ジェニーちゃん待ってるから」

「ご武運を、旦那様」

そういって、ジェニーは微笑んだ。もはや軍人の妻のつもりなのだ。気丈にも涙は見せない。その華奢な体を折れんばかりに抱きしめて、人目も憚らず激しい、最後のキスをした。

「医者行くんだぞ。大事ないといいけれど、向こうに着いたら手紙を書くから」

「ええ、毎日待ってます。行ってらっしゃいませ、旦那様。ご無事のお帰りをお祈りしています」

そういって、私の頬にキスをした。

もう、ここに二度と来ることはないだろう。ジェニー、お前に会うのもこれが最後になってしまうかもしれないかと思うと、心に寂寥感が湧きあがった。なのにお前は笑って見送ってくれるのだ。

汽車が動き出すと、牧童達が帽子を振って送ってくれる。ジェニーは、サムの奥さんに両肩を抱かれて、手を振っていた。やがて、その姿も見えなくなった。

私は席に着いて日記帳を出して、ページをくった。ジェニーと初めて会った日、そして、その数日前にあった。私は確かにリビィと、夫婦の交わりをしていた。十二年も経ってから、子供を授けて下さるとは、なんと神は、お忙しいのかと思った。私の心から、あっという間にジェニーは消え、子供のことでいっぱいになった。

こんな私を誰が責めることができるだろう。十二年も添った妻に、やっと待望の子供が出来たのだ。望んで見果てぬ夢をと諦めていたことが、今叶ったのだ。

私はワシントンへ行く途中の駅で汽車を降りて、駅前の花屋に寄って花束を作ってもらった。

それを持って、ミシガンの家にやって来て、出て来たリビィに会った。

「あなた、まぁオーティ……」

リビィにもそれ以上の言葉はない。

「リビィ、私を許しておくれ、子供が遂に出来たと知って、どうしても君に一目会いたくて、招聘の日を一日早くいって、今日会いに来たんだ、ありがとうリビィ」

私は花束ごと、妻を抱きしめた。この体に子供がいると思うと、何よりもとても尊いもののように思えてならない。

リビィは一瞬、目をそらした。ジェニーのところへ勝手に行ってしまい、離婚を迫りながら、子供が出来たとわかった途端に、のこのこ帰って来た夫に、さぞ呆れていることだろう。

私はリビィの腹にそっと手を這わせて、「ここに私達の子がいるんだね」と、撫でた。

リビィは笑っていない。子供が授かったことを、あまり明け透けに喜んでいる私の自分勝手さに思うところがあるのかもしれない。口にこそしないが、ジェニーと不倫をしていたのは、私の方なのだ。

私は、会ったら、リビィが私に抱きついて、子供が出来たことを一緒に喜んでくれるものと思っていたので、少し寂しく思った。そしてなんて、おめでたい男なんだと思った。きっとまだリビィの心の中には、ジェニーへの憎しみが満ちているのだ。私を許してはくれていないのだ。

何となく気まずい中で済ませた夕食の後、リビィは荷物は全て揃っているのかと聞いた。時間がなかったから、あるもので揃えて来たといったら、トランクを開けて中をあらためた。そして、ジェニーが買った下着類を皆出すと、家に元からあったものに取り替えていった。私は、何もそこまでしなくてもと思ったが、黙ってリビィの好きにさせた。そして、トランクのポケットを皆あらためる姿を見つめた。ジェニーの写真や手紙が入っているのを探しているのかと思ったが、私もそこは出発の時に、この家に寄ると考えていたから、そんなものが入っているわけがなかった。ただ、そこまでしなければ気が済まない程、リビィの、心がまだ病んでいるのだと思うのを悲しく思うのだった。

いつもの通り、リビィは私の寝間着に着替えるのを手伝ってくれる。そして自分も着替えて、毛布の中に入って来ると、私の足に足を絡ませた。

「リビィ、体にさわらないかい」

「まだ大丈夫ですわ、オーティ」

私は、そっと静かに交わる形だけで済まそうと思った。私は、リビィの体が心配だったが、彼女が自分からしかもいつもより激しく求めて来たのには、驚きを隠せなかった。

女は孕むと、久方振りとはいえ、こんなにも求めて来るものなのだろうかと、いつもの淑やかさを捨てさって私に向かってくる妻が他人に思えた。

体を離しても、リビィはジェニーのように私の腕の中から消えずに、ずっと胸にすがりついていた。リビィに話しておきたいことは、山のようにあったはずなのに、私は一言もいえず、ただ一晩中、リビィを抱きしめていることしかできなかった。

ワシントンに行って、きっと私はインディアン討伐の責任者の一人に任命され、やがて西部へ送られるだろう。その時、妊娠しているリビィを伴うことは出来ない。こんな大切な時に、傍にいてやれないのだ。ジェニーは、軍隊辞めて、牧場をやろうといったではないか。今こそ、軍人を辞めてリビィと、共に暮らすべきではないのか。もし今、リビィが軍人を辞めてくれといったら、私はすぐにでも辞めたであろう。しかし、リビィは一言もいわなかった。私はミシガンの我が家は、新しい命が誕生する喜びに満ち溢れているものと思っていた。しかし、そこには、そんなものはなかった。いまだに、嫉妬心にとらわれた妻がいるだけだった。

私は、そんな妻の姿に戸惑い、何をして良いのかわからなかった。そもそも、ジェニーのもとから、やって来るのではなかったのだ。かえって、リビィに嫉妬心を増長させてしまっただけなのかもしれないと思った。

しかし、私はワシントンに行かねばならなかった。軍人なんて、ワシントンに行っても辞められるではないかと思った。

慌ただしい朝食の後、私はリビィを抱きしめて、「リビィ、君の気持ちを察してやれなくて悪かったよ。君が私を許せないのはよくわかる。全て私が悪いのだ。反省もしている。だけれど、子供のことは、何よりも代えがたく嬉しく思っている。体をいとって良い子を産んでおくれ。傍にいてやれないのが残念だが、これも私の使命なのだ、わかって欲しい。出来うるだけ、手紙を書くよ。そして、君の心の傷が癒えるのを願っている。愛しているよ、リビィ。これは私の本心なのだよ」

そういって、おそるおそるキスをした。出発に際して、拒まれたらどうしようと心配だったのだ。

リビィはキスを受け入れてくれた。そして涙を流して一言、

「どうぞご無事で」といったのだった。

何ともあっけない別れであった。駅までの馬車の中で、私との未来を夢見て、懸命に涙を見せずに笑って送り出してくれたジェニーに反して、涙を流したリビィの気持ちが、わからなかった。軍人の妻であったリビィは、これまで一度も、別れに際して、涙を見せたことがなかったからだ。

私は、この戦で死ぬのであろうか。

ワシントンに着くと、わかっていたけれど、会議と書類の山に忙殺される日々になった。

兵隊の食料に関する、意見書の書類が回ってくる。南北戦争で、散々苦労したことではないか。特に今回、南北戦争の残りものを使うとか、食料に費用をかけないといっている上層部に対して、行軍の携帯に便利で、兵隊の士気が上がる旨いものを出せ、それ以外何が必要なのだ。

そんな中でも、すでにリビィに三通も手紙を書いているというのに、ジェニーにはまだ一通も手紙を書いていない。ペンが重くて、どうしても手が進まなかったのだ。だが、私は書くと約束してしまった。ジェニーは指折り数えて待っていることだろう。

一日の自分ではどうしようもない仕事を終えて、くたびれ果てて、ベッドに入る前に、私は意を決してペンを取って、ごく短い手紙をジェニーに書いた。

〝ジェニー、ワシントンでは多忙だ。牧場での、のどかな生活が懐かしい。医者には行ったか。悪い病気でないといいのだが。まだホテル住まいで住居が定まらない。いずれ官舎が与えられるだろうから、その時、また手紙を書くよ。愛しているよ〟

そして封筒に宛先のない、G．A．カスターとサインをした。〝愛しているよ〟が、なかなか書けなかった。また、ジェニーに未来の夢を与えてしまうことになってしまうのではないかと悩んだのだ。毛布の中から顔を出して、今朝も旦那様隣りにいてくれたと、輝くような笑顔を見せたジェニー、もうそんな日は二度と訪れはしないのだよ。私は、いつそれをジェニーが知ることになるのかと思い悩んで、冷たいベッドの中で寝付けなかった。

リビィからの返事は、私の手紙に対する、形通りのものであったのが、ある時から急に、自分の体のことを書いて来るようになった。

〝今日、初めて、お腹の中で、ソヨと何かが動いた気がいたしました。赤ちゃんが動いたのでしょうか〟

〝今日、赤ちゃんが、お腹を蹴りました。はっきりとはしませんが、その後も何度か、同じことがありました。愛しい気持ちが湧きました〟

〝赤ちゃんが、本当にお腹を力一杯蹴りました。わたくし、びっくりして思わずお腹に手をやりました。少し痛いのです。でも、お腹も目立って大きくなって来ました。みっともない格好になってしまって、あなたにお見せできないのが、いいのかもしれません〟

〝お腹は本当に大きくなりました。今日など、お腹の中で、赤ちゃんが寝返りをするのがわかりました。よく動く元気な子です。あなたに似た男の子かもしれません〟

私は手紙が来る度に、心を込めて我が子の成長を祈る返事を書いた。しかし、手紙を手にする度に、私は、どうしてもリビィと、成長していく腹の子に会いたくてたまらなくなった。書類漬けの生活にも飽きて来ていた。ワシントンにいても、一日か二日の休みはとれる。もう行動あるのみだ。私は上層部にかけあって、妻の妊娠を告げて、休みをくれと訴えた。行軍が始まったら連れては行けないから、せめて今、会いに行きたいと、切々と頼んだ。結婚十二年目にして出来た子だ、休みがもらえないなら退役もやむなし、とまでいったので、しぶしぶ五日の休みをくれた。私はとるものもとりあえずに汽車に乗ってミシガンの家へと、とんで行った。

我が家に着くと、なんと妻はいなかった。女中が、今よそにいるから、すぐ呼びに行くと出て行った。何となく肩すかしを受けた気がした。

リビィは、急いでというより、慌ててやって来たように思えた。「オーティ、いらっしゃるなんて思いもしなかったから、お迎えもしないでごめんなさいね」という。

確かにもう腹は目立つ程大きくなって、ゆったりとしたマタニティドレスを着ている。

私はリビィと抱擁をすると、その腹に手を当てて、「パパだよ、動いてごらん」といった。

リビィが、今日は大人しいみたいですわという。

「君の手紙にあった、寝返りをするところが見たいんだ」

「いつもするわけではありませんわ」

そういって、今子供部屋のないこの家にあって、とりあえず客間を使うことにした、といって、私を連れて行った。

可愛いベビーベッドがすでに用意してあって、私は意味もなく感激した。

「いつ産まれるんだい?」と聞くと、

「たぶん、六月の末か、遅くとも七月の初めだと、お医者様がいいました」

今の作戦会議では、戦いの決行は六月の半ば過ぎだ。

「うまくすれば、帰宅は君のお産に間に合うかもしれない。今回ほど生きて帰らなければならないと思ったことはないよ」

「オーティ、不吉なことは、口になさらないで」

夜、リビィは、お願いだから、書斎か客間で寝て下さいといった。私は驚いて、「こんな時に、君に手は出さないよ。本当は、君を愛したくてたまらないんだ。だけど、今は腹の子にさわるはずだから、そんなこと出来ないってわかっているよ。だけどお願いだ、せめて、一緒のベッドで寝ておくれ」

リビィは、いつものように私の寝間着の用意をしてくれる。自分の時は、女中に手伝わせて恥ずかしいから、向こうを向いていてくれというのだ。女にとって体形が変わることは恥ずかしいのかもしれないが、妊娠して腹が大きくなるのは女にとっての勲章じゃないのか、と私は思うのだが、女心はわからない。

ベッドの中で、抱きしめてやる。私はこのまま眠りにつきたかった。大きくなった腹が突き当たる。リビィは私の手を抜けて、一人にして下さいと、離れて横になった。気難しくなっているのも、妊娠のせいなのだろうと思った。こんな時ジェニーならどうするだろう。嬉しがって、毛布の中なら大きくなったお腹を見せてくれるのではないかと、思った。

ジェニー、あれから一度も手紙を書いていない。医者には行ったのだろうか。もしも重い病ならば、ワシントンに、私の名で手紙を書けば、着くくらいの知恵はあるあろうと、思う。まだ最初の手紙に書いた官舎が決まらないという話を信じて待っているなんてことはまさかないだろう。それなら哀れだ。ジェニーに限って、それがないとは思えないから、私は、今どうしていいかわからない。

「リビィ、今苦しい所はないのかい」

「大丈夫ですわ、全て順調だそうでございます。それこそオーティ、あなたはどうなのです。お仕事放って来てしまわれたわけではないでしょうね」

「リビィに子が出来たって、ついに上にいって、強引に休みをもらって来たんだ。手紙だけじゃもう我慢が出来なくなって、君の顔がどうしても見たくなったんだ」

そういうと、そっと手を伸ばして、腹に触ろうとすると、背を向けて、リビィは拒んだ。

「お願い、そっとして置いて下さい」

「子供は腹の中で寝返りはしないのかい」

リビィはそれには答えず、静かに息をつめているので、私もそれ以上は何も出来ないでその晩は過ぎた。

翌朝の朝刊を見て、私は目を疑った。

新聞の一面にスクープ記事として、〝ボーイ・ジェネラル、結婚十二年目にして父になる〟の文字が躍っていた。上層部のどこかで、私の話が漏れたのだ。私は、リビィが妊娠したとしかいわなかったので、記事は、私の昔の軍功などを並べただけのたいした内容ではないが、大きく書かれた見出しは、誰が見ても一目でわかる。そうジェニーが見たらどう思うだろうと、私はまず思った。一週遅れの新聞を目にするジェニー。サムの奥さんが、懸命に、慰めようと努めるだろうけれど、ジェニーは、私からの手紙が来ない理由をこれで納得するのだろう。そして、私との未来が、二度と訪れないことも知るのだ。その日のジェニーのことを思うと、いても立ってもいられなかった。

その記事を見て、何故かリビィも、青い顔をして、硬直していた。

二人して、朝食は進まなかった。

「勝手に休暇なんかとって、こんなことになって君に迷惑をかけてしまって申し訳ないと思うよ」

「他に迷惑をかけた方があるのではありませんか」

「何を今さらいうのだい。もう済んだことだよ」

「本当にそれでよろしいの」

「私は、君を選んだのだよ。子供と三人、仲良く暮らしていくのだ」

「わたくしに、子供が出来ていなかったら、どうなっていたのかしら」リビィの声が冷たく聞こえた。

私はその問いに答えられなかった。あの時、あの小さなカードを見つけなかったら、ジェニーとの暮らしを何のためらいもなく続けたのだろう。リビィは、一人で子供を産んで、そのことを私が知らなかったら、その後どうなったのだろう。むろん離婚には応じないであろうが、その間にジェニーにも子供が出来てしまったらと思うと、答えどころではないではないか。

「リビィ、私が全て悪いのだ。今君は私の子を妊娠している。これも神様の思し召しだといえば、君はなんて勝手な男だと私のことを思うだろうが、何といわれようと、私は君を選んだんだ。待ち望んだ子なんだ。リビィ無事に私の子を産んでおくれ。

そして三人でこの家で暮らそう。君が望めば今日にでも軍人を辞めてもいい。豊かに暮らせるかわからないが、もう一度商人にでも何でもなるよ。リビィ、私を見ておくれ」

私がリビィを抱きしめようとすると、リビィが跳ねのけた。

「あなたは、ただ子供が欲しかっただけなのね。産むのがわたくしでも、ジェニーさんでも、よかったのよね」

「君はまだジェニーが許せないんだね。ジェニーも諦めるより他ないだろう。君を傷つけたことは、言葉だけでは償えないと思っているよ。約束するよ、もうジェニーには会わない。後は何を君にしたらいいのかわからない。私は君に子供が出来たことが嬉しくてならなかった。君も腹の子が動いたとか、母親らしい手紙をくれたじゃないか。もっと喜んでいると、思って帰って来たのに、君は私を許してはくれていなかったんだね」

優しい手紙を書いていたリビィはどこに行ってしまったんだと、私は不思議に思えてならないのだ。それだけまだ、私への憎しみが残っていて、面と向かうと、それが出てしまうというのだろうか。

妊娠中のリビィと、こんないい合いをするのは、体に良いわけがない。

「リビィ、もう一晩この家に泊まるつもりだったけれど、君が望まないなら、このまま帰った方がいいのかもしれない。君はまだ私を愛してくれているのかい」

リビィは泣いていた。

「ええ、世界中の誰よりも、オーティあなたを愛しているわ。今夜は手を繋いで休みましょう」

「ああ、手を繋いで寝よう。君が許してくれるなら」

私は、リビィの手をとってキスをした。

リビィは少し落ち着いたようで、私は安心した。私はリビィのためにお茶を入れてやった。お茶の中にマーマレードを入れたいというので、ジェニーも同じことをいっていたなと思い出した。忘れてしまわなければならないのだ、マーマレードがなければお茶を飲まないと言い張った、あの甘えん坊の可愛いジェニーのことを。サムの奥さんが、ワシントンにまで文句をいいに来るかもしれないな、とふと思った。一発くらい殴られるかもしれない。それも仕方のないことだ。私は、それだけの罪を犯したのだから。

マーマレード入りのお茶を私も飲んだ。ジェニーはなんでこんな甘酸っぱくてほろ苦いお茶を好んだのだろうと思った。

夜、約束通り、一つベッドで、リビィと手を繋いで寝た。初めて会った日のこと、結婚式の、あの国中を挙げて行われたような大騒ぎの日のこと、西部での日々、初めての行軍に参加した日のこと、兵隊の目をかすめて、野営のテントで愛を交わしたこと。私の思い出は尽きない。そういえば、ジェニーも最後の晩、抱擁はいいからお話をしてといっていた。思い出を共有しているということは、互いの結びつきを強くするものではないかと思うのだ。しかしリビィは何も語らない。

リビィはわざとか、もう彼女の思い出には残っていないのか、ジェニーの話は二度としなかった。私は、リビィの方へ顔を向けて、

「お前はよく、こんな私について来てくれたよ、ありがとう、礼をいうよ。なぁリビィほんの少しでいいんだ。君の赤ん坊に触ってはいけないかい」

「もう寝ていますわ」

リビィは、そういって私の願いを拒んだ。なぜだ、なぜ触らせてくれないのだと、私は反問した。

「君の顔も見たし、明日にはまたワシントンに帰るよ。体を労わって一人で寂しいだろうけれど、立派な子を産んでおくれ。無事なら、男でも女でも構わないよ」

リビィは頷いた。機嫌は直ったようだった。会いに来て良かった。今でもとても綺麗だよ、リビィ。私の自慢の妻だ、戦いを前に抱けないのは残念だが、子を産んでくれるのだ。戦(いくさ)に勝って生きて帰って来なければならない、リビィとまだ見ぬ我が子のためにだ。

近々に、私は西部へ送られて、実戦の中へ投入されるのだ。軍人として命令には逆らえない。

私は両の手でリビィの手を包んで、さすり続けた。あり得ないことだけれど、この手の感覚を忘れてしまわないようにと。リビィは、されるままにしていた。私は初めてリビィと会った日を思い出していた。あの時キスどころか、この白い美しい手を何度握りたいと思ったことか。そして、私のプロポーズを受け入れてくれた時の喜び。私は今、望みの全てを手に入れたのだ。その幸せの夢を破って、ジェニーが顔を出すのには手を焼いた。私の小さな妹。いつも泥だらけになって遊んでいた幼い姿、初めて目にした大人になった美しい裸身、そして仮そめでも、妻として過ごしたほんの僅かな日々。「旦那様」といって未来を信じ切っていた無垢の魂。やはり、ワシントンに着いた段階で、リビィの妊娠をいって、別れをきちんと告げるべきだったと、今は思われてならない。新聞で知ることになるのは、あまりに残酷だなと思うが、もはや私に術はない。許してくれと願うだけだ。

朝食の後、リビィは口ごもりながらも、「これ、レースはわたくしが付けましたの、持って行っていただけたら嬉しいわ」といって、手編みのレースで縁をまいた白いハンカチを手渡してくれた。私は胸のポケットから、白い封筒に入れていつも持ち歩いている、小さなカードを出して、「このカード覚えているかい。今も大切に持っているんだ。これからはこのハンカチで包んで持つとしよう」

テーブルの上で、リビィに見えるように包んで、ポケットにしまった。

「オーティ、そんなものまだ持ってらしたの」と頬を染めた。

「君の妊娠を知らせたカードだもの、捨てられるわけがない

じゃないか」

そういって抱擁をしようとすると、手からすり出てしまうので、仕方がないので、両手で顔を挟んで、ゆっくりキスをした。

「さぁ、名残は尽きないが、私はもう行かねばならない。とにかく体をいたわって、良い子を産んでおくれ、お産に間に合うなら飛んで来るからね」

リビィは急に真顔になって、「オーティ、わたくしがどんな悪いことをしていたとしても許してくださる？　人として許されないことをしていても、わたくしの所へ帰って来てくれるって約束してくれる？」

私は、彼女が突然何をいい出したのか、よくわからなかった。ジェニーの手紙を隠していたことなのだろうとしか思いつかなかったが、いったい何を、リビィが、こんなに混乱しているのかわからなかった。今まで、私が戦場へ向かう時でも、こんなことはなかった。

「リビィ落ち着いてくれ。私は君がどうしようと、生涯愛すると誓うよ。何があろうと、このミシガンの我が家に帰って来るって約束するよ。安心をおし、私はたとえどこにいようと、君の隣にいるつもりでいるんだよ。君は心を静めて子を産むことに専念すれば良いんだよ。ワシントンに着いたらまた手紙をいっぱい書くよ、君が寂しくないようにね」

リビィは両手を胸元に持って来て、両手に持った白いハンカチを力一杯握った。いつか見たことのある姿だなと思った。

私には出発の時間が迫っていた。外では馬車が私のトランクをすでに積んで待っている。私はリビィの額にキスをすると、「では行って来るよ。体を大切にするんだよ、手紙を書くからね」ともう一度、リビィの額にキスをすると、家を出た。リビィも戸口に出て来て、見送ってくれたが、その顔に笑顔はない。これから、インディアンとの戦いの最終段階を決める会議が私を待っているのだ。

リトル・ビッグホーンへ
—The Seventh First—

私は駅までの馬車の中で、今別れて来たばかりの妻のことを思っていた。牧場から突然やって来た私を見て、驚いたのは理解できた。離婚を求めながら、子が出来たと知った途端、いきなり訪ねて来た私のことを受け入れ難く思ったのは、あたり前だと思う。しかし、その夜、リビィは私を求めた。私が狼狽える程強く。私も夫として、ジェニーとのことの詫びを含めて出来うる限り、リビィの求めに応じたはずだ。そして誠心誠意詫びた。ワシントンに行ってからも、寝る時間を割いても、詫びの手紙を書き送った。こうして会いたくてやって来たのに、リビィは、子供が欲しくないのだろうかとも思える冷たい態度だった。私一人が子供の誕生を喜んでいて、当のリビィは、あまりにも淡々としているように思えてならない。やはりジェニーとのことを、いまだに恨んでいるのだろうと思うしか理由は見あたらない。今のリビィには、母親になるという長年望んでいた希望が実感できないのだ。

私は、リビィから届く手紙を見て、すでに許されたと思っていた。それは過りだった。このような状態で、リビィに子供が産まれて、果たして私達はうまくいくのだろうかとの不安が湧くのだ。私の顔を見たら、何をも置いて、私の腕の中に、リビィは飛び込んで来てくれて、子の将来について、尽きぬ話が出来るものと思っていた私の夢は、脆くも崩れた。

しかも私は、ジェニーについても考えねばならなかった。あの二人きりで暮らした、小さな丸太小屋の暖かさを懐かしく思う。あの時全てを捨てて、牧場の父親になったとしたらどうなっていたのだろう。ジェニーは夢が叶ったろうが、リビィの子はどうなる。私は今八方ふさがりの、どうにもならない所に身を置いているのだ。

帰り際に、リビィは何故あのようなことをいったのだろう。何があったというのだ。そこで私は、恐ろしいことに思い当たった。リビィの子は、私の子ではないのではないかと。私は思わず気が遠くなった。それなら、それなら、リビィの私を避ける態度も、帰り際のあの不思議な緊張感を持ったリビィの言葉も腑に落ちるではないか。十二年も経って子が出来たことも納得できる。

私は今回のことを含めて、家を空けることは多い。しかし、あのリビィが不貞をはたらくなど一度も思ったことはなかった。私も独り身の気楽さで、遊ばなかったといえば嘘になる。私の目の前を闇が覆った。

私はそんな考えを捨てた。非は私にあるのだ。リビィは厳しく躾けられた良家の娘だ。私を愛しているといった。私が信じてやらなければ、誰がリビィと子供を守るというのだ。ワシントンに帰ると、私は毎日手紙を書き送った。

週に一度程、リビィからも返事が来て、腹の子供の成長のことを書いて送ってくれる。私は、この子をこの腕に抱く日が待ち遠しくてならないといって書いて送った。私の本心だ。

怖れていたジェニーからは、何故か何もいって来ない。サムの奥さんが乗り込んでくるかと思ったが、それもなかった。可愛そうなジェニー、新聞を見てさぞ驚いたことだろう。これも運命と諦めてくれたのなら、私としては、これ以上ありがたいことはなかった。私は、リビィに見つからないように、トランクの着地裏に隠して持って来たジェニーの写真を出して来て見た。私とあのお気に入りのすみれ色のドレスを着て、可愛く笑っている。一緒にいられたのは、三月にも満たなかったが、楽しい日々だった。「旦那様」といって、いつもついて来た愛らしい小さなもの。裏切ってしまった。体は大事ないといいけれど、心配だ。この写真を私は戦に持って行こうと思っている。忘れてしまえと、思えば思う程、会いたいという思いが募る。きっと今頃サムの奥さんが慰めているのだろう。あれのことだから、事実を知って、人目も気にせずワーワーと泣いているのだろう。部屋に飾ってある私との写真を見て何を思っているのだろうか。結局守ってやれなかったジェニー。今、ここに「旦那様」といってやって来たら、私はどうしたらいいのだろう。目をつぶると、あの笑顔が浮かぶ。忘れてしまわなければならないのだ。私には、リビィとの間に子供が産まれるのだ。そのことを、父親として何があろうとも全うしなくてはならないのだ。

私はリビィに手紙を書いた。子供の名前を決めておきたいと思ったのだ。女の子だったら、私の長姉の名のアン＝マリーと付けたいと思った。私は彼女のことを尊敬している。美人でよく気がついて、牧師の妻というだけでなく、人に優しい素晴らしい女だと思っている。ジェニーのことも、痛ましく思って、養女にしたいともいってくれたのだ。夫に反対されて叶わなかったが、もし姉の所へ養女にもらわれていたら、ジェニーの人生も、もっと落ち着いた生活が出来ただろうと、残念に今も思っている。

男だったら、私の従卒に、ウェストポイントを卒業したばかりの背が高く金髪で、青い瞳のハンサムな青年がいる。キビキビとしていて仕事も良く出来るし、何より一緒にいて気の良いやつなのだ。私はこんな息子が欲しかった。名をアンソニーというから、リビィに何か希望の名があるなら、それに従うが、私はアンソニーが良いと思っていると書いた。

しばらくして、リビィからの返事が来て、アン＝マリーとアンソニーが気に入ったから、私の思う通りに付けるといって来て、私を喜ばせた。

私はリビィからの手紙の、中身を出してまとめた。ついに西部へ出発する日が来たのだ。もう一度、リビィに会いたかったが、叶わなかった。

私は第七騎兵隊の隊長に中佐の位で任命された。また砦での生活が始まるのだった。

汽車に乗っている時、ミシガンの家の方向に向かって、投げキスをした。リビィに会いたかった。一人で寂しいだろうが、今は腹に子がいるのだ。無事に子が産まれることを祈った。

ジェニーのことはなるべく考えないようにしていたが、出来るものではなかった。たった三か月にも満たなかったが、あまりにも濃密な日々であった。忘れようとしても、忘れられはしないのだ。かえって、ジェニーから、恨みの手紙の一本でも来れば、もっと私の思いも違っただろうに、楽しい思い出だけが残ってしまった。あんな日はもはや私には訪れないだろうと思える程なのだ。ジェニーよ、ごめんよ、私を出来ることなら許して欲しい。私は今お前のために何も出来ないのだから。

砦に着くと、すぐ新兵への訓練の日々が待っていた。命に関わることなのだ、馬も良くは扱えない男達の間を私は駆けまわって、過ごした。

隊長として、しなければならないことは山のようにあった。それでも私はリビィに、毎日手紙を書いた。私の心を高揚させるのは、新しい命が誕生するという希望だけであった。砦の生活は苦渋の日々だった。そんな中で、私は、今までの戦いにも同行させていた信頼を置いている斥候役のクロウインディアンたちと邂逅出来て、心強く思った。私は彼等の能力をかっている。彼等も私に会えたことを喜んでくれているのだ。誰が来るよりも彼等に会えたことは、私の戦の有利を思わせた。

第六騎兵隊と合流をする。隊長のテリーは、昔から私の上官だ。共に戦って来たので、誰よりも私の戦い方を知っている一人だ。

「カスター、今回は大軍だ。カスターダッシュは効かないと思いたまえ」

「敵を見つけたら、それを殲滅する。それが、私の戦い方です」

「敵も、君の姿を見たら逃げるだろう」

「私はただ、前へ進むだけです」

砦の中を、戦の前の緊張感が漂っている。明日は、砦を出て、ついに敵地に向かって行軍を開始する日だ。リビィにはすでに手紙を書いた。私はジェニーの写真を出して来て、眺めた。私はもう我慢ができなくなってジェニーに短い手紙を書いた。

〝ジェニー、私の可愛いジェニー、私を許しておくれ。牧場での歳月は、私の生きて来た中で一番楽しい日々だったと思うよ。この先私にどんな人生が待っていようと、ジェニーお前のことを愛しているよ。それだけは信じて欲しいが、そんなことをいうだけの資格は私にはない。私はお前を裏切った。だが私はお前が私のことを、旦那様と恥ずかしそうに、初めて呼んでくれた日のことは、忘れない。体を労わって、良い人生を送ってくれることを心から祈っているよ。ジョージ・アームストロング・カスター〟

私は自分が戦いを前に気弱になっていることに気づいて驚いた。こんなことは、ついぞないことだ。私は常に誰よりも先陣をきって戦って来た。その私がだ。

私はジェニーの手紙に封をして、牧場の住所を書いた。まだしっかりその住所を覚えていた。これから先二度と訪れることはないのに。

私はジェニーの写真を、顔に折り目が付かないように四つにたたんで、胸のポケットにしまった。明日から行軍が始まるのだ。

第七騎兵隊が先陣をきって、第六騎兵隊が続く。輜重隊にガトリング砲、大大隊だ。インディアンはどこにいるのだろう。テリーとはとことん話し合ったが、まだ見ぬ敵地へ行くのだ。敵の数もわからない。私は、馬を飛ばして、テリー達の足の遅いのが、気になって仕方がない。斥候のクロウ達には、私は盤石(ばんじゃく)の信頼をおいている。今回の戦いでも、有能な彼等は、私の望むように働いてくれるであろう。

その彼等から、敵を発見したとの報告があった。巨大な、サンダンス（大地の精霊との交流をするための儀式で祭りではない）を行った後も認められた。私は待った。あと二時間待って、テリー率いる第六騎兵隊が着かなかったら、私は出撃する、と将校達に伝えた。リビィの写真は、私の胸のペンダントの中にある。ジェニーは左胸にいる。

私に恐れはない。誰よりも先に前に出て出撃するのだ。

「ザ・セブンス・ファースト（第七騎兵隊はいつも一番前へ）」

と私は皆の前で叫んだ。

一八七六年六月二十五日、カスター将軍率いる第七騎兵隊、二百数十名は、モンタナ南境の、リトル・ビッグホーンで、スーとシャイアン族合わせて二千余名に囲まれて、全滅した。

インディアンにとっては、最初で最後の大勝利であった。

ジョージ・アームストロング・カスター　享年三十六

軍葬は翌年十月十日に、ウェストポイント陸軍士官学校で、執り行われた。

世間では、カスター亡き後に生まれた遺児に、同情が集まった。アンソニーという名は、国中に広まった。

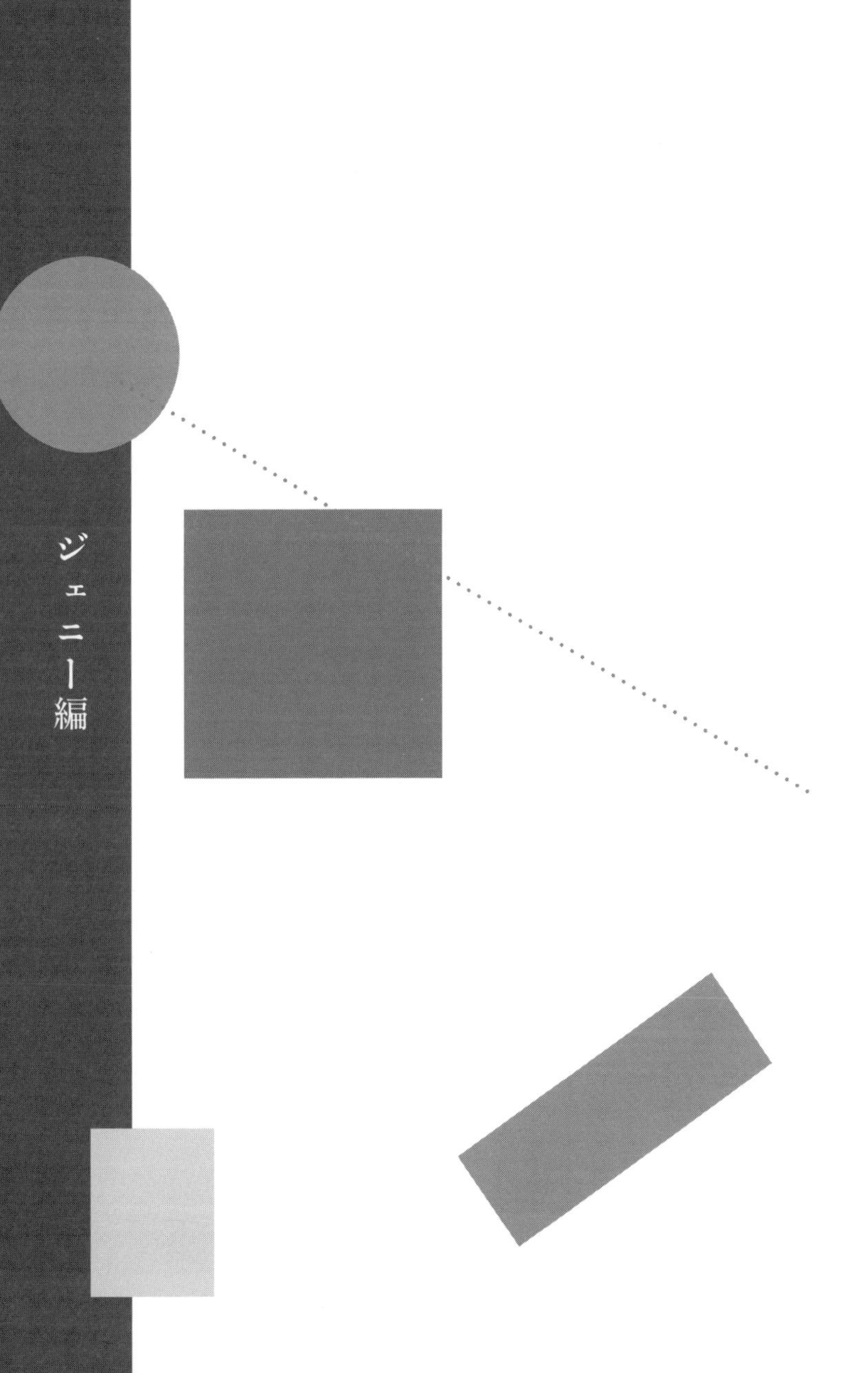

ジェニー編

誕生

ベス

その女は美しかった。街一番の美女との噂も、あながち嘘とはいえなかった。彼女は、この歴史の若い国にあって、家系を誇る家に生まれ、すでに成功して財を成していた両親のもと、大きな屋敷で何不自由なく暮らしていた。彼女は、外出の際には、たとえ夏のいかなる時でさえ、首までボタンがかかる服を身に付け、帽子と手袋を欠かしたことはなかった。彼女は幸いに短躯の父親に似ず、やはり美人で有名だった祖母に似て豊かな胸と細い腰をしていた。しかし、彼女の美しさは、母親から受け継いだ、輝くばかりのプラチナブロンドの髪と、透き通るような青い瞳と磁器のような美しい白い肌に窮まっていた。ハンサムな、銀行家の二男との婚約も決まり、道行く人々の羨望の的であった。そして、その後ろから傘をさしかけて、彼女を育て上げた乳母が、得意気に歩いているのであった。

彼女は、その美貌と財力で、世間の人々が望む以上の人生を全うした。ただ一つ汚点があったとすれば、あるくだらない男に恋をして、身を任せたことぐらいであろう。

「ベス（エリザベス）行ってくるからね、何かお土産を買ってくるから、大人しく待っているのだよ」

「そんな、私、二週間もあなたと会えないなんて、寂しくて死んでしまいます」

「何を大袈裟なことをいうのだい。遊びではなくて、仕事で行くのだから、我慢をおし。私のいない間、パーティに行くといい。招待を受けた所は、皆返事を出しておいたから、これがその日程だよ。友達だって沢山来ているはずだ。二週間なんで、あっという間だよ、ハニー。良い子でいておくれ」

そうハロルドは、パーティのリストを渡すと私の額にキスを一つしただけで行ってしまった。婚約をしたというのに、大人のキスも滅多にしてくれない。二十五才のハロルドは、十七才の私を、いまだに妹のように思っているきらいがあるのだ。私は不満だった。

結婚が決まってから、母親に女性用の応接間に呼び出されて、結婚してからの、夫婦の交わりについて教わった。

「すべて、旦那様にお任せすればよいのですよ」と母親はいった。

「私はどうすればいいの、お母様」

「最初は、誰もが痛みがあります。けれど恐れてはなりません。それは、神様が、夫婦の交わりをお許しになった証拠です。後は、きっと良くなりますから」

「お父様と、お母様もしたの」と私は聞いて母親を慌てさせた。

「そうやって、やがて赤ちゃんが出来るのですから」

母親は娘に、夫婦の交わりの恐怖を与えまいと、心をくだいた。しかし私は反対に興味を持った。私が話を聞いて早くしてみたいと思ったのは確かだった。母はいったではないか、初夜の破瓜の痛みを我慢したら、その後は天国が待っていると。結婚式まで待たなくてもいい、ハロルドは何故してくれないのだろう。デートをしても彼は私をしっかり抱いてもくれないのだから、何かつまらなかった。

銀行家らしい真面目さで、パーティの日程が記してある紙を見つめて、私は今夜のメイ家のパーティに着て行くドレスを選んだ。悩んだ末に水色で襟まわりをレースで飾ったドレスにした。夜会服くらい、襟ぐりの大きく開いた胸を強調した服が着たいが、母は許してくれない。ハロルドと結婚したら、思いっきり胸の目立つ服を着て見せるのだと思うのだった。そして、自分の直毛の毛が気に入らないのだ。友人のベッツィの柔らかなカールしたブルーネットの髪は、一つにまとめて止めたら、もうそれで髪形が決まってしまって羨ましい。今日も小間使いは、私の髪を良くとかして、顔の両側の後ろから編み込みをして、天辺で止めて、ドレスと共布のリボンを飾る。

「これが、お嬢様のおぐしが一番映える髪形ですよ」といつもいうが、こんな子供みたいな髪型はもう嫌だ。髪ぐらい美容院で結ってもらいたいと思うけれど、母様はきっと駄目というのだろう。どうして皆、私のことをまだ子供だと思うのだろう。もう私は大人なのよと、大きな声でいってみたかった。

メイ家の夜会はよく行くので、出席者もほとんど知った人ばかりだった。その中で、友人の母親や知人の婦人から、結婚のお祝い何がいいかしらと聞かれるけれど、きっと何かいっても私の希望なんて無視されて、バター皿とか、調味料セットなんて、面白くもないものが、何組も届くに決まっているのだ。

私の婚約は知られているから、もうダンスに誘ってくれる男もいない。友人達とのおしゃべりも、ハロルドとの婚約の話ばかりでもうしゃべり飽きた。キス一つろくにしてくれないのだもの、秘密の話なんてあるわけがないのだから。友人達は皆、目を輝かせて私に話をせがむのだけど、適当な作り話をするのも、もう飽きた。婚約したって、何も変わりはないのだもの、私だってこんなはずではないと思っていた。ハロルドは確かに、群を抜いてハンサムなのは確かだ。優しいし、私を大切にしてくれている。私も彼との、結婚を承諾した。人を集めて盛大な婚約式も開いた。だけど、彼は私を愛してくれているのか、ちょっと心配になる。親同士で決めた結婚で、初めてハロルドに会った時、その際立った容姿に心ときめいた。でも付き合ってみれば、ただの真面目な銀行家というだけだ。私は愛してくれているという熱い印が欲しかったのだ。このまま何もなく結婚式を迎えるしかないのだろうか。婚約をしたというのに、友人に作り話をしなければならないほど何もない。もともと淡白な人なのだろうか。彼には結婚をするのだという情熱が感じられない。私は本当に愛されているのかと、いつも問うた。私は彼を愛しているはずなのに、彼にとっては、私はただの条件の良い結婚相手にすぎないのではないかと、不満があるのだった。しかし、それを直接聞いてみるすべはなかった。私にもそれなりの自制心があった。でも、今度彼が、ニューヨークから帰ったら、こちらから、大人のキスをねだってみようと思う。そして、その時、彼がしてくれなかったらと思うと、暗い気持ちになるのだった。

　私は友人達とのおしゃべりにも飽きて、ベランダで夜風に当っていた。

　そこへ声をかけて来た男（ひと）がいた。見知らぬ人で、彼は私に、

「お嬢さん、こんな所で一人で夜風に当っては、体に毒ですよ」といった。

　三十才は少し過ぎているように見えた。陽に焼けたがっちりとした浅黒い肌をしていて、魅力的な力強い目をした大人の男であった。

「まぁ、あなたはどなた、お会いしたことがありまして？」

「私は、ジェイムズ・グローバーと申します」

「あのグローバー判事の御親戚でいらっしゃいますの？」

　普段なら、こんな見知らぬ、しかも年上の男性と、親しく口をきくことはない。しかし私は、パーティに飽きていたのだ。

「グローバー判事の不肖の甥っ子ですよ。先週こちらに来たばかりで、こんな美人にお会いできるとは思いもしませんでした。なんで、こんな所でお一人でいらっしゃるのです」

「パーティが退屈なだけですわ」

　男は手に持っていたシェリー酒のグラスを頭をのけ反らせて空けると、いきなり私を抱きしめて、口づけすると、その中に流し込んだ。そして、グラスを床に叩きつけると、しっかり私を抱きしめて、しばらくカーテンの陰でそうしていた。

「ああもう駄目。私お酒に弱いの、離して下さいません？」

　私がそういった所までは覚えている。次に気がついたのは、メイ家の客間のベッドの上だった。私は全裸で、男が私にのしかかっていた。私は気がついた時、声すら上げなかった。ハロルドではなくてもいい。この野性味溢れるしかも初めて会ったばかりの男に身を任せるのを、むしろ歓迎した。しかし、なかなかうまくいかない。

　男は、「君って、本当にバージンなの？」と聞いた。

「ええ、そうよ。初めてなの」

「ぼくはなんて幸運な男なんだろう。こんな美人の最初の男になれるなんて。愛しているよ、辛いだろうけれど、我慢をおし」

　母の嘘つき、破瓜の痛みは強く、男が体に入って来た時には、私は絶叫した。そして、天国は来なかった。

　ただ男は感激して、ベルを鳴らして女中頭を呼ぶと、十ドル札をポケットに入れてやって、このレディとの愛の印の血で汚れたシーツを一生の記念にしたいから、新しいものに取り替え

て来てくれたまえと、堂々といった。きっとこんなこと慣れているんだ、と思った。

私は、体の痛みに泣いたけれど、翌日のフォード家のパーティでまた会う約束をした。私はついに本当の意味で大人になったのだと思うと、嬉しくてたまらなかった。早く天国が来ないかとさえ思った。

二週間してハロルドは帰って来た。今向こうで流行の傘をお土産に持って来てくれた。こちらでは見かけない形で、私はそのセンスに素直に喜んで、毎日使った。その時、ハロルドは私の頬にキスをした。もうどんなキスでも構わなかった。その時の私はもう一生分くらいキスをした気になっていたから。

ハロルドと行かないパーティでは、ジムと会って愛し合った。少しずつ天国がやって来て、私はジムとの逢瀬を楽しんだ。

しかし秘密は破れる日が来るものだ。私達が、キャロライン叔母の客間にいた所に、当の叔母がやって来て、

「ベス、あなた何をやっているの」と、酷い剣幕で部屋を出された。そして、その話はその日のうちに、両親のもとに告げられた。夜も遅いというのに、私は両親が揃った、父の書斎に立っていた。

「ベス、お前はハロルド君と婚約しているのだぞ。自分のやっていることが、どんなに不道徳なことかわかっているのかね。キャロラインの家でよかったよ、他の所でだったらどんな噂になったかしれない。お前は当分外出禁止だ」といって、父は私の頬を張った。そんなに強くではなかったけれど、私はつかまっていた椅子と一緒に倒れてみせた。それを見た母が失神して、父は慌てた。私は急いで書斎を出ると、自分の部屋に行った。今まで父にぶたれたことはなかった。だからそれだけ怒っているのだ。だから母はあまりのことに失神したのだ。私はかえって父の暴力に反発した。小間使いに、当座の着替えなどをトランクに詰めさせて、その間に手紙を書いた。真夜中だったけれど、小間使いに、金のイヤリングを与えて、ジムの泊るホテルまで手紙を届けさせた。そして、皆が寝静まった時を見計らって、父の書斎の手文庫から、あっただけの五百ドルくらいを、ハンドバッグに押し込んで、家を出た。その晩はジムの所へ泊まって翌日朝一番の汽車に二人して乗って、私の駆け落ちは成功した。

私はもう楽しくてたまらなかった。どこかの知らない駅で降りて、ジムが、表通りの大きなホテルは人目につくからと、わざと一本裏通りの中位のホテルのスイートに泊った。それからは、何もかもが友人達の読んでいるロマンス小説の主人公になったようで、私は愛されているのだと思うのだった。

どこだかわからない街を、二人腕を組んで散歩に出た。憧れだった美容院に行って、コテを当てて、念願のカールも作ってもらった。すべてのしがらみを捨て去って、私は、はつらつと街を歩いた。男の人が振り返ってみる。ジムが、おれ鼻高いぜ、こんな美人と一緒にいられるんだから、といって、そんな日は、

いつもより熱い抱擁が待っていた。私に天国はついに来た。私の方から迫って、甘い蜜の味に浸った。こんな日がずっと続くと信じていた。私は愛されているという思いが体中を包んで、とろけてしまいそうな日々が続いた。

　ある日ジムが、ふと、「なぁハニー、お前月のものいつ来たんだっけ」と、唐突に聞いた。

「あら、そういえば今月はまだ来ないわ」

　そういって、椅子に座って新聞を読んでいたジムにしな垂れかかった。

「先月はどうだったんだよ」

「先月？　そんなの忘れちゃったわ」

　私は気にしなかった。それより早くキスして欲しかったのだ。

　夜ベッドの中でジムが、「おれ明日ちょっと出かけて来る」といった。

「どこ行くの、私も一緒に行くわ」

「すぐ帰って来るから待っておいで、お土産を買って来るからね」

「そうなの、早く帰って来てね」

　私達は、抱擁をした。

　朝、目が覚めるともうジムはいなかった。すぐ帰るといったのだと思って待っていても晩まで帰らなかった。クローゼットを見ると、ジムの服が一枚もなかった。歯ブラシすらなかった。フロントに聞くと、夜中に荷物をフロントに預けて、朝一番に出かけて行ったという。私は、何が何だかわからなかった。それでも一週間帰りを待った。三文小説のように、私は捨てられたのだと気づくのにまた一週間かかった。私はある恐ろしいことに気がついた。そして、ついに父親の元へ手紙を書いた。

　日中なのにカーテンのひかれたうす暗い部屋に、ランプの灯りだけで、私は、寝間着のままベッドの中にいた。

　父親が、色々な思いはあるのだろうけれど、精一杯の優しい言葉で、「ベス心配したのだよ。さあうちに帰ろう」といってくれて、私は大声で泣いた。

「ごめんなさい、お父様、許して下さい」

　乳母が、「さあお嬢様、お召し替えをいたしましょ」といった。

　私は、もっと大声で泣いた。

「ドレスが入らないの」と、その恐ろしい現実を口にした。

　日中から寝間着を着ている不自然さに、あっと気がついたのだろう。乳母が旦那様の御前を失礼といって、ベッドまで来ると、寝間着の上から下腹を触った。そして、無言で寝間着をめくると、今度はしっかりと手の平を当てて撫でるようにした。

「旦那様、お子様がいらっしゃるようでございます」

　すぐフロントに行って医者が呼ばれた。

　医者は私の体を見て、もう堕胎は無理ですといった。

　家に帰って、主治医を呼んでも、すでに五月(いつつき)にはなっているはずだから、とても堕胎は無理で、このままお産をするしか、法はないといった。

父が、「ベスが出て行ったのは、三月にもならない時ではないか。いったい何時からあの男と付き合っていたのだ」と声を努めて低く抑えて、怒りを見せないように私を怯えさせないように聞いた。私は答えるしかなかった。

「ハロルドが、ニューヨークへ行っていた時から」

父は全身を震わせて、怒りを外に出さないのが礼儀であるがごとく努めた。

母は、ハンカチの中へ顔を埋めて、「私が悪いのだわ、私のせいなのよ」と泣き続けた。

私は、お産しかないという医者の言葉に、パニックになった。お産なんて嫌だ、母様助けて、どうにかして、と私は叫んだ。

母は泣きながらも、「あなたが悪いのです。ハロルドを裏切った罰を受けるのです。こうなったら仕方がありません。なるべくお産が軽く済むように考えましょう。赤ちゃんが、あなたのおなかの中にはいるのですよ。これがせめてハロルドの子なら良かったのに、その子の将来も考えてやらなければなりませんよ」

「こんな子いらない、私お産なんてしたくはないの、子供なんて欲しくないのよ」

「でも神のお命じになられたことです。他に方法はないのですから」

私は、駆け落ちした時から、花嫁学校へ行っていることになっているという。だから家の外へは出られない。日に日に大きくなって、醜い体形になっていく自分が悔しかった。そして、ある日、自分の腹の中の物体が動くのを感じて、恐怖のあまり、悲鳴を上げて自室からとび出て、階段下へとダイブした。

目が覚めると、両親に乳母と医者が、私のベッドの周りに立っていて、「若いというのは、健康だといえることですね。少しの打撲以外、体は大丈夫です」と医者が私の脈を診ながらいった。

「おなかの中で何か動いたの、そんなこと、気味が悪くて生きて行けないわ」

「だからといって、階段を飛び下りるなんてことは、もうしては駄目ですよ。今回は何でもなくても、君が望んだか知らないけれど流産でもしたら、君だって助からなかったかもしれないのだよ。ベス、お産は病気ではないけれど、お産で亡くなる人も多くいることを知っておかなければならないよ」

私を生まれた時からみている医者はそういって帰って行った。たった数ヵ月の快楽の末に、こんな破目になってしまった。私は自分を呪った。そして、流産という手があるのだと知って、ベッドから何度も飛び下り続けた。これは天井が響くといって、すぐ母親の知ることとなり、止めさせられた。

「ねぇ、ベス、あなた階段飛び下りたの、まさか自殺しようと考えたのではないですよね」私は、わざと答えなかった。母様は私に夫婦の交わりを教えてくれた。赤ん坊が出来るとも確かにいった。でもこんなに早くに出来るなんていわなかったではないか。子供さえ出来なかったら、まだジムと夢を見ていられたのにという思いがあったのだもの。

「お願いよ、ベス。体を大切にして、自殺なんて神様がお許しにならないわ。辛いのはよくわかるけれど、お産さえ済めば、元に戻るのよ。だからね、もう変な気起こさないって母様に誓ってちょうだい、お願いだから」

「お産痛いんでしょ」

「痛くないよう祈りましょ、ねえベス、私の大切なエリザベス、こっちを向いて」

「もうしないって約束するわ。だからお産が痛いのは嫌」

「お医者様に相談してみましょうね」

私は母親のその言葉を信じた。きっと痛くない方法がきっとあるのだと、自分にいい聞かせた。時に悲鳴を上げそうになるほど、赤ん坊が腹の中を動くのにも慣れた。私の腹を蹴るのも、私のことが嫌いだからするのだと思った。

腹の子が九ヵ月になる頃、ジェイムズ・グローバーが、十才以上も年上の金持ちの未亡人と結婚したと、新聞に出ていても、もう私の心は、少しも揺るがなかった。もはや何の関係もない男のことなど気にしてどうなる、私はあと一か月先に迫ったお産のことで頭がいっぱいだったのだ。

私は乳母に、子供が産まれても顔も見たくないこと、絶対自分では育てないから、どうにかして欲しいといい続けた。

乳母は、産婆を連れて来て、お産の後の手順を決めて、子供は養子に出すことになった。産まれたら、すぐに新しい乳母の所へ連れて行く手筈も決まった。私は、息をするのでさえ苦しいくらいに大きくなったおなかを叩いては、早く産まれて来なさいと命ずるのだった。すると必ず、思わず蹲ってしまいそうに強く腹の子は、私の腹を蹴るのであった。こんな子に、どんな愛を捧げろというのだ。母が時折、男かしら女かしらなどと、甘いことをいうのを聞いて、私は癇癪を起こすのだった。こんな子なんていらないと。母は、その時になったら、顔くらい見たくなるものですよ、などと気楽なことをいうけれど、私はいっそのこと死んで産まれて来ればいいのにと思ったりもするのだった。

産み月になると、毎日のように産婆がやって来て、私の体を診るのだった。

「お産が痛いのは嫌。痛くないお産をしたい」と毎回私が繰り返すのに、

「大丈夫でございますよ。その時になったら、お嬢様もお子様を産む態勢になって参ります。さすればお産も軽く済みましょう。最初から痛いと思い続けられましたら、体に力が入ってしまって、お産そのものがうまくいかなくなってしまいます。うまく痛みをそらして、我々がお手伝いをさせて頂きますから、そのようにご心配ばかりしていては、お身体にさわります。妊娠した女性は母となるべく強くあります。お嬢様もきっと安ら

かなお産がお出来になりますよ」と、言葉を尽くして、私にいうけれど、それって、私が我慢しろっていっているだけじゃないかと思えて、心の底から湧いて出る恐怖を消すには至らなかったのだった。

その点医者は、痛みが激しくなったら、麻酔を使うから、大丈夫といってくれているので、少しだけ信頼が置けた。

やがて、産婆が、私を診て少し破水をしたから、お産がそろそろ始まるらしいといった。やがて、耐えられないような腰の痛みと共に、口では表現出来ないような、おなかの強い張りが襲って来て、もう私は産婆に辛いと訴えた。産婆は、お産は始まったばかりです。このようなことで挫けていてどうなさいますと、私を叱るのだった。陣痛の合間に、体力をつけるのだと食事をしろという。好物のクリケットや、カレー煮などが出るけれど、とても食べられない。心配した母が、イチゴジャムを挟んだサンドイッチとか、チーズにケーキまで、色々盆に乗せて、何でもいいから口に合うものを食しなさいといった。私は桃の缶詰を食べた。私は母に支えられながら桃の汁を飲むと、いつお産は終わるのと、恐る恐る産婆に聞いた。

「早くて、明日の明け方です」との答えに、思わず私は手にした皿を投げた。そんな時まで、耐えられはしないと思った。今でさえ、おなかの張りは、体を引きちぎってしまいそうで、陣痛の度に、私は呻いた。医者が来たので麻酔をすぐしてくれるのかと思ったら、腹の子のために、最後にするという。私はその言葉だけで、絶望した。

「乳母や、苦しい、ねぇもうお産止めたい」

「御気の毒なお嬢様、こればかりはもう、止めるわけにはなりません。どうぞ耐えて下さいませ。さお腰を揉んでさし上げましょう」

「ああ痛い、そんな所じゃないわ、もっと違う所を揉んで」

乳母がいくら腰を揉んでも、ちっとも痛みは変わらなかった。それより段々に痛みは強くなる。

「母様助けて、痛いわ、痛くて死んでしまいそうよ。母様、お願い」

私はもうベッドにじっと寝ていることはできなくて、転げまわった。医者がやっと麻酔の注射をしてくれる。少し楽になった。しかしすぐまた痛みがぶり返して来て、余計に痛みは増すのだった。

「先生、痛み止めもっと打ってよ」私は叫んだ。

医者が、母親と話をしているのが、聞こえる。私は麻酔の吸収の早い体質であって、腹の子のためにも、麻酔はあまり使えない、といっている。そんなの嘘だ。この苦しみを助けてくれるはずではなかったのか。腹の子など、どうなってもいい。とにかくこの苦しみから逃れたかった。

私は幾度となく失神して、また蘇生されるを繰り返した。

望まれた妊娠で、子の誕生を心待ちにしている母親にさえ耐え難い苦痛を、子を望まぬ私に耐えられるわけがなかったのだ。

私は、子を呪った。最後は神すら呪った。母も乳母も、もはや私を助けてはくれなかった。

両の手首を、ベッドの柵に括り付けられて、私は絶叫した。


子がようやく生まれ落ちると、産婆は、赤子の臍から十センチほどの所を糸できりきりと巻いて、メスで切った。こうして、この母親と赤子は、親子の縁を切ったことになった。すぐに隣室に連れて行かれた赤子は、羊水を吸い出されると、やっと弱弱しい産声を上げた。私には、聞こえもしなかったであろう。聞きたくもなかった。私は、せっかくお産が済んだのに、後産の痛みにも泣いた。お産なんて今後二度とするもんかと思った。

赤子は女の子であった。産婆の手で産湯をつかい、ベビー服を着せられると、かねて用意の乳母の家へ連れて行かれた。そして、永遠に私と縁を切ったのだった。

私はお産に際して、誰も助けてくれなかったことに腹を立てていた。産褥にあって、私の心を明るくするのは、結婚式のドレスをデザインすることだった。他人が見たことのない豪華なドレスにしたかった。母は、私の機嫌の良いように、出入りの服屋を呼んで、ドレスブックを沢山持って来させて私の気を引いた。私は新しい夢を手にして、生地の見本帳をしげしげと見た。

私はやっと元の体形に戻って、心底嬉しかった。まだおなかの辺りがだぶついてみっともなかったけれど、母様はすぐまた元に戻るから心配ないと、産後一週間を過ぎるとコルセットを使うようにといった。産後少し胸が張ったが、すぐに治まった。私は小間使いに、毎日、なるべく強くコルセットの紐を締めるように命じた。早く元の体型に戻りたかった。

父が手を回したのだろう。私の家出はスキャンダルにはならなかった。お産をして一か月くらいして、ハロルドに会ったけれど、彼はお久しぶりといって他には何もいわなかった。そこで、やはり私は条件の良いただの結婚相手でしかなかったのだなぁと、何となく思った。

母親が、赤ん坊を預けてある乳母の所へいまだに会いに行っていると聞いて、私は気分を害した。しかも、母親が自分の手で育てたいといっているのだと知って、私は父に訴えた。この子は、ここに生きているだけで罪なのだからと。その後、その子がどうなったかなんて知らない。知りたくもなかった。私に苦しか与えなかった子なのだ。生きようが死のうが、もはや私には関係ないと思った。

私には結婚式の用意すべき山のような作業が待っていたのだから。両親も今度のことで懲りたのだろう。お産から四か月目に私とハロルドは晴れて結婚して、私の家で暮らすことになった。

私が十七才の誕生日に両親から贈られた、金のペンダントがない。母に聞くと、赤ん坊が養女に出される時に、首にかけてやったのだという。なんと無駄なことをと私は怒った。

「プラチナブロンドで、青い瞳のお前の赤子の時に良く似た可愛い女の子だったのだよ、お前は一目会いたくはないのかい。せめて、その子の行く末を、心配してやる思いやりはないのかい」

「私に子供なんていないわ」私はそう答えた。

ジェニー

父親が街から野菜を売って帰って来た時、やっとつたい歩きが出来そうなくらいの赤ん坊を抱いて来た。妻はまず夫の不貞を疑った。しかし、その手に二千ドルもの大金が握られていたのにも驚いた。

「我が家の末子だよ。ジェニーと名付けたんだ。さぁママに抱っこしてもらいなさい」

プラチナブロンドで青い瞳の可愛い女の子だった。女の子は、涎をダラッと垂らすと、人懐こい子らしく、泣きもしないで両手を広げて、母親に抱っこをねだった。

断乳も済んで、上下に白い小さな可愛い歯が生えかけていた。母親は、食事時、自分の皿から赤ん坊が食べられそうなものをさらに口に入れて、よく咀嚼してから口移しで赤ん坊に食べさせていた。大人しく、手のかからない子であった。

長女のアン＝マリーは牧師と恋仲だったが、互いに貧しくて結婚出来ないでいた。そこにジェニーの養育費の大金が入って、カスター家は変わった。その金の一部を使って、アン＝マリーの結婚式が執り行われた。

貧しい鍛冶屋と僅かばかりの畑を耕して野菜を作っては街に売りに行っていたのが、残りの金で、鍛冶屋を建て増しして大きくし、人まで雇うようになって、初めて、カスターの家族は世間並の生活が出来るようになったのだった。ジェニーの祖母から送られた荷の中には当座の衣類だけでなく、もっと大きくなった時を見越して、可愛いワンピースやエプロンドレスなどが入っていて、それは、それまで末娘であったフロラインが着た。むつきも早く取れ、目の届く所に置いておけば、祖母の荷に入っていた人形や、積木などで、大人しく一人で遊んだ。

一人で服が着られるようになると、屋根裏部屋にベッドを入れて、そこで寝起きをするようになった。それまでは、二女のフロラインと同じ部屋だったのが、フロラインが嫌がったのだ。今まで末子として可愛がられてきたのが、急に他人がやって来て母親を取られたと思ったのだろう。

ジェニーは朝一人で目が覚めると、教わったようにベッドを整えて、着替えをする。フロラインのお下がりの、ダブダブの、エプロンドレスだが、幼いジェニーは、そんなものだと、気にもしない。ベッドの枕元には、布巾がかかった皿が置いてあって、いつも薄くバターを塗って、自家製のジャムを挟んだ、サンドイッチが二切れ乗っている。ジェニーは、そのうちの一切れをポケットに入れると皿を持って、サンドイッチを食べながら、台所へ下りて行く。普段皆外に出ているから誰もいない。皿と布巾をテーブルに置くと、二男のトムか、三男のボストンが飲んでしまっていなければ、残っている牛乳を飲んで、一人で外へ遊びに行くのだった。

カスター家は、ジェニーを教会には連れて行かなかった。しかも近くに同じ年頃の子供がいなかったせいもあって、ジェニーはずっと一人だった。親から危ないから行っては駄目だといわれている、近くにあるミシガン湖の支流へいつも行った。バケツを持って行って、それに少し水を汲んで来て、乾いた土手に水をまいて泥遊びをするのが、この頃のお気に入りだった。泥団子を沢山作って家だとか犬とかに見立てて、一人芝居をするのだった。そしておなかが空けば、ポケットのサンドイッチを食べると、夕方まで夢中で遊んだ。気がついた時からこうだったから、寂しいなどとは、思いもしなかった。ただ、長兄のジョージが、学校の休暇で帰って来ると、ジェニーを釣りに連れて行ってくれるのだった。そんな時は、沢山釣果があれば夕食は豪華にマスの料理が並んだ。しかし、ある日を境に、ジョージは学校へと帰って行く。それがなぜかジェニーにはわからなかった。兄様と毎日釣りに行ければいいのにと思った。

ジェニーの境遇が再び変わったのは、五才の時だった。朝、目が覚めると、サンドイッチの皿がなかった。台所へ下りて行っても、誰もいないのはいつものことだ。幼いジェニーには、食物の入った戸棚には手が届かない。ただ食卓の上に乗っていたジャムの瓶を、伸びをして手にすると、固く閉まっている蓋を、やっとの思いで開けて、さじも使わず、手でもって舐め始めた。小さな手で瓶の底まで食べ尽くすと、ベタベタの手を指の一本一本まで舐めて、その手をエプロンドレスで拭いた。エプロン汚したと姉様に叱られるだろうけれど、ジェニーは平気だった。泥だらけで帰宅しても、いくらフロライン姉が烈火のごとく怒っても、父も母もジェニーには何もいわない。両親が、ジェニーの養育費を自分達のために使ってしまったことを、心の底で気に病んでいるなどとは思いもしなかった。

ジェニーはいつものようにバケツを片手に遊びに出るのだった。しかし、さすがのジェニーも、ジャムだけでは空腹になる。夕刻を待たずに、バケツを手に帰ると、台所に皆はいた。

「あっ、あの子今頃帰って来た」

フロライン姉が大声で非難めいて叫んだ。

「ただ今、おなか空いたよお」

「お前ジャム皆食べちゃっただろうが」

「だって、サンドイッチなかったんだもの」

「そうでしたね、誰もジェニーのことを気にする者はいなかったのですね。可愛そうにすぐ、お夕食を作りましょう」

「大きいお姉ちゃん」

ジェニーは久しぶりに会う、長姉のアン＝マリーに甘えて抱きついた。

「そんな汚い格好で、姉様に抱きついたら駄目なんだから」

「まぁフロフイン、まだ幼くてわからないのですから」

「ねぇママは」

「バカなジェニー、ママは死んじゃったのよ、今日はお葬式だったんだから」と、フロラインは声を上げて泣き出した。

次兄のトムも、三男のボストンも泣いている。ジェニーだけ何もわからない。

「ママ死んじゃったって、何？」

「あんたなんて、ママの子じゃないから、悲しくもないんだ、お前なんて貰われっ子だったんだから、うちの子じゃないんだから」

「フロライン、そんなことをいうものではないぞ、ジェニーはもう、うちの子なんだからな」と父親が、フロラインをたしなめた。

「ママ、ママ、なんで死んじゃったの、ジェニーお前が死んでしまえば良かったんだい」

「おだまりフロライン、そんなこと口に出すものではありません」

「だって、だって、ジェニーが、ママに世話ばかりかけるから、ママ死んじゃったんじゃないか」

「ママはね、神様の元へ召されたんだ。ジェニーは手のかからない、良い子だったじゃないか」

父親は泣くフロラインを、不器用な手つきで抱きしめた。母親は、昨日心臓麻痺で急死してしまったのだ。今日近くの教会で葬儀が行われ、長兄のジョージは、学校から葬儀に参列して、そのまま学校へ戻ったのだった。ジェニーだけが、何も知らされていなかったのだ。

アン＝マリーが食事を作った。皆黙々とスプーンを動かしていた。

時折ジェニーが、ママはどこと聞くのを皆返事をしなかった。

「あたしは絶対に嫌だからね」フロラインは、皆の前でいった。ジェニーより五才上の十才で、これからこの家の家事を一人で任されなければならなくなったのだ。

アン＝マリーは、カスター家のタブーである、ジェニーの養育費の話を、フロラインに語って聞かせた。フロラインはその話を聞いても、捨て子を拾ってやったんだから感謝するのはジェニーの方だと、いって止まなかった。

「ジェニーが来なければ、私も結婚できなかったでしょうし、皆のお夕食もお肉なんて出ることはなくて、薄いスープしか食べられなかったのですよ」

アン＝マリーは言葉を尽くして説いたが、フロラインは、今後ジェニーの面倒を見るのは嫌だといい張った。

ジェニーはまだ五才で、身の回りのことは一応出来たが、料理を作るどころか、自分の下着の洗濯も、誰か見てやる者が必要だった。フロラインの他には、二つ上の年子の男の兄弟しかいなかったから、ジェニーの面倒を見てやる者はいなかった。

義理固いアン＝マリーは、養女とはいえ家族の中で育ったジェニーを今さら孤児院に入れるのは忍びないと、毎月実家から食費をもらうことで、ジェニーを自分の手元に、引き取ることにした。家を出る時、アン＝マリーはジェニーを、ママに会いに行きましょうねと教会の墓地に連れて行って、ここにママは眠っているのよ、とジェニーにいった。それは全くもって、アン＝マリーの一人よがりの感慨であって、ジェニーに対する哀感以外の何ものでもなかったのだけれど、幼いジェニーには、ママがこの土の下に眠っているといわれても、わかりはしなかった。

「ママはどこ?」ママがいると思っていたジェニーはあたり前に聞いた。

「ああジェニー、あなたはなんて愛に見放された子なんでしょう」と、泣きながら抱きしめるのであった。それから、ジェニーはその墓に二度と参ることはなかったのだった。

ジェニーを教会に連れ帰ると、やはり夫は、あまりいい顔をしなかったが、実家から食費が送られてくること、そして何より結婚式を挙げられた事実に、何もいいはしなかった。しかし次の日から、教会の木の椅子を拭く仕事を頼んでいた老婦人が、この頃リューマチが酷くなって辞めたがっていた。ジェニーを連れて行って、一週間程仕事を教えて、覚えたというので、老婦人にやっと暇を与えることができた。ジェニーは、その日から、教会の椅子を拭いて回る仕事が始まった。ほんの僅かではあったが、老婦人に支払われていた賃金は、ジェニーにはいかず、教会の金庫に入った。そんな貧しい教会だった。

食費が送られて来ることによって、アン＝マリー夫妻の夕食も良くなった。ジェニーだけにご馳走を出すわけにはいかなかったからだが、アン＝マリーは、夫には内緒で食費から僅かだけれど、ジェニーの将来のために、金を貯め始めた。

ジェニーは、月に一度牧師が一セント玉を一枚くれるのを、ぎゅっと握って、近くの駄菓子屋に行くのを、いつも心待ちにしていた。毒々しい色に染められた小さなキャンディを、三つ買うことが出来た。ジェニーは、その店頭に置かれている大きな瓶から、何色のキャンディを選ぶか、いつも悩むのだった。そして、帰りに一粒を口に入れると、残りをポケットに大切にしまって、教会の使用人部屋にベッドを入れただけの何もない部屋で、アン＝マリーにねだって手に入れたジャムの瓶に残りを入れて、時折だんだんたまってくるキャンディを見て、満足をするのであった。

結婚して、すでに二十代後半になっても、まだ子供の出来ないことが、アン＝マリーの心配事だった。だから彼女は、ジェニーを夫の目の届かない所で可愛がった。朝ジェニーの美しい髪を、櫛けずってやって、二本のおさげにしてやるのが、何より楽しかった。きっと自分に娘が生まれたら、そうしたであろうから。それから教会に寄せられる寄付品の中から、ジェニーに着られそうな服を見つけると、そっと取り置いて、少し手を加えて、寄付品に手を付けたと見えないようにして着せた。特に靴は貴重品であったから、足に合うものが見つかると嬉しかった。新品を買い与えるなど、考えられないことであったからだ。

ジェニーは、着ているものはみすぼらしかったけれど、美しい子であるのは間違いなかった。教会に、可愛い女の子がいるようになったと、すぐ評判がたった。手作りのクッキーを手土産に、ジェニーを見に来る物好きもいた。牧師が、まだ字の読めないジェニーをミサに参加させるのを許さなかったからだ。皆が、将来凄い美人になるでしょうと、お追従をいって帰って行った。

中には本気で養女にという話があった。アン＝マリーも立ち会って話し合いが行われたが、牧師はただでジェニーを養女に出すつもりはなく、話は流れた。とりあえず、ジェニーのおかげで食事の質も上がり、簡単な掃除も人に頼まず出来るようになった。もう少し大きくなったら、今人に任せている燭台磨きもさせようと考えていた。そして皆がいうように美人になったとしたら、玉の輿にのせて、その夫に教会の支援者になってもらおうと考えていたのだった。少なくとも、教会で開くお茶会に出すクッキーを人数分数えるなどという倹しい生活からは、抜け出したいと願っているのだった。

ジェニーは、大好きなアン＝マリーと一緒だから、いわれたことは、一生懸命に働いた。時には、バザーに出品されていたお人形が欲しくて泣いたこともあったけれど、アン＝マリーが、余り布で、手作りの人形を作ってくれて、ジェニーは毎晩その人形を抱いて寝た。

ここに来て、ジェニーにとって良いこともあった。難関のウェストポイント陸軍士官学校へ入学のかなった長兄のジョージが、休日になると、たまに夕食に現れるのだった。あらかじめ手紙で来訪が告げられているのだろうが、その日は肉料理が用意されるのが決まりだった。牧師は、義弟のウェストポイント入学を誇らしく思っていた。

ジョージは、ミドルネームのアームストロングから、皆にオーティと呼ばれていた。兄様と呼ぶのはジェニーだけだった。

アン＝マリーから、今日はオーティの来る日よ、と告げられると、嬉しくて仕方がなかった。夕刻には玄関で待ち受けていて、兄の姿が見えると抱っこをせがむのだった。

「やあ、ジェニー、久しぶり、また可愛くなったなぁ」兄様はそういって、ジェニーを抱き上げてくれるのだった。

「さぁ、オーティ君食卓へつきたまえ。沢山食べて、ウェストポイントの話をしてくれたまえ。ジェニー、自分の席に着くのだよ」ジェニーを抱きかかえて食堂に入る兄様に、牧師は機嫌良く、そういうのだった。そして食後は秘蔵のブランディを出して来て、二人で夜遅くまで、話し合うのだった。

アン＝マリーは、「オーティ、あなたは聖職者になるものとばかり思っていたのに、軍人になるなんて思いもしなかったわ」といつもいうのだ。オーティは牧師の大学を出たにも関わらず、ウェストポイントへ入学したからだった。

いつも、ずっと兄様といると、いい張っているジェニーは、兄の膝を枕に眠ってしまい、アン＝マリーがベッドへ連れて行くのが常だった。そして、ジェニーが朝、目を覚ますと、兄様の姿はすでになく、出かけてしまった後だったのだ。

ジェニーは知らなかったのだ。その時兄様は恋をしていて、休日をその恋人と過ごすために、この教会に一夜の宿を借りていたことを。

ジェニーは六才になった。体も少し大きくなって、少なくとももう幼児には見えなくなった。力のいる燭台磨きも、時間はかかるが、命じておけば、一生懸命にピカピカになるまで磨くのだ。子供だからかえって、手を抜くということを知らなかったのだ。

アン＝マリーは忙しい時間を割いて、ジェニーに文字を教え始めた。簡素な数の数え方も教えたので、小さなものなら買いものにも行かせられるようになった。小女（こおんな）に任せて、釣銭をちょろまかされるという心配もなかった。

教区民は、懸命に働く幼いジェニーを可愛がった。ジェニーのためにと、自分の子供の古着を持ち寄る人もあったのだ。オルガン弾きは、ジェニーに楽譜の読み方を教えてくれたけれど、牧師はジェニーのミサへの参加は、なぜか許さなかった。彼の心のどこかに、ジェニーは、思い通りに使える単なる孤児との思いが強くあったのかもしれなかったのだ。

アン＝マリーがずっといっていた楽しい日がついに来た。ジェニーも何が起こるのか知らないけれど、姉様のうかれ様に、楽しいことなのだろうと期待を持っていた。ウェストポイントの家族の日という催しものが行われるのだ。

ジェニーは、教区民から贈られたよそ行きを着せられた。よそ行きとはいいながら、何度も水を潜っているものであったけれど、姉様の心づくしで、パリッと糊が効いたエプロンが誇らしかった。アン＝マリーは、結婚の時、一枚くらいはよそ行きのドレスが必要でしょうと母親があつらえてくれた、とっておきのドレスを着た。形は古くなってはいるが、これもジェニーの養育費から出ていたのだと思うと、夫の言に反して、ジェニーを連れて行くことにしたのだった。

近所の人に馬車を出してもらって、出かけることになった。なんとそこには、オーティが、兄様が待っていた。姉様達は互いに挨拶をすると、久方ぶりに教区を離れて、牧師は妻とゆっくりしたがった。そこで、ジェニーは、オーティに預けられた。彼は、ジェニーを肩車して、あちこち連れて行ってくれたが、大きなテントの前に来ると肩から降ろして、二十セントを握らすと、迎えに来るまで、ここから働くなと命じた。そこはバザーのテントで、それまでジェニーが見たこともない美しいものでいっぱいだった。ジェニーは目を輝かせて、そこに並べられた品々に魅了されてしまっていた。二十セントは彼女にとっては大金である。しかし兄は、たった二十セントでは、そこに並ぶ品物のほとんどが買えないことを知っていた。しかし彼は、彼を見とめてしきりに手を振る恋人の所へ早く行って、キスをしたくてたまらなかった。

「いいかジェニー、ここを離れるなよ」

「うん、離れない」もうジェニーの目は、陶器の可愛い置き物とか、人形などに目が奪われていた。

彼はこうしてジェニーを一人バザー会場に残して、恋人の所へ行ってしまったのであった。若い二人にとって、たまの幸せで、手を握り、体を添わせて、互いの体温を感じるのが、たまらなく楽しいことに思えた。二人にとっての、言葉には表せない青春の一日だったのだ。学友にからかわれても、上級生にねたまれても、オーティは、この美しい恋人の手を離すものではなかった。恋人のほうも、凛々しい制服姿の恋人を、何よりも大切に思っていたのだから。二人は夢中になって、たわいもない話に時を過ごした。帰る時間になっていた。

「あっいけない、ジェニーを置いて来ちまったよ、探しに行かなけりゃ」

バザー会場にジェニーはいなかった。迷子になったかと、すでに商品を片付け始めている、上官の夫人達に、妹のことを聞いて回った。すると、その中の身なりの良い夫人が、

「まぁ、あの可愛いお嬢さんの、あなたお兄さんなのね、名前は何とおっしゃるの」

「一年の、ジョージ・カスターと申します」

「そうカスターさんね、お嬢さんはこちらよ」と校舎の裏の林の中に連れて行った。そこには上級生の膝枕で、ぐっすり眠るジェニーの姿があった。体には制服の上着がかけてあった。

「さぁビル、夢は終わりよ、お迎えが見えたわ」

「やぁ、君の妹なのかい。羨ましいなぁ、こんな可愛い子が妹なんてさ。僕だったら、学校なんて来ないで、毎日でもこの子と遊んでいるのになぁ。お嬢ちゃん、僕を置いて帰っちゃうのかい、残念だなぁ、ジェニーまた遊ぼうね」

オーティは、まだ寝ぼけているジェニーを抱き上げた。

「ほら、忘れものだよ」と上級生が、ジェニーに人形を渡した。

「集まった御夫人方のお一人が、あまりにこのお嬢さんが可愛いので、プレゼントに差し上げたのですわ」

見れば、刺繍のついたベストまで着せられていた。オーティは、自分のいない間でもジェニーはここで楽しく過ごしていたのだろうと、少し安心した。人形だけでなく、エプロンの両のポケットには、たった二十セントではとても買えはしない程のクッキーの袋やキャンディが、ぱんぱんに詰まっていたのだった。彼は、ジェニーが、可愛がられて、楽しかったのなら、それで良かったのだと思って、姉達と帰って行く妹を見送った。

ジェニーは間もなく七才になった。その朝、姉様が珍しく夫に、この子の一年の無事と平安を祈ってやって下さいと頼んだ。牧師は、ジェニーに聖水を振りかけて、一年の息災を祈ってく

れた。しかし、神はお忙しかったのだろう、その願いを聞いてはくれなかったのだ。

パーティ

姉様が、牧師様にねぇどうしましょうと、珍しく興奮して話をしている。私は七才になったばかりだ。姉様手作りの可愛いリボンを誕生祝いに貰ったので、おさげ髪に結ぶのが、とっても嬉しい。それに牧師様が、二セントもくれたので、いつもの駄菓子屋の店頭にあるキャンディの瓶の前で、何色のキャンディにするか迷わずに、六粒もキャンディが買えた。一粒舐めて、残りは、いつものジャムの瓶に入れた。もう半分以上もたまって色々な色が混ざって、とても綺麗だ。しかし、毎日瓶を振っているのに、底の方の三粒ばかりが溶け出して、くっついてしまっているのが、なぜだかわからなかった。でもこれは、私の宝物だ。いっぱいになったら姉様のお誕生日にあげるのだ。姉様がいつか美味しそうねといったので、一粒あげたら喜んで食べてくれた。だから、瓶一杯になったキャンディをあげたら、どんなに喜んでくれるのだろう、その時が楽しみだ。私は、兄様の次に姉様が好きだ。美味しいご飯を作ってくれるし、私のことを本当に可愛がってくれているから。牧師様は少し怖い。こでも私が、一生懸命お手伝いをすると、一セントくださる。これは嬉しい。

そして、お茶会があると姉様は人数分のクッキーを焼く。一人分は一皿三枚だ。牧師様は、その数のことをうるさくいう。でもね、クッキーの種が少し余ったら、形は悪いけれど、小さなクッキーを、一枚か二枚焼いて、牧師様には内緒よ、といってジェニーにくれるのだ。出来立ての、まだ熱いクッキーはとても美味しい。すぐ食べてしまう。

牧師館に来て、ママが死んじゃったってことが少しわかるようになって来た。人は死んじゃうと、土の中に埋められて、もう二度と会えないんだ。牧師様は、牧師館から出てはだめだといったけれど、あの日はどうしても、見に行きたくてたまらなかったのだ。私より少し年上くらいの女の子が、ずっと〝ママ〟といって教会の中でも泣き通しだったのだ。そうして、墓地に行くと棺というのが、穴の中へ入れられた。女の子は手にしていた花をその中へ、投げ入れると、もっと大きな声で〝ママ〟と泣き続けていたんだ。私は教会の陰でずっと見ていた。きっとあの子のママは死んじゃったんだ。私のママみたいに。姉様が、いつかママに会いに行きましょうといったけれど、そこにはママはいなかった。死んじゃったから、土の中に埋められていたんだと、今はわかる。ママには、もう会えないんだと。そして泣いていた女の子が可哀そうに思えた。

でもいいこともあった。この間結婚式があったんだ。教会に入ってはダメだといわれていたから外で待っていたら、お嫁さんが出て来た。教会の入口で、皆が、花びらを撒いてお祝いするのだ。白くてレースの飾りのついた綺麗なドレスは凄く素敵に見えた。私もお嫁さんになって、あんな綺麗なドレスを着たいと思った。お嫁さんは、手にした籠から、白い小さな包みを周りの人に配っていた。そこに立っていた私にもくれたので、「姉様の分もください」というと笑ってもう一つくれたので、急いで牧師館へ駆けて行って、姉様に一つあげた。

「まぁ、ジェニーたら、あなたなんて優しい子でしょう」といって、その包みを二人で開けた。中に入っている丸いものを口に入れて噛むと、中から甘いシロップがシュッといって出て来て、「わぁ姉様、ジェニーこんな美味しいもの初めて食べた」

それは砂糖ボンボンというのだと教えてくれた。

「そんなに気に入ったなら、ジェニーの結婚式にも配りましょうね」と笑っていった。

私は、大人になったらお嫁さんになって、綺麗な白いドレスを着て、ボンボンを配る日が待ち遠しかった。私にもそんな日が必ず来るものなのだと、信じて疑わなかったのだ。

その後、教会に戻ってみると、もう人々はいなくて教会の階段に踏み荒らされた花を掃除が専門のおばさんが掃いていた。私を見とめると、箒を私の手に握らせて黙って行ってしまった。このおばさんは、牧師様が見ていないといつもジェニーに、仕事を押し付けるのだった。

ボンボンは大切にしておいたのに、気がついたら中のシロップが皆溶け出して、ただの砂糖の塊になっていて、悲しかった。私はその砂糖を布からはがして食べたけれど、ボンボンは早く食べてしまわなくてはならないんだと思った。

姉様がお出かけするから着替えましょうという。しかもよそ行きを着て行くという。凄く嬉しいことだ。牧師様まで一緒に買い物に行くというのだ。今まで、そんなことはなかった。街まで出かけながら、スキップをして行く。牧師様がもう七才になったのだから、姉様と手をつないで行ってはならないと、いったからだ。六才と七才はそんなに違うのだろうかと思う。それなら六才の時のほうが良かったのにと思う。

着いたお店は、半分が雑貨物を売っていて、あと半分は布を売っている。以前姉様と、雑貨の所へは一緒に行ったことがあるけれど、布のお店の中に入るのは初めてだ。

牧師様が、店主に布の値段を聞いている。私は姉様のスカートにつかまって見ていた。

「うちで一番安い布はこれですよ、牧師様」と店主が、くすんだ灰色の布を指差した。

皆が、エプロンなんかに使う布だ。布なんて、何に使うのだろうと見ていたら、いつもは滅多に、牧師様に意見をいわない姉様が、「もっと他の布を見せてくれませんか、この子に着せたいので」といったので、びっくりした。今まで服は皆お古と決まっていたのに、新しい服を作ってくれるなんて、嘘みたいだ。

店主は、他の棚に姉様を連れて行って、色々と、反物を出して来て見せてくれた。そこにある布は、お誕生日だからと特別に、教会のお茶会に呼ばれて来るような、お金持ちの女の子が着て来る、上等な布だ。姉様はその中からピンク地に花柄の、見るからに可愛い布を、テーブルの上に乗せた。お姫様が着る服のように見えた。

牧師様が値段を聞いて、ダメだといった。姉様は、負けずに、「この子は、指名でパーティに行くのですよ」といった。

「たった一日のパーティのためには、無駄だ」

「何をおっしゃるのです。オーティは選ばれて将軍のパーティに呼ばれて行くのですよ。それをジェニーに、古着を着せて行くのですか。オーティの名誉に関わりますわ」

姉様は強かった。決して牧師様のいうことは聞かずに、このピンクの布に決めた。

「偉い方のパーティに呼ばれて行くのです。ウェストの所にひだ飾りを作ってやりたいのですが」と姉様が店主に聞いた。

牧師様とのやり取りを聞いていた店主は、「ひだを取ると、布が多く要りますよ」と注意した。姉様と色々話し合っていたけれど、飾りのない簡素なワンピースを作って、金巾（綿の目のつんだ布）でエプロンドレスを作るほうが、安上がりになるとわかって、店主は、私の体をメジャーで測って、布の量を決めた。

「襟にレースを付けたいのですけれど、お安いものはありませんか」

「ああここに、残りもののもう売りものにならない中途半端なレースがあります。これでも良かったらお持ちください」というって、紙のリールから、最後の一片を引き出してくれた。よほど古くからあるのだろう、私が見ても、端が黄ばんでいるのがわかった。牧師様がお金を支払う時、店主はおまけをさせて頂きますといって、安くしてくれたので、牧師様は喜んでいた。

私は、何だかわからないけれど、姉様達の話を聞いていると、私はパーティに行くらしい、しかもその時、大好きな兄様と一緒らしい。新しいドレスにパーティに兄様に、もう夢のように嬉しい。それはいったいいつなんだろう。牧師館に着いたら、さっそく姉様に聞いてみようと、手に持った包みを落とさないように、ゆっくりと歩いた。

レースを漂白しながら姉様は誇らし気に、「オーティはね、とっても偉い人からパーティに招待されたのよ。学校の一年生の中から三人選ばれたのよ。それは凄く名誉なことなの。その時ね、家族の日にジェニーちゃんを見かけた人がいてね、あんまり可愛いから、オーティの妹なら一緒にって、いってくださったんですって。だからジェニー、あなたもそのパーティに行くのよ。だからおしゃれして行かなくちゃならないでしょ。新しいドレスなんて、あなた初めてじゃないの」

「兄様にまた会えるの？　新しいドレス着ていいの？　姉様は行かないの？」

「そうねぇ、私もそんなパーティなら行ってみたいけれど、姉様は呼ばれていないの。それに、パーティに着て行くドレスも持っていないしね」と、ちょっと悲しそうにいった。

「牧師様に頼んで姉様も、新しいドレス作ればいいのに」

「ああ、ジェニーは良い子ね」

姉様は私を抱きしめてくれた。姉様に抱っこされるのは大好きだ。でも今日の姉様は、漂白剤の匂いがした。

仕事が忙しいのに、姉様は私のドレスを作ってくれる。こんな感じよと、紙にサラサラと絵をかいてくれた。ドレスは、ポケットもないけれど、上に着るエプロンが、いつもはご飯こぼして、ドレス汚さないように、襟元まであるのに、今度のエプロンは、ドレスがよく見えるように大きく胸の下までくってあって、細い肩紐には、フリルがついているのだ。姉様は絵も上手だ。漂白したリボンも襟を飾ってよく見える。姉様は天才だと思う。出来上がるのが本当に楽しみで、着る日が来るのが待ち遠しくて、たまらなかった。私は姉様が、ドレスを縫っている所へ行って、いつも小躍りして、ドレスが出来上がって行くのを見ていたのだった。

兄様は二人の同級生と牧師館にやって来た。いつものように、私の顔を見ると、抱き上げてくれる。同じ制服を着た三人の中で、やっぱり兄様が一番素敵だと思う。

クリスマスみたいなご馳走が出て、食後は、牧師様がお酒を注いでまわった。男達の話だからと、ジェニーと姉様は食堂にいた。

「ねぇジェニーちゃん。ドレス出来たわよ。見てみる？」

「うん、見たい」私はすぐ行った。

ピンクの花びらのドレスは、襟元のレースの他は何の飾りもなかったけれど、それだけで、とても可愛く見えた。エプロンドレスも、糊がピシッとしていて、アイロンがしわ一つなくかかっている。

「これ、私着ていいの？」思わず聞いてしまった。

「そうよ、ジェニーのために作ったんだもの。本当なら、毎年一枚くらい新しいドレス作ってあげなけりゃならないんだけど、ね」

姉様は、ドレスを私の体に合わせてみせてくれた。

「とても良く似合うわ、これならパーティ行っても恥ずかしくないと思うわ。偉い人がいっぱい来るそうだから、お行儀良くしなくては駄目よ。そこにお菓子があっても、どうぞお食べなさいって、いわれてからじゃなけりゃ食べちゃ駄目よ。ご不浄行きたくなったら、そこの女中さんにいうのよ。それからね、オーティと一緒でも、偉い人と話をしていたら、ジェニーちゃんは、大人しくして邪魔しちゃ駄目よ。オーティと一緒に遊びに行くわけではないのですよ。知らないお屋敷にお呼ばれに行くのです。子供だからと、はしゃいではいけませんよ。とにかく大人しく、何か聞かれたらハキハキお返事をするのですよ、いいですか、わかりましたか」

私は、うんといったけれど、あんまり姉様が色々なことを立て続けていったので、半分は忘れてしまった。兄様と一緒でパーティでと、浮かれていたのが、何だかとんでもない所へ行くらしいと思って少し心配になった。

夜、明日は早いからというので、兄様はジェニーのベッドで寝るという。久しぶりに兄様と一緒に眠れるのだと思って喜んだのに、牧師様の部屋で姉様の横で小さくなって寝た。客間のない牧師館で、あと二人は居間のソファで眠った。もう七才になったのだからといわれて、つまらない。

朝まだ暗いうちから起こされて、ドレスを着せてくれて、姉様は、私にいよいよドレスを着せてくれて、簡素な朝食をとると、姉様は、私にいよいよドレスを着せてくれて、エプロンドレスの紐を結んでくれた。鏡の前で、あんまり素敵なので、小躍りしてしまう。姉様がすぐに、「大人しくしていなければなりません。偉い人が沢山来るのですよ。オーティに恥をかかせてはなりません。ちゃんと偉い人に会ったら、ご挨拶をするのですよ」と、姉様がいつもより厳しい口のきき方をする。そして、これを履いて行きなさいと、白い革の靴を出して来たので、本当に驚いた。牧師さんが、それを見咎めて、少し厳しい声で、「そんなものをどうしたのだ」と聞いた。

姉様は、「ドレスに、いつものドタ靴というわけにはいかないでしょう。教区のお嬢さんのいらっしゃるお宅でお借りして来たのです。これも、オーティのためです」と、きっぱりといったら、牧師様も、もう何もいわなかった。

いつも、馬車を出してくれる人が、もう来ていた。姉様はドレスの端切れで小さなポシェットを作ってくれていて、中に姉様が大切にしている、白いハンカチを入れて肩から下げてくれた。兄様は私を見て「やぁジェニー、可愛い服だねぇ。姉様の手作りかい、良く似合っているよ」と褒めてくれた。

私達は馬車に、ぎゅう詰めに乗ると、汽車の駅へ着いた。

「汽車に乗るんだあ」私は、嬉しくて大声を出した。姉様がすぐ、大人しくしなさいと、注意をする。

可愛い新しいドレスを着て、兄様と汽車に乗るんだ。楽しくて仕方がない。

「ご不浄行きたくなったら、ちゃんと女中さんにいうのよ」と姉様がまたいう。そんなことわかっている。兄様達の前で恥ずかしいじゃないかと思った。

姉様達に見送られて、汽車に乗った。もう初めてだから、うきうきしてしまう。車両の中を、四人で座れる空いた席を探す。

昨日挨拶はしたけれど、まだ兄様の同級生という二人のお兄さんには遠慮がある。三人が話しているのを黙って、足をブラブラさせながら聞いているしかなかった。

「ほらジェニー、風が来るぞ」

同級生の一人が、窓を半分ほど開けた。風がピューと入って来る。私は、窓際に移って、外の景色が凄い速さで変わって行くのを、驚きを持って見続けた。汽車は速いんだ。

「お前の姉さんて美人だな。料理も美味いし」

「あんなの特別だよ、きっとこの先スープとパンだけの夕食が続くのさ。貧しい教会だからね」

「そりゃあ悪いことをしたよ。だけど、このジェニーは誰に似たんだい、お前達が器量良しなのはわかったけれど、この子まるで人形みたいじゃないか」

「本当だよ、この子が十七才になった時、おれプロポーズしてもいいかい、兄様よ」

「何いってんだ、まだ子供だよ。ジェニーだって選ぶ権利はあるだろう……」

「こいつ、何てことというんだ、この間、幾何の単位落したのは誰だよ」

「そんなことというのかよ。だけどなぜおれ達三人、今回選ばれたんだろう、成績が特別良いわけでもないし、なぜ三人なんだ」

「それはおれも思ったさ。行った先で、退学とかいわれるわけないよな」

「そりゃないだろうけれど」

兄様達はずっと話をしていた。私は眠くなってしまった。

「ほら着いたぞ、起きろよ」と、兄様が私の頬を軽く叩いた。目を開けたら、知らない馬車に乗っていたのだ。いつの間に汽車を降りたのだろう。馬車を降りて、私は悲しくなった。しわ一つなかったエプロンドレスが、しわだらけなのだ。仕方ないだろう、お前寝ちゃって、背負って来たんだからと兄様がいう。

　着いた所は、大きなお屋敷だった。牧師館のお庭より広い植栽の植わった馬寄せを通って玄関に入ると、執事がいて兄様が招待状を見せた。銅鑼が鳴って、ボーイが出て来て、庭に案内してくれる。今日はガーデンパーティなのだ。私は、見るもの聞くもの皆初めてで、パーティの楽しさなんて吹き飛んで、しっかりと兄様の手を握りしめていた。

　一人のマダムが駆けて来て、ようこそといって、兄様達を飲み物のテントに連れて行って、そこのボーイに、好きな飲み物を差し上げてというと、マダムは兄様に、このお嬢さんちょっといいかしらといって、強引に私の手を引いて屋敷の中へと連れて行った。

　大きな窓から光が漏れてくる、今まで見たことのないような美しい所で、どっしりとしたカーテンに、大きな長椅子やテーブル、生花の花瓶に、壁には大きな絵がかかっていて、瀬戸物の置き物なんかがいっぱいある部屋だった。

　そこには女中さんがいて、長椅子の上には、白いドレスが何組も並んでいた。

「あなたはいくつなの」

「七つになりました、マダム」

「それにしては、少し小柄ね。ハンナ、どれが似合うか、早く見てやってちょうだい。ビルがお待ちかねだろうから」

　女中さんは、服の中から何着か私の体に当てて見せると、「こちらがよろしいようでございます」とマダムにいった。

「では早く着替えさせなさい。ジェニーさん、これを着てちょうだいね」といわれて、姉様手作りのドロワーズ（下履き）から、リボンやレースがいっぱい付けられた重たいくらいのドロワーズに履き替えさせられた。女中さんは、エプロンドレスの紐をほどいて、ピンクのドレスも脱がそうとしたので、

「これ、姉様がパーティのためにって作ってくれたの」と精一杯にいった。マダムは微笑んで、「もっと良いドレスを着ましょうね」といって、女中に早くするようにと命じるのだった。

　ピンクのドレスは脱がされて、下に着ていたキャミソールも脱がされて、やはりレースやリボンがいっぱいついた、新品と替えられた。私は何が何だかわからなかった。そして白いドレスに手早く着せ替えると、背中のボタンを留めてくれた。白いエナメルの靴に、マダムが両手にもって悩んでいたヘッドドレスの一方の、ベールに花飾りが沢山ついた方を、私の髪に留めてくれた。

「なんて、あなたの髪は美しいのでしょう。こんな髪の子は、初めてだわ」

　そして、大きな鏡に、私の姿を写してくれた。私は、白絹のレースの段々のいっぱいついた、まるでお嫁さんみたいなドレスだなぁと思った。もっと見ていたかったけれど、マダムは私の手を引いて、また庭に出て行った。そして、飲み物のテントに連れて行ってくれた。まだ兄様達が、最初のグラスを手にし

ていた。そんな早くに私は着替えて来たのだ。

兄様がすぐに気がついて、ジェニーお前まるで、花嫁みたいじゃないか、といったのだ。しかし遠慮があったのだろう、それ以上は何もいわなかった。

飲み物のテントにいた、ドレスコートを来た見たことのあるお兄ちゃんが、「やぁ、ジェニーやっと会えた。僕のお嫁ちゃん、可愛いなぁ。カスター君が羨ましいよ、こんな妹がいてさ。だけど今日だけは僕のものだ。一日借りて行くよ、いいね。僕の名はウィリアムだよ、ビルと呼ぶんだよ」といって、私を抱き上げた。

私は兄様を見た。兄様は何かいいたそうだったけど、黙っていた。私は心細かった。けれど、すぐにそんな気持ちはかき消えた。ビルというお兄ちゃんは、広いお庭にパラソルを差して二、三人ずつ椅子に座っている婦人達の所へ連れて行っては、「この子ジェニーっていうんだ」と紹介してまわったのだ。美しいドレスを着た婦人達は、私を見て、なんて可愛いお嬢さんなんでしょう、といって、中には自分の膝に座らせたいわ、という人もいた。そんな時は、ビルも近くの椅子に座って、私の髪が、陽に輝いて美しいとか褒めてくれるのだ。女の人達のドレスは、とても凝っていて、見ていて楽しい。私もあんなドレスを姉様に着せてあげたいと思った。

「マダムのドレス、とっても素敵です」というと、そのマダムは、片手を口に当てて、「まぁこのお嬢さんは、お小さいのになんてお世辞が良いのでしょう」といって笑うのだった。

私は何となく嫌な気分になった。姉様なら、私がこういったら、すぐに褒めてくれるのにと思った。

そんな私の心を知ってか知らずか、ビルが、「ジェニーはケーキは好きかい」と聞いた。

「大好き」

「じゃあ食べに行こう」と大きなテントに連れて行ってくれた。

テントに入ってびっくりした。テントのテーブルの上は、ケーキだらけなのだ。牧師館では、感謝祭のお茶会にだけ、姉様手作りのアップルパイが出る。後は、お茶会に来た人の手作りケーキのお下がりをいただくだけだ。ケーキがこんなに種類があるなんて知らなかった。どんな味がするのだろう。ビルは、どれが食べたいと聞いた。

うーん、迷ってしまう。本当のことをいうと、全部食べてみたかった。でも食いしん坊だと思われると思って、黙っていた。

「ジェニーが選ばないなら、僕が選んであげよう」そういって、白いバタークリームを塗った、チェリーやラズベリーが飾られた豪華なケーキを、そこにいるコックにいって切り分けさせた。中にはドライフルーツが沢山入っている。

ビルがケーキを片手に、私を抱きながら、近くの椅子に座らせた。

「ほら、ジェニー、口を開けて」とビルはケーキを食べさせてくれた。

「ほら、食べたら、僕にも食べさせておくれよ」というので、フォークに小さく切って食べさせてあげた。ビルは、私の頬にキスをして、「幸せになろうねっ」と、いったのだ。私は何のことだかわからなかった。そのケーキを食べ終えたら、もっと好きなケーキを食べていいというので、「甘くて美味しいケーキちょうだい」と、コックにいうと、コックはその中から砂糖飾りのついたケーキと、チョコのケーキと、ロールケーキを、小さめに切って渡してくれた。私はテーブルに皿を置くと、大きめの椅子に座って、少しずつケーキを口にした。甘くて、後口が良くて、柔らかで、姉様に食べさせてあげたいなぁと思った。私一人が、こんな美味しいもの食べていいのかなぁとも思った。私はもう夢中になって、ケーキを頬張り出した。幸せな時間だった。

食べ終わるとビルがまたやって来て、私を抱き上げてお部屋に行こうといったのだ。連れて行かれたお部屋は、今まで訪れたどのお屋敷より立派だった。教区で一番お金持ちといわれている、キャラウェイさんの家よりも比べられないくらい立派だった。窓を覆う大きな飾りのついたカーテン、重々しい家具に、壁を埋め尽くすように飾られた軍人の肖像画。そしてその中に置かれた天蓋つきの大きなベッド。

ビルはそこに私を寝かせると、隣に横になった。

「君は、本当に可愛いよ、僕のお嫁ちゃん」といって髪を撫でてくれた。そして私の口にキスをした。兄様も、時々ジェニーと呼んで、口にキスをしてくれるけれど、それはとっても軽いキスだ。ビルは私の口を強く吸った。嫌だと思って、やめてといって起き上がろうとした。ビルは、私の体を押さえ続けると、「ジェニー、君は僕のことが嫌いなのかい。そんなことないだろう。君はもう七才なんだろう。僕のお嫁ちゃんになるんだよ」といって、ドレスの襟元に両手をかけて、力を入れて引き裂こうとした。背中のボタンが飛んだ。布に擦られて首筋が痛かった。

「嫌だ、怖い、やめて」

ドレスは引き裂かれた。キャミソールと、ドロワーズ姿の私を、ビルは抱きしめて、ジェニーと呼びながら、首筋にキスをした。私は恐怖を感じて、暴れた。

「どうして皆、いつもそうやって暴れるのかなぁ」といって、ビルが下着の中に手を入れてくる。私は、両手で拒み続けた。

「ジェニー、僕の可愛いジェニー、そんな顔をするもんじゃないよ」

私は、キャミソールとドロワーズを脱がされた。抵抗しようにも、力がないのだ。ビルは私の体中にキスをした。そうして、もう一度、私の口にキスをすると、両肩に手を置いた。

私は絶叫した。

兄様が来てくれた。裸の私を優しく抱きしめてくれた。とにかく痛かった。やがて医者が来て、もっと痛いことがあった。

私は何が起こったのかわからなかった。

それから私は、兄様と、ずっとその部屋にいることになった。姉様が懐かしくて、牧師館に帰りたかったけれど、私は痛くて歩けなかった。看護婦さんが来て、面倒を見てくれることになった。

初めて、うんちをした時のことは忘れられないと思った。この世の中に、こんな痛いことがあるのかと思った。私は看護婦の手から逃れて、うずくまった。痛みは変わらなかった。

看護婦さんは慰めてくれたけれど、こんな苦しいことはもうしたくないと思って、次の日からうんちを我慢した。しかし五日もすると、看護婦さんが浣腸をするのだ。嫌がる私を兄様が抑えて、「可哀そうなジェニー、我慢をするんだよ」といって、力を緩めはしないのだった。また、耐えられない痛みが襲って来る。兄様が看護婦さんに代わって、私をおまるの上に座らせるのだ。私が体を震わせて痛い痛いといいながらうんちをするのを、兄様は可哀そうにと、ずっといい続けているのだった。

私は、看護婦さんに、うんちってなんで出て来るのかと聞いた。彼女は、「ごはんを食べると、体に必要なものが使われて、必要じゃないものがゴミとして出て来るのよ」といったのだ。うんちは、食べ物のゴミなんだ。だったら、ご飯を食べなければゴミは出ない。うんちは出ないんだと思った私は、食事をとらないことにした。

看護婦さんが持って来た夕食を、私は手にしたフォークで、あちこち崩して、少しは食べたように見せてフォークを置いた。「あら、今夜は食欲がないのね」といって、その晩はそれで済んだ。朝食になって、スクランブルエッグをかき混ぜただけでは、食べたとは思われなかったのだ。トーストをかじっていないと、「ジェニーちゃん、どうしてご飯を食べないの、おなかが痛いの」と看護婦さんが聞くので、おなかが痛いと答えておいた。あとでお薬飲みましょうね、といった。

また夕食が来た。兄様も一緒で、「さぁお前の大好きなクロケットだよ。沢山お食べ」というので、フォークでクロケットをつついていたけれど食べなかった。

兄様がすぐ、「ジェニーどうしたんだ、何も食べていないじゃないか。朝おなかが痛いといっていたそうだけれど、まだ痛いのかい」

「うん」と私は答えた。おなかは凄く空いていたけれど、うんちはしたくなかったのだ。

すぐ翌日、お医者が呼ばれた。お医者は私の体をあちこち見てから、私に色々聞いたけれど、私はおなかが痛いのと、いい続けた。

兄様と看護婦さんと、珍しくこの家のマダムが呼ばれていた。お医者は、「この子の体は全く問題はありません」

「おなかが痛いのではないのですか」と兄様がすぐ聞いた。

「この子に問題があるとすれば心です」

「私は、この子のために必死に出来ることをしています」と兄様がまたいった。

「ジェニーは、この看護婦から、排泄はなぜ起こるのか聞いたそうです。その時、食べた物のゴミが出るのだと答えたそうです。この子は、僅か七才なのに、排泄を恐れて、食事を断っているのです。大人で言えば長い目で見て、苦しみから逃れるために、緩やかな自殺をしようとしていると思われます。ジェニーにとっては、それほど排泄が苦しいということですね」

マダムは、なんでそんなことをいったのかと、看護婦を非難した。

お医者は兄様を呼んで、あなたの力が必要ですとかいっていたけれど、後は何だかわからなかった。

私は寝ていても傷は痛んだ。女中がスープを持って来た。兄様は私の横に寝て、「なぁジェニー、辛いのはよくわかるよ。だけどね、何も食べないと死んでしまうんだよ。兄様はお前が死んでしまうなんて考えたくないんだ。お願いだよ、このスープだけでも飲んでくれないかい。スープはうんちにはならないんだ。本当だよ、水と一緒だよ」

私は嫌々をした。兄様はスープを一さじ口に含むと、私に口移しに飲ませた。スープの味が口中に広まって、美味しいと思った。おなかが凄く空いているはずなのに、お皿に半分くらいしか、スープは飲めなかった。それでも兄様は、よく頑張ったといって褒めてくれた。

その晩から兄様と一緒に眠るようになった。それまでは別々に寝ていたのが、昔みたいに一緒に寝られるようになって、知らない家で一人で寝ている寂しさから、兄様と一緒で、安心できた。

兄様は、学校での出来事、私の五才の時死んでしまったママのこと、トム兄やボストン兄のことなど、私が眠りにつくまで話してくれるのだった。

スープに慣れると、クロケットなどを、兄様は、良く噛んで口移しに食べさせてくれる。良く噛めば、それだけゴミが少なくなるからといって、でもうんちの時の激痛は同じだった。兄様が口移しで食べさせてくれなかったら、きっと私は一人では食事をしなかったと思った。

それでも、凄く長い間だと思えたけれど、私の傷は治る時が来た。お医者がそういったし、うんちをしても、もう痛くなくなったから。

ある日、姉様と牧師様が来た。もう嬉しくて、姉様に駆けて行って抱きついた。姉様も、私を抱きしめてくれた。これで牧師館に帰れるのだと私は思った。早く姉様達と一緒に帰りたかった。こんな所にいるのは、もう嫌だったのだ。姉様は涙をポロポロと流して、私をずっと抱きしめていた。何か変だと思えた。

姉様は、飴玉の入った瓶を私に抱かせると、お金の入った小袋を私にくれた。

「これがこの子の全財産ですわ」といって顔を覆った。

外に出ると馬車の前に尼様が立っていた。姉様は、ポケットから金のネックレスを出すと私の首にかけてくれた。

「そのような華美なものは不要です」と尼様はいった。

「この子の生みの親のただ一つの形見です。これだけは持たせてやってください」と姉様はいった。そして私をまた抱きしめて、「ジェニー、体に気をつけて、皆さんのいうことをよく聞いて、良い子でいるのですよ」といって、また泣いた。

兄様も、私をぎゅっと強く抱きしめると、「ジェニー、愛してるよ、お前が幸せであるよう祈っているよ」といった。

私もなんとなく、これは別れなんだと察した。私は、どこかへ行くんだ。

私は、やっぱり何もわからずに、さよならもいわないで、涙が溢れそうなのを我慢して、知らない尼様に手を引かれて馬車に乗った。そして、この忌まわしい屋敷から出て行ったのだ。


汽車にいくつも乗って、馬車に乗って着いた所は、黒い石でできた修道院だった。尼様がそういったのだ。

私は院長室へ連れて行かれた。それも尼様が教えてくれたのだ。中年の体のがっしりした院長先生は、大きな机の向こうに座っていて、しばらく私を見ていた。そして、

「あなたは、名前と年がいえますか」と静かに聞いた。

「はい院長先生、ジェニー・カスター、七才です」

「七才にしては幼く見えますね。ここに来た意味はわかりますね」

「ごめんなさい、知りません」

「誰も、この子に教えなかったのですか」

「そのように思います」と、私を連れて来た尼様がいった。

「では仕方がありませんね。ねぇジェニー、これからここがあなたの家になるのですよ」

「姉様のいる牧師館には帰れないの?」と私は、必死に聞いた。

「ええ、ここがあなたの家なのです。そして、ここにいるシスター達が、あなたの姉になるのです」

私は姉様に会えないと思ったら、少し涙が出て来て、急いで手で拭いた。

「これから、このシスターロビンが、あなたの世話をしてくれます。シスターロビンは、以前孤児院をやっていた修道院にいて、子供の世話には慣れていますから、いうことを良く聞いて、早くここの生活に慣れるといいでしょう。シスターロビン、この子に黒のエプロンを作ってあげてください。さぁ、下がりなさい。この幼児に神のお慈悲を」

私はシスターロビンに連れられて、暗い長い廊下を歩いて、祭壇に着いた。

「祈りなさい」といわれたから、膝を折って、神様に祈った。早く牧師館に帰してくださいと。

汽車に乗って来た時、一緒にあったトランクはすでに、シスターロビンの部屋に置いてあった。小さな机の上には、キャン

ディの入った瓶と、布の小袋が乗っていた。

「養女とは聞いていましたが、これが全財産であるとは、あなたも苦労してきたのですね」としみじみといった。

シスターロビンは、私にごく簡単な黒いエプロンを二枚縫ってくれた。私は知らないうちに、この修道院の子供になったのだと思った。もう兄様とも姉様とも会えないと思うと悲しかった。しかし、泣いてばかりではいられなかった。修道院の決まりが待っていたのだから。

朝は、夏でも冬でも四時に起きる。私は同室のシスターロビンに起こされて、大急ぎで着替えをする。顔を洗って、それぞれ決まった作務をする。私はシスターロビンについて行って、祭壇の扉を磨く。背が低いから、下の方しか出来ない。作務が終わると、朝の祈りの時間で、皆で静かに祈りを捧げる。その後八時頃になると、やっと朝食になる。だいたい毎日同じで、スープとパンだけだ。しかも音を立てず、話してもいけない。だけど、やっとテーブルに背が届く背丈なので、目の前にある皿からスープを飲むのは大変だった。だけどおなかが空いていたので、最後の方は皿を持って飲んだら、すぐさま、「ジェニー、お行儀が悪い」と叱られてしまう。一度スプーンを落として大きな音が響いた。どうしていいのかわからないでいたら、そのまま食事は終わってしまった。

朝食後はまた作務があって、私は広い廊下を掃く係だ。そして昼食になるけれど、ライ麦パンとチーズだけで、スープも出ない。そして午後はまた作務があって、今度は裏庭の草むしりをしろといわれる。久方ぶりに土に触って、バケツを持って、土団子を作っていた頃が、思い出された。ママが亡くなってしまって、私は、カスターの家を出たのだ。そして牧師館で暮らして、なぜかここに来たのだ。

ママ、と呟いてみるけれど、もうママの顔がはっきり思い出せないのが悲しかった。

夕刻の礼拝の後、やっと夕食になる。ほとんどが、裏庭の畑で採れたものを食べるのだそうで、今は毎日、保存してある豆のスープだ。私はだんだん成長期になって来て、おなかが空いた。たいして美味しいものではなかったけれど、スープが余っていたら、おかわりをもらった。食事はこれだけだったのだから。

疲れていてすぐ眠ってしまう日もあったけれど、私はやっぱり一人で寂しかったのだろう。ママとか姉様とか兄様とか呼んで泣くことが多かった。

シスターロビンが、リネンの布切れを持って来て、お人形を作りましょう、といってくれた。布の中心を輪にしてお人形の形を鉛筆で書くと、ハサミで切り取って、回りを縫って裏返したおなかの脇を少し開けておいて、残った布を詰め込んで、そこを縫って、シスターロビンが顔を描いてくれた。

「さぁジェニー、これでもう寂しくないわ」

私は嬉しくて、小躍りした。シスターロビンの優しさが嬉しかった。私はお礼をいって、その晩から抱いて寝たのだった。

いつしか私は十才になっていた。その年、院長先生が変わった。前の院長先生は別れに際して、私に、「神よ、この子にご加護を」といってくださったのだった。

新しい院長先生は、痩せて白髪頭の厳しい人だった。私を呼んで、もう子供ではないのだからと、一人部屋に寝るようにと命ぜられた。シスターロビンと、離れるのは寂しかった。シスターは、「同じ修道院にいるのだから、毎日会えますよ」と慰めてくれた。

陰気な小部屋に移って、私はキャンディの瓶を取り出した。我慢できないくらいおなかが空いた時とか、悲しいことがあった時に、一粒、もう一粒と舐めていたので、あと少ししかなかった。私は瓶に手を入れようとして、入らないことで、自分が成長して大きくなったんだと思った。

私は毎日、今日こそは、兄様か姉様が迎えに来てくれるのだと、ずっと思っていた。しかし、それはもう夢なんだ、この現実を受け入れなければならないと、大きくなって、そう思う自分がいるのにも気がついたのだった。

私は、比較的年齢の高いシスターの中で、皆が大変だと嫌がる、野良仕事をさせられることが多くなった。畑を耕し、苗を植え、豆を摘み、じゃが芋を掘った。自分が掘ったじゃが芋が、晩の食卓に出て来るのは嬉しいことだった。

私は楽譜を学んで、日曜日のミサのコーラスに入った。聖書を学ぶ時間もあって、私は凄く忙しかった。そして、充実感を感じるようになった。院長先生に言えば、ラテン語の聖書も教えてもらえた。シスターロビンは、リネンの布で、ワンピースや下着の作り方を教えてくれて、今では皆自分で、少し大きめに作った服を着ている。それを黒いエプロンでぎゅっと結んでいるのだ。

毎日作務とお祈りの日々であったけれど、作物は育っていき、私も少しずつ成長していったのだった。

ある日、目を覚まして着替えようとして、私はシーツが血で汚れているのを見て悲鳴を上げた。あの時のことが呼び起こされたのだった。私はその場にうずくまって動けなかった。シスターロビンが呼びに来て、シーツの汚れを見ると、震えている私を抱きしめて、「心配することは、何もないのよ。あなたもついに大人になった証拠なのよ」といって、これは月のものといって、これから毎月やって来るもので、病気ではなくて、私の体が健やかな証拠なのよ、と手当ての仕方を教えてくれた。

「あたし、とっても痛かったの、ベッドは血まみれで、とっても怖かった」

「そんなこと、もう忘れてしまいなさい。なかったことになさい。月のものは大人の女性の証拠なの。ジェニーは大人になったのよ」といってくれたのだった。

それから二月くらい過ぎた日、私は院長室に呼ばれた。そこにはなんと兄様がいた。

「ジェニー、大きくなったなぁ」

「兄様、どうしてここへ」

「ジェニー、おだまりなさい」といって、院長先生と兄様は二人で何か話をしていたけれど、兄様が書類にサインをすると話は終わったようだった。

「さあ、出かけるよ、ジェニー」

私は駆けて行って、自分の部屋に戻ると、もう少ししかないキャンディの瓶とお人形を持って、シスターロビンを探した。そして、何もいえずに渡した。

「ジェニー、あなたとはずっと一緒だと思っていましたが、別れが来てしまいました。あなたは作務も良く働く良い子でした。聖書のお勉強も良く出来たし、寂しく思います。でもあなたの大好きなお兄さんが迎えに来てくださったのですから良かったですね。より良い人生があなたを待っているように、毎日お祈りしていますよ」といってくれた。

入口には、全員のシスター達が集まって、別れを惜しんでくれた。そして私がここに来た時のように、鉄格子の門が音を立てて閉まって、外界との縁を切った。

馬車に乗っている間、大好きな兄様と一緒にいるというのに、何か照れがあって、一言も口をきけなかった。とにかく、また突然の境遇の変化についていけなかったのだった。兄様も何もいわなかった。

馬車は街の用品店に止まった。兄様と店に入っていくと、店主が、私の手作りの粗末なワンピースを見つめた。

兄様が、「この子に会うズボンとシャツをくれるかい」といった。

「当店は男物しかございませんが」と店主が当惑していった。

「いいんだ、馬に乗るんだから、男物でいいんだ、ジェニーお前いくつになったんだ」

「たぶん十二才」

「じゃあ十二才くらいの子が着る服を見せてくれよ」

「このお嬢さんなら、十才くらいでも合うと思いますよ」

「合えばいいんだ。三組くらい見繕ってくれ」といって、私に男の子用の服を買ってくれて、着替えるようにいったのだ。

汽車に乗ると、「お前はねジェニー、理由はなんであれ、神様の花嫁にはなれないんだとさ。ひどい話だよな。だからこれから西部で暮らす」

「兄様と一緒?」

「ああ一緒さ。そういう命令なんだから」

「兄様と一緒なら寂しくない」

私の人生で一番楽しい時が来たのだった。

砦へ

服を買ってもらって着替えると、別人になった気がした。駅の売店で、ねぇねぇとねだって、チョコレートを買ってもらうのに成功した。もう、とても言葉にできないくらい嬉しかった。汽車を待つ間食べたくて仕方がなかった。

汽車がやって来ると、兄様はそれまで駅に預けてあったらしい大型のトランクをいくつも貨車に係員に手伝わせて乗せた。私は手持ちのトランク一つだ。

三等席の四人掛けが空いている所を見つけたので、二人して窓際に座った。もうそれだけで出発が待ち遠しくて、足をバタバタさせて、発車を待つ。兄様が、少し落ち着けという。

「だって兄様と汽車乗ってお出かけするんでしょ。朝ごはんの時には思いもしなかったことだもの。朝は私修道院にいたんだもの。それがこんな格好して、兄様と汽車に乗ってるんだよ、こんなことが起こるなんて信じられないもの」

私は本当は、男の子の服を着ているのが少し恥ずかしい。お尻の線なんて丸出しで、下着姿で歩いている気がしてしまうのだ。院長先生が、今の私の格好をご覧になったら、何ていうんだろうと思う。罰としてお夕飯抜きで教会の床磨きをしなさいくらいは、きっとおっしゃるだろうと思うのだ。急にシスターロビンのことを思い出して、胸が苦しくなった。厳しかったけれど、色々教えてくれて、お姉さんのように思っていた。きっと、あたしは、シスターロビンがいなかったら、果たして修道院の生活が送れたかわからなかった。もう二度と会えないのだろうかと思うと寂しくてたまらなくなるのだった。だって私は、どこの修道院にいたのかだって知らなかったのだから。

兄様が、「どうした急に大人しくなって、チョコ食えよ」

「えーもう食べちゃってもいいの？　食べたらすぐなくなっちゃうんだよ」

「なくなったら、また買ってやるから食べればいいんだよ。遠慮はいらないんだから、そんなに、握っていると溶けちまうぞ」

「わぁ、嬉しいなぁ、本当に食べてもいいの？　汽車動いてからじゃなくて？」

「なぜ汽車が動いてからなんだよ」

「え、旅が始まりましたって、合図だと思えるじゃないか」

私は我慢が出来なくなって銀紙を剥くと、端を少し齧った。口中にチョコの味が広がる。

「うーん美味しい。私ね、もう二度とチョコなんて食べられないと思ってたの」

「まさか、チョコくらい食えるだろ」

「兄様は知らないんだ、修道院のご飯てね、朝スープとライ麦パン、お昼はパンとチーズでスープもないの、そして夕ご飯はほとんど豆のスープとパンで、じゃが芋が採れれば、芋のスープになるの。そのじゃが芋、ジェニーが作っていたんだよ。月に二回くらいお御馳走って、薄い肉が入ったスープが出るんだ。お茶の時間なんてなかったんだから、クッキーもアップルパイもずっと食べていないの」

　そうして、私はもう一かけ口にして、口の中ゆっくりと溶けていく、濃厚なチョコの味にうっとりとした。

「お前苦労したんだなぁ、アン＝マリー姉の旦那の紹介の修道院だと思ってたんだけどな、お前が芋作ってたなんて知らなかったよ」

「子供は、あたし一人だけだったの、だけど、他のシスター達と同じ作務して、お祈りしていたんだよ」

「聞いてた話とだいぶ違うな、金は修道院に入っていたはずなのに、作務のことなんて聞いていなかったぞ」

「それ何のこと、ジェニーねぇ、シスター達が目が悪いっていうんで、一人で、ワイヤーに綺麗な玉を決まった数通して、沢山作っとくの、それネックレスにするんだよ。それを外の業者に渡すの、そうすると修道院にお金が入るんだって、だからいつも沢山作るようにいわれたんだよ。そのおかげで、ジェニーはご飯が食べられて、服が着られるんだっていわれたの、それなら頑張らなけりゃならないでしょ、兄様」

「それで、チョコもなしかよ、シェリバンが払ったという金はどこに行ったんだ、まったく」

「どうして兄様迎えに来てくれたの？　あのね始めの頃、兄様か姉様か、今日こそは迎えに来てくれるって、毎日待ってたの。それがもう無理だって思うようになって、ジェニーはいっぱい勉強してシスターになるんだなぁって思うようになったの、つまりお迎えはもうないって諦めたんだよね。だから作務も懸命にやったし、コーラス習って、ラテン語も少しずつ院長先生に教わってたんだよ。だから、今朝兄様いたの見た時、驚いたのなんのって、もう諦めていたお迎えが来たってわかった時は、嘘でしょ、これはきっと夢なんだって思ったの、あり得ないことだって」

　兄様は、私を膝の上に乗せると抱きしめてくれたんだ。私はあんまり急に、兄様にして欲しいなって思ったことをしてもらって、もうドキドキしたんだ。

　その時、「空席が見つかった」と、座りかけた中年の太った紳士が、立ち上がって出て行った。何慌ててたんだろうと思った。

　汽笛が鳴って汽車が動き出した。窓を半分くらい、ぐっと力いっぱい開けると風がぶわっと入って来て、私の髪の毛が舞い上がった。

「わぁ、髪の毛がめちゃくちゃだよぅ」

　兄様が隣に来るようにいって、手櫛で髪をそろえてくれると、ここ持ってろ、といって私に髪を抑えさせた。そして首にしていた赤いスカーフをほどくと、私の髪の毛を一つにまとめてくれたんだ。

「これでいいだろう、まとまったぞ」

「わぁ、ありがとう、うれしいな」

私は、兄様が自分のスカーフで髪を結んでくれたことがうれしくてしょうがなかった。私はこのスカーフを色が変わって古くなってもずっと使っていた。だから窓際を離れて、兄様の隣に座ったまま、腿の上に頭を乗せて、ゆっくりチョコをかじり始めた。

今日は何てせわしい日だったのだろう。朝食の後の作務の途中で院長室に呼ばれたら、懐かしの兄様がいた。シスターロビンに別れを告げて、といっても何もいえなかったけれど、僅かばかりの着替えを、昔持って来ていたトランクに詰めて、兄様と修道院を後にした。シスター達が別れに集まってくれたんだ。それから服を買って、着替えて、汽車に乗って、今もう生涯食べられないと思っていたチョコを口にしているのだ。しかも兄様の膝枕の上で。これが夢だったら、一生覚めないといいなと心から思った。しかし、兄様の体温は感じるし、チョコは口に中に甘く溶けた。これは夢じゃないんだと思って、最後のチョコの一かけを口に入れると、銀紙をまるめてポケットに突っ込んだ。

私が兄様と別れたのは七才の時だった。時間はその時のままで止まっていた。私は、兄様の腰に手を回して、膝枕をしたままずっと、突然訪れた、この幸せをうっとりと味わっていた。兄様は時折私の頭を撫でてくれながら、本を読んでいた。

次の駅に着くと、兄様は立ち上がって、「食う物買ってくる、お前おれの席をとっといてくれよ」

「えー、どうしたらいいかわからないよ」

「帽子でも置いて、ここは兄様が来ますっていえばいいんだ。わかったな」とあっという間に、車外へ出て行ってしまった。その時の私の寂しさったらなかった。せっかく会ったばかりの兄様はまた行ってしまった。もし戻ってこなかったらどうしよう。このままた一人で汽車に乗ってずっと行かなければならないのかと、心から心配したのだった。

その駅から乗り込んで来た人が、私達の反対の席が空いているかと聞いたので、空いていると答えた。その人は鞄を網棚に乗せて、新聞を読み出した。

兄様が戻って来た、それだけで嬉しいのに、両手に山のような荷物を抱えている。

「さぁ、お土産だぞ」といって、私の膝の上に新聞紙で包んだ重いものをドサッと置いた。開けてみれば、チョコが十二枚も入っている。思わずわおうと声を出してしまった。

「お前が甘いものに飢えているって知ってたら先に菓子屋に寄れば良かったんだよな、駅の売店には、決まりきったものしかないんだ」そういって、キャンディの瓶とチューインガムのいっぱい入った瓶をくれた。私はキャンディがふちまでいっぱい入った瓶を見て、昔のことを思い出した。牧師様が月に一度一セントくれたこと、それでキャンディを三粒買って一つ食べて、あとは瓶にしまっておいて、いっぱいになったら姉様の誕生日にあげようと思っていたこと。今瓶は、シスターロビンにあげたこと、それはまだ今朝のことなのだ。こんな簡単に瓶いっぱいの、キャンディが手に入るなんて、と私は胸がいっぱいになって、キャンディの瓶を思いを込めて抱いた。

「どうした、腹空いただろう。サンドイッチ買って来たぞ。おい、どうしたんだ、なんでキャンディの瓶なんか抱いて泣いているんだよ」

兄様が私を抱きしめた。新聞の間から私達を窺っていた、前の席のお客が、網棚からトランクを取り出すと、慌てて席を立った。私は今姉様と思って、猛烈に悲しかったのだ。私は泣きながら、「もう私、牧師館には帰れないの?」と聞いた。

「ああ、帰れない。アン＝マリー姉にはきっとまた会えるよ。なあジェニー、お前はおれと西部へ行く、これは決まったことなんだ。ずっと一緒だ、西部の砦で一緒に暮らすんだ、愛してるよ、ジェニー、もう別れはないんだ」

「それ本当、兄様とずっと一緒? ジェニーも兄様愛している。もうジェニー一人じゃないんだ、兄様と一緒なのね」

私は、兄様に抱きついてワンワン泣いた。

「ジェニー、お願いだよ、皆見るじゃないか、そんな大声で泣かないでくれよ、頼むよ」

そういって、抱きしめて頭を撫でてくれるのだった。これから兄様と一緒なのだ。あの陰気な修道院の個室が思い出された。そこに最後に寝たのは、つい夕べのことなのだ、今は兄様と一緒にどこへ行くのか知らないけれど、いつも一緒なら、もう寂しくはない。私は笑って、兄様の差し出すサンドイッチを食べた。

駅に着く度に、大きな街の駅でないと売っていないからと、チョコだけでなく、砂糖をまぶしたゼリーとか、果物の砂糖漬けなんか、目につく甘い物を買って来てくれるので、僅かな下着と寝間着しか入っていなかった私のトランクは、たちまち菓子のセールスマンのようになった。すごーい、というと、おれ達の行く所には菓子屋はないからな、といって、自分の持って来た手持ちの鞄にも、チョコを入れていた。

時には、「お前、字が読めるのか」なんて失礼なことを聞いて、退屈してたら読むようにと、本を二冊買って来てくれた。しかし、私にはそんなものはいらなかった。この五年もの長い間、兄様と会えなかった寂しさを、ここぞと思うほど、兄様を一人占めして、埋めることに専念したんだ。私はずっと、膝枕をして、腰に腕を回していた。すると、どの駅でも、乗客が、私達の席に着くと、すぐ他所へ行ってしまうのだった。それが不思議だった。兄様に聞くと、お前のことお稚児さんだと思うんだろうというのだった。

「それって何?」

「おれ達が愛し合っているって、思うんだろうよ」

「ジェニーもすごく兄様を愛しているよ」

「ああ、そうだな」と苦笑いをして、頭を撫でてくれるのだった。

時間はたっぷりあった。夜になって兄様の膝枕で寝てしまっても、次の日も汽車に乗っていた。そして次の日も、また次の日も。ただ車窓からの眺めはだんだん街が小さくなって平野が続くようになって来た。私はこの時、兄様の膝枕で汽車に乗るということをし尽くしてしまったのではないかと思ったくらいだった。

汽車に何日も乗り続けて、私は、自分の国がこんなに広いのだと初めて知った。

「凄く遠い所へ行くんだね」

「ああ、そうだね、だけど西部はもっと広いぞ。ジェニーお前馬には乗れるか」

「馬車なら乗ったことあるよ」

「じゃあ砦に着いたら、馬に乗る練習をしようじゃないか。馬を速く駆けるのは楽しいぞ。おれが乗り方を教えてやるよ。一緒に遠乗りに行こう。街では見たこともない景色がずっと続くんだ。ひゃっほう」兄様が嬉しそうに叫んだ。

「ジェニーも馬に乗れるのかなぁ」

「高い所が怖くなくて、馬の速いのに慣れればすぐ乗れるようになるさ」

「そんなのあたし、わからない」

「そりゃそうだよな、でもずっと西部で暮らすんだ、馬に乗れないと困るぞ」

「兄様教えてくれるんでしょ、だったら大丈夫だよね」私は念を押した。

私は兄様と一緒に、馬に乗ることを想像した。でも本当のことはよくは、わからない。いったいあんな大きな馬に、このあたしが乗れるようになるんだろうか、少し心配になる。

一生お祈りと豆やじゃが芋を作る生活をするのだと思っていたのが、今度は馬に乗るのだという。凄い生活の変わりようだと思う。この先に待っている、西部の砦とはどんな所なんだろう。兄様と一緒だから、修道院に一人で行った時の寂しさはない。でもこんな男の子の服を着てこれから暮らして行く所はどんな所なんだろうと思う。馬に乗れなかったらどうしよう。兄様は、いなくなってしまわないのだろうか、汽車を降りたら、知らない人が待っていて、ジェニーはまた一人で、その人に連れて行かれるんじゃないのだろうか。そう思ったら、急に心配になって来た。

おそるおそる兄様に、そのことをいったら、私をぎゅっと抱きしめて、「バカだなジェニーは、いつも一緒だっていっただろ。ジェニーはずっと西部でこれから暮らすんだ。それはもう決まっていることなんだよ。おれもそう命令されているんだ。ずっと一緒だ」私はその兄様の言葉を聞いて信じた。兄様が嘘をつくなんて思いもしなかったから。

もう一晩兄様の膝枕で寝たら、降りる駅に着いたという。駅には軍隊の幌馬車がすでに待っていて、兵隊達が兄様の大きなトランクを運び込んでいる。私のお菓子の詰まった手持ちトランクを乗せてもらうと、私も荷台に乗せられた。線路はもっと先まで延びているのに、汽車はここ止まりらしかった。

兄様はと、キョロキョロすると、いつの間に着替えたのだろう、軍服姿も凛々しく、すでに馬上の人であった。私はその姿を見て、何て素敵なんだろうと、憧れの目でもって見つめた。兄様は荷台の私を見つけると、やぁっといって、敬礼をして下さった。頬が嬉しくて赤くなってしまう。兄様は、これから行く砦という所で、軍人なのだと思った。先に行く馬車の周りを、つかず離れず、他の二、三人の騎兵と共に、馬車を守るかのように、進んだ。

砦は、先端が尖った丸い木の柵で囲まれた大きな所だった。門が開けられ私達は中に入って、一つの官舎の脇に馬車が止まった。私は兵隊の手で馬車から降ろされると、どうしていいのかわからずに、その場に立っていた。兄様は、兵隊にトランクを官舎に運び入れるよう命令をしていた。その姿は厳しくて、兄様じゃないように思えた。

荷が片付くと、兄様は私を呼んで、中央の建物に連れて行った。ドアをノックして、「カスター少佐入ります」というと、若い兵隊がドアを開けてくれた。

兄様は、私を連れて、大きな机の前に座っている兄様よりはうんと年上の軍人の前で敬礼をした。そして私に挨拶をしろという。

「こんにちは、私ジェニーです」

「これが、例の妹さんだね、こんにちは、お嬢さん。私がこの砦の責任者のテリーという。よろしく」

「はいテリーさん」

「将軍と呼ぶんだ」と兄様がいうので、「はい、テリー将軍」と答えた。

「なかなか可愛い子ではないか、砦には他に子供はいないが、大丈夫なのかい、カスター」

「はっ、自分が問題ないよう面倒を見ますので、宜しくお願いします」

二人はまた敬礼をすると、その部屋を出た。

「さぁジェニー、これから忙しくなるぞお」と私を抱き上げて官舎に向かった。官舎に運び込まれた荷物の整理があるのだった。官舎には戸口が二つあって、一つは執務室と呼ばれる大きな机と本棚のある、兄様のお仕事のお部屋で、もう一方が住居用である。入ると居間があって、台所があって寝室が一つだけある。独身者用の官舎である。コックがすでにいたので、チョコを一枚あげたら、こんな高級なものをと、とても喜んでくれたので嬉しかった。兄様がいう通りに、ここには菓子屋がないのだと思った。

兄様の荷物の多くは本だ。兄様はいつでも本を読んでいる。私は、本棚に題名のAから順に並べ始めた。お手伝いをしていると、ここで兄様と暮らして行くのだという思いが、湧いて来る。

荷物が全て片付かないうちに夕刻になった。兄様が、今日はこの辺で止めて、夕食にしようといった。

台所の小さな机に二人して向き合って座っていると、何となく照れてしまう。コックがスープをよそってくれた。お皿を前に、私は食前の感謝の祈りを捧げた。兄様が驚いて、

「お前やっぱり修道院でしっかり勉強して来てたんだなぁ」と褒めてくれた。お祈りはもう習慣化している。私にとってはあたり前のことだ。

ずっと汽車に乗っている間中、コールドミートを挟んだパンばかり食べていたから、一さじスープを口に含むと、温かな汁の味が口中に広がって、スープがゆっくり喉を流れて行く快感に、もううっとりとしてしまった。

「このスープ凄く美味しい。こんな美味しいスープ飲んだら、もう修道院の豆のスープは飲めないよ」

「またそんな大袈裟なことをいう」

「兄様はそういうけれど、修道院では、美味しいものなんて、出なかったんだもの、それ食べなけりゃ、お腹が空いて、夜寝れないから食べてたんだよ。料理当番が料理が下手なのか、修道院ってものは、ひたすら我慢する所だったんだよ」

「そうか、そんな所だと知らないで、お前を入れてしまった我々にも責任はある。菓子もいっぱいあるし、沢山食え、許すよ。今まで我慢してた分、いっぱい食って大きくなるんだな」

そういって兄様はチキンの丸焼きを大きく切って、中の詰め物にソースを沢山かけて、私の前に置いてくれた。

兄様だけでなく、美味しいものを食べられるようになって、もう夢の世界だ。しかも食後には兄様が注文したのだろう。パウンドケーキが出て来て、私はキャーといって喜んだのだ。兄様は、おれの分まで食え、といったけれど、もうおなかはいっぱいだ、目では食べたいけれど、もうお腹には入らない。こんな残念なことはなかった。

食後、コックは台所の隅に大きな金だらいに湯を汲んでくれて、湯に入れという。私の長く伸びた髪を集めて、てっぺんでまとめてくれた。

「お嬢様はおいくつなのですか」

「もうとっくに十二才だよ」

「それにしては痩せていますね」

「今日のお夕飯、とっても美味しかった。これから毎日、あんな美味しいものが食べられると思うと、すっごく嬉しいよ」

「お褒め頂いてありがとうございます。お嬢様のお気に召す料理を沢山作らせて頂きますよ」

「それは嬉しいなぁ、デザートが付くご飯なんて、この世にないと思っていたもの」

「またそんなことおっしゃって」

「本当だもの、兄様が迎えに来なかったら、今夜だって、私豆のスープ飲んでたんだよ、きっと」

「左様でございますか。髪は明日陽の高い時に洗いましょうね」といって、コックは私の背に湯をかけた。

「一人で出来るよ」といったけれど、コックは背中を洗ってくれたんだ。何でも、出来るだけ一人でしなさいと修道院でいわれ続けていたから、ちょっと胸にジーンときた。人の手の温かさが嬉しかった。

寝間着に着替えて、寝室に行った。狭くてベッドが一つしかない。どうするんだろうと思うと、先に寝ていた兄様が、毛布を上げて、「おいでジェニー」といったので、ベッドの中に飛び込んだ。寝るのも一緒なんて、なんて嬉しいことだろうと思う。もう昔のことで、思い出したくもないことだったけれど、あの時、毎晩兄様は私を抱いて寝てくれたんだ。私の時間は七才で止まっていて、今日そこから続きが始まったんだ。兄様は、私の顔を見つめて、「おれ達のこと、恨んでないのかい」ってきいたんだ。

「なぜ?」

「それはさ、カスター家にも、姉様の所へもお前を引き取らないで、修道院へ入れちまったことさ」

「なんか、理由があったんでしょ。姉様の所へ帰りたかったのは本当だよ。だって私七つだったんだよ。何が起こったかわからないから、そりゃあ寂しかったよ。毎晩泣いていたよ。だけどシスターロビンがね、お人形を作ってくれたんだ。他人だから姉様みたくは優しくはなかったけれど、それでも修道院の規則の中で、ジェニーのこと可愛がってくれたの。それで、我慢が出来たと思うんだ」

兄様は、ジェニーと私を呼んで抱きしめてくれたんだ。私は昔のように、兄様の胸におでこを擦りつける、寝る前の儀式をした。そうして兄様が頭を撫でてくれている間に、修道院のことを話したりしていると、いつの間にか、夢の世界へ入って行ってしまうのだった。

翌日の朝は最高だった。目が覚めたら、隣に兄様が片肘ついて頭を支えて、私の顔を見ていてくれたからだ。私はどれ程、こんな日が来るのを待っていたのだろうか。

「兄様がいる、ここにいる、夢じゃないんだろうか」

「おはよう、ジェニー、良く眠れたか」

「おはよう兄様、嬉しいな、嬉しいな。すっごく良く眠れたよ。今日は作務はしないでいいんだよね」

「お前洗濯は出来るか、女中はいないから掃除はお前の仕事だ」

「そんなこと何でもないよ。アイロンかけも出来るよ。靴も磨けるよ」

「そうか、それなら良い嫁さんになれるな」といって、急に暗い顔になって、「お前はずっとこの砦にいる」といった。

「兄様と一緒なら、どこでもいいよ。こんな素敵な朝が来るんなら」私はまだ子供だった。兄様と一緒に眠るのに何の抵抗もなかった。それどころか、これがずっと続くのだと思った。

コックは、卵白で私の髪を洗ってくれながら、「こんな美しいおぐしは見たことがありませんよ。良かったですね、お母様に似たんですか?」と聞いたけど、私は答えられなかった。私を産んだ本当の母親なんて知らなかったからだ。コックは、聞こえなかったのかと思って、ザーザーと私の頭に水をかけた。

久方振りに髪を洗って爽やかな気持ちになった。タオルで拭いて少しいただけで、もう髪が乾いて来た。ここは本当に乾燥した土地なんだ。太陽がまぶしく感じた。

兄様が箪笥の一段を指差して、ここがお前の服を入れる所にしろ、といった。私は自分のトランクから下着や、寝間着をたたんで入れた。その半分に、兄様が買ってくれた男の子の服を入れたら、いっぱいになった。でも、この官舎に、自分のものを入れる所があるのは、何となく、自分の家になった気がして、嬉しかった。兄様と一緒だから。

荷物が片付くと、兄様は砦の中を案内してくれた。テリー閣下を始めとする偉い人達が住む官舎、そこには奥さん連れの人もいて、チョコを持って挨拶に行った。

「まぁ可愛いお嬢さんですこと。これから楽しくなりますわね。おいくつなんですか」と皆聞く。十二才になりますというと、必ず驚かれるのだ。十才くらいに見えるらしい。どこの家にも子供はいなくて、私一人なんだと思った。

私は砦に来て、兄様と、一緒にしかも二人きりで暮らせるようになるとは思いもしなかった。

私は修道院で朝四時に起きていたから、まだ外が暗いうちに目が覚める。そして、隣を見れば、同じ床の中に兄様がまだ眠っているのだ。もう嬉しくてたまらない。またしっかりと抱きついてまた眠る。時には兄様が何となく気づいて、私を抱きしめてくれることがある。嬉しい。そしてまた眠りに落ちると、いつの間にか朝になっていてちゃんと軍服を身にまとった兄様が、「ほら、寝坊すけ早く起きろ、顔を洗うんだ」と起こしてくれて、おでこにキスを一つしてくれると部屋を出て行くんだ。

私は大急ぎで着替えて、修道院でやっていたようにベッドを直すと、顔を洗って、兄様と朝食を食べる。

砦の生活は、とにかく目につくもの皆、目新しくて、兄様の後をずっとついて行く。

新兵に馬術を教えたり、時にはサーベルを取って敵に見立てた人形を倒したりするのを見ていて、兄様は軍人なんだと、あらためて思うのだ。砦で子供は私一人だから、何をやっても皆大目に見てもらっていたのだろう。そこら辺をうろついて、叱られたことはなかった。

修道院での五年間で、私は色々なことを習ったけれど、ただ一つ料理だけはしたことがなかった。芋の皮むきくらいは出来たが、コックが雇われていて、調理は彼女がした。私は兄様がパトロールなど、外へ出かけている間に、洗濯をして掃除をして、繕いものをした。手の届かないような高い所は、コックが拭いてくれた。

うんと経って、その時のことを思い出す度に、あれは、私と兄様の新婚生活だったんだなぁと思うのだ。どんなことにも代えられない、宝石のような、その当時は何も思わなかったけれど、私にとって人生で一番幸せな時を、それは楽しく過していたんだなぁと、そんな時を下すった神様にお礼を申し上げなければならないような、日々が、私にもあったのだ。

そして、夕刻になると、見張り台へ登って兄様達の帰りを今や遅しと、小躍りしながらながら待っていたものだ。夕闇迫る中、隊旗が見えると、もう我慢が出来ないで、門の前で待ち構えて、門が開いて兄様が帰って来るのを迎えるのだった。

兄様が従卒に馬を預けると、すぐに飛んで行って兄様お帰りというのだった。兄様は片手で私をあしらうと、ああただいまといって、その日の報告をしに上官の所へ行くのだ。私はその間に水を浴びて、寝間着に着替えて台所で待っていると、兄様が来て、夕食を一緒に食べる。今日は大きな熊が出たとか、バッファローの群れに遇ったとか、話をしてくれる。夕食後は、兄様は手紙を書いたり本を読んだりして自分の時間を過ごす。私も本を読んだり、編みものをしたりして過ごす。そのまま寝てしまって、気がついたらベッドの中ということもある。

兄様は、よく偉い人達と食事をとることもあるけれど、私を、婦人達に紹介はしてくれたけれど、その集まりに参加するのは許してくれなかった。日中会話するのは、コックとだけだったけれど、修道院と比べてあまりに自由で、寂しいなど思いもしなかった。

私は朝出かけた兄様が夕には帰って来るものだと、疑ったこともなかった。時には帰らない時もあったけれど、そういうものだと思っていたから、そんな日は一人で寝るのがあたり前だった。

私はただ兄様に抱(いだ)かれて眠るのが、ただただ嬉しかった。そして、それが永遠に続くものと思っていたのだった。私は兄様の肌の温もりだけが欲しかったのだ。

十二才から十五才の終わりの頃までのことであった。


最初の頃兄様と砦の中を見て回った。今は皆外に出動していて、ガランとした兵舎、台所、広い食堂、酒保という売店は、確かに菓子は何も売っておらず、日常品が多かった。缶詰も少し売っていた。そして馬小屋。馬が、柵の中に放し飼いになっていた。門の横にある見張り台にも登ってみた。遠くまで、見渡せられた。風が強くて、帽子が飛びそうだった。

あと、お前には関係ないけどな、といって酒場も見に行った。誰もいなくて、スイングドアの向こうにテーブルが十卓くらいと椅子代わりに酒樽が置いてあるのが見えた。あと女達がいるけれど、皆今寝てるんだといった。病気でもないのに、昼に寝ている人がいるんだと、ちょっと驚いたんだ。夜働いているからなのだそうだけど、そんな人は、修道院にはいなかったから。別世界の話に思えた。あと、こんな所でも民間人はいて、その家が数件あった。

「これで全部だ、おれ達はここでずっと暮らすんだぞ」と兄様がいった。

「売店にお菓子がないのが残念だね」私は思った通りのことを答えた。

「ここには学校もないんだぞ、それに子供はお前一人だ。寂しくはないか」

「兄様と一緒だもの、これからずっと一緒でしょ」

「たぶんな」

「だったらここ素敵な所だよ。修道院みたく暗くないし、ご飯が美味しいし、チョコはまだ沢山あるもの」

「そうだな、ジェニーがそういってくれるなら、兄様は嬉しい、明日は少し外へ出てみよう。馬に乗せてやるぞ」

「うん、楽しみだ、ジェニー馬に乗るの初めてだもの」

夕食後、また兄様と一緒に眠った。明日、馬に乗るのが楽しみだった。

近くで見る馬は、物凄く大きく見えた。

「これにどうやって乗るの？　ジェニー手が届かないよお」

近くに寄るのも、ちょっと怖かった。兄様は「ジュウソツ」という若い軍人に馬の手綱を押さえさせて、私を抱き上げると、馬の鞍の前に座らせた。私はちょっと怖くて、馬の鬣(たてがみ)をつかんだ。兄様がひらりと馬に跨ると、私を抱きしめて、「さぁジェニー、行くぞ、怖くないか？」

「ちょっと高くて怖いよお」

「しっかり押さえていてやるから心配ないぞ、そら歩くぞ」

馬はパコパコ砦の中をゆっくりと歩き続けた。私は向きを変えて、兄様の胸に抱きついた。ジェニー大丈夫かと兄様が聞くけれど、やっぱり怖い。「怖いよお、もう降りたいよお」私は、兄様の胸でベソをかいた。

「ジェニー、ちょっと出て来るぞ」そう兄様はいうと、砦の外へ出かけて行って見えなくなった。馬は速いなぁと、その行って見えなくなった先を、見送って思った。私が、あんなに速く馬に乗れるようになるのか、ちょっと不安だった。一時間くらい経って兄様は戻って来た。久方振りに馬に乗って楽しかったのだそうだ。

それから毎日馬に乗る訓練が始まった。まず、止まっている馬の鞍に一人で乗ることからだ。従卒はニコルさんという名前で、彼が手綱を持って止めている馬に、まず跨るのだ。体が小さいからまだ鐙(あぶみ)に足が届かない。背の高い馬に乗せてもらって人形のように、馬に跨っているだけだ。それでも続けていると背がしゃんとなって安定してくるようになる。そして引き馬、従卒に手綱を引かれて、ゆっくりと歩き回ることだ。なかなか、馬に乗るのは、難物であった。それでも、二週間もすると、兄様の鞍の前に乗って砦の中を歩き回れるようになって来た。兄様と一緒ならもう馬の背の高いのにも慣れた。

「そろそろ、外へ出てみるか」兄様はそういって、私を抱いて出かけた。

「さぁ、速く駆けてみるぞ」

私は兄様にしがみついて、揺れる馬ともの凄いスピードで、周りの景色が変わって行くのを感じた。ひしと兄様にしがみついて、これのどこが楽しいのかと思った。

「ジェニー、目をつぶっていたら、何も見えないだろうが」兄様はそういうけれど、速いのが怖いのだから仕方がない。

私はそれでも一人で馬を歩ませるのは出来るようになったけど、兄様と一緒にでも速駆けはまだ怖かった。兄様はとても熱心に私に馬術を教えた。それは兄様に、まだ仕事が与えられていなかったからなのだ。この砦に少佐の位で来たのだけれど、まだテリー閣下は、兄様に何もいっては来ないのだった。だから暇な兄様は、私に熱を上げて、馬を教えるのだった。

「心配しないでいいよ、ジェニー。時間はまだ沢山あるのだから」というのだった。

事実馬に乗るのは、私には大変なことだった。お尻も痛いし、とにかく疲れた。お茶の時間に食べるチョコレートが最高だった。しかし、私はちゃんとわかっていた。兄様を今、私は一人占めしているのだと。それはチョコより大切なことだった。早く馬に慣れなくては、と私も焦っていた。

怖いものはしようがなかった。兄様は、自分はすぐに馬に乗れたぞ、という。それは特別だと思う。私は鐙にすら足が届かないのだ。早く大きくなりたかった。

私達が砦で呑気に馬に乗っている間に、外では大事が起こっていた。テリー将軍の第六騎兵隊の中隊が、インディアンと、遭遇して交戦があったのだ。

見張り台にいた兵隊が、その姿を見つけて、ラッパを吹いた。砦は慌ただしくなり、婦人の中には、白いエプロンを付けて、駆け付ける人もあった。間もなく中隊は帰営して、怪我人が、並べられた。私は農作業をしていて、誤ってシスターの一人が、かまで酷く手を切ったのを見ていた。近くのシスターがすぐ血止めをして、皆で手を貸して、修道院内の小部屋に連れて行った。元より医者などいなくて、年嵩のシスターが痛みで呻く怪我人を皆で押えて、傷口を縫って、包帯で巻いた。私も怪我人を押さえていたのだ。

婦人の一人が、兵隊の体に刺さった矢尻を取り除こうとしていた。血まみれの手をして、私を見ると、消毒薬を持って来て頂戴といった。私は消毒薬と共に包帯も持って行って、その兵隊の体に巻いてやったのだ。婦人はテリー閣下の奥方だったらしくて、私がまだ子供なのに、傷ついた兵隊に臆せず、しかも機転も利いてと、夫にいったのだろう、兄様が後で、お前のこと褒めていたぞ、といってくれたのだ。この砦には医者がいない。医術の心得が多少あるという兵隊がいるだけだ。兄様がもし怪我をしたらどうしよう、真っ先に駆けつけなければと思うのだった。もう馬が怖いなどとは、甘えていっていられないのだな、と思うのだった。

私は、兄様の懐に抱かれている。兄様は馬を駆って、周りの景色があっという間に遠ざかって行く。私は、子供心に、怖くない、怖くないと念じていた。兄様にもしものことがあったら、私が一番に駆けて行かなくちゃならないのだから。

私は少しずつ、速駆けに慣れて行った。それまで兄様の胸にしがみついていなければ、ならなかったのが、鞍の端を握って、兄様が片腕で、私の体を支えてくれさえすれば、前を向いて馬に乗れるようになって来た。それでも、うんと兄様が速く駆ると、まだ怖くて、鞍の前に、身をかがめてしまうのだった。けれど兄様は褒めてくれて、「凄く進歩したぞ。新兵の中にも馬に乗れないやつはいるんだ。それを思えば、お前は偉いぞ」といってくれるのだ。嬉しい。

お茶の時間を作って、新聞を読む兄様の膝枕で、チョコをかじるのだった。私にとって、限りなく幸せな時間であった。

私は、子供でもまだ大人でもなかった。男の子の服を着るのにも慣れた。そして、あたり前に、大好きな兄様はいつも、隣にいてくれたのだ。私はチョコを除いて、他に何もいらなかった。綺麗なドレスも、友達も。今の生活が全てであった。

ただ時々、アン＝マリー姉のことが思い起こされるのだった。

兄様が、それなら手紙を書けばいいといった。そんなこと思いもしなかったから、私は興奮した。手紙を書く、なんて素敵なことだろうと思った。

さて、紙とペンを前にすると、何を書いたらいいのかわからなかった。書くべきことは山のようにあると思えるのに、それを文章にするのは何と難しいのだろうと思った。

〝アン＝マリー姉様へ、お元気ですか。ジェニーは元気です。修道院を出てもう三か月以上経つんです。でも、もっと前のことのように思います。兄様が迎えに来てくれなかったら、ジェニーはまだ豆のスープを飲んでいたのだと思います。今は馬に乗る練習をしています。兄様が馬に乗せてくれるけれど、あんまり速く走ると、まだ怖くて目をつぶってしまいます。修道院で、甘いものが何も出なかったと私がいったら、兄様が駅の売店があると、沢山お菓子を買ってくれました。兄様とチョコとでジェニーは幸せです。姉様に会いたいけれど、汽車に幾日も乗って来たので、牧師館はきっと遠くになってしまったのだと思います。ジェニーはね、今男の子の格好をしてズボンを穿いています。修道院の院長先生が見たら、目を丸くして、きっとお作務を一晩中しなさいっていうと思います。兄様が縁までいっぱいキャンディが入った瓶を買ってくれて、牧師様に一セントもらって、買ったキャンディが、いっぱいになったら、姉様のお誕生日のプレゼントにしようと思っていたのに、あっさり瓶丸ごと手に入ってちょっと、昔のこと思い出して悲しくなりました。私の持っていたキャンディの瓶は、修道院で私の世話をしてくれた、シスターロビンにあげました。シスターロビンがまだあの美味しくないスープを飲んでいると思うと、砦で美味しいご飯を食べているジェニーは申し訳なく想ってしまいます。従卒のニコルさんが私に馬を教えてくれます。速くに乗れるようになって、兄様の役に立ちたいと思います。姉様に会いたいです。牧師館での生活が懐かしいです。兄様は、ジェニーはこれからずっと砦で暮らすのだというので、もう会えないのでしょうか。姉様お手紙を下さい、待っています。ジェニー〟

兄様が、私の手紙をチラっと見て、「沢山書けたじゃないか、良い子だぞ、姉様きっと喜ぶぞ」といって、牧師館の住所を書いてくれたのだった。

私は日中は馬に乗って、兄様の膝枕で、チョコを毎日半分食べた。それで一日が過ぎて行くのだけれど、飽きることがなかった。

ある朝、私は気をつけていたのに、月のものでシーツを汚したのに気がついた。それを見た兄様の方が動揺して、私を抱きしめて、何でもないんだ、心配いらないんだと呟いた。シーツはコックに相談したら、釜戸の灰を水に浸けて灰汁を取って、それに浸して置けばいいと教えてくれた。汚れたシーツを洗濯干し場に晒さなくて安心した。女は本当に面倒だと思うのだ。大人のしるしっていうけれど、何でこんなものが毎月来るのかわからなかった。

私にとって大事（おおごと）が起こった。

「兄様、お菓子がもうこれだけになっちゃったの」と、半分になったキャンディの瓶と、もうまぶしてあった砂糖が溶けてしまって、板のようになってしまったゼリーの瓶を見せた。

「バカだなぁお前は、もっと早くいえば良かったのに」と兄様がいう。

「だって酒保にはお菓子売ってないし、どうしよう、チョコ食べたいよお」

兄様は笑って答えなかった。

半月もすると、大きな木箱が、砦に届けられた。兄様は、トムのやつ、気張ったな、といって、鉈で箱を壊し始めた。

「ほらジェニー、何が見えるかなぁ」

もう本当に驚いてしまった。木くずのパッキンの中からは、例の板チョコだけでなく、日持ちのするドライフルーツのケーキ、ナッツを練り込んだチョコバーにヌガー、果物の砂糖漬けに、なんと憧れの桃缶が入っていたのだった。

私は桃缶を持って跳ねまわった。だって一度は食べてみたいとずっと思っていた。牧師館にいる時、食料品店に姉様と一緒に行くと、棚の上で輝いて見えたものだ。それが今手にあるのだから。兄様は笑って、「だから落ちつけ、今夜食おうな」といってくれた。

私は、果物の砂糖漬けの瓶を持って、砦の婦人達にお裾分けをした。チョコより料理やケーキを焼くのに役に立つと思ったから。

兄様がわざわざトム兄に手紙を書いて送ってもらったと聞いたので、私もすぐお礼の手紙を書いた。なぜかアン＝マリー姉に書くよりずっと早く書けた。桃缶の所は四角く枠で囲んで感動を表した。しかし、私は浮れているばかりではなかった。桃缶代に始まって、この砦までの送料がかかっていると思ったのだ。私のせいで、兄様に無駄な費えをさせてしまったと、ちょっと申し訳なく思ってしまうのだった。

夕食で桃缶を開けた。半分に切った桃が五切れ入っているので、恐縮するコックにも一切れあげた。ボールにあけて、小さく切って食べた一口はもうたまらなかった。甘くて桃は柔らかくて、しかもその汁がとろみがついていて凄く美味しい。生の桃を食べたことがなかったから、きっとこんなにも美味しいものなのだろうと思う。兄様も珍しく一切れ食べた。

夜ベッドの中で、トム兄にもうお礼の手紙を書いたこと、桃缶の美味しかったことなんかを、また兄様の胸におでこを擦りつけて話しているうちに私は眠りに落ちた。

馬は鐙に足は届かなかったけれど、砦の中では自由に乗り回すことが出来るようになった。ニコル少尉が、とても褒めてくれる。嬉しい。砦の中で、自由に話せる唯一の男(ひと)だ。兄様は、私が他の兵隊と話すのを嫌った。婦人達の集まりにも、参加を許してはくれなかった。でも兄様と一緒なら、それらは取るに足らないことであった。

今では、兄様の鞍の前に乗って、砦の外へ出て速足で載っても怖くなくなった。兄様と風を切って馬に乗るのが楽しくなって来たのだ。

そんな中でも、インディアンとの抗争は起こって、怪我人が出た。私はそんな時、血止めの方法とか、矢尻や弾の取り出し方を教わるというか、実戦で学んだ。

テリー夫人が、あの子はのたうちまわる傷ついた兵隊を前に、怖れはないのでしょうか、と兄様に聞いたそうだ。私は、怖いとは思ったことは一度もない。まだ恐れというものを感じる前に、修道院での事故を見たからだと思う。あとは、苦しんでいる人を見たら救うのだと、これも修道院で教わったからじゃないかと思う。私は自分が医術のすべを何も知らないのが少し悔しい。あとは実戦で覚えて行くしかないんだ。だからここに医者がなぜいないのだろうと思う。その時は、医者も来たがらない辺境の地に、自分がいるのだとは思わなかったから。

兄様にやっとお仕事の命令が下った。第六騎兵隊の小隊の一つを任されて、近くの民間人のパトロールをするのだ。要は、牧場や農場の見回りや、郵便馬車の護衛など、簡単な仕事なのだそうだ。それでもこの頃インディアンが出没しているので、要請があったのだという。

兄様は、農場に私より少し年上の女の子がいたぞ、といった。会ってみたかった。兄様はパトロールの合間に時間を作って、私を馬に乗せて連れて行ってくれた。私はチョコレートをお土産に持って行くと、「私チョコなんて食べたことない」と私より可哀そうなことをいって、とても喜んでくれた。陽に焼けたそばかすだらけの顔が笑っている。私も笑った。

「あんたの髪凄く綺麗だね。あたしは赤毛で母さんに似たんだよ」

「ふーん、私、本当のこというと養女で、本当のお母さんのこと知らないの」私は滅多に人に言わないことを、この見ず知らずの女の子の前で口にした。きっと同年代の女の子を前に人恋しかったのだろう。

「へぇーそうなんだ。あんたの母さんて、なんでこんな器量良しの子捨てたんだろう。あんたってお人形みたいじゃないか。あたしだったら絶対に捨てないけどなぁ」

「ありがと、そういってくれて。私ジェニーっていうの」

「私ベル、うちの畑で働いているんだ」

「私も、修道院で畑耕してたよ」

「ええ、あんたそんなこともしてたの？　どこかのお嬢さんかと思ったのに」

「それなら、こんな男の子の格好はしてないよ」

「それもそうか、あんた良い人だね、また遊びにおいでね」

そこへ母親が礼にやって来たので、私は、エプロンが作りたいから白い布を持っていたら少しわけて欲しいといったけれど、布は持ってないと申し訳なさそうにいった。そして、チョコの礼と共に、この先にまたインディアンが出るらしいから、騎兵隊が来てくれるのは頼もしい、ともいって、私に、何もあげるものがないからと、二十日大根の種をくれた。私は、目を見張るほどに嬉しく感じた。私は畑の土が欲しいといったので、古い木箱にいっぱい黒土をもらった。

「また来てね」

「今度来る時は、オレンジの砂糖漬け持って来るから」

「うん、楽しみに待ってる、それじゃね」

「バイ」

帰り道私は兄様に「お前さぁ、ものもらう時は、考えてもらえよな」と叱られた。私が今にも壊れそうな大きな木の箱を抱えて馬にやっと乗っているのを見て、そういったんだ。確かに、その通りだと私も思った。

私は砦に帰ると、酒保から木の箱をもらって来て、底にいくつか穴を開けて、二十日大根の種を撒いた。水をやって楽しみにしていると一週間で小さな芽が出て二葉になった。植え替えて三週間くらいして土をそっと掘り返してみたら、小さな大根が出来ていたので、その中の一番立派な一本を残して、皆収穫した。その一本は、花を咲かせて種を取ったのだ。

私はざるを手にして、婦人達にも、私が育てたの、と自慢して一つずつ渡した。そして残りは薄く切って、酢と塩と油を数滴落して和えて食べた。兄様も、お前は凄いぞといって食べてくれたんだ。これから私は兄様が出かけて一人の時、畑を作ろうと思った。私はまた農場へ連れて行ってくれといった。

ベルが出て来たので、「ごめんね、オレンジはもうなくなっててチェリーになっちゃったけど、これもらってくれる？」と聞いた。

「チェリーパイ作るからちょうど良いよ」

「ねぇ、今畑で作るとしたら何が良いか、知ってる？」

「父さんに聞いてやるよ」農場のおやじさんがわざわざやって来て、「今からならトウモロコシだ」といって一握りの干したトウモロコシをくれた。

「自分で食うものを作ることは良いことだ」というので二十日大根が良く出来た話をすると、トウモロコシは大変だぞといって、育て方をざっと教えてくれた。

帰り際兄様に、兵隊でも良いから、うちの子と一緒になって農場継いでくれるやつはいないかと聞いて、兄様は考えておくと答えた。

たぶんそれから一週間、十日はたたない時だった。兄様達が、慌ただしく出動していった農場の近くを通った馬車が、農場の方に煙が見えると、砦に報告に来たそうなのだ。

夕も遅くなって、兄様達は帰って来た。兄様は馬を降りると、すぐにテリー将軍の所へ報告にいったのだろう。外で待っていてもなかなか出て来なかった。

兄様は私に何もいわなかったし、私も何も聞かなかった。ベッドの中で、兄様は、ジェニーと私の名を呼んで、髪の中に顔を埋めた。

私は畑を作っていたのだった。兵舎の裏地が手付かずで空いている。そこを畑にしたいと、テリー閣下に申し出たら、君がするのかいと驚かれてしまったが、畑にする許可は下りた。まず日当たりを見て、最初にしたのは、そこに落ちている石を取り除くことだった。私はシャベルでベッド二台分くらいの四角い線を引くと、しゃがんで、四角の一方から始めて、小石まで外へ放り投げた。それから土を均すのだけれど、修道院の畑は、すでに畑としての機能を持っていた。長い間に人の手によって畊られ、土は柔らかだった。

だから幼い私でも農業が出来たのだ。しかし人の手のくわえられない踏みしだかれた土地は、それは硬い。小さなシャベルなんて手に負えなかった。兵隊は笑ってつるはしを貸してくれたけれど、これはこれで重くて振り上げられない。私は、自分の考えの甘さを身にしみた。そこへ救世主が現れた。馬屋番をやっている老兵である。兵隊としてはもう働けないけれど、行く当てもないし、食事と寝る所をあてがわれて、砦の仕事をしているのだ。そのじい様が、手伝ってくれたのだ。彼だって毎日馬屋番では飽きて来たのだろう。最初は私が何をするのかわからなかったはずだ。子供のお遊びと思ったのかもしれない。

しかし、重いつるはしを振り上げながら転んでいる私を見て、体が動いたのだろう。私の手からつるはしをつかむと、振り上げはしないけれど、私の十倍くらいの力で、土を掘ってくれる。私はその後をシャベルで均して行くのだ。

「なんするんだ」

「トウモロコシ作るんだよ」

私達は、この二言しか会話はしなかった。

三日かけて、三十センチくらいの深さまで土が掘れた。私はもう少し深くと思ったけれど、ここまでやってくれたのだからと諦めて、畝を作って、トウモロコシを撒いた。そしてバケツに水を汲んで、柄杓でそっと水を撒いた。この毎日の水撒きも私の仕事になった。

芽が出た時の嬉しさ。トウモロコシはぐんぐん大きくなって行って、兄様だけでなく、もっと上官達も驚きを持って見てたんじゃないだろうか。夜寝る時も、その頃はトウモロコシの話ばかりしていたような気がする。

葉が巻き上げるように育ち、その中から天に向かって一本の太い茎が伸びて来て、それが私の背丈を越え、その茎の中ほどから、それとわかる、トウモロコシの実がついた。私は小躍りして、じい様と熟れたと思う実の一つをもいで、包まれていた皮をむいて、あっと声を上げた。

トウモロコシの実はカサカサで、ところどころに黄色い粒が付いているだけで、中には紫色をしているものもある。

その日のうちに、十本ほど実をもいで、皮を剥がしてみても、あのぎっしりと黄色い粒が付いているものは一本もなかった。

「肥やしやったか？」

「やらなかった」

「次はやるべ」

私達は馬糞に藁をすき込んで、堆肥を作ることにした。糞は山程ある、それに混ぜ込む藁を切り刻むことの方が大変だった。大きなハサミで藁を切るのだけれど、いくら切ってもすき込むとなくなってしまう。私は一週間くらい藁の前に座って、切っていたのだと思う。それをじい様が混ぜてくれて、上に藁を厚くかぶせて、石で飛ばないように重しをした。

テリー閣下の所に、粒がほとんどつかないトウモロコシを持って行って、こんなのしかできませんでしたといって渡した。テリー閣下は笑って、砦で作物を作ろうとしたのは君が始めてだ。これでも十分これから工夫をすれば出来ると証明されたわけだ、よくやったぞと褒めて下さった。

私は、全ての実が熟すのを待って、一粒でも二粒でも、粒が実っているのを採ってまわった。そして官舎の前に新聞紙に乗せて干した。来年の種にするつもりだ。テリー閣下の命令なのだろう若い兵隊が二人来て、畑を三倍くらい大きくしかも深く掘ってくれた。

私は自分でとった二十日大根の種を撒いて、沢山の大根を作って、兵隊の夕食に出してもらった。兵隊には、目新しく好評であった。

そんなことをしている間に、アン＝マリー姉からの懐かしい手紙が届いていた。


〝ジェニーちゃん、お手紙ありがとう。あなたとオーティが、仲良く暮らしているようで安心しています。本当なら私がジェニーちゃんを引き取るべきでした。それが出来なかった姉を許して下さい。私達は幼いあなたが、大人と一緒の作務をしていたとは知りませんでした。あなたは大切にされるとの話でしたので、渡しましたが、私が一緒について行ってどんな所なのか見て行くべきたったと反省しています。オーティからの手紙で、あなたがこの五年もの長い間厳しい修道院の生活を強いられているとは思いもしませんでした。今回あなたが外へ出られたのは、ある面で良かったことだと思います。大好きなオーティと一緒にいられて良かったですね。でもオーティにも彼自身の人生があるでしょう。いつまであなたと一緒に暮らせるのか心配です。私があなたを養女に出来たらどんなに良かったでしょう。チョコなんかで喜ぶジェニーちゃんを、切なく思います。砦での生活が楽しいそうですが、それが一日も長く続くのを祈っています。私には今も自分が無力なのだと思い知りました。可哀そうなジェニー、私は何もしてあげられないけれど、いつもあなたのことを想っています。それだけは誓っていえます。また手紙を下さい。あなたの姉のアン＝マリー〟


読み終わって、私は姉様の手紙に書かれていることが半分もわからなかった。なぜ姉様は謝ってばかりいるのだろう。兄様の人生って何のことだろう、わからないことばかりだった。兄様にこの手紙を見せた。ずっと一緒だよね、といったら、そうだなって答えてくれたんだ。そうじゃないってことが起こるのだろうか。私にはよくわからなかった。

私は美味しいお夕飯を食べて、兄様の膝枕で、チョコをかじる。そして一緒のベッドで眠るんだ。それが毎日続くと信じていた。

気がつけば一年はあっという間に過ぎていった。トウモロコシの畑に、また二人兵隊がやって来て、出来ているのかよくわからない堆肥をすき込む手伝いをしてくれた。男は力が強い、私が一週間はかかろうかという仕事を一日で済ましてしまった。

私は残しておいたキャンディを小袋に入れて礼としてあげた。

　私は、そこにまた畝を作って、昨年採れたトウモロコシを撒いて埋めた。水をやりながら、今年こそ食べられるものが出来たら良いなと思ったのだ。先日、台所の貯蔵庫から、忘れ去られていた半分腐ったじゃが芋の袋が発見された。大事である。私は捨ててしまうという袋をもらって来て、しなびているけれど芽の出ている芋を半分に切って、試しに埋めてみた。しかし、芋は寒冷地に育つらしくて、芽が出ても皆枯れてしまった。今度は豆を作ってみようと思った。

　私は十五才になって急に背が伸びて、鐙に足が届くようになって来た。兄様は、砦の馬の中から一番小さな馬を探して来て、私の愛馬だといった。名前をシシーという。ヨーロッパのどこか知らない国の王女様の名前なのだそうだ。ニコルさんが鞍の乗せ方から腹帯の締め方、馬の蹄鉄の管理まで色々教えてくれて、私は砦の中を自由に、シシーを走らすことが出来るようになった。ニコルさんは褒めてくれて、今度一緒に遠乗りに行きましょうと約束した。

　しかし砦の外では、インディアンの小競り合いが続いていて、負傷者が多く出た。私は古いシーツから白いエプロンを作って、負傷者の治療にあたった。兄様からは、絶対に砦の外へは出てはならないと、きつくいわれていた。とても遠乗りなど出来る時ではなかった。砦自体の警備も強化されて、馬屋番のじい様も、銃を手に取って見張り台で構えるようになった。早くに砦を去った夫人もあったから、負傷者が出ると、手が足りなくなるのであった。私にも砦の一人としての役目を負うのであった。

　そんな中で、大きな戦（いくさ）が起こったらしかった。ラッパが鳴り響いて、私はコックと外へ駆けて行った。負傷者は、一人で馬に乗れる者から帰営して来て、一人で馬に乗れないような重傷者は、二人乗りで、後ろから他の兵隊に支えられて帰って来た。不幸なことに今回は戦死者が出たという。本隊はまだ交戦の最中だという。兄様はどうしているのだろうか。そんなことより怪我人が先だ。兵隊って不思議に思う時がある。銃でもって敵を殺すことは出来ても、血まみれの兵隊を見ると臆してしまって、手当ても出来ない人が多いのに驚いてしまう。血が怖いのだ。私は小さいから、苦しみのたうちまわる兵隊に乗っても跳ね返されてしまう。

　私はじい様と組んで、怪我人を看てまわった。じい様は兵隊歴が長いだけあって、体にめり込んだ矢尻の抜き取り方とか手際が良かった。弾の取り出し方を私は見て覚えた。手が足りなくて私がしなければならないことも多かったのだ。じい様は、スキットルという、携帯用の酒瓶をいつも持っていて、兵隊に飲ませているのも見ていた。最後に、酒の一口ぐらい飲みたいってもんじゃないかい、というのだ。私はお酒を飲まないから酒飲みの気持ちはわからない。私だったら、死んじゃうならチョコを一かけと思う。しかし、兵隊が給料日に酒場へ殺到するのはいつものことだ。だからじい様のやっていることはいいことなんだと、思う。

　またラッパが鳴った。門が開いて兄様が帰って来ていた。怪我人が数人いるらしい。他の小隊が、兄様を護衛するごとく付き添っているように見えた。兄様は自分で馬に乗りながら、一頭の馬を引いていた。その馬には兵隊がうつ伏せに乗せられていて、その背には、兄様の鹿皮のコートがかけてあった。

　私は怪我人に駆け寄って、馬から降ろすのを手伝って、手当てを始めた。兄様は馬から降りると、三人の兵隊が、兄様の引いて来た馬から兵隊を降ろした。その時兄様のコートが背から落ちた。兵隊は、医務室のベッドに運ばれて行った。兄様が大声で、私の名を呼んだので、駆けて行った。兄様は黙って歩いて行くからついて行った。

　医務室に寝かされていたのは、あのニコルさん、いや、ジェームス・ニコル少尉であった。私は震えながら兄様の手を握って、苦悶に歪んだ、若い軍人の顔を見下ろしていた。

「ジェニー、お前の知っている聖書の言葉で、彼を天国に送ってやっておくれ」

　私は自分の血まみれの手をエプロンでよく拭くと、手を組んで、心を込めて祈った。牧師様のように葬儀の仕方は、私は知らない。けれど五年間修道院で教えられた、人がより良い人生を送る言葉とか、悩みのない美しい所へいくための言葉とか、思いつくだけの言葉で祈った。

　Qui sapienter vixerit aequo animo morietur.

　ニコル少尉は裏の墓地に埋葬された。兵隊の掘った穴に毛布で包まれたニコル少尉が埋められる間、私は、喪服を持っていなかったので、修道院で身に付けていた黒のエプロンをしめていた。せめて声が悲しみで震えないように、おなかに力を入れて、〝彼の者の穢れなき魂を主の御手に〟という賛美歌をずっと歌い続けて送った。私の歌ったことは好評だったらしくて、その後、あちこちの兵隊から、「おいらが死んだ時は、あれ歌ってくれよ」と声がかかって少し恥ずかしかった。

　兄様は、ニコル少尉の両親のもとへ少尉の最後の様子を綴った手紙を書いた。その時、私に、ニコル少尉と砦でどのような生活をしていて、どんな会話を交わしたか書くようにといった。私はカスターの妹で砦に住んでいること、ニコル少尉に馬に乗れるように指導を受けていた日々の出来事、ようやく馬に乗れるようになって、遠乗りに行く約束をしたのに叶わなかったことも書いた。兄様は、私の手紙を読んで、これで、ご両親も、ニコル少尉が、辺境の地にあっても、心の通う想いがあったと、少しは慰めになるだろうといった。

　もっと大人になってから、この時のことを思い出すと、兄様のことを世間では、軍命に従うだけの鬼のごとき軍人という人があるけれど、軍人として厳しかったけれど、本当は、とても恩情のある人だったんだとつくづく思うのだ。人はそれを知らないだけなのだ。

私はそれからしばらく、夜ごと兄様の胸で少尉のこと思って泣いたのだった。兄様は私の涙を受け止めてくれて、ニコル少尉の思い出を語るのだった。遠駆けに行けなかったのが本当に残念だった。遠駆けに行かれるほど私の馬術を指導してくれたのに、あんなに若くて死んでしまったのだ。御両親から手紙が来て、二年ほどしたら遺骨を取りに行きたいとあった。白骨になるのを待ってから来るのだと聞いた。そして手紙の最後に、その時私がいたら会いたいと書いてあって、胸がきゅんとしたのだった。

インディアンとのいざこざは続いていて、終着は見えなかった。私は困ったことがあって、とうとう兄様に相談した。

「ねぇ兄様、服が欲しいんだ」

「この間買ったばかりじゃないか、今この状況で街に行けるわけがないだろう、贅沢をいうんじゃないよ」

「だけどもう無理なんだもの」

「なんだっていうんだ」

私は黙って、兄様の手を胸に当てた。はっとして兄様はすぐ手を離して、「お前って……」と絶句した。

「背が伸びただけじゃなくて、急におっぱいが大きくなって来ちゃったんだ。だから服がきつくなって、何度もボタンの位置を直して、シャツの前当ての布も出したけれど、これ以上服を直すのはもう無理になっちゃったんだ。だから新しい服が欲しいの」

「お前も大人になったんだなぁ」といって溜め息をついた。

その晩は、兄様は私を抱きしめて寝てはくれなかった。

翌日、酒保の係を早く呼んで、一番小さなサイズのシャツをくれといって、青のチェックの大人物のシャツを二ドル三十セントで買ってくれた。

「これからお前は、このシャツを着るんだ」と兄様が私にいった。それから私は、酒保で大人物のシャツを買っては着た。その習慣は、私が砦を出るまで続くのだった。街の用品店には、少年用のズボンはあったが、少女用のシャツは売ってはいなかったからだ。それから兄様の私に対する態度が、何となく変わって来たように思ったのは、私の気のせいだったのだろうか。

その年のトウモロコシは、先端までは粒が付いていなかったけれど、一応トウモロコシと呼べるものが出来た。収穫したものは、順に兵隊の夕食に並んで、好評だった。新鮮な野菜など滅多に食卓にあがらなかったからだ。

私はまたじい様と、堆肥を作った。そしてテリー閣下に頼んで、良い種を買ってもらったのだ。その方が良い作物が出来ると思ったから。畑はもっと広げられて、専任の係の兵隊が付くようになって、私の手を離れてしまった。

じい様は、確か私が十六才になるずっと前に、病みついて、私と衛生兵とで、看病したが、どこが悪いのか、食欲がなくなって、明らかに痩せ細って病人と思えるようになって来た。

私に、例のスキットルを見せて、「中にいっぱい入っていたら、おりゃあ天国に行けると思うんだけどな」といった。

私が手に取って振ってみると、中は空っぽだった。兵隊に死ぬ時くらい酒を飲ませたいといってたよなぁと思って、私はスキットルを手に酒場に向かった。店長はまだ奥の部屋で眠っていたけれど、大声で起こして、じい様がいつも何を買っているのか聞いた。店長は笑って、一番安いコーンウィスキーですぜ、といった。スキットルを出して、これにいっぱいにして、といって私は思い直した。

スキットルを手にしたじい様は、嬉しそうに、口から先に出して一口飲んで、「こりゃあ、ブランデーじゃねえか」

「兄様のつけで買ったから大丈夫だよ。足りなけりゃまた買って来てあげるから」

じい様は、嬉しそうに酒をあおった。その月の酒屋のつけの高さに兄様はきっと、驚いたと思う。

私はじい様が亡くなったら、スキットルを供に埋めてあげようと思ったけれど、じい様は、私に礼としてくれるといった。じい様のたった一つの財産だった。私はじい様が、スキットルを振る度に酒場へ駆けて行ったものだ。じい様は最後におれだと思って使ってくれといった。スキットルをもらった私は、それから、怪我した兵隊に一口、酒を飲ますことにしたのだ。

修道院を出て、兄様と二人砦に暮らしていたこの時が、時に別れもあったが、私にとっては、人生で一番楽しい日々であったと思う。ずっと続くと思っていたけれど、やはり人生は変わって行くのだった。

兄様が突然三週間東部へ行くことになったといった。

「えージェニーも行く」

「ジェニーは砦で留守番だ。その代わり遠乗りに行こう」

インディアン戦争は互いに多くの死傷者が出て、今、暫時平和協定が結ばれていた。テリー閣下始め、上級士官が、兄様も含めて協議に参加して、何日も砦を空けて、インディアン側で話し合いは行われたのだ。インディアンの出して来た条件は一つ、これ以上線路を西に延ばさないことだったそうだ。線路があると、インディアンの生活の糧である、バッファローの移動を妨げるのだという。バッファローは、線路をまたぐことはしないのだそうだ。子供であった私でも、その話を聞いて、東部にいる人間が、西部のこの有様を理解して、鉄道工事を止めることは、難しいだろうと思えたのだった。しかしその協定で、とりあえず、平和にはなった。パトロールに出て、インディアンを見かけても、余程好戦的な相手でない限り、戦いにはならなかった。

安全になったとわかると、私と兄様は、ニコル少尉の分までも良く遠乗りに出た。私は、すでに兄様の遠駆けについて行けるほど乗馬が上達していたのだ。ニコル少尉がいたらどんなに喜んでくれただろうと思った。彼の両親は二年程すると、彼の遺骨を受け取りに砦に本当にやって来た。兵隊が墓地を掘り返すのを父親は見ていたが、母親は泣き続けて、近くに寄ることすら出来なかった。私は兄様に呼ばれて、ご両親に会った。私の格好を見て驚いたようだったけれど、私は懸命に、ニコル少尉との日々を楽しいことであったと語った。兄様はニコル少尉の最後に着ていた軍服――兄様は、この日のためにとってあったのだ――など形見の品をご両親に渡した。私はあの時の苦悶に満ちた顔を思い出して、思わず涙が流れた。母親が私を抱きしめて、仲良くして下さってありがとう、といって小さな包みをくれた。あとで開けてみたら、綺麗なブローチが入っていた。兄様が、ご両親は、きっとお前との交流があったことでニコル少尉の死を乗り越えようとしたんだろう、といった。ドレスでも着てれば良かったな、と、寂しそうに笑うのだった。優秀な成績でウェストポイントを出て、自ら志願して最前線のこの砦に来たのだという。兄様が手元に置きたいというはずだ。私は小さなブローチを見つめた。

兄様が東部へ行く日、私は兄様にしがみついて、「いつも一緒だっていったじゃないか」といって、泣き喚いた。しかし、兄様は私を抱き上げると、ストンと落して、「行ってくるから、良い子でいるんだぞ」と、私を置いて平気で出かけて行ってしまったのだ。兄様のいない一日は耐えられないくらい長かった。ジェニーとずっと一緒にいると約束したはずなのに、何しに行くともいわずに出かけてしまった兄様の不誠実を子供心に恨んだ。話す相手もいないし、畑もいつの間にか本格的な兵隊のための食料生産所になって、私は何も出来なかった。

私は我慢出来なくなって、台所からパンをくすねて、酒保から缶詰を兄様のつけで買って、シシーに乗って、砦を出た。門番は何もいわずに、門を開けてくれた。シシーを思いっきり駆けさせる。私はインディアンに出遭いたくなかったから、パトロールに出るもっと先の平原まで行かないで、途中から山に登った。だからといってきっと山にだってインディアンはいるだろう。元々彼等の土地なのだから。

私は馬が勝手に進んで行くのに任せて、山を登って行った。兄様のいない砦に帰るつもりもなかったので、日没近くなると、岩陰で、薪になる枯枝を探して、小さな焚火を焚いた。パンをかじっていて、私は大切な水筒を忘れたのに気がついた。明日は水を探さなければならないと思って、兄様のバカ、といって寝た。

夜明けと共に起きて、パンを少しかじると、また山を登った。どこかに湧水でもないかと、キョロキョロ見ているのだが、シシーは勝手に進んで行く。もうここがどこだか分らなかった。シシーの進む先に、大きな岩の割れ目から水が滴っているのを見つけた時は、これで死なずにすんだと思った。きっとシシーはこの水の匂いに気づいたのだと思って、両手にすくって冷たい水を、いっぱい飲んで、顔も洗った。シシーも岩の下にたまっている水を飲んだ。時間はまだ昼を過ぎた頃合いで、今夜ここに泊まるには早すぎると思った。私はまたシシーに跨って、この水がどこから来ているのか見てみようと思って、山をどんどん登って行った。私は少し後悔した。先ほどの水場に泊まれば良かったと思ったのだ。水は地下を流れているらしくて、あの後、水が出ている所を見つけることは出来なかったのだ。仕方なく、また焚火を焚いて豆の缶詰を食べた。豆というと修道院のことが、ありありと思い出された。毎晩の豆のスープ。シスターロビンは今も同じように作務とお祈りの毎日を送っているのだろうなぁと思った。私がいなくなって、誰がじゃが芋を作るのだろうとも思った。あの時は一生この生活が続くのだと信じるしかなかった。けれど兄様が迎えに来てくれて、生活はとても楽しいものになった。そこまで思って、私を置いて行ってしまった兄様のことを思った。今何をしているのだろう。ジェニーのこと忘れてしまったのかもしれないと、自然に涙が出た。兄様のいないだけで、こんなに寂しいのだ。修道院で我慢出来たことが、今我慢出来なくなっているのを感じるのだ。兄様ジェニーはこんな所で迷子になっているんだよ。早く帰って迎えに来て欲しかった。

　翌日も朝から、山を登った。シシーが勝手に登って行くのだもの、従うしかなかった。馬の上で硬くなったパンをかじった。少しも美味しくなかった。草地に大きな岩があちこちに見える山の先に林があるのが見えて来た。シシーは、力強く林の中に駆けて行く。「どこ行くの、シシー」答えるわけではなかったけれど、聞かないわけにはいかなかった。

「キャッホー」私は大声を上げた。

　馬が駆け上がった山の頂上には、難しい言葉では表現出来ないけれど、とにかくとっても綺麗な湖があったのだ。私は馬を降りると湖に駆け寄って、その水にそっと手を浸して、その冷たさに驚いた。私はすぐ両手で水をすくって飲んだ。こんな美味しい水を飲むのは初めてだと思った。水は湖底から湧いているように見えて、崖の方に流れて行ってそこで消えていた。その水が、途中にあった水なのかわからなかったけれど、誰からも、こんな湖があるなんて話は聞いたことがなかった。シシーは動物の勘で、湖を感じたとしたら、凄いことだと思った。とても静かで、美しい所だと思った。

　夜、月が出て湖に映っていた。私は最後のパンを食べて、缶詰は明日に残した。馬の毛布を敷いて、腹這いになって、水面が渦巻くようにゆっくり動いている様を、飽きることなく見つめていた。そして、自分のこと兄様のこと、一人で寂しいことなどをずっと一人ごちた。ベルベットのような水面が、月の光を受けて輝いていた。乾いた平原にこんな所があるなんて夢のようだと思った。

「私が見つけたんだから、あたしの湖だよね」

　母なる大地の懐に抱かれているような不思議な大気の中、眠りに落ちた。

　朝の湖も美しかった。私は立ち去りかねてもう一晩泊まりたかったけれど、食料がもうないのだ。湖に向かって、「オハヨウ」と声をかけた。

　そして冷たい水で顔を洗って、周りの景色をよく見た。また ここに来るために、馬に乗って林を出ると、そこでもよく景色を覚えた。とにかく下って行って、もう一泊して、そこで最後の缶詰を食べた。これでもう食料はない。迷ったらのたれ死ぬんだと思った。しかし、山を下りると、そこはいつも遠駆けに出る道であった。私は凄く遠回りをして湖に行ったらしい。私はその登り口をよく覚えておいて砦まで、それこそ早駆けで帰った。だってお腹が空いていたから。

　門を開けてもらうと、すぐテリー閣下の所へ行くように命じられた。私がノックをして、閣下の執務室へ入ると、いきなり、

「バカモン、今までどこにいたのだ」と怒鳴られた。

「馬に乗ってて道に迷った」

「カスターのいないのを良いことに、遠出をしおって、捜索隊を出すかと話になっていたのだぞ」

　私のお腹がグーとなった。「お腹空いた。兄様が私を一人置いていてっちゃったのが悪いんだ。いつも一緒だって約束してたのに」

　私は涙をこぼした。この手に閣下は弱い。「もういい、無事戻ったことだし、インディアンにでも出遭ったかと心配したのだ、速く台所へ行って何か食べさせてもらえ」それで私は放免された。

　私は残りものの冷めたシチューをかき込みながら、テリー閣下がいった言葉が気に食わなかった。兄様がいないから遠出をしたのではない、兄様がいなくて寂しかったから遠出をして、気を紛らわそうとしたのだ。全て兄様が悪いのだ、と思った。

　私は負けなかった。それから三日後、今度は正式に、テリー閣下に遠出をする許可をもらいに行ったのだ。これには閣下も驚いて、「どこに行こうというのだ」

「この前見つけた湖だよ、すっごく綺麗な所なの。砦にいても一人で寂しいし、行く道忘れないうちにもう一度行きたいの。ね閣下、お願いします」と私は、拝んだ。

「食料はどうするんだ、またパンをくすねて行くのか」

　バレていたんだ。

「今度は、ちゃんと酒保で兄様のつけで、ご馳走持ってくから大丈夫だよ」

「ジェニー、お前そんなにカスターがいないと寂しいのか」

「だって、修道院出て汽車に乗っている時、西部でずっと一緒に暮らすって約束したんだよ。それなのに、自分だけ東部に行っちゃうなんて約束違反だよ。今だって何しているんだか知らないけれど、ジェニーは一人で寂しいんだもの」

「ジェニー、カスターはな……」といいかけて、閣下は口を閉ざした。

「何？　兄様どうかしたの」

「いや、いずれわかることだ、今は知らん方が良いのだろう。ではジェニー、行っておいて、ただし気をつけてな」

「五日で帰って来ます、閣下」

そうして、私は途中少し迷ったけれど、再び湖に辿り着けた。服を脱ぎ捨てて、思う様、氷のような冷たい水を跳ね上げながら浴びた。私が岸に上がって毛布をかぶると、葉一枚触れ合う音もない静寂さの中に、ゆったりと湖は私を迎えてくれるのだった。兄様と一緒に来たいなぁと思った。きっと兄様も気に入ってくれるはずだ。二人して水浴びをするんだと思った。私と兄様だけの秘密の湖なんだと思うとウキウキしてしまう。ただ兄様が五日も休みが取れるだろうかと思った。三週間も出かけたのだもの、ジェニーの五日間のお願いを聞いてくれるはずだと思いたかった。私は裸で毛布にくるまったまま、普段は買ったりしないコンビーフの缶を開けて、パンに挟んで食べた。あとで酒保からの請求書にきっと兄様は驚くだろうけれど、構うもんかと思った。

どうして、こんなに湖に感動するのだろうか。もう昔のことで、よく覚えていないけれど、私は毎日湖へ遊びに行っていた。たった一人だったけれど、寂しいとは思わなかったはずだ。今ここで月の光を浴びて一人だ。シシーはいるけどね。でも寂しくない。許されるなら、ずっとこうしていたかった。一人でも寂しくない所、私は、自分が死んだらこの湖に沈めてもらおうと思った。だって一人で死んじゃったって、ここなら寂しくないから。ここをお墓にしようと思った。土の中じゃ嫌だ。この美しい水の奥に沈めて欲しいものだと考えたのだ。その時私はまだ十七才にもなっていなかったはずだ。その私が望んだのだから、この湖は私のものだと思ったのだった。勝手に思っただけだったけれど、私はその考えに満足して、遅くまで起きて湖をずっと眺めていたのだった。


兄様は三週間して東部から帰って来た。上等な菓子屋で買ったらしい箱入りのチョコレートボンボンや綺麗なゼリーなど、駅の売店では売っていない、お土産を持って来た。何か嬉しそうだった。あの兄様が、浮かれている気がするのだ。それが菓子にも表れている。何かジェニーに隠していると思った。

兄様は、テリー閣下に聞いたのだろう、大冒険をしたんだぞうだな、といって笑った。怒られるかもしれないと思っていたのに、意外だった。

「ジェニーは一人で寂しかったから、出かけたんだよ。凄く綺麗な所なんだよ」

「あぁそれは良かったな、ジェニーだけの湖なんだ」

「それならジェニーの湖に行こうよ」

「遠いだろうが」

「一つ泊ると五日かかる。でも休暇取って一緒に行こうよ、ね、こんな長くジェニーを一人にしたんだもの、それくらい出来るよね」

「ああ、休みが取れたらな。今は行って来たばかりだからだめだぞ、いつかな」

「絶対だよ、水がとっても冷たいの。一人で水浴びしようよ、ね」

「水浴びか、いつかな」


突然に第六騎兵隊長のテリー将軍が、隊長を退いて東部へ行くことに決まって、「ジェニーや、あまり一人で遠出をするものではないぞ、いつインディアンが出て来るかわからないのだから」と私にいった。「これで、静かに暮せるようになるよ」と行ってしまった。後任のジェフリー将軍がやって来て、私も挨拶をさせられた。第四騎兵隊にいた方で、主に後方支援、つまり兵隊の食料の手配とか武器の納入が専門だったと聞いて、戦いは今協定が結ばれているけれど、この人で、大丈夫かと、私まで思った。神経質そうな痩せて背の高い方であった。

兄様が、また休暇を取るといい出した。しかも八か月間も。確かに私と砦に来てずっと休みはなかった。だけれど、私は連れて行ってくれないのだという。

「嫌だ、そんな長くジェニー一人でいるのは、やだあ。だったら湖に行こう、休暇なら行けるでしょう、約束したよ」

とにかく、泣いてすがって、あらゆる言葉を尽したけれど、私は置いて行かれることに決まっているの一点ばりで、兄様は返事をしなかった。しかも、民間人である私は、この官舎を出なければならないという。あのコックまでが、「お暇を頂きます」と街で働くのだといった。私は「美味しいご飯を作ってくれてありがとう、でも、私お礼にあげるものを何も持っていない」というと、「義理堅いお嬢さん、そのお気持ちだけで十分です。これからは、インディアンの来ない所で暮らせます」といって出て行った。兄様の荷物は片付けられ大型のトランクに入れられて、物置に仕舞われた。出発の前夜、シーツもないベッドで、二人服を着たまま抱き合って寝た。私はまた、おでこを兄様の胸にこすりつけた。ずっと一緒だよねと聞いたけれど、兄様は、ぐっと強く私を抱きしめたけれど、何もいわなかった。

私は砦を出て、また例のトランク一つ持って、街の教会に預けられることに決まっていたらしい。牧師夫妻は初老の優しそうな方々で、八か月間、私を預かってくれると、兄様に約束してくれた。私はたまらずに兄様の背中にしがみついたけれど、兄様はしばらく私の好きにさせた後、汽車の時間があるからと、私のおでこにキスを一つすると、あっさり去って行ってしまった。ジェニーといつも一緒の約束じゃなかったのとその後ろ姿を見て思った。

牧師の奥さんは、使用人用の小部屋に案内してくれて、寄付品の衣服の中から、どうやら私に着られそうなドレスを見つけて、これからは、これを着ていなさいと手渡してくれた。久方振りのドレスで、足元がスースーした。私が、修道院にいて、聖歌隊に入っていたというと、日曜のミサの時、賛美歌を歌ってみなさいと勧められた。ミサの参加者に好評で、毎回歌うことになった。しかも、掃除も洗濯も出来るけれど、料理が出来ないというと、豆の剥き方、じゃが芋の皮の剥き方、芽のある所は取るのよとか、その日のうちから、台所へ入れてくれて、私も簡単な野菜の塩茹でなんかが出来るようになった。今度はパンを作りましょうね、といっていたのに、二か月も経たずに、他の教会に移るよう会の本部からいって来たといって、約束を守れないでごめんなさい、きっと次に来る方も可愛がってくれますよ、といって去って行った。

　次に来たのは、太っていて髭の濃い中年の牧師だった。私が、料理が出来ないというと舌打ちをして、近所に住む教区民の婦人をコックとして頼んだ。私は、教会の掃除と賛美歌を続けた。二週間くらいして夜寝床に入ってから、牧師に呼び出された。寝間着のままで牧師の寝室に行くと、ベッドへ入れといわれた。従うと牧師は一晩中寝間着の上から私の体をまさぐり続けた。次の晩も同じことをされた。三日目には寝間着を脱ぐようにいわれた。私は嫌といって部屋に帰った。また次の晩も、寝間着を脱げといわれたので、はっきり嫌と拒否したら、大声でお前をここに置いとくことはできない、明日の朝食前に出ていけ、といった。

　私は部屋に戻って身の回りのものを、トランクに詰めると、日の出と共に教会を出た。戻る先は砦しかなかった。一日歩いても帰り着くとは思えなかったけれど、私は歩いた。三時間くらい歩いたんじゃないかと思った頃、背後から郵便馬車が来るのにあった。御者とは顔馴染みだ。

「おい、お嬢ちゃん、どうしてこんな所にいるんだい？」

「砦に行きたいの、乗せてってくれる？」

　御者は、トランクを荷台に放り込むと、御者台に手を伸ばして引き上げてくれた。どうしたんだと聞かれたけれど、私は教会であったことは口に出来なかった。

　ジェフリー将軍の所へ行って、砦に置いて欲しいといったら、君は教会にいるのではなかったはずだが、といった。私は、もう教会にいるのは嫌だといった。私のことをよく知らない将軍は、教会の仕事は辛いだろうが、我慢をしなくてはならないのだよ、と的外れなことをいった。そんなことじゃないんです。私はやっと答えた。では何が気に入らないというのだね。私は黙った。黙っていてはわからないじゃないか、と将軍は少し苛立っていった。私の両目から涙がほとばしった。だって、だって。将軍は私に泣かれて明らかに困っていた。私は、カスターの妹だけれど、ただの民間人だから。将軍は厳しい声で、泣いていたらわからないじゃないかといった。私はしゃくりあげながら、新入の牧師にされたことを、ポツリポツリと話した。

「私は、牧師ともあろう人が、そんな破廉恥な行いをするとは思えないのだが」といったけれど、泣いている私を、どうしたらいいかとも考えていたらしい。前任のテリーから、私の特殊な立場も聞いていたのだろう、教会にはもう戻りたくないという私のために、その日のうちに、食堂の隣の小屋を片付けて、とりあえずベッドを入れて、私の部屋にしてくれた。中からしっかり木の落しの鍵がかかるようにもしてくれた。私はすぐトランクを持って越して来た。

教会では、ミサの時私がいないと、参加者から質問が出て、私が、教会のものを盗んだのでクビにしたと牧師は答えたのだそうだ。この牧師は、私にしたようなことを、あちこちでしていて、とうとうこんな所まで送られて来たらしかったが、私の話を聞いた兄様が、本部に強く抗議してくれたので、牧師の資格を剥奪させられたのは、ずっと後になってからのことだ。

私はその後、夜一人でベッドに寝ていると、とにかく忘れたはずの昔のことがおぼろげにも浮かんで来ては、切なくて辛くて泣くのだった。

しかし昼間になると、貰って来たドレスをエプロンに直して、洗濯や皿洗いなど、将軍は無理しないでいいからといったが、出来ることは何でもした。だから一人でも気がまぎれた。夜は話す相手がいなくても、一人で明かりが恋しくて、食堂にいた。消灯ラッパが鳴る頃急いで小屋に戻って、しっかり鍵をかけると、手探りにランプを探して火を灯して、寝間着に着替えると、夜のお祈りをして眠るのだった。とても口にはいえないくらい寂しかった。兄様からは手紙が一通も来なかったのが、もっと寂しかった。ジェニーは捨てられたのだとまた思うようになった。兄様はもう戻って来ないのかもしれないという、恐ろしい思いにとらわれ始めた。

ある日、馬の柵の中に、シシーを見つけた時は凄く嬉しかった。将軍に聞くと、小型なので他に乗る兵隊がいないというので、借りることにした。

私は酒保でジャムを一瓶買うと、金を払った。兄様は私に八十ドル渡してくれたけれど三十ドルもするランプも買ったし、油代も文化マッチ代もかかった。しかし酒保は、私がテリーに進言し続けて、品数が増えたのは良いことだった。

兵隊の台所へ行って、まだ切っていない大きなパンを数個くすねて鞄に入れた。シシーに乗って門を開けてもらって外へ出て行く時、見張り台の兵隊は、私の行先を聞かなかった。私は今ここでは他人なのだ。誰も私に興味を持つ人間は一人もいなかった。だから私は一人ぼっちなのだ。

とにかくしゃにむに駆け続けた。それから馬が勝手に山に向かうのに任せて進んだ。途中で日が暮れかかったので、馬を降りて、薪を探して小さな焚火をおこした。馬は草をはんでいる。私は水筒を忘れたのに気がついた。仕方がなかった。自分が悪いのだ。私はパンをちぎってはジャムの瓶からそのまますくって食べた。兄様のことを思って、なんで私はこんな所にいるのだろうと思いながら、いつの間にか眠っていた。

朝日と共に目覚めると、またパンを少し食べると馬に乗った。私は自然に湖に向かった。今の私を慰めてくれるのは、湖しかなかった。裸になって、水に浸かった。すぐに体は粟粒をこしらえたけれど、もうここで死んでしまってもいいと思った。

八か月も休みを取るといいながら、私の五日間のお願いを出来ないといった兄様のバカ。ずっと一緒といっていたのに、ジェニーにこんな寂しい思いをさせて平気なんだ。姉様の手紙にあった、これが兄様の人生なのだろうかと思うのだった。だったら、ずっと一緒なんて約束をしなければ良かったんだ。私は素直に信じていたのに、兄様が嘘をつくなんて思いもしなかったから。

私は夜に備えて枯枝を探してまわった。そして、本当に驚いたのだ、焚火の跡があったのだ。それも新しいものが。ここは私の湖ではなかったってこと？　と思った。誰かここに来たのだ。白人であろうか。この湖だけは、ジェニーだけのもので、私を慰めてくれる、たった一つの所だと思ったのに、裏切られた想いがした。しかし、水はあくまでもゆったりとしていて、底から湧いて来る水に、かすかな水紋を作っているのだった。ここに来たのは誰なのだろう。私は火を焚いて缶詰を開けた。月は見えなかった。

そんな頃、砦と突然インディアンとの交戦が始まった。理由は、白人側が協定を無視して、線路の工事を始めたことにあった。インディアンは牧場を襲い馬車も襲った。民間人を守るためにも、騎兵隊は出撃しなければならなかった。手をこまねいていれば、この砦も攻撃の的になり得た。

しかし、新任のジェフリー将軍は、自分では外に出て行かず、執務室から、伝令を使って司令を出す人であった。南北戦争では実戦の経験はあっても、対インディアンとは何も出来ない人なのであった。

インディアンは、一晩のうちにその日敷かれたレールの犬釘をどんな方法でか抜いて、線路をバラバラにしてしまうのだった。鉄道会社からの無理難題の抗議に、司令官はついに、痙攣を起こして倒れた。胃が痛むといって起きられない。その状況は電信でワシントンに送られ、再び、テリー将軍が、司令官として赴任することに決まった。そして、政府は、辺境強化のために新しく、第七騎兵隊を徴集して、ヘイズ砦に結集させることに決めた。ジェフリー将軍は、担架に乗せられ、護衛付きで、駅まで向かった。

私は今まで、戦(いくさ)のことは何も知らなかったけれど司令官一人で、こんなに兵隊がバラバラになってしまうとは、思いもしなかった。戦うのが嫌だからと、勝手に砦に帰って来る兵隊など、見たこともなかったから。それに親しいテリー閣下が、また戻って来たのは、嬉しかったし、兄様のいない今、安心もした。「やぁジェニー、ワシントンは私を自由にはしてくれないのだ。また老骨鞭打って戦わなければならないよ」といった。閣下の任務は今国を揺るがすほど重大だと、私は思った。だから、実戦力のないジェフリー将軍は、その重圧に耐えられなくて、倒れたのだと思った、でもテリー将軍が来たらもう大丈夫だと思った。

テリー閣下は和平工作を行った。鉄道会社も工事を中断した。また少しだけ平和が訪れた。

ある日、私はテリー閣下に呼び出された。「さぁジェニー、喜べ。カスターが帰って来るぞ」

もう八か月はとうに過ぎていたのだ。

「ジェニーのことなんて、忘れちゃったと思ってた」

「まぁ、君のためだけに帰って来るわけではない。彼は中佐の位で、第七騎兵隊の隊長として、新しくこの砦に赴任してくるわけだ。どうだ、凄いだろうが」

「兄様隊長さんになるの？　うん、それ凄いことだね、だけど私のこと覚えているかしら」

「忘れるわけはないだろう。ただし一人人を連れて来るがな」

「誰が来るの」

「来て見ればわかるよ、仲良くするんだぞ」

「ふーん」

兄様は、家族用の官舎に越して来るというので、毎日心を込めて掃除をした。それこそピカピカに磨き上げたのだ。

そして帰って来るという日、もうワクワクして、来るのを待っていた。兄様は、久方振りに帰って来た、そして何故か一人、妻というのを連れて来たのだった。

兄様が帰って来て久方振りの遠乗りの途中で馬を降りて二人で座った。

「ねぇ、なんで結婚なんてしたの」

「リビィと、一緒にいたかったからだ」

「じゃあ、ジェニーといつまでも一緒っていった約束は嘘なの」

「こうして砦で一緒じゃないか」

「じゃあ、また一緒のベッドで寝てくれるの？」

兄様は珍しく顔を赤らめると、それはもう出来ないといった。

「なぜ、ジェニーとは出来ないの？」

「リビィは私と結婚して妻になったからだ」

「じゃあ、ジェニーも兄様と結婚して妻になる。兄様帰って来るって聞いて官舎ピカピカに磨いたのはジェニーなのに」

「そんな無理はいわないでおくれ」

「兄様はリビィさんと寝て、ジェニーは、また一人で寝ろってことなの？」

「なぁ、ジェニーわかってくれ。もうリビィは私の妻なのだよ」

「そんなのわかんない。だって私に何にもいわないで結婚しましたなんて、許せない」

「いわなかったのは悪かったと思っているよ。でもいったらお前は反対するだろう。仕方がなかったんだよ」

「そんなの酷いよ、兄様嘘ついてたんだ。お手紙も一つもくれないで」といって私は大声で泣いた。

兄様は近くにインディアンがいたらどうするといったけれど、涙は止まらなかった。

「兄様はジェニーを捨てたんだ。皆私に嘘ついて、最後にジェニーのこと捨てるんだあ」

兄様は私を抱きしめて、「決して捨てたのではない。私はお前を捨てたりしない」といったけれど、兄様はリビィさんと暮らして、私はまた一人だ。いつまでも一緒といったくせに。私の涙は止まらなかった。

「これから時間がある限り遠乗りに来よう。そうしたら二人一緒だ。今の私にはそれくらいしか、お前にしてやれることはないんだ」私はまたおでこを兄様の胸で泣き続けた。

兄様は私が食堂脇の小屋で寝泊まりしているのにまず驚いて、私が涙ながらに牧師に悪戯をされて教会を出されたと聞いて怒りをあらわした。そして、おれが結婚して浮れている間に、お前はそんな酷い目に遭っていたのかと、私に詫びた。

「酷い牧師がいたもんだ。ジェニー、お前にそんなことをするなんて」そういってすぐ、教会本部に抗議をしてくれたのだ。そのことは、私が思っている以上に兄様にショックを与えたようで、夜、一人で眠れるかと聞いた。私が、「誰もいなかったんだよ、一人だったんだよ。前の司令官も牧師がそんなことするわけがないっていったんだ。ずっと泣いてたよ。兄様いなかったんだから」そういって涙を浮かべたら、小屋の陰で、申し訳ない許してくれジェニー、といって、砦の中なのに私の体をぐっと強く抱きしめてくれたんだ。

「リビィさん見てると、叱られるよ」と私がいったら、

「おれが悪いんだ、許してくれジェニー」と、もっと強く抱きしめてくれた。

私は兄様が、前ほどではなくとも、少なくとも私のことを気にかけてくれているのだと思って、少し安心した。

時折、夕食に誘ってもらうけれど、この妻という人と、どうやって仲良くしろというのだと私は思うのだ。それまで私だけだった特等席を、この見知らぬ女に奪われてしまったのだから。それが、嫉妬心だというのだと、私は知らなかった。

私はテリー閣下の所へ行って、いつの間に、兄様は結婚したのか聞きに行った。テリー閣下は、「ジェニー、お前はどこまで知っているのだい」と聞くので、何も知らないから聞きに来た、と答えた。

「あの二人は若い頃知り合って、恋人同士になったが、カスターは貧しく、リビィは両家の娘で、つり合いが取れなかった。カスターはリビィの親に結婚を申し込んだんだ。けれど軍人だからと断られた。それで終わったはずだったけれど、リビィはカスターが西部に行ったと新聞で見たんだ。砦に手紙を書いたそうだよ。それからさ、文通が始まったんだ」

「じゃあ、ジェニーと一緒っていってた時、もう文通してたんだ」

「まあ落ち着きなさい、カスターはお前のことを考えて結婚は難しいといったらしい。しかし、リビィは諦めず、ついにカス

ターは結婚を決めて、両親に会いに行ったのだね」

「それが、あの三週間のこと?」

「そうだよ、父親は難しいといったそうだがリビィが一途で話は決まったのだ」

「ねぇ閣下、兄様のお嫁さんに、ジェニーはなれなかったの」

私はずっと思っていたことを聞いてみた。

それは、といってテリーは言葉を濁した。

「そうしたら、私と兄様いつまでも一緒にいられたはずなのに、なんでジェニーじゃ駄目だったんだろう」

「そりゃあ妹だってことがある」

「でも血は繋がってないって、皆いうよ」

「そうだなぁ、神様の思し召しだよ、ジェニー、そうなんだよ」


リビィさんが馬に乗るといい出した。兄様と遠乗りに行くのだという。そんな冗談ではない。遠乗りは私と兄様が行く約束をしたはずだ。また兄様は約束を破るのか、と思ったけれど、私は馬に乗って黙って見ていた。リビィさんは馬に乗るのは初めてらしくて、馬が大きいの高いのといっている。それを兄様は笑いながら見ていて、奥さんだからだろう、決してジェニーにはいわない優しい言葉をかけて、馬に引き上げた。

リビィさんは怖いといって兄様にしがみついている。私が初めて馬に乗ったのは、十二か十三の時で、まだ鐙に足が届かなかった。あの時、ニコル少尉が教えてくれたんだ。遠乗りの約束も果たせずに少尉は戦死してしまった。悲しい出来事だった。後でご両親が見えて、お母さんが私に綺麗なブローチをくれたっけ。私はテリー閣下に住所を聞いて、ブローチのお礼の手紙を書いて、砦に咲いていた花を押し花にして送ったら、お返事が来てあなたみたいなお嫁さんがいたら、どんなに良かったでしょうとあって、困ってしまった。その時思ったのだ。私は兄様のお嫁さんになるのだから、と。

リビィさんは、大騒ぎをしたわりに、すぐ、私は馬は駄目でございます、と諦めてしまった。遠乗りを三人で行かないことになって、ちょっとほっとした。しかしその後、私と兄様と遠乗りに行くと、リビィさんはすぐ文句をいう。そんなにいうなら、もっと乗馬を頑張ればいいのにと思った。私がリビィさんの立場だったら、きっと乗れるようになってやると努力するだろうにと思うのだ。ジェニーが修道院に入ったのは七才の時だった。朝四時に起きて、豆のスープ飲んで作務をしていたのだ。都会育ちの甘ったれのお嬢さんなのだと思った。なのに、兄様の妻といわれて、私がピカピカに磨いた官舎に住んでいるんだ。

でも私の十七才の誕生日を祝ってくれた。これは嬉しい。兄様が小さな箱をプレゼントだとくれた。後でそっと開けてみたら、ピンク色の透明な綺麗なカットされた石が付いた、銀鎖のペンダントだったので、少し驚いた。いつこんなもの兄様は買ったのだろうか。宝石屋さんに行って品定めをする兄様の姿は、ちょっと想像できなかった。リビィさんの見立てなのかと思った。でもそんなはずはない訳で、だってリビィさんは砦に来るまで、私のことを知らなかったのだからリビィさんではない。ではトム兄か。美しい石をランプの光にかざして見ながら、私は不思議に思うのだった。

　私は、相変わらず食堂の隣の小屋に寝泊まりして、兄様が行くぞといったら、すぐ遠乗りに行った。いつもリビィさんが、恨めし気に見ている気がしたけれど、妻がいようが兄様は本当は私のものだと思っているのだ。その兄様と一緒に出かけて何が悪いと思うのだ。そして思いっきり駆けて、草地を見つけたら、馬から降りて二人して寝っころがる。空が高い。手足を伸ばして、水を飲む。気持ちが良い。ついうとうとしてしまう。ジェニー、そろそろ帰るぞと、兄様が私の顔を覗き込んでいう。そうしてまた思いっきり駆けて帰るのだ。

　そして満月が近くなると、兄様のつけで、缶詰を買って、湖に行く。そして水を浴びて、日頃の憂さを晴らすのだ。いつも、一度兄様と来たいと思う。思うだけなら、何だっていいはずだ。私は兄様に満月の光を浴びながら、またあの大きな胸に抱きしめて欲しいと思う。兄様は勝手に結婚してしまったのだ。これくらい私が望んだって罰は当たらないだろうと思うのだ。

　帰れば、月に一度か二度、兄様の所へ夕食に呼ばれる。これは楽しい。ご馳走が食べられて、デザートにケーキが出るのだから。また砦でケーキが食べられるようになるとは思わなかった。兄様が結婚して良かったのは、このケーキが食べられることぐらいだ。兄様と話がはずんで、夕食が終わらないことも多い。するとリビィさんが焦れて、声をかけて来るのだった。慌てて料理をかき込んで、ケーキを前にして、また話をしてしまうこともある。こうして一か月はあっという間に過ぎて行く。

　リビィさんは、兄様の心を射止めたくらいだから、きっと凄く愛しているのだと思う。けれど、私の方がずっと兄様と長く暮らしていて兄様は本当は私の方を愛しているのだということを絶対に認めない。だから私と兄様が一緒に笑ったりしたら、もう大変だ。

「オーティ、あなたわたくしここにいましてよ」といって、私達はしらけてしまうのだった。だから、いつの間にか、食事中の会話はほとんどなくなってしまうのだった。私との食事中いつもピリピリしていて、この人は、こんなので楽しいのかと思うのだ。婦人会にも、突然実家から送られて来たのだろう、凄い絹のドレスを着て来て、一人で浮いているのだった。それは、あっという間に噂になって、兄様の奥方は大金持ちの娘で、とても付き合い切れないといわれているのを、この人だけは知らないのだ。兄様はなんでそれをいって注意しないのだと思う。どんなドレスを着ようと勝手だけれど、兄様の妻なのだ、それなりの立場があると私は思う。それなのに、怪我人の手当ても出来ない。馬にも乗れないと嘆いている。ここは西部のしかもインディアンとの戦いの場にあって、一度戦いが起これば兄様はその最前線に出て行かなければならないのだ。しかも全兵隊の命を預かっているのだ。この人は、それが今一つわかっていないと思うのは、私の妬みなのかなぁ。

私はやっぱり一人で寝るのが、寂しくてしょうがない。ある時、どうしても我慢が出来なくて消灯後の兄様の官舎に行ってみたら、まだ明かりが点いていた。そのまま見ていたら、やがて明かりは消えた。二人して眠りにつくのだと思うと、心が寂しさでめちゃくちゃになった。妻というだけで、あの人が兄様と一緒にいるのかと思うだけで、悲しくなって、急いで小屋に戻って、兄様がきっと私の気を引くためにトム兄に命じて送らせたであろう、菓子の沢山入った箱から、大切にとってあった板チョコを出して来て、丸々一枚食べてしまった。兄様はなんで結婚なんてしたんだろう。この頃、またインディアンが出没し出して、私は遠乗りにも行けない。もちろん湖にもだ。でも今度の満月には、どうにか門番を説き伏せて出かけてやろうと、ひそかに計画をしているのだ。だから満月になる前に、さりげなく缶詰を少しずつ買い貯めてある。直前に買ったらさすがにばれると思ったから。

何でも、この頃リビィさんは具合が悪いのだそうだ。そういえば、今月はまだ一回も夕食に呼ばれていない。兄様も忙しいのに大変だろうと思う。兄様からは、見舞に来いともいわれないし、リビィさんも私の顔など見たくないだろうなぁと思う。しかし、少しは心配だ。

だけど私は湖行きのことで、頭がいっぱいだ。先月も行ってはいない。先月は、インディアンと直接交戦があって、それどころではなかった。しかし今はそれよりは、ずっと落ち着いている。負傷者もいない。私は満月が明後日という日の早朝、近くを散歩してくるだけだからと、門番を騙して、砦を出るのに成功した。もう絶対に迷うことのない道だ。ゆったりと水をたたえて、その控えめな大きさの湖は私を待っていてくれた。私はすぐ裸になって、水しぶきを上げて、跳ねまわった。なんでこんなことが楽しいのか、自分でもわからないけれど、何の文句をいう人もいない。兄様がいたら、そりゃあ最高だけど、リビィさんの顔も思い出さなくていい。やはり、ここはジェニーの宝物だ。水を出て毛布にくるまると、すでに湖は静けさを取り戻して、私の目の前に、ゆったりとたゆたっているのだった。私は、月が昇るのを待った。食料が潤沢にあったので私はもう一泊して、帰路に着いた。こんな時に出かけてと、きっと兄様に叱られるだろうなぁと、途中から覚悟して砦へ帰って来た。

すぐ、テリー閣下の所へ行くようにといわれる。お小言は兄様を通り越して、テリーから受けるのかと、ちょっとびびって、部屋をノックした。

「やぁ、帰ったか」テリーは怒ってはいない。

「初めて、二つお泊りして来てしまいました」

「そのお前のいない間に大変なことが起こった」

「えっ兄様が怪我したの?」

「そうではない、カスターは元気だ。だが彼はもうこの砦にはいない」

「兄様いないってどういうこと？」

「彼は妻を伴って東部へ行ったのだ」

「リビィさん……兄様が東部へ……」私は驚いて、言葉が出なかった。

「リビィ夫人が、手首を切ったのだ」

「それって何？」

「つまり自殺しようとしたのだよ」

「死んだの？」

「いいや、あんな若いご夫人のすることだ、命に別状はなかった。しかし、その後が大変だった。カスターの姿が見えないと、夫人は半狂乱になってしまうのだよ。それでも、カスターはお前を二日間待ったけれど、夫人の方が待てなかった。今頃、二人は東部への汽車の中だろう。お前のいない間に、そんなことがあったのだよ」最後はテリーは私に、いい聞かせるように語った。

「ふーん、で第七騎はどうなるの」

「とりあえず、カスターの休暇中はリーノ大尉が指揮をとることになって、後はワシントンが決めることだろう」

　リーノは、第七騎が出来た時からの古参の士官だ。彼ならどうにかしてくれるだろう。

「兄様休暇取ったんだ」

「夫人を実家に連れて行って、帰って来るといっておったぞ」

「それ聞いて、安心した。リビィさん、離してくれるんだろうか」

「ジェニー、今回お前がいなくて、かえって良かったと思ったよ。あの夫人の姿をお前には見せないで済んだからね」

「兄様が、それは大事に、腫れものに触るように連れてったんでしょ」

「そういうなジェニー。彼等は夫婦なのだからな」

「こんな時、仕事放り投げて行くほど、妻を愛している夫なんだよね」

「お前もいうようになったな、しかしあのままでは砦には置いておけなかった。共に苦渋の決断だったのだよ」

「兄様はリビィさんを選んだ。良い目見たのリビィさんだけじゃないか。リーノの指揮が誤って戦死者でも出たらどうするんだろう」

「私はリーノを信ずるよ。今、それ以外に何が出来る。お前も当分外出禁止だぞ」

　リビィさんは自殺というのをしたのだ。それは兄様が、実家に連れて行かなければならないほど大変なことなのだろうか。私は医者の所へ行って聞いてみた。

「自殺っていうのは、手首切ろうが銃で撃とうが、その当人が自ら死んでしまうことをいうのさ。夫人はちょっと果物ナイフで切っただけだから死ななかった。そういうのを自殺未遂というんだ。手首の傷は放っておいたって死ぬほどじゃなかった。だけどね、ジェニー、君にわかるか知らないが、自殺をしようとする人の心が、壊れちゃっているってことの方が、大事（おおごと）なんだよ」

「こんな辺境の明日をも知らない地にあっても、兵隊は自殺しようとは思わないのにリビィさんは、その心の病気なの？」

「まぁ、そんな所だ」

「ふーん、色々とありがとう。これからリビィさんどうなるの」

「とりあえず、壊れちゃった心を治さなければならない。医者に見せて、病院に入るのかなぁ」

「そんなに悪いんだ」

「医者が決めることさ」


テリー閣下が、私宛に手紙が入っていたと、紙切れをくれた。本当に走り書きで、

〝お前の顔を見ずに出かけてしまって申し訳ない。今は多忙で、お前にちゃんとした手紙を書いている時間がないが、愛しているよ、体を大切に、テリー閣下に心配をかけるなよ。当分湖行きは禁止だ。決して黙って行ってはならないよ。危ないからね。　Ｇ・Ａ・Ｃ〟


名前までが、頭文字だけだ。どれほど忙しいというのだろうか。テリーの手紙に、私への手紙を託さなければならないほどの、私は兄様がリビィさんの実家で置かれている立場もその時は何も考えず、気楽に返事を書いて、帰って来る時、桃缶と、チョコをお土産に買って来て下さいと頼んだ。

　リーノは頑張っている。天から降って来た隊長の座だ。彼だって頑張るだろう。そうして私は兄様が、三か月の休暇が終われば、帰って来るものだと思っていた。その後に、どんな事態が待っているかなど思いもしなかったのだ。

それぞれの人生

〝私の可愛い、愛しいジェニーへ。お前が今泣いていないのなら、私はどんなに嬉しいことだろう。

リビィのことは聞いて知っているね。お前が湖へ行っている間の出来事であったから、顔も見ずに私は砦を出てしまった。その時は、リビィを実家に連れ帰り、医者に見せて病院に入れるなりして、私は、リビィと離婚するつもりであったのだ。私達の結婚は失敗であったと、その時は思っていたのだ。リビィは軍人の妻には向いていないと思えた。

実家に帰って、両親は離婚に応じた。しかし、リビィは聞き入れなかった。それでも私は待った。リビィは、結婚前の豊かな生活に戻って、元気になって来た。ジェニー、私はお前を裏切ってしまった。やはり私は妻としてリビィを愛している。もう一緒にはいられないのだ。しかし、私はお前のことを、何よりも代え難く思っている。それは確かだ。しかし、お前にとっては、私はリビィをとったと思うだろう。ここへきてから、私は一か月をかけて決断をした。私は軍人を辞めることにした。もう、お前をこの胸に抱くことは出来ない。私は、これから東部で商人になるのだそうだ。トムと一緒だから、どうにかなるだろうが、私が商人に、果たしてなれるのだろうか。ジェニー、お前はきっと泣いていることだろう。

お前が修道院を出された時、アン＝マリーは養女にと申し出たが、夫が許さなかった。私はその時、ジェニーお前を、妻にするといったのだ。きっとお前は信じてはくれまいが、今、私はなぜあの時皆の反対を押し切ってでもお前と、結婚しなかったかと心から残念に思っているのだ。お前は十二才だったが、あと一年か二年待てば、良かったのだのに、私は、お前との結婚を諦めてしまった。そうでなければ、お前との約束の通り、いつまでも一緒にいられたわけなのだから。

リビィとは昔付き合っていた。今回彼女の実家に行って、その豊かさに驚いたよ。我が家とは大違いだった。彼女の両親が当時反対したことも、よくわかった。しかしリビィは、私が西部にいると新聞で見たそうだ。手紙が来た時は驚いた。しかし私にはお前がいた。リビィには私は軍人で西部で暮らすので結婚は無理だと答えた。しかしリビィは諦めず、長い間私に情熱的な手紙を送って来た。私は愚かな男だった。お前と一緒と約束をしていながら、リビィとまた恋に落ちた。

リビィにはお前のことをいってはいなかったが、一緒に暮らすようになれば、仲良く暮らせるものだと勝手に思ってしまった。ジェニーお前の約束を破ったのは私だ。何といって謝っていいのか言葉がない。いつも私は、お前を泣かせてしまって、何もしてやれないのだ。だが私はお前を捨てたとは思っていない。何を勝手なことだと思うだろうが、私はいつもお前のことを思っている。信じて欲しいが、無理なのだろうなぁ。

今回お前は、私はリビィをとったと思うことだろう、しかしそれはたまたま相手がリビィであっただけで、お前を捨てたのではないのだよ。私にとって、お前はいつも私の隣にいるのだ。これからもそれは変わらない。一緒に暮らせなくなったけれど、別れではない。ジェニーお前の隣には私がいるのだ。わかって欲しい。実家に帰った時、リビィを置いて砦に帰って来ることは出来た。しかし、それは、彼女を一生病院へ入れてしまうことになったのだ。私は妻をそんな目にはあわせたくなかった。やはり私はお前を捨てたことに、なるのだろうなぁ。泣いているお前に何もしてやれないのだから。全て私が悪いのだ。許してくれなんて、とてもいえはしない。でもジェニー、いつか湖に行こう。その約束だけは必ず果たさなくてはならないと思う。ただし、今は無理だ。私は東部を離れられない。ジェニー、私のジェニー。お前のことをいつも思っているのだよ。こんな私で申し訳ない。しかし、世の中には、どうしようもないことも、あるのだよ。ジェニーが泣いていると思うと私は、いても立ってもいられないが、私は今現実にがんじがらめに、縛りつけられているのだ。もはや私一人の力ではどうにも出来ない所へ、追い込まれているのだ。だからジェニー、私はもうお前をこの腕に抱くことは出来なくなった。休暇の三か月を過ぎても、私は砦には帰らない、もしかしたら一生帰らないことになるかもしれないのだ。可愛いジェニー、お前をどうしたらいいかわからない。私はお前に対して今無力だ。本当に何もしてはやれないのだ。お前に対して、こんな日が来るなんて思いもしなかった。泣かないでおくれ。リビィとは違う面で、お前は私の太陽なのだから、いつまでも、その笑顔を見ていたかったはずなのに、なぜこうなってしまったのか、残念でならない。こんな私を、お前は許してくれるのだろうか。泣かないでおくれ、私の思いは今それだけだ。G・A・カスター〟

声に出して読んでいた私は、読み終わると、

「兄様、私に気を遣っちゃって。リビィをとったから軍人辞めて商人になる、もう私とは会えないって、これだけの文で済んじゃうのにね」

「お前はそれでいいのかね」

「兄様が決めたんだ、ジェニーが何かいえることがあるの？この手紙読めば、いかに兄様が苦悩したかわかるよ。この砦の中のことなら、ジェニーも泣いただろうけれど、今兄様は東部で、もう会えないんでしょ。ジェニーは捨てられるのに慣れているもの」と涙も見せずにいった。

「お前と結婚したいとはいっていたぞ」

「それだって〝たられば〟の話じゃないか。兄様が、ジェニーと一緒にいた時に、すでに文通してたってのはショックだけど、それを止めろとは誰もいえなかったんじゃないのかな。ただジェニーは、アン＝マリー姉の手紙の意味が、今ならわかるよ。兄様には兄様の人生があるってね。何も知らずに、兄様と暮らせた日々があったんだ、それが私の人生できっと一番幸せな日々だったんだと思うんだ。兄様はどうかしらないけれど、リビィさんにとっては、今幸せなんじゃないのかな。そうでなくっちゃ、ジェニーの立つ瀬がないよ。ジェニーの幸せはもう飛んで行ってしまったんだ。もう二度と帰って来ないって、諦めるしかないんだと思うよ。捨てられたんだから」

テリーはきっと、その時、私が泣きもしないで、あまりにも淡々としていたのに驚いて、兄様に手紙を書いたらしかった。また私の所へ手紙が来て、何やら書いてあったけれど、私はざっと読んで、封筒に戻した。軍人を辞めるくらい、リビィさんのことを思っている兄様は、もう私の兄様だとは思わなかったのだ。捨てた人間が何を言っているんだと、本当に涙も出なかったんだ。涙は出なかったけれど、私はショックを受けたのも確かだ。だって、兄様とこれから一生会えないかもしれないとわかったから。苦悩して軍人辞める決断をした兄様に、私は、約束を破ったの嘘をついたのと、追い込むことは出来なかった。それどころか、軍人辞めて兄様は生きていかれるのか、かえって心配したくらいだったのだから。

兄様から突然桃缶が送られて来た。それも何ダースもの。いくらなんでも、こんなには大食いではないと、私は良いことを思いついた。私は大きな布に桃缶を入れて、酒保に売りに行ったのだ。酒保もこんな甘いもの売れるかなぁと、少し渋ったけれど、相手のいい値で売ってしまった。私は酒保を使う方だから、もし、私の売り値の何倍もの高値で売っていたら、私が文句をいうだろうと、わかっていたから、小遣い稼ぎが出来たのだ。私は礼と共に、チョコはまだですかと、兄様に手紙を書いた。

兄様のいない、毎日が少しずつ過ぎて行った。私は、酒保に行って、兄様のつけでといって、もうつけは利かないと申し渡された。そういえば兄様は軍人辞めたんだったんだな、と、あらためて思い出される出来事だった。

やはり寂しくて、泣く日も多くあった。もう兄様と会えないんだと思うと、やっぱり一人で胸を痛めるのだった。

しかし、そんな私に、女の子の友達が出来たのだ。きっかけは、砦で声をかけられたことから始まった。二メートル近い見知らぬ大男であった。先月砦に来たのだといい、突然桃缶まだ持ってらっしゃいませんかと、男とも思えない丁寧なものいいで、声をかけて来たのだった。ああ、まだあるけど、何に使うのと聞いたら、体をよじって恥ずかしそうに、桃のパイを焼きたいから、というのだ。それは素敵だね、パイ一切れくれるなら、あげてもいいよ、といった。兵隊のくせに、パイなんて焼くのだと、ただその時は思った。

パイはもの凄く美味しかったけれど、どうも、そのパイは意中の人へあげるつもりであったらしかったけれど、その恋は実らなかったと、私に泣きつきに来たわけだ。私は話を聞いてやって、このサムの奥さんと名乗る大男が、男性が好きな夢見る女の子だとわかって、寂しい同士すぐ仲良くなったのだった。

そんな私達を見ていたのだろう、テリーがサムの奥さんという、この変わった女の子を、私の護衛に付けてくれることになったので、サムの奥さんは、「私、一生懸命にジェニーちゃんを守りますわ」と、テリーの前でしなを作っていったのだった。

私は、サムの奥さんを湖に連れて行きたいと思ったけれど、食料は自前で買わなくてはならなくて、もう私には現金がなかった。

私は、手紙はこれからカスター商会宛てに送るように、そしてたまに実家に急用でない手紙を送るようにとあったので、カスター商会へ手紙を書いた。

〝兄様、謝らなければならないことがあります。誕生祝いに頂いたペンダント、売ってしまいました。街の宝石屋に行ったら最初は五ドルだというのです。一緒にいたサムの奥さんが凄んで――初めて見た――見せたら二十ドルになりました。これで缶詰買って、湖に、初めてお友達を連れて行けました。サムの奥さんも、凄く気に入ってくれて、私達は夜遅くまで話をしました。これには後日談があって、その店に行ったら、あのペンダントが百ドルで売りに出ていたので、サムの奥さんがまた乗り込んで行って、店長に掛け合ったので、もう十ドルもらえました。私はちょっと恥ずかしかったけれど、これで来月も湖に行けます。お友達が出来て楽しい
ジェニーより〟

カスターは他愛もないことだと、すぐに返事を書き始めた。家でジェニーに手紙を書いていたりしたら、リビィに見つかれば大騒ぎだからだ。彼はペンを進めながら、とてつもなく大切なことに気がついて、ペンを落して、インクの染みが飛んだ。

おれはなんとおろかな男なのだろうと、気がついて手が止まったのだ。

彼は自分がジェニーのことを何一つ考えてやっていないことに、恥ずかしながら今考えついたのだ。ジェニーは砦に住んでいるが、兵隊ではない。つまり彼女は全く収入がないのだ。だからペンダントを売らなければならない所まで追い詰められていたのだ。おれはいったい、ジェニーの何を見ていたというのだ。

彼はすぐに、出納係を呼んで、五十ドルの為替を切らせて砦に送った。それから毎月ジェニーの所へ送った。

しかし、そのことは会計士により、養父や義兄の知る所となり、職員でもない人間に、月五十ドルも意味のない送金を続け

ているのは、会社に対する背任行為であると、必然的にこれからの毎日の給料から返済するように、厳命を受けた。

「カスター、君は少しは仕事を覚えてくれていたと思ったのだが」

「しかし、妹は収入がないのです」

「その妹という者も、砦でリビィに酷く当たったというではないか。仕事なのだよ、人情など挟む余地はないのだ」

シャリバンに頼めば、との思いがふと頭をよぎったが、ジェニーはそんな金は受け取らないであろう。

カスターは毎月、リビィから小遣いというものをもらっている。仕事帰りに花束や菓子をリビィに買って帰る他は、皆本代に消えていた。彼はその本代を半分にして、ジェニーに送った。まったく本を買わないのも変であろうから、いつもこれ見よがしに新刊を手にしていたのだ。給料が減ったというのに晩の料理の皿数は減らない。きっと母親がジェニーへの送金の話をリビィに聞かすまいと、何かとしているのだろうと思うのだった。

彼はこんな時、思いっきり馬を駆けさせたいと心から思う。東部でも、馬に乗った紳士を見かけることはあるが、彼が馬に乗りたいなどといったら、リビィが承知しないであろう。彼はリビィがいるのに初めて孤独を感じた。ジェニー、今お前は何をしているのだい、たまらなく会いたくて、この腕に抱きしめたいと思うのだった。

ミシガンの家に移ってしばらくは、新婚時代の思い出が残っていたが、やがて、そんなものはすぐに消えた。子供がいたらと、口には出さないが思った。

そしてトムが、とんでもないことを起こして、カスター商会はあっけなくつぶれた。元々したくて始めたことではなかったけれど、おれはこんなことも出来ないのだという、リビィの実家の期待にも応えられない自分が情けなかった。

荒れた夫を目のあたりにして、リビィが奔走してくれて、軍隊に兵役復帰出来るようになったのは、口に尽しがたい、嬉しさだった。リビィはやはり彼は軍人なんだと思うのだった。しかし、共に喜ぶリビィの口から、シャリバンの名が出て、彼の心は凍った。この束縛からは、逃れられないのだと。

カスターは、新設の第七騎兵隊の隊長として、ヘイズ砦に、再び赴任することになった。彼はこの時、リビィを連れては行きたくなかった。彼は、もう二度と会えないかと思っていた、ジェニーに一人で会いたかったのだ。もう以前のような家庭内のゴタゴタはうんざりだったのだ。しかし、いくらいってもリビィは彼について来るという。もうあのようなことはしませんわ。リビィも、夫が商人として苦労する姿を見て思うところはあったのだろう。しかし再び彼はリビィにいった、休暇には帰って来るから、ここでお待ちと。

出発の直前になってリビィの父親が倒れた。彼は一人でヘイズに向かった。

「おかえり兄様」そういって私は兄様に抱きついた。相変わらず、昔の子供の時のように顔をカスターの胸に擦りつけるのだった。

「よくお聞き、リビィはまた帰って来る。けれどもそれは数か月先だ」

その晩から、私と兄様は一つのベッドで抱き合って寝た。これは、神様がくれたご褒美だと思って、しっかり兄様に抱きついて寝た。リビィさんが、砦に来るという日まで、昔のままの日々が過ぎたのだった。

リビィさんが来ると兄様は私に厳しくなった。兄様は、心の内で大人になって行く私を、このまま砦に置いていいのか苦慮していたのだろう。

私は相変わらず男物のシャツを着て、遠乗りに行った。

ある晩、兄様とリビィさんが、居間で真っ裸で抱き合ってうごめいているのを見てしまった。おしとやかなリビィさんが、大きな声で良いとか、もっと来てなどと、わからない言葉を発しているのが驚きであった。裸で絡み合う二人を見て、もう昔のことでおぼろげながら、辛かったことが思い出されたが、リビィさんの狂乱振りを見ていると、いつもの私に対する抱っことは違ったことをしているのだと、目が離せなかった。

翌朝兄様が、夕べのことは夫婦の秘密ごとで、神様も許していらっしゃることだ。他人は見てはならないのだ。リビィは、お前がいるから気の休まる時がない、といって泣いていると、一方的に私を叱った。

そんなに大切なことなら、部屋に鍵かけて、他でやればいいんだと思って私は、台所にあった朝食用のパンを皆鞄に詰めて、酒保が開いていないから、そのまま、シシーに乗って、家出をした。私は怒っていたし、悲しかった。そして、兄様とリビィさんが、今までずっと、あんなことをしていたであろうことに少なからぬショックを受けた。行く所は湖しかなかった。

湖は、私が子供の頃に遊んだミシガン湖などとは比べられないくらい小さなものだけど、いつも冷たい水をたたえて、山頂にあるとは思えない美しい所なのだ。私はすぐに裸になって、水に入って遊んだ。嫌なことは、忘れてしまいたかった。どれくらい水と戯れていたのだろう。体が冷えて、もう水に入っていられなくなった。

そして湖から上がると、そこに焚火が燃えていて、見知らぬインディアンがいたのだ。そして、一方的ではあったけれど、私はインディアンの妻になった。兄様達のことを見ていたから妻になれたので、そうでなかったら幼い時の思い出のせいで、拒否して暴れたことであろう。

私も妻になれたと、喜びいさんで兄様にいったら、兄様は、いきなり私を殴った。初めて殴られた。なのにすぐ兄様は私に初めて、大人のキスをして抱きしめてくれた。私は何が何だかわからないうちに、風呂に入れられ、三階の自室に閉じ込められてしまったのだった。私も兄様がリビィさんとしていたことをしたいと思った。

　私は釈然としなかった。砦で誰も声すらかけてくれない私を あのインディアンは妻にしてくれたんだ。それの何が悪いのか 私には、わからなかった。兄様だって勝手に結婚したんじゃないか。あのままインディアンと、行ってしまえば良かったんだと、凄く思う。もう彼とは会うことは出来ないのかもしれない。私は彼の妻になったというのに、もう会えないのだ。兄様は私が妻になったのを怒ったんだ。兄様は勝手すぎると思い続けて、満月の晩が無為に過ぎて行くのを、その晩は一睡もしないで過ごした。でも、あの時私がインディアンと一緒に行ってしまったら、兄様はさすがに心配したころだろう。だから、ちゃんと断りを入れるために帰ったのに、殴るなんで、あんまりだ。私は兄様に、リビィさんのことで、捨てられたとずっと思っている。だけど、私はやっぱり兄様を憎むことはできないんだなぁと思った。

　食事は、朝晩二回兄様が持って来る。昼がないのは、兄様がパトロールに出ているからだ。時々リンゴの煮たのの缶詰なんかが乗っているけれど、もう私もそんなものでごまかされない。どうにかして兄様を、リビィさんから取り返してやろうと思った。せっかく私を妻にしてくれた人がいたのに、部屋に閉じ込めて、彼と会えなくしてしまったのだから、兄様はその責任があるのだ、とその時私は思ったのだ。

　私は部屋から解放されると、無理を承知で、再び湖に向かった。新しい焚火の跡があって、きっとあのインディアンが約束通り、待っていてくれたんだと思って、約束を守れなかったことがとても悲しかった。ずっと前見た焚火の跡は、彼のものだったのかもしれないと思った。もしそうなら、またここに来て、偶然会えるかもしれないと、少し希望が見えた気がした。

　毛布を敷いて寝転がって空を見上げながら私は思った。今回のことがあって、私って、少し変わったよね、と。兄様のお嫁さんになるといっていながら、たった一度、兄様がリビィさんとしていたことを、見知らぬインディアンとしただけで妻になったからといわれた時、そのままそのインディアンに、ついて行ってしまおうとしたのだから。私の心のどこかに、どんなに頑張っても、兄様のお嫁さんにはなれないんだって、思いが出て来たんじゃないかと思うのだ。私は、そもそもなんでこの砦に暮らしているのだろうか。カスターの養家でも、アン＝マリー姉の牧師館でもなくて、兵隊でもないのに、なぜなんだろうと思うようになった。今後兄様が第七騎兵隊の隊長辞めちゃう時だってあるだろう。軍の命令で、他所の砦に移ることだって、この先ないとは限らないと思う。その時、兄様は私を連れて行ってくれるのだろうか。そして、リビィさんと、兄様の取りっこを一生続けて行かなければならないのだろうか。そんなことは、嫌だと思うようになった。リビィさんの、兄様と寝室に消えて行く時の勝ち誇ったような、笑い声を聞くのはもう嫌だ。私は兄様を愛している、これは確かだ。けれど、私は兄様と結婚は出来ないのだ。これはもう、どうしようもない事実でもあったのだ。私は少し大人になって、ものの道理がわかって来たのかもしれなかった。

兄様が突然軍人を辞めて、リビィさんのために商人になると、知った時も、それが兄様の人生なのだと思った。もうその時、二度と会えないかもしれないと、思ったけれど私は泣かなかった。今私は、どこかでこの砦を出たいと思っていることに気がついたのだ。そのためには、必然的に兄様と別れがやって来るのだとも、仕方のないことなのだと思う自分がいるのだ。もしも、もしも兄様のお嫁さんに私がなれる時が来たら、それはきっと夢の中のことであって、夢はきっといつかは、醒めるのだと思うのだった。

兄様は突然私に四人のお守りをつけるといい出した。一人はサムの奥さんで、まっとうに生きていけない人間の溜り場に近いこの辺境の砦の中にあっても、やはりサムの奥さんは孤独だった。「オカマ」と呼ばれて、それに耐えて生きて来たのだ。ミッチは、大学まで出たというのにここまで流れて来て、銃が打てない役に立たない兵隊だ。スタンリーは吃音があって、人と交わることが苦手だ。オリバンダーは、牧師の学校を中退して、南北戦争時に衛生兵を命ぜられていたというだけで、今医者のいないこの砦で、重宝されている。彼は戦を好まないから、平気で医務室に隠れている。皆砦のあぶれ者だ。民間人の私に、四人ものお守りをつけるというのは、兄様が第七騎兵隊の隊長だから出来ることで、裏返せば、それだけこの四人は兵隊としていかに役に立たないかわかるというものだ。

この頃の諸々の事件の後、兄様はますます私に冷たくなった。第一に小遣いをくれなくなった。湖に行くには、今以上に、兄様のつけで食料を買わねばならない。したがって、湖に行く時は兄様の許可が要るようになったのだ。私の行動に監視がつけられたようなものだ。しかも缶詰の数が多いのなんのと、以前はいわなかった小言をいう。夕食を共にしているのに、兄様は無言で、リビィさんの冷たい視線が痛いだけで、ご飯は美味しくない。兄様は、いつも神経をピリピリさせているリビィさんと、よく夫婦をしているなぁと思って、その原因の一つは、このあたしなんだと思う。あたしがいなくなれば兄様は、幸せになるのだろうかと、初めて思った。私がいなかったら。今まで思いもしなかったことだ。私はいつまでも兄様と一緒と信じていた。それが、兄様が結婚してしまって、私がリビィさんのことを兄様を奪った妻というもの、と思っているように、リビィさんも兄様に纏わりつく私が嫌いなのだ。

リビィさんは砦の生活に馴染めなくて、一度実家に帰ったのに、また性懲りもなく、兄様と砦に戻って来た。リビィさんは兄様の所に戻ってきたくらいだから、きっと兄様のことをいまだに愛しているのだろう。だけど今兄様はどうなのだろう。皆一言も口をきかない夕食に、私も出ろという、兄様の考えがよくわからない。もし夕食にジェニーがいなかったとしても、二人楽しく語らいながらの食事になるとは、とても思えないからだ。でも兄様は私のことで、リビィさんに気を遣っているのは確かだ。兄様に、私はいつまで砦にいるのと聞いたら、いつまでもずっとだと答えた。ジェニーは、お婆さんになるまでここにいるというわけなんだ。でも、なぜ。なぜでもだ、と兄様はいつもいう。それがどうしても理由がわからない。確かに、毎日兄様の顔を見ていたい。兄様と別れて一人でいた時の寂しさったらなかった。でもこれでいいんだろうかと思うようになったのだ。毎晩の夕食で、リビィさんといるのは耐えがたい思いがする。でも今私は、兄様と一緒にいなければ湖にも行けないのだ。

私はとうとう我慢が出来なくなって、兄様に必ず五日で帰るからと約束をしてお供を四人連れて湖に向かった。もしその時、例のインディアンに会ったら、一緒に村へ連れて行ってもらおうとまで考えていた。

兄様は、インディアンの妻になったことは、絶対に誰にもいってはいけないと、いったけれど、男達が焚火の枯枝を探しに行っている間に、私は、サムの奥さんにその話をしてしまった。

「ジェニーちゃん、そのインディアンとアレしたの？」

「アレって何？」

「兄様とリビィさんがしていたことよ」

「それならたぶんした」

「アレ入ったのね」

「今度のアレは何？」

「ジェニーちゃんになくて、兄様にあるものよ」

「それ何ていうの？」

サムの奥さんは少し顔を赤らめたけれど、「それはね、ぺっぺニスっていうのよ」

「あのね、そのインディアンは、私の体の上に跨って、そのペニスっていうのをしごいて、唾をつけて、いきなり私の体の中に入って来たの」

「ジェニーちゃんて、大胆ね、そんな言葉口にして、でも大人になれて良かったわね」

「私のこと妻だっていってくれたの」

「キャー、妻ですってえ、羨ましいわあ、私もいわれてみたいわあ、それでどうだったの大人になった気分は」

「痛かったよ、リビィさんみたいに、良いわぁなんて、叫ばなかったよ、兄様とならそうなったのかな」

「それは兄様でも無理よ、でもそのうち良くなるはずよ」

「でも兄様、私がインディアンの妻になったっていったら、いきなり殴ったんだよ」

「そりゃ、閣下も大切なジェニーちゃん、インディアンに大人にされたって知ったら驚いたでしょうが」

「兄様がしてくれたら良かったんだ。私ね、兄様とリビィさんが愛し合っているの見て、私本当は兄様と同じことしたかったんだって、その時思ったんだ。そういうこと知らなかったから今まで何も出来なかったけれど、知ってたらしたかったんだろうって思ったんだ」

「その気持ち良くわかるわ、でもインディアンについて行かないで、兄様の元へ戻ったのは、ジェニーちゃん良い選択だったと思うわよ。兄様は、インディアンと戦っているんだからね」

「それでもついてったって良かったって思うんだ。お夕食三人で食べるの。三人とも、一言も話さないどころか、リビィさんいつもジェニーのこと睨んでいるの。ご飯喉通らないよ、なぜ兄様はジェニーとご飯食べようっていうんだろうっていつも思うよ」

「閣下は、リビィさんに気を使っているのよ、それでもジェニーちゃんの顔見て、ご飯が食べたいんだって思うわ」

「本当？　そんなことあるかしら、とてもピリピリした夕食なんだよ」

「だって、その時しか、ジェニーちゃんと一緒にいられないでしょ」私は、言葉が出なかった。それって兄様私のこと、まだ愛しているってことなのかな。サムの奥さんにいわれるまで、そんなこと気がつかなかった。私はリビィさんの冷たい瞳が嫌なだけだったのだ。

　夕食後、焚火を囲んで、話をした。

　ミッチは、しきりに東部へ帰りたがって、ここでの生活は私には合いませんというのだった。

　スタンリーは、金を探す山師だった。

　オリバンダーは、大きな牧場を手に入れたいが、兵隊やってて、そんなのは夢だといった。

　サムの奥さんも、自分の牧場持って、オカマといわれない世界に住みたいという。

　私は、ポケットに手を入れて、皆夢を叶えたくはないかと聞いた。四人の意見は同じだった。皆金持ちになりたかった。私の手の平に乗って、焚火の光でキラキラ輝く金の塊一つが、全てであった。

　それから、金鉱探しが始まった。一週間の予定を、三度の食事を二度にして、私がインディアンから貰った、金の転がる沢を探しに山に入った。私が一度だけ、インディアンの教わった深い山奥の沢は、一週間を十日に伸ばしてもなかなか見つかるものではなかった。自ずと士気は下がって来る。しかし、夢にかけるしかない我々は、やっと沢を見つけた。

「ジェニーさんの話、嘘じゃなかったんですね」とミッチが笑った。

「信じてなかったの？」

「半分半分でした。でも、早く土地を手に入れた方が良いですね」といった。

　私は兄様に、二度と口に出すことはあるまいと思っていた、シャリバンの名を出して、土地を手に入れた。

最初にスタンリーは、鉄道人夫の中から、日本人を連れて来て金を掘り始めた。次に、ミッチが、学校で勉強し直して、皆さんの金を守る、銀行家になりますよ、といって砦を去った。

オリバンダーも、自分の牧場が手に入ると、出て行った。

サムの奥さん一人が残った。

「ジェニーちゃん一人置いてけないわ」

「でも一人で生きて行く」

「口でいうより一人って寂しいのよ」

「兄様いなかった時、ずっと一人だった。兄様結婚してからは、一人のようなものよ」

「困ったわね」

ある日、サムの奥さんと遠駆けに出て、運悪く、シャイアン族の大群と、遭遇してしまったのだ。とにかく逃げるしかなかった。逃げ惑う中、ラッパの音と、第七騎兵隊の隊旗を見つけた時は、これで助かったと思った。兄様が駆けて来るのが見えた。カスターダッシュだ。あと少しで、兵隊達の構える銃の安全地帯に辿り着く、と思った時、シシーが敵の矢を受けて倒れた。私はもんどりうって、馬から放り投げられて、右肩を強打して動けなくなった。インディアンはすぐそこに迫っている。もうだめだと思った時、兄様より早く、私の所に駆けつけた兵隊がいた。私はその兵隊の差し出す手にしがみついて、馬に這い上がった。その時、兵隊は、「うっ」といって、私を抱く力が弱まったが、気を取り直して、安全地帯まで逃げおおせた。

私は馬から飛び下りると、ありがとう、大丈夫と聞いた。兵隊は、振り返って、尻に大きな槍が刺さっているのを見て、なんだこりゃあとかいって、馬から滑り落ちると、気を失った。インディアンは死者を残して、消えた。私はシシーにすがりついて泣いた。もうお婆さん馬だったけれど、遠駆けも速駆けも、他の馬にまだ負けなかった。兄様がくれた私の心の友だったのに、その遺体をこのダコタの平原に、そのまま置いて行かなければならないのだと、私は大声を上げてワンワン泣いた。泣き疲れると、兄様の馬に乗せられて砦に帰った。兄様はまた私に牝馬（ひんば）をくれたけれど、もう馬には名前をつけなかった。

私を助けてくれた兵隊は重症だったらしく、最初の数日は目を覚まさなかった。私は毎日、その兵隊の枕元に跪いて、この名も知らぬ兵隊の、命を助けて下さいと、神に祈った。助けて下さったら、この兵隊の望むことは何でもしますからと。

兵隊が気がついたと聞いて、私は兄様と、その兵隊に礼をいいに行った。しかし、まだ苦しそうであった。兄様は、珍しく酒保で何でも口に合いそうなものを買って、見舞ってやれといったので、毎日行った。そして名前がヘンリーだということを知った。

最初のうちは、まだ傷だけでなく、うつ伏せに寝ていることさえ、辛いといって言葉もあまり交わさず、ただ枕元に座っているだけだったのだが、一週間、十日と過ぎると、会話が出来るようになった。それまで私は兄様の命令で、下士官とはあまり口をきかなかった。だから、このヘンリーが、私に丁寧な言葉を使って、気を使って話をしているのが、面白かった。

「カスター閣下の妹さんに、お見舞いに来て頂いて、恐縮です」とか、「私のために、わざわざ缶詰を、お手自ら頂けるなんて夢みたいです」なんて、変な会話になるのだった。

少し具合が良くなると、必死に片手を伸ばして来たので握ってみた。感激ですなどといっていたけれども、そのうち私を抱き寄せるとキスをした。私は、何でもこの兵隊の望むことをしますと、決心して、目をつぶって、大人のキスを彼がするのを許した。彼が望むのだから、そんなもんなんだとあまり深くは考えなかった。

やがて歩行の訓練が始まったが、右足に不具合があるという。馬に乗れるようには、まだ数ヵ月を要した。

まだ病傷兵扱いの、ヘンリーと、新しい馬の足慣らしと称して、砦の近くへ馬で散歩に行けるようになった。そして、その日は来た。インディアンに怖れていてシシーが死んでしまった恐怖はまだ強く、遠くには行かれなかった。

大きな岩陰に、毛布を敷くと、彼は私の肩を抱いて、ゆっくりと横たえてくれた。そして服のまま私を抱きしめた。

「ジェニーさん、今日は私の誕生日なんだ。したいことしてもいいかい」と聞くので、私は頷いた。私は、彼の命を助けてくれたなら彼の望むことは何でもしますと、神に約束していたからだ。

首筋のキスから始まって、ヘンリーは私の上着のボタンを外しにかかった。そして、私の両の乳房に、そっと唇を這わせたのだ。こんなことされるの、生まれて初めてだったから、くすぐったいと笑った。ヘンリーは驚いていたようだった。やがて一つになると、やはり痛みはまだあって、痛いといった。彼は、先のインディアンより優しく私を扱ってくれたけれど、彼の体が私に入って来ても、ただ、毛布に寝ていることしか出来なかった。リビィさんは、なぜ、あんなに大きな声を出したのだと思う。私は何も感じなかったからだ。

二人の交わりはすぐに終わった。彼が興奮し過ぎていたからだろうが、インディアンの跋扈する土地で愛し合うのは相応しいこととはいえなかった。その時、私は男性に体を開くのが、はしたない行為なのだということすら知らなかった。終わると、ヘンリーは、私を抱きしめて、素晴らしかった。愛している、好きだと、ずっといってくれて、私は嬉しかったのだ。一度遠慮がなくなると、私達は人目を忍んで愛し合った。騎兵の出て行った馬小屋では、一番愛し合ったと思う。彼は私に、それは優しく接して、人恋しい私の心を慰めてくれたのだ。

兄様にいうつもりはなかったけれど、サムの奥さんにはいった。

「ジェニーちゃん、それ本当なの？　あいつだけはだめよ、女たらしのヘンリーって有名だったって話よ」

「でも彼とアレしちゃったもの」

「何いってんのよ、もうしちゃだめよ。あんたはネンネだし、砦一の美人よ、セックスしたいだけなんだから、もう付き合っちゃだめよ、わかったの？」

「でも彼優しいのよ、私に愛しているっていってくれたもの」

「それが女たらしの手なのよ。そんな言葉で引っ掛かっちゃって、いいこと、兄様にばれたらどうするのよ、止めるのよ。いいこと、わかったわね。ただじゃ済まないわよ」

サムの奥さんにこう意見されたけれど、私達はますます人目を避けて愛し合った。兄様の目も怖かったし、どこでもほんの短い間だけれど、私は、初めて愛されるって、こういうことだとわかって来て、離れることが出来なくなった。

サムの奥さんに、一緒に街に行ってくれと頼んだ。最初のうちは、なんで、あのヘンリーなのよ、といいっぱなしだったけれど、

「ジェニーちゃん、あんた砦のあのおうちにいるのがそんなに辛いの？」

「だって、あそこ私の家じゃないもの、兄様とリビィさんの愛のおうちなの。そりゃあ兄様と別れるのは死ぬ程辛いことだけど、でも、もう我慢が出来ないの」

「それでいいの？」

「だって、ジェニーがいなくなれば、兄様達二人きりになれて、幸せでしょ」

「閣下が許されるかしら」

「私ねえ、ずっと砦にいるもんだと今まで思ってたの。だから他に行く所ないし兄様といたの。だけど今の兄様は昔の兄様じゃないの。きっと私とリビィさんの間に挟まって、あんなになっちゃったんだって、この頃わかるようになったの。それなら、私が砦を出ればいいんだって、急に思いついたの。サムの奥さんはヘンリーだけは駄目っていうけれど、今まで兄様の名前に臆せず、私を愛してくれたのは彼だけなんだもの。遊びでもいいの、捨てられるのは、ジェニー慣れているから、嘘でもいいから彼と暮らしたいの。私が、ここ出てったら兄様達幸せに暮らせるんじゃないかって思ったの」

「ジェニーちゃん、そういったって、もう兄様と会えなくなっちゃうのよ」

「だからヘンリーにいったの。私は兄様と結婚するって決めているから、あなたとは結婚出来ない、そんな女でもいいいって聞いたの」

「あいつ何ていってたの」

「ジェニーと一緒なら、それでいいって」

「女たらしのいいそうなことじゃないの。ジェニーちゃんも、私と同じで男を見る目がないっていってことなのよねえ」それでも、私の決心が堅いと思って、家探しの手伝いをしてくれた。

「本当にこの家で良いのね」

「うん、羽目板はピンクにするつもり」

「ここが居間で、隣が応接間、二階が私の寝室と、ヘンリーの部屋とお客間よ。サムの奥さん泊まれるように」

「それは嬉しいわ。でもこんな立派な応接間がそもそも要るの？」

「絶対ないことだけれどね、もしかしてね、兄様がこのおうちにみえたら、使って頂くつもりなの……」私はサムの奥さんに抱きついて泣いた。そんなことは、ありえないのだ。わかっているけれど、作らずにはいられなかったのだ。

サムの奥さんは私の髪を撫でてくれながらも、「ジェニーちゃん、そんなに閣下のことが好きなのね。報われない恋ってあるのよねェ。可哀そうに、いつかきっと兄様このお部屋に来てくれるわよ、必ずよ」とサムの奥さんも泣いていた。

「兄様がこのおうちに来たら、まず一緒に写真を撮るの。私一緒に写真撮ったことないのよ」

「写真があれば、寂しくはないものね」

「私兄様の写真は持っているんだ」

私の手にあったのは、タバコのおまけのカードだった。質の良くない写真であったけれど、

「酒保とね、酒場の店主に頼んで、兄様のカードがあったらとっといて頂戴って頼んでおいたの、驚いたことに何種類もあるんだよ」

当たりは女のヌード写真だ。その写真欲しさに、他の軍人カードは捨ててしまうのだ。


それを拾って来てもらって、印刷も粗悪な写真を大切に持っている。サムの奥さんには、ジェニーのいじらしさがたまらなかった。本当は兄様と別れたくはないのだろう。しかし、自分の置かれている立場と、兄様達の夫婦仲を思って、彼女は身を引くという。彼女にとっては究極の、選択をしたのだろう。いつかどんな形であっても必ず来るであろう別れに対して、自分が捨てられたと思わないで済むようにと、彼女なりに考えたのだろう。この家は、そんなジェニーの思いがこもった家なのだ、相手が、あのヘンリーというのがいま一つ気に食わないが、彼女にとって、初めて砦の外へ出て行く足掛かりになったのだ。そのジェニーの決心を応援してやらねばと、サムの奥さんは思うのだった。


「昔ね、砦の家で使っていたコックは、腕が良くて美味しいものが食べられたんだ。でも今いるコックは、いま一つなんんだよね。特にパンが美味しくないんだ。兄様達はよく我慢してるって思っているんだ」

「そのパンちょろまかして、家出ばかりしていたのは誰よ」

「だって、お金なかったし、酒保開いてない時、出て行く時も多かったもの」

「ヘンリーとは、湖に行ったの」

「そんなの無理だよ、一緒に行きますなんて兄様にいったら、

ヘンリー殺されちゃうよ」

「そうよね、セックスしまくりますって、いうようなもんだものね」

「嫌だなぁ、そんないい方。そりゃ行けば一度くらいすると思うよ。だけど、ジェニーの湖見てもらいたいじゃないか」

「ジェニーちゃんは、本当にあの湖が好きなのね」

「あんな山の上の、水溜りを少し大きくしたみたいな湖だけど大好きだよ。ジェニー死んだら、あの湖に沈めてもらうんだ」

「またそんな不吉なことをいう。それはずっと先のことでしょうが」

「でも誰かにいっておかなけりゃ、わからないじゃないか」

サムの奥さんは、私を抱きしめると、「いいこと、ジェニーちゃん。私より先に逝ってしまっては駄目よ。ものには順があるんだからね」

「そんなの誰もわかりはしないよ、サムの奥さんはお友達だからいっておくんだから」

「閣下がジェニーちゃんのこと、愛して下さったらいいのにね」

「それはそうだけれど、そんなことは夢だよ。たとえ叶うことがあったって、いつかは醒めちゃう夢なんだよ。兄様にはリビィさんていう奥さんがある。これが現実なんだ」

「なんだか、ジェニーちゃん、この頃考え方が大人になって来たわねえ」

「夢ではおなかは膨らまない。夢はいつか叶うって信じてたけれど、それは無理だってわかって来た。サムの奥さんも、私と一緒に砦の家で今夕ご飯食べてごらんよ。夢なんて見る間がないってわかるから。ヘンリーには悪いけど、私あの夕食から逃れたかったんだと思う。兄様がもう一度キスしてくれたらなぁ、兄様諦められるかもしれないって思うんだよ。それも夢の一つだよ」

「ジェニーちゃんて、そんなに辛い日々過ごして来たのね。ヘンリーがジェニーちゃん幸せにしてくれることを、神様に祈っているわ。あたしにはそれくらいしか出来ないもの」

「そんなことないよ、家探したりジェニー一人では、とても出来なかったもの」

小間使いと女中はすぐ決まったが、コックだけは、調理をさせて見て決めさせる念の入れようだった。

「だってやっぱりご飯だよ。不味い夕飯にリビィさんに睨まれていたら、ご飯喉を通らなかったよ。これからは、少なくとも美味しいご飯食べたいわ」

私の家が決まると、サムの奥さんも自分の牧場へと去って行った。

私は、夕食後居間で本を読んでいる兄様に、書斎へ来てくれるように願った。すぐさまリビィが、旦那様はお疲れなのですからといったが、兄様は手で制して、私と書斎に入ると椅子に座った。

「何なんだ」

「この砦を出て行くことにしたの。長い間お世話になりました。もう家も決まったから明日出て行くわ」

兄様は黙っていた。まさか私が自らこの砦を出て行くなど、思いもしなかったのだ。

「出て行ってどうするのだ」

「ヘンリーと暮らすの」

「なぜヘンリーなのだ」

「だって彼優しいんだもの。私優しくしてもらったの彼が初めてだったもの。サムの奥さんは、私とただセックスしたいだけだから止めなさいっていったの、じゃあ、兄様私を愛してくれる？　出来ないでしょ。兄様と別れるの死ぬ程辛い。でもこの家にいるのも死ぬ程辛いの。あたし兄様と結婚するんだからヘンリーとは結婚出来ないっていったの、それでも一緒にいてくれたらいいって、いってくれたの。それが嘘でもいいの、とにかく私のこと愛しているっていってくれたの、彼だけだから。そんなわけで、ジェニーは明日この家を出て行きます。報告終わりよ」そういって、急いで書斎を出て行った。兄様の顔を見ていたら涙がこぼれそうになったから。

屋根裏部屋は元から荷物も少ないので、もう片付いている。

私は兄様に手紙を書いた。

〝愛する兄様、いっぱい考えて、私が出て行くのが一番良いことだと考えついて、出て行くことにしました。この長い砦での暮らしの中で、たぶん私の人生の中で一番幸せな時がありました。それはこれから、どんなことがあっても、二度と手には出来ない時です。それは修道院を出てこの砦に来た三年に満たない日々のことです。私と兄様は本当に二人きりでした。私は男と女のことも知らず、ただ兄様に抱きしめられて眠れた、二度と戻ることの出来ない日々のことです。チョコも友人もなかったけれど、兄様とずっと一緒にいられるのだと信じていた、もう言葉に出来ない楽しい時でした。その思い出があるから、ジェニーは一人でも生きて行けると思うのです。今回ジェニーは、初めて兄様を捨てます。捨てられると、どんなにか寂しいかわかると思うけれど、兄様にはリビィさんがいるのだもの大丈夫ですよね。もしかしたら、もう一生会えないのだと思うと、やっぱり寂しいです、出来ることなら、どこかで兄様と一緒に写真を撮りたかったです。ヘンリーは私のことを、すっごく愛していて一生幸せにしてくれるといってくれます。その言葉だけで嬉しくなってしまいます。兄様愛してる。リビィさんと仲良く暮らして下さい。

ジェニー〟

翌朝、まだ朝食も前に私は家を出た。その時兄様が、リビィさんの前だというのに、力いっぱい抱きしめてくれて驚いた。ついでにキスもしてくれたら良かったのに、耳元で体に気をつけるのだぞ、なんて平凡な言葉を囁いて、おでこにキスを一つしてくれた。リビィさんにも、長らくお世話になりましたっていったら、慌てて、お元気でとか口ごもっていった。

　私とヘンリーは、二人して砦をあとにした。二人とも二度とここには戻らないと思っていたはずだ。私は、修道院を出て以来、初めて外で暮らすのだ。楽しみだけれど、少し心配だ。田舎者に見られないかな。でも隣にはヘンリーがいる。これが兄様ならと思わないことはないけれど、それこそないものねだりだ。私はヘンリーと暮らして行くと決めて兄様を捨てたのだ。初めて私に捨てられた兄様は、今どんな気持ちで朝食を食べているのだろう。私達も意地を張らずに朝食を食べてくれれば良かったと思う。

「ヘンリー、朝ご飯食べて来れば良かったね」

「いえてるぜ、腹ペコだぞ」

「新しい家に着いたら、美味しいご飯が食べられるわよ」

「おれは早く、お前を食いたいぞ」

「やぁあねぇ、そんなこといって」

二人は顔を見合わせて笑いあった。

普通じゃないこと

「愛される」ということが、こんなに楽しいとは思いもしなかった。私は幼い頃から一人でいることが多かった。それが当たり前だと思っていた。兄様と、いつまでも一緒と約束をした時も、日中は兄様はパトロールに出て、夜帰らない日も多かった。そんなものだと思っていたから不思議にも思わなかった。

　それがヘンリーと暮らすようになって一変した。朝日が覚めても、どちらか先に目が覚めた方が、もう一人が目が覚めるまでベッドで、相手の顔を見つめている約束がいつの間にか決まり事になった。そして二人は、おはようのキスをする。

　私が小間使いに手伝われて着替えをして、髪を結い化粧をするのを、旦那様は女中に服を着せてもらった後は、椅子に座ってニコニコしてずっと私のことを見ているのだ。そして朝食をとると、居間に行って、新聞や雑誌を読む。ただ読むだけではなくて、内容に夢中になって、気を取られて隙が出ると、すぐくすぐり合いになってしまう。クッションで応戦したりと、あっという間に朝は過ぎて昼になる。軽く昼食をとると散歩に出る。歩く時も、馬車に乗る時もある。買い物を楽しむこともある。店でお茶を飲むこともあるが、それは珍しいことで、ほとんど家でお茶をする。コックの作るケーキが美味しいからだ。そしておしゃべりをして、夕食を済ませると私は歌を歌ったり本を読んだりして過ごす。そして旦那様の、寝るぞの一言で、小間使いが私に寝間着を着せてくれるけれど、それはすぐに剥がされてしまって、私達は愛を育む。とにかく、私は旦那様と離れている時がないのだ。小用に立っても、旦那様がどうしたと聞くので困ってしまう。

まるで絹の布に包まれて、旦那様の愛に満たされるのだ。こんな生活はしたことがない。しかも働くこともないのだ。旦那様は、私が少しも飽きることのないように、面白い話をしてくれる。そして旦那様はベッドの中で、男と女がどうしたら、一番楽しいかをじっくり時間をかけて教えてくれるので、三ヵ月も過ぎると、私もだんだん旦那様の愛撫に快感を感じるようになって来たのだ。それは不思議なことだ。突然なんとなくだけれど、旦那様が私の体の中に入って来る。それがわかって、体がふわっとするのだった。私は知らない間に声を上げているのだそうで、朝目覚めた時の旦那様上機嫌だった。まだ目が覚めたばかりなのに、もう夜が楽しみだというんだから。

旦那様は渋ったけれど、パーティに呼ばれて行くようになった。旦那様は、夜は早くにベッドに入って楽しいことをするのだと、まるで子供みたいにいうのだけれど、ご近所付き合いだって必要なはずだ。私達は、この街でたった二人きりで生きているのだもの。

でも、パーティなんて、私は行ったことがない。新しいドレスをおろして、胸ドキドキさせて行くのは私の方なのだ。田舎者に見えないだろうか、日に焼けた肌を皆何と思うだろうか、心配事はいっぱいある。

「旦那様が騎兵隊におりましたので、私も西で暮らしていましたの」

「どうして、この街にいらしたの?」

「旦那様が怪我をなさって退役されましたので、街で暮らすのも良いかなぁと思って」

「お怪我されたなんて大変でしたわね」

「ええ、最初の数日間はお気がつかれなくて、私毎日神様にお祈りしていましたの」

「まぁ、そんな大きなお怪我されましたの」周りの婦人達が、皆一同に同情の声を上げる。

「西での生活ってどうでしたの?」

「どうって、旦那様が無事お帰りになることを祈って、あとはすることはありませんの、こんなに日に焼けてしまいましたしね」

「でもあなたのおぐし、凄く綺麗だわ、お母様に似られたのかしら」

「だぶん、そうだと思いますわ。幼い時に亡くなったので私覚えていませんの」

「あら、ごめんなさいね、とんだこと聞いてしまって」

「運命ですから、お気になさらないで」

「旦那様とはどんなご縁で」

「兄の紹介なのです」

「まぁ素敵、お兄様も軍人でいらっしゃるの？」

「兄は戦死いたしました……」

旦那様と、二人の馴れ初めはそうしようと決めてあったのだけれど、兄様が亡くなったなんてことを口にした途端、思わず涙が出てしまったのには、自分でも驚いた。

もっと驚いたのは、周りに集まって新入りの私のことを何かと詮索して、泣かせてしまった婦人方だ。

「まぁ、とんでもないことをお聞きしてしまって」とか、「ごめんなさいね、知らなかったとはいえ、そんな悲しいこと、思い出させてしまって」など、私のために熱い紅茶をとか、一ぺんで親しくなったのは、幸いなことだった。

兄様といえば、ここに落ち着いて一週間程してから、砦へ手紙を書いた。ここの住所を記して、無事生活を始めましたという簡単な手紙だったけれど、いまだにお返事は来ない。その後も、折に触れて、何度かお手紙したのに、お返事がないのだ。兄様の筆まめは有名で、戦に出ても、毎日伝令を通して後方にいるリビィさんに手紙が届けられた話は、有名である。私そんなに毎日欲しいわけではないけれど、兄様がお手紙一本下さらない程、ヘンリーとのこといまだに快く思ってはいらっしゃらないのかなぁと思って、少し悲しい思いをしている。一度でいい、兄様のお手紙が欲しい。ジェニーは幸せに暮らしていますからと、わかって頂きたいだけなのに、なぜ兄様は手紙を下さらないのだろう。これはヘンリーにもいっていない、私の心の闇だ。

生まれて初めて、二十四時間一人の男に愛され続けているというのに、私の心は、兄様をどうしても求めてしまうのだ。ヘンリーに心から申し訳ないと思う。覚悟して砦を出たというのに、やっぱり私は兄様が忘れられない。ヘンリーの深い愛を感じれば感じる程、兄様に会いたいとの思いが募ってしまうのだ。私はそんな気持ちをヘンリーには決して見せまいと努めているのは確かだ。ヘンリーといると、毎日があっという間に過ぎて楽しい。だけど、兄様どうしてお手紙一本下さらないのだろう。ずっと待っている自分の心が、許せないのであった。

兄様とは、別れを承知で出て来たのだと思えば、我慢も出来て、ヘンリーがいるのだからと思い返せば、毎日は楽しかった。パーティやお茶会などでなくて、思い切って自分でバザーを開いたのだった。

私の作ったお人形が男性ばかりに売れた。旦那様が、同じドレスを着て、その端切れで作ったのだといえばいいといったから、そうしたのに、若い男が、私の手を触ったとかいって、私を責める。ではもうバザーは止めますといえば、もっと続けろという。旦那様はそういう自虐的な所があって、それでいて、私を真綿に包むように、愛してくれているのだ。そんな時、やはり旦那様の考え方がわからなくなる。試されているようで、嫌なのだ。そんな私の心をわかっているのか、またバザーを開けという。旦那様にもきっと、心の闇があるのだろう。

しかし、何も考えなければ、毎日が楽しかった。私は女として旦那様に愛されているという、今まで思いもしなかった現実が目の前にあった。ある意味異常とも思える、ヘンリーの私への執着ぶりであった。時には息苦しく感じることも、ないとはいえなかったが、私は胸を張って、ヘンリーに愛されているのだといえた。私が機嫌が良ければ、ヘンリーも笑った。友人も出来たし、毎日のようにお茶会だの夜会だのとお誘いはあった。そんなことに飽きたら、昼間から居間のソファーで二人抱き合って無言で過ごしても、互いの肌の温もりを感じながら過ごして、飽きることがなかった。

心配していたヘンリーの浮気など、考えることすらなかった。かえって私に結婚指輪をしろという。お茶会での送り迎えなどは、噂になった。

「ご主人様に愛されてお幸せなこと」

「あそこまで、気を使われる方って、いらっしゃいませんわ。これも奥様が美人だから」

帰って鏡を見る。日焼けはすっかり抜け落ち、もとからなのだろう、久しく目にしない自分の白い肌を見た。あたしって綺麗なのかしら、と思う。今までいわれたことのない言葉だ。

「ご主人様、あなたが浮気でもなさったらって心配なのよ、きっと」という人もあったが、私が浮気をするなど思いもしない。ここに兄様が来たらわからないけれど、そんなことはあり得ないことだもの。ああ兄様、どうしてお返事下さらないのかなぁ、もうジェニーのこと忘れちゃってリビィさんと仲良く暮らしていると思うと、それも少し悔しい。いっそのこと、砦に行ってみようかとも思うけど、それもきっと旦那様は反対して、悲しむかと思えば口に出せない。もはや兄様のことは、忘れてしまわなければならないと思うのだ。だから折り合えば、なるべく楽しく毎日を過ごして行こうと思ってバザーをやる。人形作りは上手くなった。ヘンリーも褒めてくれる、素直に嬉しい。ずっとずっと昔、バザーに行ったことを微かに覚えている。そこは、アン＝マリー姉の作ったクッキーや、教区民から本当にもう不要になった品物ばかりが並ぶ、貧しい教会のバザーではなくて、本当に目が飛び出るような美しいものばかりの、夢のような楽しい日だった。あんなバザーがしたかったのだ。

だから私はよく教会の慈善バザーを開いた。入口の缶に小銭を入れれば、それが寄付で、あと入場してしまえば、飲食も自由だし、私の憧れた美しい寄付品が並んでいるのだ。それも私が買って、安く出している。私のことを良くいわない人がいるのも知っている。金持ちの道楽といわれてもいい。私が楽しければ、それで良いのだから。バザー会場をエプロンをして、駆けまわる私の姿を旦那様は、どこかで必ず見ている。

そして夜ベッドに入って、「今日楽しかったわぁ」と私がいって、旦那様の腕の中で眠ってしまっても、私のことを思って特別に旦那様は我慢をして、朝目が覚めても、私は寝間着を着ているのだった。そんな時は、少し旦那様に申し訳ないと思ってしまう。旦那様は楽しいセックスをしようといって、私の月のものの時以外は、私に女の術を教えてくれた。

最初はとにかくびっくりした。男と女の愛し方には色々な方法があるんだと、私にはなかなか出来ないことも多い。楽しいセックスどころか、苦痛のセックスもあるんだよね。兄様もリビィさんにこんなことしているのだろうか、というと、ヘンリーは男と女なんだからしているに決まっているっていうのだ。相手はあのリビィさんなんだ。リビィさんがしているなら、ジェニーもいつか兄様に求められる時があった時、出来ないといけないという。そういって、ヘンリーはどんどん変なことをしようとするのだ。それって少しずるくないかなぁ、でもリビィさんには負けたくない。だって私、あんな大きな声では、まだ叫べはしないのだ。あの時のリビィさんは、いったいどんなことをしていたのだろう。とっても私には真似が出来ない。それでも時々、相手が兄様だからなのかと、思わなくもない。でも、なるべく砦のことはもう忘れようと思っている。だって私、こんなにヘンリーに愛されているのだから。

私が少しでもぼおっとしていて、兄様のことを考えているのではないかといって、ヘンリーは嫌がる。私にもう忘れてしまえという。本当にそうなんだと思う。でもね、ヘンリーと濃い交わりをすればする程、砦に来たばかりの頃、修道院で寂しい思いをしていたのが、急に兄様と二人で暮らすようになって、男と女のことも知らずに、ただ兄様の大きな胸に抱かれて眠った数年間が、たまらなく懐かしく、思い出されるのだった。もうあんな日は二度と訪れはしないのだ。私にとって、何の心配もない日々だった。兄様が、おやすみといって、おでこにキスを一つしてくれる。そしてその肌の温もりを感じてそれだけで幸せだったあの頃。私の人生で一番穏やかな時だったと思うのだ。もう、色々なことを知ってしまって、帰ろうにも、もう戻れない、あれは今にも壊れそうな砂糖菓子のような日々だったのだ。ヘンリーに抱かれながらも、そんなことを思ってしまう。だから、彼は、私が兄様のことを考える暇のないように、パーティやバザーを開いて、昔のことは忘れて、今を生きろという。

最初の頃、兄様や砦のことが話に出ると、泣かずにはいられなかった。それが今、涙は出ずに、懐かしい思い出になりつつある。ヘンリーのおかげだと思う。砦には二度と行きたくないし、もしかしたら、もう兄様にも会うことは出来ないのかもしれない。以前なら思いもしなかったけれど、それでも私は生きて行かれると思う、ヘンリーがいるから。

ヘンリーには一流の店で品をあつらえる。私はといえば、それより一つか二つ下のどちらかといえば庶民的な店でドレスをあつらえる。宝石などもあまり付けない。人々の中に紛れて生きたいからだ。目立たないで、ひっそりと生きて行くつもりだった。だのにいつの間にか私達は有名人になって、パーティもお茶会もお客は引きも切らず、お呼ばれも多い。それは最初の私の行動がいけなかったのだ。持ち慣れないお金で、教会に多額の寄付をしたり、いくらやりたかったとはいえ豪華なバザーを開いたせいだ。私達は金持ちだと、宣言したも同じだったから。それでも私にご夫人方の知人が出来た。友人というものを持ったことのない私だから、このご夫人方の本当の心はわからない。でも仲間には入れてもらったと思っている。だからお茶会に呼ばれて、一人で大人しくしているということはない。ちゃんとおしゃべりの仲間に入ることが出来る。それだけで、とても気が楽だ。

ヘンリーの私への愛は、束縛だと思う。ある意味リビィさんもそうじゃないかと思う。リビィさんも、兄様に、自分だけを見ていてもらいたいのだきっと。だから、私とリビィさんはうまくいかなかったのだと思う。

私はこんな気持ちを心の奥底に、ギュッとしまい込んで、ヘンリーと暮らして来た。そして、ヘンリーが、本当に私だけを愛しているのだと、だんだん肌身でわかって来た。最初は遊びだと思ってた。家を買ったって、三日で飽きられて捨てられると、覚悟を決めていた。それがどうだろう。ヘンリーは浮気をするどころか、逆に私の浮気するのを心配しているのだ。

何も考えなければ、今まで味わったことのない幸せな日々だった。こんな日が来るなんて、考えたこともなかった。ヘンリーは、お前を世界一幸せにしてやるとか、絶対に離さないとか、いつもいう。けれど、それっていいかえれば、私との別れを恐れているのだ。私は思う。そんなこと絶対にないのに、と。私はヘンリーの愛に包まれ過ぎていて、もう別れるなんて、考えられなかった。私もそんなにヘンリーを愛していたのだった。だからヘンリーにわかって欲しかったし、心配もして欲しくなかった。

しかしヘンリーが応接間を知っていたのには驚いた。彼も見てすぐに、ここが兄様のためだけの応接間だと気がついたのだろう。この家を買う時、サムの奥さんは、私がここを特別な応接間にするといったら反対したのだ。

「ジェニーちゃんは、ヘンリーと暮らすんでしょ。そこになんで兄様のための応接間が要るのよ。待ってたって、兄様来るわけないじゃないの」と、友人の気安さで当たり前のことを、当たり前に口にした。

そんなことわかっている、わかっているけれど、どうしても欲しいのだと、私はそこでワンワン泣き通した。自分でも、心の持って行きようがわからなかったからだ。

サムの奥さんは、泣く私を前におろおろし、ついに根負けして、応接間は作られたのだ。その応接間で、ヘンリーは私とダンスをしたいという。私の心に痛みが走った。二度と会えないかもしれない兄様に対してか、隠していたことへのヘンリーに対する懺悔か。私は応じて、ドレスを作ることになった。ヘンリーへの償いのための、特別なドレスだ。特別なドレスだからその日まで秘密だ。

ヘンリーは焦れて来て、当日、私がドレスの上に薄いマントを羽織っているのにも、苛立った。けれど、マントが肩を滑り落ちると、あんなに驚いた旦那様を見たことはなかった。いつも、私のおっぱいが小さいと文句をいうヘンリーのために、その日、私の背中、脇腹、脇の下に腕まで、動かせるお肉は、二人の店員で、引っぱり上げられて、店長の支えるパッドの中におさめられて、生まれて初めて、谷間のある胸が出来た。

お肉を持って来るのは痛くて、私その後二、三週間筋肉痛に悩まされるのだけれど、ヘンリーの喜び方といったらなかった。すぐに私の胸に顔を埋めて、乳房が柔らかいのを確認したら、どんな方法を使ったのだと私に聞いたのだった。ヘンリーが本当は、こんなにも大きな胸が好きだったのだとわかって、私の貧弱な胸が申し訳なかった。私達はその夜、魔法が消える前に椅子を並べただけの硬いベッドで、愛を交わしたのだった。

それからのヘンリーは、あの胸をして、他所のパーティ行って、うちの奥方は本当はこんなに豊満な胸をしてるんだと、自慢をしたいと頻りにいった。冗談ではない。私が急にあんな胸で外へ出たら、また噂になってしまうではないか。私はそれからは、いつもより浅いくりの胸元に、少しだけ谷間が見える服を作ってもらって、これで我慢してね、とお願いをした。それでも、ないよりはましとヘンリーは思ったのだろう、納得したようだった。

毎日私達は、婦人会など男のヘンリーの入れない場所にいる時以外は、ほとんど一緒に過ごした。私が許したならば、私の排泄している所だって、喜んで見たいといったことだろう。

バザーにお茶会にパーティと、呼んだり呼ばれたりする間に、友人が遊びに来たりと、私達はほとんど変わらない日常を過していた。別に苦でもなく、私が機嫌が良ければ、ヘンリーも喜んだ。

一度大冒険があった。それは六月の気持ちの良い日で、私はヘンリーに遠乗りに行きたいといったのだ。ヘンリーに否はなく、二人で線路をずっと西まで風を切って、馬を進めた。久方振りの遠乗りで、私は楽しくてしようがなかった。それで、思いがけず遠くまで来てしまっていたのだった。軽食をとって帰るだんになって、ヘンリーが何かおかしい。馬に乗っているのが辛そうだ。古傷が痛んできてしまったのだ。結局野宿をすることになって、次の日のもう夜になって、やっと保安官に発見されたけれど、ヘンリーは馬に乗り続けなければならなくて、家に帰ってもしばらく動けなくなってしまったのだ。その時も、もう我慢が出来ない、と泣きつかれて、彼の体に私が跨ってするという、今までしたことのないことをさせられたのだ。

ヘンリーは、普段気をつけているのだろう、けれど、よく見れば右足を引いている。それも、私を助けようとして、インディアンの大きな槍をお尻に受けたせいだ。ヘンリーが、楽しいセックスしようといって、私には耐えられないようなことを迫っても、結局許してしまうのは、その時ヘンリーに私は命を助けられたからなのだ。あの時彼が敵前に飛び込んで来て、愛馬シシーをやられて、地面に放り出された私を助けてくれなかったら、私は死んでいたはずだから。

　私はその時思った、私とヘンリーとは、そんな深い縁があるのだと。本当は私が恩を返さなければいけないのではないかと思うのだ。けれど、そう思ってもやはり私は、ヘンリーが求めて来る私にとっては変な愛し方にはどうにもすぐには応じられない。

　彼がどうにか動けるようになると、私は杖を買って来て、私より上背のある女中のマーサの肩を借りて、ベッドの周りを歩くようになった。マーサは、まるで女中ではないような親身さでヘンリーの世話をする。マーサはきっと、ヘンリーのことが好きなのだ。だから私は、ヘンリーの体調が戻って、サムの奥さんの牧場へ行く時、強引にマーサも連れて行った。汽車に乗るのが初めてだというマーサを、ヘンリーの隣に座らせ、ヘンリーはその手を取ってやった。私は反対側の席に座って、二人の姿を見ても何も思わない。ヘンリーが兄様であって、マーサの手を取ったとしても、私は何も思いはしないであろう。リビィさんならどうするだろうと思って、少しおかしく思った。

　砦でのことは、少しずつではあるけれど過去のことになりつつある、と私ですら思う。兄様には会いたい。もう一生会えないかもしれないと思ったら、リビィさんがどうなろうが、最後の別れの時、兄様にめちゃくちゃ抱きついて、キスの一つもしていれば良かったと、あの時、出来もしなかったであろうにと思う。

　ヘンリーは散歩だといって、三等客車まで歩いて行っている。足が良くなって本当に嬉しい。

　牧場について、サムの奥さんが、本当にサム——本名かどうか知らないけど——という年下のパートナー見つけて暮らしているのだと、白状させた。決め手は、ベッドに並んだ二つの枕だ。

「あら、恥ずかしい、わかっちゃったの」とサムの奥さんは、恥ずかしがったが、私は結婚式やろうといった。私の手には自宅から持って来た手動式のミシンがあった。絹のドレスではなかったけれど、シーツに、まるで今回のために買って来たような、小さな花が沢山縫い付けられたシフォンのショールを使って、マーサとウェディングドレスを作り上げたのだった。

　お嫁さんになるのが夢だったサムの奥さんは、身長が二メートルもあって胸毛もあるけれど、その日一日は、夢のお嫁さんであった。私は感涙にむせんだけれど、私の知らない所で、兄様はリビィさんと結婚したんだという思いが、胸の底から押さえつけても、どうしても湧いて来てしまって、泣いてしまうのだった。

私は兄様のお嫁さんになりたかった。だからヘンリーには結婚は出来ないといって来た。ヘンリーは何もいわなかったけれど、この頃私の結婚する相手って、本当はヘンリーなんじゃないのかな、などと思ったりもするのだった。

私は落ち着くと、サムの奥さんに、兄様に手紙を出しても、一度も返事が来ないことを相談した。やはりサムの奥さんもおかしいという。それで奥の手使ってくれることになった。サムの奥さんが、自分は女の子と自覚した時に捨てた二度と使うまいと決めていた本名で兄様へ手紙を出してくれたのだ。どんなに勇気が要ったことだろうと思うと涙が出る。ドレスのお礼よというけれど、良いお友達だと心から思うのだ。

兄様からお手紙が来た。やはり私の手紙は一通も届いていなくて、どうしているのか、心配していたのだという。それならもっと早くに、サムの奥さんに相談すれば良かったと本当に思った。リビィさんは私のこと、そこまで嫌いだったんだと、砦での日々を思い出すのだった。

私はまた兄様に手紙を書いた。ずっと不思議に思っていたこと、それは私がなぜ西部で暮らさなくてはならないということ、それとシェリバン将軍とのことを聞いたのだ。

返事は来た。シェリバンは兄様に色々と便宜を図ったこと、スキャンダルを恐れて私を西部へやったこと。しかし彼の息子――兄様は私の気持ちを慮って名前を書かなかった――はその後も、悪癖が止められず、ついには地位のある一般人の少女に手を出したため、ついには訴えられて、それでも父親の力で良家の人間が入る病院で、今人形を抱いて暮らしているのだそうだ。兄様はついにジェニーに、シャリバンの後ろ盾があったことを認めた。それは私にとっては、とても悲しいことだけれど、少し心がすっきりとした。きっと兄様もだろう。

もう一通、兄様から手紙が来て、私が修道院を出された時、なぜ私と結婚しなかったか、今後悔している。そうすれば、ずっと一緒にいられたのに、とあって、兄様とリビィさんの仲を少しだけ心配した。しかし私の心は晴れた。

そんな時、ヘンリーが、子供が出来るか医者に診てもらおうといい出した。思いもしなかった。私の赤ちゃん。私だってお母さんになれるんだ。

私はヘンリーに、赤ちゃんで来たら結婚しようと心からいった。ヘンリーは無言で私を抱きしめた。と同時に、私の生みの母のことが、猛烈に知りたくなった。知らないままでいれば良かったのだ。幸せに浸っていれば良かったのだ。

ピンカートン探偵社から返事が来た。思っていた通りの母親で、祖母という人が私のために泣いてくれたという、ただその一行だけで私は救われた思いがした。母という人に会いたいとも思わなかった。だから、そんなことをしなければ良かった。何もしないでヘンリーの愛に浸っていれば良かったのだ。私は愚かだ。

私が出生について話すと、ヘンリーが自分の人生を話し出した。私は目の前が真っ暗になった。なんで、よりによって、どうして、なぜ……。

　私はヘンリーに自室で寝てくれと頼んだ。この家に来て初めてのことだった。ヘンリーは私に向かって何かいったけれど、もう私の耳には入らなかった。夜も更けていたけれど、私は小間使いのエイミーを起こして、明日この家を出るから、服でも何でも後でいくらも買ってあげるから、持って行きたいものだけと、二、三日分の着替えを用意するようにと命じた。

　私は書き物机に座って、ヘンリーに手紙を書いた。あなたは何も悪くはありません。でもシェリバンの血の繋がったあなたとはもう一緒に暮らせません。若い人を見つけて結婚なさい。生活は何も変わりません。ただ私だけが消えるのです。そして、手紙の上に、結婚指輪の代わりといってしていた指輪を外して、乗せた。

　そして、二、三日分の着替えをトランクに詰めると、早朝、エイミーとこの家を出た。私は駅で、西に行くか東に行くか少し迷った。兄様が休暇でミシガンの家にいることは新聞で読んで知っている。私は兄様に抱きしめて欲しかった。たった一度でいいから、力いっぱい抱いて欲しかった。しかし、そんなことが許されるわけがないこともわかっていた。

　私は行き先に迷って、汽車に乗って、知らない駅で降りて、目についたホテルに入って行った。最初女二人連れで、フロントの主人は良い顔をしなかったけれど、私が小切手を出して、スイートを一か月借りきるから全額をいいなさいというと、急にもみ手をして、割引きをさせて頂きますよと、すぐボーイを呼んだのだ。私は街で一番高級な服屋を聞いた。ホテルの馬車で連れて行ってくれるという。そこでドレスを何着もあつらえた。エイミーにも、小間使いには過ぎた服を作ってやった。五日かかるというのを、普段なら待てるのに、心の荒んでいた私は、三日でと無理をいった。

　そこで、宝石店への紹介状と、ただの名刺に一行書き添えたものだったけれど、とにかくもらって店に行った。名刺を見せると、私達は奥の部屋に通されて、お茶が出て来た。しかし、店主の手にあるものは、皆がしているような、簡易なものだ。私は焦れて、「こちらが、街で一番の店と聞いて参りましたのに、このような品揃えなのですか」と席を立とうとした。

　店主が慌てて、奥から、ベルベットの平たい箱を捧げ持って来た。いつもは金庫に入っているのだろう。中に並んでいた、大きな石のはまった指輪の中から、すぐ目についた一番大きなダイヤの指輪をとると、左手の薬指にはめた。サイズは心持ち大きいが直す程のことはない。

　私はまた小切手帳を出して、三割引きの値を書き込むと、店主の鼻先に、小切手をぶら下げた。

　店主は、「お値段はそちらで結構でございますが、何分初めてのお付き合いでございますので、小切手を換金されてから、お品をお届けするということでは、いけませんでしょうか」と恐る恐る聞いた。

たしかに、もっともな言い分だった。それほどダイヤは高かったのだ。

「私、スリークラウンホテルのスイートに泊ることにいたしましたから、小切手が換金されましたら、そちらへ届けて下さいます?」

「左様させて頂きます」

帰りに、御者にチップをやって、本屋と菓子屋に寄った。菓子屋にはエイミーは店屋の中へは入れたが、他の白人客とは一緒に、お茶は飲めないといわれたので、菓子だけかごいっぱい買って帰った。

三日経って、小切手の換金が確認できたのだろう、宝石店主がやって来た。ちょうどその時、ドレスも出来上がって来ていて、大きな箱からベッドの上まで服が並べられていた所だったので、服屋のそれなりの年の女店主は、ダイヤの大きさに驚いてしきりに褒め散らかしていた。

ぼうっと過ごしているうちに、外から帰って来た私に、ホテルの支配人が、そろそろ一か月になるが、まだお泊りいただけますですよねぇ、と猫撫で声でいった。ああもう一月が過ぎたのだ。

「今までお世話様、会計をしておいて下さい。私出て行きますので」と、残念そうな顔をした男にいった。

私達は、共に新しいトランクを買って、次に持って行くものを詰めた。私達はヘンリーと共に暮らしていた時のものを全て処分した。あの私の誕生日に買った、ダイヤが取り巻いた金時計を除いて。急がせて作らせたドレスも、あまり気に入らないで、そのほとんどをハンガーにかけたままクローゼットに置いて来た。

私がフロントで、精算をしていると、メイドが駆けて来て、お荷物がそのままですがといって来た。

「あぁあれ、皆いらないの。あなたにあげるわ、好きに使いなさい」

支店長が慌てて部屋を見に行って、「本当に皆残して行かれるのですか」と聞いたから、そうだと答えた。

こうして、私とエイミーは、汽車に乗っては知らない街に降りて、何もせずホテルを泊まり歩いた。不審がられるのはいつもだったが、薬指の大きなダイヤがものをいった。

根なし草の生活にも倦んで来た。ある時、少し疲れた顔をしてエイミーが、私にいったのだ。

「このようなことを申し上げるのは心苦しいのですが、お嬢様、いつまでこんな生活をなさって行くおつもりですか。このままではきっとお体を壊してしまわれます。私は存じませんが、お嬢様のお友達のサムの奥様のお名はよく聞きました。僭越ではございますが、その方をお訪ねになさったらいかがでしょうか」といって涙を流した。

きっとずっと前から、そのことを思っていて、いつかいおうかずっと迷っていたのだ。ああエイミーありがとう。

私は、サムの奥さんから、あのヘンリーだけは止めなさいと、いわれ続けていた。しかし砦を出たかった私は、ヘンリーとのセックスに溺れて、その忠告も聞かず、一緒に暮らし始めた。それが今、駄目になりましたから、なんてどんな顔をして、サムの奥さんに会ったらいいかわからなかったのだ。

本当は兄様に会いたかった。それが無理とわかっていたから、根なし草をしていたのだ。そうだ、意地を張らずにサムの奥さんの所へ行けばいいのだ。あれだけいったのに、と叱られるかもしれない。それがなんだ、

「あぁエイミー、あなたなんて良い子なんでしょう、早速明日、牧場へ行きましょう」私はエイミーを抱きしめた。この長かったホテル暮らしが惨めにさえ思えた。


夕餉の時間はとうに過ぎていた。汽車は昼過ぎには駅に着いていたけれど、牧場まで乗せてくれる馬車が見つからなかったのだ。一日の仕事を終えて帰る途中のおやじに、私は五十ドル札を振って見せた。渋々送ってくれたおやじは、牧場の門に着くと、トランクを放り出して、私たちを急き立て馬車から降ろすと帰って行った。門から母屋までは一キロ以上あるのだ。

ノッカーを叩くと、しばらくして、「今日はもう終わりよ、用があるなら、明日おいで」と、サムの奥さんの男の声が中から聞こえた。それでもノッカーを叩き続けるしかなかった。

「なんだってんだよ、明日にしろっていってるじゃないか」と、サムの奥さんは乱暴に戸を開けたのだった。

私はサムの奥さんの胸に飛び込んだ。「まぁジェニーちゃん、あんたいったいどうしたのよ。連絡すれば迎えに行ったのに」

玄関を開けて出て来たサムの奥さんに、私は抱きついて泣きじゃくった。言葉はもう何も出なかった。ただ、サムの奥さんの顔を見られた嬉しさに、安堵して、後は泣き続けた。私の後ろに二つのトランクを引きずるように持ったエイミーを見て、

「ダーリン、この子のこと見てやって。きっと何も食べていないはずだから、残り物見繕って食べさせてあげて頂戴。ジェニーちゃんには、お砂糖いっぱい入れた紅茶とクッキーをお願いね」と、てきぱき指示すると、私を抱いたまま、居間の椅子に座った。エイミーが、「この間、マダム、お嬢様が夜中に明日この家を出るから支度をしなさいとおっしゃって、次の日朝一番で家を出て汽車に乗ったんです。お嬢様はもう泣かれるばかりで、車中でもほとんどお食事を召し上がらなくって」と泣きながらいった。そして、目の前に、食事が出されると、ガツガツと食べ始めた。

「なんだか知らないけれど、ジェニーちゃんに、大事(おおごと)が起こったのね。それでもよくあたしの所へ来てくれたわ。私のこと忘れてなかったのね。嬉しいわ」そういって、私の背中を撫でてくれるのだった。

「ダーリン、その子きっと疲れているだろうから、子供部屋で

休ませてあげて頂戴。それから申し訳ないけれど、今夜はあたしジェニーちゃんについていってあげたいの、だから許してね」

「そんなの気にするなよ、ハニー」と二人はキスをした。サムはたくましい青年になっていた。

サムの奥さんは客間のソファーに泣く私を寝かせると、トランクを開けて、「寝間着くらい持って来たでしょうね」と中身をかきまわし始めた。

私を寝間着に着替えさせると、サムの入れた紅茶を私に持たせて、「熱いから少しずつ飲むのよ。お砂糖沢山入っているから疲れもとれるわ。さぁ、ゆっくりとね」

私は、カップを手にすると、温かいといって一口飲んだ。

「ほら良い子じゃないの、次はクッキーよ、これあたしが焼いたんだから。まず一枚お食べ、そうよ、少しずつでいいから食べることが大切なのよ」

私は紅茶をどうやら一杯と、クッキーを三枚食べた。見ていてこれが限界と思ったサムの奥さんは、「あたし、着替えに行って、すぐ戻ってくるから」といったのに私が離さないので、下着姿で私とベッドに入った。彼女は、私の様子から只事ではないと察して、それから一切何も聞かず、泣く私をずっと胸に抱いてくれた。私は、自分の身に起きたことから、逃げて来てしまった自分を許せなくて泣いたのだった。あんなに愛してくれたヘンリー。私も愛していると、初めて思った人だったのに、兄様いても結婚してもいいと、これこそ天命の人と思える男に出会ったと思ったのに、なんで私は、彼を捨てて来てしまったのだ。私が笑っていれば、それだけでいいと、いってくれたヘンリーを、私は捨てた。彼は何一つ悪くないのに、私だって愛していたのに、ついに兄様越える人に巡り会えたと思った直後に、こんなことになってしまった。私は自分の運命を呪った。いつまでも、引きずって止まない、シェリバンの影に泣いた。しかし、その名を聞いたのなら、もう一緒に暮らすのは無理だった。私の体と心の深い所から、もう一緒には暮らせないという強く厭う思いが湧き出して、私は立ち去らざるを得なかった。あの濃密な、今まで女として味わったことのない、私一人に向けられた愛だとわかっていながら、私は逃げた。そんなに、もう忘れてしまったはずの昔のことが、私の心の奥には、シェリバンという名だけで、もうどうにもならない程、私を苦しめる何かが、まだ強く残っていたのだと、あらためて思った。ヘンリー愛している。なぜこうなっちゃったの。私は自分の不運と運命の過酷さに涙した。もう戻れない、ヘンリーの所へは。砦を出てから、私はヘンリーと暮らしながら、いつも心の奥底に兄様への、求めても叶わない思いを、ずっと蓋をして生きて来た。ヘンリーは、きっとそのことに気づいて、私から兄様の影が消えるように、涙ぐましい努力と心の葛藤の中、私を必死に愛してくれていたはずだ。それがわかっていながら、彼のまったく預かり知らない、理由から、私が出て来てしまったことを、ヘンリーは許してはくれないだろう。でも、これだけは、どうしようもないことなのだ。

　兄様助けて、ジェニーを抱きしめて。今思うことはそれだけだ。兄様に会いたい。それが難しいことはわかっている。でもあの時、シェリバン邸で、痛みに泣く私を抱きしめてくれた兄様のことが思い出されてしょうがない。あの時のように、何もしなくて良い。何もいわなくても良い。ただ抱きしめて欲しかったのだ。

　私は、東へ行くべきだったのではないかと思いながらも、兄様には妻が今あるのだという、私にとっては耐えられない不条理に発狂しそうだった。私は兄様の名前を叫んで、ベッドの中を転げまわった。食卓の皿をひっくり返し、サムの奥さんの心づくしの、マーマレードの瓶を壁に投げつけた。私は客間の中を駆け回って、椅子にぶつかって転んだ。膝が擦りむけて血が滲んだけれど、サムの奥さんの手を、心から心配してくれて差し伸べられている手を、払った。私は、スープの染みで汚れても、寝間着を着替えるのを拒んで、三日でも四日でも着続けて、あらゆるものに当たった。大声で泣き叫び、夜眠ることが出来なかった。

　私は死んでしまいたいと口にした。

　サムの奥さんは、わざわざ医者を呼んだが、医者がいうには、耐えられない程の悲しみを受けて、心が病んでしまったのかもしれない。専門外だから、もっと大きな街の病院へ連れて行ってはどうかといって、睡眠薬だけ置いて帰って行った。

　サムの奥さんは、こんな私のことを、耐え忍んで、毎日抱きしめては、「ジェニーちゃん、大丈夫よ。兄様来てくれるわ、ちゃんとお手紙書いたから」といって、クッキー一枚でも食べなさいというのだった。

　私は半狂乱で、「ミシガンの家には、あの女がいるのよ、手紙なんて出したって、兄様から返事なんて来るわけないんだ。ジェニーは兄様に捨てられたんだから」と、クッキーの皿を投げ捨てた。

　それでも、サムの奥さんは、辛抱強く、私が時たま口にする言葉から、ヘンリーが、シェリバンの息子であると、それがなぜわかって、私が家を出て来たことを理解した。それは、ヘンリーが浮気したなどと比べることのできない、復縁がすぐに望めない程の、私にとっては、重篤な問題であって、頼みはやはり兄様しかいないと、思ったようであった。

　サムの奥さんは、毎週のように手紙を書いたけれど、なぜか兄様からの返事は一通も来なかった。その現実に私はまた荒れた。やはり兄様は、ジェニーを見限ったのだと。

　希望はエイミーだった。私はエイミーの給仕だと、大人しくスープやマーマレードを塗ったパンなどを少し口にすることが出来たのだった。

　サムの奥さんは、「こんなんじゃ、病院ったって連れて行けないわ。閣下はなぜ手紙をくれないのかしら。休暇中で、どこかへ旅行にでも行ってるってことはあるかもしれないけれど、それでも遅すぎるわ。この手紙出して返事が来なかったら、あたしが、ミシガンの家へ乗り込んで行ってやるわ」といって、すぐにも出かけられるように、エイミーに人を付けてやって、隣の街まで、私の下着などを買いにやらせた。

サムの奥さんは私を抱きしめながら、優しく、「大丈夫よ、閣下は必ずジェニーちゃんの所へ来てくれるわ、心配はいらないわよ」

「そんなの嘘だ、兄様にいったい何通手紙出したの。一度も返事も来ないじゃないか、待つだけ無駄だよ」

もう、私には暴れる体力がなかった。二か月以上も着っぱなしの寝間着から、醸し出される複雑な香りが、今の私の心そのままだと思った。泣くことも、もはやなかった。私には諦めの気持ちしかなかったのだった。

しかし奇跡は起こった。兄様から電信が来たのだった。会いに行くから、ミシガンの家の近くのホテルで待つようにとあったと、サムの奥さんが、私を抱きしめて、「ほら閣下、ジェニーちゃんのこと、忘れてなんていなかったのよ、良かったじゃない。兄様に会えるのよ、さぁすぐにも出かけましょ。汽車に乗るのだから、ドレスには着替えないといけないわよ」と優しくいってくれた。

嫌がる私から強引に寝間着を脱がすと、ドレスを着せた。

「兄様私と会ってくれるなんて嘘に決まっているんだから」と私は叫んだけれど、サムの奥さんは私を抱いて、汽車に乗せた。エイミーを連れて来て、「ジェニーちゃんの、女の子の日のことなんて、あたしわからないから、あなた世話を頼むわ。いったい全体何が起こったって思うわよね」

「はい、その日まで、お二人は、いつもとちっとも変わらずに、お部屋にお入りになられたんです。それが急にお嬢様が夜中になって、明日家を出るっておっしゃられて、驚きました」

「そりゃそうよね。結婚するかもっていってたから、ジェニーちゃん、兄様の呪縛からついに逃れたかと思ったのにね、やっぱり無理だったのねェ」

サムの奥さんは、私をエイミーに任せて、その僅かの間で、サムと愛を交わした。

「ごめんなさいね、あたしジェニーちゃんについて行ってあげなくちゃならないのよ。しばらく寂しい思いさせちゃうけど許してね」

「愛してるよハニー、ジェニーさんが閣下に会えるといいね。心配しないで、牧場しっかり守っているから、安心して行っておいで」

「あん、ダーリン優しいのね。でも世話かけるわね、私も愛してるわ、じゃ行って来るから」

三人はこうして、慌ただしく旅に出た。

私は汽車の中で、一人で座っていられなかったので、横になってサムの奥さんの膝に頭を乗せた。エイミーは、駅に着く度に外へ出て行っては、ここにはありませんでした、というのだった。

「まだここは田舎だから仕方ないわよ」とサムの奥さんが労った。

そんなやり取りが何度かあって、エイミーが嬉しそうに、「ございましたマダム、ここにありました」といって、新聞紙に包んだものと、弁当用のパンにコールドミートを挟んだだけの、サンドイッチもどきを渡した。

「あるだけ買って来ましたから」

「エイミー、あんたって気の利く子じゃないの、ほら、ジェニーちゃん、良いものがあるわよ」といって新聞紙の包みを開け始めた。

「さぁ、ご機嫌良くなったかしら、今紙むいてあげるからね」

サムの奥さんの手には、チョコがあった。パンの包を一つエイミーに渡して、あなたも食べなさいといった。

私は揺れる汽車の中で、チョコを手にして、昔々のことを思い出していた。あの時修道院に突然兄様が迎えに来て、わけもわからず汽車に乗った。チョコが欲しいとねだると、その先の駅に着く度に、売店の菓子をあるだけ買ってくれたものだ。西には菓子屋なんて一軒もないからっていって。私は、もう兄様と離れるものかと、ずっと兄様にしがみついていたんだった。それからの数年間、本当に兄様と二人っきりで過ごすことの出来た、私にとって一番幸せな時期だったのだ。いつまでも一緒だよ、と約束をしながら、私はあの時、もう一生口に出来ないと思ったチョコを口にしたのだ。チョコとは、私にそんな幸せな時代を思い起こさせてくれる魔法の菓子なのだ。

「どうジェニーちゃん、お口に合いそう？　そんなに見つめていたら、チョコ溶けちゃうわよ。食べられるんなら少しでもお上がんなさい」

サムの奥さんは私にチョコを食べさせたくて、エイミーに駅に着く度に探させてくれていたのだ。私はそんなサムの奥さんの気持ちを汲んで、少しだけかじった。口の中に広がったこのほろ苦い味は、私はこれから兄様に会いに行くのだという、希望をほんの少し与えてくれた。手紙には会いに来るとあったけれど、ミシガンの家にはリビィさんがいるのだ。私からの手紙を兄様にも見せなかったくらいだ。今回だって、サムの奥さんは何度も手紙を書いたのだろう。その中でたった一度返事が来たからといって、兄様は私に会ってくれるだろうか。あの妻に、家から出してもらえるのだろうかと、一方的に信じてはいないのだった。それでも私は、サムの奥さんのためにチョコをもう少しかじった。これ一枚食べ終えたら兄様に会えると良いなと思った。

私はうつらうつらとしながら、サムの奥さんの膝枕にいた。ある駅に着いた。私はもう耐えられなくて、大声で泣き叫んだ。

出入りする乗客が何事かと私を見たことだろう。そんなことは少しも気にする余裕がなかった。早くここから遠くへ行ってしまいたかった。サムの奥さんは優しく私を抱きしめて、「辛かったのね、もうここで住むわけじゃないのだから、早く忘れてしまいなさい。ジェニーちゃん一人が悪いわけじゃないんだから」といって、人目から私を遠ざけて、泣きたいだけ泣きなさいと、いってくれたのだった。

やがてミシガンの家のある駅に着いた。私はサムの奥さんに抱かれて、駅でポーターを雇って、ホテルまで荷物を運ばせた。ここではスイートに泊った。コネクティングルームで、両側の部屋の間に居間があって、使用人用の部屋もあったからだ。

サムの奥さんは、駅で、兄様の家へ、無事ついてホテルに向かうと電信を打った。ちゃんと兄様に届くといいけれどと、いった。

私はホテルに着くと、すぐ街に出て、新しいドレスを作りに行った。

「旅先なので、簡単な型でいいから、一日も早く作って下さいませんか」と頼んで、特急で二日で三枚作ってもらうことになって、寝間着や下着も買い込んだ。もちろんエイミーの分も作ってやった。

そしてホテルに落ち着くと、私はもう何もしたくなくなって、新しい寝間着を着せてもらうと、ベッドに入った。着ていたドレスやトランクの品物は、掃除に来たハウスキーパーに、不用品だから欲しければ皆あげるからといったら、こんな高級品いいんですか、と驚いていたけれど、喜んで貰って行った。しかし後になって、ホテルの支配人に、盗んだものかもしれないと、確認しに連れて来られたのは、気の毒なことをしたと思った。

サムの奥さんは、これは不用品ですと証明する書類にサインをして、ことは済んだ。私はひたすら兄様を待った。兄様は来ない。私は癇癪を起こして、ホテルが間違っているんだと、サムの奥さんを責めた。それなのに、サムの奥さんは、私に寄り添い、「閣下のおっしゃったことを信じましょ、きっといらっしゃるから」と優しく諭すようにいう。

「兄様は嘘つきだ。ジェニーよりリビィさんをとったのだもの」

「閣下のことを、そんな風にいっては駄目よ。この間来たお手紙見たでしょ。あんなにジェニーちゃんのこと愛しているって、書いてあったじゃないの」

「じゃあ、こんなに待ってて、どうして兄様は来ないの？ジェニー愛しているならすぐ来てくれるはずなのに、いったいいつ兄様は来るの」と私が泣くと、サムの奥さんも答えにつまってしまうのだった。

待つのは辛かった。もとから期待など持ちはしなかったけれど、手紙にあったのだ。必ず会いに行くと。だから何の保証もないまま、日がな一日ホテルのベッドに寝たまま待つしかなかった。

サムの奥さんが何かいっている。彼に押し込まれるように、部屋に入って来た男(ひと)が、兄様とわかった時、私はこの長い日々のことを一瞬で忘れた。

「ジェニー」兄様が、手にした鞄を放り投げて、私の所へ駆けて来た。そして毛布の上から私を抱きしめてくれた。

「兄様」

「ジェニー、日中なのにベッドに入っていて、どこか体の具合でも悪いのかい」

「長く汽車に乗ったから目が回っちゃったの」

「食事をとっていないからだろう。今夜は一緒に食事をしよう。起きられなかったら、私が食べさせてあげよう」

「えっ、お夕飯も一緒にして下さるの」

「ああ、一緒にも寝よう」

「お泊りもして下さるの」

「これからジェニー、いつも一緒だ」

私は、いつもする子供の時のように、兄様の胸におでこを擦りつけて、楽しいな、というのだった。

そして荷物を何も持たないで来た兄様のために、買いものに行くといい出した。心労からか、私の目の下にくまが出来ていると兄様が心配してくれる。から元気では、一人では歩けないので、サムの奥さんに、抱きかかえながら買い物をした。

その後、私は急に甘いものが欲しくなった。サムの奥さんが、菓子屋の場所を聞いてくれた。大きな店で、お茶も飲める。ケーキやパイの種類も多いし美味しそうだった。サムの奥さんは、都会のケーキが、どんなものか知るのだと、五種類も頼んだ。私は今日のおすすめという、胡桃のキャラメルがけケーキを頼んだ。兄様はケーキは頼まないで、コーヒーだけだ。エイミーも二種類頼んだ。「さすが都会のケーキですね、アイシング（粉糖に卵白を混ぜクッキーやケーキの表面に飾るもの）も綺麗だし、中の詰めものも、参考になります」とバカバカ食べている。

その途中で、店主が挨拶に来て、おや今日は、奥様は、というのを、兄様が慌てて、今日は妹と来たのだとかいっている。いつもの菓子をお持ちになりますか、というのを今日はいらないと断った。

私はそのやり取りを見ていて、急に食欲がなくなって、ケーキを半分以上も残した。店主がまたやって来て、お口に合わないようなら、他のケーキをといって来たけれど断った。私は、早くこの店を出たかった。ここは兄様とリビィさんが、お茶をする所なんだ。そんな所に私はいたくない。

ケーキに夢中で、そんな会話の聞こえなかったサムの奥さんは、中身のフィリング（ケーキなどの中身。カスタードクリームなど）は何で作るのかしらなどと、お気楽なことをいって、みやげに買って帰りたいなどといい出して、私の心を逆なでした。

兄様は、サムの奥さんに、明日には今のホテルを引き払って、隣の街のホテルに移るからといって、増えた荷物のために新しいトランクを買い足したりして、それから夕食まで、慌ただしく過した。

夕食に私はスープを半分しか食べられなかった。サムの奥さんが色々いったけれど、私はケーキ屋の店主の言葉が耳から離れなかった。兄様とリビィさんは、この街で夫婦として、一緒にお茶するくらい当たり前に、暮らしていたのだという現実を突きつけられた思いで、どうにも心が重く沈むのだった。店主が挨拶に来るくらい、足しげく兄様とリビィさんは、あの店に通ったんだ。二人一緒ということが、私を苦しめた。ジェニーの知らない所で、兄様とリビィさんの生活があったというのが、頭の隅では理解出来てはいても、現実を見せつけられるとたまらない思いがするのだ。私の預かり知らない兄様がそこにいるのだから。

でも夜になって、兄様が新品の寝間着の匂いを漂わせながら、私をその胸に抱きしめてくれた時、昔の幸せな時が思い出されるのであった。私は神に祈った、どうぞ明日の朝も、隣に兄様がいて下さいますようにと。

目が覚めたら、そこに兄様の顔があった。もう嬉しくて、本当は小用に行きたくて目が覚めたのに、出来るだけ我慢して、兄様にしがみついていたのだ。もう二度と、どこにも行きませんようにとの願いを込めて。

ホテルを移った。私は新しいドレスが欲しくて、とても気に入ったすみれ色の生地で、ドレスを型を変えて二着作った。そして出来上がって来たら、兄様と写真を何枚も撮った。兄様が、こんなに写してどうするんだというくらい、写した。私にとって、この機会が、兄様と写真を撮る最初で最後なのだと、どこかでわかっていたのかもしれなかったのだなぁと、後々思うのだ。

散歩に出て、サムの奥さんが、夜はどうと聞く。兄様に抱っこされて眠れて、幸せだと答えた。私は出来はしないだろうけれど、この辛い思いをしている私を、たった一度でいいから抱きしめて欲しいとヘンリーと別れて辛かった日々ずっと願っていた。それがもう一週間も続いているのだ。私の心はもうそれだけで、癒されていた。これ以上何を望むというのだ。

けれど、サムの奥さんは、せっかく念願の一緒に暮らせるようになったというのに、夜の交わりがないのはおかしいというのだ。兄様にも焼き入れてやる、といって街中なのに何か二人でやり合っていた。

私は兄様と、生まれて初めて、男と女のすることをした。ヘンリーとずっと暮らして来たから、彼としていたそのままをしたら、兄様はとても驚いて、お前凄いなといったのだ。ヘンリーの楽しいセックスは、やはり普通じゃないんだと少し思ったけれど、兄様は、お前とこんなことが出来るなんて、ヘンリーに感謝しなければならないといってから、あっと気づいてジェニー許してくれ、と謝った。ヘンリーが私に教えた楽しいセックスが、兄様の気に入ってくれたのは嬉しい。でもついヘンリーのことを思い出してしまって、兄様が喜べば喜ぶほど、私はこんな私にしたヘンリーを恨んだ。やっぱりヘンリーって、ただの変態なんじゃなかったのかと思うのだ。そして、それを喜ぶ兄様に対しても、何となく、男の厭らしさを感じてしまうのだった。こんなことなら、ずっと兄様の胸に抱かれていたままの方が良かったのにと、思ってしまう。兄様のお嫁に、形だけはなれた。夢が叶ったのだ。でも、夢は夢のままの方が良いこともあるのだと、少しサムの奥さんを恨んだ。そしてヘンリーを恨んだ。リビィさんは少なくとも、私みたいなことはしなかったらしいとわかった。

サムの奥さんが、そろそろ牧場に帰りたいといった。今回本当にサムの奥さんには世話になった。彼女がいなかったら、私は自殺していたかもしれないと本気で思った。別れたくない、といったら兄様が、一緒に牧場に行こうといってくれた。もう、すっごく嬉しい。私も久方振りに、思いっきり馬を走らせたかった。話はすぐ決まって、私達は、サムの奥さんの牧場へ向かって汽車に乗った。もちろんその前日には牧童達へのおみやげを一日かけて探した。私用のチョコも沢山買った。兄様と牧場に行かれるなんて思いもしなかったから楽しい旅であった。私は兄様と、サムの奥さんの牧場がいかに素敵か、汽車に乗っている間中ずっと話していたのだった。

兄様がくれた宝物

駅には牧童が大勢、迎えに来ていた。私はヘンリーと初めてこの駅に降り立った時のことをどうしても思い出してしまうのだった。牧童の掲げた、大きな「アームストロング夫妻」と書かれた垂れ幕のことを。皆、私とヘンリーのことを、本物の夫婦と思っていたのだ。あの晴れがましかった日のことを。

今回は垂れ幕はないけれど、人を掻き分けて、サムが駆けて来て、サムの奥さんと抱き合ってキスを交わした。サムには悪いことをした。長い間、寂しい思いをさせてしまったのだもの。今夜二人はきっと久方振りの愛を交わすのだろう。

サムの奥さんは、サムと挨拶を終えると、大きな声で、「こちらにいらっしゃるのが、あの有名なカスター将軍ですのよ」と兄様を紹介すると、牧童の間から、どよめきが起きて、拍手が沸いた。兄様は珍しく照れているように見えた。

私は兄様が今までどんな活躍をしていたかを、新聞の記事でしか知らない。私が砦を出て、ヘンリーと暮らしていた間、どうリビィさんと生きていたのかは知らない。だけど、私の兄様への手紙を、リビィさんは一通も兄様に見せなかったという。

私は、あの当時、兄様ととにかく一緒にいたかった。だから砦での、息をつめたような生活も我慢した。しなければ生きていけなかったのだ。リビィさんは私のことが嫌いだ。それはわかっている。私も嫌いだから。私は修道院の生活から西へ来て、兄様と二人きりで過ごせる毎日に、あまりに幸せで、こんな日が来るのだと、心から神様に礼をいったものだ。それがなんだ、急に兄様はいなくなったと思ったら、妻というものを伴って、勝手に戻って来た。いつでも一緒の約束は、いとも簡単に破られた。私は何も知らされていなかったから、リビィさんが来たことによって、私の兄様が奪われてしまった事実をなかなか受け入れられなかった。

「これからは、お姉様とお呼び」などという、兄様の言葉に反発した。突然やって来たリビィと名乗った、東部から来た日にも焼けていない女が、妻という名を持つことによって、私の兄様を奪ってしまったのだ。二人して仲良さそうに砦にやって来て、私はまた一人になってしまったのだ。

兄様は私のものだ。私はずっとそう思って、兄様がパトロールから帰って来たら、飛んで行って抱きついた。僅かな時間をぬって、遠乗りに出かけて、草原に寝転がって、兄様の体温を感じた。私の兄様だもの、それくらいしたって、罰は当たらないと思っていた。しかし、夕食の後など、私と兄様が、今日あったことで一緒に笑ったりしたら、すぐリビィさんがやって来て、「あなた、お話があります」なんて割り込んで来るのだった。そんなことが続いて、兄様は私に対して笑ったり、話しかけてくれることも少なくなった。

三人での夕食は、会話もなく寒々としていって、なんで三人集まる意味があるのか、私にはわからなかった。いつの間にか兄様はいつも厳しい顔をしていて、時たま私の顔を見るのだった。いいたいことがあっても、リビィさんの冷たい眼差しが私を貫いていて、言葉すら発せられなかった。

そんな中、ヘンリーと出会って、私は初めて男の愛情を受けた。それは今まで経験して来たどんなことよりも楽しくて、サムの奥さんに何をいわれようと、私を夢中にさせた。そして、私は悩みに悩んで、ついに兄様を捨てる決心をした。愛する兄様を捨てなければならない程、リビィさんと暮らして行くのが辛かったのだったと今でも思うのだ。

兄様は、自分に厳しい。そして私に対しても、結婚して妻を持ったのだ、だから私がいわれなくても、その人のことをお姉様と呼んで仲良くするべきだと思っているのだ。リビィさんに対しても、どんなに私が気に入らなくっても、年上の女性として私を義姉として世話を焼くのが当たり前だと、兄様は思っていたのだ。それが毎日の生活の中で通じなくて、私はだんだん大人になって兄様の膝の元で大人しくしている女の子ではなくなって、自分の妻は嫉妬深く、女二人が対立する、どうにも出来ない現実に身を置いて、こんなはずではなかったと、兄様は思ったのではないだろうか。

私がヘンリーと砦を出て、やっと二人きりになったというのに、リビィさんは私の手紙を、兄様に見せなかった。私が初めて砦に出した手紙からずっと。私がいなくなったとしても、残った二人に、夕食の団欒が戻ったとは思えない。

そして今回兄様はついに家を出た。何があったか知らないが、リビィさんを捨てたといっていいのだろうか。兄様は、これからずっと一緒だ、とまた約束してくれたけれど、サムの奥さんと、「まだ離婚に応じてくれないんですか」という話をしているのを聞いてしまった。

「とにかく家を出て来てしまったが、あの時、離婚を成立させて来れば良かった」などと兄様はいっていた。

まだ妻はリビィさんだ。不貞をはたらいているのは兄様の方じゃないかと思う。ジェニーが兄様の本当のお嫁になる日は来るのだろうか。なんで、私の人生こうメチャクチャなのかと恨めしく思う。何があろうと今度こそ兄様を離しはしない、そう思うのだった。

牧場での生活は楽しい。思いきり風を切って馬を走らせるのは、爽快だった。私だって兄様に負けじと、馬を飛ばす。ただそれだけだけど、時折馬を止めて、馬上でキスをする。誰もいないから、そんなことも自由に出来る。素敵だ。

サムの奥さんの客間にいる時はシーツを汚すのに気を遣った。皆うすうす気づいてはいるだろうけれど、私と兄様は夫婦ではない。一緒のベッドに眠っているけれど、とりあえずはここでは、兄と妹となっているのだから。

だから、本当に小さな丸太小屋に移って、夜汚したシーツを朝洗い、掃除にアイロンがけに、兄様のお世話、着付けをしたり、もちろん兄様の下着を洗う、その間に遠駆けに行ったり、お茶にしたり、これが結婚生活というものなのかなと、思える日々を兄様と過ごしている。

夜ベッドの中で兄様が、「ジェニー、お前おれの子を産んでくれるかい」と聞いた。

ヘンリーとは三年近く、ほとんど毎日愛し合ったけれど、子供は出来なかった。今思えば出来なくて良かった。あんなに愛し、愛されていると思ったヘンリーを、シェリバンの息子と知って、私はもう共に暮らせなかったのだから。果たして私は兄様の子を産むことが出来るのだろうか。もし出来たら、それは何よりも嬉しいことだ。リビィさんとの子がない兄様は、きっと私が子が出来たら、良くやったと褒めてくれるだろう。だけど私は、まだ妻ではないんだ。

ヘンリーは、私に赤い小さな石の入った指輪をしろといって、兄様と結婚するんだといい続けていた私に、妻という名なんてどうでもいいんだといいながら付けさせた。

だけどもし今、私に赤ちゃんが出来たらどうすればいいのだろう。兄様はミシガンの家を出て来たといったけれど、リビィさんはきっと離婚に応じてはくれないだろう。私の子は兄様とリビィさんの子になってしまうのだろうか。そんなこと絶対に嫌だ。私の子は私が育てる。だけど、私ってこのままなら愛人てことになってしまうのだ。赤ちゃんが本当に出来た時、兄様とミシガンの家へ行って、赤ちゃんのために離婚して下さいといったら、リビィさんは応じてくれるのだろうか。せっかく兄様が私の所に帰って来てくれたのに、やっぱりどこか、すっきりとうまくいかないことがあるのだ。兄様と一緒に暮らせるのなら愛人でもいいと私は思う。しかし、子供が学校へ入学する時、結婚する時、愛人の子だと世間に知られてしまうのだ。子供にそんな肩身の狭い思いをさせてまで、子供を作るべきなのかなぁと思ってしまう。私は、今の生活がこのままずっと続けばいいと思っているのだから。だけど兄様は、どうにもいまだに子供が欲しいらしいのだ。私も男の子を産んで、ウェストポイント陸軍士官学校の入学式を親族席で見てみたい。兄様はきっと、将官席にいるだろうから、一緒にとはいかないだろうけれど、晴れがましい思いに包まれるだろうなぁと、思う。そんな日が来るのだろうか。来たらさぞ嬉しいことだろう。

兄様はきっと夜、頑張っているのだと思う。兄様はいったい、リビィさんと、どんなセックスをして来たのだろう。私は、あの時のリビィさんのような、大きな声で快感を訴えるようになれたのだろうか。さりげなく聞くと、ニヤニヤして答えてはくれなかった。兄様もただの男なのだと思った。楽しいセックスがしたいといっていたヘンリーの方が男らしく思えるのだった。無理しなくていい、ほっこりと心温まる優しいセックスがしたいと私は思っていた。これから先、ずっと一緒なんだから。

私は誰にもいってはいないけれど、この頃なんとなく具合が悪い。どこかが痛いとかいうわけではない。ただ時折、胸がムカムカしたり、食事が口に合わなくなって来たのだ。大好きなチョコでさえ、味が変わった気がする。病気といって、どこが悪いのかわからない。ただ体が重くなって日中でも眠くなってしまう。遠乗りを途中で切り上げて、兄様とお昼寝が出来るようになったのは、嬉しかった。外の草の匂いのする兄様に抱かれて眠るのは、心が癒された。しかし、食欲のないのだけはどうしようも隠しようがなかった。いつしか兄様も気にし出して、サムの奥さんの所へ行こうといった。

私は、この丸太小屋を離れるのが嫌だった。ここでなら形だけだけど、兄様のお嫁になっていられるのだもの、他所へは行きたくなかった。兄様も私の気持ちをわかってくれて、私のお嫁の時は、ゆっくりと過ぎて行った。兄様は朝から晩まで、私一人のものであった。キスも好きなだけ出来た。昼寝のベッドで、そのまま愛を交わすこともあった。

洗濯も、掃除もアイロンかけさえ楽しいことだった。私は、小さい時から望んでいた兄様のお嫁さんについになったのだ。他に何があろう。私は時々胸に手をやって、これは現実なのだと思うのだった。やっと兄様は私だけのものになったのだというもう言葉には出来ない幸せな思いでいっぱいだった。これから、いつでも一緒なのだと思った。そして、それを信じた。

サムの奥さんの所から、兄様の誕生会をやるからと呼ばれた。兄様は、軍人として私は年を取りたくないからと、砦にいた時も誕生日を祝ったことがなかった。そんなことを知る由もない、サムの奥さんの好意であった。行かないわけにはいかなかった。が、私はここ数日眩暈がして、一人で馬にも乗れなくなっていた。

サムの掲げる大きなケーキに、蝋燭が沢山差してあるのを見て兄様は、「おれも年を取ったものだ」と、私にだけ聞こえる声でいった。そして、皆の前で蝋燭を吹き消した。

サムの奥さんが、二切れケーキを切って持って来た。兄様は普段甘いものは食べないけれど、サムの奥さんが見つめているので、一切れを食した。皿に手を出さない私を見て、

「どうしたのジェニーちゃん、閣下と一緒にケーキ食べるのは結婚式の時に、とっときたいのはわかるけれど、これはお祝いのケーキよ。一口でもいいから食べて」といって、私にフォークを渡した。

私はケーキの飾りのアイシングの所を、ほんの少し削り取って口にした。アイシングが口の中でなかなか溶けなくて、飲み込むのに時間がかかった。サムの奥さんは、そんな私を黙って見ていた。けれど、きっと兄様と話をしたのだろう、医者に行くことになった。私は医者になど行きたくなかった。なまじ病気だといわれて、兄様と別れたくなかったのだ。サムの奥さんに新しい下着を着せられている間に、兄様が入って来た。堅い顔をしている。

「聞いてくれ、ワシントンから召集通知がついに来た」

サムの奥さんが、「まぁこんな早く、クリスマスまではいられるんでしょう？」

「そんな間はないのだ」

私は下着姿のまま兄様に抱きついて、「ねぇ、軍隊辞めてジェニーと牧場やろう、行っちゃ嫌だ」と泣いた。

病院に行くのは中止になった。兄様と私は残り少ない日々を一緒に過ごすために、また丸太小屋に戻った。馬にも乗れなくなった私は、ほとんど居間のソファで、兄様に抱かれて過ごした。話すことは山のようにあるようでいて、言葉には思うようには出て来ない。

「街におうち買おうね、年明けたら一緒に行かれると思ってたのに」

「お前はどこか具合が悪いのだよ、家より先に医者に行くべきだと思うよ」

「また早駆けしたい」

「今行くか、私が抱いて行ってやろう」

それで、外套を着て、兄様に抱かれて、馬で牧場へ出た。

「具合は大丈夫か」

「平気だよ、兄様暖かい、もっと早く馬飛ばして」

兄様は私の頭を片手でしっかり胸に抱くと馬を駆けた。夕に近づいて、兄様がそろそろいいだろうというまで馬に乗っていた。なぜか降りたらもう二度と兄様と馬に乗ることがないような気がして、なかなか降りるといえなかった。

ワシントンに行く日が決まってから、なぜか兄様は変わった気がした。夜の交わりにしても、必ず私が気をやっても無理して続けている気がするのだ。そして必ず良かったかい、と私に聞くのだ。私は優しい抱擁を、たとえセックスがなくたって、互いの肌の温もりを求めているのだとはいえなかった。何か男としての義務を無理に果たしているように思えてならないのだった。

そして明日にはとうとうワシントンに発つという夜、兄様が私の寝間着のボタンを外し始めたので、私は手で押さえて、「今夜はいいの、その代わり今夜はお話をしてくれませんか」といった。兄様はちょっと驚いたようだったけれど、今夜で最後なんだからと、私をその大きな胸に抱きしめてくれた。

そして、私の息が落ち着くと、「何でもおいい、一晩中聞いてあげるから」といって、

「ね、新しいおうちお部屋がいくつあったら良いかしら」

「ジェニーの好きにすれば良いよ」

「だって、赤ちゃん出来たら、子供部屋要るでしょ。私男の子が三人は欲しいの」

「私も三人兄弟だったけれど、育てるのは大変だぞ」

「皆ウェストポイントに入れるの。頭の良い子だったらいいのになぁ」

「お前に似れば、良い子が生まれるさ」

「それから兄様の書斎も、今みたいな書き物机じゃなくて、両方に引き出しの付いた大きなマホガニーの机に革張りの椅子探します。大きな本棚作って、兄様のご希望の御本用意しますから、これからお手紙下さる時に、本の題名書いておいて下さいね」

「そんな無理をしなくても私はいいよ」

「そんなぁ、またご本書かれるように、ジェニーも協力しますから、兄様の名前入りの便箋とか原稿用紙とか、今度休暇でお帰りの時、すぐ使えるようにしておきますから、楽しみにしていて下さいね」

「ああ、ありがとう楽しみだ」

「何かお気に入らないことがあるの？」

「いや、何もないよ、楽しみだなぁ」

「ならいいけれど、兄様のご希望があればいって下さい。なるべくお気に入りのように作りたいもの。子供が大きくなったら、一緒に本読んだり出来るでしょ」

「ああ、そうだね」

「子供がもし出来たら名前考えなくちゃならないでしょ、兄様考えて下さいね。うんと良い名前」

「お前が考えればいいよ」

「ええ、女の子だったらジェニーが考えるかもしれないけれど、やっぱり男の子だったら兄様に決めて欲しいな」

「ああそうだね」

「ねぇ兄様一つお願いがあるの。兄様はリビィさんと結婚しているの承知でね、ジェニー兄様と結婚式の写真が撮りたいの」

「この間沢山撮ったろう」

「でも、ウェディングドレス着て兄様と撮りたいの。サムの奥さんもウェディングドレスあたしが作って、サムと結婚式挙げたのよ。私と兄様、神様の前では誓えないけれど、写真撮るくらい許してもらえるよね。ジェニー一生のお願い。リビィさん離婚に応じてくれなかったら、ジェニーいつまで経っても、兄様の正式なお嫁さんにはなれないでしょ。だからせめて写真撮りたいの。子供達にも見せてあげたいの。ママとパパは、事情があって正式に結婚式は挙げられなかったけれど、こうして記念写真は撮ったっていいたいの」

「ジェニー、お前……」兄様は私を抱きしめた。「ごめんよ、お前を妻に出来なくて」と、くぐもった声でいったのだ。

それから夜が明けるまで話し続けた。けれどやっぱり兄様は何となくおかしいと感じた。私の話に相槌を打つのに、自分の意見をほとんどいわなかったから。私は、兄様の心はすでにワシントンにあるのだと思うことにした。兄様はやはり軍人で、牧場では暮らせないと思ったのだなぁと、何となく思うことにしたのだ。だから、どこか素敵な街に、兄様の気に入るような家を買おうと思った。

私達はしばらく抱き合ったまま微睡(まどろ)んだ。そして兄様は毛布の中の私を、それこそ骨まで折れそうなくらい強く抱きしめると、ベッドを出て行った。私はしばらく兄様の体温を感じる毛布にくるまって、今日の別れを少しでも遅くしたいと思った。

用意は全て出来ていた。私はずっと兄様に抱きついていて、「このまま兄様と、ワシントンについて行こうかな」といった。サムの奥さんが、「それ良い考えだわ。私達も新婚旅行行かなかったから、ダーリンと一緒しようかしら」といい出した。兄様は、私の手を振り払って、「私は、仕事で行くのだぞ」と声を荒げたのには驚いた。

「ジェニーも、新婚旅行のつもりで行きたかったのに」と甘えていったが、兄様は苛立って、駄目だといったのだ。私をワシントンに連れてシェリバンに会わせるのが嫌なのかと思った。

駅まで見送りに行って、兄様はキスをしてくれて、「医者に行くのだぞ、では行って来る」といって、汽車に乗って行ってしまった。サムの奥さんが、「ご武運を、必ず帰って来て下さいね」といった。

私は、別れに際して、泣かなかった。休暇から、仕事に出て行く兄様の姿を知らなかったけれど、軍人の妻なら女々しく泣いたりしてはいけないのだと思ったのだ。どんなことがあっても兄様は戻って来る、そう信じるしかないのだから。

駅まで出て来たのだからと、中止になっていた医者に行くことになった。医者の前で、サムの奥さんは強引に、私の服を脱がそうとしながら、

「胸がムカついて食事がとれない、大好きなチョコは味が変わったという、今はマーマレードしか食べられない、悪い病気だと困るから診てやって下さい」と、一人で喚きたてた。医者は私に、あなたは旦那さんがいますか、と聞いたので、ハイと答えた。医者は私の脈も見ないで、それはおめでたです、といったのだ。サムの奥さんが何よそれ、と聞いたら、「あなた方の牧場に一人でも、子供を産んだことのある婦人がいたらすぐにわかったことですよ」

「あたし、まだ赤ちゃんがないから」

「それはまぁ、仕方のないことですね」と医者にいわれて、サムの奥さんは後でくさっていたけれど、医者は至極あっさりと、

「赤ちゃんが出来たんですな。おめでとう」といった。

「私、本当に赤ちゃんが出来たんですか」

「今つわりの時期なんですな、赤ちゃんはまだ凄く小さいから無理に食べなくても大丈夫ですよ。それより馬に乗ったり長く汽車に乗ったりするのは危ないですよ」

「馬に乗っちゃいけないんですか」

「駄目です。流産の怖れがありますから」

私、病気じゃなかったんだ。なんと思いもかけず赤ちゃんが出来たんだ。私もお母さんになれるんだ。あんまり突然の話で、その後医者が色々といっていたけれど、何も覚えてはいない。

汽車に一駅乗って、待たせてあった馬車に乗って帰った。その間中、私は、自分の体に起こったことが、病気なのではなかった、赤ん坊が生まれるのだと、もうずっと、興奮し続けて、騒いでいたのだと思う。信じられない、まだ汽車に乗っている兄様に知らせるべく、ワシントンに電信を打とうか、とまで話した。最初の頃は、赤ちゃん出来て良かったわね、とか、兄様そのこと知ったらきっと驚くわ、などと相槌を打っていた、サムの奥さんが、おかしくなりだした。

私達は、ジェニーちゃんより、ずっと早くに、神様の前で結婚式を挙げたのに、まだ子供が出来ない。それを、ほんの数ヵ月兄様と暮らしただけで、赤ちゃんが出来るなんて、ずるいといい出したのだ。

「ジェニーちゃんはずるいわ。赤ちゃん出来ちゃうなんて、私(あたし)だってずっと待っているのにまだ出来ないのよ」

「えっそれって、たまたまのことだよ」

「じゃあ、あたしいつまで待てば、赤ちゃん出来るのよ。サムもあたしのこと、あんなに愛してくれているのに」

「そうだね、サムは本当に、サムの奥さんのこと愛してるもの。そのうちきっと出来るよ」

「でも、あたしより先に、赤ちゃん作ったなんて許せないわ」

「ごめんね、仕方がないんだよ」

「じゃあ、あたしいつになったら赤ちゃんが出来るのよ」

家の門が見えて来た。私は一刻も早く、兄様に手紙を書きたかった。サムの奥さんの、具にもつかない愚痴に付き合っているのにも限度があった。私は浮かれて自分に赤ちゃんが出来たことに舞い上がっていて、絶対にサムの奥さんに対して口にしてはならないことをいってしまったのだ。

「だって、サムの奥さんて、男なんだもの、赤ちゃん出来るわけないじゃない」

「なんだって」と、サムの奥さんが、地声でいうと、家まであと少しだというのに、馬車から飛び降りると、家に向かって駆けて行った。そして戸をバタンと大きな音を立てると家の中へ消えた。

私は必死に後を追うと、サムが、茫然として立っていた。

「ハニーが、男になって、メチャクチャ怒って、大股で部屋に入ると、中から鍵をかけてしまった」のだという。サムの奥さんが愛するサムに、男の素顔を見せたのを一度も見たことがない。きっとサムにとっても、初めてのことではないだろうか。

「サムの奥さん、ごめんね、あんなこと口に出して、きっとジェニーにその時、悪魔が付いていたんだよ。ごめんね許して、もう二度といわないから」と、ドアを叩いて声をかけたけれど、中から「ウルセェ」とクッションか何か投げつけた音がした。

サムが、「ハニー、もうすぐ夕食だよ、出ておいでよ、一緒に食べよう」と優しくいっても、中で泣いているらしく出ては来なかった。

次の日も、朝からずっと私は、戸の前で謝り続けて、サムの奥さんの機嫌をとったが、効果はなかった。出て来たのは四日目のもう夜も遅くなって来てからだ。空腹に耐えかねて、ついに籠城生活に終止符を打ったのだった。

出て来たサムの奥さんは、キスをしようとするサムを押し止めて、お腹空いたといった。サムは、すぐその日のメニューのビーフシチューを大皿に持って、カゴいっぱいのパンと一緒に持って来た。サムの奥さんはシチューの中にパンをちぎっては入れて、食べ始めた。肩まで伸びた黒髪はクシャクシャで、あれだけいつも気にして、朝と晩に剃刀を当てていた髭が伸びていた。着ていた特注の寝間着は皺だらけで、いかに私の一言が彼女に与えた衝撃を思わせるのだった。

「サムの奥さんごめんなさい。みんなジェニーが悪いの。サムの奥さんのいうこと、なんでも聞くからジェニーのこと許してくれない？」

私は、今までサムの奥さんにかけて来た、迷惑を思ったら、赤ちゃん頂戴といわれたら、サムの奥さんにあげなくてはならないとまで、思った。それだって、サムの奥さんは私のこと許してくれるのだろうか。私のたった一人の女の子の友達なのに、絶対に口にしてはいけない言葉で傷つけてしまったのだから。

私は、また、「何でも、サムの奥さんのいうこと聞くよ、だから許して下さい」といった。

サムの奥さんは、サムに皿を差し出して、おかわりをもらいながら、「ジェニーちゃん、本当にあたしのいうこと何でも聞くの？」といって、また黙って黙々と食べていった。その無言の間が、私には恐ろしかった。三回目のおかわりをもらう時に、サムの奥さんがいった、

「ジェニーちゃん、私のいうこと本当に何でも聞くのね」

「うん」

「じゃあ、赤ちゃん出来たって、兄様にはいわないこと、守れて？」

それは、赤ちゃんくれという次に、辛い宣言だった。私はさすがにすぐには返事が出来なかった。

「どうなのよう、何でもいうこと聞くんでしょ」

サムの奥さんがたたみかけた。私はウンというしかなかった。

「それなら許してあげる。あたしに赤ちゃん出来るまで兄様にいっては駄目よ」

それって一生、兄様に赤ちゃん出来たっていえないいってことじゃないか、と思ったけれど、私は、サムの奥さんとの友情をとって、約束をしたのだった。

実は私は、赤ちゃんが出来たとわかった時、あんまり嬉しかったので、兄様にジェニーに素敵なことが起こりましたと、すでに手紙を書いてしまっていたのだった。その手紙は引き出しの奥にしまわれて、もう二度と日の目を見ることはないように思えた。電信を打って、まだ汽車に乗っている兄様がワシントンに着いたら、真っ先に赤ちゃんが出来ましたの報が着いていたら、兄様どんなに喜ぶだろうかとも思っていたのだけれど、それも夢に終わった。

私は毎日、居間で大人しくしていた。こんな気分の時こそ、思いっきり馬を飛ばしたいものだと思うのだけれど、医者は駄目だといったのだ。何もすることがないし、サムの奥さんともやっぱりしっくりいかないのだ。こんなんだったら、いっそ赤ちゃん出来ない方が、サムの奥さんとうまくいっていたし、とにかく馬に乗れたのに、ととんでもなくバカなことを思ってしまう。

サムの奥さんはサムの奥さんなりに私を心配してくれたのだろう。夕食の私の皿に、「これはフィレの一番良い所よ、脂身なんてないから、きっとジェニーちゃんのお口にも合うわよ」といって勧めてくれる。私は仕方がないので、端の焦げた所を小さく切って、フォークに差して口に持って行った。獣の香りがして、私はフォークを放り投げて、洗面所に駆けて行った。それが三晩続いて、私がサムの奥さんの料理に当てつけで食べないのではないと、やっとわかったようであった。次の日、また医者に連れて行かれた。

いくら何でも、こんなに何日も食べなくて大丈夫なのかと、サムの奥さんは心配したのだ。医者は、つわりは、全然ない人もあるし、入院しなければならない人もいる、とサムの奥さんに説明した。

私はどうしても聞きたいことがあって、医者に聞いてみた。

「私の赤ちゃん、いつ生まれるんですか」

医者はノートとカレンダーを出して来て、私の最終の月のものの始まった日と終わった日、そこにサムの奥さんが、兄様と初めて愛し合った日でしょと、要らぬことをいった。

「兄様ですか?」

「あら、いえ、兄と妹みたいに育ったから、つい出ちゃうんです。旦那様のことですわ」とサムの奥さんが、付け加えた。

「そうするとですねえ」

医者はカレンダーを見て、何やら紙に数字を書いていたけれど、やがて、「あなたのお子さんは、来年の六月の末から七月の半ばまでには生まれるでしょう」といった。

「随分と、幅があるんですね」

「計算だと、七月一日なんですが、こればかりは、その日に必ず生まれるとは、お約束出来ないのですよ。早い人もあるし、特にあなたのような、初めてお産をする人は、やや遅くなることが多いので、たぶん七月になってからだと思いますが、それも、私にはどうにもいえません。とにかく夏に生まれるのは確かだから、ベビー服など、夏物が良いでしょうね」

生まれる日がわかったということは、お産に対する現実味が湧いて来た。とにかく日にちははっきりはしないけれど、来年の夏には、私はお母さんになっているのだ。お腹を撫でても、何も変わらないけれど、ここに兄様の子がいるのは確かなのだと、思いもかけない出来事に、私の胸は躍った。

お医者から帰って、瓶から直接匙でマーマレードを食べる私に、サムの奥さんが、「パンも、クラッカーも要らないの?本当にお産て大変なのね」と溜め息をつくのだった。

駅の旗振りの奥さんが、三人の子を無事育てたと聞いて、サムの奥さんは、私の話し相手として雇ってくれた。お産は病気ではないけれど、お産で亡くなる人もいるのだという。それを聞いて人事ではなくなった。今は無理しちゃ駄目ですという。

私達は牧童の洗いざらしのシーツを切って、手回しミシンで、おしめを作り出した。日中、本を読むことぐらいしかすることのなかった私にとって、これはとても楽しいことだった。

「こういう使い古しの布の方が、赤ちゃんの肌に優しいし、水も良く吸うのですから」と、旗振りの奥さんはいうのだった。

「なまじ、新しい布で作ったら、水は吸わないし、それにゴワゴワしていけません」

私は、新しい命の誕生に心弾ませ、せっせとおしめを作り続けた。その姿を見ていたサムの奥さんが、「ジェニーちゃん、兄様にやっぱり赤ちゃん出来たこと伝えたいわよね」と聞いて来た。私が言葉につまって黙っていると、

「いいたいに決まっているわよね。じゃあ賭けをしましょう、またリビィさんの所へ手紙を出すの、そこで見つかったら負けよ。兄様の所へ届いたなら、きっと、ジェニー良くやったって、お手紙来るでしょうから」

そうなのだ。ワシントンの兄様からは、まだ手紙が一通しか

来ていないのだ。それも忙しくて住む所が決まったらまた手紙を出すと、それだけのつまらない手紙だけだ。ワシントンの陸軍省へ直接手紙を出せば、必ず届くと思うけれど、兄様は待っていろとあった。私はどうしていいのかわからなかったのだ。しかも、サムの奥さんと、赤ちゃんのことを書かない約束だから、どうしようもなかったのだ。だから、このサムの奥さんの提案は凄く素敵に思えた。

「赤ちゃん出来たって書いてもいいの？」

「兄様に無事着いたらね」

「ほんと、ほんとに書いてもいいの」

「ただしミシガンの家へ出すのよ。あの女手強いわよ。偽名使ったって一発でわかっちゃうんだから」

「私、東部の大きな街に実際に住んでいて、名前も所番地もちゃんとしている人を知ってるの」

「誰よ、それ」

「あたしの本当のおじいさんよ」

「そんな人知ってたんだ」

「ヘンリーとね、一緒にいた時、私を産んだお母さんってどんな人かなぁって思って調べてもらったの、その時知ったのよ」

「じゃジェニーちゃんは、そのおじいさんの名前で出すのね。宛名はサムに書かせるわ。まだ、リビィさんに手紙書いたことのない子だから」

「嬉しい、そうしてくれる。絶対リビィさんの目、護摩化してやるんだから」

私はやはり、初めて子供が出来たとわかった時、舞い上がって書いた手紙を出して来て送った。きっと兄様から、よくぞやったと、返事が来ると思って、もう今から楽しみだった。

返事はいくら待っても来なかった。

「またしても、リビィさんに見つかっちゃったようね」

「なぜだろう、住所だって名前だって本物なんだよ、なぜ、全国から送られて来る支持者の手紙だって思われなかったんだろう」

「案外、あの女、全ての手紙開封してから兄様に渡しているのかもしれないわよ」

「うーん、数凄く来るんだよ。いくらリビィさんだってそこまではしないと思うけれど」

「じゃあなぜ、兄様、赤ちゃんのこと、いって来ないのよ」

謎であった。しかし私は、それでも毎週のように兄様宛ての手紙をミシガンの家に送り続けた。悪乗りして、私は子供が出来たのだ、驚いたかと、リビィさんにいってやりたかったのだ。

つわりが楽になり、医者が安定期に入ったといった五か月目になると、私は不動産屋に手紙を出して、サムの奥さんとサムとエイミーを連れて家を見て回った。色々とある中で、サムの奥さんは、客間が四つもある、車寄せの付いた、煉瓦造りの屋敷を買えという。初めてのセックスで子供が出来るくらい、私と兄様は相性が良いのだから、これからいくらでも子供は出来るだろう。だからこれくらい大きな家が良いのだと、いい張って、勝手にその家に決めてしまったのだ。

そこには広い庭があってブランコを置くどころか、庭が荒れるのを気にしなければ、馬にも乗れそうだった。私は木々の中を駆け回る子供達のことを連想した。兄様が子供達と、泥だらけになって、取っ組み合いをしている姿を想像した。そして、私はエプロンをして、彼等のサンドイッチを作って、早く手を洗って来なさいと声をかけるのだ。そんな日が確実に来るのだと思うとたまらなかった。だって今、私のお腹の中には、兄様の子供が確かにいるのだから。きっと子供はもっと生まれるだろう。私は妻と呼ばれなくてもいい。子供達が私のことをマミィと呼んで、旦那様のことをダディと呼んでくれさえすれば、後は何でもいい。私は広い庭を見つめながらそんな夢想をするのだった。

「このおうちは、私からのプレゼントよ」

「えっどうして」

「ジェニーちゃんから送られて来るお金とっといたのよ。牧場はうまくいってるし、牛も馬も欲しいだけいるのよ。お金なんて必要ないのよ。赤ちゃん出来たお祝いよ。オリバンダーも少し出すっていってる。ジェニーちゃんはこれから、毎年赤ちゃん産んで忙しくなるわよ。何しろお母さんだものね」

「ありがとう、サムの奥さん、サム」

ホテルに泊まりながら、家に手が入れられるのを、ああだこうだといっては、日が過ぎて行った。

「女中を探さなくちゃならないわ。こんな大きな家だもの。その下の下働きの者の面倒が見られるしっかりした人が良いな」

するとそこへエイミーが、おずおずとやって来て、この街に伯母が女中頭をやっているといって来た。それなら、何より好都合だ。話はすぐ決まったけれど、相手の屋敷では、彼女マギーを手放すのに少し迷ったという。相手には悪いことをしたと思う。後はコックで、やはり腕前を見るため料理をさせてみるしかなかった。決まったコックにサムはすぐパンの焼き方を教え、サムの奥さんは、パイを作ってみせた。

「あたしのって、都会的なスタイリッシュってんじゃなくて、いわゆるお袋の味ってとこかしら」というのを、コックは目を白黒させて見つめているのがおかしかった。

カーテンと家具が入った所で引っ越しをした。引っ越しといっても手元の衣類などで、私は無理をしないようにと、何もさせてもらえなかった。

お産は、サムの奥さんの所でするつもりだったけれど、私が一度お腹が痛くなったことがあって、大きな病院のある所の方が良いだろうと、この街で産むことになった。

「えー一人でお産するの嫌だよ」

「何よ、その時はすぐ来てあげるから、あんまり甘えるんじゃないのよ」

そろそろ牧場へ帰るといっていた朝、台所で何か騒いでいる、これジェニーちゃんに見せちゃ駄目、なんてサムの奥さんの声が大きいからすぐわかる。

「何してんの」

「何でもないわ、ジェニーちゃんには関係ないことなんだから」といって新聞を背に隠す。

「見ないと、かえってお腹痛くなっちゃう」と脅すと、新聞を出して、「ね、ジェニーちゃん、落ち着いて見るのよ、きっとこんなの嘘なんだから」という。なるほど、これは大事だ。一面の隅に〝十二年目の奇蹟、ボーイ・ジェネラルついに父になる。現在ワシントン在中の、ジョージ・アームストロング・カスター中佐は、妻の妊娠見舞いのため五日間の休暇をとった云々〟

「へぇ、リビィさんも妊娠したんだ」

「ジェニーちゃん、その記事読んでも平気なの?」

「だって、いつ子供作ったっていうんだろう。ここずっと、ジェニーといたんだよ。ワシントンで同居してたとも書いてないしさ、ガセネタだよ。だって十二年も経って子供って出来るのかなぁ」

「そうだったらどうするの、ジェニーちゃん」

「どうって、これで兄様から私に手紙が来ない理由がわかったんだ。兄様あの妻に手玉に取られちゃったんだ」

「ジェニーちゃん、ちょっとそれっていい過ぎよ」

「ねぇサムの奥さん、あたし兄様に赤ちゃん出来たって、直接ワシントンに手紙を書いてもいいかな。約束破っちゃうけど、あたしずっとミシガンの家へ手紙書いているの。でも返事が来ない。これって、今始まったことじゃないでしょ」

「でもねジェニーちゃん。もしリビィさんにも本当に赤ちゃんが出来てたらどうするの。リビィさんは正式な妻よ、その子は正真正銘閣下の子よ。だけどジェニーちゃんはどうなるの。リビィさんに子供がもし本当に出来てたら兄様離婚するかしら。私、ジェニーちゃんが心配よ」

「確かにそう考えたら心配になって来た。だけどジェニーの子はジェニーのものだもの。どこにもやらないよ。やっぱりこの子は愛人の子になっちゃうのかなぁ、今頃兄様に子供出来ましたって手紙書いたら兄様悩んじゃうかもしれないね。手紙出さない方がいいかなぁ」

「そうねぇ、その方がいいかもしれないわね。でも生まれる前にはどうにかしたいわよね。ジェニーちゃんて、本当に物事がうまく行かないのねえ、困ったことだわ」

結論の出ないまま、サムとサムの奥さんは帰って行った。

私は夜ベッドで一人寝ながら、兄様はまだリビィさんとセックスしてるんだと思って、なぜかそれが不思議に思えたのだった。ショックじゃないのかといわれれば、ショックだ。でも泣くほどではない。でもこの大きな家で一人寝ていると、兄様とした約束はどうなるのだろうと思う。新聞には妻の見舞いに休暇を取ったとあったように思う。兄様からリビィさんの所へ見舞いに行ったのだとしたら、やっぱりジェニーはお邪魔虫ってことになるのだろう。こんな新聞で知る前に、兄様に手紙を書いていた方が良かったのかなぁと、ちょっと後悔する。出来た時、すぐ出せば良かったとも思う。もしかしたら、まだその時は、リビィさんは妊娠してなかったかもしれないじゃないか。ではリビィさんは、いったいいつ妊娠したのだろう。どうにもわからない。兄様も男らしくないなぁと思う。リビィに子が出来た、くらいの手紙、ジェニーに送ったって、ジェニーが泣くと思っているのかな。ジェニーだって今お母さんになるのだ。泣いていた子供ではもうないのだ、強いのだ。

だって兄様、ジェニーに、「おれの子供を産んでくれるのかい」って、いったじゃないか。ジェニーにだって、具合はどうかって、手紙くれたっていいはずだ。でも両方同時に子供が出来ちゃって、兄様どうするんだろう。こんな大きな家を買っちゃって大丈夫なんだろうかと、少し心配になって、その晩はなかなか寝付けなかった。

街に来て、一番最初に買ったのは、結婚指輪だった。引っ越しのごたごたでなくなってしまった、赤ちゃんが出来て、指が浮腫んできつくなって外して、どこかへ行ってしまったのだと、マギーが作り話をした。宝石屋は別に不審にも思わず、旦那様とお揃いでなくていいですかと聞いた。旦那様は今ワシントンに長期出張中で、似たものならいいし、もしかしてまた出て来るかもしれないからともいった。私は平凡な金の指輪を買った。

私達は子供服の専門店も見に行ったけれど、店員は声もかけなかった。数日して、よそ行きのドレスを着て行ったら、すぐマダムが飛んで来て、「まぁ奥様、よくいらして下さいましたわ、こちらにお掛けになって」と座り心地の良いソファに座らせられて、お茶にお菓子が出る。その間に今何か月でいらっしゃるの、とかお医者様はどちらなどと、世間話をしながら、目の前に、ベビードレスが広げられて行くのだった。

私は白絹にとても繊細な手編みのレースで衿や袖口を飾って、前身ごろには沢山のタックが付いた、共の白い長いリボンが結ばれた一着を、選んだ。マダムがいいにくそうに、「こちらのお品は一品物でございまして、お値段もそれなりにいたしますが」といった。「これが気に入ったので、頂きますわ。それからついでに、赤ちゃんの下着も絹のものはございますの」と私は聞いた。

「ございますが、絹ですと、それなりにお値段がはりますが」

私は、マギーの肩につかまって立とうとして、「こんな品物の説明より値段ばかりおっしゃるところ止めましょう」といった。マダムが慌てて止めて、どうぞ何でもご覧下さい、という。

私は肌着からベビー服、シルクニットの可愛い靴下に、お人形が履くのかと思えるほど小さなベビーシューズまで、まとめて買った。新しくまたお茶が出たりしたけれど、私はその店で二度と買い物はしなかった。

散歩をかねて街を歩いて、買い物をするのも、もう飽きた。赤ちゃんの物はほとんど揃っている。二部屋ある子供部屋のうち、もう子供は男の子だと勝手に決めているので、ベビーベッドも箪笥もおもちゃも男の子用が皆ある。

大きくなって来たお腹をさすりながら、兄様からのお手紙が欲しかった。リビィさんに子供が出来るなどと思いもしなかったから、あの牧場での最後の晩、色々話したことが、もはや叶えられない悲しさがある。今度こそと思った、いつでも一緒は絶対に無理になったと思わざるを得ない。サムの奥さんにそそのかされて、こんな大きな家を買ってしまったけれど、兄様と私、この家で暮らせるのだろうか。妻にはなれないと、諦めた。でもジェニーだって兄様の子と兄様と一緒に暮らしたい。だから兄様に、ジェニーも赤ちゃん出来ましたよと知らせたい。兄様とセックスしたから、子供が出来たんだ。兄様にだって責任はあるはずだ。それなのにジェニーには、病気大丈夫だったか、くらいの手紙くれたっていいはずだ。きっとリビィさんには毎週手紙を書いているはずなんだろうなぁと思うと、虚しい。

リビィさんのことで頭がいっぱいの兄様に、ジェニーも子供が出来ましたよといって、果たして私のことを褒めてくれるのだろうか不安だ。リビィさんがまたあの冷たい瞳で、ジェニーの子供は必要ないから養子に出しなさいといったらどうしようと思うことがある。そうなった時、兄様は果たしてどちらの味方になるんだろう。やっぱりジェニーじゃない気がする。だったらこのまま兄様に知らせずに、一人で子供を産んで、牧場で暮らした方がずっとましだ。兄様には会いたい、凄く会いたい。今回も兄様と一緒は果たせなかった。ほんの三月にも満たない日々であったけれど、兄様のお嫁になって、子供も出来た。でも相手は妻なのだ。勝てるわけはない。でも、でもやっぱり少し悔しい。ジェニーはちゃんと約束守って兄様の子供出来ましたよ、良くやったとやっぱり褒めて欲しい。

私はサムの奥さんに手紙を書いた。約束を破ってしまうけれど、やっぱり兄様に赤ちゃん出来たこと、伝えたいので、直接ワシントンに手紙をどうしても書きたいと思うが、許してくれるのだろうか、と、書いて送った。お腹も大きくなって、中で赤ちゃんが寝返りをうつようになって来た。もう我慢が出来ないからと。サムの奥さんからは、なかなか返事が来なくて、私はやきもきした。やっと手紙が来た。


〝ジェニーちゃん、体は大丈夫ですか。返事が遅くなってごめんなさいね。サムと一緒に話し合いました。とてもよく話し合ったのよ。それでね、やっぱりリビィさんに本当に子供が出来ていたのなら、ジェニーちゃんの立場は微妙だってことを、しっかり考えなくてはならないことが、一番大切なことだと思うのです。たとえリビィさんの子供が女の子であったとして、ジェニーちゃんの子供が、閣下が望む男の子であったとしても、閣下の正式な子供ではないのだと、わかっているよね。ただ、私の勝手な嫉妬心から、ジェニーちゃんの妊娠を閣下に伝えなかったのは、失敗だったと、私反省しています。

もっと早くに閣下に伝えて、ジェニーちゃんのことをどうするのか、閣下に決めてもらった方が良かったのではないかと、今頃になって思います。ジェニーちゃん、今からでも遅くはないわ。ワシントンへ直接、兄様へ手紙を出しなさい。兄様との家も買ったし、来年の七月には、お母さんになると書いて送りなさい。閣下は驚くだろうけれど、ミシガンの家には、ずっと手紙を送っているけれど、兄様からは一度もお手紙が来ませんと、必ず書くのよ。いいこと、またあの意地悪女が、ジェニーちゃんの手紙隠してたって、兄様だってわかるから。ジェニーは寂しいです。だから、今回我慢が出来なくて、仕方なくワシントンに直接手紙を送ります。ジェニーは、兄様のおっしゃったように、子供を授かりましたよって書くのよ。決して兄様に恨みとか書いては駄目よ、ただずっとお手紙来るのを待ってました。でももうお腹も大きくなって、中で赤ちゃんが動くようにもなったので、ついに待ちくたびれましたっていうの。兄様のこと信じて今まで待っていましたって泣き落としをするの。兄様、そりゃあびっくりするだろうけれど、子供が出来たのだもの、ジェニーちゃんを捨てるなんてしないと思うの。

　でもリビィさんがいる限り、ジェニーちゃんは正式のお嫁さんにはなれなそうね。可哀そうだけれど、世の中うまくは行かないものよ。それよりジェニーちゃんの赤ちゃん、あの女にとられないように、それだけは心していなくては駄目よ。ジェニーちゃんの大切な赤ちゃんなんだからね。長くなってごめんなさい。お産が近くなったら必ず行くわ。それじゃ元気でね。兄様に手紙書くのよ。じゃあね。サムの奥さんより〟

　私は、この長い手紙を何度も繰り返して読んだ。そしてジェニーは、やっぱり兄様のお嫁にはなれないのだと、悟った。でも、お嫁にはなれなくても、兄様の子が出来たことは伝えようと思った。その後兄様がどう考えるのかは兄様次第だ。ただジェニーは、この宝物ともいえる赤ちゃんを無事産んで、育てるのだと、心強く思うのだった。

　私は自室で、ペンと便箋紙を前にして、一行目を何と書こうかと迷った。妊娠がわかって、夢のようで、心から湧きあがる喜びに沸いていた、一番最初の手紙。今はもう落ち着いて、あんな文章は書けない。それより、兄様をいかに愛していて、あんな短い二人で暮らした間に授かった宝物を、今自らの腹の中に抱いていて、どんなにか幸せに思っているか、と兄様にわかって欲しかった。私はペンで、額の辺りを掻いて、書き出しの一行目に悩んでいた。その時、エイミーが、お客様でございますといって、銀盤に、名刺を乗せてやって来た。

「まぁ、ほんとうにご本人なのかしら、なんと珍しいお客様でございましょう」

　私はしばらく銀盤の名刺を見つめ続けた。

十二年目の奇蹟

　私はペンを置いて、応接間に向かった。戸を開けると、暖炉の上の兄様の写真を見ていたお客が、慌てて写真を元に戻すと、急いで椅子に腰かけた。私はその姿を見てとたん確信したのだった。

「珍しいお客様ですこと」と私は嫌味を込めていった。私の胸は勝ち誇った思いでいっぱいであった。

「ジェニーの赤ちゃんはあげないよ、とろうとしたって無理だからね」

　私は相手の私と同じ位に大きくなっているお腹が、作りものだとわかったのだ。

「今くらいお腹が大きくなると、リビィさんがしたみたいに、素早く椅子には座れないんだもの」

　こんなことなら、もっと早く兄様に赤ちゃん出来たと知らせて褒めてもらうことが出来たのに、と思うと凄く残念だった。そして、こんな嘘をついてまで、ジェニーから兄様取り返そうと思う、妻の執念にも驚くのだった。

「最後どうするつもりだったの」

「最初は、流産したというつもりだったのです。それが、あなたからの手紙が来るようになって、赤ちゃんが、体の中で段々成長していくさまが書いてあって、私、そのまま自分のことのようにして夫に書いて送ったのです。書いたら、自分の身に起こっているような気がして、それで、流産したとなかなかいい出せないうちに、夫がミシガンの家に会いに来てしまったのです」

「兄様も子供が欲しかったってことだよね」

「夫は私に、子供が動くさまを見たいと申しました。私に何が出来たでしょう。ごめんなさい、私まだあなたとのことのわだかまりが残っている振りをして、体に触るのを拒みました」

「それ酷いよ、嘘ついた罪でしょ」

「でも夫はそれを認めて、私達は手を繋いで一つ床に入りました。でも私も限界でした。明日になったらこれは嘘なので、ジェニーさんからの手紙を見せて、本当に赤ちゃんがいるのは、あなただというつもりでした。でも次の朝、新聞に記事が出てしまって、嘘をつき続けなければ、ならなくなってしまったのです」

「あのね、ジェニーの手紙の上書き、住所も名前も本当にいる人のものだったの、字だって男文字でさ。それがどうしてバレちゃったの、ずっと不思議だったんだ」

「それでしたら住所は東部でしたが、消印が牧場のものでしたから、すぐわかりましたわ」

「あっ消印か。赤ちゃん出来て浮かれていたから、そんな所も気づかなかったんだ。それじゃバレて下さいって、手紙出したようなものだったんだ」

私はクッキーをつまんだ。あの時の赤ちゃんが出来たことの嬉しさったらなかったのだから。舞い上がっていたから、そんな単純なことにも気が回らなかった。あの時の手紙が兄様の所へ届いていたとしたらどうなっていたのだろうか。リビィさんが流産したと手紙を出す、反対にジェニーは、たった三月にも及ばない中で妊娠したと知った兄様は、果たして私の所へ戻って来てくれたのだろうかと思う。少なくとも、お手紙はくれただろう。私にとっては、それが一番良い時の流れであった。子供の欲しかった兄様は、そうなったら、ジェニーのもとへ、つまり赤ちゃんのいる所へ来てくれたのではないだろうか。悪乗りして、リビィさんの所へ手紙を書き送ったジェニーが悪いんだ。物事にはやはり限度があったということなんだ。まだ兄様が汽車に乗っている時に、病院の帰りに駅で思うがまま電信を打てばよかったのだ。そうすれば、兄様はリビィさんにも、ジェニーが妊娠したといわないわけにはいかないだろう。でも、いわないかもしれない。兄様はジェニーを捨てるのだろうか。まさかと思う。でもきっと、流産したとリビィさんから知らせが来たとしても、一度は子を成したと思った兄様はリビィさんを捨てることが出来ないだろうと思うのだ。だから、ジェニーが赤ちゃんを産んでも、離婚は出来ないいんじゃないかと思うのだ。だから、ジェニーはこれからも兄様に愛されるかもしれないけれど、きっとお嫁にはなれないんだ。兄様の性格上、リビィさんがいい出さない限り兄様は、二度とリビィさんに離婚は求めないと思う。ジェニーはどうしたらいい。やっぱり兄と妹でいればよかったのだ。兄様のお嫁になんて、望むのはやはり夢だったんだ。あの丸太小屋で暮らした三月にも満たない日々が、兄様がジェニーだけを愛してくれていた、夢の日々だったのだ。夢はやはり去ってしまった。でも、ジェニーの赤ちゃんは私だけのものだ。誰にも渡しはしない。

「リビィさんていつ妊娠したことになってるの？　それをどうやって兄様に知らせたの、私それがどうしてもわからないの。ワシントンで、一緒に暮らしていたとか」

「いいえ、あれは賭けでしたの。夫があなたの所へ行ってしまう、ほんの数日前、私達夫婦のその、交わりをいたしましたの。それで、ワシントンからの手紙が、まだミシガンの家に届いたのを幸いに、中に小さなカードを入れたんです。夫が気がつけば私の勝ちってね」

「それって、あのワシントンからの召集の手紙のこと……」

あんまりだ。

「私そのカードに妊娠しましたって書いたのです」

「そんなのないよ。兄様リビィさんが妊娠したって、それが嘘だなんて思いもしないで信じたんだ。そして、その時、リビィさんを選んでジェニーを捨てたんだ。ワシントンに行くまでの数日間ジェニーを捨てたってわかっていながら、ジェニーを抱いたんだ。男としてのけじめをつけるためだけにジェニーを抱いたんだ。ジェニーの話、家のこと、子供のこと、赤ちゃんの名前のことみんな相槌しか打たなかったの、もうジェニーとの未来が来ないこと知ってたから答えられなかったんだ。そんなこと知りもしないで、嬉しそうに兄様との未来語ってたジェニーは、さぞ可哀そうに見えたんだろうね。でも兄様にとって、ジェニーのこと捨ててっちゃうつもりだったから、もうどうでもよかったんだ」

　私は大声で身を震わせて泣き叫んだ。あまりのことに、リビィさんが鈴を振って女中を呼んだけれど、もうあたしは、どうにかなってしまっても良かった。兄様に裏切られた悲しみは、もうどうにもしようがなかった。

　医者がすぐ来て、私のお腹の張りから、このまま陣痛が始まってしまったら、子供は助からないといったのだそうだ。リビィさんは、とにかく慌てて、「赤ちゃんを助けて」といったそうだ。子供なんて出来なければよかった。今こんなに苦しいのに私は負けているのだから。私は泣き続けた。兄様からお手紙が来ないのも、新聞でリビィさんの妊娠を知っても、なんにも気にしなかった。兄様は私のことを捨てないと思っていたから。一緒に暮らせなくてもいい、

「ジェニー、おれの子を生んでくれるのかい」といったから、ちゃんと赤ちゃん出来ていたのに、私と兄様の未来はもう来ないのだと知りながら、私を一人牧場に置き去りにしたのだ。リビィさんに子供が出来たなら、なぜその時子が出来たといってくれなかったのだろう。子供はリビィさん一人が産むんじゃないのに。ジェニーとずっと一緒と約束したのだ。私は兄様を恨んだ。そして気がついたら朝になっていた。

　医者は、大丈夫だといったけれど、もうあんなに泣いてはいけませんといった。六か月の頃だった。

　リビィさんは思った通り、私の膝にすがりついて、赤ちゃんを下さいといったけれど、犬の仔をやるようなわけにはいかないじゃないの。それにずっと兄様から、愛のこもったお手紙をもらっていたにちがいないのだ。その空っぽのお腹で騙して。ジェニーが時々お腹が痛くなって医者を呼ぶ苦労をしているなんて兄様は何も思っていないんだ。

　兄様はジェニーを捨てたんだ。ジェニーとの未来を約束していたのに、本当かどうかもわからないカード一枚でジェニーを捨てたのだ。どうしてその嘘の張本人に私の赤ちゃんをあげなければならないのか、わからなかった。嘘をついたのはリビィさんだ。その責任は自分にあるわけで、赤ちゃんがないっていったって当たり前のことじゃないか。今兄様は必死でリビィさんに手紙を書いているのだろう。ジェニーと暮らした、たった三月にも満たない日々に対して、申し訳なかったといって。

　私は、今こそ兄様に、なぜジェニーに何もいわずになぜ結婚

して私の特等席を勝手に妻というものに与えてしまったのか、謝ってもらいたかった。ジェニーはずっと一緒に、ただ兄様の肌の温かさを感じていたいだけだったのに、この妻という人は何もわかっていない。

私は今妊娠しているのだから、兄様と関係があったのは確かだ。しかしリビィさんは、私と兄様の関係、つまり男と女のことしたのかとずっと私を責めた。でもこの人にはわかっていないのだ。兄様が私は、結婚出来ない体かもしれないと、家中で想っていたことをだ。

兄様は、私が暴行を受けたことに責任を感じて、私を妻にするといったのだそうだ。それをカスターの義父が、抱くことの出来ない私を妻にする意味があるのか、私が大人になって、自分が子供を産めない体だと知った時どうするのだといったそうだ。そして兄様も男だから、欲望があるだろう、その時、外でなんかしているのだとわかった時に、私に対してどんな言い訳をするのだといって、父親として兄様に、私との結婚を諦めさせたのだそうだ。その時、兄様と結婚出来たら、どんなに良かったことだろう。私は何も知らされていなかったからきっと子供だって要らなかっただろう、兄様と一緒にいられたのなら、それだけで幸せだったはずだから。でも、今なら思う、兄様に愛人が出来ていて、自分のせいで他に家庭を持っていたのなら、それはそれで、わかった時ショックだったであろう。兄様はきっとずっと私を不具と思って、私を抱こうとしなかっただろうから。

私も偶然にクレージー・ホースと出会わなかったら、きっと今でも私と兄様は清いままであったのではないだろうか。それが、リビィさんは私と兄様が長い間肉体関係があると思い込んでいたのだ。

「今となっては、どんな話であってもかまいませんから」と私に詰め寄った。

兄様と結婚をして、神様に許されたセックスが堂々と出来るリビィさんは、私と兄様が、男と女の関係ではなかったというのが信じられなかったのだ。男と女と一つの床に寝てたらセックスすると思い込んでいたのだ。私と兄様の馴れ初めを知らないのだから無理はなかったけれど、それでジェニーのことを兄様から遠ざけようとしていたリビィさんは、ある意味哀れだ。

夫である兄様を、それは愛していただろうけれど、ずっと、砦にいる間中、私と兄様が、隠れて悪いことしているのではないかと、思い続けて、夫婦仲がおかしくなったのなら、それは兄様とジェニーが悪い。突きつめて見れば、ジェニーに黙って結婚してしまって、リビィさんにジェニーのことをいっていなかった兄様が一番悪いんじゃないだろうか。

私は赤ん坊は、あげないと言い張った。

「どうしても駄目ですか?」

「自分でついた嘘は、やっぱり自分で兄様にいわなくちゃならないんじゃないの。ジェニーは、関係ないでしょ。それにリビィさん私のこと大嫌いじゃなかったの。その私の赤ちゃんなんだよ。私が砦での夕食には耐えられなくなって、大好きな兄様と別れなければならなくなったのはリビィさんのせいなんだよ。私だけの兄様とったリビィさんに、赤ちゃんまであげるものか。あげたって、ジェニーの子だって、意地悪するに決まっているもの」

私は、今まで口に出来なかった胸の思いを少し吐き出した。

「どうしても駄目ですか」

リビィさんは、鞄を開けて、中からリボンで包まれた数十通の手紙の束を見せた。

「これは、本来あなたが受け取るべき手紙でした」

「私はね、人の手紙覗き見する趣味はないから」と、大いに嫌味を込めていってやった。

「そのことについては、お詫びをします。私は夫をあなたにとられたくない一心で……」

「ちょっと待ってよ、兄様は、もともとジェニーの兄様だったんだよ。リビィさんには信じられないだろうけれど、二人抱き合って、肌の温もり互いに感じ合うだけで、二人幸せだったんだ。それ壊したの、リビィさんあんたなんだってわかっているの。砦に手紙なんかくれちゃって、ジェニーの幸せ壊したのリビィさんなんだよ。そりゃあ、あなたを妻にしたのは兄様の考えだ。だけど妻になったってだけで、私のことお邪魔虫と思って嫉妬に狂ったのは、あなたの勝手だよ。ジェニーにいわせれば、兄様いきなりさらって行ってしまって手の届かない所へやっちゃったのリビィさんなんだよ。そうでなければ、兄様とジェニーは、今でも、そりゃあ他人が見たら異常かもしれないけれど、兄と妹で幸せに暮らしていたんだろうから」

「だから私、これを持って来ましたの」

リビィさんは、鞄から白い封筒を出して来ると、震える手で私に差し出した。

「だから、私は他人の手紙を見る……」

「そんなんじゃないんです。お願いです、見て下さい。あなたの幸せを壊した罪をこれで許して下さい。そして赤ちゃんを私に下さい」

中には離婚証明書が入っていて、妻の欄に、〝エリザベス・ベーコン・カスター〟のサインがしてあった。

私は思わず目を閉じた。色々な出来事が胸に去来してきた。

「それが私の気持ちです。私のせいで、あなたを苦しめて来てしまったことは謝ります。どうぞ、夫に、あなたの妊娠を伝えないで下さいませんか。私達は結婚して十二年経つのに子供は授かりませんでした。夫は有名人です。夫自身、私のこのお腹が、空っぽだとは知りません。どうぞ、夫に十二年の夢を叶えさせてやって欲しいのです。あなたが赤ちゃんを下さったら、私はその子と共に、夫の前から身を引きます。実家の父が心臓をわずらって寝たきりなのです。父は、私達の結婚を式当日まで、反対していました。私が孫を連れて、実家で共に暮らすといったら、どのように喜ぶでしょう。ジェニーさん、あなたはまだ若いし、すぐ夫の子が出来たではありませんか。夫と結婚して、これからお子さんも何人も出来るでしょう。今の私の嘘がばれたら、夫のスキャンダルにもなるでしょう。夫のためにも、どうか赤ちゃん私に下さい」

私は答えられなかった。こんな紙切れ一枚で、この十年余りのリビィさんとの戦いが終わるとはとても思えなかった。いわば兄様を私がとって、リビィさんが赤ちゃんをとる、という話ではないのか。

私は、こんな大切なこと、兄様を交えて三人で話し合うべきだといった。しかし、リビィさんは、あくまでも秘密裏に事を行いたがった。十二年目の奇蹟の話は、嘘でしたとはとても、今更夫にいえないと、泣いて訴えるのだった。確かに、スキャンダルになって、毎日新聞に載って、下手をすれば、私の所にも害が及ぶかもしれなかった。何より、本心は子供が欲しかった兄様に十二年目の奇蹟など、ありはしなかったというのが、この私でも切なく感じた。しかし、私はお腹に手をやって、この子を手放すものかとも思うのだ。

私が妊娠九か月目に入ってしばらくして、リビィさんは、初老の男性を伴って、私の家を再び訪れた。

女中のマギーは、私がこの体で、ミシガンの家で子供を産むために出かけるといったら猛烈に反対した。この家でのお産の用意は全て出来ている。しかももう旅行など出来る体ではない、道中に何かあったらどうするのだといった。

男性が、「私は医者です。そのためにこうしてやって来たのですよ。まだ産み月ではないし、心配はありませんよ。汽車も特等の個室を用意して、横になって行けますから」と、自信満々にいったのだ。

「なぜミシガンの家で、お子様をお産みになる必要があるのです」マギーは食い下がった。

「旦那様が、六月の半ばにはお帰りになります。その時、偶然にも、一緒に生まれる子供達のお産に立ち合いたいとおっしゃったのですよ」とリビィさんが、習って来たように、スラスラと答えた。

「お嬢様、それでよろしいのですか、お嬢様の御立場で、本妻様の家でお産をなさるなんてよろしいのですか。生まれたお子様を、本家で預かるなんていわれたら、どうなさるのですか」

マギーは、私に跪くようにそう懇願した。その通りなのだ。私はほとんど口をきかなかった。一方的にリビィさんが指示して、旅行は決まった。

「あのサムの奥様は、このことをご存知なのでしょうか。私がついて参りますわ」

マギーはそういったが、リビィさんがどうしても承知しないので、せめてとエイミーがついて行くことになった。

「お嬢様、もう一度お考え直しては下さいませんか、せっかく授かったお子様ですよ、お手を離すなど、あり得ませんことですよね」

　マギーも、うすうす気づいてはいるのだ。この話が、何かおかしいことを。それでも最後は折れて、ベビー服の沢山詰まったトランクを出して来てくれた。

「お子様を、絶対この家にお連れ下さいましね、きっとですよ」

　私は、何となく頷いて、家を出た。バッグの中には、リビィさんの離婚証明書が入っている。いざとなったら、それを兄様に見せて、ジェニーとリビィさんと、どちらをとるかは、兄様が決めることだ。兄様がリビィさんをとったら、私は自分の赤ちゃんを抱いて家に帰ればいいのだ。その時になってまで兄様の〝十二年目の奇蹟〟に付き合うつもりはなかった。ジェニーの子は、あくまでもジェニーの子なのだから。

　汽車の轍（わだち）の音は、まるで馬に乗っているようで、思いもかけず心地良いものだった。早くお産を終えて、兄様と思いっきり馬に乗りたかった。ただ急に線路の切り替えなどで汽車が大きく動くと、お腹に響いて、私は悲鳴を上げたのだった。

　着いた所はミシガンの家ではなかった。知らない借家で、すでに産婆が待っていた。髪に少し白いものが混じった産婆はすぐに私のお腹を触って、案外お産は早いかもしれませんよ、といった。もう沢山赤ん坊を取り上げているので、心配はありませんと、笑うのだった。

　私はそれから外出も許されず、まるで軟禁されたような日々を送った。日に時間を決めて、産婆の肩を借りて、部屋をゆっくりと歩き回るのが運動と呼ばれた。

　私は、サムの奥さんに相談しないで決めてしまったことを、とても後悔していて、一度手紙を書いて、送ってくれるように頼んだら、奥様の命令で、それは出来ませんといわれてしまったのだ。

　もうなるようにしかならないのだと、諦めた。兄様さえ帰って来たら、ジェニーの未来も決まるのだと、それだけが希望であった。後は、お産が軽くすんで、出来るなら、男の子であって欲しかった。

　兄様は女の子であったら長姉の名のアン＝マリーを、男の子であったらアンソニーとつけたいと、いって来たのだそうだ。私はお腹をさすっては、あなたは一体どっちなんですかと話しかけていた。自分の産む子なのに、わからないとは、とても不思議なことだ。

　リビィさんは、毎日、甘い物を手土産にこの借家にやって来た。私が、本を読んだり、編みものをしたりして、大人しくしているので、愛想は良かった。私は人寂しかったのだろう。リビィさんと砦にいた頃の話を、懐かしげに話した。あんなに互いを認めないような生活であったはずなのに、今ではすでに思い出になっていた。良いことも悪いことも、時という魔法が、あの頃の辛いと思ったはずの日々を浄化していったといえるのではないだろうか。

兄様に会いたかった。ジェニーはこんなに頑張って兄様の子を生もうとしているのですよ、と伝えたかった。ジェニーの赤ちゃんをあげたら、リビィさんは約束通り離婚してくれるのだろうか。太るとお産にさわりますと、産婆に怒られながらも、毎日チョコや砂糖菓子を持って、私の機嫌をとるリビィさんは、あの砦にいた時の彼女ではなく見える。私のお産を気にかけてくれる優しい人になっている。砦で、なんであんなにいがみ合っていたのかと思うほどだ。だけど、私の本心では赤ちゃんはあげたくなかった。ずっとお腹の中で、ソヨと動いた時から産み月まで育てて来たのだ。それは愛着がある、我が子だもの。でも、リビィさんが嘘をついていなくて、兄様と離婚して兄様が私と結婚してくれるのなら、それは口では言い表せないような、ジェニーの幸せだ。一度は叶わぬと思ったことが叶うのだ、それこそ、今度こそ一生一緒が約束されるためなら、この子を諦めなければならないのかと思うと、悲しくなる。世の中には、何人も子供を持つ人は沢山いるけれど、ヘンリーと三年暮らして、子はなかった。それは結果としてはなくてかえって良かったと思えたけれど、兄様と子が出来たからといって、この先、何人もジェニーは子供を産めるのであろうか。そう思うと、たまらなく腹の子が愛しくなってくる。赤ちゃんをあげないでいい方法はないものかと、いつも考えてしまうのだ。だから、一人で決めてしまって、サムの奥さんに相談しなかったことが悔やまれて仕方ないのであった。サムの奥さんにいわなかったのも、もともと、サムの奥さんが変なことをいい出さなかったなら、ジェニーはすぐにも兄様に赤ちゃん出来たと知らせることが出来たのに、という思いがなかったからとはいえなかった。そうすれば、赤ちゃんどうするか、兄様と話し合う時間もあったはずなのにと思うと、それも悩ましいことなのだ。

私達は、マギーが持たせてくれたベビードレスを出して見ては、赤ん坊の産まれるのをひたすら待った。兄様はどうしていらっしゃいますか、ジェニーは今にも零れ落ちそうなお腹をして、兄様の子を産もうとしているのですよ。せめてお手紙一本欲しかった。兄様のことを思うと、涙が出るのだった。リビィさんの子供なんだ、結局嘘だったのだから、ジェニーも赤ちゃん出来ましたよと、どうして手紙を兄様に出さなかったか、身がよじれるほどの後悔の念があるのだ。

リビィさんが、詰物で大きなお腹をした格好で出かけるという。化粧がいつもより濃いなと思った。あんなにいがみ合ったリビィさんでも、いないとなると、その間にお産になったらどうしようと心寂しくなる。

リビィさんは、珍しく私の肩を抱いて、出かけて行った。

私は相変わらず、産婆と運動を欠かさずしている。とても辛い。途中でお腹が張って来てしまって蹲らなければならなくなる。でもお産を軽くするためだと、いわれればしないわけにいかはない。

帰って来たリビィさんは、いつもと少し違っていた。旅の疲れなのだろうか、精気がない。相変わらず菓子を沢山買って来て、チョコをかじる私を見つめる姿が、何となく寂しげだ。私はここで一緒に暮らすようになって、だいぶん昔のわだかまりは解けたといっても、今のリビィさんに、甘えて今日はどうしたの、とは聞けなかった。桃缶を食べる私のお腹をさすって、良い子が生まれますように、などというのだ。何か変だ。

私は破水して、いよいよお産が始まると産婆がいった。リビィさんは、この借家でなく、ミシガンの家で産むようにという。もう私は一人では歩けない。馬車に乗せられ医者に抱かれて、ミシガンの家にやって来た。兄様の家だ。でもそんなセンチメンタルな思いはもう私には感じられなかった。

痛くないお産はありません、と産婆がいう通りに、すごく痛かった。お腹が突っ張って、引き裂かれそうになる。陣痛の合間には、またベッドの周りを歩かされる。お産はなかなか進まず、ぐっとくる陣痛に耐えながら、あまりの痛みに涙が出るのであった。椅子に座っても、ベッドに寝ていても、痛くない姿勢などなかった。エイミーが腰を揉んでくれるのだけれど、どこを押しても、効く所はなかった。陣痛の合間に、マーマレードを塗ったパンを食べろとエイミーが持って来る。赤ちゃんのために食べろというけれど、そんなに食べられない。一度に二つのことは出来ないのだ。一晩過ぎたが、まだ生まれない。このままなら病院へと産婆がいうのを、リビィさんが、それは困るといっているのが聞こえる。何でもいいからどうにかして欲しい、もう自分ではどうにも出来ないのだから。リビィさんが、頑張って赤ちゃんを産みなさいというけれど、自分の体であっていながら、どうしたらいいのかわからない。深呼吸をしろとか、もっとパンを食べろとか、その間に、もう許して下さいと泣いて頼んでも、ベッドの周りを歩かされるのであった。赤ちゃんはもしかして、生まれて来たくはないのではないかと、ふと思った。私と別れたくないんじゃないかと、混乱する頭の中で思い浮かんだことを今も覚えているのだ。

二日目に入って、やっと頭が見えて来たという。もう陣痛は、ほとんど切れ目なくやって来て、私は泣き喚いた。会陰切開をするといって、私は局部に激しい痛みを感じた。助手が私のお腹を押して、陣痛の波に乗っていきめという。私はもうくたびれ果てて、なかなかうまくいきめない。こんな辛い思いをして産む子を、手放しはしないと、陣痛の激痛と、助手がお腹を押さえる苦しさの中で思わずにはいられなかった。

「頭が見えましたよ、あと少しでございます」あとはもう覚えていなかった。とにかく体が引き裂かれそうで、私は半ば気を失っていたのだろう。最後の激痛が遠のくと、「おめでとうございます、お生まれになりましたよ」と、バスタオルに包まれた、それは小さな生きものが、私の胸の上に置かれた。

「ほら右手の指も五本、左手の指も五本でございますよ、元気な男のお子様ですよ」

「あなた、アンソニーなのね」

兄様の子は男の子だったのだ。しかも五体満足で、元気であるという。この二日間のお産の苦しみが報われた気がした。

「兄様褒めてくれるかな」

私は少しでも早く、アンソニーの誕生を兄様に伝えたかった。リビィさんは、アンソニーの誕生を喜んでくれたけれど、兄様はまだ西部だといった。私は早く伝えてお手紙が欲しかった。

「ジェニーよくやった」といって欲しかった。

後陣痛というものがあるのを知らなかった。私は難産に近かったけれど、お産が終わったら、体の中から、お産に使われたものが、排出されるのだそうだ。お産ほどは酷くはなかったが、結構辛かった。産婆が、私のお腹を触って、「お嬢様は、お健やかでいらっしゃるのですね、他の人より子宮が元に戻るのが早ようございます」

それでも痛みが生じるのは同じだと思った。体が絞られるような痛みは続いた。

「青い瞳で巻き毛のお子様ですよ」といわれて、兄様に似ているのだと思って嬉しかった。

子が生まれると、もう乳が張って来て、息をするのにも辛くなった。触ってみると岩のように硬いものがゴツゴツ入っていて驚いた。

「皆おっぱいでございますよ。多少痛うございますが我慢をして、赤ちゃんにおっぱいあげましょうね」と産婆はいうと、いきなり両の乳房を揉み始めた。多少どころではなかった。お産とはまた違った痛みが私を襲った。私は泣き叫んだ。

産婆は、こんなこと慣れているのだろう、身もだえて痛みに耐えている私の乳房を揉みしだいた。

「ほら、道がついて、おっぱいが出始めましたよ」乳首の先に白いものが染み出て来ていた。赤ん坊は、その小さな口を開けて、乳首を吸おうとするが、なかなかうまくいかない。

「無理せず、ゆっくりなさいませ」産婆は赤ん坊の頭を押さえて、私の乳首をその小さな口に当てた。

「こうやって絞り出すようになさいませ」

赤子が乳を吸った。この瞬間私はこのお産で色々あったことを全て忘れて、今母親としての幸せを感じていた。こんなに清々しいことがあるのだと。

産婆はリビィさんに、「このお嬢さんは、産後も良いし、母乳の出も良いし、母親に向いている体をなさっていらっしゃいますよ」といっているのを聞いて、少し嬉しかった。しかし、その晩、乳が凄く張ってしまって腕を動かすのすら辛いことがあった。乳は赤ん坊が飲み残したものを皆絞り出しておかなければならないといわれた。お産も無事済んで後は兄様だけなのだけれど、手紙一本来ない。リビィさんが、十二年目の奇蹟のことで、また私に兄様の手紙を隠しているとも疑わざるを得なかった。それでなくて、なぜ兄様赤ちゃん生まれたのに何もいって来ないのだろう。早く会いたい。そして、ジェニーの赤ちゃんを見て欲しかったのだ。お産にだって立ち合いたいといっていたという兄様。もう帰って来てもいいはずなのに、何をしているのだろうか。リビィさんに聞いても、はっきりしたことをいわない。兄様が帰って来たら、赤ちゃんどうするのか、離婚をするのか決めなくてはならない約束だから、リビィさんも少し思う所があるのかもしれないのかと思った。まさか赤ちゃん生まれたと伝えてないとか、ジェニーの産んだ子だもの、リビィさんならするかもしれない。

今家の中は、赤ちゃんの誕生の喜び以外に、何か違う空気が流れているようで、それが何かわからない私を苛立たせた。

それは、そのあまりにも切ない理由は、まったく意外な所からわかった。アンソニーに乳を与えた私は、こんな時節なのに、なぜかココアが飲みたくなって、台所へ下りて行った。リビィさんが人日を気にしていて、産屋になった客間と台所以外、出入りを禁じていたからだった。コックは親切にココアの缶を探しに棚に行った。台所の戸口には、今配達されたばかりの野菜が籠に入れて置いてあった。私はその口にかけられていた新聞に目をやって、気づいたコックの手を払いのけて、新聞を見た。

〝第七騎兵隊全滅、司令官のカスター将軍戦死〟と泥だらけで破れた新聞にあった。

「お嬢様ご覧になってはいけません」

私はコックを押しのけて客間に戻ると、古新聞を胸に抱いて泣きじゃくった。

コックから聞いたのだろうリビィさんがやって来て、私が、

「兄様は、もう亡くなっていたんだ、それをジェニーだけが知らなかったんだ。お手紙来るの待ってたのに、もう来ないってリビィさん知ってたんだ」

「そうよ、私達はあなたが無事お産が済むように、黙っていたのよ。あなたに何かあってはいけないと思って」

「嘘だ、ただ元気な赤ちゃん欲しかっただけじゃないか」

「何をいうのです。私は、あなたに内緒で、オーティのお葬式にも行って来ました。私達は、あなたが一日でも長く、幸せな母親でいられるように努力していたのに、あなたに私の悲しみがわかって。一番手紙が欲しかったのは私なのよ。そしてそれがもう二度と来ないってわかっていたのも私なのよ」

リビィさんも大声で泣き喚いた。私も古新聞を手に、胸が張り裂けんばかりに泣いた。神様はあんまりだ。結局兄様は、ジェニーに赤ちゃんが出来たことを知らずに死んでしまったのだ。こんなことって、あっていいはずがない。兄様はもういない。リビィさんとの離婚はなくなったのだ。今日にもアンソニーを連れて家に帰ろうと思った。もうこんな家にいるのは嫌だ。

私は泣くアンソニーに、胸をくつろげて乳房をふくませた。お腹を空かせたアンソニーは強く乳首を吸うがやがて泣きながら離してしまった。私は、あまりの悲しみで母乳が一滴も出なくなっていたのだった。産婆はすぐに乳母を連れて来た。何で

も双子を亡くして、乳が余っているのだという。

　私は古新聞を抱いて、ぼんやり日を過していたけれど、急に思い立って、例のシルクのベビードレスを出して来て、リビィさんにアンソニーと写真を撮りたいといった。珍しくリビィさんは反対をしなかったので、写真館に行って何ポーズも写真を撮った。アンソニーだけのポートレートも撮った。家の住所をいって、出来たら送ってくれるようにと頼んだ。

　アンソニーを連れて家に帰るという私に、リビィさんは、ベッドの上に、兄様の葬儀の時の大きなお腹の写っている新聞、生まれたばかりのアンソニーを抱くリビィさん、〝十二年目の奇蹟〟と見出しのついた大きなあくびをしているアンソニーの写真が載った新聞などを色々並べて、「あなたが幸せな母親を味わっていた間に、私はこれだけのことをして参りましたの、アンソニーは、名実ともに、オーティと私の子だと、国中が思っていますのよ」といって、もうアンソニーは私のものではなくなったのだと宣言したのだ。

「でも、アンソニーは私が産んだ子です」

「それを誰が信じます？　どこに証拠があるのです。だってあなた、母親といっても、おっぱいも出ないではありませんか」

　もはや私にはどうすることも出来なかった。

「ご実家にお帰りなさい」

　それでも私は、毎年の誕生日には会いたいといったけれど、オーティのスキャンダルになると困るといいたてられて、十才の誕生日に会う約束をして、毎年の誕生日にはプレゼントを贈る許しを得て、エイミーと家に帰らざるを得なかった。

　家にはサムの奥さんがいて、エイミーだけを連れて帰って来た私を抱きしめて、「おバカなジェニーちゃん」とだけいって、後はずっと私が泣くのを、何もいわずに受け止めてくれたのが、心からありがたかった。あとは、女中のマギーが、あたしが行ってさえいれば、といっただけで、みんな私を放っておいてくれたので、好きなだけ泣けた。

　私は、スミレ色のドレスを出して来て、兄様と一緒に写した写真を抱いて泣いていた。新聞は全部とってあると、いわれたけれど読む気もしなかった。

　サムの奥さんがいてくれたのが、何より心強かった。

　私は落ち着くと、リビィさんの離婚証明書を、サムの奥さんに見せて、十二年目の奇蹟を演じられたら、兄様と離婚するって話だったの、とポツリポツリと顛末を語り始めた。

「そりゃ、離婚証明書見せられたら、ジェニーちゃんでなくても本当に離婚してくれるのかと思うわよね」と、サムの奥さんは私の気持ちに同情してくれたのだった。

「でもね、兄様にジェニーが赤ちゃん出来たって、一度でいいから伝えたかったの」

「それは、私が悪いのよね、許してね、変な嫉妬心起こしちゃったから。それにつけても、嘘ついて、それが丸く収まって、国中からアンソニーの母っていわれているあの女狐許せないわね。何かこうギャフンといわせる法はないかしら」

「今から何いったってもう無駄だよ。リビィさんは兄様の悲劇の未亡人で、十二年目の奇蹟の子の母なんだもん」

「それじゃあ、あんまりジェニーちゃんが可哀そうじゃないの」

「だって私が名乗り出たら兄様のスキャンダルになっちゃうんだよ。もう何やっても無駄なだけなの」

「なんて可哀そうな子なのかしら」そういって、サムの奥さんは、私の髪を撫でた。

「でも兄様からお手紙一つ欲しかったよ」

「ジェニーちゃんと暮らすって約束しておきながら、リビィさんに子供が出来たってわかって、ジェニーちゃん捨てちゃった形になっちゃったでしょ。兄様としては、もうジェニーちゃんに一言〝体いとえよ〟、なんて簡単な手紙ですら書けなくなっちゃったんじゃないの。閣下の性格上、同時に二人の女は愛せなかったのよ」

「それがなんでジェニーじゃなかったんだろう」

「本当にそうよね。あの女が嘘ついたのが悪いのよ」

「それを信じて、兄様ジェニーを捨てたんだよ。夢語ったのにあんまりだよ」

「きっと閣下も苦しんだのよ。きっと」

「なんで死んじゃったのかなぁ」

「本当にそうねえ、生きてたらまた赤ちゃん出来たかもしれないのにね」

「そんなの無理だよ、兄様とジェニーの仲、リビィさん許すわけないじゃないか」

「あら、今度は兄様ジェニーちゃんのものになってたかもしれないでしょ」

「でも死んじゃったんだよ」

「そうなのよね、でもあたしもついているし、強く生きるのよ」

「どうやって?」と私は投げやりに呟いた。

サムの奥さんにも答えられなかった。

食欲がないという私に、サムの奥さんはお手製のパイをよく焼いて食べさせてくれた。「今のジェニーちゃんのお口に合うかわからないけれど、一口でも食べてね」

一度に沢山は食べられなかったが、食べなければ申し訳ない。無理をしてでも食べた。そんな時、私はサムの奥さんの友情を感ぜずにはいられなかった。ミシガンの家でのことがあまりに悲しかったので、彼女の存在が、どれほど大きな心の支えになったかわからなかった。

三日が一週間、そして十日、一か月近くなると、サムの奥さんも、そろそろ牧場へ帰らなくてはならないといい出した。ダーリン待っているだろうしというのだ。

「私、帰っちゃっても大丈夫?」

「うん、長いこと引き止めちゃって、ごめんね」

私に、心の寄る辺と呼べるものが届いた。アンソニーと撮った写真が送られて来た。

　その写真を一目見たサムの奥さんは、「こういっちゃなんだけど、サルの児よね」

「えー、皆しっかりした顔立ちをした児だっていってたよ。目は青くて、目元は兄様に似ているって思うんだ。きっとハンサムになるって思うんだけど」

「でも会えるの十才になった時なんでしょ。なんでそんな約束して来ちゃったのよ、おバカね、あんたは母親なんだから」

「母親だから余計に会わせたくなかったんでしょ。ジェニーにとられると思ったんじゃないのかな。リビィさんは、とにかく十二年目の奇蹟取り繕うのに、精一杯だったんだよ。リビィさんは大嫌いなはずの私のさ、産んだ子を自分の子として育てようっていうことがまず信じられないよ。そこまで追い詰められていたってことじゃないのかな。案外アンソニー可愛がってくれるかもしれないし」

「そんな呑気なこといっているから、アンソニーとられちゃったのよ」

「何も言葉が出ないよ」

　サムの奥さんは帰って行った。

「いつでも遊びに来て良いからね」「寂しかったら手紙ちょうだい」「いいこと、兄様の後追おうなんて思わないことよ、絶対ね」「体を大切にね、ご飯ちゃんと食べるのよ、だからおっぱいペシャンコなんだから」「マギーのいうことよく聞いて、行動するのよ」など、山のようにいって、帰って行った。

　急に家が静かになった。ああそうだった。兄様と結婚は出来なくても、一緒に暮らして、子供が沢山出来るだろうからと、サムの奥さんに押し切られて買ってしまった、この大きな家を、一人で住むのはあまりに寂しい。売って、もっと小さな家に住もうという話をし忘れた。

　兄様と子供達と一緒に暮らす夢は、やはり夢に終わってしまった。でも今でも窓から庭を見ると、子供を馬の前に乗せて、馬を走らす兄様、子供達と泥だらけで、取っ組み合いをしている兄様、あの時、将来そうなるのだと思ったことが、まだ目の底にみえる気がする。あの時はまだ、夢は現実になり得るのだと思えたことだったから。そう思うと、この家を手放すのも、なぜか胸が痛んだ。

　私は一切新聞を読まなかったので兄様がどのような最後を迎えたのか全く知らなかった。知ろうとも、その時は思わなかった。あまりにも、生々しくて、考えたくもなかったからだ。新聞は読者の興味を引こうと、なるべく大袈裟に書いてあるのだろうと思った。

　軍人としての宿命であっても、あの牧場での別れが最後であったというのは、あまりにあっけなく、しかも兄様は、その時すでにリビィさんの子供のことを考えていたのだと思うと、胸が切なくなるのだ。

私は兄様に捨てられたのだ。その思いは私を苦しめた。兄様の心の中に、もうジェニーはなかったのだと思うと、身を切る思いがした。兄様はもう死んでしまったのだ。そう頭でわかっていても、心がついて行けなかった。どこかに隠れていて、バァといってジェニーを驚かせてくれるのではないかと、よく夢想した。そんなことは二度と起こらないのに。わかっているけれど、どうしようもない切なさが胸いっぱいに広がって、押しつぶされそうであった。

そんなある日、サムの奥さんから手紙が来た。帰ったばかりなのにもう手紙をくれたのだ。そんなに私のことが心配なのだろうか。封を開けると、そこには、サムの奥さんと、サムと、そして兄様の愛が詰まっていた。私はその封筒を胸に抱いて、小さな希望の光が灯ったのを感じた。

私はその包みを、兄様の写真の横に置いて、「お帰りなさい兄様、ジェニーとっても寂しかったの」と、自分ではどうしようもないこの辛さを思って、心の底から泣いた。

リビィさんは、私は夫を亡くしたのよ、と私にいった。しかし、その手にはアンソニーを抱いていたではないか。ジェニーだって、兄様を亡くした、そして死ぬ思いで産んだ我が子を手放さなければならなかったのだ。この大いなる矛盾に涙は止まらなかった。


私は居間で新聞を見ていてそこに載っていた記事に愕然として、思わず立ち上がって昏倒した。膝がテーブルに当って、酷く痛んだが、そんなことはどうでもいいことだった。

兄様の軍葬が、十月十日にウェストポイントで執り行われたと記事にあったのだ。私は知らなかった。もとよりリビィさんから知らせが来るわけはなかった。しかしカスターの家から、特にアン＝マリー姉からの知らせのないのに、驚愕したのだ。アン＝マリー姉は、カスター家の中で唯一私のことを気にかけてくれて、私の味方だと思っていたのに、彼女にさえ、裏切られた思いがして、悔しくてしようがなかった。

私は門番を駅へやって、全ての新聞を買って来させた。どれにもリビィさんの話が載っていて、「少数で、大軍に向かっていった夫の勇気と、共に亡くなられた多くの英霊が、神の御許で救われますよう祈ります」付け加えて「アンソニーは歩き始めて一人でどこへも行ってしまうので、今日は連れては参りませんでした」とあった。

シェリバン大将のことがあったとしても、今彼は私に会って、あの時の七才の女の子だとわかるのだろうかと思った。たとえ親族席でなくても、けじめとして、私は軍葬に参加したかった。兄様はもう死んでしまって、二度と会えないのだという、現実を、身にしみて感じたかったのだ。私はリビィさんを恨んだ。しかし、私には何も出来はしなかったのだ。

硝煙渦巻く砂塵の中であった。

私はベッドの脇に置いたランプの炎を、出来るだけ小さくして、油を節約していた。その僅かな明かりで、兄様のエッセイ集「西の風に吹かれて」を、もう何遍も飽きもせず最初から小さな声を出して読んでいた。外は、すでに兵隊は眠りについているのだろう、僅かに葉を鳴らす風の音しかしなかった。

兄様はまだ帰らない。将校用のテントで明日の会議をしているのであろう。行軍を始めてから、一人のインディアンの姿も見かけないけれど、彼等がこの先を進んで行った痕跡は、ありありとわかった。

スカウトのクロウインディアンが、巨大なサンダンスのあとを見つけたのは、一昨日のことであった。サンダンスとは祭りではないという。彼等の精霊との天からの交信の儀式なのだというけれど、それが祭とどう違うのか、私にはわからない。

リトル・ビッグホーンと名付けられたこの土地を辿り始めて何日目になるのであろう。やはり大きな戦いが起こるのであろうか。闇の静けさに、何も起こらないで欲しい、と私は祈らずにはいられなかった。

そこに外から風が入って来て、ランプの炎が揺れた。兄様が帰って来たのだ。私がランプの火を強くすると、小さなテントの中いっぱいに兄様の影が映った。

兄様は驚いて、「まだ起きていたのかい。先に寝てしまえばよかったものを」といって、私を抱きしめた。

「ちょっとだけ待っていようと思ったら、寝そびれちゃったの」

「そうか、でも良い子だ。小腹が空いただろう。お前の好きなものをあげるよ」

兄様はそういうと、他の兵隊とは別に持ち込める上級軍人用の鞄から、桃缶を出して来て、私の目の前に、どうだっておどけて突き出した。だから私も、「キャッホー、すごーい桃缶だぁ」と、さも嬉しそうに、声を出して狭いテントの中で、飛び跳ねることも出来ないから、両手を胸に組んで喜んで見せたのだ。兄様が缶切りで桃缶を開けてくれる。そして、そろそろと私に缶を渡してくれるのだ。私はしっかりと受け取ると、溢れんばかりの汁を、缶のギザギザを唇に当てないように、そっと飲んだ。甘いシロップだ。兄様が、ナイフで桃を差して抜き出すと、私にくれる。私は兄様と目を合わせて笑って見せた。うーんやはり桃は美味しい。こんな行軍の中で、フォーク一本なくとも私と兄様は、交互に桃を食べた。私は知っている。このことがいかに今贅沢なことなのかを。兵隊の食事は驚くことに、南北戦争時の残りの、カビの生えた乾パンにベーコンだけが、毎日変わりなく続くのだ。兄様もそれを兵隊達と食べている、そして泥のようなコーヒーと共に。

兄様は私のために、クラッカーにジャム、そのまま食べられる缶詰に、長持ちをするパンなどを、行軍中の私のための食事として、持って来てくれているのだ。だから私は、朝はクラッカーにジャムを少しつけて五枚くらい食べる。昼は兄様がいないからほとんど食べない。そして今晩の夕食は、小さなコンビーフ缶を開けて、身を二つに切ると、パンを薄く削ぎ切りにして、サンドイッチを二つ作った。一つは自分で食べて、もう一つは、兄様がこれから会議で遅くなるから、先に寝てしまえといいに来た時、食べさせた。

「食料はまだ十分あるのだから、我慢せず好きなものを食べるように」と兄様はいったけれど、あっという間にサンドイッチを食べ終えて、出て行った。

私は民間人だから、昼間むやみにテントの外へ出ないようにときつくいわれている。兄様は心配しているのだ。戦を前に、気の逸った兵隊に私が何かされることをだ。しかし、もよおすものはあるのだ。まだ早朝兄様が背を向けている所で、急いで用を足す。

嬉しいこともあった。兄様がお揃いの鹿皮のフリンジのいっぱいついたコートをくれたのだ。兄様と一緒に写真を撮りたいと思った。こんな時に限って、写真屋の姿が見えない。

上着だけ脱いだ兄様が、ベッドの上で、「おいで、ジェニー」といってくれる。私は急いで毛布に潜り込んで、兄様に抱きつく。何よりも、かけがえのない喜びの時だ。

「なぁジェニー、おれってお前とどこかで一緒に桃缶食わなかったか」と突然兄様がいう。

「それってすごーく昔のことだよ。兄様覚えてたんだ。あれはね、砦に行ってすぐのことで、お菓子がなくなっちゃったんだ。そしたらトム兄いが気張って、送ってくれたんだよ。もう私嬉しくて、缶詰抱えて、小躍りしてたんだ」

「そんな昔のことだったのか」

「今夜一緒に桃缶食べられて、凄く嬉しかったよ」

「ああ、おれもだ。もう遅いよ、さぁおやすみ」

おでこに、キスをしてくれる。私はすぐ、眠りについた。

朝目が覚めたら、もう兄様はいなかった。早朝のうちに何か動きがあったのだと思った。私は、私だけご馳走を食べているのを、他の兵隊に知られないように、出発の命令が出てテントを片付けに誰か来る前に、なるべく柔らかそうな地面をナイフで掘って、缶を埋めて隠しておく。今日ももし急に兵隊が来ると困ると思って、テントの中に穴を掘って、缶を始末した。

私がこの地に初めて足を踏み入れた白人として、この喜びを誰に伝えればいいのであろうか。このどこまでも続くダコタの平原を、私は自由に馬に乗って行くことが出来る。名もなき白い花が群れて咲いている美しさ。この先に何があるのか、誰も知りはしないのだ。まるで、私にだけ与えられた世界であるようだ。木々が茂る山も、とうとうと流れる川も、皆私を待っていてくれていたようだ。あまりに美しく言葉に出来ない大地を。

私は、毛布を小さくたたんで鞄にしまった。ベッドに座って、兄様の本を読んでいたら、そこへ兵隊が二人やって来て、テントを片付けるといったので、本を閉じて自分の鞄に入れようとして、手を滑らせて本が地面に落ちた。何か不吉なことがよぎった。私は長い髪を三つ編みにして帽子の中に押し込んで、一見男に見えるようにして外に出た。

テントやベッドが使えるのは上級士官だけで、兵隊は毛布一枚で、地面に直に眠るのだ。六月も末に近くだからそれも出来るが、冬ならどうするのだろう。

私は不安であった。兄様といつまでも一緒といい張って、こんな所までついて来てしまったけれど、六百人以上もの兵隊のいる野営地なのだ。こんな戦など、経験したことがないのだもの。何をしていいのかわからない。ずっと騎馬で平原を来て、大きな川を渡って、今丘の上である。行く手には林があって、その先がどうなっているのかわからない。兄様と一緒と思ったけれど、私はただの民間人でしかない。兄様は隊長として忙しく、まとわりついてはいられないのだ。

クロウ達のように斥候として、敵を探ることも出来ないし、まったく私はお荷物なのだ。兵隊達は忙しくテントを馬車に積んだり、ナイフを磨いたり、自分の銃の整備に余念がない。音はするが、声を立てる者はいない。皆戦が近いと察して、緊張しているのだ。それが足音一つにも感じられる。そこへ進軍撤収の命令が出たのだ。皆慌ただしく動き出した。そこかしこから、銃剣のぶつかるガチャガチャした音がし出した。

焚火は消され、大きな台所のテントも撤収された。洗う水がないから、大量の汚れたままの皿やフォークが籠に入れられて馬車に積まれて行く。大切な水の入った樽が、当番兵によって、倒れないように馬車に並べられていた。私だけ、茂みの隅に一人座っているのだ。もう今ここですら、戦いの場であった。

じっとしている私にも、少しずつ情報がわかって来た。第七騎兵隊は今日まで二日間この地で野営をして、後続の第六騎兵隊を待っていたのだが、第六騎は輜重用の馬車や、ガトリング砲を引いているので、動きが遅くまだ姿が見えず、今日の朝をもって、第七騎は前進することに決まったのだそうだ。

前を行くインディアン達と、三日の遅れがあると、クロウが告げたのだそうなのだ。それで、兄様達はこれ以上、インディアンと離れるのを良しとせず、今日出発することに決まったという。

用意はすぐ整って、全員に騎乗命令が出た。私は自分の馬に乗って台所の馬車の近くを行くと、兵隊が駆けて来て、兄様が呼んでいるという。急いで行くと、兄様は先頭にいたが、私の姿を見とめて、

「ジェニー、これからいつ戦が始まるかわからない。お前は伝令のレオンと共に、後方で待つように、いいな、これは命令だ」

と、有無をいわさぬ厳しい態度でいうと、伝令の馬と一緒に乗って行くようにといった。私は、とても嫌といえる雰囲気ではない将校達がい並ぶ中で、レオンの馬に乗せられた。何一つ

声も立てられないで、兄様に挨拶も出来ずにレオンの馬は、第七騎と反対の方向へ駆け出した。振り返ると、もう兄様は、先へ駆けて行く所であった。

「駄目です。私はあなたを無事第六騎へ、お連れするように命令されているんですから」

「嫌だ、やっぱり兄様と一緒に行く」

レオンは、私が女だから抱き難かったのだろう。その腕の中をすり抜けて、私は馬から下りると、もと来た道を駆け出した。

気がつくとその地ではすでに戦が始まっていたのだ。私は飛んで来る矢を掻い潜りながら、とにかく駆けて行った。

林の先は、広い盆地になっていて、そこへ第七騎兵隊は誘い込まれたのだ。先へ行っているとばかり思っていたインディアンが左手の森の中から現れて、第七騎の頭上に矢の雨を降らせた。身を隠す術もない兵隊達は次々に矢に当って倒れて行ったのだろう。

私が駆け付けた時には、死んだ馬や兵隊の遺体を積み上げて塹壕のようにして、生き残った兵隊は戦っていた。私がそこに飛び込んだ時、足元に転がっていた兵隊に躓いて転んだ。そこへ矢が降って来て、私の背中に、四、五本の矢が当った痛みが走った。しかし、着ていた鹿皮のコートのおかげで、それは致命傷にならず、私は立ち上がった。足元の兵隊は銃弾をくらって、まだ生きてはいたが、私にはどうしようもなかった。私はポケットの中のスキットルから、兵隊の口に酒を流し込んでやった。

私は、叫び声と砂塵舞う兵隊が駆けまわる中を兄様の名前を大声で呼んで探し回った。気をつけないと矢の雨が降って来る。私の隣にいた兵隊が逃げ遅れて、背中に山嵐のように矢を受けて倒れた。それを見ていた近くの兵隊は、死んだ馬の上に、その遺体を放り投げて、少しでも塹壕を高くしようとしたのだ。

硝煙と血の匂いを、砂塵が吹き付ける。

「兄様、兄様どこ、ジェニーはここよ」兵隊が逃げ惑う中で、私は叫び続けた。もはや、カスター・ダッシュも効かない、考えたくはなかったが、負け戦に私にも思えた。

「ジェニーさんですか」砂塵の中から人影が現れて、私の名を呼んだ。ああ、ニコルさん、兄様の従卒の、ニコル少尉だ。

「ああ、ニコルさん、兄様はどこ?」

彼は右手を差したが、「あっ危ない」と彼は私の体に覆いかぶさった。見れば彼の背中には数え切れないほどの矢が差さっていた。彼は私を抱きしめると、その瞳に涙が浮かんでいたけれど、優しく微笑んで、「ジェニーさん、あなたと一緒に死ねるなら本望です」というと、口から大量の血を吐いて、膝から崩れ落ちた。

「ニコルさん、ニコルさん」

体を揺すったけれど、彼はもう、こと切れていた。

「兄様、兄様どこ」

私は遺体を踏まないように、ニコル少尉が指差した右手に駆けて行った。そこには兄様の鹿皮のコートが見えて、私は、何より嬉しかった。

「兄様」と私は、銃を構える兄様に抱きついた。

「ジェニー、逃げたんじゃないのか」兄様が驚いて叫んだ。

弓矢や銃を構えて、背をかがめて少しずつ進んで来るインディアンの大群は、その顔つきがわかるほど近くまで来ていた。

気がつくと、砂塵の渦巻くこの地で立っているのは、私達二人だけだった。兄様は銃を開けて弾倉を見ると、私を抱きしめて、「ジェニー、いつまでも一緒の約束だったな」といった。

「そうだよ、ジェニーはもう兄様離さないから、ずっと一緒だよ」

兄様は、私が夢に見るほどして欲しいと思っていた大人のキスをしてくれた。そして、「ジェニー、愛しているよ」というと、今まで見たこともないような、優しい微笑みを浮かべると、リボルバーの銃口を私の左のこめかみに当てた。私はそのあまりの冷たさに、はっと目を覚ました。

何の音もしない、ランプの微かな明かりだけが照らす、自分の寝室であった。私は一瞬ぼうっとしたけれど、すぐランプの火を強めて、ベッドを出て姿見の前に立った。エイミーが着せてくれた寝間着を着た私が、ただ立っていた。私はランプをもって、部屋中を兄様を探して歩いた。

やはりあれは夢だったのだ。だってニコル少尉は私が十二才の時に亡くなっているのだもの、リトル・ビッグホーンにいるわけがない。私は一切新聞を読まなかったから、第七騎兵隊が、どう全滅して、まして兄様がどのように亡くなったのかを知らない。知りたくとも思わなかった。では、このあまりにリアルな夢は何なのだろう。私は、左のこめかみに手を当てた。まだ、あの銃口の冷たさが体を突き抜けるのだ。

ああ、兄様。私はやっと、ウェストポイントの兄様のお墓を訪ねようと思った。やはり兄様は亡くなったのだという、現実に向き合わなければならない時が来たのだと思った。もう、いくら待っても、この大きな家に兄様は帰っては来ないという現実を。

私は旅の用意をして、兄様が亡くなったと知った時にあつらえた、新しい喪服に袖を通して、鏡の前に立った。黒など着たことがなかったから、ちっとも似合っているとは思えなかった。しかし、これから私は一生、喪服を着て生きていくのだと思った。帽子には黒のシフォンの長い布が肩どころか腰まで続くデザインだった。私はベールを下ろすと、今回ついて行くという女中を連れて出かけた。

「奥様、外は寒うございますよ、コートをお召しにならなくては」といって、先に革の手袋を渡してくれた。

兄様が亡くなってから、マギーもエイミーもそれまでのお嬢様から、私のことを奥様と呼ぶようになった。夫のいない奥様だ。

マギーは私を宝石店に連れて行って、今までしていた金の指輪を外させて、ダイヤの入った豪華な指輪を選んだ。私は今その指輪をしている。それがなんだと思うけれど、神様の前で誓いは立てなかったが、兄様との男と女として、心から愛し合った僅かな時の思い出だと、何もいわずに指にはめているのだ。

「奥様、お寒うございませんか」

マギーはとても気が利く。思ってもせんないことだけれど、あの時、アンソニーを産むという時、マギーに事情を話して、エイミーでなくてマギーを連れていったら、あるいは、子は渡さないで済んだかもしれないと思うのだ。リビィさんの方が、一枚上手だったというより、より必死だったのだろう。アンソニーを産んだ時、私はまだ何も知らずにその時、私には未来がまだあったのだ。二度と叶えられはしなかった夢幻の未来が。

車窓を見ながら私は、「ねぇマギー、次の駅に着いたらチョコを買って来て下さらない?」

「はい奥様、ようございますよ」

汽車に乗ったらチョコレートだ。初めて兄様と汽車に乗った時、もう一生食べられないと思っていたチョコが食べられた。子供の頃の懐かしい思い出だ。それを今も私は忘れない。本当なら、隣には兄様がいるはずなのに、チョコの味はとてもほろ苦かった。

突然の出来事

私は時々チョコレートを、小さく砕いて口に運びながら、修道院から出て五年振りに会った兄様の膝枕で、一枚のチョコをかじっていた時のことを思い出していた。一生もう会えないと思った兄様に会えた。しかも一生口に出来ないと思っていたチョコを兄様の膝枕で食べられる幸せ。あの時、私達の前の席に座るお客がすぐ立って行ってしまうのを、不思議に思ったものだ。私が男の子の服を着ていたから、兄様に抱きつく私達を男色家と思って、気色悪がって出て行ってしまったのだと、今ならわかる。あの時は、人目など気にはしなかった。大好きな兄様と一緒にいられる、ただそれだけで幸せだったのだから。

あのたった二人だけの時間が、僅か三年あまりであったけれど、あったから、私はいつまでも兄様を慕うことが出来るのだ。何にも知らないで、ただ兄様に抱(いだ)かれていた時代、私は思わず涙がこぼれた。マギーが心配してハンカチを出してくれる。

「私にも幸せだったと、呼べる時代があったのですよ。今それを思い出していました。兄様もまだ青年でしたし、私に至っては、たったの十二才でした。何も知らないでいい、楽しい時でした。思い出があるということは、良いことだと思いますよ」

「ようございましたね、奥様にもそんな時があって、この頃辛いことばかりでしたから」

私達は駅に着くと、ホテルに宿をとった。

「せっかく来たのです。明日は一日中、兄様のお墓参りをしますから、あなたもそのつもりでね」

「はい奥様」

「来年は、命日の六月二十五日にお参りに行きたいけれど、きっとリビィさんが許してはくれないでしょうね。私はいわばお妾さんなんだもの」

「何をおっしゃいます。そうでなかったら、世間でもてはやされた十二年目の奇蹟など、ありはしなかったのですから、あちら様の方が奥様に気を遣われるべきですよ」

「ありがとうマギー、子を生んだって愛人には変わりはないのよ。アンソニーはてなし子にならなくてよかったのよ」

「またそのようなことをおっしゃって」

ホテルに宿をとって私はその夜なかなか寝つかれなかった。どんな形であれ兄様に会うのだ。兄様まだジェニーのこと覚えていて下さっているのだろうかと心配だったのだ。

朝、私はまた新しい喪服を出して着た。立ち襟で上半身に黒のボタンがずっとウェストまで続いていて、小さなケープが付いていた。

「奥様、外は寒うございますよ、コートをお忘れになってはいけません」とマギーがいう。彼女もショールやマフラーなどで、まるで太った人形のように着膨れしている。

外へ出ると確かに寒い。しかも吹きさらしの墓地に行くのだ。私は鞄から用心のために持って来たショールを出してかけた。

ウェストポイントの墓地、まさか、ここを訪れる日が来ようとは思いもしなかった。兄様は不死身の男のはずであったのに。番小屋へ行って、兄様の墓地の場所を聞いた。係員は怪しんで、「どのようなご関係で」

「妹でございますわ」と私が答えると態度を改めて、詳しく場所を教えてくれた。

確かに、軍葬も済んで、命日でもないこんな寒い日に、女中を連れた女が一人墓参りは、不審に思えたのであろう。私はここでも愛人と見られていたのだろう。

広い見渡す限り英霊が眠る、風の音しか聞こえない墓地を、教わった通りに進んだ。あの先を右に曲がれば兄様のお墓だ。私は小走りになって、道を右に曲がった。

真新しい墓石があって、〝かつて西部をかけた英雄ここにねむる〟とあって、ジョージ・アームストロング・カスター少将と名前が彫ってあった。私は跪いて、手にしていた花を捧げた。ホテルの一階に花屋があるのだ。

そして、しばらくその名前を見つめていたけれど、ベールを上げて、墓石にキスをした。冷たい石の感覚が、私の体中に伝わって、兄様の肌の温もりは、もうないのだと私に教えた。

「兄様、ジェニーが参りました。遅くなってごめんなさい。ねぇ兄様ジェニーですよ、おわかりですか」

私は墓石に突っ伏して泣いてしまった。これで兄様はもういないのだと、思い知ったではないか。しかし、それが現実とわかれば、涙は止まらなかった。

マギーが私の肩に手を置いて、小さな声で奥様と呼んでいる。私は気が済むまで、ここで泣いていたかった。

「奥様、先程から、あの軍人の方がずっとお待ちでございます」

こんな日に兄様の墓参に来る人がいると思わなかったので、私は涙を拭いて、急いで立ち上がると、もと来た道へ歩き出した。私が立ち上がったと見ると、その軍人も歩を進めた。すれ違う時、私は目礼をした。その軍人は立ち止まって、私に向かって、「失礼とは存じますが、あなたはカスター閣下の妹さんではありませんか」と聞いたのだ。

「はい、左様でございますが、あなた様は」私は驚いて尋ねた。

「私は、オーランド・ベンティーン大尉と申します。ヘイズの砦で、ご一緒させて頂きました、ベンティーンです」

「まあ、ごめんなさい、砦にいらしていた時と、あまりにお姿が違われたので」ベンティーン大尉は、第七騎にいたから、会えば挨拶をするくらいの関係だった。私はその時のベンティーン大尉とは、わからなかった。

「今はここウェストポイントにいて、私髭をおとしましたから。砦にいた時、若造と思われるのが嫌で、髭を伸ばしておりましたから」

「ええ、確かに砦ではお髭がありましたわ」

「お会い出来たのも、閣下のご縁です。お寒いでしょうが、少し待っていて下さいませんか。閣下に、あなたにお会い出来たと報告して来ますから」と駆けて行って、墓前に跪いて何か祈っていたが、立ち上がって敬礼をすると、私達の所へ急いで戻って来た。

「ここは寒い、確かクラブが開いていました。そこで温かいものをご一緒にいかがですか」といって、てきぱきと私達をクラブに案内して、紅茶とクッキーを三人前お盆に乗せて持って来た。ソファの席を見つけると、三人でそこでお茶を飲んだ。

「特別に頼んでブランディを垂らしておきましたので、体が温まりますよ」と元気な声でいうのだった。

今ウェストポイントにいて、今日はたまたま休日で、兄様の墓参を思い立ったのだという。

「まさに閣下のお引き合わせです。お会い出来て嬉しいです。軍葬の時にお会い出来るかと思っていましたが、女性は皆ベールをかけていて、いらっしゃるのがわかりませんでしたから」

「私、軍葬には参りませんでしたの。それで今日なら、どなたもいらっしゃらないと思ったのですが」

「それは申し訳ないことを致しました。閣下のお墓にどなただろうと思っていたところ、ベールを上げられて、あなたとわかった時は嬉しかったですよ」

「嬉しかったですか？」

　私は少し気分を害した。それが声にも反映したのであろう、

「これはもうとんでもないことを口にしてしまいました。驚かれたでしょうが、実は私は、あなたが十七才の時に求婚したことがあったのです」

「そんなこと、私知りませんでしたわ」

「それはそうです。閣下に申し込んですぐ断られて、あなたに近づくなって命令されてしまいましたから」

「そうでしたの、存じませんで申し訳ございませんでした。あの時の兄は、私のことを一生西で一緒に暮らすのだと申しておりましたから」

「それも伺いました」

「でもその後急に私の身に色々なことが起こって、砦を去ることになりました」

「それも良く覚えてますよ。あなたが突然若い下士官と砦を出られることになると聞いて、私は少し悔しく思いましたから」

「まあ、昔の話ですわ、彼は私の命の恩人なのでした。私あの頃砦を出たくて仕方ありませんでしたの。それで、兄様の反対押し切って、砦を出ましたの」

「それは知りませんでしたが、その若い軍人は勇気があったのですね、閣下からあなたを勝ち取ったのですから、その時、私だったら駄目だったのでしょうか」

「それも縁でしたとしか申しようがございませんわ、あなたのこと、私全然存じませんでしたから」

「うーん、もっと力を入れて閣下と戦うべきでした。今凄く残念に思いますよ」

　彼は、私がお茶を頂くために外した手袋から、左手の薬指にはめてある指輪を見て私のことを人妻だと思ったのだろう。

「私が十七才の時でしたら訳がございまして、兄様は許さなかったと思いますよ」

「そうだったんですか、今のご主人は羨ましいですよ、お幸せにお暮しでしょう」

　ふいに私の瞳に涙が溢れて、こぼれた。

　ベンティーン大尉は慌てて、「私、失礼なことを申し上げましたか。ご主人も、リトル・ビッグホーンで戦死なさったのでしょうか」

「ごめんなさい、不作法なことをして。私に夫はございませんの。今まで結婚もしたことはございません。これでしたら昔の少しだけあった幸せの思い出と申しましょうか」といって、私は指輪を撫でた。

「では今あなたはお一人なのですか」

「寂しく暮らしておりますわ」

「では、今私があなたに求愛してもかまわないのですよね。ジェニーさん、長い時間が経ちましたが、今日お会い出来たのも閣下のご配慮だと思います。突然ですみませんが、私と結婚

して下さいませんか。是非に」

「まぁ、そんな」

兄様のお墓参りに来たはずであった。

「私は砦ではつらつと馬に乗っているあなたをいつも見ていました。美しい方だなぁと思っていました。人づてに、あなたが十七才になられたと聞いて、我慢ならなくなって閣下に申し入れて断られました。あなたが砦を出られて、私もいつもあなたのことを思い続けていたというわけでもありませんでしたが、それから縁遠くて、今まで独身できました。もう二度とお会い出来るとも思っていませんでしたから、今日こそ、あなたに直接申し込みます。私が夫では駄目ですか」

「そんな急に、今は兄様のお墓参りに参りましたのですから」

「でも、今を逃したら、もうお会い出来ないではないですか、ではせめて今お住まいの住所なり教えて下さいませんか。これでお別れなんて、とても出来ません。今日ここでお会い出来たのは閣下が取り持たれたのだと思います。お願いします」

「私共は、先のビクトリアホテルに泊まっておりますの。明日もお参りに来るつもりです。そのお話しは、もしその時お会い出来ましたら、また伺いますので、今日はこの辺で、よろしゅうございましょうか。せっかくここまで来たのですから、また兄の所へ参りたいと存じます」と、私はベンティーン大尉に断りを入れたのだとその時は思った。そしてお茶の礼をいって、また兄様の墓に戻って、現実のあまりの辛さに涙して、ホテルに戻った。

兄様の官名は少将になっていた。あの有名だったボーイ・ジェネラルといわれた時のままだ。思いもかけずベンティーン大尉と会って、心が昔に戻ってしまっていた。砦でのリビィさんとの日々をどうしても思い出してしまうのだった。兄様は手の届くそこにいるのに、妻というものに私から取り上げられてしまった悔しさ。そして日々の辛い生活。滅多にない兄様との遠駆けと、湖に行くことだけが、私の救いだった。

兄様は、私をあのまま西に置いてどうするつもりだったのだろう。ずっと兄様の渋面と、リビィさんの氷の瞳に見つめられたまま暮らして行くのはもう無理だった。クレージー・ホースに出会ったのもヘンリーと暮らしたのも、皆意味があったのだと思う。そして、ほんのちょっとだったけれど、兄様のお嫁になってアンソニーを産んだのも、きっと意味があることだったのだと思うのだ。ただ思うのは、私の幸せって長くは続かないのだということだ。そしてリビィさんも、結局の所、あまり幸せではなかったと思うのだ。私のことがあったにせよ、愛する兄様と結婚出来たのだもの、もっと幸せをなぜ感じられなかったのか不思議にさえ思うのだ。ジェニーが兄様と結婚出来たのなら、きっと幸せだったと思うのだ。そりゃ、兄様が女買ったなんてばれて喧嘩になったりしたかもしれないけれど、それだって一時のことだ。あの氷のようなリビィさんの嫉妬心には、きっと兄様も苦労したと思うのだ。

しかし、私が十七才の時、求婚した人がいたなんて、凄い驚きだった。だって私、男の格好をして、馬に乗っていたのだ。私に女を感じたなんて信じられない。兄様が許すはずがなかったのだ。私はその当時結婚も出来ない不具だと兄様は思っていたのだから。

ヘンリー、愛していたはずだったのに、今どうしているのだろうか。

アンソニー、マミィですよ、元気にしてますか。あまりのことが一度に起き過ぎた。

次の日も朝から寒い日だった。マギーはもう一枚ショールをかけて、余計に丸く見える。私も今日はホテルを出る時にすでにショールを手に取った。

「昨日の軍人どうなんでしょうね」

「どうって、何が」

「奥様に突然求婚なんかして、今日も待ってやしませんですかね」

「まさか、やんわりとだけど、お断りしたつもりよ」

しかし、彼は待っていた。さすがに今日は軍服の上に軍用コートを羽織っていた。

「やぁジェニーさんおはようございます。寒いですね。いついらっしゃるかわからないから、朝食終えてすぐやって来ました」と明るくいって、手を差し出した。

私は少なからず気分を害した。思わず、「私遊びに来ているのではありませんよ。軍葬にも参加出来なかったから、兄の死を現実として受け止めようとして来ているのです。あなたのなさり様は、あんまりですわ、どうぞお帰り下さい。私に兄との静かな別れの時間を下さいませんの」といってしまった。

大尉は一歩下がって、「あなたにお会いして、つい自分のことばかり考えてしまいました。私のこの行為はやり過ぎですよね。でも私はあなたにお会い出来て、どうしてもこのままお別れしたくないのです。リトル・ビッグホーンで私は生き残ってしまいました。亡くなられた将官のご家族の方々から、厳しい批判も受けました。でも私はカスター閣下と共に一番最後に言葉を交わした者です。その時のこともお話したいと思ったのです」

兄様の最後の時を共にした人。ああ、私は眩暈を覚えて膝から崩れ落ちた。大尉は私を抱き上げると、クラブへ連れて行って、ブランディを頼んでくれた。

私は長椅子に寝かされ、ブランディをあてがわれた。珍しいことではないのだろう、亡き夫や息子の墓参で、倒れる人はあるのだろう。私はそっとしておかれた。

気がついたので、起き上がろうとすると、マギーが、もう少し横になっていた方がようございますよといった。私はもう一口ブランディをなめた。頭がはっきりとして来て、周りを見渡すと、ベンティーン大尉は少し離れた椅子に腰かけて私のことを見ていた。私の足元には、大尉のコートがかけてあった。

私はマギーに、コートをお返しして、といって、膝を曲げて足先が見えないようにスカートの中へ隠した。

ベンティーン大尉は席を立ってコートを受け取った。私はマギーの手を借りて起き上がると靴を履いた。

「奥様、お加減はもうよろしいのですか」

「ええ、ありがとう、もう大丈夫です」

ベンティーン大尉は、私の手を取って、奥のテーブルにいざなった。紅茶が運ばれて来て、私は両手で包んで手を温めると一口すすった。私は、大尉をしばらく見つめていたが、ついに聞いてしまった。

「兄の最後の言葉は、何でしたの?」

「それはThe Seventh First（ザ セブンス ファースト）——第七連隊は先頭にあり——とおっしゃられました」

それは隊のモットーであり、兄様の信念だ。あの戦いの時兄様はどんな状態にあったのか、知る由もないが、自ら打って出たのだ。少しも臆せず、先頭に立って戦いに赴いたのだ。

私はハンカチの中に泣き伏した。兄様は兄様らしく戦い、そして武運つたなく亡くなってしまったのだ。これ以上、兄様に相応しい言葉はないであろう。

私は涙を拭くと、「ベンティーン大尉、やはりお会い出来て良かったのは私の方です。兄様は、兄様らしい最後を遂げられたのだと、その言葉に救われました。失礼なことを申して、ごめんなさい、許して下さいませ」

きっとリビィさんは、生き残ったベンティーン大尉の言葉など聞きもしなかったであろう。兄様を助けにも行かなかった部下と見下して、テリー閣下率いる第六騎の将官達の話しか聞かなかったに違いないのだ。生き残ったベンティーン隊も戦いに際して命をかけた大変な苦労があったという。私達はずっと、その時のリトル・ビッグホーンにおける第七騎の話を聞いていた。いつしか昼も過ぎて、私達は、カップスープとサンドイッチの遅めの軽食をとった。

「私本当は、今日中に帰るつもりでおりました。でもまだ、お話は伺いたい。今日も夕刻に近くなってしまいました」

秋の短い陽は暮れようとしていた。

「私、兄様にどうしても伝えたいことがありますの。それをいう前に今日は過ぎてしまいました。私もう一晩こちらに泊まって、その話を明朝どうしても兄に伝えたいのです。お昼には、このクラブへ参りますわ。だから私と兄様の時間、下さいませんか」

「それは当然のことです。閣下にお会いにいらしたのに、私が勝手にしゃしゃり出てしまったのです。明日もお会い出来るなら、こんな嬉しいことはありません。お待ちしていますよ。でもきっとですよ。私はまだあなたがどこにお住いなのかも存知ないのですから」

私は黙って、バッグから、小さな女持ちの名刺を出して、手渡した。

「これが私の住まいです。このようなもので納得されまして」

「光栄です。明日お待ちしていますから」

ホテルに帰っても私は、兄様のことばかり考えていた。きっと勝利を信じて、こればかりの不安も持たず、皆の先頭に立って戦いに臨まれたであろう兄様。そこで何があったのだろう。そこには、十倍以上の数の敵がいたのだという。そして、敵の中にクレージー・ホースの名があったことが、息をするのも苦しい程に、胸を締め付けるのであった。もしも同じ人物であったとしたら、その巡り合いの残酷さに、胸を掻きむしりきるだけでない、地の底へでも落ちてしまいそうな神の情けも届かない苦の世界へ私を落とすのだった。

翌朝、早目の朝食の後、すぐ墓地にやって来た。約束通りベンティーン大尉の姿は見えなかった。私は足早に兄様の所へ向かうと、心静かに兄様の名を呼んだ。そして、墓石に刻まれた、名前を指でなぞりながら、

「兄様、いつかおっしゃっていたでしょう。おれの子を産んでくれるかいって。ジェニーは約束を果しましたよ。赤ちゃん産みましたよ。しかも男の子です。そうアンソニーと名付けました。これがアンソニーですわ」そういって、バッグから写真帳を出して、墓石に向かって見せた。

「兄様に似た、青い瞳で、これは私もですけれどね、それで巻き毛の可愛い子なんですのよ。おっぱいも沢山飲むんです。今ここに連れて来たかったけれど、アンソニーはリビィさんの所にいるのです。十二年目の奇蹟の子としてね。でも産んだのはこのジェニーです。牧場で何となく具合が悪かったでしょ、あれ赤ちゃんが出来た印の、つわりだったのです。あの時もう赤ちゃん出来ていたんですよ。意地張らないで早くお医者さん行ってたら、すぐわかったのに、ついに兄様には、赤ちゃん出来たこと伝えられなくてごめんなさい。ジェニー、兄様によくやったと、褒めて欲しかった。それが出来なくて、本当に悲しいことです。兄様なぜ死んでしまったの。兄様と子供達とで住むはずだった、大きな家に今ジェニーは一人で住んでいます。兄様夢の中でもいいから来て下さい。これが、おうちの住所ですよ。それから兄様お手紙ありがとう、実はまだ中を見ていないのです。もしかしたら、一生見ないで宝物にしておくかもしれません。でも本当にありがとうございます。あの戦いの前夜、ジェニーのことも覚えていて下さって嬉しいです。兄様……」

あとは言葉にならないで、私は嗚咽した。手にした墓石の冷たさが、兄様と私との世界の隔たりを示しているのだった。

私達は約束の時間を少し遅れてクラブに着いた。ベンティーン大尉はすでに待っていて、すぐに軽食を注文してくれた。メニューは昨日と同じだったけれど、冷えた体に温かなスープは心地良かった。

「兄の遺体はご覧になりましたの」

「僭越ですが、そのことをお話ししてよろしいのでしょうか」

ベンティーン大尉は、昨日私が倒れたことを気にかけてくれているのだ。

「お心遣いありがとうございます。今日は兄にもしっかり別れを告げて参りましたし、心の準備も出来ています。昨日のような失態はいたしませんわ、どうぞお話しして下さいませ」

私は、真正面から、大尉を見た。

大尉は少しためらっているようだったが、「私がカスター閣下のご遺体にお会いしたのは、リトル・ビッグホーンの丘の麓でした。周りに沢山の兵隊の亡きがらが重なるようにありました」

そういって、私の様子を見るために言葉を切った。

私はハンカチを握りしめて、「私大丈夫です。お話をお続け下さい」といった。

「本当によろしいのですか」ともう一度確認してから話し出した。

「ご遺体は仰向けに倒れていて、ブーツの先は敵に向かっていらっしゃいました」

「お心遣いありがとうございます」

「Ｔｈｅｙ Ｄｉｅｄ ｗｉｔｈ Ｔｈｅｉｒ Ｂｏｏｔｓ Ｏｎ」、兄のブーツは死してなお敵に向かっていたのだといってくれているのだ。涙がこぼれそうになる。

「続けてもよろしいのですか、お気を確かになさって下さい」

「お続けになって下さいませ。テリー閣下は私に何もおっしゃいませんでしたから、真実を知りたいのです」

「お強いお方だ。閣下のご遺体には、頭部と胸に一発ずつの銃創がありました。首にいつもなさっていたロケットは、敵の戦利品として奪われたのでしょう、なさってはいらっしゃいませんでした」

兄は、リビィさんの写真の入ったロケットをいつも身に付けていたのだ。それすら敵に奪われてしまっていたのだ。

「それから、ご遺体の傍に、四つにたたまれた写真が落ちていました。広げてみると血で汚れていてはっきりしなかったので、敵も捨てて行ったのだと思いました」

「どんな写真でしたの？」

「中心を外して折ってあったので、たぶん写っている人物の顔に折り目が当らないように、なさったのだと思います。男性と女性と一緒の写真に思われました。真ん中の所が血が沁みていないで、手を取り合っている所だけ、はっきり見えましたから」

「それどうなさいましたの」私は、胸が締め付けられる気がした。

「閣下のご写真だと思って胸のポケットへ入れておきました」

ジェニーは捨てられたのではなかった。戦いに際して、ジェニーの写真も兄様は、身に付けていて下さったのだ。どんな励ましの言葉より、この事実を告げてくれた、ベンティーン大尉の言葉は、私を救って下さった。

涙を拭く私を見て、大尉は、「お話が生々し過ぎましたか」

と、言葉を選んで私を慰めてくれたが、私は、「いいえ、私嬉しいのです。その写真に写っていたのは、たぶん私と兄だと思います。たった一度だけ、私と兄は写真を撮る機会がありました。その時、手を取り合って写していたのです。兄は最後まで私の写真を身に付けていてくれた、この事実を教えて下さった大尉様、心からお礼を申し上げますわ。このことは、他の誰も知らないことだったのですもの」

　私はそういうと、はしたなさも忘れて、大尉の手を取って握った。大尉も握り返してくれて、「こんな時に全くにぶしつけですが、私のプロポーズお受けして頂けませんか。私、このままあなたとお別れするのが辛いのです。私、カスター閣下と同じとはいかないでしょうが、心からあなたを幸せにいたします。望まれるのなら毎日でも閣下のお話をさせて頂きます。こんな思いを女性にぶつけたの、あなたが初めてなのです。そうだ、これから閣下のお墓に行って、二人の仲を認めてもらってもいいでしょうか。こんな場所でぶしつけなのは百も承知です。でもお願いです。私の長い間の思いを叶えて下さい。お願いします。どうぞ私の妻になって下さいませんか」

「大尉、私はもう十七才だった頃のジェニーではありませんのよ。少しですけれど恋も経験しています。大人になっているのです。それに兄様のこと、今でも愛しているのです。あの砦で、無邪気に馬に乗っていたジェニーでは、もうないのですよ」

「でもジェニーさんに変わりはないんだ。年月が経ったのだから、変わられたのは当り前です。失礼ですけれど、今いるあなたに砦の頃の思い出を見つけるのは難しい。しかしここには、洗練された美しい女性がいるのです。私は再び恋をしました。もうどうしようも出来ません。僭越ですが、一人で寂しくお暮しとおっしゃっていらしたではありませんか。夫が私ではいけませんか。お願いです。私の妻になって下さい、必ず幸せにしますから」

　私は何も答えられなかった。こんなことってあるのだろうか。ベンティーン大尉の一方向な求愛に負けてしまいそうな私がいた。毎日でも兄様のことを話してくれるという言葉はとても魅力的であった。私はウェストポイントに、いったい何をしに来たのであろうか。そして思うのだ、家に帰っても一人なのだと。

　私達は兄様のお墓の前に立っていた。ベンティーン大尉が、よく通る声で、「カスター閣下、今こそお願いいたします。妹さんを私の妻に下さい」といった。近くに人がいたら聞こえていただろう。兄様はさぞお墓の中で、驚いていることだろう。ジェニーやお前はいったい何がしたいのかと。兄様が亡くなってしまったから、私の人生、また変わっちゃうのよ、と心の中で呟いた。だって一人は寂しいんだもの。

　私とマギーはまた一泊して、翌日、ボストンに住む、ベンティーン家を訪れることになった。彼は私の気が変わるのをとにかく恐れているようで、次々と手際よく話を進めていくので、私はよく考えもなくついて行ってしまうのだった。

マギーまでが、「奥様、ご縁というものは、その時が勝負なのですわ。あのハンサムな大尉さんが、うちに来て下さったら、楽しくおなりでございますよ」という始末だった。汽車の中で、

「私、今回喪服しか持っていませんのよ」

「仕方がありませんよ。閣下のお墓参りにいらしたのですから、両親にそういえば、気にはしませんよ」と大尉はいう。

しかし、結婚の承諾を得に行くのにやはり喪服というのも、あまりにあり得ない姿ではないか、と私は思うのだ。

「やはり、日を改めて、お会いする方がよろしいのではないでしょうか」

「いや、今日でいいのです、そして一日も早く結婚式を挙げましょう」

大尉はそれでいいかもしれないけれど、女には用意というものがいる。喪服姿でしかも手ぶらで、相手のご両親は、なんと不作法な女だと思いはしないだろうか、と心配でならない。

「お気になさらないで下さい。煩いことをいう親ではないのです。それどころか、私に早く結婚しろといつも顔を合わせる度にいうのですから、私があなたをお連れしたら歓迎してくれますよ」

私は手袋を外しながら、薬指の指輪を抜いて、さり気なくバッグにしまった。鞄の中にはアンソニーの写真も入っているのだ。大尉の熱意に乗せられて来てしまったけれど、私の人生をどこまで伝えたらいいのかと、心にかかるのだ。七才の時のこと、砦でのリビィさんと兄様とのこと、ヘンリーのこと、そして兄様とほんの僅かだったけど一緒に暮らして、アンソニーを産んだこと、どれも秘密といえば秘密のことだ。私は何も考えずにここまで来てしまった。寂しかったからなんて甘えて、大尉に押し切られてしまったのは私の方だもの。どうしたらいいのだろう。

結論が出ないうちにボストンに着いてしまった。

ベンティーン家は見るからに中流の、庭の手入れのよくされた家だった。まず出て来た母親らしき人が、息子の突然の帰宅に驚いている所へ、後に立っている私達のことを伝えたのだろう、急いで家の中に入ると夫とおぼしき人を連れて来た。その初老の男性は、「まぁ、こんな所にいらっしゃらないで、家の中へ、さぁどうぞ」と私とマギーを手招きした。

私達は、応接間に通された。母親が慌てて女中に命じたのであろう、紅茶が出て来る。

大尉は私のことを、「私の婚約者のジェニーさんです」という。さすがの両親も驚いたのであろう。立ったままである。

「いやだなぁ、立っていたら、ジェニーさんが座れないじゃないですか」

「私の父と母です」と大尉が紹介した。

紅茶が配られた。私がベールを上げると、父親が、こりゃあべっぴんさんだなといって、母親にたしなめられる。

「ジェニーさんは、かのカスター閣下の一番下の妹さんなんです。それで、閣下の墓参にいらしたのをお見かけして、もう二度とこんなチャンスはないと、口説き落としたんですよ。だから喪服をお召しなんです」

私はやっぱり恥ずかしかった。こんな喪服での対面なんて、やっぱり変だ。

しかし、母親が、「お前がよく話していた砦にいた美しいお嬢さんのことなの」と聞く。

「そうです。時間はかかりましたが、私のために、今まで待っていて下さったのですよ」

「あの、ジェニー・カスターと申します。これは女中のマギー。私、砦を出るとき色々ありまして、カスターの姓を捨てて、兄のミドルネームのアームストロングを名乗っております」それは事実だから、隠しておくわけにはいかないだろう。それだけで、私の人生何かあったんではないかと思われてしまうだろう。

「私、ずっと兄の庇護の元、西部で暮らしておりましたが、自立をするために、名を変えました。カスターの名はあまりに有名で、私、その名から自由になりたかったのだと思います」

こういって、私のことを不審に思って、私をお嫁にするのを、諦めてくれないかなぁと、心の底で思った。しかし、

「女性が自立するのには、それなりの覚悟がおありだったのでしょう。ましてあの有名な閣下の名前では、何かと暮らして行かれるのに御苦労がおありだったのでしょう」と、あっさり認められてしまった。

私は紅茶を頂いた。慌てたのであろう茶葉が多かったせいか、私には苦く感じた。

「ジェニーさん、本当に息子と一緒になって下さいますの」

「だから、婚約者なんだから」

「私、兄の墓参に参りまして、今日でまだ四日目なんですの。それをベンティーン大尉の熱意に、こちらまで、しかもこんな格好で伺ってしまいました。さぞ不作法な女と思いでしょう」

「砦で好きな方がいらしたが、他人にとられてしまって、悔しくてしょうがないと、これが女々しいことを申しまして、ご結婚なさっていらしたのですか」

「母さん、そんなこと失礼だろう」

「いえ私、その方と長くはお付き合いをしませんでしたの、子もありませんし、まだ結婚もしたことがございませんわ」

「まぁそれなら、すぐにもうちに来て頂きましょうよ。こんな美人でいらっしゃるなんて思いもしませんでしたわ。息子が夢中になるわけですわ」ベンティーン家とは、このように、大尉と同じで、ものにこだわらない人達なのだろうか。

大尉の休暇が明日までだというので、近所に住む伯父夫婦が立ち合い人で、私は喪服のまま、ベンティーン大尉との簡単な婚約式を執り行った。その時母親が、自分の婚約指輪だからと、古い箱に入った金の指輪を出して来た。その後、ベンティーン大尉の部屋へと案内された。今は住んでいないのだ。無駄なも

のない男性の部屋であった。

「ああ嬉しいなぁ、夢って叶うものなんですね、あなたと結婚出来るなんて、絶対に叶わないと思っていましたから」

「こんなに簡単に結婚が決まるなんて思いもしませんでした。大尉、あなた、私が今何をしているかもご存知なくてもよろしいのですか」

「失礼とは存じましたが、女中をお連れになっているし、あなたのお召しものは、この私が見ても上等に見えます。少なくとも貧しくはお暮しではないと思いました。何かお仕事をなさっていらっしゃるのなら、私の方が気を遣ってさし上げなければならなかったのに、ジェニーさんは大丈夫なのですか」

「私には信託したものがございまして、生活に困ることもありません。本心を申しましたら、私の家で暮らしたいのですが、あなたのお仕事を考えたら、近くがよろしいのでしょう」

「母親は、同居を望んでいて、もうすぐにも、家に私達の部屋を増築して、一緒に住むのだと気の早いことを申しています。それは可能でしょうか」

「お許しいただけるのなら、数ヵ月に一度家を見に行くか、管理人を置くかしたいと思います。私達本当に結婚するのでしょうか」

「当たり前です。私は待ちきれませんよ。増築が済んで、結婚休暇が取れればすぐしたいと思っているのです」

「こんな私と?」

「何をおっしゃるのです。私の憧れの君とです」

そういって、大尉は私をそっと抱きしめた。

「キスをしてもいいですか」

「そんな、ここでは恥ずかしいですわ」

「誰も来ませんですから」

私達は、ベンティーン大尉の自室で、初めての抱擁と、キスをした。

夕食は、心のこもったご馳走が出て、大尉の小さな時の話から、砦に可愛い女の子がいる、十三才くらいかと思っていたが、もう十七才なのだという。プロポーズをしてもいいかと、手紙が来た話まで出た。

「兄は私を手放したくなかったのです。私、そんなお申し出があったなんて存じませんでしたもの」

「閣下はジェニーさんを、それは大切になさっていらっしゃいましたから。それを、あんな若造にとられてしまって、私は歯がみしました」

「なぜアームストロング姓を名乗られたのですか」

「兄のことを、妻のリビィさんを初め、他の兄弟は、オーティと呼んでいました。ただ私だけ兄様と呼んでいました。それで、砦を出て新しい暮らしを始めるのに、けじめをつけるつもりで兄のミドルネームをもらったのです」

「そのお付き合いなさっていた方とはどうなさいましたの」

「母さん、そんな失礼なこと」

「いいのです、事実ですから、はっきりいって仲良く暮らしておりましたが、事情がございまして、別れることになりました」

「ほら母さん、困っていらっしゃるだろうが」

「別れはやはり辛くて、しばらく友人の牧場に行っていました」

「まぁ牧場をお持ちの方がいらっしゃるの」

「そこは友人の所でしたが、私の牧場もあって、その友人が管理してくれています。よく手入れの行き届いた良い所です」

「私達は、この土地を離れたことがありませんから」

「よろしければ、いつでもお連れいたしますわ。私、これでも馬に乗れますから」

「そうなんだ、ジェニーさんが、すくっと馬に乗っている姿は素敵だったなぁ」

「ただのおてんばですわ」

「お兄様は残念でしたね」

「でもその墓参で、大尉とお会いしたのですから、私達兄との縁があったということでしょうか」

「うちにお嫁さんが来て下さるなんて、なんて嬉しいことなのでしょう。ジェニーさん、息子のことよろしくお願いしますね」

「それは、私の方こそ」

　私がカスターの妹というだけで、結婚を認めてくれたご両親は、皆優しい穏やかな良い人達だった。

　その晩は客間に泊めてもらった。しきりに遠慮してソファで寝るというマギーを口説いて、一つベッドに寝た。明日からまた汽車に乗るのだから。

　駅まで送ってくれた大尉は、緊張した面持ちで、「これって、夢ってことないですよね。このご住所も本当なんですよね」と念を押した。

「では、これからご一緒なさいます?」

「したいのは山々ですが、休暇が今日までで、ジェニーさん、結婚を許して下さってありがとう、あとは手紙で詳しいことは決めましょう」といっておずおずと、私を抱きしめた。

　兄様のお墓参りに行って結婚を約束してしまった。その不思議さに、兄様の愛を感じるのだった。私が一人になってしまったことに、兄様が天から私に授けてくれたのだろうか。

「私のこの数日間の行いって、変かしら」私は車窓を眺めながら、マギーに聞いた。

「確かに普通とは申せませんが、私は奥様に良いお相手をと、考えておりました。ただお話が急だっただけで、そんなに悪いお話しとも思いませんが」

「でも、こんな急に結婚決める人ってあるかしら」

「それこそご縁でございますよ。見ず知らずの人間に、いきなり道で声をかけられたわけでなく、旦那様のお墓で、お会いになられたんですよ。奇蹟というべきではありませんか、それに、奥様のことを昔から思っていらしたというし、旦那様のお引き合わせでございますよ、まったくそうマギーは存じます」

「確かにそうかもしれないけれど、私はヘンリーと暮らしていたのだし、アンソニーも産んでいるのよ。こんな私で良いのかしら」

「人間には色々な人生があるものでございますよ。そんな昔のことお忘れんなって、あのハンサムな大尉さんとの新婚生活を楽しみになさればよろしいのですよ。あの大尉さんだって、奥様のような美人と一緒になれるのですよ。独身だったってだけで、あの方だって清廉潔白な生き方をなさってたわけはないはずですよ。奥様が今十七才のネンネだとは、大尉さんも思っちゃいませんよ。よほど奥様のこと、お好きだったんですね、駅でもう会えないような心配されてましたもの」

「あちらのご両親と同居したいってお話しだけど、私、人と濃く付き合ったの、兄様とリビィさんしかいないの。うまく行くか、心配なの」

「それならいっそ、新婚生活は大尉さんとご一緒に、官舎にお住みになればよろしいでしょう。毎日一緒にいられますし、お互いのことがわかりますでしょうが」

「そう出来たら良いのだけど、ご実家は増築するとかおっしゃっているし、私は本当は自分の家で、暮らしたいのだけれど」

「それもいずれ決まりますよ、心配ばかりしていたってしょうがないじゃありませんか。それよりウエディングドレスをどうするかとか、当日配るお菓子を何にするとか、決めなくちゃならないことが沢山ございますよ」

ウエディングドレスか。ふと、ヘンリーの誕生日のサプライズのドレスのことを思い出した。私の無理な要求にもよく応えてくれた服屋。あの街に降り立つことはもう二度とないと思ったけれど、あの服屋でドレスは作りたいと思った。

ヘンリー、今どうしているのだろう。先日調べてもらったら、家は他人のものになっていて、当のヘンリーは、借金を苦に夜逃げをしていた。驚くことにヘイズ砦に戻って、第七騎兵隊員になっていたが、ここでも借金をこさえて、あろうことか、脱走兵になって、その後はわからないという。皆私のせいなのだ。あんなに私を、愛というものに形があったならば、その愛で私を包み込んでぐるぐる巻きにしてくれていたヘンリーを、見限った私が、今また新しい出会いがあって幸せになれるのであろうか。それこそ幸せになっていいものだろうか。ヘンリーが口にこそ出さなかったけれど、私に着せたかったはずのウエディングドレスを、私は他人のために着るのだ。どうしても、心に小さな針が刺さっていて、もろ手を上げてこの結婚を喜べない私がいるのだ。一人で寂しいからって、相手の情熱に押し切られて結婚を承諾してしまった私って、本当に節操のない女だと思う。そうして心配はもう一つあった。兄様亡き後、私は一生喪服を着て生きていくのだと思っていた。今でも夜一人ベッドに横になっていると、兄様の愛撫の手の感覚がよみがえる。仮初めの兄様との生活が短かったからこそ、その思いは深く残っている。それを他人の手が、私の体に触れるのだ。兄様との思い出は消えてしまうのではないか。それが私には恐ろしかった。

「ねぇマギー、結婚しても夜お部屋別々ってわけにはいかないかしら」

マギーは目を丸くして、「奥様はそんなことを考えていらっしゃるのですか。ご結婚されるのですよ。あの大尉さんが承服されるとは思えません。それどころか男性として、奥様と夜はお供になさるのを、それはお待ちかねにみえますすけれど」

「やはりそうかしら」

「お話が急に進んでしまわれて、今になってお迷いになられたのですか。まさか大尉さんに愛情を感じられないと、思われるのですか」

「本当のことというと、そういう所もないわけではないの。私、あの方が兄様のお話しして下さるから、つい引き込まれちゃったのは確かなの。でも夜一人で寂しいのも、その通りなの。兄様と、子供沢山産んで楽しく暮らすはずの家だったんですもの。寂しいの当たり前よね。でもね、一人で寝てると、はしたないことかもしれないけれど、兄様が私のこと愛してくれていた肌への手の感覚なんか、まだ思い出すのよ。それを、他の殿方と結婚したからって、忘れてしまうのが怖いの。だってあの兄様の思い出ってもう二度とないことでしょう？　私忘れたくないのよ。それって、あの大尉さんに対して、口に出してお願い出来ることではないでしょ。兄様のことだけ考えていて、結婚承諾しちゃったけれど、私、こんな大切なことで悩んでいるの。やっぱり結婚無理なんじゃないかって、たとえ結婚しても、私女として、あの方迎えられるか心配なのよ」

「奥様はそのお年でずっと、喪服をお召しでいらっしゃるのですか。まだいくらもお子様もお望みになられますよ。旦那様のことは心の隅に置かれて、新しい恋を謳歌されて、誰が文句をいうもんですか。いつまでも昔のことに囚われていないで、今回のことも旦那様との御縁と思って、早くウエディングドレスのことを考えなされてはいかがでしょうか」

「ええ、そうするわ、ありがとうマギー」

「さっそく、サムの奥さまにお手紙をお書きになりませ。一番喜んで下さいましょうが」

「そうね、すぐ書くわ。何ていうかしら」

「そりゃあ、お喜びになられますでしょうが。御自分がドレスをお召しになられたら困りますけれどね」

「サムの奥さんがドレスを着たいっていうなら、一緒にドレスを作ったって良いわ。せっかくのお祝いなんですもの。彼女だってドレスを着る権利はあるはずよ」

「お客様は驚かれるでしょうね」

「それは仕方がないことね、そんなこと考えると楽しみだわ」

「ご機嫌が戻られて、ようございました」

「気を遣ってくれてありがとう。私だって、結婚するなんて、まだ半信半疑なんですもの。ベンティーン大尉に押し切られちゃった感じでしょ。あの方砦にいた十七才の私を見初めたっておっしゃっていたけれど、私その時男の子みたいに、ズボンに大人物の上着を着て、髪ボサボサで馬に乗っていたのよ。その時の大尉さんの趣味も変わっていたといえないかしら」

「そんなお姿をしていらしてもきっと、奥様はお美しくていらしたのですよ」

「その時もし結婚したのなら、あのボストンのお宅で、子供五人くらい作って、皆男の子だったら大騒ぎだったろうなぁって思うわ。そうしたら何の不安もなく生活出来てたんじゃないかって思うわ」

「これからそうなりますとも、このマギーが保障いたしますですよ。きっとすぐにお子様がお出来になりますよ。そのためには、夜のことをご心配になっていらっしゃるわけには参りませんでしょうが。きっと大尉さんは優しくして下さいますよ」

「だといいんだけれど」

「あの方に限っては、間違いはございませんと思いますよ。長い間憧れていた奥様と結婚なさるのですから」

「私とうとう結婚することになったのねぇ」


〝サムの奥さんへ。お元気ですか。今回とってもびっくりするお知らせがあります。実は私だってまだびっくりしているんですもの。あのね、本当に突然のことなのだけれど、私結婚することになりました。ね、驚いたでしょ。お相手は、昔砦の第七騎にいらした、オーランド・ベンティーン大尉です。兄様の軍葬があったことも知らないでいて、寂しくてマギーを連れてウェストポイントにお墓参りに行って、お墓で、ホントよ偶然にお会いしたの。大尉さんはね、私が十七才の時、兄様に私と結婚したいって申し込んだんですって。兄様は当然断って、それで他の方とご縁がないままでいらしたんですって。実は私もまだ信じられないの。だって、たった四日間で、兄様のお話し毎日しますからって、口説き落とされちゃったのです。大尉は、リトル・ビッグホーンの生き残りの方ですからね。おっしゃる言葉が胸に響くのです。ボストンのご実家にも行って、簡単だけど婚約式もしました。お母様のだという、金の指輪も頂きました。まだ何も決まっていないけれど、ウェストポイントから帰って来て、一番先に、サムの奥さんに手紙を書きました。結婚式はたぶん東部であると思うけれど、サムの奥さん来てくれるよね。サムと腕組んで、ドレス着て来てもいいのよ。何が何だか、今頭が空っぽのジェニーより〟

サムの奥さんから返事はすぐに来た。

〝親愛なるジェニーちゃん、まずはおめでとうというべきかしらね。お相手の方が、第七騎に関係のない方だったら、きっと騙されているから、その結婚止めなさいって、いっていることでしょう。本当は、四日で結婚決めたなんて、その段階で、止めなさいと私はいったことでしょう。でもね、閣下のお墓参りで出会ったとか、十七才の時にプロポーズをしていたとかの方の話を聞けば、今回のことは、やっぱりご縁だと思わざるを得ないわね。一人にしちゃった兄様が、ジェニーちゃん可哀そうって、その大尉さんとの巡り会いを、天国で仲立ちして下さったんだとしか思えない程の、偶然だものね。それでも、よく決心したわね。私が見ても、ジェニーちゃんはまだ二十代も半ばでもう一生喪服を着て過ごすんだって、可哀そうに思っていたのよ。きっと今のジェニーちゃんは、結婚する喜びよりも、兄様と別れることの方が辛いと、あらためて思っているんじゃないかしら。悩むのは良いことよ。でもその先には、幸せが待っているって考えて欲しいの。ジェニーちゃんは、その大尉さんと幸せになっていいんだって、ちゃんと思わなければ駄目よ。今回のご縁は、そんじょそこらに転がっている話とは違うのよ。閣下が下すったものだから、手放しては駄目よ。たぶん国中を探して、一番相応しい人に巡り会ったのよ。私はそう思うわ。そうでなければ、ジェニーちゃん幸せにする人って、もう一人もいないってことでしょ。おめでとうジェニーちゃん。それからサムとドレスを着て行くの許してくれてありがとう。でもちゃんとそこら辺の心遣いはわかっているから、サムと新しい服を作って着ていくから安心して下さい。今回の話に驚くというより、心からおめでとうといいたい、サムの奥さんより。本当に良かったわね〃

私はサムの奥さんが、この結婚を祝ってくれているのが嬉しかった。他人から、幸せになって良かったね、といってもらえて、急に決まってしまったこの結婚が認められて嬉しかった。サムの奥さんがドレス着て来てもいいと思う程、混乱していた私を、サムの奥さんは常識を持って対応してくれた。私も結婚していいんだ、と思えるありがたい手紙だった。

「結婚するって、まず何が必要なのかしら」

「何もなければ、家と家具が必要でしょうが、あの分ではご実家か、大尉さんの官舎住いとなりそうですから、家具もあまり必要ではなさそうですね」

「何もいらないから、身一つでっておっしゃったけれど、そんなわけいかないわよね」

「そりゃあ、そうです。下着やドレスや靴なんかはお持ちにならないと、いけません。やはり、早目にウエディングドレス決めました方が、ようございましょう。お式が急に決まったりしたら困りますもの。奥様の晴れ姿なんでございますから」

　ドレスというと、あのヘンリーの誕生日のサプライズドレスが思い出された。私がその話をすると、マギーは、「そんな所へなんて、わざわざ行くのお止めなさいまし。この街にも服屋はいくらもありますものを」

「でも、あそこは私の希望を、それは良くしてくれたの、あそこで作りたいわ」

「人目がございましょう。そこの服屋だって奥様のこと、どう思っているかわかりゃあしませんから」

でも私は急いで、昔通った服屋に手紙を書いた。すぐ返事が来て、休日に店を開けて待っていてくれるという。私はフード付きのコートを着て、駅前の辻馬車をひろった。店の戸を開けると店長が待っていて、懐かしげに、いらっしゃいませと迎えてくれた。商売人だから、私がこの街から消えたことなど何も聞かない。それどころか、私がウエディングドレスを是非こちらにお願いしたいというと、

「ようございます。当店をお忘れでなかったんですもの。それは心を込めて、奥様にぴったりな、出来ます限りのドレスをお作りいたしますわ」と店長がいった。それが私には、演技には見えなかった。

すぐ店長が、今の流行でございます、とモード誌をめくって見せた。

「私軍人の妻になりますの、あまり肌を見せないドレスにしたいのです。それに私痩せていますでしょ、少しは丸く見せたいのですけれど」

「そういえば、少しお痩せになられましたね」

「上品なのは当たり前ですけれど、やっと着ることが出来るようになったウエディングドレスでしょ、少しは豪華にもしたいなあって思うんです」

「この間問屋に行きましたら、それは立派な紋織りの生地がございました。単なる白絹より、デザインをシンプルにしても、きっと映えて見えますですよ。レース地で立ち襟になさって胸まで持って来て、あとはその紋織り地で、スカートに少しパニエを入れてふくらませればいかがでしょう」といって、店長は、スケッチブックに、イメージを描いて見せてくれた。

「胸はここで切り替えて頂きたいわ」

「けっこうですわ、素晴らしい御品を作ってさし上げますわ」

「まぁ嬉しい、でも何度もお店に通うわけには参りませんの」

「仮縫いを一度頂ければ、奥様のお好みはわかっていますから、ご心配には及びませんです」

私はここで、どうせ婚家で必要になるのだからと思って、ハウスドレス、アフタヌーンドレスと夜会服をあつらえて、結婚の日程が決まったら、ボストンへ送ってくれるように頼んだ。下着や絹の靴下などは、店主が問屋を紹介してくれたので、良い品が安く買えて、店主の心づかいが嬉しかった。

帰りは店員が探して来た辻馬車にフードをかぶって乗った。店主が何も聞かずに何もいわず、ただお気をつけてお帰り下さいといってくれたのが、心に響いた。

ヘンリーの出生のことを何も知らずにいたら、これはヘンリーとのためのウエディングドレスだったかもしれないと思うと、それを知りながらこの店でドレスをあつらえる私って、悪い女だと思う。

結婚することになってみて、リビィさんが兄様と結婚した時、砦で二人の生活を始めるのだと夢を持っていただろうことに思いが至った。そこに私みたいな小姑がいたのでは、やっぱり幸せにはなれなかったのかと思う。他に何もない砦で、リビィさんはひたすら私に、嫉妬心を燃やしていたのだ。きっと子供がいたらまた考え方も変わったろうけれど、狭い砦の中で、私に兄様とられまいと、それだけ考えていたら幸せになんてなれなかったよね、と思う。

私はあの大尉さんと結婚して、幸せになっていいのだろうかと、凄く思うのだ。彼の熱意にほだされて、承諾してしまったけれど、私本当にあの方のことを愛しているのかと、自問するのだ。心の底に、寝室も今から別にしたいと思っている私なんだもの、大尉さんから手紙が来て、会いたいとか抱きしめたいとか、愛のこもった内容に、何とお返事を書いたらいいのか悩んでしまう。

こんなどっちつかずの私の心も知らずに、式の方はどんどん進んで、ついに五月に結婚式を執り行うことが決まった。私の自宅を訪れることも、官舎に住むこともやんわりと断られて、私達は、ボストンの家に同居することになった。

大尉には兄がいたけれど、子供の時に亡くなったそうで、いわば一人っ子である。ジェニーのような小姑がいないだけいいわけだ。しかし近くに住む伯父には、三人の子があって皆結婚していて、長男が家を継いでいる。あと二人は女で、近くに住んでいる。これも小姑というのだろうか、少々心配だ。

私は、結婚の日が決まると、まずアン＝マリー姉に知らせた。姉様には出席して欲しかったのだ。カスターの家は、男全員リトル・ビッグホーンで亡くなっているので、生き残りのベンティーン大尉のことを、よく思っていない。誰も出席はしてくれないだろう。アン＝マリー姉だって、軍葬に私を呼んでくれなかった、心のわだかまりはあるけれど、身内が一人も参加してくれないのは、私も肩身が狭い。だからこれで新しいドレスを作って下さいと小切手を同封した。そうまでしてと思ったけれど、他にどんな方法があるというのだ。

それから悩んだ末にリビィさんにも招待状を出した。きっと呆れて、何をやっているのだと思うだろうけれど、アンソニーのこともある、来るべきだと思ったのだ。

金庫番のミッチは、ワシントンに住んでいるから、すぐ行きますよと返事があった。彼は結婚して、「私の奥さんは凄い美人でしょ」といつもいっていて、夫婦仲が羨ましいほど良い。可愛い女の子が二人いるのだ。オリバンダーは、サムの奥さんとサムと、一緒に来て、牧師の大学を出て立派に牧師の資格をとったので、今回私達のホテルでの人前結婚式のような式の立ち合い人になってくれる約束である。金鉱掘りのスタンリーだけは、華やかな所が苦手だからと、今まで掘った中で一番大きいという、両手の平に乗るくらいの、金の塊に私達二人の名前を彫ったものを送ってくれた。彼は縁あって日本人の女性と結婚している。子供がいるかは知らない。

嬉しいこともあった。あのテリー将軍が、もう西部の暮らしは、足を洗ったとワシントンにいらして、私の結婚式の父親代わりをして下さると、手紙を書いたらいって下さったのだ。こんなに喜ばしいことはない。軍葬に私を呼ばなかったことを気にかけてくれているんだ。

ドレスの仮縫いにも行って来た。またフードをかぶってお忍びで店に行くと、「どなたがご覧になっても、きっとご称讃を頂ける御品をお届けいたしますよ。楽しみにしていて下さいませ」と店主が、よほどドレスに自信があるのだろう、満面の笑みでそういうのだった。

「残念なことに、ほとんど軍人さんばかりみたいなんですの。その奥様達褒めて下さいますかしら」

「きっと、おっしゃいますわよ、素敵ってね」

「嬉しいわ、写真を撮ってお送りいたしますわ」

「それはお心遣いありがとうございます」

やはり、ウエディングドレスは女性の夢だ。あのサムの奥さんも、脱ぎたくないと感激したではないか。私も正式ではなくて良かったのに、兄様とウエディングドレス着たかったなぁと、いまだに想っている。

ヘンリーとの時は、兄様がまだいたから、私は兄様と結婚するのだから、ヘンリーとは出来ないと、正面きって兄様のことが好きといえた。しかし兄様亡き後、あの大尉さんに、私は一生兄様だけを愛して生きて行くのですとは、とてもいえない。毎日でも兄様の話をしますからと、押し切られてしまったけれど、きっと彼は時間が経てば、兄様への思いは失せて、自分だけを振り向いてくれるのだろうと思っているのではないだろうか。そうだったらどうしよう。大尉さんを裏切ってしまうことになるのではないだろうか。式が近づくにつれて、私の心は重くなるのだった。

驚いたことにリビィさんが出席すると返事があった。凄くびっくりする。私の結婚相手があの戦いの生き残りと知って、いいのだろうか。まさか式最中に何かいったりしないだろうかと心配したくなるくらいだ。それにしてもアンソニーも、大きくなったことだろう。会いたいけれど連れては来ないだろうと寂しく思う。

増築が済んだので荷物を送れといって来た。荷物といってもほとんどが衣類だ。ただ自分用の書き物机だけは欲しかったので、新しく作らせた、可愛い机と椅子を送った。家のことは、マギーもエイミーも婚家について行くというので、管理人を置くことにした。

だんだん結婚式の日が近づくにつれて、私はやはり悩むことがあった。どうしても夫婦生活が心配だったのだ。ヘンリーの時は、何も知らずに、ヘンリーの好みの楽しいセックスを教わる日々だった。それが兄様と、ヘンリーに教わったようにしたら、兄様は喜んだけれど、やはり少しはしたないことなのだとわかった。だから大尉さんとは、どう接していいのかわからない。一番の心配は、彼の心の中にまだ十七才の私がいたらどうしようということだ。きっと大尉さんはその時の私は、まだ純血だと思っていたのだろう。ヘンリーと砦を出て行ったことも知っているし、私だって恋をしたのだとわかってくれてはいるのだろう。ジェニーはもう大人です、兄様も驚くようなこともヘンリーに教わりましたって、どう伝えたらいいのだろう。はしたない女だって思われたくないし、かといって何も出来ないつまらない女だと思われるのも嫌だ。この女心を、サムの奥さんはわかってくれるのだろうか。かといって聞くのも怖いのだ。

大尉さんは結構おちゃめで、例えば便箋の一行目から、

「結婚式が待ち遠しいです」とずっとそれだけ続けて最後の行まで書いて送って来たりする。結婚式が待ち遠しいのは、その晩の初夜がやはり待ち遠しいのだろうかと、勘ぐってしまう。彼がノーマルで、少しずつヘンリーのいう楽しいセックスが出来るようになれたらと、思ってならない。

式も披露宴もホテルですることに決まっている。ドレスは出来上がって、ホテルに送ってある。私達も結婚式の一週間前になったので、まずボストンのベンティーン家に向かった。送った荷物を片付けるためである。

ベンティーン家に着くと、まず、「やはり喪服はいけませんよね。今日のドレスはおぐしにとても似合っていらっしゃいますよ」と、挨拶より先にいわれた。やはりあの姿で挨拶に行ったのは、非常識だったのだと、ちゃんと日を改めて伺えば良かったのだと反省してしまう。

「でも今日、あなたが来て下さって嬉しいわ、さっお疲れでしょ、お茶をどうぞ」と応接間に通された。何となく、ペンキの匂いがする。

お茶を頂いていると、母親が戸の向こうから、二人の初老の婦人を部屋に招き入れて、

「これが我家の女中のセル夫人。こちらがコックのガーターですの」と紹介してくれた。私も同行の二人を紹介した。これからのことを考えると、少し心配だ。私はお肉の脂身が嫌いとか好き嫌いがある。それをこのおうちでは認めてくれるのだろうか。出たものは全部頂きなさいなどといわれたら、困ってしまう。今までいうならば、好きなように生きて来たので、まるで修道院の生活に戻ったような気がしてしまう。

応接間には、すでに伯父の家族も揃っていた。私は持参した土産を出して来て配った。前回この家に伺った時、殿方達が葉巻を愛用しているのを見ていた。兄様は煙草も吸わなかったから、喫煙については何の知識もない。私は煙草の専門店を訪れて、葉巻のことを聞いた。葉巻もお紅茶のように産地があって、

またその人の好みもあるのだという。そこまでは、わからないから、最上等とまではいかなくても、葉巻を嗜む殿方が、これなら上等だと思って下さるであろう品を店主と選んだ。そして、葉巻カッターのことを教わった。葉巻は吸う時、先を切り取る必要がある。安物なら、歯で噛み切ってお終いなのだろうが、上等になれば、葉巻カッターという二本の指を入れて、先頭を切り取る小さな鋏が使われることを知った。専門店を教わって、ベンティーン大尉の分、父親、伯父、その息子、娘二人の夫の分まであつらえた。

夫人達の贈りものには、本当に悩んだ。化粧品店に相談すると、良いものがございますと奥から出して来たものがあった。
「こちらただのコンパクトに見えますでしょう」確かに花唐草文で彫刻がしてある、手は込んでいるが、ただの高級なコンパクトにしか見えなかった。
「こうして裏のネジを巻きまして、蓋を開けますと、オルゴールが鳴りますの」
「まぁおもしろい仕掛けですわね」
「ほら、ヨーロッパのモード誌にも広告載っていますのよ」といって、雑誌を開いて見せた。ページ一面に載っている。
「オルゴールが入っている分、ほんの少し厚手ではございますが、お化粧に支障はございませんし、まだお持ちの方も少のうございますもの」

ちょっと奇をてらい過ぎかと思ったけれど、私もおもしろいと思ったので、少しまとめて買った。娘二人には色違いの石が付いた髪飾りと共のブローチを選んだ。女中達にも、レースの付いたハンカチと、良い香りのするハンドクリームをそれぞれ包んでもらった。長男の息子は十才だと聞いたので、大人でも使えるような、卓上の地球儀にした。何となく、大きなものの方が良いような気がしたからだ。

応接間はプレゼントを開ける人々で大騒ぎになっていた。

殿方が、葉巻のカートンを抱えて、それぞれの、葉巻カッターを見せ合っている。やはり舅の品が一番上等で、大尉とお揃いで、獅子頭の模様が付いている。それを伯父の息子のスコットさんが、それは褒めて、欲しそうだった。私は笑って、そんなにお気に召したのならば、お誕生日にプレゼントしてさし上げますわ、と何気にいった。彼は喜んで、「いいんですか、こんなに高価なもの、それにオーリィー（オーランド）に叱られそうですよ」といって、他に持っている品のことなど、親しげに私に話して聞かせるのだった。私は今から手紙を書いて注文しておくから、彼の誕生日の九月には十分間に合いますわと、約束した。

夫人達は皆揃いのコンパクトなので、少し興ざめしているようだ。私は自分のハンドバッグからコンパクトを出して、裏のネジを巻いて、蓋を開けた。

美しいオルゴールの音がする。夫人達は、目を丸くして、我先にとネジを回した。

「あまり巻き過ぎると、やはり壊れてしまいましてよ、十回くらいがちょうどよろしいと思いますけれど」

それぞれのコンパクトから、違う曲が流れ出した。

「私のモーツァルトのセレナーデですわ」

「私のは、メニュエットですの」

「私のは子守歌ですわ」

曲が皆違うのだ。

「まぁジェニーさん、こんな珍しいもの、お気を遣って頂いて、きっとお高かったでしょうに、お揃いで、ありがとうございます」

「私今度のお友達のパーティに持って行って、自慢しますわ」

「ヨーロッパのモード誌に広告が載ってましたのよ。ちょっと子供っぽいかなと思いましたけど、皆さんお若くていらっしゃるからいいかなと思って」

まぁジェニーさんお上手なとか話が出て、私は会話の中に入ることが出来たと、思った。しかし、こんな小さな集まりの中でも、私のことを良く思わない人がいたのだ。それは後々にこの家を出ることになって送り返された私の荷の中に入っていたのだけれど、リボンの上包みも開けられないままそれはあった。私がスコットさんの誕生日に送ったはずの獅子頭の付いた、葉巻カッターであった。マギーはあちらの若奥様にお渡ししてきましたけれど、どうしてここにあるのでしょうと怪訝な表情をした。私はスコット夫人にどうやら嫌われていたのだろう。たぶん葉巻カッターの話を、初めて会ったのに親しくし過ぎたことが原因なのだろうけれど、合わない人って、一目で嫌いになっちゃうんだと、あらためて思った。

私達は、皆の興奮が落ち着くと、部屋の整理をしたいと申し出た。送った荷物の片付けもあるからと、すると母親から、「お部屋の用意は出来ていますのよ」といわれて少し驚いた。

「あのう、送った荷物を整理したいのですが」

「大丈夫よ、皆済ませてありますから」といって、新居となる増築した部屋に通された。明るい壁紙に、それに合わせた花柄のカーテンは、やぼったく見えた。

私は少し口がきけなかった。ドレスは作りつけのクローゼットに、ほぼいっぱいかかっている。この家に嫁に来て、新しく買ったら贅沢していると思われると思って、枚数は多く持って来たのだ。私が嫌な気がしたのが、下着まで、全てアイロンがかかって引き出しに、すでに入っていたことだ。これはプライバシーに関わることで、はっきりいって手をつけて欲しくなかった。あけすけさと、人の好さとは異なるはずだと、全ての引き出しを見ながら、私はため息をついた。

「下着まで、お世話かけるとは思ってもいませんでしたの」と私はやんわりいった。

靴下は二つに折って丸めてある。私は靴下は穴が開いたら繕って、もうどうにもならなくなったら、新しいものをおろす。それに下着だって、新品をおろす楽しみがないではないか。

「あらいいのよ、結婚式の前で、忙しいのだもの。御役に立てて嬉しいわ」

この母親は、何か私の感性とは違う、けれど私は礼を述べるしかなかった。

伯父の娘二人がやって来て、それぞれの手に髪飾りとブローチを持っている。

「ねぇお姉様、これって本物の宝石なんでしょ」と聞く、

「一方がトパーズで、こちらがアメジストですわ、ペーストジュエリー——当時中産階級に流行っていた練り物の宝石——より本物ですから、重うございます。しっかりとめていかないと、落してしまいますからね、お気をつけて使って下さいね。気に入って下さって嬉しいですわ」

二人は夫と共に帰って行った。数年前に結婚したというけれど、共に子供はまだない。私とそんなに年は違わないように思えた。それなのに、お姉様と呼ばれて苦もなくそれをすんなりと受け入れられた。砦にリビィさんが来た時、兄様は私にお姉様とお呼びと、確かリビィさんのことをいったのだ。私はそれが出来なかった。何でだったのだろうと思う。

式の三日前になって、ホテルに移った。そこには、懐かし顔があった。

「わぁ、ミッチだ。お久しぶり元気だった」

ミッチは、もうどこから見ても銀行員か小さくでも会社の社長に見えた。

「やぁジェニーさん、この度はおめでとう。ご招待ありがとうございます」

「いつぞやは、世話をかけたわね」ヘンリーのことだけど、ミッチも大人だから、もうそんなことはここでは口にしない。

美しい奥方に揃いのコンパクトを贈った。二つか三つくらいの子供を連れていたので、汽車で買ってそのままバッグに入っていた、砂糖菓子を上げた。子供が可愛く、それが母親に抱かれているのを見るのは、とても羨ましい。アンソニーのことを思ってしまう。しかし、そんな思いに駆られる前に、向こうからダミ声がして、人を掻き分けて大男がやって来た。

「ジェニーちゃん、あなたジェニーちゃんでしょ。おめでとう。ついにジェニーちゃんもお嫁さんなのね、あたし嬉しいわ。もうすっごく綺麗な花嫁さんになるわぁ」といって、また私を抱き上げて、足をぶらぶらさせるのだ。

「あっサムだ、来てくれてありがとう」

「ジェニーさんのおかげで、ハニーと結婚式出来たんですから今日は絶対来なくてはと思いました」知り合いとキャーキャーやっていると、ホテルのメイド頭がやって来て、お支度が揃っていますからと、部屋へ案内された。

部屋に行くと、服屋の店長がいて、その横に、トルソーに着せられた、ウエディングドレスがあった。

「あぁっ私のドレスね」

「大丈夫とは思いましたが、一応試着をなさった方がよろしい

かと思いまして」と、心遣いがありがたい。わざわざ私のために、ここまで来てくれたのだもの。

「箱から出して、アイロンかけておきましたから」

私のドレスは、立ち襟のレースが胸の中心にまで来て、ジゴ袖に、入るのかしらと思えるほど細い袖が付いている。袖口にはレースが重ねられ、パニエを入れて膨らんだスカートは裾を引いていて、前にひだが沢山とってある。割とシンプルなデザインだ。しかし、良く見れば胸のレースの中には、模造だけれど、真珠があちこちに縫い散りばめていて、ひだの山にも、真珠と光る石が縫い止めてある、とても手の込んだドレスだった。

「お気に召されましたかしら」と店長が心配そうに聞く。

「とても上品で、そして豪華ですわ、私の思った通りのドレスです。凄く素敵だわ、私に合うかしら」

「それで私が参りましたんです。一度お召しになって、不都合な所がございましたら、すぐ直させていただきますから」

「お式の前に着ちゃってもいいの？」

「皆さん、多い方は十回も仮縫いをなさいますから」

私は生まれて初めて、ウエディングドレスに手を通して、鏡の前に立ったのだった。

オーリィといっしょに

結婚前夜というものは、それぞれの問題に関わっている人々に、色々な思いを思い起こさせるものだ。しかし、今回の結婚式は、多くの人々を慌てさせている。何しろ、肝心の新郎が、結婚前夜の夕食を過ぎても姿を見せないのだ。新郎の両親は、新婦の私にとにかく気を遣って、自分達の食事どころではない。

「ジェニーさん、あの子は必ず来ますから、お式をとり止めるなんて、おっしゃらないで下さいね。まったくこんな大事な時に何をしているんでしょう」と嘆く。それは心配であろう。

彼の友人達は酒が入っていて、バチェラーパーティー（結婚前夜に行うばか騒ぎ）もしないのだから、独身最後を一人謳歌しているんだなどと、大声で話しているのが聞こえるのだ。あの大尉さんも男なのだ、もしかしたら、馴染みの商売女でもあるのだろうか、とも思ってしまう。

マギーもエイミーも、もう何もいわない。私は皆さんに断って自室に引き上げた。トルソーのウエディングドレスが虚しく灰色に見える。やはり私って幸せが来ないのかと思う。サムの奥さんが心配して、一緒に寝てあげようか、といってくれる。

でもまだ当日ってわけじゃないし、というと、ジェニーちゃんは男運が悪いんだから、ともう結婚式が壊れてしまったようにいうのだ。

でも、サムの奥さんの大きないびきを聞きながら、時計が十二時を打った時には、やっぱり私って男運がないのかなぁと、少し思うのだった。大尉さんは何をしているのだろう。まさか結婚式の日を間違えたとか。あんなに結婚式を待っているといっていたのに、こんなことがあるのだろうか。初夜のことも悩んだのが、バカみたいだ。本当に別れられない女がいて、と かバカなことを考えて、気を紛らわせているけれど、彼は、何らかの事故に遭って、今動けないのではないかなどと思ってしまうのだ。でも彼はウェストポイントで働いているのだ。何か事故にでも遭ったら職場は軍隊なのだし、その外でなら州警察があるではないか。必ず知らせがあるはずだ。それがないなら、やはり私との結婚を止めたくなることが起こったとしか考えられないではないか。当日結婚式がとり止めになったという話を、聞かないわけではない。だけど、それが私の身に起こるなんて、神様はよほど私のことがお嫌いなのだ。大尉は、独身とはいいながら、結婚が出来ないけれど、別れられない女がいるのだとしか思えなかった。きっとその女に泣きつかれているのだ。ご両親はさぞ気を病んでいることだろう。何が起こったと心配であろう。あるいはもう理由を知っているのかもしれない。

私は明日が来るのが怖かった。

朝エイミーに起こされて、夕べよく眠れなかったから、くまが出来ているのが恥ずかしい。エイミーが、熱い湯で絞ったタオルを何度も顔に当ててパックをしてくれる。気持ちは嬉しいが、何もいわないので、まだ大尉さんは来ていないのだと思う。

私は朝食を済ませたらすぐに、結婚式の華やかな髪型にするために、コテで縦ロールにしたり、すぐ用意を始めないと、お式の時間に間に合わない。私だけ派手に化粧をして、ウエディングドレスを着て、お客の誰もいないホールに一人座っているなんて、とても考えたくない。こんな時、いつ誰が結婚式は中止ですというのだろうか。

食堂に入って行くと、大尉さんのお身内は、一ヵ所に集まって立ち話をしている。私は、ボーイに案内されて上席の食卓の席についた。ハムエッグを前に、とても食べる気はしない。すでに席についていた、アン＝マリー姉がやって来て、私の肩に手を置いて、何事も神のご指示に寄るのです。と、よくわからない慰めともつかないことをいった。

大尉の母親が駆けて来て、「ジェニーさん、ベンティーン家としては、あなたをお嫁さんとして迎えるつもりです。もし今日、結婚式が出来なくても、うちに来て下さいますわよね。まったくオーリィは、こんな大切な日に何をやっているのでしょう」と、まるで泣き出しそうだ。

そこへ、ボーイが来客があるのだろう、食堂の戸を開けた。私でさえ、一抹の希望を持って入口を見つめたぐらいだから、ホールにいた全員が見つめたことであろう。その皆の注目を浴びて、入口で立ちすくんだ人がいた。なんとリビィさんではないか。ホール中の人間ががっかりしたのだろう。リビィさんも、その異様な空気の中、私を見とめて、足早にやって来ると、「おめでとうジェニーさん」といった。さすがの彼女も、ホールの異常さに気がついて、「何かございましたの」というと、アン＝マリー姉がいらぬことを、「今になっても新郎が参りませんの」といった。

その時、リビィさんは、笑った。頬が緩んで、確かに笑った。私は見たのだ。それは一瞬のことであったけれど、私に同情するどころか、勝ち誇った顔をしたのだ。それはすぐに取り澄まして、アン＝マリー姉とどうするのかと話をしている。私はすぐに、「今日はアンソニーは、お連れになりませんの」と聞いた。場面はたちまち逆転した。講演会から、こちらに伺ったから、などといっている。昨夜遅くに着いたのだそうだ。だから挨拶も出来なくてなどともごもごいっている。

「あぁ、講演会にはよくアンソニーをお連れになると、新聞に出ていましたけれど」

「ええ私も読みましたわ、何でもプラチナブロンドの巻き毛で、それは可愛い子なんでございましょう。私も会いとうございますわ」と、アン＝マリー姉もいう。リビィさんはもう何もいわないで、朝食の皿をもらっている。

「ジェニー、何があっても、泣いたりみっともないことをしてはなりませんよ」と、アン＝マリー姉はきつくいう。まだ結婚式はこれからだ。「結婚式は午後からだよ、姉様」「それでも、もう当日ではありませんか。カスター家の者として、ベンティーン家と、話し合いをしなければなりませんわ」アン＝マリー姉はいつもは、穏やかな、静かな婦人ではあるが、教会で鍛えられたのか、こういう時は、はっきりものをいう人になって、私をびっくりさせる。

私はトーストを半分と紅茶を飲んだ。式を行うのなら、そろそろ支度にかからなくてはならない時間だけれど、どうしたらいいのだろう。新郎のいない結婚式なんて、お免こうむる。ベンティーン大尉の熱意にいわば負けて、の結婚のはずだった。私はここで恥をかくのは嫌だった。そもそも、私には幸せという言葉ほど、縁遠いものはないのだ。今までがそうだったではないか。結婚など夢見たことが、全く間違っていたのだ。エイミーがやって来たが、私に何と声をかけたものか迷っている。ホテルの美容室からは、用意が出来ているといわれたのだろう。しかし、私は朝食の席に座り続けた。

食堂の戸が開いた。もはや皆注目すらしない。

なんと、そこには、友人に肩を借りた、ベンティーン大尉の姿があったのだ。彼はホールを見渡すと、私の姿を見つけて、よれよれの姿でやって来て、私を抱きしめた。

「良かった、まだ待っていて下さったんですね」というと、友人の差し出す気つけの、ブランディをあおった。

「申し訳ありません、説明をしますから、何か食わして下さい」

私は、自分の手付かずのハムエッグの皿を差し出して、もう冷めてますけど、といった。大尉はガツガツと食べて、ボーイが持って来た自分の分も食べた。理由は、何ともバカらしいほど単純なものだった。私と一日でも長く休暇が取れるようにと、仕事に夢中になって、汽車に乗り遅れたのだという。それで一晩中馬車を飛ばして、一睡もせず、今に間に合ったというのだ。

それでも人々の間に、安堵の空気が流れる。母親がまたやって来て、「本当にご心配をおかけしましたわ。でもこれで無事結婚式が挙げられますわ。ジェニーさん、本当にありがとう、さぞ心配なさったでしょうけれど、どうぞお支度にいって下さいな。本当に良かった。ごめんなさいねジェニーさん」

母親はさぞ安心したことであろう。私のために汽車に乗り遅れたとは、ホロリとさせられる話であるけれど、最初からこれで、この結婚はうまく行くのか、少し心配になった。

大尉はこれから熱い湯に入って、少し仮眠をとって式に臨むのだそうだ。

私はすることがいっぱいあった。髪には特に時間がかかった。髪が直毛なので、カールさせるのに手間がかかるのだった。少し派手ではないかと私がいったくらい濃い化粧が施されて行く。その間にエイミーが、クッキーとジュースを持って来てくれる。ドレスに合うイヤリングを三つの中から選べという。これはマギーが、結婚式なのだから一番華やかなものが良いといったので、すぐに決まった。

いよいよドレスを着る段になる。幸せになるおまじないの青のリボンは、ドロワーズに付けた。本当はキャミソールの胸に付けたかったのだけれども、リビィさんが使ったと、いつか聞いたので止めたのだ。こんな些細なことを張り合うのも大人げないと思うけれど、私は、どうしても嫌だったのだ。

サムの奥さんのウェディングドレスを作った際にも、ちゃんと測ったはずなのに、その場になって入らないで慌てた。私のドレスは昨日、一応は試着をしている。

結婚は出来なくとも、兄様とウェディングドレス着て、写真を撮りたかったと、今もって思っている。兄様じゃない男（ひと）と結婚する時にも想ってしまう私は悪い女だ。

ドレスをいよいよ着てみる。店長が、左手に針山を付けたいつものスタイルで、私にドレスを着せると、肩や胸元、腰回りを見て、「とっても結構でございますわ奥様」と、満足げにいった。

私の用意は全て出来ていたのだ。裾を少し引く他は、一見シンプルに見えるドレスは、素晴らしい手作業が施されていた。胸元のレースには、真珠玉が、数えられないほど止めてあった。スカートのひだにも真珠玉と光る石が縫い止めてあるのだ。

ホテルの店員までが、「今まで見た中でも、素晴らしいドレスですわ」と褒めてくれる。

私に似合っているのだろう。私は痩せていて、いつもヘンリーが嘆いていた、小さな胸が弱点だ。痩せていても胸のある人は、羨ましいなと、いつも思ってしまう。

でも店長は長い付き合いだ。私のために胸にパットを入れてくれて、外見からは、それなりに胸があるように作ってくれていた。それは嬉しいことだけれど、初夜で大尉さんががっかりしないといいのだけれど。兄様は、ジェニーの胸は形良く美しくて可愛いといってくれた。リビィさんの夜会服姿は見たことはないけれど、外見から見てあまり胸が大きいとは思えない。でもヘンリーも含めて、世の男性は大きな胸が好きなのだと思う。大尉さんはどうなのだろうと思う。

そこへ嬉しい方が見えた。テリー将軍だ。私との約束を違えず、今日、お忙しいのだろうに、私のために来て下さったのだ。兄様が亡くなってしまった今、私はテリー閣下が一番長くお付き合いをしている方だといえよう。

「ジェニー、綺麗だよ、立派な花嫁姿だ。カスターに見せてやりたかったなぁ」

「今こんな所でいうのは不謹慎かもしれないけれど、私兄様とウェディングドレス着たかったの」と甘えが出て、涙がこぼれた。

店員が、化粧が崩れると、慌ててハンカチで押えた。「そんなことで泣くようでは、本当の結婚は大丈夫なのかね」と心配して下さる。

私は、昨夜からの騒ぎの話をした。

「ジェニーや、お前は人のしないことを本当に何の時でもするもんだなぁ。ベンティーンも間に合って良かったな、こんな美しい花嫁をほっておく男はいないよ」

ホテルには写真屋が呼ばれていたから、私は頼んで、テリー将軍と一緒に写真を撮った。マギーとエイミーとも撮った。ミッチ夫妻と子供達とも撮った。こんな可愛い子供が授かると良いなと思った。もちろんサムの奥さん達とも撮ったのはいうまでもない。

時間になった。服屋の店長がさすがと思えるシックなドレス姿になって、私のベールを下ろしてくれた。

「とてもお美しいですわ奥様、どうぞお幸せに」といってくれて、慌ててホールへ入って行った。

私は、テリー閣下と腕を組み、ボーイが開けた扉からホールに入った。真ん中にはバージンロードが敷かれ、私と閣下はゆっくりとバージンロードを歩いた。私は今朝までの騒ぎを思って、私はついに結婚するのだと、心に刻み込むように、一歩一歩を進めた。そして正面に着くと、ベンティーン大尉にテリー閣下は、「ジェニーを、君に託すよ。くれぐれも大切に、幸せにしてやってくれたまえ」といって、私の手を大尉に組ませた。

わざわざ牧場から来てくれた、オリバンダーが牧師の姿でいて、私達のために祈祷してくれて、誓約の文をいった、

「オーランド・ベンティーン、汝は、ジェニー・カスターを妻

とし、神の名の下に、健やかなる時も病める時も、常に互いを愛し、死が二人を別つ時まで、堅く節操を守ることを誓うか」

私達は共に、ハイと答えた。

そして、大きな声で、この結婚に異を唱える者はあるか、と聞いたが異を唱える者はいなかったので、めでたく私達の結婚は成立した。大尉が、結婚指輪をはめてくれて、私のベールを上げると、額にキスをした。参加者全員から大きな、拍手が沸いた。

私はついに妻になったのだ。ベンティーン大尉と見つめ合って、微笑みが湧いて来る。私達は腕を組んで、バージンロードを歩いた。祝福の握手があちこちから出された。その中で一番目立っていたのは、やはりサムの奥さんだろう。とにかく、大声で泣き叫んでいたのだから。

写真を撮っている間に、ホールは披露宴会場に変わっていた。大尉は、私とずっと腕を組んでいて、「ついにあなたと結婚出来たなんて、夢みたいです。今日のあなたは、私が思った以上に美しくて、眩しいくらいです」と囁き続けるので、少し恥ずかしかった。こんな私で良いのだろうか。私達は人目を忍んで、キスを沢山した。

「あぁ、嬉しいなぁ、夢って叶うもんなんですねぇ」と大尉にいわれて、困ってしまう。やはり大尉さんは、自分と結婚したからには、兄様のことは過去になって行くのだと、考えているのだと思えたから。

今夜の初夜が少し心配だった。私は正式な妻になった。これはとても嬉しい。だけど……。私には背負っているものが、あまりにも多いのだ。私の全てを大尉さんに、注げられるのだろうか。その心の隙間に気づいた大尉さんが、私を愛し続けてくれるのであろうか。

しかし、そんなことを考えている暇はなかった。まず大尉のご両親が駆けて来て、「こんな綺麗なお嫁さんを、頂けるなんて、思いもしませんでしたわ。これから息子と仲良く暮らして下さいね」と涙を拭きながらいうのだった。

サムの奥さんがやって来て、泣きながら、「ジェニーちゃんおめでとう、とうとうお嫁さんなれたのね」といつものように、私の足がブラブラするほど抱き上げたが、すぐサムが、「ハニーお止め、人目があるよ」といったので、すぐ気がついて私を離してくれた。外見が悪かろう。外見は男性の格好なのだ。それが花嫁を抱いていては、外見が悪かろう。

大尉の友人同僚達で作った、サーベルアーチをくぐって、私も軍人の妻になったのだ。

私も、周りの祝福のムードにのまれて、花嫁として楽しんだ。テリー閣下は私を天にほうる程に抱き上げてくれて、「あのお転婆ジェニーが、花嫁なら、わしも年を取ったものだ」と笑ってくれた。嬉しかった。

大尉さんは、友人達に囲まれて、凄い美人をどこで手に入れたんだい、とかすでに味見はしたのかいなどと、冷やかされている。昨日のことも話題になっていた。あれで嫁さんに逃げられていたら、どうするんだようなどといわれている。

　ほうほうの体で、友人達から逃れて来た大尉が、私を抱きしめて、耳元で、「今夜が楽しみです」と囁いたので、少し心が痛んだ。私は兄様のお嫁になるはずだったのだのに、兄様はもういない、私は今夜、他の男(ひと)の妻になるのだ。

　リビィさんが、何かいってくるかと思ったけれど、奥のテーブルで年嵩の軍人とずっと話をしている。知り合いなのだろう。

　サムが作ったという巨大な二段重ねの、ウエディングケーキが運ばれて来た。真白のバターケーキに、バラのジャムの花びらを全体に飾って、その間を、白い砂糖のアイシングで、バラの枝葉が描かれている、とても手の込んだケーキだ。私達はフォークをもらって互いに食べさせ合った。大尉さんは私に気を使って、フォーク半分程の一口サイズを私にくれた。私はその五倍くらいを取って大尉に食べさせた。口の周りに白いクリームが髭のようだ。彼がそんな年になるまで、仲良く暮らせたらいいなと思って、皆と一緒に、飛び跳ねながら笑った。

　結婚式の良い思い出だ。


　初夜になった。私は、服屋の店長の心づくしのお祝いで、衿と袖口にレースの飾りが付いただけの、白絹のまるで十七才の生娘が着るような上品な寝間着を着ている。

　大尉は先程まで友人達に悪強いされたのであろう、彼は酒の匂いが強くした。私を抱きしめてキスをすると、「私、オーランド・ベンティーンは、あなたを生涯かけて幸せにすることを誓います」といった。確かにそういったのだ。初夜を前に、妻になる私にそう誓約した。

　私を抱き上げてベッドに運ぶ時、少しよろけた。そしてベッドに私を寝かすと、横に来て、私を強く抱きしめた。しばらくそうしていたけれど、私にキスをして、何かごそごそやっていたけれど、顔を赤らめて、私に抱きつきながら、

「ジェニーさん、申し訳ありません。今夜は無理みたいなんです。こんなんでごめんなさい、せっかくの夜なのに、あぁ、なんて駄目なんだ私は」といって、寝間着の上から私の胸を揉んでいたけれど、すぐ軽いいびきを掻いて眠ってしまった。昨日のことがあったから無理はなかった。けれどあまりのことに、あんなに初夜のことを心配していた自分がバカに思えた。これをきっかけに、夫婦の交わりがないといいなと、少し思った。

　私は、私の体の半分に覆いかぶさっている大尉さんを、起こさないように、そおっと横にのけて、一人丸くなって眠った。私だって夕べは良く眠れなかったのだもの。

　これが、私達の結婚一日目の終わりだった。

結婚式だったというだけでなく、物凄く長い一日に感じた。

　次の日、私はまだ日の出の前に目覚めだ。子供の頃五年間、修道院で早朝四時に起きる暮らしをしていたので、今だに早く目が覚めることがある。部屋の中だけでなく、カーテンの外も

まだ闇であろう。伸びをして、熟睡した後の爽やかさを感じていたら、ベッドに誰かが寝ていたので驚いた。横を向いた影しか見えないのに、一瞬兄様と思ってしまう私はおバカさん。私は昨日結婚をしたのではないか。疲労困憊の新郎のせいで、初夜がなかったのだ。だが大尉さんは、疲れているのであろう、私が伸びをしたりしているのに、目が覚めない。

私はベッドを抜け出して、手探りでランプを見つけると、細く火を灯して、鞄の中からいつも持っている、本を出して読み出した。題名は、〝西からの風に吹かれて〟。兄様が初めて西部で暮らした時の、心に浮かんだ西の暮らしを、自然を中心に心象を綴った初めて書いたエッセイである。もう本は手ずれしていて、実は私は全編すでに暗記をしている。表紙の裏には、人には見せないが、〝可愛いジェニーへ、愛を込めて、ジョージ・A・カスター〟の兄様の署名がある。

私は時々、偶然に開いたページから文を読む。まだ若かりし頃の兄様が、初めて全くの未開の地に足を下ろして、その自然の雄大さに胸打たれて、綴った素直な文だ。まさか将来そのまだ白人も到達したこともない土地で、命を落とすなど、思いもしなかったであろう。自然の偉大さを賛美した、行ったことのない者には書けない文章だ。

若い兄様は、その広大な大地に魅了され、馬に乗ってどこまでも、その続く先へ行ってみたかったのであろう。私は、小さな声を出しながら、その本を読んだ。

やがて早起きの小鳥の声がし出して、しまっているカーテン越しに、闇を追い出して、明るい朝日が漏れ出して来た。私の大好きな時だ。私は窓辺に飛んで行って、部屋に光が漏れないように、カーテンに潜り込むと、窓越しに祈りを捧げた。私が、ジェニー・A・ベンティーンになった最初の朝だ。私は、自分の結婚生活が、平凡でいいから、世間でいう中くらいの幸せな日々でありますようにと、祈った。子供は欲しいと思ったけれど、兄様の最後の抱擁を忘れてしまうのが怖かった。私って凄く矛盾していると思ってしまう。

枕元に置いた腕時計を見る。もうすぐ八時だ。この時計はヘンリーと暮らしていた時、私の誕生日に買ったものを、家を出る時、そのままにして来てしまった。それからずっと使っている。思い出とかではない、要は手に馴染んでいるからだ。この時計も、ご主人様が、ヘンリーに兄様、そして大尉さんと、三代にもわたるのだ。

「大尉さん、もうすぐ八時ですよ、起きて下さいませ」と私は、大尉の肩を揺すった。もう少し寝かしておいてくれよ母さん、などと大尉はいっている。私はもう一度、「大尉さん、朝ですよ、起きて下さいませ」と肩を揺すった。大尉はまた、母さん寝かせておいてよとかいっていたけれども、急にぱっと半身を起こすと、

「ジェニーさん」と私を抱きしめて、またゴメンナサイといって、小用に立った。間の悪い人である。戻って来て、もう一度

ジェニーさんといって、私を抱きしめようとしたら、ドアにノックの音がした。八時になったので、エイミーがやって来たのだ。

「もう八時ですわ」

大尉さんは、エイミーに軍服を着せてもらった。エイミーは私の支度にかかる。鏡台の前に座ると、エイミーが私の髪をとかした。まだ昨日のコテを当てた跡が残っていて、毛先がカールしている。巻き毛の人は羨ましいなと思っているから、少し嬉しい。エイミーは、その髪を頭の上の方で一つにまとめた。そして朝のための軽いドレスを着ると用は済んだ。二人して、少し照れながらも食堂へ入って行く。すでに友人達が集まっていて、席に着くなり、夕べの首尾はどうだったと、さっそく聞かれている。彼は頭を掻いて、ええまぁなんて答えている。初夜はなかったのだから、答えようがないではないか。私は、澄ましてトーストをかじっている。

二日目の披露宴は、知った顔も知らない顔もあった。さすがに昨日に比べて皆落ち着いている。私はあらためてベンティーン家の一族を紹介された。うまくやって行かねば、と思う。どちらかといえば、行き遅れぎみの、しかも長男で一人っ子の大尉さんだから、私にかける期待が大きい。人々が皆、早く赤ちゃんをね、というのだ。まさか、夕べは何もありませんでした。私できればそのままがいいんですなど、とてもいえない。ただ、恥ずかしそうに、微笑んでいるしかない。

アン＝マリー姉がやって来て、「あんなにお前を可愛がっていたのだもの、オーティにこの姿を見せてやりたかったですねぇ」といって泣いた。

私もつられて泣いた。もし兄様が亡くならないで、あり得ないことだったろうけれど、リビィさんが約束を守って、赤ん坊と交換に、離婚に応じてくれたのなら、このウエディングドレスは、兄様のためのものだったのだから。

兄様が亡くならなかったら、いったい私はどうなっていたのだろう。最悪なのは、兄様も赤ん坊もリビィさんにとられてしまうことだ。

リビィさんが私の所へやって来て、いつもよりずっと明るい顔つきをして、私の手を取って、「お幸せになって下さいね」といったのには驚いた。結婚式とは色々なことが起こるのだと思う。

サムが、今日は、大きなチョコレートケーキを焼いてくれた。チョコで作られたバラが、飾られた、また昨日と違うケーキで、ドライフルーツが沢山入った日持ちのするケーキで参列者のお土産として配られた。サムと、サムの奥さんにはとても、感謝している。忙しい大尉さんに代わって、この二人が結婚式を仕切ってくれたといってよかった。

サムの奥さんに挨拶に行く。

もう目輝かして、鼻の穴膨らませて、「夕べどうだった？」と、両手を握って胸の前に組んで開いた。

「夕べって、サムの奥さんが期待していたことは何もなかったわ」

「ちょっとジェニーちゃん、あんた拒否したの？」

「違うよ、前日一睡もしないで、馬車駆けて来て、しかも悪友にお酒飲まされて、今日は出来ませんっていって寝ちゃったのよ。仕方ないでしょ、それなら」

「なんでジェニーちゃんて、物事が素直にいかないのかしらねぇ。でもジェニーちゃんとしては、それはそれで満足だったんでしょ」

「うん、そうだけど」

私はサムの奥さんに初夜の心配事を、相談してあるのだ。

「まぁ一晩だけなら、まだ何もわからないじゃない。赤ちゃん欲しいんでしょ。だったら、四の五のいってないで、甘えなさいよ。することって、時を逃すと出来なくなっちゃうものなのよ。結構優しいかもしれないじゃないの」

「そうだといいけど」

「花嫁さんが、暗い顔していてどうするのよ。ジェニーちゃん、あんた結婚したんだからね、あのハンサムな軍人さんと。あとは前進あるのみよ。わかったわね」

披露宴は、お開きとなった。あとは別れが待っていた。

ミッチ夫婦も、「お金のことは大丈夫ですから、お幸せに」と子供を連れて帰って行った。

アン＝マリー姉夫婦も牧師が、「何かあったら神を信じなさい」といって、大きく切ったケーキを大切そうに持って帰った。きっとお茶会の茶菓子にするのだろう。

オリバンダーには悩んで街の骨董店で見つけた古いイコン（聖人などが描かれた絵）を贈った。聖女フランシスが、神の啓示をうける姿が描かれた美しいものだったから。オリバンダーは喜んで、教会が出来たら、大切にするといっていた。

サムには、金貨を金の太い鎖で吊ったペンダントを贈った。彼が、私達のウェディングケーキを焼いてくれると聞いた時から、何にしようかと思ったけれど、日常に使ってもらえて、しかも思い出になるものをと、考えたのだ。サムは良い男だ。遠慮もせずにすぐ包みを開けて、首にかけてくれたから。同じ理由で、サムの奥さんには、サムと揃いの花文字の名前が彫ってあるバングルを贈った。

「嬉しい、これからずっとはめているからね」といってくれた。その気持ちが何より嬉しい。

ベンティーン一族も、挨拶をして帰って行った。

テリー閣下が来て、「ジェニーや、私が軍隊を辞めたら、面倒を見てくれるかい」と、突然いった。閣下は今独身なのだ。私が砦を出ている間に、あの毅然と砦を守っていらした夫人は亡くなって、お子さんもないのだった。

私は喜んで、

「私の家なら、使ってない部屋がいくつもあります。閣下のお世話なら喜んで、させて頂きますわ。それこそ大歓迎です」

「そうか、それなら良かった。お前と一緒なら楽しいだろう。子供が生まれたら、面倒を見てやるぞ」

その時閣下は本心でいったのだろうか。それから数年先に、閣下は死病にかかってまだ現役のまま、亡くなってしまうのだった。兄様の次に好きだった方だったのに。人の人生はわからない。それは、私にもいえるのだけれど。

私達はもう一晩ホテルに泊まった。そして、その晩も、大尉さんは、今夜も出来ませんといったのだ。

翌日、何となくぎくしゃくして、それは大尉さんの方なのだけれど、これから一緒に暮らすようになる、ベンティーン家へ向かった。ちょうど、お茶の時間に合わせてあったので伯父一家も揃って、お茶というには豪華な、サンドイッチに数種類のパイやクッキーが並んでいた。どうやら、初めて正式にこの家の一員になった私を歓迎してくれるお茶会らしかった。

伯父の娘の一人が、「ねぇジェニーさん、あのドレス凄く素敵だったわね、どこのサロンでお作りになられたの」と聞いた。

「あれは、店長自らが採寸するような、お針子が二、三人の小さな店のものですわ」

「遠慮なさることはないわ、そんなお店で出来るものではないですもの」

「でもそうなの、長い付き合いで、私の好みを皆知っているから、こんな感じっていえば作ってくれますの」

「へぇ信じられない、私もそんな店欲しいわ」

「本当にとってもお似合いでしたよ」と伯父の息子がいうと、その妻が急に、「昔お付き合いなさっていた方がおありだったとか聞きましたが」と聞いた。夫がそんな失礼なことをここでいうんじゃないと諭している。

「事実ですから、別に隠すことでもありませんわ。私砦におりました時、遠乗りに出て、折悪しく好戦的なインディアンの集団に合ってしまいましたの。その方が助けて下さいましたの。でも私のために酷い怪我をなされて、看病しているうちに親しくなりまして」

「同情が愛になったのね」

「お止め、はしたない」と母親が娘をたしなめた。

「でもその通りですもの。そして別れもやって来ましたわ」

「情熱はすぐ冷める」

「お止めというのに」

娘は舌を出した。おちゃめなようだ。まだ若いのだ。ロマンス小説が好きなのだろう。

「どうしてオーランドとお会いになったのですか」息子が聞いた。

「私、長兄をそれは慕っておりましたの。砦でも長く一緒に暮らしていましたし、それでどうしても亡くなったことが受け入れられませんで、現実に立ち向かおうとしました」

「それで、お墓参りにいらしたのですね」

「ええ、あんな風の強い寒い日に、命日でもないのにお墓にいらっしゃる方はないと思いまして、一日お墓にいようと参りましたの。そうしたら、それも偶然に大尉さんが、いらして」

「嫌だなぁ、ジェニーさん、その大尉さんはもう止めて下さいませんか。結婚したんですよ、是非オーリィとこれから呼んで下さい」

「偶然ですかしら、長兄も家族皆から、オーティと呼ばれていましたの、似てません？」

「これから私が、オーティさんの分も、ジェニーさんを大切にしますから」

「あら嫌だわ、私もこれからジェニーと呼び捨てにして下さいませ」

皆から笑い声が上がった。

この家で初めての夜が来た。私が送った荷は姑が勝手に開けて、新しく増築された寝室に仕舞われている。荷を自分で片付けるために女中と小間使いと一日早く来たというのに、もう全て姑の手で片付けられていたのだった。その夜私は少しイラついていた。姑の片付け方が気に入らないのだ。例えば下着なら、私はキャミソールにペチコート、ドロワーズまで一組にしておく。ところが姑は、それぞれを別々の引き出しに入れてあるのだ。それを私は、その晩一人で直した。翌日に小間使いにさせれば済むものを、一人でしてしまったのだ。ベッドに旦那様が待っているというのに気がつかなかったのだ。小一時間もかかったろうか。昼はお茶会で気を遣っていた。大尉、いやオーリィがいうには、ベッドに入って、勝手に品物を動かされているので、ちょっと、と私はいったそうだ。オーリィは、すぐ母さんにいって、ジェニーのことは、彼女に任せるようにさせますからといったら、私がそんなことをいったら、これからが大変だからと、断ったそうなのだ。その時、ちゃんと私の自主性を主張しておけば良かったと、後で思うのだけれど、私はそれだけいって、眠ってしまったのだそうだ。気が付いたら、朝でオーリィの腕の中であった。また、しなかったわけだ。

それが四日五日と続いて、いつかサムの奥さんがいっていた、するタイミングを失ってしまっていた。私達はキスもしないで、一つ床に寝るのであった。私は子供のことは別にして、このままでも良いと思っていた。

しかしついに八日目にオーリィが根を上げた。

「ねぇ、ジェニー、今夜こそ君を私の本当の妻にしては駄目かい」といって、熱い体を、私の手に押し付けた。

私にどうして、否といえよう。

彼は焦っているのか不器用に、寝間着のボタンを外していく。そして私の胸に顔を埋めた。そして乳房を口に含んでいく。そしていきなり、私の体の中に入ってこようとした。私は目を閉じて、苦痛に耐えた。いきなり体を大きく動かして、そしてあっという間に終えた。オーリィは、私の体の上で荒い息をしている。私は泣きたくなった。こんなのってあんまりだ。ヘンリーは別として、兄様だって、私を優しく愛撫してくれた。こんな乱暴にされたことってない。こんなことが、これから毎日続くのだろうか。妻からちゃんと前戯をしてくれなんていえはしないじゃないか。八日目で早くも離婚が頭をよぎった。

私はきっと泣いていたのだと思う。それをオーリィはどうしていいのかわからずに、傍で茫然としているのだ。良いか悪いかは別として、こうして私は、本当のオーリィの妻になったのだった。

翌朝、昨晩の涙の跡が残っていないことを祈った。

この家にはコックがいたし、マギーやエイミーがいるから、私は何も家事をする必要がない。今までみたいに、自由気ままな生き方は出来なかったけれど、十分に中流の生活が出来た。しかし、この家に来た翌日から、私は忙しかった。式には呼ばなかったご近所のご夫人達のお茶会が続けて三日あった。「馴れ初めは」に始まって、私がカスター将軍の妹であると、必ず姑はいうのだった。当たり前のように、私の元の名が、ジェニー・カスターであると名乗るように、私にいうのだった。私がヘンリーと砦を出る時、どんなに苦しんで、カスターの名を捨てたか、思いもしない人達なのだ。嫁が有名人の、しかも悲運の最期をとげた、カスターの妹であると、自慢したそうであった。そして偶然での墓地での出会いを、ドラマチックに語りたがった。私の心なんて構わずに。

人との会合が一段落すると、今度は馬車に乗って、出入りの店を回った。お肉屋はここ、お野菜はここと決まっている。でもこれらの店は女中が出かけて行って、届けさせるから、私には、あまり用のない所だ。洋品店はここ、髪結さんはここ、ドレスはこの店という。私が、出入の服店がございますからというと、その時は黙って聞いているけれど、しばらく経って、でもあの店も良いのよそうなさいな、と強引に決めさせられてしまうのだった。今までが自由過ぎたのだった。私は今この家の嫁なのだ。従うのは当たり前のことなのだろう。でも、私とオーリィがまだ一夜しか床を共にしていないといったらこの人達は何というだろう。ドレスは諦めても、心までは変えられないのだから。

そして今朝、私は昨夜のオーリィの夫としての、しかも初めての夫婦の交わりに、おののいていた。約束だった兄様の話も、オーリィとはまだしていない。新婚なのだ、たとえ交わりがないとしても、一つ床で二人体を寄せ合って、愛を語ろう、ということがないのだ。

結婚て、こんなものかと思う。結婚式で会ったミッチは幸せそうに見えた。自慢の妻と、可愛い子供達。望みようもない姿に見えた。彼等も最初はこんなんだったのだろうか。それとも今でもこうであるのに、世間体で、ああ外見幸せに見せているのか。少なくとも、サムの奥さんは、サムと仲良くやっているはずだ。男同士という、私達には参考にならないかもしれないけれど、きっと今の私よりは幸せなはずだ。彼等は、何度も遠い牧場から出て来て、私の手に余ることを助けてくれた。それなのに決して表舞台には出て来ないで、黒子に徹してくれたのだ。ベンティーン家の人がしたことといえば、当日の出席者の名簿を持って来たくらいだったのだもの。母親は、例えば当日の各テーブルの花ですら、うちの出入りの店がいたしますからというけれど、では花器はどうしましょうと尋ねると答えられない。ホテルの花屋を使わなければ花器は借りられないのを考えていないのだ。料理一つとっても、こちらでいたします、というので任せておいたら、メインの肉料理が牛か豚か鳥かも決まっていないのだ。はっきりいって、夫側が主導権を握りたいというのはよくわかる。けれど、あちらの両親には荷が重いのだ。せめて伯父とか、その息子に任せるのもいいはずなのに、何をしているのか私にはわからない。仕方がないので、私達でやるしかないのだ。私のウエディングドレスにまで口を出して、一度服屋に見に行かねばといっていたけれど、一度も来ることはなかった。たくさんの手紙のやりとりを、色々な所として、それでも間に合わなくて、相手側にも出かけた。そしてやっとお式が決まったと思ったら、あの新郎の行方不明の事件があって、それでもどうにか結婚式が済んだと思ったら、婚家でのお茶会の日々、夫と親しく会話する間もないのだ。

私はきっと、少し疲れていたのだろう。このままオーリィと心が通わないままで、結婚休暇が終わってしまったのなら、彼は、ウェストポイントへ、私を置いて行ってしまうのだろうか。出来うるなら、私も一緒にウェストポイントで、オーリィと暮らしたかった。そのことも、きちんと話し合いが出来ていない。だって、プロポーズを受けてから、結婚式までに、たった一度しか、私達は会う時間がなかったのだ。それも半日だけで、決めることの方が多かったのだもの。

やはり、この結婚には無理が多かったのだ。

姑は、今日は偉い方の夫人達のパーティがあるから、良いドレスを着てと朝からいっている。私は今日こそ手付かずの荷物の整理がしたかったのだ。行かないと返事をしてもいいのか、ちょっと悩ましい。

そんな中で、オーリィが、今日は私と出かけたいと姑にいっている。姑は決まったことなのだからと譲らない。それでも、たまにはジェニーと出かけたいとオーリィも譲らない。

「ジェニーさんは、パーティに出られますわよね」と姑は引かない。

「私は休暇が終われば、ウェストポイントに帰らなければならないのですよ。パーティなんか後でいくらでも行かれるよ。母さん、ジェニーは私の妻になったんだ、今日くらい私と一緒に出かけてもいいでしょうが」

「そういったってお前、皆さん、カスター閣下の妹さんに会いたがっているのですよ」

「ジェニーは見世物ではありませんよ。そのカスター閣下の名前が重くて、ジェニーは名を変えているんですよ。私達は結婚式までもろくに会えなかったんです。今日は私と出かけます。いいですね」と母親をいい負かせた。

　そして私の方を向くと、「今日は一日、私とデートをしましょう」といって微笑んだ。こんなことは初めてだった。私に外出着を着るようにいって、初めて二人で外出した。姑が、お昼はどうするのと聞いたけれど、外で済ますからいいよ、と答えてくれた。正真正銘の、初めてのデートだ。私達は馬車に乗って出かけたのだった。

「どこに行くのですか」

「ジェニーさんに、私のことを知ってもらおうと思いまして、色々行きますよ」

　最初のうちこそ、照れがあったけれど、外の風に吹かれていると、気分がスカッとする。訪れたのは近所の教会であった。

「こう見えても私は、日曜礼拝には必ず参加したのです。この教会で結婚式を挙げたかったのですが、母が披露宴に行く足が不便だといって、ホテルですることになりました。あなたのお知り合いの牧師さんが最後におっしゃった〝この結婚に異議のある者は申し出よ〟はとても良かったですよ。もっとも、異を唱える人が出たら困りましたけれどね」

「いつもの形式ですわ」

「いやぁ、私はドキドキしました。申し出た人が男性なら、力づくでもと思いました」

「女性ならどうなさいましたの。しかも、あなたとの結婚を望んでいるとおっしゃられたらば」

「それは困りましたね。私はジェニーさんを愛しているので、諦めてもらわなければなりませんね」

「それ本当ですの？」

「今お約束しますよ」

　私達は手を繋いで教会の中へ入って行った。中には誰もいないのに、教壇の角で、まだ蝋燭が燃えていた。姉の所だったら、牧師が皆消して回ったものだった。彼は勝手知ったる場所であろう。私を祭壇の前に連れて来ると、朝の主への感謝の祈りを捧げた後、しばらく黙って祈っていたけれど、跪いて、

「私は、ジェニーさんを妻として一生涯愛し続けるとここに誓います」といって、私にキスをした。私は昨夜のことがあったので、少し心配だったけれど、「あなたの御心に従いますわ」と答えた。

「そういって下さって凄く嬉しいです。昨夜のことは申し訳なく思います。私は一日でも早くあなたを正式な妻としたくて、焦っていました。昨夜の私の行動は、あなたの心と体のことを考えない身勝手な行動でした。初夜なのに取り返しのつかない、みっともないことをしてしまったと、あなたに許しを得たいのです。これに懲りずに、私の妻でいて下さいますか？」

「それは……、もう少し優しくして下さったのなら、としか申し上げられませんわ」

「あなたに逃げられないよう努めます」

私はそのいい方が可笑しくて、吹き出した。

「せっかく一緒になったのです。私を愛して下さいますか、肌を合わせ心を共にして下さいますか。それに、お約束がまだ果されておりません」

「それも私が悪いのです。本当の初夜を失敗した私は、もうあなたに顔向けが出来なかったのです。今夜私は心からあなたを愛します。閣下のお話もさせて頂きます。どうぞ私に時間を下さい。離婚なんておっしゃらないで下さいね」

そういわれて、私は心乱れて、思わず下を向いてしまった。それをそっと大尉は、両手で私の顔を自分の前に持って来て、優しいキスをしてくれたのだった。


　私達は馬車で、教会の裏手の道を行っている。どこでも同じような住宅街だ。そのうちの一軒の前に、オーリィは、馬車を止めた。

「この家に昔、ジーン・オズボーンという少女が住んでいました。私達は教会のパーティで、出会いました」おやおやと、私は思った。私が何もいわないので、オーリィは続けて、「それからは、いつも教会で彼女の姿を探しました。彼女の顔を見ることが出来たなら、その日はそれだけで幸せでした。やがて口をきくようになって、パーティで一度ダンスをしました。私はその当時、まだ少年に毛が生えたようなもので奥手でした。その日、彼女を初めて、家の前まで送って行きましたよ、道中ろくに話も出来なくて」

「それで、その方どうなさいましたの？」

「私の知らないうちに婚約をして、十七才の時に、両親の決めた男(ひと)と結婚してしまいました」

「まぁ、純愛でしたのね」

「当時、私はしがない学生でしたが、ショックでした。半年くらい落ち込みましたよ。それで、砦であなたを見かけて、あまりにお美しいのに驚いて、是非妻にと思いました」

「あの頃、私男の子のような、格好をしていましたでしょう」

「でも、馬の柵に座って、閣下の帰りを待っていらしたのでしょう。夕陽にあなたの髪がキラキラしていましたよ。凄く若く見えたけれど、もう十七才だと耳にして、すぐに閣下に結婚を申し出て、断られました」

「あの頃、私に問題があって、たとえ合衆国大統領が申し込んでも兄は誰にも結婚を許さなかったと思います。あなたが気に入らなかったとかではありません。だから兄を許してやって下さいね。私、そんなお申し出があったことすら、知らされていなかったのですから」妻である私に、初恋の少女の家を見せるなんて、この人はおもしろい人だと思った。自分の生い立ちを伝えるとしても、普通はあまり話すことのないことだろうに。

「その女(ひと)もどちらかに引っ越され、ご両親も共に他界されて、この家は今は違う人が住んでいるんです」それほどまでに思い出に刻まれた家なのだと私は、夫の横顔を見ながら思った。

次に、元家庭教師だった人の家を訪ね、通っていたボストン州立大学へ行った。友人が教師をやっているのだそうだ。

「お会いになりますの」

「まだ授業中ですよ。それに結婚式に来てくれましたから」

では紹介されているのだろうが、思い出す顔はない。

「これから遠出しますけれど、いいですか」

「はい、大丈夫ですわ。久方振りの外出で気持ちがよろしゅうございますもの」

私は手持ちのショールを肩にかけた。

馬車で一時間はかからなかったと思う。そこは、港だった。

「ここが、ボストン湾です。あの紅茶事件の場所です。ここから合衆国は、イギリスから独立を果したのですから。私は、ボストンに生まれて、誇りに思っているのです」

夫の顔に満足そうな笑みが見える、この地を本当に誇りに思っているのだとわかる。夫の新たな一面を見た思いがした。

「さぁ昼食に行きましょう。この近くに綺麗なホテルがあるのです。それにそこなら女性用のレストルームもありますから」

「お心遣いありがたいですわ」

私達はそこで、魚介のランチを食べた。

「実は私、海を見たの初めてなんです。さすがに広いし、この塩の香りというのでしょうか、西部に吹く風も、行った者でなければ感じることの出来ないものですけれど、今日嗅ぐことが出来て、感無量ですわ。連れて来て下さって本当にありがたく思います。そうでなかったら、知らないものを一つ持ったまた人生を送ることになりましたから」私は、心からそう思ったのだ。そして大尉の心遣いに感謝した。

「そうまでいって頂いて、とても嬉しいです。ここずっと、ジェニーさんとのデートの場所と考えていたのですよ。すぐ母にあなたをとられてしまうので、今日になってしまいました。実は、母のでしゃばりに、ご苦労されていらっしゃるのではありませんか。母は、男五人兄弟の一番下にそれも少し遅くなって生まれたので、私にとっての祖父母に、とにかく甘やかされて育ったようなのです。兄達も年の離れた妹を可愛がったようなのです。それで、何でも自分でしないと気の済まない人になってしまったらしいのです。あれでも有名な学校へ三年通って、婦人としての教育は受けています。母はあなたのことを、新しく手に入れたお人形のごとく、可愛くてしようがないのです。私の妻だというのに、可愛い可愛いお嫁さんなんですね。しかも有名な亡きカスター閣下の妹さんときては、自慢をしたくてたまらないのです」

「でも私、カスターとはいえ養女なのですけれど、それはご存知なのでしょう」

「実はいっていないのです。私がカスター閣下の御名前を出したら、もう舞い上がってしまって、とてもいい出せませんでした。お辛いでしょうが、それは私達二人の秘密ということにして頂けませんか」

「いつか嘘は、暴かれますわ」

「その時まで、お願いします。母のために」

「お母さん想いでいらっしゃいますのね」

「私には兄がいましたが八才の時、流行り風邪で亡くなってしまいました。母のショックは大きくて、父と寝室をだいぶ長く別にしていたらしいのです。それで、兄が亡くなってちょうど八年目に私が生まれました。父とはダンスパーティで知り合ったそうで、父が母にぞっこんで、あんな我儘な人と今も仲良く暮らしています。縁だとしか思えません」

「私お願いがありますの」

「なんでしょう」

「休暇が終わったら、あなたはウェストポイントに帰ってしまわれるのでしょう。私もご一緒駄目でしょうか。せっかく結婚したのに別れ別れは寂しいのです。軍人の妻であることは、承知の上で、せめて子供が出来るまで、一緒にいられないでしょうか」

「私もそれを考えていました。ジェニーさんが望んで下さるのなら、是非そうしましょう、私達夫婦なんですから、離れて暮らす意味はありません。すぐにも軍に手紙を書いて、家族用の官舎に替えてもらいましょう。私達、先のことを何も決めてないのですよね」

「あら、だって、時間が何もありませんでしたもの。結婚式が無事済んだのも、奇跡的だと、今思いますわ」

「全てジェニーさんにお任せでしたからね。母が口を出したでしょうが、それで何が出来る人ではありませんから」

「確かに、はっきり申し上げると、そうでしたわ」といって、二人で笑った。結婚して二人で笑ったのは、これが初めてではないかと思って心が豊かになった。

帰りは、子供の頃釣りをした池とか、クリケット場、いつも行く散髪屋、美人の店員がいて、意味もなく通ったという菓子屋でお茶を飲んで帰宅した。二人にとって、とても有意義なデートだった。これを、何日もかけて私と打ち解けようと考えてくれた、夫の気持ちが嬉しかった。

その夜、オーリィは、耳たぶのキスに始まって、ゆっくり時間をかけて、私を愛してくれたのだった。それからは、何ら問題もなく、私も少しずつ女のわざを使い始めたので、オーリィとの夜は、もう恐れるものではなくなった。それでも時々朝早く目が覚めると、両手で自分の体を抱いて、兄様の思い出に浸った。ありがたいことに、兄様の私に与えてくれた愛撫の感覚は薄れることはなかったのだ。これはオーリィには絶対に知られてはならないことだった。ごめんなさいオーリィ、私はあなたに秘密を一つ持っています。その代わり、私は精一杯に、オーリィを愛します。

私は姑ともうまくいって、いわれるパーティにも、よく参加したし、カスターの妹を演じて、時に涙を流してみせた。

そしてその時は、突然やって来た。オーリィの休暇があと二週間程で終わるというので、姑に、ウェストポイントで同居の話をどう切り出すか話し合っていた時期であった。

夕食のステーキを、小さく切って口に運ぼうとした途端に、その匂いを嗅いだ私は、フォークとナイフを放り投げて、洗面所へ駆け込んだ。もう、肉の匂いの立ち込めた食堂には戻れずに、自室に行って、エイミーにコルセットを外してもらい、寝台に横になった。それでも吐き気は止まらなかった。夫と姑がやって来て、「ジェニーさん、おめでとう、きっと赤ちゃんが授かったのですよ。無理をしないで、良い子を産んで下さいね。明日お医者様を呼びましょうね」と、満面の笑顔でそういったのだ。

もう赤ちゃんが出来た。兄様の時も、初めてのセックスで、妊娠したかもしれないといわれた。オーリィとも、まだ二か月半程だ。私って妊娠しやすいのだろうか。それでも、ヘンリーの時は三年間出来なかった。

これでは、ウェストポイントへ行くどころではない。私は吐き気に悩まされて、その晩よく眠れなかった。

翌日医者が呼ばれて、「確かに、妊娠しています。それもまだ初期でしょうが、吐き気はつわりです。体に異物が入っているのですから、つわりは起こります。ただこの方はその反応が強いのですね。当分つわりは続くと思います。無理に物を食べさせることは、今は必要ありませんが、糖水など、与えて下さい。無理はなさらないように」と、あたり前のことをいって、帰って行った。兄様の時は、だんだんゆっくり食欲がなくなったのに、今回は突然全てが駄目になった。辛うじて、マーマレード入りの紅茶だけは、口に合ったので、食料品店に十倍くらいマーマレードを注文して驚かれた。

吐き気は、止まることがなく、私は寝たきりになってしまった。

「ごめんなさいあなた。こんなになっちゃって」

「何をいうんだい、子供が出来たんだ。私はとっても嬉しいよ」

「でもこんなに早く。ウェストポイント一緒に行けなくなっちゃった」と私は泣いた。せっかく、心と体が一体になりかけていたのに、私はもう少し新婚生活を楽しんで、オーリィのことを、もっとよく知りたいと思っていたのに、と思うと残念でたまらないのだ。

「もっと二人きりでいたかったのは私も同じだ。けれどね、私は遅い子で結婚も遅かった。両親にとっては待望の孫なんだよ。君にはいわなかったけれど、母さんがね、君は最高の嫁さんだって泣いていたんだよ」

最高のお嫁。この私が、嘘みたいだ。しかし、それからも私は寝たきりで、オーリィがウェストポイントに発つ晩、そっと私を愛してくれた。それがやっとだった。

オーリィが、行ってしまった。たった一人のベッドで、私は吐き気と戦っていた。そのうち水分すら口にすると吐くようになり、胃液まで吐くようになると、私の唇に潰瘍を作った。そしてついに吐くものとてなくなると、胃が破れて血を吐くようになって、医者はついに、私に入院を命じた。点滴で命を繋ぐようにまでなってしまった。

オーリィからは心配して、手紙が届くが、ほんの一行、愛してるとか、大丈夫とか書いて返信しか出来なかった。

姑達は、こんなていたらくの私を、それは気遣ってくれて、病院には花は絶えず、私が着たいと我儘をいって、例の服屋にガーゼやシルクの寝間着を沢山注文しても、少しでもジェニーさんが、気分が良くなるならと許してくれたのだった。きっと、オーリィからきつくいわれているのだろう、赤ん坊の品々も、自分達で決めたいだろうに、私にベビーベッドのカタログを持って来たりしたけれど、買ったとはいわなかった。私は何も出来ないことに申し訳がなくて、毎日泣いていた。それでも吐き気は止まらない。

姑達は毎日来て、ろくに話も出来ない私を見舞ってくれた。

「ジェニーさん、辛いでしょうけれど、あと少しですよ。きっとあなたに良く似た、可愛い赤ちゃんが生まれるでしょう。苦しいだろうけれど、頑張って下さいね。代われるものなら、私が代わってあげたいわ。オーリィの時もつわりは重かったけれど、あなた程じゃなかったのよ。あと少しですよ」

さしものつわりも、七か月を過ぎると軽くなってきた。私は退院して、体力をつけるために、よく庭を散歩した。姑は、自分の出入りの洋服屋で、マタニティドレスを何着も、揃えてくれていて、お気に召したらと私にくれた。私はそこまで考えていなかったので、姑の心づくしをありがたく頂いて、着ている。

長く寝ていたので、足腰の弱っていた私を気遣って、やがて、教会まで散歩に出られるようになった。

「お産には体力が必要ですからね。ゆっくりとでも、お散歩に参りましょう」といって私と一緒に来てくれるのだった。

サムの奥さんにもやっと手紙を書くことが出来た。つわりがそんなに酷いなんて知らなくて、気遣ってやれないでごめんなさいと、ビーフジャーキーを山ほど送ってくれて嬉しかった。

アン＝マリーにも手紙を書くと、返事が来て「お前はいつも何かありますね、とにかく体を大切に」とあった。

食欲が戻って来ると、何でも食べたくなって来た。朝もハムエッグにトースト三枚も食べてしまう。太るのもよくないですよ、といわれてしまう。

退院してから、産婆が来るようになって、私のお産の準備は整って行った。姑と一緒に、子供服屋に行って、ベビードレスを買ったり、ベビーベッドも買い入れた。家の中は赤ん坊を迎える空気がいっぱいで、誰もがその誕生を待っていた。私は姑と、舅の心遣いに感謝をした。

そして、十か月を前に陣痛が来た。

短いようで長かった日々

その日、朝起きた時から、何となくお腹が張っていた。マギーに相談すると、もう九か月目ですから、そういうこともあるでしょうというので、そうかなと思っていた。予定日まで、あと三週間だ。こういうこともあるのだろう。

しかし、朝食に食欲がない。姑との食後の庭の散歩が、毎日しているのに、今日に限って辛くて途中で止めてしまった。

少し休みなさいといわれる。そこへ、なんと、オーリィが帰って来た。横になっている私に驚いて、大丈夫かと心配をしてくれる。

「それよりあなた、どうしたの？」

「君の顔が、もうどうしても見たくなって休暇をくれっていったら、いってみるもんだよ、三日もくれたんで、朝一番で飛んで来た」

両親には、閑職にまわされているから、などといっている。しかし、オーリィに会えてとても嬉しい。一緒にお茶になる。

オーリィが寄って来て、そっと今夜出来るかな、などと無理なことをいう。しかし、そんなことを笑っている場合ではなかった。紅茶のカップを持っていると、お腹の張りが強くなって、痛みに感じる。私がソファにうずくまると、マギーが私のお腹を触った。

「これは急いで産婆さんを呼んだ方がいいかもしれませんです」といったので、大騒ぎになる。オーリィは、オロオロするばかりで、マギーとエイミーがお産の準備を始めた。

産婆が来て、予定日には少し早いが、お産が始まっているといった。そして、私に、人がいない所で、今まで赤ちゃん産んだことが、おありですね、と聞いたので、私も一人と答えた。ではお産に対する心構えはお持ちですね、というので、たぶんと答えた。

夕食事には、スープにパンを浸して食べた。もうお腹の張りではなく陣痛であった。マギーとエイミーは、交互に、仮眠をとって夜に備えた。私はもう、クッションを抱えて、ベッドを転げ回ってしまう。それを見ていたオーリィが、こんなんで死んでしまうんじゃないかと、産婆に聞いていたが、産婆は、その時が来たらこんなもんではありませんと仮眠をとりに行った。

私は、下から突き上げるような痛みに耐えていた。

「オーリィ、お願い腰を揉んで」

「おぉ、ここか、それともここか」

「ちっとも効かない、ああ痛い」

姑がやって来て、「ジェニーさん、頑張ってね、辛いでしょうけど、赤ちゃん無事生んで下さいね」という。

「ええ……」もう答えられない。

大丈夫か、とかどこが痛いんだなどという夫がもううるさくてたまらない。ああ、あとどれくらい、この痛みに耐えなければならないんだろう。私は恥も外聞もなく、「痛い」と叫び続けた。

希望は、産婆がいった明け方には、という言葉だ。兄様は明けの明星の息子と呼ばれることがある。ああ助けて兄様。明け方には子供が生まれるのだ、それまで耐えればいいのだ。マギーが来て、汗を拭いて冷たいジュースをくれた。

「ああ痛い、明け方まであと何時間なの？」

「今午前三時でございますよ、あと二、三時間のご辛抱です、奥様」

ますます陣痛は強くなる。産婆が起きて来て、「さぁ奥様頑張りましょうね、すぐでございますよ」といって、私の股に手を入れた。

破水した。しかしまだ子宮口は全開にならない。

「我慢なさいませ。まだいきんではなりませんよ。その時のために力をためておかれまなければ、まだですよ」

「あぁ、いきみたい、痛い痛い」

私は横になっているのも辛くて、ベッドボードにしがみついていた。産婆が、「あまり、殿方がご覧になるものではございませんが」といっているのが聞こえる。

「だって、あんなに苦しんでいるんだよ。私に何か出来ることがあったら」

「残念ながら殿方には、何のご用もございません。別室でお待ちになられてはいかがでしょう。奥様も、こんなお姿を旦那様に見られるのも、お恥ずかしいかと存じますが」といっている。

その通りだ、外へ出て欲しい。しかし、こんな時にオーリィは、ねばった。苦しむ妻を一人にはしておけないと。しかし、子宮口が全開になって、私の口から悲鳴しか聞こえなくなると、ついに耐えられなくなって、部屋の外へ出て行った。

マギーに背中を支えられながら、産婆の合図でいきむのだけれど、痛くてうまくいかない。それでも頭が見えて来たという。

「そら、いきんで、もう少し」

「あぁ痛い」

「声を出さずに、ハイいきんでぇ、頭が出て来ましたよ。あと少しですよ、ハイいきんでぇ」

あとは何だかわからなくなった。もう体がちぎれそうな痛みの後、体から何かが、ぬるっと出て来た。

「はい、おめでとうございます。ご出産が済みましたよ」

ぼうっとした頭に、赤ん坊の泣き声が聞こえる。エイミーが、タオルで包んだ赤ん坊を私の胸の上に乗せてくれた。嬉しそうに、「奥様おめでとうございます。男のお子様でございますよ」といった。

「男の子だったんだ。お前はアンソニーよ」

私は、そのあたたかな小さなものを抱きしめた。子供を生むってなんて大変なんだと思うけれど、この子を見たらもう幸せでいっぱいだ。

子供は、産湯をつかわせるために、エイミーが外へ連れて行った。外でオーリィや両親の喜ぶ声がする。頑張った甲斐があった。私は後産を済ませて、寝間着を着替えると、部屋の外で待っていたオーリィが来て、私にキスをして、良く頑張ったねといってくれる。姑も、「ジェニーさん、お手柄よ男の子なんて、なんてお礼をいったらいいかわからないわ」

普段あまりものをいわない舅が、「ジェニーさんや、私達に孫を授けてくれて、何といったらいいのやら、それも男の子をありがとう」といって涙を拭いた。

こんなに望まれて、なんと幸せな子なのだろうと思う。私が母にすぐ捨てられたことを思うと、この子は、何がなんでも自分で育てねばと思うのだった。

赤ん坊は、湯を浴び小さなベビー服でさえ少し大き目に見える。多少体重の少ない子だったけれど、それ以外に問題はないという。

「本当に、安産で良うございましたね」との産婆の言葉に、夫があれだけ苦しんだのにですかと聞き返していた。

産婆は私の乳を揉んだがそんなに痛くはなかった。皆が見ている中で、赤子は私の乳を吸った。全員が感動したのだと思えた。舅は、私は男だから席を外すといったけれど、姑が、この家で初めての孫ですものといって、同席させたのだった。私は少し恥ずかしかったけれど、嬉しかったから許したのだった。

オーリィは喜んで、「おれって、子供が生まれるのがわかってて休暇をとったみたいだ。こんな感動的な場面に出合えたなんて、嘘みたいだよ」と小さなおくるみに包まれた赤子を抱いて、その顔を不思議そうに見ている。

「いったいこの子は誰に似たんだい」

「オーリィ、あなたと私に似ているのよ、まだ生まれたばかりだもの、これからどんどんと変わっていくわ、楽しみね」

「私もとうとう父親になったんだ」

「ええダディって呼ばれるのよ。そして私はマミィよ」

もう朝になっていた。私は疲れていた。夫は興奮して話したがったけれど、マギーが、奥様はお疲れです、少しお休みが必要ですというと、「そりゃ、そうだよね、あんなに頑張ったんだもの、十分にお休み」

私は赤ん坊にキスをすると、眠った。これから明るい未来が来るのだと信じて、眠りについたのだった。

そして、目が覚めた時、私にはどうにもできないことが起きていたのだ。どこまでもついてまわる私の苦しみが、そこにあったのだ。

私が目を覚ました時、夢はもう終わっていたのだった。私が目を開けると、そこに夫の顔があった。

「あぁオーリィ、キスをして」

夫はキスをしてくれたけれど、暗い顔をしていた。

「どうしたの、あなた」

「ごめんよ、子供の名前はアンソニーじゃなくなったんだ」

私は、ウェストポイントへ手紙を書く時、子供の名前はアンソニーがいいと、何度も書いた。リビィさんの所と一緒になってしまうけれど、兄様が望んだのだから、絶対アンソニーにしたいと、書きつづった。最初は何も閣下の所と同じにしなくたっていいだろうと、あたり前の返事だったが、あまりに私がアンソニーといい続けたので、夫も折れて、子供が男の子だったらアンソニー、女の子だったらアン＝マリーと決めてあったのにだ。

「なんでアンソニーじゃなくなったの、何が起こったの？」

私は小さな声で聞いた。何か悪いことが起きたのだ。そんなこと聞きたくはなかったから。

「ジェニー、よくお聞き。お前が寝ている間に、親父とお袋が、子供の出生証明を役所に出してしまったんだ。ごめんよ、おれも寝てて知らなかったんだ」

「そんな、私達に相談もないなんて、酷いわ」

「私はね、ジェニー、両親にお前がアンソニーを望んでいるって何度も手紙を書いたんだ。だけどいくらカスター閣下の妹でも、甥っ子と同じ名前は良くないというんだよ。この子はカスター家の子供でなくて、ベンティーン家の子なのだから、ベンティーン家に相応しい名前にしたいといったんだよ」

私はその名を聞くのが恐ろしかった。

「それで、赤ちゃん、なんて名になったの？」

「ウィリアムだ。母親はさっそくビリィと呼んでいるよ」

私は胸の奥がまるで熱い鉄で包まれた気がして、息がつまった。私が七才の時、私を暴行した男の名、よりによって、口にもしたくもないその名前が、我が子につけられてしまった。前にも一度この感覚に襲われたことがある。ヘンリーがシェリバンの息子と分かった時。私は体中から感情というものが流れ出てしまった気がした。もう何も考えられない。誰も助けてくれないのだ。

私は起き上がると、マギーとエイミーに家に帰るから、持ちたいものだけ持って、支度をしなさいと命じた。

「でも奥様、まだお体が」

「そんなもの、どうでもいいのです。さ、帰りましょ」

夫は驚いて、「帰るってどういうことなんだよ。君は子供を生んだばかりで、まだ混乱しているんだよ。子供はどうするんだい、ウィリアムを」

「そんなものいりません。私のものではありません」

マギーはコートとショールを手にもう私の脇に立っている。エイミーは鞄に、タオルや脱脂綿を詰めている。私はマギーに手伝ってもらって、細めのマタニティドレスにコートを羽織ると、部屋を出た。

「あっほらママが来ましたよ、おっぱいもらいましょうね、ほらママビリィですよ」

姑が満面の笑みを浮かべている。

「おや、コートなぞ羽織って、どこへ行くというのです」姑が聞いた。

「家に帰ります。お世話になりました」

「何をいうんですか、気でも狂ったの。ビリィを置いて、どこへ行くのですか」

「私の子はアンソニーだけです」

「では、この子はどうするのですか?」

「いりません。私のものではありません」

「オーリィ、この嫁はいったいどうしたのですか。自分の子をいらないといいましたよ」

　息子が首を振って何もいわないので、怒りに火がついたのだろう、こう、まくしたてたのだ。

「あなたが、アンソニーとつけたいと、いっていたのはオーリィの手紙で知ってますよ。それじゃあ、閣下のお子さんと同じになってしまうでしょう。ウィリアムは、ベンティーン家の、初めて合衆国に足を踏み入れた曾祖父さんの、当家にとってはとても由緒ある名前ですよ。そのどこが気に入らないというのです。嫁のくせに、私達に恥をかかせるつもりなの。具合が悪いって、あんなに世話をしてやったのに、その恩も忘れて、ええ、出て行きなさい。けれどビリィは渡しませんからね。もう二度と会わせませんよ。早くこの家から出てお行き。オーリィ、今日中に、この女と離婚なさい。カスターの妹だかなんだか知らないけれどお高くとまって、こんな女だなんて思いもしなかった。自分の意見が通らなかったら、生んだばかりの子も捨てる鬼のような女だわ、出てお行き、さぁ早く。おぉ可哀そうなビリィちゃん、あんな母親なんかいなくても、このばぁばが立派に育ててあげますからね。心配はいらないのよ、ビリィ」

　私は両手で耳を押さえて家を出た。駅まで三十分以上歩かなければならなかったけれど、構うもんかと思った。

　オーリィはしばらく呆然としていたけれど、コートをとって、昨日持って来たバッグを手に家を出た。彼にしてみれば、私を追わざるを得なかった。馬車で来たから、すぐに三人に追いついて、とにかく馬車に拾い上げた。家に帰るとしかいわない私をなだめきれなくて、オーリィは、駅で、ウェストポイントの職場に、急用が出来たから、あと休暇を一週間延ばしてくれと電信をした。馬車は、駅前にたむろしていた辻馬車屋に頼み込んで家まで送ってもらった。

マギーの優しさ

　マギーが食事とチョコを買って戻って来た。マギーは、「旦那様は、最後まで奥様のお味方でいらっしゃいますですよね」と聞いた。

「そりゃあ、私はジェニーの味方だよ。妻を守るのはあたり前じゃないか、だけど今日生んだばかりの子を捨ててくるなんて、普通でもないはずだよ」

女達はその理由を知っているのだ。だが使用人の身分で、それを話すことが出来ないようだ。とにかく妻の口から、この異常な事態の話を聞かなければならない。妻の家へ一緒に行くしか方法はないように思えた。

ジェニーは、マギーが渡すハンドバッグから小切手帳を出して、四人分の汽車代を支払った。その姿はまったく冷静に見えた。汽車に乗ると、ジェニーは横になって私の膝枕に頭を乗せた。そしてマギーに手を伸ばして、チョコを受け取ると、銀紙を剥いて子供のようにかじり始めた。まるで慣れた様子だ。サンドウィッチが配られたが、彼女は手を出さないで、チョコをかじり続けた。そして、「ねぇ兄様、西の暮らしってどんなだろう」と、私に聞くのだった。

「お前、西へって、家に帰るのじゃないのかい」

「奥様は今、十二才の時のことを思い出されていらっしゃるのでございますよ。二度と会えないと思っていた、御兄上様に会うことがお出来になって、もう口にすることの出来ないと思われたチョコを、御兄上様の膝枕で、口になされた、奥様にとって、一番幸せな時を思い出されて、今日のこのお辛さに耐えておいでなのでございましょう」とマギーは痛ましそうに、そういうのだった。

ジェニーの一番幸せだった時？　なんだったのだろう。カスターとチョコを食べるのが、そんなに幸せなことだったのだろうか。

そんな中、ジェニーが体をグッと硬直させると起き上がって、エイミーと室外へ出て行く。初めは小用かと思ったけれど、それにしては回数が多い。そのうちにエイミーが、「旦那様、どういたしましょう、もう脱脂綿がございません」といい出した。

「何に使うというのだね」

「奥様は、まだお産を済まされたばかりで、悪露というお産のいわば残りものが出ますです」

「月のものみたいなものかい？」

「いいえ、もっと量が多くて血の塊のようなものでございます。今回奥様は、その量が多くて、持参した脱脂綿が足りなくなってしまいました」と、顔を赤らめていうのだった。普段男にいう事柄ではないのだろう。それで、ジェニーは、席を立っていたのだ。

「マギー、五ドル札は持っているかい？」

「ハイ、旦那様」と、ジェニーのハンドバッグを、後生大事に胸に抱えていたマギーが、バッグから札を出した。

私は駅に近づくと、まだ汽車が止まる前に飛び下りて、新聞売りを探した。見つけると、戸を開けて半身を出して、新聞売りを探した。

「ねぇ君、駅前の薬局を知ってるかい？　脱脂綿を二袋買って来てくれたら、釣りは君にあげるよ」といって五ドル札を、顔の前に突きつけた。新聞売りの少年は、「ようがす、旦那」というと、新聞の入った袋を足元に置くと、駆け出して、改札を飛び越えて消えた。私は用心のために、病人が出たから、薬を買いにやらせたが、帰って来るまで汽車は止めておいてくれるのか駅の車掌にも声をかけた。しかし、少年は、猿のごとく駆け戻って、大きく肩で息をしながら、両手に持った荷物を差し出したので、「やぁありがとう、釣りは君のものだ」

少年にとって良い日であったろう。わずか数十セントの品を買って来て、一か月以上の収入があったのだから。

ジェニーは眠っている。無理もない、今朝子供を産んだばかりなのだから。それにしても、ウィリアム、ビリィという名が、自分の産んだばかりの子を捨てざるを得ないほど持つ重い意味とは何なのだろう。ジェニーに何があったのだ。妻のことを何も知らない自分に、これからの日々が重くのしかかってくるのだった。

「わぁ、おうちに帰って来たぁ」

私は嬉しかった。ここ一年あまりのベンティーン家で、気を遣って暮らしていたのが嘘のようだ。やはり、兄様の子を沢山生んで暮らして行くのだと決めたこの家こそが、我が家だと思えた。オーリィは、家の大きさに驚いている。

管理人は、よくやってくれていた。

「お便りを下されば、風を入れておきましたのに」と、自分の落ち度のようにいって、寝室の窓を開けてくれた。

夕食は近くのレストランからテイクアウトした料理で済ませた。マギーが、「早速明日から、コックを探しますです」といった。

私は暖炉の上の兄様の写真に向かって、「ただ今、兄様、もうどこへも行きません」といって、写真を胸に抱いた。その私を、オーリィは黙って見ていた。

エイミーが着替えを手伝ってくれて、厚く脱脂綿を当てて、小さな下着をつけさせてくれた。

その後エイミーは男物の寝間着を手に、「これはお客様用でございます。大きさが色々ございますので」などと誰かにいっている。

私はベッドに入ると、思いっきり手足を伸ばした。

「写真をまだ抱いているのかい？」と、隣に入って来た人が聞いた。

「兄様と一緒に寝るのだもの」

「ジェニー、なぁおれのことわかってるよな」

「ええっと、……オーリィ？」

「そうだ、よかった、おれのこと忘れたかって心配したぞ」

「なんでいるの？」

「お前が、生んだ子供放って家に帰るっていい出したからじゃないか。何があったんだよ。それになんで、こんなデカい家に住んでいるんだよ」

「兄様の子、いっぱい生んで、兄様と暮らすだめよ」

「ジェニー、兄様の死はお前にとってそんなに辛いことだったんだな」といった。

何をいっているのだろうと思った。

翌朝マギーは、オーリィに、「僭越ではございますが、サムの奥様に、お子様は無事お生まれになられたけれど、あちらのご両親がビリィと名をつけてしまわれて、奥様はご実家にお帰りになられたと、お手紙を書いて下さいませんでしょうか。とても今の奥様は、お手紙を書かれる状態ではございませんので、お願いいたします。出来ればこちらに来て頂きたいと、書き添えて下さいませんか」と泣きつくように頼んだ。

手紙を書くと、なかなか返事は来なくて、ジェニーの言動はますますおかしくなって来る。「ジェニー、しっかりしておくれよ、ビリィのことはいったいどうするんだい?」

「そんなの知らない」

「知らないって、自分の生んだ子じゃないか」

私は兄様の写真を抱いて答えた。「私は兄様と一緒に生きて行くんだもの」

「本当にビリィが可愛くないのか」オーリィは、その写真を奪い取ると、投げ捨てた。ガラスの割れる音がした。

「ジェニー、おれ達の子なんだぞ。こんな死んじまった男のどこがいいんだ」と怒鳴った。

私は写真を取り上げられて、泣き叫んだ。「兄様になんてことするの、もう許さない。皆どっかへ行ってしまって、私は兄様と一緒に暮らすんだから」と喚いた。

オーリィが、私の両頰を殴った。

マギーが慌てて、止めに入ったけれど、そのまま出て行ってしまった。いったいあの乱暴な男は誰なのだろう。出て行けばいい、ここは、兄様と私だけの家だ。

私はマギーを呼んで、新しい写真立てを買うように頼んだ。

私には兄様がいるのだから、何も要りはしない、と思った。

マギーは時々、私を馬車に乗せて知らない所へ連れて行く。

そこは医院らしく、しばらく待つと、部屋に招き入れられる。

机の向こうに、大概髭を生やした男が座って、私のことを見つめる。マギーが、「あちらのお宅で御姑様と合いませんで、色々ご苦労がございまして、出て行けといわれてしまいまして」と話し出す。私は兄様の写真を離さない。

「その御写真は、あのカスター閣下ではありませんか」

「左様でございます。奥様は一番末の妹様でございまして、閣下はそれは可愛がられていらっしゃいました。西部でも長くご一緒にお暮しになられて、奥様も慕っていらっしゃいましたが、別の方に恋をなさって砦をお出になられたのです。でもうまくいかなくて、その時、御兄上様がそれは心配りをしてくださいましたので、ますます御兄上様を慕われるようになられまして」

「そういうことは、ないことではありませんな。男に裏切られて、兄上はさぞ優しくなさったのでしょう。兄上は裏切らないと心の支えと思われるのは、よくあることです。今回夫の方はどうなさったのです」

「奥様がご実家に戻られて、御兄上様のお写真を抱いていたら、怒って写真を投げ捨てて、その上に、あの、その、両の頬をお打ちになって、出て行かれてしまわれまして」

「それはいけませんでしたな。夫君こそ妻を守るべきものを、そのようなことをなさったら、心が壊れてしまっても、仕方がありませんな。心の病気に薬はありません。阿片を使う医師もおりますが、私はおすすめいたしません。何か希望を持てるものはないですか。まぁ今は無理でもお子様を持たれるとか」

「出来るでしょうか。奥様のこのご様子で」

「心の病には時間がかかりますから、なるべく毎日楽しく暮らせるようにするのが一番と思いますよ、では、お大事に」

皆それぞれ何やかやいって、おしまい。帰りには菓子屋に寄って、菓子を買って行く。

私はいつもマギーに聞くのだった。

「今日、兄様はどこへいらしたの」

「すぐお戻りでございますよ。奥様以外のどこにもいらっしゃるものではありません」

「そう、早くお帰りになるといいのに」

マギーは、なぜか涙を拭くのだった。

私は毎日居間の暖炉の天板に、兄様の写真を並べて、日がなおしゃべりをするのだった。ある日、マギーが息せき切ってやって来て、「奥様、サムの奥様からお手紙が来ましたですよ」といった。

「サムの奥さん？　ああサムの奥さんだ」「お手紙でございますよ、お読みにならないのですか」「なぜ」「やっと来たお返事ですよ。お待ちだったんではありませんか」「そう」「では、マギーめが読ませて頂いてもよろしゅうございますか」「どうぞ」

サムの奥さんより、私は兄様とのお話の方が大切なのに、と思う。マギーが封を切る。手紙は一枚だけだ。

「ではお読みいたしますよ。〝ジェニーちゃん、サムが大怪我をして入院中なの。今何もしてあげられないで、ごめん。サムの奥さん〟サムさんが大怪我なさったそうですよ。どうお返事しましょうか」

「サムが怪我したの？　可哀そう」「それだけでございますか。あのサムさんでございますよ」「痛いだろうに、可哀そう」「そうお返事を書けばよろしいのですね」「うん」

私は早く兄様とのお話に戻りたかったのだ。

マギーは自分で返事を書いたらしかった。書き上がると、また私の所へ持って来て、「僭越ながらマギーめがお返事を書かせて頂きました。

〝この度のサム様のご不幸心よりお見舞い申し上げます。奥様は、最初可哀そうにと、次に痛いだろうに、可哀そうと御兄上様の御写真を手におっしゃいました。今の奥様にとって、それが精一杯のお言葉です。それで現在の奥様のご体調をお汲み取って下さいませ。サム様の御事でお大変でしょうに、奥様のことまで申し訳ございません。サム様の一日も早いご快復をお祈りいたしております。サムの奥様もお体ご自愛下さいませ。ジェニー・アームストロング代理マギー・サマーより〟

このようにお書きいたしました。学がないのでこのようなつたない文ですが、よろしゅうございますか」

「うん、でも誰に出すの？」

「奥様」マギーは絶句して、また涙を拭くのだった。

私は毎日兄様とお話が出来て幸せだった。今まで私は何をして来たのだろう、悲しいことがあったように思うけれど、思い出せない。思い出さない方がいいようにも思えた。いつも兄様とお話をしているけれど、横を向いたら椅子は空っぽで兄様はいない。マギーは、いつもお出かけで、すぐにお戻りですよというけれど、このお話しをしている兄様はどこにいるのだろう。でもお写真があるから、寂しくはない。子供達はどこにいるのだろう。

ある日、大きな足音を立てて入って来た男(ひと)がいた。誰だろう。いきなり私を抱きしめてキスをした。失礼な人だ。

「あなた誰？」

私が聞くと、ますますその男(ひと)は私を強く抱きしめて、「私だよ、オーリィだよ。ジェニー久しぶりだね」といった。

オーリィ。どこかで聞いたことがある。私はこの男を知っている。兄様の写真を投げ捨てて、私を打擲した人だ。

私は腕の中から逃れようとして、「ぶつ人嫌い」と叫んだ。はっとしたように、その人は私を離した。

マギーがやって来て、「あの時のお辛い気持ちを、やっとのことで御兄上様の思い出で、平衡を保とうとなさっていた奥様を、大切な御写真は投げる頬は打たれる、しかも大声を上げられて、本来なら、一番すがっていたかったはずの旦那様に、仕打ちを受けて、奥様の心は壊れてしまわれました。あれから奥様がどのようにお苦しみなさったか。いくつも医者に参りました。心の専門家にもお連れいたしましたが、このままどうなるかは、わからないそうでございます。もしこのまま治らないのなら、あの閣下の墓地でお会いしたことが、恨めしゅうございます。あのまま御兄上様の御事だけを胸に、お暮しになられていたら、今でも平穏にお過ごしであったかと思うと、このマギーめは、使用人ではございますが、旦那様をお恨み申し上げます。お子様のお名前のことも、せめて奥様にご相談があってしかるべきではありませんか。マギーは世の非情を思って止みません」

そういって、エプロンの中に泣き伏した。

「マギー、私が悪かったと思って、ここへ来たんだ。テリー閣下にお会いしてね、ジェニーの昔の話を色々と聞いたよ。なぜビリィを受け入れられないのかもわかったよ。そしてジェニーが、カスター閣下に寄せる思いが、一般の兄と妹とはちょっと違うということもわかったし、前の恋人と別れた理由も知ったよ。ねぇマギー、私は軍隊を退役して来た。実家とも決別した。私にはジェニーだけだ。今からでも遅くはないだろう？」

「旦那様、マギーめをお許し下さいませ。使用人の分際で勝手なことを申しまして、旦那様のお気持もわからず……」

「いいんだよ、マギー。君は立派な人だ。こんなにもジェニーのことを思ってくれる人はないだろう、今までのことを感謝するよ。ジェニーはそんなに悪いのかい？」

「御兄上様と夢の世界でお暮しでございます。それはお楽しそうに。それだけ心の傷が大きいのだそうでございます。お薬もなく、時間が癒してくれるだろうと、いわれまして、あとは、ご機嫌を損ねないようにお見守りするしか、マギーには出来ません」

「私は実家を出て来てしまったんだよ。この家に置いてもらえるのかな」

「もちろんでございます」

「けれど、退役して恩給は皆実家にいってしまうのだよ、私は一文無しだが」

「お金の心配はございません。奥様は大金持ちでございますから」

「テリー閣下に金山のことを聞いたけれど、本当のことだったんだね」

「初めて奥様がその場所へいらした時、川の中に鶏卵大の金の塊がゴロゴロしていたそうでございます」

これからジェニーと、どう暮らして行くかが問題になった。ジェニーは、夫が打擲した人間だと記憶してしまっている。その気持ちをどうほぐしていったらいいのだろうか。

ジェニーは、日中は居間にいて、カスターの写真を胸に、夢の世界にいる。マギーやエイミーのことはわかっていて、食事も一人で出来る。カスターと一緒のつもりでいるらしいのだが、時おりいないのに気づいて、どこにいるのかと、聞くらしい。それが切ないと、マギーは泣くのだ。心の病でも、本当は兄様はもういないと、わかっているのではないかというのだ。


オーランドは、翌日から、居間の隅に座っていた。ずっと黙って座っていた。そしてお茶の時間になると、ジェニーの好む菓子を出して来て与えるのだが、最初のうちは受け取らなかった。あなた誰とか、あなた嫌い、といわれてしまう。それでも、ジェニーが受け入れてくれるまで、待つしかなかった。しかしやがて、お茶の席に一緒にいても、ジェニーは何もいわなくなって来た。夫と認めたのではない、ぶつ人というのを忘れていったのだ。同時にそれは、オーリィを夫と認めないことにもなるのだが、ジェニーが機嫌良くお茶の席にいるのを見るのは、少し心が安まるのであった。

手を取って、膝に乗せて、軽くキスをするまでに約半年かかった。

アン＝マリーとリビィさんには、手紙を書いて、子供は無事生まれたが、事情があって実家にいる、今はこのベーカー・ヒルの家に住んでいるので、手紙はこちらにといってある。すぐに、アン＝マリーから手紙が来て何事ですかというので、ビリィのことを書くしかなかった。すぐに痛ましいことですと、返事が来た。

マギーが、そろそろご一緒にお休みになられてはいかがですかといって来た。

「大丈夫なんだろうか、私を受け入れてくれるのだろうか」

「ご夫婦のことはお出来になるかわかりませんが、そろそろと思いますが」

その晩、この家に来て、初めて一つ床に入った。意外なことに、ジェニーは、オーリィの胸に顔を埋めて、自分から求めて来た。

結婚して二年近くなっても、新婚二か月足らずでジェニーは妊娠してしまい、すぐ酷いつわりになって、オーリィはウェストポイントに帰るのを余儀なくされて、夫婦の交わりは、実はあまりしていない。今日は、出産後一年近く経って初めてだ。オーリィは久方振りの快感に酔った。妻がこんなに良いものだと、あらためて思ったほどだ。しかし、彼が果てた時、ジェニーは確かに小さな声で、兄様と呟いたように聞こえた。気のせいかもしれないが。

サムの奥さんから手紙が来て、

〝心配をおかけしましたけれど、サムが指を動かせるようになりました。普段しない、牛を柵に追い込む仕事をしていて、馬が暴れて、馬と柵の間に、頭を下に落ちました。医者はすぐに大きな病院に連れて行けというので、すぐ入院しました。首の骨が折れていたら、一生寝たきりだといわれたけれど、毎日マッサージをして、今日指が動いたの、嬉しかったわ。医者が時間はかかるだろうけれど、もう少し良くなるかもしれないっていってくれたの。サムも頑張るって。ジェニーちゃん、何もしてあげられないでごめんね。良くなることを神様に祈ってるわ。サムの奥さん〟

「まぁ、サムさん良うございましたね。サムの奥さんも一安心でございましょう」

「うん、良かった。実はおれも夕べうまくいった」

「本当でございますか。お医者は希望を持つことが良いと、お子様お出来になったらといっていましたから、奥様良うございました」

サムの奥さんからは、それから、足の指が動いたの、手を握りしめたの、腕が上がるようになったのと、回復を伝える手紙が来るようになった。よほど嬉しいのだろう。それだけ、怪我をした当初が悲観的だったからなのだろう。マギーは心から喜んでやりたいと思った。

「奥様、そろそろアンソニー様のお誕生日でございますよ。今年は贈り物は何にいたしましょう」

昨年の誕生日は、ジェニーは夢の中にいたのでマギーが絵本を送った。一才の時は、シルクのレースのいっぱい付いたベビー服とメモリアルブックを贈ったので、珍しくリビィから、そのドレスを着たアンソニーのポートレートが送られて来て、ジェニーを喜ばせた。二才の時は、つわりで動けなかったけれども、早くから、職人に頼んでおいた、木馬が間に合って送った。あくまで、ウェストポイントに入れたくないリビィからは、至極簡単な礼状が来ただけだった。そして昨年は全くジェニーが選べなかったので、マギーが絵本を送った。そして、今年はどうするのかと、マギーが聞いたのだった。

「アンソニー」、ジェニーはその名を聞くと、身を起こした。

「そうですよ、アンソニー坊ちゃまですよ。五才のお誕生日が来るのですよ。お祝いは何がよろしいでしょうか」

「一緒に馬に乗りたい」

「さすがにそれは無理でございますよ、奥様、何しろやっと五才になられるのですから」

オーリィがいって、一緒に街に買い物に行くことになった。ジェニーは相変わらず夢の世界に住んではいるが、オーリィのことを、夫とはどうかわからないが、身近な人間なのだと、そして床を共にする男(ひと)なのだと認めるようになったのは、大きな前進であった。皆子供の誕生を願っていたが、なかなか妊娠には、至らないでいる。

おもちゃ屋へ行くと、ジェニーが声を上げて喜んだ。オーリィは駆け出しそうな妻の手を握って、店内を巡った。

「アンソニー様が女の子でいらしたら、おもちゃも沢山ありますのに、五才の男の子には、さて、何がよろしいのでしょう」

「これ綺麗」ジェニーは店のテーブルの上に置かれていたボードゲームの前に座った。木製で、サイコロを振って、駒を進める単純なゲームだが、ボードが明るい色で、草花や小屋、馬や羊に人間など綺麗に描かれていて、その中の道を進むのだ。兎やリスなど可愛い駒が並んでいる。店員が、今日入ったばかりのお品でして、とジェニーにサイコロを振って駒を進めてみせたので、ジェニーもすぐサイコロを手にして、出た目の数に駒を進めている。これには全員が驚いた。

「奥様は、サイコロの数がおわかりになっていらっしゃるんだ」マギーが、店員に聞こえないように、オーリィに囁いた。

「アンソニーと一緒に遊びたい」とジェニーは駒を握りしめていった。

「アンソニー様とですか」とマギーが聞き返した。

オーリィが何か男の子向きのおもちゃはないかと聞いた。

「今、男のお子様は舟に夢中ですよ」と、店員が舟の模型を出して来た。そういえば散歩に行く近くの池では大人に交じって、子供が舟を競わせていた。

「舟も良いかもしれないね」

「お舟って、アンソニーと乗れるの？」とジェニーがあどけなく聞いた。

「この舟にゃあ、乗れませんや。それなら池の貸しボートでなくちゃあ、なりませんや」と店員がいったので、ジェニー以外が皆わらった。

大きな舟がいい、とジェニーがいった。店で一番大きな模型を、店員は出して来た。

「いくら何でもこれは大人用だよ、五才の子にはもっと小さな舟の方がいいんじゃないかい」

「いいの、アンソニーは一番大きいのがいいの」

そういうので、それを買うことにした。「ジェニーが気に入ったようだから」と、ボードゲームも買った。舟はオーリィが抱えるほどもあり、荷物になった。そして、いつも行く菓子屋でチョコレートを買って帰った。

無邪気に、チョコを食べながら、ボードゲームに興じるジェニーを見つめながら、マギーは、オーリィに、「旦那様、お気づきになられましたか。おもちゃ屋で、旦那様が小さな舟がいいとおっしゃった時、奥様は大きい方がいいと、確かにおっしゃいました。私達が今まで気づかなかったのか、奥様は言葉のバトンがお出来になられたと、マギーめは、あの場で、嬉しゅうございました。奥様は少しずつですが回復なさっていらっしゃるのではないでしょうか」

「確かにその通りだね。またおもちゃ屋へ連れて行ったらいいかもしれない」

そこへ、ジェニーの大きな泣き声が響いた。

「どうしたジェニー、何を泣いているのだい」オーリィが駆け寄って、頭を撫でながら聞いた。

「犬さんがどこかへ行っちゃったの」

駒の一つが、どこかへ転がってしまったらしい。皆で這いつくばって、椅子の下などを見て回ったが、エイミーが「ここにございました」と、テーブルの陰からつまみ出した。

「ありがとうエイミー」と、ジェニーが礼をいったので、また皆驚いた。

「良くなる時期が来たのかなぁ」とオーリィはいっているが、マギーはきっと、久方振りに聞いたアンソニーの名が、ジェニーの闇を、吹き飛ばしたのではないかと、思った。

次の日、早朝から大きな音と声で皆起こされた。何事かと寝間着のままで駆けつけると、ジェニーが、舟の模型を抱えて、玄関の戸を開けようとしていたのだった。

「奥様どうなさいました」

「これから、アンソニーの所へ行くの」と、ジェニーは寝間着のままでいった。玄関には、この家で一番背の低いジェニーが、手の届かない所に、掛け金が新たに作られていた。そうしないと、夢の中のジェニーが、外へ出てしまう心配があったのだ。

「このおもちゃは、アンソニー様のお誕生日の贈り物でございますよ」

「アンソニーに会いに行くの」とジェニーはいい張った。

「まだ朝早いから、アンソニー様はお休み中でございますよ。奥様ももう少しお休みになられては」

嫌だといい張って、舟を玄関に置くと、居間に行って、ボードゲームを始めた。

「私が見ていてやろう、マギーはもう少し寝ていなさい」

「いいえ、もう目が覚めてしまいましたので、着替えてまいります」

「すまないねぇ」


心を病むとはどんなことなんだと思う。この兎の駒を握って、一人ゲームに興じるジェニーも、最初の頃は荒れた。医者は入院もやむなしといったけれど、あのような所へ妻をやりたくはなかった。一度見に行った、上流社会の方々もお使いの病院というのも、患者一人に、看護婦が一人つくという話であったが、暴れればすぐ拘束されるのが見て取れたのだ。こんな所にいれてはおけないと思った。それからはジェニーは落ち着いて来て、こうして、本当に理解しているのかわからないが、会話も出来るようになって来た。それだけでなく、私と床を一緒にして、あたり前に私を受け入れてくれるのだ。ジェニーは良くなっていると私達は思っている。


しかし翌日の昼間に、ジェニーは馬丁のハルに伴われて玄関から入って来た。日中のことで、誰かが玄関の差し金をかけ忘れて、ジェニーは大きな舟を抱えて、ハルに馬車を出してくれといいに行ったらしい。

「アンソニー様の所へ連れて行くように、おっしゃいまして」

それで、場所がわからないから聞きに行こうといって、家まで連れて来たのだという。私達はハルに礼をいって、ジェニーをどうしたものか話し合いを始めた。

ハルがいなくて、門が開いていて、馬車がもしあったとしたら、馬車を操れるジェニーは、家の外へ出てしまったかもしれないという恐れが、誰にもあった。事故を起こしかねなかった。そうしたら、もはや病院から出ることは、不可能だろう。

ジェニーは、あくまでも無邪気に、「ねぇ、アンソニーの所へ行こうよ」といい続けている。

「ジェニーは、どうしてこうアンソニーに会いたがっているのだい。そもそもまだ会ったこともないだろうに」

「ジェニー様にとって、アンソニー様はいわば、御兄上様のことなのだろうと思います。きっと奥様も、御兄上様が亡くなられていらっしゃるのは、心のどこかでお認めになられていらっしゃるのだと思うのです。それでその代わりにアンソニー様をお求めになられていらっしゃるのではないでしょうか」

「兄様の代わりねぇ」

「アンソニーに会いたいの」とジェニーはいう。

「一度、会わせてやるのは出来ないのかい」とオーリィが聞いた。

「あちらの奥様とのお約束で、十才の誕生日にお会いすることになっていまして」

「いかに、ジェニーとリビィさんとの間に、色々あったとしても、甥っ子に会うのが十才というのは、あまりにもあり得ないではないか、こんなに会いたがっているのだもの、会わせてやりたいと、私は思うよ」

「でもあちらの奥様は、良しとはおっしゃいますまい」

「手紙を書いてみるよ」と私がいった。

「そうして頂きましたら、マギーも安心いたします。アンソニー様にお会いになったら、きっと奥様は良くなられると存じます」

最初の返事は、十才の誕生日の約束だからとの紋切り型の手紙だった。

その後も病気のことを詳しく書いて送り、ジェニーがアンソニーに会いたがっていること、このままでは何をしでかすか不安なこと、そして、アン＝マリーにも手紙を書いて、説得してくれるように頼んだ。アン＝マリーとは、この家に暮らすようになってすぐ、文通が始まった。ジェニーの病のことを誰よりもわかってくれている人の一人だ。

ジェニーは、アン＝マリーに月五十ドルの小切手を送っている。収入の道のない彼女にとっては大金で、夫の牧師に遠慮なく、教区民のためにお金が使えた。感謝祭のバザーに、来た子供達にキャンディを振る舞えるのを、いつもアン＝マリーは、これはジェニーのお陰と、礼状が来る。それだけでなく、二月の彼女の誕生日には百ドルを送って、その年一年分のドレスや下着を新調するようにといって贈っているのだ。教会にも、クリスマスにそれなりの金額を送っている。カスター亡き後は、命日の六月二十五日にも、兄様のためにと、小切手を送るようになったのだ。

義理堅いアン＝マリーはついにリビィを説得して、ジェニーとアンソニーの対面が実現したのだった。

「奥様良うございましたね。アンソニー坊ちゃまとお会い出来るのでございますよ」とマギーが嬉しそうにいう。

「うん」と答えて、私はアンソニーって誰なのだろうと思うのだった。とてつもなく懐かしい名前に思えて、それが誰なのかわからない。心の底を誰かにつかまれたような心苦しさを感じる。忘れてしまおうと、わざと忘れてしまったもののような気がする。思い出してもいいのだろうか。兄様……。なぜかとても懐かしい気がする。兄様とアンソニー、アンソニー、なんだったんだろう。思い出せない。アンソニー、あなたはだあれ、でもとっても会いたくてたまらないのも、確かなのだ。

私はいつも着ているハウスドレスでなくて、コルセットを付けて、よそ行きを着せられている。私は汽車に乗っているので、マーマレードを忘れて来たから、そのままでサンドイッチを食べなさいといわれて、嫌といった。駅の売店にはどこにも、マーマレードは売っていませんでしたとエイミーがいうけれど、なら汽車なんて乗らなければいいんだ。

「そんな我儘おっしゃると、アンソニー様にお会いできませんよ」とマギーが怖い顔をしていう。

「アンソニー、会いたい」

「だから、サンドイッチを食べるんだ」と男の人がいう。よく知っている人だけれど誰だか知らない。昔、私をぶったけれど今はとても優しいから好きだ。

サンドイッチはいらないけれど、チョコは食べたい。男の人の膝枕でチョコを食べると、とても懐かしい思いが浮かんでくるのだ。それでいて手を伸ばすと消えてしまう。なぜかあの時に戻りたい、私はチョコを手に目を閉じた。兄様がそこにいた。兄様、ジェニーの兄様、私はそのまま眠ってしまったらしかった。

汽車を降りて馬車に乗る。なぜか皆黙っていて、怖い顔をしているように思う。どこに行くのかわからない。ジェニーだけ置いて行かれたらどうしようと思う。

「奥様、良い子でいらっしゃらなければなりませんよ」とマギーがいった。私は悪い子なのだろうかと思う。何かいいたいのだけれど、それが何かわからない。

「アンソニー様にお会いになっても、大きなお声を出してはいけませんよ」ともいった。

そうだ。「アンソニーに会いたい」

「ですから、そんなお声を出してはいけないと、申し上げておりましょう？　あちらの奥方様にも、きちんとご挨拶がお出来にならないといけませんよ」「なぜ」「なぜって、久方振りにお会いになるのですから」「アンソニーはどこ」「これからお宅に伺うのですから」

マギーはその後も、大人しくしていろとか色々いったけれど、全部忘れてしまった。

馬車は一軒の家の前で止まった。その家を見た瞬間、なぜか悲しみが体中を包み込んでしまったように感じて、私は胸を抱いて、その場にうずくまってしまった。皆が驚いて、口々に何かいったけれど、一緒にいた男の人が私を抱き上げて、家の中へ入って行った。入りたくない思いがして、私は腕の中で少し暴れた。

玄関には、アン＝マリー姉がいた。「姉様」といって抱きつくと、「ジェニー、私のことは、覚えていてくれたのですね」と、わからないことをいった。姉様は、姉様じゃないか。

この家の婦人が出て来て、「アンソニーはこちらですよ」と招いた。なぜだか私は、胃がキリキリ痛んで、叫び出したい思いがした。この女私知ってる、でも、思い出したくはない。

部屋には、小さな男の子がいて、それがアンソニーだという。私は、不思議な気がした。アンソニーを思っていたのか、思い出せない。私は今までどんなアンソニーを思っていたのか、アンソニーってこの子なんだと。私のアンソニーは、この子なんだとあらためて思った。

膝に乗せて、抱きしめてやる。ああ、会ったことがないのに、なんて懐かしい香りがするのだろう。いつまでもこうしていたかった。もっと昔の甘い懐かしい思いに重なって思えたのだ。もう二度と手には届かない思い出が、ここにある気がした。

お土産の帆船は、アンソニーは気に入ったのに、この家の婦人は文句をいっている。そうなんだ、この人はいつも私のすることに文句ばかりいっていた悪い人なんだ。私の大事な、なんだったかな、その先は思い出せない。

アンソニーを膝に乗せて、一緒にお菓子を食べることだけで楽しい。馬に乗ろうというと、とても喜ぶ。馬って、私いつ馬に乗ったのだろう。だけど、アンソニーとは馬に乗りたかった。また駄目といわれる。何がいけないのだろう。アンソニーと一緒に家に行って、ボードゲームをやったら楽しいだろう。アンソニーは、めちゃくちゃ可愛い。いつも一緒にいられたらいいのに。明日も一緒に、アンソニーと遊べるといったのに、私はまた汽車に乗っている。牧場に行くのだという。そこはどこなのだろう。そしてチョコを食べる。汽車のコトンコトンという音が響いて来て、とても懐かしく思えるのだ。あの時は確か兄様と一緒だったのではなかったか。私がその話をすると、マギーが驚いて、「そのようなこと、思い出されたのですか」と泣いていた。兄様は私にチョコを買ってくれたのだ。そして、二人して西部へ行ったんだ。そうして、何があったのだろう。兄様は今どこにいるんだろう。聞いても皆答えてはくれない。兄様に会いたい。

私はいきなり、大男に抱き上げられた。足がブラブラする。

「まあジェニーちゃん、こんなになっちゃって、会いに行ってやれなくてごめんなさいね」

「あなた誰?」

「あらやだぁ、どうしたのあたしのこと忘れちゃったっていうんじゃないでしょうね、あたしよ、サムの奥さん」

サムの奥さんて誰だ、聞き覚えがある。よく知っている名のはずだけど、わからない。

この大男は片手で私を抱くと家の中へ入って行った。

「ほらサムよ、こんなに元気になったのよ」と、車椅子の男のことをいった。

「まったく困ったもんだわね、私のことも忘れちゃうなんて、まっそのうち思い出すわよね。あんたオーリィ、苦労してるわね」

「サムの奥さんこそ、サムさん元気になって良かったですね」

「あのね、今ではね、家の中では何でもできるの」

「さぁ、お土産を開けましょう」とマギーがトランクを開けながらいう。「まず最初はチョコレート。奥様の分は別に取ってありますからそれ食べちゃ駄目ですよ」と、チョコを手にする私にいう。白い大きな布が出て来た。

「サムの奥さんへのプレゼントのエプロンですよ、マギーめが作りました」

　私が首にかけてみれば、裾が地面に着いてしまうほど大きい。あははは、変なの、と思って、思い出した、

「これサムの奥さんのエプロンだ」と私がまだ身に付けたままいったので、サムの奥さんが私を抱きしめて、「あたしのこと、思い出してくれたのね。良かった。ジェニーちゃん、今夜一緒に寝よ」といって涙をこぼした。

「最初ジェニーちゃんに誰っていわれた時はショックだったわ、でもわかってくれて嬉しい。互いに大変な時を過ごして来たのねえ」としみじみといった。

　サムは、医者が首の骨が折れているなら、一生寝たきりといわれたのを、サムの奥さんが、怪我した牧童が回復した話を聞いていたので、毎日マッサージをして、医者も驚くほど、良くなったのだという。絶対、歩けるようになるって、サムもいっているから、と明るく語るのだ。サムの奥さんのサムへの深い愛情が皆に伝わるのだった。

　翌日、馬に乗ることになった。

「これがうちで一番大人しい子だから」と、サムの奥さんは若い牝馬を引いて来た。

　私は、馬の大きな瞳を見つめながら、鼻づらをずっと撫でていた。

　一人で馬に乗せるのは、まだ危ないだろうというので、男の人が乗って、その前に私を抱いて馬に乗せた。私は、怖いといわないので、ゆっくりと歩ませる。やがてギャロップしても楽しそうにしているので、そのまま牧場を一回りして帰って来た。

「馬可愛い」と、その後もずっと馬の首に頬ずりをしていた。

　一週間程して、馬に二人で乗っていると、「もっと早く飛ばしてよ、オーリィ」と、私がいったので、オーランドは驚いて、馬を止めて、私の顔を見てキスをした。もう一度いってごらんというけれど、なかなか名前が出て来ない。やっと「オーリィだ」といったら、私をめちゃくちゃ抱きしめてゆすぶって喜んでいた。

　馬が、ジェニーを癒しているのだ。オーランドは、ジェニーが、自分のことを夫と認識してくれさえすれば、あとのことは、思い出さなくてもいいと思った。彼女を病に陥れた悲しいことなど、思い出さない方がいいと思ったのだった。

　一か月もしないうちに、私は一人で馬に乗るといい出した。オーランドが付き添って、ゆっくりと進む。楽しい。そのうちにどんどん馬は速くなって、オーランドが回り込んで来て、今日はここまでだといった。

　私は牧場に来て、みるみる元気になって来た。夢の世界に遊ぶことも少なくなり、ご飯も皆と一緒に食べられるようになった。それは、サムの奥さんが、私のために大好きなじゃが芋を

色々と調理してくれたからだ。

　豆のスープが出て、私がこれって修道院のスープと全く別物だといったら、それこそ全員が驚いたのだった。私、なんか特別なことといったら、全員がいったといった。私が、何か凄く悲しいことがあった、といったら、そんなことは思い出さなくていいんだよと、オーリィが優しくいってくれるのであった。それなら思い出さなくてもいいや、と思った。

　ただ兄様がどこにもいないのだ。誰に聞いても、すぐに帰って来るからと答えは同じだったのだ。

　私は昔、この牧場で、小さな小屋があったはずだといったら、サムの奥さんが、大声でそんなものない、といった。そして、あたしを連れて牧場中を回って、ほらなかったでしょ、といったのだ。

　変だなぁ、台所と居間と寝室だけの小さな丸太小屋は、どこにあったのだろう。凄く懐かしい。行ってみたい。外は寒かったのに、中はとっても暖かかったんだ。兄様、なぜか兄様を思い出す。私はまた少し夢の世界に遊ぶようになった。そうすれば兄様はいつも傍にいてくれるのだった。

　その当時、家の者達は、兄様のことをどう話すか苦慮していたはずだ。私に、兄様はすでに亡くなったというのは簡単だけれど、私がそれを受け入れられなかった場合、私がどうなるか心配したのだ。私が自ら、兄様は亡くなったのだと理解した時、私の病気は半分以上治ったといってよかった。あとは、オーリィの実家に残して来てしまった我が子のことを、自分の手で捨てたのだと、認めなくてはならない重い現実が待っていた。

　それでも時が来て、オーリィと二人馬に乗って夕焼けを眺めながら、私は一言、「もう、あの子に会えないんだね」と、いったのだそうだ。

　夕食の時、私が一人でケーキを食べていた時、皆部屋の角に集まって、オーリィがそういっていたのが聞こえたのだ。皆、安心したのだろうか、それともあくまでも偶然だと思ったのだろうか。

　私はオーリィにも負けないくらい速く馬を駆けさせられるようになって来た。夜もよく眠れるし、オーリィに愛されているとわかるようになって来た。誰かがたまたま口にした、兄様はもう亡くなったという言葉にも動揺しなくなって来た。牧場の生活は、私に活力をもたらしてくれた。

　サムの奥さんはじめ、牧童達にもよく面倒を見てもらっていた。私は楽しかった。夢の世界に遊ぶのも少なくなった。

　夜、ベッドの中で愛を交わした後、オーリィが私の髪を撫でながら、「ジェニー、お前牧場の生活が合ってるんだな、このまま街に帰らず、この牧場に家を建てて住もうか、なぁ、どう思う?」

　牧場に住む、その言葉は突然に私の心の闇を吹き飛ばした。あの小さな小屋は、サムの奥さんの牧場にあったのではなかった。私の牧場にあったのだ。そして、ほんの僅かの日々だったけれど、兄様のお嫁さんとして二人きりで暮らした小屋だったのだ。

私は目を閉じて、そっと息をひそめて、あの夢のような日々を思い出していた。そして夢はやはり冷めてしまって、兄様はリビィさんの所へ行ってしまったのだ。そしてアンソニーが生まれて、別れて、そして、私は再び我が子を捨てたのだ。

私は、涙で曇る瞳でしっかりとオーリィを見つめて、「あなた、ベーカー・ヒルの家に帰りましょう」といったのだった。


家に帰ったからといって、全てが元通りに動くわけもなく、私も兄様の写真を見てメランコリィな気持ちになって、いつまでも写真を胸に泣いている日もあった。

エイミーが私の所へやって来て、「奥様、もうすぐバザーがございますよ。旦那様といらしてみてはいかがですか」

ヘンリーと暮らしていた頃、よく家でバザーを開いたものだった。懐かしい。「旦那様がいいとおっしゃったら、行くわ」

こうしてまた、バザーの日々がまた始まった。

私が悪いの

オーリィとマギーとエイミーとで、本当に久方振りにバザーに行った。入口に牧師さんがいて、私のことを覚えていてくれた。この家に越して来てすぐに、私は教会に多額の寄付をしたのだ。それからすぐ、教会のお茶会に呼ばれて、そのあと近所のバザーの寄付をした。そして、慌ただしく結婚が決まると、オーリィの実家に住むようになることになって、当分東部で暮らすことになるのでと、また教会に寄付をしたのだ。そのことを牧師さんは覚えていたらしくて、ここに住むようになったといったら、とても喜んでいたのだ。たぶん寄付が狙いなんだろうけれど、また我が家でも、この街でバザーを開けたらいいなと思った。

「これはお久しゅうございます、アームストロングさん」

「今は結婚しまして、ベンティーンと申しますの。これが主人でございますわ」

オーリィが挨拶をした。

「バザーを楽しんで行って下さいよ」牧師は上機嫌でいった。

「前に住んでいた家では、よくバザーをやったのよ、ねぇエイミー」

「はい、奥様は売り子もなさったし、お人形を沢山作って売ったりなさっていたんですよ」と、エイミーも懐かしそうだった。

「そんなジェニーは、想像出来ないよ。人形なんて、作れるのかい」

「奥様のお人形は人気がおありでしたです。でもお買いになるのが皆殿方ばかりで」

「これ、エイミー、恥ずかしいことをいうのではありません」

「でも奥様が売り子に立たれると、品物がよく売れたのは確かですもの」

オーランドは、その話に興味を持った。妻が美人だということは周知のことだ。それがバザーで一人で立っていて、どんな男が寄って来るのだろうか、是非見てみたいと思った。

「バザーってどうやって開くんだい？」

「なかなか一人では出来ませんわ。ここにあるお品だって、寄付品ですし、売り子も当番か、お友達が手伝って下さらないと出来ません。食べ物のテントを張ったり、お料理を作ったり、人手が要りますのよ」

「早くうちでもバザーをやってさ、ジェニーがどんなにもてるか見てみたいよ」

「嫌な旦那様」

寄付品を見て歩いて、テントで紅茶をもらった。一杯三十セントだという。ここではお金を取るのかと驚く。

「奥様のバザーは、飲み物は、ジンジャーエールにソーダ水、ワインもあって、お料理はチキンやローストビーフまでありました。それに奥様はエプロンのポケットに棒つきキャンディを沢山入れていて、来る子供達にあげていたから、子供が奥様の後を行列をつくって歩いていました」

話を聞いているだけで楽しそうだ、とオーランドは思った。

初めて兄様と離れて、ヘンリーと暮らすようになって、砦での閉塞感とは無縁の自由を手にして、今までしたかったのに出来ないことが出来ることに酔っていた時だったんだと、今思う。あの頃はずっと元気だった。今私はバザーが開けるだろうか。

家に帰ってバザーの話をすると、すぐマギーが、「まだ奥様がバザーをお開きなぞ出来ません、もっとお体がお健やかになられないと、とんでもないことでございます」と反対した。それでも、それから街に行く度に、店に寄って、気に入った可愛い置き物を買いながらも、セールの品物を見て歩くようになった。気持ちが、バザーを開きたいと思うようになって来たのだ。

すぐに教会のお茶会に呼ばれて、お菓子を持参した。バザーをいつかやりたいというと、お手伝いさせて頂きますわ、といってくれる人が幾人もいて、嬉しかった。

「私、少し前まで病気で動けませんでしたの。それで知り合いの牧場で、養生をしていましたの。それがやっと良くなって、家に帰って来れました。まだ日に焼けていますでしょ」

「日焼けはよくありませんわ、気をつけないとシミになってしまいますわよ」

「でも牧場をお持ちのお知り合いって、素敵じゃございませんし」

「馬に乗ってどこまでも参りますの」

「あら、馬にお乗りになれますの?」

「夫が騎兵でしたから、鞍の前に乗せてもらって」と私は咄嗟に嘘をついた。この街でヘンリーと一緒の時のように馬に乗ることはないだろう。

「まあ、ロマンチックなことですこと、羨ましいわぁ」

私の隣に座っていた、小太りの婦人が感に堪えないというような声を立てたので、周りの婦人達から笑いが漏れた。

「よろしかったら、牧場お連れしますけれど、ご興味がおありですか」

「行ってみたいけれど、年子で三人男の子がいるから、今はとても無理だわ。私、アン・テイラーと申しますの」

「私、ジェニー・ベンティーンですわ。アンというと、私の長姉の名と同じですわ、是非仲良くして頂きたいわ」

「あら、あたしで良かったら、今度うちにいらして。子供がいるから散らかっているけれど、あなたお子さんは?」

心が痛んだ。

「ございませんの。早く欲しいのですけれど、まだですの。三人なんて羨ましいわ」

あら、忙しいだけよ、などというけれど、子のある人は羨ましい。私の二人の子供達は、すぐ出来たのに、私の手元を離れてしまって、それからは、コウノトリがやって来ない。なぜだろう。神様は、もはや私は母には相応しくないと、お思いなのだろうか、と拗ねて思ってしまう。

「バザーなさるの?」とアンが聞いて来る。

「以前暮らしていた所では、私も元気でしたし、しょっちゅう、自宅でやったりお手伝いに行ったりしていましたわ」

「今どこにお住いなんですか」

「サクラメント・アベニューです」

「あら、もしかしてあの大きなお屋敷なの。ここずっと人がいらっしゃらないと思ったら、この所明かりが点いていたから、どなたかお住みになっているのかと思ったら、あそこの奥様なの? すごーい、羨ましいわ」

「とんでもない、広いばかりで夫と二人きりでしょ、寂しいですわ。だから早く赤ちゃん欲しいんですけれど」

「でも今までご病気だったんでしょ、すぐ出来るわよ、あっという間に大童(おおわらわ)よ」

「だと良いんですけれど」

「バザーなさるなら、私一番にお手伝いに伺うわよ」

「そういって下さって嬉しいわ。ここでのバザーのやり方教えて下さいね。うちにも是非いらしてね」

こうして、この街で、初めての友人が出来た。

庭に昔から欲しかった、鉄製の白くペンキの塗られたブランコをついに買った。天気の良い日に、ブランコに乗って、つらつら思うのは、あれだけヘンリーが嫌がった兄様との思い出を辿ることであった。もう夢に遊ぶのではない。兄様は亡くなったのだと、現実をふまえている。だけれど、ヘンリーの時と違うのは、まだその時は、兄様は生きていた。だから、ヘンリーと暮らしながらも、もしかして兄様と、一緒に暮らせるかもしれないという夢がまだあった。この家を買ったのも、毎年のように兄様の子供を産んで、楽しく暮らして行くためだった。それが叶えられなくなって、私はやっと手にしたあの子を、無情にも捨てて来てしまった。もう子供は、無理なのかもしれない。でも、この家を出て行くのも嫌なのだ。兄様が、一歩も足を踏み入れていないこの家に、何の未練があるというのか。もっと暮らしやすい、小さな家に移り住んだ方がいいに決まっている。でも私はこの家を手放せない。兄様と暮らすのだと、思いを込めて買った家なのだ。その時はまだ兄様は生きていらしていたのだから。

マギーがやって来て、「そろそろ風が冷とうございますよ、お部屋にお戻り下さい」という。そしてオーリィとお茶を飲むのだ。オーリィは優しい。私があの子を捨ててしまって、実家と絶縁になってしまったというのに、私を愛してくれている。人の人生とはわからないものだ。

ジョージという、兄様のファーストネームと同じ名の少佐さんが、近所に越して来た。テリー閣下の紹介で、軍隊辞める時、どこに住んだらいいか聞いて、私達を紹介されたのだといって、花を持って挨拶に来た。私はほとんど覚えていないけれど砦にいたのだという。夫にとっては上官にあたる。結婚式にも来て下さったといって、夫が敬礼をする。

「やぁ、大尉もう軍隊も辞めたんだ、近所のおやじとして、付き合ってくれたまえ」と気さくにいう。

独身で一人暮らしだというので、是非うちでお暮しになりませんか、というと、今まで軍隊という人の集まりの中で暮らして来たから、これからは気ままに一人で生きて行きたいという。それでも、一週間に一度は夕食を食べに来て、うちのコックは腕がいま一つでねと笑う。そんな日は、普段あまり飲まない夫が、遅くまで二人で酒を酌み交わす。彼も、リトル・ビッグホーンに参戦したが、後方部隊だったので、命長らえたのだった。同じ立場の二人には、共に語ることがあるのであろう。私は、そんな日は、大人しく本を読んでいるのだった。

だんだんとここの生活にも慣れて来て、私はバザーを開きたいと思った。アンに相談すると、やはり教会のバザーが人が来るし、皆慣れているから手伝いも頼みやすいという。本当は、リトル・ビッグホーンの戦死者の家族に贈りたいの、というと、アンが、「ねぇ、ベンティーンて、あなたの旦那様リトル・ビッグホーンで生き残った人?」と聞いた。

「そうよ、人は色々いう人もあるけれど、死んでしまったらおしまいなのよ」

私は両手を顔に当てて泣いた。

「ごめんね、どなたかお身内で亡くなられた方があったのね」

「兄様が死んでしまったの。私の大切な大切な兄様が、あたしを置いて死んでしまったの」アンはどうしていいのかわからずに、私の背中をさすり続けた。

「でもね、私泣いてばかりはいられないの。やっぱり私にも責任があると思うの、私の兄はカスターなのだから」

「ええ、あなたあのカスター将軍の妹さんだったの、知らなくてごめんなさいね。それなら、あなたカスター将軍の妹だっていってバザーやった方がいいんじゃないの？　きっと人がいっぱい来ると思うけど」

「そういうのはリビィさん、兄様の奥さんだった人がやっているから、私はあんまり表に出たくないの。ねっだから私がカスターの妹だってこと黙っていてくれる？」

「そりゃあいいけれど、あなたも苦労したのね」

「やっぱり教会のバザーにする。ここでは何が売れるの、教えて」

「そうねぇ、わりと食べ物が売れるわよ。パイ焼く名人ていう人がいるし、移民でも、その土地の珍しい料理出したりするの」

「じゃあお人形は？」

「寄付品はあるけれど、お古だし、人形作る人はいないわね」

「私、前に住んでいた所のバザーに、お人形作って売ってたの。お人形売れるかしら」

「そりゃあ、うちは男の子ばかりだけれど、女の子なら欲しいんじゃないの、良いアイディアだと思うわよ」

私は心弾ませて家に帰った。そして、エイミーに「またお人形作りましょ。ここのバザーでお人形作る人はいないんですって。可愛いお人形作りましょうね」といって、頬ずりをした。

マギーが、また根をつめると熱が出るとか文句をいっていたけれど、私はお人形が無性に作りたかった。ヘンリーの思い出も心をかすめたけれどすぐ消えて、人形作りにのめり込んだ。

リネンで体を作って、ボタンのジョイントで手足が動くのは、以前と同じだけれど、今度は、棒のようだった足先を少し折り曲げて靴を履かせることにしたのだ。それを考えついて、とても嬉しい。一体出来たら、もう可愛くてしょうがない。

「この子は売れないわ、一緒に寝るの」といって、オーリィを驚かせるのだった。きっと私の心を、子供が欲しいということが占めていたのだったのだろう。

それからは、もっと手をかけて、肘が曲がるようにしたり、膝も曲がるようになった人形を作ることに私はのめり込んだ。きっとまだ病気が完全には良くはなっていなかったのだろう。私は兄様のことも忘れて人形作りに熱中していた。端から見れば、まだ正常ではなかったのだろう。

マギーは心配して文句をいったが、オーリィが、好きなことをさせてやりたい、といって許してくれたのだった。ただ彼は、人形を抱いてベッドに入って来る私に、ちょっと戸惑っていた。二人で愛し合う時、人形は向こうを向いて座らせられていた。

このように私が、熱狂的に人形を十体以上作っていたというのに、エイミーは、まだ五体目をのろのろと作っていた。あきらかにいつもと違っていた。私は少し腹を立てて、「それでは、バザーに間に合わないじゃないの」と文句をいったら、エイミーは泣きそうな顔をして謝った。

夕食後、居間にいると、マギーに付き添われるように、エイミーが小さくなってやって来て、いきなり私の前へしゃがみ込むと、両手で顔を覆って、「奥様、お願いです。私を首にしないで下さい」と泣き出した。

何があったというのだろうか、ただ愕然としていると、マギーがいいにくそうに、「私からも、この子を許して頂きたいのでございます。すべてはこのマギーめが悪いのでございます。エイミーに対する監督不行き届きでございます。奥様、エイミーは腹に子があるのでございます」といったのだ。

エイミーが妊娠している。私は口がきけなかった。

オーリィが、「相手は誰なのだい」と落ち着いて聞いた。

「門番のハルだそうで、早くにいえばどうにでもなったのに、もう四月になるそうで、手がございません。奥様のお気持ちを考えると、全く愚かなことをしでかして、でもエイミーは奥様のお傍にいたいと申します。どうぞお慈悲をお与え下さいませんでしょうか」

「おめでとうエイミー、ハルの子なら、結婚式を早く挙げましょう。門番小屋に二人の家を建てて、一緒に暮らしなさい」

私の口から、心にもない、そんな言葉が出た。その言葉を真に受けて、エイミーもマギーも喜んで、礼をいっている。

今夜は遅いから、詳しい話は明日にということになった。

床に入って、オーリィが、「エイミー子供が出来て良かったな」といった。私はその胸にすがりついて、「なぜエイミーに子供が出来て、私に出来ないの、なぜこんなに赤ちゃん出来るの待っているのに、なぜ私でなくてエイミーなのよ」と喚いた。

「お前、エイミーのこと喜んでいたんじゃなかったのかよ」

「ああでもいわなくちゃ、話がまとまらないでしょ。あれ以上赤ん坊の話なんてしたくなかったのよ」と泣いた。

「お前本当に子供が欲しいんだな」

「我が子捨てた私には、もう神様私に子供を授けては下さらないのよ」

「そんなことないよ、またきっと出来るさ、そんなに焦らなくたって、すぐ出来るよ」と、オーリィは私を静かに抱きしめるのだった。私はその晩遅くまで泣いていた。どうしても、この現実を受け入れ難かった。翌朝、平素と変わらぬ顔で、エイミーに支度を手伝ってもらうのが辛かった。

朝食後ハルを呼んで、エイミーとの今後を聞いた。勝手なことをして申し訳ないが一緒になりたいというので、結婚させることにした。

　私は忙しくなった。まず私の行きつけの服屋にエイミーを連れて行って、ウエディングドレスをあつらえるのだ。マギーが、至極簡単なもので、ようございますからというのを、私はその時一番流行のウォルト・プリンセス・スタイルの、前着が紐で飾られていて、裾にレースを沢山付けた短めのドレーンを引いたスタイルに決めて、一週間で作って頂戴と、頼んだ。店側は着るのが黒人の小間使いであるのに驚いて、なんてあなたは幸せなの、とか、ご主人様に大事にされて、そのご恩に報いなければ駄目よ、などと口々にいっている。私はただ昔、ヘンリーの所から逃げて来た時、見知らぬ街を徘徊していた時、エイミーが、サムの奥さんの所へ行きましょうといってくれた恩に報いたかっただけなのだ。あのままいたら、私はきっと、知らない街の知らないホテルで、ベッドボードで、首をくくって死んでいたのだろうから。あの時なぜエイミーを連れて来たのかよくは覚えていない。けれど、命を救われたのは確かだ。子供ができたことへの嫉妬心渦巻く心を隠して、私がエイミーにしてやれることとしたら、こんなことしかないのだ。気持ちを込めてではない、金があるから出来ることなのだ。だから、その日のうちに大工を呼んで、門番小屋の奥に、一階は台所と居間、二階に寝室が二つの小さな家を、子供が生まれるまでに作ってくれるように頼んだのだった。

　二人は恐縮していたが、私に許されたと思って、エイミーは、つわりが少し辛そうだったが、心に秘めたものがなくなったせいで、明るくなって、私の世話をするのだった。私は前にも増してバザーに集中した。店に入って、それなりの数の品物を出させて、皆購入するというと、店側は驚く。私が教会のバザーの寄付品にいたしますのといえば、店はまけてくれるのだった。

　アンにパイ焼きの名人という婦人を紹介してもらって、是非にと、出店を頼んだ。することは沢山あって、私の気を紛らわせてくれる。

　大工が入っているので、大きなボードにいくつも四角く区切って色を塗って棒を立てた輪投げも作ってもらった。私が小さな時、どこかの祭事で、こんな輪投げ屋が出ていた。私はその前を通りかかってやってみたいなぁと思った。

「お嬢ちゃんやるかい、三セントだよ」

　私は一セントも持っていなかった。私はその近くにしゃがんで、親に連れられてくる子が、三セント払って、輪を五つ受け取って、投げた輪が、うまく棒に入ると、我がことのように立ち上がって手を叩いたものだ。そして、マリー姉がもういいでしょ、といって私の肩を叩くのだった。私は幼いながらに教会が貧しいことを知っていて、こんな時に、姉が私にお金をくれないことも身に染みてわかっていた。だから、三セント払える子供のことを羨ましいと思ったけれど、それは自分にはあり得ないことなのだとわかっていた。あれは、他所のうちの子のことなのだと。だから、ボードが出来上がって、嬉しかった。まだペンキが乾いていないから、触っちゃ駄目ですぜ、といわれて、早くペンキが乾いて、輪投げをしたくてたまらなかった。大工は、同時に、ボールを投げて、入った穴の点数で景品がもらえるというゲームも作ってくれたので、子供達は喜ぶだろうと当日が楽しみだった。

ウエディングドレスが出来て来た。最新流行の素晴らしいお衣装ですわ、といった店長が、少しさげすむような目で、「うちの店で、メイドのドレスをお作りするのは初めてですのよ」といった。

教会は黒人の結婚式を認めてはくれないというので、家ですることにした。ハルが友人を連れて来ていいかと聞いた。親はすでになく、黒人とヒスパニックのハーフだといった。メキシコから兵隊をしながら、ここまで流れて来たらしかった。この家を買った時、すでに門番としていたので、私達はハルのことを、よくは知らなかったのだ。

当日客間は、生花で飾られ、すでにご馳走が並んでいた。もとより聖書など使わず、オーリィが、「ハル・スミス、汝は、このエイミー・ミラーを妻とすると約束するか。エイミー・ミラー、汝このハル・スミスを夫とし、共に仲良く、浮気もしないで暮らすと今ここに集まりし者達の前で誓うか」というと、共にハイと返事をしたのだった。それから二人は結婚証明書に、共にサインをした。

「では、キスを許す。二人の結婚は成立した」二人はキスをすると、全員が拍手をした。そして、コックがケーキを捧げ持って来ると、二人で食べさせ合って、結婚式は無事終わった。それからは、食事をして、友人がものまねをして笑わせたり、全員の手拍子の中、新郎新婦が踊ったりと、楽しい時は過ぎた。お開きになると、二人がしきりに遠慮する中、客室の一つで、三日間のハネムーンをするように命じた。仕事はしなくて良くて、マギーが食事とおまるの世話をして、二人きりの三日間を過ごしたのだ。本来ならホテルが相応しいけれど、二人を受け入れてくれる所がなかった。彼等は南北戦争が終わっても、あたり前のように差別を受けていた。私達が個人的にどうこうしようとしても、壁は物凄く厚かった。マギーはもう感謝のしっぱなしで、ハネムーンなどとんでもない、といったけれど、若い二人は、三日間の間に愛し合い、将来の夢を語り合ったのだろう。

バザーの日がやって来た。ここのバザーは、各自が品物や食べ物を持ち寄って、それを安くはあるけれど、売るのであるという。私が、以前は入口で入場料を何がしか入れたら、それが寄付代わりで、料理や飲み物は皆無料だったといったら驚かれた。こちらは、売上の一部をそれぞれの考え方で寄付するのだという。全てが有料であったら、昔の私のように、たった三セントが払えない子供は救えないではないか。

私は、自分で出すものは無料にするといって、少し他の夫人の抵抗を受けたが、個人的に寄付をするといって、その金額をいうと皆黙った。

私は大工に作ってもらった「無料」の札を、飲み物のテントにも、食事のテントにも、もちろんゲームボードにも張り付けた。そして、結婚式に来たハルの友人達にも知人を連れて来て欲しいといっておいたので、数は少ないが、勇気のある黒人家族はやって来て、ただで食事をし、ジンジャーエールを飲んで、ゲームに興じた。ゲームは、ハルとその友人が立っていて、輪投げで五つとも輪が入るか、ボールを投げて難しい百点に入ると、大きなチョコレートがもらえるとあって、白人の子供達も列を作って、大騒ぎをしていた。参加賞は、キャンディ二つだったので、ゲームが終わるとすぐまた並びなおす子が多いので、一日中ゲームの列はなくならなかった。それに、飲み物が無料なのは、当日来たお客にも好評だった。飲み物は、その時の教区の当番が出す決まりだったのだが、紅茶しかなかったのだそうだ。それが、私がジンジャーエールにソーダ水まで出したのが、喜ばれたのだ。ここには、ジョージ元少佐が立っていてサービスをしていたので、ご婦人方にもてていた。

寄付品も、私が買ったものが主で、まだ箱に入っていたり、値札が付いていたりしたものを皆半額にしたので、よく売れた。パイを焼く名人というソンダース夫人の所へ行っては、夕食にいたしますからと、ミートパイをホールごと買って、これで夕食の手間が助かりますわといったら驚いていた。甘いパイをお盆にいっぱい切ってもらって、手伝いの人々に、紅茶と一緒に持って行って、食べて、と与えた。皆ただでいいのですかというのだった。

買うより作った方が安くなると、大工の親方が仲間に作らせた折りたたみの簡易椅子があちこちに置いてあって、それも好評だった。エイミーも目立って来たおなかをエプロンで隠して働いていた。

アンがあとで、今回みたいに面白いバザーは初めてだったと笑っていいに来た。ゲームは誰でも無料だったので、大人も並んで、結構なお年の婦人が投げたヘロヘロのボールが、見事百点に入って、大きな歓声が上がった。婦人は恥ずかしがったが、今度家に来る孫にやるのだと喜んで、チョコをもらっていったそうだ。

人形は皆売れた。オーリィは、以前のバザーで私が人形と同じ布のドレスを着て、私に気があるという殿方の気を引いて、人形が売れたということは知らない。だから、私があたり前に、子連れのお客さんに人形を売っているのを見ていただけだ。その秘密は、あとでエイミーが喋って、オーリィの知る所となるのだけれど、オーリィは、そういう大切なことは、きちんといわなければ駄目じゃないかと、私に文句をいったのだった。

パイを夕食に食べたのだけれど、コックが私の所へやって来て、「私のパイの方が、絶対美味しいと思いますです」といいに来たのには、少し驚いた。次のバザーには店を出したいような口ぶりだったけれど、残念だけど、相手を立ててあげてといって、パイじゃない店を出そうということになった。さすがコックだ、対抗心がこんな所にも出るのかと思ったものだ。

バザーを終えて、オーリィとジョージ少佐がグラスを片手に、

「いやぁ楽しいねぇ。ずっと軍隊にいたから、この年まであんなに沢山のご婦人に囲まれることはなかったよ。また呼んでくれたまえ、君の所へ越して来たのは正解だったよ、テリー閣下にお礼をしなくちゃ」

「テリー閣下も、退役後は、我々と一緒にお住みになる予定なんです。テリー閣下はジェニーがお気に入りらしく、ご自分でそうおっしゃいましたから。気候が良くなったら今度はジェニーの牧場へ行きましょう。インディアンの矢の来ない所で一日中馬に乗れますよ」

「それもいいねぇ、君の所はコックも腕がいいし、奥方も可愛いし、それになんというか、いうことはないよ」

オーリィは、あとは子供だといいかけたような表情をした。

バザーは大盛況だったけれど、やはり金持ちの道楽との意見があったそうだ。私は来たお客さんが楽しければいいと思うから、次は何をしようかと考えているのだ。

ハルとエイミーの家が出来て、私は立派な家具やカーテンを贈った。二階の一室は子供部屋になって、大工にあつらえさせた天蓋付きの可愛いベビーベッドが入って、あとは出産を待つばかりとなった。ハルとエイミーは、あまりに立派な家具に恐縮して、私などにはもったいないと繰り返し礼をいった。私は、はしゃいで、赤ちゃん楽しみだねといった。少しはしゃぎ過ぎてオーリィが心配するほどだった。

その日は、忘れようのない、その年初めての木枯らしが吹いた寒い日だった。私は好みの菓子が切れたと街に買い物に行きたいといった。もうすぐ産み月の大きなお腹をしたエイミーがついて来るという。私達は、今日は寒いし、その体で来なくてもいいといったのだけれど、なぜかマギーまでが、ご一緒なさいというので連れて来た。寒いのでエイミーは茶のボンネットを被って共色のショールをかけていた。手には、私が持つといったのに、自分で持つといいはるので、菓子の入った手籠を持っていた。さして重たいものではない。店を出て、道の反対側に止めてある馬車へ向かった。大きなお腹のエイミーはさすがにもう動作がのろい。私達が道を渡りきったとき、ざわめきが聞こえて、大きな怒声が響き渡っていくつもの悲鳴が聞こえた。何事かと振り向くと、馬車が暴走して来て、道を渡りかけていたエイミーの姿が消えた。ボンネットだけが飛ばされて、空を飛んだ。

私はそれを目にして昏倒した。

気がつくと頭が酷く痛くて、白い天井が見えた。

「ここはどこ」

オーリィが私を覗き込んで、ここは病院だよ、といったと思

う。私は頭が痛かったけれど、もっと大切なことがあったはずだと思った。オーリィは、私の手をとって、「ジェニー、心をしっかり強く持って聞くんだよ」

「何をよ、私頭が痛いの」とけだるく答えた。

「君は、倒れて頭を打ったんだ。たまたま帽子がクッションになって、軽い怪我で済んだんだ」

「私、怪我したの」

「あぁジェニー、エイミーがね、亡くなったんだよ」

「エイミーがどうしたの」私は聞き返した。

「だから馬車に轢かれて死んだんだよ」

「そうだわ、馬車が急に目の前に来て、エイミーが見えなくなって、ボンネットが飛んだの」私は、オーリィに抱きついた。

「本当のこと?」

「ああ、本当だ、赤ん坊も一緒に逝ってしまったんだ」

「あたしが悪いんだ。エイミーが妊娠したこと恨んでたから」

私はオーリィの胸で泣き崩れた。オーリィに連れられて病室に入って行くと、ハルがエイミーを抱いて泣いているのがわかった。私に気づいたマギーが泣きながら、自分の座っている椅子を勧めてくれる。私は座って寝かされているエイミーを見た。顔に沢山傷があるが、血がにじむ傷を治療していないのは、ここに運びこまれた時にはすでに死亡していたからに違いないと思った。

「エイミー」と小さな声で呼んでみる。手をとろうとしたけれど、布団の中にもなかった。体が酷く損傷しているために、体中を太い布でぐるぐる巻きにしてあるからなのだそうだ。

「ごめんね、エイミー、連れて来なければ良かったのに」

「それはマギーめが、勧めたからでございます。奥様は何も悪いことはありません。このマギーめが悪いのでございます」

「皆ここで何をしているの」

「葬儀屋を待っておりますが、まだ参りません」

私は医者の所へ行って、ここのかかりを皆払うから心配は要らないといって来た。そして葬儀屋の住所を聞いて、オーリィに、私のハンドバッグは、と聞いた。

「君は頭を打っていて、今夜一晩様子を見るために入院が必要だといわれているんだよ」とオーリィがいったけれど、それを無視して、机の上にあったバッグをつかんで、外に置いてあったうちの馬車に乗って葬儀屋に向かった。そして店主らしき男が出て来ると、今、ある中で一番良い棺桶を欲しいといった。うさんくさげに見ていた男は、「どなたが亡くなりになられたのでしょうか」と聞いた。

「妹よ、お腹の子と共に馬車に轢かれてしまったの、サクラメント・アベニューの一番地に届けてちょうだい」といって小切手を切った。急いで病院に戻ると、おそるおそるエイミーにかけてあるカバーのついた毛布をまくってみると、まかれた布が、血で汚れていた。私は医者に、寝具の損料から皆支払うから、体に巻かれた布を新しいものに替えてくれるように頼んだ。そして、子供は男か女か聞いた。女の子でしたと答えた。オーリィがハルの肩に手を置いて、「エイミーを家に連れて行こう」と優しくいった。

皆が部屋を出ている間に、エイミーに新しい布が巻かれたのだろう。馬車に布団を敷いて、ハルがエイミーを抱いて寝かせた。看護婦が、これをと布に包まれた小さなものを渡した。赤ん坊だ。悲しみが心の中で滝のように流れた瞬間だった。ハルはその赤ちゃんを抱いて頬ずりをした。荷台にシーツをかけられたエイミーを中心にして、ハルとマギーが付き添って、オーランドが手綱をとった。

家に着くと葬儀屋がすでに着いていて、門が開かないので困っていた。棺を門番小屋に運ぶように頼んで、不審がっている。今後の葬儀の段取りはいかがしましょうというので、皆こちらでするつもりだからと、とりあえず引き取ってもらった。私はまた馬車で出かけて、半ば駄目だと思っていたが教会へ葬儀を頼みに行った。牧師は無理だと最初からいった。

家に帰ると、すでにエイミーは納棺され、ウエディングドレスが体にかけてあった。これを着たのは、まだほんの数ヵ月前だったのに。胸元に置かれた赤ん坊にも、ベビードレスがかけてあった。口に出すことの出来ない辛さを私は感じた。こんな悲劇があるのだろうか。州警察の警官二人がやって来て、私の傷のことばかり聞く、本当は入院が必要だったとオーリィがいうと、メモをとって出て行こうとする。私が赤ちゃんも死んだのよ、あの御者は二人殺したのよ、といったが、私の話を聞くだけで帰って行った。翌日の新聞には、「馬車暴走夫人一人大怪我」と記事が出ていたと、後になってアンに聞いた。御者は罰金を払ってそれで済んでしまったのだ。

私達四人は話し合った。ハルは興奮して、あの御者殺してやるといい続けていたけれど、私が、教会は黒人の埋葬を認めてくれないといったというと、皆黙った。

「ねぇ、少し遠いけれど、私の牧場に行かない。あそこなら皆平等よ。エイミーも来たことあるけれど、ちゃんとお客さん扱いしてもらったの」

ハルはそんな所があるわけがないといったけれど、他に方法がないので牧場に行くことになった。私とマギーは厚手のカーテンを外して棺を包む大きな袋を一晩かけて作った。

エイミーには可哀そうだったが貨車に棺を乗せた。貨車の係に棺を乗せるのだから他の荷物を入れないように貸し切りにしてと百ドル札を握らせた。ハルは、エイミーのウエディングベールで赤ん坊の遺体を包んでずっと抱いていた。「おれ達なんて、虫けらと同じなんだ」と泣いていた。私達はかける言葉がなかった。

駅に着くと、喪服姿のサムの奥さんと、オリバンダーが牧師の服を着てすでに待っていてくれた。私達は駅を出る時に電信を打っておいたのだ。オリバンダーは、馬車に乗せられた棺に、祈りを捧げてくれた。このままオリバンダーの牧場まで行くつもりであった。オリバンダーが一人で作った教会は、丸太小屋であったけれど、無駄な飾りのない清楚な美しい教会だった。エイミーの棺は牧童達に担がれて、祭壇に安置された。泣いて嫌がるハルから、マギーが、「エイミー一人じゃ天国に行けないから」といって取り上げた赤ん坊に、オリバンダーが聖水を振りかけて、魂を清めてやって、エイミーの棺に入れた。

「赤ちゃんは女の子だったんだって」

「じゃあ、名前はシンシアだ」

小さな教会を埋め尽くす程の牧童達に見守られて、エイミーの葬儀は始まった。

「我等が神の妹、エイミーと、その娘シンシアの魂が救われるように祈りましょう」

葬儀が終わると裏手の墓地にすでに穴が掘ってあった。いくつか十字架があるから、すでにこの牧場で亡くなった人がいるのだ。棺が地の底に下ろされると、オリバンダーが、葬儀の際の言葉、「灰は灰に、塵は塵に」と続けて、サムの奥さんが、ハルに紅いバラを手渡した。ハルがそれを棺の上に投げると、土くれが棺を覆うようになげられて、葬儀は終わった。ハルは男だった。帽子を胸に、妻の棺が土に埋められるのを見届けると、オリバンダーに礼をいった。

「こんなにしていただけるなんて思いませんでした。牧師さんは黒人に偏見はないのですか」

「神の前に皆平等といわれていますが、なかなか口でいう程簡単ではありません。でもあなたのような方を救いたいと私は思っています」

「私の知人に白人の元で働いているのですが、辛いという者がいます。ここで働かせて下さいませんか」

「それは、歓迎します。ただ牧童の仕事は辛いものです。その方が、体が頑健でやる気があるのなら来て下さい」

その言葉を信じて黒人の青年が二人やって来たが、やはり受け入れ難いという牧童が出て、白人が一人辞めた。二人は最初馬にも乗れなかったが、これより先はもうないと、思い定めて来たので、立派な牧童になった。しかし、次に黒人が来て、皆が何の問題もなく受け入れるようになるには、少し時間がかかったと、オリバンダーはいつか、語った。

オリバンダーはハルにサムの奥さんの所は、私達でいっぱいだから今夜はここへ泊りたまえといった。

私は、オーリィに泣きながら、エイミーに子供が出来たと聞いた時の衝撃、彼女が子供を持つことを心の中でなかなか許してやれなかったこと。その羨ましさを口に出して心から喜んでやれない辛さを、豪華な家具を買ってやることでごまかしていたこと、子供が生まれたら、エイミーとどう付き合っていいのかわからない所まで追い詰められていたことを打ち明け、私が、エイミーを殺したんだといって泣いた。

オーリィが、「これも神の命なのだ。なんと残酷なことだと思うけれど、ジェニーに子が出来ないのと同じなんだよ。ジェニーは悪くない。子が欲しかったお前が、エイミーを羨ましいと思うのはあたり前なんだから」といって、慰めてくれるけれど、エイミーの死は、私に再び病を呼び込むのではないかと思える程辛かった。エイミーには、どれ程世話になったかわからないのだから。

私は新しい小間使いを探した。何人かの人間に会って、私が選んだ者は、仕事はピシッと出来て、私を主人と認めてはいるが、一切の人間的な付き合いはしないという私より年上のエイミーと真逆な白人のメイドだった。私が細々した仕事を頼んでも、嫌な顔一つしないで仕事はするが、笑顔など見たことはなかった。私はエイミーを妹みたいに思っていたから、その思い出を断ち切るためにも、そのアーベル夫人に決めたのだった。

一度結婚したが、夫が酒飲みで、もう結婚はこりごりだという。ハルは、その後も働いていて、五年程して一人の黒人女を連れて来て、結婚を認めて欲しいといった、ウエディングドレスもなく、私達の前で結婚証明書にサインをするだけで結婚式は済んだ。家で使ってくれというので、下働きとして働くことになった。それから四年はしなかったと思う、食べ物の屋台を始めるといって辞めることになった。その日のうちに古買屋がやって来て、カーテンを外し、私がエイミーに買ってやった家具から、台所のスプーン一本まで持って行った。

ハルが来て、いつか牧場へ行く時があったらこれで、エイミーに花をあげて下さいと、しわくちゃな一ドル札を私の手に渡した。別れとはそんなものである。

私達がまだエイミーの死から立ち直れないでいる時、テリー将軍が入院したとの知らせが届いた。私はオーリィと、ジョージ元少佐と急いでワシントンの陸軍病院へ向かった。

「やあ、懐かしい顔ぶれだなぁ」

閣下は、私達を歓迎してくれた。元気そうに見えるけれど、以前より痩せている。何でも西部を離れて、のんびり出来るかと思ったら雑用が増えて、休む暇がないそうだ。ばあや一人置いて気ままな一人暮らしをしていたが、同僚が痩せたと心配して、この陸軍病院に来たら、そのまま入院させられたと他人事のように笑っていた。

あとで医者に、容態を聞くと、私達は身内かと聞く。仕方ないので、カスターの名を名乗って、長い付き合いの上に、本人から老後の世話を頼まれているというと、しぶしぶ、

「将軍は、胃に癌が出来ています。二週間後に手術をしますが、その後は、あまり長くは生きられないでしょう。決してご本人にはおっしゃらないように」

「手術のことはご存知なんですか」

「えぇ申し上げております」

「その後、私達オハイオ州のベーカー・ヒルに住んでいるんですけれど、一緒に住めますか」

「体力が回復されれば可能だと思いますが」

「それを聞いて安心しました。約束が守れますわ」

閣下は昔「なぁジェニーや、軍隊辞めたら、私の面倒を見てくれるかい」といった。私は快諾して、その日が来るのを楽しみにしていたのだ。

将軍のベッドの脇に座って元少佐が、「バザーというものを初めて体験したのだけれど、ご婦人方に囲まれて、これが楽しいのなんの、是非閣下にもあの楽しさを味わって頂きたいですぞ。ジンジャーエールを差し上げる時など、私の手に直接触れるのですから驚きですよ。良い隣人を紹介して頂いたと感謝しております。またコックが腕が良くて、一週間に一度は、お相伴に預かっているという塩梅で」と話をしている。

私はエイミーの死の後に続く、このテリー閣下の死病の話に、涙が止まらなかった。閣下は現役の将軍で、新兵のように、昨日の今日で辞められるものではなかった。それでも手術をして、汽車に乗れるようになったら、退官のはこびとなった。

私達は、この病院に長期入院する家族のためのホテルを、紹介してもらって、そこから毎日、お見舞に通った。

「こうして毎日お前の顔が見られるなんて、砦以来だなぁ」

「病気が治ったら、今度は一緒に住むんですから、一日中一緒ですよ。お庭でトウモロコシ作りましょうか」

「そんな奥様になってしまって、今さら畑仕事は出来まい」

「そんなことないですよ。ジェニーは牧場も持っているし、今でも馬に乗れますすよ」

「そうか、お転婆の血は消えないか」

閣下と話をしていると切りがない。いくらでも思い出が湧いて来て楽しい。だけど、最後はやっぱり兄様の話になって、今兄様が生きていたらどんなに良かったろうと、思ってしまう。

閣下の手術は無事終わった。しかし戦の猛者も術後は痛みに苦しんだけれど、思ったより早く退院できそうだという。

私は先に一人帰って、閣下を迎える用意をした。客室は皆二階だけれど、最初のうちは一階の方が、食事をするのにも便が良いだろうと、重厚な家具の置かれた客間にベッドを置いた。

病院からもらってきたカルテの写しを持って、いつも行く病院に行って、うちに移って来たら将軍を看てもらえるよう頼んでも来た。植木屋を呼んで、庭の南側に畑を作ってもらった。百姓じゃないから、トウモロコシなんて作れないといったけれど、私だって出来たのだから、土を掘らせて、肥料を与えて畑を作っておいた。他に何が出来るだろうと私は考えた。あとはバザーだ。やはりリトル・ビッグホーンの犠牲者のためのバザーをやることにした。色々と根回しをすると、教会が横槍を入れて来た。私はその時、エイミーの葬儀もしてくれない教会に協力するつもりはなかった。

手伝いや参加辞退の人が出た。例のパイ作り名人のソンダース夫人も欠席するというので、うちのコックに頑張れといった。コックは嬉しそうだった。アンが友人に声をかけて参加を促してくれたし、ハルの友人達も来てくれることになった。これで用意は出来た。あとはテリー閣下の体調次第だ。

長旅だったはずなのに、駅で車椅子を持って待っていた私に、テリー閣下は、「ジェニーや、世話になるよ。だがわしゃそこまで年をとってはいないぞ」と元気な声でいって、杖はついていたが、自分の足で歩んで来て、私は嬉しかった。

退院後三日間で、元からものを持たない方だったので、部屋をオーリィと元少佐とで片付けて、必要なものはベーカー・ヒルのうちに送ったし、ばあやに一緒に来るかいと聞いたら、これをしおに、息子の所で世話になるというので、別れて来た。閣下はあとは何の心配もないぞ、と笑ってみせた。

家に着くとやはりその大きさに驚いて、お前は宿屋でもやっているのかねといった。まぁ無理からぬことで、大概の人がそういうのだから仕方がないのだ。部屋に通すとまた、「わしはなんだい、いつの間にか大統領か王様になったのかね」と確かに豪華過ぎる寝室を見ていうのだった。

「はい、王様になって頂きました。これからは、私めに何なりとお申しつけて下さいませ」と、わざと手を広げて膝を折って頭を下げてみせると、クスクス笑って、お前の所は楽しくていいぞ、といって下さった。

私達は早速バザーの準備を始めた。まぁ毎月やろうと思えば出来なくもないけれど、さすがにそれではお客さんも来ないだろうと、三、四か月に一回と考えている。将軍の寿命のある間に、なるべく沢山やろうと皆で相談したのだ。

私は自分の行く、いわば顔の効く服屋にエイミーはせっかくウエディングドレスを着たのに、その後半年も経たずに、馬車にはねられて腹の子供ごと殺されてしまった、教会は葬儀もしてくれなかったと事実を語った。今度は、リトル・ビッグホーンの犠牲者のためのバザーをやりたいといいに行ったら、余り布を沢山くれて、当日バザーを見に来てくれると約束してくれた。小物屋、おもちゃ屋、菓子屋と、私はポスターを貼るなり、パンフレットを置いてくれと頼んだ。小物屋は、全品二割引きの店を出すといってくれたし、おもちゃ屋は、特等の景品に大きな熊をくれるという。菓子屋は、その日特製の軽焼き（フワフワに焼いた生地の中にバタークリームを挟んだもの）の店と、ゲームの景品のキャンディを出しましょうと、太っ腹な所を見せた。

驚いたのは、南北戦争で、夫や息子を亡くした夫人が、自作のレースのテーブルセンターとかキルトなど、作りためてあったものを、是非、リトル・ビッグホーンの関係者の役に立てて欲しいと、名乗り上げてくれたことだった。私はそういう方々に、「なぜ、今までバザーにお品出品されなかったんですの」と聞いてまわった。

皆の答えは、「素人の作ったものなど、売れ残ったら困りますもの」と教区の主だった人達にいわれてしまうのだという。私人形作って売って文句なかったっていったら、皆あなたはお金があって寄付金が凄いから、だからですよといわれてちょっとショックだった。

「ここのバザーって変だよ。食べ物の店が多いっていうのも、自分で作って売って、本来善意のはずだよ。そりゃあ売上全部寄付しろとはいわないけれど、材料費もかかるだろうし、だけど、ここの人達、売上から自分の利益も取っているって気がする。そうしたければすればいいけれど、本当に手間と時間をかけて、いくらかでも人の役に立ちたいっている人の品物認めないなんて、許せないよ。私は私の道を行く。閣下見ていて下さいよ」

「おぉ、お手並み拝見といこう。楽しみじゃな。わしは何をすればよいんじゃ」

「西部のお話でもして頂きましょう、リトル・ビッグホーンの悲劇のお話も」

今回の目玉は、今街で流行り始めた、大きな鉄の輪を、棒で押しながら回して走るという遊びをゲームにしたのだ。私はおもちゃ屋で、その輪と棒を三組買った。そして庭の芝生を四角く刈り取って、平らにならして線を引いて、その途中途中に障害物を置いて、誰が一番かを競うのだ。

鉄の輪を持っている子はまだ少ないし、歩道を自慢げに回している子を、羨ましがっている子は多いはずだ。持っている子にもハンデをつけたのだ、きっと人気になるだろう。ちゃんと参加賞も出るのだから。テリー閣下も面白がって回してみたが輪は棒から外れて、勝手に転がって行ってしまった。

「こりゃあ難しいぞ、子供が出来るのかね」

「上手い子はすいすい回していますよ。閣下は輪投げかボール投げの方がいいですよ。一等は今年は大きな熊のぬいぐるみですから」

「わしが取っちまったら、子供が泣くだろう」

「この前は、老夫人が一等取って大きなチョコもらっていきましたよ。ゲームは無料だから大人も来るんです。閣下が熊取ったらきっとジェニーに下さるから、頑張って下さいよ、期待してますから。ボードを今出して来ますから練習なさるといいですよ。輪投げは五つ入らないといけませんからね。結構難しいですから」

庭師が出して来たゲーム板で、ジョージ元少佐と二人で遊んでいた。術後の運動にいいことだろう。夕食時には、上機嫌で、

「やぁ、ジェニーや熊は諦めてくれんかのう。ありゃあ難しいわ、わしの手には負えんとわかったぞ」

「これから毎日習えば出来るようになりますよ」

「そりゃ、ちと人の手前あまり大きな声ではいえんのう」とケラケラ笑った。

バザーは明後日だ。お天気だといいけれど。コックは、あの夫人より美味しいパイを作って見せますから、と意気込んでいる。私は珍しくレモンイエローのドレスを着るつもりだ。もちろん当日エプロンのポケットには棒つきキャンディでいっぱいのはずだ。お客さんが沢山来て、特に貧しい家の子供達が楽しんでくれたらいいな、と思って当日が皆楽しみだった。

テリー将軍

バザーの日が来た。願い通りの晴天である。前日業者から借りて建てたテント二張りに、オーリィと少佐が飲み物を運び入れている。コックは友人を連れて来て、昨日から何やら料理を作り続けていて、今日も朝早くからサンドイッチを作っていた。そして料理のテントは友人に任せて、当日は自分はパイの店を出したいというので、また大工に頼んで、前後二段になった棚を作ってもらった。こうすればお客さんは、平たい大きなテーブルより、品物が取りやすいというのだった。出す料理には何か彼女なりのアイディアがあるらしかった。

いつもは寄付品の多くは、芝生の上に、軍払下げの防水シートに置くのだけれど、今回は、テリー閣下がみえて不要になって他の部屋に置いてあった客間用のテーブルと、食堂から大きなダイニングテーブルを持ち出して、綺麗な布を敷いて、南北戦争に関係した人達の作った、レース編みのテーブルセンターの大作から、キルト、クッション、セーターやテーブルセンターにハンカチまでがそれぞれ品物を作った人が、テーブルの周りに並んで、お客さんに手に取って見て頂くコーナーを作った。大きなテーブルだから、商品を広げて見ることが出来るし、防水シートの上より、よほど立派に見えるだろうと思った。作った人に敬意を払ったのだ。国を分けたあんな大きな戦争も、すでに過去のことになりつつあった。私達は、軍人の家族であれば、いまだに会話にのぼるが、全く戦争と関係のなかった人々はいるのだ。だからこそ、私はきっと、夫や息子をその当時亡くされて、まだ心の傷の癒えない人も多いだろうと思って、参加をお願いしたのだった。

私はその中で素晴らしいキルトを見つけた。その作者は、戦いで一人息子を亡くして、その僅かな恩給で暮らしているのだそうだ。先年夫も亡くなり、私にはこれしかありませんからと、ずっと近所の洋服店から端切れをもらって、キルトを作り続けているのだという。私は今までどこの家庭でも、こんなに手の込んだ、デザインが独特なキルトを見たことがなかった。痩せて背が高く、まだ髪に白いものがほんの少し見える年頃の方であったけれども、私が手を取って見ると、長く針を持つ人らしく、すでに人差し指が曲がっているのだった。この後、私はこの夫人にキルト作りを頼んで、私のドレスの端切れも使ってもらって、大作になると半年一年とかかるキルトに、お金を払った。最初はとんでもないといっていたけれど、納得した後は、私のために、もっと細かく、デザインも自然からとった、例えば花々が連なっているけれど、遠目で見れば、大きな一輪のバラに見えるような、凝った素晴らしい作品を作ってくれるようになった。これらは後々J&O財団の宝になっていく。

テリー閣下には、庭に絨毯を敷いて、安楽椅子を置いて、テーブルが一つ、そこにはブランディのデキャンタのセットが——医者は酒は駄目だといったけれど、本人が望まれるのだからいいと思って——置かれ、それを囲むように椅子を並べた。テリー閣下には、そこに座ったお客様の要望の、昔話をする役を頼んだのだった。

寄付品のテーブルには、アンが陣取って、私の人形を売ってくれるという。いつも寄り添うようにあったエイミーの、小間使い人形はもうないことに、一抹の寂しさを感じた。マギーは人形を見るのが辛いと、バザーには出ないという。

ゲームは、ハルの仲間達が早くから来てくれて、お客さんが来る前に輪を回すゲームに一番興じていた。

私は初めて着るレモンイエローのドレスが少し若向きじゃないかといったら、オーリィが、「そんなことないよ、お前の白い肌に合ってるよ。出来ればもう少し口紅を赤くした方が映えるよ」というので、〝エイミー口紅を〟といって、もうエイミーはいないのだと思い出し、あらためて、こんな時喪失感を思うのだった。新しい小間使いのアーペル夫人に、ごめんなさいね、あなたがいるのに、と謝ると、「お気になさることはございません。長くお使いの小間使いだったのでございましょうから、仕方がございません」といって、口紅を濃くしてくれるのだった。ある面大人目線であるけれど、かえって私はその心遣いが嬉しかった。もう涙も出ないけれど、エイミーへの想いはまだ強いのだから。

バザーは始まった。門の入口で、アンの七才になる長男が缶を持って、

「リトル・ビッグホーンの犠牲者に寄付をお願いしまぁす」という。アンが自ら、息子も手伝わせたいといって来たのだ。この地域のバザーに慣れた人は、ほとんど彼の缶に入場料代わりの寄付をしてくれる人はいなかったが、帰り際、料理も飲み物もゲームも無料で楽しんだ人々が、感謝の気持ちで、寄付金を入れてくれたのだそうだ。中に一枚十ドル札が入っていたと、我がことのように喜んでいた。

彼には、もちろんバザーの後で、ゲームを好きなだけ彼の兄弟達だけとすることが許された。

結局一等は出なかったので、今日の彼の働きの礼に、例の大きな熊の人形が贈られた。私が驚いたのは、彼はよく出来た子で、熊を一人占めしようとしないで、「この熊は、僕達の四人目の弟だよ。皆で仲良くしよう」といったことだ。私はその言葉を聞いて涙が出て、身をよじるような思いで、私も子供が欲しいと思ったのだった。

うちのバザーはゲームがタダだ。それが評判になったのだろう、子供にねだられたらしい、子連れの客が多い。私の人形を抱き上げている娘がいる。買ってくれるかな、とドキドキして

しまう。

ハルは、ソーセージに棒を差してコンロで焼いている。コックは考えたのだろう。ホールケーキだと切り分けて取り皿が必要なので、色々な味の一口サイズのミニパイを大皿に盛って、皿の前に、何のパイかを書いた札を置いたのだ。ミンスパイに始まって肉の入ったパイは、牛豚、兎などあってその中にも野菜の入ったもの、内臓が入ったもの、じゃが芋や豆や玉ねぎなどが単独で入ったものもあり、アップルパイは熊の顔をしていたので子供に人気があった。

お客は、ジャムの空き瓶に入れられた棒串を手に取って、パイをそれで差して食べるのだが、瓶の横にはさり気なく募金箱が置いてあるので、心ある人はそこに小銭を入れてくれるのであった。しかもパイの店は、飲み物のテントの隣にあって、紳士がパイをつまんでいると、オーリィが、白ワインを勧めるようになっていた。

少佐はまた念願の飲み物のテントにいて、ご婦人方に囲まれて、ご満悦であった。もしかしたら、ラブロマンスが生まれるのではないかと思われる程、もてていた。

テリー閣下は、やはり有名人で、新聞でお顔を拝見していますという人が引きも切らずで、椅子の後ろに立つ人まで出て、将軍のインディアンとの戦い、特にリトル・ビッグホーンの話に耳を傾けるのであった。

私は、例のごとくに、エプロンのポケットに棒つきキャンディを沢山入れて子供に配って歩いたけれど、ゲームでキャンディがもらえるので、いつもほど人気者とはいかなかった。ただオーリィが、私のレモンイエローのドレスは他に着ている人がいないから、どこにいても目立って良かったぞ、といった。まぁ良かったんだとしておこう。

やはり人気があったのは、輪を回すゲームで、自ら自分の車輪を持って来る子もあったけれど、ほとんどの子供が初めてだから、輪が倒れてしまったり、横にそれてしまったりと、皆苦戦していて、周りを取り囲む見物客から、笑いや、声援がずっと続いていた。

私が一番心配した、南北戦争の関係者の寄付品は、売り子に誰か話しかけていて、要は身の上話になっていって、いつの間にか、皆売れていった。とてもいいことだ。

人形は皆私が売ったわよと、アンが胸を張った。二割引きにするといっていた小物屋は、今日一日で一か月分が売れましたと、途中で品物を追加したのだと喜んで、私に十ドルを、細かくて申し訳ないけれど、といいながら小額紙幣で渡してくれた。ありがたいことだ。

服屋の店長が挨拶に来てくれて、人形を買ったと見せた。「うちでドレスを作って下さった方の共布のドレスを着たお人形なんですのよっていって、お店に飾らせて頂きますわ。きっといい宣伝になると思いますの」と思いもしないことをいってくれたので嬉しかった。

バザーが終わり、もう日は暮れかけていたけれど、皆やりたいというので、手伝いの人々全員でゲームをやった。その中で、輪投げで四つまで輪を入れた人が出て、全員が息をつめて見守る中、その婦人は一度は投げようとしたのに止めて、「そんなに見つめられては出来ませんわ」と恥ずかしそうにいったので、全員で、せーのといって投げた輪は、棒には当たったが外れた。皆から溜息が漏れた。しかしその人は二等のうさぎのぬいぐるみとキャンディを沢山もらって喜んでいた。

残った食べ物は手伝いの人全員で分けた。皆夕食のために急いで帰って行った。私は、「片付けは明日にしましょう、もうお夕飯の時間よ」といって、手伝ってくれたハルの友人達にも、夕食を食べて行くように誘った。皆驚いて遠慮する中、ハルが、「このお屋敷の人達は、おれ達黒人のことを人間として見てくれている人だ。エイミーが死んだ時だって、ここの教会は駄目といったのに、この方達の教会でちゃんと葬儀をしてくれたんだ。皆遠慮しないで食って行きなよ」と、珍しく雄弁を揮った。

急に人数が増えてコックには手間をかけたが、何もいわず皆にステーキを焼いて、コールドミートに豆やマッシュポテトを添えて振る舞ってくれた。私達は、ダイニングテーブルが外にあるので、台所の小さなテーブルで、ぎゅうぎゅうづめになって共に食べた。ハルの友人達にとっては、あり得ないことだったのだろう。涙を浮かべる者もあって、また次回出来るものなら手伝いに来たいといって、小遣いをもらって帰って行った。

「いやぁ、愉快だったぞ。皆わしの話に聞きほれておっての。わしもまだ年を取ってはおれんの。続きは次回にと頼まれてしまったわい」と、テリー閣下も上機嫌だった。私が心配して、夜の八時に見に行った時には、もうすでにいびきを掻いて、お休みになっていた。楽しかったろうけれども、お疲れでもあったのだ。あまり無理はさせられないと思った。

オーリィがコックに、「君のパイは好評だったぞ。皮が薄くて、酒のつまみにちょうどいいってね。一つ食っても腹にたまらないから、色々なパイが味わえるって、皆いっていた。次回は、何か入れものを持って来て、夕食に買いたいっていう人も多かったぞ。また同じように作って欲しいっていってたぞ」というと、コックが嬉んで、次はもっと違う味を研究しますといった。

その夜ベッドの中で、「うちのバザーこんなんでいいのかしら」

「確かに金があるから出来ることだ」

「バザーしないで、そのお金を寄付した方がいいのかなぁって思うことがある」

「何いってんだよ。皆楽しんでいるんじゃないか。ジェニーが昔、たった三セントがなくて輪投げが出来なかったのが、ここに来りゃタダで出来るんだぜ。寄付金だけが大事じゃないさ。人楽しませることも、どっかにゃあ必要じゃないのかい」

「うんもう、オーリィそういってくれて嬉しいわ。将軍も少佐も喜んでくれたしね」

「またやるか?」

「うんまたやる」

「じゃあ早くここへおいで、子作りせにゃならんからの」

「将軍の口まね?」

「何でもいいから早くこいよ」

居間の暖炉の天板の上に、エイミーが作りかけていたメイド人形が、そのまま黒い布を巻かれて置いてある。私はどうしてもそれが気になって、今頃になってやっと人形を完成させた。その人形にエイミーのウエディングドレスの端切れで、ワンピースを作って着せると、人形にあるものを抱かせた。共布で作ったおくるみに、小さく茶色の布で丸い頭を作って、ペンで眠っている赤ん坊の顔を書いて、おくるみで包んでやったんだ。

数日して、私が将軍と居間で話をしていると、取り乱したマギーが、私の膝を抱いて突っ伏した。

「いったいどうしたの、マギー」と私が驚いていうと、

「奥様、マギーめは、一生奥様にお仕えいたします。奥様の御心、マギーめは一生忘れはいたしません」といって泣く。

「何事なの、マギー」

「あの人形でございます。今気がつきました。エイミーの人形でございます。結局作りかけで、エイミーは逝ってしまいました。そのまま暖炉の上にあるのを見ては、どうにかしてやりたいと思っておりましたが、使用人の身で奥様にも申し上げられもせず、作りかけで心残りだろうと、いつも思っておりました。今見たら、ちゃんと出来上がっていて、赤ん坊まで抱かせて頂いておりました。これでエイミーは心残りなく天国へ参ると思います。そこまでして頂いて、マギーは御礼の言葉もございません」と泣くのだった。

「マギー、そこまで思ってくれたなんて、嬉しいわ。私もずっと気になってたんだけど、今になっちゃってごめんなさいね。今ではあの人形だけが、エイミーを偲ぶよすがになっちゃったから、忘れないようにって、赤ちゃん抱かせてあげたかったの。ハルにあげようかと思ったけど」

「ハルめは男でございます。いずれまた相手を見つけることでしょう。出来ましたら、どこか、お屋敷の隅にでも置いて下さいませんか」

「マギーがいいなら、ずっと暖炉の上に置いておく」

「そうして頂きましたら、きっとエイミーも喜ぶと思います」

私は将軍に、エイミーのことを詳しく話して、御者は二人も殺しておきながら牢屋にも入らなかったこと、ここの教会が黒人だからと葬儀を拒否して、汽車に乗って牧場の教会まで行ったことなどつまびらかに話して、南北戦争が終わって十五年以上経つのに黒人はまだ迫害されていると話した。そして、エイミーは、マギーの姪だったのだとも加えた。

「お前は優しいのぉ。砦でサムの奥さんと友達だったのは、お前だけだったろうが」

「そういえば、そろそろ、トウモロコシの種まかなきゃならない頃ですよ」

「おい、この年寄りに百姓仕事をさせる気かい？」

「やだなぁ、いうことコロコロ変えて、いいですよ、トウモロコシは私が種まきますから、サムの奥さんの牧場行きますか。そのお年寄りが、牧場行って、牛の丸焼き食べられますか？どうです」

「おぉ行くとも、騎兵の血が騒ぐわい」

「まったく勝手なんだから」

まだ将軍が陸軍病院に入院している時に、医者から退院後の生活について話を聞いた。胃を半分切除したこと、食生活のこと、酒と煙草は止めることなど細々とした医者からの助言を聞いた。そして余命は長くて二年であろうとも聞いていた。

こちらの病院にも、コックを連れて行って食事のことを細かく聞いた。コックはメモを取っていたが、私は話半分に聞いていた。あの西部の砦を国のために守り続けた人が、あと二年しか生きられないというのなら、何のための養生食だろう。食べられるうちは食べたいものを食べてもらおうと、思った。

だから、うちに来た最初の夕食に、まずステーキを出した。もちろんコックの手によって、表面は柔らかく切れ目が入れてはある。

「さすがジェニーじゃ、わしゃこの家に来て良かったよ」

将軍はその時一切れしか食べられなかったが、

「わしゃのお、またオートミールにいり卵かと思っておったのじゃ」とご機嫌だった。その後、気を利かせたコックがお盆ごと、具なしのスープ、マッシュポテト、レバーペーストとクラッカーなどを出すと将軍は満足して少しずつ口にした。

食後は居間で、オーリィとブランディのグラスを手にしていた。私は街の煙草屋で買って来たブライヤー（パイプ用の最高の木）のパイプを三本ベルベットの箱に入れて将軍の前に置いた。

「私達はパイプを嗜まないので、見た目で選びました。煙草の葉は店の人に選んでもらいました。五種類の中でお好みの葉があればいいのですけど、なければ今夜はこの中で我慢をして下さい。明日一緒に買いに行きましょう」

「パイプもくれるのかい、ここは天国だなぁ」といって、三本のパイプを口にして、吸い口のリップの具合を試していたが、そのうちの一本を手にして、手近の葉を詰め始めて、マッチで火をつけて、煙を出しながらフムフムといっている。

私はこんなものを買ったことがないから、さっきからドキドキしていた。

「何を見ているんじゃ。わしゃ西部にずっといたのだぞ、こんな上等の葉などめったに口には出来なかった。要は煙が出れば、それで良いんじゃ」

「そんなもんなんですか？　煙草屋では色々いわれましたけど」

「これからは、安物でいいからな」

将軍はそういったけれど、一度煙草屋へ行くと、店主と長く葉のブレンドについて語って、それから何かあると煙草屋へ連れて行けと、いうようになった。趣味を持つことはいいことだと思った。二か月に一度床屋へ行くけれど、甘えて私に髭を当たってくれというようになった。

「ええ？　兄様も髭は自分で揃えていましたよ、私、やったことがないから、左右が曲がっても知りませんよ」

「いいからごちゃくちゃいわんで、やっておくれ。お前にやって欲しいんじゃ」

タオルを首に巻いた将軍の髭に恐る恐るハサミを入れる。

「こんなもんでしょうか」

「お前が見ていいならそれでいい」

「ええ、揃っているかオーリィに見てもらいましょうか？」

「いいといったら、いいんじゃ」

この頑固爺が、と思う。

トウモロコシの種まきをした。あとは水やりと草むしりだ。

術後五か月経った将軍は、牧場へ行きたいという。

「トウモロコシどうしますか」と聞くと、「食える時が来たら教えてくれ」とあまり興味がなさそうなので、植木屋にでも任せてしまおうかと思う。

ハルもマギーも牧場には行かないという。エイミーを思い出すのが辛いのだという。心が冷たいというのではない。彼等の文化の中で、私達のうかがい知れない死者への考え方があるのだろう。私は強制しないで、またお土産を沢山持って出かけた。

将軍はメジャムという海泡石で作られた、海神（ネプチューン）が彫られたパイプが今はお気に入りで、煙草押えのタンバーや、ダブルツールと呼ばれるやに取り道具を汽車に持ち込んで、飽きることがない。煙草屋のおやじとすっかり親しくなって、今ではテリースペシャルという、ブレンドした葉に香料を混ぜたものを、今回もパックに沢山詰めて来た。煙草を吸うと、やに取りをして、柔らかい布でパイプを磨いている。これは今は白い石だが、使い込むと、あめ味になって何ともいえない、良いパイプになるのだそうだ。私は、子供がおもちゃを手にするように楽しんでいる将軍が、そこまで長生きしてくれたらと、しきりに思った。

一緒に行くといって、ついて来た少佐は煙草の趣味はないので、私達と話をしていて、私が金山をインディアンからもらった話に興味を持って、同じ頃砦に暮らしながら、そんなことがあったのかと、男よりやはり女の方が、良かったんですねぇと、感慨しきりなのであった。少佐も大人だから、それとなくは、わかったろうけれど、私がクレージー・ホースの妻になったとはいわなかった。オーリィの前でいえるわけがなかった。

少佐は、私が渡したチョコをかじりながら、「いやぁ、今まで一人で汽車に乗っていて、とにかく退屈でたまらなかったのが、こうして大人数だと楽しいねえ」と笑う。

次のバザーはいつかと聞くので、来月ですと答えると、それも楽しみだねえ、とまんざらでもなさそうだった。少佐は人生において今が、女性にもてる時期なのだろう。

汽車の中で、夜は私達は元から三人掛けの椅子に座って、将軍は横になって休んでもらう、といったら、またぞろわしゃそんな年ではないといったけれど、足を伸ばして横になると、これはいいわい、といって、メジャムのパイプを、ケースにしっかりしまうと、枕元の鞄に入れて、すぐいびきを掻き出した。

私は持っていた大判のスカーフをかけてあげた。

一見元気そうでいて、案外無理をしているのかもしれなかった。しかも、そのから元気がいつまでもつとはわからなかったから、今回将軍が、牧場で楽しいと思ってくれたらと願った。

降りる駅には沢山の牧童と、〝歓迎テリー将軍〟の垂れ幕があった。私は昔のことを、ちょっと思い出した。あれはヘンリーと訪れた時のことだった。やはり垂れ幕があって、〝ようこそアームストロング夫妻〟とあったはずであった。まだ本当の夫と妻じゃなかったのに。あの時、ヘンリーが赤ん坊のことなどいい出さなかったら、まだ何も知らず二人仲良く、享楽的な生活を続けていたのかもしれない。赤ん坊が出来ても、ヘンリーが出自の話をしなければ、結婚していたかもしれなかったのだ。そんな思いが一瞬の間に、私の心の中を通り過ぎた。

将軍は、今日はブライヤーの、グレインのクロスだかリングだか、自慢のパイプをふかしている。それなりに高価であるので、今日、見せびらかしたかったのだろうけれど、出迎えの人数の多さに、驚いているようであった。

「わしゃ、今までこんな出迎えを受けたことはまずないぞ。ジェニーの家では王様でここでは大統領かのお」と、ご機嫌であった。

いつもなら、すぐに飛んで来て、私のことを、ジェニーちゃん、ジェニーちゃんと、足ぶらぶらさせて抱き上げる、サムの奥さんが、今日は軍服を着て緊張した顔をしている。そして将軍が降り立つと、「このような所へお迎えできますことを光栄に存じます」と男言葉でいって、敬礼をした。少しその手が震えていた。

閣下は笑って、「サムの奥さんや、歓迎御苦労。これからしばらく世話になるぞ」といって、自分より背の高い、サムの奥さんの肩を叩いた。

布団を敷いた馬車に乗せられ、将軍もやはり、「こりゃぁ、変わった迎え方だのう」といった。確かに皆そう思うのだろう。サムの奥さんの家の母屋を見た将軍は、「おぉ、立派な家だのう、サムの奥さんは余程に頑張ったと見える。見事だぞ」と、また肩を叩いて、家の中へ案内されて行った。

「こちらが居間でございますわ。今お茶を御用意させて頂きますから」

サムの奥さんは将軍の言葉によほど混乱しているのだろう。

女言葉になっているのに気づかない。

お菓子はすでに、テーブルに小さく切ったパイやケーキが山盛りに置いてあった。私がサムの奥さんに、将軍は、一度に多量の食べ物をとれないからと書いて送ったからだ。ちゃんと気を遣っているのだろう。

椅子に座って、紅茶を受けとりながら、閣下が「サムの奥さんや、エプロンはつけんのかい?」と聞いたので、赤くなったサムの奥さんは、私のことをぶった。

「痛いなぁ、いくら閣下の前だからって、そうしゃちこばらなくたっていいんだよ。もう軍隊辞めちゃった、ただのお爺さんなんだから」

「わしゃ爺か?」

「そうだよ、しかも手に負えない頑固爺だよ」

サムの奥さんが、オロオロして、「ジェニーちゃん、それはあんまり言い過ぎじゃないの」と間に入って来た。

「甘い顔見せると、どこまで付け上がるかわかんないんだから、サムの奥さんも気をつけるといいよ」

「まぁ閣下、ジェニーちゃんの口の悪いのには、お気になさらないで下さいね。ここは私の家ですから、何でも出来ることはさせて頂きますわ。全くご遠慮はいりませんのよ」

「いやぁ、さすがだサムの奥さん。こんな小娘より人間が出来ておる、わしゃ気に入ったぞ。明日からが楽しみじゃて」とパイプをくゆらすのだった。

サムの奥さんも煙草は吸わない。

「ほら、サムの奥さん、気を利かしてパイプ褒めてやりなさいよ」

「えっえっ、そうなのね。閣下見事なパイプでございますねえ」

「ほうわかるかね、この木目が何ともいえんじゃろうが」

「ええ本当に、素晴らしい御品ですわ」

パイプのことが元からわからないのだから、言葉を選んで、目を白黒させているのが可笑しかった。それだけ軍隊にいて、上下関係が厳しかったということだ。一等兵でしかなかったサムの奥さんにとって、将軍とは、やはり雲の上の人のことだ。私のように兵隊でなくて、親しく付き合っていたのは、例外なのだ。そういえば、兄様にも敬語使ってたもんなぁ、と思う。兄様は軍の習慣で、それまでの最高位だった将号を呼ばれているから死ぬまで将軍だったけれど、リトル・ビッグホーンでは中佐であったのだ。リビィさんが果たして、どちらの恩給をもらっているのか私は知らない。

サムの奥さんが、改まった顔をして、「この家には御客間が一つしかないんです。それで閣下は御客間にお泊り頂き、少佐は申し訳ないんですけれど、子供部屋で」

「ほぅ、この家に子供部屋があるのですか」と少佐がいった。確かに、一見男ばかりのこの家に子供部屋があること自体が、不思議なことだ。

「えぇございますの、いつか必要になるかと思いまして、それでジェニーちゃん達は私のお部屋を使って頂くことにしました」

「えー、サムの奥さんはどこに寝るの」

「私は、この居間のソファで」

あくまで、サムの奥さんは、自分は一人者だとして話をしているのだ。

「そんなの駄目だよ、サムはどうするの？」

サムの奥さんはタジタジとなって、両手を前で振りながら、彼はいいのというのだ。

「よくないよ、サムは、サムの奥さんの最愛のパートナーなのは、ここにいる皆知っているんだよ、遠慮しているのはサムの奥さんの方じゃないか」

「じゃあジェニーちゃんはどうするの？」

「問題はないぞ、ジェニーはわしが抱いて寝る、オーリィお前居間で寝なさい」

今度はオーリィがびっくりして、「将軍冗談にも程があります。私達夫婦なんですよ。それに将軍は、ジェニーに気があったのですか」

「駄目かのぉ、若い娘を傍に置いたら、良い夢が見られるかと思ったんじゃが、やはり無理かのお」

「いい加減にして下さいよ、将軍」

「お前は大尉ではなかったか、わしのいうことが聞けんのか、昔ならともかく今は、一晩くらいお前の女房を貸せとも、いえんからのお」

「私はただの一等兵でしたから」とサムの奥さんが消え入りそうな声でいったので、皆笑った。

「とにかく、他に家はないのかね」と、一番冷静な少佐がいった。

「私の牧場へ行くわ」と私は答えた。

サムの奥さんが、「ジェニーちゃん大丈夫なの」と心配気に聞いた。私は、この旅に少佐がついて来ると聞いた段階で、サムの奥さんの家では部屋が足りないことがわかっていた。そして、その場合、私の牧場のあの小屋に泊るようになるだろうことを、覚悟して来た。

「なんじゃ、ジェニーの牧場があるのかい、ならそちらに行ってもいいぞ」

「それこそ無理だわ、居間と寝室が一つしかない、ほんとの小屋だもの」

私はその小屋で、兄様と僅か一か月と少し、本当に二人きりで、ままごとのような日々を過ごしたのだ。兄様がいったのだ、「これからは、いつまでもずっと一緒だ」と。私はその言葉を信じ、未来に夢を持って、その短い日々を過ごした。兄様があれほど望んでいた子供が出来ていたとも知らずに。兄様がここを出て行く時、私は泣かなかった。軍人の妻は涙など見せてはならないのだと思って。そして、それが最後の別れとなってしまった。その思い出の小屋に、オーリィと泊るのかと、サムの奥さんは心配してくれたのだ。

「そうか、しかし、オーリィと二人きりとは、ちと妬けるのお」と、兄様とのことを知らない将軍は笑う。

「でも、本当にそこでいいの?」とまたサムの奥さんがいったので、将軍が、「何か問題でもあるのかい」と聞いた。

私は、慌てて、「そこへは歩いては行けないの。馬車でも三十分位かかるから、お夕飯終わって、早めにおやすみなさいをいわなくちゃならないの、朝もお寝坊すると、朝ご飯食べそこなっちゃうのよ」と、わざと明るく茶目っ気ぼくいったのだ。

「そりゃ、お前達二人にぴったりじゃないか。わしもおらんし、新婚気分に浸れるじゃろう。これで決まりじゃ、サムの奥さんには気苦労をかけたのう。今夜は君はサムと一緒じゃ、仲良くな」

「まぁ閣下ったら、恥ずかしいですわ、じゃあ早くお夕食にいたしましょうよ。ジェニーちゃん達もお腹空いたでしょ」と、サムの奥さんも明るくいった。

料理は最初から大皿に盛られて、好きなものを好きなだけ取り分けて食べるようになっていた。一度に沢山食べられない将軍のためであろう。

熱いものは、カップスープだけが各自に配られた。

「牧場では毎日こんなご馳走が出るのかい。わしゃあ、仕事を間違えたな、軍人でなくて牧童になるべきだったと思うぞ」

「それはサムの奥さんの料理と、サムの作るパンのおかげですよ。他の牧場が皆こんな所だなんて思っちゃ駄目ですよ。塩の効いたごった煮に硬いパンに水って所がほとんどなんですから、ここは特別なんです」

「そりゃ、軍隊と変わらにゃせんじゃないか」

「だから、そんな所だったら、将軍をわざわざお連れしたりしませんよ。サムの奥さんがいかに頑張ったか、見て頂きたかったんですよ。ここは最初汽車も通ってない、荒野だったんですよ。そこへ小屋を建てて牧草植えて、牛を飼い始めて、病気で死んじゃったり、牛泥棒にやられたり、仕事を覚えた牧童引き抜かれたり、もうすごーく大変だったんだから」

「それは大袈裟よ。ジェニーちゃんが、ハウステット法教えてくれて、土地がタダで手に入ったし、ジェニーちゃんの金山からお金(かね)がもらえたから牛も買えたのよ。みんなジェニーちゃんのおかげなのよ。そうでなかったら、惨めなおかまで砦で死んでたかもしれないのよ」とサムの奥さんは、エプロンに顔を埋めて泣き出した。サムが背中をなぜて、「ハニー、お客様が皆困っているよ」と優しくいった。サムの奥さんも我に返って、

「申し訳ありませんでした上官殿、でも今があるのみんなジェニーちゃんのおかげなんです。サムとの結婚式も挙げてくれたし」

「だって、サムの奥さんて、砦で私のたった一人の女の子の友達だったんですもの。私ずっと一人だったんです、お友達出来

て、本当に嬉しかったんですよ」

　テリー閣下も少佐もオーリィも皆黙った。この大男を、女の子の友達と思わざるを得なかった私の砦での暮らしを、それぞれが思ったのだろう。

「サムの奥さんや、我々にブランディを恵んでくれんかのう。オーリィお前さんはそれを飲んだら、ジェニーと愛のおうちへ行くんだ。明日の朝食は何時かの」

「ジェニーちゃん、小屋までの道覚えている？」サムの奥さんが、馬車のランタンに火を入れながら聞いた。

「覚えるも何も一本道だもの、間違えるものもないわ。それとも、私がいないうちに道が増えたの？」

「前と同じよ、何も変わってないわ。小屋の中も外も、前と同じ、よ」と、サムの奥さんは意味深にいって、お休みと、私の頬にキスをした。

「将軍達よろしくね」

「大丈夫よ、任せておいて。オーリィ、ジェニーちゃんをよろしくね。明日寝坊してもいいわよ、朝ご飯待ってるから、じゃあね、気をつけて、お休み」

　サムの奥さんは見送ってくれた。きっと彼女の心にも、あの時の兄様の思い出が湧いて来たのではないだろうか。

　オーリィは、毎日馬車で移動かよ、と文句をいったけれど、私の小さな丸太小屋が見えて来ると、口笛を吹いた。

「いいねぇ、素敵じゃないか。こんなんだと思わなかったよ」と喜んでいった。

　部屋には、サムの奥さんに命じられたのだろう。ランプが煌々と点いていて、暖炉には火が入っていた。酒と夜食の用意までがしてあった。

「ますますいいねぇ、お前がこんな所持ってたなんて知らなかったよ」

「ここはジェニーの牧場だけれど、ここに住むつもりもなかったし、まだ牛もいないし必要最小限の小屋よ。私は大概サムの奥さんの所へ泊るから、ここはあんまり使わないの。でも、サムの奥さんが、牧童にいって、掃除だけはしてくれてるの、今夜も誰かに世話かけたんだわ」

「そんなこと気にしないで、夜食食べて早く寝ようぜ」とオーリィは小屋の作りの可愛さに感じ入って、私の心も知らずに、はしゃいで、サンドイッチをかじるのだった。

　朝行くと、皆起きていて、新聞を読んでいた。

「ウォーンデッドニーの第七騎兵隊の虐殺の話ばかりじゃ」

「本当に兄様いなくてよかったと思います」

「リトル・ビッグホーンの復讐だというものもあるが、時代が変わったとしか思えんわい」

「インディアンがしていたっていう、ゴースト・ダンスって何なんだろう、今まで聞いたことがない言葉です。インディアンも変わって来たってことなのでしょうか。でもいくら抵抗したっていっても、女子供まで殺すなんて、信じられません」

「それを今、国は賞賛しておるのだ。インディアンに未来はないかもしれんのぉ」

「だったらどうなるんですか」

「それも国が決めることだよ、ジェニーや」

戦いの後、砦に捕虜になった女子供が連れて来られることがあった。女のいない砦だから、そんなインディアンの女を伴侶とする兵隊があった。それは黙認されていて、インディアン女はやがてドレスを着たり、子供を産んだりして白人化していくのだった。それ以外の捕虜は、もっと大きな砦に連れて行かれて、インディアン側の捕虜になっている白人との交換や、話し合いの時に交渉材料として連れて行かれるのだった。

ウォーンデッドニーの虐殺話は、私の心に重い影を落した。

「もう馬には二度と乗れんと思っとったが、こうして久方振りに風を切って馬に乗ると、わしも騎兵だった頃を思い出すわい。やはり手足のごとく動いてくれる馬は良いのぉ、インディアンは出んのかね」

「もう、嫌になっちゃうなぁ、まだ戦いの日々が恋しいんですか。矢や鉄砲の弾が飛んで来たら、一発で閣下やられちゃいますよ」

「その時は、私がお守りいたしますから」と、少佐が胸を張った。

「はいはい、お年寄りが一人に、少佐と大尉と一等兵連れて、お山の大将して下さい」

「こりゃジェニー、お前口が悪くなったの。実は、夕べオーリィとうまくいかなかったんじゃないのかね」

「そんなことばっかりいってると、今日はオリバンダーの牧場行こうと思ったけれど、一人で汽車に乗せて送り帰しますよ」

オリバンダーは、牧師になって、小さな教会を建てた。その墓地にはエイミーが眠っているのだ。

「そりゃ、一人ではたまらん。降参するから、オリバンダーの所へ連れて行っておくれ、なぁジェニーや」

将軍と掛け合いをやっていると、とても楽しい。しかし、その体は病に侵され、残りの時間がもはや刻まれていると思うと悲しいのだ。

オリバンダーは、沢山の牧童を従えて、我々を迎えてくれた。そして、三つの牧場に流れている川の上流まで連れて行ってくれた。そこは、川が滝のようになって、とても美しい所だった。将軍も感激して、「いやぁ、こんな広大な牧場だとは思いもしなかったよ。君の努力は素晴らしいよ」と珍しく誉めた。

将軍が疲れたといい出したので、予定にはなかったが、その夜は、オリバンダー宅へ泊まることになった。オリバンダーはパイプを吸うので、将軍と夜遅くまで大人が子供に返ったように楽しそうに過ごしていた。客間に将軍が寝て、そこのソファに、オーリィが私をしっかり抱いて寝た。少佐は居間のソファで、寝た。私だけが女で、少し問題はあるが、気心の知れた同士、何もさわりはないのであった。

　将軍はやはり三日も動くと疲れたといって一日寝ている。その間、私達三人は、もう目いっぱい馬を飛ばす。大概一番がオーリィで次が私、そして少佐はビリだ。私は馬に乗るのが大好きだ。馬は私の心をわかっていてくれて、口はきかないけれど、いつも、私の心を慰めてくれる。そして私は砦で唯一兄様と馬に乗って出かけられた日々が忘れられないのだ。

「いやぁ奥さんにはかないませんよ。女性なのに本当によく馬をつかわれますよ。どこで習われたんですか」と聞く。

「十二才で砦に来て、すぐ兄様の馬に一緒に乗ったの。私チビスケだったから、やっと十五になって鐙に足が届くようになって、あとは好きなように乗ってただけよ。兄様は、ウェストポイント出てるから、乗馬の柵越えとか旗取ったり競技が出来たけれど、私はただ早く馬を走らせることだけ。一度そのおかげで、サムの奥さんと遠駆け行って、インディアンに出合ってしまって、もう命からがら逃げて来たことがあるの」

　それでヘンリーとの出会いになるのだが、別にここで出す話題ではない。

「やはり砦にいると、若い女性もそんなことがあったんですか。ご無事で良かったですねぇ。ところで、カスター閣下の奥方は馬に乗られたのですか」

「あの人は、自分で馬に乗りたいっていってたけれど、結局高い所と、馬の速さについて行けないで、乗れなかったの。だから、私と兄様が遠駆けに行くと、その晩のお夕食は口を聞いてくれなかったの」

「そんな、あの方がまさかそんなこと」

「私は特におじゃま虫だったから、色々あったの」

「そうなのですか、信じられません。カスター閣下を生涯愛しぬかれて、今、とても有名ではありませんか」

「そうね、兄様は愛してたと思うけれど、私のことははっきりいって、嫌いだったの」

　少佐は信じられないという顔をして黙ってしまった。彼も砦に多くいた、リビィさんファンの一人なのかもしれないなと思った。リビィさんは確かに美人だったし、下々の兵隊にも気を遣っていて人気があったのは、確かだったけれど、皆知らないのだ、あの氷の中にいるような夕食の風景を。人には皆多かれ少なかれ秘密があるものなんだ。

　私も、あの小屋の小さな寝室でオーリィに抱かれる時、兄様と叫びそうになるのを何度も堪えて、オーリィの手前絶頂に達するふりをしているのを、オーリィに知られてはならないのだ。

　牧童に交じって平野の真ん中でお茶を沸かして、ビスケットを焼いて食べるのがたまらなく楽しいことのように思えた。

「ジェニーの牧場は今どうしているんだい」と、オーリィが聞く。そりゃ心配だろう。

「牧草生やして、二つの牧場がそれぞれ牛を飼ってくれているの。あなたが明日から牧場暮らししたいっていうんなら、すぐ牛買うけど」

「おれ、牛飼えるかなぁ、馬はいいけど、おれにゃあ、ここの暮らしは無理だと思ってくれたまえ」

「はっ、大尉殿わかりました。アハハ」

やっぱり、オーリィにはここの暮らしは無理だと思う。彼は街で生まれた人間だ。街暮らしがいいのであろう。しかし、ここが気に入ったという人間がいた。少佐である。私が住まないなら、あの可愛い小屋を貸してくれといい出したのだ。その意味は、家に帰ってわかった。

将軍は牧童達の見送りを受けて、ご機嫌であったが、家に帰るなり、やはり疲れたと、ベッドから出られなくなった。医者はいらんと、ダダをこねる。いずれ人は皆死ぬのだ、それが少し早いか遅いかだけだと言い張るのだった。きっと自分の体のことは自分が一番わかっているのだろうと思って好きにさせた。

私にはバザーの用意が待っていたからだ。

マギーは私がいない間に、新しい人形を作っていた。お座り人形である。私の作った抱き人形ではなく、ただ座っているので飾り棚とか机の上に置いておくのだけれど、ちゃんと着替えが出来て、夏物冬物色々とドレスやコートまである。

コックは新しい一口パイの種類を増やした。私は、芝生をテニス場の半分ほど刈って、三本の線を引いて、おもちゃ屋からまた輪のおもちゃを三台買って来て練習場にした。これなら初めての子が、いきなりゲームに出ないで、習ってから出られる。あとの目玉は、サムの奥さんのビーフジャーキーを、土産を入れて行った鉄のトランクいっぱいもらって来たのだ。小袋に入れて売ったのだけれど、ワイン片手のオーリィが、一袋くすねて来て、来たお客にワインと共に勧めるので、よく売れた。

私は悩んだ末に、南北戦争関係者の寄付品に最低価格を決めて、彼女等に利益が出るようにした。パイに利を乗せていると、怒った私がである。この試みは後々、店へと発展した。

人形は売れたが、一番売れたのは人形の洋服であるという。多い人は七枚も八枚も買ってくれて、お座り人形は大人に売れたのだ。今度は、オーバーコートが欲しいとか、帽子やバッグまで注文を受けたのだという。エイミーを亡くして気落ちしていたマギーの生きがいになるといいな、と思った。

将軍は、前回は何の話だったかのお、とぼけたふりをして、途中で地図を出して来たり、本人も満足しているようだった。

トウモロコシも沢山とれて、今度はハルが焼きトウモロコシとして売っていた。とにかく驚いたのは、バザーが終わった後、少佐が一人の夫人を連れて、私達に紹介したことだった。少佐は、兄様が生きていらしたらこんな感じかなと見える年で、夫人はそれより少し若いがそれでも四十に近く見える。夫は先に亡くし、子供がいるが再婚に反対なので、当分通い婚をするのだという。ロマンスがもう芽生えたのだ。

それに関しては、ハネムーンとして、私の牧場の小屋を是非貸してくれたまえという。私は心穏やかではないが、何も知らない少佐に何で駄目といえようか。オーリィまでが、後になって、お前と二人っきりで過ごしたあの小屋よくお前貸したな、といったくらいなのだから。

二人は出かけた。私はその前に、また面倒をかけるけど、よろしくと、サムの奥さんに手紙を書いて送っておいたのだ。

一か月も経って二人はすっかり日に焼けて帰って来た。幸せそうであった。

「彼があんな立派な牧場持っているなら、一緒に住んでもいいわ」と多少言葉の内容に、勘違いがあったが、それからも二人で夕食に来たし、確かバザーも三回か四回は、二人仲良く手伝っていた。ところが、ある日を境に見えなくなった。少佐も何もいわないから、私達も何も聞かなかった。少佐のロマンスは終わったのだった。

「ジェニーや、カスターの話をしてやろうか」椅子に座った将軍は優しくいった。私はその膝に頭を乗せて、うずくまった。

「ブラックヒルズの探査を命ぜられたことは知っておるか？」

「そんなの知ってるよ、それで、ゴールドラッシュが起こるんじゃないか」私は将軍と、グーパンチをした。

「では、クリミア戦争で疲弊したロシアが持っていたアラスカを、合衆国が七百二十万ドルで買った時、その金（かね）を運んだのが、お前の兄様だったということは」

「それも知ってるよ。そういう話を聞くと、ワシントンの役人がいかに怠慢かわかる気がする。手近な戦の最前線にいた兄様にやらせただけだって思うよ。自分達はワシントンで机に座っているだけで、働いたのは兄様だけって腹が立ってくるよ」

「確かにそうともいえるのう」

「ゴールドラッシュの責任もとれっていわれたって、命ぜられてやった仕事だよ、兄様は根からの軍人なんだもの、嫌だっていうわけないじゃない」

「そうさのう。ではメキシコ政府から招かれた話は知っておるまい」

「それ何のこと、ジェニーも知らないわ」

「あれはの、南北戦争が終わった直後のことであった。カスターは戦後位も下げられ無役で腐っておった。そこへの、思いもかけずメキシコ政府からの誘いがあったのだ。それも中将での待遇での。カスターは行く気であったろうが、当時、南北戦争が終わったばかりで、国が乱れていて、フランス政府との対立を危惧した合衆国が許さずに、その話は流れてしまったんじゃ。そうでなければカスターは歴史を変えたかもしれんし、合衆国の地図も変わっていたかもしれなんだ、お前の兄様はそういう縁を持った男だったのだよ」

「でも、メキシコいっても、カスターダッシュが使えたかわからないし、お墓がメキシコにあるってことになってたかもしれないんだ」

そうしたら、私はどうなっていたんだろうと思う。そもそもリビィさんはどうなったんだと思ったのだ。

でも中将なんて凄いなと思う。まだ二十代半ばになるかという年であったのだ。さぞかし残念なことであったろう、もしなっていたらきっと兄様のことだから、凄い軍服作って、先頭きって戦の中に飛び込んだことは、間違いないと思った。

兄様はどこに行っても戦士だったのだろうから。


その頃になると将軍の具合が、芳しくなくなった。段々日常としていた散歩までが出来なくなっていった。私はこの時ほど、自分に子供がいないことを悔やむのだった。小さな子がいたら、安楽椅子に座った将軍のどんな慰めになったことだろうか、たまらない思いがするのだった。

その将軍の無聊を慰める子がいた。アンの子供達だ。彼等は初めこそ強面の将軍の前に出るのを嫌がった。しかし一緒にお茶を飲むようになって、インディアンとの戦いの話などを聞くうちに、慣れて来て、今では私が買ってやったおもちゃの銃をかついで、将軍の号令で行進したり、止まったりと、すっかり懐いている。

学校に行っている彼等が揃うのは日曜日なので、将軍は、まだ今日は火曜日か、日曜日が待ち遠しいのうといっていた。しかし、やがて体力が落ちて来て、子供の持つ力を受け止められなくなると、ジェニーや、わしゃ疲れた、といって、子供達は来なくなり、椅子にも座っていられなくなって、ほとんど寝たきりになってしまった。医者は全身に癌が転移して、痛みが出たら後は阿片しかありませんといった。あと半年はもたないでしょうともいった。

その日、私は将軍のベッドに添い寝して、腕枕で、片手で将軍の胸を撫でていた。

「静かだのう、わしはお前の所へ来て本当に良かったぞ、わしはの」

「はい。将軍は亡くなるまで軍人でいらしゃるから、アーリントン墓地ですね」

「そこまでわかってくれているのであったら他にいうことはないわ。わしの持ち物は皆お前にやる。近いうちに弁護士を呼んでくれるかの、多少やらねばならぬこともあるから」

「数日後に、呼びますわ」

今日はオーリィがいない。友人の誕生日に呼ばれている。夫婦でとあったが、私は病人がいるから欠席するといってくれと頼んだのだ。

「ねぇ将軍、私どうしても閣下に聞いて頂きたいことがあるんです。今日オーリィはいません。オーリィのいない所でお話しがしたかったんです。聞いて下さいますか」

「おぉ、お前の話なら何でも聞くぞ。人にいえない話なら、わしが地獄まで持って行ってやるわい。長い付き合いじゃ、何でも話せ、気にすることはない」

「ありがとうございます閣下。話は二つあるんです。どちらも私の子供の話で」

「ほう、お前さんに子供とは似合わん気がするがの」

「一つはね、私とオーリィの間には、子供があるんです」

「そりゃあ驚いたぞ。初耳じゃて」

「私ね、オーリィとの結婚休暇の時にもう妊娠したの。なぜわかったかというと、凄く酷いつわり、閣下わかります、子供が出来ると吐き気やとにかく色々なるんですけれど、それが私の場合、赤ちゃん出来たらすぐつわりになってしまったの。まだ結婚して二か月かそこらで、オーリィと、そのなんというか」

「男と女のことが出来んようになってしまったんじゃな」

「そうなんです。それだけじゃなくて、何にも出来なくて、オーリィの実家で暮らしていたから、彼の家族にもそれは迷惑かけて、でもついに入院するまでになっちゃったんです」

「お前は、苦労が多いのお」

「でも私養女だったから、この我子を絶対大切にしようって思ってたんです」

「それでどうしたのじゃ」

「あの日オーリィがひょっこり、ウェストポイントから帰って来たんです。予定日まで三週間でしたけど、その日に産気づいて、翌朝無事に子供が生まれたんです。もう嬉しくて、この子こそは絶対手放すものかって思いました。でもね……」私の瞳から涙が溢れた。

「何があったんじゃ」

「私がね、あのね、くたびれて眠っている間に、向こうの両親が勝手に出生証明書出して来ちゃったんです。それでね……」

「ああ、それでどうしたのだね」

「名前を、赤ちゃんの名前、ウィリアムってつけたって、私に向かって、ビリィちゃんママにおっぱいもらいましょうねっていったんです」

将軍は私の髪を撫でながら、「そりゃあ、お前さんにとっては、酷な話だったなぁ、よりによって、名前なぞいくらもあるっていうのにのお」

「あたし、耐えられなくて子供置いて出て来ちゃったんです。赤ん坊あんなに捨てないっていいながら、産んだその日に捨てて来ちゃったんです」

将軍は私を胸に抱くと、背中をなでてくれた。

「そのせいで、オーリィは実家と縁切りになって、心を病んだ私のために、軍隊も辞めるはめになっちゃったんです。みんな私が悪いの」

将軍は天井を見上げながら、「そりゃあ困ったことだのぉ。わしも何もしてやれんな、赤ん坊はどうしているのだ」

「あちらの家で育っているらしいんです。手紙出しても戻って来ちゃうんです。でもオーリィの名で月百ドル小切手送ってるんですけど、それは受け取ってるんです。その小切手が換金されたのを見て、あの子のこと思うんです」

「あの子か、わしゃ知らんかったから、お前に要らぬことをいったかもしれんのぉ」

「それ以来、子供が出来ないんです。神様もう子供捨てた私に、赤ちゃんくれないいんだわ」

　私は将軍の寝間着をつかんで泣き続けた。

　将軍は私を抱きながら、思いにふけっていた。私が砦に来たのは十二才の時だった。将軍は事情はあらかた聞いていたから、幸薄い娘と思ったが、ここまで七才の悪夢がついてまわっているとは、思いもしなかったろう。

「ジェニーや、泣くのはおやめ、時間がないだろう、オーリィが帰って来る。もう一人の子供のことは、どうしたんだい？」

　私は、将軍の胸に顔を埋めながら嗚咽していたが、やがて静かになった。

「将軍は、アンソニーに会ったことがありますか？」と小さな声で聞いた。

「いや、わしゃないぞ。新聞で、リビィ夫人が連れて講演会をしていると読んだことがあるだけだ。あの子のことなのかい」

「新聞には、アンソニーの外見をどう書いてありますか」

「そうさのお、プラチナブロンドの巻き毛で、青い瞳で白い肌の可愛い子だとあるの」

「兄様は金髪で青い瞳でした。でもリビィさんはブルーネットで茶色の瞳でしょ。どうしてプラチナブロンドの子が生まれたのかしら」私は上半身を起こした。将軍からは、私の髪が見えたはずだ。

「まさか、お前、ジェニーよ、アンソニーまで、お前の子供というのかね」

　将軍も肘で半身を起こした。

「アンソニーは、私と兄様との子供なんです。お産に立ち合った小間使いのエイミーは死んでしまったし、私の妊娠したのを知っている女中と医者はいます。でも私はミシガンの家で、身を隠してアンソニーを産みました。もう誰も証明してくれる人はいません。私とリビィさんとの、絶対に人にはいえない秘密になってしまったのです」

「あのリビィがいて、一体いつお前はカスターの子をはらんだというのだね。たまたまアンソニーがプラチナブロンドで生まれたから、そういっているわけではないのかね」

「皆そういうでしょう。エイミーが死んで、その時のことを知っているのは、立ち合った医者と産婆とカスター家の女中だけです。でも彼等は絶対にリビィさんの味方でしょう。ジェニーは一人なのです。だから将軍に聞いて頂きたかったのです。他の誰にいえるでしょうか」

「わしにわかるように話してくれるかの」

「私はとにかく砦を出たかった。兄様と別れるのは、身を裂かれるほど辛かったけれど、もう砦のあの家では暮らせないといつも思っていました。偶然にインディアンの妻になって、金山もらって、その後砦が止めろといったヘンリーと一緒になって砦を出たのです。遊びだすぐ捨てられるといわれましたが、ヘンリーは私のことを愛してくれて、子供が出来たら結婚しようと私はいいました。兄様のことは口にいえないくらい愛していましたが、妻がいました。私は、私のことを心から愛してくれるヘンリーと生きて行くと思い定めたのです。やっと兄様を捨てることが出来たと思ったのです。でも彼の口から、シェリバンの愛人の子だと聞かされて、私は何も知らないヘンリーの元を飛び出して、エイミーを連れて何か月も知らない街のホテルを泊まり歩いていた時、エイミーがいったのです。サムの奥さんの所へ行きましょうって。そうでなかったら私はきっと死んでいたでしょう。サムの奥さんが兄様へ手紙を書いてくれました」

「なぜお前が書かなかったのじゃ」

「ヘンリーと暮らしていた二年半の間にも、私はずっと砦の兄様に手紙を書き続けましたが、一度として返事が来たことはありませんでした。なぜなら私が砦を出て、リビィさんは兄様とやっと二人で暮らせるようになったのに、それでもまだ嫉妬して、あの人はジェニーの手紙を一度として兄様に見せなかったのです。それでサムの奥さんが男の名で手紙を書いてくれて、その中に私の手紙を入れてたんです。兄様達はその一件で、リビィさんとはますます仲がこじれたそうです。世間では理想の夫婦といわれながら、二人の仲はそんなんだったんです」

「あのリビィがそこまでしたのかのお」

「私はヘンリーと別れて、身も心も疲弊して、サムの奥さんの所へ辿り着きました。どうしてか、サムの奥さんとの文通も、リビィさんに知られるようになってしまって、休暇でミシガンの家にいた兄様には私の苦境は長く伝わりませんでした。でもリビィさんが熱を出した時、兄様は自分で手紙を手にして、やっとサムの奥さんの手紙を見つけたそうです。熱があるのにリビィさんは手紙を自分で受け取りに起きて来たそうですから、どこまでもジェニーのこと、嫌いだったのでしょう」

「リビィは、まだ病気が治っておらんかったのかのぉ」

「私にはそんなことはわかりませんが、兄様からの手紙が来て嬉しかった。リビィさんは兄様と私が関係があったと、ずっと兄様を責めたそうです。その時一度、兄様は我慢が出来ずに、黙らせるために、リビィさんと交わりをもったそうですが、リビィさんの嫉妬心が止まずに、ついに耐えられなくなって、離婚を口にして、私の所へ来ました。私は十年以上経って、兄様を取り戻したのです。十二才の時のように、兄様に抱かれて眠る幸せを手にしたのです。でもサムの奥さんが、やっと二人一緒に慣れたのだから、男と女のことしないのはおかしいっていい出して、私はヘンリーとも暮らしていたし、何の問題もなく、私と兄様そういう関係になったのです。それで、あのジェニーの小屋でほんのわずかな日々だったけれど、たった二人だけで、夢だった兄様のお嫁になれたのです。将軍と牧場に行った時、サムの奥さんが、私とオーリィがあの小屋を使うのを心配したのは、私と兄様の思い出を壊さないかと思ってくれたんです」

「そんなことがあったのかの」

私はまた将軍の胸にもたれて、

「私、ずっと体の具合が悪かったのです。その日医者に行くはずでした。兄様にワシントンから書類が来たのです。兄様ったら、転居届けを出し忘れて、ミシガンの家から転送されて来ました。私は兄様と別れたくなかったので、一緒に牧場やろうといいましたが、兄様は出て行きました。それが兄様との最後の別れでした。医者に行ったら、子供が出来ているといわれて、私は飛び上がりたいほど喜びました。そして、嬉しさのあまり、サムの奥さんには絶対いってはいけないことを口にしてしまいました。赤ちゃんが欲しいというサムの奥さんに、男なんだから生まれるわけがないといってしまって、サムの奥さんは、もう見たことないほど激高して、兄様に赤ちゃん出来たことといわない約束で許してもらいました。それは私にとってとても辛いことでした。私は、サムの奥さんが、また男名でリビィさんに手紙を書いてもいいといったので、赤ちゃん出来ました、動きました、おなかが大きくなりましたと手紙を書いていたのです。ところがやがて新聞にリビィさんの妊娠の記事が出ました。ある時、リビィさんがこの家にやって来ました。私と同じくらい大きなおなかをして。でもあの人、嘘をついていたのです。私の膝に手をついて、私の赤ちゃん頂戴っていったのです。やっぱり〝十二年目の奇蹟〟なんてなかったんです。リビィさんは、ワシントンからの手紙に、妊娠したってカードを忍ばせてあったそうです。それを兄様は信じてずっと一緒って兄様はいっていたのに、ジェニーはすでに捨てられていたのです」私は涙を拭いた。将軍は暗い顔をして私を見つめているだけだった。

「兄様は、子供が欲しかっただけだったんです。世間にも知られて、兄様の愛も取り戻したかったリビィさんは、私にすがるしかなかったのです。離婚証明書にサインをして、ジェニーにくれました。子供を渡したら離婚して実家に帰る、あなたは、これから毎年子供が産めるでしょう。でも〝十二年目の奇蹟〟が、ただの小娘に子をはらませただけだと世間が知ったら、兄様のスキャンダルになるっていわれて、私に何が出来たでしょう。私はミシガンの家で子を産みました。難産で二日もかかって産まれた子が、男の子で嬉しかった。でもその時、すでに兄様は亡くなっていたのです。私の知らない所で、リビィさんは〝十二年目の奇蹟〟の子のことを、マスコミに漏らしていました。私は子を産んで一週間目に泥まみれの新聞で兄様の死を知りました。溢れるほど出ていた乳は止まり、リビィさんに、赤ん坊を置いて家に帰りなさいといわれて、抜け殻のようにこの家に帰って来たのです。結局兄様はジェニーに本当の自分の子が出来たことを知りませんでした。私は、それが心残りで仕方がないのです。兄様にジェニー良くやったと、褒めて欲しかった。もう出来ないことなんです」

「お前は本当に不憫な子じゃのう。カスターはお前に子が出来たのなら、それは喜んだであろうにのう、妻にはついに勝てなんだか」

「リビィさんは、私を兄様の軍葬に呼んでくれませんでした。私はそれが悲しくて、テリー閣下に、十二年目の奇蹟なんてなかった、アンソニーは私の子だと手紙を出したの覚えていらっしゃいますか」

「ああ覚えておるわい。しかしの、その時はあまりに出来過ぎた話で、わしゃあ、ジェニーお前のリビィへの反発の作り話ではないかと思っておった。わしゃあ驚いたぞ、そしてな、少々慌てた。もしあの時お前が、十二年目の奇蹟などなかった、アンソニーの母親は自分だと名乗り出たらどうなる。国の威信に関わる事柄であったのだよ。あの時は、お前には可哀そうなことであったが、わしゃ何もしてやれなかったのだ」といって、私の頭を撫でていた。

「私、ミシガンの家を出る時、毎年会いたいっていったんです。でも認めてくれないで十才になった時に一度だけって。ねぇ将軍、頑張って、アンソニーの十才の誕生日、一緒に参加して下さい。そうしてアンソニー返して下さいって、頼んで欲しいのです」私は泣いた。それが無理だとわかっていたから。

「今、オーリィとの間に子が出来るといいのう。そんな他人にくれてやった子のことなど忘れられるように、赤ん坊は出来んかのう、もう少し、あやつに甘えてみてはどうかのう。今はそれが一番だと思うが、なぁジェニー」

「私も子供が欲しくてたまらないんです。あの、子供達を連れて来たアンにまた赤ちゃんが生まれるそうです。兄様が生きていらしたらと、思わない日はありません。ジェニーの夢って叶っても、すぐ消えてしまうのです。ジェニーは過去の思い出だけで生きているようなものなのです」

「オーリィがおるではないか。子が出来れば一番いいが、出来なくとも、この世で一番お前を愛してくれている男だよ。お前は一人ではないのじゃ。またバザーをやればいい。わしも、南北戦争の話がまだ途中だから、続きを頼まれておるんじゃ、次はいつかの」

「来月の十日ですよ」

「おぉもうすぐではないか、わしも資料を見ておかんとならんの。なぁジェニーや、アンソニーのことはよくわかった。お前の大切な子であることもの。あのカスターとの間に、夢が叶って、子まで出来ていたとは思わんだった。運命のいたずらだが、お前のおかげでカスターの名誉は守られたのだ。お前には辛いことであったろうけれど、わしは褒めてやるぞ。よくやったな。えらいぞ。さぁここへおいで、いくらでも頭を撫でてやろう。カスターの分もな。辛かったろう、一人で悩んでおったのだろう。アンソニーの十才の誕生日には一緒に行って、わしが口添えをしてやろう。もうジェニーに返してくれてもいいじゃろうといってな。良い子だ、よくやったぞ」

私は泣き寝入りをしてしまったらしくて、オーリィが帰って来ると、将軍は「おぉいい所へ帰って来おった、何かかけてやっておくれ」といったそうだった。

それからすぐ、将軍はアンの三人の子に会いたいといい出して、三人におもちゃの銃を肩に掲げさせながら、「立派な大人になって、国のために役に立つ人間になるのだぞ」といって、一人ずつ金貨を一枚与えた。

「お前さんがパイプのたしなみがあったら良かったんだがのう。わしゃものを持たんのでな」と、高位の勲章を、少佐に渡した。それは後に返還されて、J&O財団で、テリー将軍の全ての勲章として、保存されることになるのだ。

閣下は、オーリィを呼ぶと、「今まで世話になった。これからはジェニーを大切に、泣かすでないぞ。わしが見張っておるからの」

オーリィは、緊張して敬礼をすると、「私は、ジェニーを一生愛し、大切にすることを誓います」といった。しかし約束は、破るためにあるのだと、私はこのあと再度思い知る。

最後に私が呼ばれて、「思いもかけぬ楽しい日々を過ごさせてもらったぞ。やはりお前の所へ来て良かった。礼をいうぞ。わしのパイプのコレクションは、あの牧場の牧師にやっておくれ」

「閣下はどうするのです?」

「わしゃこれがある」とメジャムのパイプを枕元から出して来て、少佐にパイプをつけてくれと頼んだ。少佐が葉を詰めてタンバーで押えて火をつけると、閣下はパイプをくわえて煙をはいた。この頃、口の中にまで潰瘍が出来て、食事もまともにとれなくなっていたのに満足そうに煙草を吸うと、あとは任せたと、私の手に預けた。掃除をしておけというのだろう。

そして、「わしがの、天の国とやらがあって、カスターに会ったら、お前のことをよくいっといてやろう、安心をおし、お前は昔から良い子だ、そのことは私が一番知っているぞ」

バザーの前日、将軍は静かに天国に召された。阿片を使っていたので、意識もなくさよならもいえなかったが、苦しみのない最後であった。閣下は私の最後の心の拠り所であったから、その胸に抱きついて、葬儀屋が来たからと、オーリィに抱き寄せられるまで泣いていた。どうして皆死んでしまうの。私を置いて。

将軍は、私が着せてさし上げた、大礼服に帽子、銃剣を持って、胸にメジャムのパイプと、テリーズスペシャルの葉をいっぱいに詰めたパックを置いた。

いつか、わざと、お墓は兄様の傍がいいですかと聞いたら、いずれリビィめもやってくるだろう、わしゃ夫婦喧嘩の仲裁はごめんじゃ、といっていたので、アーリントン墓地の新しい区画の静かな場所を選んだ。陸軍省に、死亡報告とアーリントンへの埋葬許可をもらうため、電信を打っておいたので、葬儀の日将軍を偲んで大勢の人々が集まった。

星条旗をかけられた棺が、揃いの軍服を着た兵士達に担がれて、運ばれて来た。私はもう一人では立っていられないで、オーリィに抱えられながら、オーリィから手渡されたピンクのバラの花を、棺の上に投げおろした。それが合図のように、周りの夫人達の持つ花や花束が投げられ、土くれが投げられると、もう私は見ていられないでその場を離れた。

新聞に〝葬儀に謎の美女〟の三面記事が載っていた。私のことだ。ベールをしているのだから、美女かどうかもわかりはしないのに。後日どこで調べたのだろうか、〝ベールの美女は、かのカスター将軍の妹で、テリー将軍は晩年をこのジェニー夫人の自宅で過ごした。夫は、リトル・ビッグホーンの生き残り、ベンティーン元大尉である〟とご丁寧に書いてあった。

マギーは新聞を各紙皆買って来て、テリー将軍の葬儀の記事と共に、私の記事も切り取って、スクラップブックに貼っていた。彼女の趣味であったのだ。

もう用意がしてあったからバザーは行った。いつものように安楽椅子も置いて、来る人々に閣下の死を伝えた。人々は歴史を知る人が亡くなるのは残念なことだと、その死を悼んでくれたのだった。

アーリントンまで出かけて葬儀を行い、多少とも知己のある人々に挨拶をして、多くの人がその最後を知りたがったり、第一になぜ私の家にいたのかまで説明しなくてはならなくて、家に帰って、私はもう魂の抜けたようにくたびれ果てていたのだった。

兄様の次に私のことを知っていて、可愛がってくれた人であった。ある意味、父親といってもいい人だった。私はオーリィの慰めにも、なかなか立ち上がれずにいた。

別れの苦しみは、私にはどうしようもない。落ち込む私に、オーリィが夜会に行こうと誘った。少しでも華やかな所へ行ったら、気が晴れるだろうとのその時は確かに優しい心遣いであったはずだ。新しいドレスを着て、顔色の悪いのを紅を多くはたいてアーペル夫人に仕上げてもらって、外出した。

皆、我が家に病人がいて、先日亡くなったのを知っていて、慰めの言葉をかけてもらうのだった。

「少しお痩せになったでしょ。これからは気持ちを華やかに持たれるとよろしいわ」とか、

「優しい旦那様がいらっしゃるのですもの、時が心を癒して下さいますわ」とか、声をかけてくれることは嬉しい。けれど、そんなに早く悲しみは癒えはしない。

オーリィが、夜会に行くのだから、新しいドレスを作りたまえという。私は服屋にいって、店長の薦めるままに、流行のドレスを五枚も作った。オーリィがそれくらい必要だといったから。オーリィはなぜか急に夜会に行きたがるようになった。今まではどちらかというと、友人達と集ってお酒を飲むのが好きであったが、その一人に夜会に呼ばれたからという。その夫人も同伴しているから、気がつかなかったのだ。オーリィには、夜会に行きたい理由が出来たのだった。

その晩、ラストダンスの時が来た。私は椅子から立って、オーリィの傍に行った。混んだ中、私を押しのけるように私の隣に立つ夫人がいた。オーリィは、私の手に気がつかなかったのか、私の隣の夫人の手をとって、ラストダンスを踊った。どこの誰とも知らなかった。私は帰りの馬車で口を聞かなかったし、オーリィも何もいわなかった。

たかがラストダンスであった。妻として目くじら立てることほどのことではないとその時は思った。

黒い太陽

その夜も夜会に行くといって、オーリィは新しいテールコートをおろして、オペラパンプスをピカピカに磨かせている。私にも新しいドレスを着るようにいって、自分の前に立たせて、もう少し化粧を濃くとか、イヤリングを大振りのものにするようになど、今まで口にしなかったことを、この頃指摘するようになった。

「お前には綺麗でいてもらいたいから。しかし、いくら好きでもこうピンクのドレスばかりというのはよくない。今度作る時は他の色にするんだな」

「では、ご一緒にドレス見立てて下さいますか」と甘えると、なぜかはっきりと一緒に行こうとはいわないのだ。私も、なんとなくこの頃のオーリィは、変わったなと思ったけれど、テリー将軍の死から、まだ心が回復していなくて、オーリィの言いなりになっていたのだと思う。

最初に私が驚いたのは、紳士服店からの、請求書が来たことだ。つけで買うから別に普段ならあたり前のことだ。ただそれが、私の知らない店からだったから、やはり、オーリィに尋ねた。

「ねぇあなた、このプラス洋品店で、何をお買いになったの？　私、このお店知ってるかしら」

「あぁ、それは友人の行きつけの店で、付き合いで服を一着あつらえたんだ」といった。今まで買い物は私と行っていたから、珍しいこともあるものだと思ったけれど、気にはしなかった。

夜会のご招待を二回ほど、体調がすぐれませんのでと、休んだ後だった。

私はオーリィに馬車で、ブルーローズ洋装店という、初めての店に連れて行かれた。大きなガラス窓で覆われた立派な店であったけれど、そこから見えるマネキンの着ている服は、どうにも私の趣味に合うものとは思えなかった。

「こんなに肩を剥き出しにしたドレスは、私好みじゃないわ」

私は店に入る前にオーリィに囁いた。

「ここは、夜会服の専門店なんだ。お前もいつまでも、野暮ったい服ばかり着ていないで、殿方を引き立たせるような服を作ってみるんだな」といって、ずんずん中へ入って行ってしまった。あなた、このお店、初めてではないの、と思った。

店主が出て来て、オーリィは、妻がより魅力的に見える服を作ってくれたまえ、といった。四十代、あるいは五十に近いであろう店主は、極端に細い腰に、胸を強調した服を着た、化粧の濃い女性であった。昼間なのに何か夜の雰囲気をまとっているようなといえばいいのだろうか。オーリィは、こんな店で、私にどんなドレスを作れというのだろう。

私達がソファに座るとお茶が出た。香りの良い、こんな店で普段使わない、高級な茶葉であったので驚いた。

「奥様のお好みは、どのようなものでございましょう、なんなりとお申し出下さいませ」と、何冊もヨーロッパからのモード雑誌を出してくるのだけれども、私の見たことのない雑誌ばかりなのだ。驚くことばかりだ。

すぐに見本の布が持ち出され、今ヨーロッパで流行だというスタイル画が並べられた。

「奥様は何色がお好みでしょう。今流行は紫でございますけれど」

「私、あまり流行とか追うの好きではないのです。自分の好みのものを作りたいのですけれど」

「今日はピンクは駄目だからな。他の色にするんだ」とオーリィが口を出す。

「でも」

「私がそう望んでいるのだよ。もっと大人におなり」オーリィが今まで、こんなことをいったことがあったであろうか。

「こちらなど、いかがでございましょう」

選ばれた布はブルーのタフタだった。私はヘンリーを思った。砦から二人馬に乗って街に出て来て、ヘンリーの前で、初めて着たドレスがブルーだった。そして街へ出る時もブルーのドレスを着ていたはずだ。ヘンリーと別れてから私は、ほとんどブルーを着たことがない。

「いいじゃないか、それにしろよ」と、オーリィは気軽にいう。

「でも」と口ごもる私に、店主が、「よくおうつりでございますよ。このお布に、このようなデザインはいかがでございましょう」と、店主は、私でなくて、オーリィに聞いたのだ。もしかして、オーリィこの店がやはり初めてではないのかもしれない。そんな気がして仕方がない。

「私、こんな肩むき出しのドレスは嫌だわ」痩せている私は、肩を出すと、それだけ貧相に見えてしまうのだ。それは、オーリィも、承知のはずであろうに。

「それにはご心配はございませんわ。それこそ腕の見せ所でございますわ。当店は夜会服にかけては、右に出るものがないと存じておりますのよ」

何とも強気な店主だ。私はここで押し切られて五着もドレスを作ることになった。ブルーはともかく、店主の薦める緑など着られるものではなかった。オーリィが、紫に、固着して、とうとう藤色のシフォンのドレスも作ることになった。

出来上がりが楽しみだと、オーリィが店主と話している。その態度に、オーリィはこの店を知っていると思わざるを得なかった。

「ドレス楽しみだな」と上機嫌のオーリィと馬車に乗りながら、なぜか私の心は沈むのであった。

そういえばこの頃オーリィは一人で昼も夜もよく出かけて行く。私は、まだ家で、エイミーや、将軍の死と向かい合っていた。だから、オーリィが何をしているのか知らなかったし、関心もなかったのだった。後で思えば、それは全く私が無関心であったから悪かったとしかいいようのないことであった。

少佐が夕食に来て、夕食の膳の上で、「この頃、君の噂をよく聞くよ。色々な店で飲み歩いているそうではないか。私としては、一か所に決めたほうがいいと思うがね、いや気になったら、失敬」といった。

「酒は場所を変えて飲むのもいいものですよ。なんなら、ご紹介いたしましょうか」

「いや、今行っている所が気に入っているのでね。しかし、奥方も誘って飲みに行くのってのはどうだい。ジェニーもそろそろ、外へ出てもいい頃だと思うがね」

「ジェニーとなら、家で飲みますよ。こいつ酒が飲めないから、つまらんやつなんですよ」

「一緒に出かけるのがいいのではないのかい」今夜の少佐はねばった。

「ジェニーと一緒でも、つまりませんですから」

オーリィがそう言い切ったので少佐は黙って、「今夜は楽しかったよ。ジェニー、家に籠ってないで、オーリィと一緒に出かけるのだ。私はそう勧めるよ」といって帰って行った。

あとになって思えば、思いあたる少佐の忠告であったのだけれど、その時の私にはわからなかったのだった。

ドレスが出来上がって来て、私は驚いた。肩だけでなく胸ぐりも大きく開いていて、ゴムの胸パットがどれにも縫い付けてあったのだ。

「あたし、こんなドレス着られないわ。それに急にこんな胸してったら、誰だって、変に思うに決まっているわ」

「胸が小さいのだから仕方がないだろう」

「あなた、本当にそう思っているの。私の胸の小さいのは生まれつきよ。そんなの結婚する時からわかっていたことでしょ。今さらなんで、こんなこと、しなくちゃならないのよ」

「今のおれは、少しでも胸の大きな女が好きなんだよ。文句をいわず、今夜の夜会これ着て出てくれよ。頼むよ」

それはブルー地のストレートのドレスで、ウエストを強調すると、より胸が豊かに見えるようにデザインされていた。私は溜め息をつくと、胸元のパットが緩まないように、アーペル夫人に紐をしっかり締めてもらって、ドレスを着た。オーリィは、私の姿を仔細に見て、これでいくらかまともになったぜ、と、彼とも思えぬ言葉をはいた。

夜会に行って、まだ飲み物を飲んでいる時に、若い男にダンスを申し込まれた。私はいつもオーリィとだけ踊っていたので、驚いてオーリィを見ると、「行けよ」というように手を振った。

私は、私とそんなに年の変わらなそうな、名も知らない男と踊った。胸のくりが深いのが恥ずかしかった。

「ダンス、お上手ですね」

「以前は、自宅でも夜会を開いておりましたので」

「それは素敵だなぁ。あなたの所の夜会でしたら毎晩でも通いますよ」

私達はワルツを一曲踊って、別れた。いつまでも、手を握っていたそうにしていたけれど、夫が待っておりますので、といった。

オーリィは椅子に座って強い酒を飲んでいた。私が戻ると、

「若い男はどうだった」と聞くので、

「若いといっても、私とそう変わらないわ」

「あいつ、お前に見惚れて、二度もステップ間違えただろう」

「まぁ、そんな所まで見ていらしたの。嫌な旦那様」

その日はなんと三人の男性と踊った。今までオーリィとぴったりくっついていたのが、私が自由になったと思う男性が出たのだ。

帰りの馬車の中で、「他の殿方に、じろじろ見られながら、踊るのは、もう嫌だわ」

「おれは楽しめたぜ。俺の麗しの奥方が、他の男にもてている姿をね」

「あなた、まさか本気でそんなこと、いっているわけじゃないわよね」

「さあね、ヘンリーだったらどうしただろう」

「なんてことおっしゃるの」

もう次の会話はなかった。

私はやっと、この頃のオーリィの行動言動に不審を覚えるようになった。やはり、オーリィは変だと気がついたのだ。だからといって、私に何が出来ただろう。やはり、オーリィと直接話をするべきなのだろうけれど、何を話したらいいのだろう。悲しみに心をすり減らしていた私には、オーリィと直接話す力がなかったのだ。

私は、オーリィに菓子屋に行きたいからついて行ってくれと頼んだ。これはいつものことだ。オーリィは馬車を出してくれた。そして菓子を買って道を渡っている時に、「ここでエイミーは死んだんだよな、赤ん坊とさ」といった。

私の手から、手籠が落ちて菓子が散らばった。私はそれから二度と、この菓子屋に足を向けられなくなった。もう過去のこととして、思い出のようなつもりで、オーリィはエイミーのことを口にしたのだと思いたかった。まさか、私を悲しませるためだなんて、思いたくなかった。まさか、まさか、と思った。

ある日、珍しく居間で新聞を読んでいるオーリィに思い切って聞いてみた。「旦那様は、この頃どこへおいでなのでございますか」

「おれか、おれの好きな所だ」そういうと、また新聞を手にとるのだった。

「それは、どちらですの?」

「お前のいないところだ」

私の旦那様は、私のことが嫌いになってしまったのだろうか。

そうかと思えば、夜急に激しく私を抱いたりもするのだった。

「今日、出かけてくる」

「では、私もご一緒いたしますわ」

すると、顔色も変えずに、「じゃあ、行かない」といって自室に籠られてしまうか、「おれに自由はないのかい」と出かけてしまうのであった。

オーリィが、何を考えているのかわからなかった。どうしていいのかもわからなかった。将軍がいたら、話を聞いてもらえたのに、今はもういない。私には今、相談出来る相手は、少佐しかなかった。家でマギー達に話を聞かれるのが嫌だったので、手紙を書いて、会う日を決めた。

その日珍しくオーリィがいて、私が出かけるというと、どこへ行くのかと聞いた。私が少し戸惑って、少佐のお宅へ、というと、男一人の家へ妻はやれない、行くことは許さないというのだ。私が、少佐のお宅でも駄目なのですかと、重ねて聞くと、明らかに機嫌を悪くして、付き合いを止めてもいいのだよ、と驚くべきことをいったのだ。

「テリー閣下のご紹介でしたのよ」と私がいうと、

「閣下はもう亡くなったのだ。他にどんな縁があるというのだい」というのだった。

それなのに、少佐が夕食に来る日は家にいて、今までと同じような晩餐を過すのだった。

知らない酒場や、洋服屋のつけが回って来るようになった。

ある時ブルーローズからのつけが来て、さすがに私も、「あなた、私、この店でドレスは今作っていないはずよ」と、少しあらたまって聞くと、

「やぁ、君にプレゼントを買ったんだよ」と、シルクの寝間着をくれたが、料金はそんなものが十枚は買える額であった。

宝石屋から、五百ドルもの請求書が来た時も私はオーリィに問いただした。

「何をお買いになったの？」

「友人の妹さんの誕生日にねだられて、真珠の指輪をね」

「ご友人の妹さんに高過ぎませんか」

「やっぱり買うなら良いものの方がいいと思ってさ」

それが、七百ドルになって、千ドルを超えた時、オーリィときちんと向き合っていれば間に合ったかもしれなかった。でも私には出来なかった。

少佐は先日、夕食の帰り際に、オーリィの姿のないのを見て、真剣な顔をして、「ジェニー、オーリィには女がいる。もう噂になっている。私が君にいえるのは、それだけだ」と早口でいうと、帰って行った。

ヘンリーは、私のことをまるで舐めるように愛してくれた。兄様とは仮初めとはいえ、お嫁さんであった。だから私はどうしていいのかわからなかった。私は男から愛されることしか知らなかったのだから。

そして、オーリィはある晩の夜会に出て、とうとうその日帰らなかった。

私は着替えもせず、窓際に座って、ずっと外を見ていた。明け方、オーリィの馬車が帰って来るのが見えたので、慌てて駆けて行って、使用人が起きる前に、玄関の戸を開けた。

オーリィは、私の姿を見て驚いた風であった。私がきっと寝ていると思って、明け方に帰って来たのであろう。そして使用人を起こして、戸を開けてもらうつもりだったのだ。

「お帰りなさいませ、旦那様」

「ただいま、お前寝なかったのかい」

「ご主人様がお帰りにならないのに、寝るわけには参りませんから」

「これからは先に寝ててかまわないから」

「それではこれからも、このようなことがございますのですか」

「えっいや、夕べは友人と飲み過ぎて、泊まっていけっていわれてさ、心配させて悪かったよ。湯に入りたいんだけど」

「まだ皆寝ていますわ。今お湯を沸かして参りますからお待ち下さい」

「いや、お前にやってもらわなくても」

「すぐでございます。そのあとお召し替えを」

私は台所へ駆け込んで、湯を沸かした。香水と脂粉の香りを漂わせた夫の姿を見たくはなかった。そして、慌てて自分で着たのであろう乱れた姿も見たくはなかった。

こうして私は、夫の裏切りをはっきりとこの目にしたのであった。その時私はどうしたら良かったのであろうか。夫は取り繕って、あくまでも友人と飲んでいたのだといった。しかし、その態度から、服装から、そして誤魔化しきれない脂粉の香りに、夫は私を裏切ったのだとはっきりといえた。泣いて責めればよかったのだろうか。女と別れなければ離婚と強く出ればよかったのか。愚かなことに、そのどれも私は出来なかった。

朝食前にオーリィは湯に入って、浮気の証拠の夜服は私の手でクリーニング袋に押し込んでしまった。マギーにも知られたくはなかったのだ。自分の夫が浮気をするなど信じたくはなかったのだ。

その夜、夫が求めて来たけれど、月のものがといったら、なら仕方ないねといって、オーリィは横を向いて眠った。ほんの十日も経たない前に月のものが終わりましたと、いったはずなのに、今の彼の心の中に私はないのだと、一人で泣いた。

次の日、オーリィは今夜は友人の所へ泊るから、先に寝ているようにといった。思わず私が、「どちらのご友人宅でございますの？」と聞くと、口ごもって、

「酒場で知り合った、君の知らない男だよ」というので、

「ご自宅へお泊りになるほど、親しくなさっていらっしゃる方なら、私にもご紹介下さいな」とわざと明るくいうと、

「君は酒を飲まないじゃないか。酒の上での友人なのだ。君と会っても話が合いはすまい」といって昼食もとらずに、自室に行った。そして、夕食前に、正装をしてコートを手に部屋から出て来た。この家に来て初めて私も女中の手も借りずに、一人で着替えをしたのだ。

私が、「お酒を飲まれるのに、正装をされて行かれるのですか、しかもご自分でお支度をされて」と半ば呆れていうと、

「男の付き合いなのだ。これからは君に口出しはしてもらいたくないな」と、オーリィはいうのだった。

「せめて、お相手のご自宅の所番地を教えては下さいませんの？　何かありました時に困りますでしょ」

「君には関係のないことだといっておくよ。私のすることに君は何もいう権利はない。これから私が何をしようと、私は君に何もいうつもりはない。君がビリィを捨てたように、私もしたいことをするだけだ。わかったかね。だから今夜は早く寝るようにと私は君にいったのだ」

そういって出て行って、その晩帰らなかった。

あまりに自分勝手で無体ないいようと思ったけれど、ビリィのことをいわれたら、もう私は、何もいえなかった。みんな私が悪いのだから。

女中達の手前などもうなく、全員の前で浮気に行くのだと宣言をしたようなものだ。

夜アーペル夫人に手伝われて寝支度をした。夫人は何もいわない、ただ部屋を下がる時に珍しく、睡眠不足はお肌に悪うございますから、お休みなさいませ、といって、出て行った。夫

人にとっての精一杯の慰めの言葉であろうと、ありがたく思った。

マギーまでが、寝る前の私の所へやって来て、言葉を選んで、要は、別れてしまえととれる言葉を口にした。「奥様、お金をお持ちなのは奥様なのでございますよ。あの方の服も飲み代も皆奥様がお出しでございますのですよ。そこをよくお考えになられまして」といって出て行った。

冷たく一人では広すぎるベッドに横になりながら、以前に少佐がいつかいっていた言葉を、思い出していた。あちこちで酒を飲むより一か所にしたらどうなのかねとかいっていた。それは、暗にオーリィの浮気を諌めて、私の所へ戻るようにと、いってくれていたのだなぁと、今頃になって思う。

私は、夫の相手が誰で、そもそもどうやって知り合ったのかすら知らない。でもこの私がどうしてオーリィを責められるのだろうか。ヘンリーを捨て、あの子も捨て、今罪が当って、私がオーリィに捨てられたのだ。

オーリィは、二泊して帰って来た。その姿は、カラー（シャツの襟をピシッと立たせるための薄い板のことで、もちろん人前では外すものではない）もなく、だらしなくリボンを結んだ、これがあのダンディな旦那様かと思える姿で、帰って来た。

「湯に入る、それから食事だ」と命じた。

そして夕刻には、いきなり、ブルーローズの藤色のドレスを着るようにというのだった。この短時間で旦那様好みの支度をしなくてはならなかった。髪もきちんと結ってなければ、叱責が飛んだ。

二人して夜会に行っても、二人して踊ることはない。よって来る男達にわざと貸し出すように、私にダンスをさせるのだった。私はこの藤色のドレスが、特に胸ぐりが深いのが恥ずかしくてならなかった。こんなドレスを着た私を人が見たら、淫乱な妻に手を焼いている夫のように見えたのではないだろうか。

ある時の夜会で、立っていた私の後ろを通りながら、私に聞こえるように、「よく夫の愛人のいる夜会にお出になれますのねえ……」と囁いて、人混みに紛れていった夫人がいた。

そうなんだ、このどこかにオーリィの今の想い人がいるのだ。誰とも知りたくはなかった。

夜会に行く度に、色々な噂が耳に入って来てはいたが、私が絶望的な思いをしたのは、私が男あさりをしているという、噂であった。声をかければすぐ乗って来るらしいよ、あのドレスを見たまえ、男をそそるではないかと。

私はもう夜会へ行きたくないといったら、女中の前であるのに、寝室へ連れ込まれて、もう止めて、と私が叫ぶまで、私を責め苛むのであった。時にオーリィが早く終わってしまうと、夫の楽しみを奪ってと、打擲を受けるのだった。私が黙ってされるがままになっていれば、それはそれで、オーリィの怒りに火を注ぐのであった。

夫の想い人が、ヒッコリーロードに屋敷のある、マダム・

ヒッコリーであることがわかった。夫よりははるかに年上である。面高顔で大きな瞳、決して美人ではないが、一目見てその妖艶さは、女の私でさえも認めざるを得なかった。私などまるで、彼女の前にあっては、単なる子供であった。

夜会に行き始めた時、すでに取り巻きに囲まれて女王然としていた姿を覚えている。夫はどうやって知り合ったのだろうか、私にはわからなかった。そういえば、ラストダンスを私の横から出て来て、オーリィと踊ったことがあった。もしそうなら、そんな以前から付き合いがあったというのだろうか。もう半年も前のことだ。

この頃のオーリィは、家には着替えに帰るようなものだ。そうして、月に数度、あれはもはや夫婦の交わりなどというものではない、暴力的に力で私を制することをする。嫌がって、部屋に籠れば、大声を上げて、戸を開けるまで叩き続けるのであった。

私は一体どうしたらいいのであろう。少佐は、もうずっと以前に、オーリィが、テリー将軍も亡くなったことだし、もう家に来ないでくれと縁切りをしてしまった。

サムの奥さんにも手紙を書き出したけれど、今二人が会ったら血を見るのは明らかであった。今となっては、たった一人の相談相手であるはずなのに、私は、助けを求めることが出来なかったのだ。

夜の交わりで今辛いのは、オーリィが、私に自分の男性器を口にしろといい出したことだった。ヘンリーは、私に色々と教えてはくれたけれど、時に泣いたこともあった。けれど、今思えば、どれも私が女として楽しむセックスであって、私が、気が果てるのをいつも見ていて、それから、自分の欲望を満たしていた。だから、今オーリィが私に要求することは、一度もしたことがない。もっと時間をかけて私に教えるつもりであったのかもしれないが、ヘンリーは、これだけは私に一度も強制したことはなかった。だから出来ないのだ。

私が、オーリィの体を目の前にして、出来ませんというと、彼は怒って、私の両頬を張って、口を開けてしゃぶるのだと命じるのだ。頭を押さえつけられて嫌々口にすると、喉の奥に当って、むせてしまう。オーリィはそんなことはとんちゃくなく、舌を使え、もっと強く吸えという。私は、くわえたまま、涙を流して、歯を当てまいとするのに精一杯だ。出来ない私にいらついたオーリィは、自分の手でしごいて、シーツを汚す。私は、それが耐えられないほどに恥ずかしいのだ。

そんな辛い日々が続いても、私はじっと耐えた。だって、オーリィがこうなってしまったのも私が悪いのだから。マギーに愚痴をいってもはじまらなかった。誰にもいえないこんな日がずっと続いて行ったのだった。

その日何を思ったのか、オーリィは早く帰って来て、夕食を一緒にするという。珍しいことだから、私はいつもと違って、コックにご馳走を出すように頼んだ。今までの主のいない食卓は、至極質素であったからだ。

夕食の席で明日バザーに行くのといったら、オーリィも行くようなことをいう。凄く嬉しい。私は思った、オーリィはきっと想い人と、喧嘩か何かしたのではないかと。それで家に戻っただけで、これは一時の夢なのだと。

そしてその夜、私の寝室に来たオーリィは、「ジェニー、ここへおいで」といって、至極まともな、優しい夫婦の交わりをもったので、私は昔に戻ったような久方振りの心の安らぎを覚えて、オーリィの胸で眠った。

朝目覚めると、そこにオーリィの顔があって、「おはよう今日はバザーに行くんだろう」と優しくいったのだった。

私は、まだ夢を見ているのではないかと思ったほどであった。「はい旦那様おはようございます。すぐにお召し替えを」といって、オーリィはスーツに着替えた。

食堂で、ハムエッグの卵はいくつになさいますの、そうだな四つもらおうか、などと、昔が戻って来たような、朝食が終わった。

私はその日、バラ色で、衿のレースだけが飾りの、シンプルなアフタヌーンドレスを着たので、マギーがそれでは寂しいといって、金のペンダントをつけさせた。

オーリィは、ダービー帽をかぶって、トップハットの握りの付いたステッキを手にしている。ちょうど、お散歩に出るような姿だ。

「さぁ、バザーとやらに出かけようか」と、穏やかに皆に声をかけた。私はとにかく昔に戻ったようで、ご主人様のご機嫌が変わらず、このまま以前のような生活が出来たらいいなと、心から祈るのであった。

アーペル夫人とマギーを連れて、今回当番のブラウン家に向かった。ブラウン家に着くと、もう人が集まっていた。

「あちらが、アベルの寄付品を出させているお店で、こちらが食べ物を出させて頂くダービ夫人の店ですわ」

「だから、いったいどこへ行ったらいいのかね」少しオーリィがいらついた声を出した。

「では、こちらから参りましょう」と、私はそっとオーリィの手をとった。その手を、彼は跳ね除けなかった。私の胸に久方振りに熱いものが込み上げて来た。

以前のままのオーリィであると思えるのであった。ヒッコリーのマダムと、よほど酷い喧嘩をしたのだろう、このまま、オーリィが戻ってくれたらと心から思うのだった。

寄付品を半ば見終わって、自宅のお茶の時間用にパイを買って、私の所で初めて出して人気が高かったゲームを、皆取り入れ始めていて、オーリィとやって、キャンディをもらった。

お茶のテントは少し混んでいたので、大丈夫か心配だったけれど、オーリィは紅茶をもらって来てくれた。

お茶を飲んで、オーリィが、もう帰るというのを、私は、ありったけの勇気を持って、「旦那様、もうすぐダンスが始まりますの。出来ましたら一曲踊って下さいませんか」と必死で頼んでみた。

「ああ、たまには君と踊ろう」と、快諾してくれた。

「君はバザーでいつもダンスを踊るのかね」と聞くので、「私は貞淑な妻でございますわ。今日が初めてでございます」と答えた。

人が集まって来て、スクエアダンスから始まって、私は旦那様とメヌエットを踊った。一曲と思ったのに、次のフォークダンスも踊ってくれた。旦那様は、私を曲に合わせてまるで空に放り投げるようにしてステップを踏んだ。

私はすっかり満足して、帰路に着いた。馬車の中でなぜか、急に下腹が痛み出して来た。月のものは十日以上も前に終わったばかりだ。何であろう。痛みはどんどん強くなって行く気がするのだ。こんな、旦那様のいらっしゃる、しかもご機嫌の良い日に、何ということであろう。私は、痛みが治まるのを祈った。

玄関に着くと、私は手にした瀬戸物と共に尻もちをついて、何かが割れるガシャンという音がした。オーリィはそんな私達を無視して階段を上がりかけていたので、マギーが叫び出して、オーリィは渋々私を抱いて、寝室に連れて行ってくれた。椅子に座って、マギーにドレスを脱がせてもらう。もう私は一人で立っていられないで、ベッドに横になった。マギーが、「旦那様、奥様のコルセットを外してさし上げて下さいまし」というと、キャビネットに向かった。

オーリィが何もしないので、マギーはハサミを持って来て、コルセットの紐を切った。私は下腹が痛いと訴え続けた。一番素肌に着ているシュミーズ姿になって、マギーが、腰までまくった。ドロワーズに鮮血が滴って、オーリィが、「マギー、月のものだよ」といったが、マギーは何枚もタオルを持って来て、私をオーリィに抱きかかえさせるとベッドに敷いた。

「オーリィ、ねぇあなた、私お腹が痛いの」

「月のもので、騒ぐんじゃないよ」

締め付けるような痛みが襲って来て、ドロワーズから滴るほどの出血があった。

私はオーリィの前であるのに、痛いという言葉を止めることが出来なかった。

オーリィは部屋から出され、医者が呼ばれた。私はこんな日に流産をしたのだ。あんなに望んでいた子を、こんなにあっさりと亡くしてしまったのだった。オーリィは、私の枕元に座って、暗い顔をして私を見つめていた。

私は、「旦那様申し訳ございません。せっかくの子を流してしまいました」とずっと呟き続けて、涙の止まることがなかった。

翌日からオーリィは午前中は居間で新聞を読んで、その後は食事以外は自室に籠って、二度と私の部屋を訪れることはしなかった。

　そしてこの家に帰ってから、きっちり一週間目に、迎えの馬車に乗って、再び家を出て行ったのだそうだ。まだ起き上がれずにいた私は、幸いというべきか、夫が愛人の元へ帰って行く姿を見ることはなかった。

　禁足が解けたのだろう。

　私はあんなに望んでいた子供を亡くして、立ち上がれなかった。今回はつわりもなく、月のものも、普段より軽いなと思ったけれど、あったと思っていた。それが不正出血であったと聞かされて、驚いた。赤ちゃんは生まれつき病気で、今回もし保っても、出産には至らなかったであろうとの、医者の説明であった。

　どれほど、子供の誕生を待ち望んだであろうか。私は地団太を踏んで、ベッドを両手で叩き回って、最後はあの憎たらしい藤色のドレスを持ち出して、ハサミでずたずたに切り刻んでも、私の心の無情感は消えなかった。

　友人のアンはまた子供を産んで、女の子だったので喜んでいたが、上三人の男の子の世話と、女中が一人しかいないで、何でもする俗にいうメイド・オブ・オール・ワークス（雑用係）だから、忙しくてとても私の相談どころではないのであった。

　しかし、アンの名を口にして、私は義姉アン＝マリーのことを思い出した。どうして今まで思いもしなかったのであろうか。私は泣きながら、思いのたけを手紙にしたためた。

　返事はすぐ来て、別れなさいとあった。教区民の婦人を例にして、皆経済力がないので、どんな酷い目にあっても別れられないのだ。経済力があって、しかも男を養っている私が別れないのは信じられないとあった。

　確かに、酒場も服屋も、さすがの私も驚くような高額の宝石店の支払いも、皆つけで月末に私が支払っている。それ以上に小遣いというものがあって、日を決めて、暖炉の天板に乗せておく。私から直接渡すのは、さすがに控えたのだ。オーリィは、いつの間にかその小遣いを、たぶん自室に持って行って、時に、出かけた折には、花束や、菓子を買って来てくれる。もちろんそんなもので減る額ではなくて、私は実家に残して来てしまった子のために使うのではないかと思っていた。

　つけの支払いも小遣いも止めてしまうのは簡単であった。無一文のオーリィは、家に帰って来るしか方法はないはずであった。しかし、今、ヒッコリーのマダムに恋をしているオーリィが家に帰って来て、どうなるというのだ。したいことをする、と宣言したオーリィは、何をしでかすかわからなかった。ヒッコリーのマダムに会いたくて、例えば家の中のものを売ってでもお金を作って会いに行くだろう。友人達に金を借りまくるかもしれないのだ。

　別れることは、もとより出来なかった。今オーリィと別れてしまったら、あの私の捨ててしまったあの子との縁が切れてしまうと思ったから。捨ててしまったのはこの私だけれども、思い慕っているのもこの私なのだから。

アン＝マリーはそれからも手紙をくれて、心からありがたいと思ったが、彼女の助言は今の私の助けにはならなかった。やはり、誰も助けてはくれないのだ。悲しいことで、どうしようもなかった。私はただじっと、時が経つのを待つしかなかった。自分のことは、やはり自分で解決しなければならないのだ。

そして、私には、もう一つ問題があった。私は病気なのだそうだ。しかも普段貞淑な妻であればかからない病、つまり夫からうつされたものなのだ。ここずっと、体のある所が痛むことが続いていた。私はまさかとは思ったけれど、恥ずかしくて医者に行けなかった。それが流産に繋がったと知った時、どうしていいのかわからなかった。私が早くに治療していたのだったら、「あるいは子供は」という私の言葉を遮って、ご主人様が病気を持っているのであれば、私だけ治療しても無駄なのだと説明してくれた。オーリィが遊びを止めて、二人一緒に治療をしなければ、治りはしない病なのだという。

何を思っているのか、オーリィは月に何度か暴力的な激しさで、私を抱く。部屋に籠って拒否しても、大声で戸を叩くので、使用人の手前開けざるを得ないのだ。どこかへ逃げてしまいたかった。サムの奥さんにかくまってもらおうかと、何度思ったか知れない。でも、出来はしなかった。私は今までさんざん、サムの奥さんに迷惑をかけている。いくら辛くても、夫婦の問題なのだ。これ以上、恥はかきたくなかった。


それでもこんな中で私は一度バザーを開いた。バザーのために寄付品を作って待っている人がいるからだ。しかし、アンは動けず、手伝ってくれるという人も少なかった。

移民の会合にも足を運んだが、皆、排他的で、知り合いを持たない私は、なかなかその中に入って行くことは難しかった。

ただ一つ、ドイツ移民の会があった。兄様の義父はドイツ系で、私がまだ幼い頃、ドイツ語を教えてくれたことがあった。私が会員の前で、僅かに覚えていた、「グーテンターク、こんにちは」とか、「ダスイスト・アイン・ブック?——本を一冊持っていますか?」などと片言のドイツ語を話すと、あっという間に場は和んで、一番言葉のわかる人と話して、じゃが芋のスープとソーセージの店を出してくれることに決まった。私は教師を頼んでおくから、子供達に言葉を教えたいと、提案した。皆それは賛成してくれて、私はほっとしたのだった。

当日、黒人の家族に交じって、移民の人々がやって来た。会合で、とにかくゲームと料理は無料で、たぶん今回は白人の客は少ないだろうと付け加えておいたのだ。けれどテリー将軍を偲んでという、白人家族が何組も見えて、心からありがたいと思った。主はいなくなってしまったけれど、ちゃんと安楽椅子は出してあって、中には、自分の従軍体験を語る人もあった。

料理は誰の口にも合うようにと、肉を焼いて、いくつもソースを添えたり、ミートパイや、甘い桃のパイなどわかりやすい料理を大皿いっぱい、好きなだけ食べてもらえるようにした。

そしてゲームボードも皆出して、賞品もいつものように、ぬいぐるみや菓子だったけれど、一等は、子供の靴にした。貧しい子供は、冬でも靴が買えないのだ。私は子供の靴屋に行って、実用的な靴を、男、女とも色々なサイズで買った。店主が、こんなに沢山靴をどうするのかと聞いたので、バザーに出すといったら、ウィンドウに飾ってあって、色が褪めて売り物にならないという靴を三足もタダでくれて、その気持ちが嬉しかった。

だからゲーム場は人でいっぱいで、大人も並んで、皆真剣であった。白人家族も並んで、靴だけは成長とともに、すぐ買い換えないとならないから、とてもいい景品ですと、父親までがボールを投げた。今回一等が当りやすくしておいたので、多くの子供が靴を手にした。もうサイズが合う靴がなくても、弟や妹にやるのだという子がいて、皆生きるのに必死なのだな、と思うのだった。

コックは、ドイツ料理の店へ飛んで行って、スープを飲み、五種類もあるソーセージの味見を始めた。中でも豚の内臓のソーセージが気に入ったらしく、使う香辛料など、店を出している婦人に事細かく聞いていた。いずれ、我家の夕食にも、出て来ることであろう。

南北戦争の関係者の寄付品は、ほとんど売れなかったので、次回にと、皆私が購入した。しかし、施しは受けないといって、一人の人が抜けた。申し訳ない気持ちでいっぱいだった。私の家庭の内のことで、こんなバザーになってしまったのだから。しかし、他の人々は、本場のソーセージを土産にもらって次回もと帰って行った。

テリー閣下のファンであったという方が、「色々という方があるけれど、お一人でバザー開いて偉いわ。必ず良い日が来ますから頑張って下さいね」と私の手を握って、おっしゃったので、思わず、涙が浮かんでしまった。

「またバザーいたしますから、いらして下さいね、お待ちしています。今日は本当にありがとうございました」といって、見送った。

オーリィのいない夕食は、私一人のために食堂など使わない。上も下もなく、台所のテーブルで一緒に食べる。私一人では寂しくてたまらないといって、そうなったのだ。

その夜も遅くオーリィが帰って来たそうなのだ。食事もまだと、無理をいって、コックがソーセージをゆでて出したら、その珍しさと、美味しさでコックを褒めたらしい。

その時すでに私はくたびれて眠っていたので、そんなことは知らなかった。

昼食に下りて来たので、食堂で、私は焼いたハムにフライドポテトを食べている隣で、太いソーセージを何本も食べながら、珍しく、私に声をかけたのだった。

「昨日、この家で何かやったそうじゃないの」

「はい、バザーをさせて頂きました」

「そういうの、ちょっと問題ではないのかい？」

「バザーはこれまでも開いてまいりましたが、何がいけないのでしょうか」

「だから、貧乏人集めて、お情けの会っていうの？　私としては止めて欲しいんだよね」

「元々慈善のものでございます」

「私にも体面てものがあるのでね」

私は黙った。昨日誰かこのバザーを見に来た人間がいるのだ。靴欲しさに、無料のゲームに集まる人々、売れない寄付品等々、オーリィはその話を聞いたのだろう。

「あ、それから、今夜夜会に行くから例の藤色のドレス、着て行くんだよ」

「あれはもうございません」

「なぜ？」オーリィが冷たい声で聞いた。

「アイロンをかけました時に、アイロンが熱過ぎまして、シフォンが痛んで着れなくなりましたので処分いたしました」

アイロンには、焼けたコークスを中に入れるために、たまにそういうことがある。

「その使用人は首にしたのだろうね」

「私が、アイロンかけましたので、私を首になさいますか、ご主人様」

「なら、青いのを着ろ。それからいつもいっているだろう、家の中では手袋をするようにと」良家の婦人は家事をしない証拠に、家の中でも手袋をする決まりであった。

「では、私は手紙も書けませんわ」

「誰に手紙を書くというのだね。サムの奥さんの本名はちゃんとわかっているんだ。ジェームス・カーマイケルって、けちな名さ。いいな、アーペル夫人、青いのを着せるんだ。化粧も濃い目に、俺が連れて歩いて恥ずかしくないようにするんだ。わかったな」

私はバザーを行った罰を受けるのだろうと、何となく思った。しかし、藤色のドレスのことを、事細かく聞かれなくて良かった。まさか、怒りにまかせて、ハサミでズタズタにしたとなど、いえはしなかった。いったら私はどうなるのであろう。打擲だけではすまないだろう。ドレスで見えない所に、オーリィの怒りが爆発するのであろう。私は思わず両腕で肩を抱いた。いつか命に関わることがあるかもしれない。

アーペル夫人は、私の顔のマッサージとパックをかかさない。

「お手入れをしなければ、いずれ困る時が参ります。年は必ずとるものですから」といつもいうのだった。私は本来化粧などいらないというのが彼女のいい分であった。アーペル夫人に、胸のパットの紐をしっかりと締めてもらって、ドレスを着た。

「青は奥様の肌のお色ととてもお似合いですわ」

「昔お付き合いをしていた方がお好きな色だったの」その一言で、アーペル夫人は、全てを察したのだろう、あとは何もいわなかった。

「今夜は時間がございましたので、ご用意が出来ましてございます」といって、髪を、温めてあったコテで、カールを沢山作って、盛り上げて服と共布のリボンと櫛で飾ってくれた。そして大振りのイヤリングとネックレスをつけると、頭に目がいって、細い首が共調され、私の貧弱な肩が目立たなくなる。そしてパットを入れた胸から細いウエストに続いていく。前髪が半分額にかかって、耳の横にも小さなカールが、動く度に揺れるのだった。

オーリィは私を見ると口笛を吹いた。

「こりゃたまげたよ、ジェニー本当に君なのかい？　きっと今夜、君はもてるよ。その胸が本物ならなおいいのになぁ。我が妻ながら鼻が高いよ」

オーリィは上機嫌であった。馬車で連れて来られた屋敷は、初めての所であった。屋敷の中には、甘ったるい香が焚かれ、厚いカーテンで仕切られた待合室からして、何か淫靡な雰囲気を漂わせていた。

「そんなもの、とっちまえよ」

オーリィは、私のしていたショールを手にとると、部屋の隅に投げ捨てた。ダンスホールにはすでに十組くらいのカップルが集まっていて、飲み物を手に、歓談していた。

いつの間にか、薄いカーテンの沢山かかった中に、ヒッコリーのマダムが、手の込んだカウチに横になっていたのだった。

ここはヒッコリーのマダムの家なのだ。知っていたら、このような所、来なかったものをと、おぞましさを感じる。ヒッコリーのマダムが私に向かって片手を上げた。キスをしろというのだろう。そんなこと絶対にしたくなかったのに、オーリィが見ていた。私は嫌々、唇が当るか当らないかのキスを、その手にした。

「あなた、今夜初めてでしょう。こんな近くで拝見するの初めてだけれど、さすがにオーリィの妻だわ、とても素敵よ。楽しんで行ってちょうだい」といって、何ともいえない意味深な微笑みを私に見せた。

オーリィと一緒に座っていたけれど、十八くらいの殿方とダンスをした。私はその間に何度か、飲み物をもらった。

「君が酒が飲めないっていうんで、気を遣ってくれているんだぜ」とオーリィはいった。

「もう疲れたわ、帰りましょうよ」

「何をいっているんだい。お楽しみはこれからじゃないか」

「まだ何かありますの」

「あるよ、君は人気者さ」

夫の愛人の家にいることさえが耐えられないことなのに、この先何があるというのだろう。私は恐怖して、椅子に小さくなって座っていた。オーリィの姿がこんな時に見えない。私は家に帰りたかった。

連れて行かれた小部屋は鏡張りで、中央に置かれた巨大なベッドの上に、色とりどりの枕やクッションが置かれていた。私だって、行ったことはないが知っている。こういう所を、あいまい宿と呼ぶのだということを。

私はベッドの端に腰かけながら、オーリィが来ることを祈った。まさか、夫は私を売ったりはしないだろうから。しかし祈りは通じなかった。小太りの男がやって来て、カーテンを閉めた。

「いや、奥さん、お美しい、あなたは今夜一番人気だったのですよ。美しさそしてその体つき、震えが来ましたよ。くじで当った私は幸いだ。楽しい一夜を過ごすといたしましょう」

その時の私の心は、もはや口にすることも出来ない。オーリィはこんな男に、この私を売ったのだ。きっと自分も、ヒッコリーのマダムか、他の夫人と一夜を過ごすことであろう。でも私は嫌だ。けれど逃れるすべはなかった。

男はカラーを外し、上着を脱いだ。そして、私を抱きしめると、「ああ、なんて良い香りだ。今夜は楽しめそうだ、あなたは初めてだから、泣き叫ぶのもいいですよ。それとも、あのハンサムなご主人としている通りでもかまいませんがね」

男はニタニタ下卑た笑いをすると、私をうつ伏せにして、背中のボタンを外しにかかった。私の下半身にまたがって、私の自由を禁じておいて、

「まったく、こういう時こそ、メイドがいればと思いますよ」といって、コルセットの紐を外した。

「おぉ、何と美しい乳房だ」といって、私の両の乳房を握りしめながら、吸い出した。私は体に力を入れて、絶対に感じまいと心に念じた。男は、可愛い、可愛いといいながら、乳房を愛撫し続けた。私の体をおぞましさが走って、肌にあわ粒を拵えた。

「もういいかな」

男はズボンを脱ぐと、自分のものを出してひと擦りすると、私の中に入ってこようとした。私は体中に力を入れて入れまいとする。

「奥さん、そんなに力を入れているもんではありませんよ。痛いばかりじゃないですか。まるで生娘を相手にしているみたいですよ」最初のうちはまだ男にも余裕があった。しかし私がガンとして受け付けないので、いい加減焦りが出て来たのであろう。私の腰を抱え上げて、力づくで挿入して来た。濡れていないので酷く痛かったし、こんな男についに身を汚されたと思うと涙が出たが、私は一言も口を聞かなかった。悲鳴すら上げなかったのだ。ただされるがままになっていた。男にとって面白くも何ともなかったのだろう。やがて男は体を離すと、ベッドの端に私を放り投げて、「あたしゃ、今夜とんでもない貧乏くじを引いちまった。大した貞女振りだ。女は見た目じゃないんだ。あんたの旦那が玉だっていうから買ったのに、まるで道の石くれじゃあないか、まったく、なんて女なんだ」といって唾を吐きかけると、服を着て大声を上げて出て行った。

薄い両の壁から、女達の嬌声が伝わって来ていた。

私は脱がされたドロワーズで体を拭いた。そんなことぐらいで、この汚された体が綺麗になるとも思えなかったが、そうせずにはいられなかった。夫の非情さを恨んだ。こんなことをして平気でいられる、その心がもはやわからなかった。せめてもの慰めは、このような時にあって、男の精を受けないで済んだことだ。私は半裸のままで、ベッドの端で肩を抱いていることしか出来なかった。服は一人で着れないのだから。

やがて、薄い紅色のカバーがかかった、この部屋をより淫靡に写していた蝋燭が燃え尽きて、部屋は真暗になった。いくらその暗闇の中にいたのだろうか。戸に音がして、一つの明かりが入って来た。

「そろそろ、お帰りの時間でございますよ」

女中が、手燭を手に呼びに来たので、私は解放されるのだと思って、少し心が落ち着いた。女中はランプの蝋燭をつけたので、再び部屋は明るくなった。

半裸姿で、両手で胸を隠している私に向かって、「奥様、そのままでは、お外に出られますまい。こちらに背を向けて下さいませ。今御衣裳を直してさし上げますから」といって、コルセットを締め、服のボタンをはめてくれた。この服屋の服が皆ボタンがやけに多いのは、それだけ一人で服が着れないためなのだろうと、ぼんやり思うのだった。

私はドロワーズをスカートの中に押し込んで、女中の後に従った。手燭の明かりで、光って見える女中の顔に何となく見覚えがあった。あっと思って、一歩足が止まった。あのバザーの時、私の手を取って慰めてくれた女だ。私は、その言葉に感激して涙さえ浮かべていたというのに、私は、ヒッコリーのマダムの手の中にいたわけだ。女中は、私が気がついたとわかったのだろう、こちらを向いて、「今度は、もっと上等のバザーでしたら、伺わせていただきますわ」といって微笑んだ。片えくぼだけが目立って見えた。

カーテンを開けると、明るい光が差し込んだ玄関ホールで、少し目がくらんだ。ステンドグラスの玄関ドアを開けると、すでにオーリィが待っていた。馬車に乗る時に、オーリィが手を差し出したが、私は自力で乗った。

馬車に乗りながら、なぜかオーリィは雄弁で、「やぁ、君がそこまで頑固だとは思わなかったよ。僕のためかい、そうか兄様のためなんだね。初めてだから、泣き喚いてそれを征服するのが皆の楽しみなのに、一度来て、もうご遠慮をって女は少ないんだよ。ヘンリーに教わった男を喜ばせるテクニックを見せるんじゃないかって、私は皆にいっちゃったから、えらく恥をかきましたよ。まぁ君が貞女だってわかったけどさ。それも場所によるんだよなぁ」

昨夜の催しは、夫婦なりパートナーを連れ合って、男達が好みの女と一夜を過ごすのだそうだった。

「君はその中でも一番人気だったんだぜ、君のその貧相な体だって、少女みたいでいいって物好きな男も、世の中にはいるんだから」

私は一言も口をきかなかった。きいたら〝離婚〟の二文字が出たであろうから。

家に飛んで入るとすぐ湯を浴びて体中を擦りまくった。男の手の感覚がまだ残っていて、私は湯の中で泣いた。辛かった。まだ日中なのに、ベッドに入って、睡眠薬を飲んだ。今のこの私の苦しみを救ってくれるのは、睡眠しかなかったから。今私は薬がないと夜眠れない。医者は、このバルビツールは新薬だが、使用法をくれぐれも間違えないようにときつくいわれている。私は定量を飲んだ後、これを全部飲んだら、この苦しみから逃れられるのではないかと、薬の瓶を手に思った。

私は苦しい胃の洗浄を受けている。とにかく苦しい。昼食のことを聞きに来たマギーに見つけられて、私は死ねなかった。私の周りの大切な人は死んでいくのに、なぜ私は死ねないのかと、喉に送り込まれているチューブを呪った。

「死のうとしてみせるなんて、昨夜の仕返しですか。この自尊心ばかり強い女めが」とオーリィが、私の枕元でいった。

それでも、その後、オーリィは、月に二、三度ふらっとやって来て、私と至極まともな夫婦の交わりをするようになった。きっと彼も、先日のことは、やり過ぎたと思ったのだろう。今一番彼が恐れているのが、私が離婚を申し立てることであろう。別れても私から何がしかの金は手に入るだろうが、死ぬまでの暮らしが出来るわけはない。そしてそのうちの一日は、私が小遣いを出しておく日なのだ。

子を捨て心を病んだ私が、正気に戻った時から、あの子に何か買ってあげて下さいと始めたもので、暖炉の天板の上に小切手を置いておく。収入のないオーリィが、私に花や菓子を買って来てくれるのはその中のものなのだ。気を使わずに使って欲しいと、私はその小切手をオーリィが何に使うのか聞いたことはない。たぶんあの子のために何かしているのだろうと思っていた。

オーリィはその日、突然小遣いの値上げをいい出したのだ。

「生活のほとんどに、つけがきくあなたに、どんなお金を使う所があるのですか」

私はどんな理由があろうとも、ヒッコリーのマダムに使うのであろう小遣いを値上げするつもりはなかった。

「男の付き合いでいるのだ」

「街中のどこの酒場でもつけがきくあなたに、どんなお付き合いがあるというのです」

「つけのきかない所もあるんだよ」

「たとえそうでも、あなたには、同年輩の殿方が一か月に稼ぐ以上のお金を、お渡ししているのです。そんなにお金のかかる所があるとも思いませんが」

オーリィは苛立って、「かかる所があるんだよ」と、少し脅しめいたいい方をした。

「では、小遣いの範囲で、行かれればよろしいのではありませんか」

「夫が金が要るといっているのだ。黙って出せばそれでいいんだよ。おれは、ちゃんと家に帰って、お前を抱いているだろう。結婚してこれだけたった夫婦なら、それで十分だろうが」

「酒場も洋服も宝石もドレスも、皆つけで生きていらっしゃる旦那様に、なぜそんなお金が必要なのです。場合によっては、小切手そのものを今月からお渡しするのを止めさせていただきますが」

オーリィは黙った。少し迷っているようにも見えた。応接間の椅子に座った私をオーリィは睨んでいた。よほどそれは私にもいえないことなのであろう。今彼の頭の中がヒッコリーのマダムのことでいっぱいなのは、わかっている。彼は、何をしたいのだろうか。

オーリィは、暖炉にもたれて、前髪を掻き上げた。そして決心をしたのだろう、思いもかけないことを口にし出した。

「ある家がある。紹介がないと入ることの出来ない家だ。君も知っているだろう、女のいるしかも高級な店だ」

「旦那様は今は、そういう所でお遊びになっていらっしゃるのですか」

「私が一人で行くわけではないんだ。マダムと一緒だ」オーリィはそこで言葉を切った。さすがに妻の前に、愛人のことはいいにくいのだろう。暖炉の柵を、靴の先で蹴った。

「そこには若い女が沢山いるんだ。マダムはその中でローズという娘を指名するんだ。マダムはその娘と、その……女同士でするんだよ。そこに私も交ざるんだ。だから、そこはつけがきかないんだよ」

私は両手で顔を覆った。先日のことといい、オーリィはそんな所まで落ちてしまったのかと思うと、耐えられなかった。

私はたまらなくなって、部屋を飛び出した。オーリィも駆けて来て、私が自室に入る時に私の体をつかまえて、そのまま自室に入ると、後ろ手で鍵をかけた。

私はオーリィに恐怖していた。

「近寄らないで」私の姿は、オーリィの怒りを倍増させただけだった。

「私はお前の夫だよ、なぜ私のいうことが聞けないのだい」

オーリィがだんだん私に近づいて来た。

私が後ずさりすると、ベッドに当って倒れた。オーリィが私の体の上にのし上がると、「なんで、夫のいうことが聞けないんだよ」というと、いきなり私の首に手をかけた。まさかと思った。

「オーリィ、止めて」

夫の目が怒りでつり上がっているのが見えた。

「この女めがあ」

「くっ苦しい」

私が暴れると、自分の体で押さえつけて半身を起こすと、ぐっと私の首を絞めつけ始めた。苦しい、私はオーリィの手の甲に爪を立てた。それくらいでは、オーリィの男の力には敵わない。指はどんどん私の首を絞めて来る。

口が乾いて、目の前が暗くなって来た。もう息が出来ない、頭がぼうっとする。

私は最後の力で、「助けて、兄様」と、つぶやいた。

そのかそけき声が、聞こえたのだろうか。鬼の形相のオーリィの顔に、赤みがさして、私の首から手が離れた。私はその場から逃げようとしたけれど体が動かず、両手を掻きむしるように焼けただれたように痛む首に手をやって、その場にうずくまった。

オーリィが出て行ったと思ったらマギーとアーペル夫人が駆けこんで来て、私の姿を見て声もないようだったが、マギーが医者を呼んだ。

医者は、私が声が出ないのを承知して、二、三の質問に、首を振るだけでいいからといって、私の首の痣を絵に描いて、その横に色々と所見を書き込んだ診断書を、マギーに渡した。

「ご主人はどこですか」

「お部屋でございます」

「外から鍵はかけられますか」

「ご自分で鍵をお持ちですので」

「では仕方ありませんね。この家は女ばかりだ。ジェニーさんの命を守るためには、この診断書を持って、一刻も早く州警察へ行くことをすすめますね。あと、ほんの少し、たぶん数秒で、ジェニーさんは縊り殺されていたと思いますよ。喉仏がおちるか、頸動脈が止まってね。紙一重でしたでしょう。なんでご主人がそこで手を止めたかわかりませんが、警官が、ジェニーさんの首の跡を見れば、あのご主人は殺人未遂で、少なくとも警察に留め置かれるでしょう。早い方がいい。何があったか知らないが、ご主人の悪い噂は私でも聞いていますよ。弁護士にみせればすぐ離婚も認められるでしょう。ではそういうことで、お大事に。ジェニーさんは薬で寝ているけれど、薬は、三時間から五時間は効くはずです。ただ大変なショックを受けているはずだから、目を覚ました時に誰か傍にいてやれるといいのだけれど、何しろ殺されかけたのだからね。また明日見に来よう」

私は首に軟膏を塗られ包帯を巻かれて大人しく眠っていたのだという。

マギー達が医者を見送って、また私の部屋の前に立つと、オーリィが自室から出て来たので、アーペル夫人は、ひぃと声を上げて、台所へ逃げて行った。

マギーは私の部屋を背にして立っていた。オーリィは、青い顔をしてマギーを見つめた。

「ジェニーの具合はどうなんだい。医者は何といっていたんだい」

「奥様のお命を思えば、すぐ州警察に申し出るようにおっしゃいました。旦那様、ご病気は、さすがに治られましたか」

「あ、ああ、治った」

「このマギーめは使用人でございます。その使用人の分際で、ご主人様にお尋ねいたします。もう本当にご病気は治られたのでございますね。奥様をまたお預けしてもよろしいのでございますか」

「こんなおれでいいなら、ジェニーのためにこれからは生きていくと約束するよ」

「まことでございますね」

「私は今まで何をしていたんだ。しかも妻に手をかけようとしたんだ。どうかなっていたんだ。ジェニーにいう言葉もないよ。私は殺人者になるところだったんだ」

「何ゆえ、最後にお手を緩めになさったのでございますか」

「あれがいったんだよ。苦しい息の下から、〝助けて、兄様〟と。〝兄様助けて〟ではない、〝助けて、兄様〟といったんだ。カスター閣下がそこにいらしたような気がしたんだ。それで我に返って手を離したんだ」

「ほんの紙一重だったそうでございますよ。あと数秒で間に合わなかったそうでございます。まことに御兄上様は奥様をずっとお見守り下さっていらしたのでございましょう」

「あぁそうだね、きっとそうなんだ。こんな私が再び許されるとも思えないが、ジェニーにとっての悪夢は確かに去ったよ。私はもう昨日までの私ではない、しかし、厚かましいことに、あとはあれが私を受け入れてくれるかだ。離婚をいわれても仕方がないと思っている。最初はビリィへの仕返しだと思っていた。でも途中から、私の男としての本来普通の人間は人前に出すことのない、下劣さが出て来たのだ。今思えばよくあんなことが出来たと、恥ずかしさで身の置き場もないよ」

「この一年以上、奥様はずっとお耐えになりました。ご自分のお口でおっしゃらないので、想像でしかわかりませんが、随分と大変なこともおありであったご様子です。医者は、あと数時間で薬が切れて、お目覚めになられると申しました。その時、大変なショックをお受けになられていらっしゃるので、近くに人がいた方が良いと申しました」

「その場に私がいていいのかな」

「お兄上様のお話が出来るのは、旦那様だけでございます。奥様にとっては、何より心から望まれる御事ではないでしょうか」

「殺そうとした男が、目が覚めて、そこにいても、ジェニーは許してくれるのだろうか」

「奥様にとっては御兄上様のお話しは特別でございます。他のことは何もおっしゃらず、御兄上様のお話だけ申されませ。このお辛かったこの一年余りの日々を忘れてしまえるほど、御兄上様のことをお話しなさいませ。今テリー閣下亡き後、御兄上様のことを語られるのは旦那様だけでございます。奥様はある意味、過去に生きていらっしゃるとも申せましょう。決して良いことではないと、マギーめは心配しておりましたが、今は御兄上様が必要と存じます」

「マギーお前は、このジェニーを殺しかけた私に、ジェニーを預けるというのだね」

「諸刃の剣でございます。その時に奥様がどう反応されるかでございます。今まで奥様が耐えていらしたのはビリィ坊ちゃまのことがあるからです。ですから、もしかしたら、病気が治られた旦那様も受け入れられるかもしれないと、これは一つの賭けでございます」

「もし駄目だったら……」

「きっと、奥様はまたきっと夢の世界を彷徨われるようになられるかと存じます」

私は目が覚めた。確か恐ろしいことがあったのだ。オーリィが私の手を取って両手で包んで頬にあてている。

「閣下はねぇジェニー、会議が終わると、セブン・イズ・ファーストとおっしゃって、テントを出て行かれたんだ。そして出撃の時鹿革服に身を包んで、赤いスカーフがよく見えたよ。ダンディ号にすくっと跨って、あの亜麻色の髪が光って見えたよ。閣下は、サーベルを掲げて、先頭を駆けて行かれたんだよ。その姿は雄々しくて、軍人として、誰よりも立派に見えたよ。閣下には怖れなどなかったのだ。だから、十倍もの敵に向かって行かれたのだよ……」

翌日には少佐がやって来た。私が、昼寝をしている間に、オーリィが少佐の自室を訪れ、今までのことを心から詫びて、ジェニーに、リトル・ビッグホーンの話をして欲しいと頼んだからだ。

私は少佐のことを子供のように懐かしがって、しゃがれた声で何かいったが誰にも何をいったのかわからなかった。

私はソプラノの綺麗な声をしているとよくいわれる。時にはその高めの声は、子供っぽいと思う輩もいたが、よく歌を歌っていた。その声も戻るかどうか、わからないという。オーリィはそれを聞いておのれの罪は計り知れなく重いと思った。

私はこの一年余りの耐えて来たものが突然に吹き出て来たのだろう、起き上がることが出来なくなってしまった。

オーリィは出来うる限り、私の枕元で、兄様を語った。インディアンがアンテロープと呼ぶレイヨウの肉の不味いこと。行軍中はそんなレイヨウでも新鮮な肉として、重宝されたこと。カスター閣下は、バッファローの肉が好きで、これなら毎日でもかまわないといっていたこと。しかしすでにその時には、毛皮商人によってバッファローは狩りつくされ、なかなかその姿さえ、見ることは稀になってしまったこと。行軍中の食事は、乾パンとベーコンだけで、その乾パンも南北戦争時の残り物であったりして、食べられたものではなかったこと、オーリィは必死で、私にこの一年余りかけた苦労が一瞬でも、思い浮かばないように語り続けたのであろう。

私は少しずつ元気になって来て、オーリィが買って来た車椅子に乗って、庭にも出られるようになって来た。車椅子を見た最初は、「私そんな病人なの」といったのが、乗り始めると、庭の咲きかけたバラを見に行けたりと行動範囲が広がって、毎日何かと楽しいことが増えていった。

「ねぇ、アンソニーの今年の誕生日プレゼントは何がいいかしら」

昨年の六歳の誕生日には、ファントルロイ・スーツを贈った。バーネット夫人の小説「小公子」の主人公が着ている、ベルベットの上着をニッカポッカの半ズボンの有名なスーツである。靴はサイズがわからなかったので、二足贈った。礼状は来たが、アンソニーがそのスーツを着た写真は、いくら待っても送られては来なかった。さぁ今年はどうしよう。残念なことにまだおもちゃ屋に行く体力がない。だったら、私の好きなものを贈ってやろう。きっとリビィさんはいい顔をしないだろうけれど、だって私は母親なんだもの。すぐに大工に頼んで、輪投げのボードを作ってもらった。さすがに板丸々一枚では片付けが大変だろうと思って、蝶番を付けて、小さく折りたためるようにした。またきっと、リビィさんの怒る顔が思い浮かんで、我ながら良いプレゼントだと思った。アンソニーは友人に自慢出来るであろう。私くらい甘やかす人間がアンソニーにいたっていいじゃないかと思った。

返礼は、出来合のカードにサインだけだったので、リビィさんがいかに輪投げを見て怒ったか、その反面アンソニーが喜んだかがわかる気がした。それにカードには、アンソニーのサインもあったので、私は嬉しくて枕の下に敷いて寝た。

こうして、悪夢のような日々が、少しずつ遠ざかり、季節は夏になっていた。

オーリィからは、釈明めいた言葉は一度としてなかった。ただある日、両手に抱えきれないほどの花束を持って帰って、花束ごと私を抱きしめて、長いことずっと私を花まみれにして立っていたことがあった。私も何もいわなかった、苦しい過去など思い出して何になる。これからは明るく生きられるのだと思ったのだった。

私にはやりたいことができた

　マギーがやけに派手な広告を手に、奥様、奥様とやって来た。

「バッファロー・ビル・コディの、ワイルドウェストショーがこの街にやって来ますですよ。奥様もお屋敷におこもりになられてばかりいないで、たまにはお出かけになりませんと。何でもインディアンのナイフ投げが評判だそうで、その名がクレージー・ホースというのだそうでございますよ」

　その名を聞いて、オーリィと私は、いっせいに頭を上げた。

「おれ行かないよ、そんな子供だまし」といって、オーリィは部屋を出て行った。無理もない。命をかけて戦った相手の名なのだから。

　私の胸にほのかな思い出と共に、兄様殺した憎い相手という二つのの思いが駆け巡った。

「マギー、あなた一人で行ってらっしゃい」と気だるく答えると、「何おっしゃるんですか。皆名前は知ってますからね、そんなやつ「クレージー・ホース」の偽物に決まってますよ」と、押し切られて見に行くことになった。アーペル夫人はすでに、殺人鬼のいる家には、とてもいられないといって、辞めて行った。マギーは、黒人の集会の中で知り合ったという三十過ぎの黒人女を連れて来た。マギーも本心は白人の小間使いは、思う所があったのだろう。名をエスメラルダという。変わった名だが、生まれた時、そこの主人がつけてくれたそうだ。マギーはマーガレットの略だが、エスメラルダは何だろう。考えたが浮かばないので、そのままエスメラルダと呼ぶことにした。

　その三人で、ショーを見に行った。

　マギーは、テントの入口の切符もぎに、なるべく前の席をくれとねだったので、前から三列目の良い席が取れた。

　少女の乗る曲馬があったり、熊狩りのインディアンの踊りがあったりした後に、ナイフ投げが始まるという。大きな板が壁にかけられて、フリンジのいっぱい付いたインディアン服を着たおさげ髪の少女がやって来てお辞儀をした。客席が湧く、少女は色とりどりに塗られた板の前に立った。そこへ、バッファロー・ビル・コディが現れて、「インディアンの勇者、クレージー・ホースの登場です」と、けれんみたっぷりに手を振った。

　上半身裸で、インディアンの羽根飾りを付けた、たくましい体をした男が、ナイフの束を持って中央に出て来た。やはり彼は本物で、あの時の青年は、がっしりとした体つきのたくましい男になっていた。

「クレージー・ホース……」私が立ち上がったので、後ろの客から罵声が飛んだ。マギーが慌てて、手を引っぱって座らせた。

「どうなさったんですよ、奥様、人の迷惑になって叱られますよ」

「やっぱり来て良かったわ、あの人にまた会えたのだもの」

　白人の女が出て来て、男に目隠しをしてみせる。いんちきはないといっているのだ。板の前の少女が何か声を立てた。きっと場所はここといっているのだ。ナイフが少女ぎりぎりに打ちこまれるたびに、客席から声援が飛ぶ。

　私はただ、早くこの芸が終わらないかと祈った。

　男の芸が終わると、また観客が拍手をしている中、私は立ち上がって、左右を見た。

「どうなすったんでございます。まだ、踊りがありますけど」

「楽屋口はどこかしら」

　私は入口に向かって、先程の切符のもぎりの所へ行って、楽屋へ行きたいといった。

「一般の方は、ご遠慮願ってますんで」こずるそうな、もぎりに私はバッグから十ドル札を出すと、「私をクレージー・ホースに会わせて」と命じた。もぎりはお辞儀を一つすると、特別ですぜ、といって裏口へ連れて行ってそこの番人に何かいった。また私が十ドル札を見せたので、ものわかりのいい番人は、何もいわずにクレージー・ホースの、楽屋とは名ばかりの布で仕切られた小部屋に連れて来てくれた。

「ホース、やっぱりあなただったのね」

「客席にいたのが見えたよ」

「会いたかったわ」

「おれはあの満月の晩、ずっと待った」

「ごめんなさいね、兄様が許してくれなくて、お部屋に閉じ込められちゃったの、その後、湖に行って、焚火の跡を見つけて、あなたが来てくれてたんだってわかって嬉しかったけれど、もうどうしようもなくて」

「今、会えたからいい。今夜からおれのテントに来い」

「すぐには無理だわ。でもまだ私をあなたの妻だって思ってくれているのはとっても嬉しい。ちょっと待っててね」

　私は名刺を出すと鉛筆で裏に文字を書きつけて、クレージー・ホースに渡した。

「こっちが今住んでいる所、そうこの街に住んでるの。白人の旦那様がいるから、今夜は無理よ」

「おれはかまわないぞ」

「それだけは許して、旦那様、びっくりしちゃうから。それから裏に書いてあるのが、牧場の住所、すごく広いから保留地から一族引き連れて、皆で暮らしましょうね。だってあなたからもらった金（きん）で買ったのよ。半分はあなた達のものだわ」

「おれは明日この街を出て、次の所へ行く。それは約束してあることだ。だがそこが済んだらここを辞めて保留地の家族の元へ帰る。そうしたら、ジェニーお前と一緒に暮らす」

「うん、今度こそ約束を果すわ、待っているわ」

　番人が来て、そろそろ時間だというので、手を振って別れた。それが本当に最後だった。

夜、オーリィに「私、インディアンの夫がいるって話したことなかった？　実現するかもしれないわよ。そうしたらどうする」

「おれはそんなこと認めないぞ」

「だけど、本当に旦那様もう一人いるの」

私は嬉しそうに笑うのだが、オーリィは、からかわれているのだろうと、機嫌を悪くする。それに構わず、「私達、街の暮らし止めて牧場で生活するかもしれないわ」

「またなに夢みたいなことといってんだよ」

「だって、きっとそうなるもの」

しかし夢は夢のままだった。

それから半月も経たないうちに、マギーが新聞を手に飛んで来て、「大変でございます、奥様」と、手渡した。

新聞の一面の片隅の小見出しに、〝リトル・ビッグホーンの呪いか、インディアンの勇者亡くなる〟とあって、クレージー・ホースが戻った先の保留地で、喧嘩を止めに入って、反対に刺されて死亡したと記事にあった。

「そんなの嘘だわ。会ったばっかりなのに、これから一緒に暮らすって約束したのに」と泣く私に、「お前のインディアンの夫って、クレージー・ホースなのかよ。兄さんの敵じゃないか」オーリィは、苛立たし気な声を上げた。オーリィにとっても憎い敵には変わりなかった。

「本人かどうかわからないもの。やっと会えたのに、あの晩、彼のテントに行けば良かった」今夜自分のテントに来いといった、その時、何もかも捨てて行けばよかったのだ。人の縁の何と脆いものなのか。私はその時の自分を許せないでいる。

「何いうんだよ、おれってものがありながら、インディアンに、女房奪われてたまるかよ。同名の別人なら、ひょっこり現れるかもしれないじゃないか。そうなっても、おれはジェニーを譲る気はないからな。昔何があったか知らないけど、絶対に駄目だからな」

「女たらしのヘンリーが私を女にしてくれた。ホースは、私を、女だって最初に認めてくれた男（ひと）よ」

私は新聞を胸に抱いて呟いた。


一見我が家に平和が戻ったような気がする。オーリィが遊びをやめて、私達は医者にいわれていた〝病気〟の治療に通うことにした。これは夫婦ともにしなければならないからだ。もちろん恥ずかしいから二人でいくわけではない。

医者は治療をすませると、私を小さな丸い木の椅子に座らせていった。「薬を処方しておくからこれをしばらく服用すれば病気は治る。だけどね、君にはつらいことだろうけど、この間流産したのは病気のせいだった。そしてね、今後子供はもう望めないと思うのだよ」

私は驚いて椅子から落ちた。看護婦が起き上がらせてくれる。

「だって治療したら治るんでしょ」

「ああ病気は治るが、もう病気になって長いから、子供は無理だと思う。君だけではなくオーリィもね」

「先生、そのことオーリィに話したの？」

「いやまだだ」

「ねっ、私赤ちゃんがもうできないって、オーリィにはいわないでほしいの。お願い……まだ夢を持っていたいから、いつか赤ちゃんできるって思っていたいから」

私は涙をふきながらそう頼んだ。

マギーが私の所へやって来て、「今頃荷が届いたのでございますよ」

「何が来たの？」

「例の女からでございますよ。何を思ったのか、旦那様のお衣装を送り返して来たのでございますよ。向こうでどうかすればいいものを、手間がかかって仕方がございません」

思い出したくもないが、あの女の所にあった夫の服を、わざわざ今頃になって送り返して来たのだという。それも大きな箱に幾箱も。これも女の最後の私への嫌がらせなのだろうか。見たくもないから、いっそ燃やしてしまおうかと思う。自宅にも、あの女と一緒に夫が買ったであろう、衣装が手が付けずにクローゼットの中にあるのにだ。

それは、アンが、解決策を考えてくれた。

「あたしに任せておきなさいよ。これ皆売ったげるから」というのだ。

彼女は、赤ん坊の断乳に手を焼いたけれど、ようやく手が離れて、女中に任せられるようになったといって、遊びに来るようになった。大変だったんだってえ、あっけらかんとやって来るので、かえって以前のことを根ほり聞かれるよりもありがたかった。

「こんな古着どうするの？　あたし他の人が旦那様の服着て歩いているのなんて見るの嫌だわ」

「何いってんのよ、この街でダーリンのあの細身の服着られる男なんて何人もいないわよ。うちのなんて、三人前は生地が要るもの。買うのはもっと違う人間よ」

「売るったって今真夏よ、コートやオーバーなんて売れっこないわ」

「あなたはねえ、ダーリンがいかに人気者か知らないからね。着るために買う人なんてほとんどいないんだから、ダーリンが着てたってことが大切なのよ」

「そんなことってあるかしら」

「あの女狐だって、ダーリンにメロメロだったたって噂よ」

「そんなことないわ、あれは旦那様が恋をされて」

「彼女の取り巻きはいっぱいいたけど、ダーリンほど長く付き合ってた男はないのよ。あなたにとっては気の毒なことだけれど、ダーリンは特上のお気に入りだったのよ」

「そんな話聞きたくないわ」

「あっごめんね、それだけダーリンは誰にも人気があるってことなのよ」

「だからって夏にコートが売れる話がわからないわ」

「まぁ当日見ていなさいよ。ただし、ダーリンにも働いてもらわなくちゃならないけど」

「旦那様は、ものを売ったりは、絶対に出来ないわよ」

「そんなこと頼まないわよ。ダーリンは、格好良く入口に立って、来たお客様の手にキスをして欲しいのよ」

「それも無理だわ。人前にお立ちになるのが苦手だから」

「そんな甘やかすからいけないのよ。もともと、ダーリンがしでかしたことでしょ。責任は自分でとらなくちゃ。それにね」

「まだあるの」

「そうよ、高いもの買ってくれた人とね、ダンスをしていただくのよ」

　私は天を見上げた。確かに原因は旦那様にある。私はそのために一年以上も口に出せない苦しみを味わった。この古着の山だって、もとは私が、旦那様はどんなにあの女と会話を楽しみながらお買い物をしていたのかと思いながら、いくら月末の請求書を見ながらお金を払っていたかしれないのだ。だからといって、その古着を売ってしまう、キスをしろ、あまつダンスを踊れなど、私には旦那様にはいえはしないのだ。旦那様は戻っては来たけれど、結局悪かった許してくれとの一言もいっていない。こんなバザーを開いたら、かえって当てつけと思われはしないだろうか。せっかくのご機嫌を損ねてしまうのではないかと、私は恐れた。

　ところが、アンは強かった。居間で新聞を読んでいるオーリィの隣に座ると、胸に両手を組んで、「ねぇダーリン様、お願いがあるの。ジェニーのこと愛しているでしょ？」

「何だい、やぶからぼうに」

「だから今度ジェニーのためにバザーを開くの。だからね、ダーリン様には、入口で来たお客様一人一人に挨拶をして欲しいのよ」

「そんな話、聞いてないぞ」

「そうなの、今決まったのよ。それでね、ご婦人客には、簡単でいいのよ、手にね、そう簡単にキスをしてあげて欲しいのよ。きっと凄く喜ばれるから」

「一緒の旦那に殴られるから嫌だ」

「そんなこと絶対ないから。本当よ、それでできれば軍服をお召しになって頂きたいのよ」

「嫌だよそれこそ、もうカビ生えてるぞ」

「それは大丈夫よ、ジェニーがちゃんとクリーニングに出してるから。それとも、もう昔の軍服入らないほど、太っちゃったとか」

「何いってんだよ、入るよ体は毎日鍛えているんだから」

「じゃあ決まりね。軍服着て、ご婦人の手にキスお願いね」

「うまく丸め込まれた気がする」

「バザーの成功はダーリン様にかかっているんですもの、お約束よ、やったわ、良かった。それからあと一つ」

「まだあるのかよ、おれその日消えちまうかもしれないぞ」

「高いもの買ってくれた人と、ダンスを一曲お願いしたいの。その時はテールコート姿でね」

「なにジェニーと悪巧みをしているか知らないけれど、やれっていわれれば何でもやるよ。ついでにお茶の給仕でもやるかい？」

「まぁ素敵、それは思いもしなかったわ。卒倒するお客さんが出るかもしれないわ」

こうして、アンはいとも簡単に、旦那様と約束を取りつけた。私には絶対出来ないことだ。あっぱれと褒めてあげたい。

夜、床の中で、「ごめんなさいね、あなたの送り返されて来た洋服でバザーをするって、いきなりアンがいい出したの」

「おれは色々と約束させられたぞ」

「それもアンがいい出したの。私見るのも触るのも嫌だから、燃やしてしまおうって思ったのだけれど、それじゃあもったいないって、いうの。教会のバザーなんかに出すのは簡単だけれど、私、旦那様のあの洋服、他の人が着て歩くのも嫌だっていったの。そしたらね、旦那様みたいな体形の人が、この街に何人いるのかって、着るために買う人ばかりじゃないって、だってこの盛夏に、オーバーコートも売るっていうのよ、信じられる？」

「おれに軍服着ろっていうんだぜ」

「まだ朝のうちの涼しい時だから、我慢をして下さい。軍楽隊でも呼んで、ギャリオーエン（第七騎兵隊の隊歌、現在では、第七戦闘部隊のことをいう）でも、演奏してもらいましょうか」

「ばかなこというもんじゃないよ。恥ずかしいじゃないか」

「でも、おうちでもクローゼットの中に放ったままのお衣装なくなるなら嬉しいわ」

「おれさぁ、お前に口ではいえないほど、酷いことしただろう。そのことに対して、お前にはっきり詫びていないんだよな」

私は、オーリィの唇に指をあてて止めた。

「何もおっしゃらないで、それは過ぎたことなのです。ジェニーは、もう旦那様から、そのことについて、何も聞きたくないの。辛いこと思い出しちゃうから、もう終わったことなの、旦那様帰っていらしたし」

「そういってくれるのは嬉しいけれど、だけどさぁ……」

旦那様のいいたいことはわかるのだ。あれから私達は、夫婦の交わりをしていないのだ。今までも、さりげなく旦那様は私を抱きしめようとする素振りを見せた。でも私はそっとそんな時、背を向けてしまうのだ。旦那様にとっては、きちんと詫びをいっていないから、私が応じないと思っているのだろう。

だけど違うのだ、僅かであれ、私は肌を汚された。その時の思いが、トラウマになって、旦那様を迎えられないのだ。それについては、サムの奥さんに相談した。

「あのやろう、そんなことしていたなんて、何でもっと早くいわなかったの。一発のしてやったのに――」といいつつ、「もしサムにガールフレンドが出来たらと心配でならない」ともあった。「夫婦のことだし、よく話し合って、ジェニーちゃんが望むようになるまで待つのが良いわ」と手紙の最後にあった。

オーリィが女と別れた時、私は半死半生の病人であった。だんだん元の生活に戻っていったのだけれど、その中に、話し合いの時間はなかった。なぁなぁで今まで来てしまったのだ。きっとオーリィは、私に詫びたいと、ずっと思っているのであろう。自分がまだ許されていないから、夫婦の交わりがないのだと思っているのだ。大体今夜みたいに会話をすること自体が珍しいのだ。今がその時なのかもしれない。

「私は、あなたと話し合いをするのを、ずっと避けて来ました。それは、あまりに辛い日々だったので思い出したくもなかったからなのです」私はオーリィの目を見ていった。

「おれは、君に弁解する余地はないよ。こうして平静になって考えてみれば、おれが君にしたことは、許されることではない。おれはお前がいつ離婚をいい出すか、覚悟をしていたよ」

「どうしてあなたと別れられるのでしょう。あなたは、私に兄様を語って下さる最後の人なのだもの」

「おれのしたことで君の心がいかに傷ついたかわかるよ。だけど閣下はもういないのだ。そういつまでも過去にとらわれないで、未来を見るべきではないのかい。あのリビィさんをご覧よ。あんなに強く生きているではないのかい」

「あの人は、確かに、きっと誰よりも兄様を愛していたのでしょう。私の大切な兄様とっておきながら、あの人は不幸せな人でした。良いところのお嬢さんで、父親は結婚式のその朝まで結婚に反対していたそうです。本人は軍人の妻になったつもりだったでしょうが、それは南北戦争の英雄と結婚したということだけだったのです。あの人は銃後を守るということができませんでした。いつも兄様を求めていました。砦には私もいて、あの人なりに苦労をしたと思います。だけど、私がどんなに慕っても手の届かない人と一緒にいるのに、あの人は信じられなかったのです。私のことを嫌って、砦で、兄様と二人で暮らしたいといっていながら、私が兄様と別れるのに身を切る思いでいながら、もはや砦にいられなくて、皆に遊びなんだから止めろといわれたヘンリーと外へ出たのです。私が砦からいなくなったというのに、その間二年半、リビィさんは、私の手紙を一通も兄様に渡しませんでした。兄様は私のことを心配しましたがどうしようもなかったそうです。私が身を持ち崩して街角に立っているのではないかと思ったりもしたそうです。その件で、二人の仲は少しずつ悪くなって、せっかく二人きりで兄様を自分のものにしていたのに、ミシガンのお家はまるで氷のようだったと兄様がいっていました。こういうと叱られるかもしれないけれど、今リビィさんは一番幸せなんじゃないのでしょうか。兄様が亡くなって誰一人手を出す女がいなくなって名実共にジョージ・アームストロング・カスターの妻としてもう何も心配がなくなったからです。私は十二才の時厳しい修道院を出て、一生会えないと思った兄様に会えて、一生食べられないと思ったチョコを、兄様の膝枕で食べていた、私にとって一番幸せだった日に帰りたいのです。男と女のことを何も知らず、兄様に抱かれて眠った日々に戻りたいのです。無理だとわかっていても、その当時を知るテリー閣下も今いらっしゃいません」私は泣き出した。

　オーリィはおずおずと私を抱きしめると、「おれが兄様の代わりじゃだめかなぁ。君に酷い目に遭わせたのもこの私だけれど、これからは君だけを見て行くよ」

「でもあたし、あの男が私の体を撫でまわして……私の体の中に入って来たおぞましさがまだ忘れられないのよ、もう辛くてたまらないの」

「君の心が静まる方法を知ってたらなぁ。すぐにその通りにするのに。ごめんよ、おれ役立たずでさ」とオーリィは力いっぱい私を抱きしめた。こんなことですら久しいことであった。しかし、私も心にたまっていたものを吐き出して少しずつ夫婦らしくなっていったのだけれど、交わりを持つまでにはいかなかった。

「私、あなたのお家って、全部みたことがないわ」アンと、バザーを手伝ってくれるという五人の友人と一緒に、私はまるで、ヨーロッパの中世の城主夫人のごとく、腰のベルトに鍵束をくくり付けて、一部屋ずつ見て回った。

「最初が第一応接間よ」

「次が第二応接間」

「ちょっともの並べるには狭くないかしら」

「ここが、お客間よ」

「あのご病気の将軍さんがいらしたお部屋ね」今はベッドを片して、大きなテーブルが入っている。

「いいじゃないの、このテーブル。ワイシャツ置く？　それとも小物がいいかしら」

　皆それぞれの意見をいう。

「その隣が、ほとんど同じの第二の客間よ」

「ここも使えるんじゃないの」

「そのお隣がね、第一ホールって呼んでいるのよ」

「わあ広いけれど、家具がないわね」

「だってホールですもの。夜会開くのに家具があったら邪魔でしょ」

「品物並べられないじゃないの」

「ダイニングのテーブル持ってくれればいいかなって思ったんだけれど」

「次は第二ホールって呼んでるの」

「わあここはもっと広い」

「テーブルなんかは、お二階の使っていないお部屋の家具や、廊下の花台とか使って、ここの中央でダンスをしていただくつもりなんだけど、どうかしら」

「扉は観音開きだけど、入って来る人と、出て行く人とぶつかるわよねぇ」

「このホールはね、コネクションルームになっているの」

私は部屋の真ん中の隠し鍵を開けて、パーテーションになっている壁を押して行って、部屋は一つになった。

「うん素敵よ。これいいじゃない。お買い物しながら、ダーリンのダンスも見られるわ、皆私もって思うわよね」

何のかんのと女が揃って大騒ぎの中であっても、色々なことが少しずつだけれど進んでいった。オーリィは恐れをなして、自室にこもったまま出て来ない。コックと、当日出す飲み物と軽食のメニューを考え、家具類はハルの友人達が手伝いに来てくれて、女達が、置く場所を指示するのだった。

一番大変なのは、送り返された衣装をわけて、ワイシャツなどにアイロンをかけることであった。女中が中心に行ったけれど、私は新しいアイロンをもう一台買った。皆は自宅からアイロンを持って来て、上着やズボンにアイロンをかけるのを嬉々としてやっているのだった。

「お洗濯もしてないのに、そんなワイシャツでいいの？」私は心配して声をかけた。

「ダーリンが着たそのままっていうのがいいのよ、洗っちゃったら価値が下がるわ」

「そうなの、本当にそれでいいの？」私にはそんな理由がわからなかった。

私は、オーリィが愛用しているコロンを三本も買わされて、アンは、アイロンがかかってたたまれたシャツに吹きかけて行くのだった。オーリィはその話を聞いて、「おれコロン変えようかな」というほどなのだ。

私は、触るのも嫌だったけれど、箱の周りをうろうろして、手は出さなかったけれども万に一つの願いが叶わないか、離れることが出来ないでいた。そして最後の箱が空になるのをこの目で確認すると、やはりと思う気持ちとなお、諦めきれない思いが交錯して、憂鬱な気分になるのであった。

やはり、箱には入っていなかった。しかしどうしても、諦めきれはしなかった。私は、ある時思い切って、オーリィに聞いた。

「私の金のロケットがないの。あの流産した日にしていて、マギーはいつもの箱に入れたっていうんだけど、旦那様ご存知ない？」

私のたった一つの生母の形見なのだ。

オーリィは、私を力いっぱい抱きしめて、「ごめんよ、もうないんだ」

なぜなのか、私のロケットを持って行くのが、あの屋敷に帰る条件だったという。私がバザーでオーリィとダンスをしていたのを見た人間がいたのだ。けれど、オーリィが禁足を言い渡されたのは、妻を交換し合う会に、私を連れて行けないといったからだと聞いて、まだその時は、夫にも分別があったのだと思った。もう、私のロケットは、戻っては来ないのだと思うと、腹が立つより思い出が一つ消えてしまって、心がキリキリと痛んだ。私の数少ない宝物の中でも一番大切なものだったのに、中に十七才の母がいたのだから。

バザー前日に業者に頼んで、いつもならお茶と食べ物のテントだけなのを、盛夏なので、休憩用に大きなテントをもう二張りと、パラソルもあちこちに立てた。今日一番大変なのはコックで、料理の作りおきが出来ないからと、朝四時には起きて、ピーカンナッツの入ったタルトとかメレンゲ、果物のコンポートに、ソーセージロールなどを、キッチンメイドを使って、料理をずっと作り続けていた。しかも旦那様が起きて来て、「ベーコンエッグに卵四つ——当時ベーコンエッグの卵とは二つと決まってはいなかった。食べられる時に栄養価の高いものを食べておくという昔の習慣がまだ残っていて、卵も四つも五つも食べた——の要求にも応じなければならなかった。

私は味見を兼ねて出来た料理を少しずつ食べた。アン達がやって来た。手伝いの一人のアーメンガードが、旦那様のリボンをいくつかにたたんで、緩く一つに結んだのを手に取って頬に当てている。

「何やってるの?」

「売れちゃう前に、愛しんでるのよ。だけど、なんでこんなにリボンが沢山あるの」

机に乗らないものは、まだ綺麗な小箱いっぱいあった。

「だって一度お使いのものは、もうお使いにはならなかったから」

「これからは、もうそんなにあまやかすんじゃないわよ」さすがにアンも呆れてそういった。

二人して、部屋を見て歩いた。最後の点検である。ワイシャツだけのテーブル、そしてスーツ——スーツはその当時部屋着で、上下共布ではなかった。だから女達は、上下の色目を合わせるのに苦労したのだった。

紳士物の洋品店に頼み込んで、ボディという、洋服を着付けて飾り付ける、体だけのマネキンを三台借りて来て、ワイシャツ、ネクタイ、ベストにテールコートの上下、オーバーコート、帽子に靴、杖まで揃えて着せこんである。さすがに、これを上から下まで全部買うという人はいないだろうと皆思っている。

「ねぇアン、今頃になっていうのもおかしいけれど、私このバザーのこと何も宣伝しなかったわよねぇ、こんなに手をかけて、お客さん来るのかしら、心配だわ」

「そんなの大丈夫よ、ご覧なさいよ、もう道に馬車が止まっているわよ」口コミで広まったのだという。

うちは道のどん詰まりにあるので、前の道は馬車が止められるが、次から次へと馬車が入って来るので、一番奥の馬車は、他の馬車が退くまで動けないのだ。

あと開場まで一時間だ、私も支度をしなくてはならない。アンは、「あなたはねぇ、なるべく幼く作った方がいいのよ。妖艶なマダムなんてしたら、お客さんがしらけるから。オーリィの妻だけどまだ右も左もわからない小娘なんですっていえば、お客さんは安心するんだから」

「幼くったって、私もう二十五を過ぎているのよ、そんなの無理だわ」私の意見は無視されて、私はピンクの夏らしくシャーリング地で、ひだ飾りの沢山ついたドレスに、髪は結わずに両耳の所に、細かく三つ編みを何本か垂らして、麦わら帽をかぶる。しかもご丁寧に、スカートの裾が少し子供めかして短くて、下の編み上げブーツが見えるのだった。

「いくら何でも、これじゃぁ、あたし恥ずかしいわ」

そんな私の愚痴を無視して、アンは、私の鼻の頭に白粉をポンポンとはたくと、ピンクの口紅を塗って、「さぁ出来たわ。これなら、来たお客も文句のつけ所がないから、近くで見ても十七才で十分通るわ。いいこと、今日はダーリン目当てに人が来るのよ。腕組んだり、ひそひそ話したり、体寄せ合ったりしたら絶対駄目だからね。ほんとはねぇ、あなた今日一日お部屋に籠っていて欲しいくらいだわ」

「そんなぁ、それはあんまりよ」

旦那様が階段から下りていらっしゃる。久方振りの軍服姿に、何ともいえない懐かしさを感じる。アンなんて、もう大騒ぎをして、「キャー、ダーリン様素敵よ。あたしとまずダンス踊って欲しいわ」と、その小太りの体で小躍りするのだった。

私は想わず駆け寄ってキスをした。あぁ昔の旦那様に戻られた、私の胸を久方振りに明るい風が満たした。

「あぁ、そこまでよ、ジェニーもう駄目よ。あとは大人しくしているの。それでね、あなたのこと知らないマダムに聞かれたら、スカート持ってお辞儀をしてただジェニーですっていえばいいのよ」

「それって、私バカみたいに見えない?」

「今日は、あなたは出来の悪い妻を演じてればいいのよ。さぁダーリン様、よろしくお願いしますわね。さぁ始まりよ」

門の外にはすでに婦人達が集まり始めていて、列のことで小競り合いが起きたりしていた。アンは、門の鍵に手をかけて、大声で婦人達に話しかけた。

「さぁ皆さん、お待たせしましたわ。すぐに始まります。本日は、当家の主人、オーランド・ベンティーンが、いらした皆様全員に、ご挨拶をさせて頂きますの。ですから、皆様きちんと列を作られて、お待ち下さいね。皆様方全員にですのよ。ゆっくりといらして下さいね。お行儀良く、ご主人様の前では、それは優雅にね、お願いいたしますわね」

といって門を開け、オーリィが、玄関から出て来ると、嬌声が上がった。オーリィは車寄せに立って、一人ずつの婦人に、「いらっしゃいマダム」とか、「ごきげんようマダム」といって、手袋をした手で、やはりエチケットとして手袋をしているマダム達の手に、さり気なくキスをして、家の中へ招いたのだという。私はその時、アンに姿を見せない方が絶対にいいからと、部屋に押し込められて、歓声が上がったのは聞いたけれど、オーリィが挨拶をしている所は見ていない。なんやかやいいながらも、彼のことだから、満面の笑みを浮かべて、ご婦人達を迎えたことであろう。

第一応接室からバザーは始まって、そこには、リボンタイやポケットチーフやスカーフなど小物が沢山並んでいる。一番に入って来た人が、リボンを一人で買い占めようとした。私達も事前にそういうことを想定していて、数あるリボンは、一本三十セントと安くして、その代わり一人一本限定で、お小遣いの少ない人にも買えるようにしたのだ。

その人はせっかく一番なのにと文句をいったそうだけれど、次から次へと人が来るので、諦めて先へ行ったそうだ。そういうことは皆あとの反省会で私は聞いた。当の私は、第二ホールの一番端のカウチに座らされていたのだから、何もわかりはしなかったのだ。そして人々は私のいる第二ホールにもやって来て、お金のある人は、テールコートや、オーバーコートなど高価なものを買っては、そこに立つ係からダンスの順番券をもらっていた。

そして、ボディに着せてある総コーデの衣装を眺めて、溜め息をつくのだった。カウチに座る私に、声をかける人はいない。きっと目に入らないのだろう。

買い物を終えた婦人達がだんだん庭に出て来て、飲み物を手にしたりするようになった。私は本当にびっくりした。背広姿の夫が、お茶のテントにいたからだ。もちろん彼がお茶を入れるわけではない。女中達がするのだけれど、オーリィの周りには、婦人達が集まっていたのだった。

私は女中にいって、道にいっぱい止まっている馬車の御者に、お盆に飲み物と、何かお腹にたまるものを乗せて、配って歩かせた。彼等だってお腹は空くのだろうからと。

私は窓から外を見た。ずっと一台の馬車が気にかかっていた。早朝一番に来ていながら、窓にはカーテンがかかっていて、その主は外へは出て来ていないのだった。

買い物客も落ち着いたのだろう。私はそっと、庭に面したフランス窓から外へ出て、奥の壁との間の、職人や、食料品業者などの通る、庭からは植栽で隠された道を通って、その馬車に行くと、戸を叩いた。

「マダム、いらっしゃるのでしょう。いつまでも馬車にいらしても、皆さんお帰りにならなければ、馬車は動きません。こちらにいらっしゃいませんか」

最初は声はなかった。

「誰もいない私専用の応接間がございますのよ」

庭の道を急いで通り抜け、てんてこまいの台所を通って、婦人用の小さな応接間に着いた。

「こちらにおまるがありますわ。どなたも使っていないから綺麗です。私何か食べ物を持って来ますわね」と私は庭に出て、紅茶と冷たいソーダ水と、パイやサンドイッチを皿に盛って、フォークを一本添えた。

　ヒッコリーのマダムは、窓に向かって立っていた。

「このソーダ水は冷たいですよ、一口お飲みになられては、いかがですか」

　夫人は椅子に座ると、麦わらのストローで、ソーダ水を啜った。額に、急いで汗を拭いた様子が見て取れた。この盛夏に小さな馬車の中で、窓も閉めきって、さぞ暑かっただろうと思った。

「あなたに、このようなご接待を受けるとは思いませんでした」

「驚かれた？　私こう見えて気が利くんです。早朝に見えて、もうお昼も過ぎました、おまるも必要かと、ずっと見ていたのです」

「それは、お心遣いありがとう。でもそれを私になさるあなたの心がわかりませんわ」

「この一年余り、私にとって、本当に大変な日々でしたわ、死んでしまおうと思ったこともありました。私、ある意味過去に生きておりますの。ここ二、三年とかじゃなくて、もっと昔のこと。もうその頃を知る人はいなくなって、あぁ一人いらっしゃるけれど、その人、恋敵なんです。もうずっと昔に死んでしまった私の大切な人の。私とオーリィって、その過去に繋がって、今があるのです。ただの男と女の仲ではなくて、人とは違う生き方があるのですの」

「私オーリィを愛していましたの。ですから、彼が私の手を離れてしまうなど思いもしなかったのです」

「オーリィは、自分の意志で私の所へ帰って来たってことでしょうか」

「あなたとても若く見えてよ。羨ましいわ」

「こんな服のせいですわ」

「いえ、女は若く見えるというのは、生まれつき与えられた勲章です。あなたはそれを持っている。誇るべきでしょう。ところで、オーリィが持っていたロケットの中のお写真はどなたですの」

「私のお母さん、生母です。私養女だったのです。私こう見えてもあまり平凡な人生は歩んでまいりませんでしたわ」

　日中の光の中で見るマダムの顔には、厚化粧の中に幾筋ものしわが見て取れた。女王のごとく暮らしながらも老いには勝てないのだと思った。

　私が女中に呼ばれて外へ出て戻ると、もうその姿はなかった。私はまた第二ホールのカウチに座っているのだった。ボディの服は皆の憧れだったけれど、まだ三体とも残っていた。

　お客人はご夫人だけではなかった。あくまでも妻の趣味に寛大な夫なのか、妻の小遣いでもその使い道まで細かくいう夫なのか知りもしないが、四、五組のペアがいらした。

その人は静かに一人でホールに入って来て、ボディの前に立つと、私に向かって、「お嬢さん、この中で一番高いのはどれですか」と聞いた。

私は、お嬢さんなどと呼ばれて、思わず顔が赤くなったが立って行って、「一番真ん中が高こうございます」と、つい奥様言葉でいってしまった。

そのボディに着せてあるのは、上等な薄手のリネンのシャツに、テールコートなどはロンドンのセビルロー（後に日本の背広の語源になった街）の名店から取り寄せた布で仕立てられている。コートはカシミヤでラッコの衿が付いていて、添えられたあの憎たらしいヒッコリーの木（とても堅い木、杖によく使われる）で出来た杖には銀の鷲の握りが付いた、これだけで百ドル以上する品物なのだ。

「おいくらですか、お嬢さん」

私は、アンに絶対自分から妻といわない、挨拶しかしては駄目だと、きつくいわれているけれど今は、口を聞いても仕方ないだろう。

「こちらはお高くて七十ドルします。両側は共に五十ドルです」となるべく幼くみえるように舌足らずな口調で答えた。

その紳士は、迷うことなく真ん中のお衣装を買って下さるという。私は慌てて、誰かわかる人を呼んできますといって、駆け出した。そのお転婆ぶりは、見た目許されるであろうと思った。

アンを見つけたので、一番高いボディの買い手が現れたの、と私がいうと、すぐもう一人連れて、服を包んでおくから、そのご夫人を、オーリィの所へ連れて行って、直接お茶を出してもらっていなさいといった。

「でも、買ってくれる人って殿方よ」

私のお転婆は役に立って、互いに躊躇いもなく、その人の手をとって、オーリィの所へ連れて行った。オーリィはケーキを切り分けてやったり、危なっかしい手付きで紅茶を入れた。そこまでは、周りのご夫人達も受け入れてくれていた。

その人は四十代半ばくらいで、オーリィのように細身で、少し背が低いので、もし衣服を着るには、多少の手直しが必要に思われた。皆、その人が着るために買ったと思ったのだ。

ついにダンスの時間になった。お財布を空にしたご婦人達は、渡された番号カードを手に、オーリィとのダンスの順番を、今や遅しと待っているのだった。

今回バイオリンとフルートとアコーディオン弾きが雇われていて、蝋燭やランプで照らされたホールをお客人は踊りまわった。曲はお任せという人と、私はやっぱりウィンナーワルツとご指名があったりして、他の婦人達の注目の中晴れがましい気分であったのだろう。見物の婦人達は、自分が踊れなくとも、オーリィのダンスを見るだけで楽しんでいた。その時は、白ワインとソフトドリンクがサービスされていたので、余計に盛り上がりを見せた。

　いよいよラストダンスになった。アンが少し硬い表情で、

「次がラストダンスです。お相手は十七番の方」

　傍の紳士が、ホールの中央に立つ、オーリィの前に進むと、オーリィが手を差し伸べて、「私は、女性のパートを踊れませんが、よろしいのでしょうか」

　相手がうなずいて、オーリィの手をとったので、ざわめきが起こって、はとんどの婦人達が席を立ったのではないだろうか。私はバイオリニストに、リフレインを沢山つなげて、長い一曲にしてあげて欲しいと頼んだ。曲はコンチネンタルタンゴであった。

　テールコートのオーリィが、フロックコートをきちんと着た紳士を抱き上げて踊っていた。他の人には耐えられないだろうけれど、私達にはサムの奥さんの前例があった。きっとこの男（ひと）も世間という波の中で、息苦しく暮らしているのだろうなぁと思うのだ。そして今日、どれほどの勇気をもって訪れたか計り知れないのだ。

　ダンスが終わると、そこにいた全員が拍手をした。オーリィは手袋を取ると、手を差し出した。相手の紳士は少し戸惑っていたけれど、自分も手袋を外して、オーリィと固い握手をした。直接に肌を合わせるという、オーリィなりの優しさなのだと思えるのだった。

　オーリィの最後の見送りを待つ客間に残っていた婦人達に、オーリィはとても丁寧な挨拶をして別れた。きっと、少しでもラストダンスの悪い評判が立たないように、彼なりに気を遣ったのだろう。

　安い物は皆売れた。ボディの分も合わせて、残ったものは手伝い賃として、皆でくじ引きでコートなどを分けた。アンが、

「まぁ、こんなもんでしょ」といったので、皆で笑った。

　見たくもないものが、家の中から消えてくれて嬉しかった。

　その夜、オーリィは、「もう悪いものはなくなった。こんなこともう二度としないよ。ねぇもういいだろう」

　私達は、オーリィが家に戻ってから初めて、愛し合った。

　オーリィの騒ぎがこれで一段落したのだ。


　私は、これから先やるべきことを、しっかりと思った。一生の仕事をすでに見つけてあるのだった。

　翌日、教区の当番という婦人が二人、寄付を求めてやって来た。昨日のこと、もう噂になっていますわ、という。

「出来ましたら、それなりのご寄附を頂きたいと思いまして、参りましたの」

「それはご苦労なことでございますわ。お金も思った以上に集まりました。でもご存知とは思いますが、夫の不始末を片付けたわけで、私、このお金でしたいことがございますの」

「まぁ何でしょう」

「はっきりいって教会とは関係がないことなのです。あるいは

反することになるかもしれませんの」

「それで、これから教会と何かあったらどうなさいますの？」

年かさの婦人が心から心配してそういってくれた。

「教会はエイミーの葬儀も埋葬もしてくれませんでした」

「それも伺っておりますわ、でも黒人のメイドでしょ」

「私には家族でした。私その偏見が嫌なのです。私、自分の墓はもう決めてあるのです。夫とはまだ話し合ったことがないので彼の考えはわかりませんが、私の最愛の兄様は、ウェストポイントに眠っています。お世話をしていた将軍は、今アーリントンです」

「皆さん英雄なのですね」

「私、この所ずっと悲しいことばかりの毎日でしたの、でも生きがいを見つけたのです。私一人では何も出来ないかもしれません。とてつもなく大きな相手なのです。でもかえって、力が湧いて来るのです。これからは、私一人で立ち向かっていかなければならないのです。それが、私の使命と思ったのです」

「何をなさるのか存じませんが、お気持ちはわかりました。それでも何かの折にでも寄付はお願いしたいと思います。では」

二人の婦人が割にあっさりと帰ったと思ったら次の日、牧師自身が乗り込んで来て、少し驚いた。

「また、教会のお茶会へご招待いたしますよ。皆さんお待ちになっていらっしゃるのです」

「それはありがたいお話ですけれど、私したいことが出来まして、これからそちらに力を差し伸べたいと存じますの」

「一婦人が、何をなさるとおっしゃるのです。また皆さんとバザーを開かれたらいかがですか、教会は協力を惜しみませんが」

「私のしたいことは、たぶん教会の考え方に反することだと存じます。これから私がすることをご覧になって、ご協力が得られるのであれば、喜んでお願いいたしますわ」

「ではこれからは、教会のバザーは開かれないとおっしゃるのですか」

「移民や黒人のためのバザーを開きました時も、ご協力はいただけませんでしたと、思いましたけれど」

「あなたのお考えは、少し変わっていらっしゃいますな。移民や黒人でなくとも、白人の子で飢えている者はあるのですよ」

「ですからそういう子は、教会が救って下さるでしょう。私はその手からもれた者のことを考えているのでございます」

「そういう者が、教会へ助けを求めにまいりますか」

「まず言葉がわかりませんから、無理でしょうね。私はその者達に文字を教えています。彼等が教会へ行く日も近いと思いますわ。でも私のやりたいことは、それではありませんの。たぶんこの街でも同じ考えの方を見つけることの方が難しいことでしょう」

「あなたは、このような屋敷に住んでおられながら、教会への寄付を拒まれるのですか」

「この家には、色々な思いいれがあって、不自由なのですけれど、出ていけない訳があるのです。豊かに暮らしていると思われるでしょうが、私は自分の生き方を変えていくつもりですの。私はこれから、インディアン救済を始めたいと思いますの。もう新しいドレスは買いませんわ。その一つのことだけに進んでいくつもりなのですの。たぶん賛同される方は少ないでしょうけれど、誰かがしなければならないことですわ」

「あなたは、まるでご自身が、ジャンヌ・ダルクにでもなられるおつもりなのですね。彼女がどうなったか、あなたも御存知のことでしょう。あまりご婦人がでしゃばられると、良いことはございませんぞ。礼拝の参加はお断りいたしますよ。あなたは街中を敵に回したのですよ」

そういって、お茶にも手をつけず出て行った。

「私、今日のことでますます勇気が湧いて来たわ。私やるわよ。教会なんてお金が欲しいだけじゃないの。兄様見ていて下さい。ジェニーはやるわよ」

そうして、私はワシントンの内務省のインディアン局へ手紙を書いた。私は知っている将軍や、名前だけ知っている人にも、手紙を書いた。とにかく沢山の手紙を書いた。こんな時、テリー閣下がいらしたならばと思わないことはなかった。そして返事もなかなか来ないのであった。

移民の子供だけでなく大人にも文字を教える教室をあれからずっと続けている。簡単な食事も出しているので、片言以上話せるクラスは人が集まって、それなりの成果が出て来ていて、下働きの職に就くなど、目に見えるものが出て来た。ただ下のクラスの全く言葉のわからない移民に、ＡＢＣから教えていくことは大変であった。子供はそれでも遊びながら覚えていくのであるが大人は難しかった。また、その彼等を教える教師にも忍耐力が必要とされて、それなりの給金を出しても、なかなか長期にいつく者が少なかった。

そこへ、まだ学校を出たばかりの、もうすぐ十八才という少女といえそうな白人の教師がやって来た。この下のクラスの教師になってから、少しずつクラスに活気が出て来た。名をロージーという彼女は、学校で教わったことを、そのまま教えているのだけれど、年経た教師のように手を抜くということを知らなかった。若さというのは恐れと疲れを知らないで、出来るまで待った。彼女が来てからやめる生徒がなくなって、私も時々窓から教え振りを見ていて、給金を上げてやろうかと思っていた。

間の悪い時というのは、いつでもあるものだ。その日、教室が終わったといいに来ない。いつもはメイドが見に行くのだが、なぜか私が教室に行くことになった。教室に当てられた部屋の戸を開けると、誰もいないで教科書や石板が散らばっている。おやおやどうしたことだろうと、部屋に入っていくと、激しい息遣いが聞こえて、私は思わず振り向いた。ドアから死角になっている窓に向いて置いてあるカウチに、ロージーと夫が抱き合って激しいキスを交わしていた。しかも互いの体を夢中でまさぐりあっている。私から十歩と離れていないのに、二人は、私に気がつかない。ロージーが手を伸ばして、オーリィのベルトを慣れた手つきで外し始めた。オーリィもめくりあがったスカートの下のドロワーズに手をかけた。はいはいお楽しみはここまでと、私はコホンと咳を一つすると、「教室は終わったのですか、まだ報告がありませんけど」と、平静にいった。

　二人は飛び上がって起き上がると、ロージーはドロワーズをたくし上げてスカートを下ろすと、駆けて行って教科書や石板を片付け始めた。オーリィは私に背を向けてベルトを締めなおしながら、あるいはいきり立った自分自身をなだめているのかもしれなかった。私はまだ二人の体温が感じられそうなカウチに座って見ていた。オーリィは窓を背に立っていた。ロージーは最後に黒板を壁際に押し込んで、片付けを終えた。そして、「旦那様」と声をかけたけれど、オーリィは肩をすくめただけだった。もう一度、「旦那様」といったけれど、オーリィが出て行くように手を振ったので、渋々出て行った。もしかして、私がいなくなったら、先ほどの続きをしたかったのかもしれなかった。

　その夜の夕食の席で、スープの皿が変わったのをしおに、私は、「ロージーをこの週末で辞めさせますので、新しい教師を探すように」といった。

　マギーが驚いて、「あの子は年は若うございますが、教え方も丁寧で、人望もあり、何がお気に召しませんのでしょうか」と聞いた。

　私はナイフとフォークで料理を切り分けながら、「私は、あれに一からキスやセックスまで教えるようには頼んでいませんでしたから」といって、小さく切った肉を口にした。沈黙が食卓を覆った。

　オーリィはその夜、先にベッドに入っていた私を強く抱きしめた。その手を離れた私は、「無理をなさるものではありませんわ。今夜お一人でお休みになりたければ、ご自分のお部屋へどうぞ」といった。こんなことをいったのは初めてのことだ。

「あんなことしでかしながら、また、小娘に手を出したりして、君が怒るのはよくわかるよ。ほんの遊びのつもりだったんだ。許しておくれなんていえた立場じゃないけれど、一人寝は勘弁してくれよ。もうしないから。あの小娘にたぶらかされてさ、恥ずかしいよ。あいつ生徒にキスしてやってたんだ、辞めないようにってね、それを見ててつい手を出しちまったんだ。全ておれが悪いんだ。許してくれよ」

　私は男ってなんて、こう口にいえないいようないい加減な所があるのだろうと思う。兄様だってそうだった。いつまでも一緒、と兄様がいったのに、いとも簡単に私を裏切ったのだもの、オーリィも仕方がないのだろう。そんな時、私はヘンリーを思い出す。彼のあの私だけに向けられた優しさを。初めて私は兄様でなくて、ヘンリーと結婚しようと思った。それは私の男性に対する経験のなさなどではない、彼の愛の全てが私を包んで、それがあまりに心地よくて、初めて兄様でない男性として、ヘンリーと一緒に生きて行こうと思えたのだ。きっとどんな殿方と付き合ったとしても、兄様を超える男は、ヘンリーしかいなかったのだ。それを私は別れてしまった。でも何がどうなっても、別れざるを得なかったのも確かなのだ。

　オーリィとの結婚は、いわばイレギュラーであった。一緒になったことで、私達は互いに傷つけ合うことになって、これで一緒に住む理由があるのかとさえ思えた。その時の苦しさを思えば、こんな小娘のことなど笑って済ませることが出来た。

　オーリィの腰の動きに反応しながら、気分を高めていくのは、もしかして子供が出来るのではないかと、儚い思いがまだ捨てられないからだ。オーリィの精が放たれる、私は無理と承知で、赤ちゃんをと思うのだ。

　私は、小切手を手に、ロージーの所へ行って、「あなたは今週でクビです。これを持って出ておいで」

　ロージーは鼻先で、それを笑って、「奥様の今いった失礼なことは、旦那様のために許してあげましょう。あなたがこの家を出されても、旦那様はあなたに対して、最低のお金は下さるはずよ。もしそれがなかったら、私がせめて女中の一人も使える生活が出来るように頼んであげるから心配はいらないわ」と、片頬にえくぼを見せて、この私にいった。どこからこの自信は来るのだろうと思った。オーリィが何か、この小娘を有頂天にすることをいったのであろうか。

「出て行くのは奥様あなたよ。私はオーリィのために、これから沢山子供を産むわ。この家が寂しくないほどに」

　私は手にした小切手を四つに破ると床にばらまいて、ベルを鳴らして、小間使いにハンドバッグを持ってこさせた。そして娘の前で、書き物机で小切手を書いて見せた。そしてゆっくり給水紙を押しながら、

「あなたはもうこの家の女主人のつもりだろうけれど、あなたの稼ぐ僅かな週給で、オーリィを養っていけると思えば、彼を連れて行けばいいわ。オーリィは行かないと思うけれど。二、三度寝たからって、何もかも思う通りになるということはないの。あなたわたくしから、もう何回も小切手を受け取っているのに、その振り出し人のことを見たことがないのね。せっかく三週間分あげようと思ったのに、一週間分になっちゃって残念ね。この家はわたくしのものなの。お金も皆ね。わたくしのものなの、思いもしなかったでしょう。わかったらこの小切手持って、もうこの家に来ないことね」

「オーリィは今どこなの？」

「あなたにオーリィなんて気安く呼んで欲しくはありません。今彼は、新しい教師の面接をしている所よ。どんな教師を今度は選ぶのか楽しみだわ」

「オーリィは私のこと好きっていったのよ」

「彼は夕べ床の中でわたくしを愛してるっていったわ」

ロージーは泣きながら私の手の小切手を取って、出て行った。どちらが先に誘ったなどと知りたくもないけれど、若い彼女は、この家の主がオーリィだと思って、彼を自分のものにしたのだと思ったのだろう。貧しい家庭の出のはずの彼女は、夢をつかんだと思ったのだろう。この家の女主人に自分がなるように選ばれたのだと。オーリィを、その若さで籠絡したのだと思ったのであろう。オーリィと初めて愛し合った時、きっと彼女は成功したと思ったに違いない。それが男の遊びとも知らずに。今後の彼女のことを思えば可哀そうであるけれど、こんな盛りのついた雌犬をうちにおいておくほど、私もお人好しではない。

今度は、高給にひかれて、もう結婚は諦めましたという中年女が選ばれた。しかし油断は禁物だ。私の旦那様は、古着でも手元に置きたいと、世の女に思われるほど、ある意味ヘンリー以上の女たらしだったのだ。これから私が気をつけなければいけないのだろう。アン＝マリーの手紙であったではないか、一度では済まないと。こんな結婚やはり止めてしまった方がいいのではないかと、私はその時毎日思った。本当に毎日悩んでいたのだ。夫が女と別れたという安心感など、これっぽちも感じられなかったのだ。

しかし、そのような些末なことを考える間のない、待ちに待った手紙がワシントンから来た。しかしそれは私の期待に沿う内容ではなかった。やる気のない役人など役には立たないと、わかった私は、マギーに、「ねえ、あのクレージー・ホース死亡の記事どこの新聞に出ていたかわかる？」と聞いた。

マギーは新聞の切り抜きを集めるという、至極金のかからない趣味を持っていたのだ。

「もちろんでございますとも、あれは日刊サンライズ誌でございましたよ。奥様があの記事を読まれて、それはお泣きになられましたからよく覚えておりますですよ」

私はすぐにその新聞社に手紙を書いた。クレージー・ホースの死について、色々聞いてそのニュースソースのこと――こういう小さな地方新聞は、足で稼ぐより、ニュースを買っていることが多い――を教えてくれるかわからなかったが、そしてクレージー・ホースの一族が今もいる居留地の場所を教えてくれたら、それなりの報酬を支払う準備があると書いて送った。

私はすでに、表向きは、〝野蛮な親から生まれた気の毒な子供達の救済のための団体〟という名目で、Ｊ＆Ｏという財団を作っている。オーリィの名をそこに入れることについては、一般的に女性が主になって慈善活動をすることは、人々に受け入れやすいが、その実何かを実行する時には、やはり男性の後見人がいた方が、世間では通りやすいと弁護士にいわれて、やはりジェニー アンド オーランドの名が残った。

オーリィの服の売り上げは皆そこに入れた。夫は本心はわからないけれど、バザーもとても協力的で、終わって、すっきりしたなと笑っていた。私はヒッコリーのマダムと直接話をしたことは黙っていた。本当に噂のように、マダムが夫を誘惑して、自分のものにしたのだろうか。あの夫の熱の入れようからも、互いに惹かれ合うものがあったのではないかと思ってしまう。きっと私が兄様を忘れられないように、オーリィの胸の底にもいつまでも、ヒッコリーのマダムの思い出が残っているのではないかと、思うのだった。深く愛し合えばこそ、思い出が残り、時にそれが憎しみとして心の重しになってしまうのかもしれない。夫はどうなのだろう、しかし私はオーリィとの過去は振り返らない。兄様とのことは忘れないのにだ。私のこの我儘が、オーリィをヒッコリーのマダムへと心を向かせたとしても、もうそんなことはどうでもいいことに思えた。彼が私の知らない所で夫人への思いをずっと育んでいたとしても、私には進むべき道が見えた。

クレージー・ホースに会えて、再び妻としていだかれることを自ら手放し、彼とはそのままで、永遠の別れが待っていた。私は彼の妻の一人として、アメリカ政府が行うインディアン政策に反旗を翻すつもりだ。それが私のこれからの、生きて行く指針になると思った。オーリィがどう考えているかは知らない。私の今までの豊かさを、たった一夜の妻に与えてくれた恩を、私は私の力で返して行こうと思ったのだ。

生きがいのはじまり

私は大きな家に住み、下働きを含めて十人ほどの人を使い、たまに金持ちの道楽と揶揄されるバザーというものを開くだけで、世間で奥様と呼ばれて何も働きもせず生きて来た。夫が浮気をして、湯水のごとく金を使っても、じっと耐えていた。耐えられる金があったからだといえば、その通りだったのだろう。それを、もっと小遣いをと要求されて、拒んだら、絞め殺されかけた。そのことは、出来うることなら忘れてしまいたいけれど、忘れることなど出来ない、この世にあってはならないことであった。もう声を立てて笑うということなど忘れてしまった毎日に、なぜか機嫌のいい日の夫の姿を見ながら、ふとその時の恐怖がまだ私を苦しめているのだと、オーリィは知っているのだろうか。生前兄様は妻と二人で暮らすミシガンのお家は、今は氷の中のようだといっていた。私達夫婦もいずれそうなるのであろうか。子供もいない今、私はオーリィに私の考えを初めて伝えた。

「私は賛成しかねる。お前一人で何が出来るというのだね、クレージー・ホースはお前の大切な兄様を殺した相手ではなかったはずではないのかね」

「でも、同名の別人かもしれないわ。それをしっかりと聞く前に彼は亡くなってしまったのよ」

「死んじまったのなら、仕方がないだろう」

「そんな簡単なことではないわ。私は彼の妻だったのよ」

「そんな、気色悪いことをいうなよ」

「何いってるの、私が彼の妻になったから今があるんじゃない。オーリィ、あなただって、想い人と贅沢三昧に暮らせたのだって、皆クレージー・ホースがくれた金山のおかげじゃないの。ああ、あの時、彼のテントに行くべきだったんだわ。彼はまだ私を妻と認めてくれていたのだもの」これは私の本心の叫びだったのだ。

「よくいうよ、お前はおれの妻じゃないか」

「あなたあんな好きなことしてらして、私は、たった一夜が許されないのですか」

私は、なるべく穏やかに、彼の心の傷に触れないように、いったつもりだった。

「お前はそんな女だったのかよ、夫を裏切ろうというのかね」

彼の言葉の端々に、まるで稲妻が走っているように、オーリィはいった。

「だから私は、その日、彼のテントには行かなかったんじゃないの。あなたがいるから。でも彼に礼の一つもいいたかったわ。テントに行ったからって、あなたが思っているようなことがあったかわからないでしょ。私はずっと昔にたった一夜を共にした。そして長い時間がかかって、やっと再会出来たのよ。話すことは沢山あったわ」

「男と女だ、することは一つだと思うけれどね」夫が吐き捨てるようにいった。

「どうしてそう思うの。彼は私を初めて女と認めてくれた人だわ。彼がいなかったら、私今も、結婚も出来ない不具だと皆に思われて、砦で貧しく先の見えない生活していたのよ。あるいは、兄様について行って、リトル・ビッグホーンで死んでたかもしれない。私よくその夢を見るの、行ったことのない所だけれど、兄様撃たれて死ぬのよ」

「そんな思いまでするんだったら、クレージー・ホースだなんて名は、忘れることだな」

私は立ち上がって両手をついて、オーリィにいった。

「忘れるもんですか。今回彼に会ったからこそ思いついたのよ。今までのお金は残念ながら享楽的に使ってしまったのは、仕方のないことだわ。だけれど、これからは違う。やっと正しい使い道がわかったの。インディアンからもらった金山ですもの、インディアンのために、私は使うべきなのよ」

「お前一人で何が出来るっていうんだい?」

「実はもう小さな財団を作ってあるの。J&O(ジェニー&オーランド)財団よ。余程J財団にしようかって思ったの。だけど弁護士が、男の名も入れた方が後々いいだろうといったの。

私悩んだのよ。あなたがまた今度みたいなこと起こしたら、私はもう耐えられないって。あの子のこと（実家に置いて来てしまった長男）は、諦めて神様に預けて、あなたとは離婚しかないって思ったの」

オーリィは黙った。私が今回初めて離婚を口にしたからだ。マダムと別れて、こんなに経つのに、まだ私が離婚を考えていることに、彼なりの衝撃を感じたのだろう。

「おれはいったい、どうしたらいいんだい」

「私と一緒に、合衆国と戦うのよ」

「お前強くなったな、毎日兄様想って泣いていたんじゃなかったのかい」

「兄様のことは、今リビィさんが愛の戦士のごとく活動しているじゃないの。本当は私だけの兄様だったのよ。あの世間での理想的なカップルが、実は離婚寸前だったなんて、世の中の誰一人思いもしないでしょうね。だから兄様のことはリビィさんがすればいいの。私達は真逆なインディアン救済運動を始めるのよ。きっとリビィさん、ますます私のことが嫌いになるんだと思うわ。でもあなた、今のこの豊かな生活もう止められないでしょ。ヒッコリーのマダムはもういないけれど」いつもならこんな嫌味なことはいわない。

夫が下を向いた。マダムの名に反応するのは、心のどこかにまだ思いがあるのだと私は思ってしまう。

「この豊かな生活私達にくれたインディアンに、いくらかでも、お礼をしなくちゃって思ったの。たとえ私一人でもね、だからあなたも協力するっていって欲しいの。これからの私の生きがいを見つけたのだから、ねぇお願いします」

私は、力が湧いて来るのを感じた。何がどこまで出来るのか全く未知数ではあったけれど、夫の浮気に泣いていた私では、なくなっていた。苦労をしてこそ、先が見えるようになったのだと思った。

汽車を降りて乗った馬車は、道なき道をノロノロと進む。私は一度たまらずに、お下の用に降りた。見渡す限り平原の砂まじりの草木もない土地に、居留地はあった。

私達は、門番ともめていた。夫は書類を手に、「今日ここで、この居留地の管理官と会う約束になっているのだよ」といった。

門番はにやけた笑いを、浮べながら、「おりゃ、そんなこと聞いちゃあいませんぜ」と夫の話を無視する。夫がいきり立って、約束がというのを、私は手で制して、門番の汚れた手に五ドル札を握らせた。たちまち、門番は、「お待ちしておりましたぜ、旦那」といって、門を開けた。こんな所で働いている人間が、まともな奴なわけはないんだ。

私達は管理官室という所で長く待たされた。それこそ、今日ここに来るようにといった張本人なのに、役人までがこの様なら、この居留地に入れられている、インディアンの待遇も思いやられる。

管理官は、ネクタイをだらしなく結んで、やって来た。

「こちとらも、えらく仕事がありますんでね」と、私達を見下すようにいった。私は鞄から小切手帳を出すと、彼の目の前で百ドルと書いた。相手の態度がたちまち変わって、「奥方さんよ、いったいここの何をご覧になりたいので」

「私達、可哀そうな子供達を、これまで救済して参りましたの。黒人や移民の子など、でもこちらを見まして、今こそインディアンの子供達こそ、救うべきと思ったのです」

そのきっかけは居留地に連れて来られたインディアンの子供の写真が載った新聞であった。破れた服を着てはだしで、見るからに怯えていた。

「こんな子なら、ここにはいくらもいますぜ」

「それと、クレージー・ホースの一族がいると聞いたのですが」

「何で、そんなことを聞くので」

「私だって、名前くらい知っていますわ、会って見とうございますわ。その悪名高い人間をね」

「当人はとっくに死んでますぜ」

「だから余計にかわいそうではありませんか。当主は亡くなって、しかもあの悪名高いクレージー・ホースの子であれば、これからの人生がいかに辛いものか、わかりますもの。是非会わせて頂きたいわ。それから子供達の生活も拝見しとうございますわ」

私は小切手帳をまだ手にしたままだ。どこまで、この百ドルが相手に通じるか見ていたのだった。

「これから、ご案内いたしますよ。それにはうちのかかあが、いた方がいいんじゃないですかい、今呼んで来ますんで」

部屋の外で、女が喚いている。

「嫌だよう、お客なんて、インディアンなんか、勝手に見りゃあいいんだよ。なんであたしが、出て行かなきゃならないんだよお」

「お前、そのお客は百ドルの小切手を持ってんだぞ、百ドルだぞ、お前が欲しがってたショール買ってやるから」

「絶対だよ、約束したからね」

二人は部屋に入って来た。夫人は二十歳はとうに過ぎていたが、あまり器量良しとはいえなかった。木綿の流行遅れのドレスを着ていて、髪は一つにして後ろに垂らしていた。

私は、箱に入れて、ここまで苦労して持参したものを、彼女の前で開けて見せた。大きな手かごには、チョコレートボンボンや砂糖菓子、果物の砂糖漬けに、ジャムの瓶、レース飾りのついたハンカチ半ダースに絹の靴下、ロマンスものの本が五冊ぎっしりと入っていた。管理官は夫婦者だと、聞いていたから。敵を射るにはまず馬からというではないか。若い女性の好みそうなものを詰めて来た。

夫人は手を頬に当ててもう喜んで、「これ、あたいにくれるの？　あんた達って凄くいい人達だね。今まで来たお客は、土産なんて何にも持っちゃあ来なかったのだもの」

そういうと、いそいそと籠を自室に運ぶと、駆けて来て、

「さぁ、どこから行きたいの。そういったって、たいして見る所もないけどさぁ」

子供のためといっているのだ、まず学校へ行きたいといった。

学校といっても、ただの狭い小屋に、子供達が押し込められて、手には石板もない。教師が黒板に書く文字を読まされているだけだ。一緒に連れて来たカメラマンが写真を撮ったので、皆驚いてこちらを見た。頭髪こそインディアン流におさげに結ってはいるけれど、粗末であるが、白人の服を着せられている。モカシン（インディアンの靴）を履いているのはいい方で、はだしの子が多い。ここでも、靴までは手が回らないのだろう。私は手に持ったメモに靴と書いて、それを消してモカシンと書き直した。

板張りの、冬はさぞ寒いだろうと思われる、隙間だらけの小屋の並ぶ奥に教会があった。戸を開けると、丸太で作った長椅子が十本あるだけの狭さだった。正面に十字架がなければ、何かの集会場と思えたであろう。

牧師夫婦はすでに待っていて、我々を歓迎してくれた。

「このような地に、あなた方のような個人でみえられたのは初めてです。全くの野蛮な民族を、主イエスの教えに、変えさせるのは、並大抵のことではありません。まず言葉から教えなければなりません。そこでここでは、インディアンの言葉は、話すことを禁じております」

オーリィは抱えて来た箱から、小振りではあるが、純銀の蝋燭立てを出して、牧師に、「ささやかではありますが、我々が訪れた記念にとお持ちいたしました」と渡した。

「このような高価なものを、寄付下さるとは何とご奇特な方だ、あなた方に神のご加護がありますように」

私達は、蝋燭立てを手にする牧師を写真に撮った。この牧師がこの教会を去る時にこの蝋燭立ては果たして残して行くのだろうかと思った。

私は牧師夫人に、カシミヤのショールと共色の手袋を贈った。初老の夫人は、たいそう驚いて、口がきけなくなって、赤くなって礼もいえなかった。こうして、私達は、金持ちでもの好きな好人物であると、思われたわけだ。

私は管理官の妻のスザンヌと、居留地の中を見て回った。

「食事はどうするんですの」

「全員が入れる食堂なんてないから、各自で取りに来るのよ。ほとんど毎日、朝と昼は、オートミールに何か一品、夕食はごった煮よ。私達も一緒だから、まぁ内緒だけど、月に一度食料が届けられる時、ソーセージとか別に来るわけ、それが私達のご馳走になるの。父ちゃんが給金がいいからってこんな所へ来て、あたい何にも楽しいことないの。でも今日は嬉しかった。でもあんた達またここへ来るの？」

「ええ、そのつもりよ」

「だったらさぁ、今日のプレゼントが気に入らないっていうん

じゃないのよ。凄いプレゼントだわ。ただね、もし次に出来たら、今度はクリームも持って来て欲しいなって思うの」と、こずるそうに、上目遣いでねだるのだった。

「ええいいわ、今度はクリームも持って来てあげるわ」

「あたい、あんたのこと大好き。次はどこへ行きたい？」

私の心は高鳴った、今ここでいってもいいのだろうかと、少し迷った。

「あのね、クレージー・ホースの家族がいるって聞いて来たの、出来れば会いたいなぁって思って」

「別にいいよ、でもあいつもう死んじゃってるんだよ、喧嘩してさ、ナイフで刺されたんだよ」

「でも、ここに入ったインディアンが、なぜナイフ持ってたの、全員武装解除されてたんじゃなくって？」

「その武装なんとかってわかんないけど、最初の頃は甘かったんじゃないの、それで前のやつ（役人）首になって、父ちゃんがここに来たんだ。だからあたい達、本当は何も知らないんだ。その話は」

少し残念だった。クレージー・ホースが喧嘩をしたのではない、止めに入って刺されたのだと、新聞にあったのに、この夫人は喧嘩で亡くなったという。本当のところはどちらなんだろう。

バラックの裏の土地には、びっしりくっつき合うように、インディアンのティピィ（テント）が十いくつも並んでいて、私は思わず、「ここでは、インディアンの生活が、まだ守られているのですね」と聞いた。

「むつかしいことはわかんないけれど、小屋に入れないインディアンがここに入るの。中入ったことがないから知らないけど、ぎゅうぎゅう詰めって話だよ。男と女は別なんだ」

「まさか、ご夫婦はどうなさいますの？」

「知らない、それにこれ以上インディアン増えたら困るって父ちゃんもいってたし」

なんと酷い扱い方なんだろうと、私は怒りで体が震えた。

クレージー・ホースの妻のいるティピィに来た。インディアンと話すには、通訳という英語を話すインディアンがずっとついて来ていたのだけれど、私は一人で会いたかったので、通訳のインディアンに五ドル札を握らせた。通訳は私に五分間だけだといった。スザンヌは、こんな汚いとこ入らないというので、私だけが、ティピィに入った。

ティピィの中は女でいっぱいで、果たして全員が横になることができるのかと思えたほどの混みようだ。私は残念ながら、クレージー・ホースの妻の名を知らない。中に入ると、

「クレージー・ホース」と呼びかけて、鞄から女持ちの名刺を出してかざした。声がして、一人の女が立ち上がって、周囲の女を掻き分けて、私の前に立った。その手には、私がホースに渡した名刺があった。思った通り、私よりは年上に見える彼女は、白人の言葉が少しわかった。ホースから私のことは聞いて

いること、居留地を出て牧場で暮らしたいこと、そして私達は、共にホースの妻であることを確認し合ったのであった。どうにかしてここから出してあげるから、後は一緒に暮らそうとたどたどしい会話であったが、約束をして、通訳が時間だと呼びに来た。とても有意義な出会いであった。私達は共にティピィの前で写真を撮った。古くて色の変わったドレスを着ていて、胸が締め付けられそうであった。

ティピィの群を見て歩いて、居留地の裏手に出ると、白人の老人が、コーヒー豆の袋に何か詰めていた。聞けば、インディアンから脱がした服を片付けているのだという。どうするのかと聞けば、燃やしてしまうのだという。私は驚いて、老人に十ドル札を握らせて、この荷物を譲ってくれといった。

「やつら洗濯ってもんをしませんぜ、こんなゴミどうなさるんで」

「インディアンの研究をしているのよ」

「へえ、変わったお方で」

通訳も金をよこせといっている、渡したら私達がこの荷を持って歩くのは、人目につくからといって、二人で五、六袋の古着を馬車まで運んでくれた。居留地における、アメリカ政府の同化政策は、ここではまだ完全ではなくて、大人の中には、昔私が追い駆けられた体に白土で戦士の印を付けている者もいた。そういうインディアンを見つけると、すぐ写真に写した。それでも大人も半分が洋服を着せられていた。今どうかしないと、インディアンの文化は、滅んでしまうという危機感が募った。古着を片付けていた老人に、近いうちにまた来るから、インディアンのものは残しておいて欲しいと頼んだ。

無理かと思っていたのに、男用のティピィでクレージー・ホースの息子にも会えた。昔しホースが村に男の子がいるといっていた子が、こんな大人になっていたのだ。居留地に帰ったホースは、息子に、白人の妻に会った。何かあったらお前が面倒を見るのだ、といったのだという。まるで、自分の人生を見越して語った言葉としか思えなかった。その後すぐに彼は死んだのだから。

私は、ヤング・クレージー・ホースに、「お母様はお元気だったわ」といった。

「おれの妻と子は?」

「まあ、それは聞いていなかったから、お会い出来なかったの、すぐに行ってくるわ」

通訳がもう女達の所へ行くのは駄目だという。彼は残念そうだった。彼の年齢で妻がいるのであれば、切ないことだろう。私は通訳に、せめて一族で住めないのか聞いたが、小屋が足りないのだというのだ。

スザンヌが、「ねぇ、もう全部見ちゃったでしょ、あっちでお茶飲んでお喋りしようよ」という。同性は牧師夫人だけだ。今回は、最初だ。素直にスザンヌに従う。彼女は話相手に飢えていたのだ。まだ見たい所はあったが、今一応官舎には、客間があって、そこでスザンヌがお茶を入れてくれて、私の持参した砂糖菓子が出て来た。彼女は菓子をつまみながら、

「お願いばかりで悪いけど、次はクッキーを持って来てくれないかなぁ」

「クッキーぐらい焼かないのですか」

「あたいさぁ、料理が苦手で、しかもうちの台所、コンロが一台あるきりなんだもの」

街の家々でも、我が家のようなオーブンがある家は少ないのだ。

「いいわ、クッキー焼いて持って来てあげる」

「わぁ嬉しい、あたいナッツの入ったのが好きなんだ。だけどうちにいた時は、母さん、ナッツは高いからって、なかなか作ってくれなかったんだ」

私の心を古い思い出が包んだ。まだ砦にいた頃だったから凄く昔の話だ。どうしたことだったか、農場の女の子にチョコをあげたことがあった。そうしたら、二十日大根の種をくれたのだ。それがうまくいって、砦でトウモロコシを作ることになったのではなかったか。今回みたいに何かねだられたけれど、私はどうしたのだろう。覚えてはいない。やがて兄様が出撃しに行ってから、その子に会うことはなかった。兄様は何もいわなかったけれど、インディアンに襲われたのだろう。

私がぼうっとそんな思い出に浸っているのでスザンヌが、「どうしたんだよお、黙っちゃってさ、あたいが、色々頼んで気を悪くしたらゴメンよ、あたい、今日のお土産本当に嬉しく思っているんだから本当だよ、気を悪くしないでね」と、二度もいった。彼女は必死なのだ、こんな客でも来なければ、欲しいものなど手に入らないのだろう。

私は、次回必ず約束は守るといって安心させ、彼女の夫との馴れ初めとか、来たくてここにいるわけではない、金を貯めて雑貨屋を開きたいなどの話を聞いた。

「あたい農場で育ったから、コーンブレッド（小麦粉にトウモロコシの粉を入れて焼く簡単なパン）なら焼けるんだ。だって、インディアン用のパンはもう不味くて、食べられたものじゃないもの」

「でも、インディアンはそれを食べているのでしょう？」

「だってあいつら働いてないんだよ。それで文句いったら罰が当たるよお。しかも、お祈りも出来ないのに、日曜日のミサには来るんだよ。牧師の奥さんがミサの後に簡単な食事を出すから、教会には寄付かなんかで食料が来るんだってさ」

教会に来たくて来ているわけではないのだ。日常の食事がそれだけ貧しいのだ。一食でも口に入るものは食べたいのだ。しかも、それまで口にしたことのない白人の食べ物を、仕方なく。私は幼い頃の修道院のことを思い起こしていた。毎日続く不味い豆のスープ。しかしそれ以外に食べ物はないのだ。食べなければ、お腹が空いて、夜眠れないのだから。リトル・ビッ

グホーンの戦いで勝利したインディアンが使用した銃器は、わかっているだけで四十七種にも及ぶといわれる。そんな銃器が手に入りながら、その彼等が、白人の軍門に下った理由はただ一つ、飢えであった。彼等の主食と共に生活の糧であったバッファローは、平原を埋め尽くすほどにいたという。しかし白人の毛皮商人が狩りつくし、しかも国の方針で、インディアンに渡すまいと殺され続けられたので、自然のバッファローは絶滅をし、隠れて人間の手で飼育されていたバッファローは、僅かに五十頭であったという。兄様も、バッファローの肉は好きだといっていたけれど、今ではもう手に入らないのだ。

もともと、この大平原はインディアンのものであった。土地を所有するという考えを持たなかった彼等は、自由に自然のままにバッファローを追って生活をしていた。

一八四九年、インディアン事務局が、陸軍省から国土省に移されると、インディアンに対して、保護政策へと転換されるようになった。インディアンは土地を追われ、国の指定する土地への移動が命ぜられた。これは大変に過酷なものであり、多くのインディアンがその旅の途中で命を落した。そしてインディアン・テリトリー（領）と呼ばれる土地に住むように強要される。そして、その地を出た者は敵とみなされた、したがって陸軍はそのインディアンと戦い合ったのだ。しかし白人がその自治区への入り込むことは黙認された。インディアンのテリトリーの一つであった、ブラックヒルズのゴールドラッシュが良い例で、もとはインディアン・テリトリーであった、ブラックヒルズに金が見つかると、インディアンは、テリトリーすら追われて、別の保留地に押し込められていったのだ。保留地は大小二、三十ヶ所あると聞いて、これからクレージー・ホースの名を出すのは止めようと思った。変な白人が来たからと噂がたって、彼の妻が別の知らない保留地などに送られてしまったのなら、何かあって、もう会えないかもしれないと、危惧したからだ。

管理官がオーリィとやって来て、そろそろ時間だという。呆れたことに、オーリィは今まで牧師につかまっていたのだという。

「今日は本当にありがとうございました。インディアンに初めて会いまして、有意義な時を過ごせましたわ」

昔、インディアンに追われて死にかけた、などとはとてもいえはしない。

「次もお伺いしたいのですが、いつがよろしいでしょうか？」

管理官は、上着のポケットに両手を入れてパタパタやってみせて、「奥方、なんかお忘れじゃあ、ねぇですかい」とにやけた顔をした。私はわざと忘れていた振りをして、「まぁ、私としたことが」といって、ハンドバックから小切手帳を出すと、ゆっくり小切手を台紙から離すと、「来月はいつお伺いしたらよろしいのかしら」とまた聞いた。

「来月でしたら二十三日がようがすよ」といって、男は小切手を手にした。

「では来月二十三日にお伺いいたしますわ、それではごきげんよう」

帰りの汽車の中で、オーリィが、「いやぁ、あの牧師には参ったよ。銀の燭台なんて、最初から高級すぎたんじゃなかったのかなぁ。おれ達のこと、救世主かなんかと思ったんじゃないの。聖水入れに始まって、必要だって銀製品並べたててね。幼児洗礼（赤子を水につけることが多いが、水をかけるだけのこともある。行なわない宗派もある）をさせたいとか、いい出すんだよ。今あそこにいるインディアンが、幼児洗礼するようになるのに、あと何年かかると思っているんだろうか。話はどんどん大きくなって、ステンドグラス入れた教会を建てたいんだってさ」

「望んで、こんな所へ来たのだもの、夢は大きいのでしょ。オリバンダーの教会だってまだ丸太小屋よ。あなたのこと、いいメンバー（教会への協力者）が来てくれたと思ったんじゃないの」

「そうなんだよ。あんまり実現性のない夢語るし、少し疲れて来たから、お話しは大変良くわかりました。教会を立派にされたいというお話しも、こんな僻地で素晴らしいことだと思いますが、当家で小切手帳を持っているのは妻なのでって、いったらしょげちゃってさ、見てて気の毒になったよ」

「あなたのお話、とても参考になったわ。次から寄付品をよく考えなくてはならないわね。私達インディアン救済が目的なんですもの、ステンドグラスの入った教会作るためじゃないのよ。オーリィありがとう。あなたの今日一日の労は報われたわ」

「そうかなぁ、お茶一杯出なかったんだぜ」

「それだけ貧しいのよ。でもあの牧師夫人にはちょっと感激しちゃったわ。身分不相応なプレゼント貰っちゃって、口がきけなくなっちゃうほど純心な人なんだって思ったの。アン＝マリー姉を思い出したわ。きっとあの人今までずっと苦労して来たのよ。それなのに、インディアンに給食出しているのよ。あそこで一番まともな人だわ」

「それだって、インディアン手なずけて、入信させようって考えているんだろ？」

「いずれはね、そう思っているんだろうけれど、今はインディアンにとって一番大切なことしているって思うのよ。これから教会敵に回すかもしれないけれど、あの人とは戦いたくないな」

「だけど、あの牧師の妻だぞ、どうするんだよ」

「とりあえずは仲良くしたいわ、今度はね冬寒いだろうと思うから、ボンネット持って行ってあげようと思うの」

ボンネットという言葉に、私の心は急に乱れた。エイミーが馬車にはねられた時、空を飛んだ、茶色のボンネットが、私の脳裏に浮かんだ。なぜあの時連れて来たのだろう、後悔の念は今も消えない。私が黙ってしまったので、私の心を知ってか、オーリィがチョコの紙をむいて、私に手渡してくれた。

「さぁ、チョコ食えよ、汽車に乗ったらまずお前チョコレートだろ」

私は両手でチョコレートを持って、かじった。「昔のことだわ。修道院にいた時、毎日不味い豆のスープばかりだったの、それも五年間もよ。チョコどころか甘いものなんてないの。子供は私一人で、大人と一緒に作務をしたわ。そうしたら五年振りに兄様が迎えに来てくれて、一緒に西部へ行ったの。カンザスなんて地名も知らなかったわ。駅でチョコ売っているの見つけて、ねだって買ってもらったの。姉様の牧師館で、一度お客さんに貰って食べたことがあったの。美味しいなぁって思ったの、それが丸々一枚でしょ、すっごく嬉しかった。あのね、私その時男の子の格好していたの。兄様の膝の上でチョコ食べてると、前の席に座った人がすぐ立って行っちゃうの。私のことお稚児さんだと思ったんだって、あとで兄様が笑ってそういっていたの。まだ何も知らない私の人生で一番幸せだった時のことなの。汽車に乗るとチョコ食べたくなるのは、その時の思い出が、あまりに強かったからなの」

「おいで、ジェニー」私はオーリィの膝枕で、チョコをかじった。なぜだか涙が出て、チョコの味が塩辛く感じた。

庭に広げられた、私達が持ち帰ったインディアンの衣類は、家の下働きの女中ですら、「触るのも嫌でございます」といった。

そうだろうインディアンの困窮さを物語る、新品の衣服など見あたらない、どれも皮脂で汚れまくっている。ほとんどが皮だが、中には白人との交易で手に入れたのか、ウールのシャツやジャケットが見える。

仕方がないので、上着を一枚持って、近くの中国人がやっている洗濯屋に持ち込んでみた。店主がすぐに、「皮駄目、水、縮む」といった。

私も同じ意見だが、このまま汚れて置いておくことはとてもじゃないけれど、出来ない。そこで、とにかく洗ってみてくれと頼んだ。

「私知らない、責任とらない」といいながら、私を洗濯場へ連れて行って、「特上でする」といって洗い始めた。最初は、シャボンで泡立つ桶に浸け込んで、棒でかき回していたが、タイル張りの洗い場で豚の毛のブラシでこすり始めた。どこが「特上か」と聞いたら、「みんなだ」と答えた。彼等の嘘つきは今に始まったことではない。洗い終わると真水に浸けて、型を整えるのだそうだ。

二週間ほどして戻って来た上着は、やはり縮んで形がゆがんでいた。それでも、いくらかでも形を整えようと努力はしたらしく、背中に強く当てたアイロンの跡がいくつもあった。多くを望んでも仕方がないと思った。とても彼等インディアンが脱ぎ捨てたままでは、将来まで保存が出来ないであろうから。私はマギーや洗濯が専門の下働きの女中の意見も聞いて、この山のような衣装を洗濯に出すことに決めた。しかしその前に、私は一から百まで数字が打ってあるメダルを買って来て、衣装一枚ずつに縫い付けた。誤魔化されないように安全のためである。ビーズ飾りや刺繍のあるものには、一点一点指示書を付けて、店頭で店主に気をつけるようにきつくいうと、「特上の特上」という。それは代金のことであって、やっていることはさして違いはないだろうが、頼むしかなかった。

やってみて一つわかったのは、メダルをつけることは、後々の作業にとても役に立ったことだ。その後はメダルの色や形を変えていけば、いつ集めたかがわかる。まだ博物学というものがあるということを知らなかった私達は、そのメダルを一枚とっておいて、採集日と場所を書いておけば、とりあえず用が足りた。私達はこんなところから始めたのだ。

マギーがやって来て、「奥様、そろそろアンソニー様のお誕生日の贈り物を考えられてはいかがでございましょうか」と聞いた。昨年は輪投げのボードを送って、リビィさんからは、市販のカードにサインだけの礼状が来た。リビィさんはよほどに気に入らなかったのだ。その横でアンソニーが嬉々として遊んでいる姿が目に見えるようだった。いつもは悩むのだけれど、今年のプレゼントはもう決まっているのだ。

夫が浮気をして、その相手の女の触れた服は見たくもないと、バザーをして売ってしまったのは、思い出したくもないことだった。しかし、そのせいで、夫も不便をしているらしく、先日、「ねえジェニー、出来るのなら新しい服が欲しいんだ、一緒に見立ててくれないかなぁ」と、夫が下手に出て、甘えていって来た。自分一人で洋服屋に行って、つけで買うことも出来たはずだけれども、私にいうだけ、浮気の反省をしているのかと考えて、行きつけの店へ、夫と二人出かけたのだ。そこにそれはあった。私の両手いっぱいより大きな地球儀だった。大きな一本足に、緯度と経度を示す枠が付いていて、巨大な地球はその中で回るのであった。

「わぁ、大きくて綺麗なこと」

私は洋服屋に入るや、すぐ目に付いた地球儀の所へ駆けて行った。私が子供のようにはしゃいで、地球儀を回しながら、アメリカ合衆国を見つけて、アンソニーはここ、私はここに住んでいると指で遊んだ。

「立派でございましょう、先日買い入れたものなのですよ」

夫の服より気になって、適当に服を選んで、この地球儀も欲しいといったのだ。店側はさすがにこれは、ディスプレイ用なので、これを買った問屋を教えてくれて、もうすでに注文してあるのだ。

きっとこの地球儀もリビィさんには気に入らないことであろう。でもきっとアンソニーには、気に入ってくれると思う自信があった。本屋に行って、子供向けの、世界の国々が載っている絵本を添えて、今年の誕生日プレゼントにするつもりなのだ。アンソニーは八才になる。すなわち兄様が亡くなって、もう八年経つのだと私は思った。アンソニーの誕生は、兄様の死をどうしても思い起こさせてしまうのだ。あと二年したらアンソニーに会えるのだ。思えばバカな約束をしたものだと思う。アンソニーは私が生んだ、たった一つの兄様との形見であった。それを私は、いとも簡単に手放してしまったのだから。でもあと二年したら会える。プラチナブロンドの巻き毛で可愛い子であるという。出来うるものなら、この手に引き取りたかった。リビィさんは絶対に許さないだろうけれど、私の子なのだもの、母親として、アンソニーに接したかった。リビィさんがしっかりとガードして、私に会わせないというのであれば、私は唯一許された誕生日プレゼントに、母親としての存在を示したっていいはずだと思うのだ。

元来、母親の私が何を贈ろうと、文句をいえたはずはないのに、私からアンソニーを取り上げておいて、まったく勝手だと思うのだ。だから私は、わざとリビィさんの気に入らないプレゼントを送り続けているのかもしれない。アンソニーの名を借りた、一種の復讐である。それをきっと知りつつ、リビィさんはどうしようもないのだ。

そういう訳で、巨大な地球儀は、ミシガンの家に送られた。頑丈な木箱に入っているから、女手しかないカスター家では、開けるのにだって手を焼くことであろう。そんなことはどうでも良かった。ただアンソニーの喜ぶ顔が見たいと、切に思うのだった。あと二年したら会える、心は躍るのであった。

そして、また二十三日が来て、私達は沢山の土産物を持って、居留地に向かっていた。管理官は、私が今回持ち込んだ鹿皮五十枚につけてある、半円の歯の付いた、靴屋で分けてもらった、皮を切るだけのナイフの持ち込みを許さないという。

「ではどうやって、皮を切れというのですか？」

「おりゃ、そんなこと知ったことじゃないよ」と、またポケットに両手を入れてパタパタさせている。

私は渋々、小切手帳を出して、百ドルと書き始めて、男が手を出して止めた。指を二本突き立てている。私は小切手帳を、ハンドバックにしまって、口金をわざとパチンと音を立てて止めてみせた。この男のいいなりになってたまるかと思ったのだ。このままなら賄賂の要求は際限なくなっていくであろうから。私達が悪癖を作ってはならないのだ。

男は慌てて、「おりゃあ、金が欲しいとかいってるわけじゃあないですぜ、奥方さんよ、そこんところを間違えないで欲しいんで。あくまでナイフを持ち込むのが違法だっていってんで、それを見逃すには金がいるってことですぜ」

だから金をよこせと、正面からいっているのだ。

「もうすぐ冬だというのに、子供達のほとんどは、はだしですわ。靴屋も見て回りましたが、靴にはサイズがございますでしょ。それにすぐ小さくなってしまいますでしょ。この居留地では、子供達に靴も支給しないのだと、ワシントンにいってもいいのですよ」

私は男に向かって毅然とした態度で向かった。

「父ちゃん、許してあげなよ。そんなの一本あったって、何にもなりゃしないんだから」

今回私達が来るということで、夫と待っていたスザンヌは、缶いっぱいのクッキーと、手かごの中の土産品の中に、ゆりとバラの香りのクリームを見つけて、もう心ここにあらずの状態なのだ。

管理官は、〝寄贈品題目〟というノートを持って来た。ちゃんとこういうものがあったのだ。私はその中に、鹿皮五十枚、ビーズ色々五キロ、小型皮切り器と書き込んだ。ナイフと書けば、こんな裁縫道具ほどの刃物も武器と見なされてしまうだろうから。そして、私を女達のいるティピィに連れて行きながら、通訳のインディアンは、皮を持ってくれて、子供達にモカシンを作るのは良いことだと、私に囁きかけて来たのだ。

女達のティピィには男の通訳は入って来ない。例のクレージー・ホースの妻が出て来て、皮を受け取った。私は皮切りナイフの使い方を教えようとしたけれど、彼女達はたちまち使い方を覚えた。ビーズの中に隠して来たハサミと、皮を縫う太い針の入った袋を見せた。女達は仕事をすることが出来て喜んでいるようであった。そして私は、皮の半端が出たら、細く切って、三つ編みにしてキーホルダーにするとか、小さな花形にしてビーズをあしらったコースターなどを見本に作って来て、何か作れるように頼んだ。私は、インディアンのためのバザーをするつもりであったのだ。その時、実際に彼等の作ったものがあった方が良いと思ったからだ。

そして、ヤング・クレージー・ホースの妻を呼んでもらって、夫が心配していたといったら、言葉のわからない彼女は、姑からそのことを聞いて、涙を流していた。私はその姿を見て、私が全く無力なのを悟った。ごめんね、私にはどうもしてあげられないのだ。別れは苦しいものであった。

オーリィは教会に大きな木箱を持って行った。もとより一人では持てないので、通訳ではない、雑用係の用を務めているインディアンに半分持ってもらって行った。中には、私達が街中探してなくて、隣街から取り寄せた、焼き物のマリア像が入っていた。牧師は、銀製の洗礼盤とか、聖水入れでなくて、少し残念であったろうけれど、清楚で美しい像が、貧しい十字架しかない祭壇に飾られると、教会全体が、尊く思えるようになったのは確かだった。私達も思わずその前にぬかずいて、手を合わせたのだから。

夫人には、帽子ケースに入った黒のボンネットと絹のスカーフを贈った。二度目であるし今回は、ちゃんと礼を述べて、マリア像に感じ入った風であった。アン＝マリー姉のことを思った。この人も貧しく苦労の多い人生を送って来たのであろう。そして、いくらか給金のいいこんな異民族のために働いて、老後に備えようとしているのではないかと、思うのだ。

夫人は、私の手を握りしめて、「このような所まで来て下さって、素晴らしいお心遣いを頂いて、お礼の言葉もございませんわ。きっとあなた方御二人に、主のご加護がございますわ。神はあなた方の味方ですわ」と心を込めて礼をいわれると、これからインディアン同化政策に反旗を翻そうと考えている私には、この夫人の言葉が重く響いた。私達もしかしたら敵対をするかもしれないのですよ、と、私は心の中で思った。アン＝マリー姉を見ていても、神を信じ切っている。たとえどんなに苦しい時にも神は隣にいて下さると信じている。だけれど、その考えを、他に信仰を持つ者に対して強制してもいいのだろうかと、今私は思う。インディアンだって先祖代々の、彼等の持ち続けた信仰があるはずだ。それを認めないのは罪にならないのか。

あるインディアン・テリトリーを訪れた時、彼等の墓地を白人達が破壊しようとしているのを見てしまったのだ。彼等は遺体を土に埋めない。四本の足を立てて籠に入れた遺体をそれに吊るすのだ。乾燥した土地だから、遺体はミイラになるのだろう。すでに破壊された墓からは、壊れた籠から、晴れ着を着せられたミイラが見て取れた。一人の老夫人が一つの墓の前で両手を広げて、白人に触らせまいとしている。きっと夫の墓ではないだろうか。一人の白人がそのインディアンの老夫人を手で払いのけると、その墓を押し倒した。インディアンもやって来て揉み合いになって、危ないとのことで私達は外へ出されたのだけれど、あのようなことは許されるものではない。しかし私は目の前で行なわれた蛮行に何も出来ないのだ。

リビィさんにいわせれば、クレージー・ホースは兄様の敵であってそれ以外の何者でもない。私が彼の一族を救いたいと考えていると知ったら、私との縁を切ると絶対にいうだろう。だけどリビィさんだって、毎月アンソニーの小切手を受け取っている。クレージー・ホースとの関わりを、私を通してだけれども、もう持ってしまっているのだ。私はなんと、大胆なことをしようとしているのか、恐ろしい思いが胸を駆け巡る。

でももう私は、止めることは出来なかった。ホース達と暮らしたいという思いは、ますます強くなったけれど、居留地やテリトリーをまわって見て、クレージー・ホースの家族だけ助ければいいという考え方に、抵抗感があるのも確かであった。私はいったいどうしたらいいのであろうか。夫がいみじくもいった、いったいお前一人で何が出来るのだ、まさしくその通りであった。

私は、あちこち許可の下りた居留地を巡って、もう少し、彼等インディアンの待遇を良くして欲しいとか、インディアンとしての生活を守れるようにと、インディアン局に対して、陳情を繰り返した。いつも答えは、考慮中としかなかった。

返事といえばまたリビィさんは、アンソニーのプレゼントの礼にサインだけのカードを送って来たけれど、それにはアンソニーのサインもあって、私を喜ばせた。もうそんなに大きくなったのだ。地球儀気に入ってくれたかなと、心が温かくなる思いがした。そして、一般家庭には明らかに大きすぎる地球儀を前にして、リビィさんの渋面が見える気がした。兄様が亡くなって八年、まだ私達は心を開いて、兄様のことを語る、ということは出来なかった。私のことが大嫌いなはずのリビィさんが、アンソニーを可愛がっているということも、思えば不思議なことであった。アンソニー、いったいどんな子に育っているのであろうか。私の手には、生まれてすぐに、一緒に写した写真しかない。その写真を胸に抱いて、あと二年と思うのだった。十才になったらアンソニーに会えるのだ、全く想像も出来なかった。出来るなら、この家に連れ来てしまいたかった。理由を知らないオーリィは驚くだろうけれど、私だって兄様の子の母親をしてみたかった。それまでが長いようで短いようで、今から十才の誕生祝いのことが頭をよぎるのであった。

三度目に、クレージー・ホースの居留地を訪れると、すでにスザンヌが待っていた。すぐにお茶になって、彼女は缶からじかに、天にくるみを乗せたのと、レーズンを練り込んだ大振りのクッキーを口にしながら、

「あんたって幸せだね。こんな美味しいもの毎日食べてんでしょ、隣に引っ越して行きたいわぁ」などという。

クリームも二種類入っていたのが気に入ったらしくて、早速二つとも蓋を開けて、香りを楽しんでいた。

「今夜あたいが、これつけてたら父ちゃん何ていうかな」と、嬉しそうに笑うのだ。要は、無邪気な人なのだ。案外、こういう人間がインディアンの上にいたら、厳しく強制的に、体操をしろとか椅子に座れと、いう所よりは自由かもしれない。ただ、あまりに物事に興味がないので、彼等の生活の苦労を、インディアン局に陳情して、どうにかしてやろうなどという考えは、全くないのだ。果たしてどちらが良いのか私にもわからない。ただ、ここに置かれたインディアンの環境は、良いとはいえないのだ。

例の古着の老人の所へ行くと、ニタニタ笑いながら見せた、古着の中に禁止されているはずの両刃のナイフとトマホーク（斧）が入っていたのに驚いた。老人はさも、どうだ凄いだろうとの顔をした。

もちろん教会にも行ったが、牧師は私達が両手が空なのを見て、明らかにがっかりした様子が見て取れた。しかし少し寄付をしたので、恥ずかしそうに笑った。銀の蝋燭立てもまだあった。私は夫人に、私手製の綿入りのキルトを贈った。自慢出来る程の出来ではないが、丸い輪が繋がって、花のように見える模様である。「ここらへんは寒くなるそうですから」

夫人はキルトに頬ずりをすると、「このようなお手製の心のこもったものが何よりでございます。大切にさせていただきますわ」といって下さった。大荷物を担いで来た甲斐があった。

「こちらでは給食をなさっていると伺いましたが」

「たいしたことをしているわけではございません。ここの食料事情はあまりいいとはいえません。つてがございまして、本来なら古くなって破棄してしまう缶詰を送って下さる方があるの

です」

缶詰の廃棄料がかかるためか、もったいないと思うのかは知らないが、缶詰はただでも、ここまでの運賃はかかるだろう。どこの誰かは知らないが、その人も良きソマリア人であるのであろう。

「ですから、何が送られてくるかはわかりません。オイルサーディンと思えば、マッシュルームの水煮ばかりとか、古くてもとにかく火を入れればいいと思って皆シチューでございます」

「インディアンは食べますか」

「日曜礼拝は午前中が女子供、午後が男性となっています。子供は八才になると、母親から引き離されます。午前中母親は我が子に食べさせて、残りを午後に来る少年達に食べさせてやってくれと申します。親の愛を思いますと、もう少しどうにかしてやりたいといつも思うのです」

「ペミカンとか出さないのですか」

「あれはバターを多量に使いますから、とても費用面で出来ません」

ペミカンとは、私が知っている唯一のインディアン料理だ。要は動物の脂身を煮溶かして、野菜といってもインディアンが野菜を作るわけではないので、食用のキノコとか野イチゴなどを乾燥保存しておいて、その油で煮込んだスープの一種だ。寒い時は一度作れば、一週間以上もつので、冬を乗り切るための高カロリー食なのだ。それが白人に伝わって、バターを使うようになったのだろう。私は一度冬に来て、彼等におなかいっぱいペミカンを食べさせたいと思った。

ヤング・クレージー・ホースにも会って、私は彼に細かい札で百ドルほど与えた。ここで何が買えるわけでもなかったが、何かあったらと思ったのだ。

私はカメラを買った。私でも扱えるほどの小型のカメラが沢山売られるようになって、カメラマンを連れ歩かなくてもよくなった。私は大きな布の鞄に、乾板を沢山入れて旅に出るようにした。だからすぐ好きな所で写真を写せるようになった。

インディアンの女達はモカシンの端切れを上手く切って、ビーズをあしらった、ピンをつければそのままブローチになるような小物を三十点ほど作ってあった。モカシンも、自分達の子供用には、袋に縫って、足首を紐で結んだ古風な物なのに、私に渡してくれたのは、前立てがあってビーズで飾られた、私の知っているモカシンシューズであったのだ。私はそこに大いなる感動を覚えた。特に今回目を引いたのは、指の太さくらいの紐の全面にビーズをこれでもかと、縫い付けたチョーカーであった。私はまだインディアン服を着ている若い女に付けさせて、すぐ写真を撮った。その時は、あまりに漠然としていたけれど、これが将来役に立つことになるのではないかと、その兆しが見えた気がしたのだった。

私は管理官とやり合った。私はいくらかでも、インディアンに賃金を払いたいといった。彼は、モカシンは寄付に当たるからいいが、端切れを売るのは、規約がない。インディアンに金を渡すのは許しがたいといい張るのだ。しかし話はすぐについた。三十セントのブローチのうち十セントを管理官に払う、といったらすぐその場で許可が出たのだ。腹立たしい話であったが、全くゼロではないので、手を打たざるを得なかった。

あとは、クレージー・ホースの妻が、貨幣社会を知り得ているかが、心配であったけれど、心配するより、すでに彼等はマネーという言葉と、意味を知っていた。私が思っていた以上に、それ以前から、白人と交易をしていたらしいのだ。その多くが、武器商人であろうが、服に付けられるビーズだって、インディアンが作ったものではないはずだ。最初は物々交換であったろうが、インディアンの財産とは馬と女だ。銃ともなれば、加えて多くの金が必要だったのではあるまいか。クレージー・ホースの妻、コーン・ウーマンも、マネーの意味はわかっていて、僅かでも作ったものが買い上げてもらえると知って、女達も働くやりがいが出来たと喜んだ。

問題は男で、何かを作るつもりでも、ナイフが必要だ。そのことは不可能に思えるので、彼等にやらせることは今のところ思い浮かばないのだ。今は一見大人しくしているように見えるけれども、彼等も平原の勇者だったのだ。こんな小さな居留地に押し込められていて、手に獲物を持たなくても、暴動は起きるかもしれない。その時、ここを守る僅かな白人でそれを押さえられるのか、私には心配だった。なす術もなく小屋やティピィに押し込められているインディアンを見るにつけ、彼等がこの先どうなってしまうのか、心痛むのであった。

それからも私は、オーリィとカメラを持って、居留地やテリトリーを回った。そしてそこで私は素敵な美少女に会った。まだ未婚だという十五才くらいの彼女は、群を抜いて美しかった。そこはまだ、インディアンの自治が比較的認められている所で、インディアンの男達が取り敢えずインディアン服を着て――中には白人のシャツを着た者もいはしたが――、体をくっつけ合って腰を落して、足を踏み鳴らす、怪しげなインディアンダンスもどきの踊りを、彼等の一般的な楽器である、丸い木の枠に皮を張った太鼓の音に合わせて、やって来る白人に見せて金をとるような自由はある所であった。

同化政策で、美少女は少し白人の言葉がわかった。すぐ母親の所へ行って、来ている粗末なワンピースでなくて、インディアンの服はないかと聞いた。胸元にビーズ刺繍をあしらって、太い帯を巻く、よそ行き用の皮のワンピースを持っていた。私は、写真を撮りたいので、そのインディアン服に着替えてくれといった。母親はうさんくさそうな顔をしたけれど、五十ドル札を握らせると、快諾をした。私の目の前で、少女は着替えを始めた。太腿を紐で縛っている。これは、年頃の少女の純血を守るためにする習慣であって、歩くだけでなく、今はもう用のなくなってしまった馬に乗ることも出来たのだという。まさか、写真に撮るわけにもいかないので、ノートに、ざっとした絵を描いた。こういう、目に触れない習慣こそ、人知れず消えて行ってしまうことであろうから、大切なことだと思った。

着替えると、櫛の目一つ粗末にしないように、美しく三つ編みに髪を結って、古い鷲の羽根飾りを飾った。アクセサリーが何か欲しかったが、持ってはいないと母親がいった。すでに売ってしまったのだ。半日かけて、インディアンコインの真ん中に穴を開け、お椀のように曲げて、二枚のコインで一つのビーズにした、ネックレスとイヤリングを持っている婦人を見つけて、美少女につけさせて写真を撮った。まだコインの価値を知らずに磨けば美しく光る銀をアクセサリーにした所など、古い時代のものに思えた。売りたいというので、私は本来は、インディアンが持つべきものであろうと思ったけれど、いずれ他の白人が手にするのだからと、言い値で買った。

美少女には、その後、写真を取り敢えず百枚焼き増しして送って、インディアン服を着て、白人の観光客に一枚五十セントで売るようにと指示をした。美しい彼女の写真は、インディアンというと、マスメディアでも使われたから、彼女が三度目のお産で命を落さず、長寿を保てたならば、あるいは、学校の教科書にも載った自分の写真を目にすることが出来たかもしれなかった。

久方振りに家に帰ると、アンが赤ん坊を連れて遊びに来た。

「この子本当に手のかかる子で困っちゃうのよねぇ」といいながら、コックが焼いた牛乳だけで練ったビスケットを食べさせている。

「あら良い子じゃないの、ねえ、おばちゃんの所へおいで」

私は、ずっしりと重いビビアンを抱き上げると、膝に座らせた。

「だってもうすぐ二才になるのに、夜おっぱいくわえないと寝ないのよ。寝たかと思って離れるとすぐ泣くしねえ。寝不足の毎日なのよ」

贅沢な悩みだと思う。私だって、こんなに大きくなってまだおっぱいをねだる子が欲しかった。

「だからね、今年の夏は上の子達どこにも連れて行ってやれないのよ」

アンには、年子で三人の男の子がいる。その子達に手がかからなくなったと思ったら、突然五年振りに、このビビアンが産まれて、また子育てに舞い戻ってしまったのだ。

「そういえば、夏休みだものねえ」

ビビアンが、私のブラウスのフリルをしゃぶるのを外してやりながらいった。

「うちの夫も忙しいし、今年は諦めてっていってんのよ」

「ねェ、良かったらうちの牧場に来ない？　子供もいないし、何もない所だけれど、馬には乗れるわよ」

「えっ本当？　子供三人連れて行っていいの」

「あらアン、あなたも来られるの？」

「ビビアンのおむつも取れたし、子供四人ってことかな」

「ご主人大丈夫なの？」

「女中がいるし、静かでいいんじゃないの」

　私は、浮気と思ったのだけれど、アンは、そんなことは心配していないらしかった。

　私は男の子三人連れて服屋に行って、この頃流行って来た、リーバイス社のブルーデニムの丈夫な木綿の布で、揃いのつなぎを三着ずつ、特急で作ってもらった。これなら、転んでも大丈夫だろうと思った。服屋になど、行ったことがなく、いたく緊張している子供に、店員が、右向け左向けといいながら、サイズを測るのを見るのは楽しい時間であった。しかし、やがて店の雰囲気に慣れて来ると、大人しくさせているのは大変な仕事で、逃げ回る子供達を見ては、私達は大笑いをするのだった。共布で袋を作ってもらって、各自身の回りのものは、背負って行くようにした。


　子供の名前は上から、エドワード、エイブラハム、リーマスと、そうそうたる名前である。牧場に子供用のものは、そもそもないから大荷物である。

　牧場へ出発の朝、コックは私に大きな缶を持たせた。中にはビスケットがぎっしりと入っていた。ビビアンは本当に良く泣く。眠くなると泣く子は多いのは知っている。しかしビビアンはお腹が空いてもすぐ泣くのだ。

　コックは、「汽車の中で、これで足りましょうか」と心配をする。我が家でのビビアンの食欲を知っているからだ。アンは、さばけたもので、「もう歯も生えているし、何でも食べるから大丈夫よ」と、あまり気にしてはいない。それは汽車に乗ったことがないからだ。途中の駅で、食料が手に入ればいいけれど、それより駅に着く前におなかが空いたらどうするのだ。今年九才になるエドワードを含め、三人の男の子だってつまむであろう。私は、コックの気配りに、礼をいった。この缶がなかったら、きっと大変な旅になったであろうから。

　アン一家は、今まで汽車に乗ったことがない。特等の個室にしたのだけれど、乗り込んだその場で、誰が窓際に座るかの、攻防戦が始まった。皆、進行方向の席に座りたがった。アンは泰然として、どうにかなるわよと、いっている。やはり長男が窓際の席をとると、なんと三男は、オーリィの膝に乗ることになって、私は目を丸くした。やはり彼も子供が欲しいのだろうか。笑いながら三男を膝に乗せて、早くもチョコの紙をむいてやっている。なんとなくやるせない、私はもう、オーリィに、そんな姿をさせてやることは出来ないのだから。

　汽車が動き出すと、しばし静寂が訪れた。男の子達は、手にあるチョコも食べずに、車窓に目が釘付けになったのだ。「速いなぁ、あっ教会が見えるよ」

「川だ、もう街外れまで来たんだ」

　私は、揺れる中立って行って窓を少し開けた。たちまち風が吹き込んで来て、子供達の髪が逆巻く。

「わぁ、おばさん、飛んじゃうよお」

昔使っていた女中のマーサが、同じようなことをいったな、と思った。個室にして、良かったと思う。もう興奮した男の子達で、大騒ぎだ。私は窓を半分開けて、ロックをかけた。子供達がまさかとは思うが、車窓から飛び出さないために。

さっそくにビビアンが、アンの首に手をかけて、「ママ、うまうまよ、ママあ」といい出した。私がビスケットの缶を開けると、左右から男の子の手が伸びて、五、六枚ぐらい握る。これは赤ちゃん用よと、いう間もなかった。私も、コック同様、この缶が牧場まで保つのか、ちょっと心配になるのだった。

駅に着くと、オーランドは手かごを持って駅の売店へ飛んで行く。「沢山買うから、他の客に文句をいわれたよ」といいつつ、籠を出す。男の子達の手が伸びるのを、アンの手が、ピタピタと叩いて、まず、オーリィと私に、サンドイッチを一切れずつ手渡してくれた。赤ん坊用と、自分用を取ると、籠を男の子達の間に置いた。その食欲の凄さったらなかった。結局私達は、一切れで、赤ん坊は、薄いハムとチーズを挟んだ柔らかいパンのサンドイッチを二切れ食べた。アンもちゃっかり二切れ食べたんだ。あと十切れ以上が男の子達の胃に消えたことになる。きっと年子で互いに対抗意識があるのはわかる。だけど成長期の食欲ってこんなんだと、あらためて目にした。アンソニー、ちゃんとご飯食べているかな、と少し心の片隅を風が吹いた。

「ねえ、牧場のご飯て、牛の丸焼きがでるんでしょ」と、アンが食べた傍から、聞いて来る。

「そんなの出ないと思うけれど」

「だって、亡くなられた将軍さん、牧場で牛の丸焼き食べて美味しかったっていうから、楽しみにしているのよ」

男の子達も、いっせいに頷く。

「あれは、一等兵でしかなかったサムの奥さんが、雲の上の人みたいな将軍接待したのだもの、精一杯のご馳走だったのよ。そんな毎日牛つぶしていたら、牧場空になっちゃうじゃないの」

「あら、つまんない。あんた達、牛の丸焼きは出ないんだってさ」と、さも残念そうにいう。要は、アンも食いしん坊だということだ。「丸焼きは出ないだろうが毎日肉料理で、サムの奥さんは料理上手よ。だから、兄様も牧場のご飯は美味しいっていったのよ」

そこへ急にオーリィが割り込んで来て、「カスター閣下が、いつ牧場に行ったんだよ」と強い口調で聞いた。

「えっ、あの休暇の途中で、二、三日寄った時の話よ」

「本当にそんなことがあったのかい。リビィさんがよく許したな」

「だって、サムの奥さん、私の一番のお友達だから、立派に牧場やっているか、見に来たのよ」私は内心冷や冷やしながら、適当なことをいった。

「ふーん、そうなんだ」

なんとなく、釈然としない態度だ。しかし、毎日お肉だと聞いて、男の子達のテンションは上がった。そうこうしているうちにビビアンが、アンの頬を叩いて、「マンマァ、パイパイ」とぐずり出した。お腹がすいて来たのだ。アンは慣れた様子でブラウスのボタンを外し出したので、オーリィが、「私は席を外していよう」と立ち上がった。

アンが手で押さえて、「いいんですよ、これからずっとですから、ダーリン様がおいやでなければ、これもこの子の食事ですから」といったので、オーリィも座った。

赤ん坊は、乳房に吸い付くと、ぐいぐい乳を吸った。ああ、私にもそんな時が、ほんの一時あったなぁと思う。母と呼ばれたほんの数日間、もう昔のことだ。オーリィは、この母子の姿を見て、どう思っているのだろうか。

ビビアンは、半分眠りながら乳を吸っている。頭がくらっとなって、寝たかと思うと、すぐパイパイといってまた、乳首をくわえる。それを五、六回繰り返して、やっと寝た。たしかに手のかかる子である。

「まだおっぱい出るの?」

「それが出るのよ、医者がいうには六才くらいまで、おっぱい飲む子がいるそうよ」

「まぁ、お母さんも大変ね」

「でも、赤ん坊に乳与えている時は働かなくていいから、忙しい人はわざとする人もあるんだって」

「ふーん、色々なことがあるのね。ビビアンやっと寝たのね」

駅には、サムの奥さんが、満面の笑みを浮かべて待っていた。私とのハグはたった一度きりで、あとは子供達に、その長い身長を折り曲げて、挨拶をしている。子供達はちょっと引いているみたいに見えた。また布団を敷いた馬車が待っていて、子供達は、中で大騒ぎをしていたが、サムの奥さんの家に着く頃には、全員が眠っていた。玄関に待ち受けていた牧童達が、子供達を居間のソファにそっと寝かせた。

「いらっしゃい、アン。本当に来てくれてとても嬉しいのよ。牧場に子供が来ることなんて初めてだから、もう皆興奮しちゃって、子供達の面倒みる係をといい出して、くじ引きで決めたくらいなのよ。子供達が、ここの生活に慣れてくれたらいいんだけど、怪我させないように、よくお世話させて頂きますわ。何の遠慮もいらないの。こちらがさせて頂きたいのよ、もう皆来るの待ってたんだから」とアンと手を取り合って話し合っている。オーリィが一言、「おれ、まだ挨拶もしてないんだけど」といったので、私は笑った。

サムの奥さんは、確かに子供のことで頭がいっぱいなのは確かだけれど、オーリィがしでかした浮気のことを、まだ本心では許していないのだと思う。

私は今回牧場に、インディアンを迎え入れる場所を見に来たのだ。遊びではない。彼等は、アメリカ固有のポニーという馬に乗っている。それも繁殖させたい。そして何よりも、バッファローを飼いたいのだ。インディアンの命というべき動物を。それが出来るのか、私は牧場中を見て歩くつもりだ。サムの奥さん達が子供達をあんなに歓迎してくれるとは思わなかったから、私は安心した。子供達の面倒を見ないでいいのなら、思い通りに仕事が出来るから。是が非でも、ヤング・クレージー・ホースの一族を牧場に迎えたかったのだ。

夕食には大きなステーキが出て、子供達の旺盛な食欲に、サムの奥さんは目を見張っていたけれど、嬉しそうだった。

翌日は、男の子は揃いのつなぎを着て、くじまでして当てたという牧童が、それぞれ馬の鞍の前に乗せて、散歩に行った。

サムの奥さんは、沢山のクッキーを朝から焼いて、お茶の時間のケーキはどれくらい、いるのでしょうと、アンと相談していた。そして、仕事が一段落すると、居間で、おずおずとビビアンを抱かせてもらった。

「わぁ、こんなに重いんだ」と感激していたのだという。そして、中身の何も入っていないクッキーを食べさせながら、胸にぎゅっと抱いて、あの熱いくらいの赤ん坊のパワーを受けていたらしかった。私とは別の理由で子供が欲しかった、サムの奥さんにとっては、至福の時であったのだろう。

私は牧場を見つめながら、ここにティピィが立ち並ぶには、どうしたらいいのか考えた。

J&O財団

男の子達は、毎日元気で外へ出かけている。サムの奥さんは、クッキーを山程焼いてビビアンに与えながら、サムと、親子ごっこにもう夢中である。

男の子達のお気に入りは川遊びだ。緩やかに流れる川の一部に大きな岩があって、滑り台のようになっている所がある。毎日のようにそこに行って、水にのって滑り落ちて来るのを、一日中飽きることを知らないかのようにやっている。川の流れは緩やかだが、川の中央は深みもあり、牧童達が立って、子供達の安全を見守っている。そして夏でも火が焚かれて、冷えた体を温めて、昼ともなれば、串に刺した干し肉や、ビスケットを焼いて食べる牧童の昼食が待っている。街でしか暮らしたことのない子供達が、毎日でもやりたいと思う気持ちはよくわかる。街にはこんなスリリングなものはない。しかもお行儀もうるさくいわれないし、彼等にとって生まれて初めての、冒険なのだ。

アンは久方振りに、ビビアンから解放されて、牧童に馬に乗せてもらって、自由を満喫している。

私とオーリィは、私の牧場の端まで馬に乗ってずっと回って歩いて、もしクレージー・ホースの一族がやって来たとしたなら、どこにティピィを張ったらいいのかとか、もし叶うものなら、バッファローを飼うにはどうしたらいいのかと、二人で馬上で話し合うのだった。

サムの奥さんの所へ帰ると、反り返って泣き叫ぶビビアンを抱きながら、サムの奥さんがうろたえていた。「あぁジェニーちゃん、どうしたらいいのかしら」

「ビスケットあげた？」

「もうあんなもの放り投げて泣き出しちゃったのよ。おおよしよし、ジェニーのおばちゃんが来たから、おっぱいもらいましょうね」サムの奥さんは、悪気があっていったのではないのだ。だけど私は、胸が一瞬だけ張った気がした。サムの奥さんは、アンを探しに行かせた牧童の帰りが遅いとぼやいている。私はそっと涙を拭いた。オーリィがそれを見ていて肩を抱いてくれる。彼にはあの子のことを思ったと感じたのだろう。でも私の乳首をぐんぐん吸ったアンソニーの小さな、乳房に添えられた手を思い出したのだとは、オーリィにはいえなかった。

アンは、ゴメンねといって駆けて来て、サムの奥さんからビビアンを抱きとると、乳首をふくませた。サムの奥さんは、それがまるで神々しい姿のように眺めていた。

「赤ちゃんて、やっぱりおっぱいがないとだめなのねえ」とサムの奥さんがしみじみといった。

「赤ちゃんたって、ビビィはもう二才だよ。普通なら、もうとっくにおっぱい卒業している年だわよ」

「あらそうなの、でも羨ましいわ。おっぱいくわえただけで、あんなに泣いていたのに泣き止むなんてさ。あたしじゃだめなのよね」

「ビビィは、甘えん坊で食いしん坊なのよ。じゃ、あたし達行くね、おやすみなさい」

客間に、アンとビビアンと、末っ子が一つベッドに寝て、子供部屋に上二人が寝ている。私達はまた、馬車で私の小さな丸太小屋へ泊るために出かけた。星月夜で、やけに星が流れた。私にはもう、おっぱいをねだる子は出来ないのだと思うと、寂しさが募った。この牧場行きは皆好評でテイラー家の夏の行事になっていった。

私も、思いがけず牧場が広くて、バッファローも飼えそうだと、他の牧童頭の意見も聞いて、あとはどうやって、クレージー・ホースの一族を、牧場に迎えるかを考える段階になった。私は昨年から、学校を出たばかりの若い教師を集めては、インディアン教育を進めるべく、教会や政府のやっている同化政策でなく、教育は必要なだけ与えるが、インディアンとしてのアイデンティティはしっかりと残す、そういう教育者を育てようとしていた。

始めのうちは、高給につられて人数は集まるが、ことインディアンとなると、去って行く者は多かった。それでも少しでも残った教師を、テリトリーに連れて行って、ここで教師をやって行かれるか、一人一人に問うた。男は全滅であったが、若い女が二人残った。私は、各テリトリーや居留地の管理官に、無償でインディアンに教育を施すから、学校を開かせてくれと頼んで歩いた。ダコタ平原の真っ只中の、オールドロックというテリトリーで、許可が出て、J&O財団初の学校が、その勇気ある二人の女教師のもと開かれた。

それは、この春のことで、私達は牧場の帰りに、そこを訪れてみるつもりであった。だが、アンと子供達だけで、家に帰すのは心もとなかった。駅に着いては、食料を手に入れるのが、長男のエドワードで果たして出来るのであろうか、凄く心配だった。心配したのは、サムの奥さんも同じだったらしく、子供達の世話係の牧童の一人をつけてくれることになって、私達は少し安堵した。

「それじゃね、気をつけて帰ってね。ビビアン、あんまり泣くんじゃないわよ」

「大丈夫よ、これがあるから」そこには、クッキーの缶が二つあったのだ。

私とオーリィは久方振りに、ダコタの乾いた平原の空気を胸いっぱい吸い込んだ。

「昔を思い出すわね」

とにかく美しいとしかいいようのなかった平原の朝焼けと夕焼け。地を黒く染めるように移動していたバッファローの大群、どこからともなく湧いて出るようなインディアン、砦での暮らし、そして兄様。

見渡す限り砂の大地の中にあるオールドロックのテリトリーの入口で、J&O財団の身分証を見せると、J&O財団は先月で閉鎖されたという。中には入れてくれたから、すぐ管理官室に行く。管理官は独身なので、好物の葉巻を一箱みやげに持って来た。彼はさっそく箱を開けて、葉巻を出すと下品にも、先端を歯で噛み切って吐き出すと、何本ものマッチを使って火をつけている。私達を焦らしているのだ。やっと火がついて、煙を吐き出すと、「さて、何のお話でしたかな」

「J&O財団のことです」

「ああ、先月で学校は閉めました」

「なぜでございますの？」

「教える者がいなくなりましたもんで」

「それこそ、どういうことでございましょう」

「あなたの財団の、見目麗しい女教師は、政府の学校の教師との結婚が決まったんですな」と、葉巻をくわえながらニタニタする。

「当人達に直接会って話をしたいのですけれど」二人の女教師は、男性を伴ってやって来た。私とオーリィの前には、土産のバスケットが二つ置いてある。中身がわかるように、わざと朝顔型に広がったバスケットには大袋のビスケットやヌガー脱脂綿とかが入っている。何度か通って、こういうものの手に入りにくい所では、高級なボンボン一袋より数の多い菓子を、絹の靴下一足より綿の靴下三足の方が喜ばれると学んで、乾燥したこの地での必需品である化粧水やクリームも、五種類ずつ入っている。女達の目はもうその土産物にくぎ付けである。

「お聞きしますわ。J&O財団の学校を閉めたのは本当ですの?」

「はい、私達結婚するから辞めますって、お屋敷に手紙出したんですけれど」

「私達、先週まで牧場にいたから知らなかったの。でも結婚なさっても、学校は続けられたのではありませんか」

「だって、ねえ」と女二人で突き合いをしている。

「だって、ダーリンが、J&Oにいたら結婚は出来ないっていうんですもの。私達これから、ダーリンと一緒に、政府の学校で働くことになったんです。ねぇ」と男の方を向く。男が、その肩に手を置く。

私はもっと色々と聞きたかったけれど、オーリィが、立ち上がった。「わかりました」といった。

女二人が、手籠に手を出す前に、オーリィは籠に手をやって、

「これは、もう君達には、関係のないものだからね」と両手に持って部屋を出て行った。私が振り向いてみたら、女達は両手を組んで口を尖らせていた。

「待ってよ、オーリィ、それどうするの。せっかく持って来たのだから、誰かにあげちゃえばいいのに」

「こんな中途半端なもの、誰にやるというのだい」

「えー、インディアンのチーフの所とか」

「チーフは何人もいるんだぜ、一人にだけやるわけにはいかないだろうが」

「じゃあ学校に来た人にあげるとか、それで私が授業をしてもいいわ、ああサムの奥さん手伝ってくれたらいいのにねえ、せっかく三か月ももったのよ、今学校閉めちゃうわけにはいかないわ。ねぇ、何とかして続ける方法はなかったのかしら」

「ジェニー、なぁジェニー落ちつけよ。J&Oは失敗したんだ」

「三か月はもったわ」

「三か月しかもたなかったんだ。我々の敗北は、教師があの二人しかいなかったことなんだ。まだ足元が固まっていなかったってことなんだ、それを政府に見破られたってことなんだよ。あの二人が辞めたって、次の教師がいたら、続けられただろう? それが出来ない我々の負けなんだよ。こんな土産物持たなくたって教師がいて、J&Oならばといって、インディアンの方から来てくれる学校を作らなければならないんだ。今回がいい例だ。政府に教師引き抜かれちまったんだからね、戦いはこれからなんだよ」

こんなにオーリィが、たくましく見えたのは、初めてだった。そうだまだJ&Oは、始めたばかりなのだ、焦ることはないのだ、地に足つけた計画をきちんと立てなくては、そもそも駄目だったのだ。

せっかく来たのだから、インディアンのチーフ達に会いに行った。J&Oは失敗したと切り出すと、そもそも政府に対抗できるわけがなかったのだという意見がほとんどだった。当のインディアンからも、期待されていなかったのだ。しかし、私はインディアン同化政策から学んだ。インディアンの児童を強制的に寄宿学校へ入れるような法令だけは、廃止をするよう、国に対して抗議していくつもりだと語った。

私達のために古老たちが集まって、昔話をしてくれることになった。私達は今や消えゆきつつある伝承を残そうと、古老の話を書きとめて歩いている。まだ白人との交易が少なかった頃の、インディアン古来の生活の話など、聞くのはおもしろかったし、文字を持たない彼等のために今残しておかなければ、ならないと思ったからだ。

バッファロー狩りの話などを聞いて、大いに盛り上がった所で、一人のシャイアンの老人が、〝ロング・ヘヤー〟を知っているかと聞いた。たぶん兄様のことであろうから、知っていると答えた。彼は我々との平和協定の時、友好のパイプを拒否した、そこで、彼のブーツにパイプの灰を落として、我々は彼に呪いをかけた。そのために、あの男は、クリージー・グラス川の戦い(リトル・ビッグホーンのことを、インディアンはこう呼ぶ)で死んだのだ、と。私は目の前が真っ暗になった。

気がつくと、管理室のソファに寝かされていて、大きな男の声が「だから、インディアンなんかに深入りしてはいかんのですよ」といっているのが聞こえた。

帰りの汽車の中で、オーリィが、「お前、少し疲れているんだよ」といって、チョコを手渡ししてくれた。兄様は、インディアンと戦って、命を落としたのだ。あの古老の話でも、それは明らかなのだ。そのインディアンを救おうとする私が間違っているのだろうか。結論は出ず、私はチョコすら食べられなかったのであった。

帰宅して、休む間もなく、新しい教師を探し始めた。先回は学校を卒業したばかりの者の方が、色に染まっていなくていいだろうと考えたのだが、今回は、門戸を広げてみた。そして、一人の中年の男性が残った。

彼はインディアン教育にもとから興味があるわけではないと、最初からいった。妻が病のため高給に惹かれて来たのだといってはばからなかった。しかし、自分の本分は教師であるからして、教育を求める者がインディアンであったとしても、それを拒むものではないとも語った。私達は妻を伴って面談をし、その足で妻を、私達のホームドクターの所へ連れて行った。二人は二日間ホテルで別れを告げた後、街の外れの林の中にある療養所に、妻の入所が決まると、夫は、私達とダコタへ出発した。男は、ベンジャミン・フラードといって、四十にはまだ間があった。私達の妻への対処に感謝するといって、今までインディアン教育など考えたことはなかったので、いったい何をしたらいいのかと、私達と汽車の中で語り合ったのであった。彼も他の白人と一緒で、インディアンに対して、漠然とした恐怖を持っていた。それは歴史が物語っているのだから仕方のないことであった。

しかし、インディアンは白人に負けた。もはや彼等の矢は飛んでは来ないのだ。広大な平原を跋扈していた彼等が、今やテリトリーや居留地に住まわされているのは仕方がないかもしれない。白人に負けたのであるから、その主なる言語の英語教育を受けるのも仕方がない。けれども、多くの種族がいて、それぞれの言語や伝統を持っている。それまで認めないというのは、果たして良いことなのか、と私達は話し合ったのだ。

主のもとに平等だと、彼はいった。それはキリスト教徒の考え方で、そもそも新大陸に人々を向かわせたのは、その宗教の対立であったのではないか、と私達がいう。インディアンのように、プロテスタントでも、一神教である。インディアンのように、自然の中に精霊という神々がいるという考え方を、認めてやることから、インディアンとの付き合いは、始まるのだと私はいった。彼は難しい考え方だと答えた。そもそも大地に暮らして来た人々なのだ。白人の考え方を全て押し付けて成り立つものではない。特に、私は合衆国が進めている同化政策に反対しているのだ。子供達こそ、親からインディアンとしての生き様を教わり、学校では、白人に屈してしまった彼等が、生きて行くために言葉を習い習慣を覚え、しかし白人と共存できるようにすべきである。もし、今持っている土地があったら、それを白人だけでなく、他の人間に奪われない知識を学ぶ所でもあるべきだ、とオーリィはいった。

鞭は絶対に使わない——白人の学校では教師は鞭を常に持っていて、十才を過ぎた女の子でも鞭でぶったのだ。しかしインディアンの子らは誇り高き戦士の子供達なのだ。授業中に遊んだりはしないはずであった。

私は早くに奥さんが元気になって、子供達に給食が出せるようになるといいのに、といったら、療養所に入れてもらえて、感謝していると涙を浮かべた。このベンジャミンを、管理官の所へ連れて行って、学校の鍵を借りた。

「今度は男なんですかい」と、ニタニタするので、「あんまりいじめると、お土産はなしだぞ」と、オーリィがいったら、敬礼をして左手を出した。

オーリィはそのまま　ベンジャミンを、インディアンのチーフ達の所へ連れて行った。私は先月の兄様の話のことがあったので、怖くてついては行けない。もともと友好のパイプは男同士でするものだから、私は関係はないのだ。私は鹿皮を持って、女達の所へ行く。今回やっと手に入れた、真っ白なアンテロープの皮で、花嫁衣裳を作ってもらうつもりだ。そのためのビーズや針も沢山持って来た。女達も久方振りの豪華な衣装作りに、集まって、どんな柄にするか、話し合っている。別に結婚式が決まっているわけではないのだから、時間はいくらでもある。だからなるべく手をかけた作品にして欲しいと頼んだ。女達は、今、アンテロープの花嫁衣裳を着て結婚する娘などいないから、出来うる限りの美しいものを作りたいという。私も楽しみだ。

J&Oを辞めた二人の娘にも会った。何かいいたそうにしていたが、その両肩を男の手が、がっちりと押さえていた。暗い目をして、とても幸せそうには見えなかった。政府の方針で送り込まれた男達なのだ。目的がJ&Oの女教師を引き抜くためであったろうから、最初のうちは甘い囁きもあったであろう。しかし、いざ結婚してみれば、家事をする女中同様で、しかも、他に女はここにはいないのだ。ただセックスのはけ口にされているに違いないはずだ。もとより愛があっての結婚ではなかったのだから。しかも夫の任期が満了した場合、その移動先へ連れて行ってもらえる保障はない。離婚されて、ここに置き去りにされ、うまく次に独身の男がくればいいけれど、そうでなければ一生ここで暮らすのだ。政府は彼女達を離しはしないであろう。もし独身の男が来た場合の都合の良い妻として、たとえ彼女達が望まなくても、その待遇は変わりはしないのだと思う。

西部にあって女はダイヤモンドより貴重だ。カウボーイ達が、キャトルドライブという、牛を市場などに連れて行く長い旅で、サムの奥さんみたいな性癖でなくとも、性欲に負けて、年若い牧童を女に見立てる、なんてことはざらにあるのだから。こんな僻地に送られる男にとって、その地に若い女がいるというのは、特別な条件なのだ。

私は、彼女達をここに連れて来たことを、少し後悔した。要は本人が決めたことであったわけなのだけれど、私達にも責任はある。出来うることなら、政府に掛け合ってみようと思った。

前回ほど豪華ではないが、クッキーや靴下の入った土産を、とても喜んでいた。

ベンジャミンは、インディアンのチーフ達に会って、少し興奮していた。「いやぁ、驚きました。私もあの話には聞いていた、パイプを吸うことが出来たなんて、あとで妻に手紙を書きますよ。子供達も可愛いし、もっと野蛮人って思いがあったんですが、来てみると違いますね。何も出来ないいんじゃないかって思ってましたが、やれるだけ、やってみようと思いましたよ」

私達は教室に持って来た、教科書や石板などを並べた。何人の子供達が来てくれるかわからないが、またJ&O財団は動き始めたのだ。

「政府や教会が、横やりを入れて来ると思いますが、今では英語を少しは話せるインディアンも増えて来ました。あなたのことはチーフによく話して来ましたから。それから子供達には、決して鞭を使うことはしないで下さい。出来そうですか?」

「子供が一人でも来れば頑張りますよ」

その後、インディアンは彼の所へ子供を通わせたし、彼も出来うることをしたのだろう。J&Oの学校は始めて、軌道に乗った。二年ほどして、ベンジャミンの妻が、夫に会いたがった。二週間の休暇を取って、彼は、妻を見舞った。妻は死を覚悟していたのであろう、墓はオリバンダーの所にある。

ベンジャミンはその後、三十過ぎのもはやあまり若いとはいえない、インディアンの女と結婚した。そして彼女は、女達の作った、真っ白なアンテロープの花嫁衣裳を着た最初の女(ひと)になった。白人との戦いで、男が少なくなり、結婚出来ない女が多くいたのだ。彼は新たに派遣される教師の面倒もよく見たし、インディアンとも親しく交わった。その後、彼はオールドロックを離れることなく、五十七才で亡くなる時、家族や周りの者にインディアンの言葉で遺言を残したのだそうだ。妻を喪主にして、インディアン式の葬儀を望んだ。葬儀には、テリトリー中の人々が集まったのではなかったか。インディアンの叩く太鼓の音の中、彼は天と地の精霊に送られて葬儀は執り行われた。そして、彼は白人として、初めてインディアンの墓地に埋葬された人物になった。J&O財団の活動を記した書籍の中には、必ず最初に、ベンジャミン・フラードの名前は出て来るのだった。ただの教師が歴史に名を残したのだった。

牧場とオールドロックを巡って帰宅すると、二人の娘からの手紙と共に、このようなものが届いておりましたがと、マギーが小包を手渡してくれた。

「まぁ、どなたからなの」

「それが、差出人の名前がありませんで」という。三十センチほどの、そんなには重さのない包みだ。オーリィも来て、誰もその荷物に覚えがなかった。オーリィが、「とにかく開けてみようぜ」といった。

中身は、シンプルな宝石箱であった。蓋を開けて見て驚いた。高級そうな指輪が三十点ほど、台紙に離れないように対で止められたイヤリングもそれくらい入っていたのだ。指輪の先頭には、真珠の指輪があった。オーリィが私に、友人の妹に買ってやったといった、これがその時の五百ドルの指輪であろう。なぜか知らないけれど、こんな今になって、オーリィからのプレゼントを、ヒッコリーのマダムは送り返して来たのだった。

もう私は口がきけなかった。オーリィも居心地が悪そうに、黙っている。ビロードの台には横にリボンが付いていて、引き出せるようになっている。下にもう一段あるのだ。触りたくもなかったけれど、見てみなければならなかった。台を引き上げると、そこには真珠のネックレスに、ダイヤや色石のはまったペンダントが沢山入っていた。これをオーリィが、あのマダムと、談笑しながら選んだのかと思うと、良い気持ちはしなかった。マダムの手で売ってしまえばいいものを、なんで、今頃になって、また悪夢を持ち込むのだろうか。オーリィを見ると、青い顔をして下を向いていた。私はオーリィから、こんなもの、もう関係がないのだから、明日にでも売っちまおうぜと明るく笑っていって欲しかった。それがまだ暗い顔をして、思いにふけっているのが、私には耐えられなかった。いまだに、マダムは、あなたの心にいるのですか、そう聞いてみたくなるのであった。

しかし、私は、宝石箱の底に、もう一段あるのを見逃さなかった。あぁ、そこには、オーリィが持ち出して、もう二度と手にすることの叶わないと思っていた、生母の形見のロケットが、それ一つだけ丸めて入れてあった。

私は宝石を放り出すと、ロケットを手に、自室に駆け込んだ。そうして消毒薬をコットンにしませてよく磨くと、恐る恐る蓋を開けた。悪戯されているかと、心配したけれど、中には十七才の時の母がちゃんといた。私は苦労して、ロケットの写真の角についている小さなボタンを爪で押した。写真を止めている枠が外れて、写真が出て来た。母の写真の裏には、兄様の写真も入れてあったのだ。私はその小さな写真に口づけをするとまた元の様に、枠の中に写真を入れて、小さなボタンを押した。

私はベッドに横になって、ロケットを両手で包んで考えた。なぜ、マダムは今頃になって、こんなものを送り返して来たのであろうか。わからない。私は勝手に、マダムがオーリィへの思いを断ち切るのに今までかかって、不用になった宝石をやっと送り返して来たのだと、まるでロマンス小説のように考えることにした。それなら笑えそうだ。私が思っていた以上に、マダムはオーリィのことを思っていたということになる。そして、オーリィの服のバザーで秘密裏に会ったことも良かったのだと思った。あの時、このロケットが生母の形見だと伝えたから、返してくれたのだと、善意からと思いたかった。とにかく、私はロケットが戻って来たのが何よりも嬉しかった。あれこれ言い訳を考えていたであろうオーリィに、何もいわないでいいわ、それよりこの宝石、あなたがお店に行って買い取ってもらって頂戴ね、と明るくいったので、オーリィは内心ほっとしたことであろう。しかし、その後オーリィに苦行が待っていた。マダムと買った宝石店に妻を伴って、たぶん浮気がばれたから宝石を買い戻せといわなければならなくなったのだろうと、店側に勘ぐられたからだ。

宝石を持って行くと、酷い店では一割でしか引き取れないという所がある。そこで、出された紅茶を飲みながら、店主に聞こえる声で「あなた、せめて半額ですわ」とすまして、微笑みを浮かべていうのは楽しかった。オーリィが起こしたこの事件で、一番胸のすく時であった。私はそれから毎日ロケットをつけ続けた。ある日夫が、「なぁジェニー、おれ本当に反省しているんだ、悪いことをしたと思っている。だからそのロケットもうつけるのやめてくれないか」といい出した。

「えっ、これ私のお母さんだよ」

「ああわかっている。お前にとってそんな大切なものを持ち出して、申し訳ないと思っているんだ。だから許してくれよ」

最初は夫が何をいっているのかわからなかった。やがて、私がロケットをしていると、夫はヒッコリーのマダムを思い出すらしいとわかって来た。あの時、オーリィが私を殺そうとしなかったら、まだ二人は付き合っていて、私とは離婚となっていたかもしれないのだ。夫は、私がわざと、マダムのことを、口に出さなくてもロケットをすることによって、非難めいた行動をとっているらしいのだ。私がもう二度と手に出来ないと思いながらも、諦めきれないでいたロケットが戻って来て、嬉しくて母に甘えるごとくに身に付けているのだと語っても、オーリィは納得したのだろうか。確かなのは、彼の心のどこかに、マダムはまだいるということだ。

　宝石を売った金額に私達は驚いた。オーリィは反省の毎日だった。これだけではない、衣装代に飲み代、さらに小遣いの件で、私は絞め殺されかけたのだ。あまりに大きな夫の遊びの代償であった。

　あれから夜会は一度も行ってはいない。招待状は来るけれど、オーリィはもう行こうといわない。飲み友達と称していた、怪しげな男達との付き合いも止めてしまった。今は、ここに越して来た頃の友人達と、たまに飲みに行くだけだ。オーリィはそれでいいのかと心配になる。それでいて、目を離すと、女の家庭教師と関係を持ってしまうのだからしようがない。私だって、今だに兄様が亡くならないで、アンソニーと一緒に暮らせたならば、どんなに良かっただろうと、たまらない思いにくれる時があるのだから、お互い様と思うことにしている。あの子さえいなければ、きっと離婚をしていたであろう。私とオーリィの関係は、あの生まれた日に捨ててしまったあの子との繋がりでしかない。死んでもまだ、私の隣にいる気がする兄様とは、もとから、夫婦というより男と女としての、うまく口でいえないけれど縁（えにし）が違うのだと思う。ベッドに一人寝ではないから、寂しくはない。しかし、もう私は子供を産むことはないのだ。

　もの思いにふける時間はなかった。教師は育てなければならなかったし、同時に、インディアンのための簡単な火の起こし方、動物のほふり方、皮の剥ぎ方などを記した、副読本を作ったりした。

　チェロキー族のように、すでに定住して同化している種族もあれば、最後まで抵抗した、スーやシャイアン族のように、出来るものなら、テントであるティピィをたたんで移動しながら、四季折々自然のあるままに住みたいと、いまだに考えている種族もあるのだ。特に平原インディアンにとって、主食であったバッファローの消滅は、生活の全てを失ったといってよく、飢えて彼等は軍門に下ったのだ。そんな彼等に、教育という名の押し付けをしていくのは、大変なことであった。テリトリーで、全てにおいて、従って行かねばならない力のもとであった。反抗すれば、食料がもらえない、住む所が与えられないのだ。自分達の土地を所有するという考え方を持たなかった彼等は、今やテリトリーや居留地に住むしかなかったのだ。いわば、インディアンは飼い殺し状態であった。私達はそんなインディアンに、自活の道を与えたいと、Ｊ＆Ｏ財団は働いた。

　Ｊ＆Ｏ財団は、全く善意の団体として、貧しいインディアンの子供達に教育の機会を与えたいと、あちこちのテリトリーだけでなく、インディアン局にも申請していた。背後関係が全くなく、金持ちの道楽とみられていたうちは、政府も手の届きにくい僻地への私達の進出を認めていた。政府でも、西部へ行く教師の成り手が不足していたのだ。

私達はまず子供達に英語を教え、文字が書けるようにし、数学を教えた。そして、その合間に、インディアンの男達を連れて来て、火の起こし方を教えた。どんな小さな居留地でも、もう文化マッチ（木片に硫黄を塗ったマッチ）は行き渡っていて、子供達は、自ら火を起こす術を知らなかったのだ。そして我々が持ち込んだ兎をほふって、皮を剥ぎ、なめし、肉や内臓はシチューにして皆で食した。そして、食物を与えてくれた大地に感謝の踊りを捧げたのだった。

この行為は、教会に対する反旗を示したとうつった。食事に関して、私は五年もの間修道院にいて、食前の祈り、食後の祈り、そして食べ物を与えて下さった、イエスを称えるのは、今でも大事なことだと、祈りをかかしたことはないと、教会側に訴えた。彼等はインディアンである。彼等のやり方で、礼を尽くすのが、何が悪いのかと、私達は主張し続けたのだ。彼等はキリスト教徒ではないのだから、彼等の持つそれぞれの神に感謝を与えて何が悪いのかと訴えた。教会側は、そもそも彼等野蛮な民族をこの世で唯一正しいイエス神のもとへ導くのが、彼等の幸福への道であると譲らない。彼等の伝統など捨て去るべきだといい切った。事実、生活苦などから、教会や、政府の施設に助けを求めるインディアンがいるのは確かだ。しかし、私達は戦った。たとえ兄様を殺した民族であったとしても、その先史から伝わる言葉さえ禁ずるのは、それこそ、神のおっしゃる平等に、さわるのではないかと主張し続けた。

政府はやっとJ&O財団が、政府に反旗を掲げる所であると、気づき出した。しかし、もうその時にはJ&Oは、インディアンの中に根を張って、その活動はインディアン達に認められて来ていた。寒冷地では、冬に例のケミパンを作って大いに喜ばれた。確かに、J&Oがつぶされて撤退をしなければならない居留地もあった。しかし、J&Oは負けはしなかったのだった。

私は、バザーで初めてインディアンの作った製品が売れるか心配だった。丸テーブルにレースを敷いて、そこにブローチや、額飾りを並べたのだけれど、それがインディアンの作ったものと知って、選んで手にしたものを放って行ってしまう人もいたし、ちゃんと、ビーズ細工の手の込んだ見事さを認めて、鞄の飾りにしたいと、ブローチを買って下さった人がいた。額飾りを二本買って下さった婦人に、何にお使いですか、と尋ねると、ビーズ細工が綺麗だから、カーテンのタッセル（カーテンが広がらないように止めておく紐）にするのだと聞いて嬉しかった。

品物はそんなに売れはしなかったけれど、ものが良ければ売れるのだと、私は思った。次の時、私は例の純白のアンテロープの花嫁衣裳を着ていた。私には少し大きかったので、ベルトを使って、どうにか着てみた。

「なんて美しいのかしら」とはしゃいだ声をあげていた人も、これがインディアンの服だと知ると、そそくさと、婦人達の輪から抜け出る人がいた。しかし、「あたくし、インディアンって、野蛮な人間と思っていましたけれど、こんなに美しいものを作る人達なのだと、少し考え方が変わりましたわ」などと、好意を持っていってくれる人が出た。

私は端切れでなく、ちゃんと一枚の皮から、財布を作ってもらった。一面ビーズ細工で、アンテロープや、草花を刺繍した品は、インディアンが作ったといわなければ、そこらへんの洋品店で売っているものよりも豪華で美しかった。これは売れた。前回ブローチにと沢山作った小さな皮を繋げて、袋物に作ったら、買ってくれる人がいた。

「だって、こんなお品他の人、持ってらっしゃらないわ」それでもこんな勇気のある人はまだ少数だった。

あるテリトリーで、使われず、放置してあったティピィを買い受け、連れていた男達に、インディアンの男女から、ティピィの組み立て方と、たたみ方を教えてもらって、庭に建てた。それまでに集めて来た、バッファローの皮や、インディアンの毛布を敷いて、住めるようにした。

それを建てた途端に、急にバザーの手伝いの婦人達が、都合がつかないと辞めていった。同時にお客も来なくなった。来るのは、無料のゲームをしたい子供と、一食を得たい貧しい人達だった。しかし、その中にも、我家の教室に通った者がいて、何かお手伝いをといってくれるのだった。

私は、まだ街で数台しかない、自転車を買った。ペダルのない、足で蹴って前へ進むものであったが、最新式なので、これは大人が乗りたがった。まだ子供用はなかったから。女の子には、芝生にカーペットを敷いて、私の作ったお人形を沢山並べて、本物のティーセットを置いて、中央の銀盆にクッキーを山盛りにして、ままごとができるようにした。砂袋を投げて、台に並べてある缶を倒すゲームなど、残った皆で知恵を出し合った。私は人が来なくても、ずっと待った。そのうちに、ティピィの入口から中を覗いて見る人が出た。中央に炉がきられていて、ポットには湯が沸き、壁には弓矢や、水袋、乾燥させた食料の入った皮袋など、本物のインディアンのティピィには及ばないだろうけれど、出来うる限りの飾りつけがしてある。男性達は、子供にせがまれて、やって来たのであろう。

自転車は、その珍しさから、いつも列が出来るようになった。ぐるっと庭を一周して来るだけなのだけれど、中にはスカートから足が見えるのにも気にせず乗ってみるお転婆な女性もいたのだ。そうして、また少しずつ人が集まって来るようになった。

私はテリー将軍の椅子に座って、インディアンの置かれている惨状を語った。すると、婦人達の多くから、負けたのですから、仕方がありませんわ、という意見が沢山出た。私は、ここは元々インディアンの土地であったのですよ、と訴えても、街を作ったのは白人ですわ、というのだった。南北戦争が終わって何年になるのだろう。黒人は解放されたといいながら、いまだに差別を受けている。インディアンは、白人にとって、まだ脅威なのだ。人々は彼等を野蛮人と思っているのだった。

しかし、ここオハイオ州のベイカー・ヒルサクラメント・アベニューの一番地に、突然、インディアンのティピィが建ってから、今は少しずつその衝撃が街の人々から、薄れて来ているのは確かだ。だんだんではあるが、インディアンが、この街に受け入れられていくことに嬉しさを感じるのだった。

教会は牧師を寄こして、そんな人の来ないバザーをやるより、教会のバザーをした方が、人のためになる。あんな最新式の自転車を買うなら、教会に寄付をすべきだと、主張した。

「また昔のようにメンバーに加えてさし上げますよ。お茶会もお見えになるのを待っているのですよ」と、言葉巧みに誘ってくる。教会は、そこに属するメンバーが、年収の何パーセントかを毎年寄付をすることで成り立っているのだから、寄付の欲しい彼等の考えもよくわかる。しかし、「私、インディアンの救済を人生の生きがいと考えておりますの」

「噂ではお身内がインディアンに殺されたと聞いておりますが」

「そんなこと、おっしゃって、私を苦しめるのですか」と、ハンカチを出して泣いてみせると、さすがの牧師もお手上げで、

「神はあなたに心の安らぎを与えて下さいますよ」

「神様がいらしたら、兄様は死なないで済んだのに」

牧師はもう何もいわないで、帰って行くしかなかった。私は久方振りに、兄様のいないことに涙した。

J&O財団も、少しずつであるが、軌道に乗って来た。バザーも人が集まるようになって、移民の中から、西部へ行くという人間も育って来た。私達の努力は実を結び始めて来た。

その時、とんでもないことが起こった。

ヤング・クレージー・ホースが、妻を連れて居留地を抜け出して、駅で拘束されたというのだ。二人して古着の白人の服を着て帽子を被っていたという。そして、ヤング・クレージー・ホースにいたっては、インディアンにとって、力の宿る元と、男達が長く伸ばしている髪の毛を、襟元で切り揃えていて、それだけでも、計画的な行動とみられた。しかし彼等は、切符の買い方がわからず、ワイオミング州のアームストロング牧場へ行く汽車に乗せてくれ、といって怪しまれたのだという。

金ならあるんだといって見せたけれど、すぐ保安官事務所に通報されて、その際、妻を男が捕まえようとしたのに反抗して暴れたため、ヤング・クレージー・ホースは手錠をはめられ、夫婦別の独房に入れられていると、私の所へ知らせが来たのだった。なぜなら、私の与えた名刺を持っていたからだ。

居留地からのインディアンの脱走は珍しいことではなく、本人が捕まれば、それで済む。しかし今回は済まなかった。何し

ろ逃げた人間が、あのクレージー・ホースの息子であること（真偽はおいておいても）しかもただ逃げ出したのではなかった。私の牧場を目指していたこと、そして金を持っていたのが、一番疑われた。ワシントンのインディアン局は、私がわざと彼等を逃がそうとしたのだと考えたらしかった。ワシントンから、私宛に、審問会の呼び出しが来た。私達の顧問の弁護士はインディアンと聞いて、怖れをなして辞めて行った。私には、オーリィと、少佐しかいなかった。国があてがってくれた弁護士がどんな役に立つというのだ。

「だからいったじゃないか、お前一人で何が出来るって」オーリィは、私と国とヤング・クレージー・ホースに腹を立てていた。

「でもこうなったらやるしかないんだよ、一人だって出来るって、何か策はないかなぁ。こう、国をギャフンといわせるようなこと、国民を味方につける方法は何かないのかなぁ、ねぇ、少佐何かない？」

「ないねぇ、悪いけれど君は分が悪いよ。あのリビィさんをご覧よ。ご亭主亡くされて、国中の同情を集めたのだよ。なのに君は本来同情されるべきカスター閣下の妹なのに、真逆のことをしているわけだ。インディアンは負けたのだ。その彼等を救おうとしている君の行動は、今この国にあって、将来歴史に名を残すかもしれないほど重大なことなのだよ」

「兄様やリビィさんは、きっと歴史に名を残すだろうと思うよ。だけど、私はそんな先のことまで待っていられないんだ。今どうしたらいいのか考えなくちゃならないんだ。だけど、どうしようもないんだよね。やっぱり一人じゃ無理だったんだね。ごめんね、オーリィ、あなたにまで迷惑かけちゃって。あなたのいうこと聞いて、大人しく、兄様慕って生きていけば良かったんだ」私は悔しくて泣いた。

「なんだよ、お前らしくもない、やるしかないっていったのはお前だぞ。クレージー・ホースに礼をいうんじゃなかったのか」

「彼は礼をいう前に死んでしまったのよ、私はただ彼等に、白人として上から目線の同情を寄せていただけなのよ、本当に彼等のためになることなんてしてこなかったんだわ」私は泣いた。

「おれ、審問会受けるほどの悪いことしたことないからなぁ。一度でも受けてれば、内容がわかったのに」

「なによ、内容なんてわかっているじゃないの。クレージー・ホースの息子が逃げたのよ。国が許すわけないじゃないの。あのリトル・ビッグホーンの首謀者だっていわれた、シッティング・ブルは、単なる呪術者だったのよ。だけど彼は、軍門に下ったあと、捕まって、リトル・ビッグホーンの責任者として決めつけられて一生牢屋に入れられ続けるって聞いているわ。ヤング・クレージー・ホースだって、きっともう外へは出られないに決まっているわ。それを私はどうにもしてあげられないのよ。それに、私だって、きっと無事ではすまないはずよ。きっと何か罰が下されるはずよ、私だって牢屋に入れられるかもしれないんだから」

「そう悲観するなよ。まず出来ることからしようじゃないか。服はどうするんだよ」

「あぁ、人受けのする大人しめのシックな服にするつもりよ」

「いやぁジェニー、あなたは今のままというよりもっと若く作った方がいいですよ」

「若作りするって、いつかもいわれた気がするけれど、私バカに見えなくって、少佐？」

「人生知り尽くしてますってマダムを演じるより、右も左もわからない小娘の方が、審問官は、こんな小娘が、そんな大胆なことするわけがないって思いますよ」

「じゃあ私、どうしたらいいの？」

「前着ていた、ピンクの可愛いドレスを着て、金持ちの道楽で、可哀そうなインディアンを見ていて、我慢が出来なくなって、救済の手を差し伸べたら、思いがけずこうなってしまって、私困ってます、とでも訴えるんですな」

「また私バカを演じるの？」

「他にどんな手があるっていうんだい。J&Oはもう動き出しているんだぜ。それだって、政府に目をつけられているのに、あいつ逃げ出すとは思いもしなかったよ」

「それだけ、待遇が悪いのよ」

居留地で初めて会った時、管理官夫人のスザンヌはいっていたではないか。普段料理はしないが、コーンブレッドは焼くと。インディアンに与えられるパンは、不味くて食べられないからと。それに夫婦であっても、男女別の生活であること、若い彼には我慢が出来なかったのだ。それを後押ししてしまったのが、この私なのだ。しかも金を渡してもいるのだ。

「その点に関しては、金は何かを買うために渡した。でも彼等は切符の買い方も知らなったそうじゃないですか。それで押し通すんですね」

「だけど、あの居留地には、売店なんてないのよ、それを指摘されたら、なぜっていわれちゃうんじゃないかなぁ」

「それも困った話ですね。不用の金ってことになりますものね」

「まったく、お前が不用意に金を渡したから悪いんだ」

「うぅ、ごめんなさい」

「あとはとにかく、泣き落としですかねぇ」

「そんな簡単に泣けないわよ」

「いや、若い女が泣けば、相手もぐっとくるはずだ。とにかく若作りして泣くんだ」

「泣いて弁解が通るとも思えないけれど」

それでも、ドレスをあれこれ出してみて、流行りのジゴ袖（肩が膨らんだ袖）のドレスを五着見繕って選んだ。そして、私達二人は当時のインディアンに対する「インターコース法」を端から端まで読み込んで、いくらかでも、政府に対抗出来うる法を考えた。

しかし、この法律には、保留地監督官が、食料の分配や、白人不法侵入者の排除と政府間との調整をすること。保留地に入らないインディアンの同化をうたっていた。それを見る限り、私に勝利はないといえた。

　それでも仕方なく、我々は、審問会が近くなると、ワシントンに向かって、指定されたホテルに泊まった。一緒について来た、小間使いのエスメラルダが、私のドレスを皆出して来て、アイロンをかけた。これでもう、することはなかった。

「いいか聞かれたことは、最小限に答えること。いらぬことはいわない、わからないことは、小首をかしげて、わかりませんというんだぞ」

「こちらから聞きたいことがあったら？」

「そんなもん絶対に聞くな。お前から口をきくんじゃないぞ、絶対だぞ」

「えー、それって無理かもしれない。いいたいことはいいたいよお」

「バカかお前は。自分の立場をよく考えてみろよ、政府に抵抗できるわけがないだろうが」

「泣き落としですよ、奥さん。審問会にうら若き女性が来るなんて、めったにないことですから。もう最初からハンカチ握って行くんですよ」

「泣いて済むなら、こんなに心配はしないわ。もう私、うちに帰れないかもしれないのに」と涙を浮かべると、

「そうだ、そういう顔をするんだ。うちに帰れないなんて、いうなよ、きっとどうにかなるさ」

　オーリィの言葉は嬉しかったけれど、もうどうしようもない所へ来てしまったという思いで胸がいっぱいだった。

　少佐は、審問会とは、口頭や文章で、何が行われたかを調べるもので、いきなり裁判とならなかっただけでも良かったではないか、と慰めてくれた。

　ついに当日が来た。私は淡いピンクの、袖と襟だけにレースの飾りの付いたワンピースにパニエ（下着）を何枚か重ねて着て、スカートを少しふんわりさせて、髪を一つに結ぶと、ストローハットをかぶった。（この当時は、夏だけでなく、一年中使われていたのだ）その姿を見て、少佐が口笛を吹いた。「やぁジェニー、君は本当に年をとらないんだねぇ。出会った頃とちっとも変わらないよ」

「まぁまぁだろう。小さな揺れるイヤリングをつけるといいぞ」と、オーリィはいった。

　私達はワシントンの、インディアン局の控室にいた。

「落ち着けよ、何も怖いことはないはずだから」といっているオーリィも椅子から立ったり座ったりしている。私も、手の平にうっすらと汗をかいていて、ハンカチをぎゅっと握った。

「何かわからないことを聞かれたら、私達の方を見るんですよ」と年の功で一番落ち着いた少佐が、私の手をとって、励ましてくれる。もうなるようになるのだ。そこへノックの音がした。

苦悩と邂逅

私は係員に伴われて、審問が行われる部屋に入って行った。私の姿を見るとやはり傍聴席からざわめきが起こった。私は書記官の隣の席に立たされて、聖書に手を置いて、真実のみを語ることを誓わされた。

そして、係員は私を中央の柵のある席に連れて行った。審問官が書類に目を落したのは、私のことをミスかミセスか確認し直したためなのだろう。

「名前を名乗って下さいますか」

「ジェニー・ベンティーンと申します」

私はわざと小さな声で恥ずかしそうに答えた。

「ではベンティーン夫人に伺います。あなたは、グリーングラス居留地を知っていますね」

「はい」あの草木一本生えていない、砂漠の地をよくも皮肉ってつけた名だと思った。

「訪れたことはありますね」

「はい」

「何ゆえ、あのような地を訪れたのでしょうか」

「それは、そこに収容されている、可哀そうなインディアンの子供達を救うためですわ」

「どのように救おうと考えられたのですか」

「それがわかりませんでしたので、実際のところを、この目で見てみようとしたのです」

「それで、ご覧になってどう思ったのですか」

「見るからに可哀そうでした」

そういって、私はハンカチを目に当てた。傍聴人からも溜め息が漏れた。

「何が見るからにですか」

「何もかもですわ」

「居留地には政府からの援助があって、それなりの生活が出来ているはずですが」と政府側の弁護人が立ち上がって、私に向かって鋭くいった。

「弁護人、まだ夫人の話の途中です。発言は控えて下さい。ではベンティーン夫人、あなたは何が不足と思われたのですか」

「ですから、子供達の服はボロボロで、皆痩せていて、はだしでございました」

「あなたは、居留地を訪れて、そう感じられたのですね。ではそれを見分して何をなさったのでしょう」

「まず鹿皮を持って行って、靴を作らせました。それからケミパン、インディアンの料理ですわ。白人の口には合いませんので、バターを使うそうですが、私は牛脂のヘットを大量に持って行って、野菜と煮て冬の食料といたしましたの」

「そうですか、では夫人お座り下さい。政府の弁護人どうぞ話して下さい」

「我々インディアン局としましては、インディアンの保護を一番に考えているものであります。テリトリー及び居留地のインディアンは、アメリカ政府の同化政策により、その存在を認められているのであります」

「では、ベンティーン夫人の申し出たことはあり得ないということでしょうか」

「その通りであります。インディアンは十分な援助の元、豊かに生活をしているものであります」

「夫人、何か意見はありますか」

「はい、確かに衣類といえるものが、支給されてはおりましたが、どれも薄汚れていて、私など手に取ることも出来ませんでしたわ」

「インディアンに、新品の衣類を与えよとおっしゃられるのですか。確かに、古着であることは否めません。しかし、それに触ることが出来ないなどとは、豊かさに慣れたご夫人の意見ではないでしょうか」

「では靴はどうでしょう。私の見た限り、踵はすり減り、穴の開いているものも多く、サイズもむちゃくちゃで、これだけはどうしようもないと思いましたわ」

　相手の弁護人は、それに対しては答えない。グリーングラス居留地だけでなく、きっと他のテリトリーなどでも、靴は問題になっているはずだった。

「私、移民の子供達や黒人の子供達の救済も行っておりますけれど、街でも彼等の親は、子供達にサイズの合う新しい靴を買い与えることが、難しいのです。ですから、ましてインディアンの子供達は、はだしなのだと思いましたわ」

　初回は、こんなぬるま湯に浸かったような話で終わった。

「ジェニーよく頑張ったな」

「奥さん、立派でしたよ。なかなかでした」控室でオーリィと少佐は、こう私のことを労わってくれたが、「こんなんで済むわけがないじゃないの。肝心の、ヤング・クレージー・ホースが出て来ないじゃないの。先はきっと長いのよ」

「それはそうだが、無事初日はとりあえず終わったんだ。気も張っているだろう、熱い風呂に入って、今夜は早く寝てしまえ」

　最初から、ヤング・クレージー・ホースのことについて、バンバン聞かれると思っていたから、少々気が抜けて、かえって疲れた。明日からが怖いと思って、その夜は、子供のようにオーリィにしがみついていないと眠れなかった。

　次回の審問会の時、相手側の証人席に、あのグリーングラス居留地の管理人夫婦がいるのが見えた。いよいよ戦いが始まるのだと思って、私は静かに正面を向いた。何が起こるのか全くわからなかったから。これからは一人で、太刀打ちしなければならないのだと思った。兄様やテリー閣下はもういないのだ。

私にいったい何が出来るのであろうか。

驚いたことに、私と目が合ったスザンヌは、にっこり笑って手を振ったのだ。自分の置かれている立場がわかっているのだろうか。彼女のあまりの無邪気さに、私は緊張が少しほぐれた気がした。スザンヌは、彼女なりに、お洒落をして来たのであろうけれど、やはり、服に帽子が似合っていなかった。

反対に隣に座っている夫の管理官の方が青い顔をしていたのが、責任を感じているのだと思われた。きっと、ヤング・クレージー・ホースの件で彼は罪に問われているのであろうから。

「これより審問会を開廷します」審問官は、証人をここへ、と呼んで、管理人夫婦に、私の時と同じく聖書を手に、誓約をさせた。

「では、証人、姓名と地位を述べて下さい」

夫が先に出て来て、「ジェフリー・ブラウンですだ。職はまだグリーングラスインディアン居留地の管理人をやってます」

「ではブラウン氏に問います。ここにいる、ジェニー・ベンティーン夫人を御存知ですか」

「知ってまさぁ、何度もうちの居留地にやって来やしたから」

「何をしにやって来たのでしょうか」

「何でも最初は、インディアンの子供を救うんだといっていやしましたが」

「それで救済はされたのですか」

「へい、鹿皮を沢山持って来て、インディアンの靴を作らせたり、冬はケミパンを大量に大鍋に入れて来て、その年は冬に餓死する者がいやせんでした」

「餓死者とは、少し大げさに思います」と、相手の弁護人が口を挟んだ。

「弁護人、呼ばれるまでさがって下さい。ところでそのケミパンとは何ですか」

「牛の脂で野菜や肉を煮た、インディアンの冬の食い物のことでさぁ。とてもおれっちの口には合いませんが、インディアンは喜んで食っていやした」

「あなたはそれを、許したのですね」

「そりゃあ、規則には少し合わないかもしれやせんが、痩せた子がガツガツ食うのを見ていると、止めろともいえやせんで」

「食料は十分に足りているはずです」

弁護人がまた口を挟んだので、管理官は肩をすぼめて黙った。彼だって、日常の食料が不足しているのは知っているのだ。ただ保身のために、それを上層部にいわないだけなのだ。誰もが一番自分が可愛いのだから。

「ではスザンヌ夫人にお聞きします」

スザンヌは、さすがに緊張した態度で、ハンドバッグを胸に抱いていた。

「こちらの、ベンティーン夫人を御存知ですか」

「知ってます。この人良い人だよ。来るたんびに、あたいにお土産持って来てくれるんだから」

「品物は何ですか」

「えっと、ボンボンとかクッキーとか、靴下とか脱脂綿とか、あそこは売店がないからなかなか手に入らない、普段欲しいなってもの持って来てくれるの、あとロマンス本とか」

「夫のブラウン管理官に伺います。それは受け取ってもいい品物と思われたのですか？」

「グリーングラスは、いわば地の果てみてぇな所で、お客といったってお役人ばかりで、土産を下さったのは、この奥方だけでさぁ。それも女子供用の菓子なんかで、こいつが喜ぶのでついもらっちまいました。それより、その奥方の旦那の方が、金持ちだろうから、ほんの手土産ってね。それより、マリア様とか寄付なさっていて、それに比べれば、教会に銀の蝋燭立てとか、こいつの土産なんざ、とるに足りませんや」

思わず名が出たので、夫が証人席に呼ばれた。

「教会に高価な品を寄付されたそうですが」

「何もない所と伺いましたので、せめて神に灯りを捧げたいと思いまして」

オーリィもあたりさわりのないことをいっている。これで少なくとも私達が教会に仇を成す者ではないと、証明されたらいいのだけれど。

「教会側は受け取りましたか」

「牧師様が大変喜んで下さいました。その時、全く粗末な十字架しかございませんでしたので、インディアンに対して、十字架にかかったイエス像よりも、もっと親しみを与えられるであろうと、マリア像も寄付させて頂きました」

「なるほどご奇特なことですな。ところでベンティーン夫人にお伺いいたしますが、数ある居留地の中から、何ゆえグリーングラスを選ばれたのですかな」と審問官が問うた。

ついに来たと思った。このことは必ず聞かれると思って、三人で頭をひねったのだ。本来は、クレージー・ホースの一族に会いに行ったのだけれども、出来うるなら、その話は避けたかった。しかし、後々ばれた時のことを考えれば、先にこちらからいってしまうか、または、あくまでも、ここが僻地であったからたまたまこの地になったとしらを切るべきか、なかなか答えは出なかった。

「奥さん、これは大変な問題ですよ」

「うん、そう思うけれど、最初にクレージー・ホースの家族いますかって、聞いちゃったもの」

「もう少し考えて、ものをいえば良かったってことか」

「でもそうしたら、クレージー・ホースの一族に会えなかったんだよ」私は紅茶を一口飲んだ。

「そうして、お前が金をやって奴らが逃げたんだろうが」

「まさか逃げるなんて思わなかったもの」

「そりゃあ、皆逃げるなんて思わなかったさ。だけど逃げちまったんだよ。おれ達のせいでな」

「じゃあ、やっぱり最初からいうわ。クレージー・ホースの一族に会いに来たって」

「そうしたら金山のこととか皆ばれるぞ」

「だって真実だもの、彼等の金だっていうわ」

「そんなことといって、国にばれてみろよ。没収されちまうかもしれないんだぞ。おれ達はいいさ、だけどサムの奥さんとか皆にきっと迷惑がかかるぞ。わかってんのか」

「じゃあどうすればいいのよ。私一人でも戦うわ。もう兄様もいないんだもの」

「まぁ奥さん落ち着いて。我々はあくまでも善意で、インディアンの救済をしているんですよ。それがたまたまクレージー・ホースだったということで押し通してみてはいかがでしょう。相手は金山のことは知らないでしょうから、有名だから会いに来たと、最初にいったら、一番話が通りやすいんじゃないですか。金のことはねだられたからやったといえばいいんですよ。彼等は無一文ですからね。将来のために与えたといえば、いいと思いますけどね」少佐もそこで紅茶を飲んだ。

そう少佐がいったので、そのように答えると決めたのだった。

「そこが一番貧しい所だと思ったからですわ」

「何ゆえ、一番貧しいと思われたのですかな」

「街から遠ければ、それだけ援助の手が及ばないでしょう、しかもあそこは最後の方に開かれた居留地と聞いております。政府の手もなかなか行き届かないと思いましたので。それに私達は何も、グリーングラス居留地だけに援助を与えているわけではありません。もっと他のセレブル居留地とか、コーラ・ブルーテリトリーなどで、学校を開いておりますわ」

「なかなか発展なさっているわけですな。ところでブラウン氏に伺います。こちらのベンティーン夫人は、グリーングラス居留地に、例のクレージー・ホースを訪れて来たとおっしゃったとか」

「そりゃあ、おれっちでなくて、かかあに聞いて下さい。クレージー・ホースは、おれっちの前任の管理官が、あの香具師のバッファロービル・コディに、鼻薬を嗅がされて、半年だかワイルド・ウェストショーに、芸人として国に黙って貸し出したんでさぁ。それが戻って来やがったら、喧嘩に巻き込まれておっ死んじまって、それがナイフで刺されて死んじまったんで、インディアンが刃物を持っているって問題になって、先のやつぁ、首になったって聞いてまさぁ。だからおれっちは、入って来るインディアンは全て裸にして、ナイフなんぞ隠していても、持ち込ませたりはしませんぜ。だから、喧嘩なんかも一度もねぇです」

ブラウン管理官も必死なのだろう。彼がこんなに長く話すのを初めて聞いた気がした。

「ブラウン管理官、よくわかりました。では奥方のスザンヌ夫人に伺います。ベンティーン夫人は、クレージー・ホースのことを聞いたのでしょうか」

「最初何ていったかよく覚えていないけど、クレージー・ホースの一族がいたら会いたいっていったと思う」

「それはなぜだと思いましたか」

「たぶん、有名人だから会ってみたいっていったんだ。だけど有名人っていっても人殺しじゃないか、だからその子供は余計に可哀そうだっていったと思うの。この人は本当にいい人なんだ。偉ぶらないし、インディアンのこと本当によく考えてたんだよ。あいつらさ、毎日何もすることがないの、それを鹿皮持って来て色々と作らすんだよ。それをバザーで売るんだって。インディアンの作ったもの買うもの好きはそんなにいないけれど、売れたらその代金、女達にやるんだ。今そりゃああそこには売店一つないよ。だけどあいつらだって、財産持ったっていいはずだっていうんだ。することがあるっていいことだよ、女達の文句が減ったのだもの」

　私はスザンヌが、夫が隣りで渋い顔をしているのに、懸命に私のことを取り成してくれているのに、感動して、二人してケミパンを配った日のことを思い出していた。

「あなたはそうして、ベンティーン夫人が居留地内でインディアンと行動するのを許していたわけですか」

「許すも何も、役人が来たって何もしちゃあくれないのよ。あたいも初めはインディアンなんて、何にも思ってなかったんだ。あだけどこの人のしていること見てたら、何かしないわけにはいかないんだ。政府の建てた小屋って隙間だらけで凄く寒いんだ。冬なのに火の気もないんだよ。そしたらこの人漆喰持って来て埋めるんだよ。この上流の奥様が、自ら壁を塗るんだよ。インディアンの男達集めて、コテの使い方を教えるんだよ」

「コテは武器にはなりませんか」

「じゃあ何使ってすればいいのさ。この人に聞いたんだ。どうしてそんなこと出来るのって。そしたら専門の職人に教わって来たんだって。あたいびっくりしたよ。今までそんな人来たことなかったもの」そこでスザンヌは鼻をかんだ。

「それで夫人、なぜヤング・クレージー・ホースは逃げたと思いますか」

「そんなの知らないよ、居留地の周りは柵がめぐらしてあるけれど、背の高さくらいで、男なら越えられるはずだわ。男と女は別々に住んでいたから、どうやって夫婦で逃げたのかは、あたいにはわかりません」

「ではベンティーン夫人、あなたはここにヤング・クレージー・ホースがいると知っていらしたのですか」

「はい」

「それはどうしてでしょうか」

「新聞で見ましたの。インディアンは平定されました。でも多くの白人の中には、まだ彼等のことを、漠然とした恐怖を持っている人は多ございますわ。まして悪名高いクレージー・ホースの一族ともなれば、きっと後々まで迫害されると思いましたの。他のインディアンより、より救いが必要なのではないかと思いましたので」

私はしゃべり過ぎたかと思って、そこで口をつぐんだ。自分でクレージー・ホースを知っていると認めてしまった。やはり私は、嘘がつけない。

「それで、彼の一族に会って、どう思われましたか」

「普通のインディアンと変わりはないのだと思いましたわ」

「恐怖などお感じになりませんでしたか？」

「彼等はもはや敵ではないと思いましたわ。だって、身を守る術もないのですもの」

「ヤング・クレージー・ホースに金を与えたとありますが、本当ですか」

「はい、彼等は何一つ持っていないのです。将来別のテリトリーなどに移った時に使えればと、つい憐みを込めて渡してしまいました」

「その金が、今回の脱走劇につながったというわけですな。それでは今日はこれにて閉廷といたします」

「ジェニー、まぁあんなもんだな」

「スザンヌが、私のこと立ててくれたから、少し話し過ぎちゃったわ」

「クレージー・ホースの一族知ってたって認めちゃいましたからね」

私達は、帰りの馬車の中で、今日の審議のことを話し合った。

「いいんじゃないか、相手から突きつけられるより、先に認めちまった方がさ」

「でも、それ認めて閉廷だよ、何だか不安だわ」

「でも管理官夫婦が、お前のこと凄く応援してくれてたから、良かったじゃないか。クレージー・ホースだけでなく、居留地のこと考えてたって、皆思ったさ」

「だといいんだけれど」

次回は、二日後に開かれるというのも、何となく心配だった。男達は、わりとお気楽でこのまま乗り切れるように思っているのか、当日私におさげにしろといい出した。さすがにそれは出来かねて、後ろに一つに三つ編みにしてリボンを止めることにした。小さな縁に、花の飾りの付いた帽子と、ピンク色のドレスは、さぞ私を年若く見せたことであろう。

しかし、次の審問会は、いつもと違っていた。部屋に入った時から、空気が重かった。証人席にはまたスザンヌ達がいたが、今日はいつになく、緊張している。そして審問は、ヤング・クレージー・ホースの話に終始した。

「ベンティーン夫人は、最初からクレージー・ホース一族に会いたいといったのですね」

「えー、わかんない、次の時だったのかもしれないし……」

弁護人は、今までとうって変わって、激しさを持っていた。

「あなたは、先日、ベンティーン夫人が最初に、クレージー・ホース一族のことを聞いたとおっしゃいましたよ」

「ええ、それならそうだと思います」

「ベンティーン夫人は、最初からクレージー・ホース一族に会いに来た、それに間違いはありませんね」

「えーと、はい……」

「そして、その時金を渡した。そうですね」

「それは知りません」

「ではいつ渡したというのですか」

「わかりません」

「あなたは、ベンティーン夫人を居留地の中を案内したのではありませんか」

「……、はい……しました」

「それで見てはいないのですか？　管理官夫人」

「案内はしたけど、あたいティピィの中とか入らなかったから」

「ティピィとは何ですか」

「インディアンのテントです。中はインディアンでいっぱいで臭くて、あたいは外にいたんです」

「ベンティーン夫人は、では一人でティピィとやらの中に入って行ったというのですか」

「そうです」

「あたい、それがそんなに悪いことだって思わなかったんです」

「あなたが見ていないというのなら、ベンティーン夫人は、ティピィで金を渡したのですね」

「だから、あたいは見てなかったから」

「ですから、ティピィの中であなたに隠れて、金を渡した。そうですね」

「たぶん、そうだと思います」

「ベンティーン夫人は、インディアンに金を渡した、間違いありませんね」

「たぶんそうだと思います」

「あなたに隠れて、金を渡したのですね」

「はい」

私は自分の席に座っていながら目を閉じた。弁護人のいっていることは、嘘ではない。しかし、スザンヌを責め立てて、いわせようとすることは、私を落しめようとすることがありありと見えるのだ。私は追い詰められて、その日、一言の意見もいえず、審問会はわずか三十分で終わった。さすがに男共も昨日と違って浮き足立って、

「これは厳しいですね」

「相手が本気出して来たってことかな。お前がやはり、ヤング・クレージー・ホースの逃亡を示唆したと、決めつけて来た感じだな」

「明日、どうしよう。きっともっとスザンヌに私のこと事細かに証言させるつもりなんだわ。私一言も反論も出来ずに有罪になっちゃうんだわ」

「そんなことありませんよ。だって、ヤング・クレージー・ホースは確かに金を持ってはいたけれど、切符の買い方もわからな

かったのですよ。逃げるように指示したとしては、あまりにお粗末ですよ。金はあくまで善意で渡した。逃亡劇は、気の毒ですがヤング・クレージー・ホースの勇み足ということで、押して行くことですね」

「ああ、おれもそれが良いと思う。逃げ出したいほど居留地の環境が悪かったんだって、いい続けろ、若い夫婦なのに別々に暮させられているんだ、逃げたくもなるだろう」

「でも、私の名刺持ってたんだよ」

「そりゃあまあ、礼儀で渡したってことで」

「見ず知らずの、しかもインディアンに名刺渡す人、普通いる?」

「いたんだから、持ってたんだよ。そこに言及されないといいな。私の牧場はこんなに素敵な所なのよ。いつかいらしてねっていったことにしろ」

「そんなんで済むなら、こんなに心配しないわよ。明日が怖いわ。私失神しないといいのだけど」

「それがいい、気を失え、それで終わりになるから」夫はネクタイを緩めながらそういったのだ。

「まったく、人の気も知らないで」

夫のいうこともあながち間違いではなかった。私は気を失って倒れ、休廷になったのだ。

その日、審問会室内の空気はピリピリしていた。証人席にはスザンヌ達の姿はなく、なぜか別の弁護人が立っていた。私はこの中年の、まさしく場馴れした男の、話す時語尾がにちゃっと音を立てるのに、もの凄い不快感を感じた。

「あなたが、ジェニー・ベンティーン夫人ですかな」弁護人は、私を見つめて問うた。

「はい、左様でございます」

「オーランド・ベンティーン元大尉の夫人ですな」同じことを繰り返し聞いた。

「はい」

「ベンティーン元大尉といえば、あのリトル・ビッグホーンの戦いで、生き残った方ですかな。いかがです元大尉」

オーティが証人席へ立った。

「確かに私は、あのリトル・ビッグホーンの戦いの生き残りです」

「第七騎兵隊は、かのジョージ・アームストロング・カスター将軍と共に全滅しましたが、何ゆえ、あなたは生き残ったのでしょうか」

「敵を発見しカスター閣下の本隊は前進をし、私達は右手に折れて丘陵部へ進みました。本隊は広大な盆地へ出て、インディアンに遭遇しました。平地で身を隠す所もなく、十倍以上の敵に囲まれたことは、皆さんもご存知でしょう。我々は丘に囲まれた地で、辛うじて命長らえたのです」

「本隊を助けに行こうとは思わなかったのですか」

「我々も敵に囲まれ身動きが出来ませんでしたから、ギボン隊（第六騎兵隊で、最初にリトル・ビッグホーンに到着した部隊）に助けられるまで、本隊の全滅を知りませんでした。まったくもって、申し訳なく思っています」

「リトル・ビッグホーンのインディアンの首謀者は、シッティング・ブルといわれて、彼が投降してから今まで牢に入っているのはご存知ですな」

「はい」

「そして、もう一人参謀として名があがっているインディアンの名はご存知ですな」

「クレージー・ホースでしょうか」

「その名を皆さん、心に刻んで下さい」

「証人はお戻り下さい」

「ところでベンティーン夫人、結婚前は、ジェニー・アームストロングと名乗られていましたな」

私はとてつもなく、嫌な思いがして、ハンカチを握りしめた。

「結婚証明書にも、ジェニー・アームストロングとあり初婚です。しかし、この夫人は結婚前に、西部のカンザスの砦で暮らしておりました、違いますか」

「そうです」

私は、私はこの場からどこかに飛んで行ってしまいたかった。

「その時は何と名乗っていたのですかな」

私は黙った。黙らざるを得なかった。

「どうして答えないのですか。左様なかなか答えられるものではありませんよね。ジェニー・カスターだったとは」

またさざ波のごとく、傍聴席から声が漏れた。

「あなたは、あのカスター将軍の末の妹だと認めますか？」

「ええ」

私はうろたえた。こんな時は夫の顔を見ろといわれたことでさえ忘れて。ただ空を見つめているだけだった。

「こちらのベンティーン夫人が、まだジェニー・カスターと名乗っていた時、一八六二年に施行されたハウスヘッド法によって、土地を取得しています。確かにその当時、インディアンの跋扈する土地で、ワシントンの地図にない未開の土地であったとしても、一個人としてその取得した土地は、あまりに広大ではなかったのではないでしょうか。一般に認められた面積は一六〇エーカーに対し、ジェニー・カスター嬢は約千エーカーを越えております。しかも本来なら、ワシントンから役人が来るはずが、何ゆえか取得管理官のサインは、かのカスター将軍ご自身であるのであります。その当時カンザスの砦は第七騎兵隊が駐屯しており、その隊長は、まさしくカスター閣下であったわけであります。その後ジェニー嬢は篤志家として活動されて来ておられますが、その原資はどうやって手にされたのでしょう。そこに私は、インディアン、つまりクレージー・ホースの影を見ますがいかがですか、夫人」

そこまで調べがついているのだ、しかしクレージー・ホースとの一夜を口にすることはできない。私はいったい何と答えればいいのであろう。その当時のことが去来する。あの時はただ砦から逃げ出したかったのだ。まさか今頃そんなことが表沙汰になるなど、あの時は思わなかった。兄様、兄様助けて。私は無意識に立ち上がって、目の前の柵につかまった。

「お答えがありませんね、夫人。その後ワシントンは、あなたの兄上カスター閣下にブラックヒルズの調査を命ぜられた。それが、ゴールドラッシュに繋がって行くのですが、本当の所カスター閣下は、その二年以上も前に、ブラックヒルズに金が出ることを、ご存知だったのではありませんか。あなたが今頃、クレージー・ホースの一族に接するのも皆金が関係していたのではないのですか……」

あとはよく覚えていなかった。兄様の名誉をこんな形で貶してしまった。きっとリビィさんは許してはくれないであろう。そして、来年に迫ったアンソニーとの面会も許してくれないであろう。ああ兄様許して、私は誰かに腕を掴まれたのはわかったが、そのまま目の前が真っ暗になった。

気がついたらホテルのベッドの上であった。

「やぁ、気がつかれましたか、良かった」

「まさか、本当に気を失うとは思わなかったぞ。やはり少し騒ぎになって、おれ達は裏口から馬車に乗って帰って来たんだ」

とオーリィが、私の顔を覗き込んで、優しくいった。

「私、もう死んじゃいたい。兄様の名誉をこんな形で貶してしまったんだもの。明日の新聞に何て書かれるか。リビィさんはもうアンソニーに会わせてはくれないわ」

「マギーから手紙が来て、お前の手紙と小切手を、リビィさんに送ったとあったぞ」

アンソニーの誕生日を前に、いつもならリビィさんが、仰天するようなプレゼントをあちこち探して贈っていたけれど、今年はこの騒ぎで、簡単なカードと五百ドルの小切手を用意して、マギーに送ってもらったのだ。リビィさんは、きっとこの方が喜ぶだろうと思うと、少し癪だったが、今はそんなこともいってはいられない。明日の新聞を見てリビィさんは何というだろう。よりによって、兄様の敵とリビィさんが思っている、クレージー・ホースとの関係を、何と説明したらいいのだろうか。

「審問会は明日に延期になった。今日はゆっくり休め、夕食にはお前の好物のコーンスープを頼んでおいたから、レストランに行かないで、このままベッドで食べればいいさ」

私はオーリィの心遣いに涙した。

姿が見えないと思っていた少佐が、大きなバラの花束を持ってやって来た。

「今がバラの季節で良かったですよ。ホテルの花屋にあったバラを全部買って来ました。少しでも気に入って下さったらいいのだけれど」といって、バラの花を握ると、花びらをちぎってベッドの上中に撒いてくれた。

「ハウスメイドが驚くね、新婚でもないのに」

私は心から少佐に礼を述べた。部屋中に漂う、バラの甘く高貴な香りは、私の今にもつぶれてしまいそうな心に、優しく響いて、癒してくれるのであった。自宅の庭のバラはまだ咲いているのだろうか。バラの香りは六月の兄様の命日と、バザーの時のテリー将軍の姿を懐かしく思い出されるのだった。アンソニー、どんな少年に育っているのだろうか、会いたい。兄様、私を助けて。無駄だとわかっているのに、私は兄様に祈った。アンソニーは、兄様の子なのですよ、それがもう会えないなんてことになって欲しくなかった。けれども、私には何の助けも来ないのだ。

　オーリィは私をゆっくり抱きしめて、髪に沢山のキスをしてくれながら、「愛するジェニー、お前の体からほのかな花の香りがするんだ」

「バラの香りでしょ」私は、オーリィの手を取って答えた。

「バラのような濃厚な香りではないんだ。そうだな、例えば野に咲くたおやかな優しい花の香りなんだ。カスター閣下も、お前のこの香りを愛しいと思っていたんじゃないかな」

　私は、夫がこんなことをいうのを、初めて聞いた気がする。思わず彼を見つめてしまった。

「心配するなよ、きっと閣下はお前を助けてくれるよ。ハウステッド法だって使ったのは、お前が未成年の年だったんだ。それにカスター閣下が書類にサインをしたのだって、ワシントンの役人が、インディアンの跋扈する土地に来たがらなかったからだろう、ワシントン側の怠慢だっていえるぞ」

「でも兄様のことスキャンダルになるわ、自分の身内に便宜を図ったってきっと新聞に書きたてられるに決まっているもの、リビィさんが許しはしないわ」

「お前とリビィさんの三角関係だけはどうしようもないことだからなあ」

「まさか、兄様亡くなって、こんなことが表沙汰になるなんて思いもしなかったの、私、豊かに暮らして罰を受けるんだわ」

　夫は、私の顎に手を当てて、自分の方を向かせると、「きっと、何か方法はあるさ、そんなに心配するなよ」と当てのないことをいって、私を慰めてくれるのだった。

「アンソニーにも会えないわ」

「まだ一年あるんだ。牢屋に入ると決まったわけじゃないし、その時はおれも口をきいてやるからさ、今夜はもうお休み」

　私はオーリィの優しさがもう胸いっぱいに染みてきた。私がきっと心細く思って兄様のこと考えているのだと、考えてくれて普段は口にしない兄様のことをいって、私の心のつかえを、少しでも取り除こうとしてくれているのだ。私は気がついたら、昔兄様にしていた、寝る前のおまじないの、胸におでこを磨りつけるのを、オーリィにもしていたのだ。その晩は、うつらうつらしては目覚めを繰り返して、良くは眠れなかった。

　朝オーリィに起こされて、頭が酷く重いのを感じた。

「やだわ、目の下にくまが出来てる」私が鏡を見ながらつぶやくと、

「お前が苦悩してるって皆見てくれるさ」と、慰めにもならないことを、オーリィがいった。

食の進まない朝食の席に、突然陸軍省からのメッセンジャーボーイが来て、しかも、あろうことか今でも思い出したくもない人からの手紙を携えて。

「どうしよう、私の名前宛てになっている、見るのが怖いわ」

しかもメッセンジャーボーイがいうには、今日午前中に予定されていた審問会は、急遽中止になって、十時半に馬車が迎えに来る、それに乗って陸軍省に来たれよとの命を受けている、といって去って行った。

オーリィが、もう朝食も食わないだろうと気を利かせて、ボーイにテーブルの皿を片付けさせた。

私は蝋で封印された手紙を、テーブルの上に置いて、ずっと眺めていた。良いことが書いてあるとは、とても思えなかった。まだ朝食をとっている人が、食堂には沢山いて、その間をボーイが歩き回っているのだけれど、そんな人々の立てる音すら耳に入らなかった。

「ジェニー、心配しないで開けてみろよ。審問会は中止になったけれど、十時半に迎えが来るんだろう。お前も支度をしなくちゃならないだろう」とオーリィがいった。

「私達もご一緒します、大丈夫ですよ」少佐も励ましてくれる。

私は震える手で、テーブルに置かれたバターナイフを手に取ると封を切った。中には鷲の勲章のついた陸軍省の便箋に、

〝所用ありてジェニー・ベンティーン夫人一人のみで来られたし。おいでを待つ。ジェファーソン・ユージーン・シェリバン〟

とあった。私は、そのあまりにも簡略な手紙を、テーブルの上に放り投げて、両手で顔を覆った。

「私、一人でなんていけない、牢屋に入ってもいいから、行きたくない。これ一文しかないのよ、きっと、書ききれないほどのことをいわれるのよ」と大声でいったので、食事中の人々の注目を浴びてしまった。夫は慌てて私の肩を抱くと、泣く私をなるべく人目にさらさないように、部屋に連れ帰ってくれた。

「困りましたね、ジェニー一人だけご指名とは思いもしませんでしたよ」

「私もう死んじゃいたい」と、私はパニックを起こして、地団太を踏んだ。

「あぁジェニー、そんなことを口に出すものではないよ。お前は、おれを置いて行ってしまうというのかい。さぁ落ち着いて涙を拭いて、支度をしよう。悪いことばかりとは限らないさ、さっエスメラルダ髪をとかしてやっておくれ」

私が着替えるので、夫と少佐は、少佐の部屋に移って行った。

私はトランクの中をひっかき回して、なぜ、年相応の上品なドレスを一枚持って来なかったかと、これほど後悔したことは

なかった。

　私は仕方なく、立襟で胸元に共布のボタンとピンタッグだけが飾りの、一番大人しめに見えるドレスを選んで、小さなヘッドドレスからピンクのベールを垂らして、顔を隠した。昨日の様子なら、ホテルの入口には、記者がつめかけているだろう。

　オーリィの所へ行く。「やぁジェニー、そのドレスも可愛いよ。だけれど、確かオーガンジーのロングブラウスがあったはずだろう、それを上に着て行くといいよ、より正式に見えるだろうから」オーリィがこういってくれる。

「ドレスが皆ピンクなんだもの」

「あぁジェニー許してくれたまえ、私の助言が悪かったのだ。まさかこんなことが起こるなんて思いもしなかったのだもの」

「私が悪いのです。奥様のドレス一枚用意も出来なかった、私のせいです」と、エスメラルダが今にも泣きそうな声でいった。

「誰もお前が悪いなんていっちゃあいないよ」

「でも偉い方にお会いなさるのでしょう。そんなことも考えなかった私がいけないんです」

「まぁ今回は仕方のないことだから」と少佐が、エスメラルダを慰めている。

　私は、金のロケットを首にかけた。

「奥様これを」とエスメラルダが手渡してくれたのは、丸ビーズや竹ビーズで、地がわからないくらい花が刺繍された、インディアンが作ったバッグだ。

「ハンカチと口紅が入っていますから」

「ありがとう」

　私はそのバッグに、シェリバンからの手紙を入れた。

　オーリィと少佐に挟まれて、私は嫌々ホテルの出入口へ向かった。大きく深呼吸をして、覚悟を決めて外へ出たら、誰もいはしなかった。私は、カメラを持った記者に、もみくちゃにされるものと思っていたので、拍子抜けした。昨日の今日である。しかし、記者が誰もいないというのは、驚くと共に、大変に良いことだ。ありがたいと思って、私達はホテルの外へ出た。

「どうなっているんだろう」と、オーリィも周りを見回していった。

「でもいいことですよ、何だかわかりませんが、ジェニー良かったんじゃないですか」

　ただ馬車が一台止まっていて、少尉の位の若い兵隊が一人、こちらを向いて立っていた。彼は私達に敬礼をすると、「ジェニー・ベンティーン夫人ですね」と尋ねた。

「はい、私でございます」

「シェリバン大将よりお連れするように命じられて参りました。どうぞ馬車にお乗り下さい」と少尉はキビキビと答えた。

　私はオーリィと抱擁をすると、少佐と握手をした。二人共、私の目を見つめたが何もいわなかった。馬車に乗ろうとした時急に、エスメラルダが、「あの、あの私がついて行ってはいけませんか」といい出した。さすがに少尉は驚いて、

「夫人お一人でとの命令ですから」とはっきりといった。しかし、エスメラルダは、私にすがって、「奥様はお加減が良くないのです。昨日も倒れられましたし、何かあったら困りますでしょう」と、いつもの控えめな彼女とも思えないことをいった。「しかし、命令は夫人お一人です。いかなることも認めることは出来かねます」と、軍人らしく、言い放つと、私の手を取って、馬車に乗せた。

「ありがとうエスメラルダ、私は大丈夫よ、気を遣ってくれて嬉しいわ」

私がそういうと、戸が閉められ、カーテンが下ろされ、馬車は出発した。私は軍人とはいえ、若い男性と二人きりで馬車に乗って、しっかり前を向いて座っていられなかった。そこで、馬車の隅に、小さくなって座った。

「奥方、着きましたよ」

私は肩を揺すられて、目を覚ました。一瞬ここがどこかわからなかった。心配そうに私の顔を覗き込んでいる軍人を見て、私ははっとした。夕べよく眠れなかったので、こんな時、馬車に揺られて、眠ってしまったのだった。私は顔を赤くして、「申し訳ございません。一人で立てますわ」と答えた。

彼はまた、手を取って私を馬車から降ろしてくれた。降りればもうそこは、陸軍省の入口であった。受付で、シェリバン大将からの手紙を見せて、名簿にサインをすると、少尉はこちらですと、私を中に招じ入れた。

広く長い廊下がどこまでも続いているように思えた。私はその途中を二回まで曲がったのは覚えていたけれど、周りは皆同じような扉の続く廊下に、もしここに一人で置いておかれたら、果たしてもう一度入口に辿り着けるか心配になるほど、歩き続けて、少尉は一つの扉の前に立ち止まった。

陸軍最高司令官の執務室なのだ。他の部屋とは明らかに違う、飾り彫りのある艶やかに磨かれた扉があった。少尉はノックをすると、何か声をかけた。扉が開いて、体のがっしりした中尉の士官が出て来ると、少尉は、私に敬礼をして、「では、これで」といって、踵を返して去って行った。

私はまた士官に手紙を見せて、「ジェニー・ベンティーンでございますわ」というと、中尉は、おいでをお待ちしていました、さぁ中へお入り下さいと、一歩下がって私を部屋の中に招じ入れると、黙って扉を閉めて出て行った。

広い部屋であった。片側が庭に面しているらしく、重々しい錦のカーテンが引いてあって、レースのカーテン越しに柔らかな陽光が入って来ていた。

軍人の部屋らしく、この部屋に合った調度品が、必要以上でも以下でもなく設えてあった。

私は一歩部屋に入って、立ち止まった。どうしていいのか、全くわからなかった。何ゆえに、ここに呼ばれたのかも、その理由さえもわからなかったのだから。

この部屋の主は、本物のペルシャ絨毯の敷かれた部屋の中央に据えられた、マホガニーの執務机に背を向けて、椅子に片手を添えて、背後の壁一面の本棚を見つめているように見えた。

それは、私にとってはとてつもなく長い時間に感じられたけれど、ほんの一、二分のことであったのだろう。大将は、私の方を向いて、反対の手でまた椅子の背に手を当てた。大将は、私の頭から足の先まで見つめると、「ほうっ」と声を立てた。私は震えていて、立っているのがやっとであった。大将は私に向かって、「失礼だが、ベールを上げてくれませんか」と、穏やかにいって、私がベールを上げると、また、ほうっと、いったのだった。

「あなたが、ベンティーン夫人、つまり昔のジェニー・カスター嬢なのだね」私は頷いた。

大将は、また私を見つめると、「まぁかけたまえ、レディを立たせたままでは、私も腰かけられないから」といった。

私は一番手近にあった長椅子の端に、軽く腰かけて、両手で膝の上のバッグを握りしめた。

それを見ていた大将は、「では、私も失礼するよ」と、皮張りの大型の椅子に深く腰かけた。椅子が大将の重みでギィと音を立てたのが聞こえた。大将はほとんど必要以外のもののない、片付いた両袖の机に両手を組むと話し出した。

「すでに思い出したくもないことであろうが、息子のしでかしたことに、私は君に何ら謝罪をしていないのを、今でも心苦しく思っているのだよ」私は、この場において、何ゆえそんな昔の事柄を大将が口にするのかわからなかった。

私の背筋に悪寒が走ったが、歯を食いしばって耐えた。私が思わず吐きそうなくらい緊張しているのを知ってか否か、大将は語るのだった。

「私はね、息子が自慢だったのだよ。あれは幼い頃から秀才といわれていた。もっとも、多忙で外へ出ることの多かった私が、息子にしてやったことといったら、十才を過ぎて、寄宿舎のある学校へ入るか、このまま自宅で家庭教師について勉学を続けるか、妻に問われた時、お前の好きにおし、といったことだけだったのだ。妻は、私が不在で寂しかったのだろう、息子を手元に置きたがった。そのために、それなりの地位の家庭の同じ年格好の少年を数人学友として招いて、自宅で学問だけでなく、運動の教師もつけて、息子は育てられた。私が家に帰って、たまに息子に会うと、立派な軍人になるよう勉学に励め、としかいわなかったのだ。私は息子がウェストポイントに、上位の成績で入学したと知った時、誇らしく思ったものだ。私はそこで、初めて妻に感謝の言葉を与えたのだ」

大将はまた私の顔をまじまじと見ると、「ここは不粋な所で、たとえご夫人でも紅茶一杯出はしないのだ。あなたにはどうやらブランディが必要ではないのかな。昨日も倒れたと聞いたし、顔色が良くはない」

そういうと大将は、立って壁際のテーブルに用意されたデキャンタセットから、グラスを二つ取ると、一つを私に渡し、また椅子に腰かけた。

私はグラスに注がれた酒をほんの一口、口に含んだ。お酒に弱い私の口中から体全体に熱いものがほとばしって胸が苦しくなり、私は酒を飲んだことを少し後悔した。反対に、大将は酒が強いのであろう、ツーフィンガーほどの酒を、ぐっとあおった。そして残りの酒をテーブルに置くと、また私に語りかけた。

「私はねジェニー、君がどうしてリトル・ビッグホーンの生き残りの、ベンティーンと一緒になったかは知らないが、少なくとも結婚生活が出来ているという現実に、喜びを感じるよ。そしてね、あの時我々が下した結論が誤っていたとも思うのだ」

私には、いったい何の話かわからなかった。そもそも、この柔らかな光の差し込む部屋ですべき話とも思えなかった。

「君はすでに三十路を越えているはずだよね。それがドレスのせいでもない、実際とても若く見えるよ。驚くべきことであるし、残念なことでもあるのだよ」

大将はまた立ち上がると窓辺に寄って、静かにレースのカーテンをめくった。その間から、一条の陽光が部屋に差した。大将が窓を背に立ったので、逆光で顔の表情は見えなくなった。

「私はね、愚かにも君のことがあるまで、息子の性癖を知らなかった。そんな父親だったのだ。妻に問いただすと、今までもなかったことではないと聞いて驚いた。それまでの相手は、街で見かけた庶民の子で、金でかたがついたのだという。私は妻を叱責したが、息子の君への行為は消せることは出来ない。私はひたすら息子のスキャンダルを恐れたのだよ。君は今までの子供と違って、まだ学生だったとはいえ、兄が陸軍の士官候補生だ。しかし私達夫婦はあの時、君の人生よりも息子の将来を取ったのだ。君をどうにかしなくてはならないと考えたよ。幸いなことに、君は養女で、すでに養母も亡く、うるさくいう人間もなかった。そこで、東部からなるべく離れた北の地の、修道院へ入れることにしたのだよ。教会本部には、いわれた金を払った。そしてそれから先、君がどうなろうと、我々は預かり知らなかったのだ」

私はようやく、兄様や姉様と離れて、豆のスープを飲みながら作務の日々がこうして始まったのだと理解が出来た。大将は窓から離れると、また椅子に座ってグラスを手にした。その時の大将の顔には、今まで見えなかった深い皺が刻まれていた。

「こうして成人した君を見ると、あの後、どうやって今まで生きて来たのか、その苦労を思うと、申し訳なく思うのだよ。我々を許してくれるのだろうかとね」

思いもかけない言葉に私は驚いた。この人も人の子の親であって、我が子が可愛かっただけなのだ。そして私は、養女であるが故に、遠くにやられたのだという思いで、心が空っぽになった。あの時兄様も姉様も、私を助けてはくれなかったと、いわれたのだから。私はグラスを握りしめた。

大将は、酒を一口飲むと、「今となっては、君にはもうどうでもいいことであろうけれど、あの時、息子は君に執着したのだよ。離したくはない、傍に置きたいといってね。私は妻と一緒になって、人間は成長していくものなのだ。あの人形のように可愛い少女も、すぐに大人になるのだと。いつまでも少女のままで留め置くことは出来ないのだと、諭したのだよ。しかしねジェニー、今の君を見ていると、君を息子の妻に迎えるべきであったのではないかと思うのだ。君は今でもとても若い。きっと十代の時も幼かったのであろう、そうすれば、あれも落ち着いて、また事件を起こして、今病院にいることはなかったかもしれないと思ったのだよ」

　私の手からグラスが落ちた。私は長椅子に身を投げ出すと、たまらなくなって、涙を流した。息子は明らかに狂っていた。そして、その父親も、子に対する愛の闇にまみれて狂っているのだと思って止まなかった。私はなぜ、こんな所で昔の苦しみを反芻しなければならないのか、訳がわからなかった。

「私はねジェニー、君のことがあって、息子が反省して、悪癖は終わったと思ったのだ。息子のスキャンダルが、外へ漏れないように、どれほど苦労したかを見ていたからだと思ったのだ。やがて南北戦争が起こり、あれは軍人になった。しかし一人息子だ、私はあれを戦地にはやれなかった。そして終戦後、また我々は悩まなければならなくなった。一生君を留め置くはずの修道院が、君をもう置いてはおけないといって来たからだ。他の修道院に送ることも考えたが、こうなってみれば他人は信用できなかった。そこで私が目をつけたのが、君の兄カスターだよ。彼はボーイ・ジェネラル（青年将軍）と呼ばれながらも終戦後位も下がり、無役でワシントンで無聊をかこっていた。私は彼に少佐の位を与えて、カンザスへ送ることにした。インディアンとの最前線のあの地へね。根っからの軍人であった君の兄上は、喜んで、私の命に従ったよ。しかし私はそこに条件を付けた。ジェニー、君を西部に伴うこと、そして二度と東部の我々の目に、その姿を触れさせないことをだ。彼は賢い、それが私の息子のことだとすぐに察して、君を連れて西部へ向かったのだ」

　私は大将の長い独白を聞いて、椅子に座り直すと、涙を拭いて、「それで、私はずっと西部で暮らすのだといわれ続けていたのですね」と、長い間の疑問が解けて答えた。

「ああその通りだよ。私は君の将来も何も考えずに、西に追いやったのだ。結婚は出来ないと思っていたし、カスターに何かあったとしても、君がどうなるかなど考えはしなかったのだ」

「でも偶然といえるのか、ほんの数年ですが私は砦で兄様と二人幸せな時間を過せたのです」

「そういってくれるのなら、私の心の重荷も少しは下りるというものだ。君は私に手紙をくれたね」

「はい、どうしても手に入れたい土地があったのです。ワシントンに知り合いがいればといわれて、私は大将あなたしか思い浮かびませんでした。私のことを覚えていらっしゃるかもわかりませんでしたし、私自身にも大将にものを頼むということに、ある種抵抗がございました。それでも私は、あの山の上の湖と呼ぶより泉と呼ぶほうがが相応しいような土地がどうしても欲しかったのです」

「まさか、君から手紙が来るとは思わなかった。学校で習ったばかりのような、きちんとした文字で、思いのたけが記してあった。あの時君はいくつだったのだね。自分の墓にするから、湖の土地が欲しいとあって、君の砦での生活が苦しいのだろうと思って、私はほろりとしたよ。すぐにハウステッド法を調べさせ、ざる法であるとわかった。ワシントンですら把握していない、まだ白紙の土地だ、しかもインディアンの出る土地に行こうという役人はいなかった。そこで私はカスターに執行役を命じて、君は土地を手にしたわけだ」

「はい、そのことに関しては、お礼を申し上げなければならないと思います」私は足元のグラスを拾い上げて、テーブルに戻した。

「ごめんなさい、カーペットに染みを作ってしまいました」

「なに、そんなことたいしたことではない。それよりも、私は今ここに来て大きな問題に直面したのだよ。私も年を取って、退官まであと一年余りだ。その私を貶めようという輩があったのだ」

「陸軍最高司令官の大将をですか?」

「敵はどこにもいるものだよ。私もスキャンダルにまみれて、この地位を今になって追われるのは良しとしない。そこで多少の苦労はあったが、私は身を守った。そこにはね、君の手紙も一因があるのだよ。君には連名で土地を欲しがったね。いくらハウステッド法がざる法であるとしても、その土地は広大過ぎた。しかも私は、それから二年ほどしてカスターをブラックヒルズの探査に向かわせた。それが、ゴールドラッシュの火蓋を切ったといわれ、ブラックヒルズのインディアンテリトリーは白人に蹂躙されて、そこにいたインディアンは再びその地を追われることになったわけだ。そして、カスターは、リトル・ビッグホーンで、インディアンに、その仇を討たれたこととなったといっては、君に失礼かのう」

「考えたくないけれど、その通りなのだと思います」

私はテリー将軍にもいわれたことのない、この事実を体中に針を刺されたような苦痛の中で認めざるを得なかった。

「誰が調べたか知らないが、ジェニーや君の土地取得に関して、私を貶めようとする輩が現れての、ゴールドラッシュにしても、その後のカスターが、ロシアからアラスカの土地を買い取るに際しても中心にいたことが、全てこの私の何がしかの利益に関与しているというのだよ。しかし、それらは皆済んだ。終わったのだよ。ジェニー君の審問会も、元からなかったことになった。そもそもが、君への審問がいわば、私に対する引き金だったのだ。相手はそこから一気に私を責めるつもりであったらしいが、私の方が一歩先んじていたといっておこう。君は何の問題もなく家に帰ることが出来る。捕まっているインディアンは自由になって、好きな所へ行けるであろう」

「本当なのですか」

「だからいったであろう。私は君に正式に詫びをしていなかった。これで許してもらえるのなら嬉しいのだが」

　私の心に何とも表現のしようのない感情が、湧きあがった。私が手紙を書いて、その結果、兄様の死があったと、はっきりいわれて、私は身の置き場がなかった。

「ところで、君は何ゆえにクレージー・ホースにこだわるのだね」

　大将は新しいグラスにブランディを注ぐと私に握らせた。私はまた一口酒を含むとゆっくりと答えた。

「彼が私に、山、そうです金鉱山をくれたのですから」

「インディアンに金山をもらったというのかね、信じられない話だが」

「私、クレージー・ホースの妻なのです」

「そうやって私をからかうのかい。ブランディがどうやら効いたようだね」

　また大将の顔が柔和になったように見えた。私は思い切って、あることを伝えようと決心をした。それは、彼に会うまで絶対に口にしないつもりであったのだろうけれど、私の心もそれなりに和んだというべきなのだろうか。

「私、あの時、もう砦にいるのが辛くてたまらなかったのです」

　大将は、グラスを手に何もいわない。

「私は兄を慕っておりましたが、突然結婚をし、私の兄様はある日妻という見ず知らずの女のものになってしまったのでした。砦では兄様しか私は心を許せる者はおりませんでした。そして私の湖、私はよく一人でそこへ来て、心を癒され、ここに永遠の眠りにつくのをもうその時から夢見ていました。そんな寂しい私を愛してくれる男（ひと）が現れました。

　東部から流れて来た兵隊で、誰もがあの男と付き合っては駄目だといいましたが、私は砦を出たかったのです。そこで私は最愛の兄様を捨ててまで、ヘンリーと暮らす決心をしたのです。覚えていらっしゃいますか、あなたが愛されたマリアさんの息子のヘンリーのことを」

　大将は立ち上がって、グラスが転がった。

「君はあのヘンリーを知っているというのかね」

「一緒に暮らしました。彼はこんな私を愛してくれて、結婚の話も出ました」

「それで、あの子は今どこにいるのだね」

「私達それは幸せでした。結婚なんて考えなければ良かったのです。彼は父親があなただと、私に告白しました。その時、私はそれがどうしても許せなかった。あんなに愛していたと思ったのに、私はあなたの息子だというだけで、彼を捨ててしまいました。彼には生活に困らないだけの生活費が出るようにしていましたが、彼は荒れた生活をしていたのでしょう。銀行は彼に金を出さなくなって、また西部へ戻ったのです」

「では、リトル・ビッグホーンで死んだのだろうか」

「私も死亡者名簿を何度も見ましたが、彼の名はなく、実はその前に逃亡兵になっていたらしいのです。カリフォルニアの一八七八年度の国勢調査に、ヘンリー・アームストロング、私と暮らしていた時の名前ですが、その者は見当りませんでした。名前を変えて、どこかの農場の未亡人とでも一緒になっていてくれたらと、今でも思っているのです。不思議でしょ、ヘンリーと私、一緒に暮らしていたことがあったのですもの」

「やはり、消息はわからないのか」

「ええ、ピンカートン探偵社を使って何年も調べさせましたが、わかりませんでした。でも女たらしのヘンリーと呼ばれていたのです。どこかの女性と仲良くしていると思います」

「それにしても驚いた話だ。あの子が養家を出てからの、消息がわかるなんて思いもしなかった。君は我が家の二人の息子と縁があったとは信じがたいが、ヘンリーがもしや西部で生きているかもしれないという希望をもたらせてくれたことは、大変にありがたく感謝しているよ」

「私、ヘンリーがあなたの息子だと知らなかったら、まだあのまま金持らのバザーとお茶会の日々を過ごしていたのかもしれません」

「今慈善に力を注いでいる君のことだ。きっと、自分の使命を思う時がやって来たはずだと思うがね。その時ヘンリーが何といったかだ。あの子が本当の慈善の意味に気がつかなければ、やはり君とは暮らせなかったと思ってしまうのだよ。それでも子供がないのが残念だったね」

「あなたの孫にあたるのですものね。でもあの時、子供があって私ヘンリーと別れられたでしょうか。大将の前で、何ですが、不幸なことが起こったと思いますわ」

「それだけ、君はシェリバンの名に抵抗があったということか」

「あの時は、ございました。今となってはせんないことですけれど、なぜあれほど私を愛してくれたヘンリーを捨ててしまったのかと、魂がちぎれてしまうほどの反省がございます。しかし、彼と別れたことによって、私の人生に思いもかけないことが起きたのも事実なのでございます」

　ヘンリーと別れたからこそ、兄様との日々が僅かではあったが、訪れたからだ。私にとっても、その時の人の縁の深さはもう口に出しては語れはしない運命の時を生きていたのだとしかいえないものだったのだ。

「先程もいったように、君はもう無罪放免だ。さぞ心配しただろうが、もはや何もないのだよ。どうやってベンティーンと一緒になったのか知らないが、今幸せかい？」

　思いもかけない大将の言葉であった。私は顎を上げて、目を閉じると手を胸に思わず組んだ。息子のビリィのこと、ヒッコリーのマダムのことが、胸をよぎったからだ。その姿を見た大将は、「いまだに君には、思うことがあるのだね」と静かにいった。私は大将を見ると、「私、今するべきことがございますもの」と答えた。

「それがインディアンの救済なのだね。なぁジェニー、私ももうすぐ退官だ。何か最後に私に出来ることはないのかな」

「私、ずっと働きかけをしているのですが、私個人ではとても難しいことがあるのです」

私はその話をした。

さすがの大将も、「確かにそれは私の手にも負えないことかもしれない。なるべく努力はしてみるが、無理かもしれないと思ってくれたまえ」と答えたのみだった。

「ジェニー、君に会えて良かったよ。とても有意義な時間を過せたと私は思っている。息子のせいで、君の人生を狂わせてしまったと申し訳なく思っている。君が今一人の夫人として、しっかりとした目標を持って生きていることに感服しているよ。色々と苦労があったのだろう。だが君はそれをばねとして今強く生きているのだと知って、嬉しく思うよ」

「私も、ハウステッド法のおかげで今があるのです。そうでなければ、今も砦で一人寂しく明日の希望もなく暮らしていたと思うのです。そのことは感謝申し上げます。あの時、閣下あなたのことを、名前を口に出すのも嫌と嫌っていたのは確かです。それでも私には他に何の手段もありませんでしたから手紙を書いて今があります。主人とは兄様のお墓参りで、ウェストポイントで偶然の出会いなのです。今日お会い出来て良かったですわ。昔のことは返りませんが、私少し心が晴れました。閣下も人の親だったのだと、わかりましたもの」

大将は深く椅子に腰をかけると、「君にそういってもらえると、私も少しは肩の荷が下りた気がするよ」

「私ね、修道院に入ったのが七つの時だったのです。そこの食事の豆のスープの不味いこと、でもずっと兄様か姉様が迎えに来てくれると待っていたのです。まだ子供でしたから、自分の置かれている状況がわからなかったのですね。それがいつしかもうお迎えが来ないのだと悟りました。だからここしか生きて行く所はないのだと、悟ったんですね。お作務もお祈りもいわれたことは何でもしました。私、じゃが芋も作っていたのですよ。そしてある日、兄様が迎えに来てくれました。もう嬉しくて、夢かと思いました。それから西で兄様と二人きりで暮らした三年間が、私の人生で一番楽しい時でした。ずっと一人で寂しかったから、何もない砦の暮らしも、私にとっては永遠に続くといいなと思いました。今兄様亡くなられてしまっても、時おり夢に見ます。主人には申し訳ないことですが、私は今だに兄様を慕っていますの」

大将は両手を顎の下に置いて、私の話を聞いていたが、「司令官として、部下の命を守れなかった私には、複雑な気がするが、カスターも幸せな男だと思うよ。夫人はあの通り、彼を神格化しているし、妹には今だに慕われているのだからね。少し死ぬのが早過ぎたがね。約束は出来るだけ果たせるようにしたいと思う。話は尽きないが、もう君も帰る時間だ。ベンティーンがさぞ待ちくたびれていることだろう。彼も幸せな男だ、君という素晴らしい妻を持てたのだから」

大将は立って来て、私の手を取ると、キスをした。そして呼び鈴を押すと、従卒がやって来て、私を馬車まで案内をしてくれた。帰りは、私は一人で馬車に乗り、ホテルに着いた。

夫と少佐がすぐ駆けて来て、私はオーリィに抱きついて、「待たせて心配かけちゃったわね。もう大丈夫。皆終わったわ」といった。

「凄く心配したんだぞ」

「もう何もないの」

私は大将との話を半分も話せなかったけれど、オーリィと少佐は納得してくれたのだろうか。私は自分自身が興奮していたのでよくは覚えていない。

ヤング・クレージー・ホースもすぐ釈放されて、とりあえずサムの奥さんの牧場で預かってもらうことにして、居留地から親族を連れて、牧場にティピィを建てて暮らせるようになるまでに、やはり半年くらいかかった。後の悪法と呼ばれる、インディアンに、土地を与えて、農業をさせ定住をはかることを主としたドーズ法が施行される二年近く前のことであって、当時としては画期的な法の対処であった。しかし、ドーズ法は、もともと狩りで暮らしていた平原インディアンの生活を何も考えていないもので、農業そのものに縁のなかった彼等に、いきなり作物の作り方も教えず定住化を進めたため、多くのインディアンが飢えて、また居留地に戻ることになった。また、インディアンカジノ法が出来て、居留地内で、ギャンブル場を作ることが認められたが、それに従事する人間は、十六分の一のインディアンの血が入っていれば許されるものであったので、それまで白人として一般人のギャンブル場を経営していた者が、堂々とインディアンを名乗って経営に乗り出したために、その恩恵は、地元のインディアンには及ばない、これもまた悪法であった。しかし、それ等は二年先のことであった。

私達が家に無事帰ってから、思いがけないことが二つ起こった。一つは、少佐が突然エスメラルダに求婚したことだった。エスメラルダは驚いて、「私は見ての通りの黒ん坊でございます。とても少佐様とは一緒になれる身分ではございません」といい続けた。少佐も、「君の心根の優しさに、私は心打たれたのだよ。私ももう若くはない。君と一生を過して行きたいのだ」とこれも一歩も引かない。

私とオーリィは、あまりのことの成り行きにおろおろするばかりだったけれど、ある日、「お願いがございます。奥様、私を一生小間使いとしてお使い下さると、少佐様におっしゃっては下さいませんか。私は結婚なぞ望んではおりません。まして白人の方となどあり得ません。お願いでございます。このままなら、お屋敷を辞めなければなりません。どうぞ、少佐様にお取り成しをして下さいませ」と、私の膝にとりついて泣くので、私もこれでは仕方がないと、少佐に引導を渡すしかなかった。

少佐は、「私はそんなに魅力がないのでしょうか」としばし嘆いていたが、当時、白人と黒人の結婚などあり得ない話であったのだ。エスメラルダは、その後ずっと屋敷にいて、年とったマギーを看取った後、牧場のインディアンと交わり、そこで一生を終えた。墓は、エイミーとマギーの隣にある。

そうしてもう一つは、ある日、あのスザンヌ夫妻が屋敷にやって来たのだった。管理官を首になったので、ここにしか頼る所がない面倒を見てくれと、大きなトランクをいくつも持って、門の所に立っていたのだった。これにもびっくりしたけれど、私達に責任がないわけでもないので、招じ入れた。

ハルはとっくに辞めて、今の門番は通いだから、とりあえず、空いている門番小屋に住むことになった。しかしスザンヌは料理も出来ないし、床磨きなどの下働きも嫌だという。農場生まれだというので、草むしりや、あいも変わらず作っているトウモロコシの世話をさせることにした。バザーをまた開くようになると欲が出て来たのか、自分達で花の苗や切り花を売るようになって、それはまた好評になるのであった。

こうして日々は過ぎて行き、私はアンソニーに会える日を指折り数えて、あるサプライズを考えついたのだった。これは絶対に、リビィさんには受け入れられないだろうなぁと、思いついた時から楽しくてしょうがなかったのだ。

とても楽しかった日々

私は思いもかけない事柄に巻き込まれて心休まらない日々を過ごしたけれども、同時に、ヤング・クレージー・ホース一族をサムの奥さんの牧場で、居留地にいるよりは、ましな生活をさせることが出来るようになって嬉しくてしょうがなかった。

ヤング・クレージー・ホースが州警察から釈放されるとき、とりあえず州の用意したホテルに送られた二人を、サムの奥さんが迎えに行ってくれて、無事牧場に着いたという電信を、私達はまだワシントンにいて聞いた。

私が無理をいって、ウェストポイントの兄様と、アーリントン墓地のテリー閣下の、お墓参りがしたいと、ねだったからだ。私は、花屋で、花束でなく、大きな花輪を作ってもらって、持参した。兄様のお墓は、オーリィと出会った思い出の場所だ。私は兄様に、「昔の話なのにこんなことがあったの」と、この一連の出来事を報告した。そして墓前に額づくと、両手を組んでいよいよ来年に迫ったアンソニーとの対面が無事行えるように見守って下さいと、心の中で、兄様に頼んだ。あれから、あっという間に十年が経とうとしているのだ。それは兄様が亡くなって十年になるともいえるのだった。私が静かに祈っているのを、オーリィと少佐は少し離れて、私の気の済むまで、無言で立って待っていてくれた。

テリー閣下の墓参は、私に別の感情が渦巻いて、兄様の時は涙は流れなかったのに、最晩年にお世話をして同居していた時のことが、もうわぁと溢れて来て、私は涙にくれた。止めようにも止まらなかった。

閣下はいわば私の父親のような方であった。私をもらってくれたカスターの義父に関しては、ほとんど思い出がない。膝に乗せて遊んでもらった思い出もない。最も私がカスターの家を離れたのは、〝ママ〟が死んでしまって、家で私の面倒を見るものがいなくて、長姉のアン＝マリーに引き取られたとき、私は僅か五才だったのだ。もうカスター家での思い出が、薄れてしまったのも仕方がないのだ。そして私は砦を出るときカスターの姓を捨てて、兄様のミドルネームのアームストロングを名乗ることになるのだ。カスターの姓を捨てねばならないほど砦の生活は辛かったのだ。そんな私の思春期から砦を出るまで見守っていたのが、テリー閣下なのだ。私は閣下が、「ジェニーや、お前私の面倒を見てくれるかい」といってくれたことがとても嬉しかった。一緒に暮らせるって、何て素敵なことなのだろうと、今までかけた苦労を、お世話することで、少しでもお返しが出来ればと思ったものだ。しかし、人間はいつかは死ぬ、私はそのことを、あまりに漠然ととらえていた。死病を得て、寿命のすでに決められた将軍との生活は、その一日一日が愛おしくて、亡くなってしまったとき、その存在感の大きさに、失ってみてあらためて涙したのだった。

「ジェニー、わしゃあ、お前の所へ来て楽しかったぞ」という言葉が、胸を駆け巡る。

「あんな頑固爺って思ってたけど、もっと生きていて欲しかった」と私は泣いた。

「将軍はお前に礼をいって亡くなったのだよ。きっと満足していらしたさ」

「そうならいいのだけど」

「今日だってお前に会えて、喜んでるさ」と、オーリィが私の肩を抱いた。

私は例のピンクのドレスを着ているのだった。

「将軍はピンク色のドレス姿のジェニーさんがお気に入りでしたから、一緒のベッドで寝るのだと、よくダダをこねていらしたではありませんか」少佐が懐かしそうにいった。

「嫌だ、そんなこといって」

私は照れて、ちょっとこの年でピンクのドレスを着ているのが恥ずかしかった。あとは三人で、少し将軍の思い出を語り合ってホテルに帰った。

心配が大きかったから、こうして無罪放免になってみると、あらためて、来年に迫ったアンソニーとの対面が、とてつもなく楽しみに思えるのだった。

翌日、私はもう一度兄様のお墓参りをしたいと言い張って、帰宅はますます遅れた。けれど、オーリィも少佐も許してくれた。やはり自宅からは、そうそうお参りには行けないから。

私は兄様の墓を朝日を浴びてお参りした。その時、昨日は思わなかったのに、急に兄様は、この冷たい土の中に骨になって埋まっているのだと、今まで思いもしなかった感情が湧いて来て、切なくて泣いた。そして、空いている隣に、いずれリビィさんが、妻として当たり前に埋葬されることに思い当たって、とても許せなく思った。死してなお、兄様はリビィさんのものだと思うと、なんだか立っているのさえ辛くて、私はオーリィの胸で泣いた。もうきっと二度とここに来ることはないのだろうなぁと思った。

〝兄様、アンソニーは私の生んだ子なのですよ。ジェニーよくぞおれの子を生んでくれたなって、褒めて欲しかった。ジェニーは、あの大好きな湖に眠るのですよ。私が死んだら兄様に会えるのだろうか、会いたい、会いたくてたまらないです。さよなら兄様、もう来れないと思うけれど、来年アンソニーに会えるように見守って下さいね〟

帰りの汽車の中で、私は思いついたサプライズを男二人に語って聞かせた。

「それはリビィさんはやはりお認めにはならないんじゃないですか」とリビィファンの少佐がいった。

「おれも、それはいくら何でも、やり過ぎだと思うぞ」

「だって十才の誕生日のお祝いなんだよ。特別なことしたいって思ったら駄目かなぁ。だって兄様の形見のアンソニーなのよ、それなのに十年も会わせないっていうリビィさんがいけないのよ。あの人ケチなのよ」

「そんなこと、あの方に限ってあるわけがありませんよ」

「少佐はそういうけれど、ジェニーからの手紙皆燃やしちゃったの、あの人なんだよ」少佐には少し厳しい話ではあったろうけれど、私はチョコをかじりながら、自説を曲げなかった。

「お前、やっぱりリビィさんは承服しないと思うぞ」

「だからいいんじゃない、今年の誕生日はこんなことがあったから小切手送ったけど、もうメチャクチャ悔しいの。きっと、いつもお金だけならいいなってリビィさん思ったろうから。そうしたら、アンソニー楽しくないでしょ。あの大きなボードゲーム、あの子楽しんでくれたかなって思ったら心躍るじゃない。反対にリビィさんが、怒り心頭になってたら面白いじゃない」

私はまたチョコをかじった。ことのほかチョコがいつもより美味しく思えた。エスメラルダも、あたしが渡したチョコを椅子の端で、チマチマかじっている。少佐が君もせっかくの汽車の旅だ、一緒にチョコを食べたまえといったのだ。今日の少佐はなぜか、彼女に優しい。駅に着いても、自分が立って、新聞と食べ物を買って来るのだった。そして、私より先にエスメラルダに渡した。彼女は私の仕事なのにと、すっかり恐縮してしまっている。別に私は気にはしない。人生が変わるかもしれないという思いをしたのだ。もう皆家族みたいなものだもの。

私は、オーリィの膝枕で平気でチョコをかじった。とてつもなく懐かしい記憶が私を包む。修道院を出て、男の子の恰好をして、私は二度と会えないと思った兄様の膝枕で、これも二度と口に出来ないと思ったチョコをかじって、これから先何が起こるとも知らず、幸せの境地にいたのだった。全てが夢のような日々であった。もう、いくらオーリィが私を愛してくれたとしても、もう二度と訪れはしない、特別な日々であったのだ。

「おいジェニー、チョコ食って何泣いてんだよ。虫歯でも痛むのか？」

オーリィが、私がメランコリィになっているのを感じて、おどけていう。そして、なおも涙を流し続ける私の髪を優しく撫でてくれるのであった。あの日、兄様も本を読みながら、思いついたように私の髪を撫でてくれたものだ。私は年にも似合わないピンクのドレスを着て、子供にかえってしまった気がした。しかしもう昔には帰れないのだ。いつまでも一緒といった兄様。突然結婚してしまって一人ぼっちでどうにもならないほど孤独を感じた日々、そしてほんの数か月の兄様のお嫁になったこと、アンソニーの誕生と兄様の死。他の人々はどうやって日々を過ごしているのだろうと思う。楽しいことも、悲しい時も。私はそれを汽車と、チョコ一枚で今まで生きた日々がよみがえるのであった。でも、もう私は一人ではなかった。そしてすべきことが明確になったのだ。それは私の心を強くした。でも、今日だけは、オーリィの膝の上で十二才のあたしに戻ってもいいよねと、思った。

帰宅すれば休んでいる間はなかった。サムの奥さんから、無事ヤング・クレージー・ホースを牧場に連れ帰った由、電信が来ていた。私は、あちらこちらのテリトリーに手紙を書いて、不用のティピィがあったら譲って欲しいと頼んだ。やがてティピィは汽車に乗せられ牧場に送られて来た。とりあえず五張のティピィが集まった。中には古びて穴が開いているものもあったが、女達が、牛の皮を縫いつけて穴を塞いだ。

私達は、それまでJ&O財団で集めて来ていたバッファローの毛皮とか、インディアン毛布を持って、牧場に向かった。サムの奥さんがいうには、ナイフが欲しいというので、隣街の刃物屋にインディアン達を連れて行ったら、沢山のインディアンが店に入って来るのに恐怖を感じた店長が、ライフルを持ち出して、危うかったのよおと話をしてくれた。まだ、白人はインディアンが恐ろしい者達と考えているのだと、思わせるエピソードであった。

ティピィの中央の炉には火が燃え、サムの奥さんが金物屋で買って来たやかんが、かかっていた。男達はナイフで皿なんかを作っていて、女達は細工物をしている。とても平和な姿だ。

これが元々の彼等の生活なのだと思うと、申し訳ないくらいだ。しかし、白人とインディアンの戦いは終わったのだ。もう彼等が武器を持って戦うことはないが、これからは失ってしまった自分達の自由を、この合衆国という大きなものから、勝ち得なければならない。

　ヤング・クレージー・ホースが、親族として居留地に提出した人数は二十一人だという。その中の老人の一人が、今さら白人の土地で生きるのを潔しとは思わないといって拒んだのだと聞いた。彼等が居留地を出る時、共に行きたいといったインディアンが沢山いたそうだが、政府が許さなかったそうだ。その話を聞いて、胸が痛んだ。私はこんなことしか出来ないのかと、忸怩たる思いがしたものだ。私はその時、もっと多くのインディアンを平等に救うにはどうしたらいいのかと考えた。なかなかすぐには答えは見つからなかったが、やがて私の心の中に一つの夢が芽生えたのは確かだった。

　エスメラルダに、あっさりと振られてしまって少佐はさみしそうであった。しかも今回はエスメラルダは牧場にも同行していない。やはり少佐への遠慮なのだろう。

「奥様には、ご迷惑をおかけしますけれど、今回はお許し下さい」と、涙を浮かべて懇願されては、私も連れて来るわけにはいかなかったのだ。だから今回は私達は客間に寝て、少佐は必然的に子供部屋となる。

「いやぁ、夢でおもちゃの汽車に追いかけられる夢を見ましたよ」なんていっている。

「また近々、バザーをしますから、例の小屋でハネムーンする人見つけて下さいよ」と私も茶化す。

　サムは結局車椅子を手放せない体になってしまったが、一時よりも元気になって、今は一人で家の中で不自由はない。

「ダーリンね、さすがにパンは焼けなくなっちゃったけど、あたしのためにクッキー焼いてくれるのよ。今まで私人様にクッキー焼いてたのに、私にって、もう幸せ」と、サムの奥さんは体をくねらせながら、サムの回復ぶりを自慢するのだ。

　そういえば家中に甘い、良い匂いが漂っている。サムの奥さんの家には、ここら辺ではまだ珍しい、オーブンがあるのだ。これは、二人にとって幸せの甘い香りなのだ。クッキーが焼き上がると、アイシングの袋をサムに持たせて、リハビリのつもりであろう、自分の名前や、花や小鳥などの模様を描かせる。

　お茶の時間にそのクッキーを食すのだけれど、これがあのサムの作ったものかと思ってしまう。サムはパン作りの名人だった。こんなパンを毎日食べられる牧童は、なんと幸せだと思ったものだ。それが今のクッキーは、形はバラバラで、こねが足りなくて粉っぽい。アイシングも、何が描いてあるのかさえわからないのだ。そのクッキーを、サムの奥さんはさもすごいご馳走を食べたような顔をして私達にも勧めるのであった。決して美味しいものではないけれど、これは二人の愛の味なのだ。だから私はいつも無理をして五つも六つもクッキーを食べる。

すると、サムの奥さんは空になった私の皿に、「すっごく美味しいでしょ」といってもっとクッキーを盛るのであった。サム、死ななくて良かったね。そう思って、またクッキーを口にするのであった。

私は、最初ヤング・クレージー・ホース達をサムの奥さんの牧場に迎えていいものか、少し悩んだ。サムの奥さんの個性を受け入れてくれるのか心配だったからだ。しかし、付き合ってみると、インディアンは白人より柔軟な考え方を持っているのだと驚かされる。あるいはそれはキリスト教的考え方で、白人のほうが全て神のみままにとか神がお決めになったことだからという教えにがんじがらめになっているためかもしれなかった。

例えば、インディアンでも男なら勇者になるべく育てられる。しかし、インディアンの世界でも、男に生まれても、勇者になるのをよしとしない子もある。すると、親は、その子を自由にする。男でも女の恰好をして、男と付き合う者もいるし、男でも女でもなく生きて行く者もある。反対に女でも狩りに行く者もある。その者の生き方を強制はしないのだ。それでも、中には女として生きる男を意気地なしと蔑む者はいるそうだが、そんな男女(おとこおんな)は村には一人二人はいるのだという。

それを聞いて、サムの奥さんは感激をしてますますインディアンと交わって行くのであった。

「あたし、インディアンに生まれれば良かったわあ」とサムの奥さんがしなを作っていった。

「白人に追われて、居留地で暮らさなくちゃならなかったかもしれないんだよ」

私は編み物の手を止めていった。「それはごめんだわあ、じゃあ白人が来る前のインディアンの世界ならいいわ」

「それだって定住していたチェロキー族なんかと違って、サムの奥さんのよく知ってる平原インディアンは、色んな種族がいて、平原で、それぞれ戦っていたんだそうだよ。なんで人は集まると争うのかなぁ」

「あらそうなの、昔はみんな平和に暮らしていたと思ったのに」

「互いの馬奪い合ったり、女さらったりしてたんだ」

「まぁ恐いわ、あたしどうしたらいいのかしら」

私は、女の恰好をした二メートルの、このサムの奥さんが、泣き叫びながら他の女と共に敵に引かれていくのを思い浮かべて、ちょっと笑った。すぐにサムの奥さんは気づいて、少し怒って、「何よ、何笑ったのよ。この美しいあたしに対して何思ったのよ」

「だって、サムの奥さん女の恰好してたって、敵が来たらやっつけちゃうんじゃないかなって思ってさ」

「そりゃ貞操守るためなら戦うわよ」

「まっ、そういう日々だったんだろうと思うよ。平和になったっていうんなら、今の方が平和だと思うよ。置かれている環境は最悪だろうけどね。でも矢も鉄砲も飛んで来ない。彼等にとっては、昔の方が良かったと思うけれどね、ここはもともと彼等の国だったんだから」

「いつも思うけれど、どうしてジェニーちゃんて、そう色々なこと知っているの？」

「そりゃ、することがなくて兄様の本ばかり読んでいたからね。砦ではいつも一人だったけど、本を一冊持って行っていい日があったの。兄様本にアンダーライン引いたり、書き込みする癖があったの。だからそういう本探して、愛しく思ったの」

「まぁジェニーちゃん。閣下亡くなって来年でもう十年になるのねえ、時の経つのって早いわね」

「だからアンソニーの件よろしくね」

「それはいいけれど、そんなこととして大丈夫なの？　リビィさんとにかく怒るわよ」

「だからいいんじゃないの。十年も待ったんだよ、生半可なことはしたくないの。本当にあっていわせたいの。ね、お願いよ。協力してね。サムの奥さんだけが頼りなんだもの。オーリィも、それに少佐はリビィさん贔屓だからばらさないか心配なくらいなの」

「そうよねぇ、ジェニーちゃんの気持ち思ったら叶えてあげたいし、だけど後が怖いわよ」

「そんなの平気だよ、何かいったら秘密ばらすっていうもの」

「ジェニーちゃん本気なのね」

「あたり前じゃない、冗談でこんなこと、サムの奥さんに頼まないわ」

話をしていたので編み物の目がいくつも間違っていて、ほどきながら、目数を数えた。

「ところでジェニーちゃん何作ってんの？」

「え、おくるみだよ。サムの奥さんの赤ちゃんのね」

「えぇ、それ本当、わぁ凄く嬉しいわ、ありがとう」

サムの奥さんが抱きついて来て、また編み目がくるった。本当はそんなものを作っているわけがない。私は気が気でなくて、何かしていなければ、大人しく座っていることができなかった。アンソニーのことではない。この牧場に着いてすぐ、ヤング・クレージー・ホースから告げられた内容に驚いて、いてもたってもいられないのであった。

私達は、サムの奥さんの牧場に着くと、すぐにインディアンのティピィに向かった。まず服を作るだろうと鹿皮を沢山とビーズなどを渡した。使いはしないだろうけれど弓と矢、そして今や貴重になったバッファローの毛皮などだ。あとは必要なものは作れるものは作るだろうし、足りないものは街に買いに行けばよい。

ヤング・クレージー・ホースのティピィの前に立っていた、中年の女性がいた。居留地で会ったクレージー・ホースの妻だ。彼女は私の姿を認めると駆け寄って来て手を取った。古びてはいたが、きちんとインディアンの服を着て髪に羽の飾りをつけていた。

彼女は英語があまりわからないので、ヤング・クレージー・ホースが訳す。「今回のことを、とても感謝しているといっています。母とあなたは姉妹だともいっています」

彼女は、私の手を握りながら、ティピィの中へといざなった。ティピィの中は思いもかけず明るかった。古いティピィほど、皮が油を吸って透けてくるようになる。古いと中の人影がわかるくらいになるという。中央の炉には火が焚かれてやかんがかかっているのは、いつもの光景だ。そして私を火の近くの何枚もバッファローの毛皮が敷かれた寝床に連れて行って、上がれというそぶりを見せた。私はボタンで止めてあるブーツを脱ぐと、その床に上がった。彼女は、両手で、私に座れといっているのだと思って、座った。フカフカの毛皮の、素晴らしい寝床だと思ったけれど、私は持って来た土産などを配るのに気がせいていて、すぐに立ち上がった。クレージー・ホースの妻は何か、悲鳴めいた声を上げて、息子に早口で訴えた。

ヤング・クレージー・ホースは、私に向かって、「母は、この寝床が気に入らないのかといって心配しています。母にとっては、これ以上の寝床は作れないので、あなたが何を望んでいるのかといっています」と、困った様子でいった。

私は何かどんでもないことをしでかしてしまったと思って、また腰かけた。そして毛皮を撫でながら、「こんな見事な寝床は見たことがない。あなたのお母さんの気持ちはとても感謝しているといって、足首が見えないように膝を曲げて横になった。フワフワの毛皮であったが、やはり獣の匂いがした。誰かが毛布をかけてくれた。私は目を閉じて、足を伸ばしてゆったりと横になった。旅の疲れもあったのだろう。私はそのまま眠ってしまったらしかった。どこかで、オーリィの私を呼ぶ声がした気がして、私は目を覚ました。

「夫が私を探しているわ、私行かなくちゃならないの。来たばかりで、まだ用が沢山あるから」

ティピィの中には皆それぞれ決まった場所があるのだろう、そこに腰をかけていた。私はもう一度とても素敵な寝床で思わず眠ってしまった、あなたのお母さんに良くお礼をいってね、とヤング・クレージー・ホースにいった。そして、靴を履いていくつもあるボタンをはめた。

「すごく履きにくそうな靴で可哀そうだといっている」

「そう、気遣ってくれてありがとう。でも白人の女は皆こんなブーツを履いているのよ、私はもう慣れているから」

そしてまた母親が何かをいった。私にはいっていることはわからなかったが、ティピィの中の空気が重くなるようなことを。

「母は父との約束のことをいった。それをおれが果たさなくてはならないのだ。次の満月の夜におれは待っている。父は自分には白人の妻がある、父に何かあったら、その妻はおれが守れといって、その二日後に死んだ」

母親が今度は、ヤング・クレージー・ホースの妻に何かいった。私達が話をしている間中、彼女はずっと下を向いていた。

母親がまた私の手を取って、ティピィの外へ連れ出すと、「母は、満月の晩の約束を忘れないでくれといってる。いわば父の遺言だから」と、ヤング・クレージー・ホースにいわせた。

私は、その約束は本当に昔に交わされたもので、息子のヤング・クレージー・ホースには関わりのないことだとあらためていったけれど、母親は、約束は果たさなければならないといい続けて、私は困ってしまうのだった。

彼女の名前は、レッドクラウド・ウーマンというので、妻の名はフェアリー・バードというのだと教わった。

これから親しくして生きていかねばならないのに、昔の約束に振り回されて、私はサムの奥さんにも相談出来なくて、一人悩んだ。その日があと二日で訪れるのだ。私はいったいどうしたらいいのであろうか。自分でも答えは出せなかった。そんな大昔の約束に縛られるなんて、私の人生はずっと過去の亡霊につきまとわれ続けるのだろうかと、恨めしくも思えた。

私は、他のティピィに住む、親族にも会った。もし私があのまま白人社会に戻らなかったとしたら、この人々と、飢えて逃げ惑っていたのかもしれないと思うと、人間の運命の不思議さを思わずにはいられなかった。そしてその事実は、もしかしたら私はあのリトル・ビッグホーンの戦いの時、インディアン側にいたかもしれないという、消し去ることの出来ない思いを、私の脳裏に焼き付けるのであった。

オーリィは早くから私がおかしいのに気がついていて、「何かあったんじゃないのか？　あのヤング・クレージー・ホースだって、何度も会ったわけじゃないんだし、無理なことといわれたら、出来ないことは出来ないって、お前がいえなかったら、おれがいってやるぞ」といった。

まさしくそうなのだ。夫はヤング・クレージー・ホースに無理だという権利があるのだ。しかし、白人の観点で、インディアンの義理を断わってしまって、これからうまく付き合っていけるのかわからなかった。

あの昔の日、私は砦の自分の部屋に兄様に閉じ込められて、窓から満月を見つめながら、夜が明けるのを、まんじりともしないで過ごしていたのだ。そして、クレージー・ホースも、約束通り満月の日、あの湖で私が来るのを待っていてくれたのだ。

サムの奥さんまでが、「どうしたのジェニーちゃん、オーリィと喧嘩でもしたの。元気ないように見えるけれど、あなたとあたしの間には、秘密はなしよ」と、人差し指を振ってみせるけれど、私がいったらどうなるんだろう。インディアン達は今、サムの奥さんの牧場で世話になっている。あまり問題は起こしたくない。けれど、全く彼女に関係のないことでもないのだ。それが問題なのだ。

私は人に黙って馬に乗って、メチャクチャ馬を駆って、牧草の生える中に寝転ぶと、髪をグシャグシャに指で掻き回した。そして、そこら中を転げ回った。そんなことをしても、何の結論も出はしないのだった。私は草の匂いの中に、砦のことを思い出していた。そして兄様のことも。兄様が今ここにいたら、何を馬鹿なことをといったであろう。オーリィも絶対に反対だというであろう。だけれど、私を閉じ込めた兄様にも責任はあるはずだ。私はまた馬に乗って牧場中を駆け巡り続けた。

私がサムの奥さんの家に帰ったのは、もう夕暮れ間近であった。すぐオーリィが飛んで来て、私を抱きしめると、「どこ行ってたんだよ、黙って行っちまって、心配したんだぞ。何、こんなものくっつけてんだよ」といって、私の髪や服についてた、牧草の葉を取ってくれる。

「ごめんね、急に馬に乗りたくなったの、兄様のこと思い出して、草の上転がってたの」と、私は嘘をついた。

「ちょうどいい、湯が沸いているから、風呂入って髪洗ってやるよ」

皆、私が何か思い悩んでいるとわかっているのに、それを問いただそうとはしない。私はその優しさが少し、辛かった。

ついにその日が来た。私は一日中馬に乗って過ごした。誰も私に何もいわなかった。サムの奥さんは、おくるみがまだ途中だと文句をいうどころか、夕食に私の好物のコーンスープを大鍋いっぱい作って、大きなアップルパイをデザートに焼いて、好きなだけ食べていいのよ、と母のように慈愛を込めていった。

そして少佐までが、今日のジェニーは、こう何ともいえない憂いを持っていて、美しいといってくれた。

オーリィまでが、牧場に来てからまだ一度もしていない、あれするか、と皆に聞こえないように聞いたので、私の胸はドキドキして、今夜はあなたの胸にすがって眠りたいのと、私が精一杯にいうと、「そうか、二人でゆっくり眠るとしよう」といって、いつもより早く床に就いた。そして私の髪を撫でながら兄様のことを語るのだった。

「リトル・ビッグホーンで勝利して、インディアンを制したら、閣下は大統領になってたと思うぞ」

「それはリビィさんもいっていたことよ。兄様も少しはその気があったって。でも兄様が大統領なんて考えられないわ」

「あのグラントだって、南北戦争に勝って大統領になったんだ。インディアンのことは、国の難事だったんだぞ、それやっつけたら国民は兄様を賛美したろう」

「反対にやられて死んじゃったんだよ、負けちゃったんだもの」

私はオーリィの胸に顔を埋めた。オーリィも、しまったと思ったのだろう、私を抱きしめて、「悪いこといっちまったな。今夜は一晩中こうして抱いていてやる、ゆっくり眠るんだ。愛しているよジェニー、おやすみ」

そういうと、私をぎゅっと抱きしめて目をつぶった。今夜に限ってありがたいことではなかった。私は体を硬くして、息をつめていた。やがてオーリィの腕の力が緩んで来て寝息が聞こえて来た。それでもまだしばらくは決心が出来なかった。時計が十一時を打った。私はオーリィの寝息を確かめると、そっと腕の中から抜け出た。フェルトで出来ている寝室用のスリッパを履いて、絹のショールを羽織ると、音を立てないように戸を開けて外へ出た。その時、オーリィが目を開けたことなど私は知る由もなかった。

常夜灯の明かりで、ほのかに見える玄関の鍵を開けて外へ出ると、私は息をついた。満月の光の元、外は室内よりも明るく、足元を照らすランプすら必要なかった。私はもう一度、戸を見つめると、意を決して歩き出した。雲一つない満天の夜で、月がいつもより空いっぱいに大きく見えた。ティピィが、月夜に黒々と立っている所まで来ると、切り倒された松の木に、ヤング・クレージー・ホースが座っている影が見えた。私は思わず駆けて行って、その横に、ゆっくりと腰をかけた。

二人はしばらく無言であった。月の光を浴びて、足元から続く草地が、まるで銀色のベルベットを敷いたようにどこまでも光っているのが印象的であった。

「お前の今履いている靴は可愛いな」

ヤング・クレージー・ホースが、突然そんなことをいったので、少し驚いた。

「これは室内履き。そうねぇ、ティピィの中だけで履く、靴ってことかなぁ。柔らかい布で出来ているから、家の外では履けないの」

「おふくろが、お前が昼間履いている靴を見て、何であんな面倒なものを履いているのかと、いっていた」

「白人の女は大概あんなハーフブーツを履いているのよ。今の流行なのよ。室内履き気に入ったのなら、色違いのもう一足持っているから、あなたの奥さんにあげてもいいわ」

これが会話のとっかかりになって、私はクレージー・ホースに会った時の話をした。思いもかけず彼の妻になったこと。

「その時ね、彼、村に妻と男の子がいるっていっていたの。きっとそれがあなただったのよね」

「なぜ、妻になったのなら父と村に来なかったのだ」

「うーん、確かにそうだよね。だけどその時私兄様に黙って出て来ちゃったから、やっぱり一言インディアンの所へ行きますって、いわなけりゃならないと思ったの。いきなりいなくなっちゃったら心配するでしょ」

「そうしたらどうなったのだ」

「兄様に殴られて、部屋に閉じ込められて、それきりあなたのお父さんとは会えなくなったの。兄様はインディアンの所へは行っては駄目だっていったの」

「おれの親父は強かった。白人に負けはしなかった。だから今おふくろとおれは生きているのだ」

「そうよね、もしあのままクレージー・ホースについて行ったら、私あなたの弟や妹を生んだのかもしれないわね。でも私白人の元へ帰っちゃったの。そしてもう二度と会えないと思ったらワイルドウェストショーで会って、今夜テントに来いっていわれて、それが本当に最後になっちゃったのよね」

「お前はおれの子を生め」

ドキッとするほど、衝撃的な一言だった。私は答えられなかった。

「これから一緒に暮らそう、親父の遺言だ」ヤング・クレージー・ホースが立ち上がると、月の光を受けて、その体が闇に浮かんで見えた。


私はそうっと音を立てずに、母屋の戸を開けて、鍵を閉めた。月明かりの外から急に薄暗い室内に入ったので、目が慣れるまで少しかかった。足音を忍ばせて客間の戸を開けると、オーリィの寝息が聞こえた。私はショールを放り投げると、泥と草で汚れたスリッパを脱いで、ゆっくりオーリィの隣に体を横たえた。

「ん？　ジェニー……」オーリィが寝ぼけて私を抱き寄せた。私はオーリィの胸におでこを擦り付けた。これこそが現実なのだと私は思って、目を閉じた。

翌日目覚めると、もう外は明るく、オーリィの姿はなかった。私は寝過ぎたのだ。夜明け前には目覚めて、汚れたスリッパを洗っておこうと思ったのに、スリッパは、泥にまみれてベッドの脇に脱ぎ捨ててあったのだ。オーリィは気がついたのだろうか。私は洗面用のポットの水でスリッパを洗うと、窓を開けて汚水を外へ流すと、窓のでっぱりにスリッパをかけて干した。

台所へ行くと皆食事中で、サムの奥さんが、「お寝坊のジェニーちゃん。あんたちょっと素足じゃないの、スリッパ履かないと足冷えるわよ」といらぬことをいう。皆が私の足元を見る。仕方がないので、「夕べ月がすっごく綺麗だったから、外へ出たの」というと、「狼が出るから、あんまり夜は一人で出ちゃ駄目よ」

「でも満月でね、お月様がいつもより大きく見えたの。牧草が銀色に光って綺麗だったわ」

「ふーん、牧場までも行ったんだ」

今日のサムの奥さんは、一つも二つも、言葉が多い。

オーリィは黙っている。私はここでオーリィが何かいったら、夕べのことを皆話してしまおうと思った。オーリィは私の顔を見ると、「早く座って飯食ってしまえ」といって、パンの耳を目玉焼きの黄身に浸して食べている。

「うん」私は急いで椅子に座る。

「目玉焼き固めで二つね」と台所に向かって声をかけた。

何もなく一日が始まった。私はスーツケースを開けて、新しいスリッパを探した。私が履いていたのは赤のフェルト製でスリッパだけれどもすぐ脱げないように踵に当てが付いていて、探しているのは色違いのピンクと緑の花が飾りについている可愛いものだ。私はそれを見つけ出すと、いつも用意に持って来る花柄の包装紙とリボンで、贈り物用に包んだ。サムの奥さんに何かものをあげる時、こうして包むと女の子だから喜ぶのだから。しかしこれはサムの奥さんへではない。

「私、またちょっと出かけてくる」と、居間で新聞を読んでいるオーリィにいうと、「また出かけるのかよ」と少し機嫌が良くない。私は包みを見せて、「これ、フェアリー・バードにあげる約束したから、それにすぐ帰って来るから」といって出かけた。夫は知っているのだ、夕べ出かけたのを、心が少し痛んだけれど、これで長い間の約束を果たしたのだとの思いの方が強かったのだ。

　私が、ヤング・クレージー・ホースのティピィを訪ねると、三人とも何か手仕事をしていた。私に気づいたレッドクラウド・ウーマンが、私の手を取って中央の寝床へ座らせようとしたが、私は断わって、隅に小さくなっているフェアリー・バードに声をかけた。明らかに彼女は、鬱屈していて、私を上目遣いで見た。私はなるべく明るく見えるように声をかけて包みを彼女に差し出した。フェアリー・バードは手を出さない。私は、ヤング・クレージー・ホースに、私は白人の夫がいるから、用が済んだら、この牧場を去ること。あの立派な寝床はあなたのものであることを伝えてもらった。

　そして、彼女の目を見て、私は悲しいことであるけれど、病気で子供が産めない体であること、だからヤング・クレージー・ホースの子はあなたに産んでもらいたいと伝えてもらった。それは、ヤング・クレージー・ホースにとってもショックなことであったであろうけれど、私の話を聞いて、フェアリー・バードの鬱屈は消えて、私から包みを受け取った。

　彼女は元から、器用だったのだろう。このスリッパと、インディアンの靴モカシンの良い所を取り入れて、簡易靴を作り出した。それは、ちょっと庭に出る時などに便利であったために、瞬く間に広まって、フェアリー・バードは多くのインディアンの女達を使って、靴を作った。それはフェアリーシューズと呼ばれて、たぶんインディアン女性初の起業家になった。

　私は、アンソニーの誕生日のサプライズもサムの奥さんの協力を得たし、フェアリー・バードとも仲良くなって、インディアンの生活のその後に希望が見えるようになっても、まだ牧場にぐずぐずしていた。少佐などは、少し飽きて来て、帰りたいようなことをいっているけれど、私はどうしてもあと一つ、心残りがあったのだ。

　それはあくまでも口約束であって、クレージー・ホースとの一夜であってもそうだったけれど、今度は陸軍最高司令官との約束なのだ。それなのに紙一枚ないのだ。しかも、相手に「これは私でも難しいことだ」といわれていた約束なのだ。望む方が無理なのかもしれなかった。個人でそんなことを望む人間がいるとも思えなかったからだ。それでも私は待った。サムの奥さんが、ジェニーちゃん、そろそろおうちの方は大丈夫なのと心配するようになっても待った。そして、それは叶った。

　電信が届いた時、私は子供の時のように小躍りして喜んだ。皆がその奇跡に驚いた。シェリバンは、きっと苦労をしたのだろうが、私との約束を、そして私の許しを受けたかったのだ。

その日、私達は大勢の牧童を連れて、駅に迎えに行った。一緒について来た、イエローストーン国立公園の係官は、「こんなこと、特例中の特例ですよ。反対する人間も多かったのですから。本当にあなた方にお預けして大丈夫なんですよね」と、念を押した。私達は連名で署名をすると、荷車から渡された板をそろそろと下りてくる巨大な生き物を見つめた。

あとは、鞭を持った牧童達が、牧場まで連れて行く。角にカバーがかけてあったが、歩く姿は大人しいものであった。問題は牧場に着いてから起こった。私達が牧場の柵を開けていると、ヤング・クレージー・ホースと二人の若者が弓矢を持って駆けて来るのが見えた。国立公園の係官は大声で、「インディアンがいる」と叫んで、硬直した。

私達はすぐに、インディアン達の所へ駆けつけなければならなかった。

「ヤング・クレージー・ホース、弓矢をしまいなさい」私も叫んだ。

「おれ達はもうずっと、バッファローの肉を食っちゃあいないんだ」

私は両手を広げて、彼等の前に立つと、「あのバッファローは食べては駄目なの」

「なぜだ、バッファローは食べるためにあるんだ」

「それは昔のことよ。今はもうどこにもいはしないでしょ」

白人が来る前はバッファローは一説によれば、六千万頭もいたといわれている。平原を黒々と覆うほどのバッファローの群れは、今はもういない。毛皮商人が乱獲をし、インディアンですら、交易の品として狩った。しかし、平原に暮らすインディアンにとっては、バッファローは、その生活の全てであった。皮はティピィや衣服に、肉は食糧に、骨も武器や細かいものには針にもなって、捨てる所のない貴重な生き物であった。

白人は、牧場の牛を増やすために、バッファローを殺した。ある時は、汽車に乗ってバッファローを窓から銃で撃ちまくるという狩猟ツアーまで行われた。そして、リトル・ビッグホーンの戦いで白人が敗れた危機感から、インディアン殲滅のために、バッファローを殺して、インディアンを飢餓に追い込む作戦が取られ始めて、ただそれだけのためバッファローの殺戮は合衆国の命で行われ続け、ついには一八八九年の十二月に（これも諸説あるが）親子のバッファローが殺されて、自然界でのバッファローは全滅した。種の消滅である。しかしながら、このような時節にありながらも、バッファローを守ろうという良識ある少数の人達がいた。バッファローは、イエローストーンに隠されて、人間の手で守られたものがいた。その数は約五百頭前後といわれているが、数十頭であったとの説もある。こうして、かろうじてバッファローは、自然界からほとんど姿は消したが、その種は、守られた。

私は、偶然にもその話を聞いて知っていた。だから、シェリバン大将との最後の望みに、私の牧場にバッファローを飼いたいといったのだった。さすがの大将も、確約は出来ないといった。それでも、こうして約束を守ってくれた。さぞ苦労があったことであろう。その苦労を思えば私は、インディアン達を納得させる義務がある。

送られて来たのは、雄二頭と雌五頭であった。私達はバッファローが無事牛小屋に収容されるのを見て届けてから、インディアン全員を集めた。青い顔をしていたけれど、国立公園の係官も同席した。

「ジェニーが何といおうと、おれ達はあのバッファローを食う。白人がバッファローを殺したんだ。おれ達は飢えて、結局居留地に住まざるを得なくなって、死ぬほどまずい飯を食うことになったのだから」とヤング・クレージー・ホースが、目を血走らせて私に詰め寄った。

「バッファローがここにいる、何で食ってはならないんだ」と他の男が叫んだ。女達も口々に子供に食べさせたいといった。

そういえば兄様も、本の中で行軍中にあって、バッファローのシチューなら毎日食べても飽きないと書いていたっけ。それだけ美味しいものなのだ。今与えられている牛の肉よりも。きっと彼等の体に眠る祖先の血が、バッファローを求めているのだろう。

「確かに白人がバッファローを殺した。これは合衆国が対インディアンにしたことは認める。だからといって今どこにバッファローはいるの？　姿を見たことがあった？　ここにいるバッファローは、心ある人が守った最後のバッファローなの。殺して食べちゃうのは簡単よ。でももう手に入らないのよ。白人も今になってバッファローの大切さに気がついたの。ここにいるのはね、私が本来なら口もききたくない、ある偉い人に無理に頼んで、やっと送られて来たものなの。とっても大切なものなの。本当ならイエローストーンから出しちゃ駄目なの」

「色々と、規則を破って来ましたから」と係官が、眼鏡を拭きながら呟いた。

「今殺して、最後のバッファロー殺したインディアンと呼ばれるの？　雌は来年子供を産むわ。二、三年でその子がまた子を産む年になったら、イエローストーン生まれの子と交換して、血が混じらないようにして、新しい血の子が産まれる。そうしたらこの牧場にバッファローがいっぱいになる。そうしたら食べることも出来るようになるわ。それまで五年くらい待てないかなぁ」

「食っちまえばいいんだ、そうしたらまたイエローストーンから来るんだろうが」誰かがそういった。

「もう来ないわ。五百頭ってあなたたちにとっては多いかもしれないけれど、これから昔のように平原いっぱいに増えるかは、わからない数なのよ。若いバッファローがいなければ数は増えないのよ。イエローストーンのバッファローだって、消えちゃうかもしれないのよ。それを、今私達は手に入れたの。食べちゃうっていうんなら、イエローストーンに返さなければならない。いくらインディアンの主食だっていったって、今はとても大切なものになっちゃったんだから仕方がないのよ」私は立ち上がって、こう訴えたが、インディアンの反応は鈍い。

係官は、インディアンがいる地だとは聞いていなかった。もし一頭でも傷つけられたら全頭を引き上げると、インディアンのいない所で急に役人らしく高飛車に私達を責めた。このままでは心配だから数日様子を見たいというので、泊まってもらうことにした。

私はインディアンの食への貪欲さを知っているから、その晩は、ライフル銃を持って牛小屋の前で夜を明かした。オーリィが夕食と毛布を持ってやって来て、「お前大丈夫か」と聞くので、「やるっきゃないじゃないの。ここで今バッファロー食われちゃったら、歴史に名が残っちゃうんだよ。ちょうどよかった。ここで見張っててよね」

「どこ行くんだ」

「やだなぁ、小用」

夜半には、オーリィと少佐もランプを手にやって来てくれた。やはり手にはライフルがある。

「お前銃なんて撃てるのかよ」

「やぁね、失礼しちゃうわ。これでも西部の女なのよ。ただね、わざと外したはずなのに、なぜが当たっちゃったらちょっと恐いかなぁって」

「馬鹿だな、威嚇する時は空に向かって撃ちゃあいいんだよ」

「そんなこと、知ってるもん」

その夜は一度気配があったが、インディアンは姿を見せなかった。本来なら牛小屋にいるべき、サムの奥さんの牛達が、朝露に濡れているのが、可哀そうだった。

結局一週間睨み合って、ヤング・クレージー・ホースがやって来て、「五年待つ」といったので、話はついた。

係官は、私達が銃を持っているのに気を強くして、傷つけるなとか法律がああのこうのと、まくし立てていたが、ヤング・クレージー・ホースの「わかった」の大声で飛び上がって黙った。そしてまだ少し心配そうではあったが、帰って行った。

サムの奥さんが、牛との交配を心配して、私の牧場に二重の柵を作ってくれて、やっとバッファローを放つことが出来た。それでもやっぱり食べられてしまうのが心配で、一頭ずつに名前をつけた。雄は、大きい方がパパで次がダディ。雌はこの牧場の初代であるから、Aの付く名前をつけた。すなわち、アン、アニー、アーメンガード、アイリス、アマンダであった。

一週間の夜戦のような出来事だったから、オーリィと少佐は見事に風邪を引いたけれど、私は何ともなかった。足湯をしながらオーリィが、「お前の体は、いったいどうなってんだい」と聞いたほどだった。「男のくせに弱いんだから」と私は笑って答えた。

ヤング・クレージー・ホースのティピィをもう一度訪れて、最高の寝床に女三人で座った。私は絹のショールをレッドクラウド・ウーマンに贈って、別れを惜しんだ。

さあ、これで家に帰れる。サムの奥さんにもよく頼んだし、私の思う通りにしてくれるといってくれた。これからアンソニーへの楽しいサプライズが待っていると思うと、もう心がうきうきしてしまう。アンソニー、どんな子に育っているのであろうか。出来ることなら、そのまま家へ連れて行ってしまえたらどんなに嬉しいことだろう。私の夢と想像はますます膨らむのであった。

サプライズ

かろうじて兄様の誕生日は自宅で祝えた。クリスマスも無事済んで、新年が明けた。あと半年後に迫ったアンソニーとの対面を、どうサプライズするか、時間はもうないと私は思うのだ。だが男共は、まだ半年もあるじゃないかと、私との温度差が凄く違う。

「なんでいつもそんなにアンソニーなんだ」

夫にしてみれば、口にこそ出さないけれどビリィのことも考えてもいいのではないかと思っているんだと思う。だけどアンソニーは、私と兄様の子なんだもの、と思わずいいそうになって、私は両手で口を押えた。でも、オーリィにまで秘密にしなければならないことなのだろうかと思う。思うけれど、ビリィに何もしてあげられない私が、アンソニーに対して見せる愛情は、兄様の子なのだからという私の心の内を知ったら、オーリィはきっと傷つくと思うのだ。ビリィはオーリィとの我が子なのに捨ててしまったのだから。しかもあまりに利己的な理由で。ヘンリーとの別れの時もそうだった。人はなんでそんなことでというだろうけれど、あの時、もう一緒には暮らせなかった。彼は今どうしているのだろう。幸せでいてくれたらと、勝手なことに想うのだった。あのまま何もなかったらヘンリーとその先五年十年と暮らしていったかわからないけれど、私を裏切らなかったのはヘンリーだけなのだ。私は今でも、眠れない時、オーリィを起こして、ねぇなぜあの時浮気なんてしたの？　私のどこが悪かったのと、オーリィを責めて、今さら聞いても仕方がない、とわかっているけれど、だからもう戻らない苦しかった時間の償いをして欲しいなと思ってしまう。

夫は男だから、もうあの時のことは何もいわない。夫は、自分の時間で、自分のしたいことをしたのだから、その時は満足だったのだと思う。しかし、したかったのだからしたいことをした、私はそれが釈然としない。家で一人、夫の帰りを待っていたあの切なさを夫はわかってくれているのだろうか。かといって、私は自分自身浮気をしようなどとは思わなかった。いつも心の中に兄様がいたし、出会いもなかった。

私の心の奥底に兄様がいたからといって、その仕返しのようにオーリィが浮気をしたのなら許せないと思う。オーリィからの求婚を、兄様への想いは永遠に消えはしないのだと、私はいって一度は断ったのだ。それを、どうしてもといったのは夫の方なのだもの、夫にとって浮気はもう過ぎてしまった過去のことであったとしても、私にはまだ心の傷は治っていないのだ。

アンソニーのことでくだらないことを思い出してしまった。あと半年、私はどうやって過そうかと思う。

十年間も待ったという、私の気持ちを、オーリィはただ浮かれていると思っているらしいのだ。確かに浮れていると見えるだろう。だってアンソニーに会うんだよ。私はこの日をどれだけ待ったことか、皆誰も私の気持ちは、わかってくれないんだ。アンソニーが私にとって、どれほど大切なのかを。兄様の死を知らずに生んだ我が子なんだよ。その時はどうなるか多少の不安はあったにしろ、まだ兄様との未来が来るとの夢があったのだ。それを、いわばリビィさんが嘘をついた、〝十二年目の奇蹟〟のためにアンソニーをあのミシガンの家へ置いて行かざるを得なかったのだ。今思うとなんて馬鹿なことをしたものだと思う。でもあの時、私は負けて一人家に帰るしかなかったのだ。その後、アンソニーを連れて講演会に行って、世間の同情を浴びているリビィさんに、自分で産んだわけでもないのに、兄様のたった一つの大切な形見を、あたかも自分の誉れのごとく連れ歩くのは、本当に悔しい。しかも十年間も会わせないというのだもの。

きっとアンソニーの十才の誕生日は、親戚を呼んで楽しくやるのだろう。ただそこに私の席は絶対にないのだ。

もっとずっと先だけれど、アンソニーが二十一才になって成人を迎えた時のことは、さすがのリビィさんも何の約束もない。だから私はその日、堂々と私があなたの本当の生みの親なのですよ、と宣言するつもりだ。アンソニーはきっと驚くだろうけれど、彼が十八才でもしウェストポイントに入学したとしたら、私はアンソニーに直接手紙を書くことができるようになる。ウェストポイントまではさすがのリビィさんも、手紙を調べには来ないだろうから。だから、少しずつ私と兄様と二人っきりで過ごして来たことを書いて送るつもりだ。私の兄様への想いを伝えていけば、きっとアンソニーも私を受け入れてくれるのではないかと思うのだけれども、それはもっと先のことだ。その時は、アンソニーと私と、リビィさんと三人だけで話し合うだけなら、外に漏れて兄様のスキャンダルになることもないだろうし、リビィさんだって望みはしないだろう。きっと今になって、二十一才の時のことを約束しなかったことを、後悔しているに決まっているんだろう。私は、楽しみが、まだ先に待っているということは、とても嬉しい。きっと、リビィさんは、私に生みの親だといわないでくれと、今後必ずいうに決まっている。アンソニーを育てたのは自分なのだからとかいって。でも今度は私は負けない、そうだ、オーリィはびっくりするだろうなぁ。オーリィにもなんとなく、いっておかねばと思うのだった。そもそもオーリィは、自分の子を捨てた私が、兄様の子を我が子と呼ぶことを許してくれるのであろうか。もしかして、認めてくれないで、オーリィと私は別れることになるかもしれない、と思うことがある。そうまでして、名乗るべきなのかとも思う。まぁそれは、その時が来たら考えればいいのだ。今はアンソニーの十才の誕生日が先だ。

サムの奥さんにも、それこそ山のように手紙を書いたので、「ジェニーちゃん、そんなに心配しないでちゃんと、こちらは用意が済んでいるから大丈夫よ。少し落ち着くといいわよ」と返事が来る始末だ。

スーツケースにも、早々と詰め込んだ。着て行くドレスはもうこれと決めてある。あの兄様と写真を撮ったスミレ色のドレスだ。形は古くなっているけれど、大切にしまってきたから、今でも十分に着られる。アンソニーと写真を撮るとしたら、これ以上に相応しい服はないと思うのだ。それでも二着あるうちのどちらにするかは、少し悩んだ。

暖炉の棚の上には、兄様と写した写真が飾ってある。私は立っていって、そのうちの一枚を胸に抱いた。

「兄様、やっとアンソニーに会えるのですよ。どんな子に育っているのでしょう。兄様似か、私に似ているか。プラチナブロンドというからそれは私似ですよね。青い瞳の可愛い子だそうですよ。良い子だと嬉しいな」

ただ心配なのは、馬が嫌いだと困るなということだ。今年も、誕生日の一か月も前に、カードと小切手を送っている。去年は審問会の件でプレゼントが選べなかったから仕方がないが、今年はちょっと違う。リビィさんに、小切手が送られて来たのだから、いつものようなプレゼントは、今年もないのだと、わざと安心させるためだ。そしてその後もちゃんと誕生日に合わせてプレゼントは送ってある。十才の子供には過ぎたものだけれど、銀のペンホルダーに、アンソニー・A・カスターと花文字で入れてある。ミドルネームのないアンソニーに〝A〟は私の子だと主張してあるのだ。あとはリビィさんがどう思うかだから、そちらの勝手だと思うのだ。そしてサプライズは、やっぱり十才だものあるに決まっているじゃないか。リビィさんの驚き呆れる姿が今から思われて、ワクワクしてしまう。だから、アンソニーがそのサプライズを、喜んでくれないと困るのだけれど、ボーイ・ジェネラルの子だもの大丈夫と思いたい。今はそれだけが心配だ。

兄様が生きていたらと、また思ってしまう。最悪、兄様がリビィさんとまた暮らして、アンソニーもとられてしまったかもしれない。でも、時々隠れてでも会って、兄様がぎゅっと抱きしめてくれたら、それだけでいいのに。人間は死んでしまったらお終いなのだといつも思う。兄様が死んでしまうなんて、思いもしなかったのだもの、そこで、私とアンソニーの運命も大きく変わったんだ。

私はそっと写真を元に戻した。あんまりこんなことをしていると、オーリィが嫌がる。オーリィは変わって、本当に私のことを大切にしてくれる。だから彼は、私にも同じように接して欲しいのだ。彼にとって、リトル・ビッグホーンはもう過去のあまり思い出したくないことの一つになっていて、私が兄様のことを今も口にすると、結婚の時の約束を忘れちゃったみたいに、眉間に皺を寄せるのだ。だから兄様のことを話せるのは、兄様の誕生日だけに、いつの間にかなってしまって、私は少し寂しい。だから、アンソニーには、良い人生を送ってもらいたいといつも願っているのだ。もし今名乗れなくたって、大人になったアンソニーとは、もうリビィさんの制約なしに付き合えるはずだから。でも結婚式は呼んでもらえるかな、少し心配だ。子供が生まれて、名付け親でもなれたらもう最高だけれど、なるべくできるように、今からずっと可愛がってやるんだ。

この十年は、あっという間に過ぎたと思う。確かに色々なことがあった。だけど、誕生日を待つこの一か月はなんと長く感じられたことか。しかもリビィさんが指定して来た日は、もう誕生日を二週間も過ぎた日だったのだから、あんまりだと思う。きっとあの人のことだから、十才で私に会わせると約束したことでさえ、きっと今後悔しているに違いないのだ。そこへあのサプライズが起こったなら、あの人どんな顔を、いったいするのだろう。きっと二度とアンソニーに会わせないくらい、平気でいうだろうとわかっているのに、今の私にはもう止められないのだ。

まだ履いてなくて汚れてもいない靴を毎日磨かせたり、トランクのもう用意の出来ている中身を出したりしまったり、まさしく私は落ち着きなく日々を過ごした。

そして、あろうことか明日は出発という晩に私は熱を出して、起き上がれなくなった。すぐに電信で、五日遅れると伝えなければならなくなった。医者は風邪で寝ていればすぐ治ると笑ったけれど、私はリビィさんの呪いだと思い続けた。そして私は、熱にうなされながらも、どうしたらアンソニーを、このベーカーヒルの家に連れて帰れられないものかと、思うのだった。

今日出発するとは駅で電信を打った。

「リビィさん、私が約束の日に来なかったから、アンソニーには会わせませんて、いわないかなぁ」

「まさか、そんなことはないだろうさ。あの人だって人の親なんだ。お前との約束守るに決まっているだろうが」

「リビィさんのこと知らないから、そんな平気でいられるんだよ。ジェニーが砦を出てから、ジェニーの送った手紙、一度も兄様に見せなかった人なんだよ」

ヘンリーとのことなので、あまり詳しくは、オーリィには伝えてはいない。

「そんなことする人とも思えなかったけどなぁ。お前が砦で悪さしてたんじゃないのか」

そういわれて、私は、汽車の座席にオーリィの膝枕で、チョコをかじりながら涙が出た。

「もう泣くなよ、砦で何かあったんだよな。ほらもっとチョコ食えよ」

オーリィも、私の涙を持て余している。エスメラルダも、チョコをかじるのを止めて私を見ている。昔と同じなのに兄様だけがいないのだ。私の涙はなかなか止まらなかった。

ミシガンの駅に着くと、私達はホテルに旅装を解いた。それは奇しくも、兄様が昔指定したホテルであったので、私の足はますます前に進まなかった。覚悟して来たはずなのに汽車の中といいホテルといい、私は気弱になっている。何かあると困るので、私達は二日前に来ている。すぐチャーリーの家へ急いだ。

チャーリーは、サムの奥さんの所の牧童で三十は過ぎている。テイラー家の子供達が夏休みに来るようになって、真っ先に世話をかって出た、子供好きの良い奴だ。今回のサプライズにもってこいだと思ったので、私はサムの奥さんに頼んだのだ。

私は馬小屋に行って、チャーリーの連れて来た馬を見た。額に星が一つ飛んだ、栗毛の三才になる牝馬で、人懐こいらしく、私が鼻づらを撫でてやると、私の顔中を舐めた。この子なら大丈夫だろうと思えた。名前はフローラという。いいねぇフローラ、気に入っちゃったよ。チャーリーがいうには、「こいつ一見大人しそうだけれど、荷車に乗せる時も、声一つ上げず堂々としていた、肝っ玉の据わっている子ですぜ」なのだそうだ。

私は我慢できずに、柵から出して鞍を乗せてもらい、このフローラに乗った。庭を二、三周すると、オーリィがそれくらいにしておけという。私は一日中でも馬に乗っていたい。そうだ、ベーカーヒルでも馬を飼えばいいのだと思った。そして、アンソニーと乗るのだと。

翌日、ホテルで聞いた時計屋に、チャーリーといって、彼に実用一点張りの腕時計を買ってやった。彼は無邪気に喜んで、これで牧場にいても、夕暮れだから帰ろうといわれずに、五時半になったからと、威張っていえると、袖をまくって、いつまでも眺めていた。私は、彼等の自然と共存する生活を少し変えてしまったことになるのかもしれないと、思った。

前夜、私は興奮していたのであろう。昔のように四時に目が覚めてしまった。もう胸がドキドキするばかりで、隣に眠っているオーリィを起こさないように、そっと床を出ると、することもないので鏡台に座った。ランプの火を少し強めて、鏡の中の自分の顔を見る。三十を過ぎた女の顔がそこにある。オーリィには申し訳ないけれど、もう十年も経っているのに、ここに兄様がいないのが寂しい。私がこうして一人座っていたら、あの大きな胸で、私の肩を抱きしめて欲しかった。もう二度と起きない、夢のまた夢だ。そうだアンソニーが成人して、私の肩をマミィと呼んで抱いてくれたら、どんなにいいだろう。私は、新たに思い付いた素晴らしい夢の叶う日を待とうと思った。我が子に誰にも邪魔されないで、マミィと呼んでもらうのだ。

私は夏だというのに、背中に寒気を感じて毛布の中に潜り込んだ。アンソニーが、サプライズを気に入ってくれたらいいのに、とそれだけが心配だった。

「ほらジェニー、朝だぞ起きろよ」オーリィの顔が目の前にある。私はどうやらあの後眠ってしまったらしかった。

いよいよ当日である。私はもう何も手につかず、朝食のスクランブルエッグを、匙でかき回しているだけで、オーリィに叱られた。ご飯なんて食べる気がしないのよ。

スミレ色のドレスを着て、金のロケットをした。こんな時、兄様の形見があればいいのにといつも思う。昔、珍しくピンクの石のついたペンダントを貰ったことがあったけれど、それはお金に困って売ってしまった。兄様が軍隊辞めて、東部で商人になって私に小遣いをくれる人がいなくなって、サムの奥さんを湖に連れていく食料の代金になってしまったのだ。あれは今誰の手にあるのだろう。出来るものなら買い戻したいと、ことあるごとに思う。兄様とリビィさんは、夫婦だったのだから、二人腕組んで宝石店へ行って、「あなたこれどうかしら?」「よく似合うよ、リビィ」なんてことがあったのかもしれないけれど、私のためになんてちょっと想像しにくい。兄様に宝石店なんてとっても似合いそうにないから。案外トム兄さんが見立てたんじゃないかなぁ、と思う。何しろ、リビィさんは、兄様のたった一つの形見である、アンソニーを手にしたのだから。兄様の遺品でそれ以上のものはないはずだ。私は今日、その大切な形見に会うのだ。心が弾んで、どうしようもない。馬車の踏み段はつまずくし、手土産のチョコレートと花を、私が持つと騒いでおいて部屋に忘れて来たりした。

誰にも、今の私の気持ちはわかりはしないのだ。十年振りに我が子に、しかも兄様との子に会うのだ。私のこの胸の動悸を押さえてくれる人が、いて欲しいくらいだった。

馬車は、リビィさんが講演の度に口にする〝ミシガンの小さなおうち〟を目指した。この家でアンソニーは生まれた。そして、兄様とリビィさんは、八か月以上も、私に黙って二人だけで甘い新婚生活を送った家なのだ。

私の胸の内に、どうしようもできないモヤモヤが湧いて来た。なぜあの時、アンソニーを、あんなにも簡単に置いて来てしまったのかという後悔が、渦を巻いていた。ああ、私のアンソニー。早く会いたい。馬車は止まっているのかと思えるほど遅く感じ、私の吸うべき空気すらないように思えた。

「ほら、ジェニー着いたぞ」オーリィにそういわれても、体中に力の入っていた私は、一人で馬車を降りられなかった。

ドアをノックして、女中が出て来て、応接間に通された。私には、何も周りが見えていなかった。そこにリビィさんがいた。私はノロノロと、チョコレートの箱と花束を差し出した。リビィさんが何かいっているけれど、そんなものは耳に入らない。

階段を駆け下りて来る音がした。

ドアがバンと開いて、猿のごとく駆けて来て、私に抱きついた者があった。

「ジェニーおば様でしょ？」

私も膝を折って、相手の顔を見た。

「アンソニー君ね」

「うんそうだよ」

もう私達は抱き合って、あとは何も言葉はいらなかった。リビィさんが、アンソニー今は何というの、とかいっていたけれど、彼は私の手をとって、「おば様、こっちだよ」と長椅子を勧めてくれた。

私がそこに座ると、彼は少しためらっていたけれど、私の膝に座った。凄く素敵なことじゃないのかな、と私は思った。

アンソニーは、私の膝の上で、体を少しよじって、私の顔を見ながら、今まで貰った贈り物がどんなに素晴らしかったかを、頬を染めて、私に手振り身振りで話すのだった。私は、アンソニーを膝に抱きたいなぁと思っていたけれど、もう十才だしリビィさんが許してくれないのではないかと思っていたから、とにかく嬉しい。

真っ直ぐに私に向けられた顔を見る。噂と違わぬ、美しいプラチナブロンドのゆるい巻き毛が肩まで垂れている。そして青というよりスミレ色の瞳、そして優しい顎のライン。アンソニーは、私に似ているんじゃないだろうか。目元のきりっとした様は兄様に似ていると思う。私は人目も憚らず、「アンソニー、会いたかったわ」と抱きしめた。髪から、かぐわしい若草の香りがした気がした。そうして、アンソニーの体重を体中で感じて、私は言葉がない。アンソニーは、私が送った鉄の輪を棒で回して走るおもちゃを、この街で一番最初に手にしたんだと、その時の晴れがましさを興奮して話している。抱き上げて、彼の熱をもった頬が、私の冷たい頬に心地良い。あれは、流行し始めたうちにと、誕生日にでもなく送って、リビィさんから苦情の手紙が来たっけ。それでもアンソニーは喜んでくれたんだ。もう何より嬉しい。

アンソニーは、言葉が切れることがないがごとく、おもちゃの話をしている。その間中私は彼を思いのまま抱きしめていられるのだ。ああ、長い十年だった。それが今こうして叶っている。彼に、私が本当のマミィなのよ、といいたかった。私がそのことを口に出したとしたら、たちまちアンソニーは自室へ行かされ、私はこの家を追い出されることだろう。そんなことになる前に、もっとアンソニーの体温を感じていたかった。

私は時々時計を気にしていた。チャーリーには、私達がこの家に入ってから、きっちり四十五分でやって来るようにと、前日から何度もいってある。

「いくらおいらでも、それくらいのこと出来まさぁ。奥方心配は無用ですぜ。おいらそのために来たんですから」と、チャーリーまでが、私の心配を笑う。

時は今、さぁ楽しいサプライズの始まりだよ。一分前になると、私は立ち上がった。アンソニーを抱き上げたかったけれど、もう十才の少年である。私は手をとって窓辺に行ってカーテンの隙間から、「さぁアンソニー、何が見えるかしら」と、強く手を握った。

「何なの、おば様」

チャーリーは、約束通り四十五分後に、馬のフローラを引いて、この家の門を入って来た。それを見たアンソニーは、もう歓声を上げて、庭に飛び出して行った。

一番部屋の奥に腰かけていたリビィさんは、事情がわからずに窓までやって来た。その時には、すでにチャーリーに抱き上げられて、アンソニーが馬に跨る所であった。リビィさんは思った通り怒った。両の手をブルブル震わせて、もう全身が怒りの塊に見えた。

「こんなことって、あり得ませんわ。ものには限度があります。いくらお金があるからって、非常識極まりますわ、すぐ出て行かせなさい」

アンソニーは、チャーリーに馬の乗り方を教わっているのだろう。やがてすくっと背を伸ばして、チャーリーに手綱を惹かれて、狭い庭をゆっくりと回り始めた。アンソニーの上げる楽し気な声がここまで聞こえる。

きっと初めて馬に乗ったであろうに恐れない。さすがに兄様の子だ。私は我慢が出来なくなって、その時流行りだったビクトリアン調の四角く大きなハンドバッグを、マギーの手からもぎ取って、庭へ駆け出した。そしてチャーリーの手から、手綱を取って、ガードルよりスカートがめくり上がって、脛まで見えてしまうのもかまわず、馬に跨って外へ出て行った。

きっとリビィさんが大騒ぎをしていることだろうがかまうものか。きっとオーリィが何とかしてくれるはずだ。私は片手でアンソニーをしっかりと抱きしめると、「ねぇ、恐くない？」と聞いた。

「恐いもんか」と、頼もしい返事が聞こえた。

「ねぇどこか広い所はないの？」

「駅前が広いよ」

しかし、行ってみれば客待ちの辻馬車や人が多く、馬を駆けさせる所ではない。

「ねぇ、もっと馬を駆けさせる所はないの？」

「じゃあ湖の周り」

「アンソニーが舟浮べて遊んだ所？」

「そうだよ、ジェニーおば様がくだすった舟で、一番大きくてぼく凄く嬉しかったんだ」

その時私は病気で、イレギュラーでアンソニーに会ったのだけれど、何も思い出がない。私は、恐る恐るその時のことを聞いてみた。

「おば様ご病気で、男の人に手を引かれていたよ」

アンソニーは、覚えていてくれたんだ。

「あの舟はまだとってあるんだよ。一人では出かけては駄目っていわれているけれど、持って行くと大人の人も褒めてくれるんだ」

「そう、気に入ってくれておば様も嬉しいわ」

「だけど母様はいつも、ぼくには大き過ぎるとかいうんだ。父様いないからって」

「あら、だから私が兄様の代わりに、アンソニーが毎回何が喜ぶか考えて贈っているんだもの、それでいいんじゃないの」

「でもね、本当のことというと、母様はいつもおば様のプレゼント、気に入らないんだ」

私は思わず、大声で笑ってしまった。気に入らないものをって、わざと贈っているとは、さすがにアンソニーにはいえなかったけれど、彼もリビィさんが毎回苦情をいっているのは知っているのだ。わぁ、愉快だ。

湖の周りは、木とベンチが交互に並んでいて、その間を歩く人々を避けながら、軽いギャロップで二周すると、「もっと真っ直ぐな所はないの？」

「じゃあ、競技場かなぁ」

しかし、行ってみれば、周りは板塀で囲まれていて、門には鎖が巻かれていて、大きな南京錠がかかっていた。

「ごめんね、おば様」

子供のいうことだ、仕方がない。私はアンソニーを片手でしっかりと抱くと、「さぁ、行くよ、恐かったらそういうんだよ」と、競技場の脇の直線の細い道を、少し馬を速めて、通り抜けた。手の中で、アンソニーが、興奮してキャーキャーいっているので、次はもう少し速くして、十往復ほどした。アンソニーは、額に前髪を張り付けて、「すっごく楽しい」とはずんだ声を上げた。

私はもう嬉しくて、やっぱり兄様の子なんだと思って、めちゃくちゃ強くアンソニーを抱きしめた。彼の髪から、少年の香ばしい汗の匂いがしたのを、生涯忘れないでいようと思った。

その時、急にアンソニーが、「ぼく、おなかが空いた」といった。

時計を見れば、もう昼時であった。

「どこかで、お昼食べて行く？」と聞くと、目を輝かせて、

「ぼく行きたい店があるんだ」というので、

「へぇ、君には行きつけの店があるんだ」とおだてると、満面の笑みで、嬉しそうにコクンと頷いた。

店はやはり、兄様とリビィさんがいつも来ていたという店だった。私の胸が少しざわついた。アンソニーはチャーリーに降ろしてもらった後、私が馬を降りると、店の戸から店長が顔を出して、「あんた達何事だい？」と叫んだ。しかしその中に、アンソニーを見とめて、言葉遣いが優しくなって、「坊ちゃん、いったいどうしなさったので」と聞いた。

「ぼくの十才の誕生祝いに、おば様が馬をくれたんだ。だから街中馬に乗って来て、おなか空いちゃったんだ」

「そりゃあ、ようございましたね」

それでも、馬とチャーリーは中に入れないというので、チャーリーが、「おれ、どこでもかまわないっすから」というので、彼だけ外で食べることになった。きっと店長は、ここは西部のサルーンじゃないんだぞとでも、いいたげだった。

「アンソニー何食べたいの？」

アンソニーは、もじもじしていたけれど、「あのね、おば様。ぼくご飯食べないでケーキだけでおなかいっぱいにしてみたいんだ。母様はいつもケーキを一つしか頼んでくれないんだ。だからね、駄目かなぁ」

「なんだそんな望みなら、いくらでも叶えてあげるよ。だって、アンジーの誕生日だもの、好きなことしていいのよ」

「ホント、嬉しいなぁ」

アンソニーは店長を呼んでいる。この私の態度は、おばとしても、アンソニーをあまやかしていると端では見えるであろう。でもいいのだ、アンジーが喜んでくれるなら。彼が私のことを、優しいおばだと思って甘えてくれる、それで私は幸せだった。

大きな手付きの盆に、ケーキやパイが二十種類くらい乗った、ケーキの見本を店長が捧げ持って来た。アンジーは悩んで、それでも七つも選んだ。私は何もいわなかった。そして私も、アップルパイとビクトリアサンドイッチとクリームホーンを頼んだ。

「外の牧童にも持って行ってあげてね。それから彼にはポットごと濃い目のコーヒーをあげてね」と私はいった。

アンソニーと二人窓の外を見ていると、店長の差し出すトレイを自分の分だと思ったらしいチャーリーが、トレイごと膝に乗せて端から食べ始めたのを、店長が手を振り上げて何かいっている姿に、アンソニーと笑いこけた。

「おば様どこに住んでいるの？」

「ベーカーヒル。住所教えてあげるね」

私は名刺を出すと裏に牧場の住所を書き始めた。

「ベーカーヒルってどこにあるの」

「アメリカの中部だよ。夏ちょっと東部より暑いの。それからこっちは、うちの牧場の住所だよ」

「おば様牧場も持っているの」

ケーキを頬張りながら、アンソニーが驚いたように聞いた。

「そうよ、広いわよ。今はインディアンが住んでいるのよ」

「インディアン、恐くないの?」

アンソニーは、フォークにケーキを指した手を止めて、私の顔を見た。

「今は友達よ、バッファローを飼っているのよ」

「ええ、バッファローって、もういなくなっちゃったんじゃないの」

「心ある人達がいてね、ほんの少し森の中に隠しておいたの。だから自然界のバッファローは絶滅しちゃったけれど、人間の手で守られているバッファローは生き残ったの、その一部をもらって飼っているのよ。あなたのお父様も、バッファローのシチューなら毎日でもいいっておっしゃってたわ」

「へえ、見てみたいな、凄く大きいんでしょ、この店くらい?」

「まさか、ここのテーブル三卓くらいよ」

外を見れば、チャーリーは、あれだけのケーキを食べ終えて、牧場のつもりで店先、帽子を顔に乗せて昼寝をしていた。

「でも凄いなぁ」

「おば様のお友達の子供達は、毎年夏に来て川遊びをするの」

「何をやるの」

「牧場の中を広い川が流れていてね、大きな岩がすべり台みたいになっている所があるのね。そこを水と一緒にすべり下りるの、楽しいわよ」

「えっ、おば様もやったことあるの」

「行けば子供達といつも一緒にやるわよ。だって凄くスリルがあって楽しいんだもの。そのあと焚き火で、干し肉やビスケット焼いて食べるのよ。牧童達と一緒にね、そしておなかいっぱいになったら、クローバーのベッドでお昼寝するの。大きな木の下でね、木漏れ日が綺麗なの」

私はわざと、アンソニーの気を引く言葉を選んで語った。私の心の中に少しだけ黒い渦が湧き出して来た。このままアンソニーを連れて行ってしまいたいと十才の子をいいくるめて汽車に乗せるのは簡単だろう。しかし、私は人さらいではない。来年牧場へ来る約束を二人だけでしたのだった。

母様への土産を買うというので、嫌味を込めて、アンソニーの両手で持てない程の菓子を買って、チャーリーを起こして、駅前へ向かった。そこの写真館に行って、ボーイ・ジェネラルの息子の、十才の誕生記念なのだからと、強引に頼み込んで、馬に乗って写真を撮った。アンソニーが、「ぼく一人で馬に乗って撮りたい」と、さすがと思える頼もしいことをいったので、一人で鞍に乗せ、チャーリーが手綱を取って写した。フローラは、動ぜずとても良い写真が撮れたと思った。ちゃっかり、チャーリーも一人で格好をつけて写真を撮った。その写真は、その当時のカウボーイの姿として、J&Oの歴史に残るのであった。

私は、しっかりアンソニーを抱きしめて何枚も写した。この今を忘れたくなかった。この肌の温もりをいつまでも覚えていたかったのだ。

写真は、ベーカーヒルの家へ送ってくれるように頼んだ。写真館の店主が、「ご自宅（ミシガンのおうち）へはよろしいのですか」と聞いたけれど、リビィさんに見せるつもりはなかった。ただアンソニーが、「一人で馬に乗った写真が欲しい」といったので、後で送るね、と約束をした。

私達が門から庭へ入って行くと、それまでずっと外を見張っていたであろうリビィさんが、戸を開け室内スリッパのまま両手でスカートを持ち上げて、怒り狂って出て来るのがわかった。しかし、アンソニーの、満面の笑みで高いボーイソプラノの天に抜けるような声で、「母様ただ今、すっごく楽しかったよ、これお土産だよ」と、菓子の袋を渡されると、リビィさんはもう何もいえなくなってしまった。

私はアンソニーを抱いて、庭を二周すると、チャーリーの手でアンソニーは降ろされて、私も、一応おしとやかに馬から降りて見せた。

「アンソニー、手を洗って来なさい」

リビィさんは、アンソニーに命じて、彼は家の中へ消えた。

「まったく、何ということをするのです」

真っ赤な顔をして、地団太を踏みながら、両手で菓子を抱えて叫んでも、私には滑稽なだけだった。

「ボーイ・ジェネラルの息子なんだよ。馬くらい乗れて当たり前じゃないか。私が兄様に乗馬を習ったのは十二才の時だったんだ。そりゃ最初は恐かったよ。でも兄様が手をとって教えてくれたんだ。それを高いの速いのって、ろくに習いもしないで、止めちゃった人に、文句はいわれたくないよ。アンソニーは、やっぱり私の子だってわかって、嬉しかったもの」

リビィさんは顔色を変えて、「そんなこと、まだおっしゃるのですか。誰も信じはしませんわ」

「だったら、アンソニー叱らないでくれる？　兄様の思い出のためにも」

リビィさんは、私を睨むと何もいわずに踵を返すと、家の中へ戻って行った。応接間では、アンソニーが興奮冷めやらぬ様子で、チャーリーの話をしていた。

「彼とさ、菓子屋に行ったら、店長がびっくりして、店から出て来たんだよ。馬乗ってお茶するお客なんていないものね。それでさ、チャーリーと馬は店に入れませんていわれて、彼ったら、見本のケーキのトレイ自分の分だと思って、いきなり食べ始めちゃったんだよ。見てて面白かった。店長が怒ってたのに、パクパク食べちゃうんだもの。それでさ」

「アンソニーおだまり。もうその店へは当分行かれません。そんな不作法して恥ずかしいですわ。ジェニーさん、私達はあなたと違ってこの街で生活していますのよ。勝手な気まぐれで、好き放題されては迷惑です」

私とアンソニーは、目配せし合って、店での楽しかったことを共有したことを納得した。その姿を見たリビィさんが、また吼えた。

「アンソニー、そろそろお部屋に戻っていらっしゃい」

「嫌だよ、これからおば様に牧場のこともっと聞くんだから。今年はもうサマーキャンプに行くって友達と約束しちゃったけれど、来年の夏は、おば様の牧場に行くんだ」

リビィさんは、座っていた椅子の両腕を力いっぱい握りしめると、「そんなことが出来るわけがありません。私は決して許しませんよ」

そのあまりの剣幕に、アンソニーまでが驚いて、「どうしておば様の牧場へ行ってはいけないの?」と、大きな声で聞いたのだ。

「駄目なものは駄目なのです」

「リビィさん、世間はさ、もう〝十二年目の奇蹟〟なんて覚えていないよ。アンソニーがあたしの牧場に来て、変だって思う人はもういないと思うけどな、おばの牧場行っていったい何が悪いの?」と、私は少々の当てこすりを込めていった。

リビィさんは青い顔をして黙ってしまった。きっと、これ以上反対して、私がアンソニーの秘密を洩らしたらとでも、危惧したんじゃなかったのかな。

オーリィが見かねて間に立って、「ジェニー、いくらお前がおばでも、リビィさんのお考えもあるだろうし、アンソニー君の十才の誕生祝いに来たのだろう。お前の想い通りのサプライズも出来たのだ、ここはリビィさんの意見にしたがった方がいいと思うけれどね」と、明らかに私をなだめようとしていった。

オーリィは、私とリビィさんが、まだ砦に暮らしていた頃のわだかまりを、持っていて、リビィさんが反対をしているのだと思っているのだ。

「でも大人になって牧場に来たって、もう楽しいって思えないことは沢山あるわ。子供の時来てこそいいなって思えることは、その時にしか出来ないのよ。リビィさんは意地悪だ、ジェニーのしたいことといつも駄目っていうんだもの」

「あんなことしでかして、まだやりたりないというんですかとリビィさんは思わず立ち上がっていった。

「だってあの時、アンソニーに十年も会っちゃいけないっていったんじゃないか。私は毎年会いたいっていったのに、なんで十才の誕生日まで駄目だったの。兄様の軍葬も教えてくれなかったし、アンソニー一人じめして、ジェニーはずっと我慢をして来たんだよ」

私は、アンソニーの前だから泣くまいと思ったけれど、涙がついに流れてしまうのを止めることが出来なかった。

アンソニーは驚いて、私の手を取って、「おば様どうしたの、ぼくのことで泣かないで」と、真剣な表情でいってくれた。

「ああ、アンソニーいつも一緒よ」

私は彼を抱きしめた。それは、リビィさんでも止めることは出来ないだろう。アンソニーにも気がついていない、生み母への微かな思い出がなせるわざなのだろうから。

リビィさんもさすがに折れて、やっと十五才の夏に牧場へ行くことに決まった。

リビィさんは、駄目といい通した。しかし私が、明日も会えるのなら十五才の時でもいいといったら、渋々と同意したのだ。私はその時、来年が駄目であれば、先のことより明日を取りたかった。それだけ今のアンソニーには、魅力があったのだ。もっとずっと話していたかった。馬もあるのだし、このまま別れるのは、あまりにも切なかったのだもの。

リビィさんはそれほどアンソニーを牧場にやりたくなかったのだろうか。私と兄様が最後まで牧場で暮らしたのが嫌だったのか、十一才の少年を牧場の楽しいことだけ見せて虜にして、返さないとでも思ったのだろうか。でも、明日も会えるなんて、嬉しかった。

翌日、いわれた通りに十時に訪れると、もうアンソニーは待っていて、女中が気を利かせて、昼食用にサンドイッチと、甘い紅茶を水筒に満たしていてくれた。私達はそれを持って、お茶の時間に一分でも遅れたら十五年後はありませんからね、とリビィさんからきつい言葉をもらって出かけた。これからリビィさんと何を話すのか知らないけれど、私はご苦労なことだと思うのに、オーリィまでがちゃんと帰って来いよと心配した。

最初は街の中を、そぞろ歩きしたけれど、時間の限られている中、私は思いっきり馬を駆ってみたかった。街外れまでやって来て、低い丘を駆け回った。アンソニーも、しっかり抱きかかえて、手綱をとらせた。もうキャーキャーいっている。

その丘の南傾の草原で遅めのランチをした。

「おば様って、凄く馬が上手だね」

「十二才の時から乗っているからね」

「十二才って、ぼくより二つ上だね」

「修道院にいた私を、兄様が迎えに来てくれたの、もう一生会えないって思っていたから凄く嬉しかったわ。それからずっと二人で暮らしていたんだけど、兄様私に内緒でリビィさんと結婚しちゃったから、一人になっちゃったの、寂しかったわ」

「母様が悪いの?」とアンソニーがいったので、私はびっくりした。

「結婚は二人でするんだから、私にとっては兄様も悪い。だけどそんなこと、アンソニーが心配することじゃないのよ」

「ぼくね、大人になったら、おば様をお嫁さんにしたいって思っているんだ」

おやおや、とんだおませさんだ。

「すっごく嬉しい、アンジーのお嫁さんになれたら素敵だけれど、その時、私もうお婆さんになっちゃってるわよ」

アンジーを抱きしめて、丘を転がった。

「そんなことないよ、ぼくおば様みたいな綺麗な人、初めて見たもの。母様も綺麗だけど、おば様に最初に会ってぼくびっくりしたんだよ。ぼくにおもちゃを贈ってくださるジェニーおば様って、こんなに綺麗なんだってさ」

「おぉアンジー、あなたって何て良い子なのかしら、もし今おば様に羽があったら、空を飛んでしまいたいくらい嬉しいわ」

それから私達は草の上に寝転びながら、思いつくまま色々な話をした。

「ねぇ、アンジーはウェストポイントには行かないの」と聞いた。

「父様が行ってた学校でしょ。母様はぼくを軍人にしたくないんだって」

「じゃあ何になるの」

「うーんと、弁護士とか会計士とかいってたよ」

「アンジーはそれでいいの。あのボーイ・ジェネラルの息子だよ」

「だからだっていうんだ」

あとでリビィさんに聞いたら、「もう戦いはないのです。それを職業軍人になってどうします。偉大な父親を超えられるわけがないではないですか。あの子は絶対にウェストポイントにはやりません」とピシャリといわれてしまったのだった。

私はアンジーにねだられるまま兄様の話をした。それがメキシコ政府の話になると、アンジーも興味を持って、「だって中将って凄く偉いんでしょ。なってたらぼくメキシコに住んでいたのかな」と無邪気に聞くのだった。

「だって母様そんなこと、一度も話したことないよ」

「昔のことだから、知らないのかもしれないよ。でもねアンジー、なんで母様なんて呼ぶの？　マミィでいいじゃない」

「ぼくはそう呼びたいけれど、もう周りでマミィって呼ぶ子はいないんだ。ぼくがそう呼ぶと子供みたいっていうんだもの」

「おば様から見たら、アンジーはまだ子供だけれどね。じゃあおば様がマミィになってあげる、お嫁さんはもっと先のことだからね。手紙にマミィって書いていいよ」

「ホント、すぐお手紙出すね」

「うん、待ってる。あっ大変だ、もう三時に近いよ」と私が、例のいつもしているダイヤの巻いた時計を見せると、「すっごく綺麗な時計だね。母様も金の時計持っているよ。いつも講演会の時して行くの、いつ終えたらいいかわかるでしょ。父様の形見なんだって」

そうか、リビィさんはそんなものを、いつも身に付けているのか、アンジーも手元に置いて、羨ましいと、少し思った。

急いでバスケットを片付けて、「アンジー飛ばすわよ」と街を目指した。

ミシガンの家に着いたのは、四時に十分程前であった。そのまま庭を一周すると、私はもう別れがたまらなくなって、「アンジー、私の愛しい子」といって、抱きしめた。

チャーリーがアンジーを抱き降ろして、私も馬から降りた。

アンジーは、フローラの鼻先を撫でながら、「五年して牧場に行って、ぼくのこと覚えてくれているかなぁ」と少し寂しげにいった。

「大丈夫、覚えてまさぁ、この馬は頭が良いですからね」

私達は駆けて行って、かろうじてお茶の時間に間に合った。リビィさんにしてみれば、今回は間に合わなかった方がよかったのかもしれない。

私は女中にバスケットを返しながら、「サンドイッチ、とっても美味しかったってコックに礼をいっておいて下さいね」というと、女中は、「お嬢様はいつもお気がつかれて」といったので、私、この人に会ったことがあったのかと思ったりしたのだった。

お茶の時間は、ほとんどアンソニーが話し通しで、数学が得意なこと、いつもクラスで一番か二番なのだけれど、一番なら凄く嬉しいし、二番だと悔しい、などと身振り手振りを交えて話すのを、私はもう夢の中のような思いで聞いていたのだ。

別れの時は来るもんだ。リビィさんが静かに立ち上がって、「アンジー、お客様がお帰りですよ」といったのだ。

アンソニーは私の所へ来て、手を繋いでくれた。まだ小さな手で、しっかりと握ってくれた。

門の外には、すでに頼んであった馬車が来ていた。

リビィさんが、「アンジーも、もう子供ではないのですから、おもちゃを送ってくるのは止めてくれませんか」と、きっとこういいたくて、ここまでついて来たのだろうと思えるようにいった。

私は、アンジーの輝く髪を撫でて、額にキスをすると、

「元気でね、お手紙待ってるわ。君はきっと凄い美少年になってもてるわよ」といって馬車に乗った。

「おば様も元気で、牧場行くからね」

私は窓を開けて、「待ってるわ、愛していてよ、アンジー」というと馬車は出た。

私は窓からずっと手を振っていた。アンジーも、手を振ってくれた。思い出深い別れだった。チャーリーは、小屋を片付けて、フローラと貨車に乗って帰る日に、アンソニーに別れをいに行ったそうなのだ。

「ありがとうチャーリー、すっごく楽しかったよ、五年後に、また会おうね」と笑っていたよと、あとで、サムの奥さんからの手紙にそうあった。

私のアンソニーの十才のサプライズはこうして終わった。でも厳密には終わったわけではなかった。写真が送られて来たのだ。また私は落ち着きなく、部屋中に写真を飾るべく、額縁屋へ通った。そして、アンジーと一緒に馬に乗っている写真と、アンジーだけの写真を二枚、銀の写真立てに入れて送った。

すぐ返事が来て、友人に自慢したんだと、きっとリビィさんは心の中で怒っているのだろうなぁと思いつつ、子供らしい文

面をいつまでも眺めていたのだった。

あとは十五才だ、思いもかけず、次の夢が届いて、私は、その時のことを思うのだった。だってアンジーから、

〝五年後が楽しみです。本屋に行って五年後のカレンダーが欲しいといったら、そんなものはありません、といわれたので、自分で作ってしまいました。十五才の誕生日は、牧場で迎えるんだと思うと、今からドキドキしています。これ母様には内緒だよ。マミィへ〟

という手紙が来て、私は舞い上がった。なんて良い子なんだろう。兄様に一目会わせてあげたかったと、暖炉の上の兄様の写真の隣に、アンジーの写真を並べて置きながら、ちょっと涙が滲んだ。

とにかく色々あった年

まるで戦いのようなアンジーの誕生祝いは終わった。

帰りの汽車の中でオーリィが、「リビィさんと色々話したけれど、至極真面目な人だったぞ」といったので、「夫の元部下に対して、愚痴なんていうもんか、大人しくしているもんだよ」

「そんなことというもんじゃないぜ。アンソニー君のことを凄く心配していたぞ」

「アンジー、今から弁護士にするんだって。ウェストポイントには絶対にやらないって吼えてたよ」

「そりゃあ、閣下があんなに若くに亡くなったのだもの、職業軍人にするのに、抵抗があるのもわかるだろう」

「アンソニーはまだ十才なんだよ。親が彼の将来決めちゃうのもどうかと思うよ。アンジーの人生なんだから」

「お前だって、ウェストポイント入れたいって、ある面決めつけているんだろうが」

「それはそうだけれどさ」

私は手にしたチョコをかじった。そうして、どうにかして来年アンジーを牧場に連れて行く方法はないものかと、思いを巡

らした。そうしたら汽車の中で、二人してチョコを食べるのだ。見果てぬ夢であった。

自宅に帰ってから、私はしばらくぼうっと座って、アンジーの体重を思い起こし、両手で輪を作って、アンジーを抱いているつもりになった。そして、温かな肌触り、髪の毛の若草のような香りを思い起こしながら、夢のような二日間を反芻した。その時間は、たとえオーリィといえども、乱すことは出来ないのであった。私はこの長い長い十年間で、誰にもいえはしないけれど、たった二日だけ与えられた母と子として過ごした日々を、そうぞう忘れるものではなかった。

「アンジーの肩にね、一本抜け毛がついていたから、そっと持って来たの」と、私が大事にハンカチに包んで持ち帰った、プラチナブロンドの巻き毛を見て、オーリィは呆れた。

オーリィはリビィさんと一日話していて、私に聞きたいことがありそうだった。思った以上の可愛い子で、まだ少年だからであろうか、リビィさんに似るわけがあるわけもないけれど、女顔だと思った。だから、軍人にしたかった。さぞ、軍服の似合う格好の良い軍人になるであろうから。平和であるなら、なお結構ではないか。階級は、佐官止まりであろうと、父の血は継いでいるのだから、競技の馬術にでも腕を揮って欲しかった。アンソニーを初めてこの腕に抱いて、髪に顔を埋めたあの一瞬は、生涯忘れるものではなかった。なめらかな頬、すみれ色の瞳、大人になったらどんな美丈夫になるのか楽しみは尽きないのであった。

「どうにかして来年の夏、アンジー牧場に連れて行くことは出来ないかなぁ」と私は、家の食堂でフライドポテトをフォークに差しながら、何気なくいった。

「十五才の時って、リビィさんと約束したじゃないか、そういったのはお前だぞ」

「そりゃ、もう一日アンジーと過ごしたかったんだもの、嘘も方便だよ」

「だからお前はいつまで経っても悪い子なんだ。でも、甥っ子に会うのに十年も先って話も考えてみればおかしい話だよな」

オーリィがステーキを切りながらいう。

「兄様亡くなって、アンジーが産まれて、色々とあったんだよ。ジェニーだって、せめて毎年の誕生日には会いたいっていったさ。だけどその時、ジェニーの肩持ってくれる人、誰もいなかったんだもの」

「ああ、色々あったんだな、そうなんだな、あぁ辛かったんだよな、そんな芋食いながら泣くなよ」

オーリィは新しいナプキンを手渡してくれた。リビィさんのついた〝十二年日の奇蹟〟という嘘のために、兄様の死のショックでおっぱいも出なくなった私は、どうしようもなく、助けてくれる人もなく、ミシガンの家を追われるように、出たのだ。ただ十年目の再会だけを望みに、この家に帰って来たのだ。リビィさんにいいようにされて、それに何も立ち向かえず、我が子を置いて来てしまったのだ。その時の私の気持ちを誰もわかりはしないのだ。

　この間会った時、あのままアンジーを牧場へなぜ連れて行ってしまわなかったかと、後悔の念が湧いた。十二年目の奇蹟など過去のことだ。アンジーがおばの牧場で夏休みを過ごして、おかしい所などないはずだ。私は兄様の一応妹なのだもの。リビィさんは怒り狂うだろうけれど、そんなものいつものことで恐くはない。アンジーをリビィさんとで争うのって、昔兄様のことをリビィさんと、取り合ったことに似ているっていうか、そのものじゃないか。

　私は、私の乳を力いっぱい吸っていた赤子が十才になるまでを知らない。これはとても悔しいことだ。ミルクを飲んで、立って歩いて、学校に行くようになって、私の贈るプレゼントを喜んで、そして十才になったのだ。私は母親として、アンジーの成長の姿を何も知らない。これってあんまりだと思う。アンジーが、〝おば様〟と抱きついて来てくれたことは何より嬉しい。リビィさんも、アンジーに私との軋轢のことを話してはいないのだと思ってほっとしたものだ。それは感謝すべきことなのだろう。だけど私の子なのだもの、もう少し一緒に暮らしてみたいと、十年待って、実際に会ってみて、かえって思うのだった。美しいだけでなく、素直な子に育っていて、これほど嬉しいことはなかった。兄様が亡くならずに、生まれたてのアンジーを抱いて、良くやったジェニーといって欲しかった。

そして、アンジーと兄様と三人で暮らせたのだとしたら、私はその十年を一生に変えてもかまいはしないと思ったのだ。

　私はそれからも時折、オーリィのいない所でアンジーを抱きしめた思い出を、両手でアンジーを抱いたつもりで過ごした。

　写真が出来上がって来て、銀縁の写真立てに入れて送った。すぐにアンソニーから返事が来て、〝凄く嬉しい、父様の写真と並べて、枕元に飾ってあるよ。おば様また遊びに来て下さい、待ってます。アンソニー〟と、子供らしい、ちょっと丸い文字でカードいっぱいに書いてあった。リビィさんが、このカードを見たのであろうか。遊びに行っていいなら毎日でも、行きたいなと、カードを、アンジーの写真の裏に挟み込んで、胸に抱いた。思えば何にも替え難い楽しい二日間であった。長い十年であって、あっという間の二日間であった。

　今年は、アンジーのサプライズに、押されて影が薄くなってしまったけれど、もう一つ、確かに大きなといえるイベントが控えていたのだった。それはアンの三人の男の子の年子、上からエドワード、エイブラハム、リーマスと続くのだけれど、その三男のリーマスが、この夏めでたくも、サムの奥さんとサムの、正式な養子になることに決まった。

　二年前の夏、リーマスも一家で牧場へ遊びに来ていた。いつものように楽しく遊んで、帰る時になって、リーマスが帰りたくないといい出した。「ぼくは、この牧場にずっといたい」と。最初は誰もが、家に帰って、学校に行くのが嫌なのだと思った。しかし、彼はサムの奥さんに慣れて、「ぼくを、ここにずっと置いてくれるよね、ねぇマミィ」といったので、驚いたサムの奥さんは、椅子ごとひっくり返ったのだった。

「サムもマミィも男だって知ってるよ」

十才の子がこういったのだ、本気なのであろうと思えた。サムの奥さんが、真剣な顔をして、「リーマス、あなたがうちの子になったらどんなに幸せかしら。でもまだあなたは子供だわ。十二才まで学校へ行きなさい。牧場はずっとあるわ。もしうちの子になりたいなら来年の夏においで、今までお客さんだったけれど、今度は牧童として一緒に働くのよ。そうしなかったらここでは暮らせないからね。リーマス良い子ね。それが約束よ」と、リーマスを抱き寄せていったのだ。

アンとその夫も、本心はどうなのか私にはわからなかったけれど、「こんな牧場の子になれるなら文句はないわ」と、平然といっていた。

実は彼等には、あの手のかかったビビアンでもう終わりといっていながら、またその下に男の子が生まれていたのだった。それには少しドラマがあって、アンが一見妊婦なんだかわからないコロコロした体形でうちに来て、こういったのだ。

「突然なんだけどさ、うちのと話になって、この子、ジェニーにもらってもらえたらなぁって思ったの」

それを聞いて、もう私は驚くやら慌てるやらで、お茶をこぼした。

「ビビィでお終いって思ってたのにまた出来ちゃって、これで五人目でしょ。ちょっと予定外だったものだから」

アンの夫は薬屋に務めていて、月の半分は田舎の薬屋を廻って、不足品を足したり、新製品の紹介をしたりしている。外へ出る分余分の給金が出るそうで、一般よりは少しは豊かであるだろうが、サラリーマンであるのに変わりはない。

「養子をとるっていうなら、オーリィにも相談しなくちゃならないけど、アン、あなたの気持ちとても嬉しいわ、でもね、そんな急に大切な話を聞いてもね」

「そりゃそうよね、でもジェニーのうちにもらってもらえたら、この子も幸せかなって思っちゃったの。しかも養子ではなくて、実子ってことにすればいいと思ったんだけど」

「実子って、そんなこと……」

「子供が生まれたら、出生証明書の母親の欄に、ジェニー・ベンティーンと書き込めばいいのよ、医者がやってくれるわ」

アンソニーの時、リビィさんがやったことだ。私は暗いものが体中を巡っていくような、とてつもなく嫌な思いがして、両手で顔を覆った。アンが心配して、「ごめんね、ジェニーあなたやっぱり自分の赤ちゃんが欲しかったのよね」と、私の肩を抱いた。

「あたしね、あたし……」

「うん、うん」

「あたし、オーリィとの間に、……本当の子供がいるの」

「ええ、知らなかった。それなら余計にごめんね」

「ううん、あなたが悪いわけじゃないわ」

　私はムッチリした、アンの胸にすがりついて、そうやっといった。

「ジェニー、あのさ、その子どこにいるの」

「えっ、たぶんオーリィの実家にいると思うわ」

「思うって、知らないの？」

　私は涙を拭いて、椅子に座り直すと、「私が悪いの、私があの子捨てて来ちゃったから。だからオーリィの実家とは絶縁になっちゃって、今何もわからないの」と、今まで誰にも話したことのない、〝あの子のこと〟をついに口にしたのだった。

「ジェニーが意味もなく、赤ちゃん捨てるわけないじゃない。何かあったのね、辛いことあったんでしょ。可哀そうに、今までずっと一人で耐えてたんでしょ。何でも今いっちゃいなさいよ、何でも聞くわよ」

「ありがとうアン、あの子生んでね、その後一度流産したの、それから子供が出来ないの。神様もう私に赤ちゃんくれないの」と私はうつむいて、絞り出すような声を出したのだと思う。

「ごめんねジェニー、あなたただ赤ちゃんが出来ないんだって思って、そんなに悩んでるなんて知らなかったから、私の勝手な言い分許してくれる？」

「許すも何も、あなたの気持ちとても嬉しいわ。それにね、赤ちゃんくれるって話あなただけじゃないの」

「そうなんだ、養子って話なの？」

「養子とか実子とかじゃないの。ただ御礼にもらってくれっていわれたの」

「何それ、信じられないわ」

「だから、インディアンの話なの。何もやるものがないから、この子が生まれたからもらってくれって、私達にはちょっと考えられない話だけれど、彼等にとっては大切なものだからこそ、私に礼として与えたいって考えなのよ」

「えーっ、それってものみたいじゃないの」

「それだけ私に感謝してるって証拠なのよ」

「それでどうしたの？」

「まだ生まれたての赤ん坊でね、手も足もこんなに小ちゃくて、私こんなに可愛いものがこの世にあるかしらって思ったの」

「そう思ってどうしたの」

「もう抱いたら赤ん坊の乳くさい香りがして、その肌の温もりに、私の赤ちゃんだって舞い上がっちゃったのね。サムの奥さんの家へ駆けて行って、居間でずっと抱きしめていたの。もう言葉なんて出ないの、ただただ赤ちゃん抱いて恍惚としてたの。そしたらね、赤ちゃん泣き出したのよ。その泣き声聞きつけてサムの奥さんが、あんた、その子供どうしたのって、結構きつく聞いたの。それで私、我に返って、急いで赤ちゃん返したの。その子の母親に、ごめんね、あなたの赤ちゃんとらないよっていって返したの。そしたら嬉しそうな顔をして、赤ん坊にお乳あげたのよ」

「へえ、そうなんだ」

「母親だって、命じられて赤ん坊私にくれようとしたんでしょ。お乳も出てたし、本心からとは今も思っていないの。余程あたし子供欲しいっていう顔していたのかなってね。インディアン側も何も持っていないし、赤ん坊生まれたから、せめてもの心尽くしってことかな」

「だって、赤ちゃんでしょ」

「そうなの、それでね、一応赤ちゃんは返したの。だってそこで私がもらってこの家に連れて来たとしたら、政府のしている子供法案（作者注　５６４ページ参照）と同じでしょ。でもね、別れがたくて、三か月くらいかなぁ、オーリィがもう家にさすがに帰るぞっていうまで、三か月くらいかなぁ、一緒にティピィで暮らしたの、今でも行くとね、マミィって駆けて来るの」

「ふーん、偉かったねジェニー、あんたこんなお屋敷に住んでるのに苦労してるのよねえ」

「たまたまよ、だからあなたの赤ちゃんもらえないわ。でも我が子みたいに可愛がってあげる。お産手伝いに行くからね」

「ありがとう、色々と期待しているからね」

　私は、こんなあけすけでいて、心の温かい友人がいて本当に良かったと思うのだった。私はその話をオーリィには、しなかった。きっと責任を感じてしまうだろうから。私とアンとの間にはそんなことがあった。


　テイラー家は次の夏もまた牧場へ来た。年子で三人並ばなければ、コロコロとして見分けがつかないような男の子三人も、この頃長男のエドワードが、急に背が伸びて大人っぽくなってきた。あとの二人は相変わらずだけれど、牧場に来て、リーマスはすぐにサムの奥さんの所へ行って、「ぼく来たよ。よろしくお願いします」といったのだそうだ。すでにサム達の寝室に、リーマスのベッドが用意されていて、そこへ彼は背負って来たリュックサックを置いて、リーマスの牧場での日々が始まった。

　一応自宅で早起きの訓練はして来たそうだけれど、最初は一人では起きられなかった。サムの奥さんが、五時になるとベッドを蹴とばす。ぐずぐずしていると、ベッドから引っぱり出されて、怒鳴られてしまう。泣いても許されないで、着替えて牛舎に向かって、まだ何も出来ないから牛を外へ出す牧童達の傍で見ることになる。その後、背丈より大きな熊手で、牛の寝藁を新しくする。そしてやっと朝食になって、急かされて食べる。食後は休みもなく、牛の世話をする。大きなブラシで、牛の体をブラッシングする。牧童が一人ついて、蹴られるので牛の後ろに回らないとか、毛並に沿ってのブラシのかけ方などとまず基本を教えている。

　そして昼食になって、大人に交じって食事をする。焼いた肉などを手渡してもらって、食べていると、手にビスケットを持ったまま眠ってしまうことも多いそうだ。当番の牧童が傍についていて、目を覚ますと、いつも少し恥ずかしそうな顔をして起きて来るらしい。その後は牧草刈りなどが休みなく待っている。リーマスは、他の兄弟達が水遊びをしている中で、もくもくと草を刈っているらしい。

夕食はさすがに、私達と家族と一緒にとるのだけれど、お腹がくちくなると、睡魔が襲って来るらしく、サムの奥さんが抱いて、寝かしつけてくる。

「あの子良い子だわ、こんなに頑張るなんて思わなかったから。少しきつくしたら、根を上げるかと思ったけれど、ちゃんといわれたことをやろうとしている姿は、十一才にしては見事よ。彼の本気度がわかるわ。とにかくこのひと夏もったら合格よ」と、アン夫婦にいっていた。

そして帰る三日前になって、サムの奥さんがリーマスに、「あなたも夏休み楽しみなさい」と、休みをくれて、彼は兄妹達と思いっきり遊びを楽しんだのであった。それが去年の話だった。

リーマスは、学校を卒業して、少したくましくなって、またこの夏牧場にやって来た。

そして、私達夫婦が立ち合い人になって、テイラー家から、サム・ステーシーの養子になった。なぜサムかといえば、サムの奥さんが、自分の本名を使いたくないといったからだ。

その晩はお祝いで、御馳走が出て、牧童が全員で、この少年を迎えた。私が、「リーマス、一人でやって行けるの」と聞いたら、「当たり前じゃないか」と、元気に答えたのだった。

サムの奥さんは上機嫌で、「やっと、うちの子供部屋が役立つ時が来たんだわ」と夢見る乙女のごとくであった。

最後の夜は、サムの奥さんの計らいで、リーマスは客間の大きなベッドで、親子三人一緒に寝た。さすがに、アンの胸に、泣き伏していたのだそうだけれど、翌日はもうしっかり五時に起きて来て、牛の世話を始めたのだそうだ。

サムの奥さんが、「牧場の生活は、生き物が相手だから単調で、毎日同じことの繰り返しよ、出来る？」

「うん、出来るよ、だけどたまには川へ行ってもいいでしょ」

「良い子にしていたらね」

「ぼく、サムパパの面倒も見るよ、ねえマミィ」

そういわれると、もうとろけてしまう、サムの奥さんなのであった。

涙の別れがあって、私達はまた汽車に乗っている。二段ベッドの特別室である。この頃全てに、質素倹約を努めている私だけれど、ことテイラー家の子供達には出来る限りのことをしてあげている。例えばこの個室だって、椅子席の何倍も高い。しかし二段ベッドには、子供達が遊び疲れて眠っている。男二人は株の話をしている。アンも両の腿に、ビビィと下の子の頭を乗せて眠っている。下の子は男の子で、モーガンというのだ。そう、私にもらってくれといったあの子なのだ。

お産の時、長男が家に駆けて来て、「ママが大変なんだよお」というので、私とマギーは馬車で、テイラー家へ急いだ。アンはすでにベッドで呻いている。女中は産婆を呼びに行っているという。勝手知ったる何とやらで、私は、ベッドに油紙を引くやらお湯を沸かし始めていると、産婆が来て、もう子宮口が開き始めているという。そして私達が行ってから三時間ほどで、赤ん坊が無事生まれた。こんな簡単なお産もあるのだと、私は感激すら覚えた。私のお産はいったい何なのだったのだろうとさえ思えた。男の子で、この家には何でも屋の女中しかいないから、我が家から赤ん坊と子供達を世話するように女中を一人やった。次の日行くと、産褥にありながら、もう元気なアンが、赤子に乳をふくませながら、「この子ねぇ、モーガンになりそうよ」という。私にも古臭い名だと思ったけれど、「うちの夫のね、お爺さんの名なんだって。えーっていったら、それならお前が考えろっていわれたけれど、ジェフやハリーじゃしょうがないし、これって名も浮かばないしね」と話続けている。祖父の名と聞いて、胸がやっぱりチクリと痛む。私の子だったビリィの名は、オーリィの祖父の名だったから。たったそんなことが許せなくて、我が子を捨てた、愚かな母親だと。

しかし、今まで付き合っていて、テイラー家の身内の話を聞いたことがない。アンの両親とか、他に兄妹がいるかでさえ私は知らない。アンだって、きっと何かあったのだろう。

そのモーガンが、私の目の前で眠っている。テイラー家の子らしく栗色の髪に、やはりコロコロと太っていて、バラ色の頬をした、見るからに子供らしい子供だ。この子をうちの子にしたら、金髪にグレーがかった緑の瞳のオーリィと、プラチナブロンドで青い瞳の痩せっぽちの私と、全然似ていないのに、親子と名乗れたのだ。それも楽しかったかなと、あの時、私の子にしておけば今、私の膝で眠っていたろうにと、少し寂しく思ってしまう。

サムの奥さんは本当に良かったと思う。子供が欲しいと望んでも叶わない夢だと思い続けていたのであろう。それがこんな形で叶って、今リーマスを自分の子に出来た幸せが胸の中からゆらゆらと途切れることなく湧き上がってくる思いに、たまらなくなって、リーマスを、私にするように足ぶらぶらさせながら、愛しさに抱きしめているのだろう。それでいて、サムの奥さんは、厳しく躾けるであろう。それがリーマスのためになるとわかっているから、牧童の生活はとても厳しい。彼をきっと立派な一人前の牧童にすることであろう。良かったね、と私は心から思うのだ。

家に帰れば、せわしい日常が待っていて、これはということもなく、十二月五日を迎えた。いつものように兄様の写真に花を手向け、主のいないお茶会をし、ディナーを終えた。

夜床の中で、「今年はお金使っちゃったと思うわ」

「だから、止めろっていったろうが」

「だってしたかったんだもの、終わってみれば、少し馬鹿げていたなって思ったよ。だけど、ずっと考えた末のことだったんだもの、アンソニーと念願の馬にも乗れたし、リビィさんの怒り狂う顔も見れたしね」

「どうして、お前はそういうことばかりするんだよ。立派なレディだったぞ」

「だって、私の兄様とったんだよ。兄様いつでも一緒だって約束したんだよ」

「それが、リビィさんと結婚しちまって、お前は捨てられたんだよな」


オーリィに悪気はなかったはずだ。いつも私が口にしていたことだから、でもそれを今夜オーリィの口から聞くのは、とても耐えられるものではなかった。私は寝床から飛び出して、床の上に倒れ伏した。薄い寝間着越しに床の冷気が体にしみ込んで、心まで凍ってしまいそうだった。オーリィが慌てて私を抱き起して、温かな毛布の中に入れてくれる。

「悪かったよ、今夜いうべき言葉ではなかったって反省しているよ。だけどさジェニー、もう十年以上も経つんだよ。おれ、お前におれだけを見ていて欲しいんだよ」


私はオーリィを暗い、表情のない顔をして見つめていたのではないだろうか。

「じゃあなぜ浮気したの、あんなに長く私苦しめたのはなぜ?」


今度は、オーリィがたじたじとなる番だ。

「今ではなんであんなことが出来たのか、不思議にさえ思っているよ。みんなおれが悪いんだ。だけどもう昔のことだし、おれがそのことについて謝ろうとすると、いつも嫌なことは思い出したくないって、おれの口に手をやって、その先をいわせなかったのはお前だぞ。だからおれも中途半端に思っているんじゃないか。今夜こそおれの言い分も聞いてくれよ」

「浮気しといて、言い分があるんだ」

「そういうなよ、今こうしておれはお前だけを大切にしているのに」

「あの時、あなたは恋をしたのよね、私を捨てて」

「確かに恋をしたのかもしれない。でもそれは歪んだ恋だった、まともじゃなかったんだ。お前に夫として、してはならないことをしてしまったと、今謝るよ。許して欲しい。これからは決してお前を捨てたりはしないよ。お前ってさぁ、そんなに閣下のこと好きだったんだなぁ。今まで気づいてやれなくてごめんよ。本当は閣下と一緒になりたかったんだろ。リビィさんと上手くいかないのよくわかったよ。だけどさ、今ならおれ死ぬまでお前のこと好きだって、誰にだっていえるぜ。もう決して離さない。閣下が好きでも構わないさ、おれはお前が好きだ。長生きして爺さん婆さんになるまで、一緒だ。これからは、おれとずっと一緒だよ」


オーリィは私の頭を胸に抱いて、髪の毛をくしゃくしゃにしながらこういったんだ。だけどね、私はもう涙も流さず、ぼうっとした頭で、約束って破るためにあるんじゃないのかなぁ、とオーリィの言葉を素直に受けとれないで、ずっと他人事のように聞いていていた。

今年はクリスマスカードが、アンジーの直筆で送られて来たので、私は嬉しかった。十才のサプライズの最後を飾るプレゼントだと思ったのだ。来年の夏、どうこじつけを考えて、アンジーを牧場に呼ぼうか、今からまたサプライズを色々と想像するのは楽しいことだった。しかし、そのことに関しては、リビィさんの方が一枚上手であった。年が明けると手紙が来て、学校を受験するために、アンジーの勉強の妨げをしてくれるなと、きつくあって、もう子供ではないのだから、誕生日にはもうおもちゃなど送って来ないで、出来うるものなら、勝手であるが学費を送って欲しいとあった。もう完敗であった。学校といわれると、子供を育てたことのない私には、手も足も出ないのだから。

年明け早々に、出鼻をくじかれた形であったが、良い話もあった。それは、私も株を持っているパンパシフィック鉄道が、この私の住んでいるベーカーヒルから遠からぬ所へ、新駅を作るらしいという情報で、すでに市街地の地図も出来つつあるという、とても有望な話であった。

私は喜んですぐにオーリィにその話と共に、長年思い描いていた計画を話すと、オーリィは呆れて、お前の頭はいつも何を考えているのだと、文句をいった。ここベーカーヒルまでが一応都会で、その先は小さな駅が一つ二つあるだけで、あとはずっと畑が広がる農地で、次の駅はずっと先にあるのだ。私は駅が、ベーカーヒルに近い方に出来たのならばそこに学校を開きたいといったのだ。そして、いつもJ&Oの金食い虫は、私とこの家だといっているオーリィに、この家を、学生のための寄宿舎にしたいと話した。オーリィは、二人暮らしなのだし、二階を住居にして、もっと人手のいらない用が足りるだけの家を建てて移った方がいいと、いつもいっているのだ。その言い分はよくわかる。

「でもこの家、サムの奥さんが、ジェニーが沢山赤ちゃん産んでも狭くないようにって買ってくれたんだよ。テリー閣下もこの家で看取ったし、今更移りたくないよ。だって使用人はどうするのよ」

「それこそ、使用人付きでこの家を買ってくれる人を探すさ」

「スザンヌ達は門番小屋に住んでいるんだよ、出て行けっていわれたら困るでしょ」

「それは、あいつらが考えることで、家主が代わることは、不思議でもなんでもないだろう」と、結構冷たいのだ。その都度私は曖昧に、「考えておく」としか答えられない。

オーリィにいえるわけがないのだ。たとえほんの数ヵ月でも、兄様の子を腹に宿して、この家、そしてこの庭で、兄様と子供達が泥まみれで遊ぶ姿を夢見た家だとは。

だから私は無駄に大きなこの家を、どうにか活用出来ないかと色々と考えていて、寄宿舎にすると思いついた時は、やった、と凄く嬉しかった。しかし、学校はどうするかが大きな問題だったのだ。それがここから通える所に学校を作れたら何よりだ。けれど、今の所あくまでも計画段階としか、わからず、駅もどの辺になるかまだ表面上は白紙なのだという。資金が潤沢にあるなら、あの辺の土地を買い占めてしまえばいいのだけれど、今はそうもいっていられない。

　それでも私は、オーリィにねだって、新駅ができそうな土地を見に行ってみた。とうもろこし畑が連なるばかりで、

「本当にこんな何もない所へ駅が出来るのかよ」と、オーリィも不審がる。

「確かにそうだね、こんなに広くちゃ、土地を今のうちに買っとくってわけにもいかないわねえ」

「ガセネタかもしれないぞ」

「本当にそうよね、ここが街になるなんて、想像もつかないわ」

　私も風邪に揺れる一面のとうもろこし畑を見渡しながら、確かにそう思った。しかし、ここら辺に駅が出来たらいいなと思った。とりあえず、この辺の地主のことは調べておこうと思った。出来れば話が公にならないうちに、安く買いたかった。それは投資家は皆同じ気持ちであろう。あと何年先かわからないが、ここに是非学校を作りたいと思った。

　四月になって木香(もっこう)バラが、ちらほら花をつけ始めると、そろそろバザーのシーズンである。私はバラの花が大好きなので、庭の中心にバラ園がある、木香バラは蔓で棘がないので、壁隠しに、白と黄色をない交ぜにして植えてある。そして四季咲きの野バラが咲き出して、六月に入って、大輪の香りの良い花が咲き出すと、人々が、見に来るほど、バラはそれぞれ意匠を凝らせた木の柵に巻きついて、バラのアーチが出来ていたり、思い思いの花を咲かせる。庭に出れば、バラの香りに包まれる幸せを感じるのだ。そして六月二十五日、兄様の命日には、ずっと見張っていて、その朝一番に咲いた花を、捧げるのであった。

　バザーといっても、昔のように金持ちの道楽と揶揄された、他で定価で買ったものを半額で売るなんて馬鹿なことはもうしない。入口の缶に入場料を入れるうちの方式も、浸透してきた。それだけではない、募金箱をあちこちに置くようにもなった。やるからには利益が出るようにするようになった。スティックで刺すパイはあれからいつも人気があって、持ち帰りに買っていく人も多い。少佐はいつの間にか、テリー閣下の椅子に座って昔話をするようになった。

　私は新しいことを始めた。先年、金鉱掘りのスタンリーが結婚するといって来た。大人しい彼は、金山に小屋をいくつか建てて、金を掘らせていた。その彼は、カンザスに家を買って、夏場金を掘り、冬場はカンザスの家で暮らすようになった。山に入る間には、今でもライフルを持った番人が二人いるのだという。そんな中で、彼は日本人を妻に迎えることになった。ミッチまで、遠くワシントンから一人で駆け付けた。

　私は日本人をその時初めて見た。黒く光る豊かな頭髪を不思議な形に結って髪飾りを沢山つけて、陶器を思わせる肌と、私より小柄な、まるで人形のような美しい女(ひと)であった。〝みつ〟

という聞いたこともない名なのだそうだ。親戚と共に、アメリカに一旗あげに来たものの、言葉もわからず、鉄道人夫としてこの私より華奢な女が男に交じって働いていたのだという。給金を持ち逃げされたりして、来た仲間の半分は、国に帰ったのか、まだどこかにいるのかわからないが、スタンリーに拾われて、同行の女三人と一緒に、鉱夫の食事や洗濯をするようになった。体が楽になったこと、暇な時はパンニング（金と砂をわけること）をしていればいいだけなので、いついて、ついには、この異国で結婚することになったのだという。十分に国に仕送りが出来て、花嫁衣裳も送られて来たのだと聞いて、私は、それを見るのが楽しみだった。

結婚式当日、私達も皆正式な衣装に身を包んで待っていると、まずスタンリーが恥ずかしそうに新品のフロックコートを着て出て来た。それからやっとしばらくして、女に手を引かれて花嫁が出て来た。顔を白く塗って、上唇と、両目の先に紅をさした変わった化粧をしている。それだけでも驚きなのに、花嫁衣裳が黒なのだ。これには本当に驚いた。私はカメラを持って行ったので、沢山写真を撮った。花嫁の日本のキモノというものを初めて見た。ただ黒だけでなく裾に綺麗な花や鳥が、厚く刺繍がしてある豪華なものであった。

私は、ルビーが時計の周りだけでなくベルトまで付いている時計を、「これ私が使ってたのだけれど、良かったら使って下さい」と贈った。

「わぁ、とても綺麗です。ありがとう」といって、私に布に包んだものをくれた。

「この花嫁衣裳と一緒に、国から送ってもらいました。あなたにあげたくて」といってくれた。開けて見ると、オレンジ色とも違う、色の名前をいえないけれど、いわば朝日のような色の着物であった。不思議な長い袖だけでなく全身に花が刺繍してある、もう見事な品で、私は驚いて、「こんな凄いもの、日本人は毎日着ているの？」と思わず聞いてしまったほどであった。やはりこれは、日本でもお金持ちの若いお嬢さんが着るのだそうだが、着るものに関しては、日本は凄い国であると思った。

日本へ送金して、実家を新築出来たし、下の兄弟は学校にも行かれるようになった、その礼だというのだ。しかし、そういいながら、私は花嫁の手が荒れているのを見逃さなかった。一番大変な思いをしているのはスタンリーなのに、それに比べて楽している自分が恥ずかしかった。それでも、スタンリーの結婚はとても喜ばしいことであって、皆が祝った。その晩、二人して私の所へ来て、私の髪を一房もらえないかといいに来た。国にアメリカにはこんな見事な髪の女がいるのだと送ってやりたいのだという。私は喜んで着物の礼に一房切ってあげた。「生まれつきこんな髪なんですか」と聞かれて「たぶん」としか答えられなかった。

その時もらった着物を、今年のバザーに私はバラ園の前にトルソーに着せて飾った。皆初めて見る着物の美しさを褒めた。そして私の出番となった。「ねぇ、咲き誇るバラを前にして、この着物着て写真はいかがですか」と。

着物の着方なんてわからないから、服の上から羽織るだけだけれど、これはうけた。インディアンの服を着たい人は多くないけれど、この着物は人気があって、肩から花柄が美しく見えるように横向きで、こちらを見つめてパチリ。これで一ドルと、少々高めだが、婦人達にも見栄があるのであろう。一人が写すと、我も我もと行列が出来て、私はその日、沢山稼いだ。

オーリィが、「あんま無理するなよ」と心配してくれるが、私はこの頃風邪も引かないし、至極元気だ。

私はただ、誰か鉄道省に知り合いがいないか、それればかり考えていた。

だって、この夏アンソニーを連れ出して牧場へ行くつもりが、早々に出来ないとわかっておもしろくないのだ。アンソニーの誕生日には、いわれた通り小切手を送った。珍しくリビィさんから礼状が来て、アンソニーは数学が得意で、良い学校に入れるかもしれないと、書き添えてあった。私は数学が出来ようが国語が出来ようが、どうでも良かった。ボーイ・ジェネラルの子だもの乗馬が出来なくちゃ、と思うのだった。

私は手紙を手に涙が流れるのを止めることが出来なかった。会いたい、アンソニー。二日間であったけれど、生身の我が子に会ったのだった。なぜあの時この家に連れて来てしまわなかったのかと、また後悔の念が浮かぶ。リビィさんが何といおうと、返してくれとなぜいえなかったのか、自分の弱さに泣くしか出来ない我が身が情けなかった。せめて夫との間に、もう一人子供が出来ていたら私の気持ちも変わったろうが、それはいってもせんないことだ。そして、ビリィ。いつも心の底へ押し込んで、努めて思わないようにしているけれど、今どうしているのかと思う。毎月送っている小切手は、ちゃんと換金されているから、あの子の成長を、ただそれだけが知らせてくれるのだ。会いたいかと聞かれたら、答えられないだろう。生まれたその日に捨てて来てしまった子に、私が会えるわけがないではないか。許される時は来ないのだと思う。きっと私のことを恨んで、終生許してはくれないのだろう。私はもはや母親と呼ばれる資格すらないのだから。

アンソニーにしてもあの子にしても、私は我が子に関しては神に見捨てられているのだと思えてならない。

六月のバラが終わると、テイラー家とサムの奥さんの牧場へ行く。いつもの行事だ。

リーマスは、サムの奥さんの心尽くしなのだろう、子供用の牧童の姿をして、私達を迎えてくれた。テンガロンハットが似合っている。アンが飛んで行って、抱きしめていた。養子に出したとはいえ、心配していたであろうから、爽やかな母子の対面であって、私も心が温まる思いがした。

でもね、アンの夫は、年々太っていくように見えるし、とてもモテるようには見えない。大人しそうな紳士である。彼女との間に、五人もの子を成したのだから、アンを愛しているのであろう。けれど、月の半分は地方といっても同じ所を廻っているのだ、その地に馴染んだ女がいたとしたら、アンはどうするのだろうか。離婚なんて話になるのだろうか。他人事だけど、そんなこと考える私は、ちょっと変だ。

オーリィはこの頃とみに機嫌が良く、「おれジェニーを一生愛しぬくからな」なんて、いとも簡単にいう。私が少しでも口ごもると、おれの気持ちがわからないのかともいう。

ああわからないよと、私は思う。いつかオーリィが、「こんなに謝っているのに、お前はまだ許してはくれないのかい」といったことがあった。私は返事をしなかった。謝るくらいなら、浮気なんてしなければいいのだから。この頃平気でいられるようになったと思う。でも私はオーリィがどんなに私をこれから大切にしてくれたって、それどころか大切にするって口に出す度に、一生心の中では許せない心の狭い女だとつくづく思う。だから気になるんだ、アンの夫が浮気をしたら、アンはいったいどうするのかと。泣いて喚いて喧嘩になって、でも外見は何もありませんという顔をするのだろうか。この私のように。

ティピィに行くと、フラワーベルが、「マミィ」と両手を上げて駆けて来る。私が名付け親だ。

私にくれるといったインディアンの赤ん坊だ。抱き上げてやると、私の体中をまさぐって、どこかのポケットにある一粒のキャンディを探す。私の白人文明からの唯一のお土産だ。彼女はすぐに私の左胸のポケットからキャンディを探し当てて、包み紙を開けて口にする。頬にポッコリキャンディの脹らみが出来るのが、可愛い。指で押してみせると、今度は反対の頬を膨らます。そして私はまたその頬を押す、それを二人でキャーキャーいいながら、キャンディが溶けてしまうまで楽しむのだ。いつもキャンディは一粒しか与えない。それでもフラワーベルはそのキャンディを楽しみにしていたらしくて、ずっと後になって、〝マミィからのプレゼント〟といって、キャンディの包紙が張られたボードが出て来たそうだ。

夕食に現れたリーマスは、日に焼け少したくましくなって、首に巻いたチェックのバンダナがきまっていた。彼もこの一年でしっかり牧場の子になったのだと思えた。

サムの奥さんが、「あの子、すっかり牧童の生活に慣れたワ。もう一人でいわれたことは何でも出来るのよ」と、自慢すると、「もう、泣いたりしないんですか」とのアンの心配を、「大丈夫よ、あの子男の子だもの」と、まんざらでもない様子に、アン夫妻は、安心もしたのだけれど、一抹の寂しさも感じていたに違いない。端で見ている私がそう思うのだから、母親の気持ちは、いかばかりであろう。我が子でありながら、もう他人の子になったのだから。

夕食の時も、照れがあったのか、リーマスはほとんど語らず、牧童と同じ土産をもらうと、早々に自室に消えた。

「男の子って、あんなあっさりしたものなのかしら」と、アンが嘆くので「しっかりして、親の手を離れたんだわ」と、皆がいう。

　あの泣き虫のビビアンが、下に弟が出来たら、やきもち焼くかと心配したけれど、「さすが女の子よ、急にお姉ちゃんになって世話を焼くようになったの」と、こちらは嬉しそうに話す。「でもね、やっぱり動くお人形みたいに見ているらしくて、はらはらすることも多いのよ」といっていたのが、今はしっかりモーガンを抱いている。泣いている時に私が抱き上げたりすると、飛んで来て、私の手からモーガンを抱きとると、まるで嫉妬でもしているように、「おばちゃんは、この子に触っちゃ駄目」と、私を睨むのだから。

　子のいない私達には、この夏休みにテイラー家と共に過ごすのはとても楽しい。

　オーリィも、子供達と川遊びをする。私が最新式の体の線が出る、全身を覆う水着を着て見せたら、慌ててタオルで私の体を隠して、「お前な、年を考えろよ、おれが恥ずかしいだろうが」と怒った。

「えー、今皆これ着てるんだよ。どこが悪いのさ」

「悪いものは、悪いんだ」

「あら、あたしはジェニーがスマートで羨ましいわ」

日傘を差した、アンがいう。

　それでも、私は一日だけとオーリィを口説き落として、子供達と川遊びに興じた。そして冷えた体に毛布をかぶって、焚火に当りながら干し肉などを焼いていると、やはり凄く昔のことを思い出すのであった。クレージー・ホースに会った日のこと。あの時金山もらわなかったらどうなっていただろう。砦から出る術もなく、リビィさんに冷たくされて、私はきっと、兄様とリトル・ビッグホーンで死んでいたのだろうと思う。兄様が行軍するといったら、何があっても傍を離れはしなかったはずだから。そして、ずっと一緒を全う出来たのに、と思う。それこそが兄様との約束が果たされる時であったのに、私はその時、ちょうど未来を紡ぐ、アンソニーを産んでいたのだ。人生て不思議だと思う。どんな戦いであったかは知る由もなかったけれど、負け戦であったのだろう。インディアンは兄様を知っていて最後まで兄様を倒しはしなかったと、戦いに加わっていたインディアンの証言がある。私はもしその場で生きていたなら、兄様の傍を決して離れはしなかったろうけれど、兄様はどうにかして、私を助けようとしたのではないだろうか。死んだ馬と兵隊をバリケードにして、どんなドラマがあったのだろうか。私は兄様の腕の中で最後を迎えられたら、満足だったに違いないのだから。そういうなら、私だって、リトル・ビッグホーンの生き残りに違いないのだ。

　その私が、今インディアン救済に力を注いでいる。皮肉なものだ。私はリビィさんのように表立って活動していないから、あの人は私のしていることは知らないであろう。知っていたら、私と口も聞いてはくれないだろう。何しろ夫を殺した相手なのだもの。

秋になって、四季咲きの野バラが咲いたらまたバザーを開こうと思った。アンソニーの学校入学はどうなったのだろう。隣に、オーリィが軽い寝息を立てて眠っている。私は孤独を感じて、背を向けて丸くなって眠ろうと、努めた。

牧場にいる間中、時間があれば馬のフローラに乗っていた。アンソニーのサプライズに連れて行った可愛い馬だ。あり得ないことであったけれど、もし許されるものなら、毎日のアンジーの通学に使ってもらいたいものだと思った。チャーリーに引かれて行くのだけれど、リビィさんはその姿が笑い者になると貶した。兄様なら面白いといってくれただろうに、あるいは自分がアンジー乗せて学校へ送って行くと、いってくれたかもしれなかったのに、私はフローラのたてがみを撫でながら、牧場をわけもなく駆けまわった。

十才のアンジーは、馬に乗ると私の胸に埋まってしまうくらいだった。きっと十五才になったら、すぐ馬に乗れるようになって、一人して速駆けをするのだと、今から楽しみでしょうがない。オーリィも馬に乗るけれど、「お前よく一日中乗っていられるな」と元騎兵のくせにいうくらいで、ただの暇つぶしだ。することのないオーリィは、日なが新聞を読んでいるのだ。

今日、お茶の時間に帰って来ると、オーリィが機嫌良く待っていて、「ほら、お前の喜びそうな記事が出ていたぞ」と新聞を渡してくれた。

「どこどこにあるの？」

「ほらここだ、小さいけれど囲み記事だぞ」

そこにはほんの数行だけれど、パンパシフィック鉄道が、住宅地の需要拡大のために新駅を作る予定があるそうだとあった。

「なっ、載ってたろ、やっぱりガセネタじゃなかったってことだよな」と、記事を見つけたことを褒めてもらいたそうな表情だ。

「あーあ、記事になったら皆に知られちゃったじゃないか。土地代上がっちゃうよ」

「だけど、どこまでは書いてないぞ、まだ大丈夫だよ」

「信じられないくらいのお金持ちっているんだよ。そういう人はもっと儲けようとするもんなんだ。いつか見に行ったとうもろこし畑なんか、見渡すくらい平気で買っちゃうよ」

「そうなる前に、地主の所へ行ってみないか」

オーリィは、牧場の生活にすでに飽きて来ていたんだ。この記事を口実に、家に帰りたいのだろう。

テイラー家は、夏休みいっぱい牧場にいるという。サムの奥さんは相変わらずで、オーリィ先に帰して、後二人きりで女の子同士で話をしようという。サムは、少し話をしてもいいですか、といって、扉の外の板張りの廊下に出て来た。私はそこに吊るされたブランコに座った。女の子にはブランコよ、と家を建てた時にすぐ付けさせたものだけれど、乗っているのを見たことがない。きっと恥ずかしいのだろう。

サムは器用に車椅子を回して、私の近くに来て、手を組んで話し出した。「私のパンどうですか?」

私は一瞬答えられなかった。

「美味しくはないですよね?」

サムはパン作りが上手くて、牧場に来る楽しみの一つであった。それが怪我をして、新しいパン係が出来たのだけれど、今回、サムの奥さんは、サムがまたパンが作れるようになったからといって、私達はサムが作るパンを食べている。一時は一生寝たきりといわれたサムが車椅子とはいえ、元気になって、彼の取り得であったパンも作れるようになったのだと、サムの奥さんは私達に見せたかったのだと思う。しかし、腕の力が弱くて、こね足りないパンは、粉っぽくてパサパサで本来なら人に出せるものではない。でもサムのことを知っている私達は、その回復ぶりをめでて、決してまずいと思って食べているのではない。ここまでサムの奥さんと二人して努力して来た命の味だと思っているのだ。

「そりゃあ、昔ほどではないと皆思っていると思うよ。でもね、誰も嫌じゃないんだよ。そこの所よく理解してね。私ね、砦にいた時、よく家出してたの。家出ったって西部のど真ん中で、まだインディアンと戦ってた時だったけど、山の中の湖に行ってたの。お金ないし、いつも台所のパンくすねて逃げ出していたんだ。そのパンが酷くてさ、コックのくせにこんなもんしか作れないかって、思ってた。あの手抜きのパンと、サムの作るパンは凄く違うよ。サムの奥さんが皆に食べなさいっていうのわかる味がするんだよ。あの時、死んじゃわなくってよかったね。本当にそう思うよ。サムがいなくなっちゃったら、サムの奥さんもきっと死んじゃったと思うよ。ここまで来るの、さぞ大変だったと思うよ。その喜びが詰まったパンなんだもの、自信を持っていいと思うよ」

サムは車椅子回して、私に背を向けた。泣いているの見られたくなかったんじゃないのかな。

私はまたサムの奥さんにジェニーちゃん、ジェニーちゃんといわれながら、足ブラブラされる抱擁を受けて、ビーフジャーキー山ほど土産にもらって、帰宅した。そしてすぐ、新駅ができそうな所の地主の所へ挨拶に行く用意を始めねばと思った。

553ページ作者注：合衆国は、インディアンの赤ん坊を貧しいからという理由で強制的に白人家庭に養子に出させ、成人まで育てさせた後、自宅に帰す法律を一九九〇年代まで続けていた。その子供達は、インディアンの言語もその生き様も教えられることなく、白人の世界からいきなり、インディアンの世界へ戻されるため、彼等の持つべきアイデンティティもなく、その生活の差に、身を持ち崩す者が絶えなかったという。

やはり色々あった日々

地主に会いに行くのに、あまり派手な服装は良くないだろうし、手土産も何か必要であろう。私は、あのとうもろこし畑が街になって行くのを思い描いた。工場用地などでなく、ベッドタウンとなるような話なので、まず駅舎が出来て、駅前広場があって、商店が並ぶのであろう。

サムの奥さんの牧場の近くに駅が出来た時のことを思い出す。何にもない駅前に、まずサルーン（酒場で女も置くし、二階には小部屋があって、泊まることも出来た。旅人には無料でとても塩辛いが朝食を出す決まりがあった。そうしたら、客はたまらず酒の一杯も飲まねばいられなかった）がポツンと一軒出来た。牧童にとっては憧れの店で結構流行っていた。やがてその隣に床屋と風呂屋と洗濯屋が出来た。行く度に店は増えていき、食堂兼雑貨屋と服屋も出来た。ただ圧倒的に男性人口が多いから、ケーキ屋も花屋も美容院もまだない。

私は夢だけを語るべきではないと思い、学校の見取り図をとりあえず思い描いた。専門家に頼もうかとも思ったけれど、いきなりそれではあまりにあざといと思えた。

「少なくとも欲しい土地の面積くらいは決めていった方が良くないか」

「そういっても、どれくらい土地が必要か、あなたわかるの？」

「それはお前が、どれほどの学校を作りたいかによるんじゃないか」

「やっぱり素人じゃ難しいかなぁ。学校作りますっていって、誰に聞いたらいいんだろう。インディアンのテリトリーに小学校作るようにはいかないものね」

私は溜め息をついた。学校といえば、すぐウエストポイントが思い出されるけれど、あんなに大きくなくてもいい。学生は何人収容するのであるのか、食堂に図書館もいるし、大きな建物を建てて、その一棟で全てを賄うのか、いくつも建物を建てるべきか、思えば全く無謀な計画に乗り出すものであった。

汽車の窓から、ずっと続くとうもろこし畑を見つめながら、私に出来ることであるのか、心もとなく思えてしまうのだった。

それでも人をやって、地主に会う約束をした日、私は大人しト目のモスグリーンの私の好きなデザインの小さなケープがついたドレスを着て、とりあえず最初だからと、平凡に花束とチョコレートの箱を手土産に、オーリィと地主のパートナム邸を訪れた。

年老いた女中が出て来て、手土産を受けとると、応接間に私達を案内してくれた。座れともいわずに姿を消したので、私達は立って待っていた。

バートナム氏は、ツイードのスーツ姿で半白髪の日に焼けた、見るからに田舎紳士であった。「おやおや、次の禿鷹はお前達かの、せっかく連れて来るのなら、もっと若くてピチピチした見た目楽しい女がよかったのお」といって、自分の安楽椅子にドカッと座った。私は、立って行って、「私、J&O財団の会長で、ジェニー・ベンティーンと申します。本日はお忙しい中お会い下さって、お礼を申し上げますわ」

バートナム氏は、さも驚いたという風に、両手を上げてみて、「ほう、女の禿鷹とは見上げたものだのぉ。それでお前さんはいったい何をして儲けようと考えているのだい」

お金を儲ける、といわれて私はちょっと口ごもった。思いもしないことであったから。その私の姿を見て、氏は、「あんたは、その若さで、まさか女の街をつくるつもりじゃあないのかい」

「まぁ、意外なおっしゃりようでございますわ。ここにおりますのは私の夫、オーランドでございます。二人して財団を起こしましたの。私、あなたの土地に学校を作りたいと考えておりますの」

「学校とはのう、今まで来た禿鷹どもとは少し違うらしいの、まぁ立っていても目障りじゃわい、座りなさい」

私達は手近の椅子に腰かけた。氏は、テーブルの上から葉巻を取ると、その先を食いちぎって文化マッチで火をつけた。そしてふむふむと煙を吐いていたが、私の顔をまじまじと見て、「あんたは、ベーカーヒルで一風変わったバザーをやっておらんのかのぉ」といった。

「はい、たぶん入場料をとってのバザーを始めたのは、私共の所が初めてだと思いますわ」

「わしは、甥っ子にねだられて一度行ったことがある。入口の缶にいくらでもいいといわれて、一セント入れてやったヮ。それで飲み食いして、甥っ子が遊んでいる間にわしゃくたびれての、有名な将軍とやらの昔話を椅子に座って聞かされて、しかもブランディまで勧めてくれて、なかなか軍人にしては気の利く御仁であったな。あれで儲かるのかい」

「あの頃はまだ私も若くて、バザーを開く度に金持ちの道楽といわれておりましたから。有名な将軍とはテリー閣下のことでしょう。私にとっては父のような方でしたけれど、今はアーリントンにいらっしゃいます」

「ということは、墓の中ということかの」

「はい、今いらしたらどんなに心強かったかと思ってなりませんわ」

私は思わず両手でスカートを握りしめた。その様子を見たのだろう、「そりゃ、悪いことを聞いたの、それでいったいいくらで、わしの土地を買うというのかね」

私は、いちおう不動産屋で聞いて来た金額をいった。

「まったく話にならんのぉ。この土地はわしの爺様がとうもろこし畑にしたのじゃ。三代に亘る、わしら一族の宝じゃ。滅多なことでは譲れん。畑として譲るとしてもその金では無理じゃ。

金持ちの道楽なのだろう、欲しければ金を出すのは当たり前だろうが」

「我々は財団として移民の教育と共に各地のインディアンテリトリーと居留地に学校を開いて、教育の場を与えています。したがって以前のように道楽のようには出来んのです」とオーリィがこらえきれずにいった。

「まぁ、何をするにも先立つものが必要だ、よく考えて来るんだな」

帰りの馬車の中で、「思ったより頑固爺ではなかったね」

「でも金にはうるさいだろうが」

「私だって、呆れたよ、高いことというからさ。それってあの人の言い値の一エーカー五千ドル以上だっていってたけれど、それを払えば売ってくれる希望があるってことでしょ。絶対に売らないって言い張るより、道は開けそうじゃないか?」

「それでもおれ達の前にも色々来た人間がいたってことだな」

「新聞出ちゃったしね、私達買えるかなぁ、ミッチに相談してみなくちゃね。バザーまたやらなくちゃね」などと話し合った。

地道にちゃんと利益が出るようになっている。今まで無料で食べさせていた、庭で出来たとうもろこしや豆なども、買って下さる方が増えた。もちろん焼とうもろこしなど子供には今だにタダだ。ただ参加する人達が、チャリティに思いを込めて来て下さるようになったことは確かだ。

牧童のチャーリーが馬のフローラを荷車に乗せてやって来て、引き馬をするのも、とても人気があった。こんな街でも馬に乗ったことのない人は多いのだ。私は手紙で、チャーリーになるべくカウボーイらしい格好をしてきてくれと書いて頼んだ。彼は私の思う以上のカウボーイらしさで来てくれた。はすにかぶった、ちょっとつぶれかかったテンガロンハット、チェックのシャツにバンダナを巻いて、出始めのリーバイスのズボンに、巨大なバックル、股が擦れないように皮のカバーを巻きつけて、ピカピカに磨いた拍車のついた、ウェスタンブーツに、なんとガンベルトとナイフまで身に付けて来た。こんなスタイルも今では昔のことのように人々には感じられるのであった。西部のフロンティアは過去になりつつあったのだ。子供を中心に大人まで、チャーリーが拍車をカチャカチャ鳴らしながら、庭を一周する引き馬に列を作った。中には、お転婆な若い女性のドロワーズが見えたりと人気は上がった。そして皆馬に乗ってチャーリーと写真を撮るのであった。

チャーリーが来るというので、バザーは土日の二日間に亘って行なわれた。馬に乗るだけなら無料だけれど、写真を写すには一ドル必要であった。そして写真が誰かを区別するために、番号札を渡して、相手の名前と住所を記してもらうために、小さな机にノートを置いて、移民のクラスの女性に手伝ってもらっていた。

バザーが終って、手伝ってくれた皆と夕食をとっている時、いきなりチャーリーが、膝を折って、「おれの嫁さんになってくれないか」と、手伝ってくれていた女性にいったので、バザーが終ってまだ興奮している人々の喝采を浴びたが、二十一才になる移民のイーデンは驚いて顔を赤くして両手で覆った。

私はチャーリーが子供好きの良い奴だと知っていたし、イーデンも、よく働く子で今回お金を扱う係にしたのも彼女を信用していたからだ。私とオーリィだって会ってその日に求婚されたのだもの、あとはイーデンの女心であった。私は、突然にこんな人の多い中で求婚された彼女の気持ちが心配であった。しかし、チャーリーは頑張って彼女を口説き落とし、彼女の両親たちに会って、我が家で結婚式をしたいといい出した。

「だって、牧場には親方がいるんですぜ」

たしかに、今回の結婚には、サムの奥さんは難物であるかもしれなかった。仕方がないので、私とオーリィが立会人になって二人はごく簡素な結婚式を、移民達を招いて挙げた。オーリィが、大きな声で、「この結婚に異を唱える者は前へ出よ」と、私達の結婚式の時、オリバンダーがいった言葉をいったが、誰も異を唱える者がいいなかったので、めでたく結婚は成立した。そして、またチャーリーから、牧場帰ったらこき使われるからと泣きつかれて、二日間、客間でハネムーンをした。

私は彼女に靴を三足と、牧場ですぐ必要になる働きやすい少しブカブカの木綿のワンピースとスカーフ、エプロンとショールなど、高級ではないが品物が良く長持ちするものを結婚祝いに贈った。そしてまたチャーリーがいい出して、街の宝石店で安物だけれど、揃いの金の結婚指輪を買ってご満悦であった。イーデンもハネムーンがうまくいったのであろう、笑顔で、私達に礼をいった。馬のフローラと、二人は荷車に乗って、去って行った。厳しい牧場の暮らしにイーデンが慣れて、二人仲良く暮らしてくれたらと願った。

ところで新駅の話は、新聞に載ったことで、他の地主からうちの場所へとの、売り込みが沢山出て、結局、当分白紙になるとのことであった。私達もその間に、きちんとした対応が出来るようにしなければならなかった。何があっても土地を手に出来なければ、話は進まないのだけれども、それと同時並行的に、建物をどうするのか、またその設計を誰に頼むのかなど、決めなければならないことは山のようにあった。

私はまた地主のバートナム氏を訪れた。氏は会ってくれたが、「鉄道会社の奴め、駅のことは白紙にするといって来おった。これはやはり、爺様が土地を売らずとうもろこしを作れといって来たのだと思ったわ。だから今後どこに駅が出来ようが、わしゃあ、土地は売らんことに決めたぞ。あんたも学校を作るなら別の土地を探すんだな」と、けんもほろろの態度であった。

私はハンドバッグを開けると、「私、土地のことで参りましたのではありませんの。先回お会いして思ったことがございまして、それで伺いましたのです」というと、小さな箱を手にして、氏に差し出した。

「なんじゃいそりゃあ」

「私の心ばかりのプレゼントです。気に入っていただけたら嬉しいけれど、私も少し思い入れがあったので処分に困っていましたの、使って頂けたら嬉しいのですけれど」

氏はくれるというもんなら何でも貰ってやるわいといって箱を開けた。そこには、獅子頭のついた、葉巻カッターが入っていたのだ。そう、オーリィの従姉のスコットさんの誕生日に差し上げたはずなのに、リボンもそのままで、オーリィの実家から返された荷の中に入っていたのだった。私はスコットさんの誕生日には、つわりで入院していたので、マギーが彼の妻に手渡したはずだといった。私は、あんな短い間に、ベンティーンの家に敵を作っていたのだった。それでこのカッターは長く鏡台の引き出しに仕舞われていたのだけれど、先日バートナム氏が、葉巻の先を噛み切っているのを見て、これを差し上げようと、引き出しの中をかき回して見つけたのであった。

氏はカッターを見つめると、「わしゃあ、今までこんなものをものったことはないわい。えらく高そうだが、こんなもんで土地は譲らんぞ」といいつつ、また机の上のケースから葉巻を出すと、おそるおそる先端を切ってから、文化マッチで火を付けた。そしてまたふむふむと煙を吐いていたけれど、

「こりゃあ驚いた。葉巻の味が違うわい、こんなもので、こんなに違うとは今まで思ってもいなかったぞ。こりゃあべっぴんさん、嬉しいことだが、長いこと知らなかったというのも悔しいものだ。あんたは、あまり暗い色の服は着ない方がいいのう。今日の服みたいなのをいつも着るといい、若く見えるし、髪の色も映えるからのう」とお世辞をいってくれた。私は薄いピンクの総レースのアフタヌーンドレスを着ていたのだ。

「お褒め頂いてありがとうございます。カッターも気に入って頂いたようですし、私、これで失礼いたします」

「他に話があったのではないのかい」

「いいえ、今日は、カッターお渡ししたくて参りましたの」

「ほう、そりゃあまた、奇特なご婦人じゃあのお」

私はバートナム邸を後にして、一つ気になるものが処分出来て良かったと思った。バザーに出してしまうのは簡単だったけれど、あのスコットさんの笑顔をまだ覚えていたから。でも老人にべっぴんさんといわれて嬉しかった。私は、帰る間中、馬車の中でハミングをしていた。

ミッチから、信託預金の残高とか、投資している資金など、細々としたお金のことを書いた手紙が届いた。いったい、いくらなら土地代及び学校建築費にお金がかけられるかが少しずつわかって来た。ミッチはさすがに、私が学校を建てたいという話には驚いて、J&Oの活動を少し縮小する必要があるかもしれないといって来た。各テリトリーで根を張り出した教育を放り出して、学校を建てるというのも、本末転倒の話であると思えた。ベーカーヒルの家を、どうにか残したいという私の甘えから出た話であるからして、無理はやはり出来ないかなぁと、思えるのであった。

私は庭のブランコに一人乗っていた。長い間使われなかったから、動かす度に、ギシギシと錆びた音がして、よけいに私の心をメランコリックな気分になった。スコットさんのカッターは誕生日プレゼントとして約束したのであるから、見つけた時、今度は直接送ってしまおうかと思ったけれど、夫婦仲を惑わすこともないと思って、しまっておいたのだ。オーリィの実家といえば、どうしてもあの子ビリィのことが思われて、胸が千の針で刺されたように痛むのであった。写真一枚ないのだもの、今では顔すら思い浮かばない、酷い母親なのだ。ブランコが動く度に、ギイギイと私を責める音がする気がした。誰かに油をささせよう。本当にこの家に住む必要はあるのかと思って、「兄様、どうして死んでしまわれたのです」といって、両手で胸を抱いて、涙した。

私は次の日から、出入りの銀行の店長を呼んで、この私の家屋敷土地まで入れて、いくらお金が借りられるのか聞いて驚かれた。

「まったくに、何をなさるのでしょうか」

「学校を建てたいの」

「またインディアンとかおっしゃいますので」

「そうよ、私はその救済に力を入れておりますもの」

「左様でございますか。ここは駅にも近く一等地といえます。広いですし、お売りになるなら、ホテルを建てたいという方がありますが」

「売るつもりはないの、ここを寄宿舎にするつもりなの」

「それまたもったいのうございますなぁ。いっそ、ここをホテルになさってはいかがです」

まったく話はかみ合わなかった。

あと資産といえば牧場しかなかった。サムの奥さんと、オリバンダーの牧場に挟まれて、本来全てが私のものであったけれど、半分をインディアンに開放していて、J&Oとしては、そこから出た収益の半分を財団の資金としている。今まで何もなかった所へ、今は牛も馬も飼っていて、サムの奥さんが管理をしてくれている。私は、兄様の思い出と共に私達の老後のためにすぐ来て、牧場は、サムの奥さんに手紙を書いた。返事はとっておいた方がいいと思う。そんな何でも学校につぎ込むのはよく考えてからにした方がいいんじゃないかしら、とやんわりと反対らしいことをいわれた。私はそんなに無謀なことしようとしているのだろうか。

四季咲きの野ばらが咲き出して、バザーの季節になった。チャーリーがまた馬のフローラとやって来たけれど、今度はベントレーという三十半ばくらいの牧童と一緒だ。

「あら、イーデンは?」と聞くと、片手をお腹の前で振ってみせたので、「まぁおめでとう、もう赤ちゃん出来たんだ」

牧場へ帰る荷車の中で説明はしてあったけれど、やはりサムの奥さんにはイーデンは驚いて、彼女はやはり男ばかりの中の生活を心配したのだという。しかし思いもかけず、皆に親切にしてもらって安心したのも束の間、子供が出来て、急に強くなったのだそうだ。今回も来たがったが、医者が許さず、母屋の客間に寝泊まることで、イーデンは納得したのだそうだ。浮気をしたら許さないっていわれちまって、とチャーリーが頭をかく。ベントレーは、チャーリーにあてられて、自分も嫁さんが欲しいといい出してついて来たのだというが、そんなにうまく行くものか。私は教室に来ている女性を集めてお茶会を開いた。ところが男ばかりといるベントレーは、牛や馬には強くても、若い女性とは話も出来ない。

私は移民の女達を集める時、イーデンの話をして、「これはお見合いなの。イーデンはもう赤ちゃんも出来て幸せだそうよ。だけど牧場の生活は辛いし、男社会だからレディファーストなんてない世界だと思ってちょうだい。しかもこの数日で自分の人生決めなくちゃならないんだから、ただ結婚して楽がしたいなんて思っては駄目よ。それに互いに選ぶ権利もあるしね」といって笑わせた。

「まったく困ったものね、ベントレー、意中の人はいるの」

彼は顔を赤くして下を向いてしまう。

「では、ベントレーと西へ行ってもいい女性はいるの」四人が手を上げた。ちょっと驚きである。

ベントレーのあばたが少しある、平凡な風貌であるが、体はがっしりして、シャイなのが女心をくすぐったのかもしれない。

「あたし、国では農場にいたから、仕事の辛いのは平気です」

「下女になって一生台所の石畳磨く人生なんて嫌なんです。何でもしますからお嫁さんにして下さい」

「私、下に弟達が四人もいるんです。結婚なんて出来ないって思ってたから、お願いします」

「あたし一人でこの国に来たんです。悪い奴に騙されかけたけれど、ここの教室教わって、言葉が出来るようになりました。一人で寂しいんです。私をお嫁にもらって下さい」

女達も皆必死なのだ。いっそのこと、この四人達牧場に送って、サムの奥さんに選んでもらうのって、ちょっと乱暴かなと思った。女達に迫られてベントレーは、ますますたじたじとなってしまう。

結局決まらず、チャーリーと二人、花嫁候補を連れて帰ることになったのだが、相手も決められないのに最後まで、客間のハネムーンを残念がっていたので、まったく男ってもんは、と私は思ってしまうのだった。

マギーがイーデンのために新生児用の衣類を用意してやった。これで牧場も賑やかになるであろう。

ヤング・クレージー・ホースを牧場に住まわせてから落ち着くと、私は彼等の生活費とバッファローのえさ代を稼ぐために、観光牧場を開いた。ティピィに泊まって、インディアンの生活を垣間見て、増えつつあるバッファローが牧場中を駆け回るのを馬に乗って見て、牧童達のロデオや鞭の芸を見て、星空の下でバーベキューパーティをするのだ。

新聞に広告を出した所、自分達で滅ぼしておきながら、バッファローを見たいという客が多いのに驚くのだった。最初のうちはまだインディアンに対する恐怖があったのだろう、ティピィに泊まらないで、サムの奥さんの客間にどうしても、という客もいたが、今ではティピィの方が人気がある。強い人間の中には、インディアンと同じティピィに泊まるのだという客もあって、時代は変わったのだと思った。

その年の十月ももう末になってリビィさんから手紙が来た。アンソニーが東部でも有名な寄宿舎のある中学に合格したこと。しかも成績が二番目に良かったので、寄宿舎の費用が、免除になるのだと、報告半分自慢半分に書いてあった。しかし、学校の名前も住所も書いていないのは、相変わらずと私は苦笑いした。しかも、入学式にも呼んでくれないのであったから、いつもこういう手紙が来る度に切っていた小切手を今回は同封しないで、カードだけ、おめでとうと書いて送った。リビィさんも、まさか当てにはしてはいなかったろうけれど、ちょっと心外だったのではなかったろうか。また私が何かしでかそうとしているのではないのかと、心配しているのかもしれないと思って、アンソニーを一人占めしている悪い子なんだからと思った。

しかし、十一才の子供を寄宿舎に入れちゃうなんて、ちょっと信じられなかった。兄様の形見の子なんだよ。私だったら一日でも長く自分の傍に置いておこうと思うのになあと思う。そんな所へやっちゃうのなら、ジェニーの所へ返してくれればいいのにと、堪えられないほど思う。やっぱり、リビィさんは我が子といいながら、自分で生んだ子じゃないから、平気でそんなことが出来るんじゃないかと思ってしまう。アンソニーの将来のためであろうと、なんであろうと、あの可愛い子供の時は今しかないのだから。リビィさんのすることに何の反論も出来ない自分が虚しい。それにしても十五才まで会えないなんてあんまりだ。

どうかして、アンソニーの学校を探し当てて手紙を書いてやろうと思う。外部からは、親以外の手紙は駄目だという、厳しい学校でありませんように。アンソニーから手紙が来たら、なんと素敵なことだろうと思う。もうきっと、この間会ったより大きくなって、体重も重くなっているのだろう。私はまた、両手で輪を作って、アンソニーを抱いているつもりになるのであった。

オーリィが来て、「何、ぼうっとしてんだよ」と聞く。

私は慌てて座り直すと、「リビィさんから手紙が来たの。アンジーね、良い学校に合格したんだって」

「そりゃあ良かったな」

「しかも二番目だって、寄宿舎代免除になるんだって」こういうことは、オーリィにいって、私も少し誇らしい。

「寄宿舎入れるのか」

「らしいね。私なら一日も長く一緒にいたいと思うだろうけれど、リビィさんは冷たいよ」

「いやぁたいした人だよ。父親いないんだぜ、その代わりをしっかり務めているんだ。一人で子供育ててるんだぜ、父親と母親役をやってるんだぜ」

「じゃあ、ジェニーにも少しは手伝ってっていって来たっていいんじゃないのかな」

「そりゃないよ、あの人ならね」

「なぜよ、ジェニーのどこが悪いっていうの？」

「お前は、甘やかすだけだからだよ。アンジーは男の子だぞ。将来あの子は世の中に一人で出て行かなくちゃならないんだ。お前は自分の子じゃないから可愛がるだけで済んでしまうだろうけれど、きちんと躾をするのが親の務めだろう。リビィさんはそれをしているのだ。可愛がるだけじゃいけないんだよ」

オーリィのいうことは、確かにその通りだと思えた。私は胸が張り裂ける思いがした。私にとってアンジーは、いわば兄様の代わりなのだ。だから、もし手元に置けるのなら、ずっといたいと思って何が悪いのだろう。兄様の子を、手元から離すことが出来るリビィさんは、やはりアンジーをいくら可愛がっていても、心の底に私の子だという思いがあるのだ。軍人にしないというのなら、弁護士にだってする必要がないんじゃないのかと思う。アンジーはまだ母親を必要とする年だと思う。近所の普通の学校に行って、二人で小さな店をやったっていいじゃないか。私は、あの可愛いアンソニーを手放すリビィさんの気持ちが、どうしてもわからないのであった。

そして、オーリィのいったお前の子ではないのだからという言葉がいつまでも耳の奥から消えなかった。私がアンソニーへの思いにふけっている間に、サムの奥さんから手紙が来て、

〝ちょっとジェニーちゃん。あんたなんてことしてくれたのよ。子供が生まれたり、女が来たりして、あたしの牧場今メチャクチャよ。どうしてくれるのよ。これ鎮めるために、あと二、三人女性寄こしなさいよ。嫌とはいわせないわよ。あたしの麗しの牧場がどうなっているかわかるの、とにかく怒っているサムの奥さんより〟

あははは、サムの奥さんの所の牧童も皆男色家ってわけじゃなかったのだ。女性をあと二、三人といわれてはいどうぞというわけにもいかないだろう。若い牧童は二段ベッドの並ぶ小屋に住んでいるから、確かに住む所一つとっても大騒ぎになるのはわかる。けれど肝心のベントレーはどうなったのだろうか。うまく相手が見つかったのか、サムの奥さんの手紙ではよくわからない。さて、あとどうしたものか頭が痛い。二、三人って、二人なのか三人なのかだって悩ましいではないか。

そのうちに駅前に産院と美容院が出来ることだろう。牧場向きの体のしっかりした女性ばかりと考えていたけれど、お針子なら洋服屋も流行るかもしれないなぁ。チャーリーと私がサムの奥さんの牧場に騒動を起こしたのは確かだ。次に会う時が少

し怖い。

私は図書館に行って、建築に関する本を沢山借り出して、テーブルに置いた。歴史的な建造物が写真入りで載っている。ページを繰りながら、上を見ても切りがないなと思った。大学の絵も載っている。大きな階段教室を備えているなどさすがであるが、私はまず身の丈に合った規模を考えようと思った。定員が大体三百人、一クラスを三十人として十クラス、三年又は四年で卒業と考えたら、それくらいの規模になるのではないかと思えた。煉瓦造で三階建て、玄関には小さなエントランス柱を飾るだけのシンプルな建物としようと思った。しかし学生ホールに、食堂だっているであろう。ウェストポイントの倶楽部は、ホールの角にカウンターがあって係がいて、お湯はいつも湧いていたから、熱い紅茶が飲めた。スープもサンドイッチも作り置きで、自分でお盆を手にセルフサービスだった。それだって三百人なんて一度に入るホールは無理に思えた。では定員を百人にして考えてみる。一番大切な教師のことを考えていなかった。出来れば総合大学にしたかったけれど、その場合、何の授業が必要になるのか。オーリィの学友が、ボストンの大学で教師をしていたと聞いた。是非意見を聞いてみたいけれど、ボストンといって、オーリィは許してはくれないであろう。私は自分の無知と無謀さに頭を抱えた。正式な教育というものを全く受けてなかった私が、そもそも学校を作ろうなど大それているのだと。


そこに光明が差した、アンソニーだ。彼は今中学校だけれども正式な学校に通っているではないか、彼に聞けばよい。早く手紙が来ないかと待たれるのであった。

私は昔アンソニーのおもちゃを作ってくれたおっさんの家を訪れた。工務店をやっていた彼はすでに引退をして息子さんが店を継いでいたが、私が訪ねて行くと、懐かしそうにやって来た。アンソニーに会っておもちゃ喜んでいたというと破顔して、次は何を作りましょうと聞くのだった。

「あのね、大学を作りたいの」

「そりゃあまた大事ですね」

「うん、勝手にそう思ったんだけれど、私一人ではとても難しいってわかったの。建物作るだけじゃなくて、先生も要るでしょ、それに土地も、役所に申請にも行かなくちゃならないの。私って、思うと止められなくなっちゃったらしくて、何かこう早くしなくちゃって、体中が叫ぶ気がするのよ」

「そりゃあまた、えらいことで」と笑う。

「建物だけなら、今金をかけなくても、簡便な住宅が出来てますぜ」と息子さんがいうので見に行った。ツーバイフォーという建て方で作られた半地下のついた三階建ての五軒長屋だ。どこも入口が同じだから、オーナメントを置いたり花を植えたりして区別がされている。

「これなんざ、五軒分の大きさの箱物を建てて、中をそれぞれに間仕切ってありますのさ。全て同じだから、手間がかかりやせん。入居する人間が壁紙を好みで決めるだけですから、そんなもん、手間にもなりやせんや」

「半地下は」

「台所と女中部屋ですぜ。いらなけりゃ、それだけ金はかかりません」という。しかし、玄関ポーチから下に下りる階段があって、買い物帰りの女中が家の中をうろうろしないで、直接台所へ入れるし、雨の日は、部屋の中に洗濯物も干せるという。よく考えられていると思った。

　我が家へ来た息子さんは、初めて訪れたからその大きさにまず驚いて、「これ壊しちまうんですかい」と心配した。

「ううん、この家残したくて、学校作るって思ったのよ。夫と二人暮らしで、大きすぎるのはわかっているんだけれど、色々思い入れがあって、手放せないの。夫からは金食い虫っていわれているけれど、使ってない客間を間仕切って、寄宿舎にしたいのよ」

　息子さんは客間に入るなり、「うへぇ、凝った作りだなぁ。今時こんな家作る人はありませんや。昔の職人は凄かったんだなぁ。この壁壊しちまうのは、もったいなさすぎまさぁ。部屋の家具をどかせて二段ベッドをいくつか入れた方が、よかありませんかね。おれだって、こんな部屋に住んでみたいですよ」

「でも住むのは学生よ、古臭いっていうんじゃないかしら」

「いや、良いもんは人の心を打つもんですぜ。学生にはもったいないくらいですぜ」と、いいながら、柱や暖炉の飾りを褒めて回っている。

　私は仕切って小部屋にしてしまおうと考えていたけれど、二段ベッドをいくつかいれて共同生活をさせるのもいいかもしれないと思った。何しろお金がかからないし、いつまでも、この家がきちんと残るではないか。街の小さな店であっても、専門家の意見は聞いてみるもんだと、改めて思った。

　その日の夕食に私は、オーリィにその話をした。

「客間手を加えなくていいなんて思いもしなかったの。ベッド置いて個人の机とキャビネット置くなら、いくらでもないでしょ。私、二階の改装費どれくらいかかるか頭痛めてたから、人の意見も聞いてみるもんだなぁって、ちょっと感激した」

「そりゃあ良かったな。金がかからないっていうのは、お前が持って来た話の中で一番いいぞ」と笑った。

「金食い虫で、悪うございましたね。あとは、何の教師を専門にするか決めて、教師は、新聞に広告出すとかしてさ」

「ジェニー、ジェニー。まだ学校ったって話の上のことなんだぞ、お前この頃焦り過ぎじゃないのかい。浮かれているのはいつものことだけれど、お前少しなんとなく変だぞ、疲れているんじゃないのかい。少し休め、学校の話は、年明けまでもうするな。いいな」とオーリィが珍しく、厳しい声でいったんだ。

私ってそんなに変かなぁ。

「そんなぁ、やらなきゃならないことといっぱいあるんだよ」

「必要なら専門家に頼めばいいんだ。何も一からお前一人ですることではないんだよ」

「ぐう……」

もう当分私のすることはなくなってしまった。気負っていた分、やることがなくなると、その反動は大きくて、もう全く何も手につかない、新聞すら読む気がしなくなってしまった。オーリィはそんな私を見て、全く手に負えないと、どこか気晴らしに行くか、というけれど、そんな気も起きないで、居間で横になって甘いものばかりしゃぶっているのだった。

そんな私を、神様は見ていて下さったんだ。なんとアンジーから手紙が来たのだ。天から光が差したと思えた。エスメラルダが銀盆に、「お手紙でございますよ」とにこにこして持って来た。

私は一目見て、それがアンジーからとわかって、急いで手に取ると胸に抱いて、そこら中を小躍りして回った。オーリィが、「ジェニー、いい加減にしろよ、また痛い思いをするぞ」といったけれど、私のこの胸のうちは、誰にもわかりはしないのだ。アンジーからの初めての手紙なんだよ。その凄さが皆わからないんだ。あのリビィさんの手を離れて、直接私にくれた手紙なんだよ。それを喜んじゃいけないなんて誰もいえはしないんだ。私は大声で叫びたかった。けれども、私はオーリィが差し出したペンナイフで封を切ると、庭へ出て、手を広げて深呼吸をすると、ブランコに静かに座った。アンジーらしい丸まった字で、

〝おば様お元気ですか。ぼくは今ニューヨークの近くのセント・バーソロミュー校にいます。きっと母様もお知らせしたと思うけれど、ぼくは二番の成績でした。一番でなくて悔しいです〟

おやおや、結構この子は勝気なんだ。

〝学校は楽しいです。でも母様が必要なものは皆揃っているからと、一セントも小遣いをくれないので、切手が買えず、おば様に手紙が出せませんでした。でもクラスメイトにトーマという金持ちの子がいて、売店で甘いものを買っては皆に配ってくれます。親しくなったので恥を忍んで（おやおやそんな言葉も使えるようになったんだね）切手と封函代を借りました。それから一年生は校外に出られないので、ぼく達の世話をしてくれる寮母のトンプソン夫人に手紙を出してもらわなくてはなりません。ぼくは考えて、おば様はぼくに優しいのでお小遣いをくれるから、母様に黙っていて下さいって頼んだんだ。そしたら、片目をつぶって、いいおば様がいて良かったわねって笑ったんだ。ああ、ぼくもう眠いよ。牧場行くの今から楽しみだよ。おば様も手紙下さい、アンジー〟

子供らしい、可愛い手紙だと思った。リビィさんは、そんな

にも、私にアンジーの手紙すら出させたくないんだなぁと暗い気持ちになった。だからアンジーが、気を使わないで手紙が出せるようにすればいいんだと、私はオーリィに馬車を出してもらって文具店に行った。そして花束に結ばれた長いリボンが縁を回っているエンボス加工の白い上等の封筒と、私の好きな薄い便箋を沢山買って、それが入る大きな袋も買って帰った。

私は早速書き物机に座って、封筒に住所と宛名を書き始めた。私が元気になったことに、安心したらしいオーリィが、机の上の封筒を見て、「なんだいこれは、〝ベーカーヒルシティ・サクラメントアベニューの一番地、ジェニー・ベンティーン行き〟って、アンソニー君に出すんじゃないのかい」と呆れていった。

「あぁオーリィ、手が空いていたら、中に便箋二枚四つにたたんで入れてくれない、それから切手も貼ってさぁ」

「こんなものどうするのさ」

「だからね、アンジー可哀そうにお小遣いも貰ってないんだって。リビィさんてさ、アンジーから私に手紙出させたくないんだよ。だからジェニーおばさんとしては、アンジーのために我家の住所書いて切手も貼って、アンジーの手間を省けさせてあげるのよ。ねっ良い考えでしょ。リビィさんには内緒でさ、アンジーの手紙が来るんだよ」

「まったく本当にお前は悪い子だ。そんなことばかり頭が働くんだから。人の子なんだぞ、それで勉学の妨げになったらどうするんだよ」

「弁護士なんかなるより、うちの牧場で牧童すればいいんだよ。きっと凄いハンサムになるから、人気者になれるわよ」

「お前の都合ばかりいうもんじゃないよ、リビィさんはリビィさんの考えがあるんだから」

「じゃあ弁護士のどこがいいの。あたしの審問会の時は逃げちゃうし、人の粗ばかり騒ぎ立ててさ」

「それだって必要とされる仕事だよ。お前はアンソニーに甘すぎるから、リビィさんは警戒するんじゃないか」

もう私は返事をしないで、せっせと住所と名前を書き終えると便箋を入れ切手を貼って、大きな袋に皆入れた。そして手紙を書いた。

〝大好きなアンジー、手紙をありがとう、とっても嬉しかった。トーマって子に、おばさんがありがとうっていってたってお礼してね。切手代と上等なノートあげて下さい。それから私考えてね、うちの住所書いた封筒いっぱい用意しといたから、アンジーが何かあったら、ほんの一行か二行の手紙をくれたら嬉しいです。お小遣い少し入れておいたから、たまにはアンジーが皆にご馳走してあげられるでしょ。それからトンプソン夫人には、レースのハンケチあげて下さい。これからも秘密が守られるようにね。この夏フローラに乗ったよ。早く一緒に遠乗り出来るのを楽しみにしています。心よりの愛を込めて、あなたのマミィより〟

それから、思いもかけず幸せがポストに届くようになったのだ。そうして、やはりせわしなかった今年も、年末の行事が無事済んで新年を迎えた。私はアンソニーからの、ほんの一行か二行の手紙にもう恋人がラブレターをもらったごとくに、いつになく心豊かな春を迎えた。

そこにスタンリーからの手紙が届いた。彼は金鉱山の責任者で、金鉱掘りでもあった。我々仲間五人と会いたいというので、客間がある我家で会うことになった。スタンリーは日本人妻を伴っていて、彼女はまた私に着物をくれた。水色の地で、上から下に行くに連れて刺繍が豪華になっていくのであった。美しいけれど着方もわからないし、これを洋服にしたら皆驚くのではないかと思われた。しかし、スタンリーは暗い顔をして、集まった五人を見渡した。

「今三本目の坑道を掘っている。数日前そこで落盤事故があって、今まで埋まっていた鉱床が、その先にないことがわかった。今急遽四本目の坑道を掘り始めてはいるが、そこは今までと違って土地が良くはない。鉱山とは不思議なもので、掘り進んで行きながら、横の壁をシャベルで一掻きすりゃあ、新しい鉱脈が出ることもある。けどもよ、第四道はおれの経験上、奇跡は起きそうもない。このまま掘り進んで、今年一年よくて来年で鉱脈は尽きると思う。それで皆に集まってもらったんだ」とつかえながらも皆の顔を見ながら語った。

「もう金は出ないってことなの？」サムの奥さんが最初に口を切った。

「あそこは金の出る土地だ。それは間違いない。ただ初めて皆で金を見つけたような凄い土地はもうないかもしれない」

「どうしてわかるの」

「金の出る土地には大きな石がまず出るんだ。その下に金を含む砂礫層の土地がある。最初に見つけたように、目に見えて鉱脈があるなんて稀なんだ。おれもあちこち見て歩いた。とりあえず手掘り出来そうなのは、第四道でお終いなんだ」

「それって、どうなっちゃうの」

「手掘りではもう難しいってことだな。ブラックヒルズでやったみたいに重機を使って、大量の土を掘る方法もあるけれど、それには山の下からずっと道を造る必要がある。それにそんな大工事をしたら人目につく。水も必要だ。おれは、もう何も出来ない」

「あら、あたしなら、もうスタンリーの金(きん)なんて必要ないわよ。牧場だけで生きて行かれるもの」とサムの奥さんが、大きな声でいった。オリバンダーも頷いた。

「ミッチはどうなの」

「私は、世間で見ても大金持ちの銀行家ですよ。ちゃんと個人資産もあるし、美しい妻と子供達と大きな家で、アメリカン・ドリーム手にしたといえますね。そしてJ&O財団ですけれど、ここに資料を持って来ましたけれど、信託金と、始めた頃に買った株は、今や国の中枢を担う大会社になってもう買えないようなところになって、その配当も馬鹿になりません。このまま十分に、活動できますよ」

　私は答えなかった。

「どうしたのジェニーちゃん、何かおっしゃいなさいよ」

「こいつ、やりたいことがあるんですよ」オーリィが渋々いった。

「何やるっていうのよ、全くあんたはいつも何かしでかすんだから、今のあたしの牧場おしめだらけで大変なんだから」

「あたしね、いつもスタンリーに申し訳ないなって思っているの。だって私達街に暮らして、好き勝手なこと出来るの、スタンリーが一人で金掘ってくれるからだってわかっているから」

「ジェニーさん、わし、元々金探しだったんだから、あんな凄い金鉱掘れて満足ですわ。ありゃあ金掘りにとっての夢が叶ったってことですから、金掘るのは当たり前の、わしの仕事です。それにこいつと一緒になれたし、今では街に家もあるし、女中もいるし、夢が叶ったって、他の金鉱掘りに自慢してやりたいくらいですよ」

「それで、ジェニーちゃんは何がしたいのよ」

「この街の西よりに、パンパシフィック鉄道が新しい駅を作るらしいの。そうしたらそこに学校、それも二年か三年の専門的な大学を作りたいなぁって思ったの」

「まぁ、なぁんて大胆なこと、この娘は考えるんだろ。今までやって来たインディアン救済だけじゃ気が済まないの。学校って、いったいいくらかかると思ってんのよ」

「だからさ、金鉱なくなっちゃうのちょっとショックだなって」

「ジェニーさんのために、わしもう少し頑張ってみますから」

「ありがとうスタンリー。でももういいよ、あなたは本当に良く働いてくれたわ。学校作るったってまだ私がそういっているだけで、何も決まってないんだから、ジェニーが止めましたっていえば、オーリィだって安心するだろうし、ね」

「あらやだ、そんなしおらしいジェニーちゃん見たらほっとけないじゃないの。全く手に負えない娘だわよ。皆どうする？」

「私は、自分の資産の十パーセントを、Ｊ＆Ｏに寄付しますよ。私の今があるのは大学へ再入学出来たからです。あのまま西部の砦にいたって、すぐにインディアンに殺されてましたから。銃の撃てないお荷物でしたからね。とにもかくにも全てジェニーさんのおかげですから。これくらいは妻も何もいわないと思いますよ。たしかに大学を作ろうってのは個人では難しいでしょうね。でもテリトリーで学校開くのだって、あの当時は誰もする人はいなかったんですよ。ジェニーさんなら、あるいはって思えませんか。誰も反対はしないと思いますけれど」

「あたしは反対よ、ジェニーちゃんはもう十分インディアンに尽くして来たじゃないの。人助けばかりやっていないで、もっとオーリィと落ち着いて暮らすべきだと思うわ。ドレスだって作らないし、お洒落をすべきよ。あっという間におばあさんになっちゃうわよ。金がとれなくなるって大変なことじゃないの。この家維持していくのだって大変だし、お金がちゃんとしているうちに、ジェニーちゃんも、生き方きちんとしていった方がいいと思うわ」

「私はジェニーさんの夢叶えてあげたいですねぇ。私は今金持ちで、大きな牧場を持って、牧師にもなれました。どれ一つとっても叶わないって思ってたことが皆叶ったんですよ。私は牧師としてもっと布教をするために外に出なければならないはずでしたが、人を集める力はなく、個人で神に向き合う人生をしてきました。何でも飛び込んで我物にしてしまうジェニーさんが羨ましかったですよ。今まで私はほとんどジェニーさんの御力になって来ませんでしたから、何か出来ることがあったらお手伝いをしたいと思いますよ」

「みんなありがとう」

「それじゃ、あたし一人悪者じゃないの」

「そんなことないよ、オーリィと一緒っていってくれたじゃないか。とっても嬉しかったよ」

「それで金鉱山をこれからどうしたらいいのだろ。重機を入れるのも大変なことだし、金がそれなりにかかる。しかもそれで金が出るって保証はありゃあしません。とりあえず今ある鉱床は皆掘ります。五本目の坑道が掘れるかどうかは、その後になると思う。金は出る土地だけれど、やるだけ有力な土地に当たるかは、神の御心なんだ。掘っても金がかかるだけかもしれない。周りの砂も皆バンニングしちまったから、年寄りが小遣い稼ぎで一人で掘るなら、毎日でもその日暮らせるくらいの金が拝めるだろうけれど、もう人を使っては無理かもしれないんだ。おれは、責任者として、それをいいに来たんだ。おれもいい思いをしたし、こいつの国にも沢山金を送れた。あとは続けるかどうかだ」と、妻を見た。

「スタンリーはよくやったと思うよ。皆金持ちになったのだし、私達ゴールド・ラッシュの二年以上も前から金を手にしていたのだもの、今あるもの掘りつくしたら、土地は神様に返せばいいと思うよ。私はやりたいことをやったし、若い頃は随分贅沢もしたしね。ありがとうスタンリー、あなたのおかげよ」

スタンリーは両手を振って、「おりゃあ、やりたいことをやっただけでさぁ。金掘りにとっては金を掘るのは仕事であって、しかもあんな大金鉱を掘れたなんて、誰にも出来ないことをさせてもらって、礼をいうのはわしの方だ。だからこれで掘りつくしたっていわなけりゃあならないのは、辛いことなんだ」

「ずっと働いてくれたんだから休んで欲しいんだ。あなたがいなかったら、金山があったって掘れなかったんだから」と私は彼のごつい手を握った。私達五人は、山の湖で私の手にした、たった一つの金の塊に夢をかけた。そしてその夢は叶えられて、そして私達に別れが近づいたといえるのではないだろうか。

「なぁジェニー、お前いいのか?」

「ん、何が」

私は枕を叩いて、寝心地を良くした。

「大学作るって話だよ」

「だって、もう金は出ないんだよ。お金がなければ、土地だって買えないじゃないか。無理はするなってことだと思うよ。これからもJ&O財団は維持して行かなくちゃならないんだからさ。この家を、少し小さいけど学校にしたっていいと思うんだ。要は、この家が残せればいいの、オーリィには悪いけれど、私の思い出がこもっているから、手放せないの」

オーリィは私を抱きしめて、私の髪にキスをした。「おれは、お前がしたいことをなるだけ手伝ってやろうと思うぞ」

「ありがとう、皆に会えて良かったわ。今度皆が揃うとしたら、あたしの御葬式の時だわ、きっと」

「そんなこというなよ、切なくなるじゃないか。いつまでも一緒だよ」

「うん、いつまでも一緒だね」

翌日皆で豪華な昼食を食べた。テリー閣下の話や、もちろん兄様の話も、リビィさんの話も話題に花を添えて、楽しい時を過ごして、皆それぞれの家に帰って行った。

私って綺麗なのだろうか

親しい人々が去ってしまって、寂しくなってしまった。金鉱は尽きてしまうのだ。学校はやはり夢であった。ぼうっと椅子に座っている私に、オーリィが、やって来て、「どこか二人で保養に行かないか」という。

「しょっちゅう汽車に乗って、あちこち行っているよ」

「仕事を忘れてさ、そうだなぁ、カリフォルニアにでも行ってみないか」

「カリフォルニア、行ったことがあるの?」

「あるわけないだろう。おれは東部の人間だぞ。だけど明るくて、どこまでも海が続いていて、良い所だって聞くぞ。それに魚介料理が旨くて、こんなにでかいロブスターが捕れるらしい。塩ゆでしてライムかけると最高らしいぞ」

「ロブスターって何よ」

「エビだよ」

「エビって何よ」

「そうか、お前は大陸育ちだから、魚介のこと知らないんだな」

そういって、生物事典を探しに、本棚に行った。そうだ、私はわかっているのだ。オーリィはボストン港へ行きたいのだ。それを私が、生まれ故郷に行かれないようにしてしまったのだ。
ボストン生まれを自慢していたではないか。

オーリィが持って来た図鑑のエビはバッタのようで、あまり食欲がわくものではない。オーリィと一回だけデートした時、食べたかも定かではない。

「カリフォルニアはお気に召しませんか、お姫様」

「カリフォルニアっていうと、カリフォルニア・ジョーを思い出すわ」

「あっおれも覚えてる、有名なおっさんだったよな」

私は彼が、その昔砦のあちこちを歩いていてよく遊んでもらったことを思い出して、懐かしく思った。

「兄様とは南北戦争の時からのつき合いだったんだって。いわゆるスカウトで、いつも脂ぎったシャツ着てて、兄様ですら臭いから風呂入れっていってたわ。いいおじさんだったけれど、彼もリトル・ビッグホーンで亡くなったのよね」

カリフォルニア行きの話はなんとなく、それでなくなった。

私はベッドの中で、両手を伸ばして、「私、メキシコなら行って見たい」とポツリといった。

それを聞きつけたオーリィが、「なんでメキシコなんだい。今までメキシコなんて聞いたこともなかったぞ」と片肘で頭を支えて私を見た。

「だって私も行ったことないんだもの。急に思い出したの。オーリィは知ってる？　メキシコ政府が正式に兄様を陸軍に招きたいっていってきた話」

「おれそんなこと知らないぞ」

「私もずっと知らなかったの、テリー閣下が亡くなる少し前に教えてくれたの。南北戦争が終わってすぐのことだったんですって。兄様も位が下がって、無役だったんですって。そこへね、メキシコ政府がね、なんと中将の位で、兄様を招いたんですって。まだ兄様二十代の半ばくらいだったんだよ。凄いことでしょう」

「そりゃ凄いよ、破格の待遇じゃないか、なぜ閣下は受けなかったんだろう」

「兄様はきっとその気だったと思うわ、でもね当時メキシコと対峙していたフランス政府と合衆国としてはことを起こしたくなかったのよ、南北戦争終えたばかりだったしね、国は疲弊していたから、それで正式に合衆国は断ったそうよ」

「それも、驚くべき話じゃないか」

「兄様がもしメキシコに行ってたら、メキシコだけでなく合衆国の地図も変わっていたかもしれないのよね。兄様だったら、例のカスターダッシュで敵をやっつけたと思うわ。メキシコ政府もそれなりに目があったってことか、弾よけだったのかは知らないけど、こういうことって歴史に消えちゃうのよね」

「ジェニーはメキシコ人になってたのかもしれないんだ」

「人生ってわからないっていいい例だわ」

「なるほどなぁ、凄い話だよ」

大陸横断鉄道は合衆国を一直線に走ってはいるが支線はない。メキシコに行くには駅馬車を乗り継いでの厳しい旅であるというので諦めた。もっとも行っても兄様の足跡もないのだけれどね。あとはアンソニーに会いたかったけれど、それだけはオーリィが絶対に許さなかった。彼のいい分もよくわかる、でも私は今のアンジーに会いたいのに。子供ってすぐ大きくなってしまうのだよ、今のアンジーは今しかないのにといい張ったけれど、ニューヨークには行かないといった。あとは思いつく所がない、オーリィがいった。「あるじゃないか」

「いったいどこが」

私の牧場のあの小屋であった。私達はあの小屋でまるで新婚のように、二人きりで過ごした。悪くはなかった。

金が出なくなるなど思いもしなかったから、本当は凄いショックである。それを私は皆の前で見せなかった。だって一番の金食い虫は私なのだから。

しかし思い立ったことを諦めるのにも、努力がいった。私は政府のしている子供法案で、生まれてすぐに白人に育てられながら、大人になるとインディアンの世界へ自己のアイデンティティを持たずに帰されてしまう子供達を救いたかったのだ。白人の世界で身につけた技術を、あと二年か三年学ばせて、世の中で役に立つようにしてやりたかった。それには、テリトリーでしている教育では不足であった。もっと高等教育が必要なのであった。

しかし今でさえ、J&Oは結構一杯一杯なのだ。それを土地を買って建物を建てるのなど、無理であった。いっそこの家を売ろうかとも思うけれど、なかなか決心がつかなかった。

そんな鬱屈した中に、アンソニーの手紙は、まったく心を洗うものであった。たとえ、たった一行、〝今夜はとても眠いよ、おやすみマミィ〟

これだけでも、私は小躍りして、アンジーの寝顔を想像するのであった。まして、〝マミィ、今日ぼくは駆けっこで一等だったよ、すごいでしょ、褒めてくれるかな、アンジー〟とでもあったら、一日幸せであった。

返事も、〝無理せず、よくおやすみなさいね〟とか、〝一等賞なんて、マミィは嬉しくて、今夜は眠れません〟とか、アンジーの負担にならないように、私も一行か二行だけれど、今まで夢にも思わなかった我が子との文通ができるようになったから、私はまたせっせと、住所を書いた封筒を送る。ただアンジーには休暇があるから、そんな時に手紙を出して、間違ってもミシガンのお家に転送されたら大変だから、カレンダーに休みは大きく書いてある。夏休みやクリスマス休暇など、アンジーからの手紙がないのは、やはり寂しい。

オーリィが、「家に帰って、リビィさんに甘えているさ」などというのが、恨めしい。オーリィはアンジーが十歳の時、リビィさんに会って、すっかり彼女に丸め込まれてしまったと思う。すぐに人の子なんだからという。私の子だって知ったらいったい何と思うだろうか。心配だけれど、ちょっといってしまいたいなと思う私は悪い子だ。そのことを一番リビィさんは心配しているのだから。

そんなことで今年のアンジーの誕生日プレゼントは、アンソニー・A（アームストロング）・カスターと名前入りの文房具をみつくろって送った。倹約して、小切手も同封しなかった。

私はまだ学校作りを諦めたわけではなかった。客間をそれこそ片付けて、一クラス十名くらいの私塾を作れないかと思いもした。そうしたら、学生寮はどうしよう。それこそ庭に、例の簡便な長屋を建てるのもいいと思えた。オーリィにいえばすぐ反対する。どうしてお前はそういつも何かしようとしているのかと、叱られてしまう。そして落ち着けという。私はなぜか、この頃特に後ろから押されているようで、何かしなくてはならない気がして、一人で本を読むなど出来ないのだ。そのくせ、ブランコに乗って兄様を偲んでいるとオーリィの機嫌が悪い。私は毎日いったい何をしたらいいのかわからないのだ。

少佐がやって来て、退屈しているなら夜会を開きたまえっていった。以前はよくやっていたものだけれど、ここずっと我が家ではしていないし、他家のお誘いも断ってばかりだから、果たして人様が集まってくれるか心配だ。少佐は久しぶりだからこそ、人が来るものだという。

「でもあたし、新しいドレスもないのよ」

「ジェニー、君のドレス代くらい、オーリィが何かいうとでも思うのかい」

そこで金が出なくなったことを話した。

「そりゃあ大事だなぁ、なら是非チャリティの夜会にすればよろしい」といって、用意は任せたまえと、やけに乗り気である。

私はドレスをどうしようと思った。J&Oを起ち上げる時、もう新しいドレスは作らないと決めて、昔のドレスに手を入れて着ているのだ。そうだ、あのスタンリーの日本人妻がくれた着物をドレスにしようと思いついた。こうなったら、いつも私は止まれない。すぐ次の日、着物を手に、着物を持って、服屋に急いだ。

店長が出て来て、着物を手に、「何やら複雑なものでございますね。私初めて拝見しましたわ」というだけで、どうしますともいわないので、私はまた昔の街の店へ行った。

店長は、さすがにもう白髪の夫人になっていたけれど、「本当に日本人はこのようなものをお召しなのでしょうか」

「これをくれた日本人は、こんなに豪華じゃないけれど、いつもこの形の着物を着ているの。それで、結婚式に招かれたのだけれど、花嫁衣裳が黒だったの、信じられる？　全部黒じゃなくて肩とかね、裾に花や鳥がいっぱい刺繍してあるの。そしてね、驚いたのは、肩から床につきそうなくらい長い袖がついていたの。それがね、私より小柄で、陶器みたいな肌をしていて、赤の紅しかさしていないの。文化が違うって凄いなぁって思ったわ。あの衣装どうやって着たのかもわからないんだもの」

といって、花嫁が一人で立っている写真を見せた。

「本当にそうですね。このお持ちになったキモノ、そのままとって置かれた方がよくありませんか」

「そうも思ったけれど、もう一枚凄く豪華な花柄の綺麗な着物があるから、これを出来れば洋服にしたいの。久方振りの夜会だから、あっというものがあってもいいかって思ったの」

「さようでございますか、ではこれをほどいてみないとわかりませんが、こんなこと、滅多に出来ませんから、腕を振るわせて頂きますわ。今の流行のスタイルになさいますか、それともクラシックにいたしますか」

「小さなバッスルを入れて、出来れば長く着たいのです。あまり最新ではない方がいいですわ」

「布が足りるといいのですが、このキモノというのは裏地も凝っていますね。こんな感じでよろしゅうございましょうか」

とスタイルブックを見せた。

「こんなに袖が膨らんでいなくても、結構ですわ」

「それなら布が足りるでしょう、色々考えてみますわ、私も楽しみですわ」

こうしてドレスが決まった。

長いこと使わなかったグラスやピッチャーを出して来て、コックはバザーとはまた違って料理に腕を振るいますわという。ホールに風を入れて、花屋は呼ばずに、庭の花をスザンヌが摘んで来て、アレンジをすることになった。いつも上等のものばかりだったけれど、今は身の丈に合ったことをすればいいかと、別に恥ずかしくもない。

ドレスが出来て来た。肌を出したくない私の好みを覚えていてくれて、ボートネックで、二枚の袂を左右に使ったというドレープが腰から流れるように続いて裾を引き、ワンピースには刺繍が中央に来るようになった、とても豪華な、見たこともないドレスになっていた。地の色の青でも灰色でもない不思議な色合いが、私の肌と髪にとても合うと、オーリィが褒めてくれた。

「こうして見ると、お前って美人だったんだなぁってあらためて思えるぞ」

「いやねぇ、それ褒めてるの」

「あたり前じゃないか、今まで古いドレスばかり着ていたけれど、お前これからもっとお洒落をしろよ。凄く綺麗だぜ」

わー、照れてしまう。きちんと化粧をして髪を結い、少し濃い目の口紅が顔の線をはっきりみせて、もう三十も半ばになって、女の盛りを過ぎてしまっていたと思っていた私は、鏡の中の思いがけず若い姿に驚いた。

夜会当日は盛会で、少佐がどう皆に伝えたのか、学校を建てるチャリティとの呼びかけに、入口に置かれた銀盆には小切手の山が出来ていた。

私は夫人達の注目を浴びた。皆がそれぞれにドレスを褒める。

「あたくし、このような布見たことがございませんわ」

「お髪に、ドレスのこの不思議なお色がとても合ってらしてよ」

「このドレス、日本の着物から作りましたのよ」

「まぁ日本人にお知り合いがいらっしゃるのね。でもあの方達、線路工夫だったり洗濯屋をなさっているんじゃありませんの」

「私の存じ上げの方は、お金持ちの白人の旦那様がいらっしゃって、この着物もわざわざ私のために、御国から取り寄せて下さいましたの」

「まぁ、その女性もお幸せでいらっしゃいますわね」と皆驚くのであった。私はスタンリー夫人のみつという人の荒れた手を思い出していた。さぞ苦労があったろうが、今は皆が羨む豊かさを手に入れたのだ。良かったと思う。

そんな私の前を、背の高い、流れるような金髪を肩に垂らした男性が通り過ぎた。ああ、私は一瞬胸に思いが湧いて、思わずその男に声をかけていた。

「あのう、もし、あなた」

男性は振り返って、白く綺麗に揃った歯を見せて、「はい、私に何のご用でしょうか」と答えた。二十才前後の若者で、もとより私の知った人ではない。私は恥ずかしさに頬を染めて、

「まぁごめんなさい、お人違いでしたわ」と謝った。そこで曲が変わった。

「お声をかけて頂いたのです。一曲踊って頂けませんか」と手を差し出した。本日のホステス役として、断る理由がない、私は、この名も知らぬ青年とワルツを一曲踊った。

「踊り、お上手ですね」

「あなたよりは長く、夜会に出ていますもの」

「私は、アルバス・クリチャードと申します」

クリチャードって誰かしら、今夜の出席者の名簿は一応目を通してあったはずなのに。頭をかしげる私に、「いやぁ、私は今夜姉の代理です。姉はスージー・バロウズと申します」

「まぁバロウズさんの弟さんでしたの、それは初めまして、ジェニー・ベンティーンですわ。夜会楽しんでいって下さいね」と私が離れようとすると、袖を握って、「ベンティーンって、あのリトル・ビッグホーンのベンティーン大尉ですか」

「はい、さようでございます」

この青年にとっては、まだ子供の頃の昔話であろう。

「では、ご主人様にご紹介願えませんか、私いえ自分は、ウェストポイント陸軍士官学校の三年生なのであります。是非お話をお伺いしたいと思って今夜来ました。またカスター閣下のお話も伺えたらと思って」

急に兄様の名が出て、あとは何かいっていたけれどわからなくなった。きつい酢の香りで、頭がはっきりした。

「さぁいい子だジェニー、これをお飲み」

オーリィが今度はブランディのグラスを口に当ててくれる。私は部屋の角のベンチに、オーリィの膝枕で横になっていた。先ほどの青年が近くに椅子を持ち出して心配そうに見ている。

「申し訳ありません。あなたに紹介してもらって、リトル・ビッグホーンの話を伺いたくて、あの自分はウェストポイントの三年生なのです。それでカスター閣下のお話も聞きたいといったら、倒れられて」

「驚かせて申し訳ない。世間にはあまりいってはいないが、これはカスター閣下の末の妹なんです。あの戦からすでに十年以上経っているのに、これには昨日のことのように今だに思っているのです」

「そうだったんですか、知らなかったとはいえ、大変失礼をいたしました。思い出で傷つかれる人がいらっしゃるんですね」

私はオーリィの膝の上から部屋の中を見渡した。皆グラスを手にさざめき合ったり、踊ったりしている。私がそこにいなくても、皆楽しそうだ。

夫人の一人がやって来て、「お加減いかが、よろしかったら明日我が家にいらしていただけません。そのドレスお召しになって夜会にいらして頂きたいわ。きっと皆さん羨ましがるわ」

「ええ、ご招待ありがとうございます。このドレス褒めて頂いて嬉しいわ」

「では自分のこともお呼び頂けませんか。スージー・バロウズの弟のクリチャードです。是非お願いします」

「ええ、お若い方は歓迎ですわ」

その晩オーリィと二人で小切手を数えた。

「わぁ凄い二千ドル近くあるわ。やはりバザーとは全然違うわね」

「酒代を考えても、やるべきだね。久方振りでしかもチャリティだってことで、皆気張ったんだろ」

「もう一度やってもいいかな」

「無理するなよ、また倒れると困るぞ」

「ああ、あれは急に兄様のことといわれたから、びっくりしちゃったの。ウェストポイントの学生さんなんですって。あなたに昔話聞きたいって、いっていたわ。今だにベンティーンの名前って、残っているのね」

「そして、カスター閣下の名もな。今日は疲れただろう、明日もあるんだ、早く寝ろよ」

「うん、あのドレス、スタンリーの奥さんに見せてあげたいわ」

「写真を送ってやればいいだろう」

次の日、私のドレスはまた注目の的となった。

「わぁ素敵ね、見たことがありませんわ、このようなドレス」

「私も欲しゅうございます」

「どこでお求めになられましたの」私が、日本人からというと、皆同じようにクリーニング屋の？　というのだ。だから金持ちの白人の旦那様がいらしてと説明が必要なのであった。そして、この誰も見たことのない美しい布が、東洋の小国で作られているのだということに、皆驚きの目を向けるのであった。

「それはアメリカンドリームを夢見る移民も多ございましょう

が、日本国内にあって日常にこのような美しいものを身にまとえる人々もいらっしゃるということですわ。私達知らないこと、本当におおございますもの」

「そうねぇ、あなた以前にインディアンの花嫁衣裳お召しになっていらしたでしょ。この着物といい、勇気がおありだと思いますわ」

「またバザーの時に着ますから、よろしかったらいらして下さいね」オーリィは私が人々に囲まれていたのをずっと見ていたのだろう、しばらくすると、妻と一曲踊りたいので、といって私を夫人達の群れから救い出してくれた。

「ありがとう、オーリィ」

「どういたしまして、君と踊りたいらしいぞ、また昨日の坊やが待ってるんだぜ」

　そういって、その曲が終わると、昨日会ったばかりのクリチャードさんの手をとって、私達をホールの真ん中へ押し出した。彼は何もいわずに、私のステップについて来る。何しろ、昨日会ったばかりの人だけれど、年下ということもあって、気を遣わないのが楽だ。一曲踊ってオーリィのもとへ戻ると、彼は先ほどの続きをと、オーリィにねだった。

「テリー閣下の最後を看取ったのは、私の妻だから、そんな話を聞くのだね」といって、坊やのお守りは、頼むわというように飲み物のテーブルに行ってしまった。私だってこんな坊や困るわと思っていると、「ジェニーさん、あなたのご主人が羨ましいです。こんな美しい人を妻になさっているなんて、お会いできて本当によかった」というと、大胆にも私の手を握った。オーリィは、知り合いと笑い合いながら何か飲んでいる。

「さぁ、もう一曲踊って下さいませんか」と、連れ出されてしまう。曲の途中で彼は、私の腰に当てた手にぐっと力を入れて、自分の体に押し当てた。おやおやと思う。彼は赤い顔をして、額には汗をかき始めた。私は少し体を動かして、彼の手から逃げようとするのだけれど、ますます腰を押し付けて来る。彼の若さに脱帽だけれど、こんな姿、夫に見せたくない。今時はこんなストレートな表現をするのかと、驚いてしまう。曲が終わっても、耳元で、あと一曲お願いしますというのは、一人で立って歩けないのかもしれない。彼はダンスのステップというより、私を抱きしめて、うっうっとうなって、私をそれこそ抱きしめているだけだ。曲が終わるとすぐに夫のもとへ戻った。私は年下に興味はない。

　三日先にまたお誘いがあったのだけれど、もうドレスの話をするのにも飽きた。

「それにね、あの坊や、ねぇあなたどうにかしてよ」

「何いってんだい。あんな美しい人を始めて見たといって、おれは羨ましいのだそうだ。そういわれたら、邪険にも出来ないだろう、お前が美人だってことさ。まだ恋もよく知らないんだよ、構ってやればいいだろう。君のことを女神か何かと思っているんだから」

「まぁ、あなたはそれでいいの、自分の妻が、隙あれば踊ってやろうって人がいても」

「お前、何も思っちゃいないだろ、だったら何がある。ダンスくらいしてやればいいよ」と、取り合ってもくれない。若い男の子とばかりダンスするのも変に見えないかと心配になるのだった。

三日目のグリード家の支度をしていると、オーリィが入って来て、「なぁジェニー、おれなんか歯が痛むんだよ、お前一人で行ってくれないか」

「まぁ大変、私、行かなくたって、全然構わないのよ。水枕用意させましょうか」

「おれは大丈夫だ、あの坊やが待ってるぞ、十一時には馬車を迎えにやるから、楽しんでおいで」

「私が浮気したらどうするの？」

「お前はそんなことするわけがない、信じているんだから、だから一人で行っておいで」

そういって家を一人で出されてしまった。

三日目ともなると、さすがのドレスの噂も落ち着いて、とりまく夫人の姿も少なくなった。私は知人に誘われるままに、三曲踊って、椅子に座って足を休めていた。

「ジェニーさん、探しましたよ。私と踊って下さいますね」

私は声の主を見上げた。そして胸が締め付けられるほど驚いた。そこには、クリチャードさんがあのウェストポイント陸軍士官学校の制服を着て立っていたのだから。

是非に、と手を出されても、私は口も開けないし体も動かなかった。グレーの地に肋骨と呼ばれるプレートと金ボタンの付いた兄様の制服。私がそれを目にしたのは、ずっと昔の幼い時だったけれど、忘れず今も覚えている。とても懐かしい私にとっては、夢の中だけで見るものであった。それを、今着ている人がいる。しかも金髪を肩に垂らして。

「どうかなさいましたか」

「あまりに懐かしくて、亡くなった兄様のこと思い出していました」

「あのう、ご主人は」

「歯が痛いと申しまして、今夜は私一人なんですの」

「では、私が今宵ジェニーさんを一人占めにしてもいいんですね」と、また白い歯を見せて、私をダンスに誘うのだった。

私は彼の胸に頭をつけて、まるで兄様に抱かれている思いがする。こうしていると、プレートを片手でずっと撫でていた。そんな気も知らないで、彼は曲に合わせて楽しそうに踊り始めた。ターンをする、私を放り投げそうにする。私の息が上がってくると、空いている椅子を探して、

「お願いです、ここに座って待っていて下さいますか、いなくなっちゃ嫌ですよ」といって、大急ぎで飲み物やオードブルを取りに行ってくれるのだ。

私が靴を脱いで、足をマッサージしていると、いきなり彼は、

私の足を両手で包んで口づけをした。

「何をなさるのです」私は急いで、足をスカートの中に隠して、小さいけれど鋭い声でいった。こんな所人目についたら、何をいわれるかわかりはしない。

「私としたことが、あまりに小さくて可愛いおみ足だったのでつい。どうかご主人には内緒にしていて下さい。あなたに会えなくなってしまいますから」と、今にも泣きそうに訴えるのだった。私はどうやら、この十五才は年下の青年に思いを寄せられているらしいのだ。

「私、これでも人妻でしてよ。そこの所おわかりになっていらっしゃいますわよね。私はごく一般的な夫人の自由しか持ち合わせてはおりませんの。先程のようなこと、喜ばれる方もおありでしょうが、私にはとてもお受け出来ませんわ」

「許して下さい、もうしません。姉にもいわないで下さい。出入り禁止になってしまいますから」

私は、そのあまりのしおらしさと、したことの大胆さに若さを感じた。明朝、オーリィと玄関で出かける支度をしていたら、彼が突然やって来た。

「申し訳ありません。夜会のお約束もなくて、ご自宅へ訪れようと思ったんですけど、辻馬車に、サクラメントアベニューの一番地だって何度もいったのに返事をしないと思ったら、この一角全てご自宅なんて思いもしませんでした。あれ、どこかへお出かけですか」

「夫が歯が痛むと申しまして、歯科へ参る所でございますの」

「それは大変ですね。でも奥様も一緒なんて、仲がよろしくて羨ましいです」

夫は歯医者が嫌いで、いつも私がついて行って、時には手を握っている。しかし、この青年の無邪気な言葉に、大人としてのメンツを思ったのか、一人で行くといい出した。

「せっかくアルバス君が訪れてくれたのだから、お前の自慢の写真でもお見せしたらどうかな」

「まあ、あなたお一人で大丈夫ですか」

「子供じゃないんだから、歯医者なんて」

まったく、格好つけちゃって、本当は一人でどうなんだろう。本当に一人で夫が出かけてしまったので、私はアルバムを何冊も持ち出して、インディアンのテリトリーの写真なんかを見せていた。すると突然私を抱きしめると長椅子に押し倒して、

「私のこと、どう思われますか」と、真面目な顔をして聞いた。

「何をなさいますの、人が来ますわ。私はオーランドの妻ですのよ」

「私では駄目ですか」

「私にどうしろとおっしゃるのです」

「キスをしては駄目ですか」

アルバスは、私の目を見ていった。兄様はウェストポイントにいた時、この制服を着てリビィさんと付き合っていたのだ。私の体から力が抜けた。アルバスは、そっとキスをしたけれど、

私の顔に手を当てて、顔中にキスをした。

「もうよろしくて」と私はいって、起き上がった。

「ごめんなさい、我慢が出来なくて」

夫が帰って来た時には、私達はお茶を飲みながらアルバムをめくっていた。私はすぐ立って行って、夫の心配をしてみせた。

「どうでしたの、まだ痛みますか」

「どうにもこうにも、明日、歯を抜かなけりゃあならないことになった」

「まぁ大変、痛くはないとよろしいのですけれど、私も参りますわ。手を握っていて差し上げますわ」

「それはいらないよ」

いつもなら、必ず、というのに、アルバスの前で、見栄を張っているのだ。

「奥様は、血を見ても平気なのですか」

「昔、砦におりました時、怪我人を沢山見ていますから」

「へぇ、お強いんですね」

「テリー閣下も褒めていましたから」

「明日も伺っていいですか」

「明日は私、旦那様と一緒しとうございますわ」と私がいうと、オーリィが、「私一人でいいから」と無理をいう。

私は、アルバス・クリチャードが何をするのかちょっと怖かった。翌朝、オーリィは一人で出かけて行った。これで三時間は帰って来ないであろう。私は暖炉の棚に飾られた写真を一つ一つ説明していった。

「これは兄様と私。この子がアンソニー、テリー閣下。私とオーランドの結婚式」

アルバスは私を急に長椅子に押し倒すと、今度は何もいわずにキスをした。

「ねぇジェニー、このまま逃げないか」

「どこへ逃げるの？」

「二人だけで生きていかれる所だよ」

「そんなの無理だわ、私には夫があるのよ」

「遠くに行けば、そんなのわかりっこないよ、ジェニー、愛しているんだ。一緒になって欲しいんだ」

「だから私、結婚しているのよ」

「あのオーランドって人、本当に愛してるの、ただ結婚したから一緒にいるんじゃないのかい」

なかなか、鋭い勘を持っている。オーランドが浮気をして以来、私は気持ちが上滑りしていないとはいえないのだ。

「あなたね、今はしかにかかっているようなものなの、恋に恋しているのよ。この私と一緒になってどうするっていうの。私もう三十も半ば近いって知ってるの？」

「嘘だ、姉さんといくつも変わらなく見えるよ」

「目が曇っているのよ。あなたまだ学生でしょ」

「学校なんてすぐ辞めるさ。数学が得意だから、技士にでもなって、働くよ。そりゃあ、こんな凄い家には住めないけれど、きっと幸せにするから、約束するよ」

「私、今から女中もいない生活は出来ないわ、この家ね、私のものなの。皆から金食い虫だから、もっと小さな家へ移れっていわれているけれど、兄様の思いがこもっていて、どうしても手放せないの。その私がどうして外へ行かれるかしら。確かにオーリィを愛しているかっていったら、よくわからないって答えるしかないわね。でもね、彼とも別れられないの。若いあなたにはわからないだろうけれど、人間長く生きて行けば行くほどしがらみが増えてくるのよ。あなたみたいにすぱっと切ってしまえないの」

「ぼくが夫では駄目ってことですか」

「私のハンドバッグには小切手帳が入っているの。私それなりの個人資産を持っているけれど、あなたと逃げて、夫が銀行に小切手の使用禁止を申し出て、私達五日か長くても十日でお金がなくなっちゃうのよ」

「でも結婚したいんだ」

「だってあなた、私の何を知っているの、お肉は少しでも脂身が付いていては嫌、お酒は飲めない。好きなものはチョコレート。あとは何かなぁ、あなたは私に恋をしていると思っているだけなのよ。あなたが三十才の時、私は四十五才よ。そんなこと耐えられるの。私ね、自分で今自分のこと綺麗だって思えるの。でも来年どうなるかわからないわ。あなたは今のあたしに恋をしているのよ」


黙ってエスメラルダが私の唇に紅をさした。これも記念かと思って、アルバスと一緒に写真を写した。

オーリィが、頬を腫らして帰って来た時には、アルバス・クリチャードの姿はなかった。夫は抜歯がとても辛かったと訴えている。今夜は熱が出るかもしれないと脅されたという。アルバスのことは、すっかり忘れているようだった。

写真が出来上がって、考えた末にウェストポイント着付で手紙を書いた。すぐに返事が来て、よくもまぁこんなに形容詞があるものだと、要は出会えて嬉しかったとあった。そして、住んでいる寮の組番のワッペンを送って来て、全ての学科でAが取れたから、卒業が決まったとあったので、お祝いとして少額の小切手を送ってやった。そしてその時、兄の子をウェストポイントに入学させたいと思っているが、家人がその子を軍人にしたくはないそうなので、入学式を見ることは無理のようだ、だから卒業生が一斉に学帽を投げる卒業式を見に行くことは出来ないかと聞いておいた。すると、姉と共に招待するから是非親族席で見てくれとの嬉しい返事があった。そして新品の学帽と、これも一緒に売っていたからと第七騎兵隊の隊章も送ってくれた。これは私も砦にいる時からよく見知っている、楕円の中にサーベルを持っている兵隊の片腕だけが描かれているもので、子供心にもダサいなぁと思ったものだ（作者注　595ページ参照）。彼がどこへ配属されるのか知らないが、立派な軍人になって欲しいと思うのだ。

　私は彼が去ったあと何日か、そわそわして過した。彼の若く元気な体から放出されたものが、私の体に奇跡をもたらしてはくれないかと、ほんの少しだけ期待を持ったのだった。これはオーリィは知らないことだ。

　スタンリーから、今年の山を閉じる。やはり鉱床は来年で尽きるであろうとの手紙が来た。しかしもう私達にはどうしようもないことで、今年採れた金の量と来年の見込みが書いてあった。それを加えれば、今のままならJ＆Oとしては十二分にやっていけた。そしてこの家を処分すれば、あとはいうことはなかった。兄様が亡くなってもう十年以上も経つのに、私に何の執着があるのだろうか。沢山の子供と暮らすはずであったが、もうそんなことは出来ないのだ。

　アンソニーからの手紙が私の心の支えであった。そこにアルバスからの手紙が加わるようになったのはいつからだろうか。最初私はウェストポイントの卒業式に出席できることを喜んで、彼からの手紙をオーリィに見せて、一緒に行こうと誘ったのだ。オーリィも、久方振りのウェストポイント行きを喜んでくれていたはずだ。彼はそこで暮らしていて、兄様のお墓参りに来た私と会ったのだから。しかし、アルバスからの手紙が二週に一篇届くようになると、さすがに不審に思ったようで、「卒業式は来年だよ、結婚式をするわけでもないのに、なぜこんなに手紙が来るのだい。彼と文通でも始めたのかね」

　私は彼に手紙を書いてはいない。私に恋したアルバスが、私の手紙欲しさに送ってくるのだ。

「私は一度制帽のお礼を書いただけですわ。私、その後本当に何も返事すら書いてはいないのよ」

　オーリィは下を向くと自分の部屋に行ってしまった。アルバスはしかにかかっているだけです、とは私はいえなかった。私はただアルバスに、もう終わったことなのだから、手紙を書かないでくれと、伝えることしか出来なかった。それでも手紙は止まなかった。

　大人である夫は、私に来た手紙を見せろとはいわなかった。また見せられる内容でもなかった。初めて恋を知った若者の心の叫びが書いてあったからだ。私はその手紙をどうしてよいのかわからなかった。暖炉を焚く季節になったら、燃やしてしまおうと思って、鏡台の引き出しの奥にしまった。

　ある日、夫は一人で出かけて来るといって出て行って、二時間ほど帰らなかった。そして二週間ほどして、見知らぬどこかの使用人が呼びに来て、私にどこへ行くとも告げずに出かけて行った。そして夕刻に暗い顔をして帰って来た。その姿に私は声もかけられなかった。無言の夕食の後、二人して寝室へ上がった。夫は椅子に座ると、「今日、バロウズ家から呼び出しがあった。そういえば、話はわかるね」と静かにいった。

「ええ、アルバスのことでしょ」

「先日、お宅に伺ってバロウズ夫人に弟君の我が妻への執着について相談して来たのだ。夫人は驚いて、弟君に手紙を書いたらしい。弟君を諌めるためにね。しかし、反対に君との結婚を認めてくれるようにと返事にあったのだ。ジェニー、私にお前を責める資格はないかもしれない。だけどね、まだ手紙を持っているのなら見せてはくれないか」とあらたまっていった。

私がどうして否といえようか。私は手紙をテーブルの上に積み上げた。

「私が中を見てもいいのかい」

私は黙って頷いた。

夫は一通ずつ目を通すと、全部を封筒にしまった。

「これをどうするつもりだったんだ」

「暖炉の季節になったら、燃やしてしまうつもりだったの」

「愛しているのか」

「誰を」

「この坊やさ」

「まさかそんなことあるわけないわ」

「そういいながらも、この坊やを誘惑したろうが」

「そんないい方あんまりだわ、最初ダンスをしろって勧めたのはあなたよ。夜会で三回会って自宅で二回会ってそれだけよ」

「それで何でこんな手紙が来るんだよ」夫はテーブルを叩いて叫んだ。そのせいで何通かの手紙がテーブルから落ち、乾いた音を立てた。

「夜会三回ともあなたもいたのだから、私達がダンスしてただけだって知ってるでしょ。でも、三日目、彼、そのあなただってわかるでしょ、興奮していたわ。それで少し恐く思ったの」

「それをなんでいわなかったんだ」

「私ねぇ、この頃お化粧もしないで、古いドレス着て、J&Oにかかりっきりだったでしょ。でもあの着物の新しいドレス着て化粧をして、自分で思ったの、私ってこんなに綺麗だったんだって。あの時確かあなたにも私のこと美しいっていってくれたはずよ。これって私に残っていた若さが最後に輝かせてくれたんだって思ったの。それをね、口先だけの紳士じゃなくて、若い男の子が認めてくれたって、ちょっと自慢だったわ。しかも彼は私に恋をしたらしかった。ちょっと、昔のあなたを思い出したの。あの強引さをね。でもねアルバスは私に恋したんじゃないと思うの、相手を見つけるための同年輩のパーティにいる、弾けるような肌をした若い女性ではなくて、今まさに人生の残りのかそけき炎を燃やしている私に恋したと思うの。まだ一見若いわ。だけど、ダンスパーティで知り合う女の子より、大人の落ち着きと、若者には醸し出されぬ人生の機微があって、それが彼には、今まで付き合ったことのない女として魅力に感じたんじゃないかしら」

私のグラスをとると水を飲んだ。「そんなの言い訳に過ぎないんだ」

「彼が突然家に来た時、あなたは歯医者に行く所だったのよ。私も一緒にっていったのにアルバスの相手をしてやれって出て行ってしまった。ウェストポイントの制服着て金髪肩まで垂らした男に私が抵抗できるかしら。キスを一度したわ。それだけよ。私は軍服姿のアルバスに抱かれていながら、遥か昔の兄様のこと思い出していたの。彼には私は人妻で、夫と別れないし、この家を出ることはないといい続けたわ。私はアルバスに十二才の時のまだ男と女が何をするかも知らなかった、ただ兄様に抱かれていればそれで幸せだった頃を思い出していたのよ」

「じゃあなぜキスをしたんだ」

「私のこと震える手で抱きしめて、今にも泣きそうだったから、ご褒美のつもりだったの」

「それで、あの坊やは燃え上がっちまったんだぞ。おれと決闘をしてでもお前を手にするといっているじゃないか」

「いずれ夢は覚めるわ」

「じゃあ、なんで寝たんだよ」

「それも知っているのね。あのね、決して強引ってわけじゃないのよ。私が嫌といえば何もなかったわ」

「じゃあお前から誘ったのか」オーリィが立ち上がった。

私も立ち上がって、オーリィに背を向けて呟くようにいったのだ。「愛とかじゃないの、だけど、彼の元気でたくましい体が私の中に入って来て、彼のものが私の体の奥を満たしたら、もしかして夢が叶うかなって、ちょっと思ったの」

オーリィは何もいわなかった。

バロウズ家とは疎遠になって、ある時、弟のウェストポイントの卒業式参加はご遠慮願いたいという手紙が来た。

それからアルバスの手紙は来なくなって、彼が何をしているのか知ることはなかった。

オーリィはしばらくふさぎ込んで、妻に裏切られた夫を演じていたのだと思う。自分のしたことは忘れてしまって、私のたった一度の過ちを、この先の夫の人生はもうあり得ないとでも思っているようであった。私達はもうキスもせず、ただ今まで通りに、ただ一つ床で休むのであった。もはや夫婦ともいい難かった。日常で必要以外の会話もなく、時間が来れば共に食事をする。ただの同居人になっていってしまったのであった。

私はJ&O財団の活動に専念し、この息のつまるような日々に、ただ耐えるしかなかった。

やがて十二月がやって来て、いつものように兄様の誕生日を行い、クリスマス、そして新年を迎えたのであった。私には、もはや口には出さないけれども、アンソニーとの牧場での再会のみが生きる望みであった。何人も、その私の夢を壊すことの出来る者はないのだと心と体中で思っていた。

５９２ページ作者注：二十一世紀になった現在でも第七陸軍連隊とは活動していて、さすがに騎兵隊がなくなった今、第七〇〇部隊とか、隊歌のキャリオウエンと共に当たり前に使用されている。

アンソニー

暖炉の季節になると、私はアルバスからの手紙を皆燃やした。夫も立ち合って、全ての封筒に火がまわって、灰になるまで見つめた。共に無言であったけれど、この行為が私達二人に及ぼすものは、何もなく思えた。夫は相変わらず必要なこと以外は口を聞かず、私は指先に残る、ウェストポイントの制服のモールの感触をただ思い出すのであった。

私は宝石を一つ売って、新しいドレスとダンスシューズを手に入れた。そして、クリスマスの前後にある夜会の招待状が来ると、一人で参加した。エスメラルダにいって、少し濃い目の化粧をして、持っている中で一番豪華なアクセサリーを身に付けた。一人なので、「おや、ご主人様は、今宵どうなさいましたか」

「歯が痛いと申しまして」

これだけで話は済んで、私は声をかけられれば誰とでも踊った。中には、そっと耳元で、「お美しいマダム、別のお部屋へ参りませんか」という、誘いの囁きもあったが、やんわりと断わった。

アルバスとのことは、たった三日間であったから、スキャンダルにもならなかった。私は誰でもよかった。ただ美しいといって欲しかった。こんな気持ちになるなどとは思いもしなかった。もうただ年をとるのが怖かった。これから先若さも消えた後、もはや夫と心も通わぬまま、自分ではどうしようもない運命の手に弄ばれて、私一人で悶えるのはたまらなく辛いことに思えた。金（きん）も採れなくなってしまって、このままどうなってしまうのだろう。私は失うものは何もない所まで追い詰められている気がした。何を着ても、何を食べても幸せではなかった。私はオーリィの目を盗んで、兄様とアンソニーの写真を抱いて、夏の来るのをひたすら待つのであった。夏になったらアンソニーに会える。それ以外に、私のこれからの人生には何も残ってはいないと思えたから。もう今から牧場に行って、アンソニーの来るのを、今日一日と待っていたいくらいだった。十五才になるアンソニーはいったいどんな少年に育っているのだろう。今度こそ、彼を抱きしめて私が本当のマミィよといってしまいたかった。たまらなくアンソニーに会いたかった。

しかし、私に神はいなかった。

その手紙が届いたのは一月も末であった。

銀盆に乗ったリビィさんからの手紙には、手を出す勇気が持てなかった。何かまがまがしいものが詰まっている気がした。

銀盆を捧げたエスメラルダが、「奥様どうなさいましたの。お手紙ご覧にならないのですか」私は震える手で手紙を手にした。薄い手紙であった。中身はきっと便箋が一枚入っているだけなのだろう。その感触が、私を暗闇に落としてしまいそうだった。私はその手紙を手にずっと座っていた。出来れば見たくはなかった。

「奥様ランプもおつけにならずにどうなさったのです」エスメラルダの声に、我に返った。部屋はすでに薄闇が漂っていた。

「もうすぐ、お夕食でございますよ」

私は手にした手紙をそのままテーブルに置いて、食堂に下りて行った。自室からオーリィも出て来て、いつにも増して暗い食卓であると私には思えた。

食後、オーリィは酒のグラスを手に居間に行った。私はそのまま寝室に上がって行った。エスメラルダが、お召し替えをといったけれど、自分でするからと、下げさせた。私はそのまま椅子に座って、手紙を見つめ続けた。やがて夫がやって来て、着替えもしていない私の姿に驚いて、珍しく声をかけた。

「どうしたというのだ、何だというのだい」私達はまだ辛うじて、寝室は一緒にしている。オーリィは、テーブルの手紙に気がついて、「まだその手紙を読んでなかったのか。リビィさんからの手紙が気に入らないといって、何か急用かもしれないじゃないか。読んだ方がいいと思うが」と、少し非難めいた口調でいった。

「私がこの手紙を読むの?」私の声は震えていたのだと思う。

「他に誰が読むのかね、お前に来た手紙じゃないか」

オーリィは、レターオープナーを持って来た。私はオーリィの顔を見上げた。

「何が気に入らないのだい、夜も更けて来たよ」

私はノロノロと封を切って、やはり一枚きりの便箋を取り出して、目を通した。

「いやぁ、そんなことが……」

気がついたらベッドの上であった。マギーが私の手を握っていて、オーリィは椅子に座って私を見ていた。たった一枚の便箋には、これ以上簡素には書きようのないような一文があった。

〝ジェニー・ベンティーン殿
我が息子アンソニーが亡くなり、葬儀等はこちらで済ませました。とりあえずお知らせせまで
エリザベス・B・カスター〟

「リビィさんはやっぱり意地悪だ。これは私の所へアンジーをやりたくなくて書いた嘘なんだ、だって、アンジーのなくなった日も書いていないし、お葬式にも呼んでくれなかったのだから」これには、夫も何もいわなかった。

「奥様、用意は全て出来ておりますよ。お出かけになられますか」

「ありがとう、そうするわ」

ミシガンの家に着くと、冬の日の最後の陽の光がまだ差していた。女中が出て来てコートをというので、脱いで手渡した。そして女中がやんわり押し止める中、勝手知ったる家の中で、居間にリビィさんの姿を見つけた。私は、挨拶もいわず、すぐ、「アンソニーはどこにいるの」と尋ねた。

リビィさんが立って、ノロノロと女中にコートを着せられているのが待てなくて、私はそのまま玄関から外へ出た。歩いて十分くらいであろうか、古い教会の裏手の墓地に案内された。リビィさんは一言、「あれがアンソニーの墓ですわ」というと、女中と帰って行った。

萎れた花を両手で掻き出して、墓碑銘を見た。〝英雄の子ここに眠る　アンソニー・カスター〟とあった。

「アンジー、いったいどうしたの」

私は手袋を外して、その彫られたばかりの名前を撫でた。あとはもう覚えていなかった。私は、アンジーの墓に身を投げ出して、何もいわずひたすら泣いていたのだという。それがあまりに長いので、オーリィが私を抱き上げた時には、すでに気を失っていたのだという。

「奥様コートもお召しではございません」

「ミシガンの家で脱いで来たのだ」

外はすでに闇であった。道に不案内のオーリィ達は結局ミシガンの家に行くしかなかったという。

オーリィのコートに包まれた私を抱いて夫は、助けて下さい、といったのだそうだ。客間に通された私達に、コックが持って来た熱い湯を張った洗面器で私に足湯をし、湯で絞ったタオルで私の体をこすった。ベッドに入った私は悪寒に襲われ、寒いと呟き続けたという。マギーが、「悪い風邪をもらって、これから高い熱が出ます」といった通り、高熱が出て、それでも寒がったのでオーリィが、布団をもう一枚貸しては下さいませんかと頼んだ。

私はこうして、丸四日というものリビィさんを巻き込んで、ミシガンの家に迷惑をかけた。気がついてからオーリィがホテルへ戻りたいといったら、医者がこの病人を動かすなどとんでもないといって、その後も一か月も思いもかけず世話になった。

私はその時不思議な夢を見た。私はなぜか高い所にいて、自分の寝ているのを見下ろしている。そのままずっと昇っていってしまいたかったのだけれど、この所ずっと口も聞かずにいたはずのオーリィが、私の手をとって何か必死にいっているのだ。この私のために。それを見て、私はやはり戻ることにしたのだ。その話をあとですると皆、熱のせいだといったけれど、オーリィだけは私をしっかり抱きしめて、戻って来てくれてありがとうといったのだ。あのままずっと天に昇っていったらどうなったのかなぁと思う。

高熱が出た後で、私はなかなか床を離れることが出来なかった。体に力が入らなくて体中の痛みが辛かった。正気になるにつれ、もはやアンソニーのいなくなった、このミシガンの家に、動くことも出来ず寝ていることの、不条理を思わざるを得なかった。リビィさんからは、アンソニーは学校で事故に遭って亡くなったとしか聞いていなかった。オーリィもそれ以上のことを聞かなかった。リビィさんがいわないのだから、どうしてそれ以上のことを聞かれるのかい、と私にいうのだった。

兄様が亡くなり、アンソニーも消えてしまって、リビィさんはこれからどう生きていくのだろうと思うのだった。十四年前、私はこの家のこの客間で、アンソニーを産んだ。男の子で嬉しかった。そしてその後わずか一週間、アンソニーに乳を与え、兄様と一緒に暮らせる夢を見た。私に与えられた時間は、その一週間だけであった。

私はうつらうつらしていて、人の視線を感じて目を覚ました。そこには椅子に座ったリビィさんがいた。リビィさんは蒼白な顔色で、あの氷のような瞳で私を見下ろしていた。

「ジェニーさん、あの子がどうして亡くなったかを話しましょうね。体育の乗馬の授業中に落馬をして、後ろから来た馬の足にかかったのですよ。肺がつぶれて血を吐いて、その血が喉に詰まって死んだのです。とても苦しんだのでしょう。あなたが、あの子に乗馬なんて教えるから、アンソニーは死んでしまったのですよ。あなたがボーイ・ジェネラルの息子だからとおだてて、軍人になどなる必要のないあの子に乗馬なんてさせるから、こんな事故に巻き込まれてしまったのですよ。あなたがアンソニーを殺したも同じなのです」

「そうだね、私が悪いんだ。私がアンソニーを殺したんだね。私も一緒にアンソニーの所へ行けばよかったんだ」そういって、私は目を閉じた。私がここでこうして生きているのはなぜなのだろう。アンジー、マミィをその手で天国へ連れて行って頂戴。私はアンジーのお墓で死んでしまえばよかったのだ。そうしたら兄様にも会えたかもしれないのに。私は両の乳房をつかんで、もうリビィさんの顔が見られなかった。

私はまたその夜熱を出した。肺に炎症があって、熱が出るのだと、医者がいっているのがおぼろに聞こえる。マギーが胸に湿布をしてくれるのが気持ちがいい。リビィさんの「ジェニーさん、死なせませんよ。あなたをアンジーの所へなどやるものですか。しっかりなさい」と耳元でいう声が聞こえた。

私が一か月も経って、医者の許しが出てこの家を去る時が来た。自宅にやっと帰られるのだ。私は、アンソニーの部屋が見たいと願った。リビィさんが先に立って、部屋に案内してくれた。すっきりした男の子の部屋であった。

私はゆっくりと部屋の中に入って行った。ベッドがあって、私はそこに寝てみたかったのに、ピシッと皺一つなくカバーがかかっているので諦めた。

「何か形見に頂いていってもいいですか」

リビィさんが黙って頷いたので、勉強机の上の小さな本棚から、使い終わった数学のノートを手に取った。アンソニーの丸い文字で名前が書いてあって、宿題でもあったのだろうか。赤鉛筆で、ページの上に二重丸が書かれているページがいくつもあった。

「これ頂いてもいいですか」と聞くと、リビィさんはただ頷いたので、そのノートをバッグに入れて、もう一度振り返って、さよならアンジーと心の中で呟いた。

それから私は、もう二度とこの家を訪れることはないと思って、思い切って兄様の書斎を見たいとねだった。またリビィさんは先に立って階段を下りると、書斎の戸を開けて、自分はその脇に立った。私と一緒は嫌なのかと思った。

部屋は薄暗く、使う人のもはやいなくなった人の気配のしない、ただ古い書物の香りだけがする部屋であった。女中が入って来てカーテンを開けてくれたので、思いもかけず明るい室内が見えた。私が書き物机の椅子に座ると、両肘かけに手を当てて、ギシギシと椅子を揺らした。砦の兄様の執務室の椅子で、よくこうやっては、兄様に怒られていたっけ。もはや叱る人はいないのだ。私は机にうつ伏せになって、真面目な兄様は決してしなかったであろうけれど、突っ伏して兄様の肌の温もりを求めた。そして、左手にある本棚に行くと、手の届かないような上の段からゆっくり見て行って、手の届く棚まで来ると、指でたどって一冊ずつ背表紙の文字を読んでいった。昔のことだ、もうないかもしれない。しかし、私の指は一冊の本の所で止まって、静かにその本を抜き出した。

「リビィさん、この本頂いてもいいですか」

「夫の書いた本のサイン入りもありますよ」

「この本がいいのです」といって、これもハンドバッグにしまった。

家を出る時、女中やコックが見送ってくれたので、心からの礼を述べた。そして、大きな声でこの家に礼をいったのだった。

汽車の中で、チョコをかじっている私に、オーリィは、「いったい閣下の何の本をもらって来たのだい」と聞いた。

「アルバート・クラーク著の『戦争の歴史』よ」と私は鞄から出して見せた。

「随分と古い、こういっちゃ悪いが汚い本だな、なんでこの本なんだ」

「古いのは当たり前よ。私が子供の時からあったのだもの。兄様がどうやって手に入れたのかは、私も知らないの、お金なかったから、古本屋ででも買ったとは思えないの。友人の家にあったのをもらったかしたんでしょ」

「何がそんなに大切なんだよ」

「あのね聖職者となるホープディル大学で学んでいた兄様がね、この本を読んで、国を守る軍人となるべく思い立った、とても大切な本なの。この本がなかったら、軍人カスターはいなかったと思うの。そうでなければどこか地方の教会で一生を終えたと思うのよ。砦で、兄様はよくこの本を読んでくれたわ。私にはちっともわからなかったけれどね。ここにサインがあるの、まだ若い頃の文字よ、そして見て」

オーリィが目を通すと、書き込みやアンダーラインがいっぱいしてあって、驚いている。

「もうなくなっているかって、ちょっと心配だったの、この本兄様といつもあったのよ」

皮の表紙は手ずれて黒ずんでいて、金文字の題名は消えかけていた。

「兄様この本のことリビィさんにはいっていなかったのかな。渡してくれないかと思ったけれど、私のものになってよかったわ」私は今まで兄様の形見をほとんど持っていなかったので何をもらうより嬉しかった。

私はまたチョコをかじり始めた。アンソニーとチョコを一緒にかじるという夢が、もう決してありえないということに、言葉にならない寂しさを感じるのであった。

家に帰り着いても、私はすぐには動き回れはしなかった。まだ体力がなくて寝ていることが多かった。ミシガンの家では、本当の病気で、日々を過ごすのが辛く、アンソニーのことを思うことは出来なかった。今ここで柔らかな布団に包まれながら、アンソニーはもう亡くなってしまったのだという現実に苦しむのであった。

そしてリビィさんのあの昔と変わらぬ氷の瞳で、アンソニーが亡くなったのは、私のせいだといわれたのが、その通りであったから苦しみは何重にも膨れていくのであった。リビィさんの望んだような弁護士なら、乗馬の訓練など、そもそも必要なかったのだ。そうしたら、事故にも遭わずに済んだものを。あの子が死に際して苦しんだとの一言が、私を身の置き所のない、暗闇に落とす。兄様の時もそうだった。そしてアンソニーの葬儀にも参列できなかったという辛さが、アンソニーがもはや生きてはいないのだと、決別する時を私に与えてくれなかった、リビィさんを恨んだ。私はただ死んでしまいたかった。アンソニーがいない今、生きている意味がないように、だんだん思えて来るのであった。

私がアンソニーのノートを抱えて夜も眠れないでいるのを、オーリィはまた病気がぶり返さないかと心配していたのだと思う。医者は私に睡眠薬を処方した。これで死ねる、と私は思った。しかし薬はオーリィが持っていて、少なくとも洗面台の鏡の後ろの薬入れにはなかった。薬を探し回る私を見て、オーリィはまた私を医者に連れて行って、カウンセリングというものを受けることになった。居間の作りのような部屋に通されて、オーリィと座っていると、髭を生やした紳士が入って来る。ドクターなんとかと名乗るけれど覚えられない。私の全身を見て、「お辛いことは、皆口に出して話してしまわれるのがいいですよ」というけれど、こんな見知らぬ人に何を話せというのだ。

私はただ恐怖して、オーリィに抱きついて三十分が過ぎた。

次に行った所は、私が何も話さないので、「今一番気になさっ

ているのは何ですか」と聞いて来た。オーリィが、

「子供を亡くしまして」というと、「何よりお辛いことですね。お名前は何というのですか、お年は」と尋ねるので、私はたまらなくなって、部屋を飛び出した。

もう嫌だという私を、オーリィはこれが最後だからと、また連れ出した。そこの部屋は明るく、カウチには色とりどりのキルトがかかっていて、人の住む所のように温かく感じた。窓際には、鳥かごがかかっていて、オーリィが中にいる鳥はカナリヤだと教えてくれた。小さな鳥がかごの中を飛び回っているのを、私は飽くことを知らずに見つめていた。

「ジェニー、さあ、こちらへおいで」

オーリィに呼ばれて振り返ると、白髪混じりの婦人が立っていた。

「小鳥はお好き？」

「こんな近くで初めて見ました。とっても可愛い」

「そう、よかったわ。その子はジョディというの」

「ジョディこんにちは」

「そして私は、ドクター・キンベルです」といって私の手を取った。

「こんにちは、ドクター・キンベル」

私はオーリィの隣に大人しく座った。

「ジェニー、あなた甘いものは好きよね」といってガラスの壺に入った、砂糖ボンボンを手渡してくれた。口に入れて噛むと、仲のシロップがシュワっと出て来る。

「ずっと昔、私この砂糖ボンボン初めて食べて、こんな美味しいものがあるんだって思ったの、で大切にとっておいたら、砂糖が溶けちゃって、板みたくなって悲しかったわ」

「では今沢山お食べなさいな」

「ええ、ありがとう」

「このボンボン、店主がいうには、五種類の味があるんですって。でも四種類しか私はわからないのよ」

「へェ、そうなんだ」

私はもう一粒口に入れて噛んでみたけれど、先に食べたものと同じ味がした気がした。これに差なんてあるのかと思って、もう一粒口にした。

「あとお好きなものはなあに」

「チョコレート」

「お食事では」

「じゃが芋」

「お芋生で食べるの」

「ううん、クリーム煮が一番好き、あとコーンスープ」

「そうなの、美味しそうね。ご自宅では何をなさっているの」

「お写真見たり本を読んでいます」

「どなたのお写真なのかしら」

「皆知っている人、そして皆死んじゃった人」

「それは辛いわね、毎日見ているの？」

「ええ、その人達が生きていた時は楽しい時だったから」

「今は楽しいことないの」

「それは……」

私は兄の子が亡くなったせいで病気になって、気づいたら高い所から見下ろしていたこと、そしてオーリィを一人残すのが可哀そうに思って帰って来た、今まで誰にもしたことのない話をした。オーリィが、「ジェニー」といって私を力強く抱きしめた。

「あなたのこと思って下さる方がいらして、よかったですね」

「うん」

帰りの馬車の中で私は、「あの人ね、アン＝マリー姉みたいな匂いがしたの、だから沢山お話が出来たの」というと、「あの人は有名な人なんだ。主に虐待を受けた子供を救っているんだよ」

私もあの時、こんな人に出会っていたら、その後の人生も変わっていたのかもしれないなぁと思った。その人は、忙しく今回は特別で予約がもう取れないのだといわれて、これで会えないのは少し寂しく思った。しかしオーリィが出かけて行って、素敵なものを買ってくれたのだ。

布の覆いを取ると、そこには釣鐘型の鳥かごがあった。白く塗られていて、ワイヤーワークで、緑色の蔦が絡まっているとても可愛い鳥かごだった。けれど中は空っぽだ。

「カナリヤいないの？」

「ほら手を出してごらん、そっとだぞ」

オーリィは胸ポケットから、ハンカチに包んだものを、私の手に乗せた。それは本当に小さな鳥の雛だった。

「これカナリヤじゃないよ」

「ああ、カナリヤは売ってなかったんだ。これは文鳥の赤ん坊だよ。ほら、ママだよ」

小鳥は大人しく私の手の平に乗っている。

「生まれてまだ三十日くらいなんだ。お前が大切に育ててやったら、お前のこと母親だと思って、手の平でエサを食べるようになるよ。だけどこんなチビ助だから、すぐ死んじまうんだ。世話出来るか」

「私、世話してもいいの、やったことないのに」

「育て方の紙をもらって来た。エサも買ったし、毎日水浴びをするんだそうだ。忙しくなるぞ」

「うん」雛なのに名前は必然的にアンソニーになった。毎日小鳥の名を呼んでいると、我子が遠く離れてしまったという思いが少し薄れる気がするのだ。それに小鳥はそれは可愛かった。体温が高くて、両手に包んで頬にあてると、大人しく目を瞑った。手の平の上を飛び回るようになって、かごの傍を私が通ると、一番近い止まり木に飛んで来て、チヨチヨと私を呼ぶのであった。しかしアンソニーを失った悲しみは深く、私は鳥かごを眺めながら涙にくれることもあった。時が解決するしかないのだと思っても、我が子を失った私の心は、それを誰にも、訴えられない辛さに、なかなか、外出すらままならないのであった。そんな中、庭でブランコに乗りながら、手の平に乗せて遊んでいた文鳥が逃げた。あっという間に、物音に驚いて飛んで行ってしまったのだ。私はかごを放り投げて、何がママよと泣き叫んだ。

「あんなものに、私の心がわかるわけないんだわ」私の嘆きに、オーリィも何もいわなかった。

そして二日目、私がぼうっと庭のブランコに乗っていると、どこからか、チヨチヨと鳴き声が聞こえて、半分広げた羽を引きずるように文鳥が地を這って来ると、見るからにやっとの思いで私の肩に乗った。私は急いで鳥かごを持って来て、水とエサをやった。無性に嬉しかった。それから文鳥はいつも私の肩に止まるようになった。それでも用心のために、庭に離すのはやめた。どこをどうやって二日間を生き延びて来たのかわからなかったけれど、戻って来てくれて私の顔に笑顔が見えたと、オーリィが喜んでくれたのだった。我が子の命と比べようもないけれど、私はこの儚い命を紡いでいくために毎日早起きをして、庭の畑から青菜を摘んでくるのであった。

アンソニーは僅か十四才でその命を閉じてしまった。私もその時一緒に死んでしまったのなら、天国で兄様とアンソニーと、リビィさんが来る前の僅かな間本当の親子三人で過ごせたのになぁと、他愛もないことを思ってしまう。

今年の十五才の誕生日、七月七日を私は牧場で過ごせるものと思っていたのに、それすら果たせなかった。アンソニーを生んだ意味があったのだろうかと思ってしまう。我子を生んだのに、育てることも出来ず、死なしてしまった。母親なのにその死も知らず死に顔も見ることもかなわなかった。アンソニーも自分の人生がどんなものになるのかわかっていたのだろうか。カスターの息子という名をずっと背負って生きて行くのも、辛いものがあったかもしれない。リビィさんの考えも今ならわかる。だけど、こんなことになるのなら、十才の誕生日にさらって来てしまえばよかったと思えてならなかった。リビィさんが何といおうと牧場の子にしてしまえばよかったのだと。今思ってもせんないことだけれど、私はぼんやりと、アンソニーの誕生日を迎えた。

思いもかけずリビィさんから手紙が来た。今度はすぐに封を開けた。手紙類は一切入っていなくて、白い紙に包まれたものだけが入っていた。開けてみると青いリボンで結ばれたプラチナブロンドの巻き毛が入っていた。アンソニーの、生きていた今となっては唯一の証しであった。リビィさんにも心の葛藤があったろうけれど、私にもアンジーの髪を一房送ってくれる優しさはあったのだ。

私はその髪を頬に当てて、あの若草のようなアンソニーの汗の香りを思い出していた。

私はオーリィに宝石店へ連れて行ってもらって、ブローチの裏にアンジーの髪を格子状に編み込んだ、メモリアルアクセサリーを作ってもらった。

「私、これ日常につけていてもいいかな」

「もちろんだよ。これからはいつも彼と一緒にいられるじゃないか」

オーリィは涙する私の襟元に、ブローチを止めてくれた。文鳥のアンソニーが、嘴で、チョンチョンとつついていた。私は、悲しみにだけとらわれてはいけないと思った。アンジーは死に際して「マミィ」と呼んでいたという。私はベッドの上に、アンジーから届いた手紙を並べて中身を出した。その中に、〝マミィ、二年生になると体育で乗馬が選べるんだ。必ずAを取るよ、アンジー〟の手紙を見つけて、この手紙を受け取った日のことを思い出していた。私はほんの数年後にアンジーの身に起こる不幸など思いもしないで、さすがボーイ・ジェネラルの子だと、無邪気に喜んだものだ。リビィさんが、私がアンジーを殺したのだというのが、身に染みてわかるのだ。きっとリビィさんはこんなことが将来起こるであろうから止めたのではなかったろうけれど、私のアンジーが手元にないからこそ、自分の思いを少しでも叶えたいという私の我儘な心が、今回の事故をまねいたのだ。ごめんねアンジー、さぞ苦しかったろうに。でも私の周りの人々になんで、こんなに不幸が舞い下りて来るのだろうか。泣いても、叫んでも許されない我が身を呪うのであった。

私は、ブローチを撫でながら、ベッドに泣き伏した。泣いても、もう二度とアンジーには会えないのだと。

マギーがやって来て、さり気なく、「この頃新聞の記事が出始めたようでございます」といった。こういうことは黙っていても、どこからか漏れて来るものだ。リビィさんは、記者を集めて、アンソニーの死を公にした。それでリビィさんは、少しも乱れることなく、母親としてあっぱれであったそうだ。その姿は、学校での、アンジーに足をかけた馬に乗っていた生徒を、責めるどころか気づかったことに、さすがにボーイ・ジェネラルの妻との賞賛を受けたのだそうだ。

私は牧場に行って、ついに果たせなかった夢を追った。一度として母親と呼ばれることのなかった我が身が切なく、子を亡くしてさえ、賞賛されるリビィさんと、実の子を亡くしたのに、誰からも認められないこの差が、どうしても許せなかった。なぜ、私のアンジーなのに。

私は秋になると、バザーと夜会を開いた。

バザーにはヤング・クレージー・ホースの一族が十人ばかりやって来て、ティピィを建てて、彼等の唯一の楽器である、木の枠に皮を張った太鼓の音に合わせて踊りを踊って見せた。今回は三才くらいの男の子がいて、ビーズで飾られたチュニックを着て、大人に交じって踊っているのが可愛いと評判になって、写真を撮りたいという人が、かなりいた。後に彼の写真を新聞が取り上げて、ダンシング・ボーイの名で写真が載ったので、私は新聞を十部買って送ってやった。彼は十八くらいまで踊っていたが、急に止めて、寡黙なカウボーイになってしまった。新聞の記事は今もＪ＆Ｏに保存されている。

　そしてバザーの目玉として今や手に入らないバッファローの肉のシチューを出したので、もはや食べることのかなわない貴重品として行列が出来た。兄様も大好きだったというシチューは好評で、皆インディアンはこんな美味しいものを食べていたのか知らなかったというけれど、そのバッファローを地上から消してしまったのは白人なのだと、私は訴え続けた。インディアンを、軍門に下らせるために、地上にいたバッファローという種を滅ぼしてまで行った白人の蛮行を。しかし、多くの白人がそれは仕方がなかったというのが、私は許せなかった。人間はそんな自然の摂理を曲げてまで、生きて行けるのであろうか。

　夜会には、今回私は、白絹に、襟元から胸へ、そして身ごろから裾までぐるりと、竹ビーズで飾られた、誰よりも豪華なコートドレスを着て出た。夫人達が口々に褒めてくれる。実は今回私は別室に、服地を五種類とビーズ模様の見本を置いて、欲しい人がいたら注文を取ったのだ。先のスタンリーのキモノドレスが人気があったけれど、着物はあれしかなかったから、仕方がなかった。今回はもう先に用意をしておいたのだ。確かに、そこまでお金のことを、という人もいたけれど、このドレスは人気があって、しばらく夜会で、刺繍の見せ合いになった。やはり豪華な方が、値段が高いのだから、これを私はあちこちのテリトリーのインディアンの婦人達に、作らせたのだった。コートドレスというのが、注文人の細かい採寸が要らないこと、そして、夜会だけでなく、着回しが利くことが人気を呼んだのだ。

　私はこうして、少しずつアンソニーのいないことを受け入れていった。

　オーリィが良いものがあったぞと買って来てくれた、文鳥の片足に輪をつけて、その先をブローチに止められる、外出用の鎖をくれた。私は喜んで、どこでもアンソニーを連れて歩くことが出来るようになった。ただ、私の肩に糞をしてしまう。マギーがドレスが汚れないように切れ端で作った簡易のマットを肩に乗せてくれるのであった。外を行くと、子供が寄って来て、羨ましそうに、そっと小鳥の頭を撫でてくれたりして、私の心は癒されるのであった。

　そしてその日は何の前触れもなく訪れた。奇しくも兄様の誕生日で、私は花を買いに外へ出た。寒い日で、マギーは私の防寒着の姿を見て、外出を許してくれた。そしていつものように主のいないお茶会と、夕食が終り、オーリィと休んだ。私は確かに少し風邪気味であったけれど、たいしたことはないと、皆思っていた。私ですらも。

　それは夜中に起こった。胸を何かに刺されるような激しい痛みと、息をする間もないほどの咳が私を突然襲ったのだ。こんな苦しいことは生まれて初めてだと思った。私はただただ息をするのにも必死であった。オーリィも目覚めたけれど何も出来はしなかった。私は三時間ほど苦しんで、くたびれ果てて眠りについた。翌日医者が呼ばれた。私を診た後で、夫達と別室でというので、そっと皆の後をついて行って、私は扉に耳を当てて中の話を聞いていた。

私はサムの奥さんに会いたいと、それからずっといっていた。だから、いつもより一か月も早く五月に牧場に行くことになった。行く日が近づくと、オーリィがさり気なく医者に行って来ないかと聞いた。私の医者嫌いはよく知っているからだ。けれど私は、「いつでも行くよ」と笑って答えた。

医者に行って、私は開口一番、「先生、私あとどれくらい生きられるの」と聞いて、周りを驚かせた。

「人の一生は神のみがご存知ですよ」

「じゃあ、こうして元気でいられるのは、あとどれくらい?」

「たぶんね、あと二年くらいだと私は思っているよ」

「うん、それだけあれば大丈夫だわ、今年牧場行ってもいいんでしょ」

「ああ、あんまりお転婆をしなければね」

だからまた、牧童にいっぱいお土産を買った。女達のために、流行遅れだからという木綿の布を、しかも沢山買うのだからと三分の一くらいの値で買った。そして、服屋のあちこちの引き出しから、半端になったボタンを探し出して、ビスケットの缶いっぱいもらって来た。下着用のリネンの布も買って、私は、チョコを片手に、喜び勇んで牧場に出かけたのだ。

今年は文鳥のアンソニーも一緒だ。オーリィは置いて行けといったけれど、「一人にしたら死んじゃうよ、私の手の上でなけりゃエサ食べないのだもの」という私の主張が通って、連れて行くことになった。

牧場に着くと、さすがにこの頃髪に白いものが混じるようになったけれど、元気いっぱいのサムの奥さんが、いつものように足ブラブラさせて抱き上げてくれる。マミィといってフラワーベルが駆けて来る。もう大きくなって私は抱き上げたり出来ないけれど、今でもキャンディを探す。ヤング・クレージー・ホースが、あいも変わらず、おれのテントに今夜来いという。サムがいる。バッファローはまた子供が生まれたという。ここは、いつもと同じ日常が待っていた。フローラの温かく少し湿った鼻づらを私はずっと撫でていた。

牧場の女達が集まって来て、どの子が誰の子かわからなかったけれど、私はその子供達に五十ドルずつ与えた、子のいない家族には妻に与えた。少し昔なら、きっと私は百ドル与えていたことだろう。もう学校を建てる夢は諦めたけれど、今倹約している私がいる。自分ながらおかしい。

夕食はクリーム煮とコーンスープだけでいいといってあるけれど、時にはほら好きでしょとクロケットが出たり、アップルパイもよく作ってくれる。好きなものだけ食べていられるのは幸せなことだ。

私はこの冬からずっと、サムの奥さんと手紙のやり取りをしていたことを、直接話し合った。

「ジェニーちゃん、本当にそうしたいのね」

「ジェニーの夢だったのだもの。だけどサムの奥さんに手伝ってもらわなけりゃあ、他の誰にも出来ないことなんだもの」

「ジェニーちゃん、まさかこんな早くにそんなことが来るなんて思いもしなかったわ」といって、その大きな体で抱きしめてくれた。

「とにかく一度皆で行ってみなけりゃならないね」

「うん、本当に世話かけるって思ってる」

「何事も、一筋縄でいかないのが、ジェニーちゃんの人生だってわかっているけれど、これだけは、ジェニーちゃんが望んだことですものね、叶えてあげたいけれど、あんた本当にあたしのこと置いて行っちゃう気なの」

「ごめんね、そうみたいなの。本当はアンソニーと一緒に死んじゃいたいって思ったけれど、今は生きていて、サムの奥さんにまた会えて良かったなって思うんだ。まだ時間が私に残っていたことで、しなくちゃならないことも、きちんとしなくちゃならないって、神様は私にお命じになられたと思うの。J&O財団のことも、私が始めたことだしね。今後のことも考えなくちゃならないでしょ。牧場だって、きちんとヤング・クレージー・ホースに任せるか決めなくちゃならないし、やることいっぱいだよ」

「オーリィは知っているの?」

「オーリィは私に隠していたんだ。だけどジェニーの残りの人生の大切な時間だよ。オーリィが私のこと思ってくれてるってわかるけれど、気がついた時は、もう何も出来ないっていうんじゃ恨んじゃうよ。オーリィが私がショックを受けると考えたろうけれど、もし命が尽きたら、アンジーと兄様の所へ行けるんだもの、何も怖いものないもの」

「ジェニーちゃんそんな悲しいことといわないでよ。オーリィ一人置いて行っちゃうの」

「私達ねぇ、アンジー亡くなるまで、ちょっとうまくいってなかったのよ」

「何よそれ、またオーリィが浮気でもしたの?」

「ううん、その逆よ。あたしが若い男の子とちょっとね」

「嘘っ、信じられないわ、ジェニーちゃんに何が起こったのよ」

「出会いって、そういうことになって、会ったのはたった五日間だったの。二十くらいでね、若さに押し切られちゃったの。もしかしたら赤ちゃん出来るかなって思っちゃったのよ。オーリィはほんとに短い間だから、気がつかなかったの。だけどね、坊やの方が燃えちゃって、毎週のように手紙が来ちゃって、さすがにオーリィもおかしいって思ったのね」

「なんでそんなことになったのよ」女の子であるサムの奥さんはこの手の話が大好きなのだ。しかも、私のことならなおのこと聞きたいのだろう。

「彼ね、休暇でうちの近所にお嫁に来ているお姉さんの所へ遊びに来てたの。夜会で三回ダンスをしたわ、そして二度うちに遊びに来た。それだけよ」

「ちょっと、いつも一緒のあんた達にその坊やが入り込む時間がどこにあったというの」

「オーリィが歯医者に行ってたの」私は肩をすくめてみせた。

「まったくメロドラマじゃないの。それでさ、どうだったのよ」

サムの奥さんが目を爛々と光らせて聞いた。

「どうって、何もいうことはないわ、すぐだったし。ただし若いって凄いなって思っただけよ」

「それだけなの、めくるめく快感とか」

「そんなのあるわけないでしょ。まだ恋をよく知らない坊やだったのよ。私が拒めば何もなかったはずなんだけどね」

「ジェニーちゃん受け入れちゃったんだ」

「だって、ウェストポイントの制服着てたんだもの」

「うーん、それじゃあ、ジェニーちゃんは拒めなかったわね」

「手紙みんな出させられて、姉さんの家にオーリィが行って、それで手紙は来なくなったの。でも私その坊やにいったのよ。あなたが三十才の時、私は四十五才よって、それでも一緒になりたいっていったの」

「凄いお熱じゃないの」

「私ね、J&Oにかかりきりで、お化粧もしないでいたんだけど、夜会行くって新しいドレス着て髪結って鏡見たらね、私ってこんなに綺麗なんだって思ったの」

「ジェニーちゃんは美人さんだもの」

「違うの私思ったの、この今のあたしって、人生最後の若さが出てるって思ったの。美人だとかじゃないの、人として生きて来て今誰にも負けない美しい時じゃないかなって思ったの。その時、坊やは私に引っ掛かっちゃったんだって思うの。私の人生でのほんの一瞬の光り輝いた時だったのよ。オーリィも、今のお前綺麗だぞっていってくれたんだもの」

「坊やは、そんな年上の人妻の魅力に参っちゃったのね、よく手と手を取って逃避行なんてしなかったわね」

「まさかそんな、でも来年のウェストポイントの卒業名簿に彼の名があるか心配なの」

「そんなのジェニーちゃんのせいじゃないわ、でもそんなことあったんだ」

「それでオーリィとは口も聞かなくなっちゃったの」

「妻の不貞は許せなくてもよ、オーリィは一年以上も浮気しまくりまくっていたんじゃないのよ。それはないんじゃないの」

「男の面子があるんでしょ。でもね、あのままでいたらオーリィとどうなっていたかわからない私達の仲を、アンソニーの死が繋いでくれたの」

私はサムの奥さんの服にしがみついて泣いた。あまりの不条理に涙が止まらなかった。サムの奥さんは、そんな私の頭を撫でながら、「いくらでも泣けばいいわ。アンジーがジェニーちゃんの子だって知ってるの、あたしだけだものね。今頃本当ならアンジーと毎日馬に乗って楽しく過していたはずだったのに、神様はリビィさん以上に意地悪なのよね」

幌馬車二台に予備の馬を連れて出発の用意は出来ていた。サムもすでに柔らかなマットレスに包まれて、馬車に乗せられた。

「お前ってさぁ、本当に何でもやりたいことしないと気が済まないんだよなぁ」と、オーリィが私の計画を聞いて、呆れた。私は昔砦にいた頃よく行った、山の上の湖に行くことにしたのだ。そのために、この冬からずっと、サムの奥さんと手紙のやりとりをしていたのだから。

馬車に揺られていると、文鳥がチヨチヨと泣いて私の耳たぶを噛む。よしよしと私はいってポケットのハンカチに包まれたエサを与える。小鳥屋に行って、長く旅をするのでと、ミックスしてもらったエサだ。食べ終えると、足輪を外して、携帯用の小型の鳥かごで水浴びをさせる。うつ伏せになったサムが、手を伸ばしてその姿を見ている。この小さな生き物は、人の心を和ませるのに役立つらしい。鳥の寿命七年か八年だとか。私はそれまで生きられるのであろうか。

オーリィが、横を向きながらさり気なく私のシャツのボタンを外す。そして、ゆっくりと私の胸に手をやって下から揉み上げる。私も知らんぷりして前を見ている。サムがいるからだ。いなければ、もっと過激なことになるだろう。お楽しみは湖までお預けだ。サムの奥さんは、もう一台の幌馬車に乗って、ヤング・クレージー・ホースと今通っている所を地図で確認しているのだ。インディアン達は、星空を見れば場所はすぐわかる、といったけれどサムの奥さんが、夏とは限らないでしょとピシャリと言われてから何もしゃべらなくなった。現実を突きつけられて、ただただ驚いたのであろう。あとで聞いて気の毒なことをしたと思う。

私達は抱き合ってサムの隣に横になった。今夜の夜番に備えるためだ。サムの奥さんは夜露は体に悪いと心配してくれたけれど、この二人きりで焚火を見つめながら満天の星づく夜を、オーリィとあと何回過ごせるかと思うのだった。

「空気が変わったな」

私は右の方向を指して、「うん、あっちへ行けば、砦だよね、今でもあるのかな」

「あるさ、煉瓦建の立派な砦になってすぐ傍まで街が来ているそうだ」

「私がいた時は、歩いたら二日はかかったのに」

「歩いたことなんて、あるのかよ」とオーリィが興味深く聞く。私は答えていいのか少し迷う。

「どうせ兄様と喧嘩したんだろう」

「そんなんじゃないもん」

私の瞳に涙が滲んで、オーリィが驚く。私は牧師に受けた性的なこと、そしてその間に、兄様が私に知らせずに、勝手に結婚してしまっていたことを、嗚咽しながら語った。

「そりゃ酷い目に遭ったんだなぁ。そんな牧師がいたんだろうか」

「兄様が教会にいってそいつ首になったんだ、今までも何度も同じようなことしてたって、そういう人間ってさ、病気なんだよ。外出しちゃ駄目なんだよ」


オーリィは、ジェニーの心からの叫びだと思った。


「それからリビィさんとの戦いが始まったのか」

「冗談じゃないよ。今まで兄様の腕の中はジェニーの特等席だったんだよ。それ奪ったリビィさんと仲良くしろなんて、兄様も結局リビィさんを選んだんだ」

「あぁ、その時閣下がお前を選んでたらな、だけどそれで幸せになれたかわからないぞ」

「そんなのどうしてわかるの？　それまで幸せだったんだよ。ジェニーは兄様の腕の中で眠るだけで良かったんだもの。あのままずっとそうだったら、何も心配はなかったはずなんだ。そしてね、私は兄様とリトル・ビッグホーンで死んでたんだと思うんだ」

「兄様は浮気をしたらどうしたんだい」

「そりゃ喧嘩になったかもしれない。でもジェニーはその当時、男と女が何するか知らなかったんだから、浮気したかわかんなかったかもしれないよ。ずっとお婆さんになるまでね」

「そりゃあちょっと寂しい人生じゃなかったかなぁ。せっかく男と一緒になったんだぞ、何もしないなんてもったいなくないかい」

「そういう人生だっていいじゃないか。変にリビィさんみたいに嫉妬深いよりよかったと思ったらいけないかなぁ」

「お前本当はセックスが嫌いか？」

「すれば楽しいと思うよ。この前はごめんね。つい人妻なのに、一人の女になっちゃって迷っちゃったんだ。自分がまだ綺麗だって思ったらね、年取りたくなかったの」

「ああ、あの時のお前は美しかったよ。おれだってあの坊やがお前に惹かれていくのがちょっと面白かったんだ。だけどそれがな、まさか大当たりになるなんて思わなかったよ」

「ごめんなさい、もうあんなこと二度としないわ」

「おれだって大人気なかったさ。これからは、お前が嫌だっていったっていつまでも一緒だよ、絶対に約束するよ」

「そんなの、兄様と一緒で約束は破るためにあるんだ、あたしのこと知らなかったからそういえるんだ。いつでも一緒って約束したのに兄様平気で破ったのだもの」

　私は涙を拭いた。兄様が約束を破らずに、リトル・ビッグホーンの戦いもなかったら、まだ私と兄様は、まだあのヘイズの砦で暮らしていたのだろうか。それこそ兄様軍人辞めてどこか別の世界で生きていたのかもしれなかった。それがどこであれ、兄様がついて来いといったのなら、私は喜んでどこへでもついて行ったのだろうなぁと思うのだった。人の人生なんて、ほんの少しのことで、どうなるかわかりはしないのだから。

忘れられない、一夜であった。

ああ、懐かしの丘が見える。ここで馬車に残る者と、湖に向かう者と別れるのだ。ヤング・クレージー・ホースが何やら妻と争っている。ヤング・クレージー・ホースが、駄目だといっているのに、妻はついて行くといって聞かないらしい。妻にとっては私のことが、今でも心配なのだ。

大きな馬にサムの奥さんが、サムを抱いて乗った。「ジェニーちゃん、あたしもう行き方忘れちゃったから、あなた先頭よ、いいわね」

実は私も自信がない。いつも、もっと右手よりのここからはずっと遠い、見えない所から登って行ったのだから、心もとないのだ。

「あとはフローラ、頼むよ」と鼻づらを撫でてやる。鞍には鳥かごがくくり付けてあって、アンソニーがチヨチヨと鳴いて、私の肩に乗りたがった。鳥用の水筒も持って、水浴びも十分出来る。私は馬に乗った。以前この湖を見つけた時も、乗っていたシシーが、水の匂いに連れられて、湖に辿り着いたようなものだ。フローラにかける期待は大きい。私は最初の登り口の岩に、赤ペンキで「1」と大きく書いて、まわりの景色の写真を撮った。そして、目印になりそうな岩や木があったら、番号をつけて行った。中には、馬ですら登れないような急斜面に出てしまい、戻らざるを得ないこともあった。途中で野宿になった。

「昔なら、こんな所で野宿なんて、インディアン怖くて、火も焚けなかったわよねぇ」とサムの奥さんが、私達にだけ聞こえる声で話した。ヤング・クレージー・ホース達に遠慮をしているのだ。ほんの十数年前のことなのだ。時の移ろいの早さを思うのだった。もう一晩泊まって、丘を登って行ったら、何となく見覚えのある所へ出た。それからすぐに私達は湖とは呼んでいるけれど泉に毛の生えたような、光る水面に到着した。

私は叫び声を上げて、冷たい水に手をつけた。地図を見ながら上がって来た、サムの奥さんが、「ジェニーちゃん喜びなさいよ。この土地、国の地図でも私有地ってあるわよ」

私がシャツのボタンを外しにかかると、オーリィが、「何やってんだ、ここは男ばかりなんだぞ」と怖い顔をして止めた。何でよ、ここに来たら水かけっこに決まっているのに、私は不満だった。しかし湖は昔と変わらず、ゆったりと水をたたえて、時おり水紋を見せるのであった。私は文鳥のアンソニーのかごを下ろして、水盤に水を満たして、水浴びをさせてやった。その隣にはフローラが静かに水を飲んでいる。湖は変わらずあるのに、その間に過ぎて行った日々を思った。

「さぁジェニーちゃん、憧れの湖に着けてよかったわね」

「うん、サムの奥さんのおかげだよ、いくらお礼をいっても足りないくらいだよ」

「インディアン達は、周りの土地を見に行ったわ、私もまたここに来られて幸せよ。だって、ジェニーちゃんのポケットの中の一粒の金が全てだったんですものねぇ」

サムの奥さんも感慨深げにいった。今あることは、良いことも悪いことも含めて、私がここで、クレージー・ホースに会った、そして妻になったことから、始まったのだから。

夜中にヤング・クレージー・ホースの毛布が最後までうごめいていたけれども、それも止まった。私達は裸で、水のかけっこを始めた。十六夜の月が、辺りを銀色に輝かせていて、まるで子供の魔法の本の中に住む住人のようであった。跳ね上げる水が、月の光を浴びて宝石のような粒を飛ばした。これが最後でもいい、こうしてオーリィと水浴びが出来たのだから。私は、皆を起こさないように、小さな声で、それでもキャーとかいいながら飽きることを知らずに水をかけ合った。

湖

闇を追い出して朝日が昇る時、私はまた一人で湖にいた。まだ皆眠っているけれど、朝日が昇りきったら目を覚ますであろう。私はたった一人で湖に語りかけたかったのだ。お願い私の願いを聞いて下さいと。

私がいつまでも水に足をつけているので、サムの奥さんが、「ジェニーちゃん、そんなに水に入っていると体に悪いわよ」という。

私は、この冷たい水と一体になれるのであろうか。

私は昔使っていた道を見つけた。ここから馬で二日行くと砦に辿り着く。今駆けて行ったら兄様が、怖い顔しながらも待っていてくれるのではないかと、たまらなく懐かしく思うのだった。そんなことはもう遥か昔のことなのだ。あの時、私は、自分の意志で砦を出たのだ。もう二度と砦に、というより兄様の所へ戻らないつもりであったのだ。あの時、どうしても、もう砦にいられなかった。でも私は今、砦を出たことを後悔している。なぜあの時、一日でも一時間でも一分でも兄様と一緒にいなかったのだろうと思ってしまうのだった。もはや繰り言をいった所で始まりはしない。私は自分の墓を見に来たのだ。

サムの奥さんは、連れて来た牧童に、この夏もう一度ここに来るから、目印をしっかりつけて迷わないようにと命じている。

私はオーリィに寄りかかって、光る水面をずっと眺めている。

「お前本当にこんな所で一人で寂しくないのか」オーリィがキャンディの缶を開けてくれる。

「赤いキャンディを取って頂戴。ジェニーね、カスターの家にいた時から、気がついた時はいつも一人だったんだよ。目が覚めるとおうちに誰もいないの。それでも枕元にサンドイッチが二切れあるから一切れ食べて、もう一切れはポケットに入れて外に遊びに行くの。行っちゃ駄目っていわれてたけど、バケツ持って湖に行くの」

「そんな時から湖に行ってたんだ」

「そうだよ、私が歩いて行けたんだから、そんな遠くはなかったと思うけれど、バケツにね、そろそろって水辺に行って水を汲んでね、泥遊びするの。一人でちっとも寂しいって思わなかったよ。それに時々兄様が突然家にいるんだよ。今思えば学校の休暇だったんだろうけれど、そうしたら釣りに行くの。川マス釣るんだよ。兄様釣りが好きで毎日のように行くの。だから夕ご飯は毎日川マスのバター焼きになっちゃうの、それでね、たまにカレー焼きになると嬉しかったわ。きっとお肉買わずに済むって、ママが喜んだんじゃないかしら、カスターの家って貧しかったらしいから。私さすがに小さかったから一匹丸々は食べられなかったの、でもねジェニーの食べる分は尾っぽの所って決まってたの。フロー姉がそういうのよ。ジェニーは、お魚のお腹の身が沢山ついている所は食べられないんだって、わかってたから、尾っぽかじってたわ」

「それいくつの時だよ」

「ママ亡くなったの、私五才の時だっていうんだから、それより前の話」

「お前って、頑固な所は人には負けないけれど、そういう諦めちゃう所って、そんな小さい時からあったんだな」

「だってもらわれっ子だもの、その時は幼かったから何もわからなかったけれど、今は、可愛がられていなかったんだってわかるよ」

「だから唯一可愛がってくれた兄様がお前にとっての憧れの人になったのか」

「たぶんね、私にもよくはわからないの。でも湖は気がついたら私の遊び相手だったんだわ。だから心配しないで、この湖はね、砦で辛いことがあったりした時、私を慰めてくれた所なの。もうその時、ここに眠りたいなって、思ってたの。ただまたここに来られるか心配だったけれど、来られて良かった。サムの奥さんに感謝しなけりゃあいけないわね。彼女に出会ったのも運命だって思うわ」私は緑色のキャンディをつまんで口に入れた。文鳥のアンソニーが目覚めて、私の耳たぶをチヨチヨといってつついた。私はポケットからハンカチに包まれたエサを出してきて、与えた。

静かな平和な時であった。オーリィが立ち上がって、肩にアンソニーを乗せて笑っている私の写真を撮ってくれた。

「あとで誰か来たら二人で写してもらおうね」私は、その後の、私がまだ元気なうちに、という言葉を飲みこんだ。オーリィを残して行ってしまうのだ。それがもう決まっていることなのに、私が死んでしまった時のことを、オーリィのことを何も考えていなかったことに申し訳なく思うのだ。

私は死は恐ろしくない。だって兄様とアンソニーに会えるから。でも一人残されたオーリィは、どうするのだろう。J&O財団の仕事はあるけれど、元々私が始めたことで儲かるどころか、持ち出しの多い仕事を、彼にさせるのも気の毒だ。

やはり一番いいことは、J&Oをたたんで、我が家を処分して、オーリィはボストンの家に帰ることだと思うけれど、相手のあることだ。ビリィが私を憎むのは仕方がないと思うけれど、オーリィだけは受け入れて欲しい。私の本当に勝手な話ではあるけれど、そうしてオーリィに良い縁があって再婚が出来たのなら、私は心から安心して、死にゆけるのだけれど、そんなこと今、オーリィにいえないしなぁ。悪いのは全て私なのだからオーリィには、私亡きあと幸せになって欲しい。今から相手を決めておくわけにもいかないし、私はどうなって死んで行くのであろうか。全てのすべきことをし終えて、急に発作でも起こして、一晩で死んでしまいたいものだと、切に思うのだ。オーリィに世話はかけたくなかった。それも私の勝手なのであろうか。オーリィが私の髪を撫でてくれる。私は彼の肩にもたれて、文鳥のアンソニーが、チヨチヨと鳴きながら飛び回る、その僅かな感触を感じて、愛おしく思うのだった。

サムの奥さんがサムを抱いて、隣に座った。「やっぱここって美しい所よね、昔とちっとも変らないじゃないの」私は、二人にキャンディの缶を渡した。

「女の子なら赤よねぇ」といって赤いキャンディをつまんだのが、サムも同じに赤を摘んで困っている。

「二人は仲良しだものね」と私がいう。「そうよね、私のサムは世界一素敵なのよね」といって、その大きな体で抱きしめた。

この二人はきっと、隣の牧場のオリバンダーの所の墓に、一緒に埋葬されるのだろうなぁ、と私は思っている。きっと私より先ってことはないだろうから、その時が来たら、私は天国から迎えに来てあげようと思う。オーリィの時はどうしよう。再婚してたら考えてあげなくちゃね、と思って、微笑んでオーリィの顔を見た。

「ん、なんだ、ここに来られて幸せか」

「もちろんだよ、ここに来ることだって出来ないと思ってたのに、今オーリィと一緒にこの湖にいるなんて、夢みたいだよ。兄様と喧嘩して一人で湖を見つめていたんだよ。それが大好きな人達と一緒にいられるんだもの、このままここに住んでもいいくらいだよ」

「おい、こんな所態が出るぞ」

「あははは、本気にしてるんだ」

「何だ、からかったのかよ」

もう凄く楽しい。私に与えられた時間はあとどれくらいなのだろう。夜、大きな焚き火を焚いて、持参の干し肉などを焼いて食べる。

「ここで初めてクレージー・ホースに会って肉もらったの。私がパンをあげたら、亡くなったお母さんも食べたかったろうなっていったんだ。気の毒に思ったのよ」

「そして父の妻になった」

「オーリィごめんね、事実だから」

「そして金山もらったのか」

「探すのそりゃあ大変だったのよね、ジェニーちゃん」

「そうなの、兄様突然小遣いくれなくなっちゃって、缶詰も酒保でつけでなくちゃ手に入らなくなっちゃったんだ」

「閣下は、ジェニーちゃんを手放したくなかったのよ、本当に大切に思ってたと思うのよ、それがジェニーちゃんが反発ばかりしているから」

「だって兄様も男で、妻の方をとったんだ。ジェニーを捨てたんだよ。初めの頃寂しくて、消灯後によく兄様の官舎へ行ったの。そしてね、明かりが消えるの馬鹿みたいに見に行ってたんだよ。兄様は、あの妻ってものを今は私の代わりに胸に抱いているんだって思って、辛かったよ。だからヘンリーと砦で暮らすなら、援助してくれるっていってくれた時は、びっくりしたの」

「まぁ閣下そんなことおっしゃったんだ」

「だけどね、あたし、人に捨てられるのどんなに辛いか、兄様に仕返ししたの。ジェニーは出て行きますって宣言したんだよ。兄様そりゃ驚いていた。リビィさんにとっては、長年のお邪魔虫いなくなるんだし、兄様は初めてジェニーに捨てられて、どんなに辛いかわかってくれたらって思ったの」

「悪いジェニーちゃんだ。それで閣下捨てられたの」

「そりゃあ口でいえないくらい辛かったさ、それで名前も変えたんだよ」

「ジェニーちゃんの金山のおかげで、ここにはいないけれど、その当時の役立たずっていわれてた仲間は本当に感謝しているのよ。あたしだってオカマって呼ばれて、リトル・ビッグホーンの戦死者名簿に名が残ったら、唯一の名誉のことだったのよ。あなたのお父さんには感謝してるのよ」

「おやじは帰って来て、白人の妻に会った。これから一緒に暮らす。その後はお前が面倒を見てやれっていったんです。自分が死ぬのがわかっていたみたいに、それで父が持ってた名刺持って逃げたんです」

「でも駅に行って、ワイオミングのジェニー牧場まで切符一枚っていったら、係が驚くわよねえ。汽車が家の前で皆止まってくれたらそれこそいいわよねぇ」

周りの人達から笑いが起こった。

「お父さんのクレージー・ホースはどうなったの」

「居留地にインディアン式に埋葬しました（四本の足を立てて籠に乗せ遺体をミイラにする）。でも白人の学者とかがやって来て、壊して持って行きました。今は何もありません」

「博物学者とかいうやつだな、酷いことをするもんだ」

私はその話は、初めて聞いたので、どこかの大学に、クレージー・ホースの遺体があるのかもしれないと、調べてみようと思った。死者を傷つける者は許せないと思った。その晩一番話がはずんだのは、やはり金山の話で、川に金がゴロゴロしていたというと皆それぞれの態度をとるのだった、ひたすら興奮して騒ぐ者、羨ましがってかえって沈黙する者、人それぞれだった。サムの奥さんが、例のごとく鼻の穴膨らませて、金はこんな大きかったとか、砂が金を含んで輝いて見えたとか一人で騒いでいて、夜遅くまで金の話は続いたのだった。

私は早朝に冷たい湖の水で顔を洗いながら、こんな楽しかったことは久しくなかったなぁと思った。アンソニーの死は悲しく辛いものであった。しかし、こうして私も病を得て、死が間近であるとわかってみれば、彼にすぐ会えるのだと思えば、切なさも消えるのであった。ヤング・クレージー・ホースがやって来て、髪を一房くれないかという。何でも妻が自分の髪に編み込んだら綺麗だとねだったのだそうだ。私は喜んで、なるべく長い所を切って与えた。

牧場からの出立の朝、私はずっとフローラの鼻づらを撫でていた。オーリィもサムの奥さんも何もいわない。アンソニーの事故がなかったら、この夏、彼と思いっきり牧場を駆けまくったのに、と私が思っているとわかっているから。私達は牧場を去った。オーリィの膝枕で、チョコをかじりながら、「私が最後に食べるのもチョコ一口がいいな」といったら、オーリィが真面目な顔をして、「わかった」といったのだ。えっと思った。

家に帰ればすることは山のようにあった。まずオーリィにJ&Oをどうしようといったら、

「お前明日死んでしまうわけではないだろうが、もし私がお前より長生きしたら、J&Oはおれが続ける。考えることはその後のことだ。せっかく二人で作ったんだ、後を任せられる人物を探すことの方が大切ではないかい」といったので、私はオーリィがそこまで考えていてくれたことに感謝した。しかし周りを見渡しても、相応しい人物は今のところ見つからなかった。

「心配するな、きっと誰か見つかるさ」

「そうだね、オーリィのいう通りだ。ちょっと見直しちゃったわ」

「ちょっとだけか」

「ううん、凄くいっぱい」

オーリィはまた私の髪をクシャクシャにしてキスをしてくれた。こんな日が後いくらあるのだろう。

経理に関しては、ミッチに全て任せた。私は彼を信用してい

るし、今からお金に関して他人を入れたくはなかったのだ。あちこちにあるJ&O財団の学校に関しても今は十分に機能している。初めてテリトリーに送った女教師二人は、政府の学校へ引き抜かれてしまったけれど、そのうちの一人は気の毒なことにお産で命を落した。もう一人は、私達も弁護士を立てて、離婚が成立し、今移民教室の教師をしていて、再婚をし、子がいくたりかいる。私達がただがむしゃらに突き進んで行って、その結果一人しか助けられなかったと思うと胸が痛む。テリトリーも各居留地の学校も、ちゃんとネットワークが出来ていて、その月の通って来る人数を男女別に分けたり、必要な資材は速やかに送られるようになっている。この家の一室に、J&Oの本部ともいえる所があって、専任の職員がいて、対処している。

しかし、そのインディアンの中にも、成績の良い者がいる。しかし、そういう彼等を受け入れてくれる学校がないために、みすみす、生きるために農園で働くか肉体労働しか進むべき道がないことに、私はどうにかしてやりたいのだ。その上の知識を与える場が欲しい。しかも出来るだけ彼等に金銭的な負担をかけたくはなかった。まるで夢物語だ。それをJ&Oでやりたかったけれど、今の私にはもはや時間がなかった。

四季咲きの野ばらが、一重の花を沢山つけ始めると、秋のバザーの季節であった。また私はインディアンの服を着て、彼等に交じって踊った。今年は肩に文鳥のアンソニーを乗せていたので、私は子供達に大人気であった。ブローチから鎖を外して、子供達の手の平の上を跳ねまわさせた。そして、私の手からエサを食べるのを、皆目を丸くして見ているのであった。この写真は誰が写したのか、近所の新聞に載った。電信で送られてくるような大事件や、政府発表の記事の他は、こういう新聞は、記者が足で探すか、他所の新聞社から記事を買うものが多い。それで、私とアンソニーは、そんな紙面の空きを埋めるために全く無断で載せられたのだ。

とんでもなく迷惑なことが起こった。アンソニーを譲ってくれという人が、予約もなくやって来るようになったのだ。

「この子は、私の手からしかエサを食べませんですから」といっても、皆断わりの文句と思うらしかった。

「文鳥なら、小鳥屋に行けば、もう手乗りに訓練された鳥がいますでしょ」というと、嫌、新聞に載ったこの子がいいのだというのだ。中には子供を連れて来て、「パパ、あの鳥買ってよ」といわせる手合いもいたが、私がうんといわないので、子供を泣かせたと、怒って帰って行く親もあった。

私はストレスからか、眩暈を覚えて、胸に痛みと、咳が出た。オーリィは、新聞社に抗議をして、病んでいる妻にとってあの小鳥は心の支えであるので誰にも譲るつもりはないとの記事を書かせた。それでも、しつこい人が家にやって来るので、オーリィは二階へ連れて行ってベッドに横になって、咳をする私の姿を見せたので、慌てて去って行った。

兄様の誕生日が来た。昨年のことがあるので、マギーは絶対に外出を許してくれなかった。そのため事前に頼んであったのであろう、花屋が来て、色とりどりの花々を三つのバケツに差して持って来てくれた。私は暖炉で温められた花が、持って来た時はつぼみでも、やがて部屋の暖かさから、だんだんほころんでいくのを見て嬉しく思った。こうして、いつものようにお茶会があって、夕食が済み、寝室に入った。

オーリィが私の額にキスをすると、私の顔をまじまじと眺めて、「今夜駄目かな」と聞いたのだ。私はちょっと戸惑ったけれど、こんなことを聞くのは初めてであった。きっとオーリィは、私のことを自分の妻なのだと、正式に兄様にいいたかったのではなかったろうか。兄様の誕生日に、彼の腕の中に入った。

私達は、優しく静かな時を過ごした。

皆が心配したけれど、私はこの冬風邪も引かず咳も出ず、撮りためてあった写真の整理を人に頼んだり、手紙をまとめたりした。特にアンソニーからの、一行二行の手紙は、ことのほか愛しくて、全部封筒から出して、アルバムのように一冊の本にまとめた。

それから元気なうちにと、友人知人移民学級の卒業生など集めて、形見分け会を開いた。皆私の病気のことを知って驚いたけれど、私の集めていた陶器の飾り物や、ケースに入ったそんなに高額ではない普段使いのアクセサリーなどが、持ち帰られた。一番の人気は文鳥のアンソニーだったけれど、この子だけは誰にもあげないと、最初から宣言しておいた。中に一人、大きな家具が欲しいという人がいて、皆で笑った。その人は翌日ちゃんと人を集めて取りに来たので余程欲しかったのだろう。

あとは、私がこの家を処分する勇気があるかにかかっていた。家具など売ってしまえばいいし、場合によっては家ごと家具と使用人付きで売ってしまえばいいのだもの、天国へは私のブランコは持っては行けはしないのだ。

春になって、私はまた医者に行って、「今年もまだ私、元気でいられそう?」と聞いた。聴診器をしまいながら、医者は、「そうだね、大丈夫そうだね」と笑った。

「馬に乗ってもいい?」

「無理しなければね、やりたいことがあったら、やっておいた方がいいと思うよ」

「うん、ありがとう。それとね、私どうなって死ぬの? オーリィにあんまり迷惑かけたくないんだけど」

「ジェニー、いつか人間は死ぬんだよ。死ぬことばかり考えていないで、今日出来ることをすべきだと、私は助言するよ。馬に乗りたければ乗ればいいよ、はっきりいうけれど、いずれ乗れない時は来る。それは辛いことだけれど現実になるだろう。でもそれは今じゃない。この夏は好きに遊んでおいで、あまり無理はしないでね」

医者はそういうと笑ってお大事にっていったんだ。きっと私の最後は辛いことが待っているのだろうと、医者の言葉から思った。でもまだこの夏がある、私はまたフローラに乗りに行った。

「お前はどうしてそんなに馬が好きなんだい」オーリィが半分呆れてそういうのだ。

「私にもわかんない。誰もいない平原を風を切って駆け巡るって素敵じゃないの」

本当はそれは隣に兄様がいた時のことなのだけれど、オーリィにいえるわけないじゃないか。リビィさんに兄様とられちゃった私にとって、たまさかの兄様との遠駆けや速駆けが、兄様と二人だけでいられる時間だったのだから。

帰るとサムの奥さんが仁王立ちして、「オーリィ、ジェニーちゃんの体大事にしてあげなきゃ駄目じゃないの。いくら夏だったって草の上って駄目でしょうが」と、これからはキルトを持って行くようにという。ただ木洩れ日の下で二人抱き合っているだけなんだけどな。馬駆けて風に吹かれて汗が飛んじゃって、それであんまり気持ち良くて眠っちゃうんだけどね。このままオーリィの腕の中で死ねたらいいのに。

フラワー・ベルが、相変わらずマミィと駆けて来る。凄く可愛い子に育って来た。文鳥のアンソニーが気に入っていて、欲しくてたまらないらしい。インディアンは、犬は飼う。番犬にもなるし、いざという時は食糧にもなる。けれど小鳥は飼わない。食べる所がないから。ペットを飼うという概念がないから小鳥など、肩に止まらせたりはしないのだ。だがおもちゃらしいおもちゃがない彼等の世界に、こんな動く生き物は見たことがないらしいのだ。

「マミィ、私の手にも乗せて」

「恐がっちゃうから、ぎゅっと握っちゃ駄目だよ。ほら、フラワー・ベルのお姉ちゃんだよ」

ティピィの戸をしっかり閉め切って、足輪を外してアンソニーを離してやる。

「おいでおいで、私の手に乗って頂戴」

フラワー・ベルは立ち上がって、両手を上げた。アンソニーはふわふわとティピィの中を飛んで、私の肩に乗った。私はそっと肩から下ろすと、彼女の手の平に乗せてやった。

「ちっちゃいね。何食べるの?」

「ほら、これよ」私はハンカチのエサを、フラワー・ベルの手に少し乗せてやった。しかし、アンソニーは嘴の先で、つんつんとつついて、手の外へ出してしまう。

「これ嫌いみたいだよ」

農業をしないインディアンが、小鳥の食べる雑穀を知るわけがない。見たこともないのであろう。私が手を出して、少しエサを乗せてみると、すぐに飛び移ってエサをついばみ始めた。それにはフラワー・ベルも驚いて涙目である。

「この子も私のことマミィと思っているの。だからね、ここの家の子にはなれないのよ」

「だから帰っちゃうの、マミィと一緒に。あたしも一緒に行きたいよお」

おおなんと可愛いことか。ベーカーヒルに連れて行くのは簡単だけれど、昔ながらの生活をなるべくしている一族から、文明世界へ連れ出したら、きっと目に映るものみな新しくて、牧場に帰るといわなくなるのではないかと、思えば、ここは心を鬼にしなくてはならないだろう。

「フラワー・ベルのおうちはここなの。アンソニーはまた連れて来るから、もっと大人になってから、私のおうちにはいらっしゃいね』フラワー・ベルは確か十一か十二才だ。誕生日を祝わないインディアンにとって、年など関係ないのだから。

「じゃあまた来てくれるの」

「そうね、また来るわ」

私にはそれが出来ないであろうとわかっているのに、約束をせねばならなかった。私にくれるといわれた赤ん坊だったのだもの。私のことを今も、マミィと呼んでくれるのだもの。私はフラワー・ベルの肩にアンソニーを止まらせて写真を撮ってやった。

アンの子リーマスが、養母のサムの奥さんと、彼にはすでに子供っぽすぎる、子供部屋の壁紙を替えてくれるように、頼んでいたけれど、もう少しリーマスを幼い子供と思っていたい、サムの奥さんとで、よく言い合いをしていた。ここでも子供は確実に育っていたのだった。私は二人のやり取りを、いつも笑って見ているのであった。

J＆Oの牧場では、半分はインディアンが住み、バッファローは確実に増えて、観光農園として、十分に利益が出ていた。あとの半分には、サムの奥さんに任せて、牛も馬もいて、キャトルドライブに出て、牛や馬は売れているのだ。誰もこの半分の牧場について何もいわないけれど、私にはある目的があった。

私は馬に乗り、私の小さな小屋でオーリィと何日かを過した。牧場中を見て回り、テイラー家の子供達と川遊びをし、草の青々とした心に染みわたる香りを嗅ぎ、会いたい人に会った。これほど毎日楽しくて、あっという間に時間が経ってしまうこともなかった。

サムの奥さんが、私の肩を抱いて「ジェニーちゃん、もう心配はいらないわよ。凄く大変なことだけれど、皆ジェニーちゃんが好きだから頑張るって、道は出来たわ。あとはオーリィをなるだけ一人にしないことよ。いいこと、もうジェニーちゃんの思い通りになると思うの。だから一日も長く生きてね」

「ありがとう、あなたと友達になれて本当に良かったわ」

夏の終わりに、バッファローをほふって、インディアンはいかに彼等を使用するかの手法が消えてしまうことを恐れて、実験を行った。まだ平原にバッファローがいて、それらを自由に狩っていた時を知る老人達にお願いした。イエローストーンから係員がやって来て、「私共の所では、インディアンがいないから、興味は尽きませんよ」と、手にノートがある。私はカメラを二台用意して、なるべく連続した写真を撮ろうとかまえた。

当時の衣装を身につけて、長老がバッファローの頸動脈をナイフで切ってとどめをさす。皮を剥ぐ、肉は参加した人数で分けて、内臓は、新鮮なら生で食べる。肉が余れば干し肉にされ、骨は武器や生活の雑器になる。角の生えた巨大な頭部でさえ、シャーマンの被り物か、訳あって顔をさらして生きて行きたくない人間のための、生きる術になるのだ。そうして最後は余す所なく使われたバッファローを、与えてくれた神に感謝の祈りと踊りが行われるのであった。

彼等は生きるのに必要な数のバッファローしか狩らなかった。それが白人との交易のために毛皮をとるためにそして、白人がインディアンを抹殺させるために、その生きる術を奪って、バッファローはこの世から消えた。彼等のバッファローに対する依存を見れば、それを全滅させることはインディアンの命をも脅かしたとわかる。

夜、皆がバッファローの肉を食した。イエローストーンの係員は特に興奮して、こんなに旨い肉なのだと、かぶりついていた。女達は、膝に幼児を乗せ、肉の塊から、ナイフで小さく肉をそいで口に入れてやっている。肉を今まで食べてきた者にとっては、懐かしい味であろう。幼児が初めて口にした肉が、その後もまた口に出来るように、バッファローが増えるのを願って、私は一椀のシチューをもらって来て、テーブルの角に置いた。そして兄様大好きな、バッファローの肉ですよ、といって、もう兄様がこの世を去って十五年以上が経っていることに、涙も出ない時の流れの中に、日々兄様が遠ざかってゆく、何かが変わり続けていくのを止めることが出来ない自分が、一人立っているのだと思うのだった。気がついたら、シチューの椀がなくなっていた。誰かの口に入ったのであろう。少し寂しく感じた。

フラワー・ベルがアンソニーと涙の別れをしている。サムの奥さんが、私の両肩に手を置いて、「ジェニーちゃんの願い叶えられるように、とにかく頑張るわ。大変なことだけれど、きっと出来ると思うの。それは今日でもないし、明日でもないわ、いいこと、オーリィを一人にしたら可哀そうでしょ。体大切にね。また来てね、待ってるからね」という。

「オーリィは、再婚すればいいんだよ。そうしたら、子供出来るかもしれないでしょ」

「またそんなことといって、あるわけないでしょそんなこと」

「子供のことはともかく、オーリィは一人でいて欲しくないな。いい人がいたら紹介してあげて頂戴」

「何あんた、そんなことといってるのよ」

「だって二人でいたってあの家大きすぎるんだよ。私がいなくなったらオーリィにとって負担だけの家になるじゃないか。もっと住みやすい可愛いおうちに住んで欲しいもの」

「オーリィがあの家売るかしら」

「だって、ジェニーが兄様想って売れなかっただけなんだもの、オーリィは好きに出来るでしょ」

「ジェニーのお馬鹿さん。オーリィにはあなたと暮らした思い出があるでしょうが、あそこはオーリィの家でもあるのよ」

「そうだった、ジェニーはお馬鹿さんだね。そんなこと思いもしなかったんだから」

「それがわかったんなら一日でも長生きすることよ。オーリィがずっとついていてくれるわ」

「私の病気、あんまりたちが良くないみたいなの、だからオーリィに迷惑かけたくないのよ。苦しまずにスッて死んでしまいたいの」

「それは皆の願いじゃないの。私病気のことよくわからないけれど、確かに楽なのがいいわね。きっとジェニーちゃんは良い子だから、ゆっくり病気が進んで、皆んなに囲まれて、さよならっていえるわよ」といって、くすんと鼻を鳴らした。きっと私の最後の時を思って、鼻の奥がキンとなってしまったのだろう。

皆に送られて汽車に乗って、はたして私は来年ここに来られるのだろうかと思った。そして、フラワー・ベルに握りしめられて興奮してしまっていたアンソニーに、足輪をつけてやったら、やっと落ち着いて、私の肩に丸くなって止まった。

「楽しかったな、また来年も来ような」

「フラワー・ベルにアンソニーまた連れて行くって約束しちゃったもの」

「さっチョコ食えよ」

オーリィが私を膝枕して、チョコを渡してくれた。私は銀紙をむいてかじり始めた。私は、何となく胸を押さえた。チョコがなぜか美味しくない。私は起き上がった。

「どうした、寝てろよ」

「うーん、なんかね横になると苦しいの」

「そうか、じゃあおれに寄りかかっておいで」

オーリィはあと何もいわずに前を見つめているのだった。

一応医者に行くことになった。日に焼けた私の顔を見て、「楽しかったようだね」と笑った。

「先生にもビーフジャーキーあげるよ。牧場の土産で他のものをもらった覚えはないけど、ジェニー、あれは皆が美味しいっていうよ」

「それはありがとう、ジェニー、少し休んだ方がいいよ。胸に雑音が聞こえるよ。大人しくしているんだね」

「でもね、横になると苦しくなっちゃうの」

医者は眉間に皺を寄せて、「それは今もかい」と聞いた。

「汽車に乗った時だけだったけど、どうしたらいいの」

「クッションや枕を当てて、上半身を上げているといいよ。深呼吸をゆっくりするんだ。また、そんなことがあったらおいで、いいね」

四季咲きの一重のバラの咲くバザーの季節になった。

チャーリーがまたフローラと共に荷車に乗って来た。インディアンの一団がいる。彼等は、一応白人の服を着てやって来る。その中から、「マミィ、マミィ」とフラワー・ベルが飛び出して来た。

「よく来たわね、フラワー・ベル。汽車はどうだった」

「もう、すんごくびっくりした。あんなの動くんだね。ああ、アンソニーおいで」

私はメモリアルブローチを外して、アンソニーを欲した。仕方がない、フラワー・ベルは両手でアンソニーをフラワー・ベルの肩に止まらせてやった。来るとは思わなかったのだ。それだけ、アンソニーに執着しているのだと思って、馬車に乗って小鳥屋へ連れて行った。店主がインティアンの少女だと知ると、途端に嫌な顔をした。私は平然と、「この子に手乗り文鳥の雛を頂戴」

「食っちまうんじゃないですかい」

「まさか、食べる所なんてないじゃないの」

フラワー・ベルは一匹の文鳥の雛を選んで、両手の平で包んだ。かごに止まり木、エサや水入れ、水浴び用の水盤にエサを買ってやって、私って本当に甘い親だわと思う。

家に帰って、まずすり餌を作ってみせて、食べさせ方を教える。フラワー・ベルは目を輝かせて見ている。私は、肩に乗せるためのブローチを探しに寝室にあがった。小さな箱がある。額縁風に花から草を回して、中にリボンとバラの花束がエマーユ（七宝）で描かれた美しいブローチが入っている。これはその昔、砦にいる時に私に乗馬を教えてくれた、ニコル少尉の母上がくだすったものなのだ。遠乗りにいく約束をしたのに少尉は戦死してしまわれた。その時母上から、一人っ子のニコル少尉と、多少とも心通わせていた私を引き取りたいとの申し出があったそうなのだ。もちろん私はそんな話があったことは知らなかった。でも少尉の家へ引き取られて、ご両親のお世話をして、私は一人オールドミスになって女中と二人、編みものでもしながら、出来上がった品をバザーに出す毎日も、平穏でよかったかなぁと思うのだ。そして朝起きて来ないと見に行ったら、もうベッドで永遠の眠りについていたというのも、兄様とリビィさんとの確執もなく、たまに兄様からお手紙が来れば、それはそれで十分な人生だったであろうなぁなんて、想像した。

私はブローチを箱にしまうと、一ミリにも満たないモザイクで作られた、オニキスの台にローマかギリシアの建造物が指で触っても引っ掛かりがないくらい綺麗に磨かれたビクトリアンのブローチをとって、部屋を出た。

外は凄い騒ぎである。フラワー・ベルがソファーに突っ伏して泣き叫んでいる。傍の女中も、何もいえずに立ったままだ。

「何事ですか、いったい」

「このお嬢様が」とテーブルを指差す。そこには、すり餌の皿と、動かなくなった文鳥の雛が転がっていた。

見ていたものがいないので、詳しくはわからないが、フラワー・ベルが幼鳥にすり餌を与えていたらしい。ただものの加減ということを知らない彼女が、無理やりエサを与え続けたので、嫌がって暴れた鳥をどうにも、握りつぶしてしまったらしいのだ。女中が泣き声に気づいて来た時には、すでに動かなくなった鳥を手の平の上で転がしていたが、急にソファーに突っ伏してそのままなのだそうだ。私はテーブルの鳥の死骸を摘んで、可哀そうにと思った。口を開け舌が出ている。私の姿に見えた。

私はまた馬車で文鳥を買って来た。店主がニタニタして、

「やっぱり食っちまいやがったんでしょうが」というのを、「病気で急に死んでしまったのよ。今度は死なない元気な鳥を頂戴」と強くいったので、しぶしぶ幼鳥を出して来た。私はその中の、ちょうど眉毛があるような模様の鳥を買って来た。

「フラワー・ベル、こんなに小さいものでも命があるのよ。この子は死んでしまったの。お葬式してあげましょ」といって、チャーリーが、紙の箱に二人で庭の花をつんで入れてやって、今まさに盛りと咲いている一重のバラの根元に穴を掘って埋めてやった。手隙の女中達も集まって、弔ってやった。

泣きながら、フラワー・ベルが、「この子、どうなっちゃうの」と聞くので、「きっと天国へ行って、またフラワー・ベルに会いに来るわよ」と、私はいった。その時の私に、他にどんな言葉がいえたであろうか。

そして居間に行って、ポケットから新しい文鳥を出してやったのだ。私はちょっとどころでない甘い親だと思った。

「ほら、新しい子よ。今度はね、ちゃんと育てないと可哀そうでしょ」といって、幼いから、エサだって沢山は食べないのだ。フラワー・ベルが可愛いと思っても、鳥は眠い時もあるのだと、いわばおもちゃではないのだ、命あるものなのだと、よく聞かせたつもりだった。そして、オニキスのブローチと足輪を与えて、やがて、アンソニーのように、フラワー・ベルだけの手乗りの鳥になるのだよ、と諭した。フラワー・ベルは新しい文鳥を少しは大切に扱うようになり、眉毛のアンソニーという名をつけた。これには皆笑った。

バザーは二日間とも晴天で人が沢山来た。チャーリーは、引き馬だけでなく自分が乗って、子供を前に乗せて速足で、庭を二、三周するというのを始めて、男の子に人気だった。若い女性も乗りたがったので、写真に撮って送ってやったら、チャーリーの所で波風が立ったと、サムの奥さんが後で、面白可笑しく、手紙をくれた。

私は、フラワー・ベルと二人して、白いアンテロープのローブを着て、夕べ急ごしらえで覚えたインディアンのワシの舞いというのを踊った。踊っている間中、空咳が出て困った。

楽しいことはすぐに終わってしまうものだ。私は馬のフローラとの別れが辛くてならなかった。このまま、この家で飼おうかとも思ったくらいだった。オーリィは、私が望むなら、馬小屋建てればいいだろうといってくれたけれど、止めた。自分で、自分の体のことがわかっていたから。それにチャーリーをいつまでもここに留めておくわけにもいかないだろうから。彼には今や家庭があるのだから。

その後私は人にはいわなかったけれど、空咳と、息苦しさと

胸の奥にギシギシした痛みが湧いて来るのが恐ろしかった。

十二月に入った。明日は兄様のお誕生日という日に、オーリィが私の顔をまじまじと見て、

「お前少し痩せたんじゃないのか。明日の兄様のお祝いに、肉ちゃんと食えよな」といったので、私が、「やだぁ、いつものクリーム煮でいいよ」といい終える前に咳が出始めて、止まらなくなった。のたうち回る私を見て、医者が呼ばれ、初めて胸水というものを抜くことになった。

枕を置いた書き物机にうつ伏せになり、医者が、「ジェニー、辛いだろうけれど、両手を伸ばせるかな。そうだ良い子だ。ここに針を差して胸水を抜くんだ」と、肋骨の辺りを指で押したが、背中だからよくは、わからない。

「肺に当たらないようにしなければならないんだ。痛むけれど、麻酔の注射をするから、大丈夫だよ。オーリィ手を握っていてやってくれるかい。動かないでいるんだよ」

麻酔の注射も結構痛かった。胸水を抜くのは痛くはなかったけれど、体の中に何か入って来る感覚はあって、不快であった。

「オーリィ、苦しいよ、止めたいよお」

「ジェニー、あと少しだよ、頑張っておくれ、すぐ楽になるから」

医者はそういったけれど、背中にだんだん痛みを覚えて来た。

「背中痛くなって来たあ、痛いよお」

「さぁ、終わったよ、ジェニーよく頑張ったね」

「本当、凄く痛かった」

「まだ動いては駄目だよ。穿刺後にガーゼを当てなければならないからね、後はサージカルテープで止めてお終いだよ。ゆっくり起き上がってごらん、眩暈はしないかい」

「大丈夫、まだちょっと痛いわ」

「すぐ慣れるよ、さぁ静かに横になって」こんなことを、これからずっと続けるのかと思うと、心が重くなるのであった。

「ジェニー、よく頑張ったな」

医者の手元を見ていたのであろうオーリィが、青い顔して、私の手にキスをした。

「息が楽になったわ」

「それはよかった。何かあったらすぐ来るからね」医者は帰って行った。

痛みとの正面切っての、付き合いの始まりであった。

それでも、背中の傷が治ると、動けるうちに、J&Oのあるテリトリーや居留地を回って、教師や生徒に会って、足りないものを、出来るだけ足して、教室の屋根を直した。

毎日やることがあるということはいいことだった。しかし、心配事もあった。J&O財団は、今度どうしたら良いかがいつも問題であった。私が亡くなって、オーリィ一人で背負わせるのは気の毒に思うのだ。私が主に作った財団であるし、私がクレージー・ホースに金山をもらったことに始まったことだから、やはり私が生きているうちに、どうするかと決めておきたいと

思っていた。ミッチに相談すると、経営は順調で、内部留保金もそれなりにあって、新しい学校をいくつか作ることも可能であるという。そう聞くと、今まで頑張って来たことを止めてしまうのは、あまりにもったいないことだと思えた。それに私はインディアンの子供達全てとはとても出来ないけれど、縁ある子供達の教育を見てやりたかった。それが急に光が差した。

アンの長男のエドワードは勉強が出来た。大学へやりたいというので、学費を援助してやっていた。その彼が来年卒業するのであるけれど、父親のようなサラリーマンはしたくないし、本人が希望してJ&Oに入りたいと、申し出があったのだ。

「うちの子、小さな時からバザーに出してたし、経営学も学んでいるけど、チャリティの気持ちも凄くあるのよ、今度会ってやってくれないかしら」といって来たのだ。

私はその昔、熊の人形を兄弟で遊ぼうといった彼の優しさを覚えていて、何も他人を入れることはないと、オーリィと、テイラー家で会うことになった。そして大学を出た後、続けて福祉について学ぶことに決まった。決まってしまえば、あんなに心配していたのが、あっけなく思えた。

二男のエイブラハムは、その名に負けず、大学には行かなかったが、目覚ましい発達を遂げ始めている工業に道を得て、機械油まみれで働いている。

オーリィは、私が朝機嫌良く目覚め、その日が晴天なら、朝食をとると、馬車に乗って散策に行く。ただ目的もなく、街外れまで行くこともあれば、私の行きたい所――おもちゃ屋・花屋・雑貨屋に菓子屋などに行くことも多い。マギーも、余程風の強く寒い日以外は、私がコロコロに着ぶくれしていれば文句をいわなくなった。私が、旦那様と出来るだけ、デートがしたいといったからだ。他人の目から見ても、私が病み衰えていっているのだと見えるのだと思って、ちょっと切ない。

オーリィが、お前どこへ行きたいと聞いたので、「六月二十五日のウェストポイント」と答えたら、オーリィが天を仰いだ。リトル・ビッグホーンの戦いから、すでに十五年以上経っていても、命日には記者が待ちかまえていて、リビィさんなど堂々としたもので、記者など無視して、写真に写っている。

私達なんかがお参りに行ったら、いいカモになってしまうことだろう。オーリィは、リトル・ビッグホーンの生き残りなのだから。そしていいもしないことが記事になるのだ。そんなことわかっていながら、兄様の命日にお参りに行ってみたいものだと、私はいいたかったのだけれど、オーリィは少し悩んだらしかった。いわばないものねだりの、私の我儘なのだ。

そんな私に手紙が来た。「パンパシフィック鉄道からだぞ」

オーリィが、封を切ってくれる。

「ふーん、どうやらやっと新駅作るみたいだよ」私達は同封されていた地図を広げてみた。

「ほら、やはりベーカーヒル側になっているよ。あのまま進めていれば、もう駅は出来ていただろうに、無駄なことしたなぁ」

「反対側のオールドツリー駅の近くの地主だって必死だったんでしょ。駅が出来れば自分の資産が何倍にもなるんだから」

「見に行くか」

「なんで」

「お前学校作るって、張り切っていたじゃないか」

「何よそれ、もう昔のことだわ。たかだかトウモロコシの畑よ、それを一エーカーにしてもよ（約千二百二十坪）五千ドル以上なけりゃあ売らないなんて、因業おやじ相手に出来ないよ。それにもう学校作るのは諦めたんだもの」

「お前それでいいのかい、本当に学校作るの諦めたのかよ」

「そりゃ、優秀な生徒に上の学校入れてあげたいよ。だけど、どこにそんなお金があるの」

「今ならあるだろうが」とオーリィがいう。

ついにスタンリーは全ての鉱床を掘り尽くしたから、手掘りでは、鉱山を廃鉱にせざるを得ないと、いって来たのだ。そして、その最後の年に出た金は、仲間全員の意見で、J&Oに寄贈されることになったのだ。

「それはそうだけど、まさか校舎が一つポツンとあるわけにはいかないでしょ。図書館とかホールとか必要なんじゃないの。オーリィの学校はどうだったの」

「うーん、元からあったから、あんなものと思っていたけれど、大きな教室や、教授室とかあったんだよな。食堂もあったし」

「でしょ、それに私運動場も欲しいの」

「フットボール場とかテニスコートを作るとなると、土地がいるぞ」オーリィも腕を組んで手紙を見た。

「今の私達には過ぎた夢なのよ」

「そんなこというなよ。前はやるって張り切っていたじゃないか、それなのに諦めちまうっていうのかい」私は、オーリィをちらっと見ると窓の外を見た。私のブランコが見える。

「あの時は、まだ元気だったんだもの。いくらも無理がきいて、明日があるって思ってた。でももう駄目、何も出来ない」

オーリィは私を抱きしめて、「そんなことないさ、ジェニーの夢は叶うよ」といって髪の中に顔を埋めた。

何もしてないのに咳が出て熱が出て、呼吸困難になると、胸水を抜かなくてはならない。そんなことが季節に関わらず、私に訪れて来るようになった。それでも年二回はバザーを開いた。親しい人々から、体調を気遣う声が上がるようになった。私ってもう他人からも外見を見て病んでいるってわかるんだと思うようになった。少佐はこの頃、移民の数学のクラスの教師を申し出て、そこに通う、娘のような若い婦人にご執心だ。

バザーの時にはフラワー・ベルがまた来て、どうやら手乗りに育て上げた、眉毛のアンソニーを肩に止まらせて自慢して、どんなにか愛らしいかを語るのだった。「いつも一緒だよ。だから他の子が貸してっていっても貸してあげないの」

私は、毎年のように生まれるインディアンの子等が、皆肩に文鳥を乗せているのを思って、思わず噴き出した。と同時に咳が出る。

「マミィ大丈夫？　病気なの、今年牧場来なかったでしょ。眉毛のアンソニー見せたかったのに、それで今回来たの」

「そう、よく一人で育てたね。マミィもフラワー・ベルと眉毛のアンソニーに会えてとっても嬉しいわ」

私は、彼女に昔夜会で使っていた、バラの花が彫られた金の髪飾りを与えた。

「いいこと、これは高いものなの、だから毎日じゃなくて、特別な日に使うものなのよ」

「えー、マミィがくれたんだもの、あたしいつも付けていたい」

まぁそれでもいいか。私はこの品を、フラワー・ベルに形見として与えたつもりだったから。

「それじゃね、ここにポッチがあるでしょ。そこを必ず押して落さないようにするのよ」

そういって、彼女の漆黒の艶のある真っ直ぐな髪に止めてやったのだった。

私はもう踊れないで、椅子に座っているだけだった。私が咳をし始めた時、一時私は結核ではないかとの噂が飛んだが、友人達が噂を抑えてくれて、バザーにはいつものように人が来るようになった。これも、あと何回出来るかと思うのだった。それでも久しく会わない人との邂逅は嬉しいものであった。ただその人が、私の病にやつれた様子に一瞬戸惑う姿を見るのは、辛いものがあった。そして心ある人は、「私、何かお手伝いをしたいわ。今までこのバザーで楽しいことといっぱいあったから、ほんのお礼よ」と、小切手を切ってくれた。自転車を始めて入れた頃、お転婆娘で足が見えるのもかまわず乗り回していた人が、いつの間にか子供を連れてやって来てくれた。

「あの時、私を見て呆れていたんですって。凄いジャジャ馬だなって、それが今の主人ですの」私は、おめでとうといって、握手をする。

チャーリーとフローラは相変わらず人気者であった。駅前にミニパイを真似して、店を出した者があって、結構流行っていると聞いて、コックが怒っていた。

「私のアイデアだったんでございますよ、それを断りもなく、心外ですわ」というので、「ではあなたも店を出してみれば、あなたの方が美味しいって皆来るわよ」と私がおだてると、身じまいを正して、「私、このお屋敷のコックでございますもの」と胸を張った。

また静かな時が流れた。


手紙が一通私に届いた。差出人は、トーマス・バートラムとあった。あの新駅前のトウモロコシ畑の地主であった。一度会ったけれど、あまりに土地代が高くて、学校にしようとした私の考えが甘いと、諭してくれた人だ。今頃何の用であろうかと、私は、来訪を待つとある手紙を見つめるのであった。

「〝令夫人お一人のみで来られたし〟って書いてあるよ。今さら何の用があるっていうんだろう」

「行く気があれば連れて行ってやるぞ。おれは外で待っているから」

「そんなの悪いよ。いいよ行かないから」

しかし二週間くらいして、また手紙が来て、今度は日時を指定して来た。

「これじゃ行かないにいかないよね」

私は痩せてしまったので、昔着ていた明るい色目のドレスの巾をつめて今着ている。もうあまり、よそ行きなどという気遣いはない。その日目についていた服を着るのだ。手土産は葉巻が好きとわかっているから、たばこ屋で、そんな特別上等ではなくていいからと、選んでリボンをかけてもらった。

門番に手紙を見せて邸内に入ると、車寄せで、オーリィが私を馬車から降ろしてくれた。私はもう、室内でも杖がなければ、一人では歩けなくなっていたのだ。

「やっぱりおれもついて行こうか」

「一人で大丈夫だよ、前にも来たことあるからね」

私は杖をついて邸内に入って行った。老女中が土産を受け取って、応接間に案内された。別に座れともいわれなかったから、杖を頼りに立って待っていた。バートナム氏はなかなか来なかったが、部屋に入って来るなり、私の姿を見て、なんてこったいといって、手を取って私を椅子に座らせてくれた。そしてしばらく私の姿を見つめていた。

「いったいぜんたい、あんたはどうしたというんだい。女禿鷹がすぐにも飛んで来るかと待っていたのに来んかったのは、そういうわけだったのかい、痛ましいのお。小娘とはもはやいえんかったが、油の乗った良い女っぷりだったと思ったものを、どこが悪いのかの」

他人が口にしたら不快に感じたであろう彼の言葉には、口は悪いが心がこもっていた。

「私は子供を亡くしたのでした」

「ほう、あんたに子供がいるようには見えんかったがの」

「訳があって、生まれて一週間目に、その子の父親の妻という人の手に渡りました。十才の時に一度会って、十五才の誕生日を一緒に祝うという約束の年の冬に、十四才で亡くなりました。私悲しくて一緒にその子と共に死んでしまいたいと思いましたが、今いる夫を一人残してはと思いとどまりましたの。でもやはり病を得て、今この有様ですわ」

「あんたも、何やら苦労があったのだのう。わしも昔から一人というわけではなかったのだぞ。子供がいたがわしの子も幼くて死んでしまった。婆さんも先年逝ってしまったから、まっ一人になってしもうたのじゃ」

「皆、何か心の闇を抱えながらも、表面上は平穏に見えるように暮らしているのですね」

「今日は良い土産をもらったわい。こんな上等の葉巻は、わしは吸わんからの。ただの農家のおやじだで」といって、例のパイプカッターを使って、吸い出した。

「ほう、格別だわ」

私は煙が来て少しむせた。

「煙草はいかんのかい？」

「肺に水が溜まります。酷くなると咳が止まらず息が苦しくなりますの」

「そうなったらどうするのだね」

「背中から胸水というものを抜きますの。とても辛くて、夫がついていてくれなければ我慢ができないと思いますわ」

「わしにはいった通り家族はおらん。だがの、姉の子、つまりわしの甥のマーキュリーがいるのだ。先日この葉巻カッターが見えなくなっての、仕方がないので、昔ながらに先を歯でちぎって吸ってみたら、これが不味いのなんの。わしゃ今までこんな不味い葉巻を吸っていたかと、思って、愕然としたわい。道具一つで、こうも違うかと思い知ったのだ。この部屋に入るのはあやつしかおらんから、締め付けてやったら質に入れたというんじゃ。流れなんだからよかったが、ものの価値もわからん奴が、わずかの金欲しさに、このカッターを質に入れたと思うと、もう腹が立っての、あの馬鹿にわしの遺産が皆行くかと思うと許し難くての。しかも新駅が出来そうだと、まだわしの土地を質草に金を借りまくっていることがわかった。あんたまだ学校を作りたいと思っとるのかね」

「出来るものなら作りたいと思っております。けれど、私原資を失くしましたの」

「財団はやっているのではないのかい」

バートナム氏はベルを鳴らして、女中に紅茶を持って来るように命じた。

「財団はこのまま十分にやって行けるはずです。でも、こんな話お信じにはなられないでしょうが、私達の資金の元は、金鉱山なのでした」

「ほう、そりゃたまげた、あんた金山を持っているっていうのかい」

「持っていました、というべきでしょう、金が出なくなって閉山いたしました。もうお金は入っては来ないのです」

「それじゃあ無一文ってことかね」

バートナム氏は紅茶を勧めてくれた。

「いえ、仲間に優秀な銀行家がいて、信託金も、財団の内部留保金もございます。このまま財団は続けていけますが、私の望んだ大学までは無理でしょう。新駅が出来ても、私達は、あなたの提示された土地の金額をお支払することは出来ませんから」

私は紅茶を一口すすった。あまり美味しいとは思わなかった。茶葉をけちっているのか薄過ぎたのだ。

「わしはのう学もない。爺様の時からトウモロコシを作って来た。寄付というものもしたことがない。人に頼るなら自分で働けと思って来たからの。だからこれを見てくれ、鉄道会社が持って来よった」

新駅の見取り図であった。

「ここが駅じゃ。こっちが荷物の入口で、駅舎だな。駅前広場に辻馬車の留り場。駅前の商店街とホテルは、鉄道会社に先約権があるというが、こうして道を作って、その奥が住宅街になるのだそうだ」

私は覗き込んであれと思った。

「まだ、他の方は土地を買われていないのですか」

バートナム氏は、咳を一つしてみせて、顔を赤らめると、

「だからじゃ、わしの生き方で、人に施しをしたことはない。だがあの甥のマークにやるよりは、わしゃとうとう天国に近くなったのではないかと思っての、そう口ではうまくいえんが、あんたが欲しい土地を、わしは寄付はせんから、一エーカー一ドルで売る。これでどうじゃ」

私は思わず立ち上がって、この老人の豹変ぶりに不審を抱いた。

「何をおっしゃっているのかわかりませんわ。おからかいになられているのなら、私帰らせて頂きとうございます」

老人は両手を振って、私に座れといった。

「そりゃこの間五千ドルでも売らんといったのを覚えておったのなら不審がるのも当たり前じゃ。わしはこの通り家もある。あんたとわしとどちらが先にあの世に行くのかわからんが、死ぬまでに足りる十分な金はある。だがの三代続いたあの農園を継ぐ者もなく、あの馬鹿な甥に大金を残すのは、いかにわしの甥とはいえ、口惜しいと思ったのだ。あんな奴に大金をやって、良いことは一つもないとな。だったらどうする」

老人もカップを取って口にした。

「さぁ、その甥御さんはトウモロコシ畑を継ぎはしないのでしょう。寄付もおいやだとすると、その甥御さんの所へあなたの遺産が行くのに何ら問題はないと思うのですが」

「だからそういってくれるな。わしゃあの、あんたから、土地を買いたいと、いって来るのだと思って待ってたのじゃ。失礼だが少し調べさせてもらったよ。金持ちの道楽と人が揶揄するバザーをしていること。そこには教会との確執があること。移民だけでなく平気で黒人や果てはインディアンとも付き合っていること。目先の新しい自転車などを持って来ると思えば、ゲームは今だに無料であること。あんたのやっていることはメチャクチャだが人は集まる。この街にインディアンの姿を根付かせてしまいよった」

「私、養女でしたの。養家も預けられた姉の所も貧しく、どこかに出かけた時、輪投げがありましたの。でも私にはゲーム代の三セントを持っていませんでした。姉が私のために三セントを出してくれるとは思いませんでした。親に連れられゲームをする子供達は、別世界の子供で、私ではないのだと、その時思いました。うちが貧しいので、仕方がないと、思いましたの」

「あんたのいくつの時のことだい」

「五才か八才の時です。ですからバザーを始めた時、貧しい子供達が楽しくできるように思ったのです。馬鹿なことにお金を使ったこともありましたが、今は利益が出ています。毎回十ドル札を入れて下さる方や、小切手をさり気なく封筒に入れて下さる方も増えました。色々おっしゃる方もあって、止めてしまおうかと思った時がございますが、夫がわずか三セントがなくて遊べなかったことを思い出せと、励ましてくれまして、今まで続けることが出来ました」

　私はぬるくなったお茶を飲んだ。美味しくはないが、長く話して咳が出そうになったから。

「そこでだジェニーさん、あんたの常識で一ドルが安過ぎるというなら、十ドルかい、それとも五十ドルかいっそ百ドルといったら。わしの気持ちを信じてくれるのかい。口はばったいいい方だが、この老い先短い老人に善行をさせてはくれんのかね。わしゃあ、あんたが来るのを待っていたのだよ」

「それ本気でおっしゃっていらっしゃいますの。あの、外の馬車の中に夫が待っておりますの、呼んで頂いてもよろしいでしょうか」

「ああ、すぐに呼びにやろう」

　女中が呼びに来た時、オーリィは驚いて、「妻の具合が悪くなったのですか」と聞いたのだそうだ。

　また紅茶が配られて、オーリィも今までの話を聞いて、さすがに驚いたようだ。

「その甥御さんは文句をいわないのですか」

「今出入り禁止じゃ、そりゃわしが死んだ後弁護士の遺産読み上げの時は、多少かっかするであろうが、あやつが働いて手に入れた土地でもないし、この家と、それなりの金はある。あんたらが心配することではないよ」

「でも」オーリィが紅茶を手に切り出した。

「最初は全く私達に土地を売る気がないように見えました。言葉がきつかったら謝ります。でも、どうして突然我々に土地を下さる気になられたのでしょうか。まさか今の妻の様子に同情されたとも思えませんが」そういって、紅茶を飲んで、オーリィも顔をしかめた。

「わしゃあのぉ、見ての通りの百姓だわ。トウモロコシのことしか知らん。このわしの唯一の楽しみが葉巻だったのだよ。畑で一休みする時、こうして、葉巻の先を食いちぎって吸って来た。皆もそうしていたし、第一親父がわしに教えたのだ。わしゃそんな上等なものは吸わん。身分相応のものだな。それがどうだ、あんたに貰った葉巻カッターを使ったら、なんというもの葉巻が旨く感じたんだわい。わしゃあ、今まで何を吸って来たのかと思ったわ。それがあの甥の馬鹿が、カッターを持ち出して、仕方なくまた口でちぎって吸ってみたら、これが雲泥の差での、わしのこの老い先短い日々を、この旨い葉巻を吸って生きて行きたいと思ったのじゃ。だからその礼だと思ってくれんかの。わしがガキの頃は、缶詰なんぞなくて、コーンが一年中食べられるなどとは思わんかった。知らないものは多いが、わしゃこのカッターだけは、今まで知らんでいて損をしたと思うちょる。それを教えてくれたジェニーさんや、わしの気持ちを汲んでは下さらんかのう。こんなこと人にいったことがないから照れくさくてたまらんわ」

私は紅茶のカップを両手で持って、「そんな、葉巻カッター一つで、そんな……」といいかけて、咳が止まらなくなった。オーリィがすぐにカップをテーブルの上に置くと、クッションで、私をカウチの背にもたれさせた。私は咳込みながらも、ヒーヒーと息をした。二十分くらいであったろうか。オーリィが紅茶を飲ませてくれる。

「わしゃ、死んじまうかと思ったぞ。あんなことがいつもあるのかい」

「いつもではありませんが、以前よりは増えました。本当の発作となると、見てはいられません」とオーリィが、私からカップを受け取りながらいった。

「どうするんじゃ」

「医者が、背中に針を差して胸水というものを抜きます」

「それだけかの」

「それだけです。薬はないそうです。医者がいう所の治らない病なのだそうです。昔妻がいっていました。痛み止めが効いているけれど、注射針が体の中に冷たい太いものが入って来る気がすると。今は痛がります。今回のお話誠にありがたく存じます。大学を作るのは妻の夢でしたが、無理と諦めていました。それが現実になる、妻の生きがいにもなるでしょう。いくら御礼を申し上げても、切りがないくらいです。妻がこの状態なので、一日も早く作業を進めたいと思っています」

「出来ることなら、わしの農園を全て買わんか。もちろん買える値にするが、一つ条件がある。西の端の一エーカーは、わしのトウモロコシ畑として残して欲しいのじゃ。一エーカーなら、わしと手伝一、二人で十分だし、今土地を皆売ってしまっては、わしはすることがなくなってしまう。わしは一生トウモロコシを作りたいんじゃ」

「奇遇ですねぇ。妻もトウモロコシが大好きで、我家の庭にも畑があります。その昔西部の砦で十二、十三才の妻が、初めて食糧を作った、それがトウモロコシなんだそうですよ」

「そりゃあ良い話を聞いた。帰りはうちの御者を使うといい。病人抱えて馬車を走らせるのは無理だろうて」

「お心遣いありがとうございます。すぐ今日のうちから仕事を始めたいと思います」

「ああ、今日は良い日だった。奥さんやお大事にのぉ」

オーリィは途中駅に寄って、ミッチ宛てに、〝ダイガクトチ、テニハイッタ、ニユウキンヨウイタノム〟と電信を打った。

家に帰ると前回少し計画を立てていた資料を出して来て、大学の設計に携わったことのある設計士に手紙を書いて、出来るだけ早く会いたいと記した。

一番早く連絡を寄こしたのは、パンパシフィック鉄道であった。まず地主が替わることに驚いて、公共性がうんぬんといって、飛んで来た。私達はそこに大学を作ること、駅の反対側は住宅地にするのは、そのままであることを説明した。そして駅及びそれに付帯する土地は安く譲るといったので、安心していた。それよりも、学校となると学生がどう駅を使うのかが心配だといった。それには他の学校でのノウハウがあるし、まさか何万人もの学生が一度に使うようになるわけではないでしょうという。私達も、とりあえず千人は学生を集めたいと答えた。それもいわば夢であった。

パンパシフィックは、住宅地にするつもりでいたので、その見取り図が出来ていた。私達はそれをたたき台にして、まず住宅地をどうするか考えた。例の長屋住宅を一区画に建てて、独身者を住まわすことにして、あとは、賄い付きの学生用の宿屋が必要と思えた。そして中流の住宅と高台の見晴らしの良い所に高級住宅を建てて、それ等を売却して大学建築の資金にしようと私はいった。しかしオーリィは、土地だけでまず売ろうといい出した。私を抱きしめて、「ジェニー、時間がないだろう」といった。私もうんと、頷いた。

住宅地に関しては、鉄道会社が一手に引き受けることになった。私達はパンパシフィックという名に期待したのだ。

あとは学校である。設計士がそれぞれが今まで建てて来た学校の設計図を手に、売り込みに来た。トウモロコシ畑の広大な土地に皆驚く。

「このような土地にいったい何棟の建物が必要なのでしょうか」

「とりあえずは一棟だけです。しかし将来的には総合大学を目指しています。でも最初の一棟はこれを建てたいのです」

私は、自分で描いた建築物の絵を見せた。

「これはまた、アダム様式というか、フィデラル様式といった方がわかりやすいですね」

三階建てで陸屋根になっていて、建物の両側面に煙突が出ていて、玄関にはトランザム（欄間）と側窓があり、バルコニーが回してあった。「こりゃあまた古風な建物ですなぁ」と全員がいった。

ただオーリィだけが、「これってお前さぁ……こんなもの覚えていてくれたんだったんだ」と、感無量の面持ちだった。

オーリィとの初めてのデートの時、連れて行ってもらった、オーリィの出身大学、ボストン大学を必死に思い出して描いたものだ。

ボストン大学はイギリスとの戦いに勝利して作られた一七〇〇年代の古めかしい歴史的建築物なのだ。ボストン生まれを誇っていたといっていたオーリィのために、是非この建物を建てたいと私は主張した。多くの者が、こんな百数十年も昔の建物を改めてなぜ建てるのか、と自分のポリシーに合わないと去って行った。

その中で一人、ニューヨークの大学で建築科を出てまだ、三、四年という若者が残った。発展して行くニューヨークを見ていて、かえって骨董に近い古い建物に興味を持って、この建物がきちんと守られながら、いかに新しい建物との調和を取るかを考えるのが面白いといった。若く彼の実力は未知数であったけれど、私は彼に賭けてみようと思った。

名をピエール・リュルデルといった。私達三人は馬車で、トウモロコシ畑に行ってみた。

「まず門があります」ピエールが両手を広げて見せた。

「広いです。馬車二台は通れます。そしてここに、ジェニーさんの一号棟が建ちます」

彼は駆けて行って、また手を広げた。そして、中央には講堂が、講義室にもなり、その隣は図書館でと、駆け回って、私達に少しでもイメージを植え付けようとした。

彼は二階の客間の一つを、仕事場兼寝室として、彼の望む建築関係の本や資料が、ニューヨークやワシントンなどから送られて来るようになった。

ミッチがやって来て、正式な土地の売り渡し式が行われて、トウモロコシ畑は、J&O財団のものとなった。

バートナム氏はミッチと私とオーリィとピエールに豪華な昼食をご馳走してくれた。

「わしゃあ嬉しいぞ。後継ぎもなくこのまま爺様が起こしたトウモロコシ畑がどうなってしまうかが気がかりだったが、なんと大学になるという。爺様もあの世でおったまげておるじゃろう。若い者はいい。ピエールさんとやら、あんたは若いのに偉いのぉ。これからどうなって行くのか、わしが生きている間に大いに楽しませてもらいますぞ」

「そんな、あなたが生きている間に、きっと大学は出来ますよ」

「だといいがのぉ。さぁ、田舎料理じゃが、コックが腕を振るったそうじゃ、皆さん食べて下され」

ミートローフや、内臓の煮込み、カレー味のスープ、木の実のパイなどが、テーブルいっぱいに並んでいて、バートナム氏の気持ちが伝わって来るのだった。

ピエールが白い紙を持って来て、「これは昨晩ジェニーさんと考えた、大学の未来見取り図です。このようになるかは、今はわからないけれど、今回、差し上げたいと思います」といって、バートナム氏に渡した。

そこには、校舎の見取り図とともに、大きく、「バートナム総合大学」の文字があって、バートナム氏を喜ばせた。

「J&O財団でなく、わしの名の大学かい。なんといったらいいのか、言葉が浮かばんの。わしゃ、いつからこんなに偉くなったのかね」といって、目頭を押さえた。

オーリィは黙っていて何もいわなかった。私とピエールは、夕刻近くまで夢を語ってバートナム邸を後にした。

夜、オーリィが、「バートナム大学にするなんて聞いてなかったぞ」といったけれど、興奮していた私は、「ピエールと、図面描いていて決めちゃったの、ごめんね、相談すべきだったのにね」といったのにも、黙っていた。

私はもう楽しくてしょうがなかった。時々咳が出て、また胸水を抜くようになるのは嫌であったけれど、やるべきことがあるのは、私に一時病気のことを忘れさせてくれるのであった。オーリィはそんな私を心配して、以前にも増して外へ出るなといった。

「お前と一日でも長くいたいんだよ」といって、居間で私を抱きしめている。ピエールと大学の色々なことを決めたい私は、少し苛立っていた。

「あのね、図書館の本の並べ方、話し合いたいんだけれど」

「それと、おれとどちらが大切なのだい」といわれてしまったら、オーリィに従わなくてはならないじゃないか。

私はピエールと大学の話がしたくてしょうがなかった。でも、私はピエールとの話が面白くて、彼との話のことは、ほとんどオーリィには告げていなかったのだ。私はまだ杖をついていれば、歩けた。けれど日中夢中になって、例えば講堂には皆が見える大きな時計をつけたらどうかと提案されると、もうそのアイデアが素敵に思えて、時計のパンフレットに、他に時計をつけた建物の写真集を見て、あっという間に日は暮れてしまって、食後私はくたくたになって、もうオーリィの隣で、すぐに眠ってしまうのだ。

それでも、オーリィは我慢をしてくれていたのだと思う。私が夢中になって楽しく毎日を過ごしているのを見るのは、オーリィにとっても喜びのはずだからと、私は深くは考えず、目先のことに我を忘れた。

ピエールの仕事場に入り浸りになって、時を忘れ、オーリィが昼飯だぞと、呼びに来るのもいつものことであった。そして私は仕事が食事などに中断されるのに不満であった。時には、あからさまに不快な表情を見せたこともあったであろう。けれどオーリィは、私を抱き上げると、ピエールを急かして食堂へ向かうのであった。その食卓上でも、私とピエールは、仕事の話を続けるのであった。

そしてことは起こった。その日、私とピエールはバートナム邸に向かった。バートナム氏から私とピエールと来られたし、とあったので、オーリィは私を馬車に乗せてくれながら、無理せず早くに帰って来いよといった。

今日は、大学の校門に記される大学名を、バートナム氏に揮毫してもらうために、伺ったのだ。氏は張り切っていて、もう大きな紙に五種類の大学名が記してあった。

「わしゃ学はないが、名前くらいは書けるぞ。ほれこれは名前を大きくして、大学を小さくしてみた。こちらはその逆じゃ。これは頭文字を大文字にしてあるしの、わしなりに考えてみたぞ。やってみると面白いが、なかなかこれはというものは書けんものだなぁ」と口ではいっていながらも、まんざらでもなさそうであった。

私達はそれらを一枚ずつ見ながら、ヘタウマもいいもんだといって、持って帰ることにした。バートナム氏が、お茶をしていけという。ケーキが出て、沢山焼いたから少し持って行けばいいという。キャラウェイシードを使ったケーキで日持ちがして、食べる日ごとに味が変わっていくのが楽しいケーキだ。

私は大きなホールのケーキを持たされた。せっかくここまで来たのだからトウモロコシ畑を見たいと私はいった。

トウモロコシの刈り取られた後は、広大に見えた。その西の先が早くも夕焼け雲が漂っていた。いつも街では見えない雄大な景色であった。私は西部の夕焼けを懐しく思い出していた。そしてピエールが、あの昔砦にいた、ニコル少尉に似ているのだと、その時思った。忘れていた、懐かしさが胸いっぱいに広がって、私はピエールに肩を抱かれながら、夕焼けを見つめていた。右から雲が流れて来て、私達の正面で、雲はまるで小犬そっくりの形になった。陽に照らされて輝く雲を見つめながら、「あー、カメラ持ってたら、オーリィにも見せてあげられたのに」

「旦那さん思いなんですね」

雲はやがて、わたあめが溶けていくように形を変えて、流れて行った。

私達が玄関に着くと、すでにオーリィが出ていて、「ただいま、これシードケーキ……」という私の頬をオーリィが張った。私の手からケーキの箱が転がり落ちた。

「今まで、何してたんだ。バートナムさんの所へ行ったらとっくに帰ったというし、お前がどこかで、発作でも起こしているんじゃないかと、そりゃあ心配したんだぞ」

「……ごめんなさい……」

「私が悪いのです」とピエールがいうと、「君は黙っていてくれたまえ。これは妻との問題なのだから」と私を抱き上げて寝室に行くと、夕食のための着替えをエスメラルダにさせた。

夕食の食卓は重苦しく、私がわざと明るく、「大学の文字をバートナムさんに頼んだのだけれど、やっぱり素人なのね。文字が一定でなくて横にずれたりしちゃうわけ。でもね、それもヘタウマっていうでしょ。うわーこれも、まんざらでもないのよ。あれは、十倍は練習してるわよね」と、話をふっても、誰も答える者はいなかった。食後のコーヒーになって、オーリィが、「悪いけれど、妻と話があるんだ。君は自室で飲んでくれるかな」とピエールに、なかば強制的にいった。

私は暖炉の前の椅子でコーヒーをもらった。

「どこへ行っていたんだ」

「トウモロコシ畑」

「それがどうしてこんなに時間がかかるんだよ」

「畑がね、トウモロコシが刈り取られていて、とても広大に見えた。そうしたらね夕焼けになって、街にいると見られないでしょ。それで綺麗だなぁって見てたの。あのね、雲がね小犬そっくりの形になってね、可愛いの、あなたに見せてあげたかったわぁ」

「ああ、おれもお前と見たかったよ。だけどなぜ隣にいるのがピエールなんだ?」

「私思い出したの、大昔の頃よ、ピエールってニコル少尉に何となく似てるのよ」

「その少尉はお前の何なんだ」

「えっ、砦で初めて馬に乗せてくれた人よ、私十二才だった」

「十二才でもう男ひっかけたのかよ」

「なんてことというの、彼はそのすぐ後、名誉戦死をなさったのよ。一人息子で、お母さん泣いてたわ。砦に行ってすぐのことだったから忘れられないのよ」

「なぁジェニー、おれは一度馬鹿やってお前を苦しめた。まぁその後もなんだな。だけどその後決心したんだ。お前は閣下がいつでも一緒って約束したのに、捨てられたんだよな。おれはお前と死ぬまでずっと一緒だ、そう約束した、それは絶対だ。それを破っているのはお前の方じゃないのかい。おれだってお前と夕焼けを見たかったさ。なのになぜ他の男と見るんだよ。お前は病気なんだぜ、おれが少しでもお前と一緒にいたいって気持ちがわかってくれないのかい」

「ごめんなさいオーリィ、あなたの気持ちわかってあげなくて。でも夕焼けもオーリィと一緒に見たいって思ったのは本当だよ」

「だけど隣にはおれはいなかったんだ」

「私時間がないの、したいことといっぱいあって、これやっと出来て来た設計図なの、本当は完成したらオーリィに見せるつもりだったんだけど、また中途半端なの」

私は設計図を渡した。オーリィは、「時間がないのは、おれだって同じだろ」といいつつ紙を広げた。

「ボストン大学風は、ジェニー一号館って呼んでいるの、図書館が隣りにあるけれど、文学部なら、同じ建物内に、ピエールがね、小さめの辞書や有名な文学書なんかある図書室があったら便利だっていうし、理系なら実験室や、用具入れが必要だってピエールがいうの、私学校って行ったことがないから、ピエールのいうこととっても役に立つの」

「ピエール、ピエールって何だよ、おれだって大学出ているんだぞ」

「あっそうだね、これからはオーリィにも聞くよ。設計図とか初めて見たから、面白いなぁって思ったの」

オーリィが見た目にも苛ついている。私はそれがなぜだかわからない。

「お前はさ、目の前のものに興味があったら、他に目が行かなくなっちまうんだ。男だってそうだろうが」

えっ、オーリィが何をいっているのかわからなかった。学校作るんだよ、設計士と一緒にいて、何が悪いの。

オーリィが急に大きな声で、「このJ&Pってマークは何だよ」

「それ、ジェニー&ピエールで、私達が描いた図に付けてるマークだよ」

「J&Oじゃないのかよ、お前何考えてんだよ」

オーリィは設計図を半分に裂くと、くしゃくしゃに丸めて、暖炉の火の中へ投げ入れた。

「止めて、何するの」

私は椅子から滑り落りて、暖炉まで這って行って火の中の設計図を掴んだ。紙は私の手の中で火に焼かれて灰になっていった。私の右手の袖口のレースに火がついて、あっという間に、袖に火が渦巻くように上って来た。私は悲鳴を上げて転がりながら、左手で袖の火をはたいた。オーリィが慌てて、火起こしの隣に置いてあったバケツの水を私にかけた。

夜分であったが医者を呼ばねばならなかった。医者はハサミで私の服を切って脱がせると、右手を洗面器の水で洗いながら、看護婦が、皮膚についた焼け残りの布をピンセットで取っていた。

私は唇をわななかせて、火が上って来た恐怖と痛みに耐えていた。私は肘の上まで火傷をしていた。

「細身の袖であったから、そのまま火が当ってしまったのだね。まぁ火傷の度数は二度で、重傷だ。手だけで済んだから私でも対応が出来たけれど、髪にでも火がついたら大変だったよ。その時は外科の専門科へ行かなくてはならなかったろうね」

夫は、体を硬直させて古い手紙を焼いていて、近づき過ぎて火がついてしまったと、説明していた。焼け残った服の左手の袖口に、長いレースがついていて話は合っていた。

「ジェニー、大変な目に遭ったね。可哀そうだが我慢するしかないんだよ。たぶん、跡が残ると思う。今は動かせないが、傷が治ったら肘や手首を動かす運動もしなければならない、放っておくと動かなくなってしまうからね」

私はクッションに乗せられた包帯でぐるぐる巻きになった右腕を見て、「先生、痛いよ」と呟いた。

「ああ当分辛いだろう。オーリィに眠り薬を渡しておいたから、今夜はそれをお飲み」

「なぜ、オーリィなの」

「君はその手では薬は飲めないだろう、また明日来るからね、お休み」

医者は帰って行った。

私は気怠くオーリィに、「痛いの、早く眠ってしまいたいから薬を頂戴。お願いよ、今夜だけ一さじ多めにして欲しいの」

オーリィは黙って私のいう通りに薬をくれて、ガラスのコップの水を手渡してくれた。私は苦い薬を飲みこんで、ガラスの水を通して、暖炉の炎を透かして見た。

私が案じた通り、医者の処方量では深い眠りは与えられず、私はうつらうつらしては腕を這い上がってくる炎の恐怖に目を覚まして、大きな叫び声を上げ、焼けつくような腕の痛みに悶え苦しむのだった。

私が正気を取り戻すのに五日かかった。オーリィが私にキスをした。痛々しげな顔をして私を見ていた。私は空腹を訴え、オレンジジュースを飲み干した。そして聞いたのだ。

「ピエールはどこ？」

「誰だいその男は」オーリィは顔色も変えずに答えた。

「一緒に大学を設計していたピエールよ」

「そんな男は、いないよ。お前は夢を見ていたのではないかい」

私は夫の言葉に納得をした振りをして、その後、ピエールの名を口にしなかった。あれは夢だったのだ、もう私には手の届かないものの思い出なのだと。

看護婦が油紙を敷いた上で、私の包帯をハサミで切った。ガーゼが傷から離れずに、私は痛がった。そして、焼けただれた腕を見て、声にならない悲鳴を上げた。指は倍も膨らんで、爪は変形していた。

オーリィが私の頭を胸に抱きしめて、「すぐ良くなるよ、見るもんじゃない。また綺麗な腕に治るから、ジェニー許しておくれ、私が悪いのだから」

「オーリィの何が悪いの？」

「おれの全てだ。もう他には何もいえないよ」

咳の発作は時々起こって、胸水を抜かねばならない時が来るのだった。私はこうして、日なが一日することもなく、ゆっくり死が訪れる日を待つしかならないのだという、諦めの気持ちが、体中を包むのだった。ピエールとの、命がもはや残り少ないことで、かえって燃えて、私のどこからあんな力が湧いて来たかわからない、大学を作るという夢は消えてしまったのだ。

オーリィは、私が落ち着くと、クッションに腕を乗せたまま、ブランコに座らせてくれるのだった。

「毎日横になっているばかりでは体に悪いよ」といって。

そして肩に止めたアンソニーが、チヨチヨと鳴いては、私の耳たぶや髪をつつくのは、とても口ではいえないほど、癒されるのであった。けれど、私は誰にもいってはいないけれど、そりゃあ女中達の中には気付いた者があったかもしれないが、ある恐怖と戦っていた。私の右手は焼焦げ大きな水泡が出来ていて、包帯に巻かれていた。したがって、文鳥のアンソニーのエサは左手で与えることしか出来なかったが、最初アンソニーは左手から、エサを食べなかった。このような小さな生き物も、主人の右手と左手を区別できるのかと思ったものだ。やがて慣れて来たけれど、そこにオーリィの手を重ねてエサを置いても、オーリィの手からは食べないのだ。では、もし、私が死んでしまったとしたら。私はこんな小さな生き物のためにも、一日も長く生きなければならないと思うのだった。

ブランコをゆっくり揺すりながら、「まだ痛むか、他に辛い所はないのか」とオーリィが聞いた。

「まだ痛い、あれから目を瞑っているけれど、あの焼けただれた腕が元に戻るなんて思えない。いつも手をクッションに乗せているから背中も痛いの」

「そうか、あとで背中を揉んでやろう。気分が良いなら、今日はどこかへ出かけてみようじゃないか」

「こんな、包帯して人が見るわ。何事って思われるのが嫌だから出かけない」

「もう街中が知ってるよ、おもちゃ屋に行って、気分を直せよ」

「こういうことって、すぐ知れわたっちゃうのね。オーリィに来た女の手紙に悋気を起こして、それで罰があたって火傷したって、皆思っているわ」オーリィは何もいわない。私は知っているのだ。鍵のかかる手文庫に、オーリィがまだマダム・ヒッコリーの手紙を隠し持っていることを。彼は私が生きている間に、その手紙を見て、懐かしがったりしないであろう。けれど決して捨てはしないのだ。私が今、ここで破り捨てててといっても、しないであろう。これは夫婦であっても越えられはしないものだといって。私が兄様を慕うのと一緒だというのであろう。

女中がやって来て、さり気なく、「シードケーキが届いておりますが」という。オーリィがおれはいらないとかいっているのを無視して、私は「旦那様に一切れ切って、あとは皆で頂きなさい。うちのお茶の時間のお菓子は何なの？」といった。

「ビクトリアン・サンドイッチでございますが」

「じゃあ、私はそれをね」

オーリィが、今回の顛末をバートナム氏に何といったのか知らないけれど、バートナム氏から、見舞いだといって、毎週なぜかシードケーキが送られて来る。私は食べない。オーリィには何といっても一切れ食べさせる。私の夢を壊した罪だと思うから。シードケーキはあの時の昼食会が嫌でも思い出されるから。あれは夢ではなかったのだから。せっかく決まりかけていた大学は、これからどうするのだろうか。もはや、私にはピエールと過ごした活動的だった日々はもう戻らない。

オーリィはよく私を胸に抱いて昔話をしてくれる。私は作り笑いをして、オーリィに抱かれている。もはや私の心を打つものはない。私はこうして、残り少ない命を無駄に暮しているのだった。

医者が包帯を外して、指を動かしてみろという。爪は落ち、新しい皮膚が幾層にも膜を作って指を取り巻いている。

「さぁジェニー、まず親指から動かしてごらん」今まで包帯でぐるぐる巻きをされていたのだ。動かせっていって、どうすればいいの、と思う。私の手ではないみたいだ。

「動かないよ。動かし方忘れちゃったみたいだよ」

医者が親指を曲げた。周りの皮膚がつられて痛む。五本全て曲げると、手首を持って、「いくよ、ちょっと痛いかもしれないけれど」といって、手首をガクと曲げた。私は悲鳴を上げた。これから毎日看護婦が来て、自分で動かせるまでこれがずっと続くのだという。

「古い手紙を焼いていたそうだけれど、人生の整理を始めたのかい。だけどね、楽しい思い出は、とっておいた方が良いよ。いずれ動けなくなってしまうはずだから、その時の心の拠り所になるよ」

「燃えたのは手紙なんかじゃないわ。私とピエールとで考えていた大学の設計図よ。私が人生最後の仕事と思ってのめり込んでいったのを、あの人は私とピエールの仲を疑ったの。あの人のこと、のけ者にしてたなんて思いもしなかった。もう私楽しくて夢中だった。その設計図をあの人は、暖炉に投げ入れたのよ。それを取ろうとして、火がついたの」

医者は難しい顔をして、「ピエールが見えなくなったのには気づいていたよ。けれど君が怪我をして動けない間他に行っているのだと思ってた。そのことを誰かにもういったのかい」

「いいえ、先生にだけよ」

「そうか、夫婦のことだが、あまり他人にいうべきではないよ。私も忘れてしまおう。それで毎日暗い顔をしているんだね。大学のことをオーリィにまた頼んだりはしないのかい」

「もう、そんな気力もないの。ただ最後が苦しくないといいなぁって思っているの。先生、私を楽に死なせてくれない?」

「おいおい、私を罪人にするつもりか」

「ベロナール（睡眠薬）、今から少しずつ多めに頂戴。そうしたら、先生の罪にはならないわ。私の計画的な自殺ってことになるでしょ、ちゃんと遺書も残しておくから」

「ジェニー、君は今少し心を病んでいるんだ。何か楽しいことがあればいいが、私は君を病院に送りたくはないのだよ。オーリィと良く話し合うんだね。彼は君のことを、それは大切にしているじゃないか」

「あのね、昔のことよ。オーリィが浮気をしてね」

「ああ、よく覚えているよ。最後は君の首を絞めたんだったよね。でもそれから彼は心を入れ替えて、君を心から愛するようになったんじゃないのかい」

「あの時オーリィは恋をしたの。もう自分でもどうしようもなく、まして他人のいうことなんて耳に入らないくらい。一生に一度あるかどうかって激しい恋だったの」

「でも君の所へ帰って来たじゃないか」

「それは、自分のしでかしたことに怖れをなしただけで、心の中は変わらなかったの」

「なんで、そんなことがわかるのだい」医者は椅子に座り直して聞いた。

「とにかく騒ぎの後、オーリィはうちに帰ることになって、一応女とは切れたことになったの。私はまだ若くて、家の中に、その女のものがあるのが許せなかったの」

「別に君だけがそういうわけではないよ。皆同じだと思うけれどね」

「オーリィの引き出しに女からの手紙が、それは沢山入っていたの。それを皆焼いてしまうって部屋に入って、私戸が開いていたから見てたの。手紙凄く沢山、そうね百か二百かわからないくらい」

「そんなに手紙をくれたのかい」

「だって、向こうの使用人が、〝明日十時半においでこられたし〟て、持って来るから。だから、大きなカゴに、オーリィはポイポイ手紙を入れていくの。そういうのは、意味のないものだから。でも時々、中身を出して読み返して、籠に入れるものもあったけれど、封をして、キスをして、手文庫に入れる手紙もあったの。十通かもう少し。そして、手文庫に鍵をかけると、キャビネットの奥にしまったの。私すぐ外へ出たわ。その鍵今もオーリィの金時計の鎖についているわ。それで、大体想像はついたと思うけれど」

「君も色々と大変だねぇ」

「私が生きている間、きっと胸の底に秘めていると思うの、だって生涯一度の恋だったんですもの」

あの後五年はしないうちに、マダム・ヒッコリーは屋敷をたたんでいずくにか消えた。夫が引っ越し先を知っているのかわからない。あれから、我が家では、その名を口にする者はなくなった。

私の心の拠り所は、文鳥のアンソニーであった。呼べばする私の所に来るし、エサもねだる。そして何より、我が子の名前を誰に憚らず呼ぶことが出来るのだから。私は心が落ち込むと、アンソニーの名を大声で十回は繰り返して呼ぶ。けれど、もう慣れっこになっている女中が何事かと、飛んで来ることもない。

アンがやって来て、湯をはった洗面器に右手の平をつけて、指の曲げ伸ばしをしている私を見て、「大変そうねぇ、まだ痛むの」

「痛みもあるけど、皮膚がね、引っぱられる感じがするの。あのね、私火傷してみて、人間の体ってよく出来てるなぁってあらためて思ったの」

「何がよ」

「だってこうして指伸ばすの、今まで当たり前にしていたけれど、自分で知らずに皮膚を伸ばしたり縮めたりしていたんだってわかったの。神様は人間をお作りになられたけれど、とっても考えられないくらい手間をおかけになったんだなって、感心しちゃうのよ」

「牧師様が喜びそうな話だわ」

「そうね、他人が当たり前に出来ることが、出来ない人って、生きて行くの大変なんだなってあらためて思ったわ。もっとも私だって今では一人で外にも出られないんだけどね」

「寂しいこといわないでよ。それより今年のバザーどうする？」

「私がこんなんだから、あなた指揮とってくれる」

「任せといてよ。それでね、お願いなんだけど、また馬呼ぶんだったら、今年はチャーリーじゃなくて、養子に出したリーマスじゃ駄目かしら」

「仲間うちに、ママのおっぱいが恋しくなったのっていわれなけりゃ、いいんじゃないの」

「相変わらず口が悪いんだから、それからフラワー・ベルも連れて来ていいかしら」

「ああ、眉毛のアンソニーに会いたい。楽しみだわ」

楽しみが出来た。早く四季咲きのバラが咲く頃が待ち遠しい。

私は出来るだけゆっくりと階段を上がってもうずっと足を運ばなくなってしまった客間に向かった。咳が出ないよう、呼吸を整えながら、壁をつたって、ピエールが使っていた客室に入ってみた。半年近く経っても、部屋は散らかったままであった。余程早くに出かけたと見えて、机の上もソファの上ももが出しっぱなしであった。私は椅子に座ると、机に突っ伏した。あの頃は毎日この部屋で、新しく大学を建てる夢に燃えていた。もう私にはあんな楽しかった日々は二度とは訪れないのだ、と思うと、急に死が身近になる。このままなら早く兄様が迎えに来てくれないかと思ってしまう。死んでしまう前に、大学を形だけでも作っておきたかった。ピエールと描いた設計図は燃えてしまった。オーリィはいったい何が気に入らなかったのだろう。私が大学を作りたいと願っていたことは一番オーリィがわかっていたはずなのに、何であんな酷いことをしたのだろう。私は良くは動かない右手の指で、そこに転がっていた鉛筆をつまみ上げようとして、出来ないことに涙が溢れた。

その時入口で、「まさかとは思ったけれど、こんな所まで来てたんだ。皆お前の姿が見えないって家中で心配してたんだぞ」と、オーリィが怒鳴った。そして出て行くと階段の上からであろう、あれはいたから、と女中に指示している声が遠くに聞こえると足音も激しく、また戻って来ると、「ジェニー、お前は何が不満で、そう皆に迷惑をかけるんだよ。マギーなんかお前が何かしたかもしれないと、半狂乱だったんだぞ、おい聞いているのか」

そして、私が泣いているのを見て、「あのピエールでも慕ってたのか。今のお前を見ていると、リビィさんの苦しみがよくわかるよ。あの人は街育ちのお嬢様で、そもそも軍人の妻には向いていなかったのは確かだ。しかし、ボーイ・ジェネラルの妻になって、誰一人知った人のない砦に来たんだ。それだけ閣下を愛してたんだと思うよ。だけどそこにはお前がいた。新婚だぞ、そこへ兄様をとったの捨てられたのって騒ぐお前がいたんだ。驚いただろうさ。本来なら夕食に呼ばれたら、夫婦の会話を大人しく聞いていて、おなさけで声をかけてもらえたら、笑ってハイお姉様っていわなけりゃならなかったんだ。それをお前は以前と同じに閣下との会話をとっちまったんだろうよ。リビィさんはほっぽってだ」

「だって、突然来たリビィさんに兄様とられたんだよ」

「確かにな、閣下はお前を捨てて、リビィさんをとったんだよ」

「私、聞いたの、なぜジェニーじゃないのって、ジェニーも兄様の妻になるって」

「閣下は何て答えたんだ」

「私はリビィと結婚したんだ、わかっておくれって。そんなのわかるわけないでしょ」

「ジェニー、お前は美人だ、人が振り返えって見るくらいの美人なんだ。だけど性悪の美人なんだ。閣下がそう育てたのかもしれないが、自分が美人だと思っていないんだよ。それを一番最初に感じたのも閣下だったんだろう。お前に女を感じるようになったんだよ。だけど閣下は、お前に七才の時の責任も持っているし、今まで妹として暮らしていたのをいきなり妻にして抱くわけにもいかないじゃないか」

「それで、私に内緒でリビィさんと結婚したっていうの……」

私は信じられない思いがした。

「そうさ、美人ってものはな、お高くとまっているもんなんだ。それをお前は誰にも笑顔で接してしまう。スコットを覚えているか」

「あなたの従姉のスコットさんなら」

「あの夫婦が離婚寸前までいったたって知ってるか。お前はつわりで入院してた時だ。あいつ、お前に一回会って惚れたんだそうだ。あいつは真面目な人間だからお前にどうこうしようとしたわけじゃない。だけどお前の話をすると妻が文句をいうといって、おれの所へ相談に来たんだ。おれが何ていったらいいんだ、いったい。妻が美人ですみませんってか」

それで、あの葉巻カッターの謎が解けた。

「あのウェストポイントの坊やは何日だった？　えっあれは違うとはいわせないぜ。それこそ、バートナム氏もスコットの葉巻カッターで全財産お前にくれたんじゃないのか。たとえは悪いがテリー閣下だってお前の所へ来て、全財産お前にくれたんじゃなかったか。そしてピエールだ。キスしたのか、昔の知り合いに似てるなんていって、落ちるまで何日かかったんだよ。いえよ」

「あんまりだわ、そんなことといわないでよ。私が何したっていうの。バートナムさんだって、私畑下さいなんて一言もいっていないのよ」

「それが性悪だっていうんだよ。皆男は自由になると思ってんだろ」

「そんな酷いことといって。じゃああなたは何。私に何もしなかったっていうの。そりゃあ色々面倒はかけてるわ。でも、私も子供が欲しかったわ」

「子供ならいるだろうが、ビリィって立派なおれの子が」

そういうと、オーリィは外へ出て行った。

オーリィがそんな考え方をしていたなんて思いもしなかった私は、ずっと机に突っ伏して、もう悲しくて悲しくてたまらず泣き続けた。

夕闇迫る頃、マギーがやって来て、「奥様お部屋にお戻り下さいませ。夕食の支度もしてございますから」というと、肩を貸してくれた。なんだかマギーが小さくなった気がした。彼女は何もいわない、自分が使用人であるとわかっているから。

夜中にまた発作が起きた。オーリィは黙って私を見ているだけだった。朝になって小間使いのエスメラルダが、

「夕べ奥様がお咳をしていらしたようでしたが、お医者様をお呼びいたしますか」と聞いたけれど、オーリィは、「あれはいつもの咳だよ。医者はいらない」といった。

私は、指を動かす練習を止めた。動くようになって、手紙を書きたいと思っていたが、その気力もなくなった。火傷をした後、サムの奥さんに、大学の話をしなくなるのも変だと思って、マギーに代筆を頼んだ。オーリィがそこにいたから、皆にいってある通り古い手紙を燃やしていて、事故になった。大学の話は先になったと、簡単に書いて出した。サムの奥さんからは、心配して長い手紙が来たけれど、オーリィが、当分手紙は出せないと返事を出した。

私は絹のグローブを一ダース買って毎日つけている。女中達が私の手を見たくないだろうと思うから。絹だと夜会服用に思えて日中は使いたくないけれど、皮の手袋は、一番大きなサイズでも、引きつった指が入らないのだ。ただ落ちてしまった爪が、小さくピンク色をして生えて来たのが嬉しかった。

オーリィとはほとんど口を聞くことはなくなった。どこからも手紙が届いたといわないし、アンが来たともいわれない。そろそろバザーの予定を考える頃なのに、アンが来たともいわれない。私は一人、ベッドに横になっているだけだった。

玄関で、誰かが大声を出している。何事だろう。大股で階段を上って来る音がして、戸が開いた。

「あっサムの奥さん、どうしたの？」

「どうもこうもないわよ。用があるから来たのよ。それより ジェニーちゃん、具合はどうなのよ」

誰が来るのより嬉しかった。

「ジェニーちゃん、手見せてごらん」

私は手を毛布の中に隠した。

「自分で見るのも嫌だもの。サムの奥さんにも見せたくないの」

「いいからお見せ」

サムの奥さんの力にはかなわない。私の醜くケロイドが走る腕が、あらわになった。

「あんたジェニーちゃん、さぞ辛かったでしょう、こんなになっちゃって。ごめんなさいね、ジェニーちゃんが見せたくないっていう気持ち踏みにじって、さっ下に行きましょ、色々と人が来てるから。手紙出しても返事も来ないし、アンは、いつもジェニーちゃん具合が悪いって追い返されるっていうから、あたしが来たのよ」

誰からも何もいって来ないと思っていたら、やっぱりそうだったんだ。オーリィが止めていたんだと私は独り言をいった。

サムの奥さんに抱かれて居間に行くと、渋面のオーリィと、テイラー夫妻とリーマスがいて、テイラー夫妻の後ろに隠れていたフラワー・ベルがマミィといって、椅子に腰かけた私の膝に頭を乗せた。ちゃんと文鳥の眉毛のアンソニーも一緒だ。

「ああ、皆いらっしゃい。リーマス達はまだバザーに間があるのにどうしたの？」

「それで来たのよ。リーマスとね、フラワー・ベルが二年先の結婚の約束の上で付き合うっていうか、今婚約させたいのよ」

「まぁ、それはおめでとう」

リーマスは、サムの養子になっているのだ。

「何呑気なこといってんのよ。フラワー・ベルは一応あんたジェニーちゃんの子供でもあるでしょ」

私の子供、その言葉に思わず鼻の奥がツンときて、泣きそうになる。

「だからね、一応ジェニーちゃんの了解も得た方がいいってことで連れて来たの」

「もう大賛成だよ。凄く嬉しい。世界一の花嫁衣裳作ってあげたいわ」

私はフラワー・ベルを抱きしめた。驚いた両の肩に乗っている二羽のアンソニーが、肩の上でバタついた。

立会人のサインをしようとなったけれど、私はペンを持てない。オーリィが黙って私の手にペンをあてて、名前を書いてくれた。少し嬉しかったけれど、硬い顔をしたままなので、サムの奥さんの手前、夫として見せたのかなぁとも思えた。

サムの奥さんが、「ジェニーちゃん、結婚式には必ず出席してね」と無理と知りつつ明るくいったので、私も出来ないとわかっていながら、「うん、行くわ」と答えた。

サム一人だと心配だから、今日の夜の汽車で帰るとサムの奥さんがいって、私を抱き寄せると、耳元で、「なんか、うまくいってないみたいだけど、無理しないでね、体にさわるから」といった。わかっているのだ、私達が変なのを。

リーマスとフラワー・ベルは、テイラー家にバザーが終わるまで泊まるのだという。街を見たいというのだそうだ。インディアンの世界も変わってゆくのだなぁと思うのだった。

「さっきはありがとう」と礼をいうと、オーリィは、ああっと片手を上げて、行ってしまった。このまま心が互いに届かないで、私の一生は終わるのだろうと思えた。オーリィは私に寄り添う素振りを見せないし、私自身、もう何もしたいという気がなくなってしまった。ただ願うのは今一日も早く兄様の所へと行きたいとだけ思う、虚しい日々なのだから。

アンソニーがチヨチヨと鳴いてエサをねだる。私は枕の横に置いてあるハンカチを左手で不器用に開けて、エサを与える。この子がいなかったら、私はとうに死んでいただろうと思いながら、不自由になってしまった右手を見て、どうやったら死ねるかわからないのも事実なのであった。

バザーの前日、待ちに待った馬のフローラが、牧童のベントレーに連れられて、やって来た。彼はあれから牧場でどううまくしたのか、妻をもらって三人目の子供が生まれるそうだ。フローラは私のことを覚えていて、庭の椅子に座った私の肩に、その温かな鼻づらを擦り寄せて来た。私が両手でフローラの頭を撫で続けた。フローラに乗りたかったけれど、私一人ではもはや乗れないのだ。

左手で杖をついて、ゆっくり玄関に戻ると、そこにオーリィがいて、大きな声で、「馬に触った手袋をここで脱ぐんだ。そんな不潔なものを身に付けて家に入ることは出来ないよ。誰かジェニーの手を洗ってやってくれ、馬臭くてかなわんよ。服も早く着替えるんだな」と命じたのだ。

「手を見せるのは嫌だわ」

「女中の仕事だろう」

エスメラルダが駆けて来て、「遅くなりまして、私が奥様のお世話をいたします。気が利きませんで申し訳ございません」と、私の手を取って洗面所へ連れて行った。

「ごめんね、気持ち悪いでしょうに」

「何をおっしゃるのですか、それより僭越ではございますが、お手の運動はなさらないのですか」

エスメラルダが湯の中で指を揉んでくれる。

「手紙が書けるようになりたかったけれど、もう無理だわ」

「私がお手伝いをさせて頂いてもよろしいですか」

「ありがとう」

オーリィがやって来て、苛々と、「いつまで洗っているんだ。早く服を着替えて、そんな服捨ててしまえ」と、怒鳴った。夫の気持ちがわからないで毎日何をしていてもとにかく不安であった。

　バザーは盛会だった。フラワー・ベルが人出に驚いて、「あたし、こんな沢山の綺麗なドレス着た白人見たの初めてだわ」といいつつ、インディアンのチュニックに、髪に鷹の羽根をつけた、明らかに白人の思う昔風のインディアンの服装で、肩に眉毛のアンソニーをとめて、太鼓の音に合わせて踊ると、観客から拍手が起こった。きっと、アンにねだって、ドレスの一枚も買ってもらうのだろう。私達白人が、昔ながらのインディアンの文化を残そうと考えるのは、白人のエゴイズムであろう。これからどう生きて行くかを決めるのは、彼等の自由だ。

　カウチ（寝椅子）に座っている私に、婦人が一人やって来て、隣に座ると、「お加減はいかが。それから火傷されたんですってね」といった。私はショールの中に手を引っ込めた。

「お大変だったでしょう。何でも暖炉の火が服に燃え移ったとか、お怖かったでしょ、火がついたなんて」

　私は耳に手をあてて、「そんな話お止めになって」と叫んだ。婦人は、怪訝な表情をして、ごめんあそばせと席を立った。嫌な人はどこにもいるもんだと、袖の火が迫って来る思いを振り払った。

　バザーが終わると、フローラとの別れが待っていた。私は泣きながら、その温かな鼻づらをいつまでも撫でていた。オーリィがやって来て、「いつまでメソメソしているのだ。時間だろうが」と声を荒げて怒鳴った。

　私はもう色々な思いが胸を占めて、「あなた、何が気に入らないのか知らないけれど、私はきっともう二度とフローラには会えはしないのよ。私十二才の時からずっと馬と暮らして来た。フローラと別れを惜しんで何が悪いの。もう私、一人では馬にも乗れなくなっちゃったのよ」と叫んだ。

　夫は駆けて来て、昔の騎兵隊だった頃を思い出させるような、鞍のない馬に後ろから両手をついて飛び乗ると、牧童に私を抱えるように命じた。そして胸に抱きしめると、あとでスザンヌが庭が荒れると怒るだろうなと思う勢いで、フローラを駆けさせた。そして庭を三周すると、私を抱いたまま、馬を滑り降り、「ほら、もうこれで気が済んだろう」というと、皆に挨拶もしないで、少し息を荒くしたまま、家の中へ入って行った。

　私はあまりに急なことで、言葉もなかったけれど、フローラの少し汗をかいた体に頬を寄せて、「フローラ、長い間ありがとう、長生きしてね」といった。

　フラワー・ベルが何かいいたそうだったけれど、アンが手を引いて止めた。

「皆お世話様、バザーがうまくいって良かったわね、今度は秋に会いましょう」

　リーマスは、乗馬の受付に、ちゃっかり、〝祝・婚約記念カンパ〟の缶を置いて、それを抱えている。フラワー・ベルが私にマミィと抱きついている。私は彼女の花嫁姿を見ることは出来ないだろう。眉毛のアンソニー、お前も長生きをするんだよ。

「私眉毛のアンソニーにお嫁さん買ってやったの」とフラノの布で包まれた、幼鳥を見せた。

「それは良い考えだね、相性が良くて、卵を産んだら、すぐ家族が増えるよ」

「うん、マミィも見に来てね」

「えっマミィも……、うん見に行くよ、じゃ元気でね、牧場の皆によろしくね」

急に寂しくなってしまった。

咳は相変わらず出るが、オーリィは、夜中に起こすのも悪いからと、医者を呼ばなくなった。心配した医者の方がやって来て、必要な時は私の胸水を抜く。そんな日々で夏が終わった。

もはや麻酔も効かなくなった私は、痛みに体を震わせてしまう。

「オーリィ、もう少し強くジェニーを押えてくれたまえ。肺に刺さったら大変なんだから」

けれど、オーリィは形だけ、私の肩に手を当てているだけだ。私に早く死んでしまえと思っているのだとしか思えなかった。

医者が薬を用意している。私は、この後、薬で二、三時間眠るのだった。医者がアンプルを渡しながら、小声で、「今日の中身は麻薬ではなくヒマシ油だから」と囁いた。

いつもオーリィに見張られている私に、少しだけ時間をくれたのだ。私が眠ったと、オーリィが出て行って階段を下りて行く足音が消えると、私は書き物机に行って、リビィさんに手紙を書いた。右手が使えなくなって私は左手でどうやら文字が書けるようになったのだ。二時間したら夫が来る。私は、背中の痛みに耐えながら、筆をついで手紙を書き終えた。どうしても、リビィさんに頼みたいことがあったのだ。書き終わった時は汗びっしょりであった。封をして引き出しに隠して、あとでマギーに出してもらうつもりだった。インクで汚れた指を、洗面ポットの水で急いで、洗った。自分の家なのに、死を前にして、こんなことをしている自分が哀れだった。

私は遺言状を書きたいので、誰でもいいから弁護士を呼んで欲しいと頼んだ。やはりオーリィが、まだそんなもの早いとかいったけれど、今度は聞かなかった。近所の弁護士が呼ばれて来た。眼鏡をかけた平凡な男だ。寝室に通されて、私を見て、

「奥様の遺言状でよろしいのですか」ととぼけたことをいった。

「私があと十年も生きるように見えるの、さっさと書いて頂戴」

弁護士は、私の書き物机に座って、用意して来た、厚手の紙で出来た遺言状用紙を出した。

「私は席を外した方がいいだろう」と、オーリィが席を立とうとしたので、「ほとんどが、あなたに対してだし、私の死後、あなたにして欲しいこともあるから、よかったらここにいて下さい」と私がいうと、オーリィも渋々椅子に座った。私は遺言状を書く前にミッチに、私個人の有価証券を皆処分して現金にしたいと頼んだ。ミッチからすぐ返事が来て、私がその昔買っ

た株は、合衆国の進歩と共に値を上げ、それなりの資産になっていること、特に「アメリカ銀行」とか、「ピエール・トーマス工業」や「アンジャス」などは、ブルー・チップと呼ばれる最優良株で、今手に入れることは難しい、今売ってしまうのはあまりに惜しいので、資産として持っていることを勧める。もし、どうしても売りたいのだったら、ミッチ自身に名義を変えて欲しいといって来た。私はミッチの思う通りにして、といって、私の銀行口座には大金が振り込まれて来たのだ。そして、その時、いつかのミッチの約束通り、資産台帳のコピー付きで、彼の全財産の十パーセントがJ&Oに寄付として送られて来たのだった。

「では、始めさせて頂きます」

「これは、私、ジェニー・アームストロング・ベンティーンの遺言である」と私は語り出した。オーリィが何かいうかと思ったけれど、黙っているので続けた。

「まず、このベーカーヒル・サクラメントアベニューの一番地の、土地建物の一切を、夫である、オーランド・ベンティーンに遺贈するものとす」

「ええっ、ここは奥様のものだったんですか」と弁護士がいらぬことをいう。

「黙って、書いて下さればいいのよ。それから、通帳を見て下さる」

弁護士は、中の0(ゼロ)を数えていたけれど、「こりゃあまた大金ですな」と口にして、私を苛つかせた。

「その口が止まらないのなら、誰か他の弁護士を連れて来て」と私がいうと、慌てて「何でもいたします」と眼鏡を上げた。

「金額をいって頂戴」

「約十二万五千ドル以上ございますが」

「そのうちの二万ドルを、オーランド・ベンティーンへ遺贈します。そして二千ドルを、女中頭のマーガレット・サマーに、長年世話をかけた礼として贈ります」

「女中に二千ドルもですか」といいかけて、私が睨んだので、ペンに集中した。

「受け取らない時は、オーランド・ベンティーンの元で、亡くなるまで庇護を受けることを願います。そして、千ドルを、小間使いのエスメラルダ・ベインに贈ります。また千ドルは、出来うるなら、オーランド・ベンティーンの手で、当家の女中達に分け与えることを望みます。残りはJ&O財団へ遺贈します。大学建築に使って下さい。門番のジェフリー・ブラウンとスザンヌ夫婦は望むだけ、門番小屋に住む権利を与えます。私の宝石ですが、一番最初に、長年の友である、アン・テイラーに好きなものを選ぶ権利を与えます。次は、アン＝マリー姉に、育ててくれた恩として、併せて、次姉のフロー姉にも受け取って欲しいと思います。スザンヌと、クレージー・ホースの妻及びヤング・クレージー・ホースの妻など、思いついた必要な女性に与えたあと残ったものは、オーランド・ベンティーンに全て贈ります。新しい妻のために使って下さい」

「そっそんなことがあるわけはないんだ」

オーリィが立ち上がって大声でいったけれど、私は無視して、

「ジェニー牧場について、現在半分がJ&O財団のものになっていますが、次の条件で、ヤング・クレージー・ホースの一族に譲ります。一つ、私の墓を代々守ること。その者は、クレージー・ホースを、必ず名乗ること。どのようなことがあっても他人に土地を譲らないこと、インディアンとしてのアイデンティティをもって生きること、以上。そして残りの全体からみて四分の一を、あの子に譲ります」

「〝あの子〟とはどの方ですかな」

「あの子でいいの、そう書いて下さらない。そしてあとの四分の一を、アンソニー・カスターに譲ります」

オーリィが思わず腰を上げたが、目をつぶって、また座り直した。

「J&O財団については、当面オーランド・ベンティーンに任せます。その後はエドワード・テイラーに引き渡されて、活動が続くことを望みます。金鉱山の跡地は、クレージー・ホース一族に引き継がせ、彼等の考えに任せることとします。それから、私が亡くなった後の葬式についてはすべてをサムの奥さんに任せます。以上」

「これで全部ですかな。では、立ち合い人二人の署名が必要ですが」というので、マギーとエスメラルダが署名した。

これでもう、私は思い残すことはないと思った。他人がいるので怖がって、籠に入ったままのアンソニーが出て来て、チヨチヨとエサをねだった。

「アンソニー」私は涙を流した。オーリィが、「今君は、文鳥の愛らしさに涙したのかい、それとも、アンソニー・カスター君の思い出に涙したのかい」と聞いた。

私はぼうっと涙に霞む瞳で、鳥がエサをついばむ姿を眺めながら、「両方ともよ」と小さな声で答えた。

「ジェニー、お前は本当に死んでしまうのかい」と突然私を抱きしめて聞いた。

「そうよ、そんな先じゃないわ、息がつまって苦しんで死んで行くのよ、アンソニーみたいに」そういって、夫の手を振り払って、枕に突っ伏した。夫は、何もいわず、ベッドの横に立ち尽くしていた。アンソニーが、チヨチヨと鳴いて私の髪をつつくのだった。

発作が起きて、胸水をいくら抜いても、死はまだ私に来なかった。兄様早く迎えに来てと、暗い顔をしているオーリィを傍目に、ただただ祈る日々であった。

突然バートナム氏が来たいといって来た。オーリィは、私の具合が悪いからと断わったらしかったが、バートナム氏は聞かず、明日来ることになった。私はもうドレスを着る気力も、またサイズの合うドレスもなかった。

居間でガウンを着て待っていると、玄関で元気なバートナム

氏の声が聞こえた。

「やあ奥さん、久しく見かけんかったが、元気とはいえん顔をしておるのう。手の具合はどうなんじゃ。心配していたぞ」

「もう動かなくなってしまいました。ご挨拶に伺おうと思いつつ、つい無沙汰をして申し訳ございません」

「なんのなんの、あんたは病人なんじゃ、何も他人の心配をすることはない。ところでの、大学のことなんじゃが、空地にしておくと鉄道会社がうるさくての、まぁ、何というか、こちらで勝手なことをしてしまったのだわい。そこでの、どうしても会ってもらわにゃあならん男がおっての、ほれ、ここに呼んで下さらんか」

玄関から入って来たのは、あのピエールだった。

夫が立ち上がったが、バートナム氏は手で押さえて、「まずは、この男の話を聞いてはもらえませんかの。何かこちらで大きなしくじりをして、二度と敷居がまたげんといって、わしの所へ泣きついて来たのだよ」

「私は、大学を作るという大きな夢に、夢中になってこちらのご主人の御気持を察することが出来ませんでした。でも、ジェニーさんと語り合ったことは忘れられませんでした。それでまた始めようと思ったのです」

「でも、あの設計図は燃えてしまったのよ」

「設計図なんて何枚でも書けます。私はバートナム氏の援助で再び大学へ戻り、とにかく資料を見て回りました。そこでね、私思ったのです。ジェニーさんと語っていたのは、大学の全体図であったことを。ジェニーさんの体のことを思ったら、まず一棟建てて、ジェニーさんに見てもらうのが一番だと思ったのです。あのボストン大学風のジェニー一号館です。私は十七世紀の古い建築の研究をしました。それで悟ったのです。何も当時にこだわることはないんだ、今の進んだ建築技術で、当時のような建物を作ればいいのだと思い至ったんです。私ジェニーさんのために頑張りました。これがジェニー一号館の本物の設計図です。すぐ工事が出来ます」

そういって、一枚の紙を広げた。私は、またオーリィが怒って、ここで紙を丸めてしまいはしないかと心配したが、驚いたことに彼は身をのり出して、興味深げに見渡して、「外見は、私の母校とよく似ています。フィデラル様式ですね」と懐かしそうにいった。

「そうです、でも内部は最新式なんです。窓ガラス一枚から違うんです。それから一応の大学の全体図も持って来ました。ここが正門で、中央の建物が、バートナム講堂です」

「わしゃ、自分の名を出すのは恥ずかしいといったんじゃが、ジェニーさんが、勧めてくれたんじゃ。私はこれくらいしか御礼の仕方を知りませんからといってな、よく出来たお人だよ」

「そして正門を入って左手がジェニー一号館です。そして、その横の大きな建物は、図書館なのです。ジェニーさんが並んで建てたいといったのです。勉強するにはやはり良い本が必要だとジェニーさんが主張されたのです。何でもお兄さんが大変な読書家だったそうで」

「でも、ウェストポイントは、ビリで卒業したのよ。今でも有名な話だわ」

私はつい浮かれてそういってしまって、慌てて口を閉じた。せっかくオーリィが機嫌が良いのに、いらぬことを口走ってしまったと思った。

「ジェニーさんはね、ご自分のジェニー一号館の隣の図書館に、〝オーランドの図書館〟と名前を付けていつまでも一緒にいたいといったんです」

オーリィが私の顔を見た。「おれの名前の図書館だって」といって驚いたように両目を見開いていたけれど、突然両手で顔を覆った。「おれの名の図書館だなんて、おれは、おれは今まで何を考えていたんだい、ジェニーの気持ちを何にもわかっちゃあいなかったんだ」とつぶやきが聞こえた。顔を上げると、その瞳に涙がうっすらと浮かんでいた。その顔は、久方振りの優しい顔になっていった。いつもある眉間のしわが消えていた。

「全部出来上がってから、オーリィにサプライズって思ってたんだけど、ばれちゃった」

「なんだよ、もっと早くいえばよかったのに」オーリィは、しばらく目を閉じて、息を整えていた。そして私を抱きしめて、久方振りのキスをした。

「だってあの頃は、とにかく全体図を書くのに必死で、あなたをのけ者にしたと思ったのならごめんなさい。それに大学の話は終わったって思っていたから」と、私は思いのたけを伝えた。

「それは、おれが悪い、全ておれが悪い。短気さえ起こさなければ、お前も火傷をしなくても済んだのに。それからは、おれはお前にどう償ったらいいのかわからなかったんだよ。お前が日々弱っていくのを見るのも辛かった。大学計画していた時の楽しそうなお前に嫉妬していたのも本心だ。そのせいで結局お前の大事な時間を無駄にしちまったんだよなぁ」

「今から、バートナム駅を見に行かんかの。あれから一年近く経って、街らしくなっておるぞ」

駅のワシントンに向かって左側は、もうすでに駅前の広場が整備されて人が歩いていた。あの長屋住宅がすでに何棟も出来上がっていて、窓辺には植木鉢が置かれたりと、人の住む匂いがした。一本裏通りには、小さな小屋掛けながら、八百屋や肉屋が店を出していて、小さな食堂もあった。もう人の住む街になりつつあった。住宅も建築中のものが沢山あり、あと一年もすれば、それなりのベッドタウンになるのであろう。

駅前のホテルや高級店も、建築が進みつつあって、形が見えていた。ここに住む人達は、もとはトウモロコシ畑だったとは思うまい。

「さぁ、大学へ行くぞ」とバートナム氏がいった。大学って、まだ何もないはずなのに。

行ってみればなんと、大学の正門があって、〝バートナム大学〟との、バートナム氏の筆による、校名があった。周りは腰高の煉瓦の塀に、鉄に花唐草を巻き付けた格子が、ずっと大学の土地を囲っていた。いつの間にかこんなもの造ってたんだ。

「どうです、お気に入りましたか」とピエールが聞いた。

「すっごく素敵、バートナム氏の文字もぴったりだわ。私、こうしたかったの、思った通りだわ」私は手を叩いた。

「お気に入って下さって嬉しいです。ではここにどうぞ」

オーリィに抱かれた私は、ピエールの後について行った。

「さぁこちらがジェニー一号館の土地です」といって、小さなスコップを渡してくれた。「ジェニーさん、最初の仕事はあなたがしなくちゃなりませんよ」

私は地面に膝をついて、後ろからオーリィが支えて、私にスコップを持たせてくれた。

「バートナム大学ジェニー一号館の輝かしい第一歩ですよ」

私はオーリィの力を借りながら、地面にスコップを突き立てて、僅かばかりの土を掘り返した。ピエールと、バートナム氏が拍手をしてくれる。ピエールが写真を撮ってくれた。

「おめでとう、素晴らしい大学が出来ますよ。私頑張りますからね。ジェニーさん、完成を心待ちにしていて下さいね」

「ええ、ありがとう、言葉に出来ないくらい嬉しいわ」

「このスコップ記念にお持ち下さい」

「うん、大切にするわ。大学出来たら、どこか一番目立つ所に飾るからね」

楽しい一日であった。そしてこれが私が外へ出た最後の日になった。

夕食の最中に発作は起こった。今までも苦しかったけれど、今回は特別だった。千も万ものガラスの破片が胸に突き刺さるような、耐えられない痛みに、私は失神した。医者が呼ばれ、彼は、ついに遠方の知り合いにはそろそろ知らせが必要になったといった。背中の穿刺の跡はもはや塞がらず、常に体液がにじみ出て、ガーゼを替えても替えても、寝間着を汚した。

アンがやって来て、「ジェニー、リーマスとフラワー・ベルが結婚したら、私達親戚っていうより義理の姉妹になるのよね」といって笑った。

「結婚式が楽しみだわ。リーマスとフラワー・ベルと、眉毛のアンソニーと馬のフローラ……」

私は、自分の声が信じられなかった。たった一晩で、私の声が出なくなっていた。

「皆来るわよ、心配しないで」とアンは涙目だ。

「アン、今までありがとう」

「何いってんのよ、友達じゃないの」

「うん」

「明日もまた来るね」

「待ってる」

明日は、本当に来るのだろうかと思った。

「アン＝マリー姉様」

　私が目を覚ましたら、そこに姉様がいた。

「ジェニーちゃん来ましたよ。もう心配はありませんからね、神様がついていらっしゃいますから」と姉様らしいことをいった。牧師様も、「やぁジェニーさんや、この度は高額の寄付をありがとう。やっと牧師館が直せますよ」

　私は大学を作るのを止めてしまったと思い、その費用の一部を、姉様の所へ贈ったのだ。本来なら教区民の寄付でまかなわれるはずだけれど、皆貧しいのだから。だから姉様は、貧しい教区の病人の世話が仕事の大半なのだ。したがって、私にも可哀そうにと接してくる。教区は、他所の牧師に頼んで来たから、久方の遠出ですよと、牧師様は機嫌が良い。

「さっき、あなたがまだ寝ているというので、このお屋敷の中を見せて頂きましたよ。ジェニーちゃんは、こんな立派な家に住んでいたんですねぇ。いつも私に気を遣ってくれてありがとう。これまでの礼をいえて、ほっとしています。この服もあなたの送ってくれたお金で買ったのですよ」姉様の義理堅さは昔と変わらない。

「暖炉に写真が沢山あって、あなたとオーティが一緒に写っている写真があって、びっくりしました。いったいいつ撮ったのでしょう」

　私は思い切って姉様にいってしまいたかった。

「私兄様と暮らしていたの、兄様のお嫁さんになったの、アンソニーは私の子なの」

「そうね、アンソニーはジェニーちゃんの子なのね。だからアンソニーとの写真もあるのよねぇ、良かったわね、写真が撮れて」

　私は目をつぶった。駄目だ、姉様は私が熱にうなされて、夢を見ているのだと思っているのだ。私が言えばいうほど、姉様との話はこんがらがって来る。私がそもそも、兄様のお嫁になったという現実を、認めようとはしてくれないのだ。可哀そうな病気のジェニーちゃんのうわ言としか思ってくれないのだ。

　私はがっかりした。リビィさんには、とっくに手紙を出したのに、まだ何ともいっては来ない。来てくれないのかもしれない。それも仕方がないのかもしれないことなのだ。

　その夜人が変わったようになったオーリィが、「姉さん来てくれて良かったな」と、優しく話しかけてくれた。

「うん、とても嬉しい。もう会えないと思っていたから、とにかく懐かしいわ。私と姉様と暮らしていたの、ママが亡くなっちゃって、カスターの養家で、誰も私の面倒見る人がいなくなっちゃったから、仕方なく牧師館で暮らすようになったの。たった五才から七才までの間なんだけれど、子供だったからかなぁ凄く長い時間だったように思うの」

「お前のいう最初に捨てられたことか？」

「ううん、二度目よ。一度目は私を生んだ母親に捨てられたのよ」

「お前も色々と苦労が多かったんだな」

「でも姉様と暮らせて良かったと思うの。カスターの家でも、いつも一人だったけれど、姉様は子供がいなかったからか、私を可愛がってくれたの。忙しいのに私の髪三つ編みにしてくれたりね、誕生日に手作りのリボンくれたりしてね」

「可愛がってくれた人がいて良かったな」

「でも牧師様は厳しかったの。貧しかったせいもあるだろうけれど、私五才から教会の椅子を全部拭かされたの。そんな大きな教会じゃなかったはずなんだけれど、子供だから、拭いても拭いても終わらない気がしたわ。それでもね、頑張って働くと、月に一セントもらうの」

「たった一セントかよ」

「だって、何も持ってない子供にとっては、大金よ。手でぎゅっと握って落とさないようにして、近所の駄菓子屋に行くの。そしてね、大きなガラス瓶に入ったキャンディが三粒買えるんだけど、子供でしょ。味なんて皆同じようなものなのに、何色にするか、凄く悩むのよ」

「可愛らしいじゃないか」

「店の店主も、たった一セントに長く迷われちゃあ迷惑だったろうけれど、教会の子だから、邪険にも出来なかったんでしょ、待っててくれるの。それでやっと三粒選んで、一つはすぐ食べちゃうの、残りは、ジャムの空瓶に入れて、いっぱいになったら姉様にあげよおって思ってたのよ」

「お前はそんな年から、人に施し考えていたんだなぁ」オーリィがしみじみといった。

「それがね、兄様が汽車に乗る時、瓶入りのキャンディ買ってくれて、あたり前のことなのにそれが蓋まで入っているの見て、泣いちゃったの」

その時、私の目の先をさっと人影がよぎった気がした。そういえば、あのジャムの瓶はどうしたんだろうか。何か、懐かしいものが思い出された。

「ジェニー、どうした。兄様のことでも思い出したのかい」

「あのね、あのジャムの瓶どうしたんだろおって思って、何かなぁ」

「もうそんな瓶捨てちまったろうが」

「ううん、あれはねぇ、そうだ修道院で私の世話をしてくれた、……ああ、そうだシスターロビンにあげたんだわ。豆のスープばっかり食べて作務するの大変だったけれどシスターロビンが世話をしてくれたの。あの人、今どうしているんだろう」

「会いたいか」

「会いたい、明日牧師様に聞いてみる」

「ああそうしよう、でも今夜はもうお休み」

「ベタニア会かベトニア会かどちらかだと思うが、もう昔のことで、申し訳ないがそれ以上わからないのだよ」

牧師様がそういったので、すぐピンカートン探偵社に、頼んだ。私は、間に合わない気がして、マギーに代筆を頼んだ。

〝懐かしの、シスターロビン様。あなたは昔、修道院にいた小さな女の子のことを覚えていらっしゃいますか。私が、その時のジェニー・カスターです。シスターにはとてもお世話になりました。兄様と西へ行って色々ありましたが、今は大きな家に住んで、インディアン救済の財団を持っています。今まで忘れていてごめんなさい。会いたいです。このクリスマスにお役に立てばと、僅かですが寄付を送ります。今は結婚して、ジェニー・ベンティーンです。お体大切に〟


「これでよろしゅうございますか」

「ありがとう、私の命のあるうちに会えたらいいのだけれど」

「そんな、きっと会えますとも」

マギーは、きっぱりいうのだった。

私は病気の薬のせいか、日中でもうつらうつらすることが多くなった。しかし、オーリィが優しくなったのが、口ではいえないほど嬉しかった。夫は、私が人生最後の炎を、ピエールと大学作りに賭けていたのに、きっと嫉妬していたのだ。そして愛してくれているからこそ、だんだん歩けなくなって、弱っていく私を見ているのが辛かったのだ。でも今私は夫といつでも一緒だ。もう歩くこともかなわなくなった私のために、ベッドの横におまるを置いて、下の用もしてくれる。私は幸せだ。

朝太鼓の音がするので、窓まで連れて行ってもらうと、ティピィが建ち、ヤング・クレージー・ホースが太鼓を敲いて妻が踊っていた。

私達はその晩はティピィに泊まって、昔話をしたのだった。

「おれはお前の夫だ、墓はずっと守ってやる」

「うんお願いね、私ずっとあの湖で眠りにつくのよ」

「そんな話はお止めジェニー、まだ先のことだよ」

オーリィは、何か思うことがあるのか、何か変だ。私のことではない、でも何かわからないけれど変なのだ。

リビィさんが突然来て、私の姿を見て驚いている。その時、私は発作を起こしていたのだ。

「ジェニーさん、お加減いかが」という。きっと、背中の穿刺の跡を見たのだろう、痛ましそうな顔をしていた。

私はリビィさんに向かって、「アンソニーは私の子なのよね」といったら慌てていたけれど、姉様や牧師様までが、「何か夢を見ているのか、アンソニー君のことを自分の子だと思い込んでいるようで」

「それだけ、オーティのことを慕っていたのですよ」というので、私の真実は誰にも通じないのだ。きっとリビィさんは安心したのじゃないだろうか。自分からは、何もいわないのだ。

息苦しくてヒーヒーと息をする私を、オーリィは抱いて、もう少し頑張るんだという。私はもう辛くて早く兄様の所へ行きたかった。

その対面は唐突に始まった。部屋の戸が乱暴に開いて、背の高い青年がつかつかと入って来て、私を見降ろして、「これが、お袋なのかよ」と、吐いて捨てるようにいった。プラチナブロンドの巻き毛を肩に垂らして、すみれ色の瞳。アンソニーかと思ったけれど、彼は十四才で亡くなったはずだ。ではこの青年は誰。ああ、あの子だ。私はゆっくりと右手を上げて、彼が手を握ってくれるのを待ったが、彼は私を見下ろすだけで、力尽きた私は手を下ろした。

「大金くれるっていったから来てやったんだ、金はいつくれるんだよ」彼は咆えた。

弁護士が呼ばれて、本来遺言の読み上げは本人が亡くなられた後に行われるものですが、と前置きを、くどくどといったので、あの子は苛ついて大声を出した。そして自分の取り分が、牧場の四分の一であることに、怒りをあらわにした。しかも残りの四分の一を「アンソニーにあげるの、一緒に牧場で馬に乗るのよ」と私がいったので、アンソニーって誰だよ、死んだ人間に遺産をやるのかよ、と騒いだので、怯えたリビィさんが、「アンソニーの分は、そちら様に差し上げますわ」といい立てたので、遺言状は書きかえられ、牧場の半分を、現金でもらうことで渋々納得した。

あの子は、翌日も私の部屋に来て、笑顔も見せなかったけれど、「だいじにな」といってくれた。

そしてまた荒々しく出て行った。

私は嬉しかった。オーリィは、あの子を一目私に会わすために今まできっと手紙をやったりして苦労をしてくれたのだ。だって実家とは絶縁で、手紙は受け取ってくれないはずだ。あの従兄弟のスコットさんとでも相談して、私が生きてるうちに遺言の読み上げをするとかいって、彼をこの家に連れて来てくれたのだ。

私は咳が出るのを押えながら、「あなたありがとう、あの子のこと、ずっと心の重荷だったの。それが、今溶けた。あなた、ビリィに会わせてくれてありがとう」

「あぁジェニー、あの子の名を呼んでくれたんだね、心から礼をいうよ。愛しているジェニー、だけどまだ死なないでおくれ、私のために」

「ええ……」あとは咳が出て答えられなかった。

医者が呼ばれて、苦しい胸水を抜いた。

「もう、あまり長くはもたないであろう」といって、オーリィと部屋の隅で何か話し合っていた。

毎日のように咳は出て、周りを見守る人々に心配をかけた。

私が手にアンソニーを止まらせて、胸の咳を静めていると、寝室の戸がドンと開いて、「ハーイ、ジェニーちゃん、まだくたばったりはしてないでしょうね」とサムの奥さんが元気に入って来た。

もうそれだけで嬉しい。

「苦しいんだったら無理に口きかなくたっていいのよ。安心して用意は全て出来たわよ。あたしが来たからには、もう大丈夫よ。でもまだ逝ってしまっては駄目、オーリィのためにもね」

そういって、私の頬にキスをしてくれた。私は咳き込みながらも、苦痛の中にあって、心の安寧を覚えた。サムの奥さんが来たら、もう大丈夫だ、とあらためて思った。こんな深い縁があるだろうか。私はサムの奥さんに感謝の言葉しか出ない。

オーリィは、いつも私を抱きしめて昔話をしてくれる。兄様のことも、今まで二人で暮らして来た色々なことを。いくら話しても尽きない思いがした。

毎日のように発作は起き、その僅かな間に、姉様やリビィさんと別れを告げた。

オーリィ、オーリィ、今私は彼がいつでも一緒と約束してくれたことに感謝をしている。兄様ですら出来なかったことを、私にしてくれる。でも別れは来るのだ。

その朝は調子が良くて、皆と話が出来た。そして昼前に大きな発作が起きた。寝室には、オーリィが苦しむ私を抱きかかえ、サムの奥さんが、「ジェニーちゃん、ジェニーちゃん……」と泣きながら私の手を握っていた。

「アンソニーはここにいるよ。私はお前とずっと一緒だ、約束しただろう」

私は涙で霞む目で、オーリィの顔を忘れないようにしっかりと目に焼き付けようとした。

「色々なことがあったね、大学はすぐ出来るよ。皆お前が望んだようになるよ。あぁ、ジェニー、愛しているよ、私にはお前が全てだ」

私も頷いた。もう咳が止まらない。あぁ苦しい。オーリィ、私のオーリィ。

オーリィが、私に水を含ませようとするけれど、もう私は水を受け付けられなかった。オーリィが、咳き込む私にキスをした。口の中にほろ苦いチョコレートの味が広がった。あぁ、オーリィは覚えていてくれたのだ。私の人生最後の一口のことを。凄く嬉しい。もう何も思い残すことはない。あぁ、私の最愛のオーリィ。

オーリィが私の首にタオルを当てた。サムの奥さんは大声でジェニーちゃんと泣いている。オーリィが私にキスをする、そして耳元で、「これからもいつでも一緒だからね」と呟くと、片腕を私の首に巻きつけた。

あぁオーリィ、目の前が暗くなって、気が遠くなる。もう苦しみはない。オーリィのいつまでも一緒だよと呟くのが遠くに聞こえた。

そして、どこからか、ジェニーと兄様の呼ぶ声が重なって聞こえた気がした。

❖あの時のこと――ダリアの君（ジェニーの母の物語）

ベスと結婚したハロルドは、しばらくは義父の仕事を手伝っていたが、やがて望んでいた政治家への道を歩むことになった。そんな時、気をつけていたのに、ベスは自分が妊娠していることに気づいて慌てた。ところが、妊娠を知った夫が、ことのほか喜んで、

「君が、子供を望まないのだと思っていたけれど、僕の子供を産んでくれるなんて、想ってもいなかったから、言葉に出来ないくらい感動しているよ」

と、いってくれて、驚くと共に嬉しかった。やっと、母親になるという気持ちが湧いて来た。やはりお産は大変だったが、ハロルドは、お産のぎりぎりまで付き添ってくれて、手を握っていてくれたので、心から子供の誕生を受け止めることが出来た。生まれたばかりの我が子を胸に抱えて、涙が出た。

しかも子供は男の子であったので、男の子が欲しかった父が、破顔して喜んでくれたのが、何よりのご褒美に思えた。

ワシントンに移ると、父親の財力と共に、ベスは、献身的に働いた。無事ハロルドが、国会議員になるとベスは、社交界に出て、たちまちその美貌で、社交界の花になっていった。夫は妻のことをダリアの君と呼んで、それが通り名になった。

ワシントンにいる間に母が蜂に刺されて急死した。ワシントンから急行したが、死に目に会えなかったことが親不孝だと思った。気がつけば三人の男の子の母になっていた。母が生きていたらどんなに喜んだだろうかと思うのだった。それでもベスの容色は劣ることなく長く社交界に名が通っていた。

夫が、議員を退いた後は、実家の大きな屋敷に戻って、毎夜のごとく夜会を開いて、友人知人に囲まれて、まるで女王のごとくに振る舞った。そんな妻を、ハロルドは愛おしそうに、眺めているのだった。子供達も皆美しい妻をめとって、子供も出来、それぞれが思い通りの仕事に就いていた。

ベスは、年齢と共に少し心臓に問題はあったが、生まれた街を、夫と共に仲良く散歩をする姿がよく目についた。

ベスは自分が年をとったということ以外、何でも思い通りのことが出来た。ハロルドはその真面目さで、愛する妻の健康を管理した。

毎日のように孫が遊びに来て、退屈する間がなかった。

しかし神の命令により、流行り風邪にかかって、心臓がついていけずに、ハロルドの懸命の看護にも関わらず、僅か二日患っただけで、子供達や孫達に囲まれて、苦しみなく身罷った。人の望みようもない豊かで愛に溢れて恵まれた六十三年の人生だった。

夫は、墓地の周りに、ダリアの花を植え、毎日の墓参を欠かさず、人生を終えた。

※手紙

エイミーが、手紙を渡してくれる。その中に懐かしい文字があって、「あら、何かしら、サムの奥さんからもう手紙が来ているわ」私は封を切ると、中には手紙と、白紙に包まれた手紙様のものが入っていた。

〝ジェニーちゃん、少しは落ち着いてくれていたらいいけれど。寂しかったら牧場にいらっしゃい、お部屋はいつでも空いているわ。とても大事なことなの、いいこと、これから先は、心して読んでね。牧場に帰ったらサムがこの白い紙に包んだものをくれたの。それはね、あなたの兄様が、砦を出発する最後の晩に、あなたのために書いた手紙なのよ。牧場宛てに届いたの。あなたのことは知っていたけど、サムも考えてね、ミシガンのおうちへ転送しても、ジェニーちゃんに無事届くか心配したらしいの。ねっ良い子でしょ。それで、あたしが帰るまで待っていたのよ。あたしも一晩考えて、またあたしが、ジェニーちゃんの所へ持って行こうかとも思ったのだけど、ジェニーちゃんも一人で、思い出に浸る時間も必要だと思ってね、こうして手紙で送ることにしたの。届いてすぐ紙に包んだから、他の誰も触っていないそうよ。すぐ読んでもいいし、一生の宝物としてとっとくのも、乙女チックで良いわよね。最後の最後まで閣下がジェニーちゃんのこと、思ってたってわかったわよね。中に愛してるって書いてあったらいいけれど。ジェニーちゃんのこと忘れてなかったって、これで信じられて良かったじゃない？　あたしの所、いつ来ても良いのよ。いくらでも閣下の話をしましょう。とにかく体を大切にして、あたしにも手紙を頂戴ね、じゃあね、サムの奥さんより〟

私は、手紙を読み終えると、同封されていた白い包を胸に抱いた。

「兄様の手紙が今頃届いた」

アンソニーを産んで、兄様の死を知って、その後のことは、現実の中であったこととは思えないうちに過ぎてしまった。こうして兄様と子供達と住むつもりで購入した、今になってはもう無用になった大きな家で一人になってしまったと、全く人生の希望のなくなった自分に、こんな宝物が届いた。

兄様は、あの慌ただしい出撃の晩に、私のことも忘れてはいなかったんだ。兄様、どんなに今会いたいか、葬儀も行っていないから亡くなったなどとは思えない。ふっと玄関に立って呼び鈴を押そうとしているのではないかと、今でも思ってしまう。

「でも、このおうちのことご存知ないものね」

暖炉の上の、銀縁額の兄様との写真の横に、その薄い包をそっと添えて置いた。

「兄様お帰りなさい。ジェニーはとっても寂しかったの、帰って来て下さってとっても嬉しいわ」

そういうと、私はテーブルに突っ伏して泣いた。今までの苦しかった思いが堰を切ったように湧いて来て、辛くて自分でもどこにも感情の持って行きようのない理不尽さに泣いた。

エイミーが近寄ろうとして、マギーは止めた。

「今は、泣きたいだけ泣かしてさし上げるのがいいんだよ。あんなにお辛い目に遭ったんだ。ご自分が納得されるまで、たった一人になってしまわれたのだもの。泣くしかないのだよ。私達が何をいってもしょうがないのさ。泣くだけ泣いて、何かお話相手にでもなってあげるしか、私達の役に立つことはないんだよ。万一のことがあると困るから、お前はここで見守っていてさし上げるんだ、何かあったら大きな声を出すんだよ、わかったね。私はコックにスープでも作るようにいってくるから」

リビィ編

結婚式から新婚の終わりへ

私のオーティは、離婚を口にして家を出て行ってしまった。こんな日が来るなど、思いもしなかったのに。

「リビィ、くどいようだがこれが最後だ。この結婚をやめるつもりはないのだね」

「ええ、お父様。ありませんわ」

「私は従軍したこともある。軍人の暮らしがどのようなものか、わかっていっているつもりだよ。大切に育てた娘が、野蛮な男達と共に、野営地のテントで、堅いキャンバス地のベッドで眠る生活はさせたくないのだ」

「私、そのようなこと、苦に思いませんわ」

「カスターの優秀さはよくわかる。しかし軍人であるからには、いつ何時何が起こるかわからないのだぞ。そんな男に娘はやりたくはないという、私の気持ちはやはりわかってはもらえないのだろうか」

「オーティは、不死身ですわ。今まで戦って来て、怪我一つしたことはないそうですわ。いつも必ず私のもとに帰って来ると約束してくれましたもの。私信じたいのです、あのオーティの武運を」

「恋をしているお前には、もはや何をいっても無駄だということか。私はお前に東部で、同じ世界に生きる男と結婚して欲しいのだ。リビィ、人生は長いのだよ、お前があの若い軍人と結婚して幸せになれるとは思えないのだよ。私達とは、あまりに違う世界に生きている男だよ。今ならまだ間に合う、うちに戻っておいで、お前に相応しい男は、他にいるはずだから」

「私は今、結婚式を前にして、世界で一番幸せな女ですわ。そしてすぐに、世界で一番幸せな妻になるんだわ。私は、オーティを愛しているのです。お父様の心配されることはよくわかっているつもりですわ。でも、東部で誰と結婚したとしても、私は今ほど幸せにはなれないわ。私はオーティさえいてくれたら、他に何も望まないわ。彼の他に私を愛してくれる人はいないのだもの、そして彼を愛する者は、私しかいないのよ。わかってお父様、私達は結ばれる運命なの」

父親は、娘の瞳に宿る、強い光を見つめた。苦労をわざわざするための結婚を、なぜ、娘は選んだのだろう。

「彼は騎兵だ。長く家を空けることも多いのだよ」

「心配はいりません。すぐ子供が出来て、私はその世話をするの。寂しくなんてありませんわ。彼のために男の子を産んで、立派な軍人に育てますもの。たとえ西部へ行ったとしても、私は誰にも後ろ指を差されない、軍人の妻になってみせますわ」

私は、その時、自分が語る人生がそのまま起こると信じて疑わなかった。愛するオーティと一緒ならば、恐ろしいことは何一つないと思えた。父親が何といおうと、自分の人生にどんな苦労があろうと、跳ね除けて生きて行く覚悟があった。どうして父親は、私のこの気持ちをわかってくれないのだろう。

「リビィ、私の大切なリビィ。私はお前を軍人の妻にするために育てて来たのではないのだよ」父親は、私を抱きしめた。

「ではいったい、どなたが私を幸せにして下さるというのでしょう」

ドアにノックの音がして、小間使いのリリーが、「お嬢様、そろそろお支度の時間でございます」といいに来た。

ベーコン判事は、目頭を押さえながら、「この広い東部に、お前に相応しい男がいないと、どうしてお前はいうのだい」といってウェディングドレスの飾られた、娘のホテルの部屋を出て行った。

ウェディングドレスは、実母が父と結婚した時に着たものだ。お金もなく若くして結婚した二人だったから、母の手作りの質素なドレスだ。母は、今のベーコン家の立場を考えて、最新のドレスをあつらえる様に願ったけれど、私は聞き入れなかった。

「私のこれからの人生に華美なものは必要ありませんわ。お母様が今幸せになられた元がこのドレスから始まったのでしょう。だったら、私もこのドレスを着て幸せになりますわ」

しかし、それではあまりに質素すぎるというので、母親は洋装店へ持ち込んで、胸元から裾まで、レースのフリルをあしらって、ドレーンを付けてしまった。

私は文句をいったけれど、母親までがこの結婚について何かいいそうになったので、ついに折れて、従姉の子の中から二人の女の子を選んでドレーン引きを頼んだのだった。

教会の周りは、人だかりでいっぱいで、馬車から降りた私に、人々は口々に祝福の言葉をかけてくれた。私は、自分がボーイ・ジェネラルと呼ばれる英雄の妻になるのだという、胸の高ぶりに、叫びたいくらいだった。天気までが、雲一つない晴天で、天からも祝福を受けていると思える日であった。

私が、教会の入口へ、父親にエスコートされて歩んで行くと、人々が道を開けた。教会の中は全く、立錐の余地もなく人がつめかけていて、私は胸を張って、父親に手を引かれてゆっくりとバージンロードを歩いた。この一歩一歩が幸せに近づいて行くのだと思うと、その誇らしさに体が震えた。人々の歓声の声が堂内に響いた。ああ、私はオーティの妻になるのだという喜びが体中から湧いて出た。

オーティが、祭壇の前に立っているのが見えた。将軍に任命された時作ったという、金のモールの沢山付いた大礼服を着て、ゆっくり近づいて来る花嫁を見つめていた。

父親は祭壇まで来ると、トレードマークの長髪に、髭だけ揃えたカスターに向かって、大きな声で、「私の大切なリビィを、君に託すのは、私としては心外なのだ。どのようなことがあろうとも、必ず娘を幸せにすると、まずここで私に約束してくれたまえ」といった。

　オーティは、父に向かって敬礼をすると、「私、ジョージ・アームストロング・カスターは、全知全能の力を持って、娘さんを生涯にわたって、愛し守ることを誓います」といった。

　その姿の凛々しいことといったらなかった。自分の信念を持って、何にも負けないという自信に溢れた姿がそこにあった。父は、しっかり握っていた私の手を、オーティに託した。

　私達は、死が二人を分かつまで、一緒に暮らすことを、神の前で誓った。私はオーティに向かって膝を折った。オーティが、私の肩を抱いて立ち上がらせると、顔のベールを取って、額にキスをした。それまで静寂であった堂内に、歓声が響いた。

　私はついにオーティの妻になったのだ。

　腕を組んで、バージンロードを歩む私達に、左右から握手を求める人々の手が伸びて来て、なかなか前へ進めなかった。やっと教会の入口まで辿り着くと、外は人でいっぱいだった。皆、一目私達を見ようと集って来た人々だったのだ。私達は、弟のトムに、皆待っているのだよ、挨拶をしてやりなよと、急かされて手を振った。ここでも、歓声が上がった。

　オーティの友人達が、揃いの礼服を着て作ってくれた、サーベルアーチを潜ると、私は軍人の妻になったのだと心強く思った。しかしすぐに私達はもみくちゃになった。私はオーティの手を離すまいと、周りから、差し出される手から体を守らなければならなかった。ドレーンは腰に巻き付けていなければ歩けないので、母の愛も全くもって無用の長物でしかなかった。

　やっと馬車まで辿り着くと、車内でどちらともなくクスクス笑いを始めた。私達の結婚式がこんな大騒ぎになるなんて信じられなかったのだ。そして急にオーティは真面目な顔になって、私を抱きしめるとゆっくりキスをした。私達は、ホテルに着くまで、何十回ものキスをした。これからは、いつでもキスが出来るのだ。

　ホテルの周りも人々でいっぱいだった。何事にも気の利く彼の弟のトムが、先回りをしていて、ドアマン達と、私達のための道を開けさせていた。馬車を降りると、周囲の人々から祝福の声が上がった。こんな晴れがましい時は、二度とないだろうと思えた。私達は腕を組んで、熱狂的に迎えてくれる人達の間をゆっくり歩いてホテルに入った。私は頬が熱を持って火照るのを感じた。時々歩きながら、オーティと目を合わせた。オーティも、普段見せないような照れた笑みを浮かべていた。

　ホテルの大広間に着くと、そこも人でいっぱいだった。オーティが、「リビィ、君の知り合いはこんなにいるのかい」と聞いた。

「いいえ、オーティ。あなたのお知り合いじゃなくて？　私は存知ない方ばかりですわ」

「私も知らない人ばかりなんだけれど、いつの間にか、こんなに親戚が増えたのだろうかなぁ」と笑った。

人混みを掻き分けて、コック二人が、私の手作りの大きなケーキを、捧げるように持って来て、正面のテーブルに置いた。トムの音頭で、私とオーティは、ケーキをそれぞれ食べさせ合った。拍手が起こった。私達はそこで初めて人前でキスをした。そこにいる全ての人々が何か叫んでいる。私はずっとオーティの手を握り続けていた。離すことが起こるなど思いもしなかった。これから愛するオーティとずっと一緒なのだという思いで、手の温かさをずっと感じていたかったのだ。その後、何があったのか本当のところ、よくは覚えていないのだ。何を飲んで何を食べたかも。子供の泣き声とか、握手を求める人達が列を作っていた。いったい何人と言葉を交わしたかも覚えていない。そして、ラストダンスをと、トムが部屋の真ん中の人を除けて空間を作ってくれて、オーティと踊った。ほとんど、オーティの胸にすがりついていた気がする。

トムが人混みを掻き分けて、私達を客間に連れて行ってくれなかったら、きっと一晩中大広間で、見ず知らずの客人の応対をしていたのではないだろうかと思えたほどだ。

トムは、扉を閉めながら、私達にウィンクをして見せた。

オーティが鍵を閉めると、私の手を取って、部屋の中央に立たせた。そして私の前に片膝をついた。腰に帯びたサーベルが、カシャンと重い音を立てた。私を見上げて、「リビィ、私と結婚してくれてありがとう。私は生涯君を愛し続けると誓うよ。ただ私は軍人だ。命令があればいつでも戦地に赴かなければならない。いつ何時命を落とすかわからない」

私は腰を曲げて、オーティにキスをした。

「私はあなたの妻になったのです。いつでもあなたと共におりますわ。何もおっしゃらないで、私何の心配もしておりませんわ。私達には明るい未来があると思うのです。私今世界一幸せな妻なのですもの。愛するオーティ、あんな沢山の人々が私達の結婚を祝って下すったんですもの、あなたと一緒なら、どんな運命も受け入れますわ。私は軍人の妻になったんですもの」

そこにノックの音がした。オーティが戸を開ける。そこには小間使いのリリーが立っていた。

「奥様から、お嬢様のお世話をする様にといいつかって参りました」といって、小さな包みを持っている。

「私は、今夜から何でも一人でいたします」とリリーにいうと、オーティが、「せっかくの義母様からの申し出だよ、世話しておもらい。さあリリー入っておいで」リリーは入って来ると包みを開けた。そこには母の心づくしなのだろう、白絹の寝間着が入っていた。

オーティが、自分で大礼服を脱いで、コート掛けにかけた。私は、リリーの手を払ってオーティの所へ行くと、ワイシャツのボタンを外して、寝間の用意をした。これからは、私がオーティの世話をすると決めていたのだ。オーティは、私の方を見ないようにベッドの端に腰かけている。

リリーは、私の背中のボタンを外して、ドレスを脱がせてくれた。素肌に絹の肌触りが心地良い。リリーがウェディングドレスをハンガーにかけてくれると、おやすみなさいませ、といって出て行った。

「オーティ、お待たせしました。私用意ができましたわ」

初めての晩、先に声をかけたのは、私の方だった。私はオーティの前に立つと、手を差し伸べるオーティに対して、

「この寝間着は、母からの心づくしですわ。母も私が毎日このような絹の寝間着を着て過ごす生活を、私がすることを望んでいたのですわ。でも私はもうそんな生活とは決別したのです」

そういって、ボタンを外すと、寝間着は肩から滑り落ちて行った。


目覚めると、そこにオーティの顔があった。どれほど、この瞬間を待ち望んだことだろう。オーティのキスは、とても優しかった。私達は、本当の夫婦になったのだ。もはや誰も、私達を引き離すことはできないと思った。温かな毛布の中で、オーティの手がゆっくりと私の体を撫でている。何という心地の良さなのだろう。私は心からオーティを愛している。オーティの口から同じ言葉が呟かれると、私の心は震えるほど、高鳴った。私の夫は、今、国中から慕われている英雄なのだ。私は、今この時を永久に忘れないだろう。

オーティは私を抱きしめると、このシーツを、無事初夜が済んだ証しとして、私の両親に見せなくてもいいのだろうかと、古風なことを、真面目な顔をしていった。彼も私のことを思って、結婚式まで待ってくれていたのだもの、その誠意を示したかったのかもしれなかった。

「いいのよ、私達だけの大切な秘密にしましょう」

昨夜、彼は初めての私に手間取った。私が、しっかり目を瞑り、眉間に皺をよせて、痛みに耐えているのを見て、「リビィ、明日にしようか」と気を遣ってくれる。

「愛しているのよ、今夜あなたの妻にして下さい」

私は、オーティに抱きついた。


部屋を出ると、広間にはすでに新しいお客が集っていた。私達は食事をとるのもやっとの状態で、大勢の来客に応じなければならなかった。

三日間のホテルの披露宴を済ますと、私達は、オーティが用意した、ミシガンの家へ移った。

「リビィ、これが私が君にしてあげられる最大のものなのだよ」

寝室が一つ、居間が一つ、そして客間が一つ、そして小さなオーティの書斎があるだけの、本当に二人だけに相応しい家だった。

「素敵よ、オーティ。私達だけの家なのね」オーティは、私を抱き上げると、新婚らしく玄関をくぐった。

新婚の私達が、まずしなければならなかったのは、国中から

届いた結婚祝いの品の整理と、手紙に返事を書くことだった。

祝いの品は、全て開けてみて、必要なものだけ選んで、後はバザーにでも出しましょうかと私がいうと、オーティが恥ずかしそうに私は君ほど豊かではないのだ、といったので、売ってしまうことにした。これも、義弟のトムが手を貸してくれて、これで当分の生活費には困らないなと、オーティが笑った。私、贅沢なんてしないわ、といった。

ままごとのような生活が始まった。母は、「給金はこちらで払うから、小間使いのリリーだけは、連れて行きなさい」といったが、私は断わった。コックだけはいるから、私は朝寝坊ができるのよといった。

知らない街に移ったけれど、オーティと腕を組んで歩いていると、見知らぬ人から挨拶を受けた。そんなことがなかったとしても、寂しくはなかった。オーティと一緒だったから。何も起こらなかったけれど、しゃぼん玉をそっと手の中に包んでいるような、陽だまりに咲く名もない花を摘むような、言葉にはとてもできない美しい八か月間であった。

ミシガンの家に来て四日目に、私はオーティの求めに応えられないといった。「月のさわりが来てしまったの」

「ああ、アン＝マリーから聞いている。大切にしてあげなさいと姉はいったよ。体は辛くないかい。私達男にはわからないことだから、君の望むようにするよ。客間に寝てもいいんだよ」

「そんな、毎月あることだわ、気になさらなかったら一緒に休んで下さい。赤ちゃんが出来たら、月のさわりが止まるんですって。待っててね、あなた。赤ちゃんが欲しいわ」

「私もだ、男の子がいいな。楽しみだなぁ、君が私の子を産んでくれるなんて、夢みたいだ。私も頑張らなくてはいけないんだよね」

「まぁ、オーティ、恥ずかしいわ」

私はそれから、月のものが来る度に、「オーティごめんなさい、赤ちゃんはまだみたい」といった。

それが二年近くも続くと、私もその時が来ると、今夜はちょっと、というだけになった。赤ちゃんが欲しい。私は毎日神に祈った。しかし、子供は出来なかった。オーティも、だんだん子供のことは口にしなくなった。このまま子供が出来なかったら、どうしよう。私は、オーティの子を産まなければならない義務があるのだ。なんとしてもこの英雄の血を引く、強い男の子を産まねばならないのだ。私は妻として選ばれたのだから。

八か月におよぶ長い休暇が終わる時が来た。ついに、西部への出発の命令が出たのだ。彼は第七騎兵隊の隊長として、カンザスのヘイズ砦への出向が決まった。

ミシガンの生活に落ち着くと、暇を持て余して、釣りばかりしていたオーティに、活力がみなぎって来るのが、見ていてわかった。私も軍人の妻として、初めて西部へ赴くのだ。決して弱音は吐くまいと、念じた。初めてのことなのだ、とりあえず両親の所へ報告を兼ねて、挨拶に行った。

　とうとう西部へ行くことになったというと、父親は、「リビィ、子供はまだ出来ないのかい。出来ていたなら、それを理由に東部にとどまるわけには、いかないのかい」と無理をいった。

「赤ちゃんは、残念ながらまだなの。西部の暮らしが、そんなに大変だとは思わないわ。私、どんな新しい生活が待っているかと思うとわくわくするの」

「お前がそういうのなら、仕方のないことだ。ろくな医者もおるまい、体だけは大切にするんだよ。カスターとは、うまくいっているのかね」

「喧嘩一つ、したことはありませんわ。彼はとても優しいの、私が初めて西部へ行くから、凄く心を配ってくれているのよ」

　帰り際に母に呼び止められて、「これだけは持って行きなさい。あなたは将軍の妻になったのですよ。それが、飾り物を何一つ身に付けないのは、あなたの旦那様の名誉にも関わります。身を飾ることが必要になる時が、必ず来ます。その時困らないように、これは母の願いです。娘に恥はかかせたくないのは、親としてあたり前でしょう。私が若い頃に使っていたものですから、あなたが心配するほど、目立つものではありません。」といって、宝飾品が入っているのであろう鞄を手渡された。

　西部へ行っても、パーティはあるだろう。その時、耳元やネックレスは必要になるだろうと思って、意地を張らずに貰って行くことにした。その後、砦宛てに三着も絹のドレスが送られて来たが、それらはとても重宝した。母の気づかいに感謝せずにはいられない贈り物であった。

　私は汽車に乗るのは、初めてであった。長旅を心配して持ち込んだ、クッションに身を任せながら、オーティは、私が旅に飽きないように、西部の話をしてくれた。砂混じりの熱風吹きすさぶ大平原。衿元から、その砂が入らないように巻く、トレードマークの赤いスカーフのこと。巨大なバッファローの群れ。バッファロー狩りの緊迫感、そしてその肉の美味しさ。馬に乗れない私のために、是非乗馬の練習をして、一緒に遠乗りに行こうという。

「私、馬に乗れまして？　何か怖いわ」

「その時は、私と一緒に乗って行こう。遠乗りは楽しいよ」

　オーティは馬が好きだ、私も是が非でも馬に乗れるようになって、オーティと遠乗りに行きたいと思った。

　それから、どこからともなく、湧いて来るように出現するインディアンのことも。

「戦いになるのでしょう？」

「相手が、好戦的かどうかによりる。インディアンが全て好戦的とは限りませんから。インディアン相手に銃を密売する悪徳商人も、見つけなければならない。敵はインディアンだけとは限らない、困った事態だ。ああ、こんな話は、興味ないね」

「いいえ、あなたのお仕事ですもの。大切なことですわ」夫は今まで、こんな仕事の話はしたことがない。優しく暢気な面ばかりで、この時初めて軍人としての片鱗を見た思いがした。

それからいく夜かを迎え、駅に着くまで、オーティは砦の暮らしを語り続けた。ただ一人のことを除いて。

駅に降り立つと、乾いた風が吹いていた。ついに西部に着いたのだ。とうとう軍人の妻として、生活する日がやって来たのだ。私は、胸いっぱいに、乾いた空気を吸い込んだ。オーティと一緒なら、何も怖いことがあるとは思えなかった。かえって、これからどんな楽しい日々が起こるのかと、心躍った。

駅にはすでに、軍の幌馬車が待っていて、兵隊が敬礼をして迎えてくれた。

「カスター閣下、お越しをお待ちしていました。ご無事の到着おめでとうございます」

「迎えご苦労。君の名前は軍曹君」

「バークレーであります。御荷物をお運びいたします」

三人の兵隊がいて、あっという間に汽車で運んで来た荷物を馬車に積み込み終えた。三人は、仕事が終わったことを報告に来ると、私にまで礼をした。私はオーティの妻なのだ。

「お世話をかけました。どうもありがとう」と、精一杯の礼をした。兵隊達の陽に焼けた頬が、赤らむのがわかった。

そのことは、砦の官舎での初めての夜、毛布の中でオーティが、「さすがに私が選んだ人だ。君は素晴らしい人だよ。普通上官の夫人は、下の者に礼をいう人はまずいないんだ。きっと君の美しさと共に下に対する気づかいは、砦中に広まっているよ。私も礼をいうよ、君は本当に素晴らしい妻だよ」と、褒めてくれたのだった。今後の上に立つ者の心構えを教わった気がした。


砦に着いたら、どのような世界が待っていようと耐えてみせると、私は汽車に乗る時から覚悟を決めていた。しかし着いてみると、有無をいわさずその覚悟が揺らぐ事態が待っていた。

砦に着いて、先に馬車を降りたオーティに、誰かが猿(ましら)のように飛んで来て抱きついた。一見少年のように見えたが、「兄様、お帰りなさい。私寂しかったのよう」と叫んだ声は少女のものだった。

少女は人目もはばからず夫に抱きついて離れない。オーティは、少し持て余し気味に見えながらも、好きにさせている。かえって後ろにいる私のことに気をつかっているように、思えた。

「さぁジェニー、もういいだろう」といって、その少女を私の前に連れて来た。

「この子は、私の末の妹でジェニーというんだ。この人はね、エリザベスという名前で通称リビィさんという私の妻なんだよ、これからは、お姉様と呼ぶんだよ、いいな」

「妻って何？　いつ結婚したの」

「休暇中にミシガンで結婚した。さぁお姉様に挨拶をおし」

「私、ジェニー」少女はそういうと横を向いた。

「オーティ、妹さんてどういうこと、聞いていないわ」私は、あまりのことにうろたえた。

「その話は、後でゆっくりするよ。今はテリーに挨拶に行かなくてはならない」

少女はどこかに駆けて行って、姿は見えなくなっていた。

オーティは本部へ行ってしまった。私は馬車から降ろされた荷物を、与えられた官舎に運び入れる指示を手伝いの兵隊にしなくてはならなかった。一緒に連れて来たコックと私だけでは、とても一日では片付けられる量ではなくて、忙しさに紛れて、いつしかあの少女のことも忘れた。その晩着る夕食用のドレスと寝間着を探すのに手いっぱいであったのだ。

夕食は、砦の司令官のテリー閣下のご招待を受けた。私はドレスの皺が気になってしょうがなかったけれど、どうしてもアイロンが見つからなくて諦めた。

「カスター、君が来てこの砦も、また賑やかになるだろう。第七騎兵隊は、新兵ばかりだから、君も忙しくなるぞ。それにしても奥さん、よくこんな辺境の地までいらっしゃいましたね。その勇気に感心しますよ」

「夫と一緒なら、どこへでも参りますわ」

「まだ新婚ですからね、砦の生活は東部育ちの方には、ちと苦労が多いかもしれませんが、カスター君と一緒なら、かまわないですか?」

「はい」と私が返事をすると、同席の将官達の間から笑いが起きた。私は意味がわからず、顔を赤らめて下を向いた。オーティを見ると、私の味方をしてくれるどころか、すまして前を見ている。それからは、せっかくのお料理も喉を通らず、ひたすら会のお開きを待った。

夕食が終わると、男達は、酒のグラスを片手に、インディアンとの戦いの話を始めた。長い休暇明けの夫は、誰よりも話を詳しく聞いていて、とてもすぐには済みそうにない。仕方なく、私は、他の夫人達とお喋りをすることになる。

「まだ、ご結婚して間がないのでしょう」

「あの、ボーイ・ジェネラルの妻になられていかが」

「西部の生活は初めてでしょう? ここには東部のような楽しいことが、何もないのよ」

一方的に話しかけられて、相手が上官の妻かもしれないと思えば、それなりの返事をしておかなければならない。女達は、変化のない毎日に退屈しているのだ。私という新しいおもちゃを手にして興奮しているのだと思った。

「馬にお乗りになられまして」年かさの女性が聞いた。

「私、馬に乗ったことがないのです。でも夫は、私に乗馬を習って、遠乗りに行こうと申しますの」と私は答えた。

「最初のうちは、遠乗りも景色が変わって面白いですわ」

「でもインディアンが出ますでしょう」

「インディアンはそんなに出るのですか」

私は心配して聞いた。

私より五才くらい年上の女性が、「私の時は、三、四人でしたから難を逃れましたけれど、恐ろしかったですよ」

「まぁ、どうしたらいいのでしょう」

「あの、ボーイ・ジェネラルと、ご一緒なら大丈夫でしょうが」

そういってまた皆が笑った。

私は、八か月前の結婚式での集まった人々の熱狂を覚えている。しかし、軍人の間には、温度差があるのだなと思ってしまうのだ。夜も随分と更けてから、やっとお開きになった。

私は、オーティの隣に体を横たえながら、ご夫人方との付き合い方がこの後大変になりそうと、ぐちをいってしまった。その時、オーティは私を褒めてくれたのだ。嬉しかった。やはりオーティと一緒なら、やって行かれると思った。オーティは、

「外は何の音もしないのだよ。官舎といっても丸太小屋だ。大きな声を出すんじゃないよ。皆に聞こえてしまうからね」と笑いながら囁いて、私を抱きしめた。

こうして、オーティと秘密を持つことは楽しかった。私は寝間着の衿をかみしめながら、オーティの愛撫に耐えた。外は静まりかえって、虫の音もしないのだった。

こうして、慌ただしくも砦の一日目は終わった。

私は夫の仕事に支障がないように、夫のいない日中に、出来うるだけ、不自由のない日常が送れるように、引っ越し荷物を片付けることに心をくだいた。足りないものもあったけれど、我慢するしかなかった。アイロンは見つかって、まず最初に、夫の軍服にアイロンをかけた。

そして夫人達の名と、その夫の階級、趣味などを覚えておくこと、東部の社交界と同じことをしなければならなかった。そんなことは、たいして大変なこととは思わなかった。新入りとして大人しくしているように見せて、時々役に立ってみせればいいのだから。

慌ただしい中で日は過ぎて行った。砦に着いて十日程したある晩に、夕食の用意が三人前してあった。

「あら、誰かお客様がみえるの？」

「旦那様が、朝食の後でお命じになりましたので」とコックがいう。

「そうなの、聞いていなかったわ、どなたかしら」

時間になると、夫が例の少女を連れて現れた。すっかり忘れていた。しかもどこにいたのか姿も見かけなかったのだ。

「さぁ、姉様に挨拶をおし」

「こんばんは、リビィさん」

愛想のない娘だ、まだ十七才には間があるように見える。

「髪がボサボサだぞ」

「顔を洗って、これでも髪をくしけずって来たよ」

私達は席に着くと、夕餉の前の祈りを捧げた。少女は小さな声でしっかりと、きちんと手を組んで祈っていた。

少女は、椅子に半分ほど腰かけて、食事中も背を伸ばして、

テーブルマナーも様になっていた。こんな砦に住んでいながら、どこかでしっかりとした躾を受けていたのは確からしかった。

スープも、音を立てずに食した。料理の皿が進むごとに、台所はいつの間にか、夫と少女二人だけの世界に入ってしまって、私はまるでのけ者になっているのに気づいた。

「オーティ」と私は呼んだ。

二人は夢中で話し合っている。

「オーティ」と今度は、もっと大きな声で話しかけた。夫は、私の声に気づいて、

「やぁ、馬舎の当番のことで話していたんだ」と、明らかに言い訳をした。その後は、今日のあった出来事を、私に話して聞かせて食事は終わった。

「わぁ、食後に甘いものがあるって素敵だね」と少女が、ケーキを見て華やいだ声をあげた。まだ子供なのだと思った。

夜ベッドの中で、両手を頭の下に組んで枕にしながら、オーティは、「ジェニーのことを君にいわなかったのは悪かったと思っている。あの子は妹といっても養女なんだ。修道院にいた後、ちょっとわけがあって、ずっとここで暮らしている。男共の中で育って来たから、がさつになってしまった。出来るなら君に女として教育をして欲しいんだ」

「今おいくつなんですの」

「もうすぐ十七才になる」

十七才、もう結婚してもいい年ではないか、とてもそんな年には見えない。

「私、どのようにお付き合いをしていったらいいのか、わかりませんわ」

「君の出来ることからでいいから」

「そんなことおっしゃっても、私には妹はおりませんもの。なぜ、ジェニーさんのこと、話して下さらなかったのですか」

「君と結婚して嬉しくて、忘れていたんだよ。私は君が全てだったから」

こういわれて、私がどうして反論できるのだろう。なぁなぁのうちに、この奇妙な三人での生活が不本意ながら始まってしまったのだった。

馬をよく使うジェニーさんは、夫と少しでも暇が出来ると遠乗りと称して出かけてしまう。馬に乗れない私は、留守番するしかない。オーティは、私も乗馬を習って、一緒に遠乗りに行こうと誘ったではないか。私は、オーティに馬に乗りたいとねだった。しかし、夫は仕事が忙しいから私の乗馬の練習には、なかなか時間がさけないという。そういいながら、ジェニーさんとは遠乗りに行ってしまうのだ。

私はベッドの中で、ジェニーさんと遠乗りに行けるのに、私の乗馬の練習がなぜできないのかと、涙を浮かべて訴えた。夫は驚いて、馬に乗れるようになるには時間がかかるのだ。ただでさえ新入りで目立つ私に、つきっきりで教えるのは難しい。けれど、今度遠乗りに行く時は、同じ馬に乗って一緒に行こう。

お前がそんなに寂しい思いをしているとは、気づいてやれなくて申し訳なく思う。今度の約束は必ず守るから許して欲しいといってくれた。これで私も、遠乗りというものに夫と一緒に行けるのだと楽しみが出来た。

ジェニーさんは、すでに騎乗の人である。オーティは、馬にまたがって、片手を伸ばして、私の手をとった。馬は思いのほか大きかった。

「さぁリビィなんでもないことだよ、怖がらずに体の力を抜いて私を信じて手にすがりつくのだよ」といって、私を鞍の前へ引き上げた。初めて乗る、馬の背は思ったより高い。少し怖いと思った。私は乗馬用のスカートを持っていなかったので、簡単な木綿のワンピースを着ていた。

「さぁリビィ行くよ。風を切って馬を飛ばすんだ。楽しいぞ」

砦を出て平地に出るまで、馬はゆっくり進んだ。それくらいは耐えられた。その後、夫は大きなかけ声を出すと馬を飛ばし始めた。ジェニーさんは、それについて来る。私は、馬から放り出されるのではないかと、そのあまりの速さに恐怖して、夫の胸にしがみついて声も出なかった。ジェニーさんが近づいて来て、

「この人、何かおかしいよ」と大声でいったので、夫は馬を止めた。私はなかば失神していたのだろう。夫は先に馬を降りると、私を抱き降ろしてくれた。木陰に寝かされた私は、ジェニーさんの差し出す水筒を受けとって、水を飲んで吐いた。

「リビィ、大丈夫かい。私が悪かったよ、君は初めて馬に乗ったのだものねぇ、怖かったのかい」

「ええ怖かったわ、あんなに早いなんて思わなかったから。私、もう馬に乗れませんわ」と私は泣いた。

夫は困って、これから古参兵を付けるから引き馬から始めようといったけれど、私は泣き続けた。私は馬には乗れない。それは夫と遠乗りに行けないだけでなく、オーティとジェニーさんの遠乗りを許してしまうことになるのだと思うと、悔しくて涙が止まらなかった。夫は私の心を知ってか知らずか、帰りはゆっくり行くから安心をおし、というのだった。

夫は、私を抱きしめながら、ゆっくりと馬を進めた。ジェニーさんは、一人で先に行っては、また私達の所へ戻って来ては、また先に行くを繰り返していた。

どうして、ジェニーさんは、あんなに馬が上手なのと夫に聞くと、あの子には馬しか楽しみがないのだよ、といったのだった。ドレスを着てパーティに出るわけもなく、日中姿を見ないのは、外に出ているからなのだろう。若い身そらで、こんな所にいるにも寂しいのだろうと、その時は同情した。

砦に着くと、オーティは私を抱いて官舎のベッドに寝かせてくれた。まだ胸がムカムカする。帰営に時間がかかり過ぎて、テリーに呼び出されたのだと、後から聞いた。ますます馬のことは遠ざかっていく。私は、夫とジェニーさんが遠乗りに出るのを、指をくわえて見ているしかなかった。しかも、それには、

嫌な噂がついて来てまわるのだった。二人は出来ていると。月に一度か二度の遠乗りの日、私は夜、夫を求めずにはいられなかった。嫌な妻だと自分では思いながらも、夫を信じられない自分がいるのが心苦しかった。砦でこんな日々が待っていようとは、本当に思いもしなかった。

それが始まりだった。二人はキスもしない。夫とジェニーさんとの関係を疑るようになったのは。二人はキスもしない。ただジェニーさんが子供のように夫に抱きつくだけだ。しかし夫はそれを拒まなかった。そして私を一番苦しめたのは、ジェニーさんの美しさだった。男物のブカブカの上着を着て、いつも大きめの帽子をはすにかぶっている。遠目には少年としか見えなかった。

夕食の晩、明かりのもとでその顔を見た時、あまりの美少女ぶりに驚いた。しかも長く伸ばした髪を一つにまとめているのが、夫の使い古しのスカーフだったことが、私の心に毒を注いだ。ただの古いスカーフ一本に、私の窺い知ることのできない、表には見えない二人の持つ何かを感じとったのだ。その日から、私の心の奥底に、闇が棲みついたのだった。

ジェニーさんは、兵隊達の食堂の横にある物置きのような小屋に一人で住んでいた。砦の中央の建物で、夫が忍んでいけるような所ではなかった。それでも私の心は、静まらなかった。

砦に長く住むようなら、官舎を出て新しい家を建てたいと、オーティはいった。私は何もいわなかったけれど、ジェニーさんと同居するのだろうと思われた。今は週に一度か十日に一度夕食を共にするだけだ。けれど、毎日顔を合わせるのは、やはりどうしても承服できないと思ったが、私はきっとオーティに対して嫌といえないだろう。彼に嫌われたくはなかったから。

ジェニーさんは、月に一度一週間程砦を空ける。本当にこの西部の平原に、一人でどこかへ出かけて行ってしまうのだった。夫の酒保に、夫へのつけで缶詰などを持って出て行くのを、オーティはあたり前のように認めて、止めることをしないのだ。夫に心配をかけているのがわからないのかと、初めは思ったが、二人の間には、私など余人が口を挟めない信頼の力で結ばれているのだと、思い知らされるだけだった。

「心配ではないのですか」

「行く所は決まっているのだよ。今では道に迷うこともないんだ。インディアンも見かけないし、何しろジェニーが気に入っている場所なんだ。一人で何をしているのかわからないが、こうして君とも二人きりになれるのだ。心配は何もないんだよ」

オーティにこういわれれば、他に何がいえよう。確かに二人きりになれるのだもの、ありがたいと思わなくてはならないのに、夫のあまりに泰然としている姿は、かえって嫉妬心が燃えてしまうのだ。オーティに、私だけを見ていて欲しいという思いは、望み過ぎなのであろうか。ああ、早く赤ちゃんが欲しい。母は医者もいない西部でのお産を危ぶんでいたけれど、今は一日も早く子供が欲しかった。オーティは、私を愛してくれる、それなのになぜ子供が出来ないのだろう。子供が出来たら、ジェニーさんに負けないのに、と心から思った。
ジェニーさんの十七才の誕生日を祝うことになった。

コックはケーキを焼いて、ケーキ用の蝋燭もないので、細めの蝋燭を一本立てただけの、バターケーキだったが、ジェニーさんは、無邪気に喜んで、蝋燭を吹き消した。夫がプレゼントだといって小さな箱に入ったものを、渡した。そんなものを、夫はいつ買ったのだと思って、ふと思い出したのは、私達に送られて来た結婚祝いの品のことだった。夫はその中から、この日のためにとっておいたのではないかと、思った。東部にいる間中、ジェニーさんのことは、忘れていたと、夫はいっていたはずだ。それをわざわざジェニーさんのために取っておいたとしたら、それは嘘になる。もちろん、それが結婚祝いの品であったかは、わからない。だけど、私は自分の心の狭さに苦しんだ。中身は何であったのだろう、嬉しそうにケーキを食べるこの少女を見つめながら、私は浮べる笑みが凍りつくのを止めることができなかった。

夫も、私とジェニーさんの仲が合わないことを気にしているのであろう、「リビィ、愛してるよ。でもここは野中の一軒家ではないし、街の煉瓦建の家でもないんだ、大きな声を出してはだめだよ」と、いつも冗談まじりで、いいながら、毎日のように抱いてくれる。その時だけが、心の平安を得られる唯一の時間になった。オーティ、オーティ、私の全て、私のことを離さないでといつも願った。

しかし、ここは、戦の最前線であったのだ。まさに、インディアンとの交戦の、真っ只中の日々が始まった。不幸にして死者も出た。怪我をして、砦に送り帰される兵隊も少なくない。将官の夫人の中では、自ら白いエプロンを付けて、そんな怪我人の手当をかって出る人も多い。私も司令官の妻として、出はするけれど、血まみれで、呻きのたうち回る兵隊の近くには、とても寄れない。薬や包帯の置かれたテントに、座っているのが精一杯なのだ。その中でジェニーさんは違った。白いエプロンを血で染めながら、深く刺さった矢尻を、ナイフで取り出すような、医者顔まけのことをしてみせる。人手が足りなくて、皆必死なのだ。だけれど、私は一人動けず、テントの中で震えていることしか出来なかったのだ。

夫はそんな私を、「初めてのことだから仕方がない。無理をする必要もない。だがやがて君も手伝えるようになってくれると、嬉しいのだけれど」と、半分慰めにいってくれた。ジェニーさんのことに始まって、私が想像していた砦の生活は、あまりに遠いものであった。自分の甘さを感じた。オーティさえいればいい、そう思って来たのだけれど、そのオーティも今戦っているのだ。いつ何時、彼が怪我をして運び込まれることもあり得るのだ。私は軍人の妻になったつもりだったけれど、思うだけでは何も出来はしないのだ。あのジェニーさんにも勝てない私は、何の役にも立たないのだ。

ジェニーさんの、誰か手伝ってえ、と叫ぶ声が聞こえた。私は震えながら、その声のもとへノロノロと歩いて行った。

ジェニーさんは、一人の兵隊を押さえていた。私の姿を見て、すぐ足を押さえて、と命じた。

「足の上に体ごと乗っかって」というと、兵隊の上着を脱がし出した。脇腹に焼焦げの穴が開いている。上着をめくり上げると上着よりもっと大きな血まみれの穴が開いていた。思わず私は目を背けた。胸がムカムカする。

「すぐ弾を取り出さなくちゃ、鉛中毒になる」とジェニーさんは、男にまたがって傷にナイフを当てた。兵隊が、叫び声を上げて暴れた。もっと力を入れて、体中で押えてと、私に向かってジェニーさんも叫ぶ。弾は取り出したわ、とジェニーさんはいって、傷口を縫い始めた。傷を消毒してエプロンで手の血を拭くと、兵隊の顔を叩いて、「終わったよ、気つけのブランディだよ。これ飲んだら、頑張って体を起こすんだよ」と、大きな声で兵隊にいった。兵隊は、ジェニーさんが口にあてた、スキットル（酒瓶）から注がれる酒を飲んだ。呻きながら半身を起こそうとする。ジェニーさんは焦れて、私に手伝えという。傷にタオルを当てて、包帯をきつく腹に巻くと、そっと横たえた。そうしてまた兵隊に、「辛いだろうけれど、後は神に祈って、自分の力で頑張るんだ。きっと助かるよ」と強くいうと、もう他の兵隊の所へ駆けて行った。十七才の少女が、今までどんな修羅場をくぐって来たのだろうか。

それでも、結局この兵隊は助からなかった。砦の裏にある墓地に埋葬される時、思いもかけずジェニーさんはソプラノで賛美歌を歌った。立ち合った兵隊が、「仲間に看取られて死んだんだ。ダコタの平原に倒れるより、良かったじゃないか。来るはずもないだろうけれど、身内が来た時に墓があるんだから」としみじみいった。

父が心配した通り、ここは全く私の知り得ない世界であった。私はオーティの無事を毎日祈った。インディアンに遭遇したと聞くと、気が狂いそうになった。私の大切なオーティは、いつも無事帰って来た。それを私は、砦の門の所でいつも待っていて、自分の目で、オーティの姿を見なければ気が済まなかった。そしてある日、馬から降りるのを待って、オーティに抱きついた。オーティは黙って私の手を払いのけた。なぜ、私がこんなに心配しているのに。

夕食の席でオーティは、厳しい顔をして私にいった。「いいかいリビィ。私は第七騎兵隊の隊長なのだよ。何もない時も多い。しかし、先日のように、インディアンとの交戦も起こる。ここは戦の最前線であることは、わかっているだろう。私は大切な部下を亡くし、怪我人も出た。戦いとはいつもそうだ。私は全ての隊員の命の責任を担っているのだよ。君が、私の帰営を喜んでくれるのは嬉しい。しかし今日の君の態度は、私だけの命が無事なのを喜んでいるように見えて、心苦しく思った。君は感情を捨てて隊長の妻であることを、自覚してもらわなければ、ならないのだ」

この日から、私達の甘い新婚時代は終わりを告げたといえよう。その夜、オーティは私を抱かなかった。私は、彼の司令官という名誉を汚してしまったのだ。軍人のしかも上に立つ者の、一番してはいけないことを、私はしてしまったのだ。

しばらく、ぎくしゃくした日々が続いた。夫は、インディアンの出現によって、民間人の護衛に始まって、パトロールにも気配りが必要になって、テリー閣下と意見がかみ合わず、ピリピリしていた。

そんな中で、ジェニーさんは、夕食に来るのだった。会話の中で、この砦こそ正式な医者が必要だと、いった。素人では助かる命も助からないと訴えた。食料ももっと考えられるべきだと主張した。ジェニーさんは、この家でたまさか夕食をとる以外には、兵隊達と一緒の食事をとっているのだ。確かに兵隊を代表しての真剣な意見なのだ。夫もこの時はジェニーさんの話に耳を傾けた。私など、何も口も挟めなかった。日々の命と生活に関わる会話をしているのだ。コックに料理をさせている私に何がいえよう。

インディアンとの交戦も長くは、続かなかった。インディアン側にも大きな被害が出ていたのだ。また落ち着いた日々が戻って来た。夫の機嫌も少しは良くなり、そんな中でも、ジェニーさんは砦を後にして、出て行くのだった。

「このような時に、危なくはないのですか」

「あれが行きたいといっているのだ。私に迷惑はかけないと、わかっているのだろう」と全く取り合ってくれない。それだけ信頼があるのだろうと思うと、先日のオーティの言葉が胸に突きささるのだった。

ジェニーさんは、不思議な存在だ。兵隊ではないが、砦に住んで、時には夫と共にパトロールに出たりする。食事は兵隊と一緒で、皿を片付けたり、兵隊の洗濯をしたり馬屋番もしている。恋人はいないらしくて、いたらどんなにいいだろうと私は思うのだ。自宅での夕食の席で、どうして男物の服を着ているのかと聞いたことがあった。すると、

「ここには女物のシャツは売ってないんだ。私のサイズの上着だと、おっぱいが大きくなっちゃって、ボタンが閉まらなくなっちゃったから、仕方なくこれ着てる」と、スープをすすりながら、平然と答えた。オーティは苦笑いをしている。

「ドレスを着たいとは思わないの」

「馬に乗るのに不自由だから」とぶっきらぼうにいった。まるで野生児である。それなのにお行儀良く食事をする姿が、なんとなくちぐはぐに見える。

私は夜ベッドの中で、オーティに、「なぜ、ジェニーさんは西部で暮らしているのです。あなたの妹さんであれだけの美人なのですもの、東部でもお嫁入りの先は、いくらでもあるのではないですか。私から見ても、お行儀も良いし、何の問題があるのでしょう」

「ジェニーは結婚はしない。理由があるが、君にはいえない。

ジェニーは西部で暮らす、それだけだ」といって、私に背を向けてしまったので、話はそれで終わってしまった。オーティにとって、ジェニーさんを手放せない理由は、いったい何なのだろう、それを夫は私にも話してくれはしないのだ。

私は砦の生活に慣れるどころか、だんだんここの生活に倦んで来たのを感じるのだった。母から、新しい絹のドレスが送られて来ると、心が弾んだ。木綿のドレスを脱ぎ捨てて、夫人達の集まりに、絹のドレスを着て行くのは、晴れがましくて、他の夫人の羨望の目を見るのは楽しくさえあった。こんなに母の愛を感じたことはなかった。夫にドレスを褒めてもらいたくてならなかった。絹のドレスと決別したはずなのに、それを受け入れていない自分がここにいるのに苦慮するのだった。

オーティのことは、誰よりも愛している。けれど今、彼は軍人になりきっていた。私の入り込めない夫の世界があった。それなのに、私の入り込めない世界に、あっさりと入っていくジェニーさんの存在が、私には許せなかった。

私はだんだん、寝つくようになった。朝起きられない。起きられても、日中、些細なことで気を失ってしまう。食欲も失せ、今まで必ず行っていたオーティの寝間の用意までが出来なくなってしまった。私は泣いてばかりいた。

ある朝、隣に寝ていたオーティが毛布から出ようとして、私は抱きついて、「オーティ、行かないで、私を一人にしないで」と半狂乱になってすがりついた。

夫は驚いて私を抱きしめながら、「リビィ、私は出かけなければならないのだよ、仕事なのだ」

「インディアンに出合って、死んでしまうかもしれないわ、行っちゃ嫌、離さない」

夫は私の背中を撫でながら、ゆっくりキスをしてくれた。三十分くらいそうしていただろう。

「リビィ、気を遣ってやれなくて悪かった。君は一人で寂しかったのだね。やはり東部育ちの君は、西部の暮らしは辛かったのだろう。私はいつも君のことを思っているんだよ。今日はゆっくりお休み、帰ったらまた話をしよう。誰か夫人の一人に話し相手になってくれるように頼んでみるから」

そういって、私と話したために時間をくって、朝食もとらずに出かけて行った。

そして約束通り、年かさの夫人が果物の砂糖漬けを手土産にやって来てくれた。

「おかげんはいかが」と夫人が声をかけてくれると、私はたまらず、大声で泣き喚いてしまった。

「ボーイ・ジェネラルの妻として、気を張っていらしたのね、しかも司令官の妻として甘えも見せられなかったのでしょう。きっと大切に育てられたお嬢さんだったのでしょうから、こんな何もない所で暮らすのは、さぞお辛かったのでしょう」

夫人にそういわれると、全くその通りなのだ。夫といられたらそれで十分だと思っていたのに、と私はやっとの思いでいった。

「私の父は軍人だったの。こんな最前線ではなかったけれど、子供の頃砦に暮らしたこともあるのよ。その後は私達の教育のために母は東部の家で、父は外での生活が長かったの。父がいなくて寂しかったわ。でもそれが軍人の家族の生活なのよ」

「私、夫がいればそれで何もいらないと思ったのですの。考えが甘かったんですわ」

「さくらんぼうの砂糖漬けを持って来ましたの、紅茶でいただきましょう」コックを呼んで紅茶を入れさせた。

「クッキーもありますわ、よろしかったらどうぞ」

私は話を聞いてもらえて、心が少し落ち着いてくるのを感じた。私は一人で悩んでいないで、もっと早く、これら先輩の夫人達に話を聞いてもらえばよかったのだと思えた。しかし、私一人では、こんなことは恥に思えて口を聞くことはできなかったとも思うのだった。

夜、オーティは約束通り、私の目を見て話を聞いてくれた。一人で寂しいこと、どうしていいかわからないこと、耐えられると思っていたのに現実に砦の生活をしてみて、いかに自分の考えが甘かったかわかったこと、そして最後にジェニーさんのようにあなたに甘えられないことを、泣きながら語った。

夫は何もいわず私を抱きしめて、頬にキスをしてくれた。

「リビィ、しばらく東部のご両親の元へ帰ったらどうかな。私は、今の生活を変えるわけにはいかないのだ。忙しい。君の望むような生活をさせてあげることはできないと思うのだよ。ジェニーのことは、どうにもならない。申し訳ないと思うけれど、我慢してもらうことしかできないのだ」

私は声をあげて泣いた。「一人で東部へ帰るなんて出来ない。あなたと離れるなんて絶対に嫌。そんなこといわないで、別れるくらいなら死んでしまう。あなたが私と一緒に東部には来られないの？」

「そんな無理をいわないでおくれ。今の状況がどうなっているか君にはわからないだろうが、君が泣いても、私は何もしてあげられないのだ」

オーティは、疲れているだろうに、私の愚にもつかない話を延々と聞いてくれた。私は少し気が晴れた気がした。そうオーティにいうと、優しい微笑みを浮かべて、納得をしてくれたらいいのだろうがと、優しく私の体を撫でてくれるのだった。

迷い

私とオーティは、二人して東部に帰る汽車に乗っている。私の左手首には、包帯が厚く巻かれている。話し合った翌日、私は手首を切って、自殺未遂を起こしたのだ。さすがに夫は、これまでと察して、三か月の休暇を無理にとったのだ。

私はオーティの胸にもたれかかって、心臓の音を聞いていた。私は夫を、自分のものに出来たことが嬉しくてならなかった。

昼食の盆を持ったコックが、寝室に入って来て、血まみれの私を見つけたのだ。それなりに年を経ているコックは、まず私の血止めをして、すぐにテリー司令官夫人の所へ行った。夫人はすぐ来て、医者を呼ぶコックに口止めをした。しかし、噂は人の口に戸を立てられなかった。たちまちカスター夫人の自殺未遂の話は、砦中に広まった。

夫は、テリーに呼び出された。二人の間にどのような話が行われたかなど、私はどうでもよかった。砦における夫の立場などもどうでもよかった。私は、この砦から出たかったのだ。私は悪い妻だ。これでジェニーさんとも縁が切れる。オーティは私だけのものなのだ。傷の痛みなど何でもなかった。ただ早く、実家に帰り着きたいだけだった。夫は無言で私を抱きしめている。きっとその時、私は心を少し病んでいたのであろう。周りのことが何も見えてはいなかった。オーティと一緒にいたい、今その夢が叶った。私は何よりも幸せであった。

夫は、駅で電信を打って、実家に二人して帰ることを伝えてある。私は母が送ってくれた絹のドレスを着ている。慌ただしい出発の中、ジェニーさんの姿を見なかった。私は夫がジェニーさんをついに捨てて来たのだと思えて、至極満足であった。

汽車の中で夫は全く寡黙であった。ただ食事の好みと、時おり飲み物が必要ではないかと聞くだけであった。会話はなかったけれど、夫は人前でもしっかりと私を抱きしめていてくれた。それだけで、私は癒された。夫は私のことだけを考えていてくれているのだと、信じて疑うことがなかった。その時の私には、夫が私以外のことを考えているなど思いもしなかったのだ。

夫が第七騎兵隊の隊長であったこと、この頃またインディアンとのいざこざが、絶え間なくなって死傷者が出たこと、全て汽車が東部に近づくにつれて遠いものになっていった。私が砦にいたのは一年と半年程だった。もう戻るまい、と思った。

懐かしい実家に着くと、応接間にすでに両親と兄夫婦がいた。私は駆けていって、母親の胸で泣きじゃくった。父親は、夫を前に、「君は私に誓ったはずだ。娘を守ると。それがなんということをしてくれたのだ」

父は、私の左手の包帯を見て、「君には失望したよ。このまま この家を出て行ってくれていいのだよ」ときつくいった。

私は父のその言葉を聞いて、大声で泣き叫んだ。

「嫌、オーティと別れるのは嫌。彼は私を愛してくれているのよ。だからこうして私と一緒に帰って来てくれたのよ。別れるなんて出来ないわ」

父も私の様子が普通でないと思ったのだろう。

「わかったよ、リビィ。静かにおし、お前の好きにすれば良い、誰か、気付けのブランディを持って来てやっておくれ。それとも温かい紅茶の方がいいのかい」と優しい声でいった。

「大切な娘さんを傷つけてしまったことを、申し訳なく思っています。全て私の不徳の致すところです」オーティは、そういうと、後は黙っていた。

すぐ医者が呼ばれて、私の傷を見た。

「ためらい傷が二本と大きな傷が一本あります。血は流れたでしょうが、動脈まで達していませんから、たとえ発見が夕方であっても、命に別状はなかったでしょう。傷跡も一年もすれば目立たなくなるでしょう」といって、消毒して包帯を巻いて、心の病の方は専門家を紹介するから、その者と相談するのが一番良いだろうといって帰って行った。両親とオーティとで、その話し合いはなされたのであろう。しかし母親は、私の入院を拒否したのだと後々に聞いた。私を抱きながら長椅子に共に座ると、子供の頃のように私の髪を撫でながら、

「こんなに髪が傷んでいるし、なんて日焼けした肌でしょう。明日からサロンに行って、綺麗になりましょう。新しいドレスも作りに行きましょう。ローラさんが一緒に行って、見立ててくれますよ」

「ええリビィさん、素敵なドレスを作りましょう。わくわくするような新しいデザインが沢山ありますわ」と義姉も、本心はわかりはしれなかったけれど、優しくいってくれて、心が和むのだった。なぜ、ジェニーさんとは、この義姉のように付き合えないのだろう。そうすれば、女同士、いくらかでも砦の生活が楽しくなったであろうに、あそこには苦しかなかった。

私達には客間があてがわれた。母は、私の自室がまだそのままなのだから、そこを使ってはどうかといったが、私がオーティと離れるのは嫌だといい続けたので、客間になった。

翌日から母と義姉と連れ添って街に出かけた。美容院へ行って、香りの良いシャンプーで洗髪してもらうだけで、夢心地になった。

「まだお若いから、この日焼けは治りますわ。でもこれからはこのように日に焼けてはいけませんわよ、染みになってしまいますから」と店主は、私の顔にクリームを塗って、パックをしてくれるのだった。着道楽のローラは、洋装店で衿の形からレースの付ける位置まで指示して、私のドレスのデザインを考えてくれる。包帯が取れる時になって、母が金の時計と傷を隠す少し太めの金のバングルを買ってくれた。

「お母様、こんな高価なもの、贅沢過ぎるわ」

と私はいったけれど、母は、「今まで苦労したんですもの、そのご褒美と思いなさい」といってくれるのだ。

私達が出かけている間、オーティは父の書斎から本を出して来ては、与えられた客間で、一人読書にふけっているのだそうだ。紙とペンを所望して何か書いているとも聞いて、私はすぐジェニーさんに手紙を書いているのではないかと、邪推して、夜夫に何を書いているのか見せて欲しいとねだった。

「君の興味を引くとも思えないが」といって夫は、書きかけの書類を見せてくれた。それには、新しく納入される銃についてとか、戦いにおける兵隊の位置など、司令官としての仕事が記してあって、私は、自分の浅はかさに赤面するのであった。

実家に帰って、娘時代のような贅沢な生活に戻ったけれど、この家に帰ってから、オーティは私との交わりをしてくれない。

両親は、私の傷が治ると、よくパーティを開くようになった。ボーイ・ジェネラルとして高名のオーティを見るために、お客はよく集まった。夫は、私は無骨者だから戦いの話しか出来ないがと、いつも前置きをして、お客の望みに応じて南北戦争の話から、インディアンとの戦についてまで語った。女性客から、戦いに参加されて、恐ろしくはありませんの？との問いに、ここでは、弾も矢も飛んで来ませんからと、真面目な顔をして答えるのだが、お客からは笑い声が響いた。私の脳裏に、血まみれでのたうちまわる兵隊の姿が思い出されていた。皆、オーティが軍人であることを理解していないのだ。私がその中で一番オーティのことを理解していなかったのだ。

パーティは盛会で、オーティの話を皆聞きたがった。両親は、そんなオーティの隣に、新しいドレスを着て、招待客の中心になっている私に、満足しているように見えた。両親にとっては、そういう結婚を私に望んでいたのだ。

ドレスを作りながら、ご主人様の奥様に対するお好みのお色は何でしょうと聞かれて答えられなかった。思い出すのは、いつも砂除けに巻いている赤いスカーフのことだった。

「彼は赤が好きだと思いますけれど」

「まぁ、赤いドレスは奥様にはお似合いにならないと思いますけれど」私は、オーティのそんなことも知らないのだ。

二か月も暮らしていて、突然ジェニーさんから手紙が届いた。女中が、若旦那様にお手紙が届いていますと銀の盆に乗せて持って来た。オーティは一目見て、中身が見たかったら君が開けてもかまわないよと、いったのだ。私は、開けてみたくてたまらなかったが、夫のこの態度に、「あなた宛てですもの、なぜ私が開けられますの」というしかながった。

夫は手紙をとると、書き物机に座って、ナイフで封を切って読み始めた。読み終えると私の方を向いて、読みたかったらどうぞ、君のことも少し書いてあるよ。と手紙を渡してくれた。

〝兄様いかがお過ごしですか。急ごしらえの司令官の新任のローバーは、厳しい人ですが、それでも第七騎の兵隊に苦戦しているように思えます。パトロールで、インディアンと遭遇することも多く、残念ながら戦死者が二名出ました。身内は不明です。地の果ての砦ですから、ここまで流れて来て身内がいる者の方が少ないのは悲しいことです。待望の医者が来ましたが、学校を出て間もない新人なので、重傷者を見て怖気づいてしまい、役に立ちません。ワシントンは何を思って、あんな医者を送って来たのでしょう。砦に来たくらいだから、それなりの覚悟をして来たのでしょうが、現実を甘く見過ぎていたのでしょう。早く慣れてもらうしかありません。テリー司令官は諦めているのか、もう何もいいません。リビィさんは、その後傷の様子はどうですか。傷跡が残らないといいけれど。私と違って、良い所のお嬢さんだから、きっと皆さん心配して、いることでしょう。兄様、帰る時、荷物にならなかったら桃の缶詰と、板チョコをお土産に買って来て下さい。ローバーが私が民間人だから、むやみに外へ出ては駄目だというので、困っています。思いっきり遠乗りがしたい、ジェニーより〟

私は読み終わると、夫に手紙を返した。他愛のない文章に見えて、新人の医者のことは、私自身のことをいわれているように思えてならなかった。休暇が終われば夫は、桃の缶詰とチョコを買うのだろう。休暇は三か月のはずだった。夫は砦に帰ってしまうのだろうか、私はその時どうしたらいいのだろう。砦には帰りたくなかったが、オーティとは絶対に別れられないと、休暇が終わる日が来るのを心配するのだった。

しかし四か月目に入っても、オーティは砦に帰るといい出さなかった。両親も何もいわず、相変わらずパーティの日々が続いた。五か月目に入っても、オーティは何もいわなかった。私が望んでいるというのに夜の交わりはなく、おやすみのキスをすると、夫は本を読みながら眠ってしまうのだった。砦には戻りたくはなかったが、オーティとの間がこのままで良いのか、妻としてもの足りなく思うのだった。

ある晩の夕食の時に、父の口から答えが出た。

「明日からカスター君は、弟のトム君と共に、カスター商会の社長になることに決まった。リビィ、お前は社長夫人になったのだ」

「何のお話でしょう」

「カスター君は、軍人を辞めて、軍に食料を納める会社を作ったのだ。リビィお前は何の心配もなくなったのだよ」

私は驚いて、オーティに聞いた。「オーティ、あなた騎兵隊をお辞めになったの？」

「リビィ、君は砦に戻りたくはないのだろう。それならば、私が折れるしかないではないか。父上に色々とご助力を得て、会社を作ることが出来たのだよ」夫は淡々と答えた。

砦に帰らないで良いのは嬉しかった。しかし夫が、私に黙って軍隊を辞めたのは、妻としての私の立場を思うと、一言相談があっても良かったのにと私の勝手とはいえ釈然としなかった。きっと父が、夫に責任を取れと迫ったに違いないのだ。夫はなにより苦悩したのだろう。私がドレスだ美容院だと浮れている間、夫はたった一人でこんな大きな決断をしたのだ。しかしもうパトロールに出る夫の、無事を祈る日々は、なくなったのだ。嬉しいといえば、オーティが軍人を辞めたのは何より嬉しい。しかしこれで良いのかと、思う心もあるのだ。

夜、ベッドの中で、何も知らないでいて、ごめんなさいと謝った。父がさぞ無理をしたのでしょう、というと、オーティは、君の笑顔が戻れば、それで良いんだよといった。私は勇気を出して、今夜こそ抱いて下さいと小さな声でいった。オーティは静かな声で、リビィこの家にいる間は申し訳ないが出来ない、わかっておくれといって、本を手に取るのだった。オーティにも悩みはあるのだ。実家で何不自由なく過している私に比べて、夫は一人なのだ、自分のことにかまけて夫の、そんなことも理解してあげられていなかったのだと思うと急に夫のことを思った。こんな時ほど私はオーティに抱いて欲しかった。

私はそれでも数日悩んで、ついに母に相談する決心をした。母の部屋で、この家に越して来てから、夫婦としての生活が一日もないと切り出すと、母親も驚いて、なぜもっと早くにいわなかったのと、いった。

「早くいったからって、オーティの気持ちは変わったかしら」

「だってお前、結婚して何年も経ったわけでもないでしょう。今までもずっとそうだったの？」

「子供が欲しかったし、砦で一緒にいられる時間は、その時しかなかったの。恥ずかしいけれど、私から求めることも多かったのよ」

「それで、旦那様は、応じてくれたの」

「ええ毎回必ず、いえ一晩だけ拒まれた日があったわ」

「忙しい方だったのでしょう、仕方がないではありませんか」

「違うのです、その日私は彼の司令官としての名誉を傷つけたのです。その時からでなく、砦に着いてから私、彼の立場を全く理解していなかったのです。オーティはそんな私を、妻として懸命に認めようと努めてくれていたのだわ」

「そうだったとしても、彼も軍人を辞めたのです、あなたを放っておいていいわけはないわ、父上に相談してみなければ」

「お父様にはいわないで、またオーティに無理をいうに決まっているわ。彼は何もいわないけれど、追い詰められているんだわ。私達がこの家を出れば良いんだわ」

「そんなこと、お父様がお認めになるわけないでしょう。お前が戻って来てくれたことを何より喜んでくれているのですよ」

オーティは朝食を家族と共にすますと、仕事に出かけて行く。私の頬にキスを一つして。日中の仕事とはどのようなものか、私は知らない。オーティは、夕食までに帰宅して夕食をとると、客間に引き上げて、仕事の続きをしているのだろう、書き物机に向かって、ペンを走らせるのだった。

私は実家の居心地の良さに、オーティと二人きりで過ごすことも、ほとんどなかった。

父は、カスター君の人脈で、仕事がことのほか上手くいっていると、喜んで語ったことがあった。それがオーティの本意なのか私にはわからなかった。これは、私が砦で苦悩したことを、オーティに押し付けているのではないかと、私は心配するのだった。夕食の席で、父が満面の笑みを浮かべて、今日は大きな商談が決まったそうだが、といった時も「義父さんのお力添えの賜物です」といっただけで、後は何の自慢話もしなかった。

家族の者皆オーティが、元軍人であって寡黙な人間であると思っているのだ。しかし、以前のオーティはそんなではなかった、私にはにかむような笑みを浮かべて、冗談をいう人だったのだ。私達は今、名だけの夫婦でしかなかった。

「懐かしいミシガンのおうちはどうなっているのでしょう」

結婚式を終えた後、たった八か月間だけだったけれど、二人きりで、一生この幸せが続くと思えた、淡い夢のような日々を過ごした、小さな家だった。

「あの家に帰りたいわ、今どうなっているのでしょう」

「きっと誰かが住んでいますよ。あんな家が何というのです、お父様がお許しにはなりませんよ」

「いいえ、あの家なら、私達もう一度やり直せると思うの。あの家で、オーティは毎日私を愛してくれたわ。オーティも同じ気持ちになってくれると思うわ。私、赤ちゃんが欲しいの。それだけじゃなくて、私オーティに力いっぱい抱かれたいのよ」

「何とはしたないことをいうのです。でも子供のことは考えなくてはならないわ。どうしたらいいか、私も考えてみますわ」

「オーティに、私達の交わりがないこと問い詰めたり絶対にしないでね。彼にも思うことがあるのよ。絶対にね、お願いよ」

しかし、母は父と相談をしたに違いないのだ。しばらくして、母親から医者に行ってみる気はないかと聞かれたのだ。

「殿方は、時にはできなくなることがあるそうですよ。お医者様に行くには早い方がいいと聞きました」

「なんてこと、オーティにはとてもいえはしないわ。彼の自尊心を傷つけてしまうでしょう。そんな所へ行くくらいなら、今のままでいいわ、少なくとも彼は私の夫でいてくれているのですもの」

私は泣いて母を責めた。オーティは意志の人だ。その彼が、この家では、私と交わりをしないといったのだ、その決心を覆すことはないはずだから。

父親がきっと手を尽くしたのだろう。私達は、ミシガンの家に移ることに、急に決まった。ただし家には少し手が加えられていて、小間使いのリリーと、女中のカーラが住む部屋が出来ていた。私は数枚の木綿のドレスだけを持って引っ越した。

最初の夜、オーティは久方振りに私を抱きしめて、「今君を抱きたいと思うけれど、少し待ってくれるかい」といってキスをしてくれた。

「私待ちますわ、だってあなたの妻ですもの」といって、恋人時分に戻った気がした。

やがて久し振りに肌を合わせた時、私はその快感に思わず声を上げた。きっと今夜赤ちゃんが出来たと思った。それからは、私はオーティに抱かれることが奇跡のように思えて、全ての恥じらいをかなぐり捨てて、オーティの愛撫を体中で受け止めるようになった。はしたない妻だと思われはしないかと思っていた遠慮を捨てると、こんなにも楽しいのかと、この事を行なえなかった日々が残念に思えるのだった。夫は、変わった私を受け入れてくれて、早く子供が出来るといいねといった。きっと赤ちゃんは出来る。私はこんなにも愛されているのだもの、そう思わずにはいられなかった。

再び平穏な日々が過ぎて行った。

そんな時、ジェニーさんからの手紙が、実宅から転送されて来た。どこかで住所の部分が汚れてしまったらしく、とても時間がかかって実家に届けられたらしい。私は日中に届いたその手紙を居間のテーブルの上に置いて、長いこと眺めていた。やっと、オーティと落ち着いた暮らしが始められたのに、それを引き裂くような、この手紙が届いたのが恨めしかった。破いて捨ててしまおうか、暖炉の火で燃してしまおうかとも思った。それどころかもとから届かなかったと、しらを切ってしまおうかとも思ったのだ。しかし私は、夫が仕事から帰って来て、キスをすると、夫の首に手を回しながら、ジェニーさんからの手紙が届いてましてよ、というしかなかった。

夕食の後コーヒーを居間で飲む習慣になっていた。カップを手に、夫はジェニーさんの手紙を取り上げた。

「宛名が汚れていて、随分と時間がかかって実家に届いたようですわ」

夫は黙って手紙の封を切った。そして静かに文面に目を落した。

私は、夫がこのようなもの二度と用がないからと、封も切らずにゴミ箱に投げ入れてくれたらどんなに嬉しいかと思っていることを、知って欲しかった。ジェニーさんは、どこまで、私達につきまとうのか、その疎ましさに辟易してしまう私を、はしたないとも思うのだった。

〝愛する兄様。桃の缶詰木箱いっぱい送って下さってありがとう。あまりに沢山なので、半分を酒保に売って、小遣い稼ぎをしました。ローバー司令官は少し慣れて来ました。医者は、母親からの手紙に泣いていましたが、まだ辞めないので、皆安心しています。テリーから、兄様のこと聞きました。人にはそれぞれ人生があるのだと思います。ジェニーは一生西部で暮らすのでしょう。たまに思い出して、手紙を下さったら、嬉しいです。新しいお仕事上手くいくように祈ってます。あのトム兄さんと一緒なら大丈夫でしょう。それからお土産に頼んだ板チョコを忘れていませんか。待ってます。ジェニーより〟

私は渡された手紙があまりに簡略なのに驚いた。夫が軍隊を辞めたことを何とも思ってもいないのだろうか。もしかしたら、もう二度と会えないかもしれないというのに、板チョコの方が大切な書きぶりだ。やはり私には、どうしてもジェニーさんのことを理解出来ない。

夫は、私が渡した手紙を封筒に入れると、冷めたコーヒーを飲んだ。

「今からチョコを送ったら溶けてしまうだろうか」と聞くので、

「もう少し涼しくなってからの方がよろしいと思いますわ」と私も、相槌を打つしかなかった。いつ桃の缶詰を送ったのだろうか。そんなことすら気になるのだった。

夫はきっと返事を書いたのだろう。二か月に一度くらい、ジェニーさんから手紙が来た。

ある時、書き物机でジェニーさんからの手紙を読んでいた夫が、珍しく声を出して笑っている。

「どうなさいましたの、楽しそうなこと」

「ああ、あのジェニーについに女の子の友達が出来たそうだ」

「まあ、新任の将官の方が、ご家族をお連れにでもなられたのですか」

「まぁ君も読んでみたまえ、ジェニーらしいことだよ」

〝愛する兄様。凄いお知らせがあります。ジェニーに、とうとう女の子のお友達ができました。名前はサムの奥さんといいます。奥さんなのに、女の子なのだそうです。背は高くて、二メートル近くあるので、ジェニーを肩車できます。先月砦に来ました。大切にとっておいた桃の缶詰で仲良くなりました。サムの奥さんはパイを焼くのが得意です。酒保の桃缶はすでに売り切れていたので、私ならまだ持っているかもしれないと教わって来たそうです。美味しい桃のパイでした。美味しいといったら、とても喜んでくれてお友達になりました。一緒に湖にも行きました。二人で水浴びをしました。サムの奥さんは、私のおっぱいが小さいから、結婚した殿方は残念がるだろうと、失礼なことをいうのです。そのくせ、この小さいおっぱいでもいいから欲しいわぁというのです。変ですよね。サムの奥さんには胸毛があるのです。でも女の子なのです。私達はとても仲良しです。夕食の後は消灯まで話をします。こんな楽しい日が来るなんて思いもしませんでした。テリーが、ローバーにいって、私が出かける時のお守りにつけてくれることになりました。サムの奥さんは自分が認められたことがとても嬉しいようです。そんなことで、ジェニーは今とても素敵な日々を過ごしています。兄様一度見に来て下さい。待ってます。お友達の出来たジェニーより〟

「この方、いったい何なんですの」

「体は男だが、心は女の人間だよ。些にはそんな人間が流れてくることがあるのだよ。ジェニーが女の子の友達というのだから、私は安心したよ。あれも寂しくなくなったろうから」

「そんなものでしょうか、私はかえって心配になりますけど」

「ジェニーが、湖にも連れて行ったのだ、友人になった印だよ」

夫は機嫌が良い、私には信じられない話だ。やはりジェニーさんのすることは理解できないと思うのだ。それを許す夫の気持ちもいま一つわからなかった。

夫は朝食後、私を抱きしめてキスをすると、馬車に乗って仕事に行く。夕刻には戻って、共に夕食をとって、他愛のない会話を交わして、夜になると、さすがに新婚当時のように毎日はないけれど、それでも週に一、二度は、その大きな胸で抱いてくれる。私は日中は、ドレスを作ったり、編みものをしながら、ひたすら赤ちゃんが訪れるのを待っているのだ。小間使いのリリーと、女中のカーラ夫人にコックがいるから、家事は何もしない。夫は、君が指を荒すことは必要ないよと、いってくれる。カスターの名を慮って、特に近所付き合いもしないから、訪れる人もないけれど、私は寂しくはなかった。この家は、夫と、二人だけの家なのだから。

しかし、平穏な日々は、そんなに長くは続かなかった。夫の名に信用を得て、仕事は上手くいっているはずであった。仕事のことを滅多に口にしない夫が、珍しく、戦地にある兵隊にまっとうな食糧を配給する義務を、私は担っているのだよ、と語ったことがあったのだ。万に一つ、夫の仕事に不正はないと、私は思ったのだったが、それが起こってしまった。原因は、義弟のトムにあった。彼も不正をするつもりはなかったはずだ。しかし利益を上げることに熱中していたトムは、今まで付き合っていた商人を切って、全く新しい商人と付き合い出した。最初は、値段以上の良い品を届けて来て、トムの信用を得た。見本に持って来たコーヒーには、他の商人が嵩を増やすためによく行う小石を入れることもなく、まっとうなコーヒー豆であったそうだ。それで、トムは行軍用に大量に発注した。そのコーヒー袋には、コーヒー豆は一粒も入っておらず、代わりに小石が詰まっていた。全ての袋がそうだったのだ。商人は、代金を受け取ると姿を消した。トムは時間をかけて騙されたのだ。しかしそんなことは、言い訳にはならなかった。

夫は、ワシントンに行って、幾晩も帰らない日々が続いた。審問会が開かれるとの噂がたった。しかし一度落ちた信頼は戻せなかった。他にしていた仕事も全て切られて、夫はついにカスター商会を閉めた。

夫はきっと寝ていなかったのだろう。疲れた顔をして、私の両肩に手を置くと、

「申し訳ない。私は君を幸せにすることはできなかった」といったのだった。

「私、あなたと二人だったら、他に何もいりませんわ」といったけれど、夫は私と実家に行って、両親の前で、「私には、商人は向かないことがわかりました。私は約束を果せませんでした。お嬢さんをお返しいたします」といって、一人で去っていった。

私は彼の後を追おうとしたけれど、父の「彼は男らしい人間だ。今後を考える時間も必要だろう、一人にしておあげ」という言葉に、とどまった。

母は、小間使いのリリーと、ドレスを作りに行こうとか、ホテルでお茶をしようとか、私の気持ちを引こうとしてくれたけれど、私は少しも楽しくはなれなかった。私は彼が迎えに来てくれる日を待った。けれども彼は来てくれなかった。私は、とうとう我慢出来なくなって、「私達は夫婦ですわ、彼が苦しんでいる時その妻の私が彼を助けてやらなければ、誰がそれを出来るというのでしょう。私は行きますわ、元々は私の我儘で始まったことですもの。私が今彼に出来ることは何でもしてあげたいのです。私はあのミシガンの家に帰りますわ」と両親の前でいった。

「子供もいないことだし、このまま別れた方が良いのではないかと思うのだが」

父が、それでも私に気を遣っていっているのがわかったが、「私は神の御前で、死が二人をわかつまで、一緒にいると誓ったのです。行かせて下さい」といいきった。

母はせめてこれは持って行きなさいと、新しく出来上がったドレスをトランクに入れてくれた。

ミシガンの家にオーティはいた。日中だというのにテーブルには酒瓶が出ていた。女中に聞くと、あれからずっとそうなのだというのだ。私は夫が深酒をする姿を初めて見た。夫は私の姿を認めると、

「やぁ、お嬢さん。楽しい実家に帰ったのではないですか。こんな所にいても、良いことは何一つありませんよ。早くお帰りになりなさい」というのだった。

「オーティ、私はあなたの妻ですわ。あなたをこんな姿にしてしまったのは、私のせいですわ。私あなたに何がしてあげられるでしょう。出来る限りのことをしなければならないのですわ」

私は嫌がるオーティを風呂に入れて、伸び放題だった髭をあたって揃えた。

そして彼の好物を作らせて一緒に食事をした。夜ベッドの中で二人抱き合って眠った。夫は、子供が母親の乳房を求めるように、私の胸に顔をうずめるのだった。あの、ボーイ・ジェネラルをこんなにしてしまったのは、全て私のせいなのだと、心が石にでもなってしまうような後悔の念が心を巡るのだった。

こうして、オーティがだんだん落ち着くのを待って、私は行動を始めた。母が持たせてくれたトランクから、なるべく清楚で正式な服を選んで、単身ワシントンに向かった。始めは門前

払いだった。恥を忍んで、あのテリーにも手紙を書いた。

もう一度、オーティを軍人にして下さいと。名を知る限りの上官に、陳情をしてまわったのだ。軍隊を辞めて二年近く経っているのだった。あのボーイ・ジェネラルの名も通らなかった。オーティの、軍隊復帰は、とても無理ではないかと思えたある日、希望の光がさした。どこから話が繋がったのか、あのシェリバン大将との面会が許されたのだ。私はきちんと髪を結い、薄化粧をして、シェリバンの前に立った。彼は多忙であろうに、私に椅子を勧め、話を聞いてくれた。私が自分の愚かな行いのせいで、心ならずも夫が軍隊を辞めざるを得なかったこと、カスター商会のこと、やはり彼は軍人なのだと今思えることなど、泣くまいと思いながらも、私は涙を流してしまった。

シェリバン大将は、私の話を聞くと、「奥さん、ご苦労をなさいましたな。まもなく吉報が届くことでしょう。さすがに将軍とはいえないが、きっとカスター君の努力次第では、いくらも上を目指せますよ」と、飛び上がって喜びたいことを約束してくれたのだった。今度こそ、私は軍人の妻として全うしようと、帰りの汽車の中で誓った。

大尉の位で、第三騎兵隊への復帰の命令書が届いた時、私達は手を取り合って喜んだ。

「本当に君のおかげだよ」

「いいえ、私だけではありませんわ。どなたかが、あなたの力を惜しまれて、あのシェリバン大将へお力添えをして下さいましたのよ」

シェリバンの名が出た時、一瞬夫は目をそらした気がしたが、気のせいであろう。夫はその日から、鈍った体を鍛え始めた。そしてその晩、本当に久しぶりに愛を交わした。私はオーティについて行く、もう絶対に離さないと思うのだった。

第三騎兵隊に配属されてすぐ、私は初めての行軍を、夫と共にすることになった。馬に乗れない私は、幌馬車に乗せられて、夜は小さなテントで、オーティと休むのだった。そして行軍の最後の晩、他のテントの火が消えたのを確認して、互いの顔がやっと見える程ランプの火をおとして、小さな硬いベッドで、そっと愛を交わした。私はまた軍人の妻になったのだ。

第三騎兵隊の生活は、ほとんど三月も経たず、突然第七騎兵隊への復帰が決まった。しかも中佐の待遇でである。夫はきっと私には何もいわないけれど、古巣へ戻ることに期待していることだろう。しかし、私は、まさかこんな早く、砦に戻るとは思わなかった。また戻らないで済むように、祈ってもいたのにと、心が重く沈んだ。しかし、それを夫に見せることは決して出来ないことだった。夫の軍歴に傷をつけたのは、この私だからだ。しかし砦には、あのジェニーさんがいるのだ。義姉として、心して付き合って行かなければならないのだ。

夫は私の顔を見て、「あのヘイズ砦に戻るのだよ。嫌なら同行しないでミシガンの家でも、実家にでもいていいのだよ。休暇には必ず帰るから」

「まぁオーティ、私大丈夫ですわ。もうあんなことしませんから、どうか一緒に連れて行って下さいませ」

「無理をしなくていいのだよ。私はまたインディアン戦争の最前線に出かけるのだから」

「だからこそですわ。私これからずっとあなたと離れませんわ」

あろうことか、いざ出発が近づいた時、父が倒れた。父も私を西部にやるのが嫌だったのだろう、私を傍に置きたがった。仕方がなかった。私がオーティの後に続いたのは、三か月近く経っていた。オーティは、すでに砦の生活に慣れ、何一つ不足があるようには見えなかった。そしてジェニーさんはいた。

「いらっしゃいリビィさん」というと、背を向けて、兵舎の方へ歩いて行った。

ジェニーさんは、美しい女と少女の間に育っていた。

初めての夕食の時、席は四つあった。ジェニーさんの希望で、例の女の子の友達を連れて来るという。確かに大男で、ハンサムといえる顔立ちをしていたが、話し言葉がおかしかった。

「まぁ、お招きありがとうございます。ジェニーちゃんの、憧れの閣下と同席できて光栄ですわ」

「よかったね、私の兄様だよ。私は兄様と結婚するんだから」

私は耳を疑って、眩暈がした。悪夢はより広がっていたのだ。私がいない間の三か月間に何があったのだろうか。私は想像したくないことを、懸命に抑えた。

夜、夫の寝間の用意をしながら、やはり君がいてくれるのは嬉しいよ、という言葉を心からは信じられなかった。

「ジェニーさんは、なぜあのようなことをおっしゃるのでしょうか」

「なぜかなあ、あの友人が出来て、憧れの人がいないのは変だといわれて、私しか思う人間がいなかったらしいのだ」

「だって、私達は結婚しているのですよ。あんなこと、いわれていくら義妹でもつろうございます」

「まだ子供なのだよ、許してやってくれたまえ」といって、私を愛するのだった。

しかし良いこともあった。夫と行っていた遠乗りの相手が、あの大男になったのだ。それだけでも、心が安らぐのだった。けれども、毎日夫が砦へ帰って来て当番兵に馬を預けると、すぐに兄様といって駆けて来て、夫に抱きついて、まるで子供が甘えるように額を夫の胸にすりつけて、おかえりなさいというのが、とても辛かった。夫は抱きつかれるまま、ジェニーさんを抱くこともしないのだけれど、二人の心が通い合っているのを目の当たりにして苦しいのだった。

私は父から、この先いくら生きられるかわからないからと、大金を渡された。これで砦に長く暮らすようなら住みやすい家を建てなさいというのだ。夫は喜んで家を建てている。三階に、ベッドを置けばいっぱいの小部屋があって、そこがジェニーさんの部屋になった。

しかし、私の心配は、そんなに必要ではなかった。ジェニーさんは、朝私が起きる時にはすでに姿はなく、月に数度、夕食の席を囲むだけだったのだ。ただその時は、ジェニーさんに夫との会話を奪われてしまうのだ。一緒にパトロールに出ることもあるジェニーさんの、命をかけたやり取りに、私は入って行くことができないのだ。あいも変わらず、ことあるごとにジェニーさんは、夫と結婚するのだと口に出していっているが、夫は否定も肯定もしない。私がこんなにも不快に思っているのがわからないのだろうか。いつも、私とジェニーさんとどちらが大切なのかと、聞いてしまいそうになるのだった。

とても昔のことだ、兵舎の陰で、泣いているジェニーさんを、夫がしっかりと抱きとめているのを見てしまったことがあった。何があったのか知らないが、夫が何もいわないので、理由はわからずじまいだ。後にも先にも、そんなことは一度だけだったけれど、私の心には、しっかりその姿は焼きついたままだ。

私は、また馬に乗りたいと思うようになった。少しでも夫と一緒にいたかったのだ。しかし、一人で馬に跨ることがそもそも、出来なかった。夫の鞍の前に乗せてもらって、ゆっくり馬を進めても、少しでも駆け始めると、もう恐くて声を上げてしまうのだ。夫は笑って、いくら君でも無理なことはあると、我慢をするのだね、というのだった。諦めるしかなかった。

酒保は、以前より品数が増えていた。

そのことを夕食の時にいうと、ジェニーさんが、私がテリーに掛け合ったんだ。明日死んじゃうかもしれないのに、今日美味しいもの食べられなくっちゃ死にきれないって、いって増やしてもらったんだと、いった。

「あなたが、一番欲しいのではないのですか」と厭味を込めて私がいうと、ジェニーさんは、肩をすくめて、「そうかもしれないけど、いいじゃないか」とぶっきらぼうに返事をした。

あいも変わらず、月に一度、一週間程、砦の外へ出かけて行く。夫にも一緒に行こうと、たまにいう。私はとんでもないことだと思うが、夫は行かないとはいわない。今はお供がいるから、良いではないかと答えるのだった。

「いったい一週間もどこへ、ジェニーさんは出掛けて行くのですか」と、夫に聞いたことがある。

「山の上にある小さな湖だ。インディアンの土地だろうが、白人として、ジェニーが初めて見つけたのだといって、自分の湖だといっているのだ。美しい所だそうだ」

「あなたも行ったことがあるのですか」

「まだ行ったことはない。ジェニーがどうしても来いというけれど泊まれば五日はかかる。ジェニーを一人でやるからには、どんな所か私も知っておくべきだと思うけれど私にはそんな時間はないのだ」

「それでどうなさいましたの」

「どうって、今だにジェニーは一緒に行こうといっている。火さえ絶やさなければ、野生の動物も来ないし、インディアンの姿も見かけないそうだ。静かな良い所で、ジェニーのお気に入りの数少ない場所だ。いつかのジェニーの手紙に、サムの奥さんを、湖に連れて行ったとあったろう、ジェニーの宝物のような湖に、一緒に行く仲なら、良い友人だと思ったのだよ」

　やはり夫は、ジェニーさんのことを想っているのだなぁと、ただ漠然と思った。私が湖に行きたいといったら連れて行ってくれるのだろうか。夫とジェニーさんの間には、私の入り込めない所が多すぎる。それどころか、この頃また夫とジェニーさんは遠乗りと称して出かけるようになったのだ。お供の大男はいったいどうしたのだ。私は思い余って、その大男を掴まえて、なぜ今日ジェニーさんと出かけないで、夫と出かけたのでしょうと聞いてみた。大男はしなを作って、

「まぁ閣下の奥様、ジェニーちゃんの気持ちもわかって下さいな。たまには、閣下とのお散歩も許してあげて下さいませんか。新しい、けもの道見つけたから、今日はジェニーちゃんが、そこへ閣下を案内していると思いますわ」と答えた。

　狭い砦の中で暮らしているのだ。何でも噂になる。私は、美しく育ったジェニーさんに、嫉妬している。どこかに行って欲しい。嫁にと願う軍人はいないのだろうかと思って、つい夫に「いつまでジェニーさんは同居なさいますの」と聞いて、夫は、ジェニーはずっと、この砦にいるのだという。

「あんなに綺麗で、お年頃ですのよ。お嫁にお出しにならないのですか」

「何度もいわせるな、ジェニーは砦より出ないのだ」と機嫌を損ねてしまうのだった。

　相変わらず男物の服を着て、日に焼け、注意をしないと髪も櫛けずらない。そんなジェニーさんに、夫は何もいわない。そのくせ、突然遠乗りと称して出かけてしまうのだった。その間、二人は何をしているのだろう、遠乗りをした晩は、どうしても夫を求めてしまう。はしたないと思いながらも、夫を信じられない私がいるのだ。夫とジェニーさんは血が繋がっていない。でも二人には、単なる男と女の情愛以外の何かがあるのだ。

　それは、偶然のことだった。居間で本を読んでいるオーティに私はキスをねだった。オーティが私の体を愛撫する。自然に私達は、互いに服を脱ぎ捨て、愛を交わした。私は快感に声を上げて応えた。オーティは居間という、いつもと異なる場所に興奮して、私を激しく愛してくれた。私は満足だった。オーティも、素敵だったよといってくれた、夫婦であることを認め合った瞬間だった。

　そこにジェニーさんがいたのに最初に気づいたのは私だった。オーティと体を離したばかりの全裸で、体を隠すものは手近になかった。オーティが怒鳴った。ジェニーさんはお水が何とかいって出て行った。いったい、いつから見られていたのであろうか。オーティの愛撫に大きな声で応えていた姿を見られたの

なら恥ずかしいと思った。自分の家なのに、あんな小娘と同居しているから、こんなことになるのだ。私は泣いてオーティにすがった。オーティは、ジェニーにとって、初めて男と女の交わりを目にしたのだ。といったけれど、それが何だというのだ。恥ずかしい姿を見られてしまったのは事実なのだ。

オーティは、ジェニーさんを、きっときつく叱ったのだろう。私は夫が何をいったのかは知らなかったが、翌朝にはジェニーさんの姿は見えなかった。いつものことだと思ったけれど、コックが、台所に置いてあったパンがないといいに来た。出かける時には酒保で、夫のつけで缶詰などを持って行く、今回はそれもない。そもそも酒保の開いていない時間に、急用だからと、砦の警備の者に門を開けさせて、夜も明けないうちに出て行ったらしかった。

私は本気で、もう戻って来なければいいと思った。西部のどこかでのたれ死にしてしまえばいいと本心で思った。

夫は、私への手前もあったのだろう、何もいわなかった。しかし、一週間しても帰って来ないと、さすがに心配しだした。いくら、台所からパンをくすねて行ったにしても、もう食料はないだろうというのだった。それが十日過ぎると、インディアンに、遭遇したのかもしれないと、テリーに相談に行った。

サムの奥さんを連れて、見回りに出たりしたが、司令官として、夕刻には帰って来ざるを得ないのだった。

「ジェニーちゃん、どこへ行っちゃったのかしら。食料もなくって心配だわ。救助隊出さなくていいんですか閣下」

と大男は、泣きながら夫に訴えたけれど、民間人一人にそんなことは出来ないといった。とはいいながらも、夫にも最悪のことを思わせる言動が出始めた。野獣に襲われたのか、一番心配されるのが、インディアンに遭遇して殺されたか、拉致された可能性が高いといいだした。

ついに二週間が過ぎると、絶望感がみなぎった。大男は湖に行ってみるべきだといいはったが、誰も迷わずに湖に行く道を知らないといった。ジェニーさんは、こうして誰にも行き先をいわずに西部の砂漠に消えてしまったのだった。

夜、眠れないのだろう。書き物机に座って、両手で顔を覆っている夫に、私はなんと、声を掛けていいのかわからなかった。これでやっと二人きりになれたのですわ、などとはとても口に出来なかった。

砦中になんとなく、重たい空気が漂っていた。皆がそれぞれの最悪の事態が起こったと思うようになったからだ。

そんな時、私は家の台所に、埃まみれでくたびれてはいそうだったが、生きているジェニーさんを見つけて、仰天した。

「まぁあなたジェニーさん、いつ戻ったのです」

「今だよ、二日間何も食べてないんだ、台所に何か残ってないかなぁ」そういって、何の躊躇いもなくいつものようにコックに何かいって、冷めたシチューに、パンにバターを付けてかき込むと、汚れた皿もそのままに、机に突っ伏して眠ってしまったのだった。私は、開いた口がふさがらなかった。そしてこのジェニーさんの、生命力の強さにあらためて脅威の思いを巡らせたのだ。夫が帰って来ると、ジェニーさんの帰宅は伝えなくてはならなかった。

「あなた、大変ですわ、ジェニーさんが帰っていらしたの」

夫は顔色も変えず、片方の眉を上げて見せただけだった。そして私が台所にいるというと、大股で台所へ入って行って、まだ寝ているジェニーさんを抱き起こすと、書斎へ手を強く引いて、半分寝ぼけているジェニーさんを連れて行った。

私は立ち去り難くて、書斎の戸の前にいた。二人が何か話しているのが聞こえた。やがて、夫の大声と共に椅子か何かが倒れる音がして、ジェニーさんが何か叫んだ。私はもっと聞いていたかったけれど、はしたなさを感じて、夫がジェニーさんを叱ったのだろうと思うと満足して自室に戻った。あれだけ皆を、特に夫を心配させたのだ、叱られて当然だと思った。

後々コックの話では、ジェニーさんを風呂に入れたいと夫がいったが、まだ湯が沸いていなかった。それで水で、夫がジェニーさんを洗ったのだと聞いた。なんてことをと思ったけれど、コックを前に何もいえなかった。そして、それまで着ていた服は全部捨ててしまえといったのだそうだ。新しい服を着せて、階段を上って行った、後のことは存じませんといった。余程汚れていたのでしょう、ジェニー様が痛がる程強く洗っていらっしゃいました、とも語った。夫が裸のジェニーさんに触ったと思うと、たまらなかった。

私は夫とジェニーさんが、私の知らない所で、男女の関係を持っていると思っている。遠乗りに行った晩、私が求めると、夫は大概応じてくれる。それなら他にどこでと思うけれど、これだけは信じたくないけれど必ずあると思う。妻の勘である。夫は、他の男にその美しさを見られないように、ジェニーさんに男の格好をさせているのだと、思っている。

ジェニーさんは帰ったその日から部屋に閉じ込められた。あたり前だ。あんな大事を起こしたのだから。けれど食事は、一日二回夫が砦にいる時に運ぶという。何日かして、夫とジェニーさんが言い合う声を聞いたが、夫は部屋を出さなかった。その月も終わりになって、やっと夫はジェニーさんを解放した。そして、なんということだろう、またジェニーさんは砦を空けたのだった。

私は夫の考え方がわからなかった。しかしそれを私がどうして聞くことができようか。しかし夫もさすがに今回のことに懲りたのだろう、ジェニーさんのお守りを増やしたのだった。ただ私から見てもどうにも砦のあぶれ者達だった。こんな輩が役に立つのかと思えるのだった。

そしてジェニーさんは、今度はちゃんと夫に許可を取って、そのお守りを連れて、また砦を後にするようになったのだ。時には月に二度行くことさえあるようになった。

ウソ

　あれから、ジェニーさんは砦を空ける時以外、夕食は一緒にとるようになった。夫がそう命じたのだ。だが食事中の会話はほとんどなくなったといっていいだろう。夫はいつにもまして不機嫌な顔をしていて、以前のように冗談もいわない。私が恐る恐る、ジェニーさんはいつもどこへいらしているのですかと問うと、ジェニーさんが一言、湖と答えるだけだ。これでは会話にならない。なんのために、三人で食事をとる必要があるのだろう。

「酒保に、さくらんぼうの缶詰が入ったそうですわ」

「サムの奥さんが喜ぶだろう」

　これで会話は切れてしまう。私も、気を遣うのに疲れてしまう。しかし、夜になると、夫は私を求めるのだった。もう子供のことは諦めたというのに、夫は、「ああリビィ、私の傍にいておくれ」といって私を抱きしめて寝るのだった。夫の変わりように驚いたけれど、私には再び楽しい日々が突然訪れたのだ。私はジェニーさんのことですら気遣ってやることが出来た。女とは、愛されると私だって、こんなに優しくなれるものなのだと思った。

　しかし夫は、ジェニーさんに対しては、以前に増して厳しくなった。僅かに渡していた小遣いもなくし、砦の外へ出かけるためには、必ず夫へのつけの形で、酒保から品物を持って行かざるを得なくなった。夫は、その数品に文句をいうのだ。こんなに量は必要ないだろうというと、ジェニーさんが出かける人数が増えたんだからしょうがないじゃないかと反発する。夫ではは行かなければいいだろうと、いえば、ジェニーさんは泣いて出かけるといいはるのだった。そしてお供と出かける日時が、一週間が、いつの間にか十日になった。食料をどうのばしているのかわからないが、つるはしやスコップまで持って出て、皆泥だらけになって帰って来る。どこへ行っているのだと夫が聞いても、ジェニーさんは答えない。

　しかし、それも半年は続かなかった。突然彼等は砦を空けることをしなくなった。それより、そのジェニーさんのお守り達がいなくなっていったのだった。最初は、吃音のある男で、夫に、金鉱山を掘るのだと、夢のようなことをいって兵隊を辞めた。その後、軍のお荷物といわれていた男が、東部へ行って勉強をし直すのだといって、去った。そして痩せた衛生兵だった男も、牧場を開くのだといって軍人を辞めた。後には、サムの奥さん一人が残った。いつもジェニーさんと彼は一緒で、何かを始めようとしているように見えた。私は二人がいつ砦を出るのかと心待ちにしていた。

そして、ついに奇跡が起きた。ジェニーさんと付き合いたいという男が、現れたのだ。彼は、今までカスターの妹という、夫の存在の重圧にも耐え、結婚したいとまで口にしたのだった。

なんでも、ジェニーさんと、サムの奥さんが遠乗りに出て、インディアンに遭遇してしまい、たまたま通りかかった夫の部隊がカスターダッシュ（得意な有名な戦法）で、助けに向かった時、馬をやられて敵前に放り出されたジェニーさんを、敵の弾の届く中まで行って、馬に助け上げたのだという。ただ背中かどこかに大怪我をして、夫までが礼を述べに行ったのだというから、ジェニーさんは本当に危ないところだったのだろう。肩を脱臼したジェニーさんは、それから、毎日のようにその兵隊を見舞ったらしい。

そのせいか、ヘンリーという名の兵隊は、杖を突きながらも夫の所へやって来て、結婚を認めてくれといったらしかった。夫は下士官の給料で生活が出来るわけがないと断わったらしい。サムの奥さんまでが、「ねぇ奥様、あいつ、女たらしのヘンリーって呼ばれていて、女で失敗して西部まで流れて来た男なの、ジェニーちゃんに諦めろって、いって下さいませんか。きっとジェニーちゃん泣きを見るに決まっているもの」といって来たが、私は反対するどころか、夫に、生活が大変なら、実家にいってジェニーさんに援助してさし上げてもいいわ、というと、夫は、君はそんなにジェニーが嫌いかね、と逆に機嫌を損ねてしまうのだった。

夫は絶対に反対だと、ジェニーさんと、口も聞かなくなってしまったが、私は、こんな縁は二度とないだろうからと、上手くいくことをひたすら祈った。

いくら何でも、よりによってあのヘンリーじゃあしょうがないわ、といい続けていたサムの奥さんも砦を去ることになった。別れ際、ジェニーさんと大騒ぎをしたのが見物だった。大男が泣きながらジェニーさんを抱きしめて離さなかったのだから。

ジェニーさんは一人になってしまった。

そしてまた砦を五日とか一週間とか空けるようになった。ジェニーさん宛てに色々な手紙が届くようになった。

そしてついにその日は来た。ジェニーさんとヘンリーが、揃って夫の所へやって来た。

ヘンリーは、「結婚が無理なら、せめて一緒に暮らすのを認めて下さい」と訴えた。

ジェニーさんも、「私は兄様と結婚するのだから、結婚はできないといったの。でもねヘンリーは私と一緒にいられたらそれでもいいって、いってくれたの。サムの奥さんは、ヘンリーだけは駄目っていっていたけれど、私達、肌の相性もいいみたいなの」といったのだ。夫の顔色が変わったのがわかった。二人はすでに男女の仲だと、ジェニーさん自身がいったからだ。私も、人目のある所で、さすがにはしたないことだと思って、夫が何かいうか心配だった。夫は、「軍隊を辞めて生活は、どうするのだ」

「それは大丈夫。お金のことは心配しないで、私結納金もらってあるから」

「そんなことをまだいっているのか。砦にいるのであれば、私が多少のことはしてやるが」

「兄様にそういってもらって、とっても嬉しい。だけど、もう家もあるの。兄様のお嫁さんになれるまでそこにいるつもり」

なんという、いけ好かない小娘だと私は思った。出て行ってくれるなら、なんといいことだろうと思った。いずれ生活に困って、また夫を頼って来るのではないかとの心配はあったが、私は何もいわなかった。

いよいよ二人が出て行く日が来た。

その前の晩、三人で最後の食事をとったが、会話は皆無であった。食後おやすみなさいとジェニーさんはいって自室に上がっていったのだ。

翌朝、ジェニーさんは小さなバッグ一つ持っただけで階段から降りて来た。そして、

「長い間お世話になりました」と急に私に向かって、思いもかけず丁寧な挨拶をしたので、慌てた私は、ただお元気でといっただけだった。

夫は、両手でジェニーさんの頭を胸に抱きしめると、耳元に何か囁いていた。そしてその華奢な体を力一杯抱きしめた。その姿は、愛が溢れ落ちる程強く、ただのハグには見えなかった。別れに際して、夫の悲痛な叫びが聞こえるような抱擁だった。見ていて、やはり夫はジェニーさんを心から愛しているのだと、思い知らされる、言葉にできない姿だった。まだ早朝で、他に兵隊がいなかったとはいえ、私には嫉妬心が湧かざるを得なかった。夫はジェニーさんに何といったのだろう。そんなことさえも気になって、心がざわついた。二人は、挨拶を済ませると、いともあっさりと馬に乗って砦を出て行った。後ろを振り返ることさえもせず、時おり二人で何かいい合って、楽しそうに見えた。

夫は、二人の姿も追わず、朝食をとりに台所へ入って行った。それから、やっと念願の二人だけの生活が始まった。しかしいつも姿を見せなくとも、人一人いなくなると、こんなにも寂しく思えるのかと私ですら感じた。オーティはますます寡黙になって、夜の交わりも急に数少なくなってしまうのだった。

小娘はやっと出て行った。これでオーティとの約束通り、二人きりの生活がやっと、戻ったのだったはずだった。しかし、どうしたことか、オーティは以前にも増して笑顔さえ見せず、二人きりになったのに、夕食の団欒は以前のようには戻らなかった。こんなはずではなかったはずだ。ジェニーさんがいなくなれば、また新婚時代が戻って来るという、私の甘い願いは潰えた。やっと、お邪魔虫の小娘がいなくなったのだ。これからは、オーティは私だけを見てくれるはずだったのに、なんで、こんな毎日になってしまったのだろう。

私達は先日、子供はもう出来ないであろうから、二人きり

で人生を生きて行こうと話し合ったのは、確かだった。私も、オーティも自分の子供を持つという夢を諦めることに納得したのだった。だからといって、やっとこの家で二人きりになれたのだ。夫婦の交わりもなくなってしまうとは、思いもしなかった。かえって二人きりで生きて行くという、互いを思いやる気持ちが深まると思っていたのに、夫の態度は、理解できなかった。もう夫は、子の産めない私を愛してはいないのだろうか。

私はたまらなくなると、夜そっと、ねぇあなたと求めた。応じてくれる時もありはしたが、今夜は少し無理だと拒絶されることの方が多かった。

夫にとって、ジェニーさんが砦を出て行ってしまったことが、そんなにも心痛なのだろうか。ジェニーさんさえいなければ、もっと甘えた生活ができると思っていた私は、かえって頑なになってしまった夫を前に、どうにも出来ないのであった。

突然インディアンがまた跋扈し始めた。日中に、護衛付きで郵便馬車で届けられる、全国からの支援の手紙は、砦に住み暮らす者にとって何よりの励ましであった。日のあるうちは、パトロールに出る夫に代わって、その手紙を整理するのが、私の仕事の一つであった。その中からジェニーさんから、まだ砦を出て一か月も経たないうちに手紙が、夫宛てに届いていたのを見つけた。

私は何の躊躇いもなく、封を破って手紙を見た。

〝愛する兄様、この家で暮らし始めて一週間が経ちました。することがいっぱいあって、あっという間でした。ヘンリーとは、もの凄く上手くやっています。ベッドの中でも仲良しです。もうパーティのお招きが沢山来て、本当はパーティなんて行ったことのない私は少し心配です。どうにか街の暮らしに慣れていかなければならないと思います。兄様に会えないのは、口に出来ないくらい寂しいです。でも、自分で決めたことだから、我慢をしなくてはなりませんよね。とにかく元気でやっていますから、兄様心配はいりません。お返事待ってます。ジェニー〟

ジェニーさんが、若い男と一緒にドレス姿で写っている写真が同封されていた。私はその手紙と写真を、人目がない時、台所の暖炉で燃やした。

夫の心を占めているであろう、あの小娘の姿が、これで少しでも遠くなればいいと、罪悪感も感じなかった。それからずっと、私はジェニーさんからの、手紙を見つけると、中身を読んで、暖炉で燃やした。夫が命がけで戦っているというのに、ヨーロッパの流行のドレスを着たジェニーさん。お茶会だのバザーだのと能天気なことを書いて来るのが許せなかった。夫はあんなにも苦労しているのに、何様のつもりで、こんな手紙をよこすのか、許せなかった。

夫には一度、ジェニーから何か来てないか、と聞かれたけれど、私は、「何もございませんわ」と答えると、夫は二度と同じことを聞くことはなかった。私達の会話もほとんどなくなってしまった。

私は鏡台の前に座った。そこにはもう若いとはいえない、うつろな顔の女が写っていた。もう今の現実に涙すら出なかった。夫はジェニーさんからの手紙を待っているのだ。その日から再び嫉妬の日々が始まったのだった。

それからの私の心には、悪魔が住み着いたとしかいえなかった。ジェニーさんからの手紙を見つけると、使用人に隠れて暖炉で燃やした。中に入っているであろう、ジェニーさんの写真も一緒に燃えてしまうと思えば、喝采を上げたいくらいだった。

この頃の夫は多忙を極めた。インディアンは跋扈し、民間人を襲い、騎兵にも被害が出ている。砦の警備は強化され、夫は、私達夫人へも避難を勧め始めた。私は最後まで、何があろうと残ると、オーティにいった。私達は夫婦ですのよと。

夫人達の中には砦を去る者もあったが、私は、オーティの言葉を聞かなかった。

「今ならまだ逃げる間があるよ。インディアンが、この砦を攻めて来るかもしれないのだよ。ミシガンの家でも、実家でも一時、引き上げてはくれないか。君のご両親にも私は責任があるのだ、ここに残って、インディアンの捕虜にでもなったら、どんな目に遭うか、わからないのだよ」

「私退きませんわ。私は第七騎兵隊の隊長の妻ですわ、いざとなったら、みすみす敵に捕まったりはしませんわ。その時は、自ら死を選びます」といって、酒保に頼んで取り寄せてもらったナイフをかざして見せた。

「君という人は困ったものだ」

政府は、この事態に第五騎兵隊も投入して鎮圧しようとはかった。双方に相当数の被害が出たが、三か月も経つと、インディアンの姿は見えなくなった。砦は守られたのだ。恐ろしい日々であった。朝出かけた夫が、無事帰って来る保障はどこにもなかった。朝玄関でするキスが最後になるのかもしれないと、軍人の妻として、砦に残ったものとして、毅然とした態度が求められた。私はそれに耐えた。一緒に残った使用人達と、砦の強化のため囲いに板を打ち付けるなどの慣れない手伝いをしたり、今では怪我人の介抱も恐れずに出来るようになった。とにかく、ジェニーさんに負けたくなかった。ジェニーさんがいたらしたであろうことは、何でもこなした。戦が終わった後、そんな私を砦中の兵隊が賛美して、私は、最前線にあって命を賭して夫のために働いた賢夫人として、新聞に載った。思いもかけないことであった。私にまで、全国から賞賛の手紙が来るようになった。さすが、かのボーイ・ジェネラルの妻であると。夫も、手放しに褒めてくれた。「インディアンの来襲を、恐ろしくなかったのかい」と聞かれると、私、あなたのことを信じていましたから、と答えるしかなかった。

私は少しも嬉しくなかった。夫が明らかに、山のように送られてくる手紙の中に、ジェニーさんの手紙を探しているのを知っていたのだから。やっといなくなったと思ったのに、いつまで、私達に付きまとうのだろう。ジェニーさんは私にはある意味インディアンより、手強かったのだ。私達はもう結婚して十年になる。子供のことはすでに諦めた。子供のいない人生を歩んで行こうと夫とは話し合った。けれど、やはり夫は寂しかったのだろう。他の男のものになっている、ジェニーさんのことを、今だに想っているのだと、私の勘は告げた。

私の兄には男子二人と娘がいる。そのうちの男の子の一人を養子にとの話があったが、義姉がどうしても軍人の家にはやりたくないと、いいはったので、話はなくなった。兄が、ボーイ・ジェネラルの息子にといい出したことから出た話なので、私も、オーティの血の繋がらない子供を持つことを別に望んだことはない。

しかし、私は一応夫に聞いてみた。「もし、あなたがどうしてもと、お考えなら、ローラにもう一度聞いてみますけれど」「私達は、子供のいない生活をすると決めたのではなかったのかね。私は男だから、子供を産むという感覚はわからない。君は、自分が産んだ子でなくても育てられるのかい」と聞いた。

夫は、私との子供を望んだのだ。先年それが無理だと思い定めて、話し合った後、二人で暮らして行くのだと決めたのだ。夫の、その考え方に揺るぎはない。家を継がせるには、弟のトムの所に、男の子と女の子がいる。カスター家としては、それで問題はないはずだ。私はふと、ジェニーさんに子供が出来たら、夫はどんな反応を見せるのだろうと思った。きっと、ローラの子供より、養子にしたいといったのではないかと思うのだ。しかし夫はいみじくもいったではないか、自分で産んだ子供でなくとも育てられるかと。私はジェニーさんの子だけは、とても育てられないとその時思った。私達は、二人で静かに、暮らして行くと、決めたのだから。それは、考えたくないけれど、オーティの身にもしも何かあったら、私のたった一人での人生が、長く続くということを意味していた。

ジェニーさんの手紙は、まだ時おり届いた。私はこの頃、手紙を焼き捨てる前に、中身を見ずにはいられない。バザーにお茶会、夜会と、あいも変わらず能天気なことが記してある。そしていつも最後には、兄様お仕事忙しいでしょ、ジェニーはこんなに元気でやっていますから、お返事はいりません。とある。私には、それが兄様お返事下さいという、ジェニーさんの叫びに思えて仕方がない。私がこんなことをしていると、いずれ夫にばれてしまう日が、来ることだろう。その時夫は何と私にいうのだろうか。考えるのも恐ろしいことだが、もう私には止められない。

私は、夫の子も産めず、その夫が掌中の玉の如くいつくんでいる、義理とはいえ妹を許せない。そうだ、血が繋がっていないということが、私をこんなに苦しめるのだ。兄様と結婚するのだと、私の前にあってもその言葉を口に出してはばからない小娘。そしてそれを止めない夫。

夫の仕事は忙しい。それだけでなく命がけだ。朝出て、幾晩も帰らないこともある。そんな時、私は神に祈らずにはいられない。今となっても、あぁ、こんな時、子供がいたならばと、思わざるを得ないのだ。

両家で、子供がいないのは、私達とオーティの長姉のアン＝マリーのところだけだ。彼女は、あまり豊かとはいえない牧師に嫁いだけれど、気配りの出来る優しい人だ。こんな辺境の地に暮らす、私達を気遣って、手紙をくれる。神は偉大です、信仰の力こそ大切ですと、毎日オーティの帰りを心配している私を、慰めてくれるのだった。私は、同じ子供がないこともあって、この義姉の存在はどんなに力づけられたかわからない。子供のことを諦めるにあたっても、彼女の意見を聞いた。オーティの子供を産もうと焦っていたのではありませんか。現実を見据えて、神の手にゆだねなさいと、手紙にあった時ほど、救われたと思ったことはなかった。全ては神の御心の内にあるのだ。そう納得したのだった。それに比べて、ジェニーさんの享楽的な手紙には反発を覚えた。手紙を、かまどの火にくべながら、いつか私に罰が下る時が来るのだろうと思うのだった。

白人に対してでなく互いに対立を繰り返していた平原インディアン達もいつしか姿を消し、西に延び行く線路を襲うこともなくなり、パトロールに隊が出ても出合うこともなくなった。一時西部には平和が訪れたのだ。私達は、ここで長い休暇を与えられた。二度目に砦に来て五年近くが経っていたのだった。

夫はまず私を実家に連れて行ってくれた。今や寝たきりになって、自室すら出られなくなってしまった父が、皺の寄った手で、私の手を包み込んで、生きて再びお前に会えるとは思わなかったといって泣いた。私の記事の載った新聞が、立派な額装になっていて、あの父が、「お前は、我が一族の誇りだよ」といってくれたのだった。

「お父様、我儘だった私をお許し下さい。さぞご心配をおかけしましたでしょうに」と、いって後は言葉にならなかった。

夕食には兄夫婦と子供達も来て、賑やかに始まった。南北戦争に従軍した兄は、いつになく、辺境の地に踏みとどまった私の勇気と、インディアンから砦を守り抜いた夫の功績を称えて、素晴らしいという。息子達も夫にまとわりついて、インディアンの話をしてくれとせがんでいる。ただ義姉のローラだけが、先の養子の話があったせいか、いつもは場を仕切って、話題の中心にある人が、口を開くことをしなかった。ただ母だけが、私が流行遅れのドレスを着ているといって、すぐ明日にでもドレスをあつらえに行きましょうといってくれて、私も自分の豊かだった娘時代を思い起こさせてくれた。

「お前、疲れているだろうけれど、会いたいという人達から急かされて、開かざるを得ないのだよ」と、母は申し訳なさそうにいって、夜会を開くのだった。

そして毎晩のように、私達は違う客に同じことを聞かれて、同じことを答えるのだった。私はオーティに申し訳なかった。一瞬も気を抜けない世界から、やっと帰って来たのだ、静かに本をひもとく時間が欲しかろうに、夫は何もいわず、お客達に応じているのだった。

　私は、自分の結婚式の時のことを思い出していた。十余年も昔のことだった。まだ若かった私は、こんな未来が待っているとは思いもしなかった。両親は老い、子供はなく二人っきりだ。でも私にはオーティがいた。オーティさえいれば他に何もいらないという思いは今も変わらない。お前達に会いたいといって来る方々を、お断りするわけにはいかないじゃないかと、私達の結婚にあまり乗り気でなかった母でさえ、新聞に載るようになった我が娘を自慢したいのだ。その気持ちを、オーティはわかってくれていて、こんな面白くもない夜会に、黙って出てくれているのだ。私の実家に対して気を遣ってくれているのだ。その心遣いを、本当にありがたいと私は思っている。

　特急で頼んだドレスが出来て来た。夫は珍しく、一緒に写真を撮ろうという。私は喜んで写真館に行った。写った写真のオーティは厳しい軍人の顔をしていた。その時のオーティの心が映し出されていたのだろうと、後々までも思える一枚だった。

　私達は実家に二週間以上いた。父には、休暇が終わる時にはまた訪れるからといって別れた。父は別れが辛いからと、夕食を共にした後には会わないといった。

　それから、オーティの実家を訪れた。義姉のアン＝マリー夫妻に、義弟のトム、ボストンの両家族、家を守っている義父と、同居をしている義妹のフロレンスまで、一家全員が揃っていた。

　義弟のトムとオーティが一緒に仕事をしていた時、トムの目先の甘さから、仕事をしくじったが、オーティはトムを責めず、弟として可愛がっている。トムもボストンも今では軍に復帰していて、フロレンスの夫も軍人である。私は義姉のアン＝マリーに会えて、とても嬉しかった。姉のいない私にとって、甘えられる数少ない婦人の一人であった。

「御義姉様（おねえさま）、いつもお手紙を頂いて、どのように心強く思ったか、言葉では言い尽くせない程の感謝をいたしていますのよ」

「そういって頂いて嬉しいですわ。オーティは、思ったらそれをしなければ気が済まない人ですから、ご苦労が多いでしょう。ご両親様は、久方振りにお会いになって、さぞお喜びになられたことでしょう。私も新聞を見ましたわ。さすがにオーティが選んだ方だと感心いたしました。さぞ恐ろしい思いをなさっていらっしゃるのかと思って、毎日神に皆様の無事をお祈りしていましたわ」

「私など、何も出来ませんでしたわ。新聞が大袈裟なだけですの。オーティと離れたくなかったのです。もう夢中の日々でしたわ」

「あなたには、ジェニーの世話までさせてしまうことになって、申し訳なく思っているのです。修道院を出た後、夫の反対を押し切ってでも、私の養女にしてしまえば、あれももっと良い人生が送れたのではないかと、今も思うのです。リビィさんには本当にご迷惑をおかけしたと、あれが今どうにか落ち着いた生活ができるようになったことについて、お礼の言葉もありませんわ」

義姉から、こう真面目に礼をいわれると、自分の犯した罪を思えば、顔が赤くなってしまう。

「あの方、こう何と申せばいいのか、少し変わっていらっしゃるでしょう。私はっきりいって、どのようにお付き合いをしたら良いのか、わかりませんで、苦労といえば、苦労がございましたわ」

「あれは、不幸な生まれつきで、色々ございまして、もう少し手づるでもございましたら、平凡な人生が送れたのではないかと思うのですが、私に力がなかったばかりに、私が最後にあれに会いましたのは、十二の時で、その後、オーティが西へ連れて行きました。本来なら、家族として、今日姿を見せてもいいはずなのに、誰れ一人あれの名を呼ぶ者がおりません。本当に家族に縁の薄い子なのです」と、しみじみいった。この方にとっては、血は繋がらないといえども妹として、慈しんでこられたのかと思うと、複雑な思いがするのだった。あの手紙でしか窺い知れないが、享楽的な生活も、アン＝マリーと話していると、寂しさの裏返しなのかもしれないと思った。オーティとジェニーさんとの関係をいつか、アン＝マリーに是非にも聞いてみたいと思い続けていたが、面と向かっては、どうしても聞くことができなかった。純真な彼女に、夫を信じられないのかと、思われたくなかったのだ。カスターの家には三日いた。他人を呼ばず、家族だけで過ごした、軍人の家族の日々だった。私はもっと、アン＝マリーと話をしたかったが、家族の中で、私が一人占めするわけにもいかず、残念でならなかった。男達はおのずから戦の話になった。女三人は、それぞれ育ちが違うこともあって、あまり話は合わなかった。

懐かしい、ミシガンの家に帰って来た。これ程ほっとしたことは、なかった。さすがの私達も、二、三日ぼうっとして、散歩に出るほかは、何もしなかった。

そして私は、砦から転送されて来た手紙の山の整理にかかった。

それは見るからに、変な手紙だった。他の手紙より一回り大きくて、明らかに手作りで、余程急いで作ったと見える手紙の消印は、西部の新しく出来た駅からで、今まで見たことのない人物から送られていた。夫の新しい支援者かとも思えたが、私の勘が違うといっていた。夫は書斎である。私はその封を切った。案の定、サムの奥さんからの手紙で、ジェニーさんが、あろうことか、あのヘンリーと別れて、今牧場にいる。手に余るので、会いに来て欲しいと書いてある。私達がまだ砦にいると思っているのだろう。もう一通はジェニーさんからで、乱れた文字で、私の兄様、ジェニーを助けて、また昔のようにその大きな胸に私を抱いてジェニーを愛して、会いに来て兄様とあって、もう後の文は目に入らなかった。

いつまでも私を苦しめれば、気が済むのだろうかと思った。二人の関係を示すものとして、夫も許せなかった。夫達は、こんな姑息な手を使って文通していたのかと思うと、自分のしていることより許せないことに思えた。私には、もはや未来は見えなかった。書斎に籠っている夫が、今まさにジェニーさんに手紙を書いているのではないかとさえ疑った。私から笑顔が消えた。私は牧場から届く手紙を、全て台所の暖炉で燃やした。

私がそっと書斎へ入って行くと、夫は本を手に、いつも何か書き込みをしているのだった。私の大切なオーティ。私だけを見ていて欲しい。私は十年以上も前の娘時分に戻ったように、オーティに恋をしていた。しかしそこにいる夫は、もう冗談をいって私を笑わせてくれる陽気な青年ではなかった。幾度と知れず、命のやり取りをして来た、峻厳な軍人がいるのだった。私は、夫に甘えることが出来なかった。また夫も、それを許されない厳しさを漂わせていた。子供もなくこれから私達二人は、このような寂しい時を過ごして行くのかと思うと、たまらなかった。二人っきりなのだ、もう一度、あの楽しかった新婚時代に戻るのは不可能なのかと、悲しく思った。オーティとさえいればそれでよかったはずなのに、私のオーティは気がつけば遠くの人になってしまっていた。

ミシガンの家は、いつの間にか、自分達の家と呼ぶには、あまりにも冷たい寂しい所になっていってしまったのだった。私達はそれでも、表面上は平穏に暮らしていた。一緒に散歩に出て、この店には君の好む菓子があるだろうと夫がいった時の嬉しさはなかった。オーティは、まだ私のことを思っていてくれているのだと、夫婦の絆を思ったのだった。そんな小さな出来事が、何より嬉しかった。

私はあいも変わらず、ジェニーさんからの手紙を燃やし続けた。

そんな時、私は珍しく、熱を出して寝込んだ。夫は心配して、ずっと傍に付き添っていてくれた。食欲のない私のために、果物を買って来させて、食べさせてくれたりした。本当に、昔を思い起こされる、熱は辛かったが、楽しい夢の中の数日間だった。

しかし私には心配事があった。まだ熱が下がらないというのに、寝間着にガウンを羽織って台所へ下りて行った。おりしも夫がいて、まだ休んでいなければと心遣いをしてくれたが、私の手に手紙の束を見つけて、「サムの奥さんの手紙は昨日来たよ」と冷たくいったのだった。ついに私のして来たことがばれてしまった。

しかし、私は反省するどころが、今までの辛い思いが、一度に溢れて来る思いがした。夫に、ジェニーさんとの関係があったのかと迫った。夫は認めない。その時の私はいったい、夫に何をしてもらいたかったのだろう。私が信じてこんでいる、ジェニーさんとの肉体関係をつまびらかにして欲しかったのだろうか。私を妻と呼びながら、夫の心をいつも占めているジェニーさんと、縁を切ってくれといいたかったのか。自分でもわけがわからないまま私は夫を責めた。そして、それ等を決して認めない夫に苛立った。嫉妬に狂った私の行きつく先はもはや何もなかった。夫は、ジェニーさんの身に起こった不幸を話し、その責めを全て自分で背負って行くのだと語った。そんなことを聞かされても、私の救いにはならなかった。夫がジェニーさんとの仲を認めない限り、私は夫を許すことが出来なかった。いくら夫が、二人の間には何もなかったといえばいう程、それは不信に変わった。私はねちねちと夫を責めて、夫が私の顔から目を反らす度に怒りを爆発させた。私の救われる道はなかった。そして、ついに夫は離婚を口にして家を出て行った。

　私は自分では落ち着いていると思っていた。自ら紅茶を入れて、席に着いた時、夫の分まで入れていたことに気づいて、私は声を上げて笑った。夫のカップをテーブルから手で払って、落ちたカップが、床で割れる音を聞いた。使用人達は、この所の私達のやり取りを見聞きしていたのであろう、何もいわず、手も出さなかった。私は割れたカップを床から拾いながら、彼らに生半可な同情を受けたいとは思わなかった。私は泣きもしなかった。カップを割ったこと以外、私は至極まともに毎日を送った。一人になってしまっても、二人でいた時と同じに家の寂しさは変わらなかった。オーティがいなくても、それは変わらなかったのだ。

　アン＝マリーに手紙を書いては、破るを繰り返した。助けて欲しいのに、この今自分が置かれている、惨めさを、彼女に知られることは、自尊心が許さなかったのだ。両親は年をとり、心配をかけることは出来なかった。私を救ってくれる人は、誰もいなかった。オーティ。私の大切なオーティ。ついにジェニーさんの所へ行ってしまった。どうしたら取り戻せるのだろうか。私は毎日、それだけを考えて過ごした。

弁護士から書類が届いたが、開けてみる気もしなかった。

オーティからも一度手紙が来た。ただ、離婚に応じてくれるよう、書類にサインをして送ってくれと、用件だけが書いてあった。筆まめな夫は、いつも私に手紙をくれたものだ。同居していても、ジェニーさんと何かあったりしたら、慰めの手紙を夜そっと、渡してくれる人だった。

　結婚して十二年間、私達はほとんど一緒にいた。夜、ベッドの中で手を伸ばせば、そこにオーティがいた。

　私達は新婚時代を八か月、この小さな家でオーティと二人だけで過ごした。今思い出しても、何の出来事もなかったけれど、世間の荒波も知らず、ただただ、恋する二人が結ばれて、神様がくだすった、穏やかな日々であった。私達は、平穏な夫婦生活を、その八か月で使い切ってしまったといえた。

このオーティが、結婚後二人で暮らすために借りてくれた小さな家は、慣れない西部の暮らしで、私が少し心を病んで戻った時、その当時まだ元気だった父が、軍隊を辞めざるを得なかったオーティのために買い取って贈ったものだった。今は夫の持ちものである。その思い出の家を、オーティは出て行ったのだ。妻の私ではなく、あのジェニーさんを選んで。

突然、ワシントンから夫宛ての書類が届いた。休暇の終了と集合の命令書であろう。夫は、まだこの家に戻るつもりなのだと、一瞬希望を持ったが、思い返せば、ジェニーさんにのぼせて、住所の変更届を出していなかっただけなのだろう。集合の日時は決まっていて、そんな先ではないはずだ。私はその書類を、オーティの書斎のテーブルに置いたまま、幾日も眺めていた。そこに悪魔がやって来て、私の耳元に囁いたのだ。ただ一つ、夫の望むもののことを。

私はノートの表紙の厚紙を、幾枚も切って小さなカードを作った。そして細いペンを取ると、カードに文章を書いた。数ある中で、やはり最初に書いた一枚が、一番良さそうであった。私は万に一つの僥倖を願って、そのカードを入れると、書類を二重封筒にして、牧場気付で送った。

戸を開けると、そこに夫は立っていた。顔付きからすでに別れた時と変わっていた。私はこんな明るい顔のオーティを見るのは、どれくらい前だったか思い出せなかった。

オーティは花束を持っていて、それごと私を抱きしめた。

「ここに、私達の子がいるのだね」と、私の下腹を撫でた。

嘘をついて、ジェニーさんの所からの出発を一日早めて私の顔を見に来てくれたのだ。そのあまりに嬉しそうな夫の顔を見つめられなかった。

夫が訪ねて来るなど思いもしなかったので、私には心の準備が出来ていなかった。十二年も待って子が出来たという喜びに沸く母親の顔を。夫はそんな私を見て、まだジェニーさんのことを不快に思っているのだと感じたようだった。もともと子が出来ているわけではないのだもの、夫にどんな顔をすればよかったのか。

夫の持って帰ったトランクを開けて、中身を皆出して入れ替えた。ジェニーさんの触れたものを夫に持たせる気にならなかったのだ。そして、トランクの中のポケットを皆あらためて、ジェニーさんの写真や手紙などが入っていないか、調べた。心の狂った妻と思われてもかまいはしなかった。

泊まって行くという夫の言葉を、これ程嬉しく思えたことはなかった。私は夫を求めた。いつもより激しく、淑やかさなどかなぐり捨てて、夫を求めた。夫は私が妊婦と思って、そんな私に驚いたようだったけれど、私は月数など合わなくていいから、今赤ちゃんを授けて下さいと、神に祈り続けた。夫の体から発せられたものが、私の体の深い所へしっかりと注がれるのを感じて、こんな縁なのだもの、子供がきっと出来ると、信じてオーティの名を叫んだ。

翌日は、ぎくしゃくしたものだった。私はジェニーさんの所へ行ってしまった夫を何としても取り戻したかった。こうして夫は戻って来た。しかし私はその犯した罪に臆した。夫がこんなにも、子の誕生を望んでいたなど、思いもしなかったのだ。夫は、まるでガラス細工で出来ているように私を、それは丁寧に扱った。私は自分の罪の重さに泣いた。いつか、ついた嘘がばれる日が来ることを恐れた。

ジェニーさんとのことを夫は詫び続けた。私を捨てて行ってしまったのだもの、詫びて済むものではないと思いながらも、これからの日々の心配が私の心を占めた。ワシントンに行った夫からは、体を労わるようにと、手紙が何通も届けられた。私は嘘をついた罪に応えるには、これしかないと、「流産しました」と書いた手紙を、今日出すか、明日出すかと、一日延ばしにしていた。夫からの手紙が、あまりに新しい命の誕生を喜んでいるがために、その心を思うとますます出すことができなくなって行くのだった。

夫は、結婚十二年もなって子が出来た、その不自然さを感じていないのだ。やっと神の順番が今まわって来たのだと信じて疑わないのだ。そんな喜びをいっぱいに届けられる手紙に、私は、もう嘘でしたとはいえなかった。私は罰を受けたのだ。最後の望みだった、夫との交わりも、一週間もしないうちに、ダメだったと思い知らされたのだった。

そんな思い悩む私に恐ろしいことが起こった。悪夢としか思えないことだった。その手紙を見た時、嫌な気がした。住所は、男名で、東部の大きな都市で番地まで記してあった。しかし間の抜けたことに、消印が牧場のものだったのだ。私は何の躊躇いもなく、その手紙を、ナイフも使わず、手で破いて開けた。案の定、中にはいつもジェニーさんの使う、薄い便箋用紙が入っていたのだった。私は震える手で、便箋を引き出した。そこには、私が一番恐れていたことが書いてあった。

一行読んで、私はその手紙を両の手でくしゃくしゃに丸めて、その手の上に額を当てて机に突っ伏した。どれくらいそうしていたのだろう。もう陽が陰りかけていた。女中が、ランプに火を入れましょうかといって、やって来た。

ランプの灯りのもとで、私は、テーブルの上で丸めた便箋を、両の手で伸ばして、心して読み始めた。そこには、ジェニーさんの、喜びに踊るような文字でこうあった。

〝最愛の兄様、今日はとても素敵なお知らせがあるのです。ジェニーは妊娠しました。そう、赤ちゃんが出来たのです。兄様が出発された日に、お医者に行って来ました。サムの奥さんが、私の服を脱がしながら、ご飯を全然食べないくせに、マーマレードだけは欲しがる。大好きなチョコレートは味が変わったというし、昼間でも眠くなってしまう、重い病気ならどうしようと心配して、やって来たのだと、一方的にまくしたてました。そうしたら、お医者は私の脈も見ないのに、あなたには旦那様がいますか、いるなら、それはおめでたです、といったのです。サムの奥さんはその意味がわからなくて、おめでたって何よと聞きましたが、奥さんおめでとう、赤ちゃんができてますよ、というのを聞くと病気じゃなかったんだ、赤ちゃんだったんだと安心していいました。牧場に一人でも子供を産んだことのある婦人がいたらすぐわかったのにと、お医者はいうのです。サムの奥さんが、あたしにはまだ赤ちゃんがいないから、というのを、サムの奥さんが本心からいっているのに、男の格好の彼女の姿を見て、あなたがわからなかったのは仕方がありませんとお医者にいわれて、後で悔しがっていした。兄様がいつかいったでしょ、ジェニー私の子を産んでくれるかいって、ジェニーはちゃんと約束を果しましたよ。マミィと呼ばれる日が待ち遠しくてたまりません。まだ赤ちゃんは本当に小さくて、ご飯も無理に食べなくてもいいそうです。それはつわりといって、皆なるものなのだそうです。それより、長く汽車に乗ったり、馬の早駆けの方がよっぽど危ないことだったそうで、もうジェニーは馬に乗ってはいけないそうです。ただ嬉しくて何を書いているのかわかりません。でも赤ちゃん出来ました。兄様喜んで下さるでしょう。兄様はダディと呼ばれるのです。おなかは、まだペシャンコで、本当にここに赤ちゃんがいるのか、不思議に思えます。でもとっても嬉しい。ジェニーよくやったと兄様に褒めて欲しい。お母さんになるジェニーより〟

手紙は、内容があっちに飛んだり、こっちに来たりして、ジェニーさんの喜びが、手に取るようにわかる文章だった。この無邪気な、ジェニーさんからの手紙を見たら、夫は、いったいどうするのだろうと思った。妻である私に子供が出来ていると思っている。そこにジェニーさんの妊娠を知ったら、ジェニーさんの子供を認知して引き取るというのか、ジェニーさんを愛人として、二つの家庭を持つというのだろうか。

そんなことは先のことだ。私には赤ちゃんがいないのだ。嘘だとわかったら、夫は、本当の子供の出来たジェニーさんの所へ帰ってしまうのではないか。それが一番恐ろしかった。

私は流産しましたと記した手紙を出しそびれた。ある意味それは良かったことかもしれなかった。

ジェニーさんからすぐまた手紙が来た。

〝最愛の兄様、先回慌てていて書いていないことがあったのでまたお手紙します。それは、赤ちゃんの生まれる日のことです。お医者は、ジェニーの最後の月のものが始まった日と終わった日、それにね、恥ずかしいことに兄様が初めてジェニーを愛して下さった日を聞いて、たぶん来年の六月の末から七月の半ばまでには生まれるだろうというのです。楽しみです。相変わらず、マーマレードばかり舐めているので、サムの奥さんが、お肉も食べなさいといいますが、匂いを嗅いだだけで吐き気がします。体はまだ何の変化もないのに、つわりが赤ちゃんが出来た証拠だというのも不思議なことだと思いませんか。外から兄様のものが入って来て、赤ちゃんが出来るっていうのも、思えば不思議なことです。毎日楽しいけれど、馬に乗れないのが不満のジェニーより〟

初めてジェニーを愛して下さった日、という一文がとても気になった。本当に夫とジェニーさんはそれまで何もなかったのだろうか。しかし、子供は来年の六月の末から七月にかけて生まれるのだ。夫があんなに乱暴に私を抱いた日から、ジェニーさんの妊娠までそれほど日は空いてはいないだろう。私も子が出来ていたら、その頃母になっているのだ。

私は、夫への手紙に、マーマレードが欲しくて、肉には吐き気がすると書いて送った。すると、夫からマーマレードの瓶が箱ごと送られて来て、赤ん坊のために、少しでも口に合うものをとって、体を労わって欲しいと手紙が添えてあった。多忙であるはずの夫が、人に頼んだであろうとはいえ、わざわざ手紙を書き添えて、マーマレードを送ってくれる、その気持ちの中には、言葉にはないけれど、ジェニーさんとのことへの謝罪の気持ちが込められているのだろうと思えて、こんな生活をしていて良いのかと、心惑うのだった。私はマーマレードの瓶を開けて舐めてみた。口の中にほろ苦さが広がって、本来ならこれを舐めているのは、ジェニーさんのはずなのだと思うと、もうどうしようもできない所まで、落ち込んでしまっている自分に歯止めがきかない恐ろしさを感じるのだった。

私は再び、アン＝マリーに救いの手を求めたかったが、どうしてもそれが出来なかった。私は罰を受けたのだ。

ジェニーさんからは、思いついたように手紙が届く。

〝つわりが終わるどころか、ますます酷くなって、マーマレードも口に合わず、今では糖水しか口に出来ません。サムの奥さんが心配して、医者には隣の駅まで行かなければならないので、うちの駅の旗振りの奥さんが、子供を三人無事育てたというので、日中の話し相手に連れて来てくれました。お産は病気ではないけれど、体は大切にしなければならない。お産で亡くなる人も、結構いるのだそうです。特に、ジェニーは初産なので心配だろうけれど、母親になるのだと心を強く持っていれば、きっと良い子が産まれるだろうと、励ましてくれました。でも、体がふらついて散歩にも行けず、日中でも横になっている日が多いです。心を強く持てといわれても、ちょっと心配してしまうジェニーより〟

私はそんなものかと、文章を少し変えて、夫に書き送ったら、すぐに返事が来て、医者に行くように、そして全てのことを女中に任せて、安静第一に努めて、とにかく体を労わるようにと、それは心のこもった手紙が来た。夫に心配をかけていると思うと耐えられない思いがした。

　私はついにたまらず女中に相談した。もう一人ではどうして良いのかわからなかったのだ。女中は、どこからか産婆を連れて来た。私は、「夫が、若い女に子供を作ってしまって」というと、「ええ、心得ておりますよ。そのお子さんは、どこかへ里子に出せば、よろしゅうございますのでしょう。こちら様の名前も何も知られる、ご心配はいりませんです」

　私は、この見知らぬ中年女に、何もかも打ち明けた。

「私は、女の元へ走った夫を取り返したくて、子供が出来たと夫に嘘をついたのです。それを夫は信じて、私の元へ戻って来てくれましたが、私は妊娠などしていないのです」

赤ん坊

　産婆は私の話を聞いて、

「ようございます。そういうお話もないわけではございません。奥方様がお子様が出来たように見えればいいわけで、そのために手を貸してくれる服屋もございます。何のご心配もいりませんでございますよ。全てお任せ下されば、他人には決してわからず、お子様をお産みになられますよ」

　中年女は、そういって笑った。

　しかし私は一番心配していることをいった。

「もし、相手の方が赤ちゃんを渡してくれなかったら、どうしたらいいでしょう」

「その時は、養子に出したいという子供を探します。仲間内で、お宅様に一番似たお子様をお探しいたします。多少難しくはございますが、ただ養子というならば、移民の子などでしたらいくらでもいますが、それはお望みではございませんでしょう」

「その通りですわ。養子が欲しいだけだったら、私がこんなに苦悩する必要はございませんもの」

　私はこの話を聞いて、少し心配になった。しかし私にはこれに賭けるしかもはや、なかったのだった。

「夫は今仕事で外へ出ておりますが、ちょうど産み月に仕事が終わりそうなのです。どうしたら良いのでしょう」

「その時は、長くても一週間か十日でしょ。病院に入院していればいいのです。相手のお嬢さんも一緒なら、戸の内側のことは殿方には窺いしれないでしょう。お生まれになったお子様を、あなたのベッドの横に寝かせれば、それで済みますですよ」

そうなったのなら、どんなに良いことだろう。私は決心をした。

「お願い、いたしますわ」

私はこうして、悪魔との契約を結んだのだ。

ジェニーさんからは、あいも変わらず手紙が届くのだった。


〝何となく、おなかが大きくなったような気がします。もうコルセットを使うこともやめました。以前住んでいた街にあった洋装店から布を送ってもらって、ゆったりしたドレスを毎日作るようになりました。つわりも楽になって、パンやスープも食べられるようになって来ました。赤ちゃんが食べたいというようになったのだと思います〟

私もコルセットを外した。そして紹介された服屋に行って、ゆったりした服を作った。


夫にそのことを書いて送ると、ついにおなかが大きくなって来たのかと、妊婦のイメージがわいて来たようで、今まで以上の感情のこもった返事が届いて、私は涙が出た。これが、本当のことであったらどんなに良いことだったろうに、夫が忙しい中にあって、子供のことと私のことを考えてくれているのかと思うと、たまらなかった。

ジェニーさんからは、また手紙が来て、それには、

〝今日、おなかの中で何かがソヨと動いた気がしました。ついに赤ちゃんが動いたのかと、感動しました。何ともいえない気持ちです。だって、私のおなかの中に、動くものがいるのです。凄い不思議なことでしょう？　これから先、どうなるのか、とっても楽しみです〟


私も、夫にソヨと何かが動きましたと、手紙を書いた。私もジェニーさんから手紙が来ると、自分の体に起こったことのように感じて、つい手紙を書いてしまうのだった。しかし、不思議なのは、なぜジェニーさんは、このミシガンの家へ手紙を送り続けているのだろうか。夫からの手紙が届くわけでもないのに、なぜなのだろうと、いつも手紙が届く度に思う。

夫との秘密の手紙のやり取りをしているとはとても思えない。夫は、ジェニーさんの妊娠をまだ知らないようなのだ。知っていたら、きっと私への手紙の内容も違っているだろうから。も

ともと何を考えているのかわからない娘だったけれど、最初に妊娠を告げて来た時は、夫に妊娠したというつもりでいたはずだ。それを私に見透かされたとわかったはずなのに、なぜなのだろう。ジェニーさんが、直接ワシントンの夫に、子供が出来たといったとしたらどうなるのだろう。私は今それが一番恐ろしい。ジェニーさんの手紙には、いよいよ赤ちゃんが育っていく様子が記されるようになった。

〝今日、初めて赤ちゃんの、手か足かわかりませんが、私のおなかを、ちゃんとわかるように、突いてきました。伸びをしたのでしょうか、とうとう母になるという気がはっきりとしました。男の子か、女の子か楽しみです〟

その中には、こんな手紙もあったのだ。

〝兄様、一緒におうちを見に行く約束覚えてますか。ジェニーは、不動産屋と手紙のやり取りをして、こちらの希望する家をいくつか紹介してもらいました。今、五か月に入って、医者も安定期だというので、思い切ってサムの奥さんについて行ってもらって、家も見て回りました。私はいくらなんでも大き過ぎるといったのですが、サムの奥さんが、毎年子供が出来るのだから、これくらい部屋数がある方がいいといいはって、大きなお屋敷を買うことに決めました。街の方がお医者も、病院もあるので、その方が牧場にいるより安全だというので、引っ越すことにしました。サムの奥さんと、サムとで皆してくれました。小間使いのエイミーが、近くでおばさんが、女中をしているといって、来てくれることになりました。名前はマギーです。兄様の立派な書斎もあります。庭にはブランコを置きます。サムは、コックにパンの焼き方を教えています。あとは赤ちゃんが無事に生まれて来てくれたら何もいりません。あのねジェニー、急におなかが張ってしまって、お医者を呼びました。無理をすると早産になってしまうと注意を受けました。街だと何でも手に入るので、ベビー服を作って、大人しくしていることにしています。とにかく赤ちゃんが生まれるのが待ち遠しくてなりません。お母さんになるジェニーより〟

そうして中部の新しい住所が記してあった。

手紙を読みながら、是が非でもジェニーさんに無事な子供を産んでもらわねばと思った。時折服屋に行って、その月数に見合った詰め物を腹に巻くようになった。これで私も外見上は妊婦に見えるはずだ。

ある日産婆が、可愛いベビーベッドと、ベビー箪笥を持ってやって来た。ピンクの小さな天蓋が付いて、花や小鳥が描かれた、まだ新品のベッドである。はっきりいわないのを、問い詰めると、何でも死産した家から引き取ってくれといわれて、持ってきたのだという。そんなものを、という私に、まだ使ったわけではないし、それにベッドの用意もしていないではないか、というのだった。私の所が、そんなに豊かでないと思っての心遣いなのであろう。この家には、子供部屋がないので、客間を使うことにして、そこへベッドを置いた。可愛いベッドは、この寂しい家の中で、新しい命の誕生を示す唯一のものであった。私は夜眠れないと、客間に来て、ベビーベッドを眺めながら、自分の大きくなった腹を撫でて、夢が叶うのを祈った。アン＝マリーにも、実家にすらも妊娠したとは伝えていない。そんなこと、とても神を裏切っているようでいえるものではなかった。だから、私はたった一人ぼっちだった。いつ自分が妊娠していないことが夫にばれ、ジェニーさんのことを夫が知ったらと、生きた心地がしない毎日だったのだ。

そんな中でジェニーさんからの手紙が届く。

〝今日、本当に赤ちゃんが、私のおなかを力いっぱい蹴りました。痛くて思わずうずくまってしまいました〟

〝兄様、今日、赤ちゃんが、私のおなかの中で、寝返りをしました。おなかが、引っ張られるようで、本当にびっくりしました。赤ちゃんはもう、こんなに大きくなっているんですよ。凄いなぁとおなかを撫でています〟

私はジェニーさんが、羨ましくてならなかった。私に出来なかった、こうして夫の子を身ごもり、その成長を身をもって感じられるのだから。

それでも私は夫に手紙を書いた。書いたらば、夢が叶うのではないかと、思いつつ私の身にはあり得ないことを書いた。虚しさが、私を包んだ。

そんな時、突然夫が帰って来た。私はちょうど、服屋に行って中の詰めものを増やしている所だったので不在だった。知らせを受けて慌てて家に帰って、不在だったことに安堵した。直接だったら、私はどんな顔をして夫を迎えたら良いのかわからなかったから。

夫は私の腹に触りたがった。そして子供が寝がえりをする所が見たいのだと、私が手紙で書き送った至極まともなことをいった。しかし私にどうしろというのだ。腹の中身は綿であって、そもそも子供なぞいないのだから。しかも夫は泊まっていくという。私は狼狽えた。腹を見せろといわれたらどうしよう。私はベッドの中で、体を硬くして、夫を拒絶した。夫が、私がまだジェニーさんとのことを不快に思っているのだ、と考えていてくれることに賭けた。私は夫にベビーベッドを見せると、夫はようやくこの家に来て、初めて父親として感激したといった。このベッドだけが、この家に、新しい命を迎えいれるものであったから。

夫は私に紅茶を入れてくれた、マーマレードを添えると、なんでお前達はこんなものを好んだのだろうかと呟いた。確かにお前達といったのだ。夫の心の中にはまだジェニーさんが生きているのだと思った。

夫は私が書いて送る、ジェニーさんの母親となる姿を、私のことだと思って会いに来たのだ。私は、この苦しみを、いっそ夫に懺悔してしまおうかとも思った、明日になったら、これはみんな嘘なのだと、オーティに告げようと思った。オーティはきっと去ってしまうかもしれない、しかし私はもうこれ以上夫を、裏切り続けていくことはできないと思ったのだ。

しかし私は許されなかった。私の決心は揺らいだ。翌日の新聞に、私が妊娠した記事が出てしまっていたのだった。夫は、私に記事のことを謝った。逆に私は、もっと早くに恐れずに、流産したと手紙を出せばよかったと思って、もはや事は私の手の届かない所へまで飛んで行ってしまった、私のついた嘘の恐ろしさに涙した。もう逃れはできないのだ。夫は一週間遅れで新聞が牧場に着く。私の妊娠はジェニーさんに知られてしまうのだと苦しげにいった。ジェニーさんが、引っ越したのは知らないようだった。

夫とジェニーさんが暮らしたのは三月にも満たなかったが、私に離婚を迫ったくらいだ。さぞ二人で未来を語ったに違いないのだ。そして、子供が出来て、家を買ったのだ。私だって、あの夢のような新婚の八か月の間に、子供が出来ていたなら、私の人生はどのようなものだったのだろうと思う。

子供が欲しかった。それは当たり前に、夫も同じに思っていたのだったのだと、私の嘘の手紙に喜ぶ夫を見て申し訳ないと思った。

新聞のせいで、オーティに妊娠は嘘だといいそびれてしまった。オーティは、私が暗い顔をしているのは、まだジェニーさんとの、わだかまりがあるのだと思っている。その口の端にジェニーさんのことであろう陳謝の言葉が出るのが、たまらなかった。確かにあの娘のことは許せない。しかし、私にはもっと大きな闇に包まれているのだ。私は夫の帰り際に、「私がどんな悪いことをしたとしても許して下さる？　人として許されないことをしていても、私の所へ帰って来てくれますか？」といって夫に約束させた。

これが、その時私が出来た、夫に対して精一杯の許しを求める言葉であった。夫にはきっと、私が何をいわんとしているのかわからなかったのだと思う。夫は、この家に暖かな愛を求めて帰って来たに違いないのだ。しかし、そもそもそんなものはこの家には何もなかった。ただ死んだ児の形見のベッドがあっただけだったのだ。

私に取るべき道は、たった一つしかないと思えた。今まで考えることさえ、忌嫌っていたことなのに、それしか道はないのだと私は思った。リリーに泊りがけで出かける支度を命じた。リリーは驚いて、「そのお姿でお出かけになるのですか」と聞いたが、私は、「これが今の私の姿でしょう」と答えた。私は、妊婦なのだ。

駅で拾った辻馬車の御者は、私に向かって、「奥様、所番地だとここになりますぜ」といった。

そこは、門番小屋に車寄せのある、立派な煉瓦造りの屋敷があった。御者は、私の手を取って気をつけて降りて下さいよといって降ろしてくれた。鞄を持って、門番の所へ一言二言いうと鞄を渡して、帰って行った。

門番に案内されて玄関で待つと女中が出て来た。来意を告げると、こちらへと応接間に通された。私の実家より立派な家である。本当に、ジェニーさんはこんな所に、住んでいるのだろうか。大金持ちの家である。

暖炉の上に、夫と写ったジェニーさんの写真がいくつも飾ってあった。私は立っていって、そのうちの一つを手に取った。夫の顔が笑っていた。私の胸がギュッと何に掴まれたように痛んだ。オーティ、なぜジェニーさんとなのと思うのだった。

戸が開いて女中が、奥様ですというと、その後からジェニーさんが入って来るのがわかって、私は慌てて写真を元に戻すと、急いで椅子に座った。ジェニーさんは、ベロア地の、ウェストにひだを沢山寄せた、ゆったりしたドレスを着て、ゆっくり歩いて来ると、下腹に手をやって、椅子にそっと座った。

「不思議なお客様ですこと」と、ジェニーさんはいった。私は何も答えられなかった。

「新聞で妊娠のこと拝見しましたわ。それでも兄様しか知らないはずの、このおうちによくいらっしゃいましたわね」

ますます私は答えられない。

そこへちょうど女中が、お茶を持って来た。

「私、マーマレード入れますけれど、リビィさんもお好き？」

「え、ええ入れて下さい」

「私つわりの時、このマーマレードばかり舐めていましたのよ」

そのことも、手紙で知っている。

「ねぇジェニーさん、お願いですからオーティを私に返して下さい」

「あら、もうあなたの所に兄様はいるでしょ。その空っぽのお腹に赤ん坊がいるって信じてね」

「どうして、そんなことおっしゃるのかしら」私は叫んだ。

「私、さっき見て思ったのよ。妊娠してたら、あんなに早く椅子に座れないわ」

ジェニーさんは見るからに、まどろかしい様子でカップに手を伸ばすと、スプーンを持った。

「私は今はもう両手で支えないと、椅子から立ち上がれないのですよ。座る時はなおさらですわ。体が重くなって、素早くは動けなくなってしまいましたわ」そういって、紅茶を飲んだ。

そこまで、見破られているのだ。私は立って行って、ジェニーさんの膝に手をついて、跪いた。

「お願いです、ジェニーさん。そこまでわかっているなら、あなたのおなかの赤ちゃん、私に下さい」

そういって、膝に頭を付けて頼み込んだ。

「リビィさんの言葉とも思えませんわ。私のこと、大嫌いじゃないんですか。私の赤ちゃんですよ。そもそも、この家に来たっていうことが、兄様裏切っていることではないのではないですか」

「本当に私が悪いのですわ。でも不思議でならないのは、なぜジェニーさん、私にばれているとわかっていながら、ミシガンの家に手紙を送って来るのですか」

ジェニーさんは、ゆっくりとカップをテーブルに置くと、クッションを一つ手に取って、それに体を預けて、私を見た。その時の勝ち誇ったような、いたずらを見つけられた子供のように、片方の頬に力を入れて笑っているような顔は、長いこと忘れられなかった。

「私の悪乗りなのよ。ヘンリーと砦を出た時、兄様の赤いスカーフが一本なかったでしょう」

「あれは夫が、あなたにあげたのだと思っていましたわ」

「そうなんだよね、サムの奥さんにもそういわれた。私は、本数を知ってるだろうリビィさんが、一本なくなってたらどんな顔するだろうって、困らせようと考えたのに、兄様が悪者になっちゃったんだ。そんなつもりなかったのに。兄様に悪いことしちゃった」

「あなたまさかそんな子供みたいな理由で、私の所へ手紙を出し続けてたんですか」

私は呆れ果てて、言葉が続かなかった。

「最初の手紙に、リビィさんが気づくかサムの奥さんと賭けたの」ジェニーさんは、クッションを除けると、手を伸ばしてクッキーを一つ取って口に入れた。横にうずくまる私のことなど、気にしていないようだった。

「さぁ妊婦が、そんな格好してたら、体に悪いわ、きちんと椅子に座らなくちゃ」と、本心なのか茶かしているのかわからない、真面目な口調でいうのだった。私は渋々椅子に腰を掛けた。

「今度はあなたに絶対に見つからないって、私思ってたのにわかっちゃったんだね」

「だって、東部の住所なのに、消印は牧場だったのですもの」

「あっそうか、消印のこと忘れていた。それだけ赤ちゃん出来たの、嬉しかったからね」

「あの差出人の男性は、どちら様でいらっしゃいますの」

「ジェニーのおじいさん。お母さんの父親だよ」

「小さい時に亡くなられたカスター家の、お母さんの」

「違いますよ、本当のおじいさん。私を産んだお母さんのだよ。私カスター家の養女だって知っているでしょ」

「生家のことが、どうしてわかるのですか」

「だから調べたの。ヘンリーと結婚するかもしれないって思った時調べたの。私の母親は、議員の夫と三人の男の子の親になってて、私が産まれた家に、おじいさんは一人で住んでいるんだよ。嘘だと思うんだったら行ってみれば、案外寂しがって、話し相手になってくれるかもしれないよ」

「ジェニーさん、あなたそれで何でもないの」

「母親は十七の時にあたしを産んだんだって。望まれて生まれた子じゃなかったから、すぐ捨てられたの。養女に出されたんだよ。今さら会いに行って、歓迎されると思う？　だからジェニーは一人ぼっちなんだ」

　私はどうしても、ジェニーさんの腹の子が欲しかった。何といえば、渡してくれるのかと考えた。

「ジェニーさん、今のままなら、あなた、てなし子を産むことになるのよ」

「それはどうかな。私に赤ちゃんが出来たって聞いて、サムの奥さんが嫉妬したの。私は、もう嬉しくて、すぐワシントンに電信打つっていったの。そうしたら、サムの奥さんが、あたしも赤ちゃんが欲しいのに、一人だけずるいって、いい出して手紙出せなくなっちゃったんだ。もう一人赤ちゃん望んでいる人がいるでしょっていいはって、ミシガンの家へ、とりあえず手紙を書くことになったの。今まで兄様が、私のこと知らないのは、サムの奥さんのおかげなんだからね」

　サムの奥さんの提案はなんとありがたい、ことであったろう。夫の心を引きたくて、私のついた嘘を信じ切って、あんなに喜んでくれたオーティ、そこに、ジェニーさんの妊娠の報が届いたならば、夫はどんなに混乱したのであろうか。私の嘘は遠からずばれ、夫はきっとジェニーさんの所へ再び行ってしまうのだろうと思えた。夫が私のついた嘘を、妻としてそこまで追い詰められていたのだと、夫に哀れに思われるのも、辛いものがあった。

「新聞見てね、兄様から手紙が来ない理由がわかったの。それでね、お医者とか色々聞いてみたけれど、結婚して十年も経って子供が出来るなんて、あり得ないって皆いうの。それを信じた兄様はおめでたいというか、そこまでして子供が欲しかったんだなぁって思って安心したの。これからはジェニーが産んであげるからって」

　そういって、ジェニーさんは、また一枚クッキーをつまんで口に入れた。

「この頃、おなかがすぐ空くの。つわりが終わったと思ったら、何でも食べたくなっちゃうの。太るとお産が大変になるっていわれているんだけど、我慢が出来ないんだ」

　そんな体の変化もあるんだ、と私は空っぽのおなかを撫でながら、聞かずにはいられなかった。

「私、どうしても、あなたにお聞きしたいことがあるのです」

「なんだろう、怖いな」

　そういいながら、またクッキーをつまんだ。

「それは、私が嫉妬深いと思われても仕方のないことですけれど、私もオーティの妻なのです。あなたとオーティとの関係です」

「関係って、そりゃあ、いつも私は兄様のお嫁さんになるっていっていたよ。だけどそれだけだよ」

「それだけって、私恥を忍んで申し上げますわ。あなたと、夫の仲のことですわ」

「だから、兄と妹だよ」

「はっきりおっしゃって下さい。今となっては何を聞いても許します。あなたと、オーティの間にあったことです」

ジェニーさんは、カップを取って一口飲むと、「お茶冷めちゃった」といって、ベルを鳴らして、新しいお茶を持って来るよう女中に命じた。

「リビィさんには悪いことしたと思ってるよ。だけど私と兄様の間には、リビィさんが思っているようなことは、何もなかったんだよ。兄様にとって私は、七才の可哀そうな女の子以外の何者でもなかったの。私が乱暴されたの聞いてるでしょ。兄様は、私が結婚もできない不具だと思っちゃったんだよ。兄様は私を抱いて寝てくれたけど、それだけだったんだ。だって私、いつか砦の家で兄様とリビィさんが愛し合っているの見て、初めて、男と女ってああいうことするんだって知ったんだもの。昔のこと少し覚えていたけど、同じこととして兄様が、とってもよかったよリビィっていっていたの、そしてリビィさんが、私もよっていったから、驚いたんだ。その時、私も兄様と男と女のことをしたいって思ったんだよ。兄様の名誉にかけて誓うよ。私達は何もなかったの」

私はこのジェニーさんの独白を聞いて、嫉妬に狂って、夫を信じ得なかった自分の、愚かさを知った。夫にいくらジェニーさんとの関係を迫っても、もとから何もなければ、夫は否定するしかないではないか。それを責め続けた結果、夫はジェニーさんの所へ行ってしまったのだ。もはやあの時、ミシガンの家には愛がなかったのだ。愛さえあれば、二人きりであっても、過不足なく、暮らして行けたはずであった。私が全て悪いのだと、あらためて思い知らされた。

私は知らず、すすり泣いていた。ジェニーさんが、お茶が冷めるよ、といった。

「お医者がねぇ、私の月のものの終わった月と、初めて兄様と愛し合った日を計算して、もしかしたら、初めての日に、すでに赤ちゃん出来たかもしれないって、いったんだよ。それって、凄いことじゃない？　今兄様に手紙書いている所なんだよ。いくら何でも、もう本当のこといったっていいだろうって思うから」

私はお茶のカップを置いた。やはり何度飲んでも、マーマレード入りの紅茶は馴染めなかった。

「お願い、それだけは止めて、そしてあなたの赤ちゃん私に下さい。このままなら、その赤ちゃん、私生児になってしまうのよ。それでもいいの」

「だって、今リビィさん何か月か知らないけれど、子供が産まれるわけないじゃない。兄様に嘘ついてそんな格好して、最後はどうするつもりだったの。私の赤ちゃん取り上げようっていっても、駄目だからね」

「私はどうしても、あなたからオーティを取り戻したかったの。それで、オーティが一番欲しがっているもの、赤ちゃん出来たって嘘をついたの」

「ワシントンに手紙を書いたの？」

「いいえ、ジェニーさんには申し訳ないけれど、ワシントンからの手紙に、小さなカードを入れたの。オーティが気がついてくれたら私の勝ちって思ったの」

それまで勝ち誇っていたように見えた、ジェニーさんの顔が、たちまちクシャクシャとなったかと思うと、両手で顔を覆うと、肩を揺らして泣き出し始めた。

「兄様その時、ジェニーのこと騙していたんだ、リビィさんのこと知ってたんだ。おうち見に行くって嘘だったんだ」

大声を上げて泣きじゃくり始めた。その姿があまりに激しいので、私は慌ててベルを鳴らした。

女中がやって来て、「お嬢様、どうなさったのでございます。こんなに興奮なさって、お体にさわります。横になられた方がようございましょう」と、小間使いを呼んで、ジェニーさんをそっと長椅子に寝かせた。横向きに寝たジェニーさんは、体中を震わせて泣き続けた。女中が、大きなおなかの下に、クッションを敷いた。

「お嬢様、どうぞお静まりを、お子様にさわりますよ。こんなにおなかが張っています。お子様が苦しがっていらっしゃいますよ、お医者様を呼びましょうか、どうしたらよろしいのでしょう」

ジェニーさんは、女中の言葉など耳に入らないようで大声で泣いている。

「兄様は、知ってたんだ。ジェニーはバカみたいに夢語ってたのに、兄様は、もう他のこと考えてたんだ。兄様はジェニーのこと捨てたんだ」女中は出て行って医者を呼びに行った。

私は、あまりの有様に、何もできずにオロオロしているだけだった。ただただおなかの子供が心配だった。私の大切な子どもなのだもの。

医者が来て、脈を診ておなかに触った。

「何をこんなに興奮していらっしゃるのです」と医者は私に聞いた。

「夫のことです」

それで話が通じたかわからないが、医者はジェニーさんに注射をして、手を握って
「しっかりなさって下さい。すぐに楽になりますよ」といった。

女中に向かって、

「睡眠薬を打っておきました。赤ちゃんのことを思うと、あまり使いたくはないんですが、今回はとても放っておけません。安静第一です。ベッドへ行くのも無理です。用を足すにはおまるを使って、なるべく動かさないことが必要です」

ジェニーさんは、おなかが痛いといって、泣いている。医者はおなかに手を当てて、深呼吸をするようにとジェニーさんにいっている。

「どうなんでございましょう」と私が聞くと、医者は、「もし今陣痛がついてしまったら、お産になるでしょう」といった。

「そうしたら赤ちゃんはどうなりますの」

「たぶん、助かりません。今は保ってもらうことを祈るしかありません」

「まぁ、そんなことが。お願いです、助けて下さい」私は焦った。

「ご本人の運にかけるしかありません。陣痛を止める薬はありませんから」

痛がって泣いていたジェニーさんは、やがて静かになって、いつしか眠っていた。

医者は私に向かって、あなたは大丈夫ですかと聞いた。

「えっ私……」私も外見は妊婦だったのだ。

「ええ、何ともありませんわ。それよりジェニーさんは無事でしょうか」

「ご本人次第です」

私のせいなのだ。ジェニーさんは別れの前の数日間を、夫と共に未来への夢を語り合ったに違いないのだ。まだその時は、自分のおなかに赤ちゃんがいるとは知らずにいたのだ。その時夫は私の嘘に舞い上がっていたのだ。もし夫がジェニーさんの妊娠を知っていたとしたら、どうなっていたのだろう。これで赤ちゃんが死んでしまったら、皆私のついた嘘のせいだ。

女中がやって来て、夕食の支度が出来たといった。

「私、そんなこと、こんな時にご迷惑でしょう」と遠慮したが、用意がすでに出来ているという。

「客間もお支度が出来ています」

「私、ジェニーさんのお傍にいたいですわ」

「でも奥方様もそのご様子では、今日は早くにお休みになられた方が、よろしいのではないですか。お嬢様は、私共でお世話をさせて頂きます。まずはお夕食をどうぞ」よく出来た女中だ。

立派な寝室だが、まだ引っ越して間もないからだろう、飾り物も少なくシンプルな部屋だ。女中が、何かお手伝いをいたしましょうかといったが、私は断った。しかし、ここにも夫とジェニーさんの写真が飾ってあった。夫はこの家を訪れることがあるのだろうか。赤ちゃんのことが心配だったが、汽車に乗って疲れていたのだろう。気がついたら朝だった。慌てて着替えて出て行くと、小間使いが来て、朝食をどうぞといった。

「ジェニーさんのお加減はいかがですか」

「お気がつかれて、落ち着かれています」

朝食の膳には、やはりマーマレードの瓶が置かれていた。私は紅茶とトーストを一枚食べた。私は小間使いに、ジェニーさんに会っても大丈夫だろうかと聞いた。

「お朝食も済まされて、お待ちになっていらっしゃいます」

ジェニーさんは、昨日の通り長椅子に横になっていて、ふわふわの柔らかそうなものをかけていた。

「おはようリビィさん、」

「おはようジェニーさん、お加減はいかがですか」

「今落ち着いています。以前も一度こういうことがあって、気をつけなくちゃいけないんですけれど、昨日は、もう本当にびっくりしてしまいました」

「私が悪いのです。あなたは本当におなかに赤ちゃんがいらっしゃるんですものね。私のことを許して欲しいのです。それから夫のことも。私達結婚して十二年も経つのに子供が出来なかったのです。それで随分前ですけれど、子供のことは諦めて、二人だけで生きて行こうと話し合ったのです。納得したはずでした。オーティはそれでも本心は子供が欲しかったのです。十二年も経ったのに欲しかったのです。普通なら十二年も経って子供が出来るなんてあり得ないと思うでしょう。でも夫は信じたのです。あなたに赤ちゃんが出来ていたとわかっていたらどうしたでしょう。でも不幸にも自分の手の中に望んで赤ちゃんがいたのに夫は気づかなかったのです。そんなオーティをどうぞ許してやって欲しいのです」

「あのね、私本当は赤ちゃんのことなんて、少しも思っていなかったの。兄様が来て、昔みたいにその胸に抱きしめてくれたの。もうそれだけで、私には十分だったの。でもしばらくして、サムの奥さんが、やっと二人きりになって、男と女のことしないのおかしいっていったの。愛し合ってるならするべきだって。私達サムの奥さんにいわれなかったら、ずっと昔のままでいたと思うの。ヘンリーと暮らしていたから、ちゃんと兄様迎えられたのよ。初めて愛してもらえた。嬉しかったわ。私も出来たって思ったの」

私は昨日のジェニーさんを見ているので、これ以上話をして興奮させるのは良くないと思って、その手を取って黙っていた。

「ああなんてお腹が重いのかな、寝返りうつのも大変なのに、これよりもっとおなかが大きくなったらどうなっちゃうんだろう」そういって、ジェニーさんはゆっくり寝返りをして、私に背を向けた。腰が痛いというので撫でてやった。

「今朝一番で、お医者が来て見てくれたの。もう大丈夫だって。だけど、どんな理由があっても、昨日みたいに泣き喚いてはいけませんって叱られちゃった。私が泣くと赤ちゃんも苦しいんだって。リビィさん、手を出して」ジェニーさんが私の手をお腹にそえた。

「ほら、赤ちゃん動いているのわかるでしょ」

確かに、何かが寝間着の下で動いていた。自分の体の中に異物が入っているのって、こんな感じなのだと思った。

私はそれから五日程、その家に留まった。そして砦での昔話などをしながら過ごした。そしてやっと私達は何となく和解したように思うようになった。何でもっと早く出来なかったのか不思議に思える程、姉と妹の会話になって来たのであった。

「私、そろそろ家に帰らなければなりませんわ。向こうでも心配しているでしょうから」

「赤ちゃんのこと、どうするの」

「私ね、最初オーティがワシントンに着いた頃を見計らって、流産しましたって手紙を出すつもりだったのです。夫はがっかりするでしょうけれど、私に赤ちゃんはなかったんですもの。それで嘘は終わりのつもりでした。けれどね、そこへジェニーさんからの手紙が届いたの。消印が変な手紙だと思ったわ」

「そんなに変だったの」

「ええ、それで私中身見てしまったの。悪魔がその時、乗り移っていたに違いないわ。それから届く手紙を見ていると、それがなんだか、私の身に起こっていることのように思えて夫に書いてしまったの。そうしたら、それを信じた夫がやって来てしまって、赤ちゃん動くのを見たいといい出して困りました」

「それでどうしたの」

「まだジェニーさんのこと許していない振りをしましたわ」

「それってひどーい」

ジェニーさんは、またゆっくりと寝返りをすると、クッションを抱いて、口を尖らせてみせた。

「凄いスリルの一晩だったね」

「私、もう耐えられなくて、明日こそ、打ち明けようと思ったら、新聞に出てしまってもうどうしようもなくなってしまったのです」

「それでジェニーの赤ちゃんとろうって来たんだね」

「とろうなんて、でももう他に考えつかなかったのです」

そういうと、私は鞄からリボンで縛った手紙の束を出した。

「本来なら、あなたが受け取るべき手紙ですわ」

「兄様筆まめだからね。でもあたしは他人の手紙を見る趣味はないの」

厭味をいっているのだ。

「私赤ちゃんあげないよ。私は実の母親に捨てられたんだもの。あたしはこの子を手放しはしないわ」とおなかに手を当てた。

「ジェニーさん、どうしてもだめですか」

「嘘はいつかばれるよ」

ジェニーさんはそういって、クッキーの皿を取ってくれといった。

「私、オーティが認知さえしてくれたら、子供を連れて、実家に帰るつもりなんです。父は心臓を病んで寝たきりで、孫の顔を見せてやりたいし、父は私の結婚式の当日まで、この結婚に反対していました。一緒に住むといったら、どんなに喜ぶでしょう。今回の作戦は六月の中半頃に決行されるとオーティはいっていました。仕事が終わったら早くに帰って、お産に立ち合いたいっていうのです。お願いしますジェニーさん、赤ちゃん私に下さい。夫が帰って来たら、私の嘘は暴かれます。赤ちゃんを産むのはあなただと、夫は知ることでしょう。私これを持って来ました」

私は封筒をジェニーさんに渡した。

「もう記名はしてありますから」

「え、これって離婚届でしょ」

「はい、私は身を引いて、オーティの子供と暮らして行きます」

ジェニーさんは、明らかに悩んでいた。

「私が今この姿で、離婚届持って、ワシントンの、兄様の所へ行くとは思わないの？」

「ジェニーさん、そんなことなさいますか」

ジェニーさんはクッキーの皿を抱えて、バリバリクッキーを食べている。

「あなたはまだ若いし、これからだって、オーティの子を何人も産めるでしょう。でも私はもう無理です。あのミシガンの家には、笑い声一つないのです。私、あなたと夫の写真を見て驚きました。夫が笑っているのです。先日私達も写真を撮りましたが、オーティは厳しい軍人の顔をしていました。私達はもう形だけの夫婦なのです。だから子供が欲しかった。子供が出来たと知った夫の喜びようといったらなかったのです。ねぇお願い、私に赤ちゃんを下さい。今さら子供はいなかったと、世間に知られたらどんなスキャンダルになることかわかりません。あなたは、赤ちゃんを捨てるわけではないのですから」

お産

私は、ミシガンの家の近くに、小さな家を借りた。こちらから医者を同行させたにも関わらず、ジェニーさんの女中は、この体で汽車に乗るのなんて、とんでもないことだと反対した。ジェニーさんも、この家で産んではだめなのかといったけれど、夫がいつ帰ってくるかわからないのだ。その時、私の近くにいてくれなくては困る。私は特等の個室で横になったまま行くのだし、医者もいるといい切って、ジェニーさんを連れ出した。

小間使いのエイミーがどうしてもついて来るといったので、仕方がないと思った。何の理由も聞かされていない女中にしてみれば、子供の父親の家で突然お産をするのだという意味が理解できないのはあたり前だろう。ジェニーさんに、こんな無理は体に悪いから絶対にやめるようにといい続けた。女中にすれば、それがあたり前の考え方で、無理はなかったが、ジェニーさんの兄様のおうちでお産するとの一言で諦めて、それでも大きなトランクに詰めたベビー用品を持たせてくれた。

ジェニーさんは、汽車に乗るのに抵抗があるようだった。

「おなかが痛くなったらどうしよう」

「私がついていますから、大丈夫ですよ」と医者がいった。こんなわけありのお産について来るような、医者だ、腕の方はどうなんだろうと思えるのだった。

　ジェニーさんは、クッションをあちこちに当てて、なるべく楽な態勢を作った。それでも、線路の切り替えなどで汽車が大きく動くと、おなかを押さえて悲鳴を上げた。可哀そうだと思うけれど、とにかく無事で家に着いて欲しかった。

　家のある駅の一つ前の駅で降りて、馬車に乗って夜に借家に向かった。もう何をするのも億劫そうなジェニーさんが、そこまでする必要があるのと聞いた。子供は一人なのだ。母親が二人いては困るではないか。

　借家には、すでに産婆が待っていて、ジェニーさんを迎えた。

「このお嬢様ですね。このおなかの具合から、お産は、七月に入ってからかもしれませんね。何のご心配もいりませんよ。私はもう数えきれないほど赤ちゃんを取り上げていますから。安心していてくださいませ」と、下腹を撫でながらいった。

　それからジェニーさんは借家に閉じこもることになった。散歩にも出さない。人目に付くわけにはいかなかった。私も人目を避けて借家に行くと、彼女は本を読んでいるか、編みものをしていた。そして、日に何度となく産婆とその助手に肩をとられて、ベッドの周りを歩いていた。体力をつける意味と、赤ちゃんを太らせないためだという。赤ちゃんが大きく育ち過ぎると、お産が重くなってしまうのだというのだ。明らかにジェニーさんは辛そうだが、黙って従っていた。

　ジェニーさんは退屈していたのだろう、私の顔を見ると嬉しそうに笑った。そして手土産のチョコレートや、砂糖菓子を渡した。産婆は太るからと、いい顔をしなかったが機嫌良くいて欲しかった。赤ちゃんもきっとその方が良い子が産まれると思ったから。

「兄様どうしていらっしゃるかしら」

　ジェニーさんは、いつもそう聞く。この借家に新聞は届かない。ジェニーさんに心配をかけまいと、そうしているのだ。

「今もう西部の砦ですわ。きっと新兵教育に忙しくしているはずでしょう」

「もう砦に行くことも、二度とないでしょうけれど、懐かしい」

　いつもジェニーさんは砦のことを懐かしがった。私達はあんなにいがみ合っていたのに、今では、二人にとって懐かしい思い出になっているのだから、時が過去を変えていくのだろう。

　ジェニーさんは夫に仕切りに会いたがった。夫の子を産むのだからあたり前だろう。私も会いたくてたまらなかった。私達の子供が産まれるのだ。たとえ子供はジェニーさんが産んだとしても、世間に知られた、結婚十二年目に誕生する奇蹟の子として、私達の子になるのだ。私はオーティが私を捨てるとは思っていなかった。ジェニーさんには気の毒だったが、夫は私と離婚は決してしないという確たる自信があった。だから、私はジェニーさんに出来うる限りのことをしたのだ。そうしなければ、とても気が済まなかったのだ。

夫が帰って来た後は、どうするのか悩ましいことだった。ジェニーさんは現実に接して泣くだろう。悔しいことだけれど、ジェニーさんに、夫との時間を持たせてやらなければならないのかとも考えた。私は子供のためならと悪魔に心を売ったのだ。

ジェニーさんの前に突き出ていたおなかが、下に下がって来た。お産が進んで来たのだという。相変わらず、産婆の肩を借りてベッドの周りを歩いている。

「ああ、もうだめ、おなかが張って来ちゃった」といって、ベッドに横になった。

「赤ちゃん、男の子かな、女の子かな、楽しみだなあ。兄様喜んでくれるかな、早く産まれればいいのに」

そういって、おなかの中の赤ちゃんが動くのを撫でながら楽しそうにいった。

産婆は少しずつ、ジェニーさんにお産の仕組みを教えていた。

「よくお産は痛いといわれますが、ご自分のお子様をお産みになられるのですから、出来る限り我慢が必要です。あなたなら出来ますよ。お産を怖がって体に力を入れてしまいますと、お子様が苦しまれます。お子様の誕生を楽しみになさっていれば、きっと立派なお子様がお生まれになりますよ」

「男の子か女の子かわからないの？」

「わかりませんです。それもお楽しみでしょうが」

「私の子なのに、わからないなんて不思議ね、あなたはいったいどっちなのかしら」といって、チョコレートをかじった。

私はその無邪気な姿を見て、心が痛んだ。夫の妻になるのだと信じて疑わないジェニーさん。子供は私のものになるのだ。あなたの幸せは、お産の苦しみで終わるのだ、とはとてもいえなかった。

女中のマギーが持たせてくれたトランクには、新生児用の上等なベビー服が沢山入っていて、ジェニーさんはベッドの上に並べては、まだ見ぬ子に着せるのだと笑った。白絹のレースが沢山付いたドレスを手に取って、これを着せて一緒に写真を撮るのだという。揃いの帽子も付いていていて、手に取って赤ちゃんて、こんなに小さいのかなぁという。

「お産痛くないといいけどなぁ」

「痛くないお産はございません。男では耐えられないと、いわれる程です」

「どれくらいお産にかかるの？」

「早ければ数時間の方もあれば、何日もかかる場合もありますです。初産は少し時間がかかるかもしれませんですよ」

「私大丈夫かしら」

「そうやって、甘いものばかり食べていると、太ってお産にさわりますよ」といって、産婆は砂糖菓子をつまんでいるジェニーさんに、釘をさした。

子供が産まれる時が来るのを、心配半分ながら、心待ちにしている二人のほのぼのとした会話を聞きながら、私は、頬に紅をさして顔色の青白いのを隠していた。その朝届いた電信を見て、私は自分がまだ立っていられるのが不思議だった。こんなことが、起こるのかと思えた。

「私、急用が出来て、数日家を空けなければならなくなりました。ジェニーさん、お体を大切に、私が帰るまで、お産が始まらなければいいのだけど」

「リビィさん、そのお姿でお出かけするの。何のご用ですか、早く帰って来て下さいね。ジェニーお産一人でするの心細いですから」

私はその無邪気な顔を見つめて、思わず肩を抱いた。

「すぐ帰って来ますから」

私はここで泣くわけにはいかなかった。ジェニーさんには何も知らせるわけにはいかない。私はこれからウェストポイント陸軍士官学校へ、夫の仮の葬儀に行かねばならなかったのだ。

ミシガンの家で喪服に着替えると馬車に乗った。泣くまいと思いながらも、一人になると私は声を上げて泣いた。オーティは不死身のはずだったのに、六月二十五日に戦死したと、それから二日して、テリー将軍から電信が届いた。信じられなかった。そして葬儀の日にちが伝えられたのだ。第七騎兵隊の本隊は、インディアンによって夫と共に全滅したのだというのだ。

それを知った時、私は気が遠くなった。しかし私はその日も、菓子を持ってジェニーさんの顔を見に行ったのだ。今やジェニーさんの子は、大切なオーティの形見になってしまったのだ。何も知らずに菓子をつまんで、太るって叱られちゃうと笑うジェニーさんを、私は遠い目で見つめた。私は、産婆も使用人達にも、夫の死を決して、ジェニーさんに伝えてはならないと堅く戒めた。お産に関わるからと。しかし私の本心は、ジェニーさんが夫の死を知った時、子供を渡してはくれないことを心配したのだ。子供は何があっても私のものだ。

葬儀で私は注目を浴び続けた。隊長の妻としての責任があった。そして誰にも私が産み月なのも知れ渡っていたのだ。私はジェニーさんのまねをして、腰を反らしてわざと腹を突き出して足を引きずりながら、ゆっくりと歩いてみせた。私の姿は人々の涙をよんだ。

「お体大丈夫ですか」

「よく、今日ご出席なさいましたこと」

「ご主人様、お子様のお顔をも見ずに、お気の毒なことで」

私は深くベールを顔に下ろして、人々に挨拶をして回った。テリー将軍が気を遣って下さって、私への非難はほとんどなかった。夫を亡くして、産み月の体の私に、人々は哀れみと同情の目で見ることしか出来なかったのだ。

葬儀の後、参戦した将校達との会合があったが、私は少しだけ参加して、夫の死の様子を聞かされたが、とても耐えられるものではなかった。私は悲鳴を上げると、その場に倒れた。皆私の体を心配して、それ以上何もいえなかった。私は急いでミシガンの家に帰って来た。

私は喪服を脱ぐと、夫の写真を胸に、この現実を受け止める時間が必要だった。私は丸一日、夫を亡くした、可哀そうな妻でいたかった。軍人の妻として、覚悟はしていたつもりだったが、いざそれが起こってみれば、耐えられない悲しみであった。オーティがいない。私の大切なオーティが。

私は食事もとらず、ベッドで丸くなって泣いていた。私を慰めてくれる者は、誰もいなかった。今私はたった一人で泣いているしかなかった。もっとずっと泣いていたかった。しかし、私は泣いている場合ではなかった。することがあるというのは、私の救いだった。私は喪服を箪笥にしまうと、チョコレートを買って、ジェニーさんのいる借家に向かった。そこには、まだ希望といえるものがあったのだから。

「リビィさん、お帰りなさい」とびきりの笑顔が待っていた。そして私の手からチョコレートを取ると銀紙をむしって食べだした。

「お腹が、こんなに垂れて来ちゃったの。もう何を食べてもいいっていわれたんだけど、そういわれても食べていいっていわれると、あんまり食欲がなくなっちゃって」

でも、大好きなチョコは食べられるのだ。

「ほんの少しずつなら、食べられるんだ」

チョコをかじる、ジェニーさんの白い歯が眩しかった。

何も知らないというのは、なんと幸せなことなのだろう。ジェニーさんも、産みの苦しみの後に、それより何倍もの苦しみが待っているのだ。それをしらないだけで、笑ってチョコを食べていられるのだ。今知ったらどうなるのだろう。とにかく無事に子供を産んでもらわなくてはならない。ジェニーさんにはとても見せられないが、オーティの葬儀の模様が新聞に出ていて、喪服姿の大きなおなかの私が、その中央に写っているのだから。なんとしてもお産までは、この秘密は守り通さねばならなかった。

次の日借家に行くと産婆が、「いよいよ、お印がありましたです。お産が始まります。早ければ明日の明け方には、お生まれになりますでしょう」という。いよいよだ、長く待った時が来るのだ。私は、お産はミシガンの家でさせたいといった。借家で急に赤ん坊の泣き声がするのも変だと思ったからだ。

「今からでは、とてもご実家まで歩けませんが」

相談して、馬車を頼んで、医者を呼んで、抱いて家まで運んでもらうことになった。陣痛のつき始めたジェニーさんは苦しがったが、私は人目を気にした。子供が産まれたとなったら、記者達が押し掛けてくるだろう。私は、自ら望まないのに時の人になっているのだと、わかっていたから。人の中には、私の妊娠を疑っている者も多くあろう。その時、すぐに子供を見せて納得させる必要があると、私は考えた。

客間が産室になった。産婆とその助手は、朝からやって来て、ベッドに油紙を敷いたりタオルの山をこさえていた。そして、ジェニーさんに、柔らかなガーゼの寝間着を着せると、またベッドの周りを歩かせた。ジェニーさんは、辛いといったけれど、こうすると、お産が早まって、しかも楽に出るからと、宥めて、陣痛の間に歩かせた。

足を引きずって、息を弾ませて、肩を借りてよろよろ歩く姿は、もうそれだけで辛そうだった。

産婆と助手の中年女は、交互に仮眠をとった。ジェニーさんはベッドに横になって腰が痛いと泣いていた。エイミーが、汗を拭いたり、腰を押してやっている。そして。軟らかなパンにマーマレードを塗ったものとオレンジジュースを持って来て、少しでも食べなければいけませんと、枕を重ねて、ジェニーさんを起こして食べさせようとするのだった。赤ちゃんのためといわれて、それでも少し口にするが、沢山は食べられない。

待っても赤ちゃんは、明け方には産まれなかった。陣痛の力が弱くて、なかなか産道が開かないというのだ、また、ベッドの周りを歩くことが始まった。陣痛が来て、そのままうずくまってしまう時がある。このままなら、病院で帝王切開になるかもしれないといわれて、それだけは避けたかった。だから、心を鬼にしても、辛いといって泣くジェニーさんを、肩を貸してベッドの周りを歩かせるしかなかった。それからずっと、ジェニーさんは陣痛が来る度に呻いた。そして小さな声で、兄様助けて、とつぶやいた。助けてくれる兄様はもういないのよ。

夕方になって、産婆が時計を見ながら、おなかの張りを触って、お産が近くなりましたといった。ジェニーさんは、クッションを抱いて、痛がっている。私はその姿を見つめながら何もしてやれない。お産とはこんなに大変なものなのだ。皆子供を産んで、あたり前の顔をしているけれど、本当はこんな、産みの苦しみをして、子を手に入れているのだ。ジェニーさんの悲鳴がだんだんひんぱんになって来た。産婆は、もうすぐですからね、と、股に手を入れてジェニーさんを励ます。

「頭がやっと見えて来ましたよ」

私も見せてもらった。白いものが見えている。しかしそこから先が進まない。ジェニーさんは泣き叫んでいる。

「会陰切開しましょう、このままでは、赤ちゃんが、窒息してしまいますから」

産婆が、手あぶりの上の金たらいで熱湯消毒していたハサミをとって、肛門部の近くを切った。血が噴き出た。助手が、ベッドに乗って、ジェニーさんの腹に手を当てると、産婆の、陣痛が来る時に、いきんで、という声を同時に、腹を押した。両手に布を巻き付けた産婆は、ジェニーさんに、

「頭が見えてますよ、お辛いでしょうが、次の陣痛に合わせていきんで」といった。

「そら、いきんで」と叫んだ。

頭が少し見えて来た。

「もう少しでございますよ、さあいきんで」

頭が出て来た。

「あとひと踏ん張りです、さあいきんで」

ジェニーさんの呻き声が響く。

ぬるっと小さな肩が出て来た。さあ、もう一度いきんでというと、頭を持ってねじるように子供をひっぱると、ジェニーさんが絶叫した。

「よく頑張りました。無事お生まれになりましたよ」

産婆は、ベッドから降りた助手の手の掲げるタオルに赤子を乗せて、へそから十センチくらいの所を糸できりきりと縛ると、その先をハサミで切った。そしてガラスの管で赤子の口から、羊水を吸い出すと、赤子は産声を上げた。

無事産まれたのだという皆の安堵感が部屋に満ちた。

私はすぐに、子供を抱けると思ったのに、産婆はジェニーさんの所へ連れて行った。

「お嬢様、おめでとうございます。ほら、これが右手で指が五本、左手も五本しっかりございます。元気な男のお子様ですよ」

汗まみれの、疲れた顔のジェニーさんが微笑んで、「あなたは、アンソニーね」といった。

男の子だったのだ、私は嬉しかった。夫の形見は男の子だったのだ。

ジェニーさんが、おなかと腰が痛いと、お産が終わったのに、しきりに訴えている。

「後産(あとざん)でございますよ。お産でいらなくなったものが体から出て来るのです」

私は、胎盤が出て来るのを見た。こんなもので、母体と赤ちゃんは繋がっていたのだ。赤黒いレバーのようなものだった。

私は産湯を使って綺麗になった赤ん坊と初めて対面した。

「さあ奥方様、お子様でございますよ」

もう、おなかの詰めものは必要ございませんよと笑った。

私は産婆の手から、おくるみに包まった小さな温かいものを受け取った。本当に小さいものだと思った。これが私の子なのだ。夫がこの子を見たら何といったのだろう。あまりにも切ないことであった。私は思わず涙をこぼしたが、それは、傍から見て、子を得た喜びに見えたのだろうか。

エイミーが、ジェニーさんの汗をぬぐい、新しい寝間着に着替えさせていた。厚い脱脂綿を当てている。悪露(おろ)(お産の後に出て来る血の塊)が出ますからという。本当にお産には色々なことが起こるものだ。

産婆は私を呼んで、ジェニーさんの乳房を触ってみろという。あまり触りたいとも思わなかったが、触ってみて驚いた。普段柔らかな乳房の中に岩のように硬い、ゴツゴツしたものが入っていたからだ。

「なんですのこれ」私が驚いて聞くと、

「おっぱいの乳腺に、おっぱいが溜まっているのですよ。これをこうして道を付けてやるのです」そういって、両手で乳房を揉み出した。ジェニーさんが悲鳴を上げた。

「痛いでしょうが、我慢して下さいよ。道が通らなくちゃ、赤ちゃんおっぱい飲めないんですからね」

　ぎゅっとつむったジェニーさんの目尻から涙がにじんでいた。そんなに痛いのだ。乳首にやがて白い液体がにじみ出して来た。

「ほら、もう少しですよ」

　私は乳首には沢山の穴が開いていて、そこから母乳が出て来るのを初めて知った。

「さぁ、赤ちゃんにおっぱいあげましょう」

　赤ん坊が連れて来られて、ジェニーさんの胸の上に置かれた。赤ん坊はきっと産まれついて、おっぱいのにおいを知っているのだ。よく動かない体で必死におっぱいを探している。ジェニーさんは、その小さな口に乳首を含ませようとしているのだけど上手くいかない。

「こうして頭を押さえて、乳首を赤ちゃんの口に当てて、反対の手で、おっぱい揉んで、出をよくするのですよ」と手を添えて、やって見せる。赤子が乳首に吸い付いた。

「あっ、赤ちゃんおっぱい飲んだ。嬉しい、いっぱい飲んで、大きくなるんだよ」

　見ている方からは、危なっかしいが、ジェニーさんは、母親として弾んだ声を上げた。二日も産みの苦しみを演じていたというのにだ。確かに母は強いものなのだと、感じいるばかりの、親子の姿だった。

　しかし、その夜ジェニーさんは熱を出した。おっぱいが張って痛くてたまらないという。両手を動かしても、痛くて寝返りも打てないと泣く。産婆はすでに帰った後で、エイミーが、冷たい水で濡らしたタオルを何度も乳房に当ててやっていた。

　私はテリー将軍に、無事子供が産まれて、男の子だった由の電信を打った。

　案に違わず、すぐ新聞記者が、この小さな家を取り巻いた。私は喪服に着替えて、ジェニーさんを部屋から出さないようにきつく、エイミーにいった。エイミーはジェニーさんは、おっぱいが痛くて出られません、といったけれど、万が一のことがある。とにかくきつくいいわたした。

　私が玄関に出ると「おお」という声が上がった。女中が赤ん坊を抱いて連れて来て、私に渡した。あちらこちらから、フラッシュがたかれる。私は、「この子が、偉大なジョージ・アームストロング・カスター将軍の遺児のアンソニーですわ」と、宣言するようにいった。またフラッシュがたかれて、赤ん坊は固く目をつぶった。体に良いわけがない、私は目礼をすると奥に下がった。後は女中がお産の様子などを語った。私と一緒に、ジェニーさんのお産を見ていたのだ。その通りを語れば、話にこればかりの綻びもなかった。

　翌日の新聞には、喪服を着た私が、生まれたばかりの嬰児を抱いている写真と、名前はアンソニー、と大きく出ていた。

　全国から、哀悼を祈る手紙とアンソニーの無事誕生を称える手紙が届くようになった。中には、ベビー服やおもちゃ、小切手などが同封された手紙が来た。私はその返事を書くことによって、心を慰められた。

ジェニーさんは、また産婆に胸を揉まれて、泣き叫んだが、乳腺炎にならないために、飲み残しの乳が残らないように、赤子が飲み終わった後は、きちんと乳房が空になるまで絞りきらなければならないと教わっていた。まだ今は小さいので飲む量が少ないのであって、成長につれて飲む量が増えて来て、時には足りなくなることもあるのだという。

ジェニーさんのカチカチに張った乳房を揉まれて、乳首に当てた哺乳瓶に、白い筋になって乳が絞り出されていくのを見ていると、中に赤い筋が混じっていた。乳は、母親の血で出来ていますからと聞いて、私は慌てて、ジェニーさんの食事に肉を増やした。

「お乳が足りなくなると赤ちゃんどうなりますの」

「まず体重が増えませんです。おっぱいが空になっても、赤子が乳首を離さないとか、見ていれば、わかりますです」

「そうしたら、どうしたらいいのでしょう」

「もらい乳をしたり、やぎの乳を飲ませたりいたします。その時になれば、どうにでもなります。今から心配されることはございません。このお嬢様は、お乳がよく出るようでございます。まず、断乳の時までもちますでしょう」

断乳は八か月頃だという。それまで、ジェニーさんに夫の死を隠し通せるか、とても無理だろう。いつか、ジェニーさんに伝えなければならない日が来る。それはできるだけ、赤ん坊のために遅い方が良いのではないか。しかしジェニーさんは、少しずつ慣れて来た授乳をしながら、「兄様、赤ちゃん生まれたって、もう知ってるかな」と聞くのだった。

「作戦が遅くなって、まだ西部だそうですよ」と、つく嘘が悲しかった。

作戦は六月半ばで、七月には帰って来ると最初の話だったから、いくら無邪気なジェニーさんでも、おかしいと思う時が出て来るだろう。私は一日伸ばしに、その話をするのをよした。

一週間も経つと、ジェニーさんの切開した傷も治って来て、客間に押しとどめていることはできなくなった。私はとにかく新聞を遠ざけて、台所へ行くことは許した。ふいの記者の来訪や、将官夫人達の見舞いに出会わせたくなかったのだ。

ジェニーさんは、毎日のように、兄様に会いたい、男の子産んだの褒めてくれるかな、お手紙まだこないのかなと、いい続けた。私は気が狂いそうだった。一番手紙を待っているのは私なのだから、そしてそれが二度と来ないことを知っているのも、私なのだから。

授乳は上手くいくようになって、ジェニーさんが痛いという程、赤ん坊は乳を吸った。その時、反対の乳房さえも、哺乳瓶を当てていなければならない程、乳が溢れて来るのだった。乳は十分足りていて、赤子の体重も増えているようだった。

白い胎脂（たいし）に覆われていた肌も綺麗になって、顔つきがしっかりして来た。

青い瞳で巻き毛の子であったから、私は安心した。お子様の顔は、すぐ変わりますからと産婆がいうけれど、目元のきりっとした所は夫に似ていると思うのだった。私はジェニーさんが昼寝をしている間などに、アンソニーを抱いて、とうとうこの子だけになってしまったのだと涙した。オーティは、この子の誕生をどれほど心待ちにしていたころだろう。抱かせてやりたかった。たった一瞬でも。しかし、もうオーティはいない。私は彼の葬儀に行ったではないか。しかし、あの時は気が張っていて、オーティの本当の葬儀だとはとても思えなかった。まるでお芝居のようで、オーティに対して悲しみを持つことが出来なかった。だから今、私の心は宙ぶらりんだ。オーティが亡くなったとは信じたくない思いが心を占めている。夫の帰りをひたすら待つ、ジェニーさんが羨ましかった。彼女には、その後のことを思うと、一日でも幸せでいて欲しかったのだ。

しかし、どこかで嘘は暴かれるのだ。

ジェニーさんはその時、ココアが欲しいと台所に行った。この暑い季節になぜココアが欲しくなったのだろう。とにかくコックにココアを作ってくれるように頼んだ。コックが棚にココアの缶を探している間、土間には、今しも届けられた野菜があった。その上に一枚の古新聞がかけてあった。

ジェニーさんは、その泥にまみれて破れている新聞に手を伸ばした。気づいて慌てたコックが渡すまいとするより一瞬先に、ジェニーさんが手にした。

そこには、七月のはじめの日付で、第七騎兵隊全滅、カスター将軍戦死の報が出ていたのだった。

「お嬢様、お返し下さいませ、ご覧になってはいけません」

コックが取り返そうとしたけれど、ジェニーさんは、新聞を胸に抱いて、「皆知ってたんだ」と叫ぶと、客間に駆けて行った。

コックは、慌てて私の所へ来た。ついに来るべき時が来たのだ。「私が気がついた時にすぐに丸めて捨てておけばよかったのに」と泣いて謝るコックをなだめて、私はジェニーさんの枕元へ行った。泥だらけの新聞を胸に嗚咽していた。

「兄様はもういない、私のお産の時、皆知ってたんだ」と泣いた。

「そうよ、知っていたのよ」私は体を震わせていった。

「あなたの体を心配して、私は夫の死を隠した。オーティは亡くなってしまったのよ。それなのに、私はあなたのために表面的には何もなかったようにふるまっていたのよ」

ジェニーさんは、私の剣幕に振り返って、兄様は死んでしまったんだといった。

「ええそうよ、その時それをあなたに伝えてどうなるの。私はあなたが無事お産が済むように黙ってお葬式にも行って来たわ、大きなおなかをして今にも産まれそうな恰好でね」

「その詰めもののおなかで、皆騙していたんだ」

「だから何、私は夫を亡くしたのよ。その私の苦しみがあなたにわかって？　私はオーティの死の悲しみを隠して、あなたを守ったのよ。それがどれほどつらいものだったか、あなたにわかるの。あなたが呑気にチョコをかじっている間、私は心で泣いていたのよ。あなたが兄様に会いたいっていうのを聞いて、私もどれほど会いたかったかしれなかったわ。でも、もう二度と会えないとわかっていた。その時の私の辛さが、あなたにわかりはしないわ。一人でオーティの死を受けとめなければならなかった私の気持ちがわかるわけないわ」

私は、今まで、心に秘めていた悲しさ苦しさを、吐き出した。ジェニーさんは、私の本音を聞かされて驚いたようだった。新聞を抱いて、声を限りに泣き出した。私は、このお産の主導権を握りたかった。子供を私のものにするために。そのためには、ジェニーさんが泣こうが構いはしなかった。ジェニーさんは、それでも一日泣いていた。赤ん坊には、エイミーが糖水を作って与えていた。

オーティの死に面して、私はジェニーさんの悲しさも感じざるをえなくなった。夕方に、腹を空かして泣く赤子に、乳をふくませていたジェニーさんが、「おっぱいが出ない」と悲痛な声を上げた。あの、溢れるように豊富だった乳が、一滴も出なくなってしまったのだ。

産婆は、心のお痛みでしょう。数日様子を見ましょうといったが、それから待っても二度と母乳が出ることはなかった。産婆は、双子を産んだが未熟児で共に死んでしまって、乳が余っているという移民の婦人を連れて来た。私はすぐに乳母にした。

ジェニーさんは、日中でもカーテンを閉めっぱなしの部屋で、食事もとらず新聞を抱いて泣いていたが、急に白絹のベビードレスを手に、子供と写真を撮りたいといい出した。私は許した。ジェニーさんの顔を見知っている人間は、この街にはいないのだから。

ジェニーさんは、すみれ色のドレスを着て赤ん坊と何ポーズも写真を撮って、赤ん坊のポートレートも撮った。

私は、そろそろ潮時だと思って、「ジェニーさん、ご自宅に帰られたらいかがですか」と他に何もいわせない態度で伝えた。

「アンソニーはどうなるのですか」

私は、新聞を出して、葬儀の時の大きなおなかが写っている私、生まれたとやって来た記者が写した、喪服姿でアンソニーを抱く私が写った新聞を見せた。そして箱に入りきれない程の私宛に全国から送られてくる励ましの手紙を見せた。

「皆、アンソニーは私の子供だと思っているのです」

「でも、産んだのは私よ」その声は弱々しかった。

「今やアンソニーは、カスター将軍の遺児として、国中の注目を集めているのです。ここでスキャンダルを起こして、あなた兄様の名誉を傷つけるおつもり？　アンソニーは、もはや私の子なのです」

ジェニーさんは泣き出したが、アンソニーを渡すものではなかった。

「だってあなた、母親なのに、おっぱいも出ないではありませんか」

ジェニーさんは、胸元をくつろげると乳房を出して、アンソニーに乳首をくわえさせようとしたが、乳母の乳首になれた赤子は吸い付かなかった。ジェニーさんは、赤子を抱くと、アンソニーとつぶやいて、顔中にキスをした。その小さな唇にもキスをするのも気づいたけれど黙って見ていた。

ジェニーさんは毎年会いたいといったけれど私は許さず、十才の誕生日に、叔母として会うこと、誕生日にプレゼントを送ること、そして、この家に子供部屋を作ることを条件に、アンソニーを手放すことの話し合いがついた。産後で、夫の死を知って、気弱になっているジェニーさんに、私は容赦はしなかった。

別れ際、ジェニーさんは、「あと一つ。アンソニーが、ウェストポイントに入学する時、親族席で参加できることを、お願い、楽しみにしていますから。どうぞ、アンソニーを可愛がってやって下さい。お願いします」と、エイミーと寂しそうに帰って行った。

夫がジェニーさんの所へ行ってしまうとは思いもしなかったから、そのショックは大きかった。しかしその時ついた小さな嘘が、今こうして実を結んだのだ。私はやっと安堵した。毎日喪服を着ては、来るお客に会い、ジェニーさんに会う時は平服に着替える必要はもはやなかった。私は、この小さな温かいものに癒された。夫の死は忘れられるものではなかったが、赤子の泣き声が私を慰めてくれた。ジェニーさんのことは考えないようにしたが、すぐに大工が入って、夫の書斎の上に、おもちゃや小犬のプリントされた空色の壁紙が貼られた可愛い子供部屋が出来た。あの夫と住むつもりであったろう、車寄せのある、大きな家に、ジェニーさんはたった一人で帰って行ったのだ。哀れに思った。

それからの私は忙しくなった。もういいだろうと、軍関係の婦人やら、街の市長などのお偉いさん達、友人、あの義姉のローラまでが、アンソニーに会いに来るのだった。赤ん坊は夫の面影があったが、成長するにつれて、頭髪が、プラチナブロンドの巻き毛になって来た。これは皆が口を揃えて、どなたに似たのでしょうといった。私はそこまでは考えていなかった。こうなるのであるとわかっていたら、ジェニーさんの子供であると、最初からいっておけば良かったのかとも私は追い詰められたが、もう、我が子で通すしかなかった。ジェニーさんの小さな悪乗りがこんな所で出て来たのだと思った。

ジェニーさんからは毎月手紙が届いて、文面は、アンソニー元気でいますか、などと、たいしたものではないが、必ず少なからぬ額の小切手が同封されていた。アンソニーのためにとある。最初のうちはとても使う気にはならなかったが、夫の恩給だけで暮らして行く中で、アンソニーのためにというジェニーさんの言葉に、いつしか使うようになった。ジェニーさんは、小切手が換金されたことを知って、アンソニーの成長を思うのだろうか、と思うと、複雑な気がするのだ。

　アンソニーが三月を過ぎると、乳母を連れて、実家に帰った。父が、「カスター君は残念なことをしたな」というだけで、他に何もいわなかったのでありがたかった。やはり、プラチナブロンドの髪は話題になったが、ここでも父が、「確か、爺様の連れ合いが、プラチナブロンドだったぞ」といってくれてとてもうれしかった。父の祖父なら、私の曽祖父だ。写真も残っていないけれど、家族はその父の話に納得したので、私は実家に来てよかったと思った。これからは、父方にプラチナブロンドの方がいらして、といえばいいのだから。

　実家の家族は、誰一人としてジェニーさんのことを、知らない。会ったこともない。知っていたら、青い瞳でサラサラのプラチナブロンドで、陽に焼けてはいても、白い肌を持ったジェニーさんのことを思い浮かべるのではないかと思うのだ。

　子供の成長は、思いのほか早いものだ。ハイハイをしてテーブルの下に潜っていたと思ったら、もうつたい歩きが出来るようになった。私は小切手の礼としては十分ではないがではないが、毎月子の成長をほんの二、三行書いた手紙をジェニーさんに送った。

　八か月になると、すんなり断乳ができた。とても手のかからない元気な子であった。

アンソニー

試しに、マグカップを持たせてみると、こぼしはするが、自分で牛乳を飲んでみせた。乳母は、この子に愛着があるらしく、別れを嫌がったが、英語が正確でないので、給金を二月分足して辞めてもらった。別れ際、アンソニーを抱きしめて、国の言語であろう何かをしきりにいって、キスをして、私に渡した。この子にとって二人目の「母」との別れだった。

　産婆は毎月、アンソニーの成長を見るのだといってやって来る。私は出生の秘密を共有する者として、何がしかの金品を包んで渡している。私は、きちんと教育を受けた看護婦を探してくれと頼んだ。それには乳母と違って給金が高いがといった。私は実家から援助があるから大丈夫だといって探してもらった。ジェニーさんから毎月小切手が来ていることは話していない。

　最初に来た女は、見るからに看護婦ぜんとした陰気な雰囲気を持っていた。陰で見ていると、アンソニーが転んで泣いていても、立って見に行かないで、椅子に座って平然と本を読んでいた。家風に合わないと辞めてもらった。

次に来た婦人は小太りの中年女で、何でも大雑把だったが、少なくとも泣いているアンソニーの機嫌はとった。私はしばらく様子見で、このカーラという人に来てもらうことにした。

最初のクリスマスにも、ジェニーさんから絵本と木のおもちゃが送られて来た。これから返事が面倒だと思った。アンソニーは歩くのも早くて、一歳前には、とことこと、どこへも行けた。ついて歩くのにも大変だった。夫がいたら、さぞ喜んだことだろうと、このミシガンの家に笑い声が満ちていった。私達は、こんな日常を望んでいたはずだったからだ。一歳の誕生日には、ジェニーさんからシルクの立派なベビードレスが送られて来たので、悩んだ末に、アンソニーに着せてポートレートを送った。ジェニーさんからとても感激したという返事が来て、送らなければよかったと思った。

その年の十月に夫の軍葬がとりおこなわれることが決まった。夫は軍葬になるのだ。悲しいけれど、身の引き締まる思いがした。

私は当日、体にぴったりした少し裾を引く喪服に、大きな襟のついたやはり裾を引くコートを着て参加した。主賓席に座らされて、周りはほとんど軍人だった。来賓席にはカスター家はもとより、私の兄夫婦も呼ばれて、名誉なことだといったけれど、私はオーティに生きていて欲しかった。あの息の詰まるような、もはや愛のないミシガンの家にあっても、オーティにいて欲しかった。私と同じように、この戦で夫や息子を亡くした多くの夫人達も参加していた。であれば、オーティの妻として、この場で涙を見せることは許されないのだと、司令官の妻として思うのだった。オーティ、私のたった一人の大切な人。軍をあげてその死を悼んでくれているのだ。私はオーティを称えて生きて行かねばならないと、その時心に誓った。偉人な夫をと。

会う人ごとにお子さんは、と聞かれた。

「どこにも飛んで行ってしまって、追い駆けてもつかまりません。今日など、とても連れては来れませんわ」と私がいうと、「きっと、カスター閣下に似てらっしゃるのでしょう」と誰もがいうのだった。

息子は、まるでカスター・ダッシュのように人の先に立って駆けて行く。カスター・ダッシュ、懐かしい言葉だ。私はあえてジェニーさんを軍葬に呼ばなかった。アン＝マリーは呼びたそうだったけれど、お身内といっていらっしゃいますけれど、血は繋がっていらっしゃいませんものといって、断ってもらった。何より見知った人にジェニーさんを会わせたくなかった。ジェニーさんのプラチナブロンドが、人の目に止まるのを恐れた。しかし、夫の子を産んだのだ。あるいは妻であるこの私より、天の夫はジェニーさんに会いたかったのかもしれなかった。しかし私は許さなかった。

年が明け春になると、そのジェニーさんから結婚式の招待状が来て、私は本当に驚いた。相手は、オーランド・ベンティーン。リトル・ビッグホーンの戦いで、第七騎兵隊として参戦しながら生き残った中隊の隊長ではないか。どんな縁があったか知らないが、こんな軍人と結婚する、ジェニーさんの気が知れなかった。

私は出席を躊躇った。ベンティーン隊は、夫が正面に進んだ時、右手の丘陵に向かった。その差が、生死を分けたのだ。ベンティーン隊にも戦死者は出たけれど、隊長であるベンティーン大尉は生き残った。私も生死を定めるのは神である、とわかっている。しかし、夫が亡くなった戦いで、大きな隊を任されていながら、夫を助けることも出来ないで、インディアンに、包囲されて、テリーの第六騎兵隊に助けられたという、ベンティーンという軍人に、好感は持てなかった。そしてその夫を助けるどころか孤立して、苦戦を演じた男と結婚するなど、ジェニーさんにはあるべきことではないとまで思ったのだ。

ベンティーン大尉とは砦で何度も会っている。しかし、一緒に食事をした覚えはない。夫にとって、あまり信頼のおける部下ではなかったのかもしれなかった。私は出席を見合わせようと思った。アンソニーのこともあったから、顔を合わせたくなかったのだ。

しかし、義姉のアン＝マリーから、カスター家では、他に出席者がいないので、身内として是非出席して欲しいとの手紙が来た。カスター家では、男性が皆リトル・ビッグホーンの戦いで戦死しているのだ。元からカスター家の養女として縁の薄かったところへ、この話である。出席者がないのは、当たり前であろう。軍葬のこともあったから、私は渋々、出席の返事を出した。

アン＝マリーは私の顔を見ると、ああよかった、あなた喪服でいらしたらどうしようと思ったのと笑った。オーランド・ベンティーン大尉は、砦にいた時は顎髭を生やして、軍人らしい風貌をしていたと思ったが、結婚式で会って目を疑った。リトル・ビッグホーンの戦い以来ウェスト・ポイント暮らしだという彼は、髭を落とし、明るい金髪の巻き毛を肩まで垂らして、緑がかったグレーの瞳は優し気で、ハンサムといえる姿の良い青年であった。

ジェニーさんは、髪を結って縦ロールを垂らして、ドレープの白絹のウェディングドレスを着ていた。ドレープのひだの一筋一筋に、模造真珠ときらきらした石が縫い止めてある、豪華なドレスだった。参加した他の婦人達が、口々にそのドレスの品の良さを褒めている。

花嫁の立会人は、かのテリー将軍であった。砦で二人は長く一緒であったから、一番相応しい人であろう。

ジェニーさんは、あれからどうやって、夫の死とアンソニーとの別れを克服したのであろう。他人事ながら気になった。こんなに早く結婚出来るものであろうか。兄様以外とは結婚はしないといっていたはずなのに。結婚式当日に何やら騒ぎがあったが、式は無事行なわれた。

牧師の前でテリー閣下から、ベンティーン大尉に手渡されたジェニーさんは、大尉の前に跪いた。二人は神の前で愛を誓った。大尉は、手を取って立たせると、ベールをとって、その額にキスを一つした。堂内の皆が拍手をした。

二人は、ベンティーン大尉の軍友達の掲げる、サーベルアーチを、笑いながら手を繋いでくぐった。ジェニーさんはこうして、軍人の妻になったのだ。大男がジェニーさんを抱きしめて泣いている。サムの奥さんだ。

「ジェニーちゃん、とうとう本当のお嫁さんになれたのね。良かったわね。旦那さんが、ヘンリーみたいに、夜も上手だといいけれどね、でも良かったわね」と人目もはばからず下品なことをいっている。隣のベンティーン大尉も苦笑している。

披露宴はささやかだったが、ジェニーさんの美しさは際立っていた。私は、あの国中に祝われていたように思えた、私達の歓喜に満ちた式のことを思い出していた。私にも、花嫁として輝いていた時があったのだ。あの時は、こんな未来が来ようとは思いもしなかった。

ジェニーさんが、私の姿を見つけて、夫と手を繋ぎながら、人を掻き分けてやって来た。

「リビィさん、来て下さってありがとう。砦でご存知でしょうけれど、旦那様のベンティーン大尉です」

「おめでとうジェニーさん。凄くお綺麗ですよ。ベンティーン大尉、ジェニーさんのこと、よろしくお願いしますね」と、当たり障りのない挨拶をした。

アンソニーのことを、どう話してあるのだろう。会いたいとは思わないのだろうか。

しかし、二人は自分達の世界に浸りきっているように思えた。新婚なのだもの当たり前だと思いながら、二人が人目も気にせずに、体を寄り添って、軽くキスをする姿を私はぼんやりと見つめていた。二人は今夜愛し合うのだろう。一人寝の冷たいベッドしか待っていない私は、愛されるジェニーさんが羨ましかった。私を愛してくれる人は、すでにいないのだ。私はその時とてつもなく肌寂しさを感じた。はしたないと思いながらも、誰かに愛されたかった。

実は、実家の母から再婚を勧められたことがあった。相手は五十代の医師で、妻はすでに亡く、子供達は結婚していて、家に一人で暮らしているので、何ら問題はないだろうという話であった。私はその時、とても再婚は考えられないと答えた。私には、オーティがいるのだからと。しかし今、幸せそうな二人を見つめていると、寂しさを感ぜずにはいられなかった。愛されたかった。それでも、私はそんなことは口に出せなかった。でも今、自分で胸を抱いて、涙が滲むのを止めることは出来なかった。

そんな私に声をかけて来た軍人がいた。私が涙を拭いて返事をすると、「自分は第七騎兵隊のローリー少佐であります。覚えておいでですか」

「はい、何度か砦でお食事をご一緒させて頂きましたでしょ」

「自分は砦で、いつもあなたにお会いするのを楽しみにしていました。朝お会いしたら、その日は、インディアンの矢は向かって来ない、などと思っておりました。リビィさん、あなたは、私にとって女神そのものでした。まさか、またお会い出来るなど、思いもしませんでした。光栄であります」

「そんな私になんて、今はただの寂しい未亡人ですわ」

「軍葬に際し行事に加えて頂きました。あらためて、カスター閣下の栄光を思い知った自分であります。立派に主だって国葬をとりおこなわれた奥方を拝見して、さすがにカスター閣下のご妻女と、感服した次第であります」

「夫のことをどこまでご存知でいらっしゃいましたの」

「リトル・ビッグホーンでは北方部隊にいて命長らえました。本隊に合流出来ず、申し訳なく思っています」

私達は隅っこのテーブルに座って、夫の最後の話をしていた。生きていたらオーティと同じ位の年恰好の、軍人らしい男(ひと)だった。私達は、夫の話に涙したり、小さな声を立てて笑ったり、時間のある限り話し続けた。

そして、気がつけばどちらが誘うともなく、一つベッドの中で、互いに肌を温め合っていたのだった。少佐は私を抱きながら、リビィさん、リビィさんと呼んだ。私は自分の体に加えられる快感に酔って、思わずオーティと呟いた。

明け方、少佐は「私の夢がこんな形で叶うとは思いもしませんでした。お礼を申し上げます。閣下には申し訳ないことをしてしまいました」

「いいのです。こんなお婆さん相手にして下さる方はないわ。素敵な夜をありがとう」

少佐は、再び私を強く抱きしめると、人目があるでしょうからと、夜の明けぬうちに、身支度を整えると、敬礼をして部屋を出て行った。私は今まで毛布の中で加えられていた、男の愛撫を思い出していた。オーティを初めて裏切ってしまった。その思いは、愛撫の力の前には消えてしまった。こんな夢のような一夜が明けた。男は先に出て行ったけれど、捨てられたとは思えなかった。かえって彼の心遣いがありがたかった。私は、まだ男と女の交わりの匂いの残る毛布の中から、なかなか出られなかった。この愛し合った後の気怠さを、いつまでも味わっていたかったのだった。

朝食の席で、アン＝マリーに、「どうなさったの、今日はとてもご機嫌がよろしいようですこと」といわれて、戸惑った。新婚の二人は、もう席に座っていて、友達から、夕べの首尾はどうだった、などとからかわれていたが、ジェニーさんは、澄ましてトーストをかじっていた。

朝食の会場を見渡しても、ローリー少佐の姿はなかった。私が後後心配した、悪い噂も流れなかった。その後二度と会うことはないだろうと思ったけれど、彼は口の堅いしっかりした軍人であったのだろう。私の心に灯った小さな明かりであった。それはいつまでも消えないで、私を見守っていてくれた。

そんな思いもしない幸せを手にできて、別れに際してもジェニーさんに、「お幸せになって下さいね」と、心からいえた。いいながら、ジェニーさんはいくつになったのだろうと思った。こうして髪を下ろしていると、少女の頃の初々しさがまだ感じられるのだった。

家に帰れば、留守番のアンソニーが、おもちゃを手に、マミィと出迎えてくれるのだった。私は、もう重くなったアンソニーを抱き上げて、「マミィのいない間、良い子にしていられた?」と聞いた。

「良い子だったわよね、アンジー。ご飯も沢山食べたし」とカーラ夫人。

私は夫人の大らかさが気に入って、来てもらうことにしたのだった。女中とコックと女ばかりの中で、アンソニーは、名実ともに、王子様であった。

私は、この子を軍人にするつもりはなかった。夫の人生を見て来て、軍人より何か手に職をつけて、地に足をつけた人間になって欲しかった。きっとジェニーさんは反対するだろうけれど、アンソニーは、私の子だもの。ジェニーさんの夢の一つである、ウェストポイントの入学式はないのだ。

結婚後は、同居をするために家に手を入れたら、東部にあるベンティーン家で生活するのだと、いっていたジェニーさんから手紙が来た。

新婚休暇の間に、もう妊娠して、今度は、つわりがすぐにやって来て、糖水やコンソメスープなど、具のないものしか口に出来ない。酷い時は、吐くものがもうなくて、胃が破れて血を吐いた。とあった。どこに行っても世話を焼かせる娘だと思った。ベンティーン家の両親にさぞ心配をかけていることであろう。

夫が生きて帰って来たら、ジェニーさんはまた、夫の子を産んだのだろうかと思うのだった。もしそうなったら、ジェニーさんは、夫の子を二度と手放しはしないだろうと思った。そして、きっと結婚もしないだろうと思うのだ。子供を育てながら、いつ訪れるかわからない夫をずっと待っているに違いないのだ。時によれば、それは私の身に起こったことかもしれなかったのだ。しかし、夫の死によって、ジェニーさんの妊娠は誰にも知られずに、もはやアンソニーは私の子であるということになったといえるのではないか。それならば、アンソニーに、衣服やおもちゃなど、もう贈って来ないで欲しかった。結婚したのだから、毎年のように子供を産んでアンソニーのことを、忘れて欲しかった。けれど、小切手は欲しかった。彼を良い学校に入れるためには、必要だったから。私は欲深な女なのだろうか。

ジェニーさんから、妊娠六か月になるが、まだつわりが治らないので、ついに入院しなければならなくなった。夫の両親は良い人達で、子供の誕生を心待ちにしてくれているのに、申し訳ない、とあった。私も少し心配した。

八か月になって、やっとつわりが良くなって、外出も出来るようになったとあった。

夫には、アンソニーのことは、兄様の子であって、自分が産んだとはいっていないから、安心して欲しいとあったので、私はこのジェニーさんの子の無事誕生を神に祈った。

私は、もう赤ん坊も大丈夫になっただろうと思って、ベビードレスやジェニーさんの好きな砂糖菓子などを添えて贈ってやった。

すぐ返礼が来て、腹の中の赤子は少し小さいが元気で順調であると書いてあった。産み月まで、私は、チョコレートやマーマレードなどを贈り続けたが、ジェニーさんからの手紙は急に来なくなった。何かお産で問題でも起きたのかと心配していたら、ベンティーン大尉から手紙が来て、

〝ごたついたことがあったので返礼も出来ずに申し訳ございませんでした。子供は無事生まれて、男の子で元気です。私事ながら、この度軍人を辞めることとなり、妻と中部の家で暮らすことになりましたことをご報告いたします。今後の手紙は、中部の家へお送り下さいます様、御願い申し上げます〟


とあった。ジェニーさんが手紙が書けない何かがあったのだ。子供は無事とあったけれども、名前も書いていない、おかしな手紙だった。しかし、私はそのことに首を突っ込むことはしなかった。お腹に詰めものをして妊婦の格好をして、切羽詰まってジェニーさんに赤ちゃんを下さいと、へりくだった相手だ。もう二度と訪れることはないだろう。毎年子供を作って、あの大きな家を家族でいっぱいにすればいい。私はただそう思った。

ジェニーさんからの手紙は、アンソニーの誕生日とクリスマスだけで、あとは来なくなった。私も毎月のアンソニーへの小切手の礼に、アンソニーのことを書かなくなった。いったい、ジェニーさんは何をしているのか、全くわからなかった。

義姉のアン＝マリーから、ジェニーさんが、アンソニーに会いたがっているので会わせてはもらえないかとの手紙が来た。

私はすぐに、約束は十才になった時だったはずだから無理だと答えた。すぐアン＝マリーからまた手紙が来て、実は、子供は無事生まれたが、婚家の両親との間に諍いがあり、ジェニーさんは、子供を置いて中部の家に来ざるを得なかった。今心に病を得て、アンソニーに会いたがっている。無理を承知で会わせてやってくれないだろうかと、アン＝マリーの苦悩が思われる内容であった。約束は約束であった。しかし、あの時追い詰められた状態でのジェニーさんと、交わした約束でもあるのだ。私はジェニーさんに、アンソニーを返せと、いわれるのが、恐ろしかった。夫のベンティーンに、オーティの子供であると知られるのも恐ろしかった。私は悩んだ。しかし、アン＝マリーが、私の家まで訪ねて頼んだので、会わせざるを得なかった。

一目見て、ジェニーさんは、どこか悪いのだと思った。顔色

が蒼白で、痩せていて着ているドレスがぶかぶかなのだ。そのドレスには見覚えがあった。アンソニーが生まれた時、このドレスを着て写真を撮ったのだ。ジェニーさんにとっては、思い出のドレスなのだろう。

夫に付き添われてやって来た時、日時を知らせてあったのだろう、アン＝マリーもやって来た。私はすでにアンソニーに、いつもおもちゃを贈ってくれる叔母さんがやって来るのだと話をしておいた。会ったらすぐ挨拶をするのだということと、この家から外へ出ようといったら、嫌だというのだと教えた。

「いらっしゃい、ジェニーさん。アンソニーはこちらにいますよ」と、子供部屋に案内した。確か、ジェニーさんは、見たことがないはずだ。夫に手を引かれて、ジェニーさんはやって来た。アンソニーを見て、

「この子がアンソニーなの？」と聞いた。無理もない、別れた時には乳飲み子だったのだから。アンソニーも、緊張している。

「ジェニーさん、ここに座られては。アンソニー叔母様よ。何ていうの？」

椅子に腰かけたジェニーさんに、アンソニーは教えた通り、

「こんにちは、いらっしゃいませ叔母様」といって膝に乗った。ジェニーさんは、少し戸惑ったけれど、アンソニーと呼んで抱きしめた。そして、しばらくじっとしていた。私はその姿を見て、ジェニーさんは、アンソニーにオーティの面影を、探しているのだろうと思った。

夫のベンティーン元大尉が、肩に手を置いて「もういいだろう、ほら、お土産を持って来たじゃないか、見せてあげよう」

彼らは大きな帆船を持って来ていた。

「こちらの近くに池があるか存じませんが、私共の家の近くの池では、今子供達がこの舟を走らせるのが人気があって、アンソニー君も気に入るかと思って持って参りました」

「わぁ、凄いや。こんな大きな舟持ってる子、他にいないよ。皆びっくりするよ、早く池に行きたいなぁ」

「お気持ちはありがたく存じますが。これは宅では身分不相応なものでございます。父親もおりませんし、なるべく質素にいたしておりますので。こんな時に何ですが、いつも贈って頂くものも贅沢なお品で、ここで一言いわせて頂きますわ」

ジェニーさんは何も聞いていなかったように、「アンソニー、ここへおいで」といって、また息子を抱くのだった。そして、プラチナブロンドの巻き毛の中に顔を寄せると、「アンソニー」と呟くのだった。昼寝をしているアンソニーに、添い寝をしている。

ベンティーンがいった。「わけはこうなんです。子供が明け方産まれました。私にはこれの苦しみ方を見ていられないほどでしたが、産婆によればそれでも安産だというのです。男の子で、両親共喜びました。これは、お産の後でくたびれて寝ていました。その間に私も知らなかったのですが、両親が、役所へ出生届を出して来てしまったのが、問題でした。目を覚ました

これに、私の親が、さぁ、ウィリアムだよといいました。これの顔色が変わって、そんな名は聞きたくないと叫びました。親は、この新大陸に初めて足を踏み入れた曾祖父さんの、栄誉ある名だというし、ジェニーは気が狂ったように泣いて、挙げ句の果てに、そんな子はいらないといい出しまして、その日、エイミーを連れて家を出てしまったのです」

「私の所へ手紙が参りまして、オーティももはやいないことですし、ジェニーさんの秘密をお教えいたしました」とアン＝マリーが控えめにいった。

「自分に暴行した男と、子供の名が同じというのに、これが反発したのです。しかも、自分も養女で、親に捨てられていたことに、これの心はまいってしまったらしく、一時は酷く塞いで、医者は入院させた方がいいといいましたが、私は反対しました。あんな所へ、妻を入れたくなかったのです。そうしたらこの頃、しきりにアンソニー君に会いたいといい出しまして」

「ヘンリーの時と同じですわ。結婚話も出ていたのに、ヘンリーが、暴行したウィリアムの義弟とわかって、別れたそうです。その時も生前の夫へ泣きつきまして、大変でした」

　静かだなと思ったら、ジェニーさんは、添い寝をしながら眠っていた。

「こんなに大人しく眠ることは、滅多にありません。このまま目が覚めるまで、眠らしてやってはくれませんか」

「でもお昼寝が長くなると、アンソニーが夜眠りませんから」

　そういいながらも、起こすこともはばかられて、二時間近く、三人で見守ったのだった。

「今どうなさっていらっしゃいますの」

「実家の親とは絶縁になりまして、私もジェニーを一人にしておくわけには、参りませんから、軍隊を辞めました」

「それで生活はどうなさっていらっしゃるのですか」とアン＝マリーが心配そうに聞いた。

「実家には私の恩給が行っています。ジェニーは、インディアンからもらった結納金とやらで金持ちです」

「ではそのお話本当だったんですね」

「夢のような話ですが、本当らしいですね。サムの奥さんをご存知ですよね。彼というのか彼女というのか、広い牧場を持っているそうで、この後、一緒に行くことになっているんですよ」

　私も「サムの奥さんの名は、懐かしいですわ。私にもジェニーさんと、色々悪戯なさったから。ジェニーさんのお加減は、いかがなのですか」と尋ねた。

「楽しみにしていた子供のことだったので、ショックが大きかったらしくて、最初なぜそこまで名前にこだわるのかわからなかったんです。ジェニーを叱ってしまったりしたのがいけなかったらしくて、どうにも手に負えなくなって、医者にかかることになったんです」

「どんな具合に？」

「最初はとにかく泣いていました。カーテン閉めきって、真っ暗な部屋でね。それがずっと続くので、こちらもしびれを切らせて、いい加減にしろ、自分の子供なんじゃないか、といったのがいけなかったらしくて、ものを食わない、夜眠れない。それが今やっと良くなって、人前に出られるようになるのに一年かかりました。だから私共といたしましては、これがアンソニー君に会いたいと、いい出したのには驚くと共に、人に会いたい気持ちが出て来たのだと希望が持てて、どうしても、会わせて頂きたかったのですよ」

子供は確か、結婚後すぐに出来たはずだ。それが生まれて、まだ新婚時代といえる月日を、病んだジェニーさんの面倒を、ずっと見ていたのかと思うと、この夫も気の毒に思える。

「そもそものジェニーさんとの馴れ初めは何だったんですの」

「昔の話で恐縮なのですが、実は私、ジェニーが十七才の頃、結婚を申し込んだことがあるのですよ」

「まぁ、ご本人に？」

「まさか、カスター閣下にです」

「夫にですの、聞いておりませんが」

「即座に、却下されました」

「そうでしょうねぇ。夫はまだジェニーさんのこと、結婚も出来ない不具者と思っておりました頃でしたもの。その時本当にご縁がございましたら、ジェニーさんも私も、どんなに幸せだったかわかりませんわ、残念でございましたわねぇ」

「その後、砦を出られたと聞いて、もはやお会いすることはないと思いました」

「それも不思議な話で、相手は砦のあぶれ者でしたが、ジェニーさんの方が夢中になって、あら、ごめんなさいね、こんな話、旦那様の前で、夫が反対いたしましたが聞き入れませんで、それでも仲良く暮らしていたそうですが三年と、もちませんでした。相手が、あのウィリアムの義弟とわかって、別れたらしゅうございますわ」嫉妬で私が手紙を隠していたなどとはいえない。

「その時はどうなさったのでしょうか」

「まだ夫がおりました時で、夫が間に立って話をまとめましたのです」

あの時、夫はジェニーさんの所へ行ってしまったのだ。そしてアンソニーが生まれることになるのだが、その話だけは、誰にも出来ない、大きな秘密だ。

「私は、ジェニーさんを思い続けていたというわけでもございませんでしたが、何となく縁がなく一人でおりました。閣下の軍葬にはいらっしゃるかと思いましたが、お見かけしませんでしたので、やはり縁のないものと思っておりましたが、軍葬の後、閣下のお墓参りに伺いました所、偶然お会いしまして、今度は私が、ジェニーさんにお一人身と伺ってアタックいたしました」

「それでジェニーはその場でお受けしましたの？」とアン＝マリーが珍しく口を挟んだ。

「とんでもありません。ここでお会い出来たのも閣下のご縁と思って、躊躇われるのを、お住いを伺って、私は兄様と結婚するはずだったのだからと、その時もおっしゃっていたのを、生涯、閣下のお話を毎日でも伺いますと、口説き落としたのです。ジェニーさんは閣下のことを、ずっと慕っていたのですね。そんなに想いが強いとは思いませんでした。ただ寂しかったのでしょう。いわば茶飲み相手ですが、私の申し出を受けてくれた時は、嬉しかったですよ」

ベンティーン元大尉は、眠っている妻を見つめた。その横に眠る子供が、妻が生んだ子だとも知らずに。

「お子さんのことの後、離婚は考えられなかったのですか」

「私の責任です。あそこで私があれを捨てたら、本当に気が狂って、今病院で、一生出られることはなかったと思います。あれには、こう何というか、人を引きつける魅力があるのです。いるだけで可愛らしいのです。私はあれを元の元気なジェニーにしてやりたいのです」

きっと、夫も同じ思いだったのだろう。夫の背負っていたジェニーさんの重荷が、このハンサムな元軍人に移っただけなのだ。気がつくと、ジェニーさんは目を開けていて、アンソニーをしっかりと抱きしめていた。

思いたくないけれど、嫉妬心が湧いて来る。ジェニーさんは、アンソニーと共に、夫の思い出を抱いているのだと、思うのだ。すぐベンティーン元大尉にいって、ジェニーさんを起こしてもらった。

「さぁ、皆さん、お茶にいたしましょうよ」と私は、努めて明るくいった。

お茶のテーブルにつくと、ジェニーさんは、アンソニーを膝に抱いて、ケーキを食べさせていた。

「ねぇアンソニー、あなたいくつになったの?」

「もうすぐ五才です、叔母様」

「お勉強はしているの?」

「マミィとしています」

「アンソニーは、お馬は好き?」

「大好き」

「叔母様と、今度牧場に行かない、馬も牛も沢山いて、馬に乗れるのよ」

「馬に乗れるの?　ぼくでも乗れるの?」

「乗れるわ、牧童がいて、一日中乗せてくれるわ。あなたのお父様も馬に良く乗っていらしたわ、私も馬に乗れるのよ」

「叔母様も馬に乗れるの?　凄いなぁ」

「アンソニー、慣れればすぐ馬に乗れるようになるわ。一緒に牧場に行きましょう」

私は、お茶どころではなくて、ハラハラしっ放しだった。

「アンソニー、そういう時は、何と返事をするの、ねぇアンソニー教わったわよね」

「マミィ、ぼくも馬に乗れるって、ねぇ、牧場行きたい」

「アンソニー、お返事は」

「マミィ、牧場行きたいよお」

「アンソニー、お部屋へ行っていらっしゃい」

　私は思わず大きな声を出してしまった。アンソニーは、私との約束を思い出したのだろう。ジェニーさんの膝から下りると、子供部屋に戻って行った。ジェニーさんは、茫然としていたけれど、アンソニーと呼んで、立ち上がろうとした。ベンティーン元大尉が、手をとって座らせた。

「さっジェニー、お茶を頂くんだ」

「嫌、マーマレードがないもの」

「それじゃあ、クッキーをおあがり。美味しいよ」と、カップソーサーに数枚のクッキーを乗せてやった。ジェニーさんは大人しくクッキーを食べ始めた。

「ジェニーは今でも、マーマレードが好きなのですね」と、アン＝マリーが場を取り繕おうと、気を遣っている。

「なぜか肉にも、マーマレードを塗らないと食べないのですよ。今回忘れてしまって、汽車の中でもサンドイッチを食べないと駄々をこねて、まるで子供ですよ」

「大変なことですね」

「いえ、こちらにお伺い出来るか心配していたのですが、アンソニー君が気に入ったのか、大人しくしているので、安心しているのです」

「アンソニーは、お馬に乗りたいっていったのよ」

「ああそうだね、だけどまだアンソニーは小さい子だ。馬に乗るのはもう少し大きくなってからにしようね」

「でもアンソニーが」

「牧場は遠いんだよ。今回は私と行こう。向こうに着いたら遠乗りをしよう」

「うん、遠乗りしたい」

　ベンティーンは、うまく話をそらしてくれている。

「これからどうなさいますの」

「駅の近くにホテルを借りていて、迎えの馬車も頼んであります。ですから迎えが来たら失礼させて頂きます。妻が望んだら、明日もう一日、お伺いさせて頂きたいと思いましたが、どうなんでしょう。会ったこともないはずの、アンソニー君に会いたいと、いい出して私は驚いたのですが」

「ジェニーさんは、本当は夫に会いたいのでしょう。それが無理だとわかっているので、息子に会いたがったのだと思いますわ」

「カスター閣下が亡くなっていることを、理解出来るようになって来たとは、これの病もよくなったといえるのではないかと、嬉しく思います。一時期、兄様がやって来ると叫びまくって困った時がありましたから。アンソニー君に会えて本当によかったですよ」

「出来ましたら、これでお帰り願えませんでしょうか。アンソニーはまだ幼いのです。牧場へなどやりたくないのです」

私は必死に頼んだ。病んだジェニーさんから、どんな話がほころび出すかわからないのを、私は恐れたのだ。そして、アンソニーがジェニーさんに懐くのが嫌だった。本当の親子なのだもの、いつ心が通い合うか心配でならなかった。アン＝マリーも来て、対面は済んだのだ、これきりにして欲しかった。

しかし、ベンティーン氏は食い下がった。

「できれば、もう一日、アンソニー君に会わせて頂きたいのです。妻のこんな穏やかな姿は久方振りなのです。その後で、私達は牧場へ行きますが、決してアンソニー君を連れて行こうとは、いわせませんから、あと一日お願い出来ませんか」

こういわれて、どうして断れようか。

「わかりました。でもあの子は、ほんの子供です。おわかり頂けますわよね。ジェニーさんがお連れになるなんて、絶対ありませんですよね」と念を押した。

「それは決してありません。私が何をしてもさせないようにいたしますので、明日もう一度」といって、迎えの馬車に乗って帰って行った。

その夜、私はアンソニーを前にして、もう一度、ジェニーさんへの対策を練った。

「アンソニー、あなたのお父様は」

「ダディは、偉い将軍だったけど亡くなったの」

「お母様は」

「マミィだよ」

「今日来た叔母様は、ご病気で牧場に静養に行かれるの。いいこと、病気なのよ。子供は行けないの」

「でも馬に乗せてくれるっていったよ」

「ご病気を治すことの方が大切なのは、わかるでしょ。それに牧場はとても遠いの、迷子になったら、もうこのお家には帰って来れないし、マミィにも会えなくなってしまうのよ」

これは、アンソニーに効いたみたいだった。アンソニーは、私以外と外出したことがないのだ。

「叔母様のご病気が治ったら、行きましょうね。もう少し大きくなったら、マミィと一緒に行きましょう」

私は嘘をついた。牧場などにアンソニーをやってたまるかと思っているのだ。それに私は馬に乗れない。そのことで、夫とジェニーさんを、どれほど羨ましく思ったことはなかった。息子は馬になぞ、乗らなくてもいいのだ。

翌日、二人は昼過ぎにやって来た。アン＝マリーはこの家に泊った。

ジェニーさんは、マーマレードを欲しがって菓子店に寄ったそうで、その店の菓子をかごいっぱい手にして、息子の気を引いた。そして、いつの間にか膝に乗せて、砂糖菓子などを、アンソニーの口に入れてやるのだった。その姿を見ても、嫉妬心が湧いた。私は父親のいないこの家にあって、アンソニーを厳しく育てて来た。私は、息子を膝に乗せて、キャンディを口に入れてやったことなどない。それが、自然に出来てしまう、ジェニーさんが羨ましかった。アンソニーは、やはりジェニーさんの生んだ子だと思わずにいられなかった。ジェニーさんが、アンソニーの頭に顔を埋めるのを見れば、直毛と巻き毛の差こそあれ、二人の髪の色は同じなのだ。アンソニーは、ジェニーさんに似ているのだ。これからもっと大きくなった時、人が見れば私の子でないとわかる日が来るのが恐ろしかった。私は、ジェニーさんがアンソニーといる所を人に見られるのが恐ろしかったのだ。アンソニーは、今私に残された夫のたった一つの形見なのだから。

「ジェニー、もうそのくらいにおし、アンソニー君が虫歯になってしまうよ」

「叔母様、ぼくの部屋においでよ。一緒に遊ぼうよ」と、アンソニーが、ジェニーさんの手を引いた。私はベンティーンに向かって、「ジェニーさんは、ご病気なのでしょう?」といって、暗に一人にするのを拒んだ。すぐ察したベンティーンは、「では、皆さんで遊びに行きましょう」といって、妻の肩に手を置いた。

狭い子供部屋に、大人がぞろぞろ入って行っても、さして見るものもない。私が、今まで贈られたおもちゃなどを見せた。アンソニーが、突然、「ぼく叔母様の絵、描いてあげる」といって画帳を出して来た。私はまた、微かに嫉妬心が湧くのを必死に抑えた。これだけは、誰に似たのか、アンソニーには画才があって、いつもモデルは私だったのだ。

「ジェニー、わかるかい。アンソニー君がお前の絵を描いてくれるそうだ。しばらく、じっとしていなければならないよ。出来るね」

このベンティーン元大尉の優しさが、羨ましかった。夫は私を愛してくれていたのは確かだったけれど、こんな優しさは見せてはくれなかった。現役の軍人との差だろうか。思えば私が心を病んだ時、夫は私のスキャンダルで心半ばで軍隊を辞め、父の手前、慣れない仕事をしなければならなかったのだ。そんな追い詰められた夫の心も理解せず、ただ夫が傍にいてくれるのが、私には嬉しかった。根っからの軍人であった夫にとっては、その時は苦難の日々であったのだろう。優しい言葉など望む方が、そもそも無理だったのだ。今のジェニーさんを見ていると、何もかも羨ましかった。病気が治れば、また子供も望めるのだ。私のたった一人のアンソニーを取らないで欲しかった。

「私、この子を軍人にするつもりは、ございませんの。亡くなったとはいえ、夫の名はずっとこの子について回ることでしょう。そんな重荷を、この子に負わせたくはないのです」

その言葉が聞こえたとは思えないのに、ジェニーさんが急に、「アンソニーは、ウェストポイントに行くのよねぇ」といい出して驚いた。こういう病気の人の勘というのだろうか。ベンティーン元大尉が立って、妻に向かって、「ほら、ちゃんと前を向いていないと、アンソニー画伯が、困っているじゃないか。動いては駄目なんだよ」といってなだめている。

木筆で描かれた息子の絵は完成して、ジェニーさんに贈られた。

「わぁありがとう、アンソニー。でもこの人誰？」

皆慌てて、良く描けているとか、そっくりだとかいってアンソニーを褒めた。私はその絵を見て驚いた。うつろな瞳の痩せた若い女は、絵の中では、まるで太陽のように笑っていたのだから。似ているとかは問題外で、息子には自分の母親がこう見えたのだと思うと、血を感ぜずにはいられなかった。

皆で画帳の前のページに描かれた、私の肖像画とか静物画などを見て、口々にその才能を褒めた。私は、ジェニーさんが絵を描くとは聞いていないので、彼女に似ない才能を持ったアンソニーが嬉しかった。しかし、「ジェニーも、ドレスのデザインとか、一人でいる時によく描いていましたから」と、ベンティーン元大尉がいったので、私は画帳を閉じた。

お茶の時間は、マーマレードがあったので、ジェニーさんは大人しく、紅茶を飲んだ。

「これが、なんでこんなにマーマレードが好きなのかわからないのですよ」とベンティーン元大尉がいった。アンソニーを身ごもっていると気づかず、つわりで食欲がない時、マーマレードを夫と食べたのだ。その思い出が、いつまでも刷り込まれていて、こんな病気の時、出て来るのだろう。私はこれからも、ジェニーさんが、夫のことを口にするのではないかと、ずっと恐れた。ジェニーさんが秘密を洩らしたのなら、このベンティーンとの関係がどのようになるかもしれなかった。ただ、そんなことは、どうでもよかった。アンソニーを返せとジェニーさんにいついわれるかが恐ろしかったのだ。

馬車が迎えに来て、二人は帰ることになった。アン＝マリーは、ジェニーさんを抱きしめて、早く病気が良くなるといいわね、と別れを惜しんだ。ジェニーさんが、

「叔母様、これから牧場に行くの。アンソニーも一緒に行こう」といった時、私は、思わず神様と祈った。

アンソニーは、「もっと大きくなったらマミィと一緒に行くって約束したの」といったので、安心に腰が抜けそうになった。ジェニーさんはそれで納得したのかわからなかったが、アンソニーを抱きしめて、頬にキスを一つすると、「私にも」と息子にキスをねだっていた。

ベンティーン元大尉が、「本当にありがとうございました。会ったことのないはずのアンソニー君に、こんなに慣れるとは思いませんでした。やはり自分の子供のことが心に残っているんでしょうか。でもお会い出来て、これも落ち着いたし、とても感謝しています。突然押しかけて来て、申し訳ありませんでした。静かにお暮しだったのに、ご迷惑をおかけして申し訳ありませんでした。これが元気になったら、私共の家にも牧場にもいらして下さい。本当にありがとうございました」

そういって、二人は帰って行った。

アン＝マリーが、「ジェニーのこと気を遣って下さってあり

がとう。手紙では、もっと酷いようなことが書いてあったから、少し安心したわ。心の病の人と会って、アンソニーに何かあると困ると思ったけれど、さすがオーティの子ね。しっかりしていること。リビィさん、あなたの教育のおかげですよ。今回のことも踏まえて、お礼申し上げますわ」こういわれると、私は恥ずかしかった。私はジェニーさんの病気のことなど考えてはいなかったのだ。ただ、秘密のばれるのが恐ろしかっただけだった。だから私は、二人が無事帰ってくれたことに安堵し、そしてどっと疲れた。しばらくは、何もしたくなかった。

　アンソニーが、舟を持って池に行きたいといっても、なかなか許さなかった。私は疲れていた。しかし池に幼いアンソニー一人で行かせることは、危ないから出来なかった。そして、誰より立派な舟を見せるのも、他人の目があって嫌だったのだ。この二人の来訪は、何も良いことがなかった。こんな時父親がいたら。私の愛するオーティはもういないのだと、あらためて思い知らされるのだった。

　ジェニーさんの所から何かいって来ないうちにと、私は兄に、アンソニーの教育のことを相談した。熱烈なボーイ・ジェネラルファンであった兄は、もちろんウェスト・ポイントのことをいったけれど、私は、たとえウェスト・ポイントを出たとしても、よくて佐官止まりだろうから、偉大な父親の名がいつまでも、ついて回るのは、可哀そうだ、手に職をつけて、地道に歩ませ、その時父親の名を保証として使いたいと語った。兄は、オーティが若くして亡くなったことも考えたのだろう。私の意見を聞いてくれた。父と同じに判事になるのも、弁護士でも医者でも、学校を探してくれるといったが、その費用はどうするのかと心配した。当たり前のことだ。私は悩んだが、ジェニーさんのことを話した。インディアンからの夢のような結納金の話だ。現実主義の兄は、なかなか信用してくれなかったが、オーティが私にくれた、鶏卵大の金の塊を見せたところで、驚いたようだった。

「ジェニーさんが、砦を出る時オーティに見せたそうですの。何でも小川の中に、ごろごろしていたんだそうです。ブラック・ヒルズのゴールドラッシュの元になった話ですわ。ジェニーさんは、私達が砦にいた時に、すでにインディアンから金山を教えられていたんですわ」

　学費の心配がなければ、あとはアンソニー次第だと兄はいうのだった。私は、弁護士がいいといった。兄は、わかったといって、もう少ししたら家庭教師をつけるのがいいだろうという話になった。兄はオーティ亡き後の私の良き相談相手になってくれている。

　その年の夏が来て、突然ジェニーさんのところから手紙が来た。ベンティーン元大尉からで、牧場に来てからジェニーさんは、見違えるほど元気になって、医者や薬より、もっと早くに、ここに連れて来ればよかった。ジェニーさんはアンソニーを連れて来たかったとまだいっている。縁があったら是非一度おいで下さい、とあった。

　ジェニーさんが元気になったのは良かったと思った。しかし、牧場へは行かないとも思った。

　アンソニーへの七才の誕生プレゼントは、少し遅くなったがと一筆があり、大人用の立派な文具セットが贈られて来た。ペンに始まり、ペン立てインク壺、吸取紙に至るまで、同じ店で作らせたのだろう。これらを机の周りに飾って、アンソニーが少しでも勉学に力を入れてくれるようになればと思った。アンソニーはまだ幼いから、前回もらった大きな舟の方が、それはいいに決まっている。池に行きたいと、せっつかれてカーラ夫人と三人で池に行くと、案の定、衆目を集めて、親しく付き合っている子供達だけでなく大人達からも、立派な舟ですなぁと声をかけられるのだった。カスターの子供だと知られているから、シンパシーの方からの贈り物ですか、と聞かれるのが一番嫌だった。この子の生みの親が金山の持ち主で金持ちなのですなど、口が裂けてもいえないではないか。夫の恩給によって、つましく暮らしているつもりの私達の気持ちを理解してくれない、ジェニーさんの行動に、怒りさえ覚えてしまうのだ。それでいて、小切手は、毎回使ってしまう、愚かな私なのだ。

天へ行く道があったら

　夫、オーティが亡くなった時と同じくしてアンソニーが生まれて、全国から夫の死を悼む手紙と、遺児アンソニーの誕生を祝福する手紙が、この小さなミシガンの家に溢れるほど届けられた。ベビードレス、おもちゃに交じって小切手も多くあった。しかし、その中には、リトル・ビッグホーンで、夫なり身内なりを亡くして、オーティの妻であるこの私に、負け戦の責任をとるようにと、厳しく断罪を求める手紙もあった。心して受けねばならなかった。私は、贈られた品物を、現金に換えようと努めた。こんな時、オーティの弟トムがいてくれたらと思った。彼はそういう所へ目端がきいて役立ったであろうけれど、彼も夫と共に、リトル・ビッグホーンで亡くなってしまったのだ。こういう時、兄は役に立たなかった。表立った仕事しかして来なかった兄は、社会の裏のことには、からきし駄目だったのだ。アン＝マリーの貧しい教会のバザーで売ってもいくらにもならないだろう。

　私は、テリー将軍に相談して、リトル・ビッグホーンで、夫に殉じた多くの軍人の家族のために救済募金を作りたいと申し出たのだ。テリー閣下は今、あなたは時の人なのだから、もっとマスコミに出るべきだといった。家にまた記者がやって来て、アンソニーの写真を撮りたがった。新聞に記事が載ると、また手紙が沢山来た。請われて、私は初めて壇上に上がった。講演会場は人でいっぱいで、私は少し臆したけれど、オーティの名誉のためにしなくてはならない、私に課せられた仕事なのだと思った。途中抱いていたアンソニーが泣き出して、慌てて乳母が舞台の袖の外へ連れて行った。私はハンカチを出して、夫の形見のアンソニーのことを語ると、期せずして拍手が起こった。私はその手ごたえに、これから夫の偉大さを語って行こうという思いが強まった。

集まった品物は、テリーが、私が個人的にどうかするより手際よく、まとめて専門業者に売ってくれて、それなりの金額になった。私の講演会は、いつも満員で、その出演料に募金も集まった。私主催のバザーもよく売れて、私は夫の死がこんなに人々に深く感銘を与えているのだと、あらためて夫の偉大さを想うのだった。特に、軍葬の時には、参加された将官の方々から、少なからずの募金を頂き、戦から一年半ほどでカスター基金は運営を始められることになった。

テリー閣下からは、そんなに働いて大丈夫かねと心配の声をかけられたが、何かすることがあることは、私にとって大切なことだった。オーティの死を、少しでも遠くに感じられることが出来たから。あの頃の私には、アンソニーの存在と、カスター基金がなければ、どうなっていたのかと思われるのだ。

いつか思った通り、オーティが若く亡くなってしまって、私の寿命があとどれくらいあるのかわからないが、一人での生活が続くことになってしまった。だから余計に、血は繋がっていなくても、アンソニーが可愛かった。今は、本当に自分で生んだ子だとさえと思っている。アンソニーが可愛いアンジー。アンジーは皆が美しい子だという。青い瞳、プラチナブロンドの巻き毛は切ってしまうのがもったいなくて肩まで伸ばしているのを、夫のスカーフで一つにまとめている。そして白い肌。どんな美少年に育っていくのか、今から楽しみだ。私に似ていないという人間も沢山いる。しかし、全ての子が、親に似るとは限らないのだ。私はそんな声に耳を傾けはしない。だってほら、アンソニーは、私を見かけると、マミィといって抱きついて来るのだから。

私は、請われればどこへでも講演会に行って、夫の偉大さを語った。今やそれは、私の生きて行く上での重要な使命になりつつあった。勧められて、初めて夫のことを本に書いた。全くの素人の私の書いた本は、売れたのだ。印税は皆カスター基金に当てたので、ますます運営は楽になって、下士官の家族を中心に、それなりの見舞金が贈られるようになった。今や、私を非難する手紙は来なくなった。そして、小切手の入った手紙が届くのだ。私は、質素をむねとして来たが、講演会に立つ時など、華美ではないけれど、仕立ての良い未亡人向きの、大人しめの服を作るようにし始めた。不思議なもので、粗末な服を着ていると募金も集まりが悪いということが、わかって来たからだ。人々は私を見に来ているのだ。その私が貧しげでは、見る価値がないらしいのだ。

　アンソニーを連れて行くのも、喜ばれた。人々は、若くして亡くなった英雄の、一目も会えなかった一人息子という悲劇に涙して、我事のように感じて、募金をしてくれるのだ。

　子供をだしにしてあさましいという人間もいた。私は負けなかった。オーティは確かに偉大だったのだ。私は元司令官の妻として、亡くなった部下のために、奔走しているのだ。そこのどこに問題があるというのだ。

　アンソニーの八才の誕生日には、ジェニーさんから巨大な箱が送られて来た。苦労して開けると、一抱えもありそうな、地球儀が出て来て呆れてものがいえなかった。アンジーは喜んで、一緒に同封されていた、世界の国々の習慣が載った本を見ながら、海外へ行ってみたいといった。牧場よりいいと私は思った。アンジーはその巨大な地球儀を、友人を呼んでは自慢して見せている。あれからジェニーさんは、もうすっかり良くなって中部の家で暮らしているという。それなら、子供はまだ出来ないのだろうか、まずそのことを考えてしまう私は、はしたないのだろうか。

　アンソニーが生まれた時、毎年会いたいといったジェニーさんを、説き伏せて十年後にと決めた。その時は、十年はもの凄く先のことに思えたのに、今となってみるとあと二年である。歳月の早さを、思わず振り返らずにはいられなかった。ジェニーさんは、アンジーが二十一才になった時、母親と名乗るのであろうか。それはずっと先のことに思えて、あの時何の約束もしなかったことが悔やまれる。きっと、あっという間にその日は訪れるのだ。果たして本当のことを知った息子は、私を母と呼んでくれるのであろうか。

　私のついた嘘から始まったことなのだ。私に救いの日が来ないのに決まっているのだ。いつかアンジーがこの手から出て行ってしまう日が、来るのだ。私の腕の力が思わず強くなったのだろう、アンジーが、「マミィ、どうしたの」とあどけなく聞いた。私だけのアンジー。

「アンジー、マミィのこと好き?」

「うん、大好き」

私は幸せだった。アンジーは夫の子だ。

私はますますカスター基金に力を入れた。のめり込んでいったと、いってもいいくらいだった。

　アンジーの九才の誕生日には、ジェニーさんから彼もそろそろ自分で欲しいものもあるでしょうから、とまとまった額の小切手が送られて来た。この方が何よりもありがたい。私はアンジーの学費に使うつもりだ。あと一年で十才の対面の日が来る。一度会ったことがあったけれど、あれはイレギュラーだ。アンソニーはまだ六才で、ジェニーさんは病気だったのだ。アンジーは、その時のことは覚えてはいまい。あと一年、私は溜め息をついた。

アンソニーの十才の誕生日には、アン＝マリー夫妻に義妹のフローレンスと、私の兄夫婦がやって来てくれて、ケーキで祝った。

皆アンソニーが大きくなっていることに驚いて、きっと父親のように背高い美丈夫になるだろうといった。プレゼントを開けているアンソニーを見ながら、フローレンスが、「この子はきっと凄いハンサムになるわね。女の子にさぞもてることでしょう」といった。彼女にも可愛いといえる男の子がいる。

アン＝マリーが、「ジェニーさんは、今日どうしたのです。流産したといって来て以来、今日は、元気な顔が見られると、楽しみにして来たのに、なぜいないのです」

「都合が、つかないとかの御返事でして」と私が、適当に答えると、「また病気が再発したので、ないといいのですが。まったくあの子にも手を焼きます」と夫の牧師に向かっていった。

私は、「そうですねぇ、でも病気とはおっしゃっていなかったから、ご心配には及ばないのではないですか」といって口を閉じた。ジェニーさんの話はしたくなかった。そもそも、今日アンソニーの誕生日会を開くなど、伝えていないのだもの、来るわけがない。

普段無口の牧師が、大きな地球儀を見て褒めた。「やぁ、これは素晴らしいものですね。私も欲しい、こんなのがあったら、日曜学校に来る子供達に、世界の国々の話をしてやれます」

「では、よろしかったらお持ちになられては。うちでは大き過ぎて邪魔ですもの」

その話を聞いていたのであろうアンソニーが、「この地球儀あげちゃうのは嫌だ。せっかくジェニー叔母様が、ぼくの誕生日に下すったものだもの。ぼくのものだ」

牧師は、アンソニーの剣幕に驚いて、君から取り上げたりはしないよ、とアンソニーの頭を撫でながら、あやした。私は、その言葉に少なからざるショックを受けた。この地球儀が贈られて来たのは、アンソニーが八才の時だ。少なくともその時から、アンソニーはこれが、ジェニーさんからの贈り物だとわかって大切にして来たのだ。友人に見せびらかしたりして大事にして来たのは、ただ大きくて立派だっただけではないのだ、ジェニーさんからの贈り物だったからなのだ。

「あの方は、こう生活が派手でいらっしゃいますでしょう。今までもおもちゃなど、宅では、身分不相応なものを下さるので、少し困っておりましたの」

「いや、持つなら、これくらいの立派な品の方が役に立っていいのです。アンソニー君は幸せではないですか」

余程、地球儀に感銘を覚えたらしい牧師はこういうのだった。

「あなた、子供の持ち物ですわ」

アン＝マリーがいなした。地球儀の話はそれで済んだ。

その後は、アンソニーの教育についての話になった。もちろん再び、ウェスト・ポイント陸軍士官学校の話も出たが、私は、アンソニーを軍人にするつもりのないことを話した。アンソニーは今、カーラ夫人と台所でケーキを食べていて、この場にいない。私は弁護士など堅い仕事に就かせたいこと、そうしたら、父親の名は有利に使えるだろうと。私はアンソニーが十二才になったら、寄宿舎のある学校に入れるつもりだと語った。

「まぁ、お寂しくはございませんの？　お手から離して」

「それは、寂しゅうございますわ。でも父親のいないアンソニーは、男の子でございましょう。年頃になったら、やはり父親代わりの厳しい教師に見てもらった方が、いいのではないかと思ったのです」

「それでも、学費とかはどうなさいますの」

「夫の残したものがございますから」

私はジェニーさんのことは、いわなかった。兄も黙っていてくれている。たとえ話した所で、皆信じはしないだろう。私は、今だに記者が自宅にやって来ること。私は、カスターの名は、生涯ついて回るだろう。だから、アンソニーには、そんな世間の雑音が少しでもなくて済む生活をさせてやりたいと思っているのだといった。皆それには賛成してくれた。誰もが、大なり小なりオーティの身内として、世間の荒波にもまれて来たのだ。

「アンジーは、オーティが私に残してくれた、たった一つの形見です。愛おしくてなりません。でもここで甘えさせては、彼は父の名に負けてしまうと思うのです。私の考え間違っていますかしら」

「まだあと二年あるのだ。考える時間は十分にあるよ」と、兄はいった。

「それより再婚はなさいませんの。アンジーに新しい父親が出来ますわ」

兄の妻ローラはこの頃よくこの話題を出す。どこかに私に紹介したい男性がいるらしいのだ。

「年頃のアンジーが、新しい父親に馴染みませんでしたらどうなりましょう。オーティより素晴らしい父親は、おりませんもの」

皆黙った。

アンソニーがやって来て、残りの贈り物を皆開けてしまっても良いか聞きに来た。

「ええ、皆あなたの誕生日を祝って下さったものですもの、何を頂いたのか、ご覧なさいな」

また団欒は賑やかになった。家族は、二つ三つとお祝いを持って来てくれていた。ローラの贈り物が開けられた。アンソニーは、それをどう使うかわからなかった。

ローラが満面の笑みを見せながら、手に取ると、「ほら、ここからご覧なさい。さあ何が見えるかしら」とアンソニーに渡した。彼は棒状の片脇に付いているレンズを覗き込んで、歓声を上げた。

「わぁ、綺麗だなぁ。あっ中が動くよ。ぼくこんなに綺麗なものの初めて見た。凄いなぁ、母様も見て、こんなに綺麗なものないよ」アンソニーが、私に渡した。この頃アンソニーは、私のことを昔のようにマミィと呼ばなくなって、母様というようになった。寂しいと思った。しかし、彼の友人達が、母親をまだマミィと呼ぶ子がいなくなったのだ。これもアンソニーの成長として、喜ぶべきことなのだろう。

ローラは銅製の唐草文様の飾りのついた万華鏡を贈ってくれたのだ。彼女としては、十才の誕生日として、奮発したのだろう。私は、手の中の小さな窓から、中に入った色とりどりの小さなガラス片が、花々を咲かせるのを見た。ローラは、自慢げに、「同じ形は、二度と出来ないのですよ。見ていて飽きることがありません。私も子供の時、父から頂いて、あまりの美しさに驚いたものです。まだ大切にとってあるのですよ。気に入ってくれて嬉しいわ」

こういうと、皆に覗いて見るようにと手渡していった。アンソニーは手が空いたので、他の包みを手に取った。私は心の中で、あっと思った。それはジェニーさんからの贈り物だった。今日出席しなくとも、贈り物がないのは不自然だろうと思ったからだが、除けておいた方がよかったのかもしれなかった。それは平たく横に長い小箱であった。アンソニーはリボンで飾られた包みを開けた。

「うわぁ、カッコイイなぁ。これって父様が使っていたのと同じみたいだ。あっぼくの名前が彫ってある。ぼくのだ、ほら母様凄いよ」

ローラの万華鏡の華やかさはあっという間に消えてしまった。アンソニーの手には、純銀で出来たピカピカのペンホルダーが握られていた。胴には花文字でアンソニーの名前が彫ってあった。手にしたフローレンスが、「あら、アンソニーは、ミドルネームがあったのかしら」

「この子には、ありませんけれど」と手を伸ばしてフローレンスから受け取ると、アンソニー・A・カスターとある。これも、ジェニーさんの悪乗りなのだろうか。ジェニーさんは砦を出てから、カスター姓を捨てて、夫のミドルネームのアームストロングを姓に使っている。このAは、夫のミドルネームとジェニーさんの姓に違いないのだ。まだジェニーさんは、アンソニーを自分の子供だと主張しているのだと、私には思えてならなかった。

同じ柄の包み紙の小箱を開けてみると、金メッキされたペン先が沢山入っていた。もう一つには、銀製の蓋が付いたガラスのインキ壺に銀のペン皿が入っていた。十才の子供に贈るものではない。

「本当にこの方、変わっていらっしゃって、しかも贅沢な御品ばかり贈って下さるので困ってしまいますわ」と私は、わざと大袈裟にいって、溜め息をついて見せた。

「あの地球儀を見れば、ご趣味はわかりますね」アン＝マリーの教会は、あまり豊かとはいえなかった。アン＝マリーの贈り物は、手作りの帽子とマフラーだ。そして牧師の趣味である、教会近くの川原から出るという貝の化石が一箱と、寄付品にあった鉄砲のおもちゃだった。私は十才の子には、こういう品が相応しいと思うのだった。

　早めの夕食をとって、兄夫婦は帰って行って、フローレンスとアン＝マリー夫妻が泊っていくことになった。食後のコーヒーを飲みながら、アン＝マリーが、「ジェニーのこと大変でしょうけれど、あれだけオーティを慕っていたのです。許してやって欲しいのです。あなたにとって、辛いことでしょうが、あの子が、オーティと不貞をはたらいたわけじゃないでしょ。ちょっと変わっているのは確かだけれど、可哀そうな子なのですから」といった。

　私がその時、アンソニーが、ジェニーさんと夫との間に出来た子なんですよ、といったら、このアン＝マリーは何というのだろうか。信じられないというのだろうか、それとも、だから、アンソニーはプラチナブロンドなのねと、気を回すことが出来るのだろうか。私は何度、このアン＝マリーに懺悔してしまったらどんなに、心が楽になるかと思ったか知れない。しかし、アン＝マリーが聖職者の妻であるからといって、秘密を守れるとは思わなかった。特に彼女は、ジェニーさんのことを憐れんでいて、オーティと同じに、いつまでも子供であると思っている。ジェニーさんには、そう思わせる何かがあるのだ。アンソニーが、ジェニーさんの子供と知った時の衝撃の強さを思うと、秘密を告げることは出来なかったのだ。オーティは、アン＝マリーにとっては大切な弟であり、ジェニーさんは血こそ繋がっていないけれど、これも可愛い妹に他ならないのだから。まして二人を男女の仲にしてしまったのは、私の嫉妬心からだなんて、いえなかった。アン＝マリーのことだから、アンソニーをジェニーさんに返しなさいと、いい出すのではないかと思って危惧したのだった。アン＝マリーが純粋な良い人だからこそ、救いを求めることが出来なかった。十年前、私はどうしても子供が必要だった。だから世間知らずのジェニーさんから、子供を奪った。私は罪な女なのだ。本来なら、ジェニーさんが受けるべき夫からの愛を、何もなさない私が受けたのだ。まさかオーティが戦死してしまうなどと、思いもしなかった私は、妻という名だけで、それを受けた。今もとってある、夫からの愛情溢れる手紙の束。子供の無事誕生を願って書かれたそれは、私のものではないのだ。

　私は思いもかけず涙が出た。

　その姿を、どう思ったのか知らないが、アン＝マリーが、私の肩に手を置いて慰めてくれる。「あなたも無理して一人でいる必要はないのですよ。まだ若いのだし、アンソニーはきっと受け入れてくれますよ。あなたは、自分の幸せを考えても決して罰など当たりませんでしょうから」

確かに一人寝は寂しかった。今だに、手を伸ばせば、そこにオーティがいたらと思うことがある。しかし私の夫は、オーティ一人だった。時折あのローリー少佐はどうしているのだろうと思うことがある。私を女神といって、抱いてくれた人。その思い出で十分だ。私は喪服を着続けていて、オーティのことを語ろう。そしてアンソニーは私の子だ。何も悩む必要などないではないか。

私は、アン＝マリーに微笑みかけて、「お気遣いありがとう。でも私にはすることがありますわ。夫はアンソニーを残してくれましたわ。私これからずっと命ある限り、オーティを称えて生きて行きますわ。それが私の使命なのですもの」

ジェニーさん夫妻は、我が家にやって来た。見知らぬ小間使いと、もう一人ともう一頭連れて。

誕生日おめでとうというとジェニーさんが、アンソニーに庭に出てご覧といった。アンソニーは駆けて行った。

「本当に困ります。絶対にお受けできません」と私は、心底怒っていた。この能天気娘に、かき回されてたまるかと。

ジェニーさんは牧童と共に馬を一頭連れて来たのだった。それを見たアンソニーは舞い上がって、牧童に馬に乗せてもらっている。

「あら、兄様の子が馬にも乗れないなんて恥ずかしいでしょ。今から習えば、ウェストポイントで、乗馬はAがとれるわ」

「アンソニーは、ウェストポイントにはやりません」

「えー、なぜ。アンソニーはウェストポイントに入るのよ」

ベンティーン氏が間に立って、「ほらご覧、こちらだってお考えがあるんだよ。何でもお前の思う通りにはいかないのだから」

「兄様、生きてたら、ウェストポイントに入れるっていったはずだよ」

「だから、兄様はもういないんだ」

「またリビィさんが望む仕事ってのをして、惨めに失敗させちゃうわけなの」

ジェニーさんは、わんわん泣き出した。私は、あの時の夫が仕事を失敗して苦しめてしまった時の、恥ずかしさを思い出して、顔が赤くなるのを隠せなかった。

私は馬に乗れない。オーティに抱いて乗せてもらっても、恐くてとても駄目だった。だから、オーティとジェニーさんが遠乗りに行くのが無性に悔しかった。だから馬なんてもっての他だ。人目もある。何を贅沢なことをしていると、いわれるに決まっているのだ。

ジェニーさんは、リビィさんは意地悪だ、ジェニーのしようとすることを、いつも反対するのだからと泣き続けた。全く話にならなかった。私はベンティーン氏に向かって、「サプライズか何か知りませんが、あんまりなことではありませんか。ここは野中の一軒家ではありませんのよ。それにアンソニーを甘やかすのは止めて欲しいのです。あれは父親がおりません。ですから私は父親の代わりとして、厳しく育てて来たつもりです。それを横から、いくらお金があるのか存じませんが、ものには限度というものがありますでしょう。馬に関しては、承服出来ませんわ。あなたもジェニーさんの夫なら、もっと手綱を締めて下さらないと、今後のお付き合いも考えさせて頂きます」

ジェニーさんは、何を思ったのか、急に駆けて行って、私が窓から見ていると、庭に出て来てアンソニーと一緒に馬に乗って、狭い庭を歩いて回った。二人の笑い声が庭中に響いて、アンソニーは興奮して楽しそうだった。やはりオーティの子なのだ、馬が好きなのだ。

見ていると、牧童に手綱を引かれて、外へ出て行った。私は慌てて部屋の外へ出ようとしたが、ベンティーン氏が止めた。

「馬のことは申し訳ありませんでした。今日が終ったら、すぐに対処いたします。でも、今日アンソニー君を楽しませようと、あれが色々考えたことです。どうか、今日一日は許してやって欲しいのです。あれの長男の話は、ご存知だと思います。今、会うことも叶いません。先年流産をしまして、それは私が悪いのですが、その後子供が出来ません。あれは、子供が欲しいのです。今日一日、あれに夢を見させては下さいませんか。あれからそれとなく、リビィさんとの軋轢のことは聞いていますが、いつあれの病がぶり返すかもしれないのです。お願いします。せめて今日だけ、アンソニー君を貸して下さいませんか」

ジェニーさんも、子供が出来ないのだ。子供が欲しいという焦燥感は、嫌というほど、私も感じていた。私はジェニーさんなら三人でも五人でも、子供が出来るものと思っていたが、現実は厳しいものだったのだ。ジェニーさんにとっても、夫の形見は、アンソニーだけなのだから。

それでも、私は心配だった。このままジェニーさんが、アンソニーを連れて行ってしまったらと気が気でなかった。

午後もだいぶ遅くなって、三人と一頭は、やっと帰って来た。何やら大きな袋を持っている。

「ただいま、母様。これおみやげの母様の好きなお菓子だよ。とっても楽しかったよ。馬って乗ると高いんだね。ジェニー叔母様馬に乗って、インディアンに襲われたことがあったんだって、凄いよねぇ」

「いいから、早く手を洗ってらっしゃい、お茶の時間ですよ」

「お茶なら飲んじゃったよ。馬はお店に入れないからチャーリーったら、店の外でお盆でお茶とケーキ食べたんだ、笑っちゃうよね」

「アンソニー、手を洗って来なさい」

きっと今夜は興奮して、なかなか寝ないのであろう。

「街中散歩して、でも速駆け出来る所がないの。アンソニーに速駆けさせてあげたかったわぁ。あの子勇気がある。初めて馬に乗ったのに怖がらないの。さすが兄様の子だわ。それから写真館に行って、馬も一緒に写真撮れますかって聞いたら、目を白黒させていたけど、撮ってくれたわ。アンソニーも一人で馬に乗って撮ったのよ。チャーリーも一緒に撮ったの。皆に自慢するって喜んでいたわ」

「そうかよかったな。お前も少し落ち着きなさい。マーマレードが入っているから、まずはお茶を飲むんだよ」

ベンティーン氏は、まるで夫というより保護者のようにジェニーさんに接していた。この二人にも、余人の知らないドラマがあったのだろう。

「馬はまた、チャーリーと貨車で牧場に返します。アンソニー君が望んだら、このまま馬を残して、学校に引き馬に乗って連れて行きたいとこれが申しましたが……」

「そんなこと絶対に出来ませんわ」

「ぼく、馬に乗って学校行きたい。皆きっと驚くよ」

「ええ驚くでしょう。そして笑い者になります」

「そうかなぁ、あのボーイ・ジェネラルの息子なんだもの、それくらい出来て当たり前だと思うけど」ジェニーさんはいい張った。

「夫がそう呼ばれていたのは昔の話です。どこに引き馬に乗って学校へ行く子がいるのです。いい加減にして下さい」

ジェニーさんとアンソニーは、目配せをして笑った。私は、アンソニーとも秘密を持つようになったジェニーさんを憎んだ。

とにかく馬の話はなくなったが、アンソニーが来年の夏休みになったら牧場に行くという話が、二人でついていたらしいのを、それも十五才になったらと、私は許さなかった。

「叔母様、住所教えて、ぼく手紙書くよ」

「うん、教えてあげる。アンソニーの手紙待ち遠しいな、私も書くね」

すっかり二人は仲良くなっていた。夫の筆まめは有名で、私はどれほど夫から手紙をもらったかしない。遠征に行っている時など特に、毎日でも手紙が来た。その血を継いでかアンソニーも筆まめで、一緒に暮らしていても、字が書けるようになってからは、たどたどしい文字で、はいマミィお手紙と、よくくれたものだ。それをこれからジェニーさんと、するというのだ。駄目だ、私は嫉妬で心が、壊れそうだった。誕生日のあの豪華な贈り物はそのつもりだったのだ、と私は決めつけた。

ジェニーさんはもう一日アンソニーと馬に乗って、ピクニックをしたせいか、泣きもせず、アンソニーを抱きしめるとキスを一つして、バイバイといった。ベンティーン氏は、お世話をおかけしましたと、恐縮して帰って行った。

彼も大変な人を妻にしたものだと、気の毒に思えた。全くなんという二日間であったことだろう。私は夜、神に祈りながら、これが私に与えられた罪なのかと、自問自答した。母親から、生まれたばかりの子を取り上げた私の罪なのだと。

アンソニーにはそれからすぐに、家庭教師が選ばれて、勉学の道が始まった。話すべきことは山のようにあるのに、時間がそれに足りなかった。寄宿舎のある、有名な学校への入学を希望することになった。家庭教師は、アンソニーは頭の良い子だと褒めたが、私にはそれが、どれほどのものかわからなかった。

十一才の時に入学試験が行われた。一般の学力検査の後、親子面談があった。指定された待合室で、アンソニーと待っていると、母子なのは私達だけで、皆厳しそうな父親が同席しているのだった。私は、それを見て、オーティに見守っていて下さいと、心の中で祈った。順番が来て呼ばれると、隣の教室に五人の、髭をたくわえた強面の教師達が待っていた。趣味や生活面での話を聞かれた後、これは聞きにくいことでありますが、と父親のことを訪ねられた。私はその日、下ろし立ての、胸の所に僅かな飾りのあるだけだが、上品な見るからに手のかかった、喪服を着て行った。服装だけでは他の母親に負けない自信があった。私は、問われてからしばし時間をおいて、白いハンカチを両手で膝の上で持って、胸を反らして、「この子の父親は、南北戦争でボーイ・ジェネラルと呼ばれ、リトル・ビッグホーンの戦いで戦死いたしました。ジョージ・アームストロング・カスター将軍でございますわ」と、少し高い声でいった。

高圧的だった教師達の態度が、急に下手になって、年嵩の教師の一人が、喉に絡む声で、「君があのアンソニー君なのだね」といった。今だに、〝十二年目の奇蹟〟の話は伝わっていたのだと思った。

アンソニーは、成績が二番目に良かったといって特待生として、寄宿費用が免除になる旨通知があった。

入学が決まって、アンソニーと二人でお祝いをした。私の膝に乗ったアンソニーが、「ぼくがいなくなっても、母様寂しくないの」と聞いた。私は抱きしめてやって、「それはとっても寂しいわ、もう口に出せないくらいにね。あなたと別れたくはないわ。でも家を出て勉強することも大切です。あなたには新しい人生を送って欲しいのです。いつまでも、ボーイ・ジェネラルの息子でなくて、一人のアンソニー・カスターとしてね。あなたにはそれが出来る力があるのよ」

「ウェストポイント行かなくていいの」

「まだそんなことをいって、母様はあなたに軍人になって欲しくないのです。父様のように若くして亡くなって欲しくないのですよ。うんと勉強して立派な大人になって、お嫁さんをもらって、子供をつくって、このお家で楽しく暮らしましょうね」

私は、その日のアンソニーのことを後々までよく覚えていた。まだ少年で、私の膝に乗った最後の日であった。大人には間があったけれど、私を支えねばという思いを強く持って目には光があり、自分の未来を夢見ていたのだった。

毎朝、おはよう母様と呼んでくれるアンソニーが、学校へ行ってしまい、覚悟はしていたけれど、その寂しさは、並みのものではなかった。私はアンソニーが入学すると、ジェニーさんとアンソニーが、十才の時に、一緒に写した写真を箪笥にしまい込んだ。二人並んで写っている姿は、本当に親子であった。

目元は夫に似ていたけれど、顔のラインがジェニーさんにそっくりなのだ。男の子は母親に似るというけれど、まさにその通りなのだ。今まだアンソニーは、そんなことには気がつかない。しかしいつか、自分で気づく時が来るはずだ。私は、この写真が、写真館から届いた時、目がくらんだ。ジェニーさんを知らない人ならいい。しかし、見知っている人なら、これから青年になっていくアンソニーに、ジェニーさんの面影を浮かべない人はいないだろう。嘘はやはり嘘なのだ。

　私は、アンソニーのいない寂しさを、ますますカスター基金と講演会に出ることで、紛らわした。そして、学校の休暇で帰って来るアンソニーを、それこそ舐めるように可愛がった。もう、私の膝に乗ることもなくなったけれど、離れていればそれだけ会えば愛しくて、可愛くてたまらなかった。天気が良い日は散歩に出て、喫茶店でソーダ水を飲んだり、サンドイッチを持って、ピクニックに行った。帰る度に大きくなる彼に、新しい服を作ってやることも必要なことだった。雨の日は、夫の書斎で本を読み聞かせ合った。まるで若い恋人と過ごすような楽しい日々だった。

　アンソニーは父親に似て筆まめで、届く手紙には、どれほど慰められたかは知らない。まだ子供で、寄宿舎の同室の二年先輩のこと、嫌いな教師にあだ名をつけたこと、勉強が難しいこと、など、まだ恋も知らない幼い手紙であった。

　寂しさの中で、手放さなければ良かったかと、思うこともあった。しかしアンソニーには、しっかりと勉強をして欲しかった。そして自活をして、父親の偉大な名に負けない大人になって欲しかったのだ。

　休みで帰宅すると、アン＝マリー達が、三々五々、アンソニーの顔を見にやって来て、このミシガンの家も、賑やかになるのだった。帰って来る度に少しずつ大人びて来るアンソニーは、ますますハンサムになって来た。

「髪切れっていわれるんだよ」と肩まで伸びた髪を手櫛ですいて、父親の形見の赤いスカーフで、一つにまとめるのだ。輝くように美しいプラチナブロンドの巻き毛であった。私は彼の頭を膝に乗せて、その髪を撫でることに飽きなかった。

「母様、父様のどこが好きだったの？」

「まぁ、おませさんね。父様の男らしい所、ハンサムな所、優しい所、そしてね、母様を愛してくれてた所よ」

「学校で、皆いうんだ。カスターの息子って。だけどぼく父様のこと何も知らない。皆人から聞いた話ばかりなんだもの。父様生きてたら良かったなって、いつも思うんだ。そうしたら、母様だって、もっと幸せだったでしょう」

　アンソニーも大人になったとその時思った。こんなことがいえるようになったのだ。

「まぁ、アンジー。本当にお父様生きていらしたら良かったわね。このお家もずっと二人きり。お父様いらしたら、きっとアンソニーのこと可愛がってくれたでしょうけれど、ボーイ・

ジェネラルだったのよ。アンジーのこと、きっと凄く厳しくなさったと思うわ」

そういって、アンジーの髪にキスをした。

オーティが生きていたら、果たしてアンソニーは、私の子になったのか、ジェニーさんの子になったのかわからなかった。きっと、アンジー自身にも、さぞ大きな運命が待っていたことだろう。私は今、アンジーを手にして至極平穏に暮らしている。アンジーは休みが終われば、また学校に帰って、いずれ学校を卒業して、仕事に就いて、恋をして、それが時として失恋であっても、いつか家庭を持って子が出来て、私はおばあさんになるのだ。そんな平凡な生活がいいと私は思った。私はオーティとの十二年間という結婚生活の中であまりに色々なことを経験し過ぎた。そして、夫を失ったのだ。アンジーには、あんな暮らしをしては欲しくなかった。講演会で、人が私に興奮するのは、それがあまりに人々と異なる生活であったからなのだ。

愛しいアンジー、平凡こそが幸せなのだとわかって欲しい。そして人と同じような暮らしをして、天寿を全うして欲しいものだ。夫は非凡であった故に短命であった。まだし残したことがあったろうと思うと、残念でならない。そして、残された者の悲しみを思えば、偉大な夫の後を、アンジーに継いで欲しくはなかった。カスターの息子と呼び比べられる生活は、して欲しくなかった。地に足をつけて、当たり前の生活の中に、幸せを見つけて欲しかった。そして、私が望んで叶えられなかった子供を作って、欲しかった。いわばこれは皆私の夢であった。アンジーの人生は、まだ始まったばかりだったのだから。

それは、アンソニーがクリスマス休暇を終え、学校に帰って行って、一週間も経たない日だった。学校から電報が来て、アンジーが怪我をして重傷だとあった。私は取るものも取り敢えず、女中を連れて馬車に乗って、学校へ急いだ。途中で一泊して、私は心配で眠るどころではなかった。

校舎の入口に数人の教師と学長がいて、私の姿を見とめると、低い声で、「残念でした」といった。

「アンソニーは、どうしたのです。残念とはどういうことですか、あの子は今どこ。アンソニー、どこにいるの」

「アンソニー君は、亡くなりました」

私はその声を聞いて、膝が崩れた。

「奥様」

左右から手が差し伸べられて、私は誰とも知らない人の手にすがって、立ち上がった。

「アンソニー、あの子は今どこにいるのです」

私は、両手を人に抱えられながら、校舎の奥の保健室に連れて行かれた。看護婦が立っていて、スチールのベッドには、シーツが掛けられていた。教師の一人が合図をしたのだろう、看護婦がシーツをまくった。そこには、蒼白な顔色をしたアンソニーがいた。まるで眠っているようだった。私は駆け寄って、その体を抱いて、頬に唇を当てた。冷たい頬だった。

「アンソニー、母様ですよ。目を開けて、何かおっしゃい。母様が来ましたよ、もう何も怖いことはありません、アンソニー、お願いだから目を開けて」

アンソニーの唇から赤いものがしたって来た。看護婦がガーゼでそれを拭き取った。

私は、アンソニーを抱きしめながら、この子はすでに生きていないのだと悟った。もはや、ここにあるアンソニーは、入れ物だけであって、魂は、天の父親の元へ行ってしまったのだと悟った。私は涙を流さなかった。というより、流れなかったのだ。何より大切なものを失って、その喪失感の辛さは、夫を亡くした時に、味わい尽くしてしまったからだ。アンジーがもういない、私が今ここで生きているのが不思議にさえ思えた。私は、その髪を撫でて、額にキスをした。

私は息を一つついて、心を落ち着けると、「何がありましたの」と聞いた。

私のその毅然とした態度は、その後有名になるのだが、教師の中には、さすがカスター将軍の未亡人だとの声が囁かれているのが聞こえた。校長が、「あちらでおかけになられてはいかがですか」と聞いたが、

「私は大丈夫です。アンジーの傍を離れるのは嫌です。ここで伺いますわ」

授業の中で体育があり、乗馬、球技、体操と選択が出来たが、アンソニーは迷うことなく乗馬を選んだ。さすがカスターの息子といわれるように、すぐ上達して、本人も楽しんでいるように思えた。あの日、速駆けの練習中、いきなり前方を犬が飛び出して来て、先を走っていたアンソニーの馬を驚かせた。棒立ちになった馬からアンソニーは振り落とされた。馬場は、柔らかな黒土が厚く敷きつめられているので、普段であれば、余程打ち所が悪くなければ難はないはずであった。しかし運の悪いことに、後から来た馬が避けられず、アンジーを足にかけた。医者が駆けつけた時は、すでに手の尽くしようがなかったという。折れた肋骨が肺に刺さって、大量の吐血をして、それが喉に詰まったことによる窒息死であったとのことであった。

「あの子は、死に際して苦しんだのでしょうか」

私はなるべく声が震えて聞こえないように気を張って聞いた。

「ここに運び込まれた時、アンソニーさんは、血を吐きながらも、マミィ、マミィと呼んで、両手で空を掴むような様子をなさっていらっしゃいましたが、急に大量の血を吐かれて、お亡くなりになりました」と看護婦がいった。

「ですから、死に際して苦しんだのですか」

「血が喉に詰まったのですから、お苦しかったと存じます」といって看護婦は泣き出した。その様子から、さぞ苦しんだのだろう。

私はあらためてアンソニーの顔を見つめた。時間と共に苦しみは取り去られたのであろう、安らかな死に顔だった。

「さぁアンジー、お家に帰りましょう。アンソニーは自宅へ連れ帰ります。よろしいですね」と私は、周りの教師達にいった。

「今後のことをお話しいたしたいのですが」

と校長がいった。

「アンソニーにこの後に何があるというのです。アンジーは死んでしまったのです。私は一刻も早くこの子を家に連れて帰りたいだけです」

「アンジー君の後ろを走っていた生徒が来ていますが」

「会う必要もありません。その方に事故なのだから仕方がなかったと伝えて下さい。全て神の御定めになられたことなのですからと、アンジーの分まで人生をまっとうして下さるようお伝え下さい。さぁアンジー帰りましょう」

担架に乗せられたアンソニーは、毛布を何枚も敷いて、馬車に寝かされた。

「奥方様、これを」と、看護婦が、タオルを私に手渡してくれた。アンソニーの肺には、血が溜まっているそうで、動かす度に、口の端から赤いものが流れ出るのだった。タオルはすぐに朱に染まった。

途中で、私は馬車の中で泊った。アンソニーを一人にしてなど、とても出来はしなかった。女中がランタンの明かりと、毛布を持って来てくれた。私は、オーティと過ごした行軍での夜を思い出していた。皆が寝静まったのを見計らって、愛を交わしたものだった。それが今、僅かな明かりのもと、死んでしまった息子と、こうしているのだ。アンソニーはまだ十四才だった。恋も知らず、逝ってしまった。神様はなぜ私にこのような悲しみをお与えになるのだ、と神を恨んだ。私のたった一つの夢だったのに、父親の元へいってしまった、あまりにも早過ぎる死だった。

兄一家、アン＝マリー夫妻、オーティの弟のトムとボストン一家、フローレンス一家、皆集まっての葬儀が出来た。冬のことだから行なえたのだ。夏ではとても無理だった。皆早過ぎるアンソニーの死に対して涙してくれた。アン＝マリーの夫が、うちの教会にといってくれたけれど、泊りがけでなければ行けない所で、遠慮して、家の近くの、アンソニーが日曜学校へ通っていた教会墓地に埋葬することに決めた。

私は最後の夜を、自室のベッドにアンソニーを寝かせて、添い寝して過した。ハンサムな美しい子であった。私は思い立って、アンジーの、夫と同じように肩まで伸びた髪の毛を一房切り取った。私の結婚式の時、花嫁は何か青いものを身につける習慣にならって、私は下着の紐代わりに、青い細いリボンを使った。オーティは、初めての晩、その紐をほどいたのだ。その思い出のリボンで、根元を縛った。そして、とうとう一人になってしまう寂しさに、アンジーを抱きしめて泣いた。入れ物のアンジーも、明日には、いなくなってしまうのだ。アンジーのいないこれからなど考えられなかった。私はもうこれ以上の寂しさに耐えられるのだろうか。マミィ、と最後まで呼んでいたというアンジー。さぞ苦しかったことであろう。夫が、こんなに早くアンジーを連れていってしまったのが、恨めしかった。オーティと結婚する時、どんなことが来ようと、撥ねつける自信があった。今の私は、平凡な生活こそが幸せだと思う、幸薄い女でしかなかった。

アンジーには、とても学校の制服など着せる気にはならず、新しく作った服に、夫の赤いスカーフで髪を一つにまとめてやって、昔遊んでいた木のおもちゃと、私と一緒に写した写真を胸に、埋葬された。

アンソニーは、いなくなってしまった。

ローラがやって来て、私の肩を抱いて、今なら養子の話をしてもいいけれどと、いってくれたけれど、これも神が定めたもうたことだから、もういいのと断った。ローラは、本当に一人になってしまって大丈夫なの、と心配してくれたが、私は首を振った。

牧師には、荷物になるだろうけれど、教会で使って下さいと、巨大な地球儀をもらってもらった。あとの者には、ジェニーさんから贈られて来ても結局使わずにとってあった高級な文房具などを配った。銀のペンホルダーは、名前があったから私が使うつもりで、しまってあった。

葬儀は無事終わり、皆悔やみの言葉をいって帰って行った。私は、真っ暗になってしまった家に一人いて、あと一つ、どうしてもしなければならないことを一日延ばしにしていた。教師や学生達の口から、近いうちに伝わって来るだろう。その前にしなければと思いながら、私には便箋を前にしてなかなか出来なかった。

ジェニーさんは、突然やって来た。

「アンソニーはどこ」

挨拶もなく、ジェニーさんはこう聞いた。私はコートを羽織ると、家から十分ほどの教会の墓地に案内して、まだ真新しい墓標を示した。

ジェニーさんはしばらく、その前に立っていたけれど、膝を折って、両手で墓標をさすった。そして、息子の名前を指で追っていたけれど、そっと唇を当てて、「アンソニー」と呟くと、突っ伏した。肩が揺れていたが、声はしなかった。

「ああ、アンソニー、私を置いていってしまったの」というと、声を上げて泣き出した。私には出来なかった。母親としての深い悲しみの姿だった。一緒にいたベンティーン氏が、目礼をしたので、私は黙って家に帰った。冬の夕暮れの儚い残り日がまだ差していた。

夕餉を終えた頃だった。ベンティーン氏がジェニーさんを抱いて、助けて下さいといった。ジェニーさんは墓石から離れられなくて、墓石に今まで身を投げていたのだという。

「さすがにおかしいと見たら、気を失っていて、体が氷のようなのです」

すぐ客間の暖炉が焚かれて、ついて来た女中が、コックに手を入れたら熱いくらいの湯を金だらいに汲んで、足湯をさせたいといった。そして湯で絞ったタオルで、ジェニーさんの体をこすった。私の寝間着を着せてベッドに横にすると、寒いといって体を震わすのだった。コックが湯たんぽを持って来た。

悪寒は止まらず、ジェニーさんは寒がった。ベンティーン氏が私に、申し訳ないが、布団をもう一枚貸して頂けないかといった。首にショールを巻いても、まだ寒いと呟き続けた。女中は悪い風邪が体に入ったのだといって、暖炉にやかんを置き、手あぶりに乗せた金だらいに湯をはって、部屋中に湯気を立たせて、窓を少し開けた。コックに、からしと小麦粉を練ったものを作らせて、ガーゼに延ばして、ジェニーさんの胸に張り付けた。

「きっと高い熱がこれから出ます」

そういう通り熱が出た。頭を冷やしてやっても、苦しそうな息をつくのだ。ベンティーン氏が、手を握って声をかけている。なぜこんなになる前に帰らなかったのか、と怒りを覚えたが、今回だけはジェニーさんのそうせざるを得ない気持ちが痛いほどわかった。なぜなら、本当の我が子なのだから。きっと、オーティの死よりも、アンソニーの死の方が、ジェニーさんにとって辛いことだったのだろうと思うのだ。

ベンティーン氏が、突然押しかけて、ご迷惑をおかけいたしました。あとはこちらでいたしますので、もうお休み下さいといった。

翌朝一番に医者を呼んだ。医者は、一目見て、肺炎になりかかっている、なぜ、こんなになるまで放っておいたのかと、厳しい声で聞いた。ベンティーン氏が、「実は子供が亡くなったのです。それで墓地を離れられなくて、私がついていながらどうしようもありませんでした」というのを聞いて納得したのか、肺炎になってしまっては、手の施しようがない、あくまで、気休めですが熱冷ましをお出ししておきます。あと強心剤を打っておきますから。といって、医者は帰って行った。

うちの女中が、ジェニーさんに、「お薬でございますよ。お飲みになればお熱が下がって、お楽になりますよ」と、薬を飲まそうとしているのだが、元より意識のない人間には、見ている方にも無理に思えた。その時、ベンティーン氏が、薬を手に取って、粉末薬を口に入れると、コップの水を含んで、ジェニーさんに口移しで、薬を飲ませ始めた。背中をさすりながら、むせないように時間をかけて飲ませた。ジェニーさんの、喉が上下するのがわかって、ベンティーン氏は口を離し、ジェニーさんをゆっくり横にした。私は見ていて、羨ましいなと思った。ジェニーさんは波乱万丈の人生を送って来たのに、いつも何かことがあると、そこに助けてくれる人がいたのだ。

私は、アンソニーの葬儀の日に、これからは、オーティの思い出と共に生きて行こうと決心したばかりだというのに、ベンティーン氏の献身振りに、見ていて心がぎゅっとなるのだった。私は女中に、駅前に新しく出来た店で、アイスクリームを買って来るように頼んだ。女中は、こんな寒い日に駅前まで、しかもアイスクリームを買うなんてと、文句をいいたげであったが、それが病人のためであることがわかっていたので、何もいわずに出かけた。

ベンティーン氏は、ベッドの脇に座って、ジェニーさんの手をとって頬に当て、何か呟いていた。何気なく聞いていると、ほら汽車がホームに着いたよ、牧場に着いたんだ。サムの奥さんが、お前の手作りのエプロン着けて、やって来るよ、とか、コックがね、今度のバザーでサンドイッチをいくつ作ったらいいか聞きに来たよ。ここで待っているから、教えてあげなけりゃあいけないよ。寄付品の人形いくらに付けたらいいかアンがいっているよ、お前の作った人形じゃないか、いったいいくらにするんだい、ねぇ、ジェニー、皆困っているよ、目を覚ましておくれ……。彼はきっと、必死の思いでジェニーさんの魂を、こちら側に呼びとどめようとしているのだ。ジェニーさんの気を引くことをいって、魂が、あちらに行ってしまわないように、しているのだ。その姿に、愛し合う夫婦の姿を見た気がした。ジェニーさんは、子供の時の傷、オーティを亡くしたこと、アンソニーを手放したことを、心の奥底に蓋をして、平素は平穏に暮らしていたのだろう。それがアンソニーの死で、心の内に悲しみが噴き出してしまったのだ。ジェニーさんにとっては、もはや生きて行く意味がないのかもしれなかった。だから、それを察した夫は、彼女を自分の手元に戻そうと、努めているのだ。

女中が帰って来た。店はストーブをガンガンに焚いて暑いくらいで、もの好きが沢山食べに来ていたといって、紙のカップに入った、アイスクリームを渡した。私は礼をいって、台所でお茶を飲むようにいった。匙をもらうとジェニーさんの所へ行った。私はベンティーン氏の反対側に座って、「さぁジェニーさん、良いものを持って来ましたよ。アイスクリームです。さぁ冷たくて美味しいですよ、食べましょうね」と、子供にいうようにいった。

私は匙で、ほんの少しすくって、口に入れたが、赤ん坊が嫌いな食べ物を舌で押し出すようにして、アイスは口の端にたれた。私は、もっと沢山匙に取ると、小さく口を開けて、荒い息をしているジェニーさんの口に放り込むように入れた。

「おお、ジェニーがものを食べた」と、ベンティーン氏が感にたえないという声を上げた。

ジェニーさんは、口を閉じて、アイスの冷たさを味わっているように見えた。

「さっジェニーさん、もう一口食べましょうね」それでも四、五口食べると、もう疲れてしまったというように口を開けてはくれなかった。

「これで薬が飲ませられます」といって、ベンティーン氏がまた口移しに薬を飲ませた。

女中のマギーは、昔医者の所で奉公していたとかで、病人に対して色々なことを知っていた。コックは近くの食料品店から、からしの大袋を買って来て、小麦粉と混ぜて湿布を作った。熱があるせいか、一時間もすると乾いて来てしまう。それをマギーは見ていて、まめに作らせては、張り替えてやっていた。こうすると、いくらかでも息が楽になって、胸の炎症に効果があるのだという。また、熱が高く食せない病人には、一つまみの塩を入れた糖水を作って飲ませるといいという。吸い飲みにその糖水を入れて、「奥様、しっかりして下さいませよ。マギーですよ、美味しいお水を飲みましょうね」といって与えていた。

アンソニーが死んでしまった後、我が家は全員で、ジェニーさんの快復を願っていた。コックまでが、普段来ない客間に来て、婆様の教えだからと、熱冷ましに効くのだという干した葉を持って来て、病人に使って下さいというのだ。そんなものを足の裏に張ってどんな効果があるのかわからなかったが、何でもよかった。ここでジェニーさんに死なれたくなかった。アンソニーの元へ行かせるのは嫌だったのだ。

コックは、さっぱりした具沢山の野菜スープを鍋いっぱい作って、誰もがいつでも、食欲を満たせた。私達はそれぞれに仮眠をとり、湿布が乾いていたら気づいた者が取り替えた。

長い四日間であった。ベンティーン元大尉の「神様ありがとうございます」の声に皆目を覚ました。ジェニーさんが目を開けていた。熱は下がったのだ。肺炎への恐怖は去った。医者がすぐ呼ばれて、ベンティーン氏の、ホテルに移りたい旨は、すぐに却下された。こんな重病人を動かすなど、もっての他といわれたのだ。

「しかし、こちらのお宅にいつまでもご世話になっているわけにもいきません」

「そんなこと、ございませんわ。ジェニーさんが本復されるまで、いらしていてかまいませんのよ」

私は本心から、その時はそういった。しかし、ベンティーン元大尉が、ジェニーさんにキスをしていたり、添い寝をして、何か二人きりで話をしている姿を見るのは、辛いと思った。

医者は、女中のする湿布に興味を持って、これから自分もやってみようかなどと、心もとないことをいっている。

「ジェニーさんの右側の唇が紫色になっているのは、どうなさったのですか」

「あれは、冷たい墓石に長く唇を当てていたので皮が剥げてしまったのです」という。その時のジェニーさんの慟哭の姿が目に見えるようだ。湿布の跡が、からしのせいで赤くただれて痛々しかった。医者は後で軟膏を出しておくから、取りにおいでといって帰って行った。

マミィ

ジェニーさんが、汽車に乗って、自宅に帰れるようになるまでに一か月を要した。起き上がれるようになると、ジェニーさんは、しきりにアンソニーのことを聞きたがった。話が亡くなる時のことになると、静かに涙を流して、可哀そうなアンソニー、辛かったでしょうにといって、両手で顔を覆った。亡くなる間際まで、マミィと呼んでいた、という話になると、ジェニーさんは急に黙った。そして女中に鞄を持って来させると中から、五、六通の手紙を出して見せた。宛先はジェニーさん宅で、文字もジェニーさんの手である。

「ジェニーさん、これが何だというのです」

「中見てごらんよ、見てもいい手紙だから」

私は、なんだか、当てこすりをいわれているようで嫌だったが、中を開けて見た。あっと思った。皆アンジーの手紙で、ほとんどが一行か二行の短いものなのだけれど、

〝おやすみ、今日は疲れたよ。マミィへ〟〝ハーイマミィ、アンジーは、数学で今日一番だったよ、褒めてくれる？〟〝花屋の女の子が、ほくの髪一房欲しいって、友人にいったんだって、どうしたらいいマミィへ〟〝愛するマミィへ、今日速駆けで一等になりました。さすがカスターの息子といわれました。早くマミィと速駆けしたいなアンジーより〟〝マミィ、おはよう今日は雨だから乗馬は休み、つまらない、明日晴れたら、うんと速く走ってみせるよ、アンジーより〟

「これはいったい何ですの」

「アンジーからの手紙だよ。彼も忙しいと思って、私が住所書いて切手貼って、便箋入れた封筒を沢山送っておいたの、気が向いたら、一行か二行さっと書けばそれでいいんだもの、私だってアンジーの手紙が欲しかったんだもの」

「そうではありません。なぜあなたをマミィと呼ぶのです」

ジェニーさんは肩をすくめて、ごめんね、アンジー約束破っちゃうけれど、独り言をいって、「十才の誕生日の日、約束したんだ。アンジーはなぜ、母様なんて呼ぶのって聞いたら、周りの友人達でもうマミィなんて子供みたいに呼ぶ子はいないんだって。だから仕方なく母様って呼ぶんだって。アンジーは寂しかったんだよ、父親いないし、リビィさんにまだマミィっていって甘えていたかったんだよ。だから、私がマミィになってあげるから、何でもいいなさいっていったの」

「そんな勝手なことを」

「勝手じゃないよ。私だって、アンジーに直接マミィって呼ん

でもらいたかったのに、手紙で我慢したんじゃないか」

「でも、でも」私はもう我慢が出来なかった、相手は病んでいるのに強い口調でつい心にわだかまっていることを口に出してしまったのだ。

「あなたが、アンジーに乗馬を勧めなければ、こんな事故は起きなくって……。アンジーは死ななくって済んだのではないですか、違いまして」

私は、どんな顔をその時していたのだろう。ジェニーさんは黙って、私の顔を見つめていたが、涙をポロっと一粒流すと、

「そのこと、本当にリビィさんに申し訳ないと思っている。ジェニーがいけなかったんだってずっと思っている。アンジー、兄様の所へこんなに早くやっちゃったのジェニーのせいなんだって、ずっと思っているの」そういって、静かに横になって目を閉じた。

私はこの言葉に心打たれた。ジェニーさんがそんなことを考えているなど思いもしなかったから。私の言葉にいつものように反発すると思ったのが、こんなにもあっさりと認められてしまって、私は怒りの持って行きようがなかった。

「もう悲しくてアンジーの所へ行こうって思ったの。気がついたらね、なんでだか、私お部屋の上の方にいるみたいで、寝ている自分が見てたの、本当だよ。マギーもリビィさんもいて、旦那様がジェニーの手を握ってくれていて、帰っておいでっていっているの。ジェニー悩んだけれど、旦那様一人にしちゃうの悪いかなって、戻って来たの。本当だよ。あたし、自分が寝てるのわかったんだよ、不思議でしょ」

ジェニーさんは、アンジーと夫の所へ行きたかったのだ。

そして目を閉じたまま、「アンジーが最後にマミィって呼んだの、リビィさんのことなのよ」といって静かになった。ジェニーさんは、やはりアンソニーに自分が母親だといいたかったのだとずっと思い続けていたのだ。本当に、アンジーは最後に私の名を呼んだのだろうか、私は、ジェニーさんの寝顔を見ながら神に祈るしかなかった。

この家を出る日、ジェニーさんはアンソニーの部屋を見たいといった。入って行って、あの地球儀は、と聞いた。

「アン＝マリーの日曜学校に使ってもらうってことになりました」

「そう、役に立ったなら嬉しいわ」

そして、何か一つ形見にもらってもいいかと聞いた。どれでもどうぞ、というと、机に並んだ本やノートを指で撫でて行きながら、その中で使い終わった数学のノートを引き出した。ページをめくっていたが、これを頂いて行きますといって鞄に入れた。そして、兄様の書斎も見たいといった。部屋に入ると、書き物机に座って、両腕で、椅子をギシギシさせていたが、デスクトップに突っ伏して、しばらくじっとしていた。その姿を、ベンティーン元大尉も黙って見ていた。それで気が済んだのか、ジェニーさんは立ち上がって、本棚に手を当てて、一冊一冊見

ていたが、手ずれた一冊を引き出して来て、「この本、もらって行ってもいいかしら」

「こちらに、夫の書いたもので、サイン本もありますけど、そんな本でいいのですか」

「はい、これがいいです」

古い戦記物であった。なんで、あんな古い本がいいのだろうと思った。ジェニーさんと夫との何か関係があるのだろうかと、少し心が騒いだが、黙って渡した。

ジェニーさんは別れに際して、初めて私とハグをして、頬にキスをした。これも驚きであった。十四年前、生まれたばかりの子を取り上げられた家を、再び去るのだ。玄関を出る時、ジェニーさんは大きな声で、「兄様、さようなら」といったので、全員がジェニーさんを見た。私は、また病気がぶり返したのかとも思った。しかし、機嫌良く、女中とコックにも礼をいった。

ベンティーン氏も皆に礼を述べて、毛布に包んだジェニーさんを抱いて、馬車に乗った。女中とコックが旦那様から頂戴いたしましたと、十ドル金貨を二枚ずつ手の平に乗せて見せた。

ジェニーさんは、二度とこの家を訪れることはないのだろう。アンソニーはもうこの家にいないのだから。

「あのお嬢様もお気の毒ですよね。あんなに苦しんでお産みになったお子様を、今度は二度と手の届かない所へ、やってしまいになってしまわれたんだから」

ジェニーさんの、お産の時にもいた女中がしみじみといった。ジェニーさんのお産のことが思い出される。二日も苦しんだ末に生まれたアンソニーを、幸せな母親として、腕に抱けたのはたった一週間だった。そのすぐあとにオーティの死を知ってしまったのだ。

私は、「本当に世話をかけました。お礼をいいます」と使用人にいった。「大変でしたもの、私達だって、少し皆で体を労りましょう」といった。

その夜から、全く物音のしない夜がやって来た。アンソニーは、ずっと学校にいるのだと思うことにした。いつか、明るい笑顔で元気いっぱいに、ただ今、といって帰って来るのだと。そうとでも思わなければ、ジェニーさんもいなくなったこの家が、言葉にならないほど寂しくなってたまらなかったから。

学校からアンソニーの私物が送り返されて来ていた。ジェニーさんがいたから、手を付けなかっただけだ。学校の生徒達の口からだろう、アンソニーの死を嗅ぎつけて、記者がやって来てはいたが、生死を彷徨う病人がいるからと断り続けて来た。ジェニーさんもいなくなった今、私はアンソニーの死を公にすることに決めた。会見は我が家の応接間で行なわれた。選ばれた記者の前に私は立った。学校には、カスターの息子が落馬事故で亡くなったとは、いってくれるなと申し入れてあった。

これから一生着ることになる喪服を身に付けて、私は泣かなかった。というより、ジェニーさんのように素直に涙が流れなかったのだ。

「私のたった一人の、夫の形見の息子は、クリスマス休暇が終ってすぐ、学校で事故で亡くなりました。何で亡くなったかは、申し上げたくありません」

「では、亡くなられたことを今までだまっていらしたのはなぜです」

「心の準備が整いませんでした。私には、アンソニーが全てでした。それが、天に召されてしまったのです。私の悲しみが、おわかりになりまして」

　私は白いハンカチを手にしていたが一度も涙を拭くことはなかった。淡々として、記者の問いに答えたのだった。その姿は、一部では、子供の死に際しても涙しない鉄の女とも揶揄されたが、学校での態度が、記事に載ると、やはりカスター未亡人との声が上がった。特に、怪我をさせた相手を責めることなく、将来を心配した姿に、同情が集まった。子をなくしたのだ。そこでの私の冷静な態度は出来るものではないと、賞賛を受けた。

　いつも思う。私はそんなに強くはないのだ。私にとってアンソニーより夫の方が大切だったということか。我が子として育てていても、私が生んだ子ではなかったのだから、夫の時ほど、涙は出なかったということなのだろう。ジェニーさんから、子供を取り上げておきながら、やはり私は、心のどこかに、ジェニーさんへのわだかまりを捨て切れていなかったのだ。アンソニーは亡くなってしまった。もはや、私とジェニーさんを、繋ぐものはない。私は、オーティとの思い出に生きてゆくのだと、あらためて思った。

　私は、ローラが再婚を勧めてくれていた時に、テリー将軍に頼んで、第七騎兵隊のローリー少佐について調べてくれるように頼んだことがあった。国防省からの正式な書類には、「ジョージ・ローリー少佐は、在籍はしていたが、昨年退役して、現住所などは不明である」旨載っていた。やはり一夜の夢であったのだ。男女の交わりの後の、気怠さを思い出させてくれた人。私はこれから、二度と再婚はすまい。オーティの偉大さを、世に知らしめて行く使命が私にはあるのだ。しかし、ローリー少佐がジョージの名であったのを知ったのは奇遇であった。夫と同じだったなんて。

　それからの私は、講演会とカスター基金に関する運動に、日々を捧げたといってよかった。ある講演会の時、途中から一人の婦人が立ち上がると、夫の行為は、インディアン虐殺そのものではないかとの主張をした。私は受けて立つ側になって、軍人である夫が、国の命令であるインディアン討伐に出て、何の問題があるのか。あなたの夫なり息子が、仕事をしていて、その会社からの命令を聞かなければどうなるのか、おわかりでしょう。夫の行った行為の中の一つを取って、それを責めるのは、よしとしないと、私が述べるとその婦人は顔を赤くして出て行った。人々から拍手が巻き起こった。

　リトル・ビッグホーンの戦いで、彼の地に記念碑が建てられた時も、私は参加して、初めて夫の亡くなった地に立った。まず、夫はこのような荒野の地で亡くなったのだと思った。そして、夫を殺したインディアンが憎いと思った。夫はどのように戦い、そして亡くなっていったのであろうか。生存者が一人もいないので、詳しいことは何もわからなかったが、私はきっと、その最後まで軍人らしく戦って、そして亡くなったのだと信じた。この地に立つと、久しく忘れていた、西部で暮らしていた時のことが、鮮明に思い出された。朝出て行く夫の帰りを、ひたすら無事でと祈って待っていた日々。私はますますカスター基金を、充実させねばと思った。ここで、夫や息子を亡くした夫人の多くは、恩給では足りず、カスター基金からの援助を当てにしている方々がまだ多い。その人達の責任は全て私にある。

ある時は、私が毎回異なる喪服を着て来るのが、贅沢だ、と発言した婦人がいた。この時は、私でなくカスター基金の主だった婦人の一人が、私の住まいしているミシガンの家を訪ねたことがあるかと聞いた。発言した婦人は、そんなお屋敷には、ご縁がありませんでしたからと答えた。カスター基金の婦人は、私がミシガンのおうちと呼んでいる、家のことを例に出して、リビィさんのお住まいは、客間が一つの、本当に小さな家に、それは質素に暮していること、喪服はいわば制服であり、多くの人々の前に立つのに礼を欠かさないためである。夫だけでなく、息子をも失くした夫人が、たった一枚の喪服で人前に出ること自体が礼を失するのではないかと、私に代わって、両手を振り上げて熱弁をふるってくれた。私にボロを着て人前に出ろというのかとまでいってくれたのだ。これには賛同が多く、私は一言も口を開くことなく、この騒ぎはおさまった。

人前に立つには敵も多いのだ。心して、しかし強い信念を持ってことにあたって行こうとますます思うのだった。

ジェニーさんからは一か月以上も経ってから手紙が来た。やはり汽車での旅が体に無理が来て、その後寝込むことになったが、ミシガンの家より、こちらの家の方が春が早く来るので、ようやく庭に出られるようになったとあった。アンソニーの死は、ジェニーさんの体に、苦痛を残したのだ。世話になった礼として、こちらでは、すでに冬物のバーゲンが始まっているので、マギーが見繕った品を送るから、気に入ったものを使って、残りはバザーに出して欲しいといって、ジェニーさんらしく、大きな箱に、ショールにマフ、帽子、マント、手袋に室内履きなど沢山送って来た。私はその中の、たぶん気を遣って入れてくれたであろう黒いものを取って、残りを女中とコックに分け与えて、残りものをバザーに出した。

「とてもこんな沢山、選べるものではありません」と嬉しそうに女中も、コックもいった。

私は、息子アンソニーの思い出を、エッセイ風に書きためていたのが、出版社の目に留まって本になった。私の生んだ子ではなく、仮そめの親子であったのだけれど、その本は、同情もあったのだろう。売れた。以前にも夫の本を書いたことはあったが、私は新たな生きがいとして、小説家としても生きて行こうと思うようになった。

　私の講演会には、人が集まった。そして、そこで私は、オーティについて語った。もはや、それが我が人生になった。


「奥様、このようなお手紙が出てまいりました」と女中が、手紙を出していう。なんでもジェニーさんの贈り物から欲しいものを取って、残りは春になってしまったことだし、秋になって、バザーに出そうと、しまってあったのを、今開けてみたら、底に紛れていたという。送られて、すでに半年も経ってしまった手紙であった。私は急いで中身を見た。ベンティーン氏からの手紙で、妻の病中、世話になったと、丁寧な礼文があった。家に帰ってまた熱を出し、主治医から、この病で、寿命が延びることはないと、いわれて、今まで風邪一つ引かなかった元気な妻のことを思うと、心が痛むとあった。

　妻が、アンソニーの髪の毛を編んで、小さなガラスのケースに入れて、周りを金の唐草で飾った、メモリアル・アクセサリーのブローチを作った。その時あらためて見ると、巻き毛のアンソニーと直毛の妻と、毛の色が全く同じことに気づいた、とあって、私はその先を読む気はしなくて、鏡台の鍵のかかる引き出しにしまい込んだ。胸が大きくざわついた。誰が何といおうと、アンソニーは私の子なのだ。私は結局、その手紙に返事は書かなかった。


　それからは、ジェニーさんとの付き合いは、出来合いの、クリスマスカードの交換だけとなった。ある時、その年のカードに、ジェニーさんの小さな字で、

〝私とうとう兄様の年を越してしまいました〟とあって、もうジェニーさんも、そんな年になったのだと、時の移ろいの早さを思ったのだった。

　しかし、ジェニーさんは、今でも毎月アンソニーへと小切手を送って来た。思うに、ジェニーさんも、アンソニーの死を受け入れ難かったのではないだろうか。私が、アンソニーは帰って来るのだと思い続けているように。

　私は講演会と会合で、たった一人になってしまった寂しさを紛らわせていた。後援して下さる方も増え、私はますます忙しくなって、ミシガンの家に帰るのも、まれになった。

　講演旅行を終えて久方振りに家に帰ると、居間には、不在の間に届いた手紙が山をなしていた。だから、その手紙がいつからそこにあったのかは、わからなかった。全国から届く、応援の手紙の中に、ジェニーさんの手紙は埋まっていた。消印は薄く、読み取れなかった。

　私は旅装を解いて一休みすると、手紙の整理を始めた。必要な所へは返礼を出した。そして、ジェニーさんの手紙が残った。珍しいことであった。カード以外の手紙が届くのは、アンソニーが亡くなってから、何年振りであろう。私は封を開けた。いつもジェニーさんが使う、薄い便箋を懐かしく思った。

〝親愛なるリビィさん。ご活躍は、新聞やご本で拝見しています。新しい街に兄様の名前が付けられ、銅像までが建てられたと知って、とても嬉しく思いました。兄様のことを人々が忘れないのは、皆リビィさんのおかげだと思っています。私も、その街へ行ってみたいけれど、訪れるのは無理でしょう。肺に病を得た私は、もう馬にも乗れないのです。それどころか発作が起きると危ないと、外出すら出来ません。兄様と、アンソニーの所へやっと行けるのです。旦那様には申しませんが、私の命はもうあまり長くありません。発作が起きる度に、あまりに苦しくて、このままアンソニーの所へ行けたらと、いつも思います。旦那様が、私を一人置いて行くのかと、いつもおっしゃるのですが、申し訳なく思いながらも、アンソニーの所へ行きたいといつも思ってしまいます。アン・マリー姉にはもう頼みました。リビィさんにこんなことをお願いするのも、筋違いかと思いますが、私の最後を見守って頂きたいのです。やっぱり一人で逝くのは寂しくて兄様のお話を聞きたいから。そして、アンソニーのこと、私の子だといいたいのです。約束破ってしまうけれど、やっぱり私は、兄様に、あの時子が出来たといいたかった。よくやったと褒めて欲しかったのです。アンソニーは私の子だといいたいのです。それを胸に秘めて死んで行くのは、あまりに辛いのです。ほんの短い時だったけれど、兄様のお嫁さんになれたこと、そしてその子を生んだこと、私の夢が叶ったことを、この世に残したいのです。私は今までずっと、その秘密を守って来ました。ねぇリビィさん、私の死に際して、許しては下さいませんか。お願いいたします。ジェニー〟

字は乱れ、インクの色からして、三度ほどに分けながら書かれた手紙だろうと思えた。そんなに具合が悪いのだろうか。ジェニーさんには、これまでも、いくらも騙されている。私は信じられなかった。そして私は、昔ベンティーン氏からの手紙を読みかけで、止めてしまったことを思い出して、その手紙を探した。思い出通り、その手紙は鏡台の鍵のかかる引き出しにまだあった。

その文中の、この病気で寿命が延びることはない、という遠回しの言い方が気になった。アンソニーと、ジェニーさんの髪の色のこと、ここまで読んで止めてしまったのだ。

〝病気の時、それまで会ったこともないはずのアンソニー君に会いたいといったこと、そしてアンソニー君の墓地でのあの後を追いそうな妻の姿を鑑みて、私は一つの結論に達しました。いつか妻が話してくれるのかもしれません。墓まで持って行くのかもしれません。しかし、どんなことが過去にあったにしろ、私は妻に以前のような明るく元気な姿に戻って欲しいと思って止みません。妻は私の生きがいなのですか

ら。オーランド・ベンティーン〃

私は、この手紙を手にした時、最後まで読んで、ベンティーン氏に返事を書くべきだったんだろうか。あなたの思っている通りですのよ、と。

ジェニーさんでは病状がわからないので、ベンティーン氏に手紙を書いた。忙しさに紛れて、返事が遅れたこと、ジェニーさんの病気のこと、そして私に最後を見守って欲しいとあったこと、アンソニーのことは書かなかった。

すぐに返事が来て、「肺に炎症が起きて、胸水がたまること。そのため、激しい咳や発熱息苦しさなど、傍で見ていられない状態になること。それから、残念ながら、あまり長くは生きられないだろうといわれているのは事実で、最後を看取るのは無理でも、近いうちに会いに来て下さればありがたい」と、簡単にあった。やはり、ジェニーさんは病気だったのだ。

ジェニーさんは、アンソニーを失った悲しみに勝つことは、出来なかったのだ。私は講演をいくつかキャンセルして、ジェニーさんの所へ向かった。ジェニーさんの家へ着くと、家の中は騒然としていた。出て来た女中も、私を認めると、すぐ奥に下がった。ジェニーさんは発作を起こしていたのだ。部屋に入ると苦しそうに咳き込むジェニーさんをベンティーン氏が抱いて、寝間着の肩を下ろして、背中を見せている。医者が胸水を抜くのだという。痩せた背中には、蒼黒い痕があった。胸水を抜く施術も苦しいのだろう。暴れるジェニーさんを、ベンティーン氏が、懸命に押えている。私は目を反らした。

こうして時間をかけて胸水を抜いても、また溜まってしまって、熱が出て咳と呼吸困難が起こるのだという。薬はなく、胸水を抜くしか方法はないという。

私は、ベッドに眠る発達不良の少女のような姿になってしまった、ジェニーさんの顔を見つめていた。アン＝マリーと牧師はすでに来ていて、アン＝マリーが、私の肩に手を置いている。「私も、実際にジェニーに会うまで、こんなに酷いとは思っていなかったの」といった。

「私もですわ。もう誰もジェニーさんを助けてあげることは出来ないのでしょうか」

「ジェニーは、私を一人にしないために、生きているといっていいと思います。あんなに元気で明るかった頃を思うと、切なくてたまりません」と、ベンティーン氏が皆の前で涙した。よく見ると、ベンティーン氏が、髪に白いものが交じり、目の下にくまを作って、あのハンサムな面影もなくやつれてしまっているのを見て、ジェニーさんの看病の辛さが思われるのだった。

「ああ、ジェニーが気がつきました。リビィさんが、来て下さったよ。あんなに会いたがっていたじゃないか、今ここにいるよ」そういって、席を代わってくれた。

「ジェニーさん、お辛くはないの。お手紙頂いて、すぐやって来たわ。この間は、カスター市の市制開始行事に参加させて頂いたの。オーティの名のついた街がまた一つ出来たのですよ」

「ああリビィさん、来て下さってありがとう」と、ジェニーさんがかすれた声で返事をした。これが、あのジェニーさんなんだと、その声に憐みが湧いた。ジェニーさんは、手紙で、アンソニーのことを、表に出したいといっていた。夫の子を生んだのだと、皆に認めてもらいたいのだといって来ていた。私は出来れば、それは、今のままジェニーさんの胸におさめていってもらいたかった。汽車の中でも、ジェニーさんに、そう頼むつもりだった。しかし、この姿を見たら、私は何もいえない。こんな死を目前にした人間の最後の頼みを断るなんて、とても出来はしないと思えるのだった。

「ねぇリビィさん、アンソニーは私の子供だよね」

ついにその時は来たと私は思った。ところが、アン＝マリーが、ジェニーさんの枕元に駆け寄ると、その髪を撫でながら、

「ええ、そうですよ。アンソニーは、あなたの子なのよね、でもアンソニーはもう死んでしまったのよ」

「年が明けて、十五才の夏休みに牧場に来て一緒に遠駆けする約束したの。楽しみだわ、一緒に馬に乗るの」

「そうね、一緒に遠駆けするのね、楽しみだわね」

牧師が私の方を向いて、熱のせいか意識が混乱しているのです。アンソニー君の死が余程辛かったのか、毎日のように、遠駆けに行くのだといい続けているのです。なぜか、アンソニー君は、自分の子だと思っているらしくて、もう私達は、ジェニーさんのいう通りにしているのですと、私に囁いた。

ジェニーさんのいっていることを、皆信じていないのだ、と知ると私は安心した。私は心を鬼にして、嘘をつき通すことにした。心の中でごめんなさいと謝りながら。

しかし時には、ベッドの脇に座る私を下から見上げながら、

「ねぇリビィさん、兄様はどうして死んでしまったのかしら」

と聞いて来て、私を慌てさせるのだった。

「オーティは今天国にいるのですよ。先日オーティの立派な騎馬姿の銅像が、作られたのですよ。今でもオーティを愛して下さる方は沢山いるのですよ」

「でも、ここにはいないわ」

「それは……」

私は答えられない。

ジェニーさんは、少し咳き込むと、「早く兄様の所へ行きたい」といって目を瞑るのだった。

その青年を見た時、アンソニーなのかと一瞬思った。青い瞳に、プラチナブロンドの巻き毛を肩で垂らした、背の高い姿。

しかし、アンソニーであるわけがなかった。彼は、ジェニーさんの病室に案内されると、ベッドに眠るジェニーさんを見て、

「これが、母親なのか」と、抑揚のない声で聞いた。連れて来たベンティーン氏が、そうだと答えた。

「ふーん、まだ死んでなかったんだ」

「言葉に気をつけるのだ。他の人もいるのだぞ」

「どうせ、皆こいつの遺産狙っているんだろ。おれは、遺産くれるっていうから、わざわざこんな所まで来たんだ、早く金くれよ」見た目のわりに、言葉遣いがやけに荒い。

「いい加減にするのだ、ビリィ」

「へえ、あんたでもおれの名、呼ぶんだ」青年が吐き捨てるようにいった。

ビリィ、ビル、ウィリアム。ジェニーさんにとっては思い出したくもない名前のはずだ。私は思い出した、これがあのベンティーン氏との間に出来た子供なのだ。ウィリアム・ベンティーン。ジェニーさんは、この子を産んだその日に捨てた。そして心を病むほど悩んだのだ。アンソニーに似ているのも無理はなかった。共に母親は、ジェニーさんだったのだから。

「弁護士には連絡した。ジェニーが目覚めた時、母さんと呼んでやってはくれないだろうか」

「おれを捨てた人間になんだって？ 冗談だろう、こいつだって、おれのことを子だって思っちゃいないだろうが」

「母さんは死にかけているんだ、いくらかでも思う所があって、ここに来たんではないのかい」

「金くれるっていうからさ。そうでなけりゃあ、こんな所来るわけないだろう」

重苦しい夕食の席であったが、若いということは、こんな場面でも強いのだなぁと思った。ビリィは、臆せず料理のおかわりを申し出た。食後コーヒーを飲んで、部屋に入ったきり出て来なかった。

ビリィは、枕元に立ったまま黙って病みやつれた母親を見下ろしていた。ジェニーさんも黙って息子を見上げていた。どれくらいそうしていたのだろう、ジェニーさんが、片手を息子の方へ上げた。しかし息子は手を取らず、ジェニーさんの手は、バタンとベッドに落ちた。これが二人の対面であった。

弁護士がやって来て、鞄から書類を出した。そして、ジェニーさんの財産のうち、取り分は牧場の四分の一と聞いて、ビリィは吠えた。「このでっかい家は、おれのものじゃないのかよ。牧場もなんで四分の一なんだ」

「牧場の二分の一とこの建物はJ&O財団のもので、牧場の残りの四分の一は、アンソニー・カスター氏に贈られます」

「そのアンソニーって誰なんだよ」

私は、ジェニーさんが何かいう前に、立ち上がって、「それは私の息子ですが、もう亡くなっています」

「死んだやつに、どうして財産分けんだよ。その分おれにくれたっていいだろうが」

「アンソニーは、夏休みに牧場に来て、一緒に遠乗りするんだもの」ジェニーさんが呟くようにいった。

「死んだやつと遠乗りするんだって？ えっこいつ気が狂っているんじゃないの」

「アンソニーの分はいりません。ビリィさんに差し上げて下さい」私は必死にいった。ジェニーさんが、アンソニーに関して口に出す前に。

「ほら、このおばさんもこういってるぜ。せめて牧場半分くれよ」

「ビリィ、お前私の恩給で、どれほどの生活が出来たと思っているのだね。お前が学校へ行けたのも、毎月ジェニーが送っていた小切手のおかげだったんだよ」

「それがなんだっていうんだよ。子供捨てといて、金さえ送ればそれでいいのかよ」

「ジェニーは自分が孤児だったから、お前だけは絶対に捨てない、捨てるわけがないと妊娠中いい続けていたんだ」

「じゃあなぜ捨てたんだよ、おかしいじゃないか」

「もうお前も大人だ、話してもいいだろう。母さんはね、七才の時に暴行を受けたんだ。相手はね、幼い女の子しか興味のない変態で、その後も同じことを繰り返して、今病院にいる。母さんは大きな怪我をして、今ならお前も、それがどんな怪我かわかるだろう。医者は将来まともに結婚出来るかわからんといった」

「へぇ、結婚して、おれが生まれたんじゃないか」

「だから、それは結果論だ。その時はわからないくらい怪我が重かったってことだよ。母さんは心に傷を負った。それだけじゃない、怪我が治るまで、何ヵ月も苦しんだんだ」

「それがおれに何の関係があるっていうんだよ、そんな話聞きに来たんじゃないんだ。金をくれよ」

「欲しいなら、牧場半分あげるわ。アンソニーは死んでしまったのですもの」

ジェニーさんが、呟き込みながらこういった。時により意識が正常になる時があるらしい。

弁護士が、「では遺言状を、そう書き換えますか」と聞いた。

「そうして頂戴」といってまた咳き込んだ。

「ビリィさんお伺いいたします。牧場について、その地で経営をなさるか、人に任せるか、あるいはその権利を、現金で受け取るか出来ますが」

「現金に決まっているだろう。おれは東部の人間なんだ。そんな馬や牛と暮らせるわけないだろう」

「馬はいいわよ、遠乗り楽しい……」あとは、咳で言葉が続かなかった。

ベンティーン氏が慌てて、背中をさすってやる。ゆっくり呼吸をするんだともいっている。

「金はいつもらえるんだよ」

「ジェニー・ベンティーン氏が亡くなられた後になります」

弁護士が、事務的な口調でいった。

「そんな先ではないと、聞いております」

ビリィは、苦しがるジェニーさんを見つめていたが、「大事にな」といって、部屋を出て行った。私は、彼と、ベンティーン氏の葬儀の時に、もう一度会うことになる。

アン＝マリーの教会にも、カスター基金にも、寄付という名目で、それなりのまとまった贈与があるのだという。

東部から、ミッチという初老の男性がやって来て、ジェニーさんは喜んだ。なんでも彼は、ジェニーさんの例の結納金を一手に管理しているのだという。

ジェニーさんの苦しむ日が続いた。サムの奥さんが来た時、ジェニーさんは、片手を上げるのが、精一杯だった。

「ジェニーちゃん、安心して、用意は全て整ってるわ。だけどまだ駄目よ。オーランド一人にしちゃ駄目よ。あたしを置いてっても駄目よ。いいこと、聞いてるの」と、手を取って頬に当てた。

「オリバンダーとスタンリーは、途中で待ってるわ。あのヘンリーの馬鹿は、行方不明なの。あいつのことだから、金持ちの後家さんの所へでも、うまいこといってたらしこんでいるのよ。あたしが来たんだから、もう何も心配はないわ。ジェニーちゃん苦しそうね。大丈夫なの」

その日のうちに医者が呼ばれたが、ジェニーさんの苦しみが、変わったようには見えなかった。

毎日のように見舞いに来る小太りの婦人はジェニーさんより、一つ二つ年上なのだろうけれど、アンという名で友人なのだそうだ。しかも、子沢山で、そのうちの一人が、なんとサムの奥さんの養子になっているのだという。

義姉のアン＝マリーとも顔見知りで、「あの方、とても良い方なの。ジェニーがとても頼りにしていて、良いお友達を持ったと感謝しているのよ」というほどなのだ。

小太りの婦人は、私の方を向いて、「あなたが、あの有名なリビィさんなんですね。ジェニーさんから沢山お話は聞いていますわ。ジェニーさんが、来てくれないかもしれないって心配していたけれど、お忙しいでしょうに、来て下さって、私もお礼申し上げますわ」

女同士どんな話をしたのだろうか。しかし、彼女は親しげで、かえって有名人に会えたのを喜んでいる素振りを見せた。私達も、少しジェニーさんの話をした。ジェニーさんは、最初のうちはカスター基金を充実させたいと活動をしていて、それが整って来たとわかると、今後は、インディアンのために、J＆O財団を作ったのだと、私の知らない話を沢山聞いた。

「庭にあるティピィは何ですの」

「あれはね、政府が行っている、インディアン同化政策に反対して、昔から暮らしているように、今も生活が出来るようにって、バザーを開く時なんか、インディアンを呼んで、一緒にバッファローの肉なんか食べるんですの」

「夫も、バッファローの肉は、美味しいといっていましたわ」

「そうなんですか、きっとその頃ならご自分で狩りをなさったりしてたんでしょうね。今はうるさいんです。だけどねジェニーさん、同化は反対だけれど、教育は与えないと駄目だって、インディアンが今持ってる土地も手放さないで済むように、させたいと考えているんです」

ジェニーさんは、リトル・ビッグホーンでオーティが戦死して、ベンティーン氏も命の瀬戸際にまで追い込まれていたというのに、そんなことを考えていたのだ。私が、夫を称えるのと真逆の考え方だ。夫を殺したインディアンを救済するなどどうして思いついたのだろう。元気なうちに、一度話し合っておきたかったと、心から思った。

夕食の席にもはやビリィはいない。ずっと親に理由もわからず捨てられたと思っていたのだ。ジェニーさんを許せないと思う気持ちは、痛いほどわかった。彼を育てた祖父母は、決して事件を知っていたとしても、ビリィにジェニーさんのことは話していなかっただろうから。そして、私と同じように、小切手のことも、黙っていたのだろう。切ない話である。しかし別れに際して、ビリィの口から、ジェニーさんを想う言葉が出たのは、とても良かったと思う。ビリィの心も、少しは救われたのではなかったろうか。

その日は朝から何となく変であった。食事も、ベンティーン氏とサムの奥さんは、交代でとって、ジェニーさんの傍を離れなかった。ジェニーさんは、激しく咳き込み、その僅かの間にヒーヒーと苦しげに呼吸をするのだった。私達は何か、その場にいるのが躊躇われて、朝顔を見に行ったあとは、応接間に集まって、おしゃべりをした。すでに、お茶とブランディの用意がしてあって、好きに出来た。

牧師は、ブランディグラスを片手に、ジェニーさんの寄付で、念願の牧師館を建て直すことが出来たといった。それから付け加えるように、アンソニーの地球儀は、今も役に立っていると、礼をいうのだった。

アンソニーの地球儀、そういえばそんなものがあった、私は忘れていた。そして、アンソニーのことを、隣の部屋にいるのではないかと思うほど身近に感じた。生きていたら、どんな大人になっていたのだろうか、可哀そうな私の子。私は心配で、手洗いに立った時、ジェニーさんの部屋の前にそっと寄ってみた。戸は固く閉められ、中から咳き込む苦しそうなジェニーさんの息づかいが感じられた。こんなになっても、まだ医者は呼ばないのだろうかと、思った。

昼食後しばらく経って、ベルの音がした。皆、一斉に顔を上げた。小間使いが駆けて行って、ジェニーさんの部屋に入って、すぐまた出て行った。私達は揃って部屋に入った。もう苦しそうなジェニーさんの咳は聞こえない。ベンティーン氏が、胸に妻を抱いて顔をうずめている。サムの奥さんが、伸ばされた手を握って、ジェニーちゃん、ジェニーと嗚咽を漏らしている。

きっと話し合いがもたれていたのだ。私やアン＝マリーを呼んで、そしてビリィが来た。ジェニーさんにとってもはや思い残すものはないと、あとはベンティーン氏が納得するまで、今までかかったのだ。

苦しさのあまり失禁をしたのだろう、絹の寝間着が、腿に張り付いていた。

医者はすぐ来て、死亡の宣言をした。すでに湯が沸かされていて、ジェニーさんは、あのベンティーン元大尉との結婚式の時着ていた模造の真珠がついた上品なウェディングドレスを着せられていた。ベンティーン氏が、銀の小箱を持って来て、ジェニーさんに持たせた。「これの宝物が入っています。例えばアンソニー君の遺髪とか」

私はドキリとした。ジェニーさんは、ベンティーン氏に秘密を話したのだろうか。

牧師が呼ばれて、ジェニーさんのために祈ってくれた。皆がそれぞれに別れを告げた。

前もって用意がなされていたような素早さでことは進められた。サムの奥さんは、大きな幌馬車を持って来ていた。中には布団が敷き詰められて、クッションや毛布が積んであった。牧童が六人来ていて、ベンティーン氏がジェニーさんを羽毛布団に包んで玄関を出る時、皆帽子をとって、馬車に乗せられるのを見守った。

湖へ

私は何もわからぬまま、馬車に乗せられた。アン＝マリー夫妻に、小太りのアン夫妻、サムの奥さんとベンティーン氏と、馬車は賑やかだ。街を出ると、馬車は飛ばし始めた。

「驚かれましたでしょ、これも皆、ジェニーさんの遺言なのです」

「あの子には驚かされっぱなしですわ。いったいどこへ向かっているのですか」

「それは湖ですわ」

「まさかあの西部の山の中にあるという、ジェニーさんが好きだといっていた所ですか」私は、開いた口がふさがらなかった。いったい何日かかるというのだ。

ベンティーン氏は、ジェニーさんの横に寄り添って、抱きしめながら顔中にキスをしている。サムの奥さんは、馬車の荷台にしっかりとくくり付けられた大きな缶で、ラベンダーの香を焚き始めた。馬車の中じゅうに、ラベンダーの香が広がって、その後配られた軽食のサンドイッチもラベンダーの味がした気がした。

私がそわそわしだすと、それと気づいた小太りのアンが、私の所へ這って来て、あのカーテンの向こうにあるからといった。私は揺れる馬車の中、後部に付けられたカーテンを開けて、手すりにつかまって用を足した。こんなものまで用意されていた。

馬車は、止まることなく、限りない速さで進んで行く。牧童は、途中で代わって、休憩をとって目的地に向かっているのだろう。サムの奥さんがやって来て、「奥様、山の湖いらしたことがありまして」と聞いて来た。

「私は馬に乗れませんから、行ったことはありません。ジェニーさんは、何か機嫌が悪くなると、なんやかんやと理由をつけて湖に行って来るといって、一人で行ってしまうのでした。オーティは、どれほど心配したかしれませんでしたわ」

「ジェニーちゃんが、砦を抜け出して行かれる所って、湖しかなかったから仕方のないことだったのだけど、いつか、私にいったの。死んだら、この湖に沈めて欲しいって」

「まぁ、砦にいる時からそんなこと、いってらしたの」

「ジェニーちゃんが、たった一人で、湖で何を考えていたのか、私にもわからないの。でも寂しかったのだと思うの。ジェニーちゃんが湖に出かけたら、兄様とリビィさん、二人っきりになれるでしょ。ジェニーちゃんの優しい気持ちだと思うのよ。違うかしら」

私は、そんなジェニーさんが気を遣っていたなんて、あの時は思いもしなかった。ただ、オーティに反抗して当てつけをしていたのだとばかり思っていたのだった。そんな思いやりを持っていたのだとは、思いもしなかったのだ。私は恥ずかしかった。ジェニーさんが出かけて、もう戻らなければいいと思っていたのだから。

「ジェニーちゃんが、酷い目に遭って、その後修道院にいたことは知ってるでしょ。でも小さな子はジェニーちゃん一人で、大人と同じ厳しい修行をさせられていたんですって」

「ジェニーさん、お行儀がよかったですものね」

「それがね、ジェニーちゃんが、女の子の日が来たとたんに、当時の院長から出て行けっていわれちゃったの。ジェニーちゃんは穢れているから、神様のお嫁にはなれないって。本当なら、実家に帰るはずだけど、すぐ上の姉さんのフローレンスが反対したの。ジェニーちゃん養女だったでしょ。今まで末っ子で可愛がられていたのが、下にいきなりジェニーちゃんが来て、焼きもち妬いちゃったのね。それで、アン＝マリー姉が、養女にっていってくれたのに、あの牧師の旦那が反対したのよ。理由は同じ、ジェニーさんが乱暴されたってことらしいわ。酷い話でしょ、むしろ救うべき立場じゃないの、そう思いません」

「確かにそうですわね」

私は、クッションを抱えて、少しでも楽な姿勢をとっていた。

「それなのに、ジェニーちゃんの出す寄付はもらっていたんですよ。アン＝マリー姉が良い人だったから、それもありかもしれないけれどね」

サムの奥さんは、座りながら伸びをした。大きな男だ。

「もうすぐ、最初の地点に着くはずなんだけど」そういって、サムの奥さんは、這いながら御者台へ上って行った。

キャンバス地の幌にある窓を開けて外を見ていると、小さな点が見えた。それがだんだん大きくなって、やがて二台の幌馬車だとわかった。御者台から牧童達が急いで下りて行って、新しい牧童が乗り込んで、あっという間に馬が替えられ、すぐに馬車は出発した。サムの奥さんが、食料の入ったバスケットを持って、荷台にやって来て、私にリンゴをくれた。私はリンゴをスカートで磨いて、歯を当てた。周りは見渡す限り平原で、この地で出会うためには、どれほど下準備がいったことだろう。

こうして昼夜を問わず馬車は進んだ。皆眠りたい時に眠り、起きていたい時は起きて、それが夜間であれば、天の星空を仰ぎ見て過ごした。いつの間にか、ジェニーさんの遺体には白絹の布がかけられていた。ベンティーン氏は、ずっと添い寝をしている。その姿に、言葉にならない深い、ジェニーさんへの愛を感じざるを得なかった。二人の結婚生活は、最初から大変なことばかりだったのに、ベンティーン氏のジェニーさんへの愛は、そんなに揺るぎないものだったのか。涙を隠さないベンティーン氏を見ていると、このあまりにも無謀と思われる湖行きは、サムの奥さんと、ジェニーさんの命の瀬戸際を見極めて、計画したのだろうことがよくわかるのだった。一日で捨てざるを得なかった我が子とのジェニーさんの対面もきっとベンティーン氏が、労をとったのだ。ジェニーさんの心の重しを少しでも取り切るために。

サムの奥さんが、また私の所へいざって来て、「話が途中になっちゃったけど、ジェニーちゃんが、人生で一番幸せだった時って、いつだったかおわかりになりますの？」と聞いた。

私は、なんて失礼なと思ったけれど、小さな声で、「それは、夫と一緒に過ごした時のことでしょうが」と答えた。

「あのね、ジェニーちゃん、閣下のお嫁さんになれたのはね、それは夢が叶った時だっていったの。絶対叶わないはずの夢が叶ったって、そして夢はいつか覚めちゃうって」

「ではいったい、いつだったのですの」

「修道院出て、兄様と西部で暮らした時なんですって。砦のベッドで、兄様は毎晩胸に抱いて寝てくれたんですって。それまで修道院で一人寂しく暮らしていたのに、兄様と一緒に暮らせるようになったって。その時が一番幸せだったって、一度だけジェニーちゃんはいったの。まだ十二才のネンネで、あんなことあっても、男と女のこと誰も教えないから、人が聞いたら、兄様と一つのベッドで寝てるの、おかしいって思う人もいるだろうけれど、ジェニーちゃんは、初めて人の肌に触れ合う幸せ感じたんじゃないかしら。でもね、兄様は男で、リビィさんあなたに恋していたなんて、ジェニーちゃんは思いもしなかったのよ。きっとその時のジェニーちゃんはずっとそうしていたかったんだと思うの。お嫁さんになるとか、男と女のことするとか、まして子供生むとか何にも知らなかったのよ。だから閨下に抱かれて眠るだけで十分だったんだと思うわ」

「だから、私とオーティが愛し合っているのを見て硬直したのも無理はないのですね」

「初めて見たっていってたから。結婚するってどうするのか知らないジェニーちゃんは、今まで抱いてくれていた兄様の胸をリビィさんにとられちゃったと思ってたんだと思うの。また寂しくなっちゃったんだと思うわ、それでリビィさんに嫉妬して、行く所がないから湖に行っていたんだと思うんです。湖だけが、ジェニーちゃん慰めてくれた所だったんだと思います。私ジェニーちゃんの病気が治らないどころか、助からないって知って、その夢だけでも叶えてあげたかったんです。それで皆で計画立てて、問題はビリィでした。いくら何でも一目会わせてあげたいって大尉がいって、ジェニーちゃんの病気で間に合わないかと心配したけど、対面も叶ったし、だからジェニーちゃんを苦しみのない世界へ連れて行ってあげたかったんです」

　サムの奥さんは、大きな音を立てて鼻をかんだ。

「それは大変なことだったのでしょう」

「皆ジェニーちゃんが好きだったから、頑張ったの」ジェニーさんの、夫とずっと一緒に暮らしたいという夢を壊したのはこの私なのだ。ジェニーさんは、夫に妹として、愛して欲しかったのだ。それを私はずっと、夫との関係を疑い続けていた。愚かな私と、心から思った。だからあの時、たまらなくなって、夫がジェニーさんの所へ行ってしまったのも無理からぬことと、今では理解できる。しかも、その時二人で会っても最初は、昔のように兄と妹として清らかに互いの肌の温もりを感じていただけだという。

「ジェニーちゃんが、お嫁になれる体だって、認めたインディアンは誰だか知っていますか?」

「それは聞いていませんでした。夫は、自分が最初の男になればよかったといって、私達は喧嘩になりました」

「そのインディアンは、自分はクレージー・ホースだと名乗ったのだそうです」

「なんですって、そんなことがあっていいわけがありません。それもジェニーさんのついた嘘ですか」

　私は体の重心を失って、馬車の中で転んだ。夫を殺したインディアンと関係を持っていたなど嘘でも許される話ではない。

「ジェニーちゃんは、クレージー・ホースの妻になったたって、兄様に報告したのよ。自分もいつか見た、兄様とリビィさんがしていた同じことが出来たって。それを兄様に伝えたくて戻って来たの。その時、砦に戻らずに一緒に、インディアンについて行ったらジェニーちゃんどうなっていたでしょう。そして、その時ジェニーちゃんが結納金もらわなかったら、私達どうしてたろうって思うの。私は砦で、貧しいままおかまだって差別されて、リトル・ビッグホーンで死んでたでしょうね」

　こうして私達が話をしている間にも、中継地点に来ると、新しい牧童が乗り込んで疲れた馬は替えられ、あっという間に、また馬車は湖に向かって疾走するのだった。それは、ジェニーさんの遺体をなるべく早く、湖に届けるためだった。サムの奥さんが冬でよかった、夏ならどうしようって話していたのと、牧師にいっていた。

何度、中継地点があったのだろうか。一度は道を誤ったのか、半日も見つからない時があった。サムの奥さんが烈火のごとく怒って、牧童に馬で探させていた。いつしか、外は懐かしい西部の平原になっていた。私は久方振りに、乾いた風を胸いっぱいに吸った。もう何年前になるのだろうか。私も若かった。オーティと暮らした砦が懐かしく思い出されるのだった。オーティさえいれば、どんなことにも耐えてみせるという私の考えは、世間知らずの甘ったれでしかなかった。軍人の妻になってみせると、心から思って訪れた砦を、僅か一年半で、私は出て来てしまった。十七才のジェニーさん、綺麗だった。私達は反発ばかりしていた。話を聞けば無理もない。ジェニーさんにとって唯一無二の心の拠り所を私は奪ってしまったのだから。ジェニーさんは、幼子のようにただオーティの胸にすがっていたかったのだということを、オーティを夫として、そうセックスの対象として見ていた私にわかるわけがなかったのだ。

サムの奥さんが桃の缶詰を開けて、ボールに入れて半分私に分けてくれる。

「あの、ジェニーさんって何であんなにマーマレードがお好きだったんです」と私は聞いた。

サムの奥さんは桃の汁をこぼさないように飲み干してからいった。「奥様の前だからいいにくいけれど、閣下とジェニーちゃんは、初めて愛し合った時赤ちゃんが出来たらしいんですよね」

「とっても、羨ましいことですわ」

私も桃の汁をこぼさないように、半分ほど飲み干した。

「赤ん坊が出来ると、つわりってものが起こるらしいんだって、リビィさんもご存知でしょ。私達それがわからなかったのね。私だってほら、まだ赤ちゃん産んでないでしょ。後で医者に聞いたら、色んな症状が出るっていわれたんだけど、ジェニーちゃんは、ものが食べられなくなって、ただマーマレードだけが口に出来たの。それまで別に好きってわけでもなかったそうだから、赤ちゃんが欲しかったんでしょ。それからは、何でもマーマレードがなくちゃ駄目になっちゃったの。それも、不思議な話よね。とにかくマーマレードしか食べられなくなっちゃったジェニーちゃんは病気だって思って医者に行くことにしたの。そうしたら、その日にワシントンからの通知が来て、医者行くのは、急遽取り止めになったの。あの時医者に行ってたら、閣下も、ご自分の子が出来たって、わかったのに。その後のこと思い返すと、あれも神のご配慮なのかしらねェ」

私からのカードを見て、その後ジェニーさんの妊娠を知った夫は、その日どうしたのだろう。夫もジェニーさんの妊娠を知らなくて良かったのだと今は思う。ジェニーさんの手紙にあった秘密はどうなったのだろう。私はこめかみを指で押した。いくら横になっているとはいえ、体は限界だった。

牧師は毎日、聖書の一節をジェニーさんに語った。それは時には詩編であったりしたのだけれど、このラベンダー香る馬車の中で、牧師は外の音に負けないような大声で祈った。

アン＝マリーは、あの時養女にするなり引き取っていれば、こんなに若く死なせることはなかったのにと、夫に聞こえる声で泣きながらいい続けた。

いったい幾日走り続けたのかは、もはやわからなかった。馬車は止まった。そこには二台の幌馬車が止まっていた。ベンティーン氏が、ジェニーさんに懸けられていた白絹の顔の部分をめくった。顔はまるで眠っているような、あのあどけなさの残った死に顔をしていて、この長旅でも美しいままだった。

「ジェニー着いたよ、さぁ湖へ行こう」

そうベンティーン氏はいって、サムの奥さんに手伝わせて遺体を抱いて馬車から下りて来た。外には、少年といってもいいような、若者と、インディアンの正装をした、これも若い男と、十人近い牧童がいて、帽子をとって、遺体に礼を尽していた。

私も手を取られて馬車を下りた。あまりに永く揺られていたので、地に足が着くと眩暈がしてしゃがみ込んでしまったほどだった。他の人々も似たり寄ったりで、大変な旅であった。

ここからでも湖まで行って帰って馬で三日はかかるという。私も誘われたが、馬は無理なのでと断って、ジェニーさんに、天国でオーティと、アンソニーに会ったら、私も遠からず行くから待っていてくれるよう伝えてと頼んだ。アンも行くといって、若者の馬の背に乗せてもらっていた。私も行きますよと牧師も、帽子の紐をしっかり締めて、牧童の一人の背に跨った。

サムの奥さんを先頭に、牧師、インディアン、ジェニーさんを抱いたベンティーン氏、アン、牧童数人がしんがりを務めて葬送の行列は、山へ分け入って行って姿が見えなくなった。

残ったアン＝マリーと私は、疲れていたけれど、興奮もしていた。牧童の一人が、レモネードの入った水筒を渡してくれた。私は、一気に飲むとむせて、ドレスの胸に染みを作ってしまった。そんなことはどうでもよかった。火が焚かれて、温かいスープが配られた。それがどんなに体と心に沁み渡ったことか、あまりの美味しさに、私はお代わりを貰った。残った牧童は、私達のことをことのほか気を遣ってくれて、立ち上がっただけで、近くの牧童が、何かご用ですか、と聞いてくれるのだった。それが小用だったりすると、互いに気まずい思いをするのだが、それ以外は、何の問題もなかった。

「ねぇリビィさん、あなたは、あの湖とかに行ったことはおありですか」とアン＝マリー姉が聞いた。

「とんでもございません。私残念なことに馬に乗れませんの。オーティに一緒に乗せてもらったことがあったのですが、馬って思った以上に高うございましょ。私、オーティが速駆けして、目を回しましたの。湖は、馬でないと行けないので、私は行ったことはありません。ジェニーさんのお気に入りで、しょっちゅう行ってましたわ。私ねぇ義姉（おねえ）様、馬に乗れないのとても悔しかったのです。オーティは、ジェニーさんを連れて遠乗りに出かけてしまいますでしょ。私一人留守番です。二人が楽しく馬に乗っていると思うと、こう嫉妬心が燃えてしまって、砦に同世代の友人一人いないジェニーさんの、気散じで夫もジェニーさんのこと気を遣っていたなんて、その時は考えも及ばなかったのです。オーティをとられると思っていたのでしょうね」

「あなたも東部で豊かにお暮しだったのに、砦の生活は大変だったでしょうから」

「朝夫が出かけて、無事夕に帰って来るよう毎日祈っていましたわ。私軍人の妻の心構えがなっていなかったのです」

「それは他の後方の軍人の妻とは違いますわ。オーティは、戦いの最前線にいたんですもの。その妻の苦労は並大抵のものではなかったでしょう」

　こうしてアン＝マリー姉と話をしていると、私の心は慰められた。夫はいつもいっていた、素晴らしい女（ひと）だと。その通りだと思う。

「今どの辺にいるのでしょうね」

「さぁ、あの子は死んだ後も、人に迷惑をかける子になりましたねぇ。でもね、私達ジェニーに感謝しなければなりませんのよ。ジェニーがもらわれて来た時、当時の私共にとっては、少なからぬ養育費を持って来たのです。私と夫は結婚を望んでいましたが、教会は貧しく、カスターの実家も同様でした。私達はそのお金の一部で、結婚式が挙げられたのです。残りは父の鍛冶屋を広げる資金に使われて、家族はまっとうな生活が出来るようになったのです。皆そんなことは忘れているのです。ジェニーは、一人で服が着られるようになったら、放っておかれたのです。教会にも連れて行かず、フローレンスのブカブカの古着を着て、毎日一人で遊んでいました。休暇でオーティが帰るとまとわりついていました。ジェニーにとって、たった一人構ってくれる家族がオーティだったのです。あの子がオーティを慕うのは、きっとその頃からだったと思うのですよ」

　アン＝マリーはそんな昔の話を、火を見つめながらするのだった。初めて聞く話であった。夫の牧師がいたら、アン＝マリーもこんなことは口にはしなかったことだろう。ジェニーさんの葬列を見た後だからこそ出た話なのだろう。そんなことをもっと早く知っていたら、ジェニーさんに優しくしてやれたのだろうかと自問するのだった。果たして私に出来ただろうか。無理だと思えた。オーティは、やはり私だけのものだったのだ。

「オーティは、ジェニーさんのことを最初私に何もいいませんでした。ですから砦で会ってびっくりしました」

「私は、今でもあのヘンリーという人と、うまく行ってくれていたらと思ってやみません。結婚するかもしれないといって来た時は、本当に驚きました。ついにオーティを越える男性が現れたのだと、心から喜びました。でもうまく行かなくなったと聞いて、私ですら、神を少し恨みました。浮気をするどころか、月のさわりの時でさえ、離さないというくらい、ジェニーを愛してくれていたのだそうです。先のことは誰にもわかりませんが、ジェニーも不運な娘といえるでしょう。愛し合いながらも別れざるを得なかったなんて、可哀そう過ぎます」

そのせいで、夫はジェニーさんの所へ行ってしまって、アンソニーが生まれるのだ。アン＝マリー姉はその所をどこまで知っているのだろうか。

「その後、ジェニーさん何かおっしゃっていましたか」

「それが何も、気をもんで手紙を書くと、来る返事がそれはあっけらかんとしたもので、驚くやら安心するやらで」

アンソニーを妊娠して、嬉しくてしょうがなかったのに、口には出さない約束をしていた時だったのだ。私は安心した。ジェニーさんは秘密を守ったのだと。

「ベンティーン大尉と結婚されると聞いた時は驚きましたが、あのジェニーさんとの最後を見ると、やっと愛する人に巡り会えたのですね」

「それでも実はあの二人は、落ち着くまで色々あって、私、ベンティーンさんとジェニーは離婚するものと思っておりましたの。もちろん、こんなこと、ご本人の前では申せませんですけれどね」と、アン＝マリーにしては、厳しいことをいった。

遺体にまでキスをする、あの姿から思い描く彼等に起こった不幸は、ビリィのことだけしか知らない。他に何があったというのだろう。アン＝マリーは、もうそれ以上は何もいわなかった。

その後は、アンソニーの地球儀のこととか、新しく出来る牧師館の話を、夜の馬車の中でした。アン＝マリーは最後まで、血の繋がらないジェニーさんに世話になったのを、神の思し召しとして感謝してやまなかった。

待つ者にとっては長い、三日間が過ぎた。ベンティーン氏達が帰って来た。サムの奥さんは、外套の襟を立ててスカーフを巻いて、鼻ばかりかんでいた。

「ジェニーちゃん、湖に入れるのに、人間の体って、あんなに空気が入っているなんて知らなかったの。まず、お布団沈めて、ジェニーちゃん、浮かび上がらないように、お布団に寝かせて、可哀そうだったけれど、胸と足元に、石の墓標を置いて来たのよ。水がそれは冷たくって、しっかり風邪引いちゃったわ」といって火にあたって、温かいスープを、がっついて食べていた。

ベンティーン氏は、少しほっとしたような態度で、「全て終わりました。妻の思い通りになったと思います。皆さんお世話をおかけしました。これで妻もうかばれると思います」といって、礼を述べた。

牧師は、「普段馬に乗らないから、疲れた」を連発していた。アンが、若者とやって来て、「この子、私の息子なんだけど、サムの奥さんの養子になっているの」と驚くようなことをいった。何でも子供の頃牧場にやって来て、意気投合して養子になったのだという。アンは、羨ましいことに五人もの子持ちなのだそうだ。

　インディアンの青年が、連れて来られた。私は一瞬気が遠くなった。彼の名はクレージー・ホースというのだという。私は、布団の上に寝かされて、年嵩の牧童が私の脈を見ていた。軽い貧血ですという。彼はオリバンダーといって、一時砦で衛生兵をやっていましたという。ジェニーさんの仲間だ。ミッチもいる、スタンリーもいる。全員ジェニーさんの葬儀に集ったのだ。

「皆、ジェニーさんのおかげで、今夢が叶えられた者ばかりですから」とミッチが答えた。

「あのインディアンは?」と私が聞くと、インディアンの青年がやって来て、「私の父と、ジェニーさんが昔湖で出会って、ジェニーさんは父の妻になったのだそうです」と、白人の言葉をすらすらと話した。

「でも私の夫を殺したのは……」

「私の父かもしれない、また別人だったのかもしれない。我等平原インディアンは、グリージーグラス川の戦いで勝利した」

「リトル・ビッグホーンですわ」私は、インディアンのいう地名を拒否した。

「白人が何といおうと、戦いは行われ我等は勝利した。そしてその後も、戦いは否応なしに続けられてついに我々は破れ軍門に下った」

　私は、インディアンと、直接に話したことはこれまでなかった。この青年と夫が戦ったわけはなかった。年が若過ぎる。しかし、クレージー・ホースの名に、私が臆するのも無理はないだろう。

「私は、ジョージ・アームストロング・カスターの妻です」

「それもジェニーから聞いている」

「それを知っていて、ジェニーさんの葬儀に来たというのですか」私は、口にいえない、不条理を感じていたのだ。

「ジェニーはおれの妻でもあるのだ」

「そんなこと許されませんわ、あり得ない。そうです、あるわけがないわ。クレージー・ホースは夫を殺した男ですよ。その妻にジェニーさんがなるなんて、そんなバカなことが、あってたまるわけがないわ」

　私は、インディアンにくってかかろうとして、アン＝マリーに止められた。

「カスターはインディアンを沢山殺した。白人社会では英雄だろう。けれど我々にとっては、恐るべき敵であった。だから我々はグリージーグラスで、奴を殺した。当時インディアンと白人は戦闘状態にあった。殺すも殺されるも神の命ずる所にあった。イエローヘアは、その時殺される運命にあったのだ」

　あまりに淡々と語られる、インディアンの言葉に、私は何も反論出来なくて、布団に突っ伏して、恥もなくワーワーと声を上げて泣いた。夫がこんなインディアンと戦って死んだとは思いたくなかったのだ。

夕食になって火の傍に皆で集まると、私は、「今日ほど、ジェニーさんが、神から見放された存在だと思ったことはありませんわ」と、本心をいった。

「まぁ、奥様それは違いますわ。ジェニーちゃんは、ジェニーちゃんの道があったのです。良いことも悪いことも皆ね。あの子、それをちゃんと受け入れて、今湖に眠っているんです」とサムの奥さんがいった。

「だって、オーティのこと、あんなに慕っていたんでしょ。だったら、クレージー・ホースなんて付き合えないと思いますけど」

「閣下はきっとリビィさんにはいわなかったのだと思います。お嫁に行けないって思っていたジェニーちゃんが、女だって認めた最初の男性って、クレージー・ホースだったんですよ」

私は手にした皿を地面に置いた。「やっぱり私、こんな所まで来なければよかった。知らないで済むことは、皆、ジェニーさんに墓まで持って行ってもらいたかったわ。ジェニーさんとクレージー・ホースが関係があったなんて聞かされて、私今身の置き所がございませんわ。夫に申し訳が立ちませんわ」

「ジェニーちゃんを責める権利は誰にもありませんわ。ジェニーちゃんは確かに、人の何倍も数奇な運命を生きて来た。でもね、ジェニーちゃんの結納金の恩恵を受けたの、奥様もアンソニーも同じじゃないんですか」

私は言葉もなかった。初めは、遠慮があった。けれど毎月送られる小切手を私は、そのうち必要にかられて使うようになって、それが当たり前になっていた。私は、夫を殺した男から施しを受けていたのだ。ああ、ここで死んでしまいたかった。

「ジェニーは、閣下がいかに偉大な英雄かと毎日語っていたかったんですよ」とベンティーン氏が、まるで私を慰めるようにいった。

「ジェニーさんは、節操のない人だったんだわ」私は大きな声でいった。

「それは違います。ジェニーさんは、人よりちょっと異なる人生を送って来ただけなのです。それを、その時出来うるだけの力で、生きて来たのです。奥様にとっては、辛い名前のクレージー・ホースにしても、望んで彼の妻になったわけではないのです。それどころか、結納金をもらって、ここにいる皆の夢が叶ったのです。そんな素晴らしい人なんです。お金のことだって、もっと豊かに暮せたのに、今は、政府のインディアン同化政策に反対して、インディアンの文化を守ろうとしていたのです。奥様が、ご主人を神格化させようとなさっているのと逆で、そこにはジェニーさんの考え方があるのです」とオリバンダーがいった。

「妻は、カスター閣下を愛していた、ある面ではあなた以上に愛していたのだと思います。妻の人生は一口にはとてもいえないのはあなたもおわかりでしょう。クレージー・ホースにしても、湖で会った後、閣下がさすがに驚いて、会うのを禁じた。それが、ずっと先になって、突然会うことが出来たのです。そして、その日が最後になった。彼は殺されてしまったらしいのでね。ジェニーはまた会えると思っていたのにです。それが縁で、ジェニーはインディアンに興味を持って、結納金の使い道を見出したのです。ジェニーにとっては、ホースのことは、些で閣下と喧嘩をした思い出の一つに他ならないのです。リビィさんには思いもしないでしょうが、あれは、いつも閣下の思い出の中で生きていました。私と結婚したのも、毎日閣下の話をすると約束でしたのです」

「オーティを私より愛している者はありませんわ」

「ジェニーも愛していたというのか、慕っていたというのか、ジェニーの全てだったんだと今思うのです」とベンディーン氏はいった。

「思い出なら私だって負けませんわ。私は妻だったのですもの。だってジェニーさん、ヘンリーと結婚するとかおっしゃってたでしょう」

「ジェニーは寂しかったのだと思います。ヘンリーとたとえ結婚しても、心のどこかには閣下がいつもいたはずだったんだと思いますよ。それは幼い時から死が訪れるまでずっとだと、私は思うのです」

「私が負けているとおっしゃるの」

「どこに勝ち負けがあるのでしょう。一人の男性を二人の女性が、それぞれの想いをもった、それでいいのではないですか」

「私は釈然としませんわ。オーティは私のものです。妻である私のものですわ」

　私は突然、あの愛のなくなった氷のように冷え冷えとしたオハイオの家を思い出した。まさかと思っていたのに、夫は出て行ってしまった。そして送られてきた離婚を要求する手紙を見た時の絶望感、そして、嫉妬に狂っていた私。夫と初めて愛し合って、すぐ子供が出来たジェニーさんのこと。ああ私の可愛いアンソニー。本当の母親は亡くなったのだ。夫とアンジーとジェニーさんは、今一緒に天にいるのだ。私だけ除け者にされて。何度ジェニーさんがいなければいいと思ったことか。そして今死んでしまって、ついにいなくなったのに、まだ私は嫉妬に苦しんでいるのだ。これも運命なのだと思いたいけれど、とても受け入れられるものではない。私の人生をかき乱しておいて、勝手に早くに死んでしまって。ジェニーさんは、いったいいくつだったのだろう四十代くらいのはずだ。私が死んだ時、私の隣で泣いて添い寝をしてくれる人はいない。

　スタンリーがやって来て、「ジェニーさんは、おれらに、金を、公平に分けてくれたんだぞ。カスター基金にも、毎年命日に匿名で、大金、寄付してるんだぞ」といって仲間の所へ戻って行った。

　あの寄付は、ジェニーさんからだったのだ。いつもその時期になると話題になったものだった。それがジェニーさんだったんだ。スタンリー達は久方振りに会ったのだろう、会話が弾んでいる。皆ジェニーさんの恩恵を受けた人達だ。

インディアンは、ベンティーン氏と話をしている。アン＝マリーがやって来て、そっと私の肩に手を置いて、「ねぇリビィさん、ジェニーを許してやってくれませんか。リビィさんも、私達から見たら波乱万丈の人生を送って来られたわけですけれど、ジェニーは望まないのに、それ以上の人生を歩まされて、苦しみの中、今やっと解放されたのです。あの子の人生は、ある意味幸せでなかったといえるのではないでしょうか。でももう死んでしまったのです。オーティに会わせてあげられませんか」

「私もジェニーさんに、謝らなければならないことがあります。今こうして昔のことを思い出すと、なぜもっと優しくしてやれなかったと、後悔の念もあります。でも私、罪深いのでしょう、その時は出来ませんでした」

「誰も皆、人を亡くすと、そう思うものです。あなたが悪いわけではないのです。ただこれから、ジェニーのために祈って欲しいのです。あれは寂しかったのですから」

また、アン＝マリーはそういった。あんなに慟哭して、こんな大がかりな葬儀まで行ったというのに、アン＝マリーは何か、ベンティーン氏に思う所があるらしいのだ。

「アン＝マリー姉様、私あなたにいわれると、ジェニーさんを許しますわ。かえって、オーティやアンソニーの所へ、先に行ってしまって羨ましく思います」

「許して下さってありがとう。本当に心からお礼を申し上げます。きっとあの子も天の国で安心していることでしょう」

許して欲しいのは、むしろ私の方だ。ジェニーさんは、手紙であれほどいっていた嘘を告げないでいてくれたのだから。さぞ夫に子供が出来たと伝えたかったことだろう。そうして、夫が喜ぶ姿を見たかったのだろう。それを皆壊したのは、私のついた一つの嘘なのだ。

皆、そこで三晩過した。もう会うことも叶わない相手もあることだろう。私ももう二度とここには来ないであろう。ジェニーさんさようなら。大好きだという湖で、永遠に眠って下さい。私は祈った。

皆それぞれ馬車に乗った。アン＝マリー夫妻は、オリバンダーの建てた牧場の教会を見に行くという。アンは久しぶりなのでと、息子と、サムの奥さんとインディアンとで牧場へ帰るという。

「ご一緒いたしませんか？」とアンがいったが、私は断った。たとえもし他人であったとしても、クレージー・ホースの名は二度と聞きたくなかった。

サムの奥さんがやって来て、「ジェニーちゃん、先に死んじゃうなんて思わなかった。アンソニーのこと、そんなにショックだったのよねぇ。可哀そうだわ、でも今はもう天国で会えるからいいのかしら」といった。

サムの奥さんは、アンソニーの事情を知っている。

私が黙っていると、「大丈夫よ、皆知らないから。閣下の名誉は守られたのよ」と余計なことをいって、またお会いしましょうと帰って行った。

私と、ベンティーン氏が残って、中部の自宅へ帰ることになった。馬車は飛ばしたけれど、行きほどではなかったので、長い旅になった。ベンティーン氏は、ずっと、夫のことを語っていた。「いつも閣下の話をするっていうのが、結婚する時の妻との約束だったのです。アン＝マリー姉は、ジェニーをいつまでも思い出の中に閉じ込めておくのは良くないといって、ジェニーは、インディアンの教育に力を注ぐことになりました。そして彼女はそれに夢中になりました。偶然にも、昔会ったインディアンと再会したのです」

「それが、あのクレージー・ホースなのですね」私はもう二度と口に出すまいという名を口にした。

私はクッションを抱いて、馬車に身を任せながら聞いた。

「それが、ワイルド・ウェスト・ショーを見に行った時です。そのインディアンが、ナイフ投げに出ていたのですよ。ジェニーは、楽屋に行って会って来たそうです。相手も覚えていて、その晩から一緒に暮らそうと、いわれたそうです。さすがにジェニーも、その時私と結婚していたので、今夜は無理だが次にと、約束したそうです」

「まぁ、お許しになられたのですか」

「いえ、それが最初で最後だったのです。相手は喧嘩に巻き込まれて死んでしまったらしいのです」

「それは、それでよかったのではありませんか。あつかましいインディアンが、お宅に来たりしたら」

「やぁ、私としては突然夫がもう一人現れても困りものですが、ジェニーにとってはそのインディアンの死は相当にショックだったらしくて、今その一族が、ジェニーの牧場にいます」

「クレージー・ホースの一族がですか？　本当に、ジェニーさんの人生って、色々なことがあったのですねぇ」

「その一族の若い女が、赤ん坊を生んで、ジェニーにくれるといったことがありました」

私と一緒で、ジェニーさんも子供が欲しかったのだ。

「その子、どうなさいましたの」

「家に連れて帰って、白人の中で育てても、政府のやっている同化政策と同じだからと断りました。言葉や、インディアンの習慣をジェニーは、母親として教えてやれないからといって。その代わり三か月くらい、同じティピィで寝起きして、世話を焼いていました。その子は、ジェニーが牧場へ行くとマミィと呼んで駆けて来たものですよ」

「それは、羨ましいことですわ。私も今だに夜一人でおりますと、アンソニーが、マミィただ今って、帰って来る気がいたしますもの」

私は、しまったと思った。ベンティーン氏の前で、アンソニーの名を迂闊に出してしまった。彼は、ジェニーさんとアンソニーの髪の色が同じだといっていたではないか。しかし、ベンティーン氏は、「私もこれから、風が吹いて戸がコトリと音を立てたら、そこにジェニーが立っているような気になるのでしょうね」と知ってか知らずか、話をそらしてくれた。

共に配偶者を亡くした者同士、思うことは同じであった。ベンティーン氏は、私の夫の思い出を語り、私はジェニーさんのことを語った。特に私達は互いによく知り合っている仲であった。同じ思い出も、それぞれの口に出ると、違って聞こえるものであった。ベンティーン氏も、これから妻を失って、一人で暮らすのである。ベンティーン氏は、時には涙を浮かべて、これから一人で生きていられるのかと、誰もが思う心寂しさを語った。私も、胸を引き裂かれる思いだった。時間のある限り、思い出すオーティのことを語った。

「あなたは特に、閣下の亡くなられた後に、お子さんをお生みになられたのですものね」

ベンティーン氏は知っているのだろうか。

「アンソニーは、夫のたった一つの形見になってしまいましたから、泣いている間はありませんでしたわ」

「ジェニーは、その時のことを、はっきりいわないのです。閣下の戦死のことは新聞で知ったのだそうです。皆さん、ジェニーのことを思ってなのかどうか、カスター閣下の亡くなられたことを誰も教えてはくれなかったそうです。新聞を抱いて、一日泣いていたというのです」

「そうでしたの、お気の毒に」

私にそれ以上、何がいえただろうか。確かにジェニーさんは、泥に汚れた古新聞を抱いて泣いていた。私だって大声を上げて、泣きたかった。オーティは死んでしまったのだ。悲しいのは私も同じはずだった。今思えば、アンソニーを産んで、あんなに豊富に出ていた母乳が止まってしまうくらい、ジェニーさんにとってもオーティの死は辛かったのだ。それを私は、子供を取り上げて、ジェニーさんを、あのオハイオの家から追い出してしまったのだ。ジェニーさんの所で、アンソニーが育っていたら、あのように十四才で死んでしまうことはなかったのではないかと、数え切れないくらい私は思い悩んだ。しかし、あの時は、私の子が必要だったのだ。なんと自分勝手な女といわれようと、オーティの遺児アンソニーを私は抱いていなければならなかったのだ。いくらジェニーさんに謝っても許されることはないだろう。本当のことを明らかにしたいと願ったジェニーさんの言葉は、誰も耳にすることはなかったのだ。今、私はここで、ベンティーン氏に話すべきなのだろうか。先日来たジェニーさんの手紙は鞄の中に入っている。私は、遠くを見つめるベンティーン氏の横顔を見つめながら鞄を手にしながら、躊躇わずにはいられなかった。

ベンティーン邸へ帰り着くと、さすがに私は疲れてしまって、食欲もなくなった。医者がすぐ呼ばれて、旅の疲れで五日くらいは寝ていなければならないといった。私は三日間は寝ていたが四日目に起き出した。

「もう大丈夫なのですか」

「そろそろ家に帰りませんと。まさかこんな長逗留になるとは思いもしませんでしたから」

「妻が、これをリビィさんにお見せしたいとしきりにいっていまして。アンソニー君について語り合いたかったようでしたが、時間がありませんでした。せめてリビィさんに見て頂きたいと思いまして」

綺麗な水色の絹表紙に、それよりもっと濃いリボンで止めてある冊子を手に、ベンティーン氏がいった。

手にして開けてみれば、それはいつかジェニーさんが見せてくれた、アンソニーからの、ほんの一行か二行の短い手紙を、まとめたものであった。

「妻はその手紙をよく読んでいましたが、いちいち封筒に入れるのは面倒だと、そんなものを作りました。中をご覧下さい」

〝花屋の女の子が、ぼくの髪一房欲しいんだってどうしよう〟

これは前に読んだことがある。

〝花屋の子にあげたら、もっと欲しい子がいて、びっくりしました。ぼく髪がなくなっちゃうよ、マミィへ〟

〝友人の妹が、ぼくの髪欲しいっていってるんだって。その子可愛い子なんだ。その子にあげるのは素敵だと思うんだ。マミィならどう思う？　アンソニー〟

私への手紙には、こんなことは一行もなかった。まだ恋も知らずに逝ってしまったとばかり思っていたアンソニーは、こんな淡い恋ともいえないけれど、心の喜びを感じていたのだとしって、少しほっとすると同時に、それを私に伝えてくれなかったのが、悲しかった。ベンティーン氏は、お持ちになりませんか、といってくれたが、私は丁重に断った。アンソニーの学校から返された荷の中に、この手紙の返事と思える、ジェニーさんからの手紙がいくつもあって、そのままになっている。親子の真の心の手紙である。私はそれは今さら見たくはなかった。家に帰ったならば、すぐに燃やしてしまおうと思った。しかし、その一方でアンソニーは、ほのかな恋のつぼみを知っていたのだ。それを、実の母なるジェニーさんにだけ伝えていたのだった。こんなことなら知らなければよかった。ジェニーさんは、いわば本当の母親として、私に知られず、アンソニーと心の付き合いをしていたのだ。そんなこと私は許さない。アンソニーにとって、マミィは私一人なのだ。

そしてベンディーン氏は、暖炉の上の写真立てから、黄ばんだ包みを出して来て、これは閣下がジェニーに最後に送って下さった手紙です、といった。包みを開けると、まるで、昨日今日届いたような綺麗な手紙が、夫の字で牧場宛てになっていた。

「これは湖にはお持ちにならなかったのですか」と私は聞いた。

「はい、あれは、一人になってしまった私に、魂になっても会いに来てくれるのだそうです。けれど、その時兄様もいないと寂しいからと、あれはいって、私としては大変複雑な思いがしたものです」

　私は許可を得て、夫の手紙を見せてもらった。戦の前の慌ただしい中で書かれた、走り書きともいえそうな短い手紙だったが、その中に、夫のジェニーさんへの溢れるほどの愛を感じて、同じ日に、私宛てに何ページもの手紙をもらっていたにも関わらず、やはり夫はジェニーさんを心から愛していたのだと思わずにはいられなかった。夫は、最後まで私を愛してくれていた。そこには私の嘘があった。あのオハイオのもはや愛のなくなった家から、夫が出征して行ったのだったらどうだったのだろう。筆まめな夫のことだ、私に最後の手紙をくれたことだろう。私のことを愛していると嘘でも書いてくれたはずだ。けれど、この短い、手紙には勝てないと思った。

　五日目、私は帰宅したいとベンティーン氏に伝えた。するとベンティーン氏は、同行してもいいだろうかといった。もし許していたらけるなら、ウェストポイントを訪れて、夫の墓に、ジェニーさんの死を伝えたいというのだ。私に断る理由は見当たらなかった。こうして、また緊張の続く旅になった。

　汽車に乗っている間、ベンティーン氏は、ジェニーさんが、インディアンに関わり出して、それを一生の仕事にしようと決心したこと、それには多くの苦労があったことを語った。

「例えばバザーを開きます。それまで仲良くしていたと思っていた婦人達が、急用が出来たと参加を断ります。バザー当日は、銅貨一枚寄付箱に入れればよくて、無料の料理を目当ての人々しか来ませんでした。それでもジェニーは挫けませんでした。残った料理をそういう人達に与えたのです。少しずつですが、慈善とは何かを理解してくれる人が現れたのです。ジェニーは、それまで教会に多額の寄付をして来ましたが、牧師もバザーに出て来ないので、寄付を止めました。教会側はそれは驚きますよね。一時期、ジェニーは教会とも対立していました」

「まぁ、そんなことがあったのですか」

「いったい、いくら寄付をしていたのか、私は知りませんでしたが、相当多額だったらしくて、教会側もあの手この手を使って、昔のようなバザーを開くようにいって来ましたが、ジェニーは負けませんでした。かえって強くなったようでした。生きがいを見つけたわけですし、自分達が豊かに暮していられるのは、例のインディアンの結納金のおかげだと思い知ったのですね。それからのジェニーは、質素になりました。新しいドレスも作りませんし、インディアン居留地に行って、実際どのようなことが行われているか、見に行ったのです。政府とも対立しました。同化政策に異を唱えたからです。あれのどこに、あんな力があったのか驚きました。あの頃は、本当に元気で、太陽のように輝いていました」

　ジェニーさんは、夫の死をそうやって乗り越えて行ったのだろう。私と真逆な考え方を持って。

「それからどうやっていらしたのですか」

「バザーは先ずは子供達がやって来ます。子供は、入場自由です。ジェニーは、エプロンのポケットに、棒つきキャンディーを沢山入れていて、子供に配ってやっていたので、いつも子供が沢山来るようになりました。子供が来れば親も来るようになるものです。時間はかかりましたが、また人が来る賑やかなバザーになりました。それには、アン、あの小太りの友人が、いつもジェニーの力になってくれました。そして私にも、第七騎兵隊時の上官が退官して、近くに越して来て、やはり力になってくれました。なんでもテリー閣下に、私達がここにいると聞いて越して来てくれたそうです。ジェニーはテリー閣下の最後も看取りました。とても縁の深い方でした。上官の方は、私達の結婚式にも出席して下さったのですが、リビィさんはご存知かなぁ、彼にとってあなたは、女神だったそうですから」

　私の心は波打った。

「その方、ジョージとおっしゃいませんでしたか」

「ええカスター閣下と同じ名前です」

「彼はどうしてジェニーさんが亡くなった時いらっしゃらなかったのでしょう」

「それが腹膜炎をおこして入院中だったのです。お互いに別れができなくて残念だったと思いますよ。今はやっと退院して自宅療養中だと家に帰って聞きました」

彼は、こんな所にいたのだ。私はもう一度彼と会ってみたかったが、それを神はお許しにならなかった。

　私の降りる駅に着いた。本当ならこのまま久方振りに夫の墓参りをしたかった。でもベンディーン氏と一緒である。私は人目を気にして、一緒に行くのを諦めた。今さらのことで、誰が見るのだと思ったけれど、決心がつかなかった。何も躊躇うことなどないではないか、と心で思うのだが、ベンティーン氏が夫にジェニーさんの死を告げるのだということに、どうしても抵抗があったのだ。一方で、そんなことを気にする必要などありはしないとの心の叫びがあるのだが、私は礼をいって席を立った。出発して行く汽車が恨めしかった。

　心底大変な旅であった。しかし、ジェニーさんは死に際しても秘密を守ってくれた。それがわかって安心した。早く家に帰って、この鞄の中の手紙と、アンソニーに送られて来たジェニーさんの手紙を、一刻も早く燃してしまわなくてはならない。そうして、数日、ゆっくり体を休めようと思った。

　私とジェニーさんとの、戦いの日々は終わった。もう二度と、ジェニーさんは私の前に現れることはなくなったのだ。しかし、私はふと思った。ジェニーさんの〝悪のり〟のことである。いつか突然やって来るのではないか、と私は少し恐怖した。

　それは来た。一か月近く経って、ベンティーン氏から、小さな小包が届いたのだ。開けてみると手紙があり、ジェニーさんの持っていた宝石は形見分けしてしまったが、「これだけは死ぬまで手元に置いていたもので、先日の葬儀の際は忙しさに取り紛れて忘れていた。この品は、あなたに持って頂くのが一番と思い、送るものである。ジェニーの形見として、是非受け取って欲しい」とあった。ベルベットの小箱を開けると、金に花が彫られたペンダントが入っていた。中を開けると、その中には、ガラスドームの中にアンソニーの髪の毛が、編み込まれてあった。私は、そのペンダントを手にしたまま目をつぶった。確か昔、ベンティーン氏は、ジェニーさんがこのペンダントを作った時、妻とアンソニーの髪の色が一緒で、思う所があるとか書いて来たのではなかったか。ベンティーン氏は知っていたのではないだろうか、ジェニーさんの秘密を、それを今頃送って来たのだ。私は、小箱の蓋を閉めると、鏡台の奥へしまい込んだ。二度と見ないために。

ベンティーン氏とは、その数年後、アン＝マリーの夫が亡くなった時、教会まで来てくれて久方振りに会った。ジェニーさんの看病疲れで、浮腫んでいた顔も健康的になり、見栄えの良い初老の紳士になっていた。

アン＝マリーの行く末を心配して、自分の所へ来てもと、いってくれていたが、彼女は実家に帰るといった。

こうして顔を揃えると、どうしてもあのジェニーさんの葬儀の話になって来る。

「あれから、ジェニーはどうなったのでしょう」と、アン＝マリーがいうと、

「きっと今も、湖に守られていることでしょう」

「他の方々は皆さんお元気ですか。あのサムの奥さんとか」

「彼はついに、お祖母さんになりました。養子が結婚して、子が出来たんです。もう大喜びで、まるで自分が生んだ子のように手放さないんで、嫁さんが困っているそうですよ」

「まぁ、信じられませんわ。あの方がおしめを替えられるのですか」

「らしいですよ。当たり前だけど、自分の子供を持つことが出来なかったわけですから、嬉しいのでしょう。あっこれは失礼いたしました」

私もアン＝マリーも子がないのだ。アンソニーが生きていたならば、私だってとっくにお祖母さんと、呼ばれていただろうにと虚しく思う。

ベンティーン氏は、私はこの頃心臓を悪くしまして、案外早く妻の所へ行けるかもしれませんと、明るく語った。

「それはいけませんね。ジェニーさんの所へなど、そんなことおっしゃるものではありませんわ。今何をなさっていらっしゃるのですか」とアン＝マリーが聞いた。

「J＆O財団の運営と、回顧録を書いています。どうしてもジェニーの話ばかりになってしまいまして、生きているうちに完成するかもわかりません」と笑っていった。「私は一度馬鹿をやったので、ジェニーに許してもらえるかもわかりません」ともいったが、アン＝マリーは何もいわなかった。彼等にも

人にいえない人生があったのだろう。

私は頼まれれば、行ける所なら講演会に出かけたが、さすがに年齢を感じるようになって来た。その代わり執筆活動に重きを置くようになった。新刊が出ると、よくサイン会を行った。ある意味、今が一番穏やかかな充実した時間であると思うようになった。握手を求める人などから、「今でもご主人様のこと、愛していらっしゃるのね」などといわれると、嬉しかった。

「私、カスター閣下のこと生涯忘れませんわ。閣下の妻でいられて、お幸せでしたわね」などと、いってくれる人がいまだにいるのだ。私の活動は間違っていない。そう思える瞬間であった。

あと何年出来るかわからなかったが、命あるうちは、オーティを称えて行こうと心から思っている。


ベンティーン氏の訃報が届いた。私は二度と訪れはしないと思った屋敷を、三度訪れた。ベンティーン氏は心臓発作で、その死は苦しみを伴なわなかったであろうと聞かされた。私が驚いたのは、集まったインディアンの数であった。ジェニーさんの死に際しては、見舞いのインディアンはほんの数人であった。ベンティーン氏は、時代を変えたのだ。庭でインディアンが、太鼓を敲いて葬送儀礼を行っているのを、白人達は襟を正して見ている。ジェニーさんの努力は報われたのだ。

ベンティーン氏の遺体は、また馬車を使ってあのジェニーさんの眠る湖のほとりに埋葬されるのだと聞いた。共にいらっしゃいますかとサムの奥さんがいってくれたが、もう年ですからと断った。これから二人、湖に眠るのだ。

私はその中で懐かしい人と出会った。髪はすっかり白くなっても、背をしゃんと伸ばして、昔着ていた軍服を、この日のために着ていた。相手は私に気づいて、敬礼をして下さった。私はお辞儀をした。ただそれだけだったけれど、再び私の心に温かいものが灯った。これで私は死が恐くなくなったと思った。もう一人ではないのだから。無理と思ったが、今日来てよかった。思えば、あれはジェニーさんとベンティーン氏の結婚式の日のことだった。言葉も交わさなかったけれど、会えてよかった。ジェニーさんの悪のりもこれなら悪くないわ、と思った。


エリザベス・ベーコン・カスターは、その後、夫である、ジョージ・アームストロング・カスターを称える活動を精力的に行いながら作家としても名をなしたが、一九三三年に六十七才で亡くなった。その死に際し、全国から、あのオハイオの小さな家に人々が、あるいは手紙で、その夫を称えた人生を、人々は愛おしみ惜しんだ。

死後、本人の希望で、ウェストポイント陸軍墓地内にある、夫の墓の隣に埋葬された。死して二人は、一緒である。

❖あの時のこと――セーラの結婚

父上の勧める、気の進まないお見合いを前に、リリィーがドレスはいかがいたしましょうと聞く。

「何でもいいわ、先回と違っていれば」

そう私がいえば、リリィーが困ってしまうのはわかっているけれど、会計士の妻になどなりたくなかった。今だに私の心を占めているのはただお一人。若かったからとはいえ、何であの時、父の反対であっさり諦めてしまったのだろうか。今も悔やんでやまない。二人して手を取り合って、駆け落ちをして、既成事実を作ってしまえばよかったものを、などとはしたない思いが今もある。

「今どこにいらっしゃるのかしら、会いたい」あの方がしっかりと抱きしめて下さった思い出が今もある。

陸軍省に問い合わせれば、その人の今の所属先は教えてくれるかもしれない。でもその陸軍省からの返事の手紙が見つかれば、父上が黙ってはいないだろう。残念なことに私には、軍関係者の知り合いはいない。彼の消息を知る手筈はなかったのだ。

「お嬢様、新聞をお持ちしました」

「ありがとう、そこに置いて。ドレスはね、パープルピンクのシフォンにするわ」

「はい、ご用意をします」これで、リリィーは安心したはずだ。

私は普段新聞なんて見ない。私達女友達の間で政治の話なんて口にする人はいない。どだい私達には、関係のない世界なのだ。それを今日新聞を見るのには、訳があった。友人のセーラが、ハンサムだけれど、洋品店のただの店員であった恋人を振って、少し年上だけれど、お金持ちと有名な弁護士との婚約をとうとう決めた。今日の社交欄にその知らせが載るから、きっと見てねといったからだ。社交欄は七面である。私はまだお父様も手にしていない新聞の二つに折られた一面を広げた。

思わず、息が止まるかと思った。あの慕ってやまない方の名前が、一面の隅にあったからだ。急いで目にすると、インディアンとの交戦があって、見事勝利したとある。素晴らしい、あの人らしい。場所はカンザス・ヘイズ砦。あの方は今、西部にいらしゃるんだ。私はすぐに書き物机に向かった。ペンが、勝手に動くように思えるほど、私はその日のうちに手紙を書き上げて、リリィーを呼ぼうとしたけれど、そこに自制心がちゃんと働いた。彼から直接手紙がもし来たら、父の知る所になる。どうしたらいいのだろう、私は悩んだが答は見つからなかった。

翌日、仲良い仲間で、セーラの家に集まった。

「新聞見て下さった?」と嬉しそうにセーラがいう。

そういえば、私はその後新聞を放り出して社交欄を見てはいない。しかし大概内容は同じようなものだ。

「新聞に名前が載るなんて、素敵ね、おめでとうセーラ」と私はいった。

「そうよね、普通に生きていたら、新聞に名前が載るのって、あと亡くなった時だけですものね」

「まぁ、おめでたい時に、そんなこと口にすべきではないわ」と友人の一人が口を尖らす。

私は、我慢が出来なくて、皆の前でいってしまった。

「その新聞に、あの方が載ってらしたの」

「えぇ、悲恋に終わった、あのハンサムな軍人さんのこと？」

「えぇ、そうなの、もうその名を見つけた時、心臓が止まるかって思ったの」

「それでどうしたの？」皆興味津々で私を見る。

「すぐにお手紙を書いたわ。でもね、それでお終いよ」

「なぜ？　あの初恋の人でしょ、そんな偶然普段ないわよ」

「そうなの、セーラ、あなたに感謝しているのよ。あなたが新聞に載るっていわなかったら、新聞なんていつもは決して見もしないんですもの」

「でも、なぜ手紙を出さないの。ああ彼がすでに結婚してるって思ったんでしょう？」

「えっ彼が結婚、思いもしなかった。そうしたらどうしよう、私死んじゃう」

「でもあのボーイジェネラルよ、それこそ結婚したら新聞に大きく載って、ご婦人達の話題になるはずじゃなくて」

「そうよね、リビィ、お手紙出してみなさいよ」

「でもね、もしお返事が来たとしても、お父様、私にきっと見せないか、まだこんなことやっているのかって、好きでもない人と、すぐ結婚させられちゃうわ。今だってセーラの婚約に焦ったお父様がすぐお見合いの話持って来たのよ」

「初恋は実らないか、あんなに熱々だったのにねぇ」

「私、今も彼のこと愛しているの。だからなぜあの時、あんな簡単に別れてしまったかって、もう体が引き裂かれそうな思いがするの」

「まぁ、可哀そうなリビィ」

「あたしに任せなさいよ」セーラが、悪巧みを思いついたように、目をキラキラさせていった。

「彼の手紙、私の名前でお返事下さいって書けばいいのよ」

「だって、西部から手紙が来るのよ、変だって思われるわ」

「大丈夫、うちのパパとママ、私がロバートと別れてあの人達が望んだような結婚を私が決めたから、もう大甘なの。西部どころか、お月様から手紙が来ても、差出人が女性名だったら文句なんていわないわ。あの軍人さんだって、リビィの父上の反対で別れたわけでしょ。今さらリビィの家へ、実名で手紙を出すなんてしたって無駄だってわかってるわよ。そうねぇ、マーガレット・スミスなんて名前で手紙下さいっていえばいいのよ」

「その名って、ロマンスものの主人公みたいじゃないの」

「なんだっていいのよ、フランシスでもスージーでも、女名だったらね。お父様に見つからないように、友人の所へ送って下さいっていえば、あの方のことだもの、すぐ事情はおわかりになるわ。勇気を持つのよリビィ、皆応援しているわ」

私は家に帰ると、手紙にセーラのアイディアと住所と、マーガレット・スミスの名を記して私のことをまだ覚えていらっしゃるなら、どうぞお便りを下さいと結んで、セーラの小間使いに、郵便を投函してもらった。

私はドキドキして日々を過ごした。一番の心配は、あの方がすでに結婚していたらということ以外になかった。まだ私のことを覚えていて下さるだろうか。私はあの別れの日のことを昨日のことのように想えるのだった。

私との結婚を申し込みに来たオーティを、父は書斎に招いた。二人はどれほど話し合っていたのだろうか。何が話されたのかは、私は知らない。戸の前でずっと立って待っていた私に、書斎から出て来たオーティは、目礼をすると、父と共に玄関に向かった。玄関で私は、「オーティ、あなた」と声をかけた。

オーティは、一歩私の方へ歩みかけて片手を向けた。

「カスター君」と父が一声かけると、彼は手を下ろして、

「リビィ。お別れだ。良い人生を歩んでくれたまえ」

といって、出て行った。追いかけようとする私の肩を、父の手が押さえた。

「カスター君は、お前とのことを諦めたといったよ。もう終わったことだ。別に婚約をしていたわけでもなかったのだし、これから彼の名をこの家の中で聞きたくはない。わかったね、リビィ」

まだウェスト・ポイントの学生であったオーティの家は貧しかった。しかも、父は私を軍人の所へは嫁がせたくはなかった。元から、この結婚には無理があったのだ。しかし今は違う。彼は今やボーイジェネラルという国の英雄なのだ。私はひたすら返事を待った。

セーラの小間使いが呼びに来た。

「ほらリビィ、届いたわよ、お待ちかねのものが」と、一通の手紙を私に差し出した。

「早くお家に持って帰って中をご覧なさいよ」

「ええ、一人で中を開けるのなんて、恐くて出来ないわ。一緒に見て下さらない？」

「あら、いいの、私は見てみたいけれど」それで二人で開けてみることにした。そこには、読みやすい文字で、

〝あぁ懐かしのエリザベスさん。あなたからまさか、お手紙が来るとは思いもしませんでした。多くの支援者の手紙の中から、この一通を見つけて、私はしばらく、あなたの文字を見つめていました。色々な思い出が湧いては消えました。あなたがまだ独身で、今だに私のことを想って下さっているとわかってどんなに嬉しかったことでしょう。私も独身ですが、色々と事情があって、一生西部で暮らさなければなりません。あなたのお手紙にあるように、ワシントンでの生活は出来ません。したがって、あなたとの結婚は残念ながら出来ないと思います。あなたとの清らかな日々がとても懐かしいです。

どうぞ、東部で幸せな結婚をなさって下さい。私は今も一騎兵でしかないのです。どうぞお健やかに。ジョージ・A・カスター〟


「あら、リビィ振られちゃったわね」

「何いってるのよ、彼はまだ独身だっていってたもの。チャンスはあるわ、私今度こそあの方を手放しはしない。必ず彼の妻になってみせるわ」

「でもどうやって、彼は遠く西部にいるのよ、会いにだって行けないわ」

「彼は筆まめなの、これから毎週、ううん毎日でも手紙を書くわ。彼が私を妻にしてくれるまでね」

「そんなに、彼のことが好きなのね、でも西部で暮らさなきゃならないってあるわよ」

「そんなこと何でもないわ、会計士の妻になるより、西部へ行くわ。私今度こそ諦めない。セーラありがとう。あなたの婚約の記事が彼と私を結んでくれたのよ。あとは私の努力だけだわ」

　私は体が熱く燃えるのを感じた。もうあの方を放さない。何としても彼と一緒になってみせると思った。私の人生は、やはりあの方に一生を捧げるためにあるのだと思った。オーティ、あなたさえいて下さったら、もう恐いものは何もないわ、と心から思うのだった。

❖ビリィ

　私は葬儀の雑踏の中で、一人の若者に声をかけられた。

「あのう、奥さん、よろしかったら少し話をしてもよろしいですか」

　丁寧なもの言いと態度だった。

　プラチナブロンドの巻き毛に、青い瞳、私は、その青年を見つめて胸が締め付けられる思いがした。アンソニー。彼であるわけがなかった。アンソニーは彼より少し年上だ。このハンサムな青年は、確かビリィという、ジェニーさんとベンティーン氏との間に出来た子のはずだ。

「何でしょうビリィさん」

「私のことをご存知なんですか」と青年は驚いた。

「あなたが以前にこのお屋敷にいらした時、私もおりましたから」

「では、あの時の私の浅ましい姿をご覧になったんですね」

「ジェニーさんが、その後亡くなられて、私も湖の麓までご一緒しましたから」

「そうだったんですか。伺いたかったのは、あなたは、あの有名なカスター将軍の奥方様なんですよね」

「はい、私はカスター将軍の妻でした」

「では教えて欲しいんです、私の母親は、本当にそのカスター将軍の妹だったんですか。祖母がそんな話をしていて、まさかと思って結婚証明書も見たけれど、ジェニー・アームストロングになっていて、それとも再婚だったのでしょうか。母のことを聞こうと思っていたのですが、父がこんなに急に亡くなるなんて思わなかったので聞きそびれてしまったのです」

私は一瞬迷った。真実をいってしまっていいのだろうか。

「ジェニーさんは、私達がオーティと呼ぶ、ジョージ・アームストロング・カスターの末の妹さんでした。もうあなたも大人だからお話ししても大丈夫でしょうけれど、私達夫婦とジェニーさんは、西部の砦で一緒に暮らしておりましたの。そこでジェニーさんは恋をして、夫の反対を押し切って、その方と一緒に暮らすことになって、カスターの名は有名でしたから、その時、ジェニーさんは、夫のミドルネームを名乗るようになられたのです」

「結婚したのですか」

「いいえ、そんな長くお付き合いをしていたわけではありませんでしたから、結婚はなさいませんでしたが、その後もずっとアームストロング姓を名乗っていらして、あなたのお父様ベンティーンさんと正式に結婚なさったのですよ」

「どうして私を捨てたのか本当の所をご存知ですか」

「それは、私の口からはなかなか申し上げにくいことですけれど、幼い時に酷い目に遭われて、その相手の名前が、あなたの名前と同じだったとしか聞いておりませんが」

「そんなことで、子を捨てるでしょうか」

「私には何とも申し上げようがございませんわ。先に付き合っていた方も、何の因果か、暴行した相手の義弟とわかって、別れざるを得なかったと聞いています。それだけジェニーさんにとって、辛い出来事だったのだとしか考えられませんわ」

「そんなに辛いことだったんでしょうか」

「夫は、生涯、ジェニーさんをそのパーティに連れて行った責任を感じていました」

「母が、カスター将軍の妹なら、私の伯父で、あなたは私の伯母にあたるのでしょうか」

「そうですよ、あなたは私の甥なのです」

「それは名誉なことだなあ、長い間知りませんでした。どうして皆そんな大切なことを教えてくれなかったんでしょうか」

私は覚悟を決めた。

「それはね、ジェニーさんは、カスター家の養女だったからなのです」

「養女って、血が繋がっていなかったんだ」

「でも夫は、ジェニーさんを兄弟の誰よりも可愛がって愛していました。ある面では今になって思えば、夫はジェニーさんのことを、妻の私より大切にしていたのだと思います。ですから、あなたがお腹に出来た時、ジェニーさんはとても喜んだそうです。やっと、自分の血が繋がった家族が出来たのですから。自分は養女とはいえ孤児だったから、この子は絶対に大切にすると、ずっといっていたそうですよ。それを置いて来てしまった時のジェニーさんの辛さを、わかってあげて欲しいのです。あまりの辛さに心を病んで、きっとあなたに申し訳ないと思い続けていたのではないでしょうか」

青年は、両手を顔に当てて、流れる涙を隠した。

「そんなに名前一つ我慢が出来なかったのかなぁ」

「もし、あなたと共に暮らせていたら、ジェニーさんは、どんなにか幸せだったでしょうね。きっと兄弟も産まれて、あなたも良い人生を送れたことだと思いますよ」

「たった名前一つで」と青年はまた繰り返した。思えば彼も気の毒だ。きっと、彼を育てた祖父母は、ジェニーさんのことを決して良くはいわなかったのだろうから、両親のいない子供時代を寂しく過して来たはずだ。

「お会い出来て、本当によかったです。お話し伺えて、母の気持ちも少しは理解出来るような気がして来ました」といって握手を求めて来た。

私は名刺を差し出して、あなたは立派な私の甥なのだから、是非一度会いに来て欲しいといって渡した。そして、ジェニーさんは今、若い頃大好きだといっていた、西部の山の中の湖に眠っていることを伝えた。そして、その葬列の大変さを少し語った。

「今でも行けるのでしょうか」

「何でも、インディアンの一族が守っているそうよ。あなたのお父様も、そこへ埋葬されると聞きましたよ。一緒に行かれたらどうですか。あそこにいる、白髪の背の高い男の人に聞けば、私なんかより、よほど縁の深い人だから、話をしてくれると思うわ」

ベンティーン氏の遺体はすでに納棺されていて、ジェニーさんの時ほど急ぎはしないけれど、あの湖のほとりで、ジェニーさんを見守りながら、眠りにつくと聞いている。

青年は礼をいって去って行った。その後ろ姿に私はアンソニーの思い出を重ねた。生きていれば、きっとこんな青年になっていたのだと。

ビリィからは、その後何もいっては来なかった。

オーランド編

黒い本

ふと見上げた暖炉の天板の写真立ての後ろに、何か黒い本の背表紙が見えた。私は立って行って、本を引っぱり出した。「戦いの歴史」という古い本だ。金の題名は消えかけ、本の四角はささくれて、手ずれた汚い本である。

この本は、アンソニーの墓参でジェニーが病みつき、やっとミシガンの家から帰るという日に、ジェニーが願ってカスター閣下の書斎から長い時間をかけて、多くの蔵書の中から、探し出した一冊なのだ。

ジェニーが、「この本頂いて行っていいかしら」とリビィさんに聞いて、許可をもらってもらって来た本なのだ。

私は汽車に乗るとすぐ、「なんであんな古い本が欲しかったのかい」

「あのね、もうなくなっているんじゃないかって心配したのよ。この本ね、兄様がまだ聖職者になるための大学に通っていた時、そうまだ十代の頃、目にしてね、国を守るべく軍人になる決断をしたという、軍神カスターが生まれた、大切な本なのよ。この本に巡り合わなかったらね、今頃兄様地方の教会で牧師やってたと思うの。信じられる？　そんな大切な運命の一冊なのよ」そういって、妻は鞄からこの本を出してみて、適当なページを開けて見せてくれた。ページいっぱいに、アンダーラインが引かれて、空白が見えないほど書き込みがしてあった。

「ねっ兄様の癖で、本に書き込みしちゃうの。ここなんて、この戦いで、何発の銃弾が使われたか、自分で計算して書いてあるわ。砦にいた時読んでくれたけれど、まだ子供だったから半分もわからなかったの。でも兄様も色々と移動してたでしょ。まだあったらいいなぁって思ったの。あっても、理由を知ってたらリビィさん渡してくれなかったと思ったけれど、こんな大事な本だって知らなかったのかなぁ。兄様の思い出がこんなに詰まっている本なのにね」と、妻はその本に頬ずりをしたのだ。

ページをめくってみると、その後ウェスト・ポイントに入学し、南北戦争の勇者になるべき片鱗が見えた。本当にリビィさんはこの本のことを知らなかったのだろうか。とすれば、やはり閣下は自分の妻を軍人の妻にしたくはなかったのではないか、と思ってしまう。妻を大切に思う気持ちと、砦で育って戦が身近にあったジェニーと、そもそも合うわけがなかったのだ。

私は書き込みに引き寄せられるごとく、ページをめくった。将となるべき人間の考え方が、まだ十代だというのに、はっきりと見て取れたからだ。私はおもしろいと思った。そしてページの中頃に、ジェニーがよく使っていた、薄い便箋が四つにたたまれているのを見つけた。私はいつもこの薄い便箋を使う妻に聞いた。

「なんでお前はいつもこれを使っているのだい」

妻は笑って、いうのだ。「だって私お金なかったんだもの。それが一番安かったからなのよ。厚手の上等の紙なんて、もったいなくて使えなくなっちゃったの」

ジェニーは呰に暮らしていた時、生活の糧がなかった。こんな便箋一枚買うのも、カスターに気を遣っていたのだ。そう思うと、ジェニーが気の毒に思えた。リビィさんが来てから、ますますジェニーの立場がなくなっていったのだろう。リビィさんがジェニーを嫌っていたのは確かだったのだから。そんな中で、ジェニーはひたすら我慢する以外に何が出来たのだろう。

閣下がいわば男の欲情に負けて、リビィさんと結婚してしまった時、それまであたり前に、一つ床に眠るはずのジェニーは、物置小屋で、一人眠ることになった。その理不尽さが、ジェニーにとってどんなに辛いものだったのか、閣下は惨いことをしたとしか思えてならなかった。兄様結婚したら、ジェニーのこと抱っこしてくれなくなっちゃったんだよ、それも寂しかったの。あたり前だ。ジェニーの頭の中はいつまでも十二才のままだったろうけれど、見た目は大人になって来て美しい女になりかけていたのだ。閣下としても、もう子供の時のようには出来なかったのであろう。

「遠乗りに行ってもね、休む時、以前みたいにジェニーおいでって胸に抱いてくれなくなっちゃったんだよ。だから二人して、空見上げているの。だのにリビィさん、嫉妬するんだよ」

二人して遠出して来る。リビィさんはさぞやきもきしたことだろう。ジェニーの頭の中がまだ子供のままなのを知らなかったからなぁ。

閣下の結婚は、ジェニーにとって耐えられないほどの苦痛であったろうけれど、私も馬鹿をやったしなぁ、男はどうしてこうも自分勝手な生きものなのかと思う。それでも、ジェニーが閣下を慕う気持ちは変わらなかったのだ。閣下は、ジェニーが一緒に住むと思って、ピカピカに磨いたという官舎の寝室で、リビィさんを抱きながら、ジェニーが物置きで一人泣いているのをどう思っていたのだろうか。

私は、ページの奥に挟まっていた便箋をひっぱり出した。薄いので、外から見ても、手紙が挟まっているとは思えなかった。便箋を開いて、その冒頭に〝愛する兄様〟とあるのを見て、妻が亡くなった今、閣下へのラブレターを見ることもあるまいと、握りつぶして、暖炉に放り込んでしまおうと思った。目がその下の〝ヘンリーと呰を出ます〟の一文をとらえたので、私も興味をもって、ブランディをグラスに注ぐと、椅子に腰かけて読み始めた。他人への手紙を盗み見るのだ。多少のためらいがあった。

〝愛する兄様。愛しの、愛しの、愛しの兄様——おいおい三連発かよ——ジェニーは、明日ヘンリーと呰を出て行きます〟

便箋がこれ一枚しかないような、小さな小さな文字で、びっしりと書かれているのだ。

〝サムの奥さんは、ヘンリーだけは駄目よといいました。ただの遊びでジェニーとセックスがしたいだけだというのです。でも彼はとても優しいし、私のことを始めて綺麗だよといってくれました。兄様が砦で暮らすのなら援助してくださるっていってくれたこと本当に嬉しかった。でも私はヘンリーと暮らすの。兄様許してくれますか。なんでジェニーは、兄様のお嫁さんになれなかったのか、もう高い所から飛び下りてしまいたいくらい、思っても思ってもせんないことなのに、今だに、なぜって、夜中に飛び起きて、泣いてしまうくらい、悲しいことなのです。

　兄様と離れ離れになるのは、もう口でいえないくらい辛いことです。でも砦にいるのも辛いのです。私の兄様奪っておいて、ジェニーの特等席平気で毎晩手にしているリビィさんが、なんであんなに苛々して幸せそうでないのか、ジェニーにはわかりません。それもジェニーのせいなのですよね。ジェニーがいなくなったら、きっとリビィさんも落ち着いて、兄様と仲良く暮らせるのだろうなぁと思って、ジェニーは出て行くのです。本当は、出て行きたくはありません。砦にはジェニーの居場所はないのです。でも今私にはヘンリーがいます、遊びだろうがかまいません。私を愛してくれるといってくれるただ一人の男（ひと）です。兄様、今ジェニーのこと愛してるっていって下さいますか、できないでしょ。今までジェニーは沢山捨てられました。今度は兄様がジェニーに捨てられるのです。捨てられた人間がどんなに寂しいか、今度は兄様が味わうのですよ。悪い子ですね、ジェニーって。捨てた人間が幸せになるのかは、捨てたことのないジェニーには、わかりません。兄様ともう二度と会えないと思うと、息ができないほど、切なくてたまりません。私の兄様。修道院を出て汽車に乗って、兄様の膝でチョコを食べた時から、兄様と二人きりで暮らした十五才までの三年間が、私の人生この後どんなことが起ころうとも、一番楽しい日々だっと思うのです。その思い出があるから、ジェニーはこれから一人で暮らして行けるのだと思います。長い間お世話になりました。無理なことだけれど、一晩だけ兄様の胸に抱かれて眠りたかったです。

リビィさんによろしく。それからテリー閣下にも。

千も万もの愛を兄様に贈ります。

ジェニー・アームストロング〟

私はこの手紙を読んで、少し鼻の奥がツンとした。カスターにろくに文句もいわずに、想いの半分も文にしてはいなかったのであろう。リビィさんにも挨拶をし、そして最後の署名が、「ジェニー・アームストロング」とあるのに、私は少し衝撃を受けた。彼女は文中にあるように、もうこの時から、閣下を捨てたのだ。私は思うのだ、この手紙は、果たして閣下の手に渡ったのであろうか。それとも長い間人目につかず、ずっとこの本に挟まっていたのであろうか。妻は、それを知っていて、この本を手にしたのであろうか。もう知るすべはないのだ。

　私はブランディのグラスを口にしながら、ジェニーが砦での最後の夜にランプの火の元、背を丸めてこの小さな文字を書きつづっている姿を思った。本当に最後の晩くらい、カスターに抱かれて眠りたかったことだろう。それが許されないから、ジェニーは砦を出たのだ。きっと相手は誰でもよかったのであろう。もしかしたら、この私とでも。

　兄様を愛していたからこそ、リビィさんとの暮らしが切なかったのだ。ジェニーは思い悩んで、自分の意志で兄様を捨てたのだ。捨てられたカスターは、どう思ったのだろう。ついにその日が来たと思ったのかもしれなかった。ジェニーが砦を去っても、二人の仲が戻ったとはいえないと、ジェニーはいつかいっていたのだ。だからといって、きっとジェニーもそれ以上に、砦にいられなかったのだろう。

兄様のリボルバー

　ジェニーはこの頃とみに体力が落ちて来て、杖をついてでも、以前のように街の店々を見て歩くのが、少しずつ辛いというようになって来た。体力だけでなく、出入りの店の店長や、道で会う知人達が、自分の病みやつれていく様に、痛ましそうな目を向けるのが嫌なのだというのだ。その気持ちもよくわかるが、これ以上少しでも体力を落さないために、私は散歩はかかせないといい続けた。そこでジェニーが、新しい散歩を考え出した。広い道に馬車を止めて、今まで入ったことのない、表通りの一本裏道に行く。そこを歩いていって、馬車はその一ブロック先待たせておく。一ブロック歩いて疲れたら、馬車に乗って帰るもよし、まだ頑張れたらまた他の、裏道を歩いてもいいのだ。

　これはなかなかおもしろい散歩になった。裏通りには庶民の生活の場があって、想いもかけず新鮮な果物屋があったり、ジェニーが怖がって、悲鳴を上げるねずみが駆け回る、荒れた通りもあった。赤いランプが昼から灯り、女達が立っていて、明らかにこんな夜の街に紛れ込んだ、我々夫婦者が女達からからかわれたりもした。ジェニーはかえっておもしろがって、移民街で、言葉も通じぬ店から、見たこともない菓子を買ったりして、指をべとべとにして、私と二人食べながら歩いたりもした。

ある時、ほとんどの店が昼なのに戸を閉めて、全く人通りのない道に出た。私は危ないと思って、ジェニーの腰に当てた手に力を入れて、早くこの通りを出てしまおうとした。ところが、ジェニーは一軒だけ開いていた店のウィンドウに引き寄せられるように歩を進めた。そしてウィンドウに片手をつけて中を覗いていた。

「ジェニー、ここはあまり良い所ではないよ、他へ行こう」

「ううん、あたし、このリボルバー見たいの、このお店にはいっちゃ駄目?」ウィンドウを見つめながら、ジェニーはそういったのだ。それでは仕方がないと思った私は、ドアに鍵がかかっているので、何度も呼び鈴を鳴らした。ジェニーは、食い入るように、ウィンドウを見ているのだ。

やがて店主らしき初老の男が、お茶でも飲んでいたのか、ベストのボタンをはめながら出て来て鍵を開けてくれた。

「旦那何のご用でしょう」

「あのウィンドウの、リボルバーが見たいんだが」

「ようがすよ」

店主は、かしの木の箱に入った銃を私の前にあたり前のように置いた。ジェニーが隣りから手を伸ばして箱を自分の前へ引いて来た。それは純銀製の銃に見えた。銃身には全体に、美しく花唐草紋が彫られ、グリップは、象牙で作られた鷲がまさに天に飛び立とうとしていた。とても手の込んだ、実用というよりは明らかに、壁に飾る類の銃であった。ジェニーは、綺麗ではあるが、何故にこんな銃が気に入ったのだろうか。箱から取り出して、構えて見せると、腕が震えているのがよく見えた。

店主が苦笑いをして、

「奥方には、大きすぎまさぁ、もっとご婦人用がいくつもありますぜ」

「これがいいの、あなたこの銃買ってもいい?」というと、鞄から小切手帳を出した。店主が慌てて、両手を顔の前で振って見せて、

「うちは、正直な店で通っていますんで、買いたいお客があればお売りしまさぁ。ただ旦那、銃のライセンスはお持ちでしょうな」

「ライセンス? そんなものはもってはいないよ。以前は陸軍にいて、西にいたが」

「でも今はどうなんです」

「軍人ではないよ。辞めてしまった」

「それではお売り出来ませんさ。こちとらまっとうな店で通ってまさぁ。元軍人なら役所に行けば、ライセンスなんて、すぐくれまさぁ、それからおいで願いやしょう」

そういわれて、体よく追い出されてしまった。銃を持つのにライセンスが必要だとは思いもしなかった。それでは昔使って

しまってある銃も売買が出来ないということか。私は急いで役所に行って、申請をして来た。銃砲店のおやじはすぐだといったけれど、一ヵ月少し経って、やっとライセンスは送られて来た。それを持って店に行くと、あの銃はすでに売れてしまったという。

「いやぁ、旦那方をつけて来たんじゃないだろうかってタイミングで、そのすぐ後にお客が来やしてね、まだテーブルに乗っていた銃を見て、買われたんでさぁ」

「兄様のリボルバーが……」ジェニーがそう呟いて、涙を流した。

「なんで、そんなに大切なものなら、あの時すぐいわなかったんだ。内金をするなり出来ただろうに」泣くジェニーに、それ以上のことはいえなかった。

「どなたかの、持ち物だったんでしたか」

「兄様のものだったの、グリップの象牙の下が薄くそがれていたでしょ。そこに兄様の名前と、贈り主の名前が彫ってあったの。それを誰かが消したのよ」

「確かに柄が途切れていて、変にゃあ思いましたが」

私は店主の前に百ドル札を置いた。

「旦那そりゃあいけませんや。うちみたいな店は信用第一なんでさぁ。売った先はいえませんで、勘弁して下さいよ。それで、その兄様って方は有名人なんでしょうな」

店主が興味深々で聞いて来た。「ああ、皆が知っているよ。妻が寄付をするといったら、博物館に並ぶだろう」

「そりゃ、いったいどなた様で」

店主が揉み手をしている。場合によっては、彼が買い戻して、売り値の何倍にでもするつもりなのであろう。

「妻を泣かせた罰だ、教えない」そうして、私達は早々に店を出た。

「砦にいる時、ボーイジェネラルが、国の最前線を守っているって知った、兄様のシンパシーの方々から色々な贈り物が届いたの。女性なら、私が作ったキルトです、とかね。銃もボーイナイフ（両刃のナイフ）も、立派なホルダー付きでね。そんな中に、あんな飾り用のものも送られて来たのよ」

「閣下は人気があったからなぁ。けれどあの銃は確かに凄く手の込んだものだったけれど、世の中にあれが一つってことはないだろ、どうして兄様のだってわかったんだい」

「コルト社製の製造番号が同じだったからよ」

こういう時のジェニーの記憶力の確かさのおかげだったのおかげで、あの銃が閣下のものであったのだろうと、誰も否定出来はしないのだ。しかし、あの時、ほんの一瞬で、ジェニーがまず番号を見たとしたら、凄いことだと思う。

その後、ジェニーはその銃について、二度と語らず、心の中ではどうであるのかわからないけれど、執着は見せなかった。

今誰の手にあるのか知る由もないが、このまま、ただの美しい装飾銃で、世の中に埋もれてしまうのも、もったいない気がしなくもない。あの時、店主に閣下の名前を伝えておけば、それこそ名を持った銃として、博物館に飾られることもあったろうに、と思うことがある。

　しかし、本当にあの銃が閣下のものであったとしたら、どんな理由で、その手を離れたのであろうか。あるいは閣下自ら名前を削って恩ある人に贈ったのかもしれない。そして、一時でもジェニーの前に現れた。謎の多い銃であった。

ジェイムス・ニコル少尉

　ピエールが赤い顔をして駆けて来た。用があって、ニューヨークの大学へ行っていたんだ。

「凄い話です。私もびっくりしたんですから」と興奮していう。

「何を藪から棒にいっているのだい」

「ジェニーさんが、私のこと、昔知っていた人に似てるっていってらしたでしょ」

「ああ、そうだね」

「その人ニコル少尉っていってませんでしたか」やけにもったいぶる。

「それがなんだね」

「大学の帰りに実家に寄って、母に聞いてみたんです。そうしたら私の母方の祖母は、ニコル家から嫁に来たのだそうなんです」

「ほう、奇遇だね」

「祖母の長兄が家を継いだけれど一人息子が戦死したのだそうです。もうニコル家を継ぐ人はいなくて、家にはまた従兄弟が住んでいるっていうんで訪ねて、墓地に連れて行ってもらいました。そしたらありました、〝ジェイムス・ニコル少尉　西にて有名な将軍の元で戦死〟って墓碑にありました。ジェニーさんの記憶って凄いなと思って母にも聞いたら、何でもその時の上官って方が形見の品とかちゃんと取っておいてくれて、皆でまぁそのほのかな思いを持っていたんじゃないかって、上官の娘だか妹だかの可愛いお嬢さんを養女にって願ったけれど、許されなかったそうです。それってジェニーさんなんじゃなかったじゃないでしょうか。そうしたら、私達親戚だったかもしれないんですよ、凄い話でしょう」

ジェニーの身の上を知らないから、そんな夢みたいな話をロマンチックに感じるのであろう。ジェニーお前って本当に、犬か猫みたいに飼い主が変わる運命だったのかねぇと、ジェニーが養女にもらわれていったら、東部で中流以上の安定した静かな生活が出来たかもしれないのにな、と思うのだった。

ハンドバッグ

「こちらが奥様がいつもお持ちでいらしたハンドバッグでございます」と、マギーが少し古めかしいが、ビクトリアンらしい黒く四角い大きめのハンドバッグを渡してくれた。妻がここ十年以上も買い替えないで、どこに行くのも持っていたものだ。

持ち手を二度取り替え鞄の角が擦れて地が見えて行くのを、妻は笑いながら黒インクを刷毛で塗りながら、

「これからも私この鞄一つで一生を過ごすのよ。この鞄って、もう私の分身だわ。以前は何かとおっしゃる方もあったのよ。でも今ではね、手にしていないと、あの方はっていわれるくらいなのよ」とよく笑いながらいっていた。

「あたしね、昔から自分の大切なもの、何でも一つの鞄に入れる癖があってね、思いもかけない古いものが鞄から出て来ることがあるの。元からものをあんまり持たなかったせいかなぁ」とよくいって、古いメッキの剥げた、スキットルなんかが出て来るのだ。

元気な頃は、この中に小切手帳をいつも入れていて、この家を切り盛りしていた。

それが病いが重くなって来て、ある日、「小切手帳、マギーに預けては駄目かしら」と私に聞いた。

私は少し言葉につまって、「君があってのこの家じゃないか。まだ早過ぎないかい」といった。それは私の願望でもあった。

「でもこの頃咳が良く出るし、月末に元気でいる自信がもうないの。マギーがお嫌だったら、旦那様がして下さったら本当は嬉しいんだけど」

「私は駄目だよ。金勘定に弱いのは知っているだろ。月末の女中の給金から、つけの支払いまで何も知らないのだから。お前がするのが一番良いのに」

「でも、もう無理みたいなの。ぎりぎりまで意地張って、皆に面倒かけたくないのよ。あなたも、マギーに教わって、この家の本当の当主になって欲しいの」

「そんな寂しいことというなよ」私は妻の豊かな髪に、顔を埋めた。こうして少しずつ、今まで出来たことが出来なくなっていくのを目の当たりにするのは、あまりに辛いことだった。

「マギーって、いつからこの家にいるんだい」

「この家買った時からよ。エイミーはすでに私の小間使いで、サムの奥さんがこの大きな家買ってくれた時、女中が必要になって、エイミーがこの街におばさんが働いているっていったの。それがマギーだったのよ。あの通り気働きの出来る人だったから、前に働いていた所も手放したがらなくってね、ちょっとあったの。でもエイミー可愛がってたから、うちに来ることになったのよ。それ以来だから長いわ。私もう全て任せてもいいと思っているの。でもあなたの意見もちゃんと聞かなくちゃねって思ったの」

「ああ、お前がそうしたいのなら、私は構わないよ」私に他にいう言葉はなかった。ジェニーの鞄から小切手帳は姿を消し、鞄を持って外へ行くこと自体が少なくなって来たのだ。たまに買い物などに行っても、今度はマギーが小切手帳を切った。

私は月末になると、マギーに呼ばれて、それこそ女中の給金から、食料品店、雑貨屋や花屋、服屋に至るまでの、つけの伝票を見させられて、これでようございますかと、念を押されるのだ。今までジェニーが一人でこんな細かなことをしていたとは知らなかったから、ちょっとした感動を覚えたものだ。おれが女に狂って、放蕩三昧をしていても、ジェニーは黙って、つけを支払い続けていたかと思うと、今さらに頭の下がる思いがする。

そのハンドバッグが用なしになって久しい。ジェニーは起きて、どこかへ出かけることがなくなってしまったからだ。それでも、ハンドバッグは、ジェニーの枕元にいつもあった。私の人生の思い出が詰まっているのと、いつもいっていた。

私はその口金を開けて中を見た。こうしてしげしげと中身を見たことはない。妻の鞄の中身を知っている夫なんて、世間にいるのかと思う。

白いレースの縁飾りの付いたハンカチが出て来た。それには、食事時に唇を押さえたのか、紅の跡がくっきり浮かんでいて、思わず、私は唇に当てた。ジェニーの生きた印が、こんな所にあったとは思わなかったのだ。私は心が震えるのを押さえることが出来なかった。そして口紅、コンパクト。これは、私と結婚した時に、親族の女達に配ったのと同じ、オルゴールの付いたものだ。私の実家であまり良い思い出がなかったというのに、ジェニーの物持ちの良さは、自慢できるほどだと思う。腕の時計だって、昔の男と暮らしていた時のものだそうだからだ。ビロードの小さなケースがある。この中には、ジェニーが十二才の時に世話になったというニコル少尉の母がくれたというブローチが入っているはずだ。元々は紙箱で、それが形が崩れて来たのでビロードの箱に入れてある。その少尉とは、今大学を建てているピエールの母方のおじの子だったというから、案外世間は狭いと思わざるを得なかった。

そして、底にはジェニーが手編みしたレースのハンカチに包まれた小型の本が入っている。私はジェニーが、よくこの本を手にしている姿を見ている。

「本当いうと、もう内容みんな覚えちゃったの」と笑いながらも、汽車の中、夜中にふと目覚めた時、ジェニーがこの本を手にしているのを見たことがある。愛して止まない兄様が若かり頃書いた、いわばエッセイだ。

「これ書いた時は、この雄大で美しい大地で最後を迎えるなんて思いもしなかったはずだから、とっても素直な、兄様の文章なの」といって、いつもハンドバッグに入れていたのに、こうして私は手に取るのは、初めてだ。扉の裏に、ジェニーに贈る文がある。

ジェニーは、「私、砦にいた時出て来ちゃったでしょ。だから兄様の形見って、ほとんど持ってないの」といっていた。この本は、そんなジェニーの兄様を思い出す数少ないよすがであったのかと思うと、少し可哀そうな気がする。そして小銭入れと、メッキの剥がれたスキットルに、ボタンで止めてある平たい見たことのない皮ケースが出て来た。中を開けると、そこには、私とジェニーが一緒に写った写真がおさめてあった。笑ったジェニーがいた。思わず手が震えた。ジェニーは最後まで、私の妻でいてくれたのだと。思いもかけない、妻からの愛のサプライズでもあった。いくら慕っても、すでに兄様はいないのだと、妻は納得したのだろうか。ジェニーは私の妻として死んでいったのだ。あぁ、私達はいつでも一緒だ。

家の中には、あといくつ私のためのサプライズがあるのだろうか。弱っていく体で、一人残される私を想って、妻は楽しみながら色々と考えてくれていたのだろうか。だから、どこに何があるのか、今だにわからない、妻のサプライズはいったいいくつあるのだろういか。いつまでも、部屋が片付かないのがとても贅沢な悩みだ。

決断

　私と医者と、サムの奥さんと女中のマギーは病室の隅に集まった。

「ジェニーの最後はどうなるのでしょう」

「私も、この病気の患者を診るのは初めてだから、こうとはっきりはいえないが、今の様子を見ていれば、発作が起きて、呼吸困難になって亡くなるであろう」

「それって、どうなりますのでしょう」

「まぁ、息が出来なくなって、亡くなるのであろうとしかいえないよ」

「アンソニー君も、血が喉に詰まって苦しんで亡くなったと聞いています」

「あぁ、たぶん苦しむだろうね」

「どうにか楽には出来ないのでしょうか」

「それは以前ジェニーにも聞かれた。睡眠薬を多めに頂戴とね。だからといって、睡眠薬の過剰摂取で、眠るようには死ねないのだよ。それもある意味苦しいものなのだ。世の中には楽に死ねることはないといえる」

「今日の発作は治まりましたが、明日はどうなるかわかりません。あれの苦しむ姿はもう見たくないのです。あれはもう十分苦しみました。治る未来がないまま、苦しませるのは見ていられません」

「けれど、発作を起こしても、落ち着けば、まだジェニーは生きているのだよ。楽にするということは、ジェニーの死以外ないということを、わかっているのだね」と医者はいった。

「おぉ、私のジェニー、何としたことか」

　私は、両手で顔を覆った。なんで神は、この小さき魂に、人生の最後においてまで、このような苦痛を与えたもうのか。

「こうして、ジェニーちゃんを見守っているしか方法はないんですか」

「私に罪人になれというのかい」医者は暗い顔をして全員の顔を見た。

「私は体術で、敵の頸動脈を片手で押え込んで、逝かせる術を知っています。実戦でも行いました。こう首を押さえると敵は少しは抵抗しますが、すぐおとなしくなります。つまり落ちるんですね。そこで捕縛すれば、蘇生させ、もっと締め付ければ亡くなります」

「君は、それを医者の私の前でいうのかね」

「そうですね、私の手をジェニーにかけるなんて、大昔の話だった」

　私はその時、女に狂っていて、今思えばあり得ないことをしでかして、ジェニーの首に、赤紫色の跡が長く残ったものであった。

「まぁその時は、腕を使うのだろう。あんな手の跡は出来ないよ。それでもね、用心のために、他人に悟られずに、タオルなど首に当てることを勧めるが、私は医者として君がジェニーをどうするなんて思ってはいないから」

「そうよジェニーちゃんは、いつも一緒でしょ」

「ああ、もう離すものではないよ」

医者は私の肩を叩いて、ジェニーの様子が少しでも変わったら、遠慮しないで夜でも呼んで構わないから、と出て行った。

「旦那様。マギーめは、もう全て旦那様にお任せいたします。何も申しません。奥様のお苦しみが長く続かないことを願っております」といって、エプロンで涙を拭くのだった。

「もう用意は全て出来てるの。オーリィ、さぁ、ジェニーちゃんの手、一瞬でも長く握ってあげて頂戴な」

ああそうしよう。私達はいつでも一緒と、堅く誓い合ったのだから。

小箱

私は教わった通り道を行って、右手に曲がった。ジェニーと再会を果たした地だ。あの頃より墓地は広がり、こんな所だったのかと思った。

私は墓碑銘を確認した。妻が、死してまでなおこの男を慕っていたというのは、何ともいえないものがある。

私は周りを見渡して人気がないのを知ると、ポケットに忍ばせて来た、折りたたみナイフを取り出した。そして、道に面して、もはや墓石の立たないであろう右側の芝生を掘り始めた。三十センチほど掘ると、またポケットに手をやって、妻が編んだレースのハンカチに包まれた銀の小箱をその奥に押し込むと、急いで土をならして、剥がしておいた芝生を乗せると、ぎゅっと手の平で押した。一見、何もなく見える。

ジェニーこれでいいのかい。私はナイフをしまって、両手をはたいた。

「閣下、ジェニーは苦しみの中、死んでしまいました。ジェニーの遺体は本人の希望で、山の湖に眠っています。でも兄様の傍にもいたいからと、こんな悪戯を望みました。中に入っているのはジェニーの写真と遺髪、それにアンソニーの写真と遺髪も入っています。いずれリビィさんも来るだろうけれど、それまでの間、ジェニーのことよろしくお願いしますよ閣下。私はジェニーが十七才の時、私の所へ来てくれたら、どんな人生があったのだろうとよく思います。私は一度馬鹿をやったので、ジェニーに許してもらおうとは思いませんが、良い女でしたよ。閣下に自慢出来ますから。では」

私は、カスターの墓に敬礼をした。芝生の跡はもうわからなかった。私は、踵を返すと、墓地を立ち去った。ここでジェニーに再会したのも、何か縁があったのだ。ジェニーの望みはこれで全部果たした。明日から、ジェニーのいない世界で、果たして一人生きていかれるのかと思うのだった。

❖こんなこともあった——ジェニーがビリィを生んで心を閉ざしてしまった後のこと

オーランドは、黒人メイド頭のマギーを呼ぶと聞いた、

「マギー、聞きにくいことだけれど、やはり今、聞いておいた方がいいと思うんだよ」

「はい、何でございましょうか、旦那様」

オーランドは、少しためらったが、

「なぁマギー、私がこの家に来て金銭面で、一セントも出したことがない。まぁ、出せといわれても、私は金を持っていないので、無理な話なのだけれど、当主のジェニーがあの通りでいながら、この家がまわっている。不思議に思っているのだよ」

「お金のことで旦那様は、何のご心配もございません。奥様は、何と申しましょうか、大金持ちでいらっしゃいますので」

「ジェニーも昔、元気な頃同じことをいった。それは信じていいことなのかい?」

「はい、本来でしたら、奥様がお話しなさることではございますが、このマギーが僭越ながら申し上げますです。少し昔のことでございます。まだ砦にいらした若き頃の奥様は、山の湖で、一人のインディアンと出会いました。それで申し上げにくいことではありますが、一夜を共にされました」

「それも聞いている」

「ではお話は早うございます。その時、そのインディアンに、

素晴らしい金山をお貰いになったのです。お兄上様もなかなかお信じになられませんでした。あまりに、荒唐無稽なお話でございますから。その時奥様の周りには、例のサムの奥様、ミッチ様、スタンリー様とオリバンダー様がいらっしゃいました。それで皆何がしか問題を抱えた砦のはぐれ者の集まりでした。それで余計に、奥様の夢に賭けて、一度だけ連れて行かれた山の中の金山を皆で探して、ついに見つけられたのでございます。奥様のお話しでは、川の流れの中に、鶏卵大の金の塊が、ゴロゴロ転がっていて、近くの砂は金を含んでキラキラ輝いていたそうでございます。当時ハウステッド法が施行されていて、役所が認めれば、何エーカーとか無償で手に入れる法がございまして、奥様が名前も口にしたくない御方を頼りに、本来なら役人が来る所ですが、インディアンが出る土地に、来たがる役人はおりません。お兄上様が、責任者になって、五人の名義に土地は、タダで手に入ったのでございます。それから随分たって、国はお兄上様に、ブラックヒルズの地質調査をお命じになられて、その後ゴールドラッシュというものが起こるのですが、その何年も前から、お兄上様は、ブラックヒルズに金が出るのをご存知だったのでございます」

そこでマギーは、息をついた。

「その話は本当だったのだね。それで皆はどうしたのだね」

「東部へ帰りたかったミッチ様は、大学に入って金融の勉強をされ、皆の金を守るために銀行家になられました。スタンリー様は鉄道工事の日本人を連れて来て、金を掘っていらっしゃいます。サムの奥様と、砦で衛生兵をしていらしたオリバンダー様は、牧場主になられて、奥様の牧場もございます。取り分は、半分を奥様が、あとを四人で分けていらっしゃいますが、皆さん望まれた以上の生活がお出来になって、一人も裏切る人もなく、今日に至っております」

「それで、今、この家の家計はどうなっているのだね」

「奥様が旦那様のご実家をお出になられた時、汽車の料金をご自分で小切手でお支払いになられました。マギーめは安心いたしました。なさっている行動はメチャクチャでも、心は確かでいらっしゃると思いましたから。それが、このようなことは申し上げにくいのですが、旦那様のお仕打ちで、心が壊れてしまったと、感じた時、速達でミッチ様に手紙を書きました。勝手なこととは、重々承知の上で、ございました。月末には使用人の給金から、諸々のつけの支払いがございます。奥様が今まで皆そのことをなさっていらっしゃいました。ミッチ様は、奥様が家計にお手をつけられないとおわかりになられると、マギーめの手紙をご理解下さりました。新たに、銀行にマギー・サマー名義の口座を開いて下さり、五百ドルの当座の現金も送って下さいましてございます。その後は、ずっと私めが、この家の金銭の出入りを任されております。半年に一度会計士が参りますが、今まで一セントの間違いもございません。ここで今から、旦那様が、なさるとおっしゃるのでしたらば、すぐにお渡しいたしますが」

「知らなかったよ、君がそんなに信頼されて、ジェニーの代わりを務めてくれていたなんて。出来ればこれからも頼むよ。私は軍人で、数字には弱いから、頼もしく思うよマギー、大変なことだろうけれど、私は何も知らないで来た、礼をいうよ」

「そんな、もったいのうございます」

あらためて、ジェニーの人の目を見る力があるのに驚いた。あのジェニーを入れた五人も、集まるべくして集まったのだと、あらためて思うのだ。ではこのおれはどうなのだろうか、ジェニーの御眼鏡にかなった男なのだろうかと思う。

「それからもう一点、申し上げた方がよろしいかと思うことがございまして」

マギーが居住まいを正していった。「これまで、奥様は、アン＝マリー様に月五十ドル、アンソニー様に百ドルの小切手をお送りになっていらっしゃいました。それは今も続いております」

「アンソニー君に月百ドルも送っているのですか」

「大好きなお兄上様のお形見として、しっかりとした教育を受けさせたいと、奥様はお考えでございました。リビィ様と奥様との間に、軋轢があったことはご存知かと存じますが、リビィ様は、最初奥様からの施しは受けないと、小切手の換金を拒んでいらっしゃいましたが、アンソニー様に、より良い生活をして頂くために、お使いになるようにとお考えなされたようで、しばらくして小切手をお受け取りになるように、なられました。マギーめは、旦那様にお叱りを受ける覚悟で、旦那様のご実家のお子様にも、実は旦那様のご名義で月百ドル、アンソニー様と同額を送らせて頂いておりますのです」

「えぇ、ビリィにもかい」

「奥様が苦しまれてお生みになられたお子様には違いありません。きっと奥様がお元気でいらっしゃいましたら、必ずやなされることと思い、勝手をいたしました」

「それで、実家は金を受け取っているのかい」

「はい、左様でございます」

私には信じられなかった。あの気位の高い母が、金を受け取るなどあり得ないことであると思ったから。所詮恩給だけでは、生活が出来ないということか。私が独身の時は、住居は官舎で、大酒を飲むわけでもなかったから、給料の半分近くを、実家に送っていた。両親もそれまでの蓄えがあって、それで実家は成り立っていたと思っていた。私はあの最後に実家を去る時、軍隊を辞めるといったはずだ。その私が月に百ドルも送れるわけがないではないか。私もこの家に来て、ジェニーがこれほど豊かに暮しているとは思わなかった。

それにつけても、哀れなのはビリィだ。私達の子供でありながら、手を離れてしまった。これからどんな人生が待っているのだろうか。親のない子が幸せになれるとは思えなかった。

❖恋

ダンスに誘われて、耳元で、「あなたって、私好みの殿方だわ」と囁かれた時から、私はこの夫人に恋をした。それは、もはや止めることの出来ないことであった。

太っているというのではない、だがその体が柔らかな肉に包まれているのであろうと、硬いコルセットの上から抱きながら、想像出来るのだった。その肉を手にしたい、私はその晩からずっと、そのことを思った。

ジェニーが、昔暮らした男から、普通の女性には望めないような愛撫を仕込まれているのは、だんだんにわかって、それは夫としては全く驚くべき幸運なことであったけれど、このヒッコリーのマダムの妖艶さは、口ではいえないものがある。

パーティは、夫婦二人で呼ばれているので、なかなか夫人と踊るチャンスはなかった。しかしある時、ラストダンスの時が来た。ジェニーが椅子から立って私の方へ寄って来て、私に向かって手を上げた。それは偶然だったのだろうか、今思うとわざとだと思うのだ。ヒッコリーのマダムも、ジェニーの横に立って私に向かって手を差し伸べたのだ。私は、躊躇いもなくマダムの手を取った。ジェニーが椅子に座るのが、チラリと見えた。夫人はその体を私に押し付けて情熱的に囁く。私達は次の出会いを約束した。

帰りの馬車の中でジェニーは何もいわなかった。かえって何かといわれるよりは、私にはよかった。まだ、腕の中に夫人の温もりが残っている。私は今日、ジェニーを抱いたりはしないだろう。次に会えるのがただ楽しみだった。それに比べたら、ジェニーの焼きもちなど何でもなく思えた。

次の夜会の時、私はすでに二曲、マダムと踊っていた。ジェニーが私の所へやって来て、「あなた、ラストダンスよ」といった。彼女にとっては必死な一言だったのだろう。私はマダムを見た。

「よろしいんじゃありませんの」とマダムがいうので、私は嫌々妻とラストダンスを踊った。

ジェニーを抱きかかえながら、こんないつまでも少女のような、華奢な体を魅力的だと思ったのか不思議だった。

その晩、ジェニーがもう止めてというまで、強引に抱いた。ラストダンスの罪だと思った。変わったのは私の方であったろうが、その時はそうは思わなかった。夜会に呼ばれてもご夫婦でとあれば行かなかった。ジェニーは何もいわなかった。私はビリィのことについての償いをさせているのだと、思い込んだ。ジェニーに何がいえるのだと、考えていたのだった。

❖首のあと

「私は小遣いが必要なんだよ」私は苛ついて、立ち上がっていった。

ジェニーは腰かけたまま、「この街で、どの服屋も飲み屋も、あなたを知らない所はないわ。どこでもつけがきくでしょうに、今以上の小遣いが必要だなんて話、私には承服出来ませんわ」

「男の付き合いがあるのだよ」

「だったら、それは、今までの小遣いの中で済むはずでしょう。あなたには、世間の人達が一カ月に稼ぐ以上の小遣いを差し上げています。服をお買いになるのも、お酒を飲まれるのも、時に宝石店からの破格の請求も、皆私が支払っています。それで、何にお使いになるというのです。何でそんなにお金が必要なのですか。今日こそはそのわけをお聞きしなければ、小遣いそのものを止めるしかありませんわ」

私はたまらなく、面倒なことだと思った。金はあるのだから、黙って出せばいいのだと、腹を立てていた。しかしこのままなら、ジェニーがいうように、小遣いを止められてしまいかねない。私の秘密を今、ここでぶちまけてしまえばいいのだと思った。どちらにしたって、金がなければ、遊びは出来ないのだから、腹をくくればいい。この女から金をせびり出せれば、それでいいのだ。あとは、ジェニーが泣いてことは済むと思った。

「おれは、今行かなくてはならない所がある。そこはつけがきかないんだ」

「では、いらっしゃらなければよろしいでしょうが」

「私は、そこに行きたいのだよ」

「あのマダムとですか」

「そうだ」

「男と女が一夜を共にする所が、そんなに高額とも思いませんが」

おれも、一瞬迷ったさ、その場所をいうべきかとね。でも、いわねば金のかかる理由がジェニーにわかりはしないだろう。おれは、心を決めた。

「そこには女がいるんだよ、上等のね。わかるだろう、いくらお前でも」

「マダムを止めて、今はそういう所でお遊びなのですか」

私は焦れた。

「マダムも一緒だ。私達はそこでローズという、若くて可愛い女を指名する」

あいまい宿の、壁中に鏡やカーテンやタペストリーがかかって、中央に置かれたキングサイズのベッドにはフカフカの羽根布団がかけてある。カウチの色とりどりのクッションに、大きな鏡台、あちこちに生花が活けられ、男と女のためだけの、華美の部屋。そこでマダムの今お気に入りのローズと二人が女同士で絡み合うのを、私はブランディをなめながら見つめている。二人が裸になって絶頂を迎える頃、私もその中に交じって、両手で女を抱いたり、女達から攻められたりするのだ。

「そこは、つけがきかないのだよ」

ジェニーは、両手で顔をおおうと、立ち上がって階段を駆け上がり始めた。自室にこもる気だなと思った私は、大股で階段を上がって、ジェニーが部屋の戸に手をかける前に着いて、ジェニーと一緒に部屋に入ると、鍵をかけた。ジェニーは私より少し離れて立っている。

「ちょうど君の部屋だ、久しぶりに二人楽しもうとしようじゃないか」私が近づくと、ジェニーが逃げる。

「旦那様が愛してやろうといっているんですよ奥様、なぜ逃げるのです？」

「私にだって、そんなことしている旦那様に嫌、といえる権利はあると思うわ」

ジェニーの声が震えていた。ジェニーの私を見る目に恐怖が見て取れた時、私の自制心はどこかに飛び去った。

私はベッドに押し倒したジェニーの細い首に手をかけていた。苦しがってジェニーが抵抗するほど、私は怒り狂って、両手に力を込めた。ジェニーの両目から涙が一粒ずつ流れると、苦しいのだろう私の手をほどこうと、私の手の甲に爪を立てた。そして押しつぶされそうな、苦しい息の元、「助けて、兄様」と呻いたのだった。

助けて、兄様。この言葉に私は雷に打たれたような衝撃を感じた。たったこれだけのかそけき呻きが、私を打った。我に返った私は、慌ててジェニーの首から手を放した。

ジェニーが、ベッドの向こうに逃げようとしながらも、両手を首に当てて、苦しそうに咳き込んでいる。

「ジェニー……」

私は、いたたまれずに自室に駆け込んだ。私は、この手をジェニーにかけた。ジェニーの一声がなかったら、私はジェニーを縊り殺していたかもしれないのだ。私は自分の心が、そこまで落ちてしまっていたのかと、他の何のことも考えられなくなっていた。妻を殺そうとしていた自分の浅ましさに、気が狂いそうであった。

私が自室に入ると、マギーがジェニーの所へ駆けて行くのがわかった。医者が呼ばれ、マギーとどんな話をしたのか知らないが、私は声もかけられず、医者はジェニーの首に湿布をして、包帯を巻いて帰って行った。ジェニーの首には、私の指の跡が、赤紫色に、痛々しく残っていたのだ。

妻を殺そうとまでして、私を掻き立てたものはいったい何であったのだろう。答えは見つからなかった。妻が起き上がれるようになって、食事の席などで、さり気なくレースの立て襟のブラウスを、この季節に着込む妻の襟元から、包帯が見えるのが辛かった。妻が使用人にかける声が、わざと低く話しているのだろうに、しゃがれているのに、自分の愚かさを知った。

私は思えば、この日より遊びを止めたのだけれど、ジェニーとの話し合いなどはなかなか出来なかった。

小遣いは、また暖炉の天板に乗せてあるようになったが、私は使わないまま、小切手は増えていった。ある日私は、その小切手の一枚を持って換金すると花屋に行って、買えるだけ花を買って帰ると、居間にいたジェニーを花束ごと抱きしめて、ずっと黙っていた。それで許されたとは思わないが、それからは普段と変わらぬ日常が戻った。ジェニーの度量の大きさに驚かされたというべきか。

あれからマダムからは手紙や、馬車をわざわざ寄こしたりと、しきりに誘いがあったが、私は無視をした。

ジェニーが、きちんとお別れをしなくていいのですか、といった時も、おれは口がきけなかった。おれが逆の立場であったら、そんなことをいえただろうか。

そして、私の心を暗くする手紙が一通来たのだ。アン＝マリーからで、厳しい言葉と一緒に、私のせいでジェニーが子供が産めない体になってしまったと非難があった。ジェニーはそのことを、私には黙っているつもりであったのだろう。ジェニーはきっと、私と新しい未来の生活を望んでいるのだろう。そこにはもちろん子供のことも入っているのだろうけれど、私に向かってもう子供は出来ないというより、きっといつか出来るよね、と私と夢を追いたかったに違いないのだ。その夢がすでに壊れていると、ジェニーは知っているのにだ。私と夢を追いたいのだ。私の罪はどれほどに大きいのだろうか。

私は医者に行って病気を直した。子供は無理だといわれたが、まだ私自身が夢を持っていたかった。

ジェニーと一つ床にいて、眠っているジェニーの顔を見ながら、この一年間して来たことは、一体何だったんだと思う。マダムに恋したキラキラ感はとうに失せ、下卑たらしい男としての虚しさだけが残るのだ。こんな私を待っていてくれたジェニーに感謝せねばならないのだろう。彼女にとって別れることは簡単に出来たはずだ。別れられなかったのは、ビリィのことと、兄様のことだ。

私は、ジェニーの首の痣が消えて包帯が取れるまで、毎晩閣下の近くに落ちていた血まみれの写真を見ていた。ただ一か所手を取り合っている部分が見えた。そしてその写真を閣下の遺体の軍服の胸ポケットに入れ直した話をし続けた。

皆にとって悪夢を見ていたようなこの一年あまりであったろう。私は特に、ジェニーに手をついて謝るなどの行動はしていない。皆が正常の中で、私だけが狂っていたというべきか。それが、私が突然に元に戻って、そのまま、前の生活が途切れることなく、私を入れてまた始まったといえよう。ジェニーは私のことを、なじらなかった。まして、首を絞めて殺そうとしたことなど、家中誰も口にしない。

ジェニーが私のことを、今どう思っているのか、その本心はわからない。ただ、女と切れた私を、この家に迎えてくれたことだけは確かだ。

作者注：ほとんどの資料に、リトル・ビッグホーンにおいて、第七騎兵隊の兵隊は皆、服を脱がされ裸であったこと。また、手足及び性器の切断と頭の皮を剥がすなど、勝者側の敗者に対して、死者の尊厳を著しく犯したものであるとの記載が多いが、今回私はその説をとらない。兄様はあくまでも、前を向いて、前進したのだと信じたい。遺体を見たはずのベンティーン大尉が、そのような姿を妻に伝えたとは思いたくない。また、こめかみの銃痕が、自殺との説があるが、それも認められない。ジョージ・アームストロング・カスターは、その最後まで雄々しく戦ったのであった、と信じたい。

❖その日

その日ジェニーは、数日来軽い風邪を引いているだけで、たまに咳をする以外、顔色も良く食欲もあって、何ら心配する所はないように思えた。しかし、寒い時のことであり、マギーはジェニーを立たせて全身を見分した。

ボンネットに耳マフ、厚い毛皮のショールを巻いて、首からマフの紐をかけると、やっとマギーのＯＫが出た。

そして馬車に乗ると、マギーも乗って来て、ジェニーの膝に毛布を掛けて、私達三人は出掛けることになった。行く先は、この街で一番大きな花屋で、この寒い季節にも関わらず、温かい土地から送られたり、温室で大切に育てられた貴重な花が沢山あった。

ジェニーは、皮の手袋をした手で、そんな花の中から、一本二本と花を選んで、好みの花束を作って、そこに大好きなピンクのリボンをかけてもらった。そして、すごく機嫌良く、花束を胸に抱いて帰宅すると、すでに用意されていた、暖炉の脇の小テーブルの花瓶に花を活けた。そして小間使いに手伝われて、大好きなスミレ色のドレスに着替えた。マギーは、その首に毛皮のストールを巻くことを忘れなかった。そして、その日の特別のお茶会が始まった。

そう今日十二月五日は、ジェニーの最愛の兄様、カスター閣下の誕生日であったのだ。ジェニーの席の隣には、閣下の写真が飾られていて、ちゃんと熱い紅茶にブランディを垂らしたものと、その日出された菓子が皿に盛られて、あたかも閣下がそこにいるように、しつらえてあった。

アンも呼ばれて、私達は昔話に花を咲かせて、楽しい時間を過した。ミーハーな所のあるアンは、「私、ジェニーと知り合って本当によかった。あの有名なカスター将軍のお話し聞けるなんて、最高よ」と残ったお菓子を子供達のために籠に入れてもらって、喜んで帰って行った。

夕食は肉好きだった閣下のために、ステーキが焼かれて、やはり写真だけで主のいない席は、手をつけない料理の皿が、そのまま下げられ、次の料理が供されるのであった。そして、ジェニーも小さな肉を、食べたのであった。

その夕食後は、本当に私と二人だけで暖炉の前でコーヒーを飲みながら、閣下の話をし、写真を見、もういくら待っても、これ以上増えはしない手紙の話をするのであった。カスターの筆まめは有名であったのに、それは妻のリビィに宛てられた話であったのか、ジェニーの手元には、今まで兄様から頂いたお手紙はこれで全部と、ジェニーがいうように十二、三通しかない。そして、最後に届いた短い手紙を出して来て、もう文面を覚えてしまっているのに、そっと開けてみて、軽くキスをするのも毎年の習慣であった。おれに嫉妬心がないかといえば嘘になる。しかし今日は特別なのだ。かえって命日には、ジェニーは花を捧げるだけで、他に何もしない。ジェニーにとって、今日だけは、兄様との楽しい思い出を語れる日なのであった。

そして、いつもより少し興奮気味のジェニーの額に、おやすみのキスをすると、共に休んだ。その時も、何もなかったはずであった。

私は、深夜にジェニーが激しく咳き込む声で目を覚ました。一番細くしてあった、ランプの火を最大にして、ジェニーを見れば、体を海老のように曲げて、苦しんでいる。

「ジェニー、どうしたんだい、お前」

私はその背を撫でてやることしか出来なかった。枕元の水を飲まそうにも、彼女は受け付けなかった。時計を見れば午前二時を過ぎていて、発作ともいえる咳は、四時近くまでも続いた。

やっと落ち着いて眠りについたジェニーに毛布をかけてやりながら、風邪を引いたのかと思った。

朝目覚めるとマギーを呼んで、夕べの話をし、出来うるだけ休ませてやりたいからと、寝かせておいた。そして、私は朝食を寝室に運ばせて、ジェニーの寝顔を見ながら飯を食った。その後ずっと添い寝をしていたら、ジェニーがぱちっと目を覚ました。顔色は悪く、目の下にくまが出来ている。

「おはようジェニー、具合はどうだ。朝飯は何が食いたいんだ?」

ぐったりとして、何もいらないという、それでも具のないスープを匙で飲ませてやって、マーマレードを塗ったクラッカーを少しかじった。

マギーが、元々風邪気味だったのを、寒い中出かけて、風邪が酷くなったのだといって、医者を呼んだ。医者は、ジェニーを診て、どこか静かな所で、というので私の書斎で話を聞くことになった。マギーもついて来て、私の椅子の後ろに立った。

「風邪気味なのを、寒い所へ出かけて、風邪が酷くなったんでございましょうか」と、マギーが聞いた。

医者は暗い顔をして、風邪は引いてはいるが、風邪で咳が出たのではないといった。

「では何なんです」

「ジェニーは胸水症という病気です。それも、風邪のようにその時熱が出たり咳が出ても治るような病気ではないのです。たぶんもう治ることはないでしょう。そしてこの病で長寿を望むことも無理でしょう。彼女の肺には悪いものがあって、それが時として炎症を起こします。すると胸水というものが溜まって、発作を起こすのです。きっと昨晩のような激しい咳や発熱、呼吸困難など、苦しい病気です」

「入院した方がいいのでしょうか」

「入院しても、この病の薬はないのです。発作が起きたら、胸水が溜まった証拠ですから胸水を抜きます。出来ることはそれだけです」

「それだけしか方法はないのですか。金がかかっても出来ることがあるならしたいのですが」

「残念ながら、他にないのです。呼吸を楽にする機械があるという論文は読んだことがありますが、まだ実験段階で実用は難しいらしいのです。私も悔しいですが、ジェニーさんは、そういう病にかかっているのです」

「治らないのですか」

「難しいと思います」

「ヨーロッパへ行くとか、先生の前ですが、どこかに医者はいないのですか。あれのためなら何でもしてやりたいのです」

「私も出来るだけのことはしたいと思います。ただ、急に新薬が発明されでもしない限り、治せる医者は、世界中探してもいないと思います。発作が起きないよう祈りましょう。胸水を抜くのも、とても辛いものですから」

何かあったらすぐ呼んで下さいと、医者は帰って行った。

マギーは両手で顔をおおって、奥様なんとお気の毒なことでと泣いていた。私は、寝室に一人置いて来たジェニーが心配で、書斎のドアを開けた。そして飛び上がるほど驚いた。ドアの外には寝間着姿のジェニーがいたからだ。


「駄目じゃないか、風邪を引いているのにこんな寒い所に来たら」そういって、抱き上げると、寝床へ寝かせた。ジェニーはいつから戸の前にいたのだろう。医者との話を聞いてしまっていたらどうしようと思った。しかし、ジェニーはいとも穏やかで、一人で寂しかったのといった。

「そうか、一人にしてしまって悪かったな。これからは、いつも一緒だ」

「それ、本当のこと？」

「あたり前だ、お前を置いてどこへ行くもんじゃない」

「うん、じゃ約束だよ、破ったら駄目だからね」

「あぁ約束するよ、だから早く風邪を治そうな」

「すぐ温かくならないかなぁ、サムの奥さんの所へ行って、馬に乗りたいわ。牧場中を駆け回るの」

「まだクリスマスも前だぞ、気が早過ぎるんじゃないか？　冬はこれからだぞ」

「でも馬に乗りたいんだもの、うんと速駆けするの」

「春になったら行こう、そのためにはもっと飯を食って体力つけなくちゃ駄目だぞ」

「お肉食べたよ」

「あんなもの、あの三倍は食べなくちゃ」

「じゃあ三倍食べるわ」

今日のジェニーは、ばかにものわかりがいい。皆で大騒ぎをしてクリスマスが近くなった。ツリーの飾り付けをするのは、いつものことだ。そして、ジェニーは、飾り付けられたツリーの根元に、プレゼントの箱を置く。家で働いている下働きまで含めた女達全員の分と、少佐と私と、アンソニーの分だ。

　彼が亡くなってしまってからは、リビィさんにはカードしか送らないが、相変わらずプレゼントだけは置くのだ。そのプレゼントの中身も、もはやリビィさんを驚嘆させるようなものではない、例えば、ツリーを飾るオーナメント用のジンジャークッキーが沢山とか、小さなおもちゃの詰め合わせとか、文房具など、安価なもので、それは翌日のクリスマスに必ず我が家に寄る新聞売りの少年とその兄弟に贈られるささやかなプレゼントとなるのだ。

　女達には、前年に重ならないような主に防寒具で、新年に何か一つくらいは新しいものを身につけさせたいとのジェニーの思いで、少額だがクリスマス・ボーナスも添えてある。

　ジェニーには、そこにもう一つ置きたいプレゼントがあるはずなのだ。それは兄様の分だ。ずっと昔のことだ。プレゼントが一つ余っていた。上書きもない。

「おいジェニー、あのプレゼント誰の分なんだい?」と聞くと、少し顔を赤くして、「あたしの分なの」といって、ツリーの下から取り出して胸に抱えた。

　ジェニーが部屋の隅で一人で、そっとその箱を開けて、中から赤い絹のスカーフを出して、頬に当てるのを見た私は、そのまま静かにその場を離れた。ジェニーの心には、今でも兄様が生きているのだとあらためて思って、少し複雑な思いがしたものだ。それ以来、その赤いスカーフも見かけないし、ただし書きのないプレゼントも置かれなくなった。ジェニーが、私に気を遣ったのかなと、今もって思っているのだ。私は本当は、ジェニーにさせたいことをさせてやるべきなのかもしれないと思いつつ、ずっと口に出せないでいるのだ。

　移民達の教室に集まる者達には、十二月になると、クリスマス月間として、授業なども自由になる。それぞれの国の習慣が、望むように行なわれるからだ。ジェニーは、十二月五日の兄様の誕生日に、クリスマスとは関係ないけれど、顔を出して、全員に小さな贈り物を渡す。

　国によっては、クリスマスの日が違う所もあるし、一日歌を歌って過ごすもの、朝から静かに祈りの日々の者、プレゼントのある者、ない者、騒ぐ者と、皆好きなように、国の思い出に浸るのだ。

　そして、ジェニーはクリスマスには、七面鳥を何羽も焼いて、クリスマスプディングや、菓子を並べてパーティを行う。誰でも参加自由だし、ジェニーが苦労してヨーロッパなどから取り寄せた、各国の楽譜を、その日呼ばれたバイオリン弾きが、人々の望む曲を弾いて、皆で踊る、パーティとなるのであった。以前のジェニーなら、全員にプレゼントを贈ったであろう。しかし今はそんな贅沢はしない。J&Oに金をかけているからだ。ただ卓上の料理は豊富にあるから、残り物は、皆、持って帰ることが出来た。そして教師達だけには、小さなプレゼントと、クリスマス・ボーナスが与えられるのだった。

　例年のように、こうしたクリスマスを過ごして、やがて静かに新年を迎え、アンソニーの命日が来る。ジェニーは待ちきれずに、サムの奥さんに手紙を書いた。いつもは六月に牧場に行くのに、今年は五月には行きたいといっている。

　五月に行くと決まった時、私がさり気なく医者に行っておかないかと聞いた。ジェニーは医者嫌いだ。牧場に行って何か起こったら困ると思ったからだが、ジェニーは、いとも簡単に、

「いいよ、お医者、いつでも行くよ」と明るく笑っていった。

　やはりジェニーは、私と医者のやり取りを、戸の外で聞いていたに違いないと、その時思わざるを得なかった。そして、自分の寿命が長くないことも、わかっているのだと思った。

　アンソニーの死の時、高熱を出した。あの時、ジェニーの体に悪いものが入って、今頃になって悪さを始めたのだと私は思う。アンソニーが亡くなって、私達にもその後とうとう子供は出来なかった。アンソニーの死は、ジェニーが病むようになるほど、彼女の心と体をむしばんでいたのだろう。私は自分の愚かな過ちの後、ジェニーを慈しんで来た。そうせざるを得ない何かをジェニーは持っていたのだ。何であんな、ジェニーを苦しめることが出来たのか、今では不思議にさえ思うのだ。だから、ジェニーを幸せにしてやりたかった。ジェニーも昔ほどではないが、やはり今もカスター閣下を慕う素振りを見せる。その姿を見るにつけ、痛ましい思いでいっぱいになる。死してなお、あのように慕い続けるジェニーの胸の内を思うと、やはり嫉妬心に駆られるが、我が妻として、私は出来るだけのことをしてやりたいといつも思い続けていた。そこに、今回の病である。長寿は望めないという。では、一緒にいられる間に、あれのしたいことは何でもさせてやりたい。私の本心だ。しかし、ジェニーがいなくなってしまったら、そう思うだけで私は、鉛を飲んだような気になってしまう。Ｊ＆Ｏを止めてでも、何か高価であっても、新薬があるのなら、与えてやりたい。助かる方法があるのなら、私はこの命を捧げてもいいと思う。カレンダーをめくっているジェニーに、早く春が来て、馬に乗せてやりたいと、思った。

「サムの奥さんがねぇ、赤ちゃんが生まれるんだって」

　おれは、飲みかけていたスープを拭き出した。

「お前、そんなことあるわけがないだろうが」

「だから、インディアンのブルー・マウントの家で、ちょうどあたし達が行く頃、赤ちゃんが生まれそうだって、手紙に書いてあったの」

「紛らわしいことというなよ。驚くじゃないか」

「あはは、ごめんね。サムの奥さん、あの体で大きなお腹してたら、ちょっと口でいえないよね」

「ベビー服でも持って行ってやるかい？」

「うーん、そう思ったんだけど、白人の文化生まれてすぐから

持ち込んでいいのかって思うんだ。そりゃあ絹の肌着は着やすいだろうけれど、インディアンのやり方尊重した方がいいんじゃないかとも思うんだ」

それでも、ジェニーはベビー洋品店へ行って、外出用のよそ行きの丈の長いドレスを一着買って来た。

「まぁ、気持ちだからね。使うかどうかは母親が決めればいいんだものね」

箱からドレスを出して、頰に当てている姿を見ていると、自分の子に着せたかったのだろうと思ってしまう。私のせいで、ジェニーは子供が出来ない体になってしまったのだ。我が子ビリィよ、お前がそんな名でなかったなら、もしかしたら、下に何人も弟や妹が出来たかもしれないと思うと、ジェニーの不幸を思わざるを得ない。私の実家を出てから、ジェニーはビリィの名を口にしたことがない。そんなに頑なになるものかと、ジェニーを恨んだこともあったが、それでいてジェニーは未だにビリィに毎月の小切手を欠かしたことはない。運命に弄ばれているようで、私もビリィの名をぐっと腹の底に抑え込んでいるのだ。ジェニーの命は、あといくら残っているのだろう。出来ることなら、ジェニーの命があるうちに、ビリィに会わせてやりたいなと思った。しかし生まれたその日に母親に捨てられたビリィが、この家に来るとも思えなかった。何かきっと方法があるだろう。ビリィを、ジェニーに会わせるのは、私の残された使命であると思えてならなかった。


春が近くなって、ジェニーはカレンダーを手に、牧場に行く日を、子供のように指折り数えて待っている。そんなにも馬に乗りたいのであろうか。いつになく、ジェニーはサムの奥さんとの手紙のやり取りを頻繁にしていた。そして、牧童への土産を買いに、マギーを連れて、何か新商品はないかと見て歩いているらしい。それがとても楽しそうなのだ。

この頃のジェニーはいつも笑っている。たとえば、夕食の肉に苦手な脂身がついていても、以前のように騒がない。先日も髪に当てるコテが熱過ぎて大切な髪が一部焼き切れてしまっても、小間使いを叱るどころか、コロコロと笑っている。ジェニーの何かが変わったのだ。たぶんそれは、医者の話を聞いてしまって、自分の命が、そんなに長くはないと、知ったからだと私は思ってしまうのだが、可哀そうなことをしたと、悔やんでならない。まだジェニーは四十才には間がある若さなのだ。

❖天上の一日

その朝目が覚めて驚いた。ジェニーがすでに目覚めていて、両手を顎の下に当てて、私の顔を覗き込んでいたからだ。

「おっおはよう、ジェニー」

「おはようございます、旦那様」

「やぁ、今日はご機嫌が良いみたいだね」

「うん」

ジェニーは朝食に、オムレツとマーマレードを塗ったトーストを一枚食べた。これも驚きである。

食後は、いつもの通り居間で、ジェニーは私の膝枕でソファーに横になる。そして珍しいことに、昼食をホテルで取りたいという。早速小間使いのエスメラルダと、着て行く服を選び始めた。久方振りの外出だから、ジェニーとしても着て行きたい服は沢山あるのだろうが、そこへ私も口を出したから、なかなか決まるものではなかった。しかし、やはりまた今回も薄いピンクで、オーガンジーで包まれた、よそ行きに決まった。ただこのドレスは、衿ぐりが他のものよりも広くて、ジェニーは痩せてしまった首が目立つと気にした。そこで、ピンチペック（当時流行していた金の代用品の、金色の金属）に小粒のダイヤで、花束を形どったネックレスをしていくことになった。共にあったイヤリングは、していた時に人にあげてしまったので、ビクトリアンらしい、フリンジの沢山ついた大振りのイヤリングをした。

ホテルのレストランでも、ご馳走を食べるわけもなく好物のコーンスープと、野菜のサラダを食した。私達は、もうすぐバラが満開になる時に開くバザーについて、他愛もない話をした。

ホテルを出て、二人で腕を組んで散歩に出た。ジェニーはおもちゃ屋に行きたがった。店内をあちこち見て歩いていて、ジェニーは歓声を上げて、商品棚の一角に駆け寄った。そこには駒をサイコロで進めるボードゲームが置いてあったのだ。ジェニーが心を病んだ時、毎日のように一人で遊んでいたものだった。以前の物は、すでに人に与えてしまっていた。その同じものを見つけて、駆け寄ったのだ。

「私は兎さんでしょ、アンソニーはやっぱり、リス。旦那様は熊だわねぇ」などといいながら、懐かしそうに駒を動かしている。私はジェニーが今頃までもアンソニーの名を口にするのに、少なからずの衝撃を受けた。そもそもアンソニーが亡くならなかったら、ジェニーはこんなに死病にかからなかったのにと、私が考えていないといったら嘘になる。医者が長くはないといっている、ジェニーの命は、あといくら残っているのだろう。上機嫌でボードゲームを包んでもらっている妻の姿が、涙で滲んで見えた。

今日は一日機嫌良く、咳も出ないで、夕食には肉を少し食した。一緒に湯を浴びて、床に入ると、下から悪戯をたくらんでいるような、きらきらした瞳で私を見ている。可愛い。どちらかともなく唇を合わせた。

神から与えられた天上の一日だと思った。

◈十

ジェニー一号館は、無事完成した。

市長をはじめ、友人知人、バザーや夜会に関係した人々、移民学級の生徒にインディアンまでが、この完成を祝った。皆は、そこに当人のジェニーの姿がないことを悼んだ。

当面の間、この建物は、ジェニーが文字を持たないインディアンの文化の消失を危惧して、少数民族の古老から聞き書きした、おびただしいメモと、蠟管蓄音機に、記された蠟管の内容を、まだ昔の言葉を使用しているインディアンを探して来て、通訳を通して、英文に直すことから始められた。ジェニーの望んだインディアン学と呼べよう。

オーランドの図書館が出来上がったら、その隣には、華々しく進歩しつつあるモータリゼーションに合わせて、機械工学の専門家テイラー家の二男のエイブラハムが、もちろん彼一人ではないが、教師を務めることになっていた。

ジェニー一号館に入ると、肩に文鳥のアンソニーを止まらせた、微笑むジェニーの胸像があって、その前には、ガラスのケースにおさめられた、小さなシャベルが飾ってある。よく見ると、その先には、僅かに土をさらった跡が見えるのだ。

※スタンリー

スタンリーから久方振りに、手紙が来た。突然のことであるが、妻の故郷である日本へ行くのだという。それも、自宅を処分して日本で暮らすのだという。また皆で我が家に集まって、送別会を開いてやった。金山が廃山になってから、することもなく、妻が日本に帰りたがったからなのだそうだ。スタンリーの妻は、ジェニーが生きていたらさぞ喜んだであろうと思う、キモノを沢山持って来、J&Oに寄付をしてくれるという。日本に帰ればいくらでもキモノは買えるから皆くれるという。それよりは、こちらから、ドレスの一枚も多く持って帰りたいというのも、女心か。妻の生まれた村というのが、半農半漁の貧しい所だが、今は大きな家が建っているのだそうだ。

彼が金を掘ってくれたのだから、皆の今があるのだと、全員が彼に感謝をした。口下手のスタンリーは、赤くなって、俺なんて、ジェニーさんのおかげだと、しきりにいうので会は何となく湿っぽくなった。

無事日本に着いて、歓迎されているが、食事がいつも魚で困っているとカードが来た。それから三年ほどして、「ヨコハマ」という所で、来日した外国人相手のスーベニアショップを開いたと、開店祝いの店の写真付きのカードが送られて来た。確か二回クリスマスカードが来た後、音信が途絶えた。妻の実家にも手紙を書いたが、近くの身内が同じくアメリカで一緒に働いていたはずだから、誰か英語がわかるはずだと思ったが、返事はなかった。

それから私は、新聞を見ては、日本から来る船があれば、その集客名簿を調べた。一度スタンリーの名があったが、そこに記載されていたロサンゼルスの住所は、架空のものであった。何があったかは知らないが、それから、スタンリーには会っていない。

❖妻の葬列

馬は丘を登り始めた。私はしっかりと白絹に包んだ妻の体を抱きしめた。妻は何で、こんな誰もいない湖を自分の墓と定めたのかと思った。

「だって、ここしか来る所なかったんだもの」よく妻が、口を尖らせていっていた。

妻のその時の孤独感はわかる気がする。愛する兄様を彼女にとっては他人の女にとられて、彼女を慰めてくれたのは、この静かにたたずむ湖だけだったのだろう。妻は、私とのウェディングドレスを着て、生母の形見というロケットを付けている。

しかし墓としては、贅沢ではないか。

絹で包まれたマットレスと枕が沈められた。サムの奥さんが、「さぁ、ジェニーちゃんをこちらへ」というのだけれど、離すことができない。昔、門番のハルが死んだ赤ん坊を離したがらなかったように、私も妻を離したくない。布がずれて妻の顔が見えた。病みやつれてはいたが、安らかな顔をしている。もう兄様には会えたのかい。私もいずれ行くからね。私は遺体をもう一度抱きしめて、最後の口づけをすると、サムの奥さんに手渡した。彼は冬の湖にジェニーと一緒に潜って行った。妻の長く伸びた美しいプラチナブロンドの髪が水の中に弛んで行く。

胸元には銀の小箱があって、写真やアンソニーの遺髪、それに、色が褪めて縁が綻びた赤いスカーフが入っている。初めて汽車に乗った時、カスター閣下が首からほどいて髪をまとめてくれたものなのだそうだ。

帰り際に、私の墓の位置も決めておいた。水が出た時のために、あまり水際はよくないだろうというので、湖を見渡せる小高い所に決めた。また皆に迷惑をかけるのであろうけれど、私は納棺されて汽車で行くのだ。ジェニーほど急ぐものではない。

私達はいつでも一緒と約束したではないか。私の寿命が尽きた時、お前の墓をずっと見守ってやろう。それが私だけに課せられた仕事なのだから。

❖文鳥

私が妻の葬儀を終え、帰りに寄ったウェストポイントからの旅から帰ると、人生が変わってしまった気がした。

寝室は、あれほど手をつけるなといっておいたのに、ベッドはすでに綺麗にシーツが整えてあった。妻が最後まで使っていた枕に顔を埋めて寝たいと思っていた私は、思わず小間使いと掃除の係の女中を呼んで、滅多にしないきつい口調で文句をいった。

「妻の思い出が消えてしまったではないか。あれほど手をつけるなといったものを」と。

自分でも女々しいと思った。

小間使いが泣きながら、「私が悪いのでございます。ご主人様の御帰りが遅いので、お部屋中がアンソニー様の匂いでいっぱいになってしまって」

アンソニー、リビィさんの所の、と思ってあっと思い出した。そういえば文鳥のアンソニーはどうしたのだろうか。アンソニーは、籠の中でせめてもの心尽くしなのだろう、ふわふわの毛糸のベッドの上で、片足を空に向けて、硬直していた。

「申し訳ございません。皆で試したのでございますが、誰の手からもエサを食べませんで、奥様をお探しのようで、ベッドでチヨチヨと鳴いていらっしゃいましたが、五日目の朝、冷たくなって奥様の枕の上にいらっしゃいました。私が気が利きませんで申し訳ございません」とエスメラルダは泣いた。

「仕方がないよ、ジェニーの手からしかエサを食べなかったのだから、あの子もジェニーの所へ行ったんだ」

アンソニーは、ジェニーが大好きだったバラの根元に、いつもエサを入れてあったハンカチに包んで埋めてやった。

これで私は本当に一人になってしまったのだと思った。

❖形見わけ

アン＝マリー達が牧場から戻ると、私は弁護士を呼んで、ジェニーの遺言の読み上げを行った。

いつ入れたのか、少佐に二千ドルの遺贈があって、「これで一生飲み代には困りはしない」と笑いながら涙を流していた。

女達には、ジェニーの宝石を与えるはずであったから、すでに客間のテーブルに、ケースに入れて、全ての宝石を出しておいた。

アン・テイラーは、友人として最初に宝石を選ぶ権利があると、教えられると舞い上がって、私、どうしようと宝石を前にして、なかなか決めることができなかった。その丸く太った指に指輪をはめてみて、「ジェニーって、こんなに指が細かったのねぇ」と溜息をついて、あれだこれだと試してみていたけれど、突然、「私、夜会にも縁がないけれど、家宝にするから、これもらっていいかしら。ねぇオーリィ、ちょっと欲張りかしら」と平たいベルベットの箱に入った、ダイヤを散りばめたネックレスとイヤリングのセットを手にして、私に差し出した。

「妻は君が一番先に選ぶようにいったのだもの、それがよければ是非妻の思い出に持って行ってくれたまえ」と渡すと、ちょっと涙を浮かべて、大切にするわといった。

インディアンの女達には、指輪よりネックレスが良いだろうということで、女達が選んだ。アン＝マリー姉は、やはり、私はこんな華美なものはと、辞退したので、「ジェニーはきっと、姉様の個人の資産として、何かの時に使って欲しいと思ったと思います」と、ダイヤの指輪を渡した。

「フローレンスの分もありますが、それはとても頂けません」

「なぜですか、ジェニーの遺言にあるのですよ」

「あれは、ジェニーに対して、母親をとられたとの思いが強くて、ジェニーに何一つ優しいことをしませんでしたから」

「でもジェニーにとっては、懐かしい思い出があったかもしれませんから」と、フローレンスとカスター閣下の弟のトムとボストンの妻君にも似たような指輪を与えた。二人とも、リトル・ビッグホーンで亡くなっているのだから。

「少しお話がありますの」

「では、食後のコーヒーの時にでも。居間で伺いますよ」

コーヒーを前に、アン＝マリー姉はちらりと夫を見たが、何もいわないので、話し始めた。

「あの子が、ジェニーがもらわれて来た日のことはよく覚えておりますの。街に野菜を売りに行って帰った父が、連れて参りましたの。絹のレースのベビードレスを着た、人懐こい可愛い子でしたわ。大きなトランクがあって、上等な衣類が、もっと大きくなる時まで着る用にと入っていました。私今でも思いますのよ。なんでジェニーはうちなんかにもらわれて来たのかと。とにかく可愛い子でしたから、もっと中流以上の子供のいない家にもらわれていったら、学校にも行けたでしょうし、きっと、養い親に可愛がられて大切にされたのではないかと思われてならないのです。我が家は子沢山で、小さな畑で野菜を作り、父は鍛冶屋といっても、近所の農家の鎌や鍬を片手間に直すような貧しい家でした。これからお話しするのはカスター家の恥なのです。ジェニーが持って来たのは衣類やおもちゃだけではありませんでした。養育費として、二千ドルも持って来たのです。ジェニーの生家は豊かな家だったのでしょう、それをなんで、あんな可愛い子を養女に出したのかわかりません。育てられない理由があったのでしょうが、二千ドルはジェニーのもののはずでした。でも貧しいのは罪ですのよね。私達それを使ってしまったのです。父は鍛冶屋を大きくして、人を使うようになり、畑も広げました。そうして、私達、やっと夕食に肉が食べられる生活が出来るようになったのです。そして、私と夫も、そのお金の一部で、結婚式を挙げられましたし、新しいドレスも作りました。でも誰もジェニーを可愛がる者がおりませんでした。唯一オーティが、ただ可愛いからと、休暇に連れて歩いていただけなのです。母が亡くなって、フローレンスは十才で、家事全てを行なわなくてはならなくなった時、ジェニーを孤児院に入れてしまえといいました。私さすがにそれは可哀そうだと、引き取ったのですが、教会も貧しく、ジェニーは五才でしたが、来たその日から働くことになったのです」

牧師は黙ったままだ。

「ジェニーは、あなたを姉様と慕っていて、とても長い間可愛がってもらっていたと、いつも懐かしそうにいっていました」

「ジェニーがそういってくれていたのなら、私はどんなにか心が安まることでしょう。あの子は不思議な子で、砦を出ると、どこでお金が出来るのか、私に月に五十ドルも手元金として送ってくれていました。全く現金を持たない私としては、もう教区民のためにどれほど役に立ったことでしょう。あの子の最後に、そのことの礼をいえたことは、私にとって何よりも心の安寧を得たことなのです」

「ジェニーも大好きな姉様に見守られて逝ったのです。望んでいたことでしたから満足だったと思いますよ」

「私達は、ジェニーに二千ドルの養育費のことを誰も伝えてはありませんでした。若い頃は苦労があったと思います。私、あの子がこんな家に住んでいるとは知りませんでした。その豊かさも、インディアンなぞの妻になって、手に入れたお金のおかげだと聞いて、あの子の身の不運を思わざるを得ませんでした。金山をもらったそうですが、オーティと一緒にいながら、インディアンと交わらなければならなかったなんて、カスター家としては、その恩恵に与かっていたとは、とても身の置き場所がありません」と、泣くのだった。

「それもジェニーの運命でしょう。今ジェニーは、それこそ志半ばになってしまいましたが、そのインディアンの恩恵に対して、礼をするのだと、J&O財団を作り、また大学を作っているのですよ」

「インディアンに身を任せながら、礼をするなど、世間に顔向けが出来ませんわ。もっと私がしっかりしていれば、そんな最低な思いはさせませんでしたのに」

アン＝マリー姉としては、弟達を殺した憎いインディアンに、ジェニーが身を任せて、あまつさえ、そこで手に入れた金を知らなかったとはいえ、使っていたことが、許せないのであろう。東部の教会で生きて来た彼等にとって、砦の生活を思い知ることは、どだい無理なのだ。ジェニーは、白人としてインディアンなどという野蛮な者に肌を穢されたと思っているのだ。それもジェニーは肌を穢されたのは、それ一度ではないのだ。

「あの子、七才でした。成長の遅い子なのか、もっと幼く見えましたわ。オーティとパーティに行って、もう私の口からは申せませんわ」とハンカチで顔をおおった。

牧師が初めて口を開いた。

「私がお話しいたしましょう。といっても私もその場にいたわけではなかったのではっきりしたことは申せませんが、ジェニーはその時から可愛い子でした。パーティで、オーティ君がいたのに、その屋敷の上官の息子に、性的な暴行を受けました。相手は当時未成年といわれていましたが、もう大人の男で、ジェニーは、大変な裂傷を受けて、医者は将来結婚生活が出来るようになるかと問われると、保証は出来ないといったのだそうです。それで生涯結婚と関係のない修道院に入れたのですが、そこでも、純血ではないからと、出されてしまったのです」

「私達集まってあの子の将来を話し合いました。オーティが責任を感じて、たとえ夫婦の交わりがなくとも自分の妻にすると申しましたの」

そのアン＝マリー姉の言葉は、私が今まで誰にも聞いたことがなかったので、激しく衝撃を受けた。

「それで閣下はなぜ、ジェニーを妻になさらなかったのでしょうか。あれだけ閣下を慕っていたのです。ジェニーにとって、それが何より一番良いことだったのではありませんか」

「父が反対しましたの。抱けもしない妻をもらってどうすると。一時の感傷で、後々お前も男だろうと一蹴しましたの。でも、ジェニーにとっては、それが一番だったと、あなたの前で申し訳ありませんでしたけれど、今でも思ってやみません」

「ジェニーはいっていました。私はいつまで一人で西部の砦にいるのだろうと。閣下は、ジェニーを修道院から砦に連れて来て、ずっと一緒だとおっしゃって、一つ床に抱いて寝ていたそうです。それが、ジェニーの知らない所でリビィさんと結婚してしまわれて、またジェニーは捨てられたと思って、あまりに閣下に対する想いが強くて、リビィさんと上手くいかなくて、兄様と身を切る思いで別れたのだといっていました。そんなお話があったとしたら、ジェニーが可哀そうでなりません。あれは兄様の胸に抱かれていたら、それだけで幸せだったのでしたから」

「私達そんなこと思いもしませんでしたの。オーティがそういった以外、家族の誰もがジェニーのために何かしてやろうとは思う者がおりませんでしたの。ですから、こんな高価な宝石を頂くわけには参りませんの」

「でも、ジェニーの遺言なのです。あれはカスター家の方に何の文句もいったことがありません。幼い頃に別れてしまったからだったかもしれませんが、あれは今、閣下とアンソニー君と三人仲良く天国にいると思いたいのです。ただリビィさんが長生きをなさって下されたらと、本心で思っているのです」

「なぜそこでアンソニーが出て来るのでしょうか」

「私にもはっきりとしたことはわかりません。私は、ジェニーが亡くなる前に、うわ言のようにいっていた通り、アンソニー君は、ジェニーの子なのではなかったかと思うのです」

「まさか、そんなことが」

「ジェニーは不思議な子だとおっしゃっていたでしょう、何があったかわかりませんが、ジェニーは、愛する閣下との共に暮らした日々があったのではないか、そしてアンソニー君が生まれたと思えて仕方がないのです」

「確かにあの子は両親に似ないプラチナブロンドでしたわ、だからってまさか」

「いかに、リビィさんとジェニーの仲が悪かったにせよ、甥のアンソニー君に会うのに十才まで駄目だという話や、誕生会だけでなく、閣下の軍葬までジェニーに知らせないというのは、あまりに無情に思えてならないのです。まるで皆さん方にジェニーを会わせたくはなかったのかと思えるほどの、こう何というか、言葉は悪いですが、冷た過ぎませんか」

「確かにそうですわね。アンソニーの誕生会もジェニーは都合が悪いという、リビィさんの話でしたね」

「ジェニーは待ちわびていたのですよ。まぁリビィさんには迷惑だったでしょうが、あれはあれなりにアンソニー君を楽しませようと色々とサプライズを考えてました。そして、ふと気がついたのですよ。そのサプライズの写真でね」

私は暖炉の天板の上の写真を指差した。それはアンソニー君とジェニーが一緒に馬に乗ってこちらを見ている写真だった。

「まぁ、こうして見ますと、あの二人顎のラインが似ていますわね」

「ああ、親子といっても通るかもしれない」と牧師までがそういった。

「きっと今さら聞いても、リビィさんは何もお答えにはならないでしょうからね」

私達は、もう何もいわず、冷めたコーヒーを飲んだ。

ジェニーは、遺言状で最初、牧場の四分の一をビリィに、そしてまた残りの四分の一を、亡くなっていないはずのアンソニー・カスター君に贈りたいと望んだ。私達はジェニーと閣下とが共に暮らしたとしても、その姿を見ていないから、ジェニーが病と薬のせいで朦朧となって、夢を見ているのだと思っていた。もう亡くなっているアンソニー君のことを、ジェニーがわからなくなっているのだと思ったのだ。だけれども、ジェニーは本心からアンソニー君に遺産を残したかったのではなかったか。生みの親として、アンソニー君がもういないのを認めたくなかったのではないだろうか。あの時、ビリィが騒いだので、リビィさんはいとも簡単に、「アンソニーの分をビリィさんにあげますから」といったのだ。アンソニー君の分であれば、彼はすでに亡くなっているので、遺産はリビィさんに行くのではなかったろうか。それを、あまりにあっさりと取り消したのだ。アンソニー君のことを聞かれたくないかのように。

ジェニー、もっと話を聞いてやれば良かったと、思えてならない。何かきっと心の奥底に秘めていたことを、いいたかったに違いないのだ。

アン＝マリー姉は、しきりに遠慮したが、カスター家の残された夫人達の分の指輪を持たせて、帰って行った。

残りは、私の再婚相手に与えてくれとあった。お前の優しい気持ちは嬉しいよ。でも、私の妻はジェニーお前だけだ。指輪の一つ一つにキスをして、宝石箱にしまいながら、お前が元気よく戸を開けて、入って来る気がするのだ。

❖シスターロビン

手紙の宛先が修道院を探しても、相手が誰だかわからないはずだった。孤児院の院長だった。

〝お手紙ありがとう、とても懐かしく思います。幸せそうで何よりです。沢山の寄付を頂き心がいっぱいになりました。今年は良いクリスマスを迎えられました。皆に靴を買ってやって、雨漏りも直せます。お写真綺麗ですね。私はリューマチで、遠出が出来ないので会いに来て下さると嬉しいです。心からのお礼を込めて。

シスターロビン〟

〝私は、オーランド・ベンティーンと申します。ジェニーの夫というか、夫でした。妻は長年病に苦しみ、今苦しみのない所へ逝ってしまいました。あなたのことを懐かしがっていました。きっと写真は元気な時のものでしょう。あなたにとてもお世話になったと申しておりました。本人に代わって、お礼を申し上げます〟

〝神の元に召されたとは、あまりに若いお年でしたのにね。会えなくて残念です。どうぞ、オーランド様共々、神のご加護がございますように、心からお祈りいたしております。

シスターロビン〟

❖マギー・サマーの一生

ジェニーが亡くなった時、マギーはその手をとって胸に当てて、すぐに離した。そして泣いている人間を掻き分けて、湯を沸かした。全てが前日命じてあったように揃っていて、一瞬を争う、ジェニーの葬列を手早く整えた。

私が帰宅すると、以前と同じように仕事に励んでいたが、遺言状の読み上げの後、やはり、ジェニーからの二千ドルの遺贈は、断って来た。今まで奥様から十二分にして頂いておりますので、新しい学校で使って下さいませというのだ。それでピエールとも考えて、文学科用の小さな図書館に、〝マーガレット・サマー〟の名を入れるといったら、もったいのうございますといって泣いた。奥様に見て頂きとうございましたといって。

このままお屋敷において頂きますれば、というのでジェニーの遺言にもあったし、それからも働いていたが、足が弱くなり二階へ上がれなくなった。お屋敷を退かせて頂きますといったけれど、ジェニーがいなくなって用のなくなった小間使いのエスメラルダが世話をして、女中部屋の一つを改装して、二人で住めるようにしてやった。

最晩年は寝たきりになり、私を呼んで、「旦那様もし我が儘をお聞き届け頂けましたら、姪のエイミーの隣に墓を作って頂けないでしょうか」と泣いて頼むので、必ずそうするから気を張って長生きをするのだよというと、「奥様があんなにお若くて亡くなられて、このババが生きて何になりましょう」と、ジェニーを懐かしんだ。

医者にはかかっていたが、ある朝、ベッドで目を覚まさなかった。

だから、マギーの墓は、オリバンダーの牧場の教会裏のエイミーの隣にある。葬式に付き添って来たエスメラルダは、牧場に残りインディアン達と交わった。墓はマギーの隣と決めてある。一度私と共にジェニーの墓に行ったことがある。

❖フラワー・ベルと子

アン・テイラーに急かされて、私は牧場に向かった。

「間に合うといいんだけど」

「私が行って、何の役に立つというのだね」

「そうよね、何の役にも立たないけれど、ジェニーなら来るっていったわよ」といって連れて来られてしまったのだ。

ティピィの中からは時折悲鳴が聞こえる。リーマスとサムの奥さんと私は、その近くで地面に座って、その時が来るのを、ただ待っていたのだ。私はビリィ誕生の時のジェニーの苦しみを思い出していた。

フラワー・ベルが子を生むのだ。それまで野に暮らしていた時のインディアン達は、お産は特別なものではなく、生まれそうになったら、女は一人身を隠す石陰とか木陰に行って、お産を済ませ、また元の仕事に戻ることが普通とされていたそうだけど、この身を隠す所もない平たい牧場のティピィでお産をするのだという。母親とアンが、この若い妊婦に付き添っているのだという。

外で待っている男達の中で、一番落ち着きのないのはサムの奥さんであろう。急に膝をついて、主に祈ったり、あんた達の神様にも祈りなさいよと、インディアン達にいって回って、苦笑われている。

アン・マリーが、ティピィのカーテンを開けて、「喜んでよ、無事生まれたわ。しかも男の子よ、リーマスあんた父親になったのよ」と嬉しそうにいって、母屋にお湯をもらいに行った。産湯の習慣がないというのを、アンがこのままじゃといって、湯をつかわせて、赤ん坊をタオルにくるんで、連れて来た。

まず手を出したのが、なんとリーマスではなくサムの奥さんだったのだ。「あー、なんて可愛い私の赤ちゃん」といって、もう離さない。

皆が早く父親のリーマスに抱かせてやれといっているのに、その長身で胸に抱いて離さない。

「だって、私、ついにお祖母さんになったのだもの」

この言葉の重さには、皆しばし動けなかった。

フラワー・ベルはその後リーマスとよほど相性が良かったのか、七人もの子沢山になって、サムの奥さんと、ジェニーの見果てぬ夢を叶えるのだった。


そういえば、フラワー・ベルはジェニーの子供であるとされてもいたのだ。そうなれば、フラワー・ベルの赤ん坊はジェニーの孫になるのではないか。同時に、思いもかけず、私の孫ともいえるのだ。

❖昼顔

私達は、羽毛布団にくるまって、庭のブランコに乗っていた。四季咲きの秋バラが、咲き終わりかけていた。ジェニーは、散ったバラの花びらを集めさせて、両手に包んで、終わり行くバラを惜しむがごとく、そのかそけき香りを嗅いでいた。

「もう、今年のバラも終わりね」

「夏のバラは見事だったろう」

「私、来年のバラはきっと、もう見られないのよね」

「そんなことないよ。また見られるさ」

私は、ジェニーをぐっと強く抱いた。ジェニーからは、バラの香りではない、甘い香りが漂っている。これは湯を浴びたり、もうないことだけれど、汗をかくと、より花のような香りが強くする。私はその香りを、忘れまいと、胸いっぱいに吸いこむのであった。

ジェニーが、手にした花びらを空に向けて放り投げると、

「ねぇ日那様、私行きたい所があるの、連れて行って下さらない」といった。

「あぁいいとも、お前が行きたいのだったら、どこでも行こう。この陽気ならマギーも外出に文句はいわないだろうから」

それでも、マギーは柔らかな軽いコートとボンネットにスカーフを、付けて行かねばならないと、いい張った。

「マギー、まだ十月よ、誰もコートなんて着てないわ」

「奥様は特別でございます。これでお咳が出たらどうなさいます。気になどなさってはいけません」そうして、ジェニーが手袋をするまで見守っていて、やっと出かける用意が出来た。

私は馬車に乗りながら、先ほどのジェニーの体の香りを嗅いで、今夜咳がでなかったら、夫婦の交わりをしたいと思った。これからいったい、何度出来るのかと思うと、切なさが胸に湧いて来るのであった。

ジェニーの行きたい所は、化粧品屋であった。椅子に座ると、店員に、「バラの香りと、優しい花の香りの香水を出して頂戴」と頼んだ。

店員が品物を用意する間に、妻は私に少し離れて座っていて欲しいと、隅の椅子を指差した。何だよ、おれは選べないのかと思ったけれど、黙って椅子に座った。

店員が十本ほどの香水の見本を盆に乗せて、妻の前に置いた。妻は、品名を見ながら、香水を並べていたけれど、

「タオルを水で絞って持って来て下さいません?」と頼んだ。

そして細くなってしまった、左手首の内側に、香水を吹きかけると、手を振って、その香りを試していた。そして手首の香りを嗅ぐと、濡れタオルで香水を拭き取って、また次の香水を試すを続けて、三本の香水を残して、あとは下げさせた。

「お待ちどうさま、こちらにいらして下さいな」と妻が呼ぶ。

店内には甘い香水の香りで、離れている私ですらむせかえるようであった。

「私ね、この三本を選んだのですけれど、旦那様に最後は選んで頂こうと思うの」

「そんな、自分で好きなものを選べよ」

「駄目、旦那様に選んで頂きたいの」

そういうと、妻は左手首の内側に、ハァーと息を吹きかけると、香水をかけて、手で二、三度振ると、私の顔の前に差し出した。甘く良い香りであるが、少し甘過ぎると思って、そういった。妻は首をかしげて、タオルで拭くと、またハァーと息を吹きかけて、次の香水を振りかけた。これは、爽やかな野の花の香りがして、妻の体の匂いに一番近いと思われた。

「これが最後ですよ、旦那様」

その香りは、今までと違って、大人の香りといえた。妻がこの香りを身にまとって私の前に現れたら、抱きしめざるを得ないような、男の心をくすぐる、香りといえた。

「旦那様はどの香りがお好き？」

ジェニーは楽しそうに見えた。

「まず最初のは甘過ぎて、私はお前には合わないと思うよ」

「ではこれはいらないわ」と妻が一本を横に除けた。

「では残りの二本のうちどちらがお好みですか？」

ジェニーは、ニコニコ笑っている。なぜ妻はこうも香りの質の違う香水を二本、選んだのだろうか。

「お前私をからかっているのかい。こんなに香りが違うんじゃ、選びようがないじゃないか」

「どちらもお気に召しませんか？」

「そうじゃない。お前に両方合ってるよ。だから、両方とも買って行こうよ」

「駄目、一種類だけ」

ジェニーはなぜか、引き下がらなかった。

「では二番目の香水にする、それが一番お前らしいからだ」

妻は香水を包んでもらいながらも、口紅を何本か買った。

「アンソニー、寂しがっていないかしら」

馬車の中で、妻は私に寄りかかりながらそう呟いた。化粧品屋にアンソニーは相応しくないだろうと置いて来たのだ。籠に入れると、ジェニーを慕って暴れた。家の中ではいつも、ジェニーの肩に止まっているのだ。そして、寝室では、足輪を外して自由にさせている。尾羽を切ってあるから、そんなに遠くには飛べないのだけれど、水を飲んだり、水浴びをするために、鳥籠があって、扉はいつも開いている。私達が愛し合う時は檻の中に入れられるが、夜眠る時は、ジェニーの枕の上で小さくなって寝ているのだ。

私は夕食の時、さり気なく、「今夜いいかな」と囁いた。

ジェニーは、頬にえくぼを作って、恥ずかしそうに頷いた。

先にベッドに入っていると、ジェニーは寝間着に着替えながら、小間使いのエスメラルダと何かいっていた。

エスメラルダが部屋を出て、ジェニーは私が掲げる毛布の中に入って来た。あれっと思った。ジェニーからは、シャープでしかも、男心をくすぐる香りがしたからだ。

「うふ、旦那様こちらの方がお好みかなぁって、両方買ったの、お気に召して？」

「あぁ、女振りが上がるよ、たまらない香りだよ」

「これね、ベルドゥジュール・ノーレっていうの、昼顔の香りなんですって、私昼顔って見たことないけれど、大人の香りでしょ」

「あぁ、男心をくすぐる香りだ、今夜に相応しいじゃないか」

もう一本は、ユス・フルール、〝花〟の香りだと、妻が亡くなってから化粧品屋で聞いた。

私は妻が亡くなってしまうと、あまりの寂しさに、妻の寝間着に香水を振りかけて、泣きながら抱きしめて眠った。

妻はそんなことも思って、香水をつけ出したのかもしれなかった。

「旦那様、寝室においで下さいませんか」

妻の小間使いであったエスメラルダが、息せき切って、居間で新聞を読んでいる私に向かっていった。こんなことは滅多にない。何かと思って寝室について行くと、エスメラルダが鏡台を指差した。

妻の三面鏡で、妻が一人で歩けなくなると、ヘアブラシや化粧品は、ベッドサイドボードに置くようになったので、鏡は閉じたままになった。

エスメラルダは、妻が亡くなると、おいとまをといったけれど、私の身の回りと、妻の遺品を片付けるために、マギーまでが引きとめたので、そのままいることになった。

「鏡がどうかしたのかね、ずっと使っていないはずだけれど」

「ハイ、それで拭き掃除をしようと思いまして、開けてみましたら、もうその何と申し上げたらよいのかわかりませんで、それで旦那様をお呼び申しましたのです」

私は、彼女が何をそう興奮しているのかわからずに、鏡の一面に手を掛けて開けた。確かに、私も驚いて声も出なかった。

もう一面を開けると、鏡の全面に色とりどりの口紅でキスマークが数えられないほどつけてあり、その中央に、左手で書いたのだろう、〝オーリィ、いつでも一緒だよ、愛を込めて、ジェニー〟の文字が口紅で、震える字で書いてあった。

私は思わず、そのキスマークの一つに唇を合わせた。鏡の冷たさしか感じなかったが、妻の柔らかな唇が思い出された。この鏡台をつかわなくなって、妻はどうやってこんなに沢山の、キスマークを残したのだろうか。唇を離すと、キスマークは歪んでいて、私は自分の唇を手でこすった。これから、いつでもジェニーとキスが出来ると思うと、思わず妻のサプライズにまたも涙が出た。エスメラルダも泣いていた。

きっとジェニーは楽しんで、このサプライズを、私が眠っている時にでも、ここまで這って来て、いつ私が見つけて驚くか、クスクス笑いながらしていたに違いないのだ。それは、彼女が死を恐れていないからに違いない。亡くなったら愛しの兄様に会える。けれど一人になってしまう私のために、彼女は死を前にして、きっと子供のように、いつ見つかるかと、思いながらいたずらをしていたに違いないのだ。

※我がジェニーへ

妻が亡くなり、本人が望んだこととはいえ、あまりの人手と、手間と時間をかけた、葬列を終え、私は、久方振りに家に帰って来た。

女中達は当たり前のように働き、私の世話をしてくれる。それは以前と全く変わりはしない。ただ妻だけがいないのだ。

私は夜になると、妻の寝間着に香水を振りかけて、一人では広すぎる寝台に、寝間着を顔に当てて泣きながら眠った。女々しいといわれようと、構いはしなかった。妻はあの晩年の、闘病の苦しさから、解放されたのだ、とはわかっていながら、その介護が壮絶であったが故に、今寂しくてならないのだった。

いつ起こるとも知れなかった、妻の病の発作に、夜中に起こされることもなくなった。妻はもう苦しみのない世界へ逝ったのだとわかっていながら、私は妻の香水の香りをただただ、痛ましいものと思って、涙するのであった。

ジェニー、お前はもういないのだね。彼女は自ら望んだ、山の湖に今眠っているのだ。その葬列を執り行って、彼女が湖の奥に沈むのを、しっかりと目にしたというのに、切なくてたまらないのだ。

日中は、することが山のようにあった。新しく学校を作るのも、全て私の責任であった。しかし、夜になって、妻の思い出の品々にかこまれて、私は声を上げて泣いた。妻がいつまでも兄様といって、ずっと慕っていた心のうちを、今になってやっとわかってやることが出来るのだ。いくら想っても、亡き人は戻らないのだと。

そして、ある日突然、私は思いもしなかった、性欲の苦痛に苦しむようになったのだ。妻は私に、再婚をずっと勧めていた。「私の後の人を今決めちゃえるなら、安心なんだけど」とよく笑っていっていたが、私は、そんなことはあり得ないと思ったものだ。その私が、妻が亡くなって、半年も経たずに、こんな苦痛に苛まれるとは思いもしなかった。

私はいたたまれなくなって、また夜友人達と酒を飲みに出るようになった。友人達は、妻の闘病の大変さを知っていたから、皆口々に、悔みをいってくれる。しかし私は、いくら強い酒を飲んでも酔えなかった。

人の死の喪失感というものが、こんなに大きなものとは思いもしなかった。まして、妻との間がうまくいかなくて、私は長く妻がいずれ死んでしまうと宣言されていたのにも関わらず、それをどうしても受け入れられなかった。そのせいで、大切な妻との時間を無駄にしてしまったとの思いが強い。彼女と心が通じ合った時には、もう妻は外出もままならず、共に語り合う時間は、すでにいくらも残ってはいなかった。私はただ、妻の寝間着に顔を埋めて、泣くしかなかった。

そんな中、友人の一人が、「君の奥方は、君の再婚を望んでいたよ。よく出来た人じゃないか、君が一人になるのを心配していたのだよ」といった。

「再婚なんて、まだ妻が亡くなって半年も経たないのだよ。出来るわけがないではないか」

「周りの皆は、奥方が長く患っていたのを知っているよ。君はハンサムで、金持ちだ。望めば、生娘だって手に入るだろうさ。暗い顔をしていて、奥方は喜びはしないと思うけれどね。望むんなら私が紹介してもいいけれどね」

私は返事をしないまま、その後も強い酒を飲み続けた。しかし、酒ですら私を救ってはくれはしなかったのだ。

そんな私を見兼ねたのか、友人の一人が一枚の名刺を私の前に差し出した。

「昼間のちょんの間遊びだよ。夢は二時間だけだ。心配はいらないんだ、ここにいる女は皆素人で、結婚式の費用が欲しいって、三月働いて、あとは家に戻るようなまだ肌の荒れていない、うまくすれば生娘にも当たるかもしれないんだ。奥方を亡くして寂しいんだろ。ここなら後腐れなく遊べるよ。病気の心配もないしね。この名刺がなくっちゃ入れないんだ。皆口は固いし、よかったら行ってみたまえ」といって、私の肩を叩いた。

名刺は長く財布に入っていたけれど、ついに我慢が出来なくなって、スーツを着て女中達には散歩のていをして見せて、その名刺の住所へ行ってみた。中流以上の家の並ぶ中に、その家はあった。周りを囲む生垣が、訪れる客を隠すように思える他は、全く周囲と変わりのない家であった。

私は意を決してノッカーを叩いた。老齢の女中が顔を出して、「約束の御品はお持ちでしょうか」という。

名刺のことであろう。私は女中の差し出す銀盆に名刺と教わってあった料金を乗せた。

女中がこちらへどうぞと招く。入った部屋は、女性用の応接間で、壁一面に刺繍の額のかかったシックな部屋であった。家具は、クッションの乗ったカウチと安楽椅子と、小テーブルしかなかったので、カウチに座って待っていると、若いブルーネットの髪の女中が酒の盆を持って入って来ると、後ろ手で鍵を閉めた。ここでするのかと思った。

「お帰りなさいませ、旦那様」というと、酒をグラスに注いで手渡ししてくれる。私はそれを一息であおると、グラスを返して、女をカウチに押し倒して、口の中の酒を、口移しに女に注いだ。女が少しむせた。私は構わず、そのまま服も脱がずに慌ただしく男の欲望だけを遂げた。思わずジェニーの面影が浮かんだ。

しばらく快感にぼうっとして女を抱いていたけれど、「君はとてもチャーミングだったよ」とキスを一つしてやって立ち上がった。酒の盆にチップの札を何枚か置くと、そのまま部屋を出た。

玄関にまた女中がいて、「お気に召しませんでしたか」と聞いた。私は、部屋を出るのが早過ぎたのだろう。

「本当いうと、プラチナブロンドがいいんだ」と、駄目と承知でいった。

「来週の水曜日でしたら」というので、来週の水曜日を予約して、帰宅した。無理であるはずなのに、ジェニーに会えるのではないかという、ほのかな思いがして、水曜が無性に待ち遠しかった。

水曜日になった。今回は客間に案内された。プラチナブロンドの女中が、酒を持って入って来た。

私は女が酒をテーブルに置くとすぐに抱きしめて、その髪に顔を埋めた。ああジェニー、私のすべて。

私の腕の中で、女の声が、「旦那様、旦那様苦しゅうございます」と聞こえたので、私は思わず力を抜いた。

女が私の顔を仰ぎ見て微笑んだ。まだ二十には間があるように見えた。プラチナブロンドの髪ではあったが、妻の方がより美しく豊かであったろう。チョコンと少し上を向いた鼻を除けば、美人といえた。

私は妻を抱くつもりで、ゆっくりと時間をかけて抱擁をした。女も多少の経験はあるのだろう。私の腕の中で小さく呻いた。可愛いと思えた。ジェニーとは全く違う生きものだけれど、寂しい私には素直に受け入れることが出来た。

「旦那様、ジェニーって、誰？」

「どうして知っているんだい」

「ずっと私抱きながら、呟いていらっしゃったわ」

「私の妻の名だ」

「今いないの？」

「神様の元にいるはずだ」

「あっ……ごめんなさい」

私はまた、この女の汗の匂いのする髪に顔をずっと埋めていた。

女はじっとされるがままにいたが、私の肩を叩いて、「旦那様、そろそろ時間です。あたしデージーっていうの、また来て下さる？」

「ああ、また来よう」

こうして、水曜日の散歩が日課になった。

次の時、私は妻が使っていた香水を買って土産に渡した。高額な香水に、デージーは無邪気に喜び、私は体中に振りかけてやって、その髪に顔を埋めて、妻のことを思うのであった。

途中月のもので一度会えなかったけれど、五、六回も通うと、別に金を払えば女を外へ連れ出せることを知った。私に信用が出来たということか。ただ、皆訳ありの身であるのだから、本人が承知したらということらしい。

「デージー、私と外へ行くかい」

娘は嬉しそうに、「ハイ、旦那様」と承諾をした。

私は女を、妻がよく服を作っていた店に連れて行った。

「田舎から出て来た妻の妹なのだ。最新の服を作ってくれたまえ」といった。

化粧気もなく粗末な服を着た、この女が妹に見えるはずもなかったろうが、店側も何もいわず、いつものようにスタイルブックを見せ、生地を出して来た。私は入ったばかりだという、ブルーのピンストライプとシックな萌黄色を選んで、あとのデザインは任せるよといった。

「妹様は何かご希望はおありですか」と聞かれて、デージーは困って私を見た。

「そうだな、デザインはこれとこれ、一枚は来週の水曜日までに出来上がると嬉しいのだけどね」

「承知いたしました。出来ましたお衣装はお屋敷にお届けに上がりましょうか」

「いやいいんだ、来週来るから、ここで着替えるとしよう」

「仮縫いはどういたしましょうか」

「それもいらないから、今日で済むようにしてくれないか」

「かしこまりました」

お針子達が来て、デージーの体のあちこちをメジャーで測っていた。

「素敵なものをお作りいたしますわ」

その日は、それで終わった。次の水曜日、私はまずデージーを下着屋に連れて行って、新しいリネンの下着を買って着替えさせた。新しいドレスに着替える時、明らかに手作りの粗末な下着を着ていては、デージーが恥ずかしいだろうという、いわば親心だ。ピンストライプのドレスは、若いデージーによく似合っていた。多少の手入れは必要であったけれど、店長も満足そうであった。

しかし帰り際に、「奥様のおぐしは、それは見事でございましたものねぇ」といった。

浮かれている、自分の心に、ジェニーの面影がどうしても浮かぶのであった。

それでも、帽子屋、鞄屋、靴屋と寄って、お茶を少し飲む時間があった。

「私、こんなドレス似合ってますか、旦那様」とデージーが聞いた。

「あぁ、似合っているよ、どこから見てもレディに見えるよ」と、答えておいた。

次の週は食事に行きたいというので、ホテルのレストランに連れて行った。店長が慌てて出て来て、窓際の席はいっぱいだと、頭を下げて、大急ぎで二人掛けの席を作ってくれた。これも、デージーのドレスが、春をひさぐ女には見えないシックなものなのだからだと思えた。

デージーは、少し緊張して、「私、こんな上等な所初めてなの」と俯いた。

　ボーイがメニューを持って来たので、私は白ワインと、ジンジャーエールを頼んだ。スープと魚と肉と最後にコーヒーを二人前注文して、「こちらのレディに、本日のケーキをね」といった。

「さぁデージー、椅子を少し引いて、椅子の真ん中に座るんだぞ。そうだ良い子だ、そうして背も真っ直ぐ伸ばしているんだよ」

「あたし、出来るかしら」といって背を伸ばした。可愛い。

　料理が来る前にナプキンの使い方とか、カトラリーは、外側から順に使えばいいよか、魚と肉のナイフの差などをさっと説明した。

　スープが来た。

「ほら、スプーンを取って、手前から向こう側にすくうんだ。スープをすするんじゃなくて、スプーンと一緒に食べるつもりで口に持って行くんだよ。音を立てないでね」

　若い娘にこんなことを教えていると、まるでママゴトのようで楽しい。肉を切っている時、デージーはナイフを皿に当てて音を立てた。まるで、レストラン中の客が自分を見ているように、首をすくめたので、「心配はいらないよ。誰だって一度や二度皿をならすものなんだ。もっとリラックスしてお食べ」

　そういえば妻が皿にナイフを当てたのを聞いたことがなかったなと思った。修道院は厳しかったのだろう。

　ケーキが来て、やっとデージーの肩から力が抜けた。

「美味しいかい？」

「うん、とっても」

　言葉使いも平たくなっている。

　デージーは、夜の女達のようにこれ見よがしに、私の腕にぶら下がったりはしない。そう教えられているのか、一歩私の後ろを歩く。私はそれで十分だ。何となく親しんで、ついつい水曜は、彼女と会うことになって来た。しかし私は、「デージー、次の水曜日、私は休みだ、悪く思わないでくれたまえ」

「えぇ、何のご用があるのですか」

　次の水曜日は、妻が亡くなってからの、初めての閣下の誕生日なのだ。私も悩んだ。妻が亡くなって、誕生日を開く意味があるのかと。しかし、マギー達は、まだジェニーが亡くなって一年目に当たるのだ。開いてしかるべきといって用意をしているのだ。当主の私が女と遊んでいるわけにはいかないだろう。

「妻の兄の誕生日なのだよ」

「奥さん、亡くなっているのにするの？」

「あぁ、女中達がもう用意をしているのだよ」

「私なら、そんな女中首にするのに」

「まぁ、昔からいる妻つきの女中だから仕方がないのだよ」

「私より大事？」いきなりそう聞かれて、すぐには答えが出なかった。私はデージーに惹かれているのだろうか。クリスマスには、自宅に招くからといって、納得をさせた。女中達は、私が散歩と称して妻の香水をまとって帰って来ることに気がついているのだろう。

誕生日は無事行なわれた。ただ去年と違うのは、ジェニーがいなくて、そこには、閣下の写真と並んでジェニーの写真が、当たり前のように置かれているのであった。それを見て、私は涙が止まらなかった。ジェニーはついに、閣下の元へ行ってしまったのだと、これほど激しく思ったことはなかった。少佐が私の肩を叩いて、「君の辛い気持ちはよくわかるよ。ジェニーは本当に良い女だったものねぇ」といった。

二人並んだ写真を見て、来年はやるまいと、私の心に、微かな嫉妬心が湧いた。

あれから私は、デージーに何着もドレスを作ってやったが、洗練されていく女を見るのは楽しみだった。クリスマス用に特別の一着をあつらえてやった。オフホワイトのタフタ地で、見方によってはウェディングドレスともとれた。

デージーは、嬉しそうにそれを着て、クリスマス月間のJ&Oの人々の集まる我家に、私の馬車に乗ってやって来た。へえ、大きなお屋敷があるのね、と前方を見て行っていたが、私がそこへ入って行くと、もう口が聞けなかった。家の中に入ると、女中達がクリスマスのお客と思って、スカートを持って挨拶をする。私は彼女の手を取って、J&Oの部屋に行った。人々が集まった部屋は、クリスマスツリーが飾られ、暖炉が暖かく燃え、料理を各自が好きに取って食べていた。

「これが我が家のクリスマスだよ」

「旦那様、こんな凄いお屋敷に住んでいたんだ」

「これは妻の家なのだ」

「でも奥さん亡くなられて、今は旦那様のものなんでしょ」

「そうともいえない。ジェニーは私に、この一緒に住んでいた家を残してはくれたけれど、私が死んだら、J&O財団に寄付するつもりなのだよ。私達には子供がいなかったからね。さぁ、うちのコックは腕がいいのだよ。好きなものを食べなさい」と私は勧めた。デージーは、しばらく周りを見回して黙っていた。部屋にいる客人が私に挨拶に来て、立ち話をする者もいる。ついつい、デージーの相手がおろそかになる。それでも、デージーはおとなしくしていて、隅の椅子に座っていた。私が目で姿を探すと、ここよ、というように微笑んで手を振った。良い子だ、可愛いよと思った。関係者と思ってか、彼女に挨拶をする者もあった。

帰り際、私は彼女にキスをして、ジェニーの宝石箱からダイヤの指輪を取って来て、右手の薬指にはめてやった。私にとっては、ほんのクリスマスプレゼントのつもりだったのだ。

「左手じゃないの?」とデージーが聞くので、私は左手をかざして見せた。そこには、ジェニーとお揃いの結婚指輪がはまっている。ジェニーは今も、この指輪をして、湖の底に眠っているのだろう。左手の薬指に指輪をする女はジェニーだけだ、と私は思っていた。

帰りの馬車の中で、デージーは、「私、旦那様のおっしゃること、何でも守ります。絶対に逆らったりしません。お仕事忙しくても我慢します」と呟いた。

私は、その言葉が、デージーの本心とも思わず、女心もわからず、ただ聞き流していた。

新年に会うと、左手の薬指に指輪をしていたので、驚いて、「おいおい、つける指が違うじゃないかい」と私は聞いた。それには答えず、「奥様ってどんな人だったの?」と聞いた。

「そうだなぁ、プラチナブロンドの髪を良く誉められていたな」

「私よりも?」

「まぁな、そして美人で有名だった」

「そんな美人だったんだ」

「だけど泣き虫で、しょっちゅう泣いていたような気がするよ」

「弱虫だってこと?」

「いや、ここぞっていうと、やりたいことを何でもし始めちゃうんだよ。審問会って知ってるか。あれにも呼ばれて一人で戦ってたよ」

「へえ、それって泣き虫じゃないじゃないって思うけれど」

「そうなんだ。だけど、亡くなってみれば、いつも私にすがって泣いてた気がするんだ」兄様ではなく私だけを慕ってくれていたと思いたかったのかもしれなかった。

「愛してたの?」

「あぁ、誰よりも愛してた」

「私よりも?」

「ジェニーはもう亡くなっているんだよ。比べようがないじゃないか」

私にとってデージーは、水曜日だけの都合の良い愛人以外の何者でもなかった。一月はこうして無事過ぎようとしていた。私が、丸一カ月ここには来られないというまでは。

「何、お仕事?」デージーは私にすがりついた。

「妻の墓参りだ」

「お墓参りに一か月もかかるなんて信じられない。旦那様、私何か悪いことした?」

「何もしないよ、お前は良い子だ。信じられないだろうが、妻の墓は西部の昔インディアンが出没した地にあるのだよ。お前はこの間、私のいうことは何でも聞くといっただろ」

「奥さんのお墓参りなんて思ってなかったもの」とすねていう。

「私は西に行く、墓参りだけでなく、J&O財団の支部のあるテリトリーも見て来る。これなら、立派な仕事だろう」私はなだめるつもりでいった。

「そんなのも嫌。お墓行かなくちゃ、テリトリーにも行かないでしょ。だったら一カ月も留守にしないじゃないの」彼女は髪を振り乱して叫んだ。

「馬鹿なことをいうものじゃないよ。私の妻は、苦しんで亡くなってまだ一年も経たないのだよ。妻は私の全てだ」

「じゃあ、あたしは何、水曜日の女ってこと」

「それではいけないのかい」

「他に愛人がいるの？」

「私の年を考えたまえ、お前だけだよ」

「私、女中だってうまく働かせられると思うわ。あなたのお仕事の邪魔もしないし、上の学校は行ってないけれど、やれっていわれたら、一生懸命何でもします。あなたの妻になったら、あなただけを大切にするわ。そしてあなたの赤ちゃん生むわ。奥さんが生まなかった、あなたの後継ぎよ。ねぇ、私は、あなたのジェニーにはなれないの？」きっとこれは、デージーの魂の叫びなのだろうと思えた。

　私は何もいえなかった。クリスマスなど自宅に連れて行くのではなかった。ほのかな想いがあったのは確かであった。しかし感傷的になって指輪など与えるべきではなかった。この女に身分以上のいらぬ未来を見せてしまったのだ。

「ジェニーは一人だけだ。今私の胸の中にいる。代わりはいない。私の墓はすでに決まっていて、亡くなったらいつまでもジェニーの墓を見守る所にある。私とジェニーはいつまでも一緒と約束を交わしたのだ」

　女が裸のまま立ち上がると、何かを私の足元へ投げ捨てて、大服を抱ぇたまま、バタンと大きな音を立てて部屋から出て行った。

　私は足元に落ちていた指輪を拾い上げると、手の平でぎゅっと握った。妻の肌の温もりを感じた。妻はいった。再婚して、この宝石を相手に与えて、と。それは無理みたいだよ、ジェニー。私はこれから一人で生きて行けるよ。こんなにお前を近くに感じたことはないから、と思った。

　私は夢から覚めた気がした。テーブルのウィスキーをグラスに注ぐと、一口飲んで周りを見渡した。毎週水曜日が待ち遠しかったが、今この部屋は安っぽい平面にしか見えなかった。私は少しまとまったチップを置くと部屋を出た。もうデージーに会うことはないのであろうが、心に何も浮かばなかった。玄関の女中のポケットにも、さり気なく礼を入れてやった。

「またお越しをお待ち申しております」

　女中は笑って送ってくれた。

　外はまだ陽があったが、風が冷たかった。私はコートの襟を立てて思った。さぁ、ジェニーの所へ行こう、サムの奥さんも待ってくれているだろう。私の新しい日常が始まったのだ。


　私は大学を作ることに熱中していた。建物を作るだけでなく、そこで教える教師も集めなければならなかった。妻がまだ一人で動けるうちに、図書館に通い続けて、どのような学科が必要かを、その資料や専門家を調べ上げてあった。他と同じ大学にはしたくないと妻はいい続けた。彼女はインディアンの学ぶ大学と、考えていたはずだ。白人は来ないかもしれないわね、と笑ったのだ。その白人が来たくなるような、ユニークな学科があったっていいじゃないの、というのだ。例えば、妻はどこで知ったのだろう、哲人カントも提唱する、ダルトファン・エイロトマンの「超越論理哲学」などは、この考えが合衆国をキリスト教の束縛から解放したといわれる、新しい考え方であった。この人物のおかげで、合衆国は自由の国となったといわれる。知る人ぞ知る面白い論理なのであった。妻は、どうしてもこの学科を入れたいといっていた。それを教える教師をどこから探したらいいのだろうか。私の友人にも声をかけてあるのだ。

あと妻がどうしても作りたいといったのが、なぜか「インディアン学科」であったのだ。急激に白人化してしまって、伝統が伝わらなくなるのを、怖れたのだ。妻はインディアンに系統だって伝統を残したいと熱弁していた。そのための専門家を育てたいといつもいっていた。沢山集めたインディアンがすでに捨ててしまったものを、もう一度、インディアンに戻したいと、思っていたのだと思う。

そして最後は、やはりリトル・ビッグホーンの戦（いくさ）についての研究を突きつめて欲しいのだといったのだ。これには、私も出来る限りの協力を惜しまなかった。思い出したくないことも多かったが、あの時本隊がどうなったかわからないまま、我がベンティーン隊の苦戦を語らなければならないと思ったのだ。

私は、妻の墓参に行く度に、新しく出来て行く大学のことを、湖の底に眠る妻に語って聞かせた。このように深い縁があるだろうか。妻は私に、生きる術を与えてくれたのだ。私は、妻が捨ててしまったといいながら、一日として忘れたことのなかったであろう我が子に、この母の姿を見せてやりたかった。無理ではあっても、妻の生きた人生をいつか語ってやれる日が来ればとずっと思っている。ビリィ、私もお前をこの手で抱けたらとずっと思っていたのだ。彼が良い人生を歩んで行ってくれたらと父親として、願ってやまないのだ。

我が愛するジェニー、いつでも一緒だ。それだけは、私は死んでもなお守ろうと思うのだ。私は、キャビネットから手文庫を出すと、時計の鎖につけてあった金の鍵で開けると、中身も見ないで、全て暖炉の火で燃やして、最後に鍵まで、その火の中に投げ捨てた。ジェニー、これでいいだろう、私を許してくれるね。私はもういつ死んでも恐ろしくはなかった。ジェニーがいつもいっていた。死んだら兄様に会えるからと。その気持ちが今ならよくわかる。私もジェニーに会いたかった。

私は心臓に少し問題があるのだそうだ。思いもかけず、早くジェニーの所へ行けるかもしれない。私が死んだら、サムの奥さんが、あの西部の湖を見渡せる私の墓に入れてくれるであろう。悪いことではない。

私は、アン＝マリー姉の夫の葬式で、久方振りに、リビィさんと会った。今となってはせんないことだけれど、ジェニーともっと語りたかったといっていた。それだけ思い出があるのであろう。

私の妻は一口ではとてもいえない魅力的な女性であった。毎日を必死に生きて、私をおいて亡くなってしまった。今では大好きな兄様と一緒にいるのだろう。私が亡くなったら、また妻として帰って来てくれるのであろうか。私は死すらも楽しみであった。

あれの豊かな花の香りのする髪にもう一度顔を埋めてみたかった。ジェニーが笑いながら、馬に乗って、旦那様と、私を呼ぶ夢を見た。私達はいつでも一緒なのだから。

※デージー（学食内にて）

「この、デージーって娘、その後どうしたんだろう」

「そりゃ、ショックだったんじゃないの。こんな大きなお屋敷の奥方になろうなんて思ったからさ」

「なんで水曜日の女だったんだろう」

「それは、彼女が女中か小間使いをしてたからだと思うわ」

「そうか、女中の休みは水曜日の午後が多いものね」

「そうやって日々働きながら、秘密クラブにも出入りして、上昇志向が強かったんだろうさ」

「だから、クリスマスに家に連れて行かれて、夢見たのかなぁ」

「まだ二十に間がありそうって、なかったか。オーランドの子供産むっていったら、結婚してくれると思ったんじゃないの」

「でも、オーランドだって病気で子供出来なかったわよね。かえって、それが癇に障ったのかもしれないよ。自分のせいで、ジェニーに子供が出来なかったんだから」

「そんなこと、デージーは知らないもの、今まで女中として使われていたのを、今度は使う側になるって、思ったんだよ。普通その手の女自宅に連れて行くかい。オーランドも大胆なことしたものさ」

「指輪もらったのよ。きっとドレス作ってくれたり、外で遊んだり、良いお客だったろうし、その羽振りの良さを、オーランドのジェニーを喪った寂しさの裏返しとは思わずに、ジェニーの数ある宝石の一つをもらっただけで、自分は本気で気に入られていると思っちゃったのよ」

「お金だけが本当に欲しかったら指輪捨てなかったって思うの。売れば当時のダイヤの指輪でしょ、高かったと思うわ。それ投げ捨てて、きっとチップだって女の意地で受け取らなかったんじゃないかって思うの。それだけ、オーランドとの生活夢見てたのよ。女中や水曜日の女から抜け出したかったのよ。ただ考えが甘かったってことかしら」

「それって可哀そうだわ。彼女のこと他にわからないの？　お店の名刺とか残ってないの」

「オーランドが処分したんだろ。名刺もないし、店の名も、その店教えてくれた友人の名も記してないんだ。デージーだって本名かわからないだろう。今から探しようがないよ。そんな女、沢山いただろうし、今だって少し綺麗なら、ハリウッドに行くだろうがさ」

「私、そんな女達調べてみようかしら」

「難しいと思うよ、街の夜の女達のいる地区はわかっているけれど、そういう秘密の所は住宅街だっていうんだろ、どこ探すのさ。そんなこと止めて、やっぱり古臭いけれど今やってる、シュレーディンガーの猫――一九三五年オーストラリアの物理学者エルヴィン・シュレーディンガーが発表した物理学的実在の量子学的記述が、不完全であると説明するために用いた、思考実験――が、生きているか死んでいるか考えているのが、君には合っていると思うけれどね」

「それって嫌み?」

「いや偉大な物理学者の卵を前に、いってみただけさ。でもオーランドは寂しかったんだろうな。デージーが欲かかなけりゃあ、その後も続いただろうに」

「でも再婚はしなかったわよね」

「今なら、男の勝手といわれそうだけど、いつまでも水曜の女だったんじゃないかなぁ。それだけ、ジェニーを愛していたんだと思うよ」

「でもね、私ちょっと思うの。オーランド亡くなって、ジェニーは、兄様の所から戻って来たのかしら。またリビィさんと、兄様の取り合いしなかったのかしら」

「今度湖に行くと、きっとわかると思うよ。オーランドの墓は、ジェニーをずっと見守っているんだから。彼の終生変わらぬ愛を感じると思えるよ」

❖遺言

弁護士が鞄から書類を出すと、集まった人々の前でいった。

「これから、オーランド・ベンティーン氏の遺言について説明をいたします」

ここはサムの奥さんの家の居間で、オーリィが預けていたベーカーヒルの弁護士から、サムの奥さんが預かって来て、この街で開業している弁護士が呼ばれたのだ。オーランドが、心臓の病で急死したのを、サムの奥さんがジェニーの墓まで連れて行くのだといった時、ベンティーン家の弁護士が拒否したからだ。

「まず、ジェニー・ベンティーン、オーランド・ベンティーン夫妻の長男、ウィリアム・ベンティーン氏に、現金で二万ドルを遺贈するものとする。次にオーランド氏の資産の中から、千ドルを、別紙の通り女中達に贈るものとする。また、千ドルを、オーランド氏の従兄弟のスコット・ベンティーン氏に贈るものとする。残りの資産及び故ジェニー・ベンティーン氏の宝石は、サムの奥さんの裁量で葬儀等の必要な経費にあてられ、宝石も必要なものを取った後、残りがあれば、J&O財団に寄贈されます。また、現住宅である、ベーカーヒル・サクラメントアベニュー一番地の邸宅は、J&O財団に寄贈されるものとする。

使用人については、本人の希望を尊重するものとする。以上です。ただ、別項がありまして、ウィリアム・ベンティーン氏の承諾を得られたなら、オーランド・ベンティーン氏が子供の頃に通った、セント・メヤリーミード教会の、ご両親の墓の隣に、これはあくまで墓石のみを立て、それを従兄弟のスコット氏に頼みたいとの一文が加えられていることを、お伝えいたします。これが全部です」

❖寂寥（せきりょう）

私は、理事長室から出て廊下を曲がると、思わず足を早めて、その後ろ姿を抱きしめた。そしてその豊かな金髪の中に、顔を埋めた。

「あぁ、ジェニー会いたかったよ」

腕の中の女の体に緊張が走ったけれど、されるがままにいた。廊下を行く生徒達が私達を見た。


女は移民の学生で、姉夫婦と同居をしているといった。私がその姉夫婦を訪ねると、私の申し出にかえって喜んで、私は女のために近くに小さな家を探した。家具屋に連れて行って、好きなものを選ぶようにというと、こんな上等なものでなくてもいいと、いった。そんな所も気に入って、ジェニーとは全く似ていない、この女を囲うことになった。

夜泊って行って欲しいようなことをいったが、私はジェニーの寝室を離れることは出来なかった。したがって日中に訪れて、私は居間の長椅子に座って、膝に頭を乗せた女の髪をずっと撫でているのであった。そうすると、もう二度と会うことが叶わないはずの、妻の思い出に浸れるのであった。それくらい、この女の金髪だけは、妻に似ていた。

女は二十才（はたち）だといっていたが、慣れて来ると焦れて私の手を取ってベッドへ行こうと、急くのであった。

「私はもう若くはないのだよ」

それでも、私は女を抱いた。

今頃になって、このような日々が訪れるとは、思いもしなかった。私は久方振りに、女にドレスを作ってやり、茶を飲むのであった。女は大人しいたちなのか、それまで付き合った女達のように、すぐにジェニーとの思い出の、あのサクラメント・アベニューの家に住みたいなどとはいわなかった。

外行く私達はすぐ人の知る所となったのだけれど、まだジェニーのことを覚えている人々は、なぜ突然私がこんな若い女を囲ったのか、わかったはずだ。その人々も、この女の後ろ姿にジェニーを想ったからに違いないのだ。

私はJ&Oのパーティなどに、この女を伴うようになった。女は自分の立場をわきまえて、出しゃばることをしなかった。

一年近く過ぎると、周りの友人知人達から、女を妻にしてはどうかと、いわれるようになった。

「良い娘じゃないか。何も外で囲わなくても、手元に置けばいいじゃないか。君の細君は、再婚を願っていたのだろう。これから面倒を見てもらえばいいんだよ」というのだ。ジェニーの寝台に他の女と共に暮らすとは、思いもしなかったが、あの豊かな金髪に顔を埋めて眠るのは、魅力的であった。思えば別に反対をする者もないのだ。私は意を決して、ジェニーの指輪を一つポケットに入れて、花束を持って女を訪ねた。この年になっても心が弾んだ。

女の家の居間で、「今日は話があるのだよ」と私はいった。女も笑顔で、「私も今日は、旦那様にお話しがあるんです。とってもいいお話なの」というので、「ではお前から話してごらん」と私はいった。

女は私の膝に乗って、キスをすると自分の下腹に私の手を当てた。

「ね、旦那様。私赤ちゃんが出来たの、喜んで下さるわよね」

私は目をつぶって、息を整えた。

「それは本当のことなのかい。冗談ではないのかね」

女は全く悪びれず、「お医者様に行って来たんですもの。もう四か月なんですって。私気がつかなかったの」

「四か月では、もうおろせないな」

「何おっしゃるの、旦那様の跡取りなんですよ、赤ちゃん出来たのよ」といい張った。

まさかと思った。この女ならと信じていたのに、私の財産を最初から狙っていたのかわからないが、私の知らない所で男がいたことになる。私は女を放り投げて立ち上がった。

「何なさるの、赤ちゃん欲しくないいんですか。あなたのジェニーの生まなかった子供なのよ」

私は花束を女に投げ捨てると、「そのことを口に出すのは許さない。ジェニーが悪かったのではないのだから。お前なんかに何がわかる。男がいたんだな」

女は顔色も変えず、「旦那様のお年でも、子供が出来る人はいるわ」と的外れなことをいった。私はその姿に、女のしたたかさを思い知らされた。

「私はね、病気で子供が出来ないのだよ。だからジェニーは悲しんだのだ。私は夢を見ていたわけだ。今日はプロポーズに来たのにね。この家はお前にやる、家具も全部ね。こんなことになるなら、もっと上等の家具にすればよかったわけだ。ただお前と相手の男とで、この家を維持していけたらだけれどね」

女は黙っている。私は寂寥感に包まれて、二度と訪れることのないこの家を出た。後ろは振り向かなかった。だってあの豊かな女の金髪が見えたから。

※サムの奥さん

サムの奥さんは、牧場を養子のリーマス達に譲ると、念願であったドレスを着て髪を結って、サムと静かに暮らした。

そして、リーマスの七人の子とその二十数人の孫、曾孫達に囲まれて、一〇二才の長寿で亡くなった。葬儀には、この街の発展を見守り続けた彼女を悼んで、多くの人々が訪れ、新聞も一面に彼女の数奇な人生を大きな記事に載せた。

そして今、オリバンダーの教会の墓地に、愛してやまなかったサムの隣に眠っている。埋葬の時、葬儀屋が持っていた一番大きな棺にも入らず、それも人々の語り草になっているのだった。

❖大団円

テーブルの周りにいた学生達は、その長い話を聞き終わると、オットーは手を上げて背を伸ばした。アメリアは立ち上がってトイレに行った。エミリーとオーコーネルはコーヒーのお替りをもらいに行った。そうしてまた全員が揃うと、待ちかねたようにエミリーが口を切った。

「それで、オーランドって人、その後どうしたの？」

「この回顧録を書いた後、二、三年後に亡くなったはずだよ。歴史書を見れば、生没年が出てるだろ。結局ジェニーとの間には、その後子供が生まれなくって、遺言書が残っているけれど、件の長男には、多額の現金を送っているよ」

「その長男との、仲はどうなったんだろう？」

「ジェニーって、つまり母親の葬式には出たってあったろ、だけどその後の手紙なんかが全然残ってないんだよ。うまく行かなかったんじゃないかなぁ、息子にしてみれば捨てられたって思いが強かったんじゃないの。もしおれだったら母親が死んだからって、わだかまりはそう簡単にはとれないよ、いきなりパパって甘えられるわけないじゃないか」

「それもそうかもね。私だったら意地でも一緒に暮らそうなんていわないわ。実の子だから余計、悔しいじゃない。理由が理由だから」

「ジェニーも頑なだったよなぁ、オーランドもよく許したと思うよ」

「彼は再婚はしなかったの？」

「しなかったらしいよ。そりゃ男だから、寂しければ時には遊んだけどさ」

「まぁ、男ってやぁね。あれだけジェニーさん愛してたのに」

「だから再婚はしなかったんだろう。遊んだっていうのは、一般論の話だ。大金持ちだったんだから、望めば若い嫁さんももらえたはずだよ。それがこの家で一人で亡くなったんだから、ジェニーの思い出に浸って死んだっていえるんじゃないかなぁ」

「お墓はどこ？」

「決まっているじゃないか、ジェニーの眠っている湖のほとりさ。遺言に墓を二つ作れってあって、もう一つは彼の実家の近くの教会にある。中身は空っぽだけどね。息子のこと思ったんじゃないかなぁ」

「泣けるわねぇ、きっとご両親のことも思ったのよ、たぶん子供の時通った教会なんだわ」

「それで、今その湖の墓ってのはどうなっているんだい？」

「まだあるよ、湖の周りに鉄柵回して他人が入れないように今してある。実はその鍵は、おれの父親が持っているんだ」

「本当かよ、是非行ってみたいものだ」

「夏休みに、皆で行ってみるかい。大変な所にあるけど。帰りにうちの牧場に寄ってさ」

「牧場もまだあるのかい。夢物語りの話かと思って聞いていたのに」

「オーランドは、ジェニーの墓を守る約束で、おれの曾祖父さんに牧場をくれたんだ。だからおれ達一族の長男は必ず今でもクレージー・ホースを名乗るんだ。おれも外ではライアン・アームストロングだけど、うちに帰ればヤング・クレージー・ホースって呼ばれてるんだ」

「湖のお墓って憧れちゃうわ。しかも愛した人に見守られているんでしょ。ジェニーさん、今湖の中でどうなっているんだろう」

「子供の時、家族とお参りに行ったけれど、何も見えなかったなぁ。水がとっても冷たかったのを覚えているよ。きっと今でも湖の底で眠っているんだろうよ。死蝋化して遺体がまだ残っていたりしてね。滅多に人の行かない所だからね」

「お前行ったことあるのかよ」オットーが感にたえないという顔をして聞いた。

「だって場所もわからなくなったら困るだろう。家族皆知ってるよ」

「だったら金鉱はどうなったの？　そこへも行ったことあるの、今でも行ける？」アメリアが瞳を輝かせて身を乗り出して聞いた。このことを聞きたくてたまらなかったようだ。

「なんだよお、話聞いてて泣いてたくせに、アメリアは愛より金（きん）の方がいいのかよ。幻滅だぜ」

「ライアンが金鉱山持ってるなら、私あなたと結婚してもいいわ」

「鉱山は、曾祖父さんが生きていた頃は、ハンフリーがまだ手掘りでやっていたらしいけれど、その後戦争があったりして、今は廃鉱になってるよ。その後ハンフリーと日本人妻は日本に行ったらしいけれど、オーランドの葬式以来、どうなったか知らないんだ」

「わぁ、残念だわぁ」

「手掘りだったんだろ、今ならブルドーザーとか重機持って行けば、まだ出るんじゃないかなぁ」

「無理だと思うよ。もう道もろくになくて馬でなくちゃ行けない山の中だ。しかも、国立公園に隣合ってんだもの。山崩して、木切ったりしてたら問題になるよ」

「でも、ブラック・ヒルズに金が出たって本当のことなのね」

「だから、この財団が今もあるんじゃないか」

「他の人はどうなったの、信託銀行やってた人とかは?」

「その人は結婚して、子供が生まれて、今も財団の理事長やってるミッチさんだよ。サムの奥さんの養子になったリーマスは、うちの曾祖父さんの娘と結婚して、子供作って、一族は今もうちの牧場の隣に住んでる。もう一方のオリバンダーは生涯独身で、牧場を牧童頭を養子にして継がせて、今もその家はある」

「じゃあ、あの可哀そうなヘンリーは?」

「回顧録では、脱走兵とあるだけだ。おれも、リトル・ビッグホーンの戦死者の名簿を当たって見たけれど載ってなかったから、やっぱり、逃げたんじゃないのかな。名前を変えて、カリフォルニアにでも行って、成功してたらいいのにね、そう思わないかい?」

「私、ヘンリーに対するジェニーの態度だけは、許せないな。いわば、彼女の男性に対するトラウマ治して、女の幸せ教えてくれた人でしょ。それを、あんな簡単に捨てちゃうなんて、ヘンリーの気持ち思うと切なくなる。きっとカリフォルニアで成功しているわよ、西部でのたれ死んでたら、可哀そう過ぎるわ」

その点は、皆の意見は同じようだった。

「でも、こんな大きな家で、二人だけで住んでたなんて寂しくなかったのかしら」

「沢山子供作るつもりだったって気持ちを持っていたって、こうして見ればわかるじゃないか」

「晩年のジェニーはきっと寂しかったんだろうなぁ。だから余計に財団作って、インディアンに恩返ししようとしたんだよ」

J&O財団は、今もジェニーとオーランドが住み暮らした邸にある。向かって左側の、二人の寝室や居間があった所が、そのままガラスケースを入れたりして、二人して集めたインディアンが、その当時使っていた遺物が残されて展示されている。その当時、打ち捨てられた物が、今高価になっているものもある。ブランケットなどは、オークションで信じられない値がついているのだ。倉庫には、そんな品物がまだ沢山あって、学生の自主性に任せてある。中には、それ等を系統だって研究して、論文を書く者も多い。

客間だった右側は、今個別に区切られた個室となって、財団から奨学金をもらって、近くのバートナム総合大学へ通う学生の、宿舎になっている。昔ダンスパーティがよく開かれた大広間は、今は学生用の食堂になっている。そこの隅のテーブルに座って五人の学生は、この屋敷の主だったジェニーの波乱の人生が綴られた、オーランドの回顧録を紐解いていたのだった。

「あんたの、そのなに曾々祖父さんって人が、ジェニーさんに会わなかったら、この財団そのものが今ないってことよね。しかもそれが、クレージー・ホースだったなんていくら同時代に生きていたって、い合わせて、しかも妻にって望まれたなんて、信じられて?」

「妻になってさ、兄様に聞きに行かないで、そのまま一緒にインディアンになっちゃったらどういう人生歩んでいたのか、私、興味ある」エミリーがいった。

「我々インディアンの歴史そのままの人生だったんじゃないの。リトル・ビッグホーンの戦いは、そりゃあインディアン側にとって、最大の勝利だったけれど、その後負けっぱなしで、最後は飢えて、軍門に下ったんだぜ。たとえジェニーが生き残ってたってさ、居留地行きだったんじゃないだろうか」

「いや違うよ。白人だってことで、政府から強制的に、白人社会に引き戻されたと思うよ。きっと家族からも引き離されてさ。彼女にはもう帰る家はなかった。何しろカスター家のほとんど男性がリトル・ビッグホーンで亡くなっているんだもの。いいことは一つもなかったんだと思うんだ。やっぱり、カスターが彼女を白人社会に残したのは、正しかったと思うよ。そうして、ジェニーさんは、こうして我々インディアンに、白人として少しでも、カスターの蛮行への罪滅ぼししてるんだと考えた方がいいんだよ」

「オットーお前語るじゃないか。今、おれ達が大手を振って、インディアンですって胸張って勉学が出来るのも、J&O財団のおかげだし、ライアン、お前の曾々祖父さんってやつは、やっぱり歴史に名を残すほど、有名な人物だったたってことなんだよな」

「それが、歴史に出て来るクレージー・ホースと、同人物なのかわからないんだ。同名で他人てこともあるだろう。写真もないんだから、今となっては、おれ達にも本当のことは、わからないんだ」

「でも、ライアンの話聞けて良かった。あなたの卒論はやっぱり今やってる経営論続けて、ジェニーの話は、ラブストーリーとして本に出したら売れるんじゃないの？」

「プライバシーのことがあるから、本当のことなんて書けないんじゃないのか？」

「おれは本になんかするつもりも、作家になるつもりもない。おれが大学に入ったのは、これからもずっと、おれ達の土地を、悪い白人やインディアンから守るための勉強をするためだ。卒業したら、家に帰って嫁さんもらって、子供を作って、墓と牧場を守る。それがおれの仕事なのさ」

「凄くいいことじゃないの。私達は、カウンセラーになって、居留地のアルコール依存症の仲間を救いたいの」アメリアとエミリーがいった。

「おれは弁護士になって、政府と戦うよ」とオットーが続けた。

「おれは働く、IT企業とかね。人種差別はあるだろうが、AIとか新しいものがどんどん出て来る時代だ。インディアンだってやれるってとこ見せてやりたいんだ」オーコーネルが拳を握って見せた。

「夏休み、本当に行きたかったら、まずおれの家に先に行った方がいいみたいだな。馬に乗らなきゃならないし、ホテルなんてないから、墓に行くならずっとキャンプ生活だから」

「えー、私、馬になんて乗れないわ」アメリアが叫ぶと、「おれが一緒に乗せてやるよ」とオットーが肩を抱いた。

「おや、お熱いじゃないのさ。おれの所へ来たら、心配しなくても全員馬に乗れるようになるよ。乗れなきゃ生活出来ない所なんだから。父親がきっとおれ達が聞き飽きた昔話をしてくれるよ」

ジェニーは今もきっと大好きだった湖の冷たい水の底に、兄様のことを想って眠っているのだろう。それを承知の上で、オーランドも愛した女の傍で、見守っているのだろう。

オーランドの葬式の際には、リビィも参列したという。彼女は何を思ったのだろうか。


リビィと愛するオーティは、今ウェストポイント陸軍墓地で、隣合って、静かに二人だけにわかる言葉で、今も愛の言葉を語り合っているのであろう。

おわりに

この長いお話は、私が小学生の時に見た、たった十七話しか続かなかったアメリカのテレビ番組「壮烈第七騎兵隊」がきっかけとなって始まりました。当時私は、子供心に主人公ジョージ・アームストロング・カスター将軍を演じた俳優ウエイン・マウンダーをカッコ良い！と思い、ビデオもない時代、数枚の雑誌の切り抜き写真を思い出に、ラブレターを書き続けていたものです。

それから長い年月が経ちましたが、平成も終わりの頃、突如として天から文章が降って参りまして、それは主人公を含め五人の人物の生き様が綴られたものでした。その五人の話が絡み合い、最後は一つのお話になるのです。それをまとめ始めてついには原稿用紙約二千七百枚、完成まで四年の歳月が必要でした。

この小説の主人公は、タイトル通りジェニーです。ひたすら義兄カスター将軍を慕い続けるラブロマンスとなりました。なにゆえこのような長い物語となってしまったのか私にもわかりませんが、私にそれだけの思いがあったということでしょうか。

本書はそのような、私の五十年にわたる思いの物語です。書きながら、ジェニー達の声が聞こえ、時に会話している部屋のカーテンの柄までも見えることがありました。

現在、実在したカスター将軍の評価は賛否両論です。が、この物語の中の彼は、私にとってあくまでウエインの演じた架空の人物です。この小説は、背景となった一八七六年六月二十五日にリトル・ビッグホーンにおいて、カスター将軍以下の第七騎兵隊が全滅した史実以外、全て私の想像の産物です。天から私の頭に降ってきた、夢幻のおとぎ話です。

最後に、あきれながらもこの作品に取り組む私を見守ってくれた家族と、この長編を初めて読んで下さった竹中朗先生、そして良きサポーターである藍原さん、レディー・クロア西川隆宣様に心からの感謝を捧げたいと思います。リトル・ビッグホーンの戦いの日が刊行日となったことにも、強い運命の力を今、感じています。

二〇二二年六月

浦田昊明

浦田昊明

東京都生まれ。大妻女子大学文学部国文学科卒。

著作に『私、骨董屋やってます』（未知谷刊）がある。

ジェニー
少年のような、美しい女の長いものがたり

二〇二二年六月二十五日　第一刷発行

著者　浦田昊明（うらたこうめい）

編集・組版　古賀弘幸
装丁　長井究衡

発行者　中野淳
発行所　慧文社
〒174―0063
東京都板橋区前野町4―49―3
電話：03―5392―6069
FAX：03―5392―6078
www.keibunsha.jp

印刷・製本所　モリモト印刷株式会社

ISBN978-4-86330-199-3